M. gewidmet – für all die Jahre
und all die Liebe

1

Nebel steigt aus dem Wasser auf, von der mondlosen Nacht tintenschwarz gefärbt, schwebt über den von sanften Wellen umspülten Strand, die Klippen hinauf, wo violetter Stechginster duftet, und durch die Ritzen im Pfahlzaun der großen Festung mit Namen Holyhood.

Nichts regt sich, nur eine streunende Ratte schnüffelt an den Körnern, die schon vor Stunden aus dem Getreidesack gerieselt sind. Auf der hölzernen Wand kauert eine Katze ... wartet ... springt hinab ...

Auf ihren Posten dösen die Wächter, vernachlässigen ihre Pflicht, und in der Halle schnarcht die Garnison.

Eine junge Frau schläft in ihrem Zimmer an der Spitze des Turms inmitten der Burg und murmelt etwas vor sich hin, ihre Wange an ein duftendes Kissen geschmiegt, rastlos in ihren Träumen.

Geschickt zerlegt die Katze ihre Beute. Ein flüsternder Wind zerzaust ihr Fell. Sie sieht auf – und erstarrt beim Anblick des Schemens, der schnell und lautlos aus dem Nebel auftaucht.

Im geschwungenen drachenförmigen Bug des Kriegsschiffs sieht ein Mann die Festung vorbeigleiten. Mit Augen, die so kalt und tödlich sind wie das Treibeis des Nordens, aus dem er stammt, betrachtet er das Gebäude, dessen Schicksal er bereits entschieden hat.

Dann verschwindet das bedrohliche Schiff wieder im

Nebel. Die Katze wendet sich wieder ihrer Mahlzeit zu. Und die junge Frau im hohen Turm schreit leise auf, erwacht aber nicht.

Die Frauen, die am Fluss ihre Wäsche wuschen, sahen ihn als Erste. Fröhlich schwatzten sie, sprachen über ihre Männer und Kinder, als eine den Kopf hob, durch den wirbelnden Staub spähte, und sich langsam erhob. Ihren zitternden Händen entglitt das schöne Hemd ihres Mannes, an dem sie so lange gearbeitet hatte und das er nur an Feiertagen trug. Um einen Schrei zu unterdrücken, presste sie eine Hand auf ihren Mund. Dennoch entrang sich ein halb erstickter Laut ihrer Kehle, der die anderen Frauen erst recht bestürzte.

Sofort unterbrachen sie ihre Arbeit und starrten sie an, dann folgten sie der Richtung ihres Blicks. Eine oder zwei von ihnen schrien entsetzt auf, doch sie verstummten augenblicklich und beruhigten ihre Babys, die sie zum Ufer mitgenommen hatten. Nur die Hufschläge durchbrachen die Stille.

Kerzengerade saß Sir Derward im Sattel und genoss jeden Schritt seines Pferdes, jeden einzelnen Moment, jedes angstvolle Augenpaar. Hinter ihm ritt die Patrouille in Zweierreihen, zwei Dutzend Männer, zwischen sich die sechs Gefangenen, die teils verblüfft, teils beklommen beäugt wurden.

Obwohl sie sich in der Unterzahl befanden, unbewaffnet und völlig hilflos, ihre Hände gefesselt und an den Hälsen zusammengebunden waren, verbreiteten sie Furcht und Schrecken. Keiner war unter sechs Fuß groß und der Anführer noch mindestens vier Zoll größer, mit breiten Schultern und kräftigem Körperbau. Unter ihren kurzen

Tuniken ragten sehnige, muskulöse Schenkel hervor, die Baumstämmen glichen.

Die meisten trugen Bärte, doch ihr Anführer war glatt rasiert und hatte ein schmales, hartes Gesicht und gebräunte Haut. Sein mitternachtsschwarzes Haar hing bis auf seine Schultern herab. Sein scharfer, klarer Blick glitt an den Frauen vorbei zum geöffneten Tor der Festung. Mit ihren grimmigen Zügen wirkten sie alle beängstigend, ganz besonders aber der Anführer. Trotzdem waren sie gefangen genommen worden, so unglaublich es schien.

Noch bevor die Frauen zögernd zu jubeln begannen, ritt die Patrouille an ihnen vorbei. Sie packten ihre Babys und die Wäsche und folgten ihnen hastig. Dieses großartige Ereignis wollten sie nicht verpassen.

Ein Wächter lehnte am Torpfosten, starrte den Herannahenden mit offenem Mund entgegen und stieß einen heiseren Warnschrei aus. Über dem Pfahlzaun erschienen mehrere Köpfe, eine Gruppe von Männern versammelte sich am Tor und stob auseinander, als sich die Pferde näherten. Wie ein Lauffeuer verbreitete sich die Nachricht, und sämtliche Arbeiten kamen zum Erliegen. Die Bewohner von Holyhood ließen alles stehen und liegen, um zu begaffen, was sie niemals zu sehen erwartet hatten. Gefangene Wikinger, Gestalten aus Albträumen, die wehrlos in die Festung geführt wurden. Von Sir Derward, für den bisher niemand einen respektvollen Gedanken erübrigt hatte. Dieses Spektakel würde man in ferner Zukunft noch am winterlichen Feuer schildern und den Kindern erzählen, die erst Jahre später das Licht der Welt erblicken würden.

Jetzt erklang der Jubel nicht mehr zögernd, sondern lauthals, aus voller Kehle, drang zum Turm in der Mitte von Holyhood hinauf, durch die Fenster, aus denen der Duft getrockneter Kräuter wehte. Neugierig fragte die junge Frau: »Was hat das zu bedeuten, Miriam?«

Die alte Kinderfrau, die duftende Gräser zusammenband, hielt inne und wiegte den Kopf. »Anscheinend sind die Leute völlig außer sich. Soll ich herausfinden, was geschehen ist, Mylady?«

»Wenn du so freundlich wärst …« Schlanke weiße Hände legten eine letzte Rosenknopse in eine kleine Presse und schraubten den Deckel fest. »Heute möchte ich das Öl zubereiten.«

Während Miriam nickte, aufstand und das Turmzimmer verließ, setzte die Herrin von Holyhood ihre Arbeit fort.

Wolf Hakonson blickte sich in der Zelle um, in die man ihn mit seinen Männern gesperrt hatte. Langsam nickte er, ließ sich auf den feuchten Steinboden sinken und streckte seine langen Beine aus. Seine Männer, die stets auf seine Stimmung achteten, grinsten erleichtert und ließen sich ebenfalls nieder.

»Verdammt«, murmelte der einäugige Olaf und wandte sich seufzend Wolf zu. »Jetzt schulde ich dir zehn Pelze.«

»Allerdings«, bestätigte Wolf. Seine Laune besserte sich mit jeder Sekunde, obwohl er sich bemühte, es zu verbergen. Was er empfand, durfte er nicht zeigen, denn man konnte die Gefangenen durch die vergitterten Fenster in der hölzernen Doppeltür deutlich erkennen. Für ein Verlies war der Raum erstaunlich groß, und der Anführer vermutete, dass er normalerweise nach der Ernte als Lager diente. Bis dahin sollten die Wikinger darin festgehalten werden.

Wikinger, ahnungslos neben ihrem Schiff überrumpelt,

das scheinbar auf einer Sandbank gestrandet war – Wikinger, die ihre Waffen nicht erreichen und deshalb keinen Widerstand leisten konnten – Wikinger, die sich fast wortlos ergeben hatten …

Allein schon bei diesem Gedanken wäre er beinahe in Gelächter ausgebrochen. Odin hatte ihn in der Tat mit dem Spatzenhirn dieses Sachsen an der Spitze der Patrouille begünstigt. Ein solcher Mann, vor Stolz völlig blind, war ihm nur selten begegnet.

Innerhalb weniger Minuten hätten sie die undisziplinierten Sachsen entwaffnen und töten können. Solche Erfolge hatten die Wikinger zu oft erzielt, um sie an ihrem Sieg zweifeln zu lassen. Doch dann hätten sie Holyhood stürmen müssen. Die Festung war groß, wenn auch schlecht verteidigt, und war von hohen Mauern umgeben. Und Wolf wollte das Leben seiner Männer nicht unnötig aufs Spiel setzen.

Außerdem würden die Gegner durch seine Methode nicht nur eine Niederlage und schwere Verluste, sondern auch eine tiefe Demütigung erleiden – und genau das bezweckte er. Vor der Zelle erklangen Schritte und rissen ihn aus seinen Gedanken. Mit zusammengekniffenen Augen beobachtete er durch das Gitter, wie das Spatzenhirn in Begleitung mehrerer Ritter die Stufen herabstieg.

»Ah, die kühnen Wikinger!«, spottete Sir Derward. »Der Schrecken des Nordens!« Er warf seinen Kopf in den Nacken und begann zu lachen, ein hohes Kichern, das besser zu einem Mädchen gepasst hätte. Auch seine Männer zwangen sich zu einem Lachen. »Noch nie habe ich solche Feiglinge gesehen«, ereiferte er sich mit geröteten Wangen. »Wie schwache Weiber ergaben sie sich. Nun, vielleicht sind sie ja Weiber! Die Wikingerinnen müssen Riesinnen sein, wie?« Während diese witzige Bemerkung mit neuerlichem Gelächter belohnt wurde, stemmte er die Hände in die Hüften und stolzierte vor seinen Gefangenen auf und ab. »Was für armselige Kerle! Nicht den geringsten Widerstand habt Ihr geleistet. War keiner von Euch bestrebt, heute Abend in Walhalla zu speisen? Oder wusstet Ihr, dass Euch nicht einmal Eure Furcht erregenden Götter willkommen heißen würden?«

An Wolfs Seite bewegte sich ein Gefangener. *Nein*, formten die Lippen des Anführers. Sofort erstarrte der Mann.

»In dieser Zelle werdet Ihr alle vermodern«, fuhr Derward fort. »Ihr werdet heulen und um Nahrung betteln. Bald werdet Ihr Euch um den Kadaver einer Ratte balgen, einander dahinsiechen sehen und den Tod herbeisehnen. Aber der wird Euch vorerst nicht erlösen, denn Lord Hawks Feinde sterben langsam. Und vor Eurem schrecklichen Ende werdet Ihr Eure Mütter verfluchen, die Euch das Leben geschenkt haben.« Als auch diese Worte keine Regung hervorriefen, färbte sich sein Gesicht noch dunkler. In seinen Mundwinkeln sammelte sich Speichel. »Vielleicht lasse ich Euch gegeneinander kämpfen, um meine Ritter zu amüsieren. Die Sieger bekommen ein paar Bissen zu essen und dürfen etwas länger leben. Wer wird als Letzter sterben?« Der Reihe nach musterte er die Gefangenen, ehe sein Blick an Wolf hängen blieb. »Ihr da!«, rief er und starrte den großen Wikinger an, der am Boden saß und trotz seiner Fesseln unbeugsame Kraft und kühle Ruhe ausstrahlte. Für den Bruchteil einer Sekunde flackerte etwas in Derwards Augen auf. »Warum habt Ihr …?«

Doch seine Frage blieb unausgesprochen, denn plötzlich öffnete sich die Tür am Absatz der Treppe, die zur Zelle herabführte, und Sonnenstrahlen durchdrangen das düstere, von Fackeln kaum erhellte Dunkel. Im goldenen Licht stand eine Frau.

Geschmeidig sprang Wolf auf und trat an die Gitterstäbe, um sie genauer zu betrachten. Die Sonne zeigte ihm nicht viel – nur eine Silhouette, dennoch konnte er ihre anmutige Haltung erkennen. Für eine Frau war sie sehr groß und gertenschlank.

Und dann ertönte ihre Stimme – eine sanfte, melodische Stimme, die einen Mann ebenso zu erregen wie ein Kind zu beruhigen vermochte – eine Stimme, die Wolf zu liebkosen schien. Verblüfft bemerkte er, das er den Atem anhielt.

»Warum werden diese Männer gefangen gehalten, Sir Derward?«

Erschrocken zuckte der Ritter zusammen und drehte sich um. »Das sind Wikinger, Mylady. Eine knappe Meile von hier lief ihr Schiff auf Grund, und wir konnten sie überwältigen.«

»Haben sie sich gewehrt?«

»Nein, Mylady, sie wagten nicht, mit uns zu kämpfen, sondern ergaben sich sofort.«

»Ich verstehe. Also wisst Ihr nicht, ob sie uns angreifen wollten?«

Mühsam zwang sich Derward zur Ruhe und holte tief Luft. Wolf hörte es, und einen Augenblick lang tat ihm der Mann beinahe Leid. »Mylady, das sind Wikinger«, wiederholte der Ritter.

»Die Kaufleute aus dem Norden heißen wir stets willkommen. Gibt es einen Grund für die Vermutung, diese Männer wären etwas anderes?«

»Seht sie doch an, Mylady! Das sind keine Händler.« In seinen Augen erschien wieder jenes seltsame Flackern.

Lady Cymbra trat ins Licht, und alle Augen richteten sich auf sie.

Wie aus weiter Ferne hörte Wolf, dass seine Mitgefangenen den Atem anhielten. Auf dieser Welt erzählte man viele Geschichten, doch nur wenige entsprachen den Tatsachen. In einer von ihnen wurde behauptet, Cymbra, die Schwester des berühmten Hawk of Essex, sei die schönste Frau der Christenheit, so liebreizend, dass ihr Bruder sie versteckt hielt, da sonst zahllose Männer um sie kämpfen würden.

Dieser Geschichte hatte er stets misstraut und geglaubt, das Mädchen wäre lediglich durchschnittlich hübsch. Doch nun stand er der Wirklichkeit gegenüber. Verwirrt starrte er Lady Cymbra an, während sein klarer Verstand allmählich zurückkehrte.

In dichten Wellen reichte das kastanienbraune Haar mit den goldenen Glanzlichtern fast bis zu ihren Knien hinab. Die Augen, blau wie das Meer unter der Sommersonne, von langen Wimpern umrahmt, beherrschten ein ebenmäßiges ovales Gesicht. Ihre rosigen Lippen unter der schmalen Nase waren leicht geöffnet. Ihr Körper mit den vollen Brüsten, der schlanken Taille und den sanft geschwungenen Hüften war wie geschaffen für die zärtlichen Hände eines Mannes. Für *seine* Hände. Als fühlte sie sich von seiner Willenskraft magnetisch angezogen, trat sie näher. Sie war exquisit und perfekt – wie eine zum Leben erwachte Statue. Bestand sie aus Fleisch und Blut? Jede normale Frau würde einen Makel aufweisen – mochte er auch noch so geringfügig sein –, um ihre Sterblichkeit zu bekunden. Hatte jemals ein Schmutzfleck dieses ätherische Geschöpf verunstaltet? War jemals eine Haarsträhne vom Wind zerzaust worden? Hatte sich schon einmal eine Unebenheit auf der reinen Haut gezeigt? Schwitzte und fluchte die Lady? Wusste sie zu kämpfen, oder gab sie in allen Dingen widerspruchslos nach? War ihr die Leidenschaft so fremd, wie ihre Miene es andeutete?

Ich muss es herausfinden, beschloss Wolf, während er sich ausmalte, was er gern mit ihr tun würde. Sehr viele Dinge, und nicht alle würden ihren Beifall finden …

Nicht, dass es eine Rolle spielte. Grimmig erinnerte er sich an den Weg, den er eingeschlagen hatte – ebenso wie sie, indem sie den Heiratsantrag abgelehnt hatte. Durch diese Ehe hätten einige tausend Menschen endlich in Frieden leben können. Mit ihrer Weigerung hatte sie den Stolz der Wikinger empfindlich verletzt und ihr Schicksal besiegelt.

Bald würde er sie besitzen – diese hochmütige, gefühllose Frau, die ihre Selbstsucht und Eitelkeit über alles andere stellte. Er würde ihren Willen brechen, und dann wäre sie die Sklavin seiner Leidenschaft, die plötzlich wie ein Feuerstrom durch seine Adern floss. In vollen Zügen würde er seine Rache genießen.

Als Cymbra den Blick der schiefergrauen Augen erwiderte, die sie so kühn musterten, konnte sie ein Schaudern nicht unterdrücken. Was sie empfand, machte ihr beinahe Angst – ein sonderbares Entzücken. Erstaunlich. So etwas hatte sie nie zuvor verspürt. Unter anderen Umständen hätte sie das Gefühl erforscht und den Mann, der es heraufbeschwor, von Kopf bis Fuß inspiziert. Doch die Furcht, die er in ihr aufsteigen ließ, machte ihr ein sachliches Urteil unmöglich.

Instinktiv suchte sie Zuflucht bei ihrer alten Gewohnheit – Gefühle zu unterdrücken und sich nur auf die Aufgabe zu konzentrieren, die sie zu erfüllen hatte. Diese Gelassenheit allein ermöglichte es ihr, sich gegen eine Welt voller Gewalt und bedrohlicher Turbulenzen zu verteidigen.

Mit sanfter Stimme, aber eiserner Entschlossenheit wandte sie sich wieder an den bedauernswerten Derward. »Ihr seid für die Sicherheit dieser Festung verantwortlich, Sir. Ich jedoch habe für das Wohl ihrer Bewohner zu sorgen. Und das gilt für *alle* Bewohner. Diese Männer brauchen Nahrung, Wasser, Decken und, falls nötig, auch Medizin.«

»Mylady, das wird ihnen niemand geben. Die Wikinger sind Barbaren, brutale Tiere. Wer würde sich in ihre Nähe wagen?«

Eine Zeit lang herrschte Schweigen. Stirnrunzelnd fragte sich Wolf, ob er sich verhört hatte. zweifellos war dies der Fall. Warum sollte sie sich um die Gefangenen sorgen, diese kaltherzige Frau, die lieber einen Krieg auslöste, als ihre kostbare Person zu opfern? Ob die Gefangenen verrotten und verhungern würden, dürfte sie wohl kaum interessieren. Warum jubelte sie nicht, so wie alle anderen?

Und warum erklärte Derward ihr nicht einfach, sie solle ihm gestatten, seine Pflicht zu tun?

»Da habt Ihr Recht«, erwiderte sie schließlich mit ihrer weichen Stimme, »es ist ein Fehler, von anderen zu verlangen, was man selbst fürchtet.«

Wolf beobachtete, wie sie nach Atem rang. Also war sie doch nicht so gefühllos, wie er glaubte, sondern wollte nur verbergen, was in ihr vorging. Doch seine Gedanken wurden jäh unterbrochen, als sie an die Gitterstäbe trat und in sein Gesicht sah. In makellosem Norwegisch, in das sich der Hauch eines entzückenden melodischen Akzents mischte, erklärte sie: »Ich möchte mit Eurem Anführer sprechen.«

»Der bin ich«, entgegnete er mit seiner tiefen, kraftvollen Stimme, die von den Steinwänden widerhallte, und beobachtete, wie sie blass wurde. Offenbar missfiel ihr, was sie bereits vermutet hatte und jetzt bestätigt fand. Dennoch wich sie nicht zurück.

»Ich werde Euch und Euren Männern Essen, Wasser, Decken und Medizin bringen. Doch dazu muss die Tür der Zelle geöffnet werden. Versprecht Ihr, mir nichts anzutun?«

»Wenn Euch das Wort eines Wikingers genügt …«

Sie reckte ihr Kinn empor, und ihre Wangen röteten sich. Fasziniert beobachtete er, wie sie sich auf die Lippen biss, während der brennende Wunsch in ihm aufkeimte, diese zarte Haut zu küssen. »Ich verlasse mich auf das Wort eines Anführers, dem das Wohl seiner Männer am Herzen liegt.«

Ihr Scharfsinn überraschte ihn. Wusste sie, dass er sein Leben opfern würde, um die Männer zu beschützen, die ihm Treue geschworen hatten? Erfüllt von wachsendem Respekt und einem Argwohn, der ihm bisher fremd gewesen war, nickte er. »Gewiss, ich gebe Euch mein Wort.«

Sir Derward und einige der Ritter protestierten, doch Lady Cymbra blieb bei ihrem Entschluss. Wie Wolf in diesem Moment feststellte, waren sie ihr hilflos ausgeliefert. Sehr gut. Vielleicht würden seine Wikinger nur wenige Männer töten müssen. Möglichst viele sollten am Leben bleiben – um zu erzählen, wie sie besiegt worden waren.

Aber keiner war bereit, die Tür zu öffnen. Ohne zu zögern, tat sie es selbst, auch wenn es ihr große Mühe bereitete. Mitfühlend beobachtete er, wie sich die schmalen kleinen Hände plagen mussten. Aber letzten Endes gelang es ihr, einen der beiden schweren Eisenriegel nach oben zu schieben, so dass eine Hälfte der Doppeltür aufschwang. »Diese Riegel müssen geölt werden!«, rief sie Sir Derward über die Schulter zu. »Und die Angeln am Tor im Pfahlzaun ebenfalls.« Diese banale Bemerkung, kühl und sachlich ausgesprochen, lockerte die angespannte Atmosphäre. War sie es gewohnt, die Männer auf diese Weise zu verwirren?, fragte sich Wolf, obwohl er annahm, die Antwort auf diese Frage bereits zu kennen.

Die Wikinger waren aufgestanden und beobachteten die Lady aufmerksam. Und alle verstanden den warnenden Blick, den er ihnen zuwarf. *Sie gehört mir.*

Widerstandslos wahrten sie den gebührenden Abstand. Doch sie konnten den Blick nicht von ihr abwenden, was er ihnen keineswegs verübelte.

Einen Moment lang musterte Cymbra die anderen Häftlinge, ehe sie ihren Blick wieder auf den Anführer richtete, dessen Anblick einiges zu bieten hatte. Noch nie war sie einem so hoch gewachsenen, kräftigen Mann begegnet – abgesehen von ihrem Bruder. Seltsamerweise schien ihn die Tatsache, dass er gefangen war, nicht zu irritieren. Wie würde sich Hawk unter solchen Umständen verhalten? Zweifellos würde er mit bloßen Händen die Zelle auseinander nehmen. Aber dieser Mann nicht. Ruhig und gelassen stand er da. »Wurde irgendeiner Eurer Männer verwundet?« Sie stand so dicht vor ihm, dass er den schwachen Geißblattduft ihrer Haut riechen und ihre Körperwärme spüren konnte.

Nur eine Frau, sagte er sich energisch. Und eine Feindin.

»Nein.«

»Gut.« Sie wandte sich einer älteren Frau zu, die vor der Zelle stehen geblieben war und deren faltiges Gesicht angstvoll verzerrt war. Ohne ihre Herrin aus den Augen zu lassen, reichte sie ihr einen Stapel Decken. Cymbra sagte leise etwas zu ihr, dann drehte sie sich zu Wolf um. Erst jetzt schien sie seine gefesselten Hände zu bemerken. »Das müsst Ihr nicht erdulden.«

Reglos wartete er. Was würde sie tun? Nach einer Weile legte sie die Decken auf den Boden, zog ein kleines Messer aus einer Scheide an ihrer Taille und trat einen Schritt näher. »Bitte«, sagte sie und wies auf die Stricke, die um seine Handgelenke geschlungen waren.

Er streckte seine Hände aus. Bevor sie die Fesseln durchschnitt, blickte sie sekundenlang in seine Augen. Das Messer war nicht besonders scharf, oder vielleicht fehlte es ihr an der nötigen Kraft, jedenfalls dauerte es einige Minuten, bis die Stricke zu Boden fielen.

Beinahe berührten sie einander. Jetzt war er frei, und das Messer in seiner Reichweite. Als sie wieder aufblickte, verriet ihre Miene, dass sie sich ihrer eigenen Verletzlichkeit durchaus bewusst war. Trotzdem traute sie seinem Versprechen, er würde ihr kein Leid zufügen.

»Danke«, flüsterte er, trat zurück und rieb sich seine Handgelenke.

Die Augen abgewandt, nickte sie und reichte ihm eine Decke. Doch statt wieder aus der Zelle zu treten, reichte sie eigenhändig jedem anderen Mann eine Decke, ohne ein Wort zu sagen oder den anderen Gefangenen ins Gesicht zu sehen. Ihre Bereitschaft, jedem einzelnen zu helfen, überraschte Wolf.

Danach kehrte sie zu der alten Frau zurück, die inzwischen einen Korb und einen Krug geholt hatte. Beides stellte Cymbra unter den wachsamen Augen der Wächter neben Wolf auf den Boden. Schließlich richtete sie sich auf, die Hände vor der Brust gefaltet. Damit sie nicht zitterten?, fragte er sich. »Morgen früh komme ich wieder«, kündigte sie an. Nachdem er ihr zugenickt hatte, verließ sie die Zelle, und die Wächter schlossen die Tür. Klirrend wurde der eiserne Riegel vorgeschoben, und das Echo des Lärms erfüllte den Raum. »Sir Derward, es würde mir missfallen, wenn diesen Männern heute Nacht etwas zustieße«, betonte sie. »Versteht Ihr?«

Der Ritter ballte die Fäuste und holte tief Luft. »Aye, Mylady.«

Er mochte vielleicht ein Spatzenhirn besitzen, doch so töricht, das Schicksal herauszufordern, war er nicht. Sobald Lady Cymbra die Stufen hinaufgestiegen war, eilte er ihr nach. Zwei Wachtposten blieben zurück, die an der Wand lehnten und die Gefangenen missgelaunt im Auge behielten.

In der Zelle rührte sich niemand, bis Wolf auf Lady Cymbras Korb deutete. »Lasst uns etwas essen.«

Sofort umringten die Männer den Korb, in dem sich frisch gebackenes, ofenwarmes Brot, goldene Käselaibe, reife Äpfel und mehrere Brathühner befanden. Noch besser – der Krug enthielt genug kühles Ale für alle.

»Welch ein Festmahl!«, rief Magnus, der Jüngste von ihnen, ließ sich mit einem zufriedenen Seufzer auf den Boden sinken und biss in eine knusprige Hühnerkeule. »Erstaunlich, nicht wahr? Habt Ihr sie *gesehen*?«

Grinsend verschlang der einäugige Olaf ein Stück Käse. »Das ist keine Frau, sondern eine Göttin, die auf die Erde herabgestiegen ist.«

Bald löste das Ale die Zungen, und jeder tat seine Meinung über Lady Cymbra kund.

»Was für Augen …«

»Dieses Haar …«

»Und die Lippen ...«

»Ein wundervoller Körper ...«

Plötzlich verstummten sie und wandten sich zu Wolf, der die Achseln zuckte und ein Stück Brot abbrach. »An unserem Plan wird sich nichts ändern.«

Niemand widersprach, aber die Blicke, die sie verstohlen wechselten, verrieten ihm ihre Gedanken. Vielleicht würde die schöne, gütige Lady das Schicksal nicht verdienen, das Wolf ihr zugedacht hatte. Doch das machte keinen Unterschied. Was er wollte, würde geschehen.

Und was wollte er jetzt? Er war hierher gekommen, um Rache zu üben und Lady Cymbra so zu bestrafen, wie sie es nach seiner Meinung verdiente. Doch plötzlich war er sich nicht mehr sicher. Sie war so anders, als er sie sich vorgestellt hatte. Sie verblüffte ihn. Und sie machte ihn unsicher. Dieses Gefühl hatte er schon lange nicht mehr empfunden, und es irritierte ihn.

Er hatte versprochen, dass ihr nichts zustoßen würde.

Nun, daraus mochten sich Komplikationen ergeben. Was er mit ihr vorhatte, würde sie als Wortbruch betrachten. Also musste er sie dazu bringen, dass sie die Dinge aus demselben Blickwinkel sah wie er.

Er versenkte seine Zähne in dem warmen, duftenden Brot, während im schwachen Licht der Zelle ein wölfisches Lächeln aufblitzte.

2

Seufzend ließ sich Cymbra zurücksinken und lehnte den Kopf an den Rand der Lederwanne. Warmes Wasser umspülte ihre Glieder, und sie genoss das beruhigende Aroma der Kräuter, das ihrem Bad entströmte. In der Stille des Raums waren nur das knisternde Feuer und Miriams leise Schritte zu hören. Zum ersten Mal seit vielen Stunden konnte sie sich entspannen und ungestört nachdenken.

Sie wusste nicht viel über die Wikinger. Anscheinend gab es zwei Sorten – Kaufleute und Plünderer. Obwohl sie Sir Derward auf den Unterschied hingewiesen hatte, teilte sie seine Meinung. Diese Gefangenen erweckten nicht den Eindruck, ihr ein paar Stoffballen verkaufen zu wollen. Aber sie hatten sich auch nicht wie die brutalen Vandalen benommen, für die Derward sie hielt.

In einigen Teilen Englands stand die Herrschaft auf sehr wackligen Beinen, deshalb hatten die Dänen große Gebiete erobert und würden sich noch mehr Ländereien aneignen, wenn tapfere Ritter wie Cymbras Bruder sie nicht daran hinderten.

Was hatte die Wikinger hierher geführt? Doch auch wenn sie sich sagte, dass dies nicht ihr Problem war, kreisten ihre Gedanken unentwegt um dieses Rätsel – und den großen, muskulösen Anführer mit dem pechschwarzen Haar und den eisgrauen Augen.

Nein, das stimmte nicht, seine Augen wirkten nicht immer eisig. Ein- oder zweimal hatte sie heiße Glut darin lodern sehen. Doch sie wollte, nein, durfte nicht daran denken. Sie spürte eine eigenartige, feuchte Hitze zwischen ihren Beinen … Verwundert und errötend beobachtete sie, wie sich ihre Brustwarzen aufrichteten. Hastig stieg sie aus der Wanne und ergriff das Badetuch, das Miriam fürsorglich bereitgelegt hatte. Als sie ihren Körper in das weiche Leinen hüllte, fühlte sie sich etwas besser.

Sie sank in den Sessel vor dem Feuer und dankte Miriam, die ihr das Haar zu bürsten begann. Wie üblich empfand Cymbra diesen Liebesdienst als besänftigend, dennoch gebot sie bald Einhalt. In letzter Zeit schmerzten Miriams Hände immer heftiger, und die Salben, die ihre Herrin herstellte, vermochten die Qualen kaum zu lindern.

Behutsam berührte Cymbra die Finger der Dienerin. »Tut mir Leid, dass ich dir heute Kummer bereitet habe.«

Miriam seufzte und setzte sich neben ihre Lady. Seit Cymbra drei Tage alt gewesen und ihre Mutter gestorben war, wurde sie von ihrer Kinderfrau betreut.

So innig Miriam ihren Schützling auch liebte, verstand sie doch nur selten, was im Kopf der jungen Frau vorging. »Ihr habt mir Angst eingejagt, Mylady.« Verwirrt schüttelte sie den Kopf, wobei sich aus ihrer Haube ein paar dünne graue Strähnen lösten. »Wie konntet Ihr nur! Obwohl ich es nur ungern ausspreche, aber Sir Derward hat Recht, die Wikinger sind Tiere. Womöglich hätten sie Euch ermordet, ohne mit der Wimper zu zucken.«

»Was blieb mir denn anderes übrig?«, fragte Cymbra leise. »Sollen wir alles töten, was wir fürchten? Wenn wir das tun, werden uns andere bedrohlich finden und versuchen, *uns* zu ermorden. All das würde niemals ein Ende nehmen, sondern jede Grausamkeit würde nur eine weitere heraufbeschwören.«

Die alte Dienerin zuckte mit den Schultern. »So ist es nun einmal auf dieser Welt. Kein Mann kann es ändern, und ganz gewiss keine Frau.«

Seufzend stand Cymbra auf und trat vor das kupferne Kohlenbecken, das die abendliche Kälte verscheuchte. Ihre Schultern und Arme waren nackt. Nur knapp bedeckte das Badetuch den Ansatz ihrer Brüste. Ein Schauer rann über ihren Rücken. »Vielleicht nicht. Aber ich muss es versuchen. Das Leid ist ohnehin schon unerträglich.«

»Darüber sprecht Ihr nie mehr«, murmelte Miriam und warf ihr einen prüfenden Blick zu.

Beide Frauen teilten ihre Erinnerungen an die kleine Cymbra, die unentwegt geschrien hatte, ohne erklären zu können, warum. Es war sehr oft so gewesen. Wenn sich irgendwo ein Stallbursche mit einer Sichel in den Fuß geschnitten, wenn sich ein Küchenmädchen verbrüht hatte oder ein Krieger tödlich verwundet worden war. Einmal hatte der Anfall sogar mehrere Tage gedauert. Hawk hatte ihr am Ende einen Mohnsaft zu trinken gegeben, den er aus einem fernen Land mitgebracht hatte. Einen endlosen Tag und eine Nacht lang hatte er sie in den Armen gehalten und grimmig überlegt, was zu tun war.

Schließlich hatte sie Zuflucht auf Holyhood gefunden. In diesen Mauern hatte sie sich sicher gefühlt und zu kontrollieren gelernt, was eine Gabe und ein Fluch zugleich war. Nur vage konnte sich Miriam vorstellen, welch mühsamen Kampf das Mädchen ausgestanden hatte – mit Erfolg. Jetzt konnte sie Kranke, Verletzte und sogar Sterbende pflegen, ohne sich selbst zu quälen. Dennoch glaubte die alte Frau, ihre Lady würde die Schmerzen immer noch spüren, aber verdrängen. Meistens zumindest.

»Da gibt es nichts zu besprechen«, erwiderte Cymbra lächelnd und starrte ins Feuer, wo sie statt der Flammen jedoch rabenschwarzes Haar, gebräunte Wangen und schiefergraue Augen sah. Ärgerlich schüttelte sie den Kopf, ließ

das Badetuch fallen und griff nach ihrem Nachthemd. »Geh schlafen, Miriam«, befahl sie beim Hineinschlüpfen und zog mit beiden Händen ihr fast knielanges Haar aus dem Ausschnitt, was keine leichte Aufgabe war. Dann küsste sie ihre alte Kinderfrau. »Weiß der Himmel, du verdienst deine Ruhe, nachdem du es schon so lange mit mir aushältst.«

Miriam protestierte, sie gehorchte aber dennoch. Während die Tür hinter ihr ins Schloss fiel, hob Cymbra die Arme, streckte sich wohlig und balancierte auf den Zehenspitzen. Zufrieden spürte sie, wie ihre Anspannung nachließ. Auch sie brauchte ihren Schlaf, obwohl sie eine seltsame Energie in ihrem Inneren spürte, als hätte der Tag nicht Stunden, sondern lediglich ein paar Minuten gedauert.

Am nächsten Morgen würde ihr Bruder Hawk über das Schicksal der Gefangenen entscheiden. Mit gerunzelter Stirn überlegte sie, wie seine Entscheidung aussehen mochte. Wahrscheinlich würde er die Wikinger in seine Festung Hawkforte bringen lassen, um sich ein eigenes Urteil zu bilden, und sie würde den Anführer mit den grauen Augen nie wiedersehen. Nicht, dass es eine Rolle spielte … Aber warum spürte sie dann diesen seltsamen Schmerz in ihrem Herzen?

An Schlaf war nicht zu denken. Sie sah sich in der Kammer um, die sie seit so vielen Jahren schon bewohnte. Neben dem Kohlenbecken wartete ihre Handarbeit, und in der Ecke stand die Truhe, die Arzneien und kostbare Manuskripte enthielt. Ihre Laute lag auf dem Tisch neben dem hölzernen Kästchen, in dem sie Pergament, Federn und Tintenfässer verwahrte. So viele Ablenkungen wurden ihr geboten, doch sie konnte sich zu keiner entschließen.

Stattdessen öffnete sie die Tür, die zum Rundweg rings um den Turm führte.

Trotz der kalten Luft war ihr warm. Die Brustwehr reichte fast bis zu ihren Schultern, deshalb durfte sie sich im Nachthemd hinauswagen, ohne ihre Sittsamkeit zu gefährden.

Den Blicken der Männer, die sich unten im Hof aufhielten, blieb sie auf diese Weise verborgen, nicht aber dem des Mannes, der in der Dunkelheit stand und jeden ihrer Schritte beobachtete. Licht und Schatten glitten über ihren reizvollen Körper, und Wolf rang um seine Selbstkontrolle, die er stets so mühelos gewahrt hatte. Doch nun gelang es ihm nicht mehr.

Es war leicht gewesen, am Turm hinaufzuklettern. Durch das Fenster hatte er die alte Frau in Cymbras Zimmer gesehen und gewartet – unfähig, seinen Blick von der schönen Frau loszureißen, während sie badete, aus der Wanne stieg und sich in ein lächerlich dünnes Tuch wickelte. Schließlich – wollte sie ihn vollends um den Verstand bringen? – hatte sie das Badetuch zu Boden geworfen und ein Nachthemd angezogen, das sie vielleicht vor einer milden Brise bewahren mochte, doch nicht vor seinen Augen.

Im Norden kleideten sich die Menschen vernünftig – oder überhaupt nicht. Daran würde sie sich gewöhnen müssen. Und an vieles mehr.

Die Männer, die er als Kaufleute verkleidet am Vortag in die Festung geschickt hatte, waren so erfolgreich gewesen wie erwartet. Vor dem Verlies lagen die beiden bewusstlosen, gefesselten, geknebelten Gefängniswärter, ebenso wie die anderen Posten, die den Pfahlzaun bewacht hatten. Nahe der großen Halle hielten einige Wikinger Wache,

falls Derward oder einer der Ritter aufstehen sollte – was Wolf für unwahrscheinlich hielt, weil alle inzwischen in tiefem Schlaf lagen.

Und so war ihm die Lady schutzlos ausgeliefert. Langsam näherte sie sich, und er hätte sie berühren können – eine blasse, schöne Silhouette, vom Sternenschein liebkost. Er konnte den Duft ihrer Haut riechen. Über seine Wange strich eine Haarsträhne, die im Nachtwind flatterte. Als sie tief Atem holte, sah er, wie sich ihre Brüste hoben und senkten. Es war mehr, als ein Mann ertragen konnte, und er hatte es auch gar nicht vor. Trotzdem zögerte er, ihren inneren Frieden zu stören, den sie in den nächsten Tagen – und Nächten – vermissen würde.

Sie blickte auf Holyhood hinab, ihre Zuflucht und zugleich ihr Gefängnis. Plötzlich empfand sie eine Ungeduld, die nicht zu ihr passte, eine Sehnsucht, die sie weder erklären noch verleugnen konnte. Einfach lächerlich – sie war Lady Cymbra, Lord Hawks heilkundige Schwester. Sie gehörte hierher, und ihre Arbeit war ihr Lebensinhalt. Deshalb durfte sie sich glücklich schätzen.

Warum strebte sie nach anderen Freuden – wie ein Kind, das sich den Mond wünschte? Immerhin war sie eine erwachsene Frau, die es besser wissen müsste. Sei vernünftig, ermahnte sie sich. Es war schon spät, und sie sollte zu Bett gehen. Sicher würde sie bald einschlafen. Am nächsten Morgen würden die Gefangenen die Festung verlassen, und das Leben würde weitergehen wie bisher. Doch sie blieb stehen und starrte über den Pfahlzaun hinweg, den Sir Derwards Männer bewachen sollten, statt neben ihren Speeren zu dösen – dunkle, unbewegte Gestalten, deren Anblick Cymbra so vertraut war, dass sie erst nach einer Weile bemerkte, dass sie verschwunden waren.

Verschwunden? Cymbra erstarrte, beugte sich vor und kniff die Augen zusammen. Kein Zweifel. Ihre Augen suchten die gesamte Palisade ab, ohne einen einzigen Wachtposten zu entdecken. Gewiss, die Verteidigung von Holyhood wies gewisse Mängel auf, doch dass niemand Wache hielt, hatte sie noch nie erlebt. Irgendetwas stimmte hier nicht.

Die Wikinger.

Mit bloßen Händen hätte Hawk die Zelle auseinander genommen. Und der Mann mit den grauen Augen war so ruhig gewesen, so scheinbar unbeteiligt …

O Herr, schütze uns vor dem Zorn der Nordländer! Cymbra wandte sich von der Mauer ab, rannte los, um Alarm zu schlagen – und landete in stahlharten Armen. Erbarmungslos presste sich eine Hand auf ihren Mund, gegen die sie sich vergeblich wehrte. Im nächsten Moment wurde sie hochgehoben, an eine muskulöse Brust gedrückt und durch ihr Zimmer getragen, die Turmtreppe hinab, und hinaus in die Nacht.

»Seid still!«, befahl Wolf. »Wenn Ihr schreit, wird jeder sterben, der Euch zu Hilfe kommt.« Er schaute in ihre Augen, um sicherzugehen, dass sie die Warnung verstanden hatte. Er nahm seine Hand von ihrem Mund, damit sie besser atmen konnte, ohne jedoch den eisernen Griff seiner Arme zu lockern, während er weitereilte. Undeutlich sah sie Gestalten an seiner Seite – es waren wesentlich mehr als die Gefangenen im Verlies. Im Mondlicht glänzten Schwerter. Das Tor von Holyhood stand offen. Und dann lag die Festung hinter ihr. Kalte Nachtluft wehte ihr entgegen, und ihr wachsendes Entsetzen drohte sie zu überwältigen.

Immer wieder sah Wolf auf die Frau in seinen Armen hinab. Ihre Blässe und ihr Schweigen erfüllten ihn mit Sorge. Wider Erwarten war sie nicht in Ohnmacht gefallen, doch sie hatte die Augen weit aufgerissen und wirkte unnatürlich still. An seiner Brust spürte er das Rasen ihres Herzschlags, wie die Flügelschläge eines verzweifelten Vogels. Dennoch hatte seine Warnung sie ihre Angst besiegen lassen. Sie war ihm ein Rätsel – die Freundlichkeit, mit der sie den gefangenen Wikingern gegenübergetreten war, ebenso wie ihre Worte über die endlose Spirale der Grausamkeiten, als sie sich mit der Dienerin unterhalten hatte. Würde er diese seltsame Lady jemals verstehen?

Doch das war auch nicht nötig, sagte er sich. Um Rache zu üben, hatte er sie entführt. Nun würde sie für die Beleidigung büßen, die sie ihm zugefügt hatte, und für ihre Bereitschaft, unschuldige Menschen einem unaufhörlichen Krieg auszuliefern. In allen Einzelheiten hatte er ihr Schicksal geplant. Und nun …

Sicher fror sie erbärmlich. Dagegen musste er etwas unternehmen. Im Licht der Sterne, die sich auf der Wasseroberfläche widerspiegelten, erkannte er die dunklen Umrisse des Drachenbugs. An den Rudern saßen bereits seine restlichen Männer – die sich bei der Festnahme vor Derward versteckt hatten, der sich in seiner Dummheit nicht gefragt hatte, wie sechs Männer ein so großes Schiff manövrieren konnten.

Wolf watete durch die Wellen, ohne zu bemerken, wie sie seine Beine umspülten, während neben ihm der junge Magnus ins Wasser stürmte. Der Anführer ermahnte ihn mit einem kurzen Blick zur Vorsicht, dann übergab er ihm die Lady. Magnus war klug genug, nichts zu sagen oder zu erkennen zu geben, dass irgendwelche Gefühle in ihm aufkeimten. Er hätte ebenso gut einen Getreidesack in den Armen halten können.

Sekunden später stand Wolf an Deck, und Magnus hob die Gefangene zu ihm empor. Dann stöhnte er erleichtert, versank im Wasser und tauchte grinsend wieder auf. Wolf warf ihm einen vernichtenden Blick zu, bevor er zum Frachtraum ging. Geduckt stieg er die Leiter hinab und richtete sich auf. Sein Kopf berührte beinahe die Deckenbalken. Der Laderaum nahm die gesamte Länge des Schiffs ein und war von mehreren Wänden unterteilt. Achtern wurden Vorräte und Waffen gelagert, daran grenzten die Quartiere der Besatzung, die jedoch nur bei schlechtem Wetter genutzt wurden. Normalerweise zogen es die Männer vor, an Deck zu schlafen.

Am Bug wurden üblicherweise die erbeuteten Schätze oder Handelswaren verwahrt. Jetzt war dieser Raum leer, bis auf eine dünne Matratze, deren Anblick Wolf die Stirn runzeln ließ. Er hatte beabsichtigt, der Lady keinerlei Komfort zu bieten, um ihren Willen möglichst schnell zu brechen. Aber nun wollte er ihr diese unbequeme Unterkunft nicht einmal für die kurze Zeit zumuten, die es dauern würde, bis das Schiff weit genug von Holyhood entfernt war. Andererseits hatte er keine Wahl. Bevor die Flucht endgültig gelungen war, musste er an die Sicherheit seiner Männer denken. Er legte sie auf die Matratze, umfasste ihr Kinn und zwang sie, ihn anzusehen. »Rührt Euch ja nicht!«, befahl er. Dann ließ er sie los und drückte sie noch fester auf die Matte.

Wortlos starrte sie ihn an, das Gesicht von seidigem Haar umrahmt. Gehorchte sie vor Angst oder aus reiner Vernunft? Wie auch immer, vorerst gab er sich damit zufrieden und kehrte an Deck zurück.

Dass ihre Entführung so mühelos über die Bühne gehen würde, hatte er nicht zu hoffen gewagt. Dennoch blieb noch ein widriger Umstand – die Weigerung der Lady, all seine Wünsche zu erfüllen. Zweifellos würde sie sich dagegen sträuben.

Ein paar Minuten lang blieb sie reglos liegen. Nur ihre Brüste hoben und senkten sich rasch. Inzwischen war das blinde Entsetzen einer lähmenden Kälte gewichen, die nichts mit der kühlen Nachtluft oder dem dünnen Nachthemd zu tun hatte. Noch nie in ihrem Leben hatte sie so schreckliche Angst empfunden – oder so heißen Zorn.

Dankbar klammerte sie sich an ihre Wut. Als sie aufstehen wollte, klemmte das lange Haar unter ihrem Körper fest und zerrte an ihrer Kopfhaut, ein belangloser Schmerz, den sie sogar willkommen hieß, denn er half ihr, ihre Gedanken zu ordnen.

Wie konnten sie es wagen? Mit Hilfe einer niederträchtigen List in Holyhood einzudringen, die Herrin aus ihrem Turm zu entführen und zu flüchten, als wäre es ein Kinderspiel. Was waren das für Männer, die so etwas taten?

Nein, nur *ein* Mann – der Anführer, der ihr sein Wort gegeben hatte, ihr würde kein Leid geschehen.

Nun schämte sie sich ihrer Dummheit. Sir Derward war ein eitler, brutaler Ritter, von einem düsteren Geist beherrscht. Nur sein Selbsterhaltungstrieb hatte ihn daran gehindert, gegen seine Herrin aufzubegehren. Sie änderte ihre Meinung über ihn zwar nicht, erkannte aber, dass sie ihm ausnahmsweise hätte zustimmen müssen, was die Behandlung der gefangenen Wikinger betraf.

Wie viele Männer mochten auf Holyhood in ihrem Blut liegen, weil ihre Herrin so töricht und arrogant gewesen war? Sie dachte an die Wächter vor der Zelle und entlang der Palisade. In ihren Augen brannten Tränen, die sie hastig wegwischte. Nur nicht weinen – das würde ihr nichts nützen. Sie spürte, wie die Wellen gegen das Schiff schlugen, das sie immer weiter von ihrem Heim entfernte, von dem einzigen sicheren Hafen, den sie je gekannt hatte, und von den Menschen, um die sie sich kümmern musste.

Hastig erhob sie sich. Inzwischen hatten sich ihre Augen an das Dunkel in dem kleinen Raum gewöhnt. Durch die Ritzen in der Decke drang ein wenig Licht herein, gerade genug, um den Schatten der Leiter erkennen zu können, die nach oben führte. Sie raffte ihr Nachthemd zusammen, um nicht zu stolpern, und kletterte hinauf. Die Luke war geschlossen. Nachdem sie tief Luft geholt hatte, stemmte sie sich mit beiden Händen dagegen.

Glücklicherweise gab die Luke lautlos nach. Wie wundervoll wäre es, wenn die Verteidigungsbastionen von Holyhood ebenso gut instand gehalten würden wie dieses Wikingerschiff, dachte sie bitter. Dann wehte ihr kalte Nachtluft ins Gesicht, und all ihre Gedanken richteten sich auf ein einziges Ziel – ihre Flucht.

Auch Wolfs Gedanken wurden davon beherrscht. Er hatte seinen Platz zwischen seinen Leuten an einem Ruder eingenommen. Rhythmisch bewegten sich die kraftvollen Muskeln an seinem Rücken und seinen Schultern. Die See war ruhig, und der Wind blies in die Richtung, die sie einschlugen. Bald wären sie außerhalb der Reichweite etwaiger Verfolger.

Nicht, dass jemand versuchen würde, sich an ihre Fersen zu heften. Wahrscheinlich schliefen die Bewohner von Holyhood immer noch tief und fest. Erst am nächsten Morgen würde man die Flucht der Gefangenen und die

Entführung der Lady entdecken. Dann würde es zu spät sein, um irgendetwas zu unternehmen, und man konnte Lord Hawk nur noch mitteilen, seine Schwester sei verschwunden.

Lächelnd malte sich Wolf die Reaktion Lord Hawks aus, die angesichts dieser Demütigung mindestens aus einem Wutanfall bestehen würde. Wenn er seine Schwester jedoch wirklich liebte, würde ihn die Angst vor ihrem Schicksal fast zum Wahnsinn treiben. Und Sir Derwards restliche Erdentage würden reichlich unangenehm verlaufen, was Wolf nicht im Mindesten kümmerte. Schließlich schob er all diese Überlegungen beiseite und konzentrierte sich auf die Aufgabe, die er erfüllen musste. Zumindest versuchte er es. Doch obwohl er sich dagegen wehrte, musste er unentwegt an die Lady unter Deck denken. Ihre Schönheit verblüffte ihn noch immer, ebenso wie ihr rätselhaftes Wesen. Es würde nicht mehr lange dauern, bis sie sich seinen Wünschen fügte. Und dann würde er alles über sie wissen.

Vorerst jedoch sollte sie ihn fürchten. Das würde sie zum Gehorsam zwingen. Mit der Zeit wollte er ihr erklären, dass ihre Zukunft nicht ganz so schrecklich war, wie sie glaubte. Dafür müsste sie ihm dankbar sein. Genüsslich stellte er sich vor, wie sie ihre Dankbarkeit beweisen würde.

Plötzlich erlosch sein erwartungsvolles Lächeln, als eine Bewegung an Deck seine Aufmerksamkeit erregte. Ungläubig beobachtete er, wie sich die Luke langsam hob.

Wolf hörte zu rudern auf. Ihm gegenüber saß der alte Olaf, der verwundert herüberschaute, um zu sehen, was los war. Als er Wolfs Blick folgte, stockte sein Atem, aber er unterbrach seinen Rhythmus nicht. Auch die anderen

Männer ruderten weiter – sichtlich erleichtert darüber, dass die Lady nicht *ihr* Problem war.

Die Hände locker am Ruder, beobachtete Wolf, wie sich ein Kopf aus der Öffnung schob, ehe schmale Schultern und schließlich der Rest ihres Körpers sichtbar wurden.

Entsetzt beobachtete Wolf, wie sie leichtfüßig zur Reling eilte. Gewiss war ihm ihre Panik nicht entgangen, doch er hätte niemals erwartet, dass sie sie so weit bringen würde, dass sie freiwillig in den Tod ging. Mit langen Schritten stürmte er über das Deck und bekam Cymbra gerade noch rechtzeitig zu fassen, bevor sie sich ins schwarze Wasser stürzen konnte.

Sie wehrte sich mit aller Kraft – im Gegensatz zur Begegnung auf dem Turm, wo er sie blitzschnell überrumpelt hatte. Sie schlug und trat nach ihm und versuchte, sein Gesicht zu zerkratzen, aber er hielt sie unbarmherzig fest. Fluchend zerrte er die wütende Lady die Leiter hinab und warf sie auf die Matratze. Dann stand er über ihr, die Beine gespreizt, die Hände an den Hüften geballt, und starrte sie erbost an. »Was zum Teufel bildet Ihr Euch ein? Achtet Ihr Euer Leben so gering, dass Ihr es wegwerfen wollt?« Beinahe wäre sie gestorben. Dieser Gedanke erschütterte ihn so sehr, dass er die Lady am liebsten erwürgt und gleichzeitig liebkost hätte.

Zu seiner Verwunderung zeigte sie nicht die geringste Angst. Sie strich das Haar aus ihrem Gesicht und fauchte ihn an: »Was kümmert Euch mein Leben, Wikinger?« Aus ihrem schönen Mund klang das Wort wie ein Fluch. »Ihr seid in mein Heim eingedrungen und habt mich entführt! Dachtet Ihr, ich würde mein Schicksal einfach hinnehmen? O nein!«

Eigentlich hätte er auf ihr Verhalten gefasst sein müssen,

doch ihre Worte überraschten ihn so sehr, dass er nicht vorbereitet war, als sie aufsprang und zur Leiter lief.

Beinahe hätte sie ihr Ziel erreicht. Im letzten Moment streckte er seine Hand aus und umklammerte ein paar Falten aus feinem Leinen, das geräuschvoll zerriss. Unsanft zog er Cymbra zu sich heran. Nur ein einziger Gedanke beherrschte ihn – er musste diese Frau seinem Willen unterwerfen. Das zerfetzte Nachthemd glitt zu Boden, so dass sie nackt vor ihm stand. Er ließ sie los.

Sie standen voreinander, beide vollkommen erstarrt. Ein paar Sekunden lang rührten sie sich nicht, bis Cymbra schließlich verzweifelt aufstöhnte, mit beiden Händen ihre Blöße zu bedecken versuchte und sich abwandte. Doch sie verlor das Gleichgewicht und prallte gegen die Holzwand. Wolf hob sie hoch, legte sie wieder auf die Matratze und kniete neben ihr nieder. Sie drehte sich zur Seite und krümmte sich zusammen. Nur teilweise verhüllte das lange Haar ihren nackten Körper. Wolf betrachtete seine gebräunten Hände auf ihrer glatten, weißen Haut – raue, schwielige Hände, eher an ein Ruder oder den Griff eines Schwerts gewöhnt. Mühsam zwang er sich aufzustehen, während sein Herz in seiner Brust hämmerte. Für einen Augenblick senkte er den Blick und holte tief Luft.

Als er Cymbra wieder ansah, hatte er seine Fassung wiedergewonnen. »Nun verstehe ich, warum Euer Bruder Euch einsperrt. Sogar den vernünftigsten Mann könntet Ihr um den Verstand bringen, Lady.«

Sie schwieg, dennoch entging ihm nicht, wie sie sich versteifte. Mit einem Fluch, der sogar die Ohren eines hartgesottenen Kriegers gerötet hätte, kehrte er ihr den Rücken und stieg die Leiter hinauf. Nachdem er die Luke geschlossen hatte, zog er sein Schwert durch die Angeln, um sie zu arretieren. »Verdammtes Weib«, murmelte er.

Grinsend beobachteten seine Männer, wie er wieder nach dem Ruder griff.

Cymbra lag zitternd auf der Matratze. Irgendwie musste sie sich retten. Sie wollte aufstehen, doch die Beine gehorchten ihr nicht. Dass sie wenigstens versucht hatte, den Wikingern zu entfliehen, war nur ein schwacher Trost. Mit diesem kühnen Wagnis hatte sie ihre Lage noch verschlimmert. Da lag sie nun, nackt und hilflos, die Gefangene eines Wikinger-Kriegsherrn. Zu welcher Sorte von Wikingern er gehörte, hatte sie mittlerweile erkannt. Beim Gedanken an das Schicksal, das ihr bevorstand, krampfte sich ihr Magen zusammen. Wie die Wikinger mit den Frauen umgingen, die sie in ihre Gewalt brachten, wusste sie nur zu gut. Kein Wunder, dass ihr Peiniger geglaubt hatte, sie wollte sich das Leben nehmen. In der Meerestiefe hätte sie ganz sicher einen angenehmeren Tod gefunden.

Eine Welle der Übelkeit schwappte über sie hinweg. Welches Grauen ihr drohte, konnte sie sich vorstellen. Oder durfte sie auf Barmherzigkeit hoffen? *Er hat mir nichts angetan.* Nein, das war absurd. Der brutale Wikinger, ein skrupelloser Barbar, würde keine Gnade kennen. Hätte sie doch nur auf Sir Derward gehört …

Bei ihrer erbitterten Gegenwehr hatte sie nur sich selber wehgetan, während er, wie sie jetzt erkannte, eher sanft mit ihr umgegangen war. Ganz behutsam hatte er sie auf die Matratze gelegt.

Und doch – er hatte ihr Nachthemd zerrissen.

Zufällig?

Cymbra schüttelte erstaunt den Kopf. Versuchte sie tatsächlich, den Wikinger zu entschuldigen, der sie gefangen genommen hatte? *Nun, es hätte schlimmer kommen können,* überlegte sie. *Immerhin ist er an Deck zurückgekehrt, ohne sich an mir zu vergehen …*

Andererseits ließ er sie im Laderaum seines Schiffs liegen, wo sie erbärmlich fror. Es wäre albern, von diesem Barbaren eine freundliche Gesinnung zu erwarten. Zweifellos würde sie einen grausamen Tod erleiden. Die wenigen Stunden, die ihr vielleicht noch blieben, sollte sie nutzen, um zu beten.

Aber sie konnte sich nicht mehr an die vertrauten, tröstlichen Worte erinnern. Es fiel ihr schwer genug, nicht zu schreien. Wütend richtete sie sich auf, ihre Arme um die angezogenen Knie und kämpfte mit den Tränen. Sie wollte tapfer sterben. Bevor ihr die Todesangst den letzten Rest ihres Verstandes raubte.

Sie war so in ihre schmerzlichen Gedanken versunken, dass sie nicht hörte, wie die Luke geöffnet wurde und sich leise Schritte auf der Leiter näherten. Plötzlich wurde etwas Großes, Pelziges über ihren Körper geworfen.

Ein Tier!

Kreischend fuhr sie zusammen und versuchte, es beiseite zu schieben.

»Ruhig!« Wolf kauerte neben ihr nieder, hielt ihre Hände fest, und seine Stimme klang seltsam beruhigend. »Keine Bange, das ist nur ein Umhang.« Geduldig, als hätte sie ihn nicht verstanden, fuhr er fort: »Der wird Euch wärmen.« Nach einer kurzen Pause fügte er hinzu: »Und die Schicklichkeit wahren.«

Kein Tier. Nur ein Umhang. Langsam ließ sie ihre Hand über das Fell gleiten. Sie konnte kaum etwas sehen. Der Wikinger war kaum mehr als ein riesiger schwarzer Schatten. So etwas Weiches hatte sie nie berührt. Das war kein gewöhnlicher Pelz.

»Hermelin«, fuhr er fort, als hätte er ihre Gedanken gelesen. »Aus dem Land der Russen.«

Also hatte er ihr einen Hermelin gebracht? Was in diesem Mann vorging, erschien ihr immer mysteriöser. »Danke«, erwiderte sie würdevoll.

»Hört mir zu.« Er seufzte tief, ehe er einige Sekunden lang wartete, ob sie sich seinen Wünschen fügen würde. Sie spürte seine Nähe, die ihr noch wärmer erschien als der Hermelin. Welch eine schockierende Vorstellung, nicht der Pelz würde sie bedecken, sondern dieser große, muskulöse Körper. »Wenn Ihr mir gehorcht, werde ich Euch nichts antun.«

Dankbar für das Dunkel, das ihre glühenden Wangen verbarg, zog sie den Umhang noch fester um ihre Schultern. »Ich will es versuchen«, gelobte sie wahrheitsgemäß, wenn auch nicht besonders überzeugend. Als er nicht auf dieses Versprechen antwortete, das jeder andere Mann für ein Zeichen mangelhafter Fügsamkeit halten würde, nahm sie all ihren Mut zusammen und schaute ihn an. Durch die offene Luke drang Sternenschein herab. Wie Cymbra im bleichen Licht erkannte, schimmerten seine Augen nicht grau, sondern silbrig. Plötzlich hatte sie das seltsame Gefühl, diese Augen schon einmal gesehen zu haben. Irgendwo. Vielleicht in einem Traum. »Wer seid Ihr?«, wisperte sie leise.

Er erhob sich und stellte sich gebieterisch vor sie, während seine Silberaugen langsam über ihre Gestalt glitten. In der nächtlichen Stille, die nur vom Plätschern der Wellen durchbrochen wurde, die gegen den Rumpf des Drachenschiffs schlugen, klang die tiefe Stimme des Wikingers wie Samt, der über Granit strich. »Wolf Hakonson.«

Cymbras Atem stockte, und ihre Sinne drohten zu schwinden. Konnte der Allmächtige so grausam sein? Aber obwohl sie nicht glauben wollte, was sie soeben gehört hatte, musste sie der Wahrheit ins Auge blicken. Jetzt ergab all das so etwas wie einen Sinn.

Wer sonst sollte die Wachtposten von Holyhood so tückisch überlistet und ihre Herrin so mühelos entführt haben? Kein anderer als der schrecklichste Wikinger, der je aus dem Norden herabgekommen war. Der Mann, vor dem sogar die Dänen zitterten. Der mächtige Kriegsherr, in ganz England unter dem Namen bekannt, den er in Blut und Feuer verdient hatte – die Geißel der Sachsen.

Und sie war seine Gefangene. In diesem Augenblick, von einem Hermelin gewärmt und seltsamerweise immer noch unversehrt, begrub Cymbra ihre letzten Hoffnungen. Nur eine einzige Frage musste sie noch stellen, bevor sie sich in ihr Schicksal ergab.

»Warum?«

3

Voller Genugtuung beobachtete er das Entsetzen, das sein Name in ihr auslöste, und das sie sofort unterdrückte. Gleichzeitig war er enttäuscht, weil sie unschuldiges Staunen heuchelte. Er hatte etwas mehr von ihr erwartet, doch dann entsann er sich, dass sie nur eine Frau war. Er setzte sich zu ihr auf den Rand der Matratze und strich ihr, ohne darüber nachzudenken, eine Haarsträhne aus der Stirn. Ihre Locken fühlten sich unglaublich weich an. Ebenso wie ihr Körper. Gedanken, für die später noch Zeit blieb. »Warum ich das getan habe?«

»Ja, warum?«

Wolf wappnete sich mit Geduld. Bald würde sie feststellen, dass ihre weibliche List erfolglos bleiben würde. »Warum habt Ihr einen ehrenwerten Heiratsantrag abgelehnt, der Frieden zwischen unseren Völkern gestiftet und uns im Kampf gegen die Dänen vereint hätte?«

Allem Anschein nach völlig verwirrt, schnappte sie nach Luft. Er wollte sich nicht vorstellen, wie diese rosigen Lippen unter seinen nachgeben und seine Zunge aufnehmen würden. Doch der Gedanke ließ sich nicht verdrängen und übte die vorhersehbare Wirkung aus.

»*Was* habe ich getan?«

»Das erwähnte ich soeben«, erwiderte er schärfer als beabsichtigt, aber auch seine Langmut hatte gewisse Grenzen – was Lady Cymbra in absehbarer Zeit würde erkennen müssen. »Ihr habt verkündet, einen schmutzigen, barbarischen Wikinger würdet Ihr niemals heiraten.«

Langsam senkten sich ihre langen Wimpern auf die bleichen Wangen hinab. Nach einer kurzen Pause starrte sie ihn herausfordernd an. »So etwas habe ich nie gesagt.« Seltsam – ihre Entrüstung schien echt zu sein.

»Und was *habt* Ihr gesagt?«

»Kein einziges Wort. Von diesem Heiratsantrag wusste ich nichts.«

Verwundert runzelte er die Stirn. Ihre Behauptung klang aufrichtig. Sollte er ihr glauben? »Euer Bruder gab mir Bescheid, in Eurem Namen.«

»Nein!« Keine Tücke, keine Strategie klang aus ihrem Protest. »So etwas würde Hawk nicht tun.«

Skeptisch hob er die Brauen. »Seid Ihr sicher?«

»O ja. Erstens würde er einen Heiratsantrag mit mir besprechen – was er aber nicht tat. Und zweitens hätte er

Euch, falls er gegen diese Ehe gewesen wäre, niemals eine so unverschämte Antwort gegeben. Hawk strebt nach Frieden.«

Dass sie ihrem Bruder Vertrauen schenkte, wenn auch zu Unrecht, gefiel ihm. Er raubte ihr diese Illusion nur widerwillig, doch zu seinem Bedauern blieb ihm nichts anderes übrig. Entschlossen zog er ein Pergament aus seiner Tunika. »Könnt Ihr lesen?«

»Ja!«, fauchte sie. »Und Ihr?«

»Zumindest fiel es mir nicht schwer, diese Zeilen zu entziffern.« Er reichte ihr das Pergament, dann erhob er sich und entzündete eine Öllampe, die in einer kleinen, von Steinen umrahmten Nische stand. »Versprecht mir, das Schiff nicht anzuzünden«, bat er, als flackerndes Licht aufflammte.

Mit zusammengepressten Lippen überflog sie die Nachricht.

»Erkennt Ihr die Handschrift, Lady?«

»Das hat mein Bruder nicht geschrieben.«

»Kann er schreiben?«, fragte Wolf überrascht. Nur wenige Männer waren dazu fähig, selbst Ritter von edler Herkunft. Er hatte sich diese Kunst angeeignet, weil es ihm widerstrebte, anderen Leuten wichtige Informationen zu überantworten.

»Was nicht allgemein bekannt ist – er hat beschlossen, Lesen und Schreiben zu lernen, weil er Mönch werden wollte.«

»Was hat ihn daran gehindert?«

»Es hatte irgendetwas mit Frauen zu tun. Seine Briefe an mich schreibt er selbst, aber ein Teil seiner Korrespondenz wird von Schreibern erledigt. Wahrscheinlich kenne ich nicht die Handschrift von jedem Einzelnen.

In diesem Punkt war sie zweifellos ehrlich. Zufrieden deutete Wolf auf das Siegel am unteren Rand des Pergaments. »Kommt Euch das bekannt vor?«

Widerwillig nickte sie. »Wenn ich mich nicht irre, sieht es wie das Siegel meines Bruders aus.«

Wolf nahm ihr den Brief ab, faltete ihn zusammen und steckte ihn wieder ein. »Also stammen die Worte von ihm.«

»Nein, keineswegs! Wie das Siegel auf dieses Pergament geraten ist, kann ich nicht erklären. Aber eins weiß ich – er würde Euch niemals so schmählich beleidigen. Er will unbedingt Frieden.« Im Schein der Lampe konnte er die Angst in ihren Augen erkennen. »Aber was Ihr getan habt, wird einen Krieg entfesseln.«

»Vielleicht«, stimmte er ungerührt zu und löschte die Flamme. »Warten wir's ab. Jetzt solltet Ihr schlafen.«

»Schlafen?«, wiederholte sie entgeistert.

»Ja – schlafen«, bestätigte er und konnte seine Belustigung nicht verbergen. »Legt Euch hin, schließt die Augen und entspannt Euch.«

»Wie könnte ich Schlaf finden?«

»Wollen wir die Matratze auf bessere Weise nutzen?«

»Oh – ich bin schon beinahe eingeschlafen ...«

Unwillkürlich brach er in Gelächter aus. Die schöne Lady Cymbra bewies einen Kampfgeist, den er ihr nicht zugetraut hatte. Welch eine faszinierende, verlockende Frau voller Widersprüche. In der Tat, ihre Zähmung würde ein Genuss werden, und er konnte sich nicht mehr erinnern, wann er sich zum letzten Mal so sehr auf etwas gefreut hatte. In bester Stimmung ging er wieder an Deck, streckte sich unter den Sternen aus und schlief wenig später ein.

Cymbra starrte auf das graublaue Wasser und zog seufzend den Hermelin enger um ihre Schultern. Der Wind blähte die Segel. Aber die Männer gönnten sich keine Ruhe, sondern ruderten mit aller Kraft, so dass das Drachenschiff über die Wellen zu fliegen schien.

Während der Nacht war die Welt zusammengeschrumpft auf dieses Schiff inmitten einer scheinbar grenzenlosen See. Cymbra saß im vorderen Teil des Schiffs, von dem aus sich das mit Eisen beschlagene Deck mindestens fünfzig Fuß lang bis zum Furcht erregenden Drachenbug erstreckte. Mittschiffs ragte ein einziger Mast aus einem wuchtigen Eichenblock, getakelt mit einem viereckigen Segel, auf dem das Emblem des Wolfs prangte.

Die Männer legten sich auf beiden Seiten des Decks in die Riemen, die meisten hatten ihre Hemden ausgezogen unter der fahlen Sonne, vor die sich gelegentlich eine Wolke schob. Nichts war zu hören außer ihren keuchenden Atemzügen, dem knarrenden Tauwerk, den plätschernden Wellen, die gegen die Seitenwände prallten, wo die Schilde der Wikinger hingen.

Wie viele Meilen bin ich von Holyhood entfernt?, fragte sich Cymbra. Gewiss weiter als je zuvor in ihrem Leben. Noch nie war sie an Bord eines Schiffs gewesen, ohne die Küste zu sehen. Und nun – unter dem endlosen Himmel, nur von Wasser umgeben – fühlte sie sich verloren und bedeutungslos. Unentwegt quälte sie die Sorge um die Menschen, die in der Festung zurückgeblieben waren, und immer wieder schweiften ihre Gedanken zu ihrem Bruder und den Überlebenden des Wikinger-Angriffs. Mit jedem Atemzug spürte sie das Leid dieser Männer. Nachdem sie jahrelang gegen solche Emotionen gekämpft hatte, war sie ihnen jetzt machtlos ausgeliefert.

Gleichzeitig bemühte sie sich, ein sonderbares, beunruhigendes Gefühl zu unterdrücken, das sie nicht zu deuten vermochte. War es Erregung? Vielleicht sogar Abenteuerlust? Nein, unmöglich – wie könnte sie sich über die plötzliche Vernichtung ihres wohl geordneten Lebens freuen? Durch ihre gesenkten Wimpern musterte sie den Mann, der die Schuld an ihrem Unglück trug.

Am Vormittag hatte er sie an Deck geführt, und jetzt stand er in ihrer Nähe, eine Hand am Ruder, dessen Position er hin und wieder korrigierte. Bevor die Sonne aufgegangen war, hatte er ihr eine Mahlzeit und Wasser gebracht. Von seiner Fürsorge ermutigt, hatte sie ihn um Kleidung gebeten, die sie außer dem Hermelin tragen könnte. Es gäbe nichts, hatte er gleichmütig geantwortet. Weder eine Tunika noch ein Hemd, weder Wolle noch Seide, die ihre Haut von dem warmen, sinnlichen Pelz trennen würde.

Doch sie glaubte ihm nicht. Irgendetwas musste doch an Bord sein. Sie ahnte, dass er sie zu einem Protest herausfordern wollte, doch diesen Gefallen tat sie ihm nicht. In der Nacht hatte sie Zeit gefunden, um über ihre Lage nachzudenken. Während die Angst langsam verebbte, war ihr Zorn unablässig gewachsen. Selbst wenn Hawk ihm jenen Brief geschickt hatte, was gewiss nicht stimmte, gab es keinen Grund, einen Krieg zu riskieren. Stattdessen müssten weitere diplomatische Maßnahmen ergriffen werden.

Wie der gute König Alfred – möge Gott ihn segnen – stets betonte, sollte ein Krieg den letzten Ausweg darstellen, nicht die erstbeste Lösung. Nicht, dass der Wessex-Nachfahre jemals gezögert hätte, das Schwert zu schwingen, aber er hielt sich wenigstens lange genug zurück, um sich einer anderen Möglichkeit zu besinnen.

Nicht Wolf Hakonson. O nein. Sobald er sich beleidigt fühlte, brach er auf, um ein Chaos heraufzubeschwören.

»Typisch Mann.«

»Was habt Ihr gesagt?« Nach Cymbras stundenlangem Schweigen freute sich Wolf, ihre Stimme zu hören, obwohl er nicht verstand, was sie meinte.

Verwirrt zuckte sie zusammen. Erst jetzt bemerkte sie, dass sie ihre Gedanken laut ausgesprochen hatte. »Nichts«, entgegnete sie und starrte aufs Meer.

Wolf hob scheinbar desinteressiert die Schultern. »Vermutlich wärt Ihr nicht sofort ertrunken. Ich glaube, vorher hätten Euch die Haie geschnappt«, sagte er, nachdem sein Blick dem ihren gefolgt war.

Augenblicklich hatte er ihre ungeteilte Aufmerksamkeit. »Ich bin eine ausgezeichnete Schwimmerin. Außerdem befanden wir uns noch in Küstennähe.«

Also hatte sie keinen Selbstmord geplant, sondern geglaubt, sie könnte das Festland erreichen. Ein Irrtum. Trotzdem atmete er erleichtert auf, denn die Vorstellung, dass sie den Tod seiner Gesellschaft vorzog, war unerträglich gewesen. Jeder Mann hatte seinen Stolz.

»Falls Ihr dachtet, diese tollkühne Flucht wäre Euch im Dunkel der Nacht gelungen, habt Ihr Euch getäuscht.«

»Nun, das werden wir niemals wissen, oder?«

Wolf seufzte. Im Grunde wollte er sie nicht verärgern. Sie war ein erstaunlich widerborstiges kleines Ding. Wie der Igel, den er in seiner Kindheit besessen hatte. Bei diesem Gedanken musste er lachen.

Sie hob die Brauen. »Amüsiere ich Euch?«

»Oh, ich habe Euch nur mit einem Igel verglichen, der mir die Zeit vertrieb, als ich noch ein kleiner Junge war.«

Das musste ein Scherz sein. Natürlich. Noch nie war sie

mit einem Igel oder irgendeinem anderen Tier verglichen worden – höchstens mit einem Schwan. »Findet Ihr, ich sehe wie ein Igel aus?«

»Nein, aber Ihr benehmt Euch so.« Endlich hatte er sie in ein Gespräch verwickelt. Ein erster Erfolg. Mit zusammengekniffenen Augen musterte er Cymbra. »Jedenfalls erinnert Ihr mich an ein pelziges Geschöpf – mit diesem dichten, langen Haar.« Das schönste, weichste Frauenhaar, das ihm je unter die Augen gekommen war. Diese seidigen Locken wollte er an seinem Körper spüren, seine Finger in ihnen vergraben und ihr Gesicht zu sich heranziehen, bis …

»Nur am Kopf«, betonte sie. »Nicht überall.« Zu spät erkannte sie die Falle, in die sie getappt war, und errötete. Wenn er jetzt ein Wort darüber verlauten ließ, dass er sie nackt gesehen hatte … Und was mochte er wohl gesehen haben, während er ihr vor dem Turmzimmer aufgelauert hatte?

»Hm«, murmelte Wolf und lächelte, ehe er sich wieder auf das Ruder konzentrierte. Als Olaf ihnen etwas zu essen brachte, stand die Sonne hoch am Himmel. Ohne Cymbra eines Blickes zu würdigen, reichte er Wolf eine gefüllte Platte. »Sie trägt deinen Umhang.«

»Ich habe ihn ihr gegeben.«

»Ich nehme an, du willst dir einen neuen anfertigen lassen, aus den Pelzen, die ich dir noch schulde.«

»Vielleicht.«

»Hätte ich nur nicht mit dir gewettet!«, seufzte Olaf. »Immer gewinnst du.«

»Ebenso gut hättest *du* den Sieg erringen können. So einfach war's nun auch wieder nicht.«

Cymbra konnte ihre Neugier nicht bezähmen. Ungeduldig wartete sie, bis Olaf fort war, dann fragte sie: »Worum ging es bei dieser Wette?«

Lässig zuckte Wolf die Achseln. »Olaf hat gewettet, ich würde es nicht schaffen, kampflos in die *Festung* einzudringen und Euch herauszuholen. Jetzt muss er mir zehn Pelze geben.«

Um ein so gefährliches Wagnis hatten sie *gewettet?* Welch ein Hochmut! Und nun schwelgten sie in ihrem Triumph. »Also ist es ein Spiel für Euch gewesen. Ihr habt es nicht als Kampf betrachtet, all die Wachtposten zu töten? Nein, natürlich nicht. Da sie keine Gelegenheit fanden, sich zu verteidigen, war es schlicht und einfach Mord.«

Er starrte sie an, als hätte sie den Verstand verloren. »Keine Gelegenheit? Diese Krieger sollten Euch *verteidigen.* Doch sie waren nicht einmal in der Lage, sich selbst zu schützen.«

»Sie hatten Familien – Ehefrauen und Kinder. Was soll jetzt aus diesen armen Menschen werden?«

Wie schön sie ist in ihrem Zorn, dachte er, mit geröteten Wangen und funkelnden Augen. »Nun, das hängt davon ab, ob Euer Bruder Gnade walten lässt.«

Verblüfft runzelte sie die Stirn. »Wie meint Ihr das?«

»Ich meine ...« Ihm fiel auf, dass er die Zähne zusammenbiss, und er zwang sich mühsam zur Ruhe. Von dieser verdammten Frau würde er sich nicht aus der Fassung bringen lassen. »Wir ließen die Wachtposten gefesselt und geknebelt liegen. Von ein paar Schürfwunden und Kopfschmerzen abgesehen, ist ihnen nichts zugestoßen.«

Durfte sie ihren Ohren trauen? Sie sprach nur selten norwegisch, seit ihr ein alter Mönch, der auf seiner Wanderschaft eine Zeit lang in Holyhood gelebt hatte, diese Sprache beigebracht hatte. Bruder Chilton war eifrig bestrebt gewesen, den Heiden im Norden das Wort Gottes nahe zu bringen, und hatte ihr zahlreiche Geschichten über die Wikinger erzählt. Bei dieser grausigen Erinnerung erschauerte sie. »Also zögert Ihr, Menschen zu töten? Das überrascht mich.«

An seinem Kinn zuckte ein Muskel. »Weil ein schmutziger, wilder Wikinger keine Gnade kennt?«

»So habe ich das nicht gemeint.«

Natürlich glaubte er ihr nicht. Er hielt sie für eine Lügnerin. Für Cymbra war das eine völlig neue Erfahrung. Nie zuvor hatte jemand an ihrem Wort gezweifelt. Sie wünschte, sie könnte ihn überzeugen, während sie sich gleichzeitig fragte, weshalb es ihr so am Herzen lag.

Die nächsten Tage verliefen ebenso wie der erste. Jeden Morgen brachte Wolf ihr etwas zu essen und Trink- und Waschwasser. Sie hatte den Eindruck, dass sie von Letzterem mehr bekam, als ihr zustand. Doch sie konnte sich nicht überwinden, diese Gunst abzulehnen.

Nach ihrer Morgentoilette führte er sie an Deck. Das Wetter war schön, und sie genoss die frische Luft. Aber das Schweigen und die Langeweile zerrten an ihren Nerven. Viele Stunden verbrachten die Männer, auch Wolf, an den Rudern. Diese körperliche Anstrengung waren sie offenbar gewohnt, und sie schonten sich nicht. Beklommen musterte Cymbra die nackten, mit Narben übersäten Oberkörper. Zweifellos waren die Wikinger in zahllosen Schlachten verletzt worden, dennoch glaubte sie, ein Teil dieser Narben müsste von ihrem beschwerlichen Alltag zeugen.

Da sie noch nie zuvor ausschließlich in der Gesellschaft von Männern gewesen war, konnte sie ihre Neugier nicht bezwingen. Wie sie feststellte, benahmen sie sich anders, wenn sie mit Frauen umgingen, doch vielleicht galt das nur für Frauen *ihres* Standes.

Jedenfalls redeten sie nicht viel, wenn sie unter sich waren, und wenn doch, nahmen sie kein Blatt vor den Mund. Cymbra versuchte, nicht zu lauschen, was bei der Enge auf dem Schiff unmöglich war. Nachdem sie ein paarmal rote Ohren bekommen hatte, gewöhnte sie sich erstaunlich schnell an die raue Ausdrucksweise der Wikinger. Sie lernte auch, hastig den Blick abzuwenden, denn was körperliche Bedürfnisse anging, verhielten sich die Männer ebenso ungeniert wie in ihren Gesprächen.

Nur Wolf redete mit ihr, was selten genug geschah – entweder mittags oder bei den Abendmahlzeiten. Warum er sie entführt hatte, erwähnte er nicht mehr, und er deutete auch nicht an, welches Schicksal ihr bevorstand. Cymbra überlegte, ob sie ihn danach fragen sollte, wagte es jedoch nicht, weil sie sich vor der Antwort fürchtete. Ihre Grübeleien, ob die Bewohner von Holyhood tatsächlich unverletzt geblieben waren und wie es Hawk ergehen mochte, bereiteten ihr schon genug Sorgen. Was er tun würde, wenn er von der Entführung seiner Schwester erfuhr, wagte sie sich kaum vorzustellen. Wahrscheinlich würde er in blindem Zorn losstürmen. Sie liebte und respektierte ihren Bruder, doch sie kannte sein ungestümes Temperament und wusste, dass er zu skrupelloser Gewalttätigkeit neigte. So sehr sie ihre Rettung auch herbeisehnte – darum beten wollte sie nicht, weil ihr vor einem Blutbad graute.

Trotz allem konnte sie sich nicht über die Bedingungen ihrer Gefangenschaft beklagen. Wolf hatte ihr eine zweite Matratze gebracht, damit sie bequemer schlafen konnte. Meistens war das Essen – frischer Fisch oder getrocknete und gepökelte Lebensmittel – so reichlich, dass sie nicht einmal alles aufessen konnte. Abgesehen von der mangelnden Kleidung musste sie nichts entbehren.

Außer der Sorge um Hawks Pläne war die Langeweile ihr größtes Problem.

Am siebten Tag, als sie bereits glaubte, sie würde weinend zusammenbrechen, wenn die qualvolle Eintönigkeit der Stunden nicht bald enden würde, geschah endlich etwas. Wie üblich saß sie im vorderen Teil des Schiffs, hielt ihr Gesicht in die Sonne und grübelte. Plötzlich hörte sie den Schrei einer Möwe, blickte auf und sah den Vogel langsam über ihrem Kopf kreisen. Einer der Männer warf einen Fischkopf ins Wasser. Blitzschnell schoss die Möwe herab, schnappte nach ihrer Beute und verschlang sie. Wenig später erschien ein zweiter Vogel, der ebenfalls gefüttert wurde. Und dann sah Cymbra am Horizont, was sie schon beim Anblick des ersten Vogels geahnt hatte – *Land*.

Die Angst, die längst verflogen war, stieg erneut in ihr auf, und sie versuchte sich vorzustellen, was sie erwartete. Die norwegischen Kaufleute, die sie kennen gelernt hatte, waren sehr freundlich gewesen. Aber dieser Gedanke beruhigte sie nicht, denn schließlich waren alle Händler nett und höflich, um gute Geschäfte zu machen. Bruder Chilton hatte jahrelang in Norwegen gelebt und schaurige Geschichten erzählt – zum Beispiel über blutrünstige heidnische Rituale.

War sie deshalb so lange verschont worden? Weil Wolf irgendein grausiges Spektakel mit ihr plante, das ihre Vorstellungskraft bei weitem überstieg? Mühsam versuchte sie, ihre Furcht zu bezähmen.

Wolf bemerkte überrascht ihre innere Unruhe. Eigentlich sollte sie sich freuen, weil die Schiffsreise ein Ende fand. Doch dann erriet er, was seiner Gefangenen Kummer bereitete. Er hatte ihr bislang seine Absichten verschwiegen und es ihr überlassen, sich die verschiedenen Möglichkeiten auszumalen. Da sie eine kluge Frau war, würde sie erkennen, was allen Beteiligten am ehesten nützen würde.

Erstaunt bemerkte er, dass er ihr vertraute – zumindest in gewisser Hinsicht. Dazu durfte er sich nicht hinreißen lassen. Als Sächsin gehörte sie einem tapferen, aber unberechenbaren Volk an, das in England seinem Untergang entgegengestrebte, bis Alfred an die Macht gekommen war, unter dessen Führung sie nun kämpften. Gut und schön, aber ein Volk sollte sich nicht auf einen einzigen Anführer verlassen, um zu überleben. So dumm waren die Wikinger nicht.

Beim Gedanken an sein Volk schlug Wolfs Herz höher. Wie bei jeder Reise, spürte er eine tiefe Sehnsucht nach seinem Heimatland in sich aufkeimen. Bald würde er Rauch von seinem eigenen Herd aufsteigen sehen und von tiefer Zufriedenheit erfüllt sein. Aber zuerst würden sie an Land gehen, nach den langen Tagen auf hoher See die steifen Glieder strecken und in den Wäldern jagen. Tagelang hatte er nur Fisch gegessen. Jetzt sehnte er sich nach frischem Fleisch.

Cymbra bemerkte den leichten Kurswechsel und starrte der Küste entgegen, die immer näher kam – dicht bewaldet, mit zahllosen Buchten und Flussmündungen. Verwundert erkannte sie, dass sie einen anderen Anblick erwartet hatte – glitzerndes Treibeis, kahle, trostlose Klippen, und nicht diese schöne Landschaft.

Kraftvoll ruderten die Männer darauf zu – auch Wolf, der das Steuer dem alten Olaf überlassen hatte. Mit nichts als einer engen Hose und weichen Lederstiefeln bekleidet, bewegte er sich rhythmisch vor und zurück. Bei jeder Bewegung vibrierten die Muskeln seines breiten Rückens und seiner sehnigen Schenkel, während sein schwarzes Haar über seinen gebräunten Schultern hin und her schwang. Als er sich umdrehte und seinem Hintermann etwas zurief, entblößte ein fröhliches Grinsen seine schneeweißen Zähne. Cymbra wandte hastig den Blick ab. Plötzlich fiel ihr das Atmen schwer.

Die Küste schien ihnen entgegenzufliegen. Vor der goldenen Kurve eines Strandes sah sie kleine Inseln, über denen sich Möwen und Seelöwen tummelten. Das Schiff glitt so schnell dahin, dass ihr beinahe entgangen wäre, dass die Wikinger an Land gehen wollten. Doch plötzlich erteilte Wolf einen Befehl, worauf die Ruder eingeholt wurden, und der steinerne Anker, der an einer Eisenkette hing, plätschernd ins Wasser fiel. Ein heftiger Ruck ging durch das Schiff, dann schaukelte es sanft auf den Wellen.

Mit Waffen und Schilden in den Händen wateten einige Männer zum Strand, während andere die Ruder sicherten und das Segel bargen, bevor sie ihren Kameraden folgten. Am liebsten wäre auch Cymbra ins Wasser gesprungen, doch der Hermelin würde sie nach unten ziehen, deshalb durfte sie sich diesen Wunsch nicht erfüllen. Sie blickte zu Wolf hinüber und erkannte zu ihrer Verblüffung, dass er seine Gefangene mit zusammengekniffenen Augen musterte. Irgendetwas schien ihn zu amüsieren, denn seine Mundwinkel zuckten. »Wollt Ihr den ganzen Tag hier sitzen bleiben?«, fragte er in freundlichem Ton.

»Hätte ich etwas Anständiges zum Anziehen, würde ich ebenso wie Eure Leute an Land waten – oder schwimmen.«

»Ach ja, Ihr seid ja eine ausgezeichnete Schwimmerin.«

Als er nichts mehr sagte, wuchs Ihr Ärger. Sie fühlte sich schrecklich allein und verletzlich. An Land sah sie keinerlei Hinweis auf eine Siedlung. Warum hatten die Wikinger diesen Strand angesteuert? Was würde mit ihr passieren? Ihre Kehle war plötzlich wie zugeschnürt, und sie spürte Tränen in ihren Augen aufsteigen.

Bevor sie etwas sagen oder tun konnte, hob Wolf sie hoch, zog den Hermelin fest um ihren Körper und trug sie zur Reling. Während er ins Wasser sprang, hielt der alte Olaf die Gefangene auf den Armen, wobei er sich taub, blind und gefühllos stellte. Dann watete Wolf mit ihr zum Strand. Behutsam setzte er sie in den Sand, neben der Stelle, wo seine Männer Feuer machten. Nachdem er kurz eine Hand auf ihre Schulter gelegt hatte – eine Geste, die sie als seltsam tröstlich empfand –, ergriff er seine Waffen. »Heute Abend möchte ich endlich wieder Fleisch essen«, verkündete er und rief einige Wikinger zu sich. Leichtfüßig eilte er in den Wald und verschwand aus Cymbras Blickfeld.

Nach einer Weile stand sie auf und begann, den Strand entlangzuwandern. Wie weit würde sie kommen, bevor man sie zurückholen würde? Vielleicht würde ihr auch niemand folgen, wenn sie in den Wald floh. Eine unsichtbare Frau konnte man schließlich nicht verfolgen. Über diesen Gedanken musste sie lächeln, und sie beschloss, das Schicksal nicht herauszufordern. Wie vernünftig dieser Entschluss war, fand sie bei ihrer Rückkehr ins Lager bestätigt. Olaf blickte von dem dampfenden Kessel auf, der über dem Feuer hing, und legte den Kopf schief. Anscheinend war sie keine Sekunde lang unsichtbar gewesen. Sie ließ sich im Sand nieder, und als ein verlockendes Aroma zu ihr herüberwehte, knurrte ihr Magen vernehmlich.

Olaf nahm ein paar Kräuter aus einem kleinen Beutel, der an seiner Taille hing, und streute sie in den Topf. Prüfend schnüffelte er, fügte eine weitere Prise hinzu und nickte zufrieden.

»Was habt Ihr in den Kessel getan?«, fragte Cymbra.

Er starrte sie verblüfft an. Die anderen Männer schienen regelrecht zu erstarren, während sie sich bemühten, nicht in ihre Richtung zu blicken. Schließlich räusperte sich Olaf und richtete seine gesamte Aufmerksamkeit auf ein Stück Treibholz, das er zu einem Löffel zurechtschnitzte. »Salz, Petersilie, Salbei. Und ein paar andere Gewürze.«

Welch eine Freude, endlich wieder ein Gespräch zu führen! Sie stand auf, beugte sich über den Topf und schnupperte. »Kümmel – und schwarzer Pfeffer.« Ein paar Männer grinsten und sahen sie sogar an, als sie fortfuhr: »Also hofft Ihr auf einen Hasenbraten?«

In dem Versuch, unbeeindruckt zu wirken, zuckte Olaf die Achseln, holte Rüben, weiße Perlgraupen und einen Kohlkopf aus einem Sack und warf alles in den Kessel. »Ein größeres Jagdwild brauchen wir nicht. Wir bleiben nur eine Nacht hier.«

Nachdem sie eine Antwort erhalten hatte, fuhr sie ermutigt fort: »Und wo ist – hier?«

»Oh, diese Küste hat keinen Namen. Wolf kommt gern hierher. Ein guter Ankerplatz. Und Jagdwild in Hülle und Fülle.«

»Wohnt Ihr in der Nähe?«

Vielleicht hätte er geantwortet, doch in diesem Augenblick kehrte Wolf mit der restlichen Jagdgesellschaft zurück. Wenig später wanderten gehäutete, ausgeweidete und zerlegte Hasen in den Topf. Sie fragte sich, warum das Fleisch nicht am Spieß über dem Feuer gebraten wurde, doch als sie das Schmorgericht kostete, verstand sie, warum. Olaf war ein hervorragender Koch.

Nach dem Essen legte sich langsam die sommerliche Abenddämmerung über den Strand. Cymbra beobachtete die Möwen und Sturmvögel, die zu ihren Nestern flogen. Am graublauen Himmel erschien eine dünne Mondsichel, die Brise frischte auf, und es wurde angenehm kühl. Die Männer lagen im Sand und unterhielten sich leise. Verwirrt bemerkte Cymbra, dass sie plötzlich die Gefühle der Wikinger deutlicher wahrnahm als zuvor. An Bord des Drachenschiffs waren sie ihr aus dem Weg gegangen und hatten ihre Anwesenheit kaum zur Kenntnis genommen. Aber seit ihrem Gespräch mit Olaf, mochte es auch noch so kurz gewesen sein, begann die Barriere zu zerbröckeln. Bevor sie instinktiv hinter der Mauer ihres eigenen Seelenlebens Schutz suchte, spürte sie die Freude und Zufriedenheit der Männer, die sich angesichts ihrer baldigen Heimkehr in ihnen ausbreitete. Wehmütig dachte sie an ihr eigenes Zuhause und sehnte sich nach allem, was ihr selbstverständlich erschienen war – und was sie vielleicht für immer verloren hatte. Den Tränen nahe, suchte sie ihren Kummer zu bekämpfen.

Wolf erhob sich, klopfte sich den Sand ab und streckte ihr seine große, sehnige Hand entgegen. »Kommt.«

Sie schluckte. Sollte sie den Befehl missachten? Aber welchen Sinn hätte das? Sie wusste, wie leicht er sie zum Gehorsam zwingen konnte. Also holte sie tief Luft und stand auf, ohne seine ausgestreckte Hand zu beachten. Ungehalten runzelte er die Stirn. Doch er beharrte nicht auf seinem Willen und ging den Strand entlang, während sie ihm folgte. Bis zu den Knöcheln versanken ihre nackten Füße im feuchten Sand. Da sie den Pelzumhang festhalten musste, fiel es ihr umso schwerer, Wolfs ausholenden Schritten zu folgen. Er gönnte ihr keinen Blick. Als sie eine Viertelmeile vom Lager entfernt waren, blieb er stehen – so abrupt, dass Cymbra gegen seinen Rücken prallte, ein Gefühl, als sei sie gegen eine Wand gestoßen. Alle Luft wurde ihr aus den Lungen gepresst. Als sie wieder zu Atem kam, starrte sie ihn an. »Habt Ihr etwas Bestimmtes vor?«

Er drehte sich zu ihr um. Wieder einmal zuckten seine Mundwinkel, aber er lachte nicht. Stattdessen nahm er einen Gegenstand aus dem Sack, den er bei sich trug, legte ihn in Cymbras Hand und zeigte auf eine Lichtung hinter den Bäumen. »Ich dachte, Ihr wollt vielleicht ein Bad nehmen.«

Ein Bad? In dieser Wildnis, wo weit und breit keine Menschenseele lebte, schlug er ihr ein Bad vor? Natürlich war dieser Gedanke verlockend, aber es widerstrebte ihr, in eisigem Gletscherwasser unterzutauchen. »Ich glaube nicht …«

»Ein heißes Mineralbad.« Eine Hand auf ihre Schulter gelegt, lenkte er ihren Blick auf Dampfwolken, die zwischen moosbewachsenen Felsen aufstiegen. Als sie näher trat, sah sie einen kleinen, von innerem Erdenfeuer erhitzten Teich. Ein Bad – ein warmes, luxuriöses Bad. Und eine Seife. Erst jetzt bemerkte sie, was er ihr in die Hand gedrückt hatte. Gewiss, es war kein Vergleich zu ihren wundervollen Geißblatt- und Lavendelseifen – aber dennoch ein kostbares Geschenk.

»Danke«, erwiderte sie, »ein Bad wäre himmlisch. Es wird nicht lange dauern.«

»Nehmt Euch nur Zeit.« Wolf legte sich ins Gras und stützte sich auf einen Ellbogen. Von dieser Stelle konnte er den Teich im Auge behalten.

Nur mühsam bezwang sie den Impuls, ihm die Seife ins Gesicht zu schleudern. »Das hätte ich mir denken können.«

»Was?«, fragte er sanft.

»Dass Ihr nichts tun würdet, um einfach nur nett zu sein.«

»Ist dieses Bad, das ich Euch anbiete, keine nette Geste?«

»Wohl kaum, wenn ich vor Euren Augen baden soll.«

In scheinbarer Verblüffung hob er die Brauen. »Warum sollte Euch das stören?«

»Warum?« Er spielte mit ihr. Doch sie ließ sich ihren wachsenden Zorn nicht anmerken. »Weil es sich nicht schickt. So etwas würde keine anständige Frau tun. Vielleicht ... die Wikingerinnen ...«

»Im Norden gehen wir viel vernünftiger mit solchen Dingen um. Wir freuen uns an unseren Körpern, unbelastet von absurden Schamgefühlen.«

»Wie schön für Euch!« Fest entschlossen, ins Lager zurückzukehren, wollte sie an ihm vorbeigehen. Doch kraftvolle Finger umfassten ihren Fußknöchel so schnell, dass sie die Bewegung zu spät wahrnahm. Sein schwieliger Daumen strich über ihre Haut. »Lasst mich los!«

»Nein.« Mit sanfter Gewalt zwang er sie, näher zu treten, und seine Hand wanderte zu ihrer Kniekehle hinauf, und noch höher.

Wie gelähmt stand sie da. So war sie noch nie berührt worden. Sie fürchtete sich. Nicht vor ihm, sondern vor ihren eigenen Gefühlen. Seine Finger erzeugten ein seltsames Entzücken, und sie biss sich auf die Lippen, um ein Stöhnen zu unterdrücken – was ihr nicht gelang.

4

Wolf sprang auf, umfasste ihre Schultern und schüttelte sie leicht. »Lasst das! Ihr blutet!«

Aus ihrer Unterlippe quollen winzige rote Tropfen. Aber sie schien die kleine Verletzung nicht wahrzunehmen. Entgeistert starrte sie ihn an.

Sein Ärger galt nicht ihr, sondern ihm selbst, weil er diese Situation heraufbeschworen hatte. »Nehmt Euer Bad!«, herrschte er sie an. »Ihr habt es nötig.«

Entschieden schüttelte sie den Kopf. Sie war leichenblass geworden. Aber sie hielt seinem Blick stand, ohne mit der Wimper zu zucken. »Nein.«

Dieser Trotz musste bestraft werden. In Wolfs Truppe war sein Wort oberstes Gesetz. Nur zu gut wussten seine Leute, dass Ungehorsam ins Verderben führen würde – jenem Monstrum, das hinter dem Herd jedes Mannes lauerte und darauf wartete, die Unvorsichtigen, Unglücklichen oder einfach nur die Törichten zu verschlingen. In einer Welt, wo das Gesetz eiserner Stärke und unbeugsamer Macht herrschte, hatte er niemals gezögert, seinen Willen durchzusetzen. Bis jetzt … Er versuchte, eine andere Strategie anzuwenden. »Eure Angst ist unbegründet, Lady«, versicherte er und betrachtete ihr dichtes kastanienbraunes Haar. Nur mühsam widerstand er der Versuchung, die zerzausten Strähnen zu berühren. »Ich bevorzuge blonde Frauen.« Dann trat er einen Schritt zurück und musterte sie von Kopf bis Fuß. »Und üppigere Figuren.«

Falls der listenreiche Gott Loki diese Lügen hörte, würde er vor Ehrfurcht erstarren und Wolf allein schon deshalb das Tor von Walhalla öffnen.

Angesichts der Verblüffung, die aus Cymbras Miene sprach, wäre er beinahe in Gelächter ausgebrochen – ein Bedürfnis, das er in ihrer Gegenwart viel zu oft verspürte und das nicht zu seiner harten, unbequemen Lebensweise passte. »Die Geschmäcker der Männer sind nun mal verschieden. Versteht Ihr, was ich meine?«

Immer noch verwirrt, nickte sie. Vorsichtig, als würde sie unbekanntes Terrain betreten, fragte sie: »Also findet Ihr mich nicht attraktiv?«

Er musste erneut ein Lachen unterdrücken. Zweifellos hatte man ihr unentwegt bestätigt, wie schön sie sei. Mit ihrer strahlenden Erscheinung musste sie alle anderen Frauen in ihrer Nähe übertrumpft haben. »Oh, Ihr seid keineswegs hässlich«, entgegnete er, während er Loki auf seiner Schulter kichern und ihn anfeuern hörte. »Aber was den einen Mann reizt, lässt den anderen kalt.«

Cymbra dachte über seine Worte nach. Was den Geschmack der Männer betraf, besaß sie keine Erfahrung. Sie wusste nur, das alle außer Hawk in ihrer Anwesenheit stotterten und stammelten – wenn sie überhaupt ein Wort hervorbrachten. Nicht einmal der alte Bruder Chilton war gegen ihre Magie immun gewesen. Es hatte ihr schon häufig Kummer bereitet, dass man sie wegen ihrer Schönheit anders behandelte als andere, und sie wünschte, sie wäre einfach nur hübsch.

Gefiel sie dem Wikinger tatsächlich nicht? Forschend schaute sie ihn an und versuchte herauszufinden, ob er irgendein böses Spiel mit ihr trieb, doch er erwiderte ihren Blick unschuldig und freundlich, und deutete auf den Teich. »Nehmt Euer Bad. Es ist spät geworden. Und ich möchte möglichst bald ins Lager zurückkehren.«

Eine brennende Röte überzog ihre Wangen. Eben noch

hatte ihr seine Berührung ein wohliges Stöhnen entlockt, und jetzt gab er ihr zu verstehen, dass sie nichts als eine Last für ihn war.

Gut. Wenigstens wollte sie eine saubere Last sein. Als sie ans Ufer des Teichs trat, verlor sie beinahe den Mut, doch sie holte tief Luft, ließ den Hermelin fallen und glitt ins Wasser. Als die dampfenden Wellen sie umspülten, stieß sie einen leisen Schrei aus.

»Alles in Ordnung?« Ohne eine Antwort abzuwarten, kam Wolf näher.

Hastig hob sie eine abwehrende Hand. »Ja, das Wasser ist nur ein bisschen zu heiß.« Nicht nur ein bisschen. Doch nach dem anfänglichen Schock genoss sie die Hitze, die ihren Körper und ihre Nerven entspannte, und sie spürte, wie die Angst vor ihrem ungewissen Schicksal langsam verebbte. Mit wachsender Zuversicht beobachtete sie, wie der brodelnde Schaum ihre Nacktheit verhüllte, und lachte entzückt. »Einfach himmlisch! Von solchen warmen Quellen habe ich zwar gehört, aber nie zuvor in einem so wundervollen Teich gebadet.« Lächelnd ergriff sie die Seife, die am Ufer lag, und begann, ihre Arme und Schultern zu waschen.

Wolf unterdrückte ein Stöhnen. Nur wenige Sekunden lang hatte er ihren schmalen Rücken, die sanft gerundeten Hüften und die schlanken Beine hinter dem Vorhang ihres seidigen Haars gesehen – und beinahe die Beherrschung verloren. Drängend pulsierte das Blut in seinen Adern, und sein Körper verlangte nach süßer Erfüllung. Er sank wieder ins Gras, starrte die Wölbung in seiner Hose an und murmelte: »Runter mit dir, verdammter Narr!«

»Was habt Ihr gesagt?«, rief Cymbra.

Unbehaglich wandte er sich ihr zu und zwang sich zu

einem Lächeln. Wenn ein Mann so dumm war, einer Frau zu zeigen, welche Macht sie über ihn ausübte, konnte er seine Männlichkeit genauso gut mit einem Strick umwickeln, und ihr überreichen, so dass sie ihn fortan daran herumführte. »Nichts ...« Mit zusammengebissenen Zähnen rang er nach Atem und verfluchte jenen mutwilligen Körperteil, der seinem Gehirn den Gehorsam verweigerte.

Da diese Taktik keinerlei Erfolg zeigte, konzentrierte er sich auf banale Gedanken – die scheinbar endlosen Zahlenkolonnen in seinen Geschäftsbüchern, die er regelmäßig studieren musste. Jede langweilige Einzelheit rief er sich ins Gedächtnis, bis seine Begierde nachließ.

Erst jetzt blickte er wieder in Cymbras Richtung, die inzwischen ihr Haar gewaschen hatte. Während sie aus dem Teich stieg und das Handtuch ergriff, das er bereitgelegt hatte, wandte er seinen Blick wohlweislich ab, um kein weiteres Risiko einzugehen. Hastig trocknete sie sich ab und hüllte sich in den Hermelin. »Ich bin fertig. Vielen Dank, das Bad war wunderbar.«

»Freut mich, dass es Euch gefiel«, murmelte er. Mochte sie ihn auch zur Verzweiflung getrieben haben – Hauptsache, sie hatte sich vergnügt. Irgendeine ausgleichende Gerechtigkeit musste es schließlich geben. Zumindest wollte er sich ebenfalls säubern. »Setzt Euch, Lady.« Als sie verwundert blinzelte, erhob er sich und zog seine Tunika aus. »Nun bin *ich* dran.«

Cymbra riss die Augen auf. Im schwachen Dämmerlicht konnte er es nicht mit Gewissheit sagen, aber er glaubte, sie erröten zu sehen. Sehr gut – sollte sie nur in Verlegenheit geraten. Das verdiente sie, nachdem sie mit ihrer unbefangenen Heiterkeit seinen Unmut geweckt hatte. Er wünschte, er könnte dasselbe brennende Verlangen in ihr wecken, das er vorhin empfunden hatte, doch er würde es nicht stillen. Zumindest nicht sofort. Sonst wäre der reibungslose Ablauf der geplanten Ereignisse gefährdet.

Entschlossen kehrte sie ihm den Rücken zu. »Ich gehe zum Lager zurück.«

»Setzt Euch!«, wiederholte er unerbittlich. Zu seiner eigenen Überraschung fügte er etwas sanfter hinzu: »Die Nacht bricht herein. Womöglich würdet Ihr stolpern und stürzen – oder Euch verirren.«

Warum *erklärte* er ihr seine Befehle? Erbost über sein unbegreifliches Verhalten, riss er sich die restlichen Kleider vom Leib und glitt ins Wasser.

Cymbra keuchte leise auf und setzte sich. Was sie sah, bevor sie die Lider senkte, brannte sich unauslöschlich in ihre Erinnerung ein – muskulöse Schultern, ein breiter Rücken, schmale Hüften, pralle Hinterbacken, lange, sehnige Beine, eine wohl geformte Gestalt, die ihr den Atem nahm und eine beklemmende Sehnsucht in ihr entfachte.

Nein, sie hatte nicht beabsichtigt, ihn anzusehen. Es war rein zufällig geschehen – so als hätte ihr Körper einen eigenen Willen entwickelt, der sich nun auf schockierende Weise zeigte. Schmerzhaft schwollen ihre Brustwarzen an und zwischen den Schenkeln spürte sie eine Feuchtigkeit, die eindeutig nicht mit ihrem Bad zusammenhing. Ihre Beine bebten – anscheinend bereit, sich einladend zu öffnen.

Guter Himmel, was stimmte nicht mit ihr? War sie so verworfen, dass allein schon der Anblick eines nackten Mannes wilde Leidenschaft in ihr weckte?

Nicht nur der Anblick – Wolf Hakonson hatte viel mehr zu bieten. Verblüfft über ihre abwegigen Gedanken, begann sie unvermittelt zu kichern. Ringsum begannen ihre sorgfältig aufgebauten Schutzwälle zu zerbröckeln, die sie so dringend gebraucht und mit deren Errichtung sie ihr ganzes Leben zugebracht hatte.

Wie sollte sie sich vor ihren eigenen Emotionen schützen? Statt Angst und Abscheu zu empfinden, spürte sie, wie ein durchaus angenehmer Schwindel Besitz von ihr ergriff und glaubte, am Rand einer Klippe zu stehen, über die sie sich bedenkenlos stürzen würde.

Welch eine Verlockung, herauszufinden, ob sie fliegen könnte …

Aber natürlich würde es ihr nicht gelingen. Und wenn sie eine solche Närrin war, dass sie diese Tatsache auch für einen Augenblick vergaß, würde ihr die grausame Wirklichkeit schon bald all ihre unsittlichen Gedanken austreiben.

Entschlossen schwor sie sich, stets daran zu denken und blickte überallhin – nur nicht zum Teich. Dieser Teil des Nordlands, wo immer er auch liegen mochte, hatte einiges mit Essex gemeinsam, wenngleich hier mehr Tannen wuchsen, nur wenige Birken und offenbar keine einzige der vertrauten Eichen, ebenso wenig wie Kastanienbäume.

Durch diese fremdartigen Eigenheiten wirkte der Wald im schwindenden Tageslicht umso düsterer, beinahe unheimlich – und trotzdem schön. Wenn sie ausschließlich auf ihre Umgebung achtete, würde sie vergessen, was in ihrer unmittelbaren Nähe geschah.

Unglücklicherweise konnte sie ihre Ohren nicht so leicht verschließen. Allzu deutlich hörte sie das Wasser plätschern und stellte sich vor, wie Wolf seinen wundervollen Körper einseifte, ehe er aus dem Teich stieg.

Nur gut, dass die Abendluft so rasch abkühlte … Sonst wäre ihr im dicken Pelz unerträglich heiß geworden.

»Gehen wir zum Strand?«

Sie hob den Kopf und sah ihn direkt neben ihr stehen, wieder mit seiner Tunika und der Hose bekleidet. In seinem dichten, ebenholzschwarzen Haar glänzten Wassertropfen. Nachdem er sich rasiert hatte, traten die markanten Konturen seines Kinns noch klarer hervor. Er wirkte unnahbar, gebieterisch und wachsam. Verärgert über seine Fähigkeit, Gefühle mühelos zu verbergen (was ihr sehr schwer fiel), ergriff sie mit geheuchelter Gelassenheit seine ausgestreckte Hand. Den neuerlichen Wunschtraum, den die Berührung seiner warmen Finger heraufbeschwor, verdrängte sie augenblicklich. Sie nickte würdevoll und versuchte, ihm ihre Hand zu entziehen. Zu seiner Verblüffung stellte er fest, dass er seinen Griff instinktiv verstärkt hatte, und ließ sie los.

»Geht nicht zu weit voraus. In diesen Wäldern wimmelt es von Wölfen!«, mahnte er freundlicher.

Wölfe, Haie, Wikinger – welchen Unterschied machte das schon? Sie war versucht, ihm diese Frage zu stellen, besann sich jedoch eines Besseren und ging nicht allzu weit voraus. Gemeinsam trafen sie im Lager ein.

Rings um das Feuer schlummerten die Männer bereits, oder sie waren diskret genug, um sich schlafend zu stellen. Wolf streckte sich im Sand aus und deutete auf den Platz an seiner Seite. Als Cymbra nicht unverzüglich gehorchte, zuckte er die Achseln und drehte sich zur Seite. Nach kurzer Zeit schien er ebenfalls zu schlafen.

Sie zauderte. Plötzlich fühlte sie sich erschöpft und ein wenig albern. Nur zu deutlich hatte ihr Entführer erklärt, was er für sie empfand. Was er auch immer beabsichtigen mochte, um diese späte Stunde würde er wohl kaum, von wilder Lust getrieben, über sie herfallen.

Schließlich sank sie neben ihm in den immer noch warmen Sand und redete sich ein, ihr Unmut hätte *nichts* mit verletztem Stolz zu tun. Ihr letzter Gedanke galt dem Drachenschiff, das auf den Wellen schaukelte und sie in den Schlaf wiegte.

Zwei weitere Tage lang segelten sie dahin, erst nach Osten, der aufgehenden Sonne entgegen, dann nordwärts. Die Landschaft veränderte sich, und die zerklüfteten Hügel reichten bis zur Küste. Hier und da tauchten einsame Bauernhöfe auf, deren Felder sich bis zu den Hängen erstreckten.

Einmal sah Cymbra eine Kinderschar durch ein goldenes Gerstenfeld laufen und dem Schiff zuwinken. Als die Männer zurückwinkten, wehte fröhliches Geschrei über das Wasser heran. Schlagartig schien sich die Stimmung an Bord zu heben, und die Wikinger zählten die Stunden bis zu ihrer Heimkehr. In dieser Nacht schlief Cymbra sehr schlecht.

Ihre Angst wuchs. Am nächsten Tag saß sie im Bug, betrachtete die vorbeigleitende Küste und hielt nach Anzeichen Ausschau, die auf ein mögliches Ziel hinweisen könnten. Gegen Mittag näherten sie sich einer Reihe von Inseln und Sandbänken, die ihr auf den ersten Blick wie ein undurchdringliches Gewirr erschienen. Wolf übernahm das Steuer, und die Männer ruderten etwas langsamer, während sie sich vorsichtig einen Weg durch einen schmalen Kanal zwischen den hohen Felsblöcken bahnten.

Schließlich mündete der Kanal in eine große Bucht, in deren tiefblauem Wasser sich schützende Hügel widerspiegelten. Am anderen Ende der Bucht lag eine gegen das Land und das Meer gleichermaßen abgeschirmte Siedlung, die aus mehreren dicht aneinander gedrängten Gebäuden bestand. Aus den Schornsteinen auf den Strohdächern quoll Rauch. Menschen und Tiere tummelten sich zwischen einigen Wagen auf schmalen Straßen. Im Stadtkern befand sich ein Marktplatz. Drei lange steinerne Landungsbrücken ragten ins Wasser. An die vorderste grenzte eine Kaimauer, eine Anlegestelle für Schiffe mit geringem Tiefgang.

Oberhalb der Stadt, auf einem Hügel, der einen Ausblick über die ganze Bucht bot, lag eine von einem Erdwall mit Wachttürmen umgebene Festung. Die Siedlung schien eine geschäftige Handelsniederlassung zu sein, von der natürlichen Umgebung geschützt, aber durch ihre starken Verteidigungsbastionen keineswegs von ihr abhängig.

Mehrere Signalhörner erklangen. Die Wächter auf den Türmen hatten das Drachenschiff mit dem Wolfsemblem am Segel erkannt. Mit immer neuen Signalen, die von den Hängen widerhallten, hießen sie die Heimkehrer freudig willkommen.

Während das Schiff an der längsten Landungsbrücke anlegte, eilten jubelnde Frauen und Kinder zum Kai. Die Männer an Bord winkten ihnen zu, während sie ihren Familienmitgliedern, die sie in der Menge ausmachten, zuriefen, die Reise sei erfolgreich verlaufen und alle kehrten wohlbehalten zurück. Noch bevor der Anker geworfen wurde, sprang Wolf auf den Pier und schüttelte die Hand eines Wikingers, dem die Frauen und Kinder Platz gemacht hatten. Wie Cymbra verwundert feststellte, war der Mann genauso groß wie der Anführer und obwohl sein Haar braun statt schwarz war, war die Ähnlichkeit unverkennbar. Sein bleiches Gesicht zeugte von einer Krankheit, die er vermutlich soeben erst überstanden hatte, und er bewegte sich etwas mühsam. Doch er grinste breit, und der Schlag, den er Wolf auf den Rücken versetzte, hätte einen schwächeren Mann ohne weiteres niedergestreckt.

Der Mann sagte etwas zu Wolf, worauf dieser die Stirn runzelte und hastig eine Antwort hervorstieß. Daraufhin sah der Ältere zum Schiff hinüber und musterte Cymbra. Unbehaglich wandte sie sich ab, ihrer Nacktheit unter dem Hermelin plötzlich allzu deutlich bewusst. Das Geschrei der Menge gellte ihr in den Ohren, und plötzlich wünschte sie, die Fahrt hätte nie ein Ende gefunden und sie wäre immer noch auf hoher See, wo die Zeit stillzustehen schien.

Wolf kehrte an Deck zurück, und die Zuschauer verstummten abrupt. Von neugierigen Augenpaaren verfolgt, trat er vor Cymbra, während aufgeregtes Stimmengewirr erklang. Ihre Wangen brannten und ihr Magen verkrampfte sich schmerzhaft. Sie spürte die allgemeine Aufregung und die Neugier und fragte sich beklommen, was die Menschen von ihr halten mochten.

Nein, sie musste Mut fassen und würdevoll hinnehmen, was immer mit ihr geschehen mochte. Also rang sie nach Fassung und versuchte erneut, die Barrieren zu errichten, die ihre Seele schon so oft geschützt hatten, wenn sie von unkontrollierbaren Gefühlen bestürmt worden war. Hoffentlich waren die Barrieren stark genug, so dass sie sich dahinter verschanzen konnte …

»Kommt mit mir!«, befahl Wolf und hob sie hoch, ehe sie wusste, wie ihr geschah.

»Ich bin durchaus imstande, selbst an Land zu gehen!«, protestierte sie, obwohl sie daran zweifelte. Aber ihr Stolz gebot ihr, wenigstens einen Versuch zu wagen.

»Ich trage Euch lieber«, erwiderte er ungerührt.

Und so traf Cymbra auf Wolfs Armen im Wikingerhafen Sciringesheal ein.

Das ist also aus meinem Plan geworden, Lady Cymbra nackt und in Ketten durch die Straßen zu zerren, dachte er wehmütig. Zumindest hatte er diesen Gedanken erwogen, als er auf dem Weg nach Holyhood gewesen war, eifrig bestrebt, die Beleidigung zu rächen, die man ihm und seinem Volk zugefügt hatte. Eine solche Strafe würde die Lady wahrlich verdienen. Stattdessen hatte er sie in einen Pelz gehüllt, der einer Kaiserin würdig wäre, und trug sie in die Stadt, so dass niemandem der Status der Lady verborgen blieb.

Als sie zur Seite wichen und ihm Platz machten, bemerkte er ihr Erstaunen, ohne sich jedoch darum zu kümmern. Wer die fremde Frau war, würde sich rasch herumsprechen. Ohne seine Schritte zu verlangsamen, ging er weiter, und stieg den Hang zur Festung hinauf, während die Menge ihm folgte.

Das Tor im Erdwall öffnete sich, und er erwiderte den Gruß der Wachtposten. Doch er hielt nicht inne und eilte an Werkstätten, Ställen und Gehegen, am Küchentrakt und am Hauptgebäude vorbei, ehe er zu einem ebenerdigen Haus gelangte, das etwas abseits stand und aus duftendem Tannenholz gezimmert war.

Rings um die Tür und die Fenster waren kunstvolle Ornamente in lebhaften Blau-, Rot-, und Gelbtönen auf die Planken gemalt. Über dem Eingang, den ein Vordach schützte, hingen zwei gekreuzte Äxte, die Symbole für die Macht eines Jarls.

Mit einer Stiefelspitze stieß Wolf die Tür auf, trat ein und duckte sich, damit sein Kopf nicht gegen die Oberschwelle prallte. Zufrieden sah er sich um. Lange Jahre hatte er das Gemeinschaftsleben eines echten Norwegers bevorzugt, die Mahlzeiten, die Unterkunft, Mühsal und die Siege seiner Leute geteilt. Aber seit ihn der Rat zum Oberhaupt des Clans ernannt hatte, gönnte er sich den Luxus einer Privatsphäre. Er durchquerte den Raum und setzte seine Gefangene auf dem breiten Bett aus Birkenstämmen ab, das mit Wolfspelzen bedeckt war. Nur widerstrebend ließ er sie los. »Die Frauen werden für Eure Bequemlichkeit sorgen. Aber sie besitzen keine Erfahrung mit einer Lady von Eurem Stand. Falls Ihr irgendwelche Wünsche habt, müsst Ihr sie äußern.«

Er blickte ihr in die Augen, die von so bemerkenswertem Blau waren, dass er glaubte, darin zu ertrinken.

Ohne ein weiteres Wort verließ er den Raum und atmete erst wieder, nachdem er die Tür hinter sich geschlossen hatte.

Fasziniert von dem barbarenhaften Luxus des Zimmers, blickte sich Cymbra um. Waffen und Banner schmückten die Wände, bis hinauf zum Deckengewölbe. Vor den Fenstern, die einen wundervollen Ausblick auf die Bucht boten, standen ein reich geschnitzter Tisch und zwei Stühle und entlang der Wände mehrere Truhen.

Die eiserne Waage auf dem Tisch wurde benutzt, um Münzen zu wiegen. Daneben standen ein hübscher Krug und Kelche aus taubenblauem Glas mit Silberrändern. Wohin ihr Blick auch wanderte, überall entdeckte sie Gegenstände, die den Reichtum und die Macht des Besitzers verrieten. Sogar der Wassereimer war mit Reliefs aus gehämmerter Bronze verziert.

Nach einer Weile öffnete sich die Tür, und drei Frauen

kamen herein. Zwei waren überdurchschnittlich groß und sahen wie Mutter und Tochter aus. Unter den üppig bestickten Säumen ihrer Tuniken ragten gefältelte leinene Unterröcke hervor, während geschnitzte Broschen die Gewänder an den Schultern zusammenhielten. Am Kleid der älteren Frau befand sich eine zusätzliche Brosche, an der eine Kette mit einer Schere und einigen Schlüsseln hing. Ihr helles Haar war zu einem Knoten hochgesteckt, wohingegen die jüngere ihres in Zöpfen trug, die mit Seidenbändern geschmückt waren.

Die dritte Frau, die etwas kleiner war als Cymbra, war anders gekleidet. Ihre Tunika aus grauer Wolle reichte bis zur Wadenmitte und ein Lederband hielt ihr schwarzes Haar im Nacken zusammen. Als sie ein Tablett auf den Tisch stellte, lächelte sie Cymbra schüchtern an.

»Lord Wolf weist Euch an, zu baden und zu essen!«, sagte die ältere der blonden Frauen betont langsam und amtlich, ehe sie innehielt, um zu sehen, ob die Fremde die norwegischen Worte verstanden hatte.

»Danke«, erwiderte Cymbra leise. Welch ein Glück, dass ihr Bruder Chilton diese Sprache beigebracht hatte. »Wie heißt Ihr, bitte?«

Erstaunt wechselten die Frauen einen kurzen Blick. Mit so tadellosen Sprachkenntnissen hatten sie nicht gerechnet.

»Ich bin Marta, Mylady«, erklärte die ältere und richtete sich würdevoll auf. »Und das ist meine Tochter Kiirla.« Nach einer kleinen Pause fügte sie hinzu. »Diese Leibeigene wird Brita genannt.«

»Eine Leibeigene?«, wiederholte Cymbra verwundert und musterte die kleine Frau etwas genauer.

»Ja, eine Sklavin«, bestätigte Marta und wandte sich zu Brita. »Hol Badewasser für die Lady.«

Als die junge Frau gehorsam davoneilte, runzelte Cymbra die Stirn. Auch die Sachsen hielten sich Sklaven, doch sie waren üblicherweise Kriegsgefangene, die von ihrem eigenen Volk wegen irgendwelcher Vergehen bestraft worden wären. Wenn sie eine Zeit lang gearbeitet hatten, ließen die Sachsen sie frei. Mit wenigen Ausnahmen wurden sie gut behandelt, und viele von ihnen blieben nach ihrer Freilassung in den sächsischen Gemeinden. Einige hatten sogar schon während der Sklaverei geheiratet. Wie Britas ärmliche Kleidung und Martas Befehlston verrieten, ging es den Sklaven im Norden wesentlich schlechter.

Oder vielleicht war das ein Einzelfall. Cymbra ermahnte sich, keine vorschnellen Schlüsse zu ziehen, ehe sie überlegte, ob auch sie – Lord Wolfs Gefangene – die Stellung einer Sklavin einnahm. Wenn ja, wurde ihr jedenfalls eine weit bessere Behandlung zuteil als Brita.

Die Leibeigene schleppte zwei dampfende Wassereimer ins Zimmer, stellte sie ab und lief wieder hinaus. Wenig später kehrte sie mit einem ledernen Trog und einem Eimer voll kaltem Wasser zurück.

»Lord Wolf hat uns mitgeteilt, Ihr wärt an ein solches Bad gewöhnt, Mylady«, erklärte Marta. »Er meint, die Hitze einer Sauna würde Euch vorerst zu sehr anstrengen.« Cymbra erkannte an ihren geschürzten Lippen, was sie von dieser Schwäche hielt.

Skeptisch inspizierte Cymbra den kleinen Trog. Wie sollte sie darin baden?

»Kommt, Mylady«, bat Kiirla und warf ihrer Mutter einen Seitenblick zu. »Wenn Ihr so freundlich wärt …«

Cymbra beobachtete die Gesten der jungen Frau und erriet, was von ihr erwartet wurde. Nur widerstrebend stieg sie in den Trog und zögerte ein paar Sekunden lang, als Marta ihre Hand ausstreckte. Doch dann übergab sie der älteren Frau den Hermelin. Ungeniert musterte Marta den Körper der Gefangenen und in ihre Augen trat ein kalter, harter Ausdruck. Verwirrt blinzelte Kiirla und wandte hastig den Blick ab. Brita sah ebenfalls zur Seite, während sie in einem Eimer kaltes und heißes Wasser mischte und die Temperatur prüfte. Schließlich nickte sie Marta zu.

Der Sklavin wurde die Aufgabe überlassen, die schweren Eimer herbeizutragen, doch das Wasser über Cymbra zu gießen, war Martas Privileg. Sie ging überaus gründlich zu Werke, doch als sie eine Seife und einen rauen Lappen ergriff, bestand Cymbra darauf, sich selbst zu waschen. Sie fröstelte, weil kein Feuer im Zimmer brannte. Offenbar hielt man das im Sommer für überflüssig, obwohl ihr die Luft reichlich kühl erschien.

»Nun werdet Ihr essen«, verkündete Marta, nachdem Cymbra sich abgetrocknet und in ein Laken gewickelt hatte, und zeigte auf den Tisch. »Bitte, nehmt Platz, Mylady.«

Fügsam setzte sich Cymbra. Die Sklavin schenkte ihr ein weiteres scheues Lächeln, entfernte ein Tuch vom Tablett und enthüllte eine geschnitzte Holzplatte mit Räucherfisch, Brot, Käse und reifen Brombeeren. Dann füllte sie einen ebenfalls kunstvoll geschnitzten Holzbecher mit Milch.

Während des Essens blickte Cymbra durch das Fenster auf die Stadt hinab. Auf funkelnden Wellen schaukelte das Drachenschiff. Andere Schiffe ankerten in der Nähe, die ebenfalls hohe, geschwungene Bügel aufwiesen, wenngleich das albtraumhafte Symbol der nordischen Plünderer nicht auf ihnen zu entdecken war. Angesichts der breiteren

Kiele vermutete Cymbra, dass es sich um Handelsschiffe handelte, die friedlichen Zwecken dienten.

Anscheinend waren die Stadtbewohner zu ihrem Tagewerk zurückgekehrt. In den Straßen und auf dem Marktplatz herrschte reges Treiben. Große Ziegen- und Schafherden weideten auf den Hängen hinter den Häusern.

Während Cymbra den sichtlichen Wohlstand in Wolfs Hafen zur Kenntnis nahm, aß sie, so viel sie konnte. Danach schleppte Brita eine große Truhe zur Tür herein. Keine der anderen Frauen half ihr.

Schließlich erhob sich Cymbra, um der Sklavin ihre Hilfe anzubieten, als sie verwundert innehielt. »Das ist meine Truhe.« Jahrelang hatte sie im Turmzimmer von Holyhood gestanden. Und seit Cymbra sie zuletzt gesehen hatte, schien eine Ewigkeit verstrichen zu sein.

»Ja, Mylady«, stimmte Brita zu und richtete sich auf.

Mit einem warnenden Blick brachte Marta sie zum Schweigen. »Auf Lord Wolfs Wunsch wird Euch dieses Gepäckstück übergeben, das Euer Eigentum enthält.«

Cymbra kniete vor der Truhe nieder und öffnete den Deckel. Obenauf lag ein kleines, von Eisenbändern eingefasstes Kästchen, das sie vorsichtig öffnete. Sie konnte ihr Glück kaum fassen. »Oh, meine Arzneien«, flüsterte sie. Darunter fand sie ihre Handarbeit, die Laute, Federn und Pergament, ihre Manuskripte und mehrere Kleider. Alles war sorgsam verpackt und nichts war auf der langen Reise beschädigt worden.

An Bord des Schiffs hatte Wolf behauptet, außer dem Hermelin sei keine Kleidung für seine Gefangene vorhanden.

Ihre Finger krallten sich in eins ihrer Lieblingsgewänder, eine Tunika aus topasfarbener Seide, doch nach einem

Moment riss sie sich zusammen und strich den Stoff glatt, bevor sich Knitterfalten bilden konnten. Trotzdem konnte sie einen ärgerlichen Ausruf nicht unterdrücken.

»Mylady?«, fragte Marta.

»Ach, nichts …«, erwiderte Cymbra, nahm einige Kleidungsstücke aus der Truhe und zog sie hastig über. »Ich staune nur, weil Lord Wolf so rücksichtsvoll ist.«

Als Brita herbeieilte, um ihr zu helfen, lächelte Cymbra sie ermutigend an und dankte ihr, was Marta sichtlich ungehalten beobachtete.

Eingeschüchtert trug Brita den Trog und die Eimer aus dem Zimmer, während Kiirla das Haar der Lady kämmte. »So langes Haar habe ich noch nie gesehen.« Die Worte der jungen Frau klangen bewundernd, nicht aber ihre Stimme, in der Neid und Missbilligung mitschwangen. Als wolle sie ihren Groll noch betonen, zerrte sie reichlich unsanft an Cymbras Locken. »Sicher ist es schwierig, eine solche Mähne zu pflegen.«

»Eigentlich nicht«, entgegnete Cymbra und unterdrückte ein Stöhnen. »Meine Dienerin Miriam hat mir dabei geholfen …

Voller Sehnsucht dachte sie an ihre liebe alte Freundin. Wie schrecklich würde sich Miriam um ihre Herrin sorgen, die sie großgezogen hatte. Und ihre Freunde, die Familie … Verzweifelt würden sie grübeln, welches Schicksal sie ereilt hatte. Auf der Schiffsreise hatte sie ihren Protest unterdrückt und keine Fragen gestellt. Doch nun war die Reise beendet, und sie wollte sich Gewissheit verschaffen.

Sie stand auf und straffte die Schultern. In gebieterischem Ton erklärte sie: »Ich möchte mit Lord Wolf sprechen.«

Verwirrt zuckte Marta zusammen, doch nach einem kurzen Augenblick fasste sie sich wieder und schüttelte den Kopf. »Ihr müsst warten, bis er Euch rufen lässt.«

Neun Tage an Bord des Schiffs. Neun Tage voller Angst. Neun endlose, beklemmende Tage …

»Nein«, entgegnete Cymbra und verließ das Haus.

5

Das verstehe ich nicht. Erklär mir noch einmal, warum deine Gefangene, der du ein grausiges, doch zweifellos verdientes Schicksal zugedacht hast, wie eine Prinzessin verwöhnt wird und im Luxus lebt.«

Stirnrunzelnd musterte Wolf den Mann über den Tisch hinweg, der ihn am Kai begrüßt hatte. Sie saßen in der Halle des hölzernen Hauptgebäudes.

Mitten im Raum stand ein wuchtiger Herd, der groß genug war, um über dem Feuer einen Ochsen am Spieß braten zu können. An den Wänden zwischen den Nischen, die als Schlafkammern dienten, hingen Pelze für die Männer, die nicht mit ihren Familien in anderen Teilen der Festung oder in der Stadt wohnten, während an der Balkendecke Schilde, Waffen und Banner befestigt waren. Rings um den Herd reihten sich lange, von Balken gestützte Tische aneinander. Am größten Tisch, der auf einem Podest stand und von der ganzen Halle aus sichtbar war, hatte Wolf Platz genommen.

Einige Diener eilten umher und trafen Vorbereitungen für das Abendessen. Außer den beiden Männern an der Haupttafel war niemand anwesend. Wolf hob sein Trinkhorn, nahm einen großen Schluck Ale und starrte seinen Bruder an. »Sie ist nicht so, wie ich dachte.«

Diese Worte entlockten dem Mann, den man von den Eishöhlen im höchsten Norden bis zu den byzantinischen Suks als Dragon kannte, ein Grinsen. »Bevor du mit ihr verschwunden bist, habe ich sie kurz gesehen. Wie ist sie denn?«

Nachdem Wolf ein paar Sekunden lang überlegt hatte, zuckte er die Achseln. »Gütig und sanftmütig. Während unserer Gefangenschaft brachte sie uns eine Mahlzeit und Decken. Und später, in der Nacht, hörte ich sie zu ihrer alten Dienerin sagen, jede Grausamkeit würde eine weitere heraufbeschwören – was sie offensichtlich bedauerte.«

Dragons Augen verengten sich. »Wenn sie so denkt, warum hat sie dann deinen Heiratsantrag abgelehnt?«

»Davon wusste sie angeblich nichts.«

»Also hat Lord Hawk …«

»Nein, sie behauptet, ihr Bruder habe uns diesen Brief nicht geschickt und würde nach Frieden streben.« Spöttisch verzog Wolf die Lippen.

»Das kann er bald beweisen, nicht wahr?«, sagte Dragon mit hochgezogenen Brauen.

Wolf nickte. Demnächst würde er Lord Hawk benachrichtigen. Ihm war klar, dass er versuchte, das Unvermeidliche noch ein wenig hinauszuzögern, aber ein Mann durfte sich doch wohl ein bisschen Zeit nehmen, um seine Gedanken zu ordnen – mit Hilfe eines Schlucks Ale.

Über den Rand des Trinkhorns hinweg beobachtete er, wie sein Bruder zum anderen Ende der Halle spähte und aufsprang.

Auch Wolf erhob sich und legte ihm eine Hand auf die Schulter.

Verwirrt schaute Dragon ihn an. »Da ist sie …«

»Ja, ich hab's bereits erraten«, seufzte Wolf und drehte sich um. Er wusste, was er sehen würde, dennoch traf ihn der Anblick völlig unvorbereitet. Im düsteren Licht der Zelle war Cymbra exquisit gewesen, im Hermelin bildschön und nackt im Frachtraum des Schiffs und im warmen Teich … Er wollte lieber gar nicht erst daran denken.

Doch nun, unter seinem Dach, in einer schlichten Tunika aus indigoblauer Wolle mit einem Gürtel und langen schmalen Ärmeln, züchtig hochgeschlossen, sah sie hinreißend aus. Ungehindert von einem Schleier oder Reif fiel das prachtvolle Haar auf ihren Rücken herab. Mit geröteten Wangen und einem unmissverständlichen Funkeln in den Augen trat sie vor ihn.

Wie Frigg, dachte er – so weit es ihm gelang, einen klaren Gedanken zu fassen –, Odins Gemahlin und eine mächtige Göttin. Frigg musste sie begünstigen. Anders konnte man es wohl kaum erklären, dass eine Sterbliche die Perfektion einer Göttin aufwies.

Ein junger Diener, der das Pech hatte, in diesem Moment die Halle zu durchqueren, erstarrte angesichts der überirdischen Schönheit, während ein anderer über seine Füße stolperte. Klirrend landete das Tablett voller Schüsseln, das seinen Händen entglitten war, auf dem Boden. Nur langsam erholten sich die beiden von ihrer Verblüffung und gafften immer noch, ebenso wie sämtliche anderen Anwesenden – einen Mann eingeschlossen, der es besser wissen müsste.

Blitzschnell trat Wolf zwischen Cymbra und seinen Bruder, dem er einen warnenden Blick zuwarf.

Dragon zögerte, dann setzte er sich seufzend. »Wärst du nicht mein Fleisch und Blut, würde ich mit dir um sie kämpfen. Das solltest du berücksichtigen. So werden auch andere denken, und ihnen stehen diese brüderlichen Gefühle nicht im Weg.«

Wolf nahm ihm seine unverblümten Worte nicht übel. In dieser Frau musste jeder Mann eine unwiderstehliche Versuchung sehen. Kein Wunder, dass ihr Bruder sie eingesperrt hatte ... Offensichtlich war Hawk ein sehr vernünftiger Mann.

»Würdet Ihr mit mir reden?« Trotz ihres Zorns klang ihre Stimme sanft und der leichte Akzent so bezaubernd wie üblich. Sie streifte Dragon mit einem kurzen Blick. Ihre ungeteilte Aufmerksamkeit galt Wolf.

»Sehr gern«, erwiderte er höflich. »Aber nicht hier.« Er führte sie zum vorderen Teil der Halle, durch deren geöffnete Türen die milde Sommerluft hereinströmte.

Ungeduldig folgte sie ihm ins Freie und auf den Erdwall in der Nähe des Wachtturms. Dort wartete er, um ihr Zeit zu geben, bis sie wieder zu Atem kam. Das Schweigen zog sich in die Länge. Schließlich ertrug sie es nicht mehr. »Was Ihr getan habt, wisst Ihr zweifellos«, begann sie, die Hände zu Fäusten geballt. »Mein Bruder wird hierher segeln, um mich zurückzuholen. Dann wird ein Krieg ausbrechen. Wollt Ihr das?« Als er nichts erwiderte, fuhr sie fort. »Erlaubt mir, Hawk eine Nachricht zu schicken und ihm zu versichern, dass es mir gut geht.« Er unternahm nichts, um sie zu beruhigen oder zu trösten – was ihre schlimmsten Befürchtungen zu bestätigen schien. Jetzt musste sie die Frage aussprechen, die ihr auf der Zunge lag, seit dem Augenblick in Holyhood, als stahlharte Arme sie umfasst hatten. »Was habt Ihr mit mir vor?«

Ihr Mut gefiel ihm. Doch er ließ sich nichts anmerken. »Fragt lieber, was ich mit Eurem Bruder vorhabe.«

»Warum sollte ich?«, flüsterte sie und erblasste.

Seine starke, sehnige Hand – perfekt geeignet, um ein Schwert oder eine Lanze zu schwingen – zeigte zum Strand hinab. »Da unten wird Lord Hawk sterben.«

Wie Blut ergossen sich die Strahlen der sinkenden Sonne auf das Meer. Entsetzt griff Cymbra sich an die Kehle. »Ihr habt keinen Grund, ihn zu töten.«

»Wer nicht zu meinen Freunden zählt, ist mein Feind. Ich gab Eurem Bruder eine Gelegenheit, Frieden zu schließen, und bot ihm ein Bündnis an. Gemeinsam mit ihm wollte ich die Dänen bekämpfen, die uns beiden das Leben schwer machen. Seine Antwort war eine tiefe Beleidigung.«

»Aber er schrieb Euch nicht ...«

»Genug! Er wird hierher kommen und sterben. Dann habe ich einen Feind weniger auf dieser Welt, und die schmähliche Beleidigung ist gerächt.« Er packte ihre Schultern, um ihr eine Vorstellung von seiner Kraft zu geben, und zwang sie, das rot schimmernde Wasser zu betrachten. »Dort unten wird er sein Leben aushauchen, sein Blut wird den Sand tränken, und sein letzter Seufzer wird von diesem Wall widerhallen.«

»Nein!«, schluchzte sie und versuchte sich loszureißen. Aber er hielt sie unerbittlich fest und zog sie an sich. Seine harten Finger umfassten ihren Hinterkopf und pressten ihr Gesicht sekundenlang an seine Brust. »Es sei denn, Ihr wollt ihm ein anderes Schicksal zuteil werden lassen.«

In ihren Augen schwammen Tränen, als sie zu ihm aufsah. »Was ... was meint Ihr damit?«, stammelte sie mit zitternder Stimme.

»Bis jetzt ahnt Lord Hawk nicht einmal, wer Euch entführt hat. Wir haben uns bemüht, keine Spuren zu hinterlassen. Ich nehme an, er gibt den Dänen die Schuld. Bald werde ich ihm mitteilen, wo Ihr seid, und er wird hierher segeln. Wenn er vermutet, wir hätten Euch misshandelt oder sogar ermordet, müsste ihm seine Ehre gebieten, gegen uns zu kämpfen, was seinen sicheren Tod bedeuten würde. Aber wenn er Euch wohlbehalten antrifft – eine Lady, die wir respektieren und gut behandeln –, wird er das Bündnis mit uns eingehen, das er schon vor Monaten hätte schließen sollen. Dann wäre alles in bester Ordnung.«

»Also glaubt Ihr, er wird Euch gestatten, mich zu heiraten?«

»Nein, er würde unsere Ehe akzeptieren. Falls Ihr sein Leben retten wollt, müsst Ihr ihn als meine Frau begrüßen.«

»Ohne die Einwilligung meines Bruders darf ich Euch nicht heiraten«, presste sie hervor.

Mit diesem Einwand hatte er gerechnet. »Wenn Ihr darauf wartet, stirbt er, bevor er der Hochzeit zustimmen kann. So wie es unsere Sitte verlangt, werden wir seine Leiche verbrennen, und er wird nicht einmal Euren christlichen Himmel erreichen. Aber wer weiß, vielleicht heißt Odin ihn in Walhalla willkommen, da er ein mächtiger Krieger ist, wenn auch nicht mächtig genug, um der Falle zu entrinnen, die ich ihm stelle …«

Während er sie an sich drückte, spürte er ihren inneren Aufruhr. Zweifellos wusste sie, dass er es ernst meinte – tödlich ernst. Wenn sie seinen Wunsch nicht erfüllte, würde geschehen, was er angekündigt hatte – so sicher, wie die Sterne, die inzwischen aufflammten und wie jede Nacht ihre Bahnen am weiten Firmament zogen.

»O Gott«, wisperte sie. Plötzlich holte sie aus und ließ ihre Faust ohne Vorwarnung gegen sein Kinn sausen.

Dröhnend hallten die Rhythmen der Ziegenhauttrommeln und Knochenklappern durch die Abenddämmerung. Birkenholzflöten stimmten ein und fügten fröhlichere Töne hinzu, bevor alle Instrumente sich zu einer jubelnden Melodie vereinten, die zum Sternenhimmel empordrang, hinauf zum Vollmond über dem Horizont.

Männer, Frauen und Kinder liefen übermütig umher. Eifrig beugten sich Köche über die Flammen, Dienstboten deckten zahlreiche Tische im Freien – genug für eine Menschenmenge, die nicht einmal in der großen Halle Platz finden würde.

Langsam ließ Wolf seinen Blick umherschweifen. Was er sah, gefiel ihm. Innerhalb weniger Stunden war ein Hochzeitsfest vorbereitet worden, was normalerweise mehrere Wochen gedauert hätte. Geistesabwesend rieb er sein Kinn, ertappte sich dabei und schnitt eine Grimasse. Cymbra hatte ihn nicht ernsthaft verletzt, wie der Silberspiegel bestätigte, den Dragon aus dem Osten mitgebracht hatte. Doch wenn Wolfs sanftmütige Braut in Wut geriet, konnte sie erstaunliche Kräfte aufbieten.

Gewiss, sein Heiratsantrag ließ einiges zu wünschen übrig. Indem man einer Frau androhte, man würde ihren Bruder ermorden, wenn sie nicht einwilligte, konnte man wohl kaum ihr Herz gewinnen. Aber, verdammt noch mal, ihr Herz interessierte ihn nicht. Nur ihr Gehorsam. Und ihr Körper. O ja, vor allem ihr Körper.

In dieser Nacht würde sie ihm gehören. Er würde die bemerkenswerte Selbstbeherrschung, die er auf der Reise gezeigt hatte, nicht länger bewahren müssen. In vollen Zügen wollte er genießen, was diese schöne Hexe zu bieten hatte. Und am nächsten Morgen wäre sie einfach nur eine Frau.

Doch zuvor musste er noch das Hochzeitsmahl überstehen.

»Nervös?«, fragte Dragon, der hinter Wolf aus seinem Haus trat, und grinste herausfordernd. »Falls du dich außerstande fühlst, mein lieber Bruder, würde ich sehr gern …«

»… heute Abend in Walhalla speisen?«, unterbrach ihn Wolf mit freundlicher Stimme.

Lachend hob Dragon seine Hände, um seine Kapitulation zu bekunden. »Schon gut, ich überlasse dir die Lady.« Sein Blick fiel auf Wolfs verfärbtes Kinn. »Gütig und sanftmütig. Hast du sie nicht so genannt?«

Wolfs Wangen röteten sich, was sein Bruder jedoch klugerweise übersah. »Oh, sie wird's schon noch lernen«, erwiderte er zuversichtlich. Mit ernstlichen Schwierigkeiten rechnete er nicht. Letzten Endes war sie nur ein weibliches Wesen – mochte Frigg ihr beistehen oder nicht.

»Nun, dann sollten wir nicht länger warten«, schlug Dragon vor.

Seite an Seite traten sie auf den großen Platz, wo sich die Stadtbewohner versammelt hatten. Mit gellendem Jubelgeschrei wurden sie empfangen, und alle Leute drängten sich vor, um ihren Jarl und seinen Bruder zu begrüßen, die beiden berühmten Krieger, und um den Bräutigam zu beglückwünschen.

Während er sich auf die Schultern klopfen ließ und derben Scherzen lauschte, behielt er sein Haus unablässig im Auge. Er wollte sich gerade aufmachen, um seine Braut zu holen, als sich plötzlich die Tür öffnete, und Cymbra heraustrat. Er war sich nicht sicher, doch es schien, als hätte Marta mit einem kleinen Stoß nachgeholfen. Beim Anblick seiner widerstrebenden Braut lächelte er grimmig.

Sie trug noch immer die indigoblaue Tunika. Über ihrem Haar schimmerte ein durchscheinender Seidenschleier, und an ihrem Hals prangte – zweifellos gegen ihren Willen – ein goldener Reif mit dem Wolfsemblem. Die funkelnden Augen des Tiers bestanden aus klarem Granulit, der angeblich aus den legendären Ländern am südlichsten Ende der Welt stammte. Deutlicher als alles andere bezeugte dieser Schmuck, wem die Lady gehörte. Dies schien auch Cymbra zu erkennen, denn sie griff nach dem Halsband und zerrte ärgerlich daran.

Mit ihrem Kampfgeist erntete sie erneut Wolfs widerwillige Bewunderung, der sich ein Lächeln nicht verkneifen konnte. Nicht zum ersten Mal überlegte er, welche Freude es ihm bereiten würde, Cymbra zu zähmen. Plötzlich verlor er die Geduld. Dieses Fest durfte nicht länger dauern als unbedingt nötig, deshalb bahnte er sich einen Weg durch die Menge und ging der Lady entgegen.

Abrupt blieb sie stehen und hielt den Atem an. Noch nie hatte sie ihn so majestätisch gekleidet gesehen, in einer Tunika aus schwarzem Samt, die sich über seiner breiten Brust spannte, und einer engen Hose aus weichem Leder. Das dichte ebenholzschwarze Haar war aus der hohen Stirn gekämmt. An seinen Handgelenken glänzten goldene Armreifen, und an seinem Hals prangte eine noch größere Version des Wolfsemblems. Die Sorge um ihren Bruder, dessen Ermordung sie verhindern musste, und die Scham wegen ihres uncharakteristischen Gewaltakts wichen einer sonderbaren Erregung, die sie vergeblich zu bekämpfen versuchte. Unwillkürlich streckte sie ihre Hand aus, und er ergriff sie – so sanft, dass sie erstaunt die Brauen hob.

Sie folgte ihm in die Mitte der Menschenmenge, zu einer alten Esche mit knorrigen Ästen, die sich nach allen Seiten ausbreiteten, als wollten sie sämtliche Anwesenden in einer liebevollen Umarmung umschließen. Davor stand ein Mann, der beinahe ebenso alt aussah und eine schlichte Robe aus ungebleichtem Wollstoff trug.

Lächelnd blickte er dem Brautpaar entgegen.

»Das ist Ulfrich«, stellte Wolf ihn vor. »Er wird uns trauen.«

»Ein Priester?«, fragte Cymbra.

»In unserer Religion gibt es keinen Priester. Er ist einfach nur ein weiser, heiliger Mann.«

Möglicherweise bemerkte Ulfrich ihre Verblüffung, denn er wandte sich freundlich zu ihr. »Unsere Sitten sind Euch fremd, Mylady. Bitte, erlaubt mir zu erklären, was geschehen wird.« Er streckte seine knotige Hand aus und zeigte auf den Baum. Ringsum näherten sich die Leute und verstummten, während die Musik verklang, so dass allein Ulfrichs tiefe, sanfte Stimme die Stille durchbrach. »Inmitten jeder norwegischen Siedlung steht ein solcher Baum, der Yggdrasil darstellt – die Weltesche. Ihre Wurzeln reichen in die Tiefe der Erde, und die Zweige erheben sich zum Himmel empor. An Yggdrasils Ästen hing der große Gott Odin neun Tage und neun Nächte lang, ohne Essen und Wasser, und opferte sein Lebensblut. Am neunten Tag, bevor er starb, blickte er hinab und betrachtete die Runen, die göttliches Wissen verleihen. Durch sie wurde er wiedergeboren, um seine Weisheit an alle Menschen weitergeben zu können.« Nun berührte Ulfrich die vereinten Hände des Brautpaars. »Wolf Hakonson, Ihr seid hierher gekommen, um diese Frau vor aller Augen zu heiraten. Wollt Ihr geloben, sie zu beschützen, für sie zu sorgen, ihr Obdach zu gewähren, Euren Besitz mit ihr zu teilen und ihr Kinder zu schenken?«

»Ja, das will ich«, antwortete Wolf.

»Cymbra von Holyhood, seid Ihr bereit, die Frau dieses Mannes zu werden, seinen Haushalt zu führen, seine Kinder zu gebären und ihn Euer Leben lang zu ehren?«

Ihre Kehle war wie zugeschnürt. Wie sehr sich all das von dem unterschied, was sie sich bisher ausgemalt hatte – obwohl sie nicht behaupten konnte, häufig einen Gedanken an die Ehe verschwendet zu haben. Solange Hawk nicht davon sprach, sah sie keinen Grund, sich damit zu befassen. Aber sie hatte erwartet, dass sie einmal mit dem Segen der Kirche heiraten würde – falls es jemals geschehen sollte. Sie zweifelte nicht an der Aufrichtigkeit dieser heidnischen Zeremonie, doch der Ritus wirkte irgendwie – gottlos. Aber da jeder Widerstand zwecklos war, sagte sie leise: »Ja.«

Feierlich nickte Ulfrich und ergriff einen mit Juwelen geschmückten Kelch, den ihm ein junger Bursche reichte, füllte ihn mit Honigwein und übergab ihn Wolf. »Trinkt das, um den Bund zu besiegeln.«

Wolf hob den Kelch an die Lippen, doch dann zögerte er und hielt ihn Cymbra hin. Ohne seine Hand von dem Kelch zu lösen, beobachtete er, wie sie das süße, würzige Getränk kostete. Als sie aufblickte, drehte er den Kelch herum und nippte an derselben Stelle wie seine Braut.

In diesem Moment brach die Menge in lauten Jubel aus. Aber Wolf hob eine Hand, bevor die Gratulanten herbeistürmen konnten. »Noch sind wir nicht so weit …« Er schaute Ulfrich an, der ihm zunickte und einen Schritt zurücktrat. Aus der Menge tauchte ein großer, dünner Mann in der schlichten braunen Robe eines Mönchs auf.

Als er Cymbras verwirrte Miene sah, erhellte ein Lächeln seine Züge. »Mylady, ich bin Bruder Joseph, und ich habe die Ehre, diesen guten Menschen das Wort des Herrn zu überbringen.«

»Hier gibt es einen Priester?«, fragte sie erstaunt und wandte sich zu Wolf. »Das wusste ich nicht.«

Doch Wolf zuckte nur die Achseln, als messe er all dem keine besondere Bedeutung zu. »Bruder Joseph ist nur auf der Durchreise. Nach nordischer Sitte gewähren wir allen Reisenden unsere Gastfreundschaft.«

»Ich bin nun schon seit drei Jahren auf der Durchreise«, fügte Joseph hinzu. »Ihr seht also, Lord Wolf verfügt über eine überaus großzügige und duldsame Gastfreundschaft.«

»Vielleicht wusste ich schon immer, dass ich Euch einmal brauchen würde«, bemerkte Wolf grinsend. »Erfüllt Eure Pflicht, Bruder Joseph, die Nacht wird nicht jünger.«

»Sehr gern. Nun müsst Ihr niederknien.«

Das Brautpaar gehorchte. Voller Verwunderung fragte sich Cymbra, ob ihr Wunsch tatsächlich erfüllt werden sollte. Hatte Wolf gespürt, wie viel ihr das hier bedeuten würde, und Vorkehrungen getroffen, ohne mit ihr darüber zu sprechen? Oder wollte er ihren Glauben nur benutzen, um sie noch fester an sich zu binden?

»Heiliger Vater«, begann Bruder Joseph, »wir bitten Dich, dieses Paar zu segnen, das heute den Bund der Ehe schließt. Mögest Du, der Du Deinen einzigen Sohn zum Wohl der Menschheit geopfert hast, diesem Mann und dieser Frau Deine große Liebe schenken, ihren Weg durch diese Welt beleuchten und ihr gemeinsames Leben zu einem Geschenk machen – für sie selbst und alle, die sie kennen. Im Namen des Vaters, des Sohnes und des Heiligen Geistes …« Seine Hand beschrieb das Kreuzzeichen. »… erkläre ich Euch zu Mann und Frau.«

Nun ließ sich die Menge nicht länger zurückhalten.

Männer scharten sich um Wolf und schlugen ihm auf den Rücken, während die Frauen Cymbra umarmten. Als die fröhliche Musik wieder erklang, tanzten die Leute um die Esche herum und rissen das Brautpaar mit sich. Endlich hielten sie inne, atemlos und lachend. Dann führten sie den Jarl und seine schöne, junge Frau zur festlich geschmückten Hochzeitstafel. Sobald alle Platz genommen hatten, eilte die Dienerschaft herbei, um Becher und Schüsseln zu füllen.

Wolf neigte sich zu Cymbra und berührte ihre Hand. »Alles in Ordnung?«

Sie konnte es nicht sagen. Sie fühlte sich ein wenig benommen und unsicher. Unwillkürlich glitt ihr Blick zu der Stelle, wo ihr Fausthieb ihn getroffen hatte, und ihr Verhalten beschämte sie erneut. Obwohl nur eine schwache Verfärbung zu sehen war, musste sie seinen männlichen Stolz verletzt haben. Aber er hatte sich nicht beschwert und ihr auch keine Strafe auferlegt. Glaubte er vielleicht, er hätte die kleine Attacke verdient? Durfte sie darauf hoffen?

Langsam nickte sie, obwohl es nichts auf dieser Welt gab, dessen sie sich weniger sicher gewesen wäre.

Gewisse Traditionen, zum Beispiel eine Hochzeitsfeier, mussten eingehalten werden. Zweifellos waren solche Rituale wichtig, weil sie den Gemeinschaftsgeist einer Stadt stärkten, sagte sich Wolf immer wieder. Doch es nützte nichts. Brennend strömte das Blut durch seine Adern. Es pulsierte noch heftiger als die Musik, und das Feuer seiner Leidenschaft drohte ihn zu verzehren.

Umso besser schien sich Cymbra auf dem Fest zu amüsieren. Wie unterhaltsam sein Bruder plötzlich war – möge er für alle Ewigkeit in der nordischen Eishölle frieren. Gerade hatte er zu einer neuen Geschichte angehoben. Anscheinend verfügte er über ein unerschöpfliches Repertoire. Wenn er nicht zum Krieger geboren wäre, könnte er das Leben eines Skalden führen – wie man die nordischen Dichter und Erzähler nannte.

Vor seinem inneren Auge sah Wolf ihn von einer Festung zur anderen ziehen und die Bewohner mit alten Legenden erfreuen. Würde Dragon wirklich Gefallen daran finden?

Was ihn selbst betraf, hatte er sich niemals ein anderes Schicksal gewünscht. Sein Leben wurde von Pflichten und Verantwortungsbewusstsein bestimmt, was zuweilen hart und manchmal ausgesprochen gefährlich war. Aber es hatte auch seine Reize, und der schönste von ihnen saß neben ihm und lauschte mit leicht geöffneten Lippen und leuchtenden Augen Dragons Worten. Offensichtlich beabsichtigte Cymbra, die ganze Nacht hier zu bleiben.

Bereits nach wenigen Minuten wurde diese Vermutung bestätigt, denn sobald Dragon verstummt war, fragte Cymbra: »Wie hieß der Riese, der Odin zum Wettlauf herausforderte?« In Wahrheit interessierte sie sich nicht besonders für diese Geschichte, die sie unter anderen Umständen zweifellos begeistert hätte. Sie konnte nur an die schreckliche Gefahr denken, vor der sie Hawk gerettet hatte – zumindest hoffte sie, dass es so war. Aber Dragon war unerwartet freundlich. In seinem Wesen erinnerte er sie ein wenig an ihren Bruder. Und er lenkte sie von dem Mann ab, den sie notgedrungen geheiratet hatte und dem sie hilflos ausgeliefert war. Und der zu Recht den Namen Wolf trug.

Dragon lächelte so mitfühlend, als könnte er ihre Gedanken erraten und wollte versuchen, sie zu besänftigen. »Hrungnir. Und er war dumm genug, sich einzubilden, sein Hengst wäre schneller als Odins Sleipnir, das großartigste aller Schlachtrösser.«

»Sicher hat Odin zusammen mit seinem Pferd viele Abenteuer bestanden. Wollt Ihr uns davon erzählen?«

»Einmal rettete Odin einen Krieger namens Hadding vor dessen Feinden. Er hüllte ihn in einen Mantel und setzte ihn vor sich in den Sattel. Während sie dahinritten, spähte Hadding zwischen den Falten des Mantels hervor und sah verblüfft, dass sie über das Meer galoppierten. Sleipnirs Hufe trommelten auf die Wellen, als wären sie Steine.«

»Erstaunlich«, meinte Cymbra. »Ist Odin oft unterwegs, um Krieger zu retten?«

»Nur, wenn sie ihm am Herzen liegen. Und die anderen, die er nicht mag, werden von seiner Gemahlin Frigg begünstigt. Die beiden streiten unentwegt.« Hastig warf Dragon einen Blick in die Richtung seines Bruders und grinste breit. »So etwas kommt natürlich in den meisten Ehen vor.«

Mit einer knappen Geste verscheuchte Wolf den Sklaven, der sein Trinkhorn füllen wollte. An diesem Abend hatte er nur wenig getrunken und kaum einen Bissen zu sich genommen. Weder das Festessen noch der Wein vermochten den Hunger zu stillen, der ihn quälte. Erbost starrte er seinen Bruder an. »Ich dachte eigentlich, Odin und Frigg hätten nur Ärger wegen aufdringlicher Verwandter.«

»Und ich dachte immer, Odin schätzte seine Frau nicht genug«, entgegnete Dragon. »Immerhin ist sie die schönste, tapferste und klügste aller Frauen – das heißt, aller Göttinnen.« Lächelnd lehnte er sich auf seinem Stuhl zurück. »Vielleicht ist er ihr nicht gewachsen.«

Cymbra fiel es schwer, all diese Götter und Göttinnen auseinander zu halten. Sie hatte stets angenommen, dass Odin der mächtigste nordische Gott war, und die Geschichte seines Todes und seiner Wiedergeburt mit den offensichtlichen Parallelen zu ihrem eigenen Glauben hatte sie überrascht. Aber es erschien ihr seltsam, dass er verheiratet war und ebenso wie seine Frau allzu menschliche Schwierigkeiten meistern musste.

Doch noch viel merkwürdiger erschien ihr der stumme Gedankenaustausch zwischen Wolf und Dragon. Verwirrt schaute sie von einem Bruder zum anderen. Dragon befand sich in bester Stimmung, obwohl sie ihm manchmal anmerkte, welch heftige Schmerzen ihm sein Beinleiden bereitete. Wurde er von einem Arzt behandelt? Würde er mit ihr darüber reden? Wolfs durchdringender Blick unterbrach ihre Gedanken und raubte ihr den Atem.

Während des Festmahls hatte sie ihn nicht beachtet, sondern ihre ganze Aufmerksamkeit seinem Bruder geschenkt, um ihre Gelassenheit nicht aufs Spiel zu setzen. Erst jetzt las sie die geheimnisvolle Sehnsucht in Wolfs Augen und spürte, wie er mit sich kämpfen musste, um seine Gefühle im Zaum zu halten. Offensichtlich würde er diesen Kampf verlieren.

Er winkte einen Diener zu sich, und erteilte ihm einige Anweisungen, worauf der Mann sich rasch entfernte. Wenige Minuten später trat Marta an den Tisch und wandte sich zu Cymbra. »Lady, es ist an der Zeit.«

Wofür? Sicher hatte es keinen Sinn, danach zu fragen, und Cymbra widerstand dieser Versuchung. Inzwischen hatte sie die Hochzeitsnacht lange genug hinausgezögert, indem sie Dragon immer wieder ermutigt hatte, Geschichten zu erzählen, und Wolfs Geduld auf eine harte Probe gestellt. Nun musste sie sich wohl oder übel in ihr Schicksal fügen.

Ihr Mund war staubtrocken, als sie aufstand. Einen schrecklichen Augenblick lang fürchtete sie, ihre Beine wären zu schwach, um ihr Gewicht zu tragen. Sie holte tief Luft und kehrte der Tafel den Rücken.

Den Hochzeitsgästen blieb nicht verborgen, was dies bedeutete. Jubelnd schwenkten sie ihre Trinkhörner und trieben ihr mit anzüglichen Scherzen das Blut in die Wangen. Sie taumelte und wäre beinahe gestürzt, hätte Wolf ihren Arm nicht festgehalten. Ihre Blicke trafen sich, und sie sah noch immer das heiße Verlangen in seinen Augen – aber auch noch etwas anderes, viel Stärkeres, das sie als sehr beruhigend empfand.

In Begleitung von Marta und mehreren anderen Frauen ging sie in Wolfs Haus. Hinter ihr ertönte lebhafte Musik.

Mit Talg gefüllte Eisenlampen, die auf hohen Stäben befestigt waren, warfen unheimliche Schatten an die Wände des Zimmers und verzerrten die Umrisse der Möbel.

Fröstelnd stieg Cymbra aus dem Wasser des ledernen Trogs und trocknete sich ab. Aus der Ferne drang noch immer fröhliches Gelächter in ihre Richtung. Aber in diesem von barbarenhaftem Luxus geprägten Raum herrschte tiefe Stille. Das Schweigen der Frauen, die kein ermutigendes oder neckisches Wort fanden, erinnerte Cymbra daran, wie fremd sie ihnen erscheinen musste.

Nun wurde die Bettdecke zurückgeschlagen und das Laken mit den Blütenblättern wilder Rosen bestreut. Einige Frauen wanden frisch geschnittene Gerstenhalme um die geschnitzten Pfosten, andere entfernten die Kleider der Braut. Nur ein dünnes Hemd ließen sie zurück, das am Saum und am Kragen mit alten Runensymbolen bestickt war.

Nach einem letzten nachdenklichen Blick auf Cymbra und das Bett gingen alle Frauen bis auf Marta hinaus. »Mylady, dieses Hemd ist ein Geschenk«, erklärte sie und begann das Haar der Braut zu kämmen. »Kiirla sollte es eines Tages tragen. Aber jetzt ist es zu kostbar für meine Tochter.«

»Das verstehe ich nicht. Zu kostbar? Warum?«

»Weil sie sich nicht so gut verheiraten wird, wie ich es erhofft hatte.«

Es dauerte eine Weile, bis Cymbra den Sinn ihrer Worte erkannte. »Also dachtet Ihr, Lord Wolf würde Eure Tochter heiraten.«

Seufzend entwirrte Marta die Locken der neuen Herrin. »Es wäre eine große Ehre gewesen ...« Als Cymbra abwartend schwieg, fuhr die Frau fort: »Ihr seid jung, Mylady, und weit von Eurer Heimat entfernt. Wäre Eure Mutter hier, würde sie Euch ... warnen und auf diese Nacht vorbereiten.« Zögernd kam sie hinter dem Stuhl hervor, auf dem Cymbra saß, neigte sich herab und sah ihr in die Augen. Ihr Blick wirkte aufrichtig – und dennoch seltsam ausdruckslos. »Er wird Euch wehtun, Mylady. Das sagen alle Frauen, die mit ihm zusammen waren. Wie ein Hengst ist er gebaut, und die Schmerzen, die er den Frauen zufügt, kümmern ihn nicht.« Sie trat wieder hinter Cymbra und strich mit dem Kamm durch das dichte Haar. »Warum auch? Das Wort des Jarls ist Gesetz, und niemand wird ihm Einhalt gebieten – da könnt Ihr schreien, so laut Ihr wollt, Mylady ...«

»Das genügt!«, fauchte Cymbra, sprang auf, riss den Kamm aus Martas Hand und schleuderte ihn weg. »Lasst mich allein!«

Sofort veränderte sich das Verhalten der älteren Frau. »O ja, so ist es recht – spielt nur die vornehme Herrin und erteilt mir Befehle!«, stieß sie hervor. »Aber wir wissen alle, was Ihr seid – eine Sklavin genauso wie Brita. Wäre Euer Bruder kein mächtiger Lord, hätte längst jeder Mann in dieser Festung Euren Körper besessen. Lord Wolf musste Euch heiraten. Aber Ihr bedeutet ihm nichts. Gar nichts! Weniger als der Staub unter seinen Sohlen, und so wird er Euch auch behandeln.«

Ohne ein weiteres Wort stürmte sie hinaus. Krachend fiel die Tür hinter ihr ins Schloss. Eine Zeit lang stand Cymbra wie gelähmt da. Dann begann sie am ganzen Körper zu zittern und sank kraftlos zu Boden. Die Arme um ihre angezogenen Beine geschlungen, presste sie ihr Gesicht an die Knie.

6

Energisch warf Wolf die Haustür vor den Nasen seiner grölenden Begleiter ins Schloss und schob den Eisenriegel vor, falls die betrunkenen Zecher mehr Begeisterung als Verstand aufbringen sollten. Ein paar besonders Hartnäckige blieben draußen stehen, um ihn mit anzüglichen Vorschlägen zu ermuntern, doch er schenkte ihnen keine weitere Beachtung, sondern blickte sich im Zimmer um.

Als er seine Gemahlin nirgends entdeckte, glaubte er zunächst, sie wäre geflohen. Heißer Zorn stieg in ihm auf.

Dann nahm er eine Bewegung in einer dunklen Ecke wahr und sah Cymbra am Boden kauern.

»Heiliger Odin«, murmelte er und ging zu ihr. Das bleiche Gesicht von seidigem Haar umrahmt, blickte sie auf und presste die Lippen zusammen. Um zu erkennen, dass sie verzweifelt mit ihrer Angst kämpfte, brauchte es kein besonderes Einfühlungsvermögen. »Cymbra …« Sorge und Bestürzung verdrängten sein Verlangen, obwohl er bis gerade eben noch geglaubt hatte, nichts könnte seine brennende Leidenschaft mildern. Behutsam hob er sie hoch und sandte den Göttern ein stummes Dankgebet, weil sie sich nicht wehrte. Er trug sie zum Bett, setzte sich und hielt sie auf seinem Schoß fest.

Eine Zeit lang wiegte er sie einfach nur hin und her wie ein Kind. Seine großen Hände schienen ihm ungeschickt, während er ihren Rücken streichelte. Aber sie entspannte sich ein wenig, und das ermutigte ihn.

Schließlich blickte sie ihm tapfer in die Augen. »Ich bin so dumm.«

Ihre Worte trafen ihn so unvorbereitet, dass er überrascht auflachte. In ihrer Nähe war seine Begierde erneut aufgeflammt, eine fast überwältigende Lust, wie er sie seit Jahren nicht mehr empfunden hatte, und das war gewiss nicht komisch. Oder etwa doch? Verwirrt runzelte er die Stirn und drückte Cymbra fester an sich. »Keineswegs, du bist nur nervös. Das verstehe ich.«

Sogar sehr gut, dachte er. Sie war eine jungfräuliche Braut, die ihren Mann kaum kannte und für einen Feind hielt, wozu sie auch allen Grund hatte. Natürlich fürchtete sie sich. Aber warum, verdammt noch mal, hatten Marta und die anderen Frauen nicht versucht, ihr die Angst zu nehmen. Alle waren längst verheiratet. Und Marta war die

Witwe des Kriegers, der den jungen Wolf ausgebildet hatte. Auf seinen Wunsch waren sie mit Cymbra in sein Haus gegangen, und er hatte erwartet, dass sie sich den Umständen entsprechend verhalten würden. Plötzlich erinnerte er sich, wie Marta ihm ihre Tochter mehr oder weniger aufgedrängt hatte, obwohl er sich nicht interessiert gezeigt hatte. Hatte sie trotzdem falsche Hoffnungen gehegt? In diesem Fall …

»Hat deine Mutter mit dir über solche Dinge gesprochen?«, fragte er leise.

Den Kopf an seine Schulter gelehnt, flüsterte Cymbra: »Kurz nach meiner Geburt ist sie gestorben.«

»Und deine Kinderfrau?«

»Miriam war nie verheiratet. Über Männer macht sie sich keine Gedanken …« Um sich zu beruhigen, holte sie tief Luft. »Aber du darfst nicht glauben, ich wäre völlig ahnungslos. In der Heilkunde kenne ich mich aus, und ich weiß, wie der menschliche Körper beschaffen ist.«

»Vielleicht nicht in jeder Hinsicht.« Cymbra mochte einige Kranke gepflegt haben, doch sie konnte sich wohl kaum vorstellen, was im ehelichen Bett geschehen würde. Wie auch immer, es war nicht der richtige Zeitpunkt für langwierige Erklärungen. Stattdessen würde er ihr praktischen Unterricht erteilen. Zärtlich strich er über ihr Haar. »Du fühlst dich wundervoll an.«

Seufzend schmiegte sie sich an ihn, und er unterdrückte ein Stöhnen. »So viel ist passiert …«

Wolf blickte zur Zimmerdecke hinauf und bat Odin, er möge ihn mit Geduld wappnen. Offenbar wollten die Frauen ausgerechnet in jenen Situationen reden, in denen die Männer lieber den Mund hielten – oder etwas Besseres mit ihren Lippen anfingen.

Aber Cymbra war seine Gemahlin, und er hatte vor Ulfrich und allen Stadtbewohnern ein Gelübde abgelegt. Er legte einen Finger unter ihr Kinn und zwang sie, ihn anzusehen. »Bist du verstört und verängstigt, weil sich dein Leben plötzlich verändert hat? Weil du dich in einer Lage befindest, mit der du niemals gerechnet hättest?«

Erstaunt blinzelte sie, und er freute sich, weil sie ihn ebenso rätselhaft zu finden schien wie er sie. »Ja, solche Gefühle quälen mich.«

»Welch ein seltsamer Zufall – mir geht es ähnlich.«

»O nein, sicher nicht!«

Er vergaß sein Widerstreben, sich mit ihr zu unterhalten, und erzählte ihr von Ideen und Plänen, über die er bisher immer nur flüchtig nachgedacht und niemals ausgesprochen hatte. »Hier spricht niemand vom Frieden. Sogar mein Bruder – der klügste Mann, den ich kenne – hält einen Krieg für unvermeidlich. Doch ich wollte mich nicht einfach damit abfinden. Und inzwischen bin ich, ein Krieger, zu einem Friedensstifter geworden. Wie du zugeben musst, klingt das sehr sonderbar. Und als würde das noch nicht genügen, bin ich plötzlich verheiratet ...« Sein Blick wanderte über ihr Gesicht. »Mit dir.«

»Was stört dich daran?«

Beinahe wäre er wieder in Gelächter ausgebrochen, doch er hielt sich gerade noch rechtzeitig zurück. Ein Mann sollte ein derartiges Verhalten nicht zu oft an den Tag legen. »Sagen wir mal – du übst eine eigenartige Wirkung auf mich aus.«

»Und du auf mich ...«

Das hätte sie nicht sagen dürfen. Bisher hatte er sich in Geduld gefasst, seine Selbstbeherrschung bewahrt und sein Bestes getan, um ihr zu geben, was sie anscheinend brauchte. Aber jetzt ...

Durch ihr dünnes Hemd sah er ihre rosige Haut, die sanften Rundungen und schlanken Glieder. Seine Hände brannten darauf, sie zu berühren, überall. Sofort, ohne weitere Verzögerung, die nach ihrem Geständnis unerträglich wäre. Er ließ sich nach hinten aufs Bett sinken und zog sie mit sich hinab.

Erschrocken versuchte sie sich aufzurichten. Aber er drehte sie herum, so dass sein kraftvoller Körper über dem ihren war. »Sei still«, flüsterte er. Seine Lippen zeichneten die Konturen ihres zarten Kinns nach und glitten an ihrem Hals hinunter bis zu dieser delikaten Stelle zwischen ihren Schlüsselbeinen. In seinen Adern pochte das Blut, eine verzehrende Sehnsucht benebelte seinen Verstand. »Alles wird gut … lass mich …«

Dann fehlten ihm die Worte. Hätte er sich bemüht, weiterzusprechen, wäre nur ein Stöhnen aus seiner Kehle gedrungen. Er hielt sie fest mit seinem Gewicht, während seine Hände ihr Gesicht umfassten. Ein fordernder Kuss öffnete ihren Mund, den seine hungrige Zunge erforschte. Obwohl er wusste, dass er zu schnell vorging, konnte er sich nicht im Zaum halten. Ihre Nähe, ihr Anblick, ihr Duft, ihr atemloses Zittern überwältigten ihn. Zu lange hatte er seine Leidenschaft bezähmt, zu heiß begehrte er sie – schon seit der ersten Begegnung.

Er rückte ein wenig zur Seite, zerrte ihr dünnes Nachthemd nach oben und entblößte ihre exquisiten Beine, das weiche Kraushaar zwischen ihren Schenkeln, die perfekt geschwungenen Hüften und die schmale Taille. Vor seinen Augen verschwamm ihre Schönheit, ein roter Schleier nahm ihm die Sicht. Als er sie erneut küsste, wand sie sich unter ihm, stemmte beide Hände gegen seine Schultern und löste ihre Lippen von seinen. »Nein, warte …«

Wie aus weiter Ferne hörte er ihre Stimme über dem rauschenden Blut in seinen Ohren.

Ungeduldig zog er das Nachthemd über ihren Kopf, so das der feine Stoff zerriss. Er warf die Fetzen zu Boden, ehe seine Hände besitzergreifend über ihren nackten Körper strichen. »Jetzt gehörst du endlich mir«, keuchte er und schob einen muskulösen Schenkel zwischen ihre Beine. Hastig öffnete er seine Lederhose, um seine harte, pulsierende Männlichkeit zu befreien.

In diesem Moment traf ihn die Erkenntnis wie ein eisiger Wasserschwall. Bestürzt starrte er in Cymbras blasses Gesicht, in ihre angstvollen Augen. Noch nie in seinem Leben hatte ihn eine Frau so weit gebracht, dass er die Beherrschung derart verlor. Und sie war seine jungfräuliche Gemahlin, die er ganz sanft und rücksichtsvoll ins Reich der Liebe einführen musste.

Das alles wusste er. Trotzdem hatte er sich von einer wilden Lust hinreißen lassen, die ihm bisher fremd gewesen war. Gerade noch rechtzeitig hatte er seine Begierde gezügelt.

Wie er sich wehmütig eingestand, würde er in diesem Moment fast alles dafür geben, wenn eine erfahrene Hure auf ihm läge. Doch dieser Gedanke verflüchtigte sich sofort wieder, ebenso wie der nächste – der beschämende Wunsch, Cymbra wäre einfach nur eine Gefangene, eine unbedeutende Sklavin, obwohl er noch nie mit einer solchen Frau geschlafen hatte.

Doch das war sie nicht, und er wollte sie auch nicht benutzen, um seine Bedürfnisse möglichst schnell zu befriedigen. Stöhnend vergrub er seine Stirn neben Cymbra im Kissen. So still lag sie da, so verletzlich, seiner überlegenen Kraft wehrlos ausgeliefert. Er streckte sich neben ihr aus, doch er ertrug es nicht, auf jede Berührung zu verzichten, deshalb umarmte er sie behutsam.

Zitternd presste sie die Schenkel zusammen, ohne jedoch von ihm abzurücken. Trotz ihrer Angst musste sie das Versprechen halten, das sie diesem Mann gegeben hatte. Das gebot ihr die Ehre. Immerhin hatte sie den Segen ihrer eigenen Kirche empfangen. Sie war Wolfs Frau. Deshalb durfte sie sich nicht gegen gewisse Dinge sträuben.

Neben ihr hob und senkte sich seine Brust in raschem Rhythmus, und Cymbra spürte die Hitze, die er ausstrahlte. Langsam hob sie den Kopf und musterte ihren Mann. Seine Augen waren geschlossen, doch er wirkte keineswegs ruhig und friedlich. Ganz im Gegenteil – seine angespannten Züge und eine vibrierende Ader in seiner schmalen, gebräunten Wange verrieten seine mühsam bezähmte Erregung. Sie betrachtete den muskulösen Hals, die breiten Schultern, und ihr Atem stockte.

Jedes Mal, wenn sie an Bord des Schiffs oder am warmen Teich seine nackte Brust gesehen hatte, war ihre Neugier geschürt worden – und noch andere sonderbare Gefühle. Um das zu bestreiten, war sie zu ehrlich. Ihr Blick glitt weiter hinab zu seinen schmalen Hüften und ... eine brennende Röte breitete sich auf ihrem Gesicht aus. »Und ich dachte – du findest mich nicht attraktiv«, stammelte sie.

Wolf öffnete die Augen. Als er erkannte, was sie anstarrte, zuckte er zusammen. »Das habe ich gesagt, nicht wahr?« Wortlos nickte sie. »Tut mir Leid, ich habe gelogen.«

Sie richtete sich auf – dankbar für ihr langes Haar, das ihre Nacktheit wenigstens teilweise verbarg. »Warum?«

»Weil ich annahm, du würdest dich dann sicherer fühlen.«

Der letzte Rest ihrer Angst, Martas grausige Andeutung entspräche der Wahrheit, war mit einem Schlag verflogen. Wolf war ein starker, stolzer, sogar hochmütiger Mann, aufgewachsen in einer Welt voller Gewalt und an absoluten Gehorsam gewöhnt. Aber er hatte ihr niemals wehgetan, obwohl er reichlich Gelegenheit dazu gehabt hätte und – wie sie sich eingestehen musste – oft genug provoziert worden war.

Und er war ihr Gemahl.

Zögernd strich sie mit den Fingerspitzen über seine Schulter. Er starrte sie an und wagte kaum zu atmen. Da er sich nicht rührte, fasste sie Mut und legte ihre Hand auf seine Brust. Sie spürte die warme Haut unter seiner Tunika.

»Cymbra …«

In seiner heiseren Stimme schwang ein warnender Unterton mit, der sie aber nicht einschüchterte, sondern anspornte. »Das ist ungerecht …«

Fasziniert beobachtete sie, wie er nach Atem rang und die Hände zu Fäusten ballte. »Was?«

»Nun, du bist angezogen – und ich nicht.«

Cymbras zerzaustes Haar war auf dem Kissen ausgebreitet. Ihr ganzer Körper spannte sich an, und an ihrem Hals pochte eine bläuliche Ader. Sie stieß einen leisen Schrei aus, der sich beinahe wie ein Schluchzen anhörte, und grub ihre Finger in die muskulösen Schultern des kraftvollen nackten Mannes, der sich zur ihr herabbeugte und sie seinem unwiderstehlichen Willen unterwarf.

Seine Hände glitten über ihre Brüste, seine rauen Daumen streichelten die geschwollenen Knospen und weckten eine glühende Sehnsucht nach etwas, das sie nicht zu benennen vermochte. Hilflos wand sie sich unter ihm, als seine Zunge mit ihren Brustwarzen spielte. Dann biss er vorsichtig hinein und erzeugte ein Entzücken, das sich beinahe wie ein Schmerz anfühlte. Sie hätte nie erwartet, dass ihr Körper zu solchen Gefühlen fähig wäre – oder zu einer so heißen Begierde.

Und er hatte erst begonnen.

Nun hob er den Kopf und betrachtete voller Genugtuung die Schönheit, die unter ihm lag. In sein Verlangen mischte sich die befriedigende Gewissheit einer ausgleichenden Gerechtigkeit, erging es ihr nun so, wie ihm zuvor. Seit er sie auf Holyhood zum ersten Mal gesehen hatte, kannte er keine ruhige Minute. Die übermächtige Wirkung, die sie auf ihn ausübte, verblüffte und erzürnte ihn.

In dieser Nacht würden sie die Rollen tauschen. Seine eigene Lust würde er stillen, zumindest annähernd, während Cymbra … Lächelnd strich er über ihre Hüften und spürte, wie sich ihre Muskeln anspannten. Er würde sie so weit bringen, dass die Ekstase ihr die Sinne raubte und sie gehorsam und nachgiebig war, bereit ihm alles zu geben, was er forderte.

Sein Mund wanderte von ihren Brüsten nach unten. Jeden Quadratzoll ihrer zarten Haut genoss er in vollen Zügen, ehe er seine Lippen in ihrer Weiblichkeit vergrub.

Cymbra schnappte nach Luft. Einerseits erwachte eine betörende Leidenschaft, andererseits wollte sie die kühne Liebkosung bekämpfen. Unglaublich, dass er sie *dort* berührte – auf *diese* Weise. Die Intimität erschütterte und beglückte sie gleichermaßen. Behutsam erforschte er sie mit seiner Zungenspitze, bis er die empfindsame Perle fand. Unbarmherzig reizte er sie, bis sie hilflos erbebte und ein rosiger Hauch ihren ganzen Körper überzog.

Doch er gab sich nicht damit zufrieden. Seine Zunge drang tiefer in sie ein und trieb sie fast zum Wahnsinn. Die gebieterische Weise, mit der er Besitz von ihr ergriff, entsetzte sie zutiefst, und verzweifelt versuchte sie, ihn daran zu hindern. Wenn sie einen Teil ihres Ichs bewahren wollte, durfte sie ihm nicht zu viel gewähren.

Doch er gestattete ihr keinen Widerstand. Zufrieden kostete er den Nektar ihrer Erregung und schwelgte in seinem Sieg. Dann schob er sich nach oben. Während ein verzehrender Kuss ihren Mund verschloss, spreizte er ihre Schenkel.

Instinktiv zuckte sie vor dem zielstrebigen, harten Druck zurück, doch er umfasste ihre Hüften und erlaubte ihr nur die Bewegungen, die er wünschte. Seine glutvollen Augen verrieten ihr, dass er nicht länger warten würde.

»Halt dich an mir fest!«, befahl er und ließ sie einen Augenblick los, um ihre Hände auf seine Schultern zu legen. Unter ihren Fingern spürte sie seine unbezwingliche Kraft, die ihr einen seltsamen Trost spendete. Sie klammerte sich an ihn, in dem Bewusstsein, darauf vertrauen zu müssen, dass er ihr keine unerträglichen Schmerzen zufügen würde. Allmählich verstärkte er den Druck. Ein heißes Brennen breitete sich in ihrem Unterleib aus, und sie schrie auf. Dennoch schmiegte sie sich gehorsam an ihn.

Wolfs Gesicht verzerrte sich, und er rang nach Luft, während er mühsam um den letzten Rest seiner Selbstbeherrschung kämpfte. Sein kriegerischer Geist verlangte die ersehnten Freuden, die Qual der Zurückhaltung drohte ihn zu übermannen. Trotzdem zwang er sich, langsam in den Schoß seiner Gemahlin einzudringen, damit sie sich an seine Größe gewöhnen konnte.

Als er die Barriere ihrer Jungfräulichkeit erreichte,

schaute er in ihre Augen, jene indigoblauen Teiche, in denen die Angst – doch gleichzeitig auch das Erwachen süßer Lust? – deutlich zu erkennen war. »Du gehörst mir, Cymbra«, flüsterte er atemlos. »Vergiss das niemals.« Seine Lippen erstickten ihren Schrei, während er sich endgültig in ihr versenkte. Unwillkürlich trommelte sie mit beiden Fäusten auf seine Schultern, doch er hielt sie fest und wartete, bis sie sich von ihrem Schock erholt hatte. »Ganz ruhig, Liebes«, murmelte er, »gleich hast du's überstanden.« Er küsste die Tränen von ihren Wangen und flüsterte ihr tröstliche Worte zu, ohne genau zu wissen, was er sagte.

Nach einer Weile spürte er, wie ihre Anspannung nachließ, und begann sich vorsichtig zu bewegen, ohne den Blick von ihrem Gesicht abzuwenden. Die harte Spitze seiner Männlichkeit streichelte eine Stelle in ihrem Innern, von deren Existenz sie nichts geahnt hatte. Eine gänzlich neue Welt öffnete sich, in der sie keine Schmerzen mehr empfand, nur die Wogen, die sie immer höher emportrugen. Stöhnend drängte sie ihm die Hüften entgegen und nahm ihn noch tiefer in sich auf. Sein Schrei übertönte den ihren, das köstliche Gefühl, als sauge ihr Schoß an ihm, jagte ihn über die Schwelle der Erfüllung, und seine Leidenschaft entlud sich in einem heißen Strom, der kein Ende zu nehmen schien.

Als die Erschütterung seines Körpers verebbte, sank er schweißüberströmt und keuchend auf Cymbra zusammen. Seine Lungen schmerzten. Wie rasend hämmerte sein Herz gegen seine Rippen. In der Luft ringsum lag der Geruch eines explosiven Liebesakts.

Zögernd hob er den Kopf und beobachtete, auf einen Ellbogen gestützt, seine Frau. Ihre gesenkten Wimpern warfen Schatten auf ihre geröteten Wangen. Ein Lächeln lag auf ihren von seinen Küssen geschwollenen Lippen, und sie sah – zufrieden aus. Stöhnend glitt er von ihr hinab und drehte sich auf den Rücken. Zu einer weiteren Bewegung war er vorerst nicht fähig. Es dauerte sehr lange, bis er irgendetwas außer dem Glück der gestillten Begierde wahrnahm.

An seiner Seite hatte Cymbra sich zusammengerollt. Der seidene Vorhang ihres Haars verhüllte ihre Blößen nur unzulänglich und bot ihr keine Wärme. Natürlich durfte sie sich nicht erkälten, also nahm er den letzten Rest seiner Kraft zusammen, um die Pelzdecken über sie zu breiten. »Danke«, wisperte sie und kuschelte sich an ihn.

Er vermochte nicht zu sagen, ob es ihre rosige Haut war, der Geißblattduft oder vielleicht ihre Brüste an seinem Arm, doch seine Männlichkeit regte sich erneut – zaudernd zunächst, aber in unverkennbarem Enthusiasmus. Hin und her gerissen zwischen Staunen und widerstrebendem Stolz, seufzte er.

»Stimmt etwas nicht?« Cymbra gelang es nicht, ihm in die Augen zu sehen – zu groß war ihre Scham über ihre hemmungslose, deutlich bekundete Lust. Andererseits war sie Wolfs Frau und musste für sein Wohl sorgen – besonders, nachdem er sich so aufmerksam um *ihres* gekümmert hatte.

»Alles in Ordnung«, murmelte er. Was sollte denn nicht stimmen? Abgesehen vom voraussichtlichen Fehlschlag seines großartigen Plans, jene uneingeschränkte Kontrolle zu bewahren, die er stets für selbstverständlich gehalten hatte, bis diese irdische Göttin in sein Leben getreten war. Doch so leicht würde er sich nicht geschlagen geben, schließlich hatte der Kampf zwischen ihnen eben erst begonnen.

Aber zunächst musste er darauf verzichten, das Verlangen, das erneut unglaublich heiß in seinen Adern brannte, zu befriedigen. Seine Frau war zu zart gebaut, zu verletzlich. Wenn er sie zu einem zweiten Liebesakt zwang, ehe sie sich von dem ersten erholt hatte, käme dies einer Misshandlung gleich.

Nur widerwillig stieg er aus dem Bett. Wenigstens genoss er einen kleinen Triumph, als Cymbra einen kurzen Blick in seine Richtung warf, bevor sie ihren Kopf hastig im Kissen vergrub. Entschlossen unterdrückte er ein Stöhnen, das die Deckenbalken erschüttert hätte, wäre es über seine Lippen gekommen, und ging zur Waschschüssel.

Mit einem feuchten Lappen in der Hand kehrte er zu seiner Frau zurück und zog die Pelze beiseite. Irritiert versuchte sie, danach zu greifen. »Was tust du? Nicht …«

»Keine Bange«, unterbrach er sie und setzte sich neben sie. Ohne ihre Verwirrung zu beachten, schob er seine Finger zwischen ihre Schenkel, die sie fest zusammenpresste. »Beruhige dich, ich will nur sehen, ob du noch blutest.«

Sie öffnete den Mund, um zu protestieren, doch er hatte ihre Beine bereits gespreizt. Behutsam berührte er ihre Scham mit dem feuchten Lappen. Ja, sie hatte geblutet. Bei diesem Anblick zuckte Wolf zusammen, der Mann, der auf zahlreichen Schlachtfeldern durch Blutlachen gewatet war.

Zum Glück war Cymbras Blutung bereits versiegt. Trotzdem verbot er sich eine baldige Wiederholung der Liebesfreuden. Er warf den Lappen auf den Tisch, deckte sie wieder zu und kroch neben ihr ins Bett. Stocksteif lag sie da, zweifellos entrüstet über sein freizügiges Verhalten. Nun, sie würde verstehen lernen, dass er mit ihr tun konnte, was er wollte. Letzten Endes war sie sein Eigentum. Und in der Zwischenzeit …

Seufzend nahm er sie in die Arme und ignorierte ihren Widerstand. Obwohl er einen erfrischenden Schlaf herbeisehnte, zwang er sich, wach zu bleiben, und streichelte ihren Rücken, bis ihre Anspannung endlich nachließ.

Während ihre Atemzüge immer tiefer und gleichmäßiger wurden, dachte er darüber nach, dass allein die Eheschließung viel größere Probleme aufgeworfen hatte als erwartet.

Doch nun würde alles anders werden. Sie war gut erzogen und kannte die Pflichten einer Lady. Nach dieser Nacht würde sie die sanfte, fügsame Gemahlin sein, die er sich vorstellte. Daran bestand keinerlei Zweifel, sagte er sich erschöpft.

7

Eigentlich sollte die Ehe der Bequemlichkeit des Mannes dienen«, erklärte Wolf grimmig. »Seine Frau ist dazu da, die Last von seinen Schultern zu nehmen, seinen Haushalt zu führen und ihm Kinder zu schenken. Dagegen lässt sich nichts einwenden, oder?«

Dragon starrte nachdenklich vor sich hin. »Wohl kaum, aber ich glaube, im Allgemeinen sind es die Frauen, die den Ton angeben.«

»Lächerlich!«, fauchte Wolf. »Wir Männer sind stärker und klüger, und wir gehorchen nicht irgendwelchen Gefühlen, sondern unserem Verstand. Offensichtlich haben die Götter *uns* die Herrschaft zuerkannt.«

Um seine Worte zu bekräftigen, schwang er sein Schwert und setzte zu einem Angriff auf seinen Bruder an.

Grinsend sprang Dragon zurück und parierte den Angriff mit seiner Waffe. Der Lärm des klirrenden Stahls hallte über den Exerzierplatz, und einige Männer unterbrachen ihre Aktivitäten, um den Kampf zwischen den beiden Gegnern zu beobachten, die einander ebenbürtig waren.

»Unbeschwert wandert der Junggeselle von einer Frau zur anderen. Nur sein Vergnügen interessiert ihn.« Trotz der Anstrengung hatten sich Dragons Atemzüge nicht beschleunigt. »Um das Dach über seinem Kopf oder seine Felder – falls er welche besitzt – kümmert er sich nicht.« Die Klingen prallten erneut aufeinander. »Wenn ihn die Abenteuerlust packt, zieht er in die Welt hinaus. Er genießt das Leben und denkt nicht an die Zukunft. Aber sobald er heiratet, ändert sich alles. Jetzt trägt er eine schwere Verantwortung, und seine Frau sorgt dafür, dass er das niemals vergisst. Ob er's will oder nicht – der Stier wird unters Joch gezwungen.« Entschieden schüttelte Dragon den Kopf und stürzte sich auf seinen Bruder. »Nein, die Ehe ist eine Erfindung der Frau. Sie braucht einen Mann, der sie beschützt und ihre Kinder ernährt. Und was hat *er* davon?«

»Kinder, an deren Herkunft er nicht zweifeln muss?« Mühelos wehrte Wolf den Schwerthieb seines Bruders ab.

»Vielleicht«, stimmte Dragon belustigt zu. »Aber ich kenne mehrere Frauen, die ihr Bett nicht erkalten ließen, wenn ihre Ehemänner auf Reisen gingen, und wenn sie zufällig Kinder bekamen …« Diesmal griff er Wolf aus einem anderen Winkel an und versuchte, die Beine unter ihm wegzuschlagen.

Doch diese Strategie amüsierte Wolf nur, der blitzschnell hinter ihn sprang, so dass Dragon sich umdrehen musste.

»Wer, glaubst du, hat all die Geschichten von den Göttern ersonnen, die nachts in die Betten argloser Frauen schleichen oder ihnen im Wald auflauern?«, fragte Dragon und zielte auf den Kopf seines Bruders. »Glaub mir, kein Mann kommt auf solche Ideen. Nur Frauen sind so fantasievoll.«

»Hast du nie darüber nachgedacht zu heiraten?« Die Klingen ihrer Schwerter berührten sich.

»Ich? Odin möge das verhindern! Natürlich wünsche ich mir Söhne. Aber dafür brauche ich kein Eheleben, sondern nur zwei oder drei willige Frauen.« Lächelnd entblößte Dragon seine Zähne, die strahlend weiß in seinem gebräunten Gesicht blitzten. »Und daran besteht kein Mangel.«

»Wie willst du wissen, ob die Kinder von dir stammen?«

»Oh, ich kann sehr gut bis neun zählen. Außerdem weiß ein Mann, was er tun muss, damit eine Frau keine Gelegenheit findet – oder das Bedürfnis verspürt, sich irgendwo anders zu amüsieren.«

Wolf hob die Brauen. »Und wenn eine Frau schön wie der Morgen ist – so verlockend wie ein goldener Fluss?«

»Dann sollte der Mann gut mit einem Schwert umgehen können. Verdammt gut sogar.«

Die Füße ins weiche Erdreich gedrückt, brachte Wolf seinen Bruder mit einem gewaltigen Kick aus dem Gleichgewicht. Unsanft landete Dragon am Boden und grinste gequält. »Gar nicht übel, Lord von Sciringesheal. Aber müsste die Ehe deine Klinge nicht ein bisschen abstumpfen lassen?«

Wolf steckte seine Waffe in die Scheide und half Dragon auf die Beine. Im Laufe der Jahre hatten sie oft gegeneinander gekämpft und dieselbe Anzahl an Siegen errungen. Doch nur auf denn heimischen Exerzierplatz traten sie gegeneinander an, auf den Schlachtfeldern fochten sie Seite an Seite.

Wolf vertraute seinem Bruder wie keinem anderen. Und das Vertrauen wurde rückhaltlos erwidert. Nun war er froh, dass der Kampf beendet war, denn Dragons Wunde, die nicht heilen wollte, bereitete ihm große Sorgen. »Diese Ehe nicht«, antwortete er, während sie zum Fass mit dem kühlen Brunnenwasser gingen, das im Schatten stand. Seufzend füllte er die Kelle und entleerte sie über seiner erhitzten Stirn. »Keine Gelegenheit lässt sie aus, um mich zu ärgern.«

»Oh, deine süße, sanftmütige Gemahlin?«, spottete Dragon. »Aber ich begegne ihr auf Schritt und Tritt. Dauernd läuft sie hierhin und dorthin, interessiert sich für alles und stellt unzählige Fragen. Offensichtlich nimmt sie ihre Verantwortung für deinen Haushalt sehr ernst. Obwohl ihr erst seit zwei Tagen verheiratet seid, gibt es keinen Winkel in dieser Festung, den sie noch nicht kennt.«

Wolf schnitt eine Grimasse. Das ließ sich nicht leugnen. Wie ein Wirbelwind schwirrte Cymbra von der Weberei zur Molkerei, von den Küchenräumen zur Färberei, zur Schmiede, und so weiter. Vom Morgengrauen bis zum Einbruch der Dunkelheit war sie unterwegs. Und zu allem hatte sie eine eigene Meinung, machte Vorschläge und erklärte, was man verbessern sollte.

Noch schlimmer – niemand vermochte ihr zu widerstehen. Sie musste nur ein paar Worte murmeln, und prompt stolperten die Leute über ihre eigenen Füße, um die Wünsche der Herrin zu erfüllen. Nun ja, nicht alle. Wenn Marta in ihrer Nähe war, sah sie immer aus, als hätte sie bittere Galle geschluckt, und ihre Freundinnen schienen ihrem Beispiel zu folgen.

Unbehaglich runzelte Wolf die Stirn. Ein Krieg zwischen den Frauen wäre das Letzte, was er gebrauchen konnte. Allein beim Gedanken an diese Art von Schwierigkeiten würde sich jeder Mann nach einer langen Schiffsreise sehnen.

Er hatte von einer Insel gehört, die erst vor wenigen Jahren entdeckt worden war und westlich von den Irish Islands lag. Es hieß, dort gäbe es Berge voll heißer Quellen, mineralische Flüsse, breiter als in sämtlichen nordischen Ländern, schöne Fjorde, Buchten und fruchtbare Erde, die geeignet war für den Ackerbau und als Weidefläche. Inzwischen hatten sich zahlreiche Menschen dort niedergelassen, und weitere würden ihnen folgen. Und wenn man den dämonischen irischen Mönchen glauben durfte, gab es weiter im Westen ein noch größeres Land, das jenseits der sinkenden Sonne lag und keine Grenzen zu haben schien.

Dieses Land konnte ein ungebundener Mann aufsuchen, doch ein Anführer, der sich um das Wohl seines Volkes kümmern musste, durfte nicht einmal daran denken. Deshalb beschloss Wolf, das Problem namens Cymbra zu lösen, bevor es gefährliche Ausmaße annahm. »Sie lebt sich nur ein«, murmelte er, »das ist alles.«

»Wen versuchst du zu überzeugen?«, erkundigte sich Dragon belustigt. »Mich oder dich selbst?«

Statt einer Antwort stöhnte Wolf und ging in die Richtung, wo er Cymbra zuletzt gesehen hatte. Aber sie war verschwunden.

»Ich habe keine Ahnung, Lord Wolf«, entgegnete Marta schadenfroh, als er sich endlich zu der Frage durchgerungen hatte, wohin seine Frau gegangen sei. Von seinem sichtlichen Ärger ermutigt, fügte sie hinzu: »Wenn ich mir die Bemerkung erlauben darf, die Lady erscheint mir sehr eigenwillig, vielleicht das Ergebnis einer übermäßig privilegierten Erziehung …«

Diese Kritik an Cymbras Verhalten, die letztlich auf ihn zurückfiel, missfiel ihm, doch er musste Marta Recht geben. Offenbar hatte Lord Hawk seiner Schwester zu oft freie Hand gelassen, deshalb war es eigentlich nicht ihre Schuld, wenn sie sich ungehörig benahm. Aber Wolf würde sie eines Besseren belehren.

Also lief er zum Stall, fest entschlossen, seiner ungebärdigen Gemahlin eine Lektion zu erteilen, die sie nicht so bald vergessen würde.

»Sieh nur, Weißer Andorn.« Cymbra löste die kleine Pflanze aus dem Erdreich, ohne ihre Wurzeln zu verletzen. »Dass ich ihn hier finden würde, hätte ich gar nicht erwartet – eine wundervolle Arznei gegen Husten und Lungenentzündung.« Lächelnd legte sie den Andorn in ihren Beutel zu den anderen Pflanzen, Moosgewächsen und Flechten, die sie bereits gesammelt hatte.

»Erstaunlich, wie viel Ihr wisst …«, meinte Brita. Nachdem sie gemeinsam mit Lady Cymbra mehrere Stunden lang Kräuter aufgespürt hatte, verflog ihre Scheu allmählich. »Auch meine Mutter verstand einiges von der Heilkunde. Doch sie könnte sich nicht mit Euch messen. Wieso konntet Ihr all das lernen?«

Wie immer, wenn sie auf solche Dinge angesprochen wurde, zögerte Cymbra und wählte ihre Worte mit Bedacht. »Schon in meiner Kindheit begeisterte mich die Heilkunst, und mein Bruder war so freundlich, Lehrer für mich zu beschäftigen.«

»Dann solltet Ihr Euch glücklich schätzen.« Auch ich hatte einen Bruder …« Abrupt verstummte Brita.

In Cymbra stieg ein fast unerträglicher Kummer auf – das Leid eines schweren Verlustes. Sie zwang sich, langsam und ruhig zu atmen und nicht gegen ihre Gefühle anzukämpfen. Wie sie aus schmerzlicher Erfahrung wusste, war jede Gegenwehr sinnlos. Stattdessen musste sie ihre Seele hinter einem Schutzschild verschanzen, der ihr half, die Qualen hinzunehmen, ohne daran zu zerbrechen.

Plötzlich dachte sie an die Nachricht, die Wolf vermutlich schon an Hawk geschickt hatte, um ihn über ihren Verbleib zu informieren. Einerseits wollte sie ihren Bruder wiedersehen und ihm versichern, dass sie wohlauf war, andererseits fürchtete sie die Konfrontation zwischen den beiden Männern. Ein Schauer rann über ihren Rücken, doch sie verdrängte ihre eigenen Sorgen, um Brita zu trösten. »Tut mir Leid.«

Die sanfte Berührung ihrer Hand verwirrte die Sklavin. Dicht nebeneinander knieten sie im Moos eines Berghangs, während die Sonne über ihnen strahlte und eine sanfte sommerliche Brise wehte. Brita blinzelte heftig und strich über ihre Wange. »Es ist schon so lange her …«

»Wie lange?«

»In meinem zwölften Lebensjahr wurde ich gefangen genommen.« Als wäre ein Damm gebrochen, der eine wilde Strömung bezähmt hatte, sprudelten die Worte über Britas Lippen. »Meine Familie lebte nahe der irischen Küste bei den Mountains of the Morne. So groß wie die Berge hier sind sie nicht, aber sie sind wunderschön.« Von bittersüßen Erinnerungen erfüllt, seufzte sie. »Wir hatten Gerüchte über die Norweger gehört, aber noch keinen von ihnen je gesehen, als sie plötzlich über uns herfielen. Zwei Tage nach Ostern. Natürlich kämpften unsere Männer, doch sie wurden vernichtend geschlagen, und ich weiß nicht einmal, ob einer meiner Verwandten den Angriff überlebt hat. Das Letzte, was ich sah, war der Rauch, der aus unseren brennenden Häusern aufstieg. Nach einer tagelangen Reise wurde ich in eine große Stadt gebracht, zusammen mit anderen Gefangenen in ein Gehege gesperrt und schließlich verkauft. Und so kam ich hierher, das ist jetzt fünf Jahre her. Manchmal würde ich am liebsten in den Tod gehen, doch das verbietet mir mein Glaube. Ich bin sehr behütet aufgewachsen, und ich dachte, eines Tages würde ich heiraten und Kinder bekommen. Niemals hätte ich geglaubt, ich würde das Leben einer Sklavin führen, als Eigentum anderer Menschen, das einfach nur benutzt wird, und rücksichtslos …« Ihre Lippen zitterten. Bedrückt senkte sie den Kopf. »Bitte, verzeiht mir, Mylady, ich darf Euch nicht mit meinem Kummer belasten.«

Cymbra fühlte sich keineswegs belastet, sondern nur wütend über das, was Brita widerfahren war. Obwohl sie schon seit langer Zeit wusste, wie viel Leid diese Welt peinigte, lehnte sie sich noch immer dagegen auf. »Da gibt es nichts zu verzeihen, Brita.« Liebevoll nahm sie die Sklavin in die Arme und beschloss, ihr schweres Los zu lindern.

Während sie noch überlegte, wie sie dieses Thema bei ihrem Mann zur Sprache bringen sollte, wurden ihre Gedanken von Hufschlägen unterbrochen. Beide Frauen blickten auf und sahen einen großen Rappen herangaloppieren. Erschrocken sprang Brita auf und zog Cymbra zu sich empor. »Lauft zur Festung, Mylady, ich werde versuchen …«

Doch sie brauchte ihre Herrin nicht zu beschützen, denn wenige Sekunden später erkannten sie den Reiter. »Wolf!«, rief Cymbra, erleichtert und verärgert zugleich, weil er ihnen schreckliche Angst eingejagt hatte.

Was bildete er sich eigentlich ein? In den letzten zwei Tagen hatte er kaum mit ihr gesprochen, obwohl sie sich so bemühte, ihm eine gute Ehefrau zu sein. Trotz aller Schwierigkeiten war sie fest entschlossen, alles zu halten, was sie bei der Hochzeit versprochen hatte. Vielleicht würde vom Erfolg dieser Ehe der Frieden zwischen zwei Völkern abhängen. Deshalb musste sie ihr Bestes geben. Aber als sie die Geißel der Sachsen den Hang heraufpreschen sah, fürchtete sie, dieser Aufgabe nicht gewachsen zu sein. Im Grunde besaß sie ein sanftes Temperament, doch irgendetwas an ihrem norwegischen Gemahl weckte Gefühle, die sie bisher nicht gekannt hatte und die ihren üblichen Gleichmut und den vertrauten Schutzschild bedrohten.

»Verschwinde!«, herrschte er Brita an, nachdem er seiner umherstreunenden Gemahlin einen kurzen Blick zugeworfen hatte.

Die Sklavin erbleichte und begann am ganzen Körper zu zittern. Unglaublicherweise gehorchte sie nicht sofort, sondern wandte sich an Cymbra. »Mylady?«

»Schon gut«, erwiderte Cymbra leise, ohne den bedrohlichen Krieger auf seinem Schlachtross aus den Augen zu lassen. »Geh nur, ich möchte mit meinem Mann reden.«

Beklommen starrte Brita den Furcht erregenden Jarl an und eilte davon.

Als er seine schöne Frau betrachtete und den Zorn in ihren blauen Augen las, vergaß er das seltsame Aufbegehren der Sklavin augenblicklich.

Verwundert runzelte er die Stirn. Sie ärgerte sich? *Sie?* Heiliger Odin, mit welchem Recht nur? War er nicht zwei Tage lang die Geduld und Sanftmut in Person gewesen – in selbstloser Güte bereit, seine Leidenschaft zu bezähmen, bis Cymbra sich von der Hochzeitsnacht erholen würde? Hatte er nicht jede Nacht neben ihr gelegen, ohne sie anzurühren, und Höllenqualen erlitten? Zweifelte er etwa *nicht* an seinem Verstand, weil er nur noch an sie denken und sich kaum auf seine Pflichten konzentrieren konnte?

Und sie zürnte ihm?

Geschmeidig schwang er sich aus dem Sattel und hängte die Zügel an einen tief hängenden Zweig. Zu seiner Genugtuung wich Cymbra einen Schritt zurück, wenn auch nur einen kleinen.

Die Hände in die Hüften gestemmt, starrte sie ihn an. »Du zertrampelst die Pflanzen, die ich sammeln wollte.«

Was sagte sie da? Verwirrt hob er die Brauen. Normalerweise musste sie sich nach Kräften bemühen, ihn zu besänftigen, doch stattdessen faselte sie von ... Pflanzen?

»Hier gibt es keinen Kräutergarten«, erklärte sie und zwang sich zur Ruhe. »Also muss ich einen anlegen. Mit diesen Pflanzen«, fügte sie hinzu und zeigte auf ihren Beutel, der am Boden lag.

Wegen eines *Kräutergartens* hatte sie die Festung ohne Eskorte verlassen, nur in Begleitung einer Sklavin, ohne ihn vorher um Erlaubnis zu fragen? Erbost trat er vor sie, packte sie an den Schultern und schüttelte sie. »Das ist nicht Holyhood, und du bist nicht mehr die verhätschelte Schwester eines nachsichtigen Bruders, Frau. Dies ist ein hartes Land, und wir müssen uns unser Leben sehr hart erkämpfen. Jetzt gehören deine kleinen luxuriösen Privilegien der Vergangenheit an. Darauf wirst du in Zukunft verzichten müssen – und endlich lernen ...« Er musste ihr unmissverständlich klar machen, dass sie ihm stets zu gehorchen hatte, in sämtlichen Belangen. Aber seine Stimme erstarb, weil sie in lautes Gelächter ausbrach.

»Glaubst du etwa, ein Kräutergarten wäre ein Luxus?« Sie wusste, wie unhöflich er ihre Belustigung finden würde, doch sie konnte sich angesichts seiner typisch männlichen Arroganz nicht beherrschen. »So einen Garten *brauchst* du, wenn deine Leute gesund bleiben sollen. Diese Pflanzen sind Gottes Segen, ein Geschenk an die Menschheit, der Beweis, wie sehr ihm das Wohl seiner Kinder am Herzen liegt.« Doch als er nicht das erwartete Interesse zeigte, verstummte sie. Seine kraftvollen Hände auf ihren Schultern brachten ihren Puls zum Rasen. Wenigstens schüttelte er sie nicht mehr. Nun, vielleicht verstand er auch nicht, was sie meinte. »Wie ich bereits sagte, ich weiß sehr viel über die Heilkunde. Glücklicherweise hast du das Kästchen mit meinen Arzneien hierher mitgenommen. Dafür bin ich dir sehr dankbar. Aber wenn die Vorräte zur Neige gehen, müssen sie ersetzt werden. Deshalb sammle ich diese Kräuter.«

»Willst du meine Leute verarzten?« Als er durch Cymbras Schweigen seine Vermutung bestätigt sah, war er es, der schallend anfing zu lachen. Er warf seinen Kopf in den Nacken, scheuchte die Vögel in den Bäumen ringsum auf, und sein Pferd begann nervös im Moos zu scharren. Breit grinsend musterte er seine naive kleine Frau. Verdammt, wie zauberhaft sie aussah im goldenen Sonnenschein, das Haar nur mit einem dünnen Schleier bedeckt, die Haut seidenweich. Energisch ermahnte er sich, an seine Pflicht zu denken. Sie war nur eine Frau, noch dazu eine Fremde, deshalb würde er ihr einiges erklären müssen. »So schwach wie die Sachsen, die unentwegt umhegt werden müssen, sind wir nicht. Um unsere Gesundheit zu erhalten, brauchen wir nicht viel – ein kleines Feuer, wenn eine Wunde nicht verheilt, ein Messer, um Arme oder Beine abzuschneiden, die unrettbar verloren sind. Damit begnügen wir uns. Wir erwarten nicht, steinalt zu werden. Allein der Gedanke daran erschreckt uns. Ein richtiger Mann stirbt mit dem Schwert in der Hand, damit die Götter ihn in Walhalla aufnehmen. In hohem Alter dahinzusiechen, wäre ein würdeloser Tod.«

Mit diesen Worten bekräftigte er, was Cymbra in den letzten beiden Tagen bereits geahnt hatte. Die Bewohner von Sciringesheal sahen alle kerngesund aus. Doch gerade das bereitete ihr Sorgen, denn es legte den Verdacht nahe, dass man die Menschen, die sich keiner robusten Gesundheit erfreuten, einfach sterben ließ. »Und wenn eine Frau bei der Niederkunft entsetzliche Schmerzen leiden muss? Oder wenn Kinder erkranken? Sind sie ihrem Schicksal hilflos ausgeliefert? Oder wenn jemand alt wird, obwohl er sich schwach fühlt und die Erlösung des Todes herbeisehnt? Unternimmt man nichts, um solchen Leuten die letzten Tage zu erleichtern? Seid ihr denn alle so töricht und grausam? Das kann ich nicht glauben!«

Doch in Wahrheit wusste sie es besser, weil Bruder Chilton ihr von Norwegerinnen erzählt hatte, von »alten Vetteln«, die sich angeblich mit dem Teufel verbündeten, um »Zaubertränke« zu brauen. Obwohl sie ihm das niemals gesagt hätte, glaubte sie, das er etwas falsch verstanden hatte, und dass diese Frauen Heilkundige waren, wie sie selbst. Bis jetzt hatte sie keine dieser Frauen in Sciringesheal kennen gelernt, was jedoch möglicherweise daran lag, dass Wolfs Festung eine rein männliche Domäne war, in der die Frauen lediglich als dienstbare Geister geduldet wurden.

»Wie auch immer«, fuhr sie eigensinnig fort, »ich werde mein Wissen nutzen und die Qualen kranker Menschen nicht untätig mit ansehen.« Während sie herausfordernd das Kinn hob und Wolfs Blick standhielt, verbarg sie die kalte Angst, die in ihr aufstieg. Was sollte sie tun, wenn er ihr verbot, ihrer Berufung zu folgen? Wenn sie gezwungen wurde, inmitten dieser Menschen zu leben, ihre Qualen zu spüren – außerstande, ihnen beizustehen? Dann würde sie sterben.

Nachdenklich schaute er sie an und erkannte, wie wichtig sie ihre Heilkunst nahm – auch wenn er sich fragte, warum. Wahrscheinlich hing es mit ihrer übertriebenen Nächstenliebe zusammen, die sie damals in Holyhood bewogen hatte, das Gefängnis gefährlicher Wikinger zu betreten. Damals hatte er ihre Kühnheit bewundert. Und jetzt überlegte er, dass es wohl kaum schaden könnte, wenn sich seine Gemahlin um ihre Mitmenschen sorgte. »Also gut, es wird kein Schaden entstehen, wenn du dich um die Kinder kümmerst«, hörte er sich zu seiner Überraschung sagen. Denn warum sollten schwache Geschöpfe, die nicht so widerstandsfähig waren wie starke Krieger, keinen Nutzen aus Cymbras Kenntnissen ziehen?

Erleichtert, aber keineswegs zufrieden, schwor sie sich, dass dieser hochmütige Mann ihr eines Tages gestatten würde, auch seine Krieger zu verarzten, und ihr sogar dankbar dafür sein würde. »Das ist immerhin ein Anfang …« Als er die Stirn runzelte, fügte sie rasch hinzu: »Ich brauche eine Gehilfin.«

Wolf verdrehte die Augen. Wenn sich seine Frau irgendetwas in den Kopf gesetzt hatte, war sie gewiss nicht zu schüchtern, um auf ihrem Willen zu beharren. Er fragte sich, wie es wäre, wenn er das einzige Ziel ihrer Wünsche wäre, und spürte die schmerzliche Härte in seinen Lenden. »Eine Gehilfin?«

»O ja – sie müsste zusammen mit mir Kräuter sammeln,

Arzneien vorbereiten und Patienten pflegen.« Cymbra setzte eine nachdenkliche Miene auf. »Natürlich wäre es besser, wenn sie bereits einschlägige Erfahrungen besäße. Mal sehen …« Ihre Augen leuchteten auf. »Vorhin erzählte mir Brita, ihre irische Mutter sei eine heilkundige Frau gewesen. Also würde sie sich großartig für diese Aufgabe eignen.«

Gleichmütig zuckte Wolf die Achseln. Er kümmerte sich fast nie um seine Sklaven. »Du bist die Herrin hier in diesem Haushalt, also tue, was du für richtig hältst.«

Ein strahlendes Lächeln belohnte ihn und jagte das Blut noch schneller durch seine Adern. Auf diesem Hang waren sie allein, ziemlich weit entfernt von der Stadt und der Festung. Und zwei Tage müssten seiner Frau genügen, um die Folgen des ersten Liebesakts zu überwinden. Er wollte nicht mehr länger warten. »Nun, Frau«, begann er und trat einen Schritt auf sie zu, »eine Gemahlin kann ihrem Mann viel leichter Zugeständnisse abringen, wenn er gut gelaunt ist. Daran solltest du in Zukunft denken.«

Erstaunt sah sie ein seltsames Flackern in seinen Silberaugen, das sie nicht zu deuten wusste. Wolf war zweifellos ein sehr attraktiver Mann. Und wenn er lächelte, so wie jetzt, nahm er ihr den Atem. Plötzlich keimte in Cymbra das fast unbezwingbare Bedürfnis auf, mit einer Fingerspitze seine markanten Züge nachzuzeichnen, das dichte rabenschwarze Haar zu streicheln, die breiten Schultern, die muskulöse Brust, und … Errötend hob sie ihren Beutel auf und klammerte sich daran, als könnte er sie schützen – nicht vor ihm, sondern vor ihren eigenen Gedanken.

Sein Lächeln wurde noch breiter. Entschlossen griff er nach dem Beutel, doch Cymbra weigerte sich, ihn loszulassen, worauf ein Tauziehen begann – ein einseitiger

Kampf mit vorhersehbarem Ende. Das Säckchen landete am Boden, und Wolf zog seine Frau an sich.

»Vielleicht sollte ich dir zeigen, was drin ist«, schlug sie nervös vor. »Jede einzelne Pflanze ist kostbar – und die Wirkung ist ganz verschieden. Stundenlang könnte ich dir erklären, wie …«

»Sei still«, unterbrach er sie und drückte sie an seine Brust – nicht schmerzhaft, doch fest genug, um eine Flucht zu verhindern. Gebieterisch bog er ihren Kopf nach hinten und presste seinen Mund auf ihren. Er hatte beschlossen, Cymbra seinem Willen zu unterwerfen. Aber sobald er ihre weichen Lippen spürte, änderte sich seine Absicht, und er wollte sich nur in ihr verlieren, diese unglaubliche Vollkommenheit genießen, die ihn in der Hochzeitsnacht so beglückt hatte, während gleichzeitig der Drang in ihm aufstieg, dieselben Gefühle in seiner Frau zu erregen.

Er zog sie auf das Moos, ohne ihr die Gelegenheit zu geben, zu protestieren, und befreite sie von ihrem Umhang. Zärtlich küsste er ihre Stirn, ihre Wangen, ihr Kinn. Über ihren ganzen Körper wanderten seine Hände, schlangen sich in ihr üppiges kastanienbraunes Haar, liebkosten die vollen Brüste, entblößten die schlanken Schenkel unter der Tunika.

Leise schrie sie auf. Wollte er sich *hier* mit ihr vergnügen, wo jeden Augenblick jemand vorbeikommen könnte? Schlimmer noch – ihr fiel nichts ein, dass sie dagegen hätte einwenden können. Nach zwei entbehrungsreichen Tagen sehnte sie das Entzücken herbei, das er ihr in der ersten gemeinsamen Nacht geschenkt hatte.

Sie zerrte an seiner Tunika und versuchte, sie ihm über den Kopf zu ziehen. Als er ihr half und seine kraftvolle

Brust enthüllte, seufzte sie hingerissen und grub ihre Finger in das dunkle Kraushaar zwischen seinen Brustwarzen, das sich nach unten zu einer schmalen Linie verengte und schließlich in seiner Hose verschwand.

Ihre Lust ließ ihren Kopf schwindeln, und sie verdrängte die Stimme der Vernunft. Lange genug hatte sie auf neue Liebesfreuden gewartet. Und sie wusste nicht, wie lange sie in der nächsten Zukunft darauf verzichten musste. Warum sollte sie die Gunst der Stunde nicht nutzen?

Ihr Eifer verblüffte ihn, aber er verschwendete keine Zeit, darüber nachzudenken. Nur halbherzig versuchte er, die seitliche Verschnürung ihres Kleids zu lösen, dann riss er es auseinander. Der warme Duft ihrer Haut hüllte ihn ein. Hingebungsvoll liebkoste er ihre Brüste und saugte an den rosigen Knospen, die sich augenblicklich aufrichteten. Dann schob er seinen harten Schenkel zwischen ihre Beine und presste ihn gegen ihre Weiblichkeit.

Er sollte langsamer vorgehen. Das wusste er. Cymbra war noch zu unerfahren, und er wollte ihr nicht wehtun. Deshalb zwang er sich zur Geduld, während seine Finger das seidige Haar zwischen ihren Beinen streichelten und mit dem weichen, empfindsamen Fleisch spielten. Bald spürte er ihre feuchte Hitze, ihre Bereitschaft, und stöhnte erleichtert. Später, nahm er sich vor, würde er über all das nachdenken. Im Augenblick wollte er an überhaupt nichts denken.

Hastig befreite er seine harte, pulsierende Männlichkeit. Aber bevor er sich mit Cymbra vereinte, betrachtete er ihr schönes, gerötetes Gesicht. Sie schenkte ihm ein Lächeln, das ihre Freude auf den Liebesakt deutlich verriet. Eine Woge der Zärtlichkeit überschwemmte ihn und mischte sich mit seiner glühenden Leidenschaft, die ihn zum Wahnsinn zu treiben drohte. Plötzlich sah er nicht nur seine Frau in ihr, sondern Cymbra – ein einzigartiges, betörendes, mysteriöses Geschöpf, das seinen Geist ebenso faszinierte wie seinen Körper.

Um den letzten Rest seiner Selbstbeherrschung gebracht, drang er kraftvoll in sie ein, umfasste ihre Hüften und verharrte reglos, bis sie sich an ihn gewöhnte. Als sich die Muskeln in ihrem Inneren anspannten, war es um ihn geschehen.

Mühsam versuchte er, sich zurückzuhalten. Doch der rote Nebel seiner Begierde verschlang ihn. Immer tiefer vergrub er sich in ihr, und angespornt von ihren leisen Lustschreien und ihren tastenden Händen, bewegte er sich immer schneller, bis das Beben ihrer Erfüllung seinen eigenen Höhepunkt in einem alles verzehrenden Rausch auslöste.

Erst nach einigen Minuten kehrte er in die Wirklichkeit zurück. Er lag auf seiner Frau, war immer noch mit ihr verschmolzen, und in seinem Körper zuckten die letzten Wellen der Sinnenlust. Behutsam zog er sich zurück und streichelte ihr Gesicht. Sie hob die Lider, und er las in ihren Augen die gleiche Verwirrung, die auch er empfand.

»Von alldem ahnte ich nichts.« Sie war nicht mehr verlegen, und sie staunte, weil sie sich in dieser intimen Situation so unbefangen fühlte. Vielleicht bin ich mittlerweile an meinen Mann gewöhnt, dachte sie. »Wie wundervoll das Reich der Liebe ist …«, wisperte sie und streichelte seine Lippen.

Wolf nahm ihre Finger zwischen die Zähne und biss hinein, ganz sanft und doch fest genug, um ihr einen spielerischen Schmerzensschrei zu entlocken. In diesem Augenblick war er wunschlos glücklich mit seiner sächsischen

Gemahlin – und mit seinem Leben im Allgemeinen. »Es freut mich, dass du so denkst.«

»Ist es denn nicht immer so?«, wollte sie wissen, ehe sie ihre Frage selbst beantwortete. »Wohl kaum, sonst würden die Menschen nichts anderes tun. Vielleicht liegt es auch daran, dass die Männer ein bisschen Zeit brauchen, um sich zu erholen.«

Eine durchaus vernünftige Lösung der Natur, dachte sie. Andernfalls würde die Welt stillstehen, denn die ganze Menschheit würde sich nur der Liebe widmen.

»Wie bitte?«, fragte Wolf verblüfft.

Zunächst wusste sie nicht, was er meinte, doch als sie es wenige Sekunden später erriet, lächelte sie verständnisvoll. »Zwei Tage – das kommt mir ziemlich kurz vor. Dauert es normalerweise länger?«

Als sie seine Miene sah, fürchtete Cymbra, sie hätte zu freizügig mit ihm gesprochen. Dank ihrer Heilkunst hatte sie gelernt, ohne Scham über die verschiedenen Vorgänge im menschlichen Körper zur reden. Aber in diesem Fall wäre es wohl besser gewesen, diese Gedanken für sich zu behalten.

Jedenfalls bereute sie ihre unverblümten Worte zu spät. Die Augen ihres Mannes verdunkelten sich, und er warf ihr einen sonderbaren Blick zu. Dann warf er sich auf den Rücken und starrte in den blauen Himmel, als gäbe es dort etwas besonderes zu sehen.

Nach einer Weile stützte er sich auf einen Ellbogen und wandte sich Cymbra wieder zu. »Dachtest du etwa, ich würde zwei Tage brauchen, um mich von der Hochzeitsnacht zu erholen?« Seine Mundwinkel zuckten.

»Oh, bitte, ich wollte dich nicht kritisieren. Ganz im Gegenteil, ich weiß, du bist ungewöhnlich ... äh ...« Beklommen versuchte sie, ihr Gesicht in ihren Händen zu verbergen.

Doch das ließ er nicht zu. Unbarmherzig umklammerte er ihre Handgelenke. »Wieso bin ich ungewöhnlich?«

Zum Teufel mit ihm! Offensichtlich genoss er ihre Verlegenheit in vollen Zügen. »Nun ja, ungewöhnlich stark …«

Lächelnd zog er ihre Arme, die er mit einer Hand umfasst hielt, nach oben und hielt sie hinter ihrem Kopf fest, während er mit der anderen ihre Brustwarzen liebkoste, bis sie sich stöhnend aufbäumte. Ihre wachsende Erregung entzückte ihn. Eine Zeit lang beobachtete er, wie sich ihre Haut rötete, dann schob er eine ihrer Hände zwischen seine Schenkel, und sie rang verwirrt nach Luft. »Meine süße Gemahlin, nur aus Rücksicht auf deinen jungfräulichen Zustand vor unserem ersten Liebesakt ließ ich dich zwei Nächte lang ungestört schlafen. Doch jetzt brauche ich nicht mehr auf meine ehelichen Rechte zu verzichten.«

Als wollte seine harte Wölbung ihre freudige Zustimmung ausdrücken, schwoll sie unter Cymbras Fingern noch weiter an, während sich die samtige Spitze in ihre Handfläche schmiegte und eine Liebkosung herauszufordern schien.

»O Gott …«, hauchte Cymbra. Trotz der Erfüllung, die er ihr soeben erst geschenkt hatte, erwachte eine neue Sehnsucht in ihr. Ins warme, weiche Moos gebettet, umschlang sie den Hals ihres Mannes und zog ihn zu sich herab.

8

Ihre Laute war zerbrochen. Erschrocken starrte sie die Holzsplitter und verschlungenen Saiten auf dem Tisch vor dem Fenster an, das zum Hafen von Sciringesheal hinausging. Dann strich sie über die Teile des zerstörten Instruments, als könnte sie es durch ihre bloße Berührung heilen. Doch es gab keine Hoffnung.

Am Vorabend hatte sie für Wolf musiziert. Um ihre Zweisamkeit zu genießen, waren sie nach dem Abendessen in der großen Halle in sein Haus zurückgekehrt. Verträumt dachte Cymbra daran zurück, wie sie auf der Laute gespielt und wie er sie umarmt hatte. Jetzt trübte der schmerzliche Verlust die süße Erinnerung an die Liebesnacht.

Das hatte ihr jemand mit voller Absicht angetan, eine andere Erklärung gab es nicht. Die Laute war noch unversehrt gewesen, als sie sie vor einer knappen Stunde zuletzt gesehen hatte. Und in der Zwischenzeit hatte niemand einen Grund gehabt, das Haus zu betreten.

Sie war anderswo beschäftigt gewesen, und Wolf war mit seinen Männern zur Jagd gegangen. Dankbar für ihre neue Position, hatte Brita die Herrin begleitet, der sie nur selten von der Seite wich. Sie bestand darauf, auch die Aufgaben einer Zofe zu übernehmen, für Cymbras Garderobe zu sorgen und im Haus sauber zu machen. Und während sie sich in einem anderen Teil der Festung aufgehalten hatte, musste sich jemand ins Domizil des Jarls geschlichen haben, um die Laute zu zertrümmern.

Über Cymbras Rücken lief ein kalter Schauer. Was dieser verwerfliche Gewaltakt bedeutete, wusste sie nur zu gut.

Als sie am Vortag mit Wolf im Sattel seines Rappen nach Hause geritten war, hatte sie die Abneigung einiger Frauen deutlich gespürt. Marta hatte sie von oben bis unten gemustert und ihr den Umhang abgenommen, den sie vergeblich festzuhalten versucht hatte, um ihre unordentliche Kleidung zu verbergen. Doch die Grashalme in Cymbras Haar und die geröteten Wangen hatten ohnehin verraten, womit sich der Jarl und seine sächsische Gemahlin außerhalb der Festung vergnügt hatten.

Wolf hatte offenbar nichts bemerkt. Grinsend hatte er Cymbras Hinterteil getätschelt und war zu seinen Männern zurückgekehrt, während sie ins Haus geflohen war, um ein Bad zu nehmen.

Danach war sie zu Brita geeilt und hatte sie über ihre neuen Pflichten aufgeklärt. Was Marta und ihre Freundinnen planen mochten, hatte sie nicht geahnt und auch keinen Gedanken daran verschwendet. Ein schwerer Fehler, wie sie jetzt erkannte …

Vor Wolfs Heirat hatte Marta eine gewisse Machtposition und den Respekt der anderen Frauen genossen und als sichtbares Symbol ihrer Autorität die Schlüssel der Vorratskammern verwahrt. Bis jetzt hatte Cymbra sie nicht von ihr zurückverlangt. Ehe sie auf ihre Rechte pochte, wollte sie das Vertrauen, vielleicht sogar die Zuneigung der Wikingerinnen gewinnen. Um die Wahrheit zu sagen, hatte sie gehofft, dass Wolf das Problem erkennen und Marta befehlen würde, ihr die Schlüssel auszuhändigen.

Sie hätte es wissen müssen. Wenn ein Erdklumpen aus dem Schutzwall fiel, der die Festung umgab, wenn eine Waffe Rost ansetzte oder ein Krieger auf dem Exerzierplatz einen Angriff zu langsam parierte, kümmerte sich der

Jarl unverzüglich darum. Aber sämtliche Belange, die auch nur entfernt mit dem Haushalt zusammenhingen, ignorierte er.

Wie Cymbra inzwischen festgestellt hatte, interessierte ihn nicht, welche Kleidung er trug, was er aß oder welche Temperatur draußen herrschte. Mit Dingen, die für ein bisschen Komfort sorgten, vergeudete er keine Zeit. Darin glich er seinem Bruder und Hawk. Sie war zu klug, um zu hoffen, dass ihr Mann sich jemals ändern würde. Und wenn sie ihn auf Schwierigkeiten hinwies, die ihm bedeutungslos erschienen, würde sie sich nur blamieren und den Eindruck erwecken, sie sei keine gute Hausfrau. Nein, sie durfte sich keine Blöße geben. Stattdessen musste sie sich in dieser Gemeinde Respekt verschaffen. Dann würde Hawk ihre Heirat und das dadurch notwendige Bündnis wahrscheinlich akzeptieren.

Über den Wunsch, ihren Gemahl zu erfreuen, der so unerwartete Gefühle in ihr auslöste, wollte sie lieber nicht nachdenken. In ihrer Verwirrung und noch immer großen Sorge um ihren Bruder schreckte sie vor ihren eigenen Emotionen ebenso zurück wie vor den Gefühlen anderer Menschen.

Ehe solche Gedanken die Oberhand gewinnen konnten, verließ sie das Haus und eilte ins Hauptgebäude. In der Halle stieß sie wie erwartet auf Marta, unter deren Aufsicht die Dienerinnen das Abendessen vorbereiteten. Tische wurden abgewischt, Bänke zurechtgerückt und große Platten mit frisch gebackenem Brot verteilt.

Ohne zu zögern, ging Cymbra auf Marta zu und streckte eine Hand aus. »Gebt mir die Schlüssel.« Ringsum wurden sämtliche Aktivitäten unterbrochen, und die Frauen starrten ihre neue Herrin entgeistert an.

Marta musterte sie von oben bis unten und lächelte spöttisch. Wie dreist sie sich benimmt, wenn niemand in der Nähe ist, den sie fürchtet, dachte Cymbra. Nun, das würde sich bald ändern …«

»Glaubt Ihr, nur weil Ihr die Lust des Jarls befriedigt, müsstet Ihr diesen Haushalt führen?«, fragte Marta laut, so dass alle Anwesenden sie hören konnten. »Die Beine für einen Mann breit machen, das kann jede Hure – es bedeutet gar nichts.« Hinter ihr kicherten ein paar Frauen.

»Gebt mir die Schlüssel«, wiederholte Cymbra und verweigerte Marta die Genugtuung, die Herrin erzürnt zu sehen. »Danach werdet Ihr aus der Festung verschwinden und erst zurückkehren, wenn ich es erlaube.« Um jedem Missverständnis vorzubeugen, fuhr sie fort: »Ihr seid rachsüchtig und gehässig und mein Vertrauen nicht wert, zumindest nicht, solange Ihr Euch nicht ändert.«

»Wie könnt Ihr es wagen!« Martas Gesicht färbte sich zornesrot. »Ein Nichts seid ihr! Kiirla hätte die Frau des Jarls werden sollen. Und jetzt würde *sie* in seinem Bett liegen, wäre er nicht gezwungen worden, Euch zu heiraten. Wenn Ihr glaubt, Ihr hättet irgendwelche Rechte …«

»Gezwungen?«, unterbrach Cymbra sie verblüfft. »Behauptet Ihr etwa, Lord Wolf sei zu etwas gezwungen worden, das er gar nicht wollte?«

Unsicher schauten die Frauen sich an.

Offenbar erkannte auch Marta, dass sie zu weit gegangen war und versuchte hastig einzulenken. »Ihr dreht mir das Wort im Mund herum! Da Lord Wolf ein großer Krieger ist, würde er nicht zögern, sein eigenes Glück für das Wohl seines Volkes zu opfern. Was aber nichts an Eurer Position ändert, Mylady.«

»Die Schlüssel! Darum bitte ich Euch zum letzten Mal,

Marta. Gebt sie mir, oder ich gehe zu meinem Mann.« Mit sanfter Stimme fuhr Cymbra fort: »Wie wir beide wissen, hätte ich ihm einiges mitzuteilen.«

Marta wurde blass. Vielleicht dachte sie an ihre unangemessenen Bemerkungen während der Hochzeitsnacht, doch sie ließ sich nichts anmerken. »Mein Vater war Lord Wolfs Pflegevater und lehrte ihn, das Schwert zu schwingen. Und Ihr seid nur eine sächsische Gefangene, die der Jarl aus politischen Gründen geheiratet hat. Was meint Ihr, wem von uns beiden er glauben wird?«

Diese Frage stellte sich Cymbra ebenfalls, doch sie zuckte mit keiner Wimper. »Zweifellos wird mein Gemahl das Richtige tun.«

Einen Augenblick lang schien Marta sich ihrer Sache nicht mehr ganz so sicher zu sein. Vor ihr stand ein strahlend schöne, junge Frau – eine einstige Unschuld, deren Sinnlichkeit innerhalb weniger Tage erwacht war. Und am Vortag hatte Marta den Ausdruck auf dem Gesicht des Jarls bei seiner Rückkehr in die Festung gesehen. Seine junge Gemahlin vor sich im Sattel, war er sichtlich zufrieden gewesen.

Vermutlich würde sein Glück nicht allzu lange währen. Sobald die Männer etwas erobert hatten, verloren sie rasch das Interesse daran. Aber vielleicht besaß diese verführerische Sächsin geheimnisvolle Fähigkeiten und war hierher gesandt worden, um Wolf zu zähmen. »Er wird es nicht schätzen, mit Streitigkeiten unter Frauen belästigt zu werden«, betonte Marta. »Männer hassen solche Dinge. Das wüsstet Ihr, wenn Ihr etwas erfahrener wärt.«

Sämtliche Frauen nickten zustimmend. Marta hatte völlig Recht.

»Außerdem wird er sich fragen, ob Ihr es darauf anlegt,

in seinem Haushalt Unfrieden zu stiften. Er wird sich daran erinnern, dass Ihr zu seinen Feinden zählt, und überlegen, welchen Schaden Ihr ihm zufügen wollt.«

Also würde Marta die Schlüssel trotz Cymbras Drohung nicht herausrücken. Wenn sie sich jetzt nicht durchsetzte, würde man sie für alle Zeiten verachten.

Beinahe bereute sie ihre Worte, denn es widerstrebte ihr, den Jarl in diese leidige Angelegenheit hineinzuziehen. Doch sie hatte keine andere Wahl.

Sie verließ die Halle und kehrte erst zum Abendessen zurück. Nach der Jagd war Wolf mit seinen Männern in die Sauna gegangen, und Cymbra sah ihn erst nach der Tafel wieder. Er hatte bereits Platz genommen und lachte über einen Scherz seines Bruders, als er bemerkte, dass alle Gespräche verstummten – wie immer, wenn seine Gemahlin erschien. Lächelnd stand er auf und rückte ihr den Stuhl an seiner Seite zurecht. »Pünktlich wie immer, Mylady«, begrüßte er sie, ehe er leise die Worte hinzufügte, die nur für ihre Ohren bestimmt waren. »Und genauso schön.«

Erfreut über sein Lob, errötete sie. Dennoch fürchtete sie sich vor dem, was ihr bevorstand.

Als sie sich setzte, hob Dragon seinen Kelch. »Auf Euer Wohl, süße Schwägerin, und vielen Dank.«

»Warum dankt Ihr mir?«

»Weil Ihr meinen Bruder in so gute Stimmung versetzt habt, Mylady. Er fluchte nur ganz leise, nachdem uns heute ein Eber entwischt war und wir uns mit einem Hirsch begnügen mussten.«

»Isst du nicht gern Wildbret, Wolf?«, fragte Cymbra.

Dragon grinste, als er den vorwurfsvollen Blick seines Bruders sah. »Doch, es schmeckt ihm ausgezeichnet«, antwortete er an Wolfs Stelle. »Aber er kämpft lieber mit missgelaunten Ebern. Manchmal frage ich mich, ob er in diesen Biestern verwandte Seelen spürt.«

Cymbra blickte ihren Mann unbehaglich an, der statt des erwarteten Wutanfalls nur die Augen verdrehte. »Hör nicht auf ihn, Liebes. Dragon hat stets geglaubt, man müsste die Fallstricke der Ehe unter allen Umständen meiden. Jetzt wird er eines Besseren belehrt, und weil ihm das missfällt, muss er seinem Ärger irgendwie Luft machen.«

»Ja, das stimmt«, gab Dragon seufzend zu. »Ihr habt meine ganze Weltanschauung über den Haufen geworfen, Lady. Trotzdem werde ich meine Meinung nicht ändern und Euch einfach als bezaubernde Ausnahme betrachten, die meine Regeln bestätigt.«

»Ah, ich verstehe«, erwiderte Cymbra nicht ganz wahrheitsgemäß. Jedenfalls hatte sie das Wohlwollen ihres Schwagers gewonnen, und das war immerhin ein Anfang. Wenn es ihr doch nur gelänge, dieselben Fortschritte bei den verbliebenen tausend anderen Stadtbewohnern zu machen.

»Wenn du Wildbret zu schätzen weißt, Wolf, dann habe ich ein wundervolles Rezept. Vielleicht würdest du es ja gern einmal probieren.«

Die Zubereitung einer Mahlzeit interessierte ihn nicht im Geringsten. Es genügte ihm, wenn das Fleisch halbwegs warm und nicht völlig roh auf den Tisch kam, aber er wollte seiner schönen Gemahlin eine Freude bereiten. »Tu, was du für richtig hältst«, entgegnete er großmütig.

Damit hatte er ihr das geeignete Stichwort gegeben. An einem der unteren Tische saß Marta, die sie mit zusammengekniffenen Augen beobachtete, ebenso wie die anderen Frauen, von denen die meisten ihr missbilligende

Blicke zuwarfen. Nur Brita und die anderen Sklavinnen wagten es, die Herrin aufmunternd anzulächeln.

Die Nervosität drohte ihr die Kehle zuzuschnüren, dennoch zwang sie sich, in ruhigem Ton fortzufahren. »Das würde ich gern tun, teurer Gemahl. Leider besitze ich keine Schlüssel zu den Vorratskammern, und für dieses Rezept brauche ich verschiedene Gewürze.«

Es dauerte eine Weile, bis Wolf erkannte, was hinter diesen scheinbar beiläufigen Worten steckte. Ein leichtes Unbehagen machte sich in ihm breit. Er wusste, dass Frauen, die einen Haushalt führten, normalerweise irgendwelche Schlüssel besaßen, schließlich hörte man sie auf dem Marktplatz schon von weitem damit klirren.

Irritiert runzelte er die Stirn. Warum hatte Marta seiner Frau die Schlüssel nicht übergeben? Und warum hatte Cymbra nicht einfach danach gefragt, statt ihn mit einem raffinierten Manöver in eine Angelegenheit hineinzuziehen, die sie selbst erledigen müsste?

Sein Blick wanderte durch die Halle. Was die Männer betraf, war offenbar alles in Ordnung. Sie aßen und tranken, redeten und lachten und benahmen sich völlig normal. Aber die Frauen ... Mit wachsendem Unbehagen sah er die verstohlenen Blicke, die sie seiner Frau zuwarfen, ihre schadenfrohen oder sorgenvollen Mienen.

Ehe sich die Situation zuspitzen konnte, winkte er Marta zu sich. Ohne Zögern trat sie lächelnd an seine Tafel. »Lord Wolf?«

»Gib meiner Frau die Haushaltsschlüssel, Marta. Sie ist jetzt die Herrin dieser Festung.«

Martas Lächeln wurde noch breiter. »Ja, natürlich«, stimmte sie eifrig zu, löste den Schlüsselbund von ihrem Gürtel und überreichte ihn Cymbra. »Hoffentlich macht es Euch nichts aus, Lord Wolf, aber ich dachte, ich sollte lieber warten, bis Eure Gemahlin beschließt, ihre Pflichten zu übernehmen.«

Cymbra atmete hörbar ein und nahm den Schlüssel an sich, ohne Marta zu danken oder sie eines Blickes zu würdigen, wie Wolf ärgerlich bemerkte. Er kannte Marta schon sein ganzes Leben und sie hatte stets gute Arbeit geleistet. »Danke, Marta. Sicher weiß meine Gemahlin deine Tüchtigkeit und deine Erfahrung zu schätzen, und sie wird sich auf deine Hilfe verlassen.«

In Martas Augen schimmerten Tränen der Rührung. »Lord Wolf, Ihr seid zu gütig.« Mit einer tiefen Verbeugung zog sie sich zurück.

Wie erstarrt saß Cymbra da und umklammerte den Schlüsselbund, der sich schmerzhaft in das weiche Fleisch ihrer Handfläche schnitt. Sie hatte Marta unterschätzt.

Offenbar hatte sie geahnt, dass Cymbra bei dieser Konfrontation siegen würde, wenn die Wahrheit ans Licht kam, und geschickt den Spieß umgedreht. Nun konnte Cymbra den zweiten Teil ihrer Drohung nicht wahr machen – nämlich Marta aus dem Haushalt zu entfernen und ihr die Rückkehr erst zu erlauben, wenn sie ihr Verhalten ändern würde. Das hatte Wolf verhindert.

Während der restlichen Mahlzeit sagte er kaum ein Wort, stattdessen lauschte er aufmerksam seinem Bruder und den privilegierten Kriegern, die seine Tafel teilen durften. Später, als das Ale in Strömen floss, trat ein Skalde vor. Erwartungsvoll lehnte sich die Tischgesellschaft zurück und lauschte.

Er erwähnte den Namen seiner Geschichte nicht, da alle Anwesenden außer Cymbra ihn zu kennen schienen. Die Erzählung begann in grauer Vorzeit mit den Worten einer

Seherin: »Am Anfang der Welt, als Ymir lebte, gab es weder Sand noch Meereswasser, weder Erde noch Himmel – nur eine gewaltige Leere. Nirgends wuchs Gras!«

Im Sommerwind, der durch die offenen Türen hereinwehte, flackerten die Fackeln. Cymbra spürte eine seltsame Regung in ihrem Herzen und erschauerte. So wie in diesem Raum mussten sich auch in früheren Jahrhunderten Männer und Frauen versammelt haben, um in der Gemeinschaft Schutz zu suchen und die unsichtbaren Dämonen der Nacht fern zu halten, bis ein neuer Tag die Welt beherrschen würde.

Von der hohen Balkendecke hallte die wohlklingende Stimme des Skalden wider, während Rauchschwaden kräuselnd aufstiegen und Funken aus der schwelenden Asche des Herds aufstoben. Der Skalde schilderte, wie Odin und seine Brüder die Welt und die Menschheit erschaffen hatten. Dann bekämpfte der mächtige Gott Thor die Riesen, und Baldur, der edelste aller Götter, wurde ermordet.

Fasziniert von den mythischen Ereignissen, bemerkte Cymbra erst allmählich, wie sich die Atmosphäre der Legende änderte. Der Hahn von Walhalla krähte, gefolgt vom Ruf eines »schwarzroten« Höllenvogels. Gellend bellte der Wachhund Gram und riss sich von seinen Ketten los. Der Wächter Heimdall blies in sein Horn, die Weltesche Yggdrasil erbebte, und eine Katastrophe suchte die Erde heim. Bald gab sich die Menschheit ihrer Verworfenheit hin, rettungslos dem Untergang geweiht.

Bilder von Feuer und Tod füllten die Halle ... Zu Tausenden starben die Menschen, ihre Häuser und Herde verschwanden, als hätten sie niemals existiert. In einem Flammenmeer zerbarst der Himmel, das Böse wurde entfesselt und beherrschte die Erde. Ragnarök sank herab, die Götterdämmerung.

So tapfer Odin und seine Brüder auch kämpften – einer nach dem anderen starb. Der Himmel verdüsterte sich, die Sterne erloschen, die Erde war zerstört.

Der Skalde verstummte. Cymbra wartete darauf, dass er zum Abschluss ein paar tröstliche Worte fand, um neue Hoffnung zu wecken, doch er hatte nichts hinzuzufügen, und die anderen Zuhörer schienen es auch nicht zu erwarten. Langsam begannen dumpfe, rhythmische Schläge die Stille zu durchbrechen.

Immer noch von den grausigen Visionen der Geschichte gefangen, schaute sich Cymbra verwirrt um, während die Krieger mit ihren Trinkhörnern auf die zerkratzten Tische hämmerten, sichtlich angetan von der beklemmenden Göttersage.

Lächelnd verneigte sich der Skalde und kehrte zu seinem Platz zurück. Ale wurde eingeschenkt, und die Leute nahmen ihre Unterhaltung wieder auf.

»Was war das?«, wisperte Cymbra so leise, dass sie zunächst dachte, niemand hätte sie gehört. Aber Wolf wandte sich zu ihr.

»Völuspá, die Weissagung der Seherin, unser größtes Epos. Es erklärt den Ursprung der Welt und kündigt ihr Ende an. Kanntest du die Geschichte nicht?«

Sie schüttelte den Kopf. »Wieso endet die Welt mit dem Triumph des Bösen? Gibt es keine Hoffnung?«

Ihre Frage schien ihn zu überraschen. »Nun, manche behaupten, die Welt erlebte eine Wiedergeburt und der Kreislauf fange von vorn an, fände aber dasselbe Ende. Immer wieder kämpft das Gute gegen das Böse, und das Böse wird stets gewinnen, weil der Tod unweigerlich siegt.

Doch die Götter und die Menschen werden sich aufs Neue erheben.«

»Ist es denn nicht sinnlos, sich unentwegt zu bemühen, ohne Hoffnung auf bessere Zeiten?«

Sofort bereute sie ihre Worte. Ihr Mann gehörte einer anderen Religion an als sie, und sie wollte nicht respektlos erscheinen. Aber was sie soeben gehört hatte, erschreckte sie beinahe ebenso sehr wie seine Bereitschaft, das Grauen gleichgültig hinzunehmen.

»Oh, ich vergaß, wie empfindsam ihr Christen seid«, bemerkte er in beiläufigem Ton. »Um ein glückliches Ende heraufzubeschwören, braucht ihr ein Kind.«

Gekränkt runzelte sie die Stirn. »Vielleicht setzen wir auch nur größeres Vertrauen in unseren Schöpfer.«

»Auch in Eurer Religion entbrennt ein Kampf zwischen Gut und Böse, wenn die Welt untergeht.«

»Aber das Böse siegt nicht! Der Erlöser triumphiert, und die Welt wird als Reich Gottes wiedergeboren.«

»Was für eine hübsche Idee«, erwiderte Wolf unbeeindruckt. »Von diesem ›Fürsten des Friedens‹ spricht Bruder Joseph immer wieder. Es fällt mir schwer, einen Mann zu achten, der wie ein Opferlamm zu seiner eigenen Schlachtbank geht, ohne sich zu wehren.«

»Oh, er war nicht irgendein Mann, sondern Gottes Sohn. Und er starb nicht, sondern er ist wieder auferstanden. So wie wir alle durch Gottes Liebe weiterleben werden.«

»Schön und gut. Aber mir ist noch nicht aufgefallen, dass die Christen friedlicher gesinnt wären als andere Menschen, ganz im Gegenteil. Wir Nordländer halten uns wenigstens an unsere Glaubenslehren. Und wir geben nicht vor, besser zu sein, als wir sind.«

»Und wir Christen *versuchen* wenigstens, uns zu bessern!«, fauchte Cymbra. »Wir weigern uns, einen endlosen Kreislauf von Tod und Gewalt hinzunehmen.«

An den hohen, mit Waffen und Schilden geschmückten Wänden tanzten die Schatten der Fackeln. Eine Dienerin goss goldenes Ale in Wolfs Trinkhorn, und er nahm einen großen Schluck. Dann musterte er Cymbra mit zusammengekniffenen Augen. »In diesem Land führen wir ein hartes Leben. Deshalb haben sich auch unsere Seelen verhärtet. Daran solltest du stets denken.« Ohne ein weiteres Wort wandte er sich zu Dragon.

Wie gelähmt saß Cymbra neben ihm. Da er nicht mehr mit ihr sprach, erhob sie sich schließlich und verließ die Halle.

In der kühlen Nachtluft blieb sie stehen. Der Rauch hatte in ihren Augen gebrannt, nur deshalb standen jetzt die Tränen darin.

Langsam wanderte sie durch die Dunkelheit zu Wolfs Haus, wo die fürsorgliche Brita die Lampe entzündet, warmes Waschwasser bereitgestellt und die Bettdecken zurückgeschlagen hatte. Fröstelnd kroch Cymbra unter die warmen Pelze. In dieser Nacht würde sie wohl kaum Schlaf finden. Die Bilder von einem blutroten Himmel, der sich auftat, um Furcht erregende Höllengeister auszuspeien, würden dafür sorgen, dass sie keine Ruhe fand. Doch sie hatte nicht mit ihrer Erschöpfung nach dem langen Tag gerechnet.

Irgendwann während der Nacht erwachte sie, als raue Hände die Innenseiten ihrer Schenkel streichelten und augenblicklich ein heißes Feuer in ihrem Körper entfachten. Glücklich schmiegte sie sich an ihren Mann. Im nächtlichen Dunkel sah sie nicht viel, aber sie spürte das Gewicht seines Körpers auf sich. Er spreizte ihre Beine und glitt zwischen sie. Ihr blieb kaum genug Zeit, um Atem zu holen, als er bereits in sie eindrang.

Immer schneller bewegte er sich, rücksichtslos beinahe, und eine vage Angst stieg in ihr auf. Doch sie fand keine Zeit, um darüber nachzudenken, denn ihr Körper, perfekt auf seinen eingestimmt, ließ sich hilflos mitreißen.

Ihr Entzücken verwandelte sich in unerträgliche Qual, ehe sie plötzlich, ohne jede Vorwarnung, erlöst wurde. Sie schrie auf. Das Gesicht an seine erhitzte Haut gepresst, rief sie seinen Namen. Wolfs Antwort war ein heiseres Stöhnen, während er noch tiefer in sie eindrang, und seine eigene Erfüllung suchte.

Wenige Sekunden später streckte er sich wortlos an ihrer Seite aus, während sie spürte, wie ein Gefühl der Einsamkeit sich in ihr ausbreitete. Die Art und Weise, wie er von ihr Besitz ergriffen hatte, sein Schweigen, der Mangel an zärtlichen Liebkosungen – all das unterschied diese hemmungslose Vereinigung von den früheren Liebesakten. Sehnsüchtig streckte sie eine Hand aus, um ihn zu berühren. Doch er war zu weit von ihr weggerückt, und sie spürte nur die Leere zwischen ihnen und die Kälte einer nordischen Nacht.

9

Wolf blickte von der Waffe auf, die er gerade schärfte, sah seine Frau durch das Tor der Festung in den Hof zurückkehren und runzelte die Stirn. Sie war schön wie eh und jeh, dennoch erschien sie ihm etwas zu bleich. Unter ihren Augen lagen violette Schatten. Offensichtlich mutete sich seine eigensinnige Gemahlin zu viel zu.

In der Woche, seit Marta ihr die Haushaltsschlüssel übergeben hatte, war Cymbra jeden Tag vor dem Morgengrauen aufgestanden. Hastig hatte sie sich angekleidet, war aus dem Haus geeilt, um ihre Pflichten zu erfüllen. Wolf, der niemals lange im Bett lag, hatte es inzwischen satt, allein zu erwachen – insbesondere, weil er bis zum Abend warten musste, um sein Verlangen nach der sächsischen Schönheit zu stillen.

Seufzend strich er über die Klinge, prüfte ihre Schärfe und legte das Schwert beiseite. Er stand auf und ging zu der berittenen Eskorte, die seine Frau begleitet hatte und die jetzt vor dem Stall die Pferde zügelte. Cymbra hätte es vorgezogen, die Stadt ohne die bewaffneten Männer aufzusuchen, die den Anschein erweckten, sie würden genauso unbefangen einen Menschen töten, wie sie atmeten.

Diesen Wunsch hielt Wolf für einen weiteren Beweis ihrer Dummheit. Er glaubte zwar nicht, dass irgendjemand in Sciringesheal den grausamen Tod herbeisehnte, der ihm drohte, wenn er der Gattin des Jarls etwas zuleide tat, doch er musste die Wirkung berücksichtigen, die Cymbras ungewöhnliche Schönheit selbst auf die vernünftigsten Männer ausüben mochte.

Die Reiter – sechs grimmige, in zahlreichen Schlachten erprobte Krieger – nickten ihm zu, und er erwiderte den stummen Gruß. Wie er zufrieden feststellte, waren alle diszipliniert genug, um nicht in Cymbras Richtung zu blicken. Natürlich kostete es einige Mühe, solche Männer auszubilden, doch letzten Endes zahlte es sich stets aus.

Bevor Cymbra versuchen konnte, aus eigener Kraft abzusteigen, hob er sie aus dem Sattel und ließ sie lächelnd an seinem Körper hinabgleiten. Als ihre Füße den Boden berührten, hielt er sie immer noch fest. »Was hast du gekauft?«

Sie blickte zu ihm auf. Dass sie mit ihm verheiratet war und dass sie einander wie selbstverständlich berührten, verblüffte sie immer wieder aufs Neue. Nachdem sie jahrelang kaum liebkost worden war, ließ die plötzliche Intimität das Gefühl in ihr entstehen, sie hätte einen dunklen Raum verlassen, um in den hellen Sonnenschein zu treten – in verführerische Wärme. Dennoch war sie noch immer unsicher, da sie nach wie vor nicht wusste, was sie eigentlich empfand. Sie bemühte sich nach Kräften, sich an ihre hart erkämpfte innere Ruhe zu klammern, während ihr langsam klar wurde, dass sie den Kampf verlieren würde. Vor allem, wenn sie die Hitze und Stärke des Mannes spürte, der sie in den Armen hielt. Viel zu deutlich nahm sie seine faszinierende Anziehungskraft wahr, das Beben in ihrem Innern. Doch sie war zu stolz, um den Aufruhr ihrer Sinne zu zeigen, den er so mühelos zu entfachen vermochte. »Stoffe für die neuen Tuniken unserer Dienstboten«, entgegnete sie möglichst beiläufig. »Das hast du mir gestattet.«

Ja, er erinnerte sich daran. Wann immer sie etwas kaufen wollte, bat sie ihn pflichtschuldigst um Erlaubnis. Obwohl ihn die vielen verschiedenen Dinge verblüfften, die sie für unbedingt nötig hielt, brachte er es nicht übers Herz, ihr irgendetwas zu verweigern. Und nach allem, was er bisher beobachtet hatte, dienten ihre Einkäufe ausnahmslos einem nützlichen Zweck.

Außerdem konnte sie hervorragend feilschen – wie ihm die geringen Summen verrieten, die sie ausgab. Doch das war keine große Überraschung. Wahrscheinlich waren die armen Händler von Cymbras Lächeln so überwältigt, dass ihnen erst später auffiel, dass sie ihre Waren praktisch verschenkt hatten.

Er entsann sich nicht mehr genau, wie sie ihn davon überzeugt hatte, die neuen Tuniken für die Dienerschaft seien unverzichtbar. Vermutlich mit der Erklärung, der Stolz auf die schöne Kleidung würde die Leute veranlassen, eifriger zu arbeiten ... Vom sanften Lichtschein auf ihrer zarten Wange abgelenkt, hatte er nur mit halbem Ohr zugehört.

»Du strengst dich zu sehr an«, murmelte er und presste sie fester an seine Brust.

Sie wehrte sich zwar nicht, doch sie erschien ihm nicht so anschmiegsam, wie er es wünschte. »Es gibt viel zu tun.« Diese schlichten Worte vermochten ihre wahren Empfindungen nicht auszudrücken – die Angst, ihre Pflichten nur unzulänglich zu erfüllen, in ihrer Rolle als Friedensstifterin zu versagen, ihre Sorgen, dass ein Krieg dem normalen Leben in Sciringesheal ein jähes Ende bereiten könnte.

»Wie viele Dienstboten und Sklaven wohnen in dieser Festung?« Als sie antworten wollte, legte er einen Finger auf ihre Lippen, die er viel lieber geküsst hätte. »Schon gut, natürlich weißt du es. Was ich damit sagen möchte, ist, dass ich nicht verstehe, warum du glaubst, du müsstest alles selbst erledigen.«

Sie könnte ihm von dem Mehl erzählen, das jemand mit Salz verdorben hatte, von verwässertem Ale, von schlecht gereinigten Töpfen, von zahllosen kleinen Bosheiten, die ihr den Alltag zur Hölle machten, doch ihr Stolz hinderte sie daran, sich zu beklagen.

Mit Marta gab es keine Probleme mehr. Doch die Anwesenheit der schweigenden älteren Frau, die niemals lächelte, erinnerte Cymbra stets an den ungewissen Ausgang des Kampfs. Brita tat ihr Bestes, um ihrer Herrin zu helfen, und verschaffte ihr auch die Unterstützung der anderen Sklavinnen. Aber die übrigen Frauen taten nur das Nötigste und arbeiteten so nachlässig, wie sie es nur wagten. Nach Cymbras Ansicht waren die Mahlzeiten, die in der Halle aufgetischt wurden, kaum genießbar.

Einerseits staunte sie, weil Wolf das nicht zu bemerken schien, andererseits war sie froh darüber. Wie lange musste sie denn noch mit dem Kopf gegen eine unsichtbare Wand rennen?

Ihr Entschluss, die Dienerschaft neu einzukleiden, hing nur teilweise mit deren schäbiger Garderobe zusammen. In erster Linie hoffte sie auf ein bisschen Dankbarkeit und jenen Beistand, ohne den sie auf verlorenem Posten kämpfen würde.

Sie konnte es kaum erwarten, in die Küche zu eilen und nachzusehen, ob die Dienstboten an diesem Abend Speisen auftragen würden, die nicht verfault waren oder voller Würmer steckten.

Aber Wolf hielt sie unerbittlich fest. »Für heute hast du genug geleistet«, flüsterte er in ihr Ohr. »Du hast noch andere Pflichten.«

Sie wollte protestieren, doch sein Lächeln raubte ihr den Atem. Obwohl Dragon als der charmante Mann in dieser Familie galt, übertrumpfte ihn in Cymbras Augen ihr Gemahl bei weitem.

Sie wollte gerade nachgeben, als Bruder Joseph auf sie zueilte, und angesichts seiner kummervollen Miene vergaß sie ihre eigenen Wünsche. »Tut mir Leid, aber ich habe dem Mönch versprochen, mit ihm zu – zu beten«, stammelte sie und schlüpfte unter Wolfs Arm hindurch, ehe er sie daran hindern konnte. »Es wird nicht allzu lange dauern!«, rief sie über die Schulter. »Höchstens eine Stunde …« Doch sein finsterer Blick ließ sie erkennen, dass es klüger war, vorerst nichts mehr zu sagen.

Mit gemischten Gefühlen sah er ihr nach. Was ihn am meisten irritierte, war seine bittere Enttäuschung. Neuerdings betete seine Frau jeden Tag mit dem Mönch. Hätte Bruder Joseph in den letzten drei Jahren nicht so unerschütterlich an seinem Zölibat festgehalten, würde Wolf ihm gewiss nicht gestatten, Cymbras Gesellschaft zu genießen.

Aber so, wie die Dinge lagen, beschloss er, zu dulden, was ihr offensichtlich viel bedeutete.

Nach einem letzten Blick auf ihren zürnenden Ehemann führte sie den Geistlichen hastig in die Weberei.

»Die Frau des Kaufmanns Mikal erleidet schreckliche Schmerzen«, erklärte er, »und sie lässt Euch bitten, sie möglichst bald aufzusuchen.«

»Ja, natürlich«, stimmte sie zu. Die Frau war mit einem russischen Kaufmann verheiratet, der in Sciringesheal so oft Geschäfte machte, dass er sich ein Haus in der Stadt gebaut hatte. Nun erwartete sie ihr erstes Kind, und Bruder Joseph hatte in ihrem Namen um die Hilfe der Herrin gebeten.

Nicht nur die Russin verließ sich auf Cymbras Beistand. Inzwischen hatte sich (was zweifellos Brita zu verdanken war), überall herumgesprochen, dass sie sich in der Heilkunde auskannte, und seither kamen viele Kranke zu ihr – wenn auch vorerst nur Christen. Doch sie hoffte, das würde sich bald ändern.

Nachdem sie dem Mönch versprochen hatte, sich unverzüglich um die hochschwangere Frau zu kümmern, lief sie in Wolfs Haus und holte ihre Arzneien. Wieder im Hof, schaute sie sich vergeblich nach ihrem Mann um und wandte sich an einen Wächter. »Könnt Ihr mir sagen, wohin der Jarl gegangen ist?«

Der große Krieger bemühte sich nach Kräften, ihr keinesfalls ins Gesicht zu sehen. »Zum Fluss, um zu schwimmen«, lautete die knappe Antwort. Anscheinend wusste er nicht, ob er überhaupt mit ihr reden durfte.

Sollte sie ihrem Gemahl folgen? Nein, die Zeit lief ihr davon. Außerdem war seine Abwesenheit vielleicht ein Segen. Da er sie dauernd beschützen wollte, würde er ihr womöglich verbieten, die Russin zu besuchen.

Sie bedankte sich bei dem Wachtposten und schlug die Richtung zum Küchentrakt ein. Kurz davor bog sie um eine Ecke und entfernte sich aus dem Blickfeld der Männer im Hof. Sie nahm einen schlichten grauen Umhang aus ihrer Tasche, wie ihn die Dienerinnen trugen, warf ihn sich über die Schultern und zog die Kapuze tief in die Stirn. Dann eilte sie durch das offene Tor hinaus und in die Stadt, während sie sich sagte, dass Wolf ihren Entschluss sicher verstehen würde, wenn er die näheren Umstände kannte.

Wie sich herausstellte, war Nadja Mikals schwere Stunde noch nicht gekommen, sondern sie litt lediglich an Krämpfen, die eine Frau bei der ersten Niederkunft leicht mit Wehen verwechseln konnte. Eine Stunde lang saß Cymbra bei ihr, bis die Schmerzen verebbten.

»Tut mir Leid, Lady Cymbra«, entschuldigte sich Dame Mikal. Sie sprach fließend Norwegisch mit dem Akzent ihrer Muttersprache. »Natürlich hätte ich Bruder Joseph nicht bitten sollen, Euch zu verständigen, bevor ich meiner Sache sicher war.«

»Doch, das war völlig richtig«, versicherte Cymbra. »Man kann gar nicht vorsichtig genug sein.« Lächelnd legte sie ihre Hand auf den gewölbten Bauch der jungen Frau. »Ihr werdet ein starkes, gesundes Kind bekommen. Aber es wird wohl noch einige Wochen dauern. Bitte, lasst mich sofort rufen, wenn Ihr wieder Schmerzen habt. Manchmal sind die Babys ziemlich eigenwillig, und sie überraschen uns immer wieder.«

Beruhigt und dankbar umklammerte die Russin Cymbras Hand.

Auch der Kaufmann atmete erleichtert auf. Er war soeben aus den Bergen zurückgekehrt, wo er bei verschiedenen Pelz- und Bernsteinhändlern erstklassige Ware erworben hatte. »Wie können wir Euch jemals danken, Mylady? Meine Nadja hätte daheim bei ihrer Mutter bleiben sollen. Aber sie bestand darauf, mich zu begleiten. Nun mache ich mir schreckliche Sorgen, weil sie in dieser fremden, rauen Welt ein Kind gebären wird.«

»Ja, es ist schwierig, wenn man so weit von zu Hause entfernt lebt«, stimmte Cymbra zu, und dachte voller Wehmut an Holyhood. »Trotzdem besteht kein Grund zur Sorge. Immer wieder kommen Babys in Sciringesheal zur Welt.«

Wenig später verließ sie das kleine Haus. Die Liebe des jungen Ehepaars hatte sie tief beeindruckt. Was würde Wolf empfinden, wenn *sie* ein Baby erwartete? Damit war dank seiner unbestreitbaren Manneskraft jederzeit zu rechnen. Vielleicht war sie ja bereits schwanger …

Lächelnd berührte sie ihren Bauch. Falls ein neues Leben unter ihrem Herzen heranwuchs, wusste sie es jedenfalls noch nicht. Und wegen ihrer unregelmäßigen Monatsblutung würde es noch eine Weile dauern, bis sie es feststellen konnte. Aber wenn ... Inständig hoffte sie, ihr Mann würde dann dieselbe Fürsorge an den Tag legen wie der russische Kaufmann.

Als sie wieder in der Festung war, brachte sie den Umhang und ihre Arzneien in Wolfs Haus zurück. Dann eilte sie zum Küchentrakt, um die Vorbereitungen für das Abendessen zu überwachen.

Als sie den Hof überquerte, sah sie eine Menschenmenge und ging darauf zu. Was mochte geschehen sein? Plötzlich wurde ihr schwarz vor Augen. In ihren Ohren rauschte das Blut wie ein Schwarm wilder Insekten, und ihr Herzschlag beschleunigte sich.

Verzweifelt bekämpfte sie die Panik, die sie zu überwältigen drohte, und holte mehrmals tief Luft, während sie sich wieder hinter der Barriere in ihrer Seele verschanzte, die sie im Lauf der Jahre errichtet hatte.

Langsam ging sie auf die Menge zu. Noch ehe sie die Ereignisse beobachten konnte, bestätigten unmissverständliche Geräusche ihre schlimmsten Befürchtungen.

Vor dem Hauptgebäude war ein Mann an den Marterpfahl gebunden worden. Er war nackt bis zur Taille, und über seinen Rücken zogen sich lange rote Striemen.

Cymbra unterdrückte einen Schreckensschrei. Hinter dem Mann schwang ein Wachtposten eine schwarze gewundene Lederpeitsche, die durch die Luft sauste und mit einem lauten Knall auf dem Rücken des Mannes landete, der gequält aufstöhnte und sich gegen seine Fesseln stemmte.

Wolf schaute ausdruckslos zu. Nach dem nächsten Hieb hob er eine Hand und gebot dem Wächter Einhalt. Unfähig, aufrecht zu stehen, sank der Mann gegen den Pfosten. Aus seinen Wunden quoll Blut. Instinktiv trat Cymbra einen Schritt auf ihn zu.

In diesem Augenblick erst entdeckte Wolf seine Frau und erriet ihre Absicht. »Nicht!«, befahl er, packte ihren Arm und zerrte sie zu sich heran.

Ungläubig hob sie die Brauen. »Das kann nicht dein Ernst sein! Was immer er verbrochen hat, er wurde bestraft, und es müsste genügen.« In ihrem Entsetzen entging ihr die Verblüffung des Publikums, das seine Aufmerksamkeit augenblicklich auf das neue Spektakel richtete. Im Gegensatz zu seiner Frau bemerkte Wolf die neugierigen Blicke, die seine rebellische Gemahlin auf sich zog.

Zwischen zusammengebissenen Zähnen stieß er hervor: »Er hat einem Mann den Pflug gestohlen, und einem anderen den Ackergaul. Wäre er nicht ertappt worden, hätte der Raub zwei Familien um ihren Lebensunterhalt gebracht. Angesichts dieses Vergehens hatte er eine milde Strafe erlitten.«

»Eine milde Strafe? Er wurde beinahe zu Tode gepeitscht. Du musst mir erlauben, ihn zu verarzten.«

Statt zu antworten, bahnte er sich einen Weg durch die Menschenmenge und zwang Cymbra, ihm zu folgen. Außer Hörweite blieb er stehen. »Bis morgen früh muss er am Pfahl ausharren. Das ist ein Teil seiner Strafe. Mit Odins Willen wird er die Nacht überleben. Ulfrich sorgt für ihn, und du wirst dich von ihm fern halten. Verstanden?« Wortlos starrte sie ihn an, und er umklammerte ihren Arm noch fester. »In Zukunft wirst du nie wieder etwas in Frage stellen, was ich tue.« Nach einer kurzen Pause fügte er hinzu: »Zumindest nicht vor den Leuten. Wenn du etwas zu sagen hast, wirst du warten, bis wir allein sind. Ist das klar?«

Trotz ihrer Erregung erkannte sie die Bedeutung seiner Worte. Er erwartete absoluten Gehorsam und Respekt –

doch nur in der Öffentlichkeit. »An solche Szenen bin ich nicht gewöhnt«, erklärte sie, »und es ist … schwierig für mich.« Welch eine Untertreibung! Was würde Wolf denken, wenn er erfuhr, in welchem Ausmaß sie das Leid anderer Menschen nachempfand? Krankheiten und Schmerzen, Wunden und Narben würden die äußere Schönheit, die er erblickte, überschatten. Deshalb musste sie ihre sonderbare Gabe geheim halten.

»Das weiß ich«, erwiderte Wolf. »Auf Holyhood hast du ein behütetes Leben geführt. Aber ich nehme an, auch die Sachsen bestrafen ihre Verbrecher.«

Dem konnte sie nicht widersprechen. Wahrscheinlich zählte das zu den Gründen, warum Hawk seine Schwester so sorgsam vor der Außenwelt abgeschirmt hatte. »Ich wünschte, es gäbe andere Methoden«, seufzte sie.

Zärtlich strich er über ihren Arm. »Du bist viel zu weichherzig«, flüsterte er, neigte sich herab und küsste ihren Hals.

Unwillkürlich stöhnte sie leise auf und erschrak über sich selbst. Wie konnte sie nach dem Grauen, das sie soeben mit angesehen hatte, ein so süßes Entzücken empfinden? Noch dazu mitten auf dem Hof, vor den Augen all der Leute …

Wolf schlang einen Arm um ihre Taille. »Bist du hungrig?«, fragte er und knabberte an ihrem Ohrläppchen, von dem er inzwischen herausgefunden hatte, dass es besonders empfindsam war.

Hungrig? Plötzlich bebte sie am ganzen Körper. *Das Abendessen …* Irgendetwas war noch zu erledigen, das damit zusammenhing. Doch sie konnte sich nicht entsinnen … »Nein«, wisperte sie, als er ihre Hüften an sich presste und ihr sein wachsendes Verlangen zeigte.

Er hob den Kopf. In seinen Silberaugen funkelte sanfter Spott. »Nein?«

»Ich brauche zumindest nichts zu Essen …«

»Sehr gut.« Seine Lippen verzogen sich zu jenem intimen Lächeln, das ihr jedes Mal den Atem nahm. Dass es ihm so mühelos gelang, Cymbra von ihren Pflichten abzulenken, erfüllte ihn mit männlichem Stolz. Außerdem war er erleichtert, denn er hatte das Gefühl gehabt, dass sie ihm irgendetwas mitteilen wollte – etwas Ernstes, das er nicht hören wollte. Er wünschte sich ein einfaches Leben, das er stets kontrollieren konnte – alles, nur keine neuen Komplikationen mit seiner sächsischen Gemahlin. Ihre Fügsamkeit war wichtig für den Frieden, den er sich erträumte, ebenso wie für seinen männlichen Stolz.

Verwirrt schnappte sie nach Luft, als er sie hochhob und mit langen Schritten in sein Haus trug.

An diesem Abend erschienen der Jarl und seine Frau nicht in der großen Halle, um an der Mahlzeit teilzunehmen. Lachend hob Dragon seinen Becher und trank auf das Wohl seines abwesenden Bruders und seiner schönen Schwägerin.

Ein Glück, dass wenigstens das Ale schmeckte – denn das Essen war abscheulich. Sogar die normalerweise anspruchslosen Männer murrten, bevor sie sich betranken.

Mühsam rang Wolf nach Atem. Metallbänder schienen seine Brust umklammert zu halten, während er die betörenden Liebkosungen fortsetzte, die seine schöne Gemahlin fast zum Wahnsinn trieben. Fasziniert beobachte er, wie sie ihren Kopf auf dem Kissen hin und her warf, während sich ihrer Kehle leise Schreie entrangen und Schweiß auf ihrer weißen Haut schimmerte.

Wenige Minuten nachdem sie das Haus erreicht hatten, war der erste befriedigende Liebesakt beendet worden. Die schnelle Erfüllung schürte Wolfs Begierde noch weiter, ermöglichte ihm jedoch, endlich zu tun, was ihm seit der Hochzeit kein einziges Mal gelungen war. Über seine Frau geneigt, genoss er ihre Schönheit und ihre Leidenschaft und nahm sich Zeit, ihren ganzen Körper zu erforschen, während er ihre Sinne reizte, bis sie ihre Fingernägel in seine Schultern grub und seinen Namen rief.

»Wolf!«

Triumphierend lachte er und ließ sich auf sie hinabsinken. Während er in sie eindrang, schob er seine Zunge fordernd in ihren Mund. Sofort spannten sich ihre inneren Muskeln an. Die intime Liebkosung erzeugte eine fast schmerzhafte Ekstase. Er stöhnte überwältigt und begann, sich rhythmisch in ihr zu bewegen. Unfähig, sein Verlangen zu zügeln, jagte er Cymbra und sich selbst zum Gipfel der Lust.

Danach hielt er sie im Arm. Ihr Kopf ruhte auf seiner Schulter, ihre Hand lag über seinem Herzen. Wenn man sich Zeit nimmt, ist es viel schöner, dachte er und lachte leise.

Unsicher hob sie den Kopf. »Was ist denn so komisch?«

»Ich versuche, die Tugend der Geduld zu erlernen.«

Es dauerte eine Weile, bis sie verstand, was er meinte. Sie errötete heftig. »*Das* war also Geduld«, erwiderte sie und seufzte theatralisch.

Einen Moment lang versteifte er sich, aber er hatte den scherzhaften Unterton in ihrer Stimme bemerkt und verpasste ihr einen Klaps aufs Hinterteil. »Vielleicht waren wir immer noch zu ungeduldig. Soll ich unsere Freuden ein bisschen länger hinauszögern?«

Cymbra streichelte herausfordernd seinen Schenkel. »Und wenn ich mich dafür räche?«

»Meine süße, sanfte, *gehorsame* Ehefrau will sich rächen?« In gespielter Verblüffung hob er die Brauen.

»O nein«, entgegnete sie trocken, »ich meine die Frau, die du *wirklich* geheiratet hast.« Und dann zeigte sie ihm, was sie meinte.

Als er sich das nächste Mal zufrieden räkelte, war es spät geworden. Niemals hätte sie erwartet, dass sie ihm bereits nach einer Woche ebenbürtig wäre, was Leidenschaft *und* Kontrolle betraf. Letzen Endes hatte er seine ganze Willenskraft aufbieten müssen, um sie nicht einfach auf den Rücken zu werfen und seine brennende Begierde – das Ergebnis ihrer aufwühlenden Zärtlichkeiten – zu stillen.

Aber er beherrschte sich und wurde vom Anblick seiner exquisiten Sachsenschönheit belohnt, die sich langsam auf ihn sinken ließ und seine harte Männlichkeit in sich aufnahm, das Gesicht eine Vision süßer Genugtuung. Zuerst hatte sie sich langsam und vorsichtig bewegt, dann in wachsender Zuversicht. Die Stille im dunklen Haus schien auch jetzt noch von wildem Lustgeschrei zu vibrieren.

Allmählich gingen Wolfs angenehme Gedanken in noch angenehmeren Schlaf über, als Cymbra sich mit einem Ruck aufrichtete. Sofort öffnete er die Augen.

»Hast du vorhin nicht gefragt, ob ich hungrig bin?« Wohlig streckte sie sich und strich das lange Haar aus ihrem Gesicht. »Jetzt bin ich es.«

»Hungrig?« Es war unglaublich – ihr Anblick erregte in schon wieder. »Nach einer Mahlzeit?«, fragte er, nur um sich abzulenken. Ihre Antwort interessierte ihn nicht. Wenn er die rosigen Knospen ihrer Brüste noch länger betrachtete, ihre anmutig geschwungenen Hüften …

»Wir haben das Abendessen versäumt«, erinnerte sie ihn und lächelte entwaffnend. Dann stieg sie aus dem Bett und begann sich mit einer zielstrebigen Energie anzuziehen, die seinen Unmut weckte. »Bleib, wo du bist. Ich laufe nur rasch in die Küche und hole uns etwas.«

Erbost runzelte er die Stirn. Angesichts seiner Frau, die sich mitten in der Nacht etwas zu essen aus der Küche holte (weil er zu erschöpft war, um aus dem Bett zu kriechen), würden die Wachtposten in schallendes Gelächter ausbrechen. Womöglich würde sich unbemerkt ein Eindringling an ihnen vorbeischleichen. Und am nächsten Morgen würden alle in der Festung, in der Stadt und jeder meilenweit entfernten Siedlung wissen, dass der mächtige Jarl von seiner Frau besiegt worden war. Wenn auch nur beim süßen Kampf im Ehebett …

Nicht nur das – auf allen Handelsschiffen würde man ihn verspotten, in den goldenen Palästen von Byzanz, in den eisigen Hütten der wilden Lappen. Die ganze Welt würde sich auf seine Kosten amüsieren.

»Warte, ich begleite dich.« Resignierend hievte er seinen erschöpften Körper unter den Pelzdecken hervor und kleidete sich an.

Der Küchentrakt, der aus mehreren kleinen Räumen bestand, lag etwas abseits vom Hauptgebäude. In einer der Kammern befand sich eine tiefe, mit Stroh ausgelegte Grube, in der Milcheimer gekühlt und Eier gelagert wurden. Hier stellten die Frauen Käse, Molke und Butter her. Im nahen Räucherschuppen hingen Fische und Fleischstücke über einem sanft glühenden, von Holzkohle, Apfelbaumholz und Seetang genährtem Feuer. Der größte Raum, in dem gekocht wurde, diente auch als Lager für Getreide, Mehl, Gewürze und Ale.

Hand in Hand eilten Cymbra und Wolf zu diesem Raum, und sie sperrte die Tür mit einem der Schlüssel auf, die an ihrem Gürtel hingen. Aus dem Herd schlugen immer noch schwache Flammen empor, die, vereint mit dem Mondschein, der durch die offene Tür hereindrang, ausreichend Licht spendeten.

Eine Sekunde später wünschte Cymbra, tiefes Dunkel würde das Chaos verbergen. Überall häuften sich schmutzige Töpfe und Tabletts. Auf den Arbeitstischen verbreiteten die Essensreste in der sommerlichen Hitze einen üblen Geruch.

Während sie sich entsetzt umsah, blickte eine Ratte von ihrer Mahlzeit auf, sichtlich verärgert über die Störung, und trippelte gemächlich davon.

Cymbra ließ Wolfs Hand los und trat mitten in das grausige Durcheinander. Nur zu gut verstand sie die Botschaft Martas und der anderen Frauen. Heißer Zorn stieg in ihr auf, und sie schloss die Augen, um ihre Fassung zurückzugewinnen. Dann wandte sie sich zu ihrem Ehemann.

»Tut mir Leid …« Tränen drohten ihre Stimme zu ersticken. »Offensichtlich habe ich meine Pflichten vernachlässigt.«

Langsam wanderte Wolfs Blick durch den Raum. Seine Miene war unergründlich. »Geht das schon die ganze Woche so?«

Obwohl er in sanftem Ton sprach, ließ sie sich nicht täuschen. Er war genauso zornig wie sie. Mit vollem Recht.

»Nicht ganz so schlimm. Unter meiner Aufsicht wurde die Küche halbwegs in Ordnung gehalten. Aber heute Abend …«, hob sie an in dem Versuch, sich nicht zu verteidigen, sondern ihm die Wahrheit zu erzählen.

»Heute Abend nutzten die Frauen deine Abwesenheit aus.«

Beschämt senkte sie den Kopf. »Ja, bedauerlicherweise.«

Er trat vor sie und blieb so dicht vor ihr stehen, dass sie seinen Atem spürte. Doch sie konnte sich nicht überwinden, ihm in die Augen zu schauen. »Vor ein paar Tagen hast du Marta um die Schlüssel gebeten.« Es war keine Frage, sondern eine sachliche Feststellung.

So gut sie es in seinem harten Griff vermochte, nickte sie.

»Aber sie hat sich geweigert, dir die Schlüssel zu geben, und hat die Frauen gegen dich aufgehetzt.«

»Nicht alle. Brita und die anderen Sklavinnen tun alles, um mir zu helfen.«

»Weil sie fremd in dieser Festung sind, so wie du. Deshalb wissen sie, was es bedeutet.« Eindringlich sah er in ihre Augen. »Was ist in unserer Hochzeitsnacht geschehen?«

Wie konnte er ahnen …? Sie wurde bleich. »Was – meinst du?«

Er packte ihr Kinn noch fester. »Als du die Halle mit Marta und den Frauen verlassen hast, warst du nur ein bisschen nervös. Als ich zu dir kam, hast du völlig verstört am Boden gesessen. Warum?«

»Das alles war neu für mich, und ich …«

»Cymbra!«, mahnte er.

»Marta deutete an, du würdest mir wehtun … natürlich glaubte ich ihr nicht«, sprudelte sie hervor, »aber ich fühlte mich schrecklich einsam, und ich …«

Wolf ließ sie so abrupt los, dass sie beinahe stürzte. Noch bevor sie ihr Gleichgewicht wiederfand, stürmte er zur Tür hinaus.

10

Die Frauen arbeiteten im Fackellicht. Während einige auf den Knien lagen und den Boden schrubbten, scheuerten die anderen die Tische mit Sand oder spülten die Töpfe. Schweigend rackerten sie sich ab, von einer schlecht gelaunten Männerschar beaufsichtigt, der es ebenso wie den Frauen missfallen hatte, mitten in der Nacht aus dem Schlaf gerissen zu werden. Aber sie standen ihrem Jarl ohne Zögern bei. Abgesehen davon hatte das Abendessen abscheulich geschmeckt.

Die Sklaven beteiligten sich an diesen Aufräumungsarbeiten nicht. Von den ungewohnten Geräuschen geweckt, waren Brita und die anderen in ihre Betten zurückgeschickt und aufgefordert worden, sich den nächsten Tag freizunehmen.

Auch Cymbra durfte den Frauen nicht helfen. Als sie es versuchte, packte Wolf ihren Arm. Wortlos und gebieterisch stand er da, bis er sich vergewissert hatte, dass die Arbeit ordentlich erledigt wurde. Dann gab er mehreren Wachtposten ein Zeichen, die Marta in ihre Mitte nahmen. Erschrocken schnappte sie nach Luft.

»Kommt mit mir!« Von seiner Gemahlin, ein paar Neugierigen, Marta, ihrer Tochter und ihren Bewachern begleitet, ging Wolf in die große Halle und setzte sich allein an die Haupttafel.

Das Schweigen zog sich in die Länge, bis Cymbra glaubte, es keine Sekunde länger ertragen zu können.

Endlich begann er zu sprechen. »Marta Ingridotter, du bist die Witwe eines Mannes, der meine Hochachtung verdient hat. Deshalb zögerte ich nicht, dir die Führung meines Haushalts zu übertragen, solange ich unverheiratet war. Bedauerlicherweise hast du mein Vertrauen missbraucht, meine Frau gegen mich aufzubringen versucht und ihr verweigert, was ihr gutes Recht war.«

Als Marta zu einer Verteidigung ansetzen wollte, brachte er sie mit einem kurzen Blick zum Schweigen, während die anderen sie vorwurfsvoll musterten. Sie wussten alle von der Sache mit den Schlüsseln, nicht aber, dass sie versucht hatte, einen Keil zwischen die Eheleute zu treiben – ein Vergehen, das einem Verrat an ihnen allen gleichkam.

»Du wirst Sciringesheal verlassen, mit deiner Tochter.« Ohne ihren erstickten Schrei zu beachten, fuhr Wolf unerbittlich fort: »Von jetzt an werdet ihr in Oslofjord leben, das zu meinen Ländereien gehört und einem tüchtigen Statthalter untersteht. Benehmt euch anständig, dann wird man euch gut behandeln. Ansonsten …«

Sein Achselzucken verriet Marta, dass sie von nun an selbst für ihr Schicksal verantwortlich war. Weinend schlug sie die Hände vors Gesicht.

Wolf stand auf und wandte sich seinen Leuten zu, die inzwischen in Scharen herbeigeeilt waren, angelockt von der Nachricht, dass der Jarl ein Urteil über Marta fällte. »Da sich diese Frau gegen meine Gemahlin gestellt hat, verdient sie die Verbannung. Das soll euch allen eine Lehre sein.«

Langsam glitt sein Blick von einem zum anderen, und Cymbra hatte das Gefühl, als blicke er jedem Einzelnen in die Seele. Was er sah, schien ihn zu befriedigen, denn er nickte. Schweigend gingen sie hinaus. Marta und Kiirla wurden von den Wächtern in ihr Quartier gebracht, wo sie ihre Habseligkeiten packen sollten und sich von ihren Freunden verabschieden durften – falls jemand die beiden zu besuchen wagte. Im Morgengrauen würden sie abreisen.

Cymbra blieb allein mit ihrem Mann in der großen Halle zurück und betete um innere Ruhe – einerseits überwältigt von seiner rückhaltlosen Unterstützung, andererseits erschrocken über die harte Strafe, die er der Missetäterin auferlegt hatte. Vielleicht war Marta als junge Braut nach Sciringesheal gezogen – oder sie war hier geboren und aufgewachsen, während Kiirla zweifellos kein anderes Zuhause kannte. Nun mussten sie in der Fremde ein neues Leben beginnen, wo man sie wohl kaum freudig willkommen heißen würde.

Und das alles, weil es ihr, der Gemahlin des Jarls, nicht gelungen war, die Frauen in seiner Festung für sich zu gewinnen …

Sie straffte die Schultern. Durch die offenen Türen sah sie das erste graue Tageslicht am Horizont schimmern. Die Zeit drängte. »Ich habe ebenfalls Schuld an den beklagenswerten Ereignissen. Hätte ich es besser verstanden …«

»Ja, das stimmt.«

Wolfs prompte Zustimmung verschlug ihr die Sprache. Eigentlich hatte sie erwartet, ihm ihr Versagen erklären zu müssen, doch das war offenbar überflüssig.

»Weil du mir die Wahrheit verschwiegen hast«, fügte er tonlos hinzu. »Hier bin ich der Herr. Nur mein Wille zählt. Dieses Gesetz hast du missachtet.«

»Nein!« Was für eine Ungerechtigkeit! »Ich wollte nur eine gute Ehefrau und Hausherrin sein – und meine Pflicht erfüllen, ohne dich zu belästigen.«

Er konnte sich nicht erklären, warum sie ihm ihre Schwierigkeiten verheimlicht hatte. War er nicht so sanft und geduldig mit ihr umgegangen, wie er es selbst kaum für möglich gehalten hätte? Einen so nachsichtigen, verständnisvollen Ehemann hätte sie doch ins Vertrauen ziehen müssen. Was ging hinter diesen strahlend blauen Augen vor? Sie waren so hell und klar – und trotzdem verbargen sie unergründliche Tiefen. Was hielt sie wirklich von ihm, von ihrer Ehe, von der Krise, die unweigerlich eintreten würde, wenn ihr Bruder ihm gegenüberstand? Würden gekreuzte Schwerter diese Begegnung prägen – oder erhobene Trinkhörner? Die Antwort lag in Cymbras Herzen vergraben, abgeschirmt wie eine uneinnehmbare Festung.

»Ich glaube, du bist zu stolz!«, sagte er nach dem Hieb.

»Ich?« Das war ungeheuerlich. Stets waren es andere gewesen, die an ihren Stolz apelliert, ihre Schönheit und ihre Fähigkeiten überschwänglich gepriesen hatten. Manchmal hätte sie am liebsten geschrien und erklärt, sie sei ein ganz gewöhnlicher Mensch.

»Natürlich. Um deinen Stolz zu befriedigen, willst du niemanden enttäuschen und alle Erwartungen erfüllen, mögen sie auch noch so wirklichkeitsfremd sein.«

Verstört starrte sie ihn an, von einem rätselhaften Gefühl erfasst, das sie zu überwältigen drohte. Und plötzlich wusste sie, was es war – die Angst, er könnte auch in ihr innerstes Wesen eindringen, so wie vorhin in die Seelen seiner Leute. Entsetzt erkannte sie, dass er sie *durchschaute*.

Nein, unmöglich ... So lange hatte sie ihr Geheimnis gehütet. Außerdem besaß *sie* die Gabe, die Empfindungen und Gedanken anderer zu ergründen. Niemand hatte je ihre Gefühlswelt erkundet. Bis zu diesem Augenblick.

Ihr Mund wurde trocken. Wie sollte sie sich in dieser neuen Situation verhalten? »Ist man zu stolz, wenn man seine Pflicht erfüllen möchte?«

»Nur *mir* bist du verpflichtet.« Seine sanfte, leise Stimme verlieh seinen Worten nur noch größere Eindringlichkeit. »Ich erwarte absoluten Gehorsam und bedingungslose Loyalität. Habe ich dir das nicht schon erklärt?«

»Als ich ein häusliches Problem aus eigener Kraft lösen wollte, war ich weder ungehorsam noch illoyal.«

Scheinbar lässig lehnte er sich an den Tisch. »Wie hast du's denn versucht?«

Sie hasste es, sich verteidigen zu müssen. Nichts in ihrem bisherigen Leben hatte sie auf solche Situationen vorbereitet. Aber seit sie die Geißel der Sachsen kannte, sammelte sie tagtäglich neue Erfahrungen. »Ich wollte Marta und den anderen Frauen Zeit geben, mich kennen und respektieren zu lernen. Unter den besonderen Umständen – immerhin hast du ziemlich überstürzt geheiratet, und dazu noch eine völlig fremde Frau – hielt ich diese Vorgehensweise für die beste. Für *alle* Betroffenen.«

»Und du bist nicht auf den Gedanken gekommen, deine Pläne mit mir zu besprechen?«

»Ich dachte, du wolltest mit solchen Dingen nicht behelligt werden.«

»Und was veranlasste dich, Marta um die Schlüssel zu bitten?«

Sie zögerte. Von der zerstörten Laute hatte sie ihm nichts erzählt, was er ihr ebenfalls verübeln würde. Die Liste ihrer Vergehen wuchs. Offenbar hatte sie seit ihrer Ankunft in Sciringesheal nur Fehler begangen. Mit abgewandtem Blick erwiderte sie: »Meine Laute wurde zertrümmert, und ich dachte, Marta wäre dafür verantwortlich. Deshalb ging ich zu ihr und verlangte die Schlüssel. Doch sie weigerte sich, sie mir zu geben.«

Obwohl ein düsterer Ausdruck in seine Augen trat, klang seine Stimme immer noch erstaunlich ruhig. »Also hast du eine List angewandt, und mir von dem Wildbretrezept erzählt, weil *ich* dein Problem lösen sollte.«

»O nein, das war keine List! Ich brauchte einfach nur deine Hilfe, und ich wagte nicht, darum zu bitten …«

»Und dabei wäre es so einfach gewesen.« Er trat vor sie. Allmählich erhellte sich die Halle, als ein neuer Sommertag anbrach. »Du musst nur zu mir kommen«, erklärte er, ergriff ihre Arme und legte sie um seinen Hals, »und sagen: ›Mein lieber Ehemann, hilf mir.‹ Ist das so schwierig?«

»Aber wenn du auf dem Exerzierplatz beschäftigt oder auf Reisen bist? Wenn du andere Probleme zu lösen hast? Oder wenn du einfach nur müde bist? Soll ich dich rücksichtslos mit meinen Schwierigkeiten belasten?«

»Nicht rücksichtslos.« Seine Mundwinkel zuckten. »Sicher wäre es günstig, wenn du den richtigen Moment wählen würdest. Du könntest mir meine Stiefel ausziehen, den Nacken massieren, für meine Bequemlichkeit sorgen. Wenn ich in guter Stimmung bin, bringst du dein Anliegen vor.«

Unwillkürlich lächelte Cymbra. »Ich dachte, es wäre einfacher, wenn ich die Dinge selbst in die Hand nähme«, erwiderte sie leichthin und schmiegte sich an ihn, um sicherzugehen, dass er die Botschaft verstand.

»Der einfachere Weg ist nicht immer der bessere«, flüsterte er an ihrem Hals.

Draußen krähte ein Hahn und begrüßte die Sonne. Bald stimmten die anderen ein, und der fröhliche Chor hallte über den Erdwall hinab zur Stadt. Wie triumphierend sie klangen – als bildeten sich diese Vögel tatsächlich ein, sie hätten die Sonne erschaffen …

Nicht einmal Cymbra – die *stolze* Cymbra, wie sie sich entsann – versuchte, auf den Jarl einzuwirken. Sein Entschluss, Marta und Kiirla in die Verbannung zu schicken, stand fest. Das Einzige, was ihr zu tun blieb, war, dafür zu sorgen, dass die beiden möglichst viele Vorräte mit auf die Reise nehmen konnten.

Als Wolf den Hof überquerte, beobachtete er, wie Cymbra den Wagen belud. Herausfordernd erwiderte sie seinen forschenden Blick. Aber er sagte nichts, und sie glaubte sogar, ihn lächeln zu sehen.

Ein Wachtposten trat zu ihm, und nach einem kurzen Wortwechsel eilte Wolf zum Haus seines Bruders, wie Cymbra überrascht bemerkte. Sie hatte angenommen, Dragon würde ihn bereits auf dem Exerzierplatz erwarten – so wie jeden Tag. Doch sie sah ihn nirgends.

Sie verabschiedete sich von Marta und Kiirla. Die ältere Frau würdigte sie keines Blickes, doch Kiirla nickte und lächelte ihr zu. Offenbar hatte sie im Verlauf der letzten Ereignisse ein neues Selbstbewusstsein entwickelt und war aus dem Schatten ihrer Furcht einflößenden Mutter getreten. »Vielen Dank für die Vorräte, Lady Cymbra. Ihr seid sehr großzügig. Besonders unter diesen Umständen ...«

»Ich wünschte, Ihr müsstet uns nicht verlassen.«

»So ist es am besten. Ein neuer Anfang.«

»Wenn Euch der Statthalter von Oslofjord unfreundlich behandelt ...«, begann Cymbra.

»Das wird er nicht«, fiel Kiirla ihr errötend ins Wort. »Er ist kein Fremder. Wir sind uns bereits beim letzten Frühlingsfest begegnet. Er ist unverheiratet. Schon damals sprach ich mit meiner Mutter über ihn, aber ...«

In diesem Augenblick wurde Cymbra einiges klar, und sie seufzte erleichtert. Sie glaubte keine Sekunde daran, dass ihr Mann nicht über den Familienstand des Statthalters informiert war.

Sie wartete, bis der Wagen mit der berittenen Eskorte davongefahren war, ehe sie zu Dragons Haus lief. Wolf trat gerade in Begleitung von Ulfrich heraus und war so in ein Gespräch mit ihm vertieft, dass er Cymbra nicht bemerkte.

»Was seine Schmerzen betrifft, verschweigt er die Wahrheit«, sagte Ulfrich.

»Aber die Wunde ist vernarbt«, wandte Wolf stirnrunzelnd ein. »Seit einiger Zeit nimmt er wieder an den Waffenübungen teil, und er kommt gut zurecht. Zumindest hatte ich diesen Eindruck. Bis heute ...«

»Weil er seine Qualen verbirgt. Er hat sich zu viel zugemutet. Deshalb leidet er jetzt an dieser Fieberkrankheit. Und ich fürchte ...« Ulfrich unterbrach sich und nickte Cymbra lächelnd zu. »Ah, Mylady! Wir sprechen gerade über ...«

»Darum braucht sich meine Frau nicht zu kümmern«, sagte Wolf.

»Wirklich nicht?«, fragte sie. »Falls ich mich nicht verhört habe, hat die Wunde deines Bruders ein Fieber heraufbeschworen. Wie albern von mir, zu glauben, es wäre am vernünftigsten, eine Heilerin zu holen ...«

Hastig trat Ulfrich zwischen die beiden. »Mylord, sicher meint sie es gut. Das Herz einer Frau fließt über vor Mitleid ...«

»Und Stolz«, ergänzte Wolf tonlos.

»Was ihren Verstand nicht beeinträchtigt!«, fauchte Cymbra, ehe sie etwas sanfter fortfuhr: »Erzähl mir nicht, es sei nur der Stolz auf meine Kenntnisse, der mich bewegt, sie zu nutzen. Jetzt brauchst du meine Hilfe. Willst du nicht tun, was auch du für richtig hältst?«

Nervös schaute Ulfrich von einem zum anderen, doch

sie schenkten ihm keinerlei Bedeutung. Cymbra war viel zu beschäftigt damit, sich auf ihre Sorge um Dragon zu konzentrieren, während sie versuchte, sich der betörenden Wirkung ihres Mannes zu entziehen. Wie gut er doch aussah, selbst jetzt, als er sie mit einem finsteren Blick bedachte.

Und Wolf stellte wieder einmal fest, wie bezaubernd sie aussah, wenn ihre Augen kampfeslustig funkelten. Er würde seine eigenwillige Gemahlin erneut in ihre Schranken weisen müssen, doch stattdessen spürte er ein wachsendes Verlangen in sich aufsteigen. Nein, er war kein liebestoller Jüngling, sondern ein Mann – ein Anführer, der sich nicht von einer Frau gängeln lassen durfte.

Aber er musste auch an seinen Bruder denken. »Dragon ist ein Krieger, kein Schwächling, und er möchte nicht verhätschelt werden.«

»Sehr gut!«, erwiderte sie, eilte an ihm vorbei und öffnete die Haustür. »Ich glaube nämlich zu wissen, was ihm fehlt. Und wenn ich Recht habe, werde ich ihn ganz gewiss nicht verhätscheln.« Entschlossen überquerte sie die Schwelle. Aber beim Anblick des Mannes, der im Bett saß, drohte sie ihr Mut zu verlassen. Er starrte sie genauso erbost an wie sein Bruder.

»Was soll das?«, fragte er nicht Cymbra, sondern Wolf, der ihr gefolgt war. Ulfrich, der offenbar nichts versäumen wollte, trat ebenfalls ins Haus.

»Meine Frau bildet sich ein, sie könnte dir helfen«, erklärte Wolf.

»Besten Dank, ich brauche keine Hilfe«, stieß Dragon hervor.

Mit unverhohlener Skepsis musterte sie den großen, kräftig gebauten Mann. Unter normalen Umständen gäbe seine körperliche Verfassung keinen Anlass zur Besorgnis, doch wie die Blässe unter der gebräunten Haut und die verkniffenen Lippen verrieten, war sein Zustand zweifellos nicht normal. »Wann wurdet Ihr verwundet?«, fragte sie und trat an sein Bett.

Dragon warf ihr einen kurzen Blick zu, ehe er sich an seinen Bruder wandte. »Das meinst du nicht ernst.«

»Nun ja, sie versteht etwas von der Heilkunst«, entgegnete Wolf und zuckte die Achseln. »Wie viel, weiß ich noch nicht. Wenn sie dir wirklich helfen würde …«

»Ich bin kein wehleidiges kleines Kind, das von einer Frau verhätschelt werden muss!« Wütend wollte Dragon die Decke beiseite schieben und aufspringen, entsann sich aber, dass er unbekleidet war, und ließ sich mit einem derben Fluch ins Bett zurücksinken.

Ohne seinen Zorn zu beachten, legte Cymbra ihre Hand auf seine Stirn. Sofort zuckte er zurück, doch statt ihre Hand zurückzuziehen, drückte sie seinen Kopf mit sanfter Gewalt ins Kissen. »Das dachte ich mir. Zu schwach, um eine Frau abzuwehren …«

Sekundenlang fürchtete sie, sie wäre zu weit gegangen. Das schien auch Wolf zu vermuten, denn er trat einen Schritt vor. Nach einem Augenblick des angespannten Schweigens überraschte Dragon alle beide mit einem gequälten Lächeln. »Bei Odin, sie hat Recht.« Abschätzend schaute er Cymbra an. »Wisst Ihr tatsächlich, was zu tun ist?«

»Diese Frage werdet Ihr bald selbst beantworten können.« Unter ihren Fingern fühlte sich seine Haut heiß und trocken an. Auch die glänzenden Augen bezeugten sein Fieber. Doch seine gleichmäßigen Atemzüge gaben keinen Anlass zur Besorgnis, und dabei sollte es bleiben. Zu Ulfrich gewandt, verkündete sie: »Ich brauche heißes Wasser und mehrere Stoffstreifen, etwa so lang und so breit …« Um die Maße anzudeuten, hob sie die Hände. »Und das Kästchen mit meinen Arzneien. Brita soll mir helfen.«

»Was habt Ihr vor?«, fragte Dragon misstrauisch, nachdem der alte Mann davongeeilt war.

»Zunächst werde ich das Fieber senken, dann will ich herausfinden, was mit Eurer Wunde ist.«

»Gar nichts, sie ist verheilt.«

»Notfalls werde ich Euch eine Droge verabreichen, um Euch zu untersuchen.«

»Das wirst du doch nicht erlauben, Wolf!«, rief Dragon.

Wolf saß in einem geschnitzten Sessel und hatte seine langen Beine ausgestreckt. Offensichtlich rechnete er mit einem längeren Aufenthalt. Obwohl er gewisse Zweifel hegte, hoffte er, dass Cymbra seinem Bruder helfen konnte. »Natürlich nicht«, beteuerte er, »ich werde dich einfach festhalten.«

Während der nächsten Minuten wurde Cymbras norwegischer Wortschatz um einige derbe Ausdrücke erweitert. Doch sie zuckte mit keiner Wimper. Ulfrich kehrte mit Brita zurück. Und danach konnte Dragon nicht mehr viel tun, als sich in sein Schicksal zu fügen.

Am frühen Nachmittag ging Wolf in die Stadt. Dragons Fieber war gesunken. Jetzt schlief er, und Ulfrich hielt an seiner Seite Wache. Cymbra, die anscheinend keine Ruhepause brauchte, machte sich in der Küche zu schaffen, um dafür zu sorgen, dass nach Martas Abreise keine neuen Schwierigkeiten entstanden.

Nur gut, dass sie beschäftigt ist, dachte Wolf, denn er hatte einiges zu erledigen. Er war zu Fuß unterwegs, erwartete jedoch nicht, unbemerkt zu bleiben – ganz im Gegenteil. Als er vor der Hafentaverne an einem Tisch Platz nahm, hoffte er sogar, Aufmerksamkeit zu erregen.

Allzu lange musste er sich nicht gedulden. Nachdem ihm die vollbusige – und überaus freundliche – Kellnerin ein Trinkhorn mit Ale gebracht hatte, kam ein Mann auf ihn zu, den Wolf als den Kapitän einer bretonischen Galeere erkannte, die zwischen den Gewässern westlich von Irland und Sciringesheal verkehrte. »Setzt Euch!«, bat er und bestellte noch ein Trinkhorn.

Der Kapitän, dessen Name Onfroi war, dankte ihm und genoss den ersten Schluck Ale. »Manchmal verbreiten sich Neuigkeiten so schnell wie der Wind.«

Der Jarl quittierte diese weise Bemerkung mit gebührendem Ernst. »Ebenso wie Gerüchte, mein Freund.«

»In gewissen Fällen lässt sich kaum ein Unterschied erkennen.«

»Obwohl es einem erfahrenen Mann wie Euch sicher gelingt.«

Onfroi nickte. »Trotzdem hört man die seltsamsten Dinge.«

»Tatsächlich?«

»Zum Beispiel ging ich vor vierzehn Tagen in einem Hafen von Essex vor Ruder. Dort kennt man nur einen einzigen Gesprächsstoff – das Verschwinden von Lord Hawks Schwester. Sicher habt Ihr von ihr gehört. Sie ist wunderschön. Allem Anschein nach besitzt sie ungewöhnliche Fähigkeiten. Ihr Bruder hat sie klugerweise in einer Festung eingesperrt, doch die Lady wurde entführt.«

In höflichem Interesse hob Wolf die Brauen. »Von wem?«

»Angeblich waren es die Dänen. Bevor der Garnisonskommandant starb, schwor er dem Lord, die Truppe sei von mehreren hundert wilden Dänen überfallen und trotz tapferer Gegenwehr besiegt worden.«

»Und Lord Hawk glaubt ihm?«

Seufzend hob Onfroi die Hände. »Wer weiß? Irgendwas stimmt da nicht. Weder Leichen noch die Spuren irgendwelcher Kämpfe wurden entdeckt. Und die Dänen sind nicht gerade für ihre Ordnungsliebe bekannt. Jedenfalls ist mir noch nie zu Ohren gekommen, dass sie nach einer Schlacht aufgeräumt hätten.«

»Ja, das ist unwahrscheinlich.«

»Und dann faselt die alte Kinderfrau der Lady von ein paar Wikingern, die der Kommandant am Tag des Angriffs gefangen nahm und die wenige Stunden später geflohen sind.«

Wolf leerte sein Trinkhorn, lehnte sich zurück und drehte sein Gesicht der Sonne entgegen. Hin und wieder durfte ein Mann seine Ruhe genießen, wenn auch nicht allzu lange. »Hat sie sonst noch irgendwas gesagt?«

»Nur, dass sich Lady Cymbra mit den Wikingern in deren Landessprache unterhielt.«

»Nachdem Dänisch so ähnlich klingt, lässt das keine Schlüsse zu.«

»Offenbar denkt Hawk das ebenfalls. Er soll ein paar Männer ins dänische Gebiet geschickt haben, um herauszufinden, wo seine Schwester steckt. Sobald er es weiß, will er den Schurken angreifen, der die Lady verschleppt hat.«

»Ein verständlicher Entschluss …«

»In der Tat. Man könnte sogar meinen, der Entführer hätte es darauf angelegt.«

»Oder er möchte Lord Hawk zu einem *Versuch* herausfordern«, erwiderte der Jarl lächelnd.

Nachdem Onfroi sich verabschiedet hatte, blieb Wolf noch eine Weile sitzen, leerte ein zweites Trinkhorn und unterhielt sich mit einigen Seefahrern, die zufällig vorbeikamen und ihm, abgesehen von einigen bemerkenswerten Einzelheiten, alle mehr oder weniger die gleiche Geschichte erzählten.

Lord Hawk tobte vor Zorn, und er hatte geschworen, dem Schänder seiner Schwester bei lebendigem Leib die Haut abzuziehen. Aber man behauptete auch, er würde alles daransetzen, um die Lady wohlbehalten nach Hause zu bringen. Ihr Leben sei ihm wichtiger als seine Ehre.

Das konnte Wolf kaum glauben. Kein vernünftiger Mann würde das Leben einer Frau über seine eigene Ehre stellen. Doch es gab ihm zu denken.

Normalerweise hätte Lord Hawk von denselben Seemännern, die seinen Wutanfall in Sciringesheal schilderten, vom Verbleib der mysteriösen Sachsenschönheit erfahren müssen, doch die Kapitäne, die Wolf Hakonsons Hafen ansteuerten, wollten sich die Gunst des Jarls nicht verscherzen, der ihre profitablen Geschäfte schützte. Deshalb würden sie den Mund halten.

Bald würde er Lord Hawk selbst benachrichtigen. Er hatte den Augenblick hinausgezögert, in der Hoffnung, seine Frau würde in der Zwischenzeit ihr Eheglück erkennen, ihren Bruder davon überzeugen und damit das angestrebte Bündnis besiegeln. Andererseits wollte er den unvermeidlichen Augenblick der Konfrontation möglichst lange hinauszögern – was immer dabei herauskommen mochte.

Entweder würden sie Frieden schließen, oder Odin würde einen neuen Krieger in Walhalla begrüßen – einen *sächsischen* Krieger, wie Wolf keine Sekunde lang bezweifelte.

Falls ein Kampf stattfand, waren alle Vorteile auf *seiner* Seite.

All das hatte er vor der Reise nach Holyhood genau geplant. Aber jetzt – nach allem, was geschehen war – galt es die Situation neu zu überdenken, wenngleich ihm das Ergebnis seiner Überlegungen missfiel. Cymbra liebte ihren Bruder. Wenn er starb, würde sie bis zu ihrem letzten Atemzug um ihn trauern – und den Mann hassen, der ihn getötet hatte.

Warum bedrückte ihn diese Erkenntnis so sehr? In dieser harten Welt zählten nur Pflichtgefühl und Ehre. Die Menschen lebten oder starben, wie es das Schicksal entschied – wobei es natürlich keinen Grund gab, die Ereignisse zu beschleunigen. Also sollte Lord Hawk noch eine Weile in seinem Zorn schmoren.

Wolf warf ein paar Münzen auf den Tisch und ging durch die Stadt zurück. Unterwegs blieb er noch einmal stehen und betrat einen Laden, den er einige Minuten später wieder verließ – hoch zufrieden mit seiner Entdeckung.

11

Ehrfürchtig drehte Cymbra die Laute hin und her und betrachtete die anmutigen Kurven des polierten Holzes, ehe sie durch einen Tränenschleier ihren Mann anblickte. »Welch ein wunderbares Instrument … O Wolf, ich bin überwältigt …«

»Ich höre dich gern spielen«, erwiderte er und zuckte die Achseln. »Warum sollte ich auf mein Vergnügen verzichten?«

Doch sie ließ sich nicht von seiner lässigen Haltung täuschen. Gewiss hatte es ihn einige Mühe gekostet, eine so wertvolle Laute aufzuspüren. Meine eigene, die Marta zerstört hat, war nicht schöner, dachte sie. Als sie ins Haus gegangen war, um sich fürs Abendessen anzukleiden, hatte das Instrument auf dem Bett gelegen. Dass Wolf ihr gefolgt war, konnte kein Zufall sein. Zweifellos wollte er ihre Überraschung beobachten.

Obwohl sie mit den Tränen kämpfen musste, brachte sie ein zaghaftes Lächeln zustande. Noch nie hatte ihr ein Geschenk so viel bedeutet. »Danke«, sagte sie schlicht.

Offensichtlich war die Laute für sie von viel größerem Wert als damals der kostbare Hermelin. Das gefiel ihm. »Vielleicht spielst du später für mich.«

»Wann immer du willst«, versprach sie, stellte sich auf die Zehenspitzen und küsste ihn auf den Mund.

Über eine Stunde verstrich, bevor sie die Halle betraten. Wenigstens kamen sie überhaupt dort an, was Wolf für einen gewissen Erfolg hielt. Doch als er den leeren Platz seines Bruders sah, war der Gedanke augenblicklich vergessen.

Cymbra spürte die Sorge ihres Mannes und berührte seine Hand. »Dragon erwachte am Nachmittag und trank ein bisschen Brühe, dann schlief er wieder ein«, erklärte sie, als er ihr den Stuhl zurechtrückte. Die Kräuter aus ihrem Arzneikästchen, die sie in die Brühe gestreut hatte und die dem Patienten einen schmerzfreien Schlummer ermöglichten, erwähnte sie lieber nicht. Warum sollte sie ihren Gemahl mit solchen Einzelheiten behelligen? Sein dankbarer Blick bestätigte ihr, dass sie richtig handelte.

Doch seine offenkundige Verblüffung und Freude zu Beginn des Mahls ließen ihre Zuversicht noch weiter wachsen. Wenn er den Hecht in Sahnesoße auch zunächst misstrauisch betrachtete, zerstreute doch der erste Bissen sämtliche Zweifel. Der pikant gewürzte Schweinebraten, das gekräuterte Brot, die Erbsen in Butter und die schmackhaften Jungtauben begeisterten sogar den einäugigen Olaf, der in letzter Zeit nicht mehr am gemeinsamen Abendessen teilgenommen und lieber in seinem eigenen Haus gekocht hatte, bis die Streitigkeiten der Frauen ein Ende gefunden hatten.

Dass sie tatsächlich beigelegt waren, bezeugte die ungewöhnliche Stille in der Halle. Statt wie früher laut zu lachen und zu scherzen, waren die Leute völlig in ihre Mahlzeit versunken. Schließlich blieb kein einziger Knochen übrig, den man noch hätte abnagen können. Mit zufriedenem Rülpsen und Lobeshymnen wurde Cymbras kulinarischer Erfolg gewürdigt.

Erleichtert seufzte sie auf und entspannte sich zum ersten Mal, seit sie die Halle betreten hatte – bis sie den forschenden Blick ihres Mannes bemerkte. »Stimmt etwas nicht?«, fragte sie verwirrt.

»Oh, ich frage mich nur, ob Hawk dich versteckt hat, weil er fürchten musste, seine Krieger würden niemals von der Tafel aufstehen, wenn sie deine Kochkünste genossen hätten.« Grinsend fügte er hinzu: »Oder sie hätten ihre Feinde mit Gänsekeulen oder Pasteten beworfen, um sie zu überrumpeln.«

Auch Cymbra lächelte, obwohl die Erinnerung an den Bruder ihre Freude trübte. Bleischwer lastete Wolfs Drohung, Hawk zu töten, auf ihrer Seele. Wenn sie den Jarl auch geheiratet hatte, um das zu verhindern – was würde geschehen, wenn es zu einem Kampf kam? Um ein Haar hätte sie das Thema angeschnitten, doch sie besann sich eines Besseren, weil sie das neu erlangte, gute Einvernehmen mit ihrem Mann nicht gefährden wollte.

Außerdem bezweifelte sie, dass tatsächlich ein Kampf ausbrechen würde. Hatte Wolf nicht oft genug betont, dass er ein Bündnis anstrebte? Nun musste sie Hawk nur noch von ihrem Eheglück überzeugen, und alles würde sich zum Guten wenden.

Wolf beobachtete das ausdrucksvolle Mienenspiel seiner Frau und verfluchte sich im Stillen. Warum hatte er sie inmitten schönster Harmonie an den Schatten erinnert, der über ihrem gemeinsamen Leben lag? Gewiss, er selbst dachte immer wieder daran, doch es bestand kein Grund, Cymbra auch nur indirekt darauf hinzuweisen.

Leider gelang es ihr viel zu oft, seinen Verstand zu benebeln, und das beunruhigte ihn.

Doch der kleine Misston war vergessen, als sie später neben ihm im Bett saß und auf der Laute spielte. Lächelnd entsann er sich, wie er sie mit diesem Geschenk zu Tränen gerührt hatte.

Auch am nächsten Vormittag war sie den Tränen nahe, wenn auch aus einem völlig anderen Grund. Noch nie hatte sie einen so schwierigen Patienten behandelt wie Dragon Hakonson.

»Wenn Ihr meine Anordnungen nicht befolgt«, erklärte Cymbra langsam und eindringlich, »werdet Ihr *niemals* genesen und die Folgen der Verletzung bis an Euer Lebensende ertragen müssen.«

Er zog seine dunklen Brauen zusammen und verschränkte die Arme vor seiner breiten Brust. »Was stört Euch daran? Jeder Mensch muss sein Schicksal hinnehmen.«

Mühsam zwang sie sich zur Ruhe. »Welch ein Unsinn! Aber redet Euch ruhig ein, was Ihr wollt – ich lasse nicht locker.« Statt einer Antwort zuckte er nur gleichmütig die Achseln. »Mein Mann hat mich gebeten, Euch zu helfen. Und genau das habe ich vor.« Als er immer noch schwieg, zerrte sie an dem Pelz, der die untere Hälfte seines Körpers verbarg.

Wäre er nicht so geistesgegenwärtig gewesen, hätte sie ihn vollends entblößt. »Bei Odin!«, brüllte er. »Kennt Ihr denn kein Schamgefühl!«

Doch damit hatte sie ihn wenigstens aus seiner Lethargie gerissen. Zufrieden begnügte sie sich damit, lediglich die hässliche Narbe an seinem linken Oberschenkel zu enthüllen. »Verzeiht mir, wenn ich Euch in Verlegenheit gebracht habe«, entschuldigte sie sich, betastete vorsichtig die lange, gerötete Schwellung und lächelte ihn ermutigend an. »Stellt Euch einfach vor, ich wäre ein heilkundiger *Mann*. Das wird Euch helfen.«

Hinter ihr musste sich Ulfrich plötzlich räuspern. Dann hustete er so heftig, dass sie beschloss, so schnell wie möglich ein Getränk aus schwarzer Johannisbeere und Beinwell für ihn zu brauen.

»Das dachte ich mir – die Wunde ist nur an der Oberfläche richtig verheilt. Die Vernarbung reicht viel tiefer. Deshalb sind Muskeln und Sehnen verformt. Ihr müsst sie langsam und geduldig bewegen, um die alten Kräfte wiederherzustellen.« Zögernd fügte sie hinzu: »Obwohl ich niemanden kritisieren will, aber wer immer diese Wunde behandelt hat, war ein ziemlich schlechter Arzt.«

»Ganz meine Meinung!«, betonte Ulfrich und spähte über Cymbras Schulter. Inzwischen hatte er sich von seinem Hustenanfall erholt, aber seine Stimme klang immer noch heiser. »Offen gestanden, Mylord, ich glaube, ein Blinder hätte bessere Arbeit geleistet.«

Dragon schnitt eine Grimasse. »Da ich mich selbst behandelt habe und in Eile war, solltet Ihr beide Eure Zungen hüten.«

»Also stand Euch niemand bei?«, rief Cymbra entsetzt. »Wie war das möglich?«

Seufzend erkannte er, dass ihm nichts anderes übrig blieb, als die Geschichte zu erzählen. »Auf der Rückreise von Byzanz nach Sciringesheal machte ich auf Jütland Halt. In der Nähe des Marktplatzes von Hedeby fiel ein halbes Dutzend Dänen über mich her. Natürlich tötete ich sie alle, aber zuvor hatte mich einer verletzt.«

»Jeden Einzelnen habt Ihr getötet?«, fragte Cymbra mit weit aufgerissenen Augen.

»Das sind nur Räuber und Halsabschneider gewesen, keine Krieger. Und wäre ich nicht im Schlamm ausgerutscht, hätte mich der Schurke wohl kaum verwundet.«

»Wo waren Eure Männer?«, erkundigte sich Ulfrich. Im Gegensatz zu Cymbra schien ihn Dragons Kampfkraft nicht in Erstaunen zu versetzen.

»Oh, ich war allein – weil ich eine Freundin besuchte.«

»Wahrscheinlich eine *verheiratete* Freundin«, bemerkte Ulfrich kichernd, »und Eure Anwesenheit missfiel ihrem Ehemann.«

»Mag sein«, stimmte Dragon beiläufig zu. »Ich nahm mir nicht die Zeit, das Gesindel nach seinem Auftraggeber zu fragen.«

Geflissentlich ignorierte Cymbra dieses freizügige Gespräch. Wie viel Mut und Entschlossenheit musste es Dragon gekostet haben, eine so schwere Verletzung selbst zu behandeln. Hätte er die Blutung nicht zum Stillstand gebracht, wäre er zweifellos gestorben. »Morgen beginnen wir mit Bädern, Massagen und Übungen, Dragon«, verkündete sie in entschiedenem Ton. »Außerdem werde ich Euch eine Medizin bringen, die Ihr dreimal täglich trinken müsst. Wenn Ihr gute Fortschritte macht, dürft Ihr in zwei Wochen auf den Exerzierplatz zurückkehren. Aber immer nur für eine halbe Stunde.« Aufmunternd lächelte sie ihm zu. »Das alles werde ich Wolf erklären, damit er Euch nicht zu viel zumutet und Eure Genesung gefährdet.«

Der Krieger und der weise Mann wechselten einen Blick, und Ulfrich öffnete den Mund, um Einwände zu erheben, doch Dragon kam ihm zuvor. »Braut Eure Medizin, Cymbra. Wenn sie nicht allzu scheußlich schmeckt, werde ich sie trinken. Aber was Eure anderen Anweisungen betrifft … das Fieber ist weg. Morgen kehre ich auf den Exerzierplatz zurück, und sollte ich das Gefühl haben, dass mein Bruder mich wie einen Invaliden behandelt, werdet Ihr Euch um *seine* Blessuren kümmern müssen.

»Solange Eure Wunde nicht restlos verheilt ist, wird das Fieber immer wieder zurückkehren«, erwiderte sie mit einem charmanten Lächeln. »Und falls das zu oft geschieht, wird es Eurer Manneskraft schaden.«

Dragon starrte sie mit offenem Mund an. »Nein, unmöglich!« Hilfe suchend wandte er sich zu Ulfrich. »Das ist nicht wahr – oder?«

»Ich verstehe nicht so viel von der Heilkunst wie die Lady«, entgegnete Ulfrich. »Und davon abgesehen, wie viele Männer haben eine so schwere Verletzung überlebt, um dann herauszufinden, welche Folgen sie nach sich zog?«

»Nun, vielleicht interessiert Euch das Problem nicht«,

warf Cymbra ein, »und es ist Euch wichtiger, auf dem Exerzierplatz zu brillieren als im Bett …«

»Jetzt reicht's!«, schrie Dragon, während eine tiefe Röte seine Wangen überzog – ein Anblick, der Cymbra entzückte, obwohl sie es sich nicht anmerken ließ. »Warum mein Bruder eine so dreiste Frau geheiratet hat, werde ich nie verstehen. Ihr müsstet freundlich, sanft und fügsam sein – keine Zankteufelin, die mit den Nornen reiten könnte.«

»Wer sind die Nornen?«, fragte Cymbra, obwohl sie bereits vermutete, dass die Antwort wenig erfreulich ausfallen würde.

»Die Unheimlichen Schwestern«, erklärte Ulfrich eifrig. »In blutbefleckter Rüstung reiten sie über den Himmel. Hagelkörner rieseln aus den Nüstern ihrer wilden Streitrösser. Auf den Schlachtfeldern lassen die Nornen ihre mächtigen Hörner erklingen, senden Lichtstrahlen aus den Spitzen ihrer Speere und entscheiden, welche Krieger leben oder sterben werden.«

»Ach, *diese* Nornen.« Cymbra wandte sich wieder zu Dragon. »Wenn Ihr wollt, vergleicht mich mit ihnen, doch das ändert gar nichts. In vierzehn Tagen könntet Ihr von Euren Schmerzen befreit werden, und bis zum Winter seid Ihr vollends genesen. Falls Ihr tut, was ich sage.«

»Das würde ich Euch raten«, ertönte eine fröhliche Stimme an der Tür, und Bruder Joseph trat ein. »Verzeiht mir die Störung, Lord Dragon, aber ich fand die Blutwurz, die Lady Cymbra braucht, und …«

»Wunderbar!«, rief sie. »Wo wächst sie denn? Diese Stelle müsst Ihr mir zeigen.«

»Sehr gern, Mylady«, beteuerte der Priester und wandte sich lächelnd an Dragon. »Lady Cymbra war so gütig, meine Gelenkschmerzen mit einem Umschlag zu lindern.

Glaubt mir, auf Ihre Heilkunst dürft Ihr Euch rückhaltlos verlassen.«

»Wie nett«, murmelte Dragon.

»Was für ein Umschlag?«, erkundigte sich Ulfrich.

»Gerste, Stiefmütterchen, Raute und Rosmarin«, antwortete Cymbra. »Zuerst muss man die Gerste kochen. Aber sie darf nicht zu weich werden …«

In diesem Augenblick trat Wolf über die Schwelle und beobachtete, wie die beiden Geistlichen aufmerksam seiner Gemahlin lauschten, während sein Bruder die Augen verdrehte. Natürlich kam er nur hierher, um nach Dragon zu sehen – und keineswegs, weil er Brita im Küchentrakt begegnet war und befürchten musste, Cymbra wäre allein mit dem Mann, der schon zahllose Frauen in Betten, Heuhaufen oder sonst irgendwohin gelockt hatte.

Dieser Mann war sein Bruder und Cymbra seine Frau. Beiden vertraute er, dennoch ließ der Gedanke, dass sie allein waren, ein Unbehagen in ihm aufsteigen, das ihn beschämte.

Jetzt fühlte er sich wie ein Narr. Erstens waren sie nicht allein, und zweitens sah Dragon so aus, als wollte er Cymbra eher erwürgen als verführen – was Wolfs Stimmung augenblicklich hob. »Offenbar bist du in guten Händen.«

»Ich werde niemals heiraten!«, gelobte Dragon mit einem viel sagenden Blick in Cymbras Richtung. »Ehefrauen erlauben sich einfach zu viel. Ebenso gut könnte sich ein Mann einen Ring durch die Nase ziehen.«

Wolf lachte. Anscheinend hatte seine süße Frau die Situation voll im Griff. »Kehrst du morgen auf den Exerzierplatz zurück, Dragon?«

In der Stille, die dieser Frage folgte, drehte sich Cymbra zu ihrem Mann um und reckte das Kinn. »Ich glaube, ich sollte auch für dich eine Medizin brauen. Mit viel Thymian – der wird dir helfen, *klar zu denken.*«

Er schloss aus dieser Ankündigung, dass Dragons Genesung noch eine Weile dauern würde.

»Zweifellos ist sie das Werkzeug einer sächsischen Verschwörung und Alfred steckt dahinter. Jetzt sitzt er in Wessex und lacht sich ins Fäustchen.«

Wolf, der nackt und schweißnass auf einer Bank lag, hob den Kopf und schaute seinen Bruder an. »Daran habe ich ebenfalls bereits gedacht. Wenn es so wäre, müssen die Sachsen die *Dänen* verleitet haben, Cymbra zu entführen.«

Stöhnend goss Dragon noch eine Kelle Wasser auf die heißen Steine, ehe er wieder auf seine Bank sank und sich vom Dampf in der Sauna einhüllen ließ.

An diesem Tag war er auf den Exerzierplatz zurückgekehrt, nachdem ihn seine Schwägerin vierzehn Tage lang gequält hatte. Er war gestreckt, geknetet, mit Fäusten bearbeitet, verrenkt und zu unzähligen Übungen gezwungen worden, die seine Sehnsucht nach einem blutüberströmten Schlachtfeld und einem barmherzigen Tod geweckt hatte.

Sogar Wolf, der an ein hartes Leben gewöhnt war, staunte über die teuflischen Folterungen, die sich seine hübsche Frau ausgedacht hatte. Obwohl Dragon es niemals zugeben würde, wirkte sein Bein wesentlich kräftiger, wie Wolf in den letzten Stunden erkannt hatte. Träge kratzte er seine Brust und räkelte sich auf der Bank. Das Holz unter seinem Rücken fühlte sich kühl an, zumindest im Vergleich zur Hitze in der Sauna. »Wenn du dir nicht jede Nacht ein Mädchen ins Bett holen würdest, wärst du längst wieder gesund.«

Erbost spähte Dragon durch den Dampf, der nach Tannennadeln duftete. »Ich will nur sichergehen.«

»Sichergehen?«, wiederholte Wolf belustigt. »Machst du Witze? Seit wann musst du dich in dieser Hinsicht vergewissern?«

»Seit deine liebe Frau mir prophezeit hat, ich würde meine Manneskraft verlieren, wenn ich ihr nicht gehorche.«

Abrupt setzte sich Wolf auf und runzelte ungläubig die Stirn. »Das hat sie wohl kaum behauptet!«

»Doch. Mit einem bezaubernden Lächeln warf sie mir vor, ich würde lieber auf dem Exerzierplatz brillieren als im Bett.«

»So hat sie mit dir geredet?« Fassungslos schüttelte Wolf den Kopf. Sein Bruder musste sie missverstanden haben. Cymbra, die ihm beim Liebesspiel nur schüchtern gestand, was ihr gefallen würde – mit hochroten Wangen und unfähig, seinem Blick zu begegnen –, sollte so freizügig gesprochen haben? Nicht mit ihm, sondern mit einem anderen Mann? *Cymbra?*

Dragon nickte grinsend. »Wenn du ihr verrätst, dass ich es dir erzählt habe, werfe ich dir eine Streitaxt an den Kopf. Jedenfalls ist sie mindestens ebenso klug wie schön.«

»Welch ein erschreckender Gedanke …«

Sie klopften sich gegenseitig mit Birkenzweigen ab und rannten zum eisigen Fluss hinab. Danach saßen sie in der Halle, lauschten dem Skalden und leerten ein Fass Ale.

»Wann haben wir uns das letzte Mal zusammen betrunken?«, fragte Wolf einige Zeit später. Inzwischen saßen sie vor der Halle auf dem Boden, aber er konnte sich nicht daran erinnern, wann sie hinausgegangen waren. Am Himmel funkelten Milliarden von Sternen, getrennt durch das breite Silberband, auf dem die Götter zu glorreichen Schlachten ritten.

»Oh, das ist verdammt lange her«, erwiderte Dragon. »In Zukunft sollten wir das öfter tun. Gute Wikinger müssen sich regelmäßig betrinken.« Nachdem er eine Weile nachgedacht hatte, fügte er hinzu: »Und plündern. Das erwartet man von uns.«

»Nun, die Zeiten ändern sich.«

»Unsinn!«

»Sieh uns doch an!« Wolf zeigte zur Stadt hinab. »Wir kämpfen nur noch, wenn es unbedingt sein muss – wenn uns die verdammten Dänen oder Sachsen herausfordern. Ansonsten treiben wir Handel und verdienen unseren Lebensunterhalt auf ehrliche Weise …«

»Tatsächlich?« Dragon lachte spöttisch.

»Jedenfalls machen wir Geschäfte. Aber auch andere Dinge haben sich geändert. Glaubst du, Bruder Joseph bleibt hier, weil ihm das Klima gefällt?«

»Was stimmt denn nicht mit unserem Klima?«

»Das sollte doch nur ein Beispiel sein. Er ist hier, weil die Leute an seinen Lippen hängen. Sogar *ich* höre ihm manchmal zu.«

»Tatsächlich? Was sagt er denn?«

Stirnrunzelnd suchte Wolf nach den richtigen Worten, wenngleich er ihren Sinn nicht ganz verstand. »Dass wir einander lieben sollen.«

Dragon schwieg und nahm einen Schluck aus seinem Trinkhorn. »Meint er, jeder müsste jeden lieben?«

»Ja, wahrscheinlich«

»Warum?«

»Weil wir alle Kinder Gottes sind – und weil er seinen Sohn auf die Erde geschickt hat, der für uns gestorben ist.«

»Also ein Opfer.« Das war etwas, was Dragon nachvollziehen konnte. »Jetzt erlaubst du unseren Leuten keine Opferfeste mehr, nicht wahr?«

Wolf zögerte und erinnerte sich an die Geschichten, die sein Vater ihm erzählt hatte – von Männern, Frauen und Kindern, die Aesir und den großen Göttern geopfert worden waren. An den Ästen der Bäume hatten sie gehangen, und ihr Blut war neun Tage lang herabgeronnen, um das Erdreich zu tränken. Opfergaben waren immer noch Teil des Lebens der Wikinger, doch allmählich gerieten sie in Vergessenheit und wurden ersetzt – wodurch? Vielleicht durch andere Möglichkeiten? Andere Hoffnungen? »Wenn hin und wieder der Hals einer Ziege aufgeschlitzt wird, stört es mich nicht«, erklärte er und leerte sein Trinkhorn.

Erst viel später betrat er sein Haus und sang vor sich hin. Entschlossen, seine Frau nicht zu wecken, legte er einen Finger an seine Lippen. »Pst!«, ermahnte er sich, was ihn zum Lachen brachte. Er verlor das Gleichgewicht und stieß gegen den Tisch.

Auf unsicheren Beinen stolperte er zum Bett, das sich plötzlich bewegte. *Darüber muss ich mit Cymbra reden … ein Bett darf sich nicht bewegen – es sei denn, ich liege mit ihr drin …* Es gelang ihm nicht, sein Ziel – das Bett – zu erreichen, also wankte er zur Tür zurück.

Belustigt saß Cymbra im Bett und beobachtete ihn. Sie wusste, wie gern sich die Männer betranken, aber sie hatte nicht erwartet, ihren Mann jemals in diesem Zustand zu sehen. Nun, vielleicht tat es ihm gut, wenn er seine eiserne Selbstbeherrschung hin und wieder ein bisschen lockerte. Wenigstens war er bester Laune. Jetzt sang er wieder und ermahnte sich, den Mund zu halten. Aber wenn er noch lange so unkontrolliert herumtorkelte, würde er sich womöglich das Genick brechen. In eine Decke gewickelt, stand sie auf und holte Wolf, der inzwischen ins Freie gewankt war, ins Haus zurück. Verwundert blinzelte er, dann schenkte er ihr sein herzerweichendes Lächeln. »Cymbra, *Elskling*, gerade wollte ich dich suchen.«

Meine Liebste, hatte er sie genannt. Wie nett – obwohl er sich erst betrinken musste, um solche Worte auszusprechen. »Ja, ich weiß. Komm jetzt.«

Fügsam wie ein Lamm ergriff er ihre Hand und ließ sich ins Haus führen. Dann umschlang er ihre Taille mit beiden Armen und sank mit ihr aufs Bett. »Habe ich dir schon gesagt, wie schön du bist?«

»Nicht direkt, aber du hast es angedeutet.« Sie stemmte sich gegen seine Schultern und versuchte, unter ihm hervorzukriechen. »Lass mich aufstehen, ich will dir die Stiefel ausziehen.«

»Tatsächlich?«

»O ja.« Noch ein kraftvoller Stoß, und sie war frei, wenn auch nur, weil er sich auf den Rücken gewälzt hatte.

Grinsend starrte er die Zimmerdecke an. »Was für eine gute Ehefrau du bist ...«

»Besten Dank.« Sie trat ans Fußende des Betts, packte einen Stiefel und begann daran zu zerren.

»Eigentlich dachte ich, es würde nicht gut gehen.«

»Wie bitte?« Das bleischwere Gewicht seines Beins schmerzte in ihren Armen, doch sie zog so heftig daran, dass der Stiefel nach einer Weile am Boden landete.

»Immerhin bist du eine Sächsin. Deshalb habe ich mit Schwierigkeiten gerechnet. Und wie du aussiehst ...« Seufzend nickte er. »Das ist am allerschlimmsten ...«

»Vorhin sagtest du, ich wäre schön.«

»Andere Männer finden das auch, darin liegt das Problem. Und noch etwas – in deiner Nähe kann ich nicht klar denken. Dauernd stelle ich mir vor, du würdest deine zauberhaften Beine spreizen und …«

Nun fiel der zweite Stiefel zu Boden, was ihn einen Moment lang ablenkte. Als Cymbra die Pelzdecken über ihren Mann breitete, versuchte er sie festzuhalten, aber sie wich blitzschnell zurück.

Gekränkt wie ein Kind, dem man sein Lieblingsspielzeug weggenommen hatte, starrte er sie an. Dann sank sein Kopf ins Kissen, und wenige Sekunden später schnarchte er geräuschvoll.

Cymbra überlegte, ob sie sich zu ihm legen und wieder schlafen sollte, doch sie war nicht müde. Bald würde der neue Tag anbrechen, und es gab viel zu tun. Während sie sich anzog und den Schlüsselbund an ihrem Gürtel befestigte, summte sie leise vor sich hin. Liebevoll musterte sie ihren Gemahl. Er hatte Arme und Beine ausgestreckt und nahm fast das ganze breite Bett ein. Eine ebenholzschwarze Locke hing ihm in die Stirn, und seine dichten Wimpern warfen Schatten auf seine Wangen. Im Schlummer entspannten sich seine Züge, was ihn jünger und weniger wie die Furcht erregende Geißel der Sachsen aussehen ließ.

Vielleicht hatte er so ausgesehen, bevor er mit der Härte des Lebens konfrontiert worden war. Bei diesem Gedanken spürte sie einen Stich in ihrem Herzen. Fürsorglich vergewisserte sie sich, dass er zugedeckt war, ehe sie einen Kuss auf seine Stirn hauchte. An der Tür warf sie einen letzten Blick über die Schulter. Offensichtlich meinte es das Schicksal gut mit ihr.

Einen besseren Gemahl konnte sie sich gar nicht wünschen, und sie zweifelte keine Sekunde lang am Erfolg ihrer Ehe.

12

Nein, ich bin mit einem anmaßenden, gefühllosen Wikinger verheiratet – und schrecklich dumm gewesen, weil ich mich in Illusionen gewiegt habe …

Von diesen düsteren Gedanken gepeinigt, starrte Cymbra ihren Mann an und stieß die erstbesten Worte hervor, die ihr in den Sinn kamen. »Das meinst du nicht ernst!«

Sie standen am offenen Tor im Erdwall. Soeben war Cymbra aus der Stadt zurückgekommen, wo sie die Verbrennungen eines kleinen Jungen behandelt hatte, der in eines der zahlreichen offenen Feuer gefallen war. Glücklicherweise hatte er sich nicht allzu schwer verletzt. Seine Dankbarkeit für die Linderung der Schmerzen und die Erleichterung seiner Eltern erinnerten sie wieder einmal daran, warum ihre die Heilkunst so viel bedeutete.

Und jetzt war ihre Berufung in Gefahr. Wolf war früh von seinem Besuch einer Siedlung am anderen Ufer zurückgekehrt. Als sie ihn den Hof überqueren und mit einigen seiner Männer hatte lachen sehen, hatte sie versucht, sich unsichtbar zu machen. Doch diesmal hatte ihr die Tarnung des schlichten grauen Umhangs nichts genutzt.

Geradewegs war er auf sie zugegangen, hatte die Situation mit einem Blick erfasst und seinen Entschluss verkündet.

»Ich darf nicht mehr in die Stadt gehen?«, stieß sie jetzt hervor, nachdem sie sich von ihrem ersten Schrecken erholt hatte. »Nicht einmal mit einer Eskorte? Das ist doch absurd! Ich bin keine Gefangene, sondern …«

»Meine Frau«, ergänzte er und packte sie an den Schultern. »Eine ungehorsame Ehefrau! Oder willst du behaupten, du hättest nicht gewusst, dass du die Festung nur mit meiner Erlaubnis *und* einer Eskorte verlassen darfst?«

»Natürlich wollte ich dich fragen, aber du warst nicht da. Und weil sich ein kleiner Junge verletzt hatte, konnte ich nicht warten.«

»Man hätte das Kind hierher bringen müssen«, erwiderte er und krallte seine Finger in den grauen Wollstoff. Wäre ihm Cymbras anmutiger Gang nicht aufgefallen, hätte er sie in ihrer Verkleidung wohl kaum erkannt. Argwöhnisch runzelte er die Stirn. »Wie oft hast du dieses Ding schon getragen – und dich darin versteckt, um dich meinen Wünschen zu widersetzen?«

Unfähig, seinen Blick zu erwidern, starrte sie auf seine muskulöse Brust und schluckte. »Nicht oft. Nur wenn es nötig war.«

Jedenfalls oft genug, dachte Wolf erbost. Wäre sie nicht seine Frau, würde er sie streng bestrafen. Um die überlebenswichtige Disziplin in seiner Festung aufrecht zu erhalten, durfte er keinen Ungehorsam dulden. Ohne Rücksicht auf persönliche Gefühle musste er entsprechende Maßnahmen ergreifen. Das wusste er. Trotzdem konnte er sich nicht dazu durchringen, so zu reagieren, wie er es sollte. »Ob irgendetwas nötig ist, hast du nicht zu entscheiden. Du bist verpflichtet, meine Befehle zu befolgen. Unter allen Umständen.«

Eine innere Stimme ermahnte Cymbra, ihn nicht herauszufordern. Hatte er nicht erwähnt, ein Mann würde seiner Frau viel eher einen Gefallen erweisen, wenn er gut gelaunt war? Wäre sie vernünftig, würde sie ihn besänftigen und weibliche Listen anwenden, um ihren Willen durchzusetzen.

Doch offensichtlich zählte die Vernunft nicht zu ihren

Stärken. »Und wenn diese Befehle unsinnig sind? Glaubst du wirklich, in deiner Stadt könnte mir etwas zustoßen? Niemand wäre so dumm, deinen Zorn heraufzubeschwören.«

»Niemand?« Wolf hob die Brauen. »Nur meine sächsische Ehefrau ...« Als sie protestieren wollte, schnitt er ihr zornig das Wort ab. »Von Anfang an bin ich dir geduldig und nachsichtig begegnet, das tue ich immer noch. Sonst würde ich dich für deinen Eigensinn strafen.« Er umfasste ihr Kinn und zwang sie, ihn anzusehen. »Damit wir uns verstehen, teure Gemahlin – hier ist mein Wort Gesetz, und du wirst tun, was ich dir sage. Sonst wirst du in Zukunft die Konsequenzen deines Ungehorsams zu tragen haben. Ist das klar?«

Wütend ballte sie die Hände zu Fäusten. »Also spielt mein eigenes Urteilsvermögen keine Rolle? Bin ich die Sklavin deines Willens? Gehöre ich zu deinen Leibeigenen? Allein schon der Gedanke an diese armen Geschöpfe widert mich an. Ebenso das Leid, das ich ringsum sehe – und das man in manchen Fällen so leicht mildern oder gänzlich vermeiden könnte. Ich weiß, das Leben in diesem Land ist hart – du hast es schon mehrmals betont. Gerade deshalb sollte man sein Bestes tun, um es erträglicher zu gestalten.«

Obwohl er sie gewarnt hatte, trotze sie ihm immer noch. Sie nahm ihm sein Verhalten sogar übel. Begriff sie denn nicht, welch ungeheures Zugeständnis er ihr machte, indem er vorerst auf Vergeltungsmaßnahmen verzichtete? »Unser Leben, das du mit aller Macht erträglicher machen möchtest, hängt von Disziplin und Ordnung ab. Wenn du dich noch einmal gegen mich auflehnst, bestrafe ich dich. Das schwöre ich dir.«

Bedrückt erkannte er die Angst in ihren schönen Augen, aber auch jenen Mut, den er immer wieder bewunderte. »Würdest du mich an den Marterpfahl binden und auspeitschen lassen, so wie diesen bedauernswerten Dieb?«

Entsetzt hielt er den Atem an. Am liebsten hätte er die Arme um sie gelegt und ihr versichert, dass er so etwas niemals tun würde. Aber er musste auf seiner unbeugsamen Autorität bestehen. Er zwang sich zu einem Lächeln und ließ zärtlich seine Hände an ihren Armen hinabstreifen. »Wie dramatisch«, spottete er, kniff sie in die Hinterbacken, worauf sie leise aufschrie. »Nein, ich würde nur dafür sorgen, dass du eine Woche lang nicht sitzen kannst. Ansonsten würdest du keinen Schaden erleiden. Höchstens dein Stolz.«

»Das wagst du nicht ...«

»Nein?«, flüsterte er und zog sie an sich. Welch ein Pech, dass sie im Hof standen. Wären sie vor neugierigen Blicken geschützt, würde er sein Verlangen nicht zügeln. Sekundenlang überlegte er, ob er sie in den Stall schieben sollte, wo sich um diese Tageszeit niemand aufhalten würde. Und seiner aufsässigen Ehefrau würde ein leidenschaftliches Zwischenspiel im Heu sicher gut tun. Aber er widerstand der Versuchung. Letzten Endes würde sie sich rückhaltlos hingeben – ebenso wie er selbst. Das musste er in dieser Situation vermeiden, wenn er Cymbra jemals unter Kontrolle bekommen wollte.

Deshalb begnügte er sich mit einem Klaps auf ihre Kehrseite. »Kümmere dich wieder um deine Pflichten. Heute werden meine Männer und ich hart arbeiten, und wir freuen uns auf eine anständige Mahlzeit.«

Falls er ihre Miene richtig deutete, würde er an diesem Abend einen Vorkoster brauchen. Er schaute ihr nach, dann drehte er sich um – und zuckte zusammen. Mit verschränkten Armen lehnte Dragon grinsend an einer Mauer und schien sich köstlich zu amüsieren. »Wenn du uns nur in der Kriegskunst unterrichtest, vergeudest du dein Talent«, meinte er und schlenderte zu seinem Bruder. »Erklär uns armen, umnachteten Männern lieber, wie man das schöne Geschlecht in seine Schranken weist.«

Ein Mann mit geringerem Selbstbewusstsein hätte angesichts von Wolfs Blick und den gefletschten Zähnen gezittert. »Hoffentlich geht es deinem Schenkel besser als deinem Hirn.«

Demonstrativ bewegte Dragon sein linkes Bein. »Oh, der ist so gut wie neu – dank deiner reizenden, *sanftmütigen* Gattin«, lachte er.

»Das ist nicht komisch. Mit ihrem Eigensinn bringt sie sich in Gefahr – ohne es auch nur zu ahnen.« Auf dem Weg zum Exerzierplatz fügte Wolf hinzu: »Nicht alle Männer, die hier kommen und gehen, sind mir treu ergeben.«

»Das stimmt. Aber welcher Narr würde den Tod riskieren, der ihm droht, wenn er sich an deiner Frau vergreift? Sorgst du dich wirklich um die Treue der *Männer*?«

»Versuchst du meine Gedanken zu erraten?«, fauchte Wolf.

»Die könnte sogar ein Blinder lesen. Du sorgst dich um die Loyalität deiner sächsischen Gemahlin, auch wenn ich nicht weiß, warum. Anscheinend hat sie sich gut eingelebt.«

»Ja, so *scheint* es. Aber seit unserer Trauung ist erst ein knapper Monat vergangen. In dieser kurzen Zeit konnte ich nicht herausfinden, wie es wirklich in ihrem Herzen aussieht.«

»Ist das der Grund, warum du Hawk noch nicht verständigt hast?«

»Fieberst du einer Schlacht entgegen?«

»Die wird nicht stattfinden. Wenn er hierher kommt, wird Cymbra ihm versichern, sie sei glücklich verheiratet. Das wird er als liebender Bruder, was er eindeutig ist, widerstandslos hinnehmen und das Bündnis mit uns schließen, an dem dir so viel liegt. Was wäre einfacher?«

»Nichts …« Wolfs Stimme klang skeptisch. »Vorausgesetzt, Cymbra spielt ihre Rolle halbwegs überzeugend.«

»Zweifelst du daran? Fürchtest du, sie macht dir etwas vor und verstößt gegen ihr Ehegelübde?«

Nein, dachte Wolf. Trotzdem ließ er Tage – und Nächte – verstreichen, ohne Hawk zu benachrichtigen.

Im Hochsommer leuchteten die Felder goldgelb, und man konnte sich kaum vorstellen, dass der Winter die nordischen Länder schon bald heimsuchen würde. Eisschollen würden die Seewege versperren, und wilde Stürme selbst die stabilsten Schiffe vernichten. Die Menschen würden in ihren vier Wänden bleiben und ihre Ernte verzehren, während sie sich am Herdfeuer Geschichten erzählten und die Abenteuer des nächsten Jahres planten.

Wenn Wolf zu lange wartete, würde nicht einmal der wutschnaubende Hawk in den Norden segeln können, um seine Schwester zu holen, sondern die Reise auf den nächsten Frühling verschieben. Der Jarl war versucht, sich genau für diese Möglichkeit zu entscheiden. Dann würde er Zeit gewinnen und könnte Cymbra noch fester an sich binden. Aber sie war so voller Sorge um ihren Bruder, dass er diese Idee augenblicklich wieder verwarf.

»Nur noch ein paar Tage …« Da er keine weitere Diskussion wünschte, fügte er hinzu: »Noch habe ich sie nicht völlig unter Kontrolle. Aber es dürfte bald so weit sein.«

»Wenn du meinst ...« Dragon liebte seinen Bruder zu sehr, um seine Bedenken für sich zu behalten. »Glaub mir, Loyalität und Gehorsam sind nicht immer dasselbe. Das eine wird einem freiwillig geschenkt, das andere zu oft erzwungen. Du musst entscheiden, was du wirklich willst.«

»Beides.«

»Dann hättest du eine *gefügige* Frau heiraten sollen.«

»Gibt es denn so etwas?«, seufzte Wolf.

»Auf dieser Welt wahrscheinlich nicht. Deshalb werde ich niemals heiraten, es sei denn, ich lerne eine süße kleine Frau kennen, die mir Söhne schenkt, im Winter meine Füße wärmt und mich nicht mit Widerworten ärgert.«

Wolf brach in schallendes Gelächter aus. Dragon hatte sein Ziel erreicht – seinen Bruder aufzuheitern. »Hoffentlich findest du keine solche Frau. Die würde dich zu Tode langweilen, noch ehe der Brautstrauß verwelkt.«

»Jetzt haben wir lange genug über die Weiber geredet«, entschied Dragon und legte einen Arm um Wolfs Schultern. »Wollen wir wetten, dass ich den Speer zehn Schritte weiter schleudern kann als du?«

»Nicht einmal, wenn Odin dir einen heftigen Rückenwind schenkt.«

Grinsend betraten sie den Exerzierplatz. Später, als Wolf im Fluss schwamm und die Abenddämmerung beobachtete, erinnerte er sich an die Worte seines Bruders. Hatte Dragon Recht? Vielleicht war es unmöglich, Cymbras bedingungslosen Gehorsam *und* ihre Loyalität zu gewinnen. Wenn er ihre Loyalität gewinnen wollte, musste er ihr sein Vertrauen schenken. Sollte er sich dazu entschließen? Er dachte noch immer darüber nach, während er sich abtrocknete, saubere Kleidung anzog und zur großen Halle ging.

Letzten Endes brauchte er keinen Vorkoster. Cymbra begrüßte ihn höflich. Von ihrem Unmut war ihr nichts mehr anzumerken. In topasfarbene Seide gekleidet, das knielange Haar mit Kämmen voller Juwelen aus dem Gesicht gehalten, sah sie hinreißend aus. Lächelnd erwartete sie ihn neben seiner Tafel. Sanfter Feuerschein rötete ihre Wangen, und der betörende Lavendelduft ihres Bads stieg ihm in die Nase.

»Guten Abend.« Ihre Stimme klang kühl und ruhig, als wären sie nur flüchtige Bekannte. Ihre Selbstbeherrschung ärgerte ihn maßlos, vor allem, weil er seine eigene nur mühsam zu wahren vermochte. Formvollendet verneigte er sich.

Vom Herd in der Mitte des Raums stieg Rauch auf. Zwischen den Tischen liefen Kinder umher und spielten mit übermütigen Hunden. Die Leute fanden sich zu mehreren Gruppen zusammen und plauderten über die Ereignisse des Tages. Alles war ganz normal …

Nur die sächsische Frau des Jarls, von Frigg begünstigt, die Freude und der Fluch seines Lebens, wirkte seltsam fehl am Platz. Aber er würde ihr schon noch beibringen, sich anzupassen – auf jene hintergründige Art, die er an intriganten Höfen gelernt hatte, vom dunklen Gewässer Dubhlinhs bis zum trügerischen Byzanz.

Während der Mahlzeit, die so schmackhaft wie eh und je war, seit sie die Haushaltsschlüssel übernommen hatte, lobte er mehrmals ihre Kochkunst und bemerkte ihre kaum verhohlene Überraschung angesichts seiner Höflichkeit. »Einen besseren Schellfisch habe ich noch nie gegessen. Obwohl ich keinen Fisch mag, aber dieser ist ein Gedicht.«

Cymbra nahm kaum einen Bissen zu sich. »Oh, du magst keinen Fisch?«

»Nicht besonders. Vielleicht habe ich als Kind zu viel davon gegessen.«

Als Kind … Vor ihrem inneren Auge erschien das Bild eines schwarzhaarigen Jungen mit grauen Augen voller Übermut, und ihre Herz erwärmte sich. »Warum?«, fragte sie, obwohl sie ihn damit nur von der Befangenheit ablenken wollte, die plötzlich von ihr Besitz ergriffen hatte.

Wolf nahm einen Schluck Honigwein aus seinem Trinkhorn und stellte es in den schmiedeeisernen Ständer zurück. »Manchmal hatten wir kein Futter für die Tiere und mussten sie schlachten. Zum Großteil war das Fleisch ungenießbar. Wenn ein Unwetter die Ernte vernichtete, ernährte uns nur noch das Meer.«

»Oh, ich wusste gar nicht, was für ein beschwerliches Leben du geführt hast.«

»So gut wie jetzt ging es uns nicht immer. Früher ging es an diesen Küsten reichlich übel zu. Viele Festungen wurden mehrmals überfallen. Auch unsere. Mein Vater versuchte uns zu schützen, aber unsere Wälle wurden immer wieder niedergerissen. Während die Plünderer alles mitnahmen, was sie finden konnten, und den Rest verbrannten, mussten wir fliehen und uns verstecken.«

»Und wie bist du zu all dem hier gekommen?« Cymbra zeigte auf die goldenen und silbernen Trophäen an den Wänden und auf die kostbaren Behänge.

»In meinem zwölften Lebensjahr wurden wir wieder angegriffen. Diesmal starben meine Eltern – und viele mehr. Für Dragon und mich blieb nichts übrig, also fuhren wir zur See«, antwortete er nach kurzem Zögern.

Erwartungsvoll schaute sie ihn an. Als er schwieg, wandte sie sich ihrem Schwager zu. »Wie alt wart Ihr damals, Dragon?«

»Acht.«

»Hattet Ihr Angst?«

»Eigentlich nur, dass Wolf mich im Stich lassen würde.« Lächelnd zwinkerte er seinem Bruder zu. »Doch das tat er nicht. Vor dem Grab unserer Eltern legte er einen Arm um meine Schultern und versprach mir, alles würde sich zum Guten wenden.«

Schweren Herzens stellte sich Cymbra die beiden Jungen vor, die allein in eine feindliche Welt hinausgezogen waren. »Ihr müsst Euch glücklich schätzen, weil Ihr überlebt habt.«

»Nicht nur das«, erwiderte Dragon leichthin. »Wolf wusste stets, auf welchen Schiffen wir anheuern mussten. Für sein Alter war er groß, und er verstand es, sein Schwert zu schwingen. Deshalb fiel es ihm nicht schwer, die Kapitäne von seinen Fähigkeiten zu überzeugen. Erst danach erwähnte er, dass ich ihn begleiten würde.«

Lächelnd schauten sich die beiden Männer an. Die schmerzliche Vergangenheit, an der viele Menschen zerbrochen wären, hatte die Brüder Hakonson anscheinend gestärkt.

»Und so segelten wir um die Welt«, fuhr Dragon fort. »Überall studierte Wolf die Art und Weise, wie die Männer kämpften und sich verteidigten. Während die anderen …« Er unterbrach sich und suchte nach den passenden Worten für ihre zarten Ohren, »… sich entspannten und amüsierten, zeichnete er Skizzen von Festungen und fragte die Einheimischen nach den besten Methoden, um Stahl zu schmelzen.«

Skeptisch wandte sich Cymbra zu ihrem Gemahl. »Hast du dich niemals – *entspannt*?«

»Mein Bruder übertreibt.« Wieder einmal nahm ihr sein

Lächeln den Atem. »Und ich glaube, diese Frage kannst du selbst beantworten.«

Errötend starrte sie auf ihren Teller. Natürlich – seine betörenden Liebeskünste konnte er wohl kaum beim Studium diverser Festungen und Gesprächen mit Schmieden erworben haben.

»Iss doch endlich«, mahnte er. »Nachdem du dir so viel Mühe mit der Mahlzeit gegeben hast.«

Als sie sich an seinen Befehl am Nachmittag erinnerte, sich um das Essen zu kümmern, erwiderte sie bissig: »So mühsam war es nicht.«

»Doch, gewiss. Warum willst du es bestreiten?«

»Ein gutes Essen lässt sich genauso einfach zubereiten wie ein schlechtes. Man braucht nur ein bisschen nachzudenken.«

»Du bist viel zu bescheiden. Sicher muss man sich gewaltig anstrengen, um ein solches Festmahl aufzutischen«, meinte Wolf und deutete auf die üppig gefüllten Platten.

»Keineswegs.«

»Das kann ich nicht glauben. Ohne deine Anweisungen hätten die Dienerinnen diese Mahlzeit niemals zustande gebracht. Also musst du stundenlang in der Küche gestanden und dich um jede Einzelheit gekümmert haben ...«

»Nein!«, stieß sie hervor. Zu spät bemerkte sie seine Belustigung und erkannte, dass er sie absichtlich gereizt hatte, um sie aus der Fassung zu bringen. Dragon bemühte sich, den Eindruck zu erwecken, er würde nicht zuhören, ebenso wie die anderen Tischgenossen. Aber alle bemerkten die Spannung zwischen dem Jarl und seiner Gemahlin.

Eine Spannung, die Cymbra als unerträglich empfand ... Beklommen schaute sie ihren Mann an und sehnte sich nach dem Einvernehmen zurück, das bis vor kurzem zwischen ihnen bestanden hatte. »Wolf …«

Er beugte sich zu ihr, und sein warmer Atem streifte ihre Lippen. »Es gefällt mir, wenn du meinen Namen sagst. Vor allem in gewissen Stunden.«

Verwirrt erwiderte sie seinen Blick, und ihre kühle Zurückhaltung schmolz dahin wie Eis in der Sonne.

Auch ihre inneren Schutzwälle schienen zu zerbröckeln, wie sie erschrocken bemerkte. Nur zu gut wusste sie, welche Qualen ihr drohten, wenn sie diesen Schutz verlor. Andererseits bildeten die Barrieren auch ein Gefängnis. Und wenn sie *wirklich* frei wäre …

»Was bedrückt dich?«, fragte er leise und berührte ihre Wange. »Fühlst du dich nicht gut?«

Gerührt über seine Fürsorge – gerade in diesem Moment, wo sie so verletzlich war –, hätte sie gern beteuert, dass alles in Ordnung war, doch ihre Kehle war wie zugeschnürt. In ihren dichten Wimpern glitzerten Tränen.

Wolf unterdrückte einen Fluch. Hastig stand er auf und hob seine Frau hoch. Sofort verstummten sämtliche Tischgespräche, und das geheuchelte Desinteresse wich unverhohlener Neugier. »Lady Cymbra ist müde«, erklärte er in einem Ton, der alle Fragen und den erwarteten Protest seiner Gemahlin unterband. Während er sie an seine Brust drückte und aus der Halle trug, wehte ihr langes Haar bis zu seinen Schenkeln hinab.

Kaum hatten sie den Hof erreicht, als sie sich, wenn auch nur halbherzig, beschwerte. »Nun werden mich alle für einen Schwächling halten.«

»O nein«, widersprach er, ohne stehen zu bleiben. »Und wenn es so wäre, würde es dich stören?«

»Allerdings.«

Jetzt verlangsamte er seine Schritte. Der Mond war aufgegangen. Im silbrigen Licht wirkte Cymbras Gesicht schneeweiß. Wie üblich erweckte ihr Anblick ein drängendes Verlangen – aber auch eine tiefe Zärtlichkeit, die ihn überraschte. »Warum?«

»Weil dein Volk inzwischen auch meines ist. Also ist es doch verständlich, wenn ich mich um die Anerkennung dieser Menschen bemühe.«

Heiße Freude stieg in ihm auf. *Ihr Volk …* War sie so schnell zu dieser Überzeugung gelangt? Nach einem so wenig verheißungsvollen Anfang? Durfte er ihr glauben?

Mittlerweile musste ihr die Sorge um ihren Bruder bleischwer auf der Seele liegen. Anders konnte er sich ihre plötzliche Verwundbarkeit nicht erklären. In seine Reue mischte sich der feste Entschluss, seine Gemahlin bald von ihrer Ungewissheit zu erlösen. Bald. Aber nicht jetzt, wo er im schimmernden Mondlicht den Duft ihrer Haut einatmete, wo sein Haus nur mehr ein paar Schritte entfernt lag …

Mit einer Stiefelspitze stieß er die Tür unter den gekreuzten Äxten auf – dem Symbol seiner Macht und Verantwortung – und trat über die Schwelle. Durch die geöffneten Fensterläden fielen Mondstrahlen ins Zimmer. Die Decken des Betts waren zurückgeschlagen, und er wusste, dass sie das frische Leinen mit Kräutern aromatisiert hatte – ein Luxus, der ihm albern erschienen wäre, wenn er nicht wüsste, dass diese kleinen Extravaganzen von Cymbras Bestreben zeugten, ihm eine gute Ehefrau zu sein.

Seine Frau – seine schöne, tapfere, leidenschaftliche, *stolze* Frau, deren Hände während der Schilderung seiner harten Jugend gezittert und in deren Augen Tränen geglänzt hatten beim Gedanken an jenen unseligen Streit …

Cymbra.

Plötzlich erkannte er die Wahrheit. Obwohl seit der ersten Begegnung nur einige Wochen verstrichen waren, bedeutete sie ihm unendlich viel. Nicht nur wegen des erhofften Bündnisses. Irgendetwas in ihrem Wesen berührte einen Teil von ihm, den er bisher nicht gekannt hatte – weder Dragons verantwortungsbewussten Bruder noch den gebieterischen Jarl, den tödlichen Krieger oder den Friedensstifter –, sondern einfach nur den *Mann*.

Dafür liebte er sie. Erschrocken hielt er den Atem an. Liebe? Schwäche, Verletzlichkeit, eine Art von Wahnsinn, die den Verstand umnebelte und den vernünftigen Mann zum Narren machte … Stets hatte er die Liebe verachtet und sogar ihre Existenz bestritten. Und jetzt erfüllte sie ihn ganz und gar, und er konnte sie genauso wenig aus seinem Inneren reißen wie sein Herz.

Diese Erkenntnis war ein süßer Schmerz, die zugleich ein wildes Entzücken in ihm entfachte. Seinen Arm um Cymbras Taille geschlungen, ließ er ihren Körper an sich hinabgleiten, bis ihre Füße den Boden berührten.

Verwirrt schaute sie zu ihm auf, worauf er sie fest an sich drückte, um sämtliche Zweifel an seiner Überlegenheit zu beseitigen.

Sie rang nach Luft. Sie empfand keine Angst – nur die Macht der Weiblichkeit und eine Begierde, die seiner durchaus ähnlich war. In diesem Moment fühlte er sich untrennbar mit ihr verbunden, auf eine geheime, ewige Weise, die alle Grenzen der Sterblichkeit überwand.

Hastig kleideten sie einander aus, mit bebenden, ungeschickten Händen, ohne Rücksicht auf jene Dinge, die etwas mehr Sorgfalt erfordern würden – Broschen und Schnallen, Spitzenborten und Strumpfbänder. Eng umschlungen sanken sie auf die Pelzdecken und flüsterten sich zwischen wilden Küssen halb erstickte, unverständliche Worte zu.

Wie schon so oft, war der erste leidenschaftliche Liebesakt nach wenigen Minuten beendet. Auf einen Ellbogen gestützt, streichelte Wolf die seidenweiche Haut seiner Frau, und sie spreizte erneut die Beine. Zögernd schaute er in ihre Augen.

»Bitte«, wisperte sie, »ich brauche dich ... so dringend ... bitte ...«

Langsam drang er in sie ein und richtete sich auf. Die kraftvollen Muskeln in seinen Armen vibrierten. Mit geöffneten Lippen und geröteten Wangen erwiderte Cymbra seinen Blick, und er spürte beglückt, wie rückhaltlos sie seine Glut erwiderte.

»Wie schön du bist«, flüsterte er, »so exquisit ...« Aufreizend bewegte er sich in ihr. »Einfach vollkommen ...« Während er sein Tempo beschleunigte, hob sie ihm die Hüften entgegen, während sich ihre Finger in den duftenden Kissen ineinander verschlangen. »Meine Frau – meine süße Frau«, stöhnte er an ihren Lippen. Mit einem Mal schien ihn ihr warmer Schoß noch fester zu umschließen, als wollte sie seinen Besitzanspruch bestätigen und zugleich ihren eigenen bekunden.

»So wundervoll«, flüsterte sie auf der Schwelle der Erfüllung, und sein Blick hielt ihren fest. »So wundervoll«, wiederholte sie, um zu bekräftigen, dass sie *ihn* meinte. Leise begann er zu lachen. Im nächsten Augenblick wurde auch er beinahe von seinem Höhepunkt überwältigt, und sein Lachen steigerte sich zu einem heiseren Schrei. Doch er wollte den Gipfel der Lust hinauszögern, seiner Gemahlin noch viel mehr schenken. Er ließ ihre Hände los, schob seine Finger zwischen ihre vereinten Körper und streichelte sie provozierend.

»Hör nicht auf«, flehte sie und warf ihren Kopf hin und her, »bitte, hör nicht auf ...«

»Natürlich nicht«, beteuerte er. Immer schneller bewegte er sich, ohne seine intimen Zärtlichkeiten zu unterbrechen. Schreiend bäumte sie sich auf.

»Wolf!«

Ihre Hüften fest umklammert, drang er tiefer in sie ein denn je. Von einer Ekstase überwältigt, die er nie zuvor empfunden hatte, vergaß er alles – die Welt, sich selbst –, alles außer der Frau, die sich an ihn schmiegte und seinen schweißnassen Rücken liebkoste.

Nächstes Mal wird es länger dauern, nahm er sich vor. Jeden einzelnen ihrer Atemzüge und ihrer Herzschläge wollte er auskosten. Nur ein Narr würde so viel Schönheit und Leidenschaft bei einem überstürzten Liebesakt vergeuden.

Offensichtlich *war* er ein Narr, denn er konnte sich auch beim dritten Mal nicht zurückhalten, obwohl er – bei Odin – sein Bestes tat. Wie Cymbras leises Gelächter verriet, gefiel ihr seine mangelnde Selbstkontrolle. Sein Kopf lag zwischen ihren vollen Brüsten. Als er sie immer noch lachen hörte, hob er den Kopf und musterte sie mit zusammengekniffenen Augen. »Amüsiere ich dich?«

Verführerisch blickte sie auf ihn hinab. »Du *beglückst* mich.«

»Wirklich?« Er spürte, wie seine Männlichkeit wieder anschwoll – was auch seiner Frau nicht entging, die entzückt die Brauen hob.

»Wolf ...«

»Hm?« Er gab vor, sich von ihr herabgleiten zu lassen,

hielt jedoch sofort inne, als er ihre Hände auf seinem Hinterteil spürte. »Oh, *das* willst du …«

Was sie wollte, gab sie ihm deutlich zu verstehen. In einem roten Nebel explodierte die Lust, und dann lag er wieder auf Cymbras bebendem Körper – atemlos und leicht benommen. Es dauerte eine Weile, bis er wieder klar denken konnte. Diesmal lachte sie nicht, doch er wusste, dass sie lächelte – obwohl er zu schwach war, um den Kopf zu heben.

Irgendwann erwachte er und fühlte ihren seidigen Schenkel über seinem und die Wölbung ihrer Brüste an seinem Arm. Von neuem Verlangen erfüllt, betrachtete er seine schlafende Frau. Nein, er durfte sie nicht wecken, sie brauchte jetzt ihre Ruhe.

Ihr Schenkel bewegte sich, warm und feucht von seinen und ihren Säften. Verlockend, betörend. Sie richtete sich auf, lächelte ihn an und warf ihr Haar in den Nacken. Würde ihm ein tödlicher Kampf im Ehebett das Tor von Walhalla öffnen? Er überlegte, wie er sich vor Odin und all den Göttern rechtfertigen könnte. Sicher würden sie den liebestollen Krieger auslachen. Aber er hätte immerhin eine Verbündete – Frigg würde ihn freundlich willkommen heißen und ihm einen Platz an ihrer Seite anbieten.

»Wir sollten Frigg ein Opfer bringen«, flüsterte er später. »Vielleicht möchtest du diese alte Tradition wieder aufleben lassen.«

Statt zu antworten, seufzte sie leise, und er spürte ihren Atem an seiner Brust. Nach einer Weile dachte er, sie wäre eingeschlafen, doch sie hob den Kopf und betrachtete ihn im Mondlicht. Was las er in ihren Augen? Ein Zögern? Angst? Nein, sicher nicht.

»Was ich dich schon lange fragen wollte …«, begann sie. »Du hast mir nicht gesagt …« Beklommen senkte sie den Blick und augenblicklich wusste er, was sie meinte. Er hätte längst mit ihr darüber sprechen müssen, statt feige zu schweigen und den entscheidenden Moment immer wieder hinauszuschieben.

»Nein«, gestand er, zog sie zu sich herab und fühlte ihre weichen Lippen an seiner Brust. »Ich habe Hawk noch nicht verständigt.«

»Warum nicht?«, wisperte sie nach einer langen Pause.

Warum nicht? Auf dem Schlachtfeld hatte er niemals gezaudert, ebenso wenig in anderen Situationen, die einen Entschluss verlangt hatten. Welche Antwort sollte er Cymbra geben? Dass er unsicher war? Dass sie ihm mehr bedeutete als alles andere auf der Welt – und dass er fürchtete, sie zu verlieren?

Er war ein Jarl, der über zahlreiche Krieger gebot, und er durfte keine Angst zeigen. »Weil ich dachte, ich müsste noch etwas warten. Das mag grausam klingen, aber dein Bruder wird unsere Ehe eher akzeptieren, wenn er sich eine Zeit lang um dich gesorgt hat.«

»O ja, er *wird* sich sorgen«, flüsterte sie, »und ganz schrecklich leiden.«

»Das bedauere ich …« Verblüfft erkannte er, dass er es ernst meinte. Was war mit ihm geschehen? Warum bekümmerte ihn die Verzweiflung eines sächsischen Kriegsherrn, der ihn nur zu gern nach Walhalla schicken würde?

Seufzend schmiegte sich Cymbra an ihn. Dieser Ausdruck seines Bedauerns hatte die Nacht gerettet, was er zweifellos Frigg verdankte. Und so sandte er ein stummes Dankgebot zum Himmel.

Cymbra schlief ein, und bald versank auch Wolf in einem leichten Schlummer, wie er ihn aus kurzen Gefechtspausen kannte. Im Morgengrauen erwachte er, von seltsamer Energie getrieben. Vorsichtig stand er auf, um Cymbra nicht zu wecken. Dann schlüpfte er in eine Hose und verließ das Haus. Wohlig streckte er seine Glieder im ersten Tageslicht und fühlte sich besser denn je. Was wünschte sich Dragon? Eine kleine Frau, die ihm Söhne schenkte und im Winter seine Füße wärmte? Wolf lachte. Eine Verführerin, die ihn abwechselnd ärgerte und bezauberte, gefiel ihm viel besser. Eine starke Frau, eine ebenbürtige Partnerin, mit der er sein Leben teilen wollte ...

Vom Nebel des Meeres durchdrungen, liebkoste die Morgenluft seine nackte Brust, und er wischte die Tautropfen ab, die sich auf seiner Haut bildeten. Seine Gedanken überschlugen sich. Was hatte Dragon sonst noch gesagt? Um Cymbras Loyalität zu erringen, müsste er ihr vertrauen? Das klang wie ein Bündnis zwischen Jarls, nicht zwischen Eheleuten. Zumindest hatte sich Wolf die Ehe anders vorgestellt.

Vielleicht sollte er noch einmal darüber nachdenken – und den Nornen danken, die ihm eine stolze, kühne Frau geschenkt hatten – die wie geschaffen war für einen Wikinger.

Und vielleicht sollte er jetzt ins Haus zurückkehren, seine Hose ausziehen und seine Verführerin lieben, bis sie seinen Namen rief und ihn in triumphaler Kapitulation umschlang.

Als er die Tür öffnete, hörte er Hufschläge, die das morgendliche Schweigen wie Donnergrollen erschütterten. Verwundert drehte er sich um und sah einen Reiter den Hang in Richtung des Erdwalls heraufgaloppieren.

Seine Schultern strafften sich. Lautlos schloss er die Tür,

hinter der seine Gemahlin schlummerte, und eilte zum Tor, noch immer mit entblößter Brust. Nur sein hoch erhobener Kopf bekundete seinen Rang.

13

Im Schutz des Vordachs der Weberei zog Cymbra einen Zipfel ihres Umhangs über den Kopf und beobachtete das Wasser, das aus der Traufe des Hauptgebäudes rann. Es regnete. Immer noch. Sekundenlang schloss sie die Augen und versuchte, sich an den Sonnenschein zu erinnern. Seit Wolfs Abreise vor einer Woche goss es ununterbrochen, und die Leute begannen sich Sorgen zu machen. Wenn es nicht bald zu regnen aufhörte, wäre die Ernte gefährdet.

Sie sah den alten Ulfrich durch den Schlamm waten und eilte zu ihm. Erfreut lächelte er ihr zu.

»Wie geht es Eurer Brust?«, fragte sie auf dem Weg in die Halle.

»Danke, viel besser. Eure Medizin hat wahre Wunder gewirkt.«

Sie nickte, obwohl ihr sein Husten immer noch Sorgen bereitete. In diesen Tagen bereitete ihr fast alles Sorgen – die Angst um ihren Bruder, die ungewisse Zukunft und ein Gefühl der Verletzlichkeit, das sie weder leugnen noch erklären konnte. »Bei diesem Wetter solltet Ihr in Euren vier Wänden bleiben. Die Feuchtigkeit schadet Euch.«

Statt zu antworten, lächelte er nur. Was ihn ins Freie trieb, wusste sie ohnehin. Jeden Tag betete er auf den Feldern, brachte den Göttern Opfer dar und tat sein Bestes, um besseres Wetter heraufzubeschwören. Auch Bruder Joseph betete inbrünstig in dem kleinen Gebäude, das er mit Wolfs Erlaubnis in eine Kapelle verwandelt hatte. Zwei Geistliche zweier verschiedener Religionen bemühten sich mit vereinten Kräften um das Wohl der Gemeinde. Inständig hoffte Cymbra, sie würden den ersehnten Erfolg erzielen.

Der Mönch saß bereits in der Halle vor dem Feuer. Sobald er die beiden eintreten sah, sprang er auf, rückte einen Stuhl für Ulfrich zurecht und nahm ihm den nassen Umhang ab. »Hier, hüllt Euch in diese Decke, die ich schon gewärmt habe.«

Dankbar gehorchte Ulfrich.

Cymbra legte ihren Umhang ab, der nach feuchter Wolle roch, und wies lächelnd die Decke zurück, die Bruder Joseph ihr anbot. »Ich war nur ein paar Minuten draußen, und ihr müsst Euch selbst vor einer Erkältung schützen.«

Wie sie erst jetzt bemerkte, war er völlig durchnässt. »Nun ja, ich war auf den Feldern.« Als er Cymbras überraschte Miene sah, fügte er hinzu: »Natürlich bete ich sehr gern in der Kapelle, die mir Lord Wolf zur Verfügung gestellt hat. Aber Gott ist überall in seiner Schöpfung zu finden.«

Tief beeindruckt von diesen weisen Worten neigte Ulfrich den Kopf, nahm einen Becher entgegen, den Brita ihm reichte, und nickte ihr freundlich zu. Die junge Irin brachte auch Cymbra und Bruder Joseph etwas zu trinken, ehe sie sich zögernd auf den Stuhl setzte, den ihr die Herrin anbot.

»Mittlerweile hat Brita gelernt, wie man Eure Medizin zubereitet, Ulfrich«, erklärte Cymbra. »Sie ist eine gute Schülerin.«

Erfreut über das Lob errötete Brita, und Cymbra lächelte. Doch ihr Lächeln erlosch augenblicklich, als sie sich daran erinnerte, wie unglücklich die Sklavin gewesen war und wie sie selbst unter der Verzweiflung des Mädchens gelitten hatte. Obwohl Brita jetzt ein wesentlich angenehmeres Leben führte, spürte Cymbra immer noch jene Qualen, was ihr Unbehagen verstärkte. Früher hatte sie sich gegen solche Gefühle abgeschirmt, doch nun stürmten sie manchmal ohne Vorwarnung auf sie ein, ohne ihr Zeit zu lassen, sich dagegen zu wappnen.

Trotzdem beobachtete sie zufrieden die Veränderung, die mit Brita vorgegangen war. In ihrer neuen Tunika sah sie sehr hübsch aus. Seit ihre Herrin für besseres Essen und leichtere Arbeit gesorgt hatte, wirkte sie viel gesünder.

Sämtliche Dienstboten – auch die Sklaven, da machte die Herrin keinen Unterschied – waren neu eingekleidet worden und freuten sich darüber.

Als sie sich umsah, bemerkte sie, dass die Halle sich langsam mit Menschen füllte, die auf der Suche nach einem trockenen Plätzchen für ihre Arbeiten waren. Lebhaft unterhielten sie sich, doch Cymbra ließ sich von der zufriedenen, geschäftigen Atmosphäre keine Sekunde lang täuschen. Nicht nur sie zählte die Tage bis zur Heimkehr des Jarls.

Schaudernd beugte sie sich zum Feuer vor und starrte in die Flammen. Nur zu gut erinnerte sie sich an jenen Augenblick, als sie aus tiefem Schlaf erwacht war, noch immer ermattet nach der Liebesnacht, und eine bedrohliche Gestalt in voller Rüstung und mit schimmerndem Helm neben dem Bett gestanden hatte.

Ehe sie wusste, wie ihr geschah, hatte Wolf seine Frau hochgehoben und sie gegen den Stahl und das Leder gedrückt – ein kraftvoller Krieger. Aber sein Kuss war erstaunlich sanft gewesen.

»Bald komme ich zurück«, hatte er an ihren Lippen geflüstert. »Und bis dahin musst du dich in Sciringesheal um alles kümmern.« Behutsam hatte er sie ins Kissen zurücksinken lassen. An der Tür hatte er ihr noch einen zärtlichen Blick zugeworfen, dann war er hinausgeeilt in den Sonnenschein des letzten schönen Tages.

Cymbra hatte sich hastig angekleidet und war aus dem Haus gelaufen. Doch er war bereits mit Dragon und einem Dutzend Männer aufgebrochen. Ulfrich hatte ihr schonend beigebracht, was sich ereignet hatte. Nahe der Küste war eine Siedlung überfallen worden, vermutlich von Dänen. Nun mussten die Angreifer verfolgt und die Toten gerächt werden. Für den Jarl nur das Werk eines einzigen Tages …

Aber ein Tag nach dem anderen war verstrichen und schließlich eine ganze Woche. Alle paar Minuten blickte Cymbra zum Tor, in der Hoffnung, Wolf und seine Begleiter in den Hof reiten zu sehen. Nacht für Nacht lag sie wach, sehnte sich nach ihm und bangte um sein Leben. Tapfer redete sie sich ein, ihre Angst sei unbegründet. Immerhin war er ein berühmter Krieger, in zahlreichen Schlachten erprobt. Aber jeder Mann konnte einen Fehler begehen, eine Situation falsch einschätzen – und sterben …

»Mylady?«

Erschrocken hob sie den Kopf und begegnete Britas sorgenvollem Blick. Offenbar hatte die Irin sie angesprochen und keine Antwort erhalten.

»Stimmt etwas nicht, Mylady?«

»Alles in Ordnung«, beteuerte Cymbra und zwang sich zu einem Lächeln. »Ich war nur in Gedanken … verzeih mir.«

»Ihr solltet Euch öfter ausruhen«, mahnte Brita und fuhr mit einem Seitenblick in Richtung der beiden Geistlichen, die in ein Gespräch vertieft waren, etwas leiser fort: »Kein Wunder, dass Ihr müde seid. Und Ihr esst viel zu wenig.«

»Weil ich keinen Appetit habe«, gab Cymbra zu.

»Dagegen gibt es Arzneien – das wisst Ihr besser als ich. Harmlose Mittel, die Euch nicht schaden würden.«

Geistesabwesend nickte Cymbra, da der russische Kaufmann in diesem Augenblick die Halle betrat. Mit zusammengekniffenen Augen sah er sich im Halbdunkel um, bis er sie vor dem Feuer entdeckte und aufgeregt auf sie zueilte. »Welch ein Glück, dass ich Euch hier finde, Mylady. Die schwere Stunde meiner Nadja ist gekommen. Bitte, beeilt Euch!«

»Beruhigt Euch doch, mein Freund.« Bruder Joseph stand auf und berührte Mikals Arm. »Sogar ich weiß, wie viel Zeit sich die Kinder manchmal lassen. Und Ihr habt schon einmal irrtümlicherweise geglaubt, Euer Baby würde das Licht der Welt erblicken.«

»Diesmal ist es wirklich so weit, und Nadja hat mich gedrängt, Euch sofort zu holen, Lady Cymbra. Bitte, kommt mit mir!«

»Gestern habe ich mit Eurer Frau geredet.« Cymbra stand zögernd auf. »Und da versprach sie mir, hierher zu kommen, wenn die Wehen kommen.«

»Dazu war keine Zeit – es ging so schnell …« Mühsam rang er nach Luft, und sie sah die Angst in seinen Augen. »Mylady, ich flehe Euch an! Sie blutet! Nur ein bisschen, aber das ist doch ungewöhnlich, nicht wahr?«

Cymbra wechselte einen kurzen Blick mit Brita. »Also gut, ich komme.«

»Mylady!«, riefen Ulfrich und Bruder Joseph wie aus einem Mund. Offenbar wussten die beiden, dass sie die Festung nur mit der Erlaubnis des Jarls verlassen durfte.

Wussten es die anderen auch? Würde man sie gewaltsam zurückhalten?

»Am besten lassen wir die Frau des Kaufmanns hierher bringen«, schlug der Mönch vor.

Entschieden schüttelte sie den Kopf. »Sie sollte nicht bewegt werden, und schon gar nicht bei diesem Wetter. Wenn die Träger im Schlamm ausrutschen …« Ehe irgendjemand widersprechen konnte, wandte sie sich an Brita. »Bitte, bring mir meinen Umhang und das Kästchen mit den Arzneien. Du findest es neben dem Bett.«

»Den grauen Umhang, Mylady?«

»Ja.« Dieses schlichte Kleidungsstück würde Cymbra wenigstens halbwegs tarnen.

»Ich begleite Euch.«

»Nein, ich gehe allein«, entgegnete Cymbra.

»Aber Mylady …«, protestierte Ulfrich. »Ohne Eskorte könnt Ihr die Stadt nicht aufsuchen. Einer von uns …«

»Nein.« Sie wollte niemanden in diese Angelegenheit hineinziehen. Wenn Wolf von ihrem Ungehorsam erfuhr, sollte sein Zorn allein sie treffen. Sie spürte die kummervollen Blicke, als sie aus der Halle eilte.

Brita, die inzwischen zum Hauptgebäude zurückgekehrt war, stellte sich als ebenso eigensinnig wie ihre Herrin heraus. »Sicher braucht Ihr meine Hilfe.« Sie übergab ihr den Umhang und das Kästchen, dann hüllte sie sich in ihren eigenen Mantel. »Deshalb gehe ich mit Euch.«

Mit einer Hand hielt Cymbra das Kästchen fest, mit der anderen zog sie die Kapuze über den Kopf, während Mikal an ihrer Seite ungeduldig von einem Fuß auf den anderen trat. »Nein, Brita. Wenn du weiterhin in meinen Diensten stehen willst, wirst du mir nicht folgen.«

Die junge Irin zögerte. Ihre Miene verriet deutlich, dass genau das ihre Absicht gewesen war, falls die Herrin ihre Begleitung ablehnen würde.

»Versprich es mir!«, beharrte Cymbra. »Schwöre es beim Allmächtigen!«

Hilfe suchend blickte Brita zum Himmel hinauf. »Oh, Mylady ...«

»Ich meine es ernst. Du musst es mir schwören.« Leise fügte sie hinzu: »Wir wissen beide, warum.«

So verschieden die beiden Frauen nach ihrer Herkunft und ihrem gesellschaftlichen Rang auch waren, in diesem Moment fühlten sie sich wie Schwestern. Beide konnte der Zorn eines Mannes gleichermaßen treffen. Und beide erkannten die Gefahr, die ihnen drohte, wenn sie sich gegen den mächtigen Jarl auflehnten.

Mit sanfter Gewalt schob Cymbra die Sklavin zum Eingang der Halle, wo Bruder Joseph wartete und Britas Arm ergriff. »Komm, Mädchen, Ulfrich braucht noch ein Fläschchen mit dieser ausgezeichneten Medizin.«

Mit Tränen in die Augen drehte sich Brita zu Cymbra um. »Ich habe sie noch nie allein zubereitet.«

»Aber du kannst es, zweifellos«, versicherte Cymbra und lächelte ermutigend. »Geh jetzt. Bei diesem scheußlichen Wetter werden viele Leute unsere Hilfe brauchen, und ich verlasse mich auf dich.«

Ihre Worte schienen die gewünschte Wirkung zu zeigen. Brita folgte dem Mönch, wenn auch widerstrebend. Erleichtert atmete Cymbra auf und eilte mit Mikal die Straße zur Stadt hinab. Die meisten Leute waren in ihren Häusern, so dass sie auf den glitschigen Steinen des Kais und den Holzplanken, die über schlammige Straßen führten, nur wenigen Passanten begegneten. Ein paar Schiffe lagen vor Anker, doch die regennassen Decks waren wie leer gefegt.

Dichter Nebel umhüllte die Felseninseln, die den Hafen schützend umgaben. Nicht einmal die kühnsten Kapitäne würden es wagen, Sciringesheal anzusteuern. Vom Wind gepeitscht, schlugen hohe Wellen gegen die Kaimauer. Cymbra schmeckte Salz auf den Lippen. Die Kapuze tief in die Stirn gezogen, lief sie neben dem Russen zu seinem Haus. Mikal öffnete die Tür und ließ der Lady den Vortritt.

Rasch sah sie sich um. Alles war in Ordnung, abgesehen von den Schneidebrettern mit den Frühstücksresten, die immer noch auf dem Tisch in der Mitte des Raums lagen. Offensichtlich hatte Nadja bis vor kurzem ihre Haushaltspflichten erfüllt.

»Hier entlang.« Nervös schob Mikal einen Vorhang beiseite, hinter dem ein Alkoven lag. Den Großteil des kleinen Raums nahm ein mit üppigen Schnitzereien verziertes Bett voller Pelze und Wolldecken ein, unter dem nur Nadjas bleiches, verzerrtes Gesicht zu sehen war.

»O Mylady, es tut mir so Leid!«, klagte sie. »Ich wollte in die Festung kommen, aber dann ging alles so schnell und ...« Stöhnend streckte sie eine Hand aus, die ihr besorgter Mann sofort ergriff. »Ich habe solche Angst.«

Augenblicklich sanken die Qualen der Frau bleischwer auf Cymbras Seele herab, und sie musste nach Luft ringen. Die plötzliche Erkenntnis, dass ihre gewohnten Barrieren sie nicht vor dem Leid anderer schützen würden, ließ Panik in ihr aufsteigen. Um sich zu beruhigen, musste sie mehrmals tief durchatmen. »Schon gut, Nadja, das verstehe ich.« Sie stellte ihr Kästchen neben das Bett und legte ihren Umhang ab, während sie verzweifelt um ihre Fassung rang. Allmählich gelang es ihr, sich von den Gefühlen der Russin zu befreien. »Bitte, Mikal, erhitzt etwas Wasser.«

Er zögerte und sah seine Frau an. »Geh nur«, forderte sie ihn auf. »Jetzt ist die Lady hier, und alles wird gut.«

Mit einem letzten Blick auf Nadja verließ er den Alkoven. Die tiefe Liebe in seinen Augen krampfte Cymbras Herz zusammen.

Doch sie verbarg ihre Empfindungen und lächelte Nadja an, als sie vorsichtig die Decken beiseite schob und den gewölbten Bauch der werdenden Mutter betastete. »Mal sehen, was Euer Baby macht.« Während der nächsten Minuten stellte sie die Position des Kindes fest. Glücklicherweise war die Blutung nur leicht. Zwei Mal wurde Nadja von heftigen Wehen erfasst, und Cymbra wies sie an, dem Drang zu pressen zu widerstehen. Als die Wasserschüssel bereitstand, wusch Cymbra sich die Hände und untersuchte die Russin etwas gründlicher. Ihre Vermutung bestätigte sich. »In der Tat, die Wehen sind sehr stark, und das Kleine möchte mit aller Macht zur Welt kommen. Aber Ihr seid noch nicht bereit. Wenn Ihr es jetzt versucht, wird Euer Gewebe zerrissen werden und bluten. Bis zu einem gewissen Grad ist das schon geschehen, aber das Kind schwebt nicht in Gefahr, und Eure Wunden werden heilen.«

Sie half der Russin aufzustehen, stützte sie und wanderte mit ihr im Raum umher. Als Mikal noch mehr Wasser brachte, runzelte er verwirrt die Stirn, dann machte er sich daran, dafür zu sorgen, dass seine Frau auf den Beinen blieb. Inzwischen reinigte Cymbra ihre Instrumente, bedeckte das Bett mit einem sauberen Laken und wärmte eine weiche Wolldecke für den Säugling.

Als sämtliche Vorbereitungen getroffen waren, krümmte sich Nadja plötzlich schreiend zusammen. Cymbra und Mikal halfen ihr aufs Bett zurück. Zunächst wusste der Russe nicht, was er tun sollte, doch als er die Verzweiflung in den Augen seiner Frau sah, setzte er sich neben sie und umklammerte ihre Hand, um ihr Kraft zu geben.

Wenige Minuten später kam das Baby zur Welt. Mit einem ohrenbetäubenden Schrei glitt es aus dem Mutterleib, und Cymbra strahlte vor Freude. Eilig durchschnitt sie die Nabelschnur, wusch das Neugeborene, wickelte es in die weiche Decke und überreichte es den Eltern. Während sie ehrfürchtig das Wunder betrachteten, das sie gemeinsam vollbracht hatten, kümmerte sie sich um Nadja, wovon die junge Mutter, die völlig überwältigt vom Anblick ihres Sohnes war, nahezu nichts bemerkte.

Nachdem Cymbra all ihre Aufgaben erfüllt hatte, entspannte sie sich und freute sich mit den Eltern über das Kind, bewunderte den kräftigen kleinen Körper, das dichte dunkle Haar und den offensichtlich intelligenten Gesichtsausdruck.

Während Mikal, der vor Stolz beinahe platzte, in die Küche eilte, um eine Brühe zu kochen, ermutigte Cymbra seine Frau, den Säugling zum ersten Mal an die Brust zu legen. Erstaunt hielt Nadja den Atem an. »Oh, er weiß schon ganz genau, was er tun muss!«

»Nun, er ist ein kräftiger, gesunder Junge, und er hat zweifellos einen ausgezeichneten Appetit. In der nächsten Zeit braucht Ihr viel Ruhe, Nadja, und Ihr müsst auf nahrhafte Mahlzeiten achten. Jetzt werde ich eine Arznei für Euch vorbereiten, und während der nächsten zwei Wochen schicke ich Euch täglich ein Fläschchen davon.«

Mikal brachte seiner Frau eine Schüssel mit der Brühe,

und Cymbra machte sich an die Zubereitung der Medizin. Währenddessen öffnete sie einen hölzernen Fensterladen und schaute hinaus. Es regnete immer noch, wenn auch nicht mehr so stark. Trotzdem war es dunkler geworden, und ihr wurde schlagartig bewusst, wie viel Zeit seit ihrer Ankunft im Haus von Mikal verstrichen war.

Doch sie schob ihren Anflug von Besorgnis beiseite. Sie konnte erst in die Festung zurückkehren, wenn sie sich vergewissert hatte, dass weder Mutter noch Kind irgendwelche Gefahren drohten.

»Falls etwas Unvorhergesehenes geschieht, verständigt mich sofort«, bat sie den Russen. Angesichts seines Stirnrunzelns fügte sie rasch hinzu: »Nicht dass ich mit Schwierigkeiten rechne, schließlich ist die Niederkunft reibungslos verlaufen. Außerdem ist Euer Sohn kerngesund.«

Mikal seufzte erleichtert und griff nach seinem Umhang, als Cymbra sich zum Gehen wandte. »Natürlich begleite ich Euch, Mylady. Ihr dürft auf keinen Fall allein durch die Stadt gehen.«

»Und Ihr dürft Eure Frau und das Baby nicht allein lassen. Die beiden brauchen Euch.« Als er immer noch zögerte, fuhr sie eindringlich fort. »Wer würde mir schon etwas antun? Bei diesem grauenhaften Wetter wagt sich wohl kaum jemand ins Freie. Wen sollte ich denn fürchten?«

»Ich weiß es nicht, Mylady. Aber es geht ums Prinzip.«

»Erlaubt Ihr Eurer Frau, allein durch die Straßen zu wandern?«

Da blinzelte er verwirrt. »Gewiss, nur …«

»Also habt Ihr weniger Vertrauen zu mir als zu ihr?«

»Keineswegs, Ihr seid viel vernünftiger … doch das lässt sich nicht vergleichen. Da Ihr die Frau des Jarls seid, müsst Ihr stets beschützt werden. Zum Zeichen des Respekts.«

»Dieser Respekt gilt meinem Mann, nicht mir. Wenn man *mich* respektiert, würde man mir erlauben, unbehelligt meiner Wege zu gehen.«

Seufzend breitete Mikal die Arme aus. »Da müsste sich schon vieles in der Welt ändern, Mylady.«

»Ja, vielleicht. Aber lasst uns praktisch denken. Sogar in dieser fehlerhaften Welt würde niemand riskieren, den Zorn des Jarls auf sich zu ziehen.«

»Zorn?« Er starrte sie an, als hätte sie einen wilden Sturm, der das Blut in den Adern eines ganzen Heeres gefrieren ließ, als etwas beschrieben, das kaum stärker war als eine sommerliche Brise. »Hoffentlich bin ich niemals so töricht, Lord Wolf zu erzürnen.« Allein schon bei diesem Gedanken erschauerte er.

Welche Grausamkeit er ihrem Mann zutraute, wollte sich Cymbra lieber nicht ausmalen. Offenbar war dem russischen Kaufmann in diesem Augenblick erst aufgegangen, wie leichtfertig er gewesen war, die Lady aus der Festung zu holen.

Bruder Joseph, Ulfrich und Brita schienen Wolfs Anordnung, Cymbra dürfe die Festung nicht verlassen, zu kennen. Aber die Mikals wussten nichts davon. Cymbra hatte ihnen lediglich erklärt, Nadja solle in die Festung kommen, sobald die Wehen einsetzten. Ihr Stolz hatte sie daran gehindert, den beiden zu verraten, dass sie mehr oder weniger eine Gefangene war.

Nun erkannte sie, in welche Gefahr sie den russischen Kaufmann gebracht hatte, und gelangte zu einem Entschluss. Niemand außer ihr selbst sollte für den Verstoß gegen die Anweisungen des Jarls büßen. Falls er je davon erfuhr …

Von solchen Gedanken getrieben, beschleunigte sie ihre

Schritte auf dem Weg zur Festung, nachdem sie ein letztes Mal nach Nadja und dem Baby gesehen hatte. Inzwischen war es fast dunkel geworden.

Atemlos erreichte sie das Tor, das glücklicherweise immer noch offen stand. Sie huschte über den Hof, betraf Wolfs Haus und schloss erleichtert die Tür hinter sich. Sie stellte das Kästchen mit den Arzneien auf seinen Platz neben dem Tisch, dann legte sie den grauen Umhang ab und schüttelte ihn aus, bevor sie ihn an zwei Wandhaken hängte. In den Kohlenbecken loderten Flammen, erwärmten das Zimmer und verbreiteten goldenes Licht. Dankbar dachte sie an Brita, die zweifellos das Feuer entzündet hatte.

Ein paar Sekunden lang war sie versucht, ins Bett zu kriechen und sofort einzuschlafen, doch ihr Magen knurrte vernehmlich. Sie hatte den ganzen Tag fast nichts gegessen. Bald war es Zeit für das Abendessen, und Cymbra beschloss, in der Küche nach dem Rechten zu sehen. Vielleicht konnte sie dort ein paar Bissen zu sich nehmen, um ihren größten Hunger zu stillen.

Etwa ein Dutzend Frauen arbeiteten an verschiedenen Tischen, bereiteten das Fleisch vor, das über dem großen Herd in der Halle gebraten werden sollte, schuppten Fische und schälten Gemüse. Kinder rührten in brodelnden Töpfen, die köstliche Düfte verströmten. Während Cymbra sich umsah, wurden frisch gebackene Brotlaibe aus dem Ofen geholt und in Körbe gelegt, die zusammen mit goldgelbem Käse und saftigen Beeren in die Halle gebracht werden sollten.

Als Cymbra sich einen Augenblick unbeobachtet fühlte, schob sie ein paar Beeren in den Mund und genoss den süßen Geschmack. Und dann bemerkte sie die plötzliche

Stille. Verwirrt hob sie den Kopf und sah, dass alle sie anstarrten. Beschämt musterte sie ihre Hände, auf denen die Beeren Flecke hinterlassen hatten, und verbarg sie hinter dem Rücken. »Ich habe das Mittagessen versäumt«, erklärte sie verlegen.

Niemand antwortete oder bewegte sich. Wie Statuen standen sie alle da. Nur die Augen verrieten, was sie empfanden. Mitleid, Sorge, Angst.

Cymbras Herz begann zu hämmern. Sie schwankte und hielt sich an einem Tisch fest, als ihr plötzlich auffiel, was sie schon früher hätte bemerken müssen. Und was ihr auch zweifellos nicht entgangen wäre, hätten sie nicht der Hunger und ihre Erschöpfung so überwältigt.

Über dem breiten Bett im Haus ihres Mannes lag sein Umhang. Wolf war in sein Lager zurückgekehrt. In ihrer Abwesenheit. Während sie seinen Befehl missachtet hatte – trotz seiner ausdrücklichen Warnung.

Doch trotz ihrer Angst machte sich ein überwältigendes Glücksgefühl in ihr breit. Er war wohlbehalten heimgekehrt. Ihre Freude war so grenzenlos, dass sie sich weigerte, an die angedrohte Strafe zu denken.

Außerdem hatte sie richtig gehandelt. Das würde er verstehen. Entschlossen straffte sie die Schultern. Ja, sie würde ihm klarmachen …

»Hinaus!«

Ein donnernder Befehl zerriss die unnatürliche Stille. Töpfe klirrten, Messer fielen zu Boden, Schritte polterten.

Sekunden später war die Küche menschenleer – bis auf Cymbra. Langsam wandte sie sich dem Mann zu, dem sie Gehorsam gelobt hatte. Die kraftvollen Fäuste in die Hüften gestemmt, stand der wütende Wikinger breitbeinig auf der Schwelle.

14

Wieder einmal raubte ihr sein Anblick den Atem. Statt dem Helm und der ledernen Rüstung trug er eine schlichte Tunika und wirkte größer und stärker denn je.

Und ungepflegt. Offenbar hatte er in seinen Kleidern geschlafen und sich tagelang nicht rasiert. Dunkle Bartstoppeln bedeckten sein Kinn und seine Wangen. Ungekämmt fiel das dichte schwarze Haar auf seine Schultern.

Wie wundervoll er aussah – zornig, verführerisch, gefährlich …

»Du … du …«, war alles, was er zwischen seinen zusammengebissenen Zähnen hervorbrachte. Sie konnte nicht ertragen, was er ihr als Nächstes sagen würde, die Anklagen, die er ihr ins Gesicht schleudern würde. Sie hatte nichts verbrochen, sondern nur Gutes getan.

»Bitte, glaub mir – ich *musste* in die Stadt!«, platzte sie heraus. »Das Leben einer jungen Frau und ihres Babys stand auf dem Spiel.« Ehe er sie unterbrechen konnte, fuhr sie hastig fort: »Da Mikal nichts von deinem Befehl wussten, ist er ebenso unschuldig wie Nadja. Nur ich allein bin verantwortlich …«

So abrupt, wie sie zu sprechen begonnen hatte, verstummte sie und sah ihren Gemahl an. Sicher würde er ihre Handlungsweise verstehen. Sie dachte an all die Dinge, die sie geteilt hatten, und sagte sich, dass er sie niemals ernstlich verletzen würde.

»Ich habe dich gewarnt«, sagte er und trat vor sie. »Ich habe dir reichlich Gelegenheit gegeben, dein Verhalten zu ändern. Anscheinend war ich viel zu geduldig.« Nur einen Schritt von ihr entfernt blieb er stehen und schüttelte bedrückt den Kopf. »Nun lässt du mir keine Wahl, Cymbra.«

Fast alles hätte sie leichter verkraftet als die bittere Enttäuschung, die in seiner Stimme mitschwang – und seine sichtliche Entschlossenheit. Ja, er hatte sie gewarnt, und sie wusste, was ihr drohte.

Noch nie in ihrem Leben war sie geschlagen worden. Abgesehen von den körperlichen Schmerzen und der Demütigung bezweifelte sie, dass sie ihm sein mangelndes Verständnis jemals verzeihen würde.

»Wolf ...« Mühsam suchte sie nach Worten. In ihrem Innern spürte sie nur Schmerz und Zorn – Gefühle, die keine Barriere einzudämmen vermochten. Sie war kaum in der Lage, ihre Lippen zu bewegen. »Wage – es – nicht ...«

Er starrte sie an, als wäre sie ein Pferd, das plötzlich gesprochen hätte. Offenbar hielt er seine Frau, die ihm in einer solchen Situation immer noch trotzte, für ein nicht minder erstaunliches Geschöpf. Aber weder seine Verblüffung noch sein Bedauern stimmten ihn um. »Daran wirst du noch lange denken und dich nie wieder so töricht benehmen ...«

In diesem Augenblick brachen die Barrieren endgültig zusammen. »Töricht? Ist es *töricht*, Menschen in ihrer Not beizustehen? Und hast du mir nicht aufgetragen, mich um alles zu kümmern? Erinnerst du dich nicht daran? Wärst du lieber zu einer Gemahlin zurückgekehrt, die in Tränen aufgelöst gejammert hätte, eine Frau und ihr Baby seien gestorben, weil sie ihnen dank deines Befehls nicht helfen konnte? Mein Leben lang würde es auf meinem Gewissen lasten. Wäre dir das lieber?«

Nein, es war kein gewöhnliches Pferd, das mit ihm sprach, sondern ein rosafarbenes Fabelwesen, das mit ausgebreiteten Schwingen durch den Raum schwebte. Wolf musterte sie mit so entgeisterter Miene, dass Cymbra beinahe angefangen hätte zu lachen – ehe ihr die Tränen in die Augen schossen.

Doch sie würde nicht weinen. Diese Genugtuung würde sie ihm nicht geben. Stattdessen … Ohne darüber nachzudenken, griff sie nach dem erstbesten Gegenstand, den sie auf dem Tisch fand, und warf ihn nach ihrem Gemahl.

Mit einem dumpfen Geräusch prallte der Käselaib gegen seine Brust und fiel zu Boden. Er beobachtete, wie er davonrollte und schließlich eingedellt liegen blieb. Als er sich wieder Cymbra zuwandte, war das beängstigende Dunkel in seinen Augen einem silbernen Feuer gewichen. »Bei unserer ersten Begegnung dachte ich schon, dass man dich beschmutzen müsste.«

»*Was?*«

»Du warst einfach zu vollkommen, um irdisch zu erscheinen.« Beiläufig sah er sich um und griff eine Schüssel, die er sekundenlang in einer Hand wog, ehe er den Inhalt in Cymbras Richtung schüttete.

Schreiend sprang sie zurück, doch es war zu spät. Zähflüssige Molke rann über ihre Wangen und ihr Haar und befleckte ihren Umhang. »Oh – du …« Ungläubig starrte sie an sich hinab. Sie packte eine Honigwabe und warf sie mitten in Wolfs Gesicht, wo sie kleben blieb, bis er sie entfernte und fallen ließ.

»Wenn du unbedingt kämpfen willst …« Honig triefte von seinem Kinn, doch er schenkte ihm keine Beachtung. Entschlossen stürzte er sich auf Cymbra und umschlang ihre Taille. »Diesen Gefallen erweise ich dir sehr gern.« Plötzlich drehte sich die Welt um Cymbra, und sie landete in einem Stapel Mehlsäcke. Sofort wollte sie aufspringen, aber ihr Ehemann warf sich auf sie und umfasste ihre Handgelenke. »Nun, bist du immer noch so kühn?«

Oh, sie würde ihm schon noch zeigen, aus welchem Holz eine Sächsin geschnitzt war. Glaubte er etwa, er könnte ihr Angst einjagen? Was für eine Frechheit – Molke in ihr Gesicht zu schütten! Die Fersen in die Mehlsäcke gestemmt, versuchte sie sich aufzubäumen. Immer fester presste sie ihre Füße gegen das Sackleinen – bis es platzte und eine weiße Wolke emporstob, die sie beide einhüllte.

Als sie Wolfs mit Mehl und Honig beschmiertes Gesicht sah, brach sie in Gelächter aus.

»Amüsierst dich das?«

Ihre Antwort war nicht besonders raffiniert, aber ehrlich – sie nickte.

Lächelnd schaute er in ihre Augen, und sie erinnerte sich, wie besorgt sie um ihn gewesen war, wie inbrünstig sie sich nach ihm gesehnt hatte. Endlich war er wieder bei ihr, und sie sollten ihre Zeit nicht mit solchen Dummheiten verschwenden. Stattdessen …

»Ooooh …«

Mit einem Mal floss Milch aus einem Eimer auf sie herab, den ihr unerträglicher Gemahl blitzschnell ergriffen hatte. Sie war nass bis auf die Haut, bedeckt von Molke, Mehl und Milch.

Sie sann auf Rache, bis ihr Blick auf einen Korb voller Eier fiel. Entschlossen stieß sie Wolf beiseite, der sich vor Lachen krümmte, und begann, ihn mit Eiern zu bewerfen. Dotter und Eiweiß verfilzten sein Haar, tropften von seiner Nasenspitze und verwandelten das Mehl an seiner Tunika in zähen Kleister.

Als Cymbra aufstand, bekam Wolf ihren Rock zu fassen, und sie landete erneut auf den zerrissenen Mehlsäcken, wo eine neuerliche weiße Wolke sie umhüllte. Wenige Sekunden später konnte sie wieder klar sehen und starrte ihren Gemahl an, der sich mit einer Hand voll reifer Beeren zu ihr herabbeugte.

»Mach den Mund auf!«, befahl er. Mit hämmerndem Herzen gehorchte sie. Er schob eine saftige Frucht zwischen ihre Lippen und beobachtete sie gespannt, während sie kaute.

Genüsslich fütterte der Jarl seine ungehorsame Ehefrau mit Beeren, inmitten des Chaos, das sie angerichtet hatten.

Bis die Beeren gegessen waren – und sich ihre Lippen fanden. Verzückt stöhnte Cymbra auf und schmiegte sich an Wolf, dessen Bartstoppeln ihre zarte Haut zerkratzten. Besitzergreifend glitten seine Hände über ihren Körper – drängend und dennoch kontrolliert. »Ich habe dich so vermisst«, flüsterte er an ihrem Mund.

»Und ich dich …« Ungeduldig zerrte sie an seiner Tunika, schamlos in ihrer Begierde. Er öffnete ihren Umhang und schob ihren Rock bis zur Taille hinauf.

»Eines Tages werde ich mir Zeit für dich nehmen«, kündigte er an und richtete sich auf, um die Verschnürung seiner Hose zu lösen.

»Aber nicht jetzt«, erwiderte sie, während sich ihre Finger in die harten Muskeln seiner Oberarme gruben. Sie schluchzte glücklich, als er ihre Beine spreizte und mit ihr verschmolz.

Er war so stark gebaut und füllte sie so restlos aus, dass sie einen Augenblick lang fürchtete, er sei zu groß für sie.

Doch ihr heißer Schoß gewöhnte sich rasch an ihn. Abwechselnd lockerte und spannte sie ihre Muskeln an und wurde mit einem heiseren Stöhnen belohnt.

Während er sich langsam in ihr bewegte, flüsterte er ihr

zu, wie schrecklich sie ihm in dieser letzten Woche gefehlt habe. Überwältigt klammerte sie sich an ihn, und er schlang ihre Beine um seine Hüften.

Immer tiefer drang er in sie ein. Sie hob sich ihm entgegen, ließ den Kopf nach hinten sinken, so dass Wolf ihren schönen weißen Hals betrachten konnte, der sich ihm so verletzlich entblößt darbot. Zärtlich berührten seine Lippen den Puls unter einer bläulichen Ader. Mit einem Mal übermannte ihn sein Verlangen, und er zerriss ihr Kleid, um ihre Brüste zu enthüllen. Hungrig saugte er an den Knospen und weckte Gefühle in ihr, die zwischen Schmerz und Ekstase schwankten. Nach einer Weile richtete er sich auf und schob seine Zunge in ihren Mund, immer wieder, im Rhythmus des Liebesaktes. Cymbra war verloren, die Welt um sie brach zusammen, und alles in ihr konzentrierte sich auf die exquisite Erfüllung. Trotzdem spürte sie die Hitze von Wolfs Höhepunkt, der ihr eigenes Entzücken steigerte – bis ihr die Sinne schwanden.

Wolf betrachtete das Gesicht seiner schlafenden Frau. Behutsam strich er mit einer Fingerspitze über die halbmondförmigen Schatten, die ihre Wimpern auf ihre Wangen warfen, das zierliche Kinn, die rosigen, leicht geschwollenen Lippen. Lächelnd dachte er darüber nach, dass einem Mann durchaus Schlimmeres passieren konnte, als die Ohnmacht einer leidenschaftlichen, von ihrer Lust überwältigten Ehefrau.

Halbherzig versuchte er, den Zorn heraufzubeschwören, den er bei seiner Heimkehr empfunden hatte, doch es gelang ihm nicht – ebenso wenig, wie er sich dazu durchringen konnte, Cymbra für ihren Ungehorsam zu bestrafen.

Wenn er seine Pflicht vernachlässigte, dann sollte es

eben so sein. Zum ersten Mal in seinem Leben war er glücklich und zufrieden. Nicht der mächtige Jarl, sondern einfach nur ein Mann, Cymbras Ehemann.

Grinsend erinnerte er sich, wie sie den Käse nach ihm geworfen hatte. Wie kühn sie war, seine sächsische Schönheit – kein Wunder, dass sie unter der Gunst der Göttin Frigg stand. In Cymbras Seele spürte er den Geist einer Göttin, während er selbst sich in ihren Armen wie ein Gott fühlte, der Welten zu erobern vermochte – wenn auch nur, um sie ihr zu Füßen zu legen.

Ein ungewohntes Geräusch lenkte ihn von der Betrachtung seiner Gemahlin ab, und er spähte über die Schulter. Aus einem umgekippten Krug, gegen den sie zweifellos im Liebeskampf gestoßen waren, floss Wasser. Ja – ein Liebeskampf zwischen ebenbürtigen Gegnern, in dem *beide* siegten …

Wolf erhob sich, stellte das Gefäß auf einen Tisch und wandte sich wieder Cymbra zu, die sich inzwischen auf die Seite gedreht hatte, ein nacktes Bein hochgezogen, einen Arm über den entblößten Brüsten. An ihrer Wange klebten Mehl und Molke, und an ihrem Kinn prangten rote Flecken von den saftigen Beeren.

Er selbst sah noch mitgenommener aus. Er sah an sich hinab und betrachtete seine Tunika, auf der sich Mehl und Eier und Honig mischten. Plötzlich begann er zu lachen. Der Herr und die Herrin von Sciringesheal liebten sich auf geplatzten Mehlsäcken, inmitten eines Durcheinanders, das sie so mutwillig erzeugt hatten! Der Jarl wusste nicht, wann er sich zum letzten Mal so würdelos benommen – und so köstlich amüsiert hatte.

Lächelnd hob er Cymbra auf die Arme, deren Lider flatterten.

»Wolf …?«

»Ich glaube, die Köchinnen wollen ihre Küche zurückhaben.«

Ein paar Sekunden lang starrte sie ihn verständnislos an, dann presste sie errötend ihr Gesicht an seine Brust. »O nein! Unglaublich, was wir getan haben! Was werden sie denken? Alle werden wissen …«

»Cymbra …«, begann er geduldig.

Da hob sie den Kopf. »Was?«

»Dass wir miteinander schlafen, wissen sie längst.«

»Aber nicht in der Küche – auf Mehlsäcken! Jeden Augenblick hätte jemand hereinkommen können …«

»Machst du Witze?«, unterbrach er sie und lachte leise. »Die Frauen hatten so große Angst, dass sie das Weite gesucht haben. Wenn sie herausfinden, was geschehen ist, werden sie erleichtert aufatmen.«

»Vielleicht merken sie es nicht und glauben, wir hätten nur geredet …« Doch als sie sich umsah, verstummte sie. Die Vandalen hätten nicht schlimmer in dieser Küche wüten können – ganz abgesehen von dem Abdruck zweier Körper auf den geplatzten Mehlsäcken.

Stöhnend vergrub sie erneut ihr Gesicht an Wolfs Brust, der noch immer lachte, während er sie aus dem Küchentrakt trug. Nun sollte seine sächsische Ehefrau ein weiteres Vergnügen kennen lernen.

Er ging in sein Haus, um ein paar Sachen zu holen. Dann trug er Cymbra den Hang hinauf, zu einem Gebäude, das wie ein riesiger Bienenstock aussah. »Die Sauna?« Erstaunt hob sie den Kopf. »Da drin war ich noch nicht.«

»Ich weiß.« Er stieß die hölzerne Tür auf und stieg ein paar Stufen hinab. »Deshalb sollst du diesen besonderen Genuss endlich erleben.«

»Du wirst mich auslachen.«

»Warum?«

»Auf Holyhood erklärte mir ein alter Mönch namens Bruder Chilton, nur Teufel könnten die Hitze einer Sauna ertragen. Seiner Meinung nach beweise das, was die Wikinger in Wirklichkeit sind.«

»Hast du ihm geglaubt?«

»Natürlich nicht. Ich dachte nur, in einer Sauna müsste es *schrecklich* heiß sein.«

»Keine Bange, wir fangen langsam an.« Seine Lippen streiften ihr Ohr, und ein wohliger Schauer rann über ihren Rücken. Wenn sie sich nicht vorsah, wäre sie eines Tages nur noch Wachs in den Händen dieses Mannes.

Große, starke Kriegerhände, schwielig von Zügeln und Schwertgriffen, sonnengebräunt ... und doch so sanfte Hände, die sie in einer kleinen Kammer auf die Füße stellten und einen Moment lang zärtlich ihre Hüften streichelten ...

Neugierig sah sie sich um. Die steinernen Wände verjüngten sich an der Decke zu einer kleinen Öffnung. Direkt darunter stand ein geschlossenes eisernes Feuerbecken mit einem Loch, das den Rauch nach oben zu der Öffnung lenkte. Ringsherum lagen mehrere glatte runde Steine, die groß genug waren, um in eine Männerhand zu passen. Planken bedeckten den Boden. An den Wänden standen Bänke. Die leicht rauchige Luft duftete intensiv nach Tannennadeln.

»Zieh dich aus!«, befahl Wolf und legte Zweige in das Becken.

Als das Feuer zu knistern begann, verriegelte er die Tür und sperrte das letzte Tageslicht aus. Nur der rote Flammenschein erhellte das Dunkel, an das sich Cymbras Augen nur langsam gewöhnten. Er schlüpfte aus den Stiefeln, zog seine Tunika und die Hose aus und warf alles auf eine der Bänke. Nackt stand er vor seiner Frau und streckte sich unbefangen, ehe er noch ein paar Zweige ins Feuer legte.

Cymbra schluckte und versuchte vergeblich ihren Blick vom wohl geformten Körper ihres Ehemannes abzuwenden.

»Ist es nicht schon ... äh ... heiß genug?«, stammelte sie.

Als er sah, dass sie immer noch angekleidet war, schüttelte er missbilligend den Kopf und legte einen Finger unter ihr Kinn. »Stimmt etwas nicht, Cymbra?«

Wie sollte sie ihm ihre plötzliche Verlegenheit erklären? Er kannte sie inzwischen so genau, und sie hatte das Gefühl, als sei ihr nichts geblieben, das sie vor ihm verbergen konnte. Das Leben hatte sie gelehrt, ihre Seele sorgsam abzuschirmen, doch Wolf hatte alle ihre Schutzwälle niedergerissen und sie in ein Meer voller Gefühle gestürzt, so dass sie sich kaum an der Oberfläche halten konnte.

Innerhalb einer knappen Stunde hatte er ihr Herz mit Angst und Zorn und Leidenschaft erfüllt. Und jetzt? Auf einmal empfand sie eine sonderbare Heiterkeit. Und völlige Verwirrung.

»Cymbra?«

Statt einer Erwiderung starrte sie ihn nur an. Er betrachtete die Schatten unter ihren Augen, als er sich daran erinnerte, mit welcher Absicht er die Küche betreten hatte, und tiefe Reue erfasste ihn. Vor kurzem erst hatte sie ein Kind ans Licht der Welt geholt. Nun brauchte sie Ruhe und Fürsorge – keine wilde Lust.

»Wenn du sauber bist, wird es dir besser gehen«, meinte er.

Da sie nicht widersprach, befreite er sie behutsam aus

ihrer Kleidung. Überrascht bemerkte er den Riss im Oberteil ihres Kleides. Dass er den Stoff zerrissen hatte, war ihm nicht bewusst gewesen, doch dieser Riss ließ auf die ungeheure Macht seines Verlangens schließen, das Cymbra immer wieder erregte – und das er jetzt zu zügeln gedachte.

Während er sie entkleidete, breitete sich angenehme Wärme in der Sauna aus, zumindest für seine Empfindung. Aber Cymbra stöhnte leise. »Wie heiß es hier ist …« Auf ihren üppigen Brüsten perlten Schweißtropfen.

Wolf strich über ihren glatten, schlanken Arm. »Findest du die Hitze unangenehm?«

»Nein …« Ihre Stimme erstarb, während sie wie gebannt in sein Gesicht starrte. Er griff nach der großen Kelle und goss Wasser auf die Steine. Hingerissen beobachtete sie seine geschmeidigen Bewegungen.

Plötzlich zischte Dampf. »Feuchte Hitze«, erklärte er und zog sie zu einer Bank, auf der sie sich niederließen. »Eine *trockene* Hitze würde nur den Knochen schaden.«

Cymbra nickte und spürte, wie der Dampf in der dunklen, halb in der Erde vergrabenen Kammer ihren Körper durchdrang. Sie sog den Duft der Tannennadeln so tief in ihre Lungen, dass ihr beinahe schwindlig wurde.

»Leg dich hin.« Wolfs Stimme schien wie aus weiter Ferne an ihre Ohren zu dringen. Aber Cymbra gehorchte. Er drehte sie auf den Bauch. Den Kopf seitwärts gewandt, beobachtete sie die züngelnden Flammen und hörte, wie er ein Fläschchen öffnete. Einen Augenblick später stieg ihr ein verführerisches Aroma in die Nase, das sie nicht zu benennen vermochte. »Patschuli«, verkündete er. »Aus dem Osten.«

Entzückt genoss sie die Berührung seiner Hände, die

das parfümierte Öl auf ihrem Rücken verteilten. Langsam und methodisch lockerte er die Anspannung der langen Tage und der nahezu schlaflosen Nächte.

Seine Finger wanderten über ihre Hinterbacken und ihre schlanken Beine, liebkosten die empfindsamen Innenseiten ihrer Schenkel, und Cymbra erschauerte wohlig. Sie begann zu stöhnen, während er seine Daumen in ihre Fußballen grub und jede Zehe einzeln knetete.

Schließlich drehte er sie auf den Rücken und schaute lächelnd in ihre verschleierten Augen. »Fühlst du dich jetzt besser?«

»Mhm … bin *ich* jetzt an der Reihe?« Der Gedanke, seinen Körper von oben bis unten einzuölen, schürte die Glut ihrer Sinne.

»Vielleicht später.« Fasziniert beobachtete sie, wie er noch mehr Öl in seine Hände goss und auf ihrem Bauch verstrich. »Habe ich dir in letzter Zeit eigentlich gesagt, wie unglaublich schön du bist?«

»Seit der Nacht, als du dich mit Dragon betrunken hast, nicht mehr …«

»Wir waren nicht betrunken, nur ein bisschen …« Wolf verstummte und suchte nach dem passenden Wort.

»Beschwipst?« Als sie sah, dass dieser Begriff ihm zu missfallen schien, hob sie zu weiteren Vorschlägen an. »Berauscht? Angeheitert? Sternhagelvoll?«

Lachend schüttelte er den Kopf. »Also gut, wir waren betrunken. Aber ich brauche weder Ale noch Honigwein, um dir zu versichern, wie schön du bist.«

»Früher hat es mich gestört, wenn die Leute meine Schönheit priesen …« Atemlos verstummte sie, als er ihre Brüste einölte und seine Daumen die harten Knospen streichelten. Unwillkürlich hob sie die Hüften.

»Was fühlst du jetzt?«, fragte er und fuhr fort, ihre Brüste zu reizen.

»Das … lässt sich nicht in Worte fassen …«

Im Feuerschein schimmerten seine weißen Zähne. »Weißt du, wie inständig ich mir immer wieder wünsche, dich zu erfreuen? Spürst du es, wenn ich tief in dich eindringe? Wenn ich mich mühsam zurückhalte und auf deinen Höhepunkt warte? Wenn ich dich dort berühre, wo du am empfindsamsten bist?«

Von seinen Worten und seinen Zärtlichkeiten gleichermaßen erregt, wand sie sich auf der Bank, während sich unter seinen Händen die Glut in ihr entzündete. Hilflos …

Nein, *nicht* hilflos. Ihre Fingernägel wanderten über seinen muskulösen Schenkel. »Eigentlich müsste ein kluger Mann erkennen, dass ihm seine Frau heimzahlen kann, wenn er so kühn mit ihr spielt.«

»Oh, ich liebe es, mit dir zu spielen«, erwiderte er, ohne auch nur einen Anflug von Reue zu zeigen. »Dich zu berühren – zu erforschen …« Seine Hand glitt zwischen ihre Schenkel – so behutsam, dass sie es kaum bemerkte – bis plötzlich sein Finger in sie eindrang und sein Daumen die geschwollene Perle der Lust liebkoste.

Bereits nach wenigen Sekunden wurde sie von einem überwältigenden Höhepunkt erschüttert. Scheinbar endlos jagten die Wellen heißer Ekstase durch ihren Körper. Noch bevor sie verebbten, hob er sie hoch, setzte sie rittlings auf seine eisenharten Schenkel und verschmolz mit ihr.

»*Jetzt* bist du dran«, flüsterte er heiser, und die Sehnen in seinem Hals traten deutlich hervor, als er um Selbstbeherrschung rang. Er legte seine Hände um ihre Hüften, und langsam und zögernd begann sie sich zu bewegen. Die

Arme um seinen Nacken geschlungen, genoss sie ihre Führungsrolle in vollen Zügen, richtete sich auf und sank erst wieder hinab, als es *ihr* gefiel.

Stöhnend lehnte er sich mit dem Kopf an die Wand der Sauna. Sie sah den Schweiß auf seiner gebräunten Haut glänzen, das Vibrieren der Muskeln in seinen breiten Schultern und den harten Glanz seiner Augen.

Sie lächelte und erhob sich wieder. Diesmal verharrte sie sehr lange über der Spitze seiner Männlichkeit, bevor sie sich wieder mit ihm vereinte. Sie presste ihren Mund auf seinen, saugte an seiner Zunge, biss vorsichtig in seine Unterlippe.

»Wie viel Spaß mir das macht …«, flüsterte sie. Mit beiden Händen umfasste sie seinen Kopf und küsste ihn wieder. Aufreizend rieb sie ihre Brüste an seiner Brust, immer schneller bewegten sich ihre Hüften, während sich ihre Zunge immer tiefer in seinen Mund grub. Sie spürte, wie das harte Zeichen seiner Begierde zu zucken begann, wie er sich gewaltsam zurückhielt.

Sie spannte ihre inneren Muskeln an und zwang ihn zur Kapitulation.

Als ihr Name über seine Lippen kam, war es ein Freudenschrei und zugleich ein Fluch. Jetzt übernahm er die Kontrolle, hob und senkte seine Hüften in immer schnellerem Rhythmus, bis Cymbra ihn zum Gipfel der Lust begleitete. Im duftenden, wirbelnden Dampf mischte sich ihr Schrei mit seinem.

15

Verblüfft starrte sie ihren Mann an. Er sprach mit ihr, und sie hörte seine Stimme, doch seine Worte ergaben keinen Sinn. Er hatte sich auf der Bank ausgestreckt – und sie lag auf ihm. Sie versuchte in seinen Augen zu lesen, ob er es ernst meinte. »Der Fluss? Da draußen?«

»Ja, das gehört zur Sauna. Erst lässt man sich vom Dampf erhitzen, dann läuft man hinaus und springt in den Fluss, um sich abzukühlen. Das ist sehr erfrischend …«

Da seine Erklärung etwas zögerlich klang, lachte sie. »Oh, natürlich! Geh ruhig, aber ohne mich!«

»Wenn du die ganze Wirkung der Sauna genießen willst, solltest du das auch tun.«

Entschieden schüttelte sie den Kopf. »Was ich bisher genossen habe, genügt mir völlig. Nun, vielleicht habe ich keine *normalen* Erfahrungen gesammelt, aber …« Sie unterbrach sich. »Und bitte zwing mich nicht zu schildern, was dir zustoßen wird, falls du auch nur daran denkst, mich hinauszutragen und ins Wasser zu werfen.«

Er schob einen Arm unter seinen Nacken und grinste sie an. »Etwas Schreckliches?«

»Etwas absolut *Grauenhaftes*.«

»Etwas zu Schlimmes, um darüber reden zu können?«

»*Viel* zu schlimm.«

Seufzend streichelte er ihre Hüften. »Nachdem du mir alle Kräfte geraubt hast, du *grauenhaftes* Biest, schwebst du nicht in Gefahr. Vorerst nicht.«

Eine Zeit blieben sie schweigend liegen und erholten sich, dann erhob sich Cymbra anmutig. »Außerdem habe ich eine bessere Idee.« Sie streckte sich, bis ihre Fingerspitzen die schräge Wand der Sauna berührten, während ihr Gemahl sie bewundernd beobachtete. Errötend durchsuchte sie die Sachen, die er mitgebracht hatte, fand eine duftende Seife und tauchte ihre Finger in einen der Wassereimer neben der Feuerstelle. »Genau richtig.« Sie seifte ihre Hände ein und begann sich zu waschen.

Auch Wolf erhob sich – überraschend schnell für einen angeblich kraftlosen Mann. »Das solltest du nicht selbst tun.« Hilfsbereit nahm er ihr die Seife aus der Hand und schäumte ihren gesamten Körper ein – sehr gründlich und voller Hingabe, ehe sie ihn nicht minder aufmerksam wusch. Mit der Kelle übergossen sie einander mit Wasser und spülten lachend die Seife ab. Schließlich verstummte das Gelächter, und sie ließen sich auf die Planken sinken, wo sie sich mit Händen, Lippen und ihren Körpern liebten, bis ihre wilde Ekstase langsam verflog.

Später, als das Feuer zu schwelender Asche herabgebrannt war und kein Dampf mehr von den Steinen aufstieg, trug der Jarl seine schlafende Gemahlin in sein Haus. Er legte sie ins Bett, kroch zu ihr unter die Pelzdecke und nahm sie in die Arme. Bevor der Schlummer auch ihn übermannte, dankte er Odin für diese Frau, die sein Herz und seine Seele gewonnen hatte.

Er verfügte über keine große Erfahrung mit Gebeten, da er sie nur bei Opferfesten vor den Schlachten und in den Augenblicken anwandte, wenn er den Göttern für seinen Sieg dankte. Doch das ließ sich nicht mit diesem Augenblick vergleichen. Anscheinend hatte sein Glück weder etwas mit Odin noch mit anderen Göttern zu tun, nicht einmal mit Frigg, obwohl er ihr ganz besonders zugetan war.

Trotzdem musste er sich irgendwie bedanken. Mit geschlossenen Augen dachte er plötzlich an den seltsamen

Christengott, der kein Schwert schwang und keine Donnerschläge zur Erde sandte. Nur ein Kreuz und ein leeres Grab kündeten von seinem Dasein. Ein merkwürdiger Gott, der gestorben war und dennoch weiterlebte, ein Gott, der kampflos siegte. Auf seltsame Weise passte das alles zusammen. Wolf flüsterte seine Dankesworte, dann schlief er ein, in der Gewissheit, dass irgendjemand ihm an irgendeinem Ort zugehört hatte.

Brita betastete den Umhang, musterte ihn und schaute Cymbra an, die im Bett saß. »Wisst Ihr vielleicht, woher dieser Fleck stammt, Lady?«

Verlegen blickte Cymbra von ihrem Frühstück auf, das ihr die dienstbeflissene Irin gebracht hatte und das sie voller Heißhunger verschlang. »Ich glaube, es ist Molke …«, erwiderte sie möglichst beiläufig und bemühte sich, nicht zu erröten.

»Ah, natürlich, Molke. Und das hier?«

»Milch.«

»Dann ist es nicht so schlimm.« Brita unterdrückte ein Lächeln. »Sicher lassen sich die Flecken leicht herauswaschen. Was Lord Wolfs Tunika betrifft …«

»Honig«, platzte Cymbra heraus. »Und Käse … und Eier … Tut mir wirklich Leid«, fügte sie beschämt hinzu, in der Hoffnung, dass Brita verstand, dass sie damit nicht nur die schmutzigen Kleider meinte, sondern auch das Chaos in der Küche.

»Bitte, Mylady, entschuldigt Euch nicht. Wir dachten nur … nun ja …« Hastig packte Brita die Sachen zusammen und legte sie beiseite. Zu Cymbras Erleichterung erwähnte sie den Riss in ihrem Kleid nicht weiter, stattdessen griff sie nach dem Kamm, der auf dem Tischchen neben dem Bett lag. »Soll ich Euer Haar entwirren, während Ihr frühstückt?«, erbot sie sich.

Wehmütig ließ Cymbra eine verfilzte Strähne zwischen ihren Fingern hindurchgleiten. »Damit wirst du dich auch noch beim Mittag- und Abendessen plagen müssen. Ich hätte nicht ins Bett gehen dürfen, ohne mich zu kämmen.«

»So etwas kommt schon mal vor«, meinte Brita taktvoll und setzte sich auf die Bettkante. Vorsichtig arbeitete sie sich mit dem Kamm durch das lange Haar ihrer Herrin – so behutsam, dass Cymbra nur ein oder zwei Mal aufstöhnte.

»Hast du heute Morgen was von den Mikals gehört?«, fragte sie und nahm sich noch ein warmes Honigbrötchen. Sie konnte sich nicht erinnern, jemals so hungrig gewesen zu sein.

»O ja, Mylady, Mutter und Kind sind wohlauf. Und Mikal freut sich so über das Geschenk, das der Jarl ihm geschickt hat. Er sagt, er hätte noch nie einen schöneren Kelch gesehen und würde ihn stets in Ehren halten.«

Cymbra lächelte verträumt. Also hatte ihr Gemahl dem russischen Kaufmann zu verstehen gegeben, dass er ihm sein Verhalten nicht verübelte. »Sehr gut ... sind alle Krieger unverletzt heimgekehrt?«

»Ja, Mylady. Aber ...« Abrupt verstummt Brita und beschäftigte sich angelegentlich mit dem Haar ihrer Herrin.

»Aber?« Als die Irin beharrlich schwieg, schaute Cymbra ihr forschend in die Augen. »Was ist geschehen?«

»Darüber dürfen wir eigentlich nicht sprechen. Es wäre an Lord Wolf ...« Unbehaglich senkte Brita die Lider.

Cymbra beschloss das Mädchen nicht zu bedrängen. Mit wachsender Sorge kleidete sie sich an und verließ das Haus. Endlich hatte es zu regnen aufgehört, so dass sich statt der grauen Wolken ein leuchtend blauer Himmel über Sciringesheal wölbte.

Als sie stehen blieb und ihr Gesicht den warmen Strahlen entgegenhob, trat Ulfrich zu ihr. »Guten Morgen, Mylady! Welch eine Freude! Die Ernte ist gerettet, der Jarl zurückgekehrt – und alles in bester Ordnung.«

»Wenn Ihr mir versichert, dass Eure Brust nicht mehr schmerzt, will ich Euch zustimmen.«

»Oh, mir geht es so fabelhaft, dass ich mich am liebsten unter die jungen Männer auf dem Exerzierplatz mischen würde. Aber ich möchte sie nicht beschämen.«

Cymbra lachte. Arm in Arm überquerten sie den Hof.

»Guten Morgen, Mylady – Ulfrich!« Bruder Joseph trat aus der Kapelle und winkte die beiden zu sich. »Was für ein prächtiges Wetter! Ein paar Kinder haben sich erboten, Blumen zu pflücken und den Altar zu schmücken, und ich werde sie begleiten.« Nachdem er einen kurzen Blick mit dem alten Mann gewechselt hatte, fragte er: »Möchtet Ihr Euch anschließen, Mylady?«

»Eine großartige Idee!«, meinte Ulfrich. »Packen wir was zu essen ein und verbringen wir diesen schönen Tag an der frischen Luft.«

»Wundervoll!«, rief Bruder Joseph erfreut. »Kommst du auch mit, Brita?«

Erstaunt drehte sich Cymbra zu ihrer Gehilfin um. Weshalb war ihr das Mädchen gefolgt?

»Sehr gern«, antwortete Brita. »Dann könnten Lady Cymbra und ich ein paar Kräuter für unseren Garten sammeln.«

»Abgemacht!«, entschied der Mönch. »Brechen wir alle zusammen auf. Am besten sofort.«

Eifrig nickte Ulfrich. »So schnell wie möglich.«

»Geht doch schon mit den Kinder vor«, schlug Brita vor. »Ich packe das Mittagessen ein, dann komme ich in ein paar Minuten nach.«

Langsam schaute Cymbra von einem zum anderen. Diese Menschen waren ihre Freunde. Trotzdem spürte sie, dass sie ihr etwas verheimlichten. »Habt Ihr es etwa schon vergessen?«, fragte sie sanft. »Ohne Erlaubnis und bewaffneter Eskorte darf ich die Festung nicht verlassen.«

»Kein Problem.«

Cymbra fuhr herum und sah Dragon hinter sich stehen, der sich offenbar lautlos herangepirscht hatte. Er wirkte frisch und ausgeruht. Von den einstigen Schmerzen war ihm nichts mehr anzumerken.

»Selbstverständlich begleite ich Euch sehr gern, Cymbra. Und was die Erlaubnis betrifft, nun, mein Bruder wird Euch wohl kaum zürnen, wenn Ihr Blumen pflückt.«

»Also, machen wir uns auf den Weg«, drängte Ulfrich.

»Nein, wartet.« Cymbra musterte ihren Schwager argwöhnisch. »*Ihr* wollt uns begleiten? Wenn wir Blumen und Kräuter sammeln gehen?«

Lässig hob er die breiten Schultern. »Nun ja, ich werde Euch wohl kaum dabei helfen. Ich passe nur auf.«

»Wird Wolf nicht ärgerlich sein, wenn ich erst am Abend zurückkomme?«

»Gewiss nicht.«

»Vielleicht sollte ich ihn fragen. Wo ist er?«

»In der Halle«, erwiderte Dragon und runzelte die Stirn. »Aber er ist sehr beschäftigt und möchte nicht gestört werden.«

»Was macht er denn?«

Dragon, Bruder Joseph, Ulfrich und Brita wechselten kurze Blicke. »Nun ja – wir haben Gefangene hierher gebracht. Diese Männer fielen über die Siedlung her …«, antwortete Dragon, ehe er einen Moment lang zögerte, als müsste er überlegen, wie viel er verraten sollte. »Dafür müssen sie büßen.« Unbehaglich strich er über den Schwertgriff an seiner schmalen Hüfte. »Eigentlich war es Wolfs Idee, dass Ihr heute Blumen pflücken sollt, Cymbra. Weil Ihr die Festung für ein paar Stunden verlassen müsst.«

Wenigstens besaßen die anderen genug Anstand, eine verlegene Miene aufzusetzen, nachdem die Verschwörung enthüllt worden war.

»Gehen wir!«, murmelte Bruder Joseph.

Aber Cymbra rührte sich nicht von der Stelle. »Also war das alles Wolfs Idee, Dragon?«

»Glaubt mir, er denkt nur an Euer Wohl. Als der Dieb ausgepeitscht wurde, habt Ihr Euch schrecklich aufgeregt und …«

»Sollen die Gefangenen ausgepeitscht werden?«, unterbrach sie ihren Schwager.

Sekundenlang schloss er die Augen und zwang sich zur Ruhe. Offensichtlich war er nicht an den Umgang mit widerspenstigen Frauen gewöhnt. »Sie haben … mehrere Menschen getötet.«

Verwüstung. Brennender Schutt. Überall Leichen, manche zerstückelt. Frauen am Boden, die Beine gespreizt, vergewaltigt, ermordet. Kinder …

Cymbra schwankte. Die Vision ergriff ohne jede Vorwarnung von ihr Besitz, so lebendig, dass sie glaubte, sogar den Rauch lodernder Flammen riechen zu können. Einen schrecklichen Augenblick lang fürchtete sie, sie müsse sich übergeben.

Als sie ihr Gleichgewicht wieder fand, hielt Dragon ihren Arm fest. »Verdammt, genau deshalb müsst Ihr gehen!

Was immer Euch auch quält – Wolf und ich wissen nicht, was es ist. Ich glaube, das tut Ihr nicht einmal selbst. Jedenfalls müssen wir Euch wegbringen.«

»Sie hat die Gabe«, erklärte Brita, die ihre bebenden Finger ineinander verschlungen hatte, leise und starrte Cymbra an. »Ich habe es schon die ganze Zeit vermutet, doch nun bin ich mir sicher. Meine Mutter hat gesagt, dass alle bedeutsamen heilkundigen Frauen diese Anlage besitzen. Sie spüren das Leid anderer. Sie müssen sich davor schützen, sonst zerbrechen sie daran.«

»Stimmt das?« Eindringlich schaute Dragon in Cymbras Augen. »Spürt Ihr, was in anderen Menschen vorgeht?«

»Manchmal …« Sie wich vor ihm zurück und bekämpfte das Zittern, das ihren ganzen Körper zu erfassen drohte. Warum war ihr Geheimnis gelüftet worden? Was hatte sie falsch gemacht? Es gelang ihr nur mühsam, ihr Entsetzen zu verbergen. »Deshalb hat Hawk mich nach Holyhood geschickt. In der ersten Zeit durften nur Menschen in meiner Nähe bleiben, die stark und gesund waren. Falls jemand erkrankte oder einen Unfall erlitt, wurde er sofort weggebracht.«

»Dachte er, dieses Leben könntet Ihr bis zum Ende Eurer Tage führen?«, rief Dragon ungläubig.

»Was er erwartet hat, weiß ich nicht. Er wollte mich nur beschützen. Allmählich ging es mir besser. Wie Brita erklärt hat, habe ich gelernt, mich gegen fremdes Leid abzuschirmen.«

»Aber gerade eben ist es Euch misslungen«, betonte ihr Schwager.

»Ja«, gestand sie und schreckte vor der bösen Erinnerung zurück. »In letzter Zeit fällt es mir schwer, mich zu schützen, aber ich kann nicht ständig davonlaufen, wenn etwas Schlimmes geschieht.«

»Wenn Ihr mit uns Blumen pflückt, würdet Ihr nicht davonlaufen«, entgegnete Ulfrich.

»Seid vernünftig, Mylady«, flehte Bruder Joseph.

»Ja, bitte, Mylady.« Beschwörend legte Brita eine Hand auf Cymbras Arm.

Seufzend zuckte Dragon die Achseln. »So interessant das alles auch sein mag, aber wenn der Jarl sagt, Ihr sollt Blumen pflücken, dann werdet Ihr Blumen pflücken, Cymbra. Ihr könnt später mit ihm darüber reden. Gehen wir endlich! Wir haben schon genug Zeit vertrödelt.« Als er ihren Arm ergreifen wollte, sprang sie blitzschnell zur Seite. »Cymbra!«

Doch sie beachtete ihn nicht, sondern raffte ihre Röcke und lief zur Halle, während ihr langes Haar wie eine Fahne hinter ihr herflatterte.

Majestätisch saß der Jarl hinter seiner Tafel auf dem Stuhl mit der hohen Lehne. An seinen Armen schimmerten goldene Reifen, und an seinem Hals prangte das Emblem des Wolfs, dessen Augen aus blutroten Rubinen bestanden. Seine Gestalt strahlte unbeugsame Macht und Autorität aus. Und Gnadenlosigkeit.

Schweren Herzens blieb Cymbra an der Schwelle stehen. Wieder einmal hatte sie ihm den Gehorsam verweigert. Was sollte sie jetzt tun?

Jedenfalls musste sie die Schwäche bekämpfen, die es ihr verwehrte, den Tatsachen des Lebens ins Auge zu blicken. Der Jarl trug eine schwere Verantwortung, und es war die Pflicht seiner Frau, ihm beizustehen, statt zu flüchten und sich zu verstecken.

Trotz ihrer guten Vorsätze konnte sie sich nicht dazu durchringen, die Halle zu betreten, in der Männer mit grimmigen Gesichtern und nur wenige Frauen versammelt waren. Keines der Kinder, die sich normalerweise überall herumtrieben, war zu sehen. Offensichtlich hatte man alle zusammengetrommelt, um sie auf die Blumenwiese zu führen. So wie Lord Wolfs Gemahlin.

Also würden die Gefangenen eine grausame Strafe erleiden. Damit musste sie sich abfinden. Diese Männer hatten friedliche Menschen überfallen und barbarisch ermordet. Mit Fug und Recht betonte Wolf immer wieder, dass er für Zucht und Ordnung zu sorgen hatte, da sonst das Land im Chaos versinken würde. Er selbst hatte schon genug verloren – seine Eltern, sein Heim, beinahe alles außer seinem eigenen Leben und dem seines Bruders.

Ein Bruder, der Wolfs Befehle unerbittlich befolgte und nun unvermittelt mit grimmiger Miene neben Cymbra auftauchte, während er sich absurderweise um ein diskretes Verhalten bemühte. »Kommt mit mir, Cymbra!«, presste er zwischen zusammengebissenen Zähnen hervor.

Entschlossen schüttelte sie den Kopf, trat zur Seite und lehnte sich an die Wand. Er würde nichts unternehmen können, ohne die allgemeine Aufmerksamkeit auf sich zu ziehen.

»Wolf!« Offenbar machte es ihm weniger aus, Aufsehen zu erregen, als sie gehofft hatte. Mit weit ausholenden Schritten eilte er in die Mitte der Halle und rief: »Hier ist deine Gemahlin!«

Alle Blicke richteten sich auf Cymbra. In den einzigen Augen, die ihr etwas bedeuteten, schien ein silbernes Feuer zu glühen.

Langsam stand der Jarl auf und trat auf sie zu. Am liebsten wäre sie im Erdboden versunken, doch sie straffte die Schultern und brachte sogar ein Lächeln zustande. »Da liegt ein kleines Missverständnis vor, Wolf. Ich finde, dieser Tag eignet sich nicht zum Blumen pflücken.«

»Offenbar liegt hier tatsächlich ein Missverständnis vor«, bestätigte er und musterte sie von oben bis unten. »Das möchte ich hiermit beseitigen. Ich *wünsche*, dass du Blumen pflückst.«

»Sicher wird sich eine bessere Gelegenheit ergeben …«

»Widersprich mir nicht.« Hätte er sie im Befehlston angeherrscht, wäre es ihr vielleicht gelungen, sich zu behaupten. Doch seine Stimme war so leise und so sanft, dass Tränen in ihren Augen aufstiegen.

Sie blinzelte heftig. »Ich bin kein Schwächling.«

»Das habe ich nie behauptet. Du bist …« Unsicher verstummte er.

»Sie spürt das Leid anderer Menschen«, mischte sich Dragon ein. »Die irische Sklavin hat es uns gerade erklärt.«

In Wolfs Blick lag weder Verwunderung noch Erschrockenheit, sondern lediglich Neugier, obwohl sie sich nicht erklären konnte, warum. Er kannte sie doch ohnehin so gut. »Stimmt das?«

»Ja, aber diese Fähigkeit hindert mich nicht daran, meine Pflichten als seine Gemahlin zu erfüllen.«

»*Das* ist es also, was dir Sorgen bereitet?« Nun starrte er sie tatsächlich verblüfft an. »Du fürchtest, mich zu enttäuschen?«

»Natürlich! Wenn ich meiner Position nicht gewachsen bin, werden dir die Leute vorwerfen, es sei ein Fehler gewesen, mich zu heiraten. Und am Ende wirst du es selber glauben.« Eine Zeit lang starrten sie sich schweigend an, dann schnappte sie plötzlich nach Luft und schlug mit einer Faust auf Wolfs Brust. »Wage es ja nicht, mich auszulachen!«

»Das würde ich niemals ... Also gut, *beinahe* hätte ich es getan. Tut mir Leid. Wie kannst du nur auf so eine Idee kommen – nach der letzten Nacht ...« Gerade noch rechtzeitig fiel ihm das faszinierte Publikum ein, und er riss sich zusammen. Dann räusperte er sich und verkündete: »Lady Cymbra, meine Gemahlin, hat mich gebeten, an dieser Urteilsverkündung und -vollstreckung teilnehmen zu dürfen. Da ich ihren Mut und ihre seelische Kraft kenne, bin ich einverstanden.« Während anerkennendes Gemurmel erklang, flüsterte er Dragon zu: »Falls es Schwierigkeiten gibt, bringst du sie sofort hinaus.«

Grimmig und entschlossen, diese halsstarrige Frau notfalls gewaltsam zu bändigen, nahmen die Brüder Hakonson ihren Platz an der Tafel ein. Dragon rückte Cymbras Stuhl an Wolfs Seite zurecht und postierte sich hinter ihr – bereit, den Befehl des Jarls unverzüglich auszuführen, sobald es die Situation erfordern würde.

Dankbar setzte sie sich, da sie fürchtete, ihre Beine würden sie keine Sekunde länger tragen. Wolfs Verhalten erschien ihr unglaublich. Welch ein wunderbarer, verständnisvoller Mann ...

Und skrupellos. Während die Gefangenen in die Halle geführt wurden, unterdrückte sie einen Schreckensschrei. Fünf große, kräftige Männer, die Hände auf den Rücken gefesselt, an hölzerne Stäbe gekettet, die quer auf ihren Schultern lagen, schmutzig und mit Blut befleckt ... Offensichtlich waren sie über felsigen Boden geschleift worden. Ihre Lippen waren trocken und rissig, und in ihren Augen stand die kalte Angst. Sie alle schienen zu wissen, dass sie auf der Schwelle des Todes standen.

Verwüstung. Brennender Schutt. Überall Leichen, manche zerstückelt. Frauen am Boden, die Beine gespreizt, vergewaltigt, ermordet. Kinder …

Nur zu gut erinnerte sich Cymbra an die Vision, doch sie schwieg und bekämpfte den Impuls, angesichts des Bösen ihr gutes Herz zu zeigen.

Wolf hob eine Hand, und die Menge, die den Mördern wütende Flüche entgegengeschleudert hatte, verstummte augenblicklich.

In der Stille klang seine Stimme wie Donnerhall. »Ihr habt die friedliche Siedlung Vycoff überfallen und Männer, Frauen und Kinder niedergemetzelt. Weder den Alten noch den Jungen seid Ihr barmherzig begegnet. Niemand hat zuvor ein Verbrechen an Euch oder den Euren verübt, also hattet Ihr keinen Grund, Euch an diesen Menschen zu rächen. Ihr seid des niederträchtigen Massenmordes schuldig. Deshalb werdet Ihr sterben.«

Einige Gefangene stöhnten, andere zerrten vergeblich an ihren Fesseln, um flehend die Hände zu heben.

Der größte Mann schaute Cymbra an. Er war geschwächt vor Schmerzen, Hunger und Durst, doch bei ihrem Anblick hob er erstaunt die Brauen, und langsam verzogen sich seine Lippen zu einem lüsternen Grinsen. »Ah, die Sachsenhure!«, stieß er heiser hervor.

In dieser Sekunde brach ein Tumult aus. Mehrere Männer stürzten sich auf ihn und schlugen mit den Fäusten auf ihn ein. Noch während er stürzte, starrte er Cymbra an, die jedoch nicht einmal mit der Wimper zuckte. Zu dieser vornehmen Zurückhaltung war Dragon nicht fähig. Er fing einen Blick seines Bruders auf, bahnte sich einen Weg durch das Gedränge der erzürnten Wikinger und zerrte den Gefangenen auf die Beine.

Scheinbar ungerührt wandte sich Wolf an die Versammlung. »Dieser Mann versucht nur, seinen Tod zu beschleunigen. Dabei solltet ihr ihm nicht helfen.«

Beschämt senkten die Angreifer ihre Köpfe. Was ihrem schwachen Verstand entgangen war, hatte der weise Jarl erkannt. Warum sollte dieser Abschaum eines schnellen, gnädigen Todes sterben? Nein, er musste möglichst lange leiden.

Reglos saß Cymbra neben ihrem Mann und versuchte zu verkraften, was sie soeben gehört hatte. Nicht nur die Todesstrafe, sondern *Folterqualen* ... Und sie hatte darauf bestanden, an der Urteilsverkündigung teilzunehmen! Instinktiv suchte sie Schutz hinter den Barrieren, die sie jahrelang vor der grausamen Welt geschützt hatten, doch sie waren verschwunden, und es gab keine Zuflucht mehr für sie.

Wie rasend schlug ihr Herz. Einen Schwindel erregenden Moment lang fühlte sie sich allen Qualen auf Erden ausgeliefert, die sie am Ende vernichten würden ... Doch plötzlich gewann ein anderes Gefühl die Oberhand – starke Arme umfingen ihren bebenden Körper, Arme, die sie so gut kannte ...

Doch seltsamerweise saß Wolf noch neben ihr. Er berührte sie nicht, sondern sah sie nur an, und in seinem Blick las sie tiefes Mitleid und Verständnis. Das Grauen verflog.

Jetzt war *er* ihr Schutz, ihr Schirm, und seine starken Arme würden sie niemals loslassen. Sekundenlang schloss sie die Augen und gab sich dem Gefühl hin, besser beschützt zu sein denn je zuvor. Als sie die Lider wieder hob, war sie ruhig und gelassen – bereit für alles, was ihr bevorstand.

»Olaf!«, rief Wolf und stand auf. Der einäugige alte Mann, den Cymbra auf der Reise nach Sciringesheal ins Herz geschlossen hatte, trat vor und nickte seinem Herrn zu. »Hol die Axt.«

Heller Jubel brach in der Halle aus. Eifrige Hände packten die Mörder und zerrten sie hinaus in den Hof. Durch eine der offenen Türen sah Cymbra den alten Ulfrich mit ernster, grimmiger Miene neben dem Marterpfahl stehen. Bruder Joseph stand mit gesenktem Kopf an seiner Seite, und dazwischen Brita, zwar blass, doch fest entschlossen, ihre Herrin nicht im Stich zu lassen. Cymbra wollte sie wegschicken, doch ihre Kehle war wie zugeschnürt, und sie konnte nur ein stummes Gebet zum Himmel schicken, um Kraft bitten, damit sie nicht zusammenbrechen und ihrem Gemahl Schande bereiten würde.

Beklommen starrte sie den Marterpfahl an und dachte an den Dieb, der gnadenlos ausgepeitscht worden war, an all die Folterqualen, die Bruder Chilton geschildert hatte. Mit wachsender Verzweiflung versuchte sie, sich gegen das drohende Leid zu wappnen, als sie wieder die starken Arme spürte, die ihr augenblicklich ein Gefühl der Sicherheit gaben.

»Das sind keine Menschen!« Mit einer verächtlichen Geste zeigte Wolf auf die Mörder. »Nichts als Abfall!« Begierig hing die Menge an seinen Lippen. »Kein Mann sollte sich die Hände daran beschmutzen.«

Zustimmendes Gemurmel erklang.

Als er Olaf und Dragon zunickte, zerrten sie einen der Gefangenen vor, zwangen ihn niederzuknien und drückten seinen Oberkörper auf einen Holzblock. Dann ergriff Dragon die Axt, die Olaf ihm reichte, schwang sie empor und ließ sie herabsausen. Der Kopf rollte in den Staub, und die Zuschauer hielten den Atem an. Einer nach dem anderen starb – bis nur noch der große Mann übrig war, der es gewagt hatte, Cymbra zu beleidigen.

Wolf verließ die Halle und nahm Olaf die blutige Axt aus der Hand. »Knie nieder!«, befahl er dem Gefangenen und deutete auf den Holzblock. »Eins sollst du wissen, bevor du zur Hölle fährst. Nur um die Gefühle meiner sächsischen Frau zu schonen, gewähre ich dir einen schnellen Tod.«

Taumelnd gehorchte der Mann. Ein letztes Mal durchschnitt der Stahl die Luft, sang sein blutiges Lied, und die Erde trank durstig den roten Lebenssaft. Niemand regte sich, niemand sprach. Nur das Rauschen des Windes war zu hören, der den Ruf eines fernen Habichts herantrug.

16

Schau doch, er gähnt wieder!« Das Entzücken, mit dem Nadja ihren Sohn betrachtete, wurde nur von der Faszination seines Vaters übertroffen. Ohne von den Eltern und der belustigten Cymbra Notiz zu nehmen, riss der Säugling sein Mäulchen auf. Dann gab er ein schmatzendes Geräusch von sich und schlief mit zusammengekniffenen Augen ein. »So ein braver Junge!«, sagte seine Mutter und legte ihn behutsam in die Wiege. »Er weiß ganz genau, was er tun muss.«

»Trinkt er genug Milch?«, erkundigte sich Cymbra. Im Grunde war die Frage überflüssig, da das Baby ständig zunahm. Aber sie wollte sich vergewissern, dass Nadja keine Schwierigkeiten hatte, wenn sie das Kind stillte.

»O ja«, versicherte die stolze Mutter, »sein Appetit lässt nichts zu wünschen übrig.«

Das Glück der jungen Eltern wirkte ansteckend, und Cymbra blieb noch eine Weile bei ihnen. Schließlich verabschiedete sie sich und verließ das Haus.

Auf der Straße sah sie Olaf an einer Mauer lehnen. Als er sie entdeckte, richtete er sich sofort auf und nickte ihr freundlich zu. Vor ein paar Tagen, kurz nach der Hinrichtung, hatte er sich zu ihrer Eskorte ernannt. Zumindest ging sie davon aus.

Doch da sich ihr Gemahl unablässig in ihr Leben einmischte, konnte sie die Möglichkeit nicht ausschließen, dass der einäugige Wikinger lediglich dem Befehl des Jarls befolgte. Jedenfalls war Olaf ein idealer Begleiter, und sie fühlte sich in seiner Gesellschaft wesentlicher wohler als inmitten der bewaffneten Kriegerschar, die Wolf ihr früher aufgezwungen hatte. Der alte Mann hatte ihr anvertraut, dass er sich gern nützlich machte, was nicht so leicht sei, wenn man die besten Jahre hinter sich habe.

»Sicher weiß Lord Wolf Eure Weisheit und Erfahrung zu schätzen«, hatte Cymbra erwidert.

»Durchaus, wenn auch nur selten. Im Allgemeinen sind alte Leute nur eine Last, für andere und sich selbst.«

»Das dürft Ihr nicht sagen. Alte Menschen können uns so viel über das Leben lehren. Deshalb sollten wir sie achten. Ohne ihr Wissen, das sie an uns weitergeben, müssten wir immer wieder von vorn anfangen.«

»So kann man's natürlich auch sehen«, hatte Olaf zugestimmt. »Aber bedenkt bitte, die nordischen Länder sind hart und gnadenlos. Hier ist es schwierig, Obdach und Nahrung zu finden. Für viele Leute gibt es wenig zu essen, deshalb teilen sie nur ungern mit denen, die der Gemeinschaft nichts mehr nützen.«

Diese Worte kamen ihr nun in den Sinn, während sie

sich in der geschäftigen Straße umsah und das noch regere Leben und Treiben im Hafen beobachtete. Überall zeigte sich der Reichtum, den die Stadt der Macht des Jarls verdankte. Wohl genährt und gut gekleidet, stolz und voller Zuversicht eilten die Bewohner an soliden Häusern und üppig bestückten Läden vorbei.

Jenseits des Kais ankerten mehrere Schiffe. Da sie Sciringesheal eben erst angesteuert hatten, waren die Ladungen noch nicht gelöscht.

Eines der Schiffe erregte Cymbras Aufmerksamkeit, weil es sich mit seinem breiten Rumpf und den zwei Masten von den anderen unterschied, die alle aus dem Norden stammten. An den Seiten prangten zinnoberrote und goldene Streifen, während in der Takelage bunte Flaggen flatterten. Als sie den Hals reckte, sah sie dunkelhäutige Männer an Deck.

»Offenbar haben sie eine lange Reise hinter sich«, bemerkte sie.

Olaf folgte ihrem Blick und nickte. »Wahrscheinlich ist es der Maure. Kareem Ben heißt er oder so ähnlich. Aus Konstantinopel, ein alter Freund von Wolf und Dragon.«

Erfreut über die Aussicht, jemanden aus einem so weit entfernten Land kennen zu lernen, hielt sich Cymbra nicht länger in der Stadt auf, sondern kehrte in die Festung zurück. Das Tor stand offen, und unablässig strömten Menschen hinein und heraus – einige waren auf dem Weg zu den Feldern, wo die Ernte begonnen hatte, andere waren von den Handelsschiffen heraufgeeilt, um Geschäfte zu machen, bevor der Winter die Seewege nach Norden versperren würde.

Vor dem Hauptgebäude unterhielten sich einige Byzantiner mit Wikingern in jener polyglotten Sprache, die sämtliche Kaufleute in aller Welt beherrschten. Bei Cymbras Ankunft verstummten die Fremden abrupt und starrte sie mit jenen weit aufgerissenen Augen an, die sie längst gewöhnt war. Ein paar traten näher, und Olaf umfasste den Griff seines Schwertes – eine überflüssige Geste, weil die Neuankömmlinge von den Einheimischen zurückgehalten wurden.

Während Cymbra an ihnen vorbeiging, hörte sie ein warnendes Gemurmel. »Das ist Wolfs Frau.«

Prompt erstarrten die Byzantiner, als stünden sie am Rand eines Abgrunds, dann wichen sie hastig zurück.

In der Halle wehten ihr verlockende Düfte und fröhliches Gelächter entgegen. Wolf stand am anderen Ende des Raums, in ein Gespräch mit Dragon und einem Mann vertieft, von dem sie annahm, das er der Maure war.

Er war etwas kleiner als die Hakonson-Brüder, aber kräftig gebaut, und wirkte sehr imposant in seiner zinnoberroten Tunika, die seine dunkle Haut und den sorgsam gestutzten Bart betonte. Zufällig schaute er zu Cymbra herüber und riss ebenfalls die Augen auf. Doch er hatte sich sofort wieder in der Gewalt, weil er zu ahnen schien, wer sie war.

»Ah, Cymbra, da bist du ja!«, rief Wolf und winkte sie zu sich. »Komm und begrüße unseren alten Freund, Kareem ben Abdul. Kareem, das ist meine Gemahlin, Lady Cymbra.«

Höflich verneigte sich der Gast. »Die *legendäre* Lady Cymbra, würde ich sagen, mein Freund, denn ihr Ruf ist ihr weit vorausgeeilt.«

»Sir, Ihr übertreibt«, entgegnete sie sanft, worauf er verwundert blinzelte. Weshalb war er so überrascht? Darüber, dass sie sprechen konnte – oder darüber, dass sie es zu tun wagte? Wolf schlang einen Arm um ihre Taille. Was seine Frau betraf, würde er dem Mauren niemals irgendwelche Freiheiten gestatten, wie seine Miene nur zu deutlich verriet.

Beschwichtigend hob Kareem seine Hände. »Keine Bange, mein Freund, ich werde deine Gattin genauso ehren wie dich.«

»In dieser Hinsicht bin ich ein bisschen empfindlich. Dafür hast du sicher Verständnis.«

»Ja, gewiss. Welcher Mann wäre das nicht? Vielleicht möchte Lady Cymbra die Stoffe begutachten, die ich mitgebracht habe?«

Während Wolf großzügig zustimmte, zwang sie sich zur Geduld. Erst seit kurzem durfte sie in die Stadt gehen, wann es ihr beliebte, wenn auch nur in Begleitung von Olaf. Brauchte sie jetzt die Erlaubnis ihres Mannes, um ein paar Stoffe zu betrachten? »Später«, erklärte sie brüsk. »Jetzt will ich mich um das Abendessen kümmern.«

Sie wartete keine Antwort ab. Nach einem vernichtenden Blick in Wolfs Richtung verließ sie die Halle, aber nicht schnell genug, um den verwirrten Kareem fragen zu hören: »*Kochen* kann sie auch noch?«

»Sogar ganz ausgezeichnet«, entgegnete Wolf lachend.

»Wenn ich dir dein Glück auch gönne, doch auf dieser Welt gibt es keine Gerechtigkeit.«

Da die beiden offenbar beschlossen hatten, über Cymbra zu sprechen, als wäre sie nicht vorhanden, ergriff sie nur zu gern die Flucht.

Den restlichen Nachmittag verbrachte sie in der Küche und zeigte den Frauen, wie man einige Gerichte zubereitete, die sie noch nicht in der Halle ihres Gemahls serviert hatte. Das hatte sie ohnehin vorgehabt, und es hatte gewiss nichts mit seinem Stolz auf ihre Kochkünste zu tun – auf keinen Fall.

Bis zum Abend hatten sich beinahe alle Byzantiner in der Festung versammelt. Als regelmäßige Besucher wurden sie herzlich empfangen. Musikinstrumente wurden hervorgeholt, und bald hallten fröhliche Gesänge von den Deckenbalken der Halle wider. Neuigkeiten und Gerüchte wurden ausgetauscht, alte Bekanntschaften erneuert und Pläne für das nächste Jahr geschmiedet.

Für kurze Zeit verließ Cymbra die Küche, um zu baden und sich für die Mahlzeit anzukleiden. Sie wählte ein Kleid aus frühlingsgrünem Leinen, am Saum, am Oberteil und an den weiten Ärmeln war es mit Blüten bestickt. Wegen der milden Abendluft trug sie keine Tunika darüber. In weichen Wellen fiel ihr Haar bis zu den Knien hinab und war an den Schläfen mit Kämmen voller Juwelen festgesteckt. Bevor sie das Haus verließ, zögerte sie.

Das goldene Halsband mit dem Wolfsemblem, das der Jarl ihr zur Hochzeit geschenkt hatte, lag seit diesem Tag unberührt in ihrer Schmuckschatulle. Jetzt nahm sie es heraus und spürte das Gewicht in ihren Händen. Ehe sie ihren Entschluss ändern konnte, schlang sie das Geschmeide um ihren schlanken Hals.

»Einfach köstlich!« Kareem verzehrte den letzten saftigen Bissen seiner Hühnerkeule und warf den Knochen auf sein Schneidebrett. »So gut habe ich noch nie gegessen.«

Dragon, der seinen mit Pfeffer und Safran gewürzten Schweinebraten in vollen Zügen genoss, hielt kurz inne und stimmte zu. »Früher dachte ich, man würde am besten beim alten Hakim Bey in Alexandria speisen. Erinnerst du dich an ihn?«

»In der Tat«, erwiderte Kareem. »Ein sehr netter Mann. Am liebsten mochte er Mandeln.«

»Jetzt gebührt die Ehre der besten Küche weit und breit meinem vornehmen Bruder«, fuhr Dragon grinsend fort. »Bald muss jeder Feinschmecker erzählen können, er sei in Sciringesheal gewesen, sonst nimmt man ihn nicht mehr ernst.«

Belustigt schob Wolf sich eine Stange wilden Spargel in den Mund. Nachdem er sie hinuntergeschluckt hatte, wandte er sich zu Kareem. »Hoffentlich hast du viele Gewürze an Bord. Bis vor kurzem hielt ich alles, was sich nicht mehr bewegte, für eine ausreichende Nahrung, aber neuerdings bin ich ziemlich wählerisch.«

»In meinem Frachtraum lagert ein Sortiment, das nichts zu wünschen übrig lässt, mein Freund. Gewürze aus den fernsten Teilen der Erde, auch von Inseln hinter China.«

»Dass es hinter China noch etwas gibt, wusste ich gar nicht«, bemerkte Cymbra, die bisher geschwiegen hatte. »Manche Leute behaupten sogar, China sei nur ein Mythos.«

»Oh, China existiert wirklich«, erklärte Kareem freundlich. »Ich bin einigen Menschen begegnet, die aus diesem Land stammen.«

Wolf nickte. »In der Tat, meine Liebe, China existiert wirklich. Kareem ist Leuten begegnet, die aus diesem Land stammen.«

Verwirrt runzelte sie die Stirn. Obwohl ein ausgezeichneter sizilianischer Wein kredenzt wurde, trank ihr Mann nur wenig und Kareem überhaupt nichts davon, sein Glauben verbot es ihm. Trotzdem benahmen sich beide Männer ziemlich … sonderbar. »Sind die Augen der Chinesen wirklich anders geformt, Kareem?«

»Geschlitzt und an den äußeren Winkeln hochgezogen.«

»Geschlitzte Augen«, sagte Wolf zu seiner Frau. »An den äußeren Winkeln hochgezogen.«

»Sie erinnern mich beinahe ein wenig an die Mandeln, die Hakim Bey so liebt«, ergänzte Kareem.

»Wie Mandeln«, murmelte Wolf.

Cymbra starrte von einem zum anderen. Warum wiederholte ihr Gemahl alles, was der Gast sagte, als wäre sie schwerhörig? »Habt Ihr auch Mandeln an Bord, Kareem?«

»Wundervolle Mandeln und viele andere Nüsse. Es wird mir ein Vergnügen sein, morgen eine Kostprobe in die Festung zu bringen.«

»Kareem hat viele Nüsse zu bieten, mein Schatz«, verkündete Wolf. »Morgen wirst du sie probieren.«

»Und Stoffe?«, fragte sie.

»Etliche Dutzend verschiedener Art – herrliche Seide, prächtige Brokate, reinste Leinen …«

»Seide, Brokat, Leinen«, wiederholte Wolf. »Von allem nur das Beste.«

»Und Tiere? Wie gern hätte ich ein kleines Äffchen …«

»Damit kann ich leider nicht dienen. Ein Affe würde die weite Reise nicht überstehen.«

»Keine Tiere, *Elskling* …« Wolf unterbrach sich und hob die Brauen. »Warum wünschst du dir einen Affen?«

Er hatte sie wieder »Liebste« genannt, und diesmal war er nüchtern. Trotz des wachsenden Unmuts freute sie sich darüber. »Offen gestanden, ich möchte gar keinen Affen. Ich habe nur überlegt, wann du aufhören wirst, alles nachzuplappern, was unser Gast sagt.« Sie schenkte Kareem ein strahlendes Lächeln. »Ihr sprecht perfekt Norwegisch und mit einem weniger starken Akzent als ich. Also verstehe ich Euch sehr gut.«

»Es freut mich, dass deine Frau meine Sprachkenntnisse zu schätzen weiß, Wolf.«

Lachend winkte Dragon einen Diener heran und ließ die Kelche nachfüllen. »Kareem, ich glaube, du verwirrst Cymbra.« Nach einem kurzen Blick in ihre Richtung schnappte er in gespielten Entsetzen nach Luft. »Ich fürchte sogar, du ärgerst sie.«

»Unsinn, ich ärgere mich nicht«, protestierte sie. »Ich möchte nur verstehen, warum Kareem nicht direkt mit mir spricht.«

»Weil Ihr einem anderen Mann gehört, Cymbra«, erklärte Dragon freundlich. »Deshalb darf er nicht mit Euch reden. Das wäre genauso schlimm, als würde er Euch berühren.«

»Wie absurd …« Doch nach wenigen Sekunden hatte sie sich wieder unter Kontrolle und wandte sich an den Mauren. »Tut mir Leid, ich will nicht unhöflich sein, aber so etwas habe ich noch nie gehört.«

»Im Osten ist es allgemein üblich«, warf Wolf ein.

»Eine sehr zivilisierte Gegend, der Osten«, meinte Dragon und grinste, als er den vernichtenden Blick seiner Schwägerin sah. In diesem Augenblick fiel sein Blick auf ihr Halsband. »Einerseits darf ich Euch nicht als Eigentum meines Bruders bezeichnen, andererseits tragt Ihr sein Emblem.«

»Es ist mein Hochzeitsgeschenk! Besteht tatsächlich kein Unterschied zwischen einer Ehefrau und – sagen wir mal – einem Pferd?«

Plötzlich erlitt Dragon einen Hustenanfall, der offenbar ansteckend war, denn auch Kareem begann zu husten. Nur

Wolf blieb verschont und verzog keine Miene, was ihm offenbar sehr schwer fiel.

»Ist es denn so abwegig, zu behaupten, man sollte eine Ehefrau nicht mit einem Pferd vergleichen?«

Bevor er seiner Stimme trauen konnte, schüttelte er mehrmals den Kopf. »Keineswegs, *Elskling*.«

Angesichts seiner kaum verhohlenen Belustigung verflogen die zärtlichen Gefühle, die sie eben noch gehegt hatte. Dann ging ihr plötzlich auf, warum dieser Vergleich durchaus vorstellbar war – beide wurden schließlich von den Männern geritten. Eine brennende Röte überzog ihre Wangen, und sie versuchte, ihre Empörung in Worte zu fassen.

Aber Wolf kam ihr klugerweise zuvor. »Im Osten herrschen andere Sitten als bei uns, die du nicht falsch beurteilen solltest. Dort werden die Ehefrauen respektiert und beschützt und mit allem erdenklichen Luxus umgeben. Also führen sie ein sehr angenehmes Leben.«

»Ganz recht«, bestätigte Kareem. »Die Tradition des Harems bedeutet uns sehr viel.«

»Was ist ein Harem?«, fragte Cymbra.

Bevor Wolf antworten konnte, sprang sein stets hilfsbereiter Bruder ein. »In diesem Gebäude wohnen die Frauen abgeschieden von der Welt und sehen keinen Mann außer ihren Herrn und Meister.«

»*Alle* Frauen des Haushalts«, ergänzte Kareem. »Alte und junge, Mütter, Tanten, Kusinen, Töchter und Ehefrauen – und kleine Jungen. Der Harem befindet sich innerhalb einer Residenz, aber mit eigenen Gärten, Höfen, Brunnen und solchen Dingen.«

»Und die Frauen dürfen den Harem nicht verlassen?«

»Doch, aber sie müssen sich verschleiern. Kein fremder

Mann soll sie sehen. Und sie gehen niemals ohne angemessene Eskorte aus. Das alles dient ihrem Schutz.«

»Ah, ich verstehe.« Lächelnd wandte sich Cymbra zu ihrem Mann. »Warum hast du mir nicht befohlen, einen Schleier zu tragen?«

»Oh, es gibt auch andere Harems«, erläuterte Dragon seiner Schwägerin, ohne dem strafenden Blick des Jarls Beachtung zu schenken. »Erinnerst du dich an Erik Leifson?«

»Dragon!«, warnte Wolf.

Doch Dragon fuhr ungerührt fort: »Er besaß eine Villa außerhalb von Konstantinopel in der Nähe des Strandes. Da wohnt er immer noch, so viel ich weiß.«

»Ja, natürlich, ich entsinne mich.« Kareem beugte sich vor. »In dieser Villa lebt er nach wie vor, und es geht ihm sehr gut.«

»Das kann ich mir vorstellen. Ein sehr großzügiger Gastgeber, der liebe Erik. Für seine Freunde war ihm nur das Beste gut genug.«

»Dragon, ich glaube nicht ...«, begann Wolf.

»Allein schon der Harem!«, fügte Dragon fröhlich hinzu. »Erik ist nicht nur ein Sammler, sondern auch ein Kenner.« Er stieß einen genussvollen Seufzer aus. »Da war eine Tscherkessin ... eine unglaubliche Frau mit feuerrotem Haar ... und eine Nubierin mit himmlischen Augen, sehr gelenkig ... Weißt du noch, warum wir damals von dort weggegangen sind, Wolf? Ich habe es vergessen.«

»Ich versuche mich gerade zu erinnern, warum ich dich nicht dort gelassen habe«, murmelte sein Bruder.

»Weil du mich brauchst, damit ich dich hin und wieder aufmuntere«, erwiderte Dragon, während Kareem auflachte. »Offen gestanden, würde ich lieber im Osten leben. Da weiß ein Mann immer, wo seine Frauen zu finden sind, und sie tanzen stets nach seiner Pfeife. Genauso, wie es sein soll. Und die Frauen kennen keinen anderen Gedanken, als Ihren Herrn und Meister zu erfreuen. Deshalb sind sie auch so glücklich.«

Diesen bedeutsamen Worten folgte tiefes Schweigen. Wolf starrte in seinen Weinkelch und schien mit dem Gedanken zu spielen, das kostbare Gefäß zu zertrümmern. Mit zufriedener Miene lehnte Dragon sich in seinem Stuhl zurück, während Kareem vergeblich versuchte, ein Grinsen zu unterdrücken.

Lächelnd faltete Cymbra die Hände im Schoß. »Sagt mir, Kareem, lagert Ihr in Eurem Frachtraum auch Arzneien?«

»Arzneien?«

»Er weiß nicht, was du …«, begann Wolf.

»Oh, ich habe ihn sehr gut verstanden«, unterbrach sie ihn. Alle drei starrten sie an. Ausnahmsweise freute sie sich, weil sie so mühelos männliche Aufmerksamkeit erregte. »Vielleicht Kräuter, wie zum Beispiel Belladonna. Oder Schierling, Stechapfel, Eisenhut. Oder Oleander, Milchstern, Rizinuspflanzen … Und da wäre noch die Kornrade, der Immergrüne Seidelbast, Lorbeer …«

»Lady Cymbra, die meisten dieser Pflanzen enthalten tödliches Gift!«, stieß der Maure hervor, der plötzlich die Schicklichkeit vergessen zu haben schien.

»Wenn man sie richtig anwendet, entfalten sie auch heilsame Kräfte!«, entgegnete sie mit einem liebreizenden Lächeln. »Übrigens gibt es noch viel mehr solcher Pflanzen, die man irrtümlich für ungenießbar hält. Hier ein Blatt, eine Wurzel da – wenn eine Köchin nicht aufpasst …« Sie seufzte tief auf, dann erhellte sich ihre Miene, als die Dienstboten mit schwer beladenen Tabletts zu den Tischen eilten. »Ah, der nächste Gang!« Unschuldig schaute sie ihre drei Tischherrn an. »Hoffentlich ist niemandem der Appetit vergangen …«

Stunden später lag sie neben ihrem Mann im Bett und erinnerte sich lächelnd an die Wirkung ihres kleinen Streichs. Kareem hatte sie angestarrt, als gehörte sie einer Spezies an, der er nie zuvor begegnet war und der er auch nie wieder begegnen wollte. Dragon war so fassungslos gewesen, dass ihm sein Weinkelch entglitten war. Und Wolf war in schallendes Gelächter ausgebrochen. Doch dieses Mal hatte sie ihm seine Belustigung nicht übel genommen, weil sie seinen Stolz auf seine kluge Ehefrau bekundet hatte. »Jetzt weiß ich wieder, warum wir Eriks Harem verlassen haben. Zumindest, warum *ich* das Weite gesucht habe. Dort erinnerte mich keine einzige Frau an Frigg.« Wie sein glühender Blick verraten hatte, war dieser Mangel inzwischen behoben worden.

Also sah er eine Göttin in ihr. Für dieses Kompliment verdiente er eine Belohnung, und die bekam er auch, sobald sie in sein Haus zurückkehrten. Bei dieser Gelegenheit hatte Cymbra bewiesen, dass man auch Männer mit Pferden vergleichen konnte.

Jetzt brauchte sie ihren Schlaf, doch sie fand keine Ruhe. So viele Gedanken schwirrten ihr durch den Kopf, Bilder und Fragen …

Welch ein süßes Baby Nadja bekommen hatte. Voller Sehnsucht nach einem Kind berührte Cymbra ihren flachen Bauch. Ein Söhnchen oder Töchterchen, das Wolf vergöttern würde – das wusste sie genau. Und dann noch weitere Kinder … *Bitte, lieber Gott …*

Sie dachte an den Mauren mit den schimmernden dunklen Augen und dem offenherzigen Lächeln, an seinen Bericht von fernen, exotischen Palästen in einer Welt, in der Frauen abgeschieden im Luxus lebten, nur zum Vergnügen der Männer ... So etwas könnte sie niemals ertragen, aber die Visionen, die vor ihrem geistigen Auge entstanden, wirkten seltsam erregend.

Frauen, die nur für das Vergnügen der Männer lebten. In Byzanz hatte auch Wolf solche Frauen kennen gelernt, in der Villa eines großzügigen Mannes, eines Sammlers und *Frauenkenners*, wie Dragon betont hatte. Rothaarige Tscherkessinnen, gelenkige Nubierinnen ... Plötzlich erschien vor ihrem inneren Auge das Bild ihres Ehemannes, der auf einem Sofa saß, die langen Beine ausgestreckt, und zwischen mehreren Schönheiten seine Wahl traf.

Wäre *sie* dabei gewesen, hätte er sich für sie entschieden?

Was für eine alberne Frage! Er hatte sie bereits gewählt. Nur ihretwegen war er nach Holyhood gereist.

Um Rache zu üben, um ein Bündnis zu schließen – was immer das Schicksal beschließen mochte, wenn Hawk nach Sciringesheal kam ...

Energisch schob sie ihre Angst beiseite. Wolf strebte cin Bündnis an, und sie musste ihren Bruder nur überzeugen ...

Warum ließ er nur so lange auf sich warten? Wenn Wolf ihn verständigt hatte, müsste er längst hier sein. *Wenn ...* Noch hatte sie nicht zu fragen gewagt, weil sie so verzweifelt an der Illusion festhielt, sie würde eine ganz normale Ehe führen und wäre eine ganz normale Ehefrau. Jetzt schämte sie sich ihrer Feigheit. Seufzend drehte sie sich zur Seite, zog die Beine an und kämpfte mit den Tränen.

Nach wenigen Sekunden spürte sie eine warme Hand auf ihrer Schulter und hörte Wolfs schläfrige Stimme.

»Was bedrückt dich, Cymbra?«

Nur ein leiser Laut, eine kaum wahrnehmbare Bewegung … Trotzdem wusste er sofort, dass sie ihn brauchte. Ohne eine Antwort abzuwarten, drehte er sie zu sich herum und zog sie an seine Brust.

»Ein böser Traum?«, flüsterte er und streichelte beruhigend ihren Rücken.

Weil sie ihrer Stimme misstraute, schüttelte sie den Kopf und presste ihr Gesicht an seine Schulter. Erfolglos versuchte er, ihr Kinn zu heben.

»Hast du dich wirklich über Dragon geärgert, Cymbra? Er wollte dich nur ein bisschen necken.«

»Nein, das ist es nicht«, presste sie hervor.

»Hat Kareem dich gekränkt? Er ist so ein herzensguter Mann. Er würde dich sicher niemals wissentlich verletzen …«

»Das ist es auch nicht.«

Nach einer kurzen Pause holte er tief Atem. »Also bleibe nur *ich* übrig. Was habe ich verbrochen, *Elskling*?«

»Gar nichts …« Plötzlich begannen ihre Tränen zu fließen und benetzten ihre Wangen und seine Brust. Sie schluchzte und konnte nicht aufhören, während ihr besorgter Ehemann abwechselnd Trostworte murmelte und nach dem Grund ihres Kummers fragte.

Schließlich wischte sie die Tränen weg und schaute ihn an. »Tut mir Leid. Keine Ahnung, was mit mir los ist …« Schniefend beteuerte sie: »Es geht mir gut. Wirklich.«

Statt zu antworten, sprang er aus dem Bett. Splitternackt ging er zum Tisch vor dem Fenster und goss Wein in einen kostbaren, mit Edelsteinen besetzten Kelch, den er seiner Frau brachte. »Trink das.«

Gehorsam nahm sie einen Schluck, dann noch einen.

Wolf hielt ihr den Kelch an die Lippen, bis sie ihm bedeutete, dass sie nichts mehr wollte. Er stellte den Kelch beiseite, setzte sich an die Bettkante, ergriff ihre Hände. »Würdest du mir *bitte* verraten, was dich quält, *Elskling*?«

Wie besorgt er aussah … so liebenswert mit der Locke, die ihm in die Stirn fiel, und den dunklen Bartstoppeln am Kinn. Er war ein Mann, den andere fürchteten, und dessen Name an vielen Orten halb ehrfürchtig, halb angstvoll geflüstert wurde. Aber jetzt saß er nackt auf der Bettkante, mitten in einer Nacht, die ihm nur wenig Ruhe gegönnt hatte, und flehte seine Gemahlin an, sie möge ihm ihr Leid klagen.

Kein Wunder, dass sie ihn so liebte …

Bestürzt presste sie eine Hand auf den Mund. Sie begehrte ihn, sie respektierte ihn, sie mochte ihn – aber nicht nur das. Von ganzem Herzen *liebte* sie ihn, leidenschaftlich und bedingungslos. Ihre Liebe übertraf alles, sogar die Liebe zu ihrem eigenen Leben. Und sie hatte nicht einmal bemerkt, dass dieses tiefe Gefühl in ihrer Seele entstanden und aufgeblüht war wie eine Blume unter der Sonne.

»Ich liebe dich.« Ein Gebet, ein Lied, ein Freudenschrei, obwohl sie flüsterte. Drei kleine Worte, die alles sagten – wer sie war, wer sie immer bleiben und was sie bis ans Ende ihrer Tage empfinden würde. »Ich liebe dich!«, wiederholte sie triumphierend, von heißem Glück erfüllt. »O Wolf, ich liebe dich!«

»Nun, ich liebe dich auch«, erwiderte er sachlicher. »Aber ich verstehe nicht, warum dich das zum Weinen bringt.«

Sein erstaunliches Geständnis entlockte ihr neuerliche Tränen. *Er liebte sie.* Er nahm ihren Gefühlsausbruch so tapfer hin, wie man es von einem verwirrten Mann erwarten durfte. Zärtlich streichelte er ihren Rücken, versicherte ihr, wie wundervoll sie sei, und bemühte sich nach Kräften, sie zu besänftigen. Als er feststellte, dass seine Bemühungen fruchtlos waren, entschloss er sich zu einer anderen Taktik, die keine Worte erforderte und viel besser wirkte.

Viel später, nachdem Cymbra endlich eingeschlafen war, hielt er seine geliebte Frau in den Armen und fasste einen Entschluss. Was er so lange hinausgezögert hatte, musste möglichst bald geschehen. Am nächsten Morgen würde er Lord Hawk in die Falle locken.

17

Eine Woche, nachdem Kareem ben Abdul aus dem Hafen von Sciringesheal gesegelt war, versuchte Cymbra noch immer, Platz für all die Waren zu finden, die er zurückgelassen hatte. Scheinbar war seine gesamte Fracht in die Festung gebracht worden, was natürlich nicht stimmte. Auch die Stadtbewohner hatten eine Menge gekauft und die Besatzungen anderer Schiffe ihre eigenen Ladungen bereitwillig gegen exotische Schätze getauscht.

Trotzdem musste Cymbra jetzt eine ungeheure Menge an Stoffen, Gewürzen, Lebensmitteln und anderen Dingen unterbringen. Offenbar war ihr Ehemann noch reicher, als sie vermutet hatte. Einige verschlossene Truhen in seinem Haus, um die sie sich nie gekümmert hatte, enthielten Goldmünzen und Juwelen von unschätzbarem Wert.

Auch Dragon war ein wohlhabender Mann. Gemeinsam beherrschten die Brüder Hakonson ein Handelsimperium, das sich vom Norden bis zu den Mittelmeerländern und darüber hinaus erstreckte.

Als Cymbra ihre Überraschung bekundete, zuckte Wolf nur die Achseln. »Ein starker Arm und ein kluger Kopf vereinen sich nur selten. Wenn ein Mann beides besitzt, findet er so manche Gelegenheit.«

Welch eine Untertreibung, dachte sie. Die Kampfkraft des *starken Arms* wurde in aller Welt gefürchtet. Und in seinem *klugen Kopf* steckten ein stets hellwacher Geist und bewunderswerter Scharfsinn.

Nun lagen prächtige Seiden- und Leinenstoffe, Satin und Brokate auf dem Bett, auf Tischen und Stühlen und hingen zum Boden hinab. Im gleißenden Sonnenlicht, das durch die Fenster hereinfiel, schimmerten die Farben wie Edelsteine.

Kunstvoll geschnitzte Kästchen, mit Gold oder Bronze beschlagen, reihten sich aneinander und enthielten verschiedene duftende Gewürze. Cymbra öffnete eine kleine Schublade mit kostbaren Zimtsamen. In anderen Fächern lagen Senfkörner, die ein scharfes Aroma verströmten, und zarte Safranfäden in solchen Mengen, dass ihr Atem stockte, denn dieses Gewürz war das seltenste und teuerste von allen. Während sie in die anderen Schubladen spähte, sagte sie sich, dass diese Vorräte wahrscheinlich bis an ihr Lebensende reichen würden.

»Für die Küche brauchen wir ein großes Kästchen«, erklärte sie Brita, die ihr half, die Gewürze zu sortieren.

Die Irin nickte. »Eins, das wir versperren und im Boden verankern können. Unsere Leute sind zwar grundehrlich, aber wenn ein Fremder vorbeikommt, gerät er womöglich in Versuchung.«

»Da hast du Recht«, stimmte Cymbra zu. Eine Hand

voll Gewürze ließ sich leicht verstecken und später verkaufen. Dafür würde so mancher Mann mehr bekommen, als er in einem Jahr verdiente. »Und dann müssen wir Platz für all die Stoffe finden. Im Haus meines Mannes kann ich sie nicht verwahren.«

Fasziniert hielt Brita einen dunkelblauen, mit silbernen Spiralen bestickten Brokat in die Höhe, der die Illusion tanzender Sterne am Himmel heraufbeschwor. »Habt Ihr so etwas jemals gesehen?«

»Oh, ich habe schon viele schöne Stoffe gesehen, aber noch nie so viele auf einmal. Leider weiß ich nicht, wie wir sie alle verwerten sollen. Für praktische Kleidung eignen sie sich nicht.«

Brita kicherte und breitete aprikosefarbene Gaze auf dem Bett aus. »Also, dieser Stoff erscheint mir sehr nützlich, Lady.«

»Glaubst du wirklich, jemand würde so etwas anziehen?« Mochte die Gaze auch wunderbar schimmern, allein schon der Gedanke, sich in ein solches Kleid zu hüllen, ließ Cymbra erröten. Was die Trägerin damit bezwecken würde, wäre viel zu offensichtlich.

»O ja. In Hedeby habe ich Geschichten über die Frauen im Osten gehört, die angeblich ihre Scham rasieren und parfümieren. Wusstet Ihr das?«

»Nein …« Die offenherzigen Worte der Sklavin überraschten Cymbra. Doch dann erwachte die Neugier, denn sie erinnerte sich an die schönen Erinnerungen, die Dragon – und zweifellos auch ihr Ehemann – aus dem Osten mitgebracht hatten.

»Außerdem bemalen sie ihre Brustwarzen mit roter Farbe und lassen kleine Blumen auf ihre Weiblichkeit tätowieren. Oh, und sie benutzen alle möglichen Spielsachen …«

Um ihren Schock zu verbergen, räusperte sich Cymbra. *»Spielsachen?«*

»Da staunt Ihr, nicht wahr?« Brita lachte. »Zum Beispiel gibt es Futterale, die sich ein Mann überstreift, um größer und kräftiger zu wirken. Einige sind mit Noppen versehen, die eine Frau ganz besonders erregen. Oder sie schiebt kleine Kugeln in ihren Schoß, um sich selbst zu reizen. Manchmal umwindet der Mann seine Männlichkeit mit einem Band, damit sie länger hart bleibt.«

Cymbra lauschte so verblüfft, dass sie ihre Verlegenheit vollkommen vergaß. »Werden solche Dinge tatsächlich verwendet?«

»Ja, und noch viele andere. Man reibt gewisse Körperstellen mit Salben ein, die verschiedene Wirkungen hervorrufen. Oder man bringt sich mit Elixieren, Gesängen und magischem Weihrauch in Stimmung. Ich weiß, das alles klingt unglaublich. Aber die menschliche Fantasie scheint keine Grenzen zu kennen – zumindest nicht, wenn es um den Liebesakt geht.«

»Offenbar nicht …« Und Cymbra hatte geglaubt, in den wenigen Wochen ihrer Ehe hätte sie alles über sinnliche Freuden gelernt. Verträumt betrachtete sie die hauchdünne Gaze, deren Farbe ihr ausgezeichnet stehen würde. Vielleicht sollte sie darüber nachdenken …

Doch vorerst fand sie keine Zeit dafür. Kaum hatte sie entschieden, was mit all den neuen Sachen geschehen sollte, klopfte es an der Tür, und eine Dienerin kam herein.

»Mylady, Lord Wolf wünscht Euch sofort zu sehen«, verkündete sie atemlos und zeigte in die Richtung des Hauptgebäudes.

Was mochte so eilig sein, dass es keinen Aufschub duldete? In der Halle stieß sie auf die Brüder Hakonson, die an der Tafel saßen und sich angeregt unterhielten. Als Cymbra hereinkam, standen sie auf, und Wolf rückte ihr einen Stuhl zurecht. Verwundert setzte sie sich und blickte von einem zum anderen. »Stimmt was nicht?«

»Alles in Ordnung«, erwiderte ihr Gemahl, worauf sich Dragon demonstrativ räusperte. »Ich habe beschlossen, die anderen Lords von Vestfold zu einer Versammlung in Sciringesheal einzuladen, weil wir über Angelegenheiten von gemeinsamem Interesse reden sollten.«

Cymbras Gedanken überschlugen sich. Also musste sie für mehrere Gäste ein großes Festmahl vorbereiten – wahrscheinlich nicht nur eine Mahlzeit. Zweifellos würden sie einige Tage hier bleiben. Nur das Allerbeste durfte aufgetischt werden, und sie hoffte inbrünstig, dieser schwierigen Aufgabe gewachsen zu sein.

»Wann erwartest du die Lords?«, erkundigte sie sich.

»Ich habe soeben die Einladungen überbringen lassen. Ich nehme an, sie werden in einer Woche ankommen.«

»In einer *Woche*?« Wie sollte sie in so kurzer Zeit die nötigen Vorbereitungen treffen. »Wie viele werden es sein?«

»Die Jarls, ihre Söhne und das Gefolge, die üblichen Eskorten … nur ein paar Hundert.«

»Ein paar *Hundert*?« Ungläubig starrte sie ihn an. Sie liebte ihn von ganzem Herzen. Er war stark, gütig und wundervoll, er beglückte und beschützte sie, dennoch hinderte es sie nicht daran, ihn zu fragen: »Bist du *verrückt*?«

»Habe ich dir nicht gesagt, sie würde sich kein bisschen freuen?«, erinnerte Dragon seinen Bruder, sichtlich zufrieden, weil er Recht behielt.

Wolf warf ihm nur einen kurzen, eisigen Blick zu, bevor er sich wieder an seine Frau wandte. »Mach dir keine Sorgen, *Elskling*, wir alle werden dir helfen.«

Immer noch nicht besänftigt, runzelte sie die Stirn. Typisch Mann. Vermutlich hatte er gar nicht darüber nachgedacht. »Wo sollen die Leute schlafen? Was werden sie essen? Wie willst du sie unterhalten, wenn ihr nicht über diese furchtbar wichtigen Angelegenheiten sprecht, worum auch immer es gehen mag. Ein paar Hundert Männer müssen verköstigt, komfortabel untergebracht und unterhalten werden – und du gibst mir nur eine Woche Zeit?«

»Beruhigt Euch, teure Schwägerin«, bat Dragon grinsend. »Heute beginnen wir mit dem Bau von zwei Häusern am Hang. Dort werden unsere Gäste wohnen. Und was die Unterhaltung betrifft, nun, was gibt es Besseres als die Jagd, die noch einen zusätzlichen Vorteil bringt, nämlich die Bereicherung des Speiseplans. Und um die Vergnügungen braucht Ihr Euch nicht zu kümmern. Die Neuigkeit hat sich bereits wie ein Lauffeuer verbreitet.«

»Großartig!«, rief Cymbra. »Ein paar hundert Wikinger-Lords und sämtliche Huren aus der näheren und weiteren Umgebung! Das ist wahrlich ein Grund zu überschwänglicher Freude!« Nach einer kurzen Pause fügte sie hinzu: »Wenn diese Zusammenkunft ein Erfolg werden soll, müssen alle Stadtbewohner mithelfen.« Aber noch während sie sprach, wurde sie von plötzlicher Begeisterung erfasst. Sie liebte Herausforderungen, und diese erschien ihr besonders interessant. Außerdem würde sie keine bessere Gelegenheit finden, um ihrem Mann zu beweisen, wozu sie fähig war.

»Natürlich«, bestätigte er, »und du wirst die Aufsicht führen. Kauf ein, was wir benötigen, und leite alles in die Wege, was du für richtig hältst.«

Angesichts des Vertrauens, das er in sie setzte, verzieh sie ihm, dass er ihr nur wenig Zeit für die Vorbereitungen ließ. Hastig trommelte sie die Frauen zusammen und erklärte ihnen, was geschehen musste.

Während der nächsten Woche galt ihre Aufmerksamkeit lediglich den Lords von Vestfold – und nichts anderem.

»Wann wirst du es ihr sagen?«, fragte Dragon ein paar Tage später. Nachdem die Brüder im Fluss geschwommen waren, saßen sie am Ufer zwischen den Resten des Mittagessens, das Cymbra heruntergeschickt hatte und das aus warmem Brot, reifem Käse, Äpfeln und Beeren in verschwenderischer Fülle sowie Hühner- und Rebhuhnkeulen bestand. Heißhungrig hatten sich die Männer darauf gestürzt, die gemeinsam mit Wolf und Dragon die beiden Holzhäuser für die Gäste einrichteten. Da sie jeden Tag bis spät in die Nacht hinein gearbeitet hatten, waren die Gebäude fast fertig.

Doch die Ruhepause durfte nicht zu lange dauern, denn sie mussten ausreichend Vorräte für die festlichen Mahlzeiten herbeischaffen. Bald würden sie ein Lager in den Wäldern aufschlagen, um zu jagen, während die Dienstboten die Beute in regelmäßigen Abständen in die Festung bringen würden, wo sie von den Frauen und Kindern geschmort oder gebraten werden sollten. Von blitzenden Speeren und schnellen Pfeilen getroffen, würden Hirsche und Eber zusammenbrechen, und die jüngeren Burschen würden dem Kleinwild Fallen stellen.

Fischer ruderten aufs Meer und warfen ihre Netze aus, um Dorsche und Heringe zu fangen. Unaufhörlich brannten die Räucherflammen. Vom Fluss wurden große Eisblöcke heraufgeschleppt, die bereits den Winter ankündigten und in unteriridischen Kammern die Speisen kühlten. Einige wurden eingesalzen, andere sauer eingelegt. Keiner der Wikinger-Lords würde sich über die Gastfreundschaft des Jarls von Sciringesheal beschweren können.

Splitternackt lag Wolf in der Sonne und ließ sich von der warmen Brise trocknen während er über die Frage seines Bruders nachdachte. »In der allerletzten Minute. Wann sonst?«

Dragon brach in lautes Gelächter aus. »Offenbar hast du in deiner kurzen Ehe schon einiges gelernt.«

»Zumindest versuche ich es, obwohl es ziemlich anstrengend ist. Aber vielleicht wird sie sogar erleichtert sein, wenn ich ihr von meinem Entschluss erzähle.«

»Warum?«, fragte Dragon skeptisch.

»Denk doch mal mach. Ein paar Hundert Männer stopfen sich die Bäuche voll, betrinken sich, singen fröhlich, erzählen Kriegsgeschichten und treiben es mit den Huren. Wahrscheinlich kommt es sogar zu Messerstechereien. Das wird Cymbra nicht gefallen.«

»Warum nicht? Das ist doch ein sehr netter Zeitvertreib.« Grinsend erwiderte Dragon den vorwurfsvollen Blick seines Bruders. »Aber du hast Recht, eine Lady kann sich wohl kaum dafür begeistern. Es sei denn, die bewusste Lady hat sich die Finger wund gearbeitet, um das alles vorzubereiten, und ist beleidigt, weil sie nicht dabei sein darf.«

»Ob es ihr passt oder nicht, sie muss sich fern halten. Bei Odin, Bruder, du weißt doch, welche Wirkung sie auf die Männer ausübt! Die Jarls sollen an den Besprechungen teilnehmen, statt meine Frau anzustarren und sich wie geifernde Narren aufzuführen.«

»Hast du das bedacht, als du auf die Idee gekommen bist, diese Versammlung einzuberufen? Wenn ich meine schöne Schwägerin auch gern ein bisschen provoziere, aber sie muss wirklich beschützt werden, vor allem vor sich selbst.« Erstaunt schüttelte Dragon den Kopf. »Sie scheint nicht einmal zu ahnen, wie sehr sie die Männer bezaubert.«

Seufzend starrte Wolf zum Himmel hinauf. Als er beobachtet hatte, wie eifrig seine Frau die Vorbereitungen für das große Fest traf, waren seine Schuldgefühle noch größer geworden. Aber er ließ sich nicht von seinem Entschluss abbringen, weil er keine andere Möglichkeit sah. »Ich glaube, was sie sich am meisten wünscht, wird sie niemals haben können.«

»Und das wäre?«

»Ein normales Leben, das Leben einer ganz gewöhnlichen Frau, die ganz gewöhnliche Dinge tut. Danach hat sie sich vermutlich schon immer gesehnt.«

Dragon ließ sich ins weiche Moos sinken. »Wie launisch die Götter sind … Sie verwehren uns ihre Geschenke nach Belieben, oder sie überhäufen uns so verschwenderisch damit, dass sie uns nicht erfreuen, sondern belasten.«

Sie dachten eine Weile über diese Theorie nach. Doch schließlich mussten sie die Mittagspause beenden. Sie standen auf und zogen sich an. Dragon sah nach den Pferden, und Wolf ging zu Cymbra, die er in seinem Haus antraf.

Er beobachtete, wie sie versuchte, eine Truhe unter dem Bett hervorzuzerren. Sie war so in ihre Tätigkeit versunken, dass sie seine Schritte nicht gehört hatte und ihm den erfreulichen Anblick ihres runden Hinterteils bot, das sich hin und her wand.

»Brauchst du meine Hilfe?«, fragte er freundlich.

Beim Klang seiner Stimme zuckte sie zusammen und spähte über die Schulter, ohne die Truhe jedoch loszulassen. »Nein, gleich habe ich es geschafft. Ich muss nur noch …« Sie zerrte so fest an dem Messinggriff, dass er plötzlich ihren Händen entglitt und sie auf dem Körperteil landete, den Wolf soeben bewundert hatte.

Ehe sie aufstehen konnte, hob er sie hoch, stellte sie behutsam auf die Füße und musterte sie besorgt. Doch als er sah, dass sie unverletzt und nur verärgert war, lachte er und drückte sie an sich. Zärtlich streichelte er ihre misshandelte Kehrseite. »In Zukunft musst du besser aufpassen«, mahnte er, ehe er in gespielter Verärgerung hinzufügte: »Ich mag es nicht, wenn mein Eigentum beschädigt wird.«

»Keine Bange, die Truhe ist unversehrt. Ich bin nur ausgerutscht …« Plötzlich verstand sie, was er meinte, und aus ihren Augen schienen Funken zu sprühen. »Dein Eigentum, Wolf? Beanspruchst du mich auch als Besitz, wenn ich dein Emblem *nicht* trage?«

Wütend versuchte sie, sich loszureißen, aber er presste sie noch fester an seine Brust. »Selbst wenn du gar nichts trägst, würde ich dich beanspruchen. Dann macht es mir ganz besonders Spaß.«

Mit dieser Provokation handelte er sich einen vernichtenden Blick ein, der ihn erst recht belustigte. Nicht nur Dragon genoss es, Cymbra zu hänseln.

Mit hochroten Wangen starrte sie ihn so empört an, dass er seinen Lachreiz kaum zu zügeln vermochte. Mit einem heißen Kuss verschloss er ihr den Mund. Nur sekundenlang wehrte sie sich, dann öffnete sie die Lippen und nahm seine Zunge auf. Aufreizend wanderten seine Hände über ihren Körper, bis sie stöhnte und ihn ungeduldig zum Bett zog.

Während der letzten Nächte hatten sie eng umschlungen unter den Pelzdecken gelegen und die wenigen Stunden bis zum Morgengrauen ausgekostet. Widerstrebend waren sie aufgestanden, um sie zu trennen und weitere Vorbereitungen für das Fest zu treffen. An diesem Nachmittag hatte Wolf geplant, sich möglichst schnell von Cymbra zu verabschieden, doch nun hatte er es sich anders überlegt – obwohl sich die Männer, die Pferde und Jagdhunde bereits im Hof versammelten.

Aber sein Verlangen besiegte das Pflichtgefühl, und Cymbras Glut stand seiner in nichts nach. Entschlossen zerrte er ihre Röcke nach oben, und als er sie liebkoste, seufzte sie entzückt. Wie ihre feuchte Hitze deutlich bekundete, war sie bereit.

Hastig schob er sie zum Bett. Jede kostbare Sekunde musste genutzt werden. Er drehte sie herum und zwang sie mit sanfter Gewalt, sich auf die Matratze zu knien. Unsicher versteifte sie sich, aber er besänftigte sie mit einer erregenden Berührung. »Ganz ruhig«, flüsterte er heiser, »es wird dir gefallen.« Mit einer Hand entblößte er ihre Hinterbacken, während er mit der anderen die Verschnürung seiner Hose löste. »Spreiz deine Beine ein bisschen weiter, Liebling.«

Als sie gehorchte, beugte er sich über ihren Rücken nach vorn, glitt zwischen ihre Schenkel und begann sich an ihr zu reiben. Nach wenigen Augenblicken schob sie ihm ihre Hüften entgegen, worauf er sie mit einem Arm umschlang und die empfindsamste Stelle ihrer Weiblichkeit zu streicheln begann. Erst als ihren leisen Lustschrei vernahm, drang er in sie ein, vom Feuer getrieben, das in seinen Adern pulsierte. Sie stieß einen Seufzer der Erleichterung aus, und ihre inneren Muskeln umschlossen ihn. Ihre Hüften zwischen den Händen, stieß er erneut zu. Sobald er ihre Zuckungen spürte, küsste er ihren Nacken und biss behutsam in die zarte Haut.

Schreiend genoss sie ihren Höhepunkt und jagte auch ihn zum Gipfel der Erfüllung empor. Sein Herz hämmerte so schmerzhaft gegen seine Rippen, dass er kaum atmen konnte. Erschöpft sanken sie aufs Bett.

Es dauerte eine Weile, bis der Jarl wieder an die Männer denken konnte, die auf ihn warteten. Seufzend stand er auf und schloss seine Hose. Cymbra lang auf der Seite. Im schwachen Licht, das durch die Ritzen der geschlossenen Fensterläden hereinfiel, schimmerten ihre Schenkel weiß, und ein Lächeln umspielte ihre schönen Lippen. Sie schlief tief und fest.

Kraftlos stolperte die Geißel der Sachsen in den Tag hinaus. Verdammt, sagte sich Wolf, ich bin ein starker, unbesiegbarer Mann. Bevor er zu seinen Leuten eilte, die bereits in den Sätteln saßen, musste er mehrmals tief Luft holen.

Dragon hielt das Pferd seines Bruders am Zügel. Grinsend beobachtete er, wie Wolf aufstieg. »Das ging aber schnell.«

Der Jarl war noch immer zu benommen, um eine Antwort zu geben.

»So ist es am besten«, meinte Dragon und lächelte unschuldig. »Bloß kein langer Abschied. Umso mehr freuen sich die Frauen aufs Wiedersehen.«

Wolf brach in Gelächter aus und schaute zum Himmel auf, dessen intensives Blau in seinen Augen schmerzte. Er war noch immer von den Freuden der Sinneslust erfüllt, doch da war noch etwas anderes – eine überwältigende Freude an der ganzen Welt, weil eine bemerkenswerte Frau darin lebte.

Er griff nach den Zügeln und grub seine Fersen in die Flanken des Rappen. »Glaub mir«, rief er seinem Bruder über die Schulter zu, »meine Frau musste nichts entbehren!«

Dragons Gelächter folgte ihm durch das Tor und den Hang hinab.

Im wilden Triumph ließ Wolf seinen Hengst in Galopp verfallen, so dass Erdklumpen unter den Hufen des großen, kräftigen Tieres emporwirbelten. Mit sich und der Natur im Einklang, preschten Ross und Reiter dem Wald entgegen.

18

Cymbra zählte die Fässer im Lagerschuppen ein letztes Mal, dann ritzte sie die Zahl in ihr Kerbholz und nickte. »Ich glaube, wir sind fertig.«

Erleichtert seufzte Brita auf, und das müde Lächeln des halben Dutzends anderer Frauen verriet, dass sie ähnlich empfanden.

Es war fast Mitternacht, und am nächsten Morgen würden die ersten Gäste eintreffen. So lange blieben die Frauen nur selten auf, denn um diese Stunde trieben die Geister ihr Unwesen, und vernünftige Leute lagen im Bett. Doch sie hatten sich bemüht, ihre Angst vor der Finsternis zu ignorieren, wofür Cymbra ihnen dankbar war. Ebenso für vieles andere.

Tagelang hatten sie und ihre Helferinnen hart gearbeitet, um eine ungeheure Aufgabe zu bewältigen, die normalerweise einen ganzen Monat erfordern würde und nicht nur eine Woche. Nun war das Werk vollbracht.

»Geht schlafen.« Gerührt umarmte sie alle Frauen. Sie standen vor dem Lagerschuppen, und der frische Meereswind kühlte ihre erhitzten Gesichter. Am dunkelblauen

Firmament schimmerten unzählige Sterne, während von den eingedämmten Feuerstellen in den Küchenräumen und der großen Halle vereinzelte Rauchschleier herüberwehten. Vögel bewegten sich raschelnd im Schlaf auf den Strohdächern. In der Ferne kreischte eine Eule. »Ruht Euch aus. Das habt ihr wahrlich verdient. Ich wünschte, ich könnte Euch tagelang schlafen lassen, aber leider gibt es noch eine ganze Menge zu tun.«

»Sorgt Euch deshalb nicht, Mylady«, sagte eine der Frauen. »Wir müssen nur noch das Essen vorbereiten und servieren, die Kelche und Trinkhörner füllen und nach den Mahlzeiten aufräumen. Nach allem, was wir in dieser Woche geleistet haben, ist das ein Kinderspiel.«

Zustimmend nickten die anderen, ehe sie in ihre Häuser eilten, von der Aussicht auf das absehbare Ende der Plackerei getröstet.

Brita begleitete ihre Herrin ein Stück den Hang hinauf, bevor sie zur Frauenhalle ging, wo die unverheirateten weiblichen Haushaltsmitglieder schliefen. Den Männern war der Zutritt nicht gestattet. Dafür hatte Cymbra gesorgt, was die Frauen zu schätzen wussten, da es früher oft zu Missverständnissen gekommen war, vor allem nach dem reichlichen Genuss von Ale und Honigwein.

Als sie allein war, blieb Cymbra stehen und sah zu den Sternen hinauf. Die kühle Nachtluft kündigte den baldigen Abschied des Sommers an. Sie hüllte sich etwas fester in ihren Umhang, während sie die vertrauten Konstellationen betrachtete. Sie hielt nach Orion Ausschau, dem Jäger, der über den Himmel wanderte, stets bereit, sein Schwert zu zücken.

Verträumt fragte sie sich, ob auch Wolf draußen im Wald in seinem Nachtlager in diesem Moment zu den Sternen aufsah. Erstaunt bemerkte sie, dass sie seine Nähe spüren konnte, selbst wenn viele Meilen sie trennten. Es war als müsste sie nur die Augen schließen, und ihr Herz könnte ihn erreichen …

Sie hoffte, dass er sich ausruhte. Nach der Menge des erlegten Wildes zu schließen, das die Diener in die Festung gebracht hatten, brauchte er seinen Schlaf. Nun besaßen sie genug Fleisch für die festlichen Mahlzeiten und den Winter. Was sie mit dem Eber anfangen sollte, wusste sie allerdings nicht. Jedenfalls musste er kräftig gewürzt werden, dachte sie. Wie ihr Gemahl dieses gefährliche Tier angegriffen hatte, wollte sie sich lieber nicht vorstellen.

Seufzend spähte sie zum Erdwall hinüber und sah die dunklen Silhouetten der Wachtposten. Im Gegensatz zu Holyhood waren sie alle hellwach – hartgesottene Männer mit scharfen Augen, jederzeit bereit, blitzschnell ihre Schwerter zu ziehen. Einige hatten sich von den Wegen abgewandt, die zur Festung führten, und beobachteten Cymbra, zweifellos auf Wolfs Befehl hin. Sie würden den Blick nicht von ihr abwenden, bis sie die Tür hinter sich geschlossen hatte und in Sicherheit war.

Schließlich betrat sie das Haus ihres Mannes. Wie immer, wenn sie allein war, erschien ihr das Bett viel zu groß und wenig einladend. Hastig zog sie sich aus, faltete die Kleider zusammen und legte sie beiseite. Aus einem Impuls heraus öffnete sie den Schrank, ergriff eine von Wolfs Tuniken und streifte sie sich über den Kopf. Sie kicherte, als sie sah, dass der Saum bis zu ihren Fußknöcheln reichte.

Das Gewand war so groß, dass es beinahe von ihren Schultern glitt, doch sie wickelte es eng um ihren Körper, bevor sie unter die Pelzdecken kroch. Ihre Fingerspitzen strichen über den fein gewebten Stoff, während sie sich ausmalte, er verhülle nicht sie, sondern den muskulösen Körper ihres Mannes. Sie spürte seine Kraft und seine Stärke, die sie schützend umgab, und schon bald versank sie in tiefen Schlaf.

Wenige Stunden später, noch vor dem Morgengrauen, machte sie sich wieder an die Arbeit. Als Erstes musste Brot gebacken werden. Die Frauen rührten Teig in gewaltigen Mengen an, kneteten ihn und ließen ihn aufgehen, ehe sie ihn ein zweites Mal kneteten. Einen Teil des Teigs vermischten sie mit kostbarem Kümmel und Fenchelsamen, andere mit den verschiedensten Kräutern.

Cymbra backte ihr Lieblingsbrot, das auch ihrem Gemahl schmeckte – kleine runde Laibe mit süßem Kardamom gewürzt. Die Luft war von köstlichen Düften erfüllt. Nachdem sie die Brotlaibe in den Backofen geschoben hatte, wurde sie von einem plötzlichen Schrei zur Küchentür gelockt. Auf dem Erdwall standen mehrere Männer und wiesen zum Meer.

Neugierig eilte Cymbra hinüber und kletterte auf den Wall. Sie beschattete ihre Augen mit einer Hand und blickte in die angezeigte Richtung. Ein stolzes Schiff steuerte den Hafen an. Wie sie dem Emblem am Segel und den Bemerkungen der Wachtposten entnahm, handelte es sich um die ersten Gäste.

Ehe sie besorgt überlegen konnte, wie sie die Wikinger-Lords in Wolfs Abwesenheit empfangen konnte, lenkte der Ruf eines Wächters ihre Aufmerksamkeit auf eine Reihe von Reitern, die in Richtung der Festung galoppierten. An der Spitze der Schar flatterte ein Banner mit dem Wolfsemblem. Erleichtert kehrte Cymbra in die Küche zurück und befahl den Frauen, Wasser zu erhitzen, damit der Jarl ein Bad nehmen konnte. Dann lief sie in sein Haus und legte saubere Kleidung für ihn bereit.

Kurz danach trat er ein und brachte den frischen Geruch des Waldes mit. Cymbra fiel ihm so ungestüm um den Hals, dass er lachte. »Vorsicht, meine Süße, ehe ich gebadet habe, bin ich nicht gesellschaftsfähig.«

Strahlend ignorierte sie die Schmutzflecken auf seiner Tunika, die auf der ausgedehnten Jagd unvermeidlich gewesen waren. Nachdem einige Frauen Eimer mit heißem Wasser ins Haus geschleppt, nur mühsam ein wissendes Lächeln unterdrückt und sich entfernt hatten, half sie ihm beim Auskleiden.

Aber als sie die Seife ergriff und ihn waschen wollte, schüttelte er den Kopf. »Vier Tage musste ich es ohne dich aushalten. Wenn du jetzt meinen nackten Körper anfasst, muss der arme Dragon unseren Gästen erklären, warum ich sie nicht begrüße. Mich würde es nicht stören, aber sie, und ich möchte keine Schwierigkeiten heraufbeschwören.«

Dieses vernünftige Argument überzeugte sie, dennoch fühlte sie sich durch seine unverhohlene Begierde geschmeichelt. »Also gut«, erwiderte sie und drückte ihm die Seife in die Hand. »Aber versprich mir, die Gastfreundschaft nicht zu übertreiben. Bleib nicht allzu lange in der Halle. Lass die Lords nach Herzenslust essen und trinken. Und wenn sie berauscht sind, komm zu mir.«

Sein glühender Kuss bewies, dass genau dies seine Absicht gewesen war. Danach ließ sie ihn allein und ging davon aus, dass sie ihn erst beim Festmahl wiedersehen würde.

Doch zu ihrer Überraschung betrat er noch vor der Begrüßung der Gäste die Halle, wo sie gerade die Kelche und die reich verzierten Messer – Wolfs Geschenke an die Lords – auf den Tischen verteilte. Bei seinem Anblick flüchteten die Frauen, die soeben letzte Anweisungen von ihrer Herrin entgegengenommen hatten. Erfreut wandte sie sich ihm zu und musterte seine majestätische Erscheinung. Ein goldenes Band hielt sein dichtes, ebenholzschwarzes Haar aus der Stirn. Auch die Tunika aus dunkelroter Wolle war mit goldenen Symbolen bestickt, die seine Macht bekundeten. Auf goldenen Armreifen prangten die gleichen Symbole, und die Augen des Wolfsemblems an seinem Hals funkelten blutrot im Licht der Nachmittagssonne.

Bekümmert überlegte Cymbra, wie viele Stunden es dauern würde, bis er Zeit für sie finden würde. Mit einem tiefen Seufzer legte sie ihre Hand auf seine breite Brust. »Dieses Gewand steht dir ausgezeichnet.«

Mit einer knappen Verbeugung nahm er das Kompliment zur Kenntnis, aber seine Miene wirkte seltsam zurückhaltend. Er nahm ihren Ellbogen und führte sie zu einer Wand. »Danke für alles, was du getan hast. Keiner anderen Frau wäre das so gut gelungen.«

Sekundenlang starrte sie ihn an, erstaunt über seine innere Anspannung, die sie deutlich spürte. Dann lächelte sie. »Was ich wirklich geleistet habe, weißt du gar nicht. Du bist noch nicht lange genug hier.«

»Ich muss es mir nicht erst mit eigenen Augen ansehen, weil ich dir vertraue.«

Ihr Atem stockte. Als sie in seine Silberaugen blickte, durchströmte sie ein heißes Glücksgefühl. Nur zu gern hätte sie ihm ihre Empfindungen gestanden oder, besser noch, gezeigt. Aber verschiedene Pflichten trennten ihre

Wege. Wolf musste die Gäste begrüßen und seine Frau sich umkleiden, ehe sie ihnen entgegentrat.

Also begnügte sie sich mit einem flüchtigen Kuss auf seine Lippen. »Danke, das bedeutet mir sehr viel.«

Erneut erschien jener seltsame Ausdruck in seinen Augen. War es Reue? Seine Brauen zogen sich zusammen, und sie spürte, wie er ihren Ellbogen noch etwas fester umfasste. »Glaub mir, Cymbra, ich weiß zu würdigen, was du zu Stande gebracht hast. Doch von jetzt an musst du in unserem Haus bleiben, bis die Versammlung vorbei ist.«

Obwohl er sehr leise sprach, hörte sie, was er sagte. Dennoch verstand sie den Sinn seiner Worte nicht. Sie sollte im Haus bleiben? Sie schüttelte den Kopf, als müsste sie einen Nebelschleier aus ihrem Gehirn verscheuchen. Verwirrt schaute sie ihren Mann an und las unbeugsame Entschlossenheit in seinem Blick. »Also muss ich allein zu Hause sitzen, statt am Festmahl teilzunehmen?«

»So ist es am besten.« Unerbittlich zog er sie zur Tür, wo Dragon bereits wartete. Offensichtlich sollte er seine Schwägerin nach Hause geleiten, während sein Bruder die Gäste empfing. Hinter ihm standen mehrere Krieger, den Blick geflissentlich abgewandt. Allem Anschein nach würden sie Cymbra streng bewachen. Wie in einem dieser Harems, von denen Kareem erzählt hatte. Oder eher in einem Gefängnis. »Diese Besprechung der Jarls ist zu wichtig«, fuhr Wolf fort. »Deshalb dürfen sie nicht von deinem verführerischen Anblick abgelenkt werden.«

Von ihrem verführerischen Anblick? War es denn *ihre* Schuld, wenn sich die Männer nicht beherrschen konnten? Mühsam unterdrückte sie ihren Zorn über diese Ungerechtigkeit. Ihr Stolz verbot ihr, vor Dragon und den anderen eine Szene zu machen, deshalb verzichtete sie auf einen Protest, der ihr ohnehin nichts nutzen würde. Was sich ihr Gemahl in den Kopf gesetzt hatte, würde geschehen. »Lass mich los«, flüsterte sie. »Da ich keine Wahl habe, werde ich deine Wünsche erfüllen«, versicherte sie, als sie sein Zögern sah, ehe sie voller Bitterkeit hinzufügte: »Eins möchte ich noch wissen. Hast du das von Anfang an geplant?«

Widerstrebend ließ er ihren Arm los. »Ja. Diese Versammlung ist mehr als nur ein freundschaftliches Treffen. Ich habe sie einberufen, um gewisse Gerüchte zu zerstreuen.«

Gegen Cymbras Willen erwachte ihre Neugier. »Welche Gerüchte?«

Einige Sekunden verstrichen, ehe er antwortete. »Angeblich bin ich so vernarrt in meine sächsische Gemahlin, dass mein Wille geschwächt und meine Autorität gefährdet ist. Deshalb wäre meine Festung leicht zu erobern. Und genau das hätte ich auch verdient, denn einem Wikinger, der sich von einer Sächsin betören lässt, darf man nicht trauen.« Entrüstet wollte sie widersprechen, aber er brachte sie mit einer knappen Geste zum Schweigen. »Die Männer, die Vycoff angegriffen haben, waren keine Dänen, wie ich ursprünglich annahm, sondern Norweger. Sie sahen eine günstige Gelegenheit und nutzten sie. Als Abschreckung verurteilte ich sie zum Tode. Aber weil ich sie zu schnell sterben ließ, gab ich den Gerüchten neue Nahrung.«

Entsetzt presste sie die Lippen zusammen. Nur ihr zuliebe hatte er den Gefangenen einen barmherzigen Tod gegönnt. Nur weil sie auf ihrer Anwesenheit bei der Urteilsverkündigung und der Vollstreckung bestanden und er sich verpflichtet gefühlt hatte, ihre Gefühle zu schonen.

Niemals hätte sie erwartet, dass seine Handlungsweise auf *diese* Weise gedeutet werden würde. Alle Farbe wich aus ihrem Gesicht.

Mit sanfter Stimme erinnerte er sie: »Ich habe dich gewarnt. Dies ist ein hartes Land, und wir sind ein hartes Volk. Hier muss man seine Macht stets aufs Neue beweisen, um sie zu wahren.«

»Und jetzt willst du deine Macht über die Sächsin zeigen, indem du sie gefangen hältst?«

Ungeduldig winkte er ab. »Übertreib nicht, unser Haus ist wohl kaum ein Gefängnis. Die Jarls werden meinen Entschluss verstehen. Nachdem sie von deiner Schönheit gehört haben, müssten sie meine Klugheit respektieren und mir das Recht zubilligen, mein Eigentum zu schützen. Daraus werden sie eine Lehre ziehen und erkennen, dass ich meinen übrigen Besitz ebenso streng bewache. In Zukunft wird man nie mehr an meiner Autorität zweifeln.«

Seine Autorität … Sie hatte geglaubt, ihn zu kennen, und ihm vertraut. Doch sie war keine Ehefrau, die man an seiner Seite sehen sollte, die man ehrte und achtete. Stattdessen benutzte er sie, um seine Position zu demonstrieren.

Warum war sie so überrascht? Warum schnürten ihr Tränen die Kehle zu? Tränen, die sie jedoch niemals vergießen würde. Lieber wollte sie sterben. Hatte er sie nur geheiratet, um sich zu rächen, ein Bündnis zu schließen – und sich mit ihr zu vergnügen? Offensichtlich. Vor allem die letztere Erkenntnis schmerzte, als wäre ein Messer in ihr Herz gerammt worden.

»Wie dumm ich war …«, wisperte sie. »Dumm genug, um zu vergessen …« Plötzlich musste sie wieder an Wolfs grausige Drohung vor der Hochzeit denken. »Natürlich, du stehst auf der Seite der Norweger – und stellst dich gegen die Sachsen.« Tiefe Verzweiflung drohte sie zu überwältigen, doch es gelang ihr ihre schlimmste Angst in Worte zu fassen. »*Deshalb* hast du die Jarls eingeladen, nicht wahr? Um weitere hilflose Menschen anzugreifen, um den Tod meines Bruders zu planen und deine blutrünstigen Götter zu befriedigen?«

Auf seinen hohen Wangenknochen erschienen rote Flecken, und seine Augen funkelten gefährlich. »Ich *bin* ein Norweger. Wenn dir das missfällt, bedaure ich es, denn es lässt sich nicht ändern. Aber du müsstest wissen, dass ich den Frieden anstrebe, denn sonst hätte sich nichts von all dem ereignet, was zwischen uns geschah.« Langsam wanderte sein Blick über ihre Gestalt und verweilte auf ihren Brüsten und Hüften. »Ich nahm dich gefangen, doch dann habe ich dich geheiratet. Und ich bin stets sehr sanft mit dir umgegangen. Daran solltest du dich erinnern – und auch daran, dass dein Schicksal auch anders hätte aussehen können.« Ehe sie antworten konnte, blickte er über ihre Schulter hinweg und beobachtete, wie die Wachtposten auf dem Erdwall lebhaft gestikulierten. »Bring meine Frau in mein Haus, Dragon.« Dann wandte er sich wieder zu Cymbra. »Nun musst du deinen Zorn allein ertragen, Lady. Ich habe keine Zeit mehr für dich.«

Ohne ein weiteres Wort verließ er die Halle.

Stirnrunzelnd betrachtete sie den Blutstropfen, von dem sie den Eindruck hatte, er wäre von selbst entstanden. Erst nach einer kleinen Weile bemerkte sie, dass sie sich in den Finger gestochen hatte, denn der leichte Schmerz war angesichts der Seelenqualen, die sie seit drei Tagen peinigten, kaum von Bedeutung. Seufzend ließ sie den hübschen blauen Wollstoff sinken, aus dem sie eine Tunika für ihren

Gemahl nähte, und starrte die gegenüberliegende Wand an. Ob die Sonne wohl schien? Sie wusste es ebenso wenig wie an den beiden vorangegangenen Tagen. Nur eins stand fest – es hatte nicht geregnet, denn das hätte sie trotz der verschlossenen Fensterläden bemerkt. Durch die schmalen Ritzen drang kaum Tageslicht ins Zimmer. Um ihre Augen bei der Handarbeit nicht zu ermüden, brauchte sie das Licht, das die Kohlenbecken verströmten. Doch das Feuer erhitzte den Raum, so dass es unerträglich warm war. Vor dem Fenstern summten Bienen.

Als die Tür aufschwang und Brita mit einem Tablett eintrat, schloss Cymbra, vom plötzlichen Lichtstrahl geblendet, die Augen – wenn auch nicht schnell genug, um den Wachtposten zu übersehen, der draußen stand.

Brita stellte das Tablett auf den Tisch und lächelte schüchtern. »Mylady, ich bringe etwas von dem Kardamombrot, das Ihr so gern esst. Und diesen wunderbaren Eintopf habe ich so zubereitet, wie Ihr ihn am liebsten mögt, mit Hühnerfleisch und Rosmarin.«

Gleichmütig zuckte Cymbra die Achseln. Sie verspürte keinen Appetit. Dreimal täglich trug Brita die Tabletts hinaus, nachdem ihre Herrin nur wenige Bissen zu sich genommen hatte, und die Sorge der Sklavin wuchs.

»Soll ich Euch etwas anderes bringen? Vielleicht Gänseleber auf warmem Brot?«

Allein der Gedanke daran ließ Cymbra erschaudern. Neuerdings litt sie an einem empfindlichen Magen, was sie auf ihre Gefangenschaft zurückführte. »Nein, danke, ich bin nicht hungrig. Wie verlaufen die festlichen Mahlzeiten?«

»Diese Jarls sind einfach nicht satt zu kriegen. Welch ein

Glück, dass Ihr einen so großzügigen Speiseplan zusammengestellt habt, Mylady! Alles, was sie sehen, schlingen sie in sich hinein. Nur ihr Durst übertrifft ihren Bärenhunger.«

»Heute sind sie wieder ausgeritten. Ich hörte die Hufschläge.« Wie Donnergrollen hatten sie die Wände des Hauses erschüttert.

»Ja, egal ob sie betrunken oder nüchtern sind, sie jagen für ihr Leben gern. Bisher sind nicht allzu viele vom Pferd gefallen. Und die wenigen, die es erwischt hat, haben sich dank ihrer harten Schädel nicht verletzt.«

»Und der Mann, der letzte Nacht von einem Messerstich getroffen wurde?« Davon hatte Brita beim Frühstück erzählt. Dieser Kampf war bislang der einzige gewesen, was alle für ein gutes Zeichen hielten.

»Ulfrich sagt, er wird es überleben. Offenbar hat Eure Salbe Wunder gewirkt, Mylady.«

Cymbra legte die Näharbeit beiseite und stand auf. Infolge der mangelnden Bewegung fühlten sich ihr Nacken und die Schultern ungewohnt steif an. Sonderbarerweise war sie müde, trotz des tagelangen Müßiggangs. Aber vielleicht war das gar nicht so seltsam, denn sie hatte kaum geschlafen. »Und sonst?«, fragte sie.

»Nun ja, wenn die Lords abgereist sind, wird es in dieser Gegend nur noch steinreiche Huren geben.«

Das war nicht weiter verwunderlich. Bis in die Nacht hinein hörte Cymbra kreischende Frauenstimmen, die sich in das laute Grölen der Männer, die Trommelschläge und die Flötenmusik mischten. Und die Jarls amüsierten sich nicht nur in der Halle, manchmal stolperten Betrunkene auch an Cymbras Haus vorbei. Und eines Nachts hatte jemand seine Gespielin draußen an die Hauswand gepresst, um sein Verlangen zu stillen. Doch die beiden waren schon nach wenigen Minuten von einem Wachtposten verscheucht worden.

Alle paar Stunden wurden die Wachtposten abgelöst. Offenbar sorgte Wolf dafür, dass die Männer stets aufmerksam und ausgeruht waren. Oder er fürchtete, ein unglücklicher Krieger könnte den Tücken der schönen Sächsin zum Opfer fallen. Glaubte er, sie würde einen Fluchtversuch wagen? Wohin sollte sie denn schon gehen?

Vielleicht hätte sie ihm diese Frage gestellt, wenn sie die Gelegenheit dazu gehabt hätte. Aber seit dem Streit in der Halle hatte er sich nicht mehr bei ihr blicken lassen. Weder in jener Nacht noch in der nächsten war er ins Haus gekommen. Unglücklich hatte sie dem Gelächter gelauscht und überlegt, auf welche Weise sich ihr Ehemann wohl amüsierte.

»Wie ich gehört habe, beklagen sich die Huren«, berichtete Brita. »Die schönsten kämpfen um die Gunst des Jarls, aber er beachtet sie nicht.«

Cymbra wünschte sich von ganzem Herzen, sie könnte der Irin glauben. Wenn sie sich vorstellte, Wolf wäre mit einer anderen zusammen … Nein, das würde sie nicht ertragen.

Nachdem Brita sie gedrängt hatte, endlich etwas zu essen, verließ sie das Haus. Cymbra starrte das Tablett an, doch sie brachte keinen Bissen hinunter. Inzwischen war es so dunkel geworden, dass sie ihre Näharbeit nicht fortsetzen konnte. Sie verspürte keine Lust, für sich selbst auf der Laute zu spielen, und vorerst musste sie keine Arzneien zubereiten. Sie hatte ihre kostbaren Schriftrollen inzwischen so häufig gelesen, dass sie jede Zeile auswendig kannte. Und ansonsten gab es nichts zu tun.

Die Nacht brach herein, und der Lärm in der Halle schwoll an. In der warmen, stickigen Luft, die das Haus erfüllte, vermochte Cymbra kaum zu atmen. Sie sprang auf und begann, im Zimmer auf und ab zu wandern. Aber die Schritte linderten das Unbehagen nicht, deshalb ließ sie sich nach kurzer Zeit wieder in den Sessel neben dem Tisch sinken. Durch die Ritzen der Fensterläden nahm sie eine Bewegung wahr, beugte sich vor und spähte hinaus, wobei sie hoffte, dass niemand ihren Schatten sehen konnte. Bei einem so demütigenden Zeitvertreib erwischt zu werden, würde sie nur noch mehr beschämen.

Im Licht der Fackeln, die den Hof erhellten, sah sie Brita zur Frauenhalle gehen. Offenbar wollte sich die Irin zurückziehen. Darüber freute sich Cymbra, denn ihre fleißige Gehilfin hatte wahrlich ein bisschen Ruhe verdient.

In diesem Augenblick sah Cymbra drei Betrunkene vorbeitorkeln, die stehen blieben, als sie Brita entdeckten.

»Genau das brauchen wir jetzt – eine Hure!«, rief der größte des Trios, ein dunkelhaariger junger Bursche, der seine schöne, kostbare Tunika von oben bis unten beschmutzt hatte.

Eifrig nickte der Zweite, der etwas kleiner und stämmig gebaut war. »War ja auch ziemlich dumm von uns, die Halle ohne Begleiterin zu verlassen.«

»Macht nichts, jetzt haben wir eine gefunden!« In der Stimme des dritten Mannes, der etwas älter aussah, schwang ein grausamer Unterton mit, der einen Schauer über Cymbras Rücken jagte.

Eine Hand auf den Mund gepresst, beobachtete sie mit wachsender Empörung das Szenario. War das der Dank für die Gastfreundschaft des Jarls von Sciringesheal? Bildeten sie sich ein, jede Frau innerhalb der Festungsmauern sei eine verfügbare Hure? Sie sprang auf, um Brita zu warnen. Aber bevor sie die Stimme erheben konnte, hörte sie die Irin angstvoll schreien. Kurz entschlossen rannte Cymbra zur Tür und stürmte hinaus, wobei sie beinahe gegen den Wachtposten gestoßen wäre, der sie ungläubig anstarrte.

»Mylady ...«, schrie Brita und wehrte sich vergeblich gegen die drei Burschen, die sie um die Ecke der Frauenhalle zerrten.

»Geht zu ihr!«, herrschte Cymbra den Krieger an, den sie als einen von Wolfs Begleitern bei seiner Reise nach Holyhood wiedererkannte, einen höflichen jungen Mann, dessen Wachsamkeit bedauerlicherweise niemals nachzulassen schien. Wie hieß er doch gleich? »Magnus! Seht Ihr denn nicht, dass sie Hilfe braucht?«

Zögernd spähte er über seine Schulter und beobachtete Britas verzweifelten Kampf. Das Oberteil ihres Kleids war zerrissen, ihre Brüste halb entblößt, der Schleier von ihrem Haar geglitten.

»Geht wieder ins Haus, Mylady!«

Ungläubig blinzelte sie. Wie konnte er in so einem Augenblick ... »Helft ihr!«

Zu ihrem Entsetzen schüttelte er den Kopf. »Ich darf meinen Posten nicht verlassen.«

Wütend stieß sie seine Hand weg, als er sie ins Haus zu schieben versuchte. »Wollt Ihr tatenlos zusehen, wie Brita Gewalt angetan wird?«

Er sah wieder zur Frauenhalle hinüber. Inzwischen war das Mädchen verschwunden. Aber sein Entschluss stand fest. »Ich muss den Befehl des Jarls befolgen, Lady. Wenn ich mich von der Stelle rühre, verliere ich mein Leben.«

»Und *Britas* Leben?«, fauchte Cymbra. Die verzweifelten Hilferufe des Mädchens waren immer noch zu hören. Sie fasste einen Entschluss. An Magnus würde sie nicht vorbeikommen, also lief sie ins Haus zurück, warf die Tür hinter sich zu und schob den Riegel vor.

Während der Wächter verblüfft nach ihr rief, öffnete sie die Läden eines Fensters im hinteren Teil des Hauses, raffte ihre Röcke, kletterte über den Sims und sprang hinab.

Sie landete ein wenig unsanft auf beiden Füßen, fand jedoch ihr Gleichgewicht sofort wieder und lief um das Haus herum. Als Magnus sie bemerkte, rief er ihr zu, sie solle stehen bleiben. Aber sie beachtete ihn nicht, sondern hastete zu der Ecke der Frauenhalle, hinter der Brita verschwunden war. Magnus würde ihr folgen müssen, wie sie beabsichtigt hatte.

Hinter der Frauenhalle befanden sich die Stallungen mit den spitzen Dächern, und das Wiehern verschreckter Pferde wies Cymbra den richtigen Weg. Inzwischen waren Britas Schreie verstummt. Cymbra sah sie bewusstlos in einer leeren Box liegen. Aus einer Stirnwunde quoll Blut, und ihre Röcke waren bis zur Taille hochgeschoben, die Beine gespreizt. Zwischen ihren Schenkeln kniete einer der drei Angreifer und zerrte an seiner Hose.

»Elender Abschaum!« Mit aller Kraft warf sich Cymbra auf den Burschen und stieß ihn zur Seite.

»Verdammtes Biest! Schafft sie weg!« Wütend bäumte er sich auf und versuchte, sie abzuschütteln. Aber sie hielt ihn eisern fest. Der Zorn verlieh ihr ungeahnte Kräfte. Erst als sie eine Hand hob, um sein Gesicht zu zerkratzen, gewann er die Oberhand, packte sie an den Schultern und schleuderte sie gegen die Stallwand. Ihr Kopf prallte gegen einen hölzernen Pfosten, und vor ihren Augen tanzten grelle Lichter. Als sie wieder klar sehen konnte, stand

Magnus mit gezücktem Schwert vor ihr und starrte sie erschrocken an.

Plötzlich schien die Zeit sich zu verlangsamen. Den Bruchteil einer Sekunde lang, der ihr wie eine Ewigkeit erschien, beobachtete sie, was ihn dieser Augenblick der Unaufmerksamkeit kostete. Die drei Schurken mochten betrunken sein, doch sie waren gut ausgebildete Krieger. Mit erhobenen Schwertern stürzten sie sich auf Magnus, der sie zu spät erblickte, so dass ihm keine Zeit blieb, sich zu wehren.

Hastig hielt Cymbra nach einem Gegenstand Ausschau, den sie als Waffe benutzen konnte. Als sie nichts Passendes fand, lief sie zu einem der Angreifer und trommelte mit beiden Fäusten gegen seinen Rücken. Fluchend stieß er sie beiseite, so dass sie zu Boden stürzte. Durch ihre Schulter fuhr ein heftiger Schmerz, und sie hob gerade noch rechtzeitig den Kopf, um zu beobachten, wie die Klingen den hilflosen Magnus trafen. Die Erste bohrte sich in seinen Waffenarm, während die Zweite seinen Schenkel durchstieß. Aus beiden Wunden strömte Blut, und er brach zusammen. Kurz bevor ihm die Sinne schwanden, erwiderte er Cymbras verzweifelten Blick.

»Fesselt ihn!«, befahl der älteste Bursche, offensichtlich der Anführer des Grüppchens.

Der stämmige Mann zögerte. Anscheinend hatte der Kampf ihn ernüchtert. »Er blutet ziemlich stark …«

»Und wenn schon!«, rief der Älteste, den Cymbra als denjenigen erkannte, der zuvor zwischen Britas Schenkeln gekniet hatte. Als sein Blick auf Cymbra fiel, sah sie voller Entsetzen die wilde Lust in seinen Augen aufflammen. Als er ihre Angst bemerkte, verzog er höhnisch die Lippen. »Vergessen wir die da!«, entschied er und wies mit dem Kinn auf Brita. »Erteilen wir der anderen eine Lektion!«

Seine beiden Gefährten zauderten nicht lange. Mit weit aufgerissenen Augen musterten sie Cymbras Schönheit – zunächst ungläubig, dann in wachsender Begierde.

Taumelnd stand sie auf. Da es keinen Fluchtweg gab, konnte sie nur zur Wand zurückweichen. Sie musste ihren ganzen Mut, ihren ganzen Stolz aufbieten, um die Panik, die sich in ihr ausbreitete, zu bekämpfen. »Ich bin Lord Wolfs Frau«, erklärte sie und hob das Kinn. »Wenn Ihr mir auch nur ein Haar krümmt, wird er Euch töten.«

Zu ihrer Bestürzung brach der Älteste in Gelächter aus. »Erst mal müsste er herausfinden, wer es getan hat. Vielleicht bringen wir Euch ja für immer zum Schweigen.«

Blitzschnell packte er sie und riss ihr Kleid vom Kragen bis zur Taille entzwei. Während sie versuchte, den Stoff vor ihren Brüsten zusammenzuhalten, warf er sie zu Boden und stürzte sich auf sie.

»Haltet ihre Beine fest!«, rief er den beiden anderen zu. Cymbra wollte schreien, aber er presste eine Hand auf ihren Mund. Als sie in seinen Finger biss, zuckte er zurück und schlug sie ins Gesicht. Vor ihren Augen tanzten erneut Sterne. Wie aus weiter Ferne hörte sie ihren Peiniger zischen: »Verdammte Sachsenhure! Zu etwas anderem seid Ihr nicht zu gebrauchen. Macht die Beine breit!«

Jemand zerrte an ihren Fußknöcheln. Mit letzter Kraft wehrte sie sich. Eine dunkle Wolke schien sie einzuhüllen und der Gestank von Ale und Schweiß stieg ihr in die Nase, vermischt mit der Ausdünstung männlicher heißer Lust. Der Angreifer hielt ihr immer noch den Mund zu, und seine Fingerknöchel bohrten sich in ihre Nasenlöcher, so dass sie keine Luft mehr bekam. Schmerzhaft rangen ihre Lungen nach Atem. Ihr letzter Gedanke glich einem lautlosen Schluchzen, das in ihrer Kehle aufstieg – *Wolf*.

19

Vor ihren geschlossenen Lidern bewegte sich helles Licht, das so grell war, dass sie zusammenzuckte. Irgendwo erklangen Stimmen. Eine Hand berührte ihre Stirn.

»Ganz ruhig, Mylady. Alles ist in Ordnung. Jetzt seid Ihr in Sicherheit.«

Langsam öffnete sie die Augen und schloss sie sofort wieder, von flackerndem Fackelschein geblendet. Dann blinzelte sie.

»Ulfrich …?« War das ihre Stimme, die so schwach und heiser klang?

Sein sorgenvolles Gesicht verzog sich zu einem Lächeln. Erleichtert seufzte er auf. »Ja, ich bin's, Mylady. Wie schön, dass Ihr mich erkennt!« Er schob einen Arm unter ihre Schultern. »Nun solltet Ihr Euch mit meiner Hilfe aufsetzen. Wenn Euer Kopf zu heftig schmerzt, müsst Ihr es mir sofort sagen.«

In ihren Schläfen dröhnte es, und sie hielt sich an ihm fest, während er sie behutsam aufrichtete. Sie roch süßes Heu und Hafer. Offenbar befand sie sich immer noch im Stall.

Ihre Augen gewöhnten sich allmählich an das Licht, und sie erkannte die Umrisse anderer Männer, die teils in ihrer Nähe, teils im Hintergrund standen. Plötzlich flammte eine Fackel auf, und ihr Widerschein beleuchtete Dragons grimmiges Gesicht. Als er ihren Blick erwiderte, glaubte sie Verblüffung in seiner Miene zu lesen, vermischt mit Erleichterung. Dann verschwand er aus ihrem Gesichtsfeld, und sie ließ den Kopf an die Stallwand sinken und schloss erschöpft die Augen.

»Lord …« Wieder Ulfrichs Stimme – zögernd und bekümmert …

Neben ihr bewegte sich etwas, und sie spürte die vertraute Aura einer überwältigenden Kraft. Zitternd streckte sie eine Hand aus, die sofort ergriffen und an eine muskulöse Brust gepresst wurde. »Wolf …«

Wortlos nahm er sie in die Arme und streichelte ihr Haar – so zärtlich, dass Tränen in ihre Augen aufstiegen. Seine Berührung wirkte wie Balsam. Erstaunlich, wie sicher sie sich auf einmal fühlte … Nein, das überraschte sie nicht. Sie fühlte sich nicht mehr einsam, denn sie genoss wieder die Nähe dieses Mannes, mit dem sie sich enger verbunden fühlte, als sie es je für möglich gehalten hätte. Früher wäre sie sogar davor zurückgeschreckt, im Glauben, nur hinter den schützenden Mauern in ihrer Seele leben zu können. Doch nun wusste sie, dass das nicht stimmte, und diese Erkenntnis erfüllte sie mit großer Freude.

Sie versuchte sich aufzurichten, während ihr Gemahl sie noch immer behutsam umfangen hielt. »Brita – Magnus …?« Ihre Stimme bebte.

»Beide werden genesen«, beteuerte Ulfrich. »Brita wurde bewusstlos geschlagen, aber inzwischen ist sie wieder zu sich gekommen, und sie würde sich gern selbst um Euch kümmern, Mylady, wenn wir es zuließen. Magnus hat viel Blut verloren, doch er wird sich ebenfalls wieder erholen.«

Cymbra sandte ein stummes Dankgebet zum Himmel. Trotz der schrecklichen Ereignisse in dieser Nacht hatte der Allmächtige Gnade gezeigt. Was genau geschehen war, verstand sie noch immer nicht. »Wolf, wie hast du uns gefunden?«

Er musterte sie mit unergründlicher Miene. Nur eine heftig pulsierende Ader an seinem Kinn zeugte von seinen tiefen Gefühlen. »Ich hörte dich schreien.«

Verwirrt runzelte sie die Stirn. Der Stall lag viel zu weit vom Hauptgebäude entfernt, und er konnte ihren Hilferuf über den Lärm des Zechgelages in der Halle hinweg unmöglich gehört haben. Trotzdem war er zu ihr gekommen, um sie zu retten.

Als ihr bewusst wurde, was das bedeutete, erschauerte sie. Nur vage nahm sie wahr, wie er sie hochhob und ins Freie trug, während hinter ihnen das Stimmengewirr verhallte. Kühle Nachtluft streichelte Cymbras Wangen. Den Kopf an Wolfs Schulter gelegt, weigerte sie sich, an irgendetwas zu denken.

In seinem Haus stand eine Wanne mit dampfendem Wasser. Behutsam setzte der Jarl seine Frau aufs Bett, kniete nieder und begann sie auszuziehen. Zu seiner Erleichterung protestierte sie nicht. Beim Anblick ihres zerrissenen Kleids hielt er kurz inne, doch er sagte nichts. Er spürte ihre Verwirrung und wollte ihr Zeit geben, über alles nachzudenken und zu verkraften, was geschehen war. Ihr Vertrauen zu ihm war ein Segen, für den er den Göttern zu gegebener Zeit danken würde.

Zunächst musste er sich um andere Dinge kümmern.

Er steckte Cymbras langes Haar mit Nadeln auf dem Hinterkopf fest, wie er es zuvor bereits beobachtet hatte, dann hob er sie vorsichtig in die Wanne. Seufzend lehnte sie sich zurück, und Wolf sah zum ersten Mal, was ihr die Schurken angetan hatten. Bläuliche Flecken bedeckten ihre Arme und Beine. Zwischen den Brüsten zeugten rote Kratzspuren von dem zerrissenen Kleid und ihre rechte Wange, die von einer harten Faust getroffen worden war, begann anzuschwellen.

Langsam und methodisch begutachtete er jede einzelne Verletzung. Allein der Gedanke daran, dass sie noch schlimmere Qualen hätte erleiden können, half ihm, seinen heißen Zorn zu bezähmen.

Während er den geschundenen Körper mit Lavendelseife wusch, schloss sie zufrieden die Augen, und er spürte, wie sie sich unter seinen Händen entspannte, was er als einen weiteren Beweis ihres Vertrauens deutete.

Nachdem er sie von Kopf bis Fuß gesäubert hatte, hob er sie aus der Wanne, stellte sie auf die Füße und trocknete sie ab. Als er niederkniete und das Badetuch zwischen ihre Schenkel schob, zuckte sie zusammen. Die Schatten unter ihren Augen und die ungewohnte Passivität verrieten ihm, das ihre anfängliche Erleichterung verflogen war und allmählich dem Grauen wich, das der brutale Angriff ausgelöst hatte.

Mittlerweile konnte sie sich an die Einzelheiten erinnern – eine Erfahrung, die er nach seinen blutigen Schlachten selbst schon gemacht hatte. Und er wusste, dass die schrecklichen Visionen immer wieder zurückkehren würden – vielleicht jahrelang.

Unbarmherziger Zorn auf die brutalen Angreifer umhüllte ihn wie ein roter Nebel, und er war für einen Augenblick nicht in der Lage, etwas anderes wahrzunehmen als die rasenden Schläge seines Kriegerherzens. Doch seine Willensstärke und die übergroße Liebe zu Cymbra halfen ihm, die Wut zu zügeln und seine Gedanken auf die Dinge zu richten, die erledigt werden mussten.

Am liebsten hätte er sich mit seiner Frau ins Bett gelegt und sie schützend den Rest der Nacht in den Armen gehalten. Aber für den Moment mussten die Wünsche des Ehemanns hinter den Pflichten des Jarls zurückstehen.

Als er ihr ein sauberes Kleid über den Kopf streifte, sah er die Verblüffung in ihren Augen – und die Erkenntnis, dass der Zwischenfall noch nicht abgeschlossen war. Die Missetäter mussten bestraft werden. Inständig hoffte er, dass ihr noch nicht klar geworden war, was die meisten Bewohner von Sciringesheal bereits wussten – Lord Wolfs sächsische Gemahlin hatte ihm wieder einmal den Gehorsam verweigert.

Während er die Nadeln aus ihrem Haar löste, atmete er den süßen Duft ihrer Haut ein. Die langen kastanienbraunen Locken glitten durch seine Finger und ließen ihn an die erste Begegnung in Holyhood denken. Sie war die Treppe zum Verlies herabgestiegen, eine schlanke, anmutige Silhouette, deren wundervolles Haar im Fackelschein geschimmert hatte. Damals war er tief beeindruckt von ihrer stolzen Haltung gewesen. Obwohl sie die gefangenen Wikinger gefürchtet haben musste, war ihre Entschlusskraft nicht ins Wanken geraten. Nie zuvor war er einer so tapferen Frau begegnet, und er betete, dass der Mut sie auch jetzt nicht verließ.

»Komm«, sagte er leise, ergriff ihre Hand und führte sie aus dem Haus.

Vor dem Hauptgebäude drängte sich eine große Menschenmenge, da nicht alle Platz in der Halle gefunden hatten. Fackeln flackerten auf hohen Pfosten und bildeten einen Kreis, in dem die rötliche Glut unheimliche Schatten entstehen ließ. Am Rand des Lichtscheins wartete Dragon.

Wolf übergab Cymbra der Obhut seines Bruders und trat in die Mitte des Kreises. Langsam wanderte sein Blick über die Versammlung. Unter seine eigenen Leute – Krieger und Stadtbewohner mit ihren Frauen – hatten sich auch die Gäste aus ganz Vestfold gemischt. Sämtlichen Anwesenden war der Schock und die Wut deutlich anzusehen, doch zugleich auch der Loyalitätskonflikt. Was als Fest der Versöhnung gedacht war, drohte plötzlich, einen Krieg auszulösen.

Reglos stand Wolf da, die Beine leicht gespreizt, die Fäuste in die schmalen Hüften gestemmt. Im Fackelschein vibrierten die kraftvollen Muskeln seiner bronzebraunen Arme. Er überragte sämtliche anwesenden Männer außer Dragon und strahlte eine Autorität aus, die niemand anzweifeln konnte. Alle Stimmen verstummten, und Stille senkte sich über den Platz. Gebieterisch hob er eine Hand. »Bringt sie her!«

Als sich die Menge teilte, führten einige Wachtposten die drei Angreifer in den Kreis. Man hatte ihnen die Waffen abgenommen und ihre Hände auf den Rücken gefesselt. Dem kleinen, stämmigen Burschen und dem größten der drei war die Angst deutlich anzusehen. Lediglich der Älteste, den Cymbra für den Anführer hielt, grinste höhnisch, was dem Jarl nicht entging. Seine Silberaugen verengten sich.

Neben Wolf sah Cymbra mehrere Wikinger, die sie nicht kannte. Einer von ihnen sah auffällig bekümmert aus, obwohl er versuchte, es zu verbergen, während die anderen zornig wirkten. Ihr Unmut schien sich gegen die drei

Schurken zu richten, von denen sie sich mit angewiderter Miene abwandten, nachdem sie ihnen einen kurzen Blick zugeworfen hatten.

Auch Brita trat in den Kreis, von Bruder Joseph begleitet, der ihr offenbar beistehen wollte. Cymbra hielt besorgt den Atem an, doch dann spürte sie die innere Kraft der Irin, die herausfordernd den Kopf hob. Ohne eine Miene zu verziehen, musterte sie die Männer, die ihr um ein Haar Gewalt angetan hätten.

Schließlich wurde Magnus in den Kreis getragen. Bleich lag er auf seiner Trage, und sein mit einem blutbefleckten Verband bedeckter Arm ruhte auf der Wolldecke. Ulfrich trat neben ihn, ohne ihn auch nur eine Sekunde aus den Augen zu lassen.

Nachdem sich alle Beteiligten eingefunden hatten, wandte sich Wolf an Brita: »Erzähl uns, was geschehen ist«, forderte er sie mit sanfter Stimme auf.

Mit klarer Stimme schilderte sie die Ereignisse. »Ich war auf dem Weg zur Frauenhalle. Plötzlich fielen diese Männer über mich her und zerrten mich in den Stall. Wer mir mit der Faust auf den Kopf schlug, weiß ich nicht. Jedenfalls verlor ich die Besinnung. Deshalb kann ich nicht sagen, was sich danach zutrug. Als ich das Bewusstsein wiedererlangte, war alles vorbei.«

Die Menge begann zu murmeln, schwieg aber sofort wieder, als Wolf sich seinem verletzten Krieger zuwandte. Der junge Mann versuchte, sich von der Bahre zu erheben. Doch der Jarl bedeutete ihm, liegen zu bleiben. Ulfrich kniete nieder und ermahnte seinen Schützling: »Mutet Euch nicht zu viel zu.«

Stockend berichtete Magnus, was er gesehen hatte. »… dann erklärte ich der Lady, ich dürfe meinen Posten nicht verlassen. Sie kehrte ins Haus zurück, und ich dachte, damit sei die Sache erledigt.«

Bei der Erinnerung an seine Dummheit runzelte er die Stirn, und Wolf ermunterte ihn mit einem mitfühlenden Blick, weiterzusprechen. Natürlich war es nicht so einfach, dem Jarl mitzuteilen, wie sich seine Frau verhalten hatte.

»Wenige Minuten später erkannte ich meinen Fehler, denn sie rannte an mir vorbei zur Frauenhalle. Ich folgte ihr. Und als sie den Stall betrat …« Magnus unterbrach sich, um Atem zu schöpfen, was ihm augenscheinlich Schmerzen bereitete, »schlugen sie die Lady nieder. Ich war so entsetzt, dass ich etwas zu lange zögerte – und mich überrumpeln ließ.« Beschämt ließ er den Kopf sinken. »Verzeiht mir, Lord Wolf.«

Beklommen presste Cymbra die Lippen zusammen, um sich daran zu hindern, lauthals zu verkünden, dass den jungen Mann keine Schuld traf, sondern nur sie selbst. Wolf kniete neben ihm nieder und strich ihm das Haar aus dem Gesicht. »Mach dir keine Vorwürfe. Du warst allein gegen drei. Es gibt nichts, wofür du dich entschuldigen müsstest. Du hast deine Pflicht getan.«

Magnus' offensichtliche Erleichterung ließ Tränen in Cymbras Augen aufsteigen, die sie hastig wegwischte. Erschrocken fuhr sie zusammen, als ihr Gemahl sie aufforderte, als Nächste zu sprechen.

Nein, nicht ihr Gemahl. Dieser Mann mit der ausdruckslosen Miene war nicht derjenige, der sie so leidenschaftlich umarmt und dessen Herz im Gleichklang mit ihrem geschlagen hatte. Plötzlich wurde ihr bewusst, dass sie vor dem mächtigsten Kriegsherrn des Nordens stand, vor einem allseits gefürchteten Jarl, dessen Autorität vom Ungehorsam seiner sächsischen Frau gefährdet wurde. Keine

Sekunde lang zweifelte sie an der harten Strafe, die ihr drohte.

Während sie in den Kreis trat, bemerkte sie die Erregung der Menge. Viele dieser Männer sahen sie zum ersten Mal und rissen verwundert die Augen auf, während andere nickten, als verstünden sie mit einem Mal den Aufruhr.

Mit einem tiefen Atemzug versuchte sie, ihre Nerven zu besänftigen. »Nur ich konnte Brita helfen. Und so verließ ich das Haus.« Zu Magnus gewandt, fügte sie hinzu: »Es tut mir sehr Leid, dass Ihr verletzt wurdet.«

Diese unerwartete Entschuldigung der Frau, die mit seinem Jarl verheiratet war, ließ ihn noch blasser werden. Ohne Cymbra anzuschauen, murmelte er: »Das müsst Ihr nicht bedauern, Lady. Ich wünschte, ich hätte Euch beistehen können.«

Seinen Worten folgte tiefe Stille. Langsam, von ein paar Hundert neugierigen Augenpaaren verfolgt, trat der Jarl von Sciringesheal vor seine rebellische sächsische Frau, die ihren ganzen Mut aufbringen musste, um nicht vor ihm zurückzuweichen. Als er ihr Kinn umfasste, erstarrte sie, ohne jedoch seinem Blick auszuweichen, in dem ein beängstigendes Feuer flackerte. »Du wusstest, dass du das Haus nicht verlassen durftest.«

Obwohl dies keine Frage war, antwortete sie: »Ja.«

»Und du wusstest auch, warum.«

»Weil du dachtest, mein Erscheinen würde deine Gäste beunruhigen.«

»Trotzdem hast du meinen Befehl missachtet.«

»Ja. Um meine Freundin zu retten. Und ich würde es jederzeit wieder tun.«

Sie hörte, wie das Publikum nach Luft schnappte und missbilligend zu murmeln begann. Doch allein die Hand zählte, die ihr Kinn fest und sanft zugleich umschloss, allein der Blick, der in ihre Seele zu dringen schien …

Als wären sie beide allein auf der Welt, flüsterte sie: »Glaubst du, ich hätte falsch gehandelt?«

Ein schwaches Lächeln umspielte seine Mundwinkel. Bewunderte er ihren Mut? Nach einer Weile ließ er ihr Kinn los. »Ich verlange zwar Gehorsamkeit von meiner Frau, doch ich will zugeben, dass es Umstände gibt, unter denen es wichtigere Pflichten gibt. Eine Freundin zu retten, ist eine davon.« Erneut war Gemurmel zu hören, das allgemeine Zustimmung bezeugte. Die Weisheit eines so starken, mächtigen Mannes, der erkannte, wann es richtig war, gegen seine eigenen Gesetze zu verstoßen, verdiente Bewunderung.

»Selbstverständlich hast du die richtige Entscheidung getroffen, Cymbra.« Sie atmete auf – doch zu früh, wie sich herausstellte. »Aber auch ein richtiger Entschluss zieht Konsequenzen nach sich«, fuhr er fort. Sein Blick streifte die drei Gefangenen, ehe er sich an die Menge wandte. »Wäre Brita missbraucht worden, müssten die Missetäter Bußgeld zahlen. Da sie im Dienst meiner Frau steht, gilt die Beleidigung meinem Haushalt, und die Summe wäre umso höher. Ein solcher Betrag könnte einen Mann ruinieren und ihn zwingen, seinen Lebensunterhalt zu bestreiten, indem er seine Kampfkraft verkauft. Doch er würde nicht mit seinem Leben bezahlen.«

Damit sprach er aus, was alle wussten. Und selbst jene, die es wie Cymbra für ungerecht hielten, dass die Missetäter mit einem Bußgeld davonkommen sollten, meldeten sich nicht zu Wort.

Und dann durchschnitt Wolfs Stimme die Nachtluft wie die großen Eisblöcke das nördliche Meer. »Aber nicht nur

Brita wurde überfallen. Diese Schurken …« Als er sich zu den drei Gefangenen umdrehte, schienen Höllenflammen in seine Augen zu lodern. »Diese niederträchtigen Schurken haben sich an meiner Frau vergriffen. *An meiner Frau.*«

Blutroter Stahl funkelte plötzlich im Fackelschein. Und das Schwert – so legendär wie der Mann, der es schwang – richtete sich auf die drei Übeltäter.

»Euer Leben ist verwirkt!«, rief er und musterte den jüngsten der drei Burschen. »Dieser Meinung ist auch dein Vater.« Sein Blick glitt zu den beiden anderen. »Ebenso wie Eure Onkel. Nicht nur mein Haus habt Ihr beschämt, sondern auch Eure Familien. Dafür werdet Ihr sterben.« Während ihn die beiden Jüngeren angstvoll und ungläubig anstarrten, grinste der Ältere immer noch hochmütig. »Aus Achtung vor Euren Verwandten werde ich Euch den Weg nach Walhalla nicht versperren.« Er wandte sich den älteren Männern zu, die in seiner Nähe standen und schweigend nickten. »Gebt ihnen die Waffen!«

Jubelnd bekundeten die Zuschauer ihre Zustimmung. Jetzt würden sie etwas erleben, das sogar die alten Göttersagen übertraf. Ein Mann gegen drei. Ein Mann, der mit der Spitze seines Schwertes Gerechtigkeit und Vergeltung suchte, ein Mann, der sich auf die einzig richtige Weise behauptete – im Kampf.

Zahlreiche Umstehenden trampelten auf die fest gestampfte Erde und brachen in Beifallsstürme aus. Im ohrenbetäubenden Lärm ging Cymbras Schrei unter.

»Nein!« Lieber Gott, flehte sie, lass ihn nicht gegen drei Männer kämpfen, weil ich ungehorsam war! Sie hatte doch nur versucht, einer Freundin zu helfen. So grausam konnte der Allmächtige nicht sein. Bald würde sie aus einem bö-

sen Traum erwachen … all das *durfte* nicht wirklich geschehen …

Unerbittlich schlang Dragon seinen eisenharten Arm um ihr Taille und zog sie zum Rand des Lichtkreises zurück. Als sie sich verzweifelt wehrte, flüsterte er in ihr Ohr: »Meine süße Schwägerin, Ihr werdet diesen Ort nicht verlassen, ehe das Werk vollbracht ist. Und Ihr werdet Euch auch nicht einmischen. Das hat mein Bruder entschieden.«

Da sie keine andere Wahl hatte, gab sie sich geschlagen. Voller Entsetzen beobachtete sie, wie die grimmigen älteren Männer die Fesseln der Missetäter durchschnitten und ihnen Schwerter überreichten, die sie mit erschütterter und zugleich hoffnungsvoller Miene entgegennahmen.

Drei gegen einen! Selbst wenn dieser eine Mann der mächtige Jarl von Sciringesheal war, würden sie diese Nacht möglicherweise überleben – und Ruhm ernten. Wer den stärksten aller Krieger besiegte, würde hohes Ansehen genießen.

Doch zuvor mussten sie um ihr Leben kämpfen. Der Anführer erteilte den beiden anderen einen Befehl, worauf sie sich verteilten, um Wolf von drei Seiten angreifen zu können.

Während die Schwerter aufblitzten, stieg ein neuer Schrei in Cymbras Kehle auf. Aber sie fand keinen Atem, um ihn auszustoßen. Entsetzt sah sie, dass ihr Ehemann reglos mit gesenktem Schwert dastand und die Angreifer beobachtete. Es war unglaublich, er sah sogar belustigt aus. Als die Angreifer nur noch eine Schwertlänge entfernt waren, hob er endlich seine Waffe, warf den Kopf in den Nacken und sandte einen Schrei zum Himmel hinauf, der das Blut in Cymbras Adern gefrieren ließ.

Das Geheul des Wolfs ... Gespenstisch hallte das Echo seiner Stimme im Hof. Mit beiden Händen umklammerte er den Schwertgriff, sprang geschmeidig vor und schlug zu – einmal, zweimal, dreimal. So schnell, dass sich die drei Gegner nicht zu wehren vermochten.

Verwirrt starrten sie die dünne Blutspur an, die aus einer Wunde an ihrer Brust rann. Die Wunde war erstaunlich harmlos, wenn man bedachte, dass die gewaltigen Schwerthiebe sie eigentlich hatten entzweischneiden müssen. Offenbar war das den Schurken ebenfalls nicht entgangen. Der Anführer erholte sich als Erster von seiner Überraschung und griff den Jarl an, der ihn ebenso mühelos in Schach hielt wie die beiden anderen. Mit drei weiteren Schwertstreichen zerschnitt er ihre rechten Wangen.

Plötzlich erkannte Cymbra seine Absicht und hielt den Atem an. Die Kratzer zwischen ihren Brüsten, der Schlag auf ihre Wange ... Er brachte den Schurken an den Stellen Wunden bei, an denen sie seine Frau verletzt hatten. Während sie ihn töten wollten, spielte er mit ihnen. Verzweifelt versuchte sie, sich Dragons Griff zu entwinden. »Haltet ihn zurück! Er vergeudet seine Kraft, und sie werden ihn töten ...«

»Schaut nicht hin!« Dragons große Hand umfasste ihren Hinterkopf und drückte ihr Gesicht an seine Brust.

»Wolf ...«

»Nein, nein, ihm wird nichts zustoßen. Wartet nur ab ...«

Energisch befreite sie sich und sah ihren Mann mit gezücktem Schwert zwei Angreifern gegenüberstehen.

Zwei? Also bedeutete die blutige Gestalt am Boden ... »Oh, mein Gott«, wisperte sie. In ihrer Kehle stieg bittere Galle auf. Trotzdem konnte sie den Blick nicht von ihm abwenden. Diesen Wolf hatte sie nie zuvor gesehen. Kein Ehemann, kein Liebhaber, kein Jarl, nicht einmal der bedrohliche Fremde, der er einst gewesen war … Im Fackelschein glich er dem Tier, dessen Namen er trug, ein Dämon aus einem Albtraum.

Seine markanten Züge wirkten wie gemeißelt, sein Körper bewegte sich mit übermenschlicher Kraft. Jetzt hob er erneut den Kopf zu den Sternen und aus seiner Kehle drang ein gellender Schlachtruf, ehe das Lied des Stahls von neuem erklang.

Blutüberströmt brach der zweite Mann zusammen. Nur einer war noch übrig – der Anführer, der Wolf hasserfüllt anstarrte, geduckt und kampfbereit. Von seinem Kinn tropfte Speichel. Cymbra spürte, wie eine Woge aus bösartiger Energie durch ihre Adern strömte, eine Welle, die nach Gewalt und Tod stank, nach wilder, grausamer Wut. Krampfhaft rang sie nach Luft.

Mit einem teuflischen Schrei stürzte sich der Mann auf Wolf und schwang sein Schwert so schnell, dass Cymbra fürchtete, nichts würde dieser tödlichen Klinge entrinnen. Aber der Jarl war noch schneller, ein dunkler, gnadenloser Schatten, eins mit der Nacht.

»Schließt die Augen«, befahl Dragon. Als sie nicht gehorchte, presste er seine Hand auf ihre Lider. Aber ihr Gehör konnte er nicht ausschalten. Entsetzliche Geräusche drangen an ihr Ohr, zersplitternde Knochen, zerfetzendes Fleisch und eine qualvolle, kaum verständliche Stimme, die um den Tod flehte.

Ein letztes Mal sauste das Schwert herab, dann herrschte tiefe Stille – doch nur ein paar Sekunden lang, bevor die Menge in hellen Jubel ausbrach. Begeisterte Menschen umringten Wolf, priesen seine Heldentat und schworen ihm ewige Treue. Von dieser überschwänglichen Freude erschüttert, schien sogar die Erde zu beben.

Erst jetzt nahm Dragon seine Hand von den Augen seiner Schwägerin, die sich jedoch nicht rührte. Es fiel ihr schwer genug, sich auf den Beinen zu halten und ihre Übelkeit zu bekämpfen. In ihrer Seele wütete immer noch der Schrecken des Todes, den sie so deutlich wahrnahm, als sei es ihr eigenes Blut, das in den Staub sickerte.

Dragon ergriff ihren Ellbogen und stützte sie. Sie spürte seine Besorgnis, doch sie konnte sich nicht überwinden, ihn anzusehen. Unverwandt starrte sie zu dem barbarischen Wikinger hinüber, der immer noch sein blutiges Schwert hochhielt. Ihre Blicke trafen sich. Entschlossen schob er die Gratulanten beiseite und ging zu ihr.

Sie hörte nicht, was er zu seinem Bruder sagte, ebenso wenig wie die Worte, die er an die Menge richtete. Er griff nach Cymbras Arm, zog sie aber nicht an sich. Beißender Blutgestank stieg ihr in die Nase, so dass sie einen Augenblick lang fürchtete, in Ohnmacht zu fallen. Benommen blinzelte sie.

Als sie wieder klar denken konnte, war die Haustür hinter ihnen geschlossen, und sie war mit Wolf allein.

20

Inzwischen musste das Badewasser erkaltet sein. Sie sollte anbieten, ihm heißes Wasser zu holen oder die Frauen darum bitten – oder sonst irgendetwas tun. Doch sie stand einfach nur da und brachte kein Wort hervor.

Auch Wolf schwieg. Er nahm ein Tuch und ein Ölfläschchen aus einem Schrank und begann, methodisch sein Schwert zu reinigen, bevor er es in die lederne Scheide steckte und auf den Tisch am Fenster legte. Dann zog er die Stiefel und die blutbeschmierte Tunika aus.

Ohne Cymbra zu beachten, stieg er in die Wanne und wusch seinen Körper ebenso sorgfältig, wie er zuvor die Waffe gesäubert hatte. Schließlich tauchte er den Kopf ins Wasser und seifte sein Haar ein. Nachdem er den Schaum herausgespült hatte, stand er auf. Glänzende Tropfen rannen über seine gebräunte Haut. Er trocknete sich ab und warf das Badetuch zu der schmutzigen Tunika, die am Boden lag. Splitternackt trat er auf seine Frau zu und berührte ihre unversehrte Wange. »Jetzt musst du dich ausruhen.«

Die Stimme ihres Mannes. Wieder *ihres Mannes*. Als sie aufsah, las sie Besorgnis in seinen Augen – und Wachsamkeit. Aber auch Feuerschein und Blut, Leid und Tod, Gerechtigkeit und Rache. Er hatte gesiegt. Nie wieder würde jemand den Fehler begehen, seine Macht zu unterschätzen.

Doch was noch viel wichtiger war – er lebte, und er war bei ihr. Sie ergriff seine Hand, küsste jeden einzelnen Finger und presste ihre Lippen auf die schwielige Handfläche.

Nun verriet sein Blick Verblüffung. Und noch etwas. Erleichterung? Nein, noch etwas anderes. Hoffnung. Was erhoffte er sich? Es fiel ihr nicht schwer, diese Frage zu beantworten. Inbrünstig wünschte er sich, dass die Ereignisse dieser Nacht sie nicht veranlassten, ihrem Gemahl angeekelt den Rücken zu kehren, dass sie bewahren könnten, was sie zuvor verbunden hatte, und dass sie ihn so akzeptierte, wie er war.

Von tiefer Zärtlichkeit erfüllt, betrachtete sie sein Gesicht. *Diesen* Wolf kannte niemand außer ihr – nicht den unbezwingbaren Krieger, den mächtigen Anführer, sondern den Mann, der ihre Sehnsucht teilte. Sie schlang ihre Finger in seine und betrachtete, wie seine starke, sehnige, braun gebrannte Hand die ihre umschloss.

Diese tödliche Hand vermochte sie so sanft zu berühren wie eine kostbare, verletzliche Blume.

Sie stellte sich auf die Zehenspitzen und küsste ihn. Als ihre Zunge mit seiner spielte, entrang sich seiner Kehle ein leidenschaftliches Stöhnen. Als er sie an sich ziehen wollte, nahm sie seine Hand, führte ihn zum Bett und schenkte ihm das Lächeln einer Göttin, das seine Sinne betörte.

Mit sanfter Gewalt drückte sie ihn auf die Bettkante und trat einen Schritt zurück. Langsam, ohne ihren Blick von ihm abzuwenden, streifte sie ihr Kleid über ihre Schultern. Sie musste seine Besorgnis zerstreuen, und sie wollte seinen Sieg mit ihm feiern, Dank sagen für alles, was sie verband. Sie nahm all ihren Mut zusammen und hielt ihr Kleid einige Sekunden fest, bevor sie es fallen ließ. Mit leisem Rascheln glitt es über ihre hoch angesetzten Brüste mit den harten Knospen hinab, über die schlanke Taille und die sanft geschwungenen Hüften. Als es zu ihren Füßen lag, stieg sie heraus und schüttelte ihr Haar, das ihren Körper wie ein seidener Schleier umgab.

Wolfs Reaktion auf den Anblick, den sie ihm bot, war nicht zu übersehen und ermutigte sie. Lächelnd folgte er der Richtung ihres Blickes. In diesem Augenblick wirkte er um Jahre jünger, und der barbarische Krieger, den sie zuvor gesehen hatte, erschien ihr plötzlich wie eine Illusion. »Männer sind so … unaufdringlich«, meinte er, und sie lachte leise.

Anmutig kniete sie vor ihm nieder und streichelte seine muskulösen Beine. Die feinen dunklen Härchen kitzelten ihre Handflächen, und ihr Herz schlug schneller. Mit sanfter Gewalt schob sie seine Schenkel auseinander.

»Unaufdringlich?«, wiederholte sie und liebkoste ihn mit ihren Augen. »So würde ich dich wahrlich nicht nennen.« Großartig, faszinierend, erregend – so viele Worte würden ihr einfallen, um ihn zu beschreiben, doch sie wollte jetzt nicht darüber nachdenken.

Sie senkte den Kopf, und ihr Haar verhüllte seine Beine. Wenig später stöhnte er. Er wollte Cymbra an sich ziehen, doch sie entzog sich ihm. »Lass mich …«, flüsterte sie – halb befehlend, halb bittend.

Nach kurzem Zaudern ließ er sich auf die Pelzdecken sinken, streckte die Arme aus und umklammerte die Bettpfosten. Entschlossen bezwang er den Drang, Cymbras Liebesspiel zu beenden und sofort mit ihr zu verschmelzen. Seit drei Tagen kümmerte er sich ausschließlich um seine Gäste, und die Jagd zuvor hatte vier Tage gedauert. Eine volle Woche war er von seiner Frau getrennt gewesen, doch nun wollte er endlich wieder in ihrer weichen Hitze versinken, den Puls ihrer Erfüllung spüren, der seine eigene beschleunigen würde.

Andererseits wünschte er sich, sie würde ihre intimen Zärtlichkeiten fortsetzen – und wenn sie ihn verdammt noch mal töteten. Ihre Kühnheit entzückte ihn und schürte seine Leidenschaft. Schweißperlen begannen auf seiner bronzefarbenen Haut zu glänzen. Keuchend rang er nach Luft und spannte sämtliche Muskeln an.

Als Cymbras Zunge die Spitze seiner Männlichkeit umkreiste, verlor er beinahe die Beherrschung. Dann schloss sie ihre Lippen vollends darum, und er bäumte sich auf, um gleich darauf mit einem lustvollen Schrei zurückzusinken. Kurz bevor sie ihn zum Höhepunkt jagte, küsste sie die samtige Spitze ein letztes Mal und legte sich zu ihm.

»Wie gern ich dich mit meinen Lippen berühre – überall«, wisperte sie. »Du bist so stark. Deshalb überrascht es mich, dass du mir niemals wehtust. Und ich liebe es, wenn du mir das Gefühl gibst, ich wäre dir hilflos ausgeliefert – und zugleich geborgen.« Sie hauchte zarte Küsse um seinen Nabel herum, dann wanderte ihr Mund über die Brust nach oben zu seinem markanten Kinn. Während sie halb über ihm lag, gestand sie. »Und ich spüre dich so gern auf mir, deine ganze Kraft und Begierde, wenn du dich mit mir vereinst, aber auf diese Weise gefällt es mir auch. Und die Wahl fällt mir schwer.« Lächelnd blickte sie in sein angespanntes Gesicht.

»Entscheide dich in aller Ruhe«, stieß er heiser hervor. »Lass dir nur Zeit.«

Viel, viel später richtete sie sich auf und betrachtete ihren Mann, der endlich eingeschlafen war. Nicht zum ersten Mal bewunderte sie seine Ausdauer. In ihrem Körper pulsierte immer noch das wilde Entzücken, das er immer wieder in ihr erregt hatte.

Sanft zeichnete sie die Konturen seiner Lippen nach. Was für ein wunderbarer Mann er war, im Körper und im Geist vollkommen. Dass man so wunschlos glücklich sein konnte, hätte sie nie geglaubt.

Mit diesem erfreulichen Gedanken sank sie ins Kissen zurück und schloss die Augen, als ein knurrendes Geräusch sie erschrocken hochfahren ließ. Verwirrt hob sie den Kopf und starrte auf ihren Magen hinab. Plötzlich erinnerte sie sich, wie wenig sie in den letzten Tagen gegessen hatte.

Wenn sie ihren Hunger nicht sofort stillte, würde sie womöglich einen Bettpfosten anknabbern. Seufzend erhob sie sich, ergriff ihr Kleid, das am Boden lag, und schlüpfte hinein. Auf Zehenspitzen schlich sie zur Tür und öffnete sie vorsichtig. Im nächsten Augenblick war Wolf wach, sprang aus dem Bett und fragte, wohin sie wollte, während sie gleichzeitig beinahe über das Tablett stolperte, das vor dem Haus stand.

Liebe, gute Brita, dachte sie lächelnd und trug das Tablett ins Zimmer. »Ich wollte nur etwas holen«, sagte sie und begann zu lachen, als sie ihren Ehemann sah, der splitternackt vor ihr stand, die Hände in die Hüften gestemmt, und verschlafen und wütend zugleich aussah. »Du hast vielleicht keinen Appetit, aber ich *sterbe* vor Hunger.«

Er murmelte etwas über die Befriedigung eines Bedürfnisses, dem bald ein neues folgen würde, und kehrte ins Bett zurück, wo er, von mehreren Kissen gestützt, belustigt Cymbra beobachtete. Im Widerschein der brennenden Kohlenbecken glänzte seine breite Brust.

Als Cymbra das Tuch vom Tablett zog, seufzte sie entzückt. Brita hatte an alle Lieblingsspeisen gedacht – das Kardamombrot, die Zimtäpfel, den saftigen gelben Käse, kalte Hühnerbrüste mit Senf, eingelegtes Weißkraut und Rotkohl. Sogar eine Flasche Apfelwein stand auf dem Tablett, den sie lieber trank als Ale oder Honigwein. Und auch den Jarl hatte sie nicht vergessen, einen Krug mit Ale gefüllt und die Rindfleischscheiben mit Pfefferkörnern zubereitet, die er so gern aß. Cymbra stellte das Tablett aufs Bett, und Wolf schüttelte verwundert den Kopf. »Davon könnten vier Leute satt werden.«

»Glaubst du?« Lächelnd zog sie ihr Kleid aus und setzte sich zu ihm.

Bald musste er seine Meinung ändern, während sein schlanke, zart gebaute Frau die üppigste Mahlzeit verschlang, die er sie jemals hatte essen sehen. Sie genoss jeden einzelnen Bissen in vollen Zügen. Zuerst verschwanden die Zimtäpfel, gefolgt von der Hühnerbrust und einem Großteil des Käses. Hätte er sich nicht rechtzeitig ein paar Scheiben Rindfleisch und etwas Brot gesichert, wäre er leer ausgegangen. Als sie ihm einen vorwurfsvollen Blick zuwarf, fragte er: »Soll ich dir noch was aus der Küche holen?«

Zuerst schien sie ernsthaft darüber nachzudenken, doch dann schüttelte sie den Kopf, sank ins Kissen zurück und tätschelte ihren Bauch. »Nein, ich bin satt.« Mit einem Blick auf das Rindfleisch fügte sie hinzu: »Zumindest glaube ich es.«

Seufzend reichte er ihr den Teller. »Hast du in letzter Zeit nichts gegessen?«, fragte er mit ernster Miene.

Cymbra schob den letzten Bissen in den Mund und starrte die gegenüberliegende Wand an. »Nein, ich war nicht hungrig.«

»Warum nicht?«

»Einfach so.«

Mit jenem typischen Seufzer, mit dem Männer die Götter um Geduld ersuchen, schloss er die Arme um sie. Sie versuchte, sich ihm zu entziehen, doch ohne Erfolg. Nach wenigen Augenblicken schmiegte sie sich an ihn. »Warum warst du nicht hungrig?«

»Weil es nichts zu tun gab, deshalb hatte ich keinen Appetit.«

»Weil du eingesperrt warst?«

Verdammt, musste er denn *alles* wissen? »Also gut, *deswegen*. Ich *hasse* es, wenn man mich gefangen hält. In meiner Kindheit wollte Hawk mich von allen Menschen fern halten, damit mich niemand … verletzen würde. Aber nach einer Weile wurde ihm klar, dass er damit nur neue Schwierigkeiten heraufbeschwor.«

Zum ersten Mal war sie bereit, über ihre seltsamen Fähigkeiten zu sprechen, und Wolf nutzte die Gelegenheit. »Wie alt warst du, als du bemerkt hast, dass du … anders bist?«, fragte er sanft.

Erstaunt nahm sie das Wort »anders« zur Kenntnis, das ihre Mitmenschen stets vermieden hatten. Die wenigen, die Bescheid wussten, sprachen stets nur von der »Gabe«. Doch die so genannte »Gabe« war nicht nur ein Segen, sondern auch ein Fluch, und die Bezeichnung »anders« kam der Wahrheit wesentlich näher. »Das weiß ich nicht genau. Jedenfalls gab es keine Zeit, in der ich es *nicht* spürte. Also muss ich die Fähigkeit, das Leid anderer zu empfinden, von Anfang an besessen haben. Ich kann mich an die ersten Jahre kaum mehr erinnern, Hawk dagegen umso besser. Manchmal war es so schlimm, dass er mich mit Opium betäuben musste, damit ich die Qualen ertrug. Natürlich war das keine Dauerlösung.«

»Und deshalb hielt er die Außenwelt von dir fern.«

»Ja, so gut es ging. Später erzählte er mir, in den sicheren Mauern einer Festung würde es mir gelingen, Schutzwälle in meiner Seele zu errichten. Das tat ich, und ich bewundere die weise Voraussicht meines Bruders.«

»Hat auch er die Gabe?«, fragte Wolf, um etwas mehr über den Mann zu erfahren, der ihm schon bald gegenüberstehen würde.

Cymbra zögerte. »Nun, er ist ein kluger, starker Anführer, und seine Leute folgen ihm rückhaltlos. Vielleicht, weil er so großes Verständnis für sie aufbringt. Auch in dir erkenne ich diese Fähigkeit. Ja, im Grunde ist es wohl dieselbe Gabe, wenn auch in einem völlig anderen Ausmaß.«

»Warst du verärgert, als er dich wegschickte?«

»Nein, ich habe es nur bedauert. Glücklicherweise besuchte er mich oft, vor allem, als ich noch klein war. Mit der Zeit ging es mir besser, deshalb durfte ich regelmäßig ein paar Wochen in Hawkforte verbringen.«

»Hast du ihn nie an den Hof begleitet?«

»Nein. Offenbar dachte er, dass es Schwierigkeiten geben würde.« Lächelnd schaute sie in die Augen ihres Mannes. »Auch du willst mich der Öffentlichkeit vorenthalten. In dieser Hinsicht scheint ihr euch zu gleichen.« Sie wartete, in der Hoffnung, er würde das Gespräch über ihren Bruder fortsetzen und erklären, warum er so lange gezögert hatte, ihn zu verständigen.

»Diese Nacht muss schrecklich für dich gewesen sein. Glaub mir, diese Entscheidung fiel mir sehr schwer. Ob sie richtig war, weiß ich noch immer nicht«, sagte er stattdessen leise.

Erstaunt hob sie die Brauen. »Das weißt du nicht? Nach allem, was geschehen ist?«

Wolf zuckte die Achseln. »Jedenfalls werden keine weiteren Probleme auftauchen.«

Sonderbar, wie gleichmütig er über die grausame Hinrichtung dreier Männer sprach … »Bist du müde?«

»Eigentlich sollte ich müde sein. Aber ich bin's nicht.«

»Ich auch nicht. Komm, ich will dir etwas zeigen.« Er stieg aus dem Bett und reichte ihr seine Hand.

»Hör auf!«, rief sie und bespritzte ihn mit schäumender Gischt, was er ihr sofort heimzahlte. Lachend rannte sie den Strand entlang, dicht gefolgt von ihm.

Noch nie war sie nachts an einem Strand gewesen. Noch nie hatte sie gesehen, wie wundervoll der Sand unter dem Sternenhimmel schimmerte. Als Wolf ihr erklärt hatte, wohin sie gehen würden, war ihre Neugier augenblicklich erwacht. Er bestand darauf, dass sie einen Umhang über dem Kleid trug. Hand in Hand eilten sie über den Hof.

Falls die Wachtposten das Verhalten des Jarls befremdlich fanden, ließen sie sich nichts anmerken und öffneten gehorsam das Tor. Ihnen war durchaus bewusst, wie wenig ratsam es wäre, irgendjemandem von den Possen ihres Herrn zu erzählen, der mit seiner sächsischen Gemahlin am Strand umhertollte.

Cymbras Augen brauchten länger als seine, um sich an die Finsternis zu gewöhnen, während er so mühelos wie sein Namensvetter den Weg zwischen den Felsen fand. Als sie den Strand erreicht hatten, sprang er von einer Klippe in den Sand hinab und breitete die Arme aus. Lachend hatte sie sich an seine Brust geworfen.

Jetzt lachte sie immer noch, während sie die Küste entlanglief. Bald holte er sie ein. Atemlos drehte sie sich zu ihm um, legte ihren Kopf in den Nacken und betrachtete die Sterne. »Hier könnte ich bis in alle Ewigkeit bleiben.«

Erfreut über ihre Begeisterung, hauchte er einen Kuss auf ihre Lippen. In diesem Augenblick erkannte er, wie dringend sie ihre Freiheit brauchte. Sie glich einem gefangenen Vogel, dessen Käfig man plötzlich geöffnet hatte. »Was würdest du tun, wenn es zu regnen anfinge?«

»Dann würde ich klatschnass werden, von oben bis unten«, erwiderte sie und zeigte auf ihren feuchten Rocksaum.

»Und du müsstest irgendwo Zuflucht suchen.« Er griff

nach ihrer Hand und zog sie den Strand hinauf. »Komm mit mir!«

Hinter einer Klippe wuchsen dichte Büsche. Als er sie in eine dunkle Felsspalte zog, zögerte sie einen Augenblick. Er sah über seine breite Schulter und lächelte aufmunternd. »Hier wird es dir gefallen. Diese Höhlen habe ich schon vor vielen Jahren entdeckt.« Wenig später betraten sie eine kleine Felskammer, deren steinerne, mit Moos bewachsenen Wände im Sternenlicht, das durch die Öffnung hereinfiel, kaum zu sehen waren. Wie zahllose winzige Sterne funkelten Lichtpunkte im Schatten.

Wolf zeigte in einen pechschwarzen Gang. »Siehst du diesen Weg? Er führt so tief ins Innere des Hügels, dass ich das Ende nie erreicht habe.«

»Hast du danach gesucht?«, fragte Cymbra besorgt. In der Nähe von Holyhood befand sich ein Höhlenlabyrinth, in dem sich immer wieder Menschen verirrten und nie mehr auftauchten.

»Ja, mit einer Fackel. Weiter hinten liegen großartige Höhlen, die so schön sind wie die Prunksäle eines Palastes.«

Trotzdem wollte sich Cymbra nicht weiter vorwagen – und sich auch nicht vorstellen, wie Wolf erneut in dieses gespenstische Reich eindrang. »Und wenn die Fackel erloschen wäre?«

Grinsend zog er ihre Hand an die Lippen. »Außerdem hatte ich eine Zunderbüchse und einen Flintstein bei mir. Bist du immer so ängstlich?«

»Nein«, entgegnete sie und wunderte sich selbst über ihre übertriebenen Bedenken. »Aber wenn du verletzt würdest, könnte ich es nicht ertragen.«

Wolf zog sie zärtlich an sich. Um alle Menschen, die sie

liebte, sorgte sie sich, und diese Erkenntnis bestärkte ihn in der Gewissheit, dass er den richtigen Entschluss gefasst hatte. Wann immer sie von ihrem Bruder sprach, war ihr anzumerken, wie viel er ihr bedeutete. Offensichtlich wurden diese Gefühle erwidert, denn Hawk hatte sich in all den Jahren liebevoll um sie gekümmert. So sehr sich Wolf auch dagegen sträubte, er musste dem grimmigen Sachsen danken, dem er bald gegenübertreten würde. Ebenso wie seine Frau, die er bis zuletzt im Ungewissen ließ, damit sie sich nicht länger als nötig um beide Männer sorgte …

»Früher kam ich oft hierher, wenn ich allein sein wollte«, erklärte er. »Und ich empfand nie zuvor den Wunsch, jemanden in diese Höhlen zu führen.«

Gerührt strich sie über seine Wange, dann legte sie den Kopf an seine Schulter. Plötzlich fühlte sie sich erschöpft. Die Ereignisse dieser Nacht forderten ihren Tribut. Vergeblich versuchte Cymbra, ein Gähnen zu unterdrücken.

»Hätte ich dich bloß nicht aus dem Bett gezerrt!«, seufzte er zerknirscht.

»Mach dir keine Vorwürfe. Es ist so schön in deinen Höhlen.«

»Trotzdem brauchst du deinen Schlaf.« Wolf nahm seinen Umhang ab und breitete ihn auf dem Felsbrocken aus. Dann streckte er sich aus, nahm sie in die Arme und hüllte sie in den Wollstoff.

Mit einem zufriedenen Seufzen schmiegte sie sich an ihn. Es gab so vieles, was sie ihm sagen wollte – wie sehr sie ihn liebte, wie glücklich sie war. Was sie sich von der Zukunft erhoffte … So viele Gedanken … Doch sie wurden schon bald von süßen Träumen verdrängt.

Heller Sonnenschein drang in die Höhle, und eine milde, frische Brise weckte Cymbra. Blinzelnd hob sie den

Kopf. Ihr Mann stand vor dem Eingang und blickte aufs Meer.

Hastig stand sie auf, wischte den Sand von ihrem Umhang und trat neben ihn. Er legte einen Arm um ihre Schultern und deutete wortlos auf die blaugrauen Wellen und die Felseninseln, wo einige Seelöwen spielten.

Sie kniff die Augen zusammen und sah ein Schiff am Horizont, das sich rasch näherte. Ein plötzlicher Windstoß blähte das Segel, und sie erkannte das Emblem des Habichts, das sie wochenlang herbeigesehnt und zugleich gefürchtet hatte – Hawks Wappen.

Mit weit ausgebreiteten Schwingen flog der Habicht zum Bau des Wolfs, um sich auf seine Beute zu stürzen.

21

Die Schilde, die Wolfs persönliche Wache hochhielt, spiegelten das Sonnenlicht wider. Auf dem steinernen Kai standen zwei Dutzend Männer in Reih und Glied. Ihre Schwerter steckten in den Scheiden, doch sie waren jederzeit zur Hand, falls sich die erwarteten Schwierigkeiten tatsächlich einstellen sollten. Und sämtliche Krieger rechneten damit, wie ihre grimmigen Mienen bewiesen.

Die Straßen und Gassen von Sciringesheal hinter ihnen waren menschenleer. Wie ein Lauffeuer hatte sich die Nachricht verbreitet, wer den Hafen ansteuerte, und alle Stadtbewohner versteckten sich in ihren Häusern. Nur ein paar wohl genährte Hunde trotteten gemächlich auf der Straße umher. Dragon war in der Festung geblieben und sorgte für den raschen Aufbruch der Lords und ihrer Gefolge – eine Aufgabe, die ihm durch den allgemeinen Wunsch erleichtert wurde, den Jarl nicht zu erzürnen.

Als das sächsische Schiff keine Anstalten machte, das Tempo im gefährlichen Kanal zwischen den Felseninseln zu drosseln, hielt Cymbra den Atem an.

Wolf lächelte verkniffen. »Entweder ist dein Bruder ein erprobter Seemann, oder er wird den Hafen nicht erreichen.«

Ehe er dem Kommandanten der Wache befehlen konnte, eine Rettungsaktion vorzubereiten, legte Cymbra eine Hand auf seinen Arm. Ohne ihren Blick von dem Schiff abzuwenden, erklärte sie: »Hawk stand mit drei Jahren zum ersten Mal an einem Ruder. Er erinnert sich noch heute genau an diesen Tag. Einmal hat er mir erzählt, dieses Erlebnis hätte ihn so begeistert, dass er tagelang behauptet habe, er könne ein Boot fliegen lassen.«

Aufmerksam beobachtete Wolf die geschickten Manöver des Steuermanns. »Nun ja«, gab er widerstrebend zu, »für einen Sachsen segelt er ganz gut.«

Cymbra drückte lächelnd seinen Arm. Inzwischen war das Schiff herangekommen, und sie sahen die Männer an Bord. Obwohl sie sich dem Hafen näherten, ruderten sie immer noch mit voller Kraft, bis sie einem lautstarken Befehl gehorchten und die Riemen einholten. Gleichzeitig wurde das Segel geborgen, und das Schiff legte mustergültig an der Landebrücke an. Cymbra hörte das Klirren des Ankers, der ins Wasser fiel, spürte wie sich die Wachtposten hinter ihr anspannten und hörte das Kreischen der Möwen über ihr. Doch all das verlor jede Bedeutung, sobald sie den Mann erblickte, der geschmeidig auf den Steg sprang und zum Kai eilte.

In der frischen Brise flatterte seine kurze dunkelgraue

Tunika, und ein heftiger Windstoß zerzauste das kastanienbraune Haar. Seine Augen leuchteten ebenso tiefblau wie ihre. Wie vertraut ihr die markanten Züge waren, die jetzt so wütend und entschlossen wirkten …

Hawk, ihr geliebter Bruder! Seit seinem letzten Besuch in Holyhood vor einem halben Jahr hatte sie ihn nicht mehr gesehen. Aber er erschien ihr unverändert – so groß wie Wolf, mit den gleiche breiten Schultern und kraftvollen Beinen und mit derselben Aura eines unbeugsamen Willens.

Einem Willen, dem seine frostige Miene unmissverständlich Ausdruck verlieh. Cymbra schluckte gegen den plötzlichen Kloß in ihrem Hals an und trat einen Schritt vor. »O Hawk, wie wundervoll!«, rief sie, schlang die Arme um seinen Hals und drückte sich an ihn, um seine zielstrebigen Schritte zu bremsen. Immerhin bewog ihn die überschwängliche Begrüßung, kurz innezuhalten und erleichtert festzustellen, dass er seine unversehrte kleine Schwester umarmte.

»Cymbra!« Überglücklich hob er sie hoch und schwenkte sie im Kreis. Dann stellte er sie auf die Füße und betrachtete liebevoll ihr Gesicht – liebevoll und mit wachsendem Zorn. Vorsichtig berührte er den bläulichen Fleck unter ihrem rechten Auge, und sie erriet seine Gedanken.

»Nein, Hawk!«

Ehe sie ihn daran hindern konnte, prallte seine Faust gegen Wolfs Kinn. Wie Donnerhall schienen die umliegenden Hügel das Knacken des Kieferknochens zurückzuwerfen. Sofort zogen die Wachtposten ihre Schwerter und rückten vor. Auch die Sachsen zückten ihre Waffen, sprangen von Bord und stürmten zum Kai.

»Halt!«, schrie Wolf, um das drohende Blutbad zu verhindern. Wolfs hervorragend ausgebildete Männer erstarrten mitten in der Bewegung, während Hawks Truppe angriffslustig die Schwerter schwenkte, bis er ebenfalls die Hand hob. »Wartet!« Mit gezückter Waffe wandte er sich wieder Wolf zu, der den Griff seines Stahls nicht berührte. Der Fausthieb hätte den meisten Männern die Besinnung geraubt, doch der Jarl schien ihn kaum bemerkt zu haben. Nachdenklich rieb er sich das Kinn und lauschte seinem erbosten Widersacher. »Diebischer Bastard … Wikinger-Abschaum …«

Verzweifelt warf sich Cymbra zwischen die beiden Männer, die sie blitzschnell packten. Die beiden mächtigen, gleichermaßen besorgten Kriegsherrn zerrten an ihr, jeder in seine Richtung, um sie in Sicherheit zu bringen.

Wolf ließ sie zuerst los. Doch er behielt seine Frau im Auge, und Hawk schob sie hinter seinen Rücken, ohne seine Verblüffung zu verhehlen. Diesen Vorteil nutzte der Jarl. »Eurer Schwester ist kein Leid geschehen, und die Männer, die ihr etwas antun wollten, sind tot.«

Immer noch wütend, spähte der sächsische Lord über seine Schulter, starrte in Cymbras bleiches, aber anscheinend furchtloses Gesicht und fragte ungläubig: »Stimmt das?«

Hastig nickte sie. Ehe sie sprechen konnte, wandte er sich wieder Wolf zu.

»Wer hat sie getötet?«

In den Silberaugen flackerte ein Feuer, das die Erinnerungen an Blut und Rache heraufbeschwor. »Ich.«

Während Hawk über diese Mitteilung nachdachte, nutzte Cymbra die Zeit, stellte sich vor ihren Bruder und sah ihm eindringlich in die Augen. »Steck dein Schwert in die Scheide«,bat sie sanft. »Ich bin glücklich verheiratet, und alles hat sich zum Guten gewendet. Wenn du es erlaubst …«, sagte sie und ergriff lächelnd Wolfs Hand, »… werden mein Gemahl und ich dich willkommen heißen, so wie es dir gebührt.« Nach einem kurzen Blick auf die sichtlich misstrauischen Sachsen fügte sie rasch hinzu: »Dein Gefolge natürlich auch.«

Hawk musterte das Paar – seine zierliche Schwester an der Seite des hoch gewachsenen, kräftig gebauten Wikingers, dessen Tod er inbrünstig herbeisehnte, nachdem er vor wenigen Tagen über Cymbras Verbleib informiert worden war. Verwirrt sah er ihre schmalen Finger, die von der großen, narbigen Hand des Nordländers umschlossen waren, und beobachtete, wie sie instinktiv näher zu ihrem Gemahl trat und Hilfe suchend zu ihm aufblickte.

Ihr Gemahl! Unvorstellbar. Für Hawk war sie immer noch das kleine Mädchen, das er seit dem Verlust der Eltern so liebevoll umsorgt hatte, als er selbst doch noch ein halbes Kind gewesen war. Inzwischen war sie zu einer bildschönen Frau herangewachsen. Schon vor langer Zeit hatte er beschlossen, sie niemals zu einer Heirat zu zwingen. Und da sie das Thema kein einziges Mal angeschnitten hatte, hatte er ebenfalls keinen Gedanken mehr daran verschwendet.

Bis jetzt. Nach all den Wochen voller Angst um ihr Leben, Wochen voller schrecklicher Visionen von Vergewaltigung und Höllenqualen sah er sie wieder – allem Anschein nach wohlbehalten und sogar glücklich. Das musste er erst einmal verkraften.

Hatte sich wirklich alles zum Guten gewendet? Das bezweifelte er.

Nur widerstrebend erfüllte er Cymbras Wunsch und

steckte sein Schwert in die Scheide, ohne jedoch den Griff loszulassen. Nach kurzem Zögern rief er seinen Männern zu: »Wir bleiben eine Weile hier.« Wieder zu seiner Schwester gewandt, hob er die Brauen. »Bald werden wir sehen, ob du wirklich so glücklich bist, wie du behauptest.«

Der herausfordernde Unterton in seiner Stimme entging ihr nicht. Aber sie lächelte, hängte sich bei den beiden ein und führte die beiden mächtigen Krieger zur Festung hinauf, während Wolfs Wache ihr mit den Sachsen folgte – eine sonderbare Prozession, zwei Kriegertruppen, scheinbar gefügig im Schlepptau einer schönen Frau. Doch sie wechselten misstrauische Blicke, und ihre Hände entfernten sich keine Sekunde lang von den Griffen der Schwerter.

»Hier leben wundervolle Menschen, Hawk«, erklärte Cymbra, als sie den Hof betraten. »Einige stammen sogar aus Russland – Nadja und Mikal. Vor kurzem bekamen sie einen Sohn, und ich verhalf ihm ans Licht der Welt. Und neulich besuchte uns ein Maure, der in Konstantinopel lebt. Kannst du dir das vorstellen? Er brachte fabelhafte Stoffe und Gewürze mit … Oh, du musst unbedingt Dragon kennen lernen, Wolfs Bruder. Stundenlang erzählt er faszinierende Geschichten …«

Über ihren Kopf hinweg schauten sich die beiden Männer an.

»So viel hat sie früher nicht geredet«, seufzte Hawk.

»Wirklich nicht?« Wolf verdrehte die Augen. »Also dürfen wir hoffen, dass sie irgendwann verstummen wird?«

Abrupt blieb sie stehen und starrte erst den einen an, dann den anderen. Als sie das Zucken in ihren Mundwinkeln sah und den gutmütigen Spott in beiden Gesichtern las, lachte sie erleichtert. »Darauf solltest du dich nicht zu früh freuen«, ermahnte sie ihren Gemahl. »Für mich ist Sciringesheal immer noch so neu und so interessant, dass ich in Worte fassen muss, was ich hier erlebt habe.«

Wolf stöhnte theatralisch und schenkte seiner Frau ein liebevolles Lächeln, das ihr das Blut in die Wangen trieb, was Hawk ebenfalls nicht entging. Trotzdem hegte er immer noch gewisse Zweifel. Er musste herausfinden, warum Cymbras Wange verletzt war. Gut und schön, der Wikinger hatte die Männer getötet, die seiner Frau zu nahe getreten waren – aber warum hatte er sie nicht besser beschützt? Und warum trug sie feuchte, zerknitterte Kleider voller Sand? Waren die Dienstboten, die sich um sie kümmerten, unfähig?

Außerdem beunruhigten ihn die Schatten unter ihren Augen, die auf schlaflose Nächte hinwiesen. Beim Gedanken an die Forderungen, die der bärenstarke Wikinger zweifellos im Ehebett stellte, wuchs Hawks Groll aufs Neue.

Nein, sie war kein kleines Mädchen mehr. Doch er musste herausfinden, ob sie nur die glückliche Ehefrau spielte, weil sie ein Blutvergießen vermeiden wollte. Um das Leben anderer Menschen zu retten, würde sie sich bereitwillig opfern. Und als ihr Bruder war es seine Aufgabe, sie notfalls vor sich selbst zu schützen. Während er darüber nachdachte, betrachtete er den hohen Erdwall, der die Festung umgab, die Wachttürme und die Positionen der Krieger.

Sein Interesse blieb nicht unbemerkt. »Wollt Ihr die Verteidigungsanlagen besichtigen?«, schlug Wolf trocken vor.

Beklommen hielt Cymbra den Atem an und fürchtete, ihr Bruder würde die Frage sarkastisch finden. Aber er nickte zustimmend. »Ja, vielleicht. Wie ich vor einiger Zeit feststellen musste, weisen meine eigenen erhebliche Mängel auf.«

Wolf neigte mitfühlend den Kopf. »Auf meinen Reisen habe ich zahlreiche Befestigungen studiert und bin zu der Überzeugung gelangt, dass selbst die höchsten Mauern nur so gut sind wie die Männer, die darauf stehen.«

»Ich dachte eigentlich dasselbe«, sagte Hawk, ehe er grimmig hinzufügte: »Unglücklicherweise entpuppte sich der Mann, dem ich das Kommando von Holyhood anvertraut hatte, als unfähiger Trottel.«

Angesichts seiner eisigen Miene wagte Cymbra kaum zu sprechen, doch sie musste die Wahrheit erfahren. »Was ist mit Sir Derward geschehen? Hast du ihn zur Rechenschaft gezogen? Ich meine, hast du ...«

»Er erhängte sich«, fiel er ihr ins Wort. »Zweifellos ein barmherziger Tod.«

»Barmherzig? Mit diesem Selbstmord hat er sein Seelenheil verwirkt ...«

»Lassen wir's dabei bewenden«, mischte sich Wolf hastig ein und warf seinem Schwager einen warnenden Blick zu. »Offenbar hätte das Spatzenhirn ... äh, Sir Derward sein Leben ohnehin verloren, also spielen die Einzelheiten keine Rolle.«

»Spatzenhirn?«, wiederholte Hawk. »Welch ein passender Name ...«

Großartig, wie gut sich die beiden plötzlich verstehen, dachte Cymbra erbost. »Und die anderen Männer? Wolf sagte, er habe sie gefesselt liegen lassen.«

»Beruhige dich, niemand wurde bestraft«, erwiderte Hawk. »Nur ein Einziger hat seine Pflicht vernachlässigt – und er hat dafür gebüßt.« An seinen Gastgeber gewandt, fuhr er fort: »Da wir gerade beim Thema sind – ich wüsste gern, wie das alles geschehen konnte? Warum seid Ihr nach Holyhood gekommen? Wieso habt Ihr meine Schwester entführt und hierher gebracht? Und das sind nicht die einzigen Fragen.«

Bevor Wolf antworten konnte, mischte Cymbra sich ein: »Zu gegebener Zeit wirst du sämtliche Einzelheiten erfahren. Lass dich erst einmal in dein Quartier führen. Auch für deine Männer wird gesorgt. Du möchtest sicher ein Bad nehmen. Inzwischen werde ich ein Festmahl vorbereiten.« Nach den turbulenten letzten Tagen wirkte die Festung erstaunlich still. Offensichtlich hatten die Gäste bei der Ankunft des sächsischen Schiffs das Weite gesucht. »Anscheinend sind die Wikinger-Lords verschwunden, Wolf. Wie schön, dann können wir im Familienkreis feiern.«

Die beiden Männer starrten sie so entgeistert an, dass sie beinahe in Gelächter ausgebrochen wäre. Einzig die immer noch ungewisse Situation hinderte sie daran. Es ging nach wie vor um Leben und Tod.

»Ja, im Familienkreis«, bekräftigte sie. »Und da wir gerade darüber reden – hier kommt ein weiteres Familienmitglied. Dragon.« Warmherzig lächelte sie ihren Schwager an. »Nun kann ich Euch endlich mit meinem Bruder bekannt machen. Ist das nicht wundervoll?«

»Wundervoll«, wiederholte Dragon pflichtschuldig und warf Hawk einen kurzen Blick zu. »Ist es wundervoll?«

»Bisher schon ...«, entgegnete Wolf gedehnt. Die drei großen Krieger bildeten einen Halbkreis rings um Cymbra, die sich plötzlich wie eine Zwergin fühlte. Wussten sie, wie ähnlich sie einander waren – die Hände auf den Griffen ihrer Schwerter, die Beine leicht gespreizt, die Augen wachsam? Jeder ein geborener Kämpfer, an tödliche Gefahren gewöhnt. Und jeder ein mitleidiger Beschützer aller Schwachen und Bedürftigen. Unter anderen Umständen wären sie die besten Freunde – daran zweifelte sie keine Sekunde lang. Und sie *würden* Freundschaft schließen. Dafür würde sie sorgen.

Dennoch erschien es ihr in diesem Moment klüger, ihren Entschluss nicht zu erwähnen. Sie berührte Hawks Arm. »Würdest du mir folgen? Ich möchte dir deine Unterkunft zeigen.«

Bereitwillig nickte er, erfreut über die unverhoffte Gelegenheit, allein mit seiner Schwester sprechen und ihr ungestört Fragen stellen zu können. Aber Wolf trat zwischen sie, nahm Cymbras Hand vom Arm ihres Bruders und legte sie auf seinen eigenen. »Nicht nötig. Kümmere dich lieber um das Festmahl, Cymbra. Dragon wird deinen Bruder und seine Leute zu ihren Quartieren führen.«

Mit einem Lächeln das durchaus auch als gefletschte Zähne hätte bezeichnet werden können, postierte sich Dragon zwischen seiner Schwägerin und dem sächsischen Lord. Ehe Hawk protestieren konnte, rief Cymbra: »Ja, natürlich, du hast Recht, Wolf. Wir sehen uns bald wieder, mein lieber Bruder.«

Ohne seine Antwort abzuwarten, lief sie zum Küchentrakt. Ihr Herz schlug wie rasend. Sie hoffte voller Inbrunst, dass Hawk und Dragon nicht übereinander herfielen. Oder Hawk und Wolf. Oder irgendwelche Wikinger und Sachsen. Vielleicht würden sie ihre Kampflust ja wenigstens bezähmen, bis Cymbra sie mit einem ausgezeichneten Festmahl erfreuen konnte, bis das Ale ihre Stimmung hob oder ihnen, was am allerbesten wäre, die Besinnung raubte …

»Mylady!« Brita kam ihr mit verängstigter Miene entgegen. »Gerade hörten wir …«

»Ja, mein Bruder ist soeben in den Hafen gesegelt«, unterbrach Cymbra die junge Irin. »Oh, ich freue mich schrecklich! Schnell, an die Arbeit! Es gibt so viel zu tun.«

In der Küche eilten ihr mehrere Frauen entgegen, die ihre Anweisungen eifrig befolgten. Ebenso wie der Herrin war ihnen bewusst, dass die männlichen Gemüter besänftigt werden mussten. Mit vereinten Kräften wollten sie ihr Bestes tun, um den Frieden zu bewahren. Abgearbeitete Hände umfassten die Amulette, die an der Weltesche gehangen hatten, ehe sie sich bekreuzigten – nur, um sicherzugehen. Wie jede kluge Frau wusste, brauchte man göttlichen Beistand, wenn man das unberechenbare Temperament der Männer beeinflussen wollte.

»Möge es dem Allmächtigen gefallen!«, rief Bruder Joseph feierlich. »Danken wir ihm für seine Güte, und erfreuen wir uns an der Zusammenkunft zweier Familien, die unter diesem Dach vereint sind und gemeinsam ihr Brot brechen.«

Fragend sah er Cymbra an. Vor der Mahlzeit hatte sie ihn um einen besonderen Segen gebeten, und nun wollte er wissen, ob sie Gefallen an seinen Worten fand. Dankbar nickte sie ihm zu, und er ließ sich erfreut auf seinen Stuhl sinken.

Nach seinem gefühlvollen Gebet breitete sich drückendes Schweigen in der Halle aus, bis Cymbra energisch »Amen!« sagte. Die Sachsen, allesamt gute Christen, folgten ihrem Beispiel. Nur Hawk zögerte. Seine Schwester musterte ihn mit schmalen Augen. »Habe ich schon erwähnt, dass Wolf so freundlich war und Bruder Joseph gestattet hat, uns zu trauen – natürlich zusammen mit Ulfrich?« Lächelnd schaute sie zu dem alten Mann hinüber, den sie bereits mit ihrem Bruder bekannt gemacht hatte.

»Amen«, murmelte Hawk mit einem spöttischen Blick auf die neuen Familienmitglieder. Dann hob er ein Trinkhorn, das ein Diener soeben gefüllt hatte, und wandte sich an den Mönch. »Sicher kennt Ihr die Bedenken, die unsere Kirche gegen erzwungene Ehegelübde hegt, Bruder Joseph.«

Der junge Geistliche verschluckte sich um ein Haar am Ale, das er soeben gekostet hatte. Aber er erholte sich sehr schnell, und obwohl er einem allseits gefürchteten Kriegsherrn gegenübersaß, antwortete er in seinem üblichen liebenswürdigen Ton: »Gewiss, Lord Hawk. Und ich versichere Euch, ich würde niemals eine Trauung vornehmen, gegen die eine der beteiligten Personen protestiert.«

»Oh, das freut mich. Und wie erkennt Ihr, dass alle Beteiligten einverstanden sind? Habt Ihr vor der Zeremonie mit meiner Schwester gesprochen?«

Bruder Joseph erbleichte, dennoch hielt er Hawks forschendem Blick stand und antwortete in gottgefälliger Demut: »Dazu fand ich keine Gelegenheit, Mylord. Aber ich gewann nicht den Eindruck, dass sie Lord Wolf nur notgedrungen heiratete.« Mit einem freundlichen Blick in Cymbras Richtung fügte er hinzu: »Von Anfang an bewunderte ich ihren Mut und ihre Tugend.«

»Wie einfühlsam Ihr seid …«, meinte Hawk gedehnt. »Vielleicht überseht Ihr, dass ein so edler Charakter eigene Interessen, oder gar die persönliche Sicherheit, hintanstellen könnte, um höheren Zielen zu dienen.«

»Das mag sein«, stimmte Bruder Joseph in sanftem Ton

zu. »Aber sollten wir nicht alle höhere Ziele verfolgen? Welch ein schlechter Mönch wäre ich, würde ich jemanden daran hindern, ein solches Ziel zu erreichen …«

»Ein einleuchtendes Argument«, gab Hawk zu. »Und für Euch sicher sehr bequem. Vielleicht *zu* bequem.« Er wandte sich seiner Schwester zu. »Hast du den Wikinger freiwillig geheiratet?«, fragte er unvermittelt.

Cymbra zögerte und verbarg ihren inneren Konflikt. Sollte sie den geliebten Bruder belügen? Aber wie sollte sie ihm von Wolfs Drohung erzählen? Selbst die geringste Andeutung würde die Schwerter zum Klirren bringen. Also wählte sie ihre Worte sehr sorgfältig. »In meinem Herzen gab es keinen Zweifel. Ich – *wollte* Wolf heiraten.«

Nach einem kurzen Blick auf seinen Schwager wandte sich Hawk wieder ihr zu, und seine Finger umklammerten das Trinkhorn, das er noch immer nicht an die Lippen gehoben hatte, etwas fester. »Wie ungewöhnlich … Du warst sofort bereit, einen Mann zu heiraten, den du nicht kanntest. Einen Mann, der dich aus deinem Heim entführt und gewaltsam hierher gebracht hat?«

Um Zeit zu gewinnen, bedeutete sie den Dienstboten, den ersten Gang zu servieren. Insgeheim bereute sie, dass sie kein Schlafmittel ins Essen gemischt hatte. So, wie sich die Dinge entwickelten, würde noch während der Mahlzeit ein Kampf ausbrechen. Schließlich senkte sie seufzend die Lider.

»Hawk, du bringst mich in Verlegenheit. Muss ich dir wirklich erklären, warum ich unbedingt heiraten wollte?« Hingerissen lächelte sie ihren Mann an, der neben ihr saß und anerkennend die Braue hob, sichtlich entzückt von ihrer Strategie. Kleidsame Röte stieg ihr in die Wangen, nicht vor weiblicher Scheu, sondern aus hellem Zorn über den

Eigensinn und die Provokation der Männer. Doch das brauchte niemand zu wissen.

Zumindest hatte sie ihren Bruder vorerst zum Schweigen gebracht, und das Essen konnte serviert werden. Doch für ihn war das Thema noch lange nicht erledigt.

Während Wolf ein saftiges Stück Gänsebraten mit dem Messer aufspießte, bemerkte Hawk: »In England gibt es eine wunderbare Sitte. Wenn eine Heirat in Erwägung gezogen wird, verhandeln die beiden Familien miteinander. Dabei einigen sie sich auf einen Ehevertrag. Erst dann – und nur dann – spendet die Kirche dieser Ehe ihren Segen. Die Familie der Braut nimmt an der Zeremonie teil. Seltsam, ich dachte immer, das sei im Norden gleichermaßen üblich.«

Langsam legte Wolf das Messer auf sein Schneidebrett und bedeutete seinem Bruder, der sich halb erhoben hatte, wieder Platz zu nehmen. Nur widerstrebend gehorchte Dragon. »Zufällig entspricht diese Sitte auch unseren Traditionen, Lord Hawk«, sagte der Jarl lächelnd.

Hawk nickte, und Cymbra fürchtete, seine verkrampften Kiefer würden jeden Moment bersten. Plötzlich stieß er die Spitze seines Messers in die Tischplatte und sprang auf. »Wenn das so ist, Lord von Sciringesheal, muss ich Euch fragen, warum Ihr die Traditionen unserer beiden Völker missachtet und meine Schwester entführt habt?«

»Von einer solchen Missachtung kann keine Rede sein. Nachdem Ihr meinen schriftlichen Heiratsantrag abgelehnt und Euch geweigert habt, ein Bündnis mit mir zu schließen ...«

»Welchen Heiratsantrag meint Ihr? Ich verstehe nicht ...«

»Doch, das wisst Ihr ganz genau. In Eurem Brief stand,

Eure Schwester würde niemals einen schmutzigen, barbarischen Wikinger heiraten. Dabei habt Ihr den Eindruck entstehen lassen, das seien Cymbras Worte. Deshalb segelte ich nach Holyhood, um sie für ihre Arroganz und Selbstsucht zu bestrafen, und wenig später fand ich heraus …«

»Bestrafen?«, brüllte Hawk und riss sein Messer aus der Tischplatte. »Meine Schwester? Unerträglicher Bastard! Wie könnt Ihr es wagen …«

Auch Wolf stand mit dem Messer in der Hand auf, während sich sämtliche Männer an seiner Tafel erhoben.

»Lasst diesen Unsinn!«, rief Cymbra und stieß ihren Stuhl zurück. »Offensichtlich liegt ein bedauerliches Missverständnis vor. Und wenn ihr euch gegenseitig umbringt, werdet ihr es nicht ausräumen.« Verzweifelt starrte sie ihren Bruder an, dann wanderte ihr Blick zu ihrem Ehemann. »Ihr beide behauptet, ihr würdet mich lieben und beschützen. Wie könnt ihr das, wenn der eine das Blut des anderen vergießt? Um Himmels willen, wollt ihr das alles nicht in Ruhe besprechen?« Als sie sich nicht rührten, sondern einander zornig musterten, befahl sie: »Setzt euch! Oder ich schwöre, ich werde die nächste Mahlzeit mit Alaun würzen!«

Verwirrt runzelte Wolf die Stirn. »Und was würde dann geschehen?«

»Nichts Besonderes, teurer Gemahl«, fauchte sie. »Du wirst dich nur stundenlang übergeben und inständig hoffen, dein Magen müsste nie mehr irgendetwas verdauen.«

»Klingt verlockend«, murmelte Wolf und setzte sich.

»Vielleicht war es ein Fehler, dir eine so gute Ausbildung zu ermöglichen«, murrte Hawk und nahm ebenfalls Platz. Hastig folgten die anderen Männer dem Beispiel der beiden Lords.

Cymbra fing Britas Blick auf und bedeutete ihr, die Trinkhörner wieder zu füllen. Je eher das Ale die Gehirne der Tischgesellschaft benebeln würde desto besser.

Mühsam zwang sich Hawk zur Ruhe. »Ihr habt vorhin einen schriftlichen Heiratsantrag erwähnt, Lord Wolf, doch etwas Derartiges ist nie in meine Hände geraten. Warum soll ich glauben, dass Ihr mir jenen Brief geschickt habt?«

»Deshalb.« Wolf zog die Schriftrolle aus seiner Tunika, die er Cymbra an Bord des Drachenschiffs gezeigte hatte, und überreichte sie seinem Schwager. »Wie mir Eure Schwester versichert hat, könnt Ihr lesen. Außerdem hat sie Euer Siegel identifiziert. Welche Erklärung habt Ihr dafür?«

Aufmerksam studierte Hawk das Schreiben und zog die dunklen Brauen zusammen. »Das ist nicht meine Handschrift. Und ich habe niemanden beauftragt, diese Zeilen zu schreiben.«

»Aber Ihr erkennt Euer Siegel?«

Hawk hielt das Pergament ins Licht und betrachtete aufmerksam den Abdruck im Wachs. Widerstrebend nickte er. »Sieht so aus.«

Sichtlich verblüfft, gab er dem Jarl den Brief zurück. »Also wolltet Ihr tatsächlich ein Bündnis vorschlagen?«

»Allerdings. Der Mann, der Euch die Botschaft überbrachte, kam nie zurück. Von seinem Schicksal weiß ich nichts. Ich nahm an, Ihr hättet ihn getötet, Lord Hawk. Diese Antwort …«, sagte er und deutete auf die Schriftrolle, »… erhielt ich von einem kornischen Kaufmann, der unseren Hafen regelmäßig ansteuert. Er behauptet, er sei bezahlt worden …«

»Bezahlt?«, fiel Hawk ihm ins Wort. »Von wem?«

»Von einem Mann, der in Euren Diensten stand und Eure Farben trug.«

»Ich habe keinem meiner Männer einen solchen Auftrag erteilt, und ich weiß auch nichts von Eurem Boten.« Die Falten in Hawks Stirn vertieften sich. »Da stimmt etwas nicht. Ich nehme an, irgendjemand wollte ein Bündnis zwischen uns verhindern.«

»Allem Anschein nach. Doch wer könnte das sein?«

»Vermutlich unsere gemeinsamen Feinde, die Dänen. Dennoch verstehe ich nicht, wieso sie Gelegenheit dazu fanden.« Dieses Rätsel muss möglichst schnell gelöst werden, beschloss Hawk. »Ein Bündnis zwischen uns wäre vorteilhaft«, räumte er ein. »Trotzdem ist mir das Wohl meiner Schwester wichtiger.«

»Habe ich nicht versichert, wie glücklich ich bin?«, mischte sich Cymbra hastig ein. »Warum sollte ich dich belügen?«

Ihr Bruder lächelte, aber die Sorge um ihr Schicksal war ihm noch immer anzusehen. »Dafür gäbe es einen guten Grund. Du warst stets bestrebt, anderen Menschen zu helfen, notfalls auf deine eigenen Kosten. Vielleicht verfolgst du dieses Ziel auch jetzt.«

»Nein. So etwas darfst du nicht denken. Ich liebe Wolf. Und er liebt mich.«

Darauf gab Hawk keine Antwort. Nachdenklich blickte er von einem zu anderen, bevor er sich wieder der ausgezeichneten Mahlzeit widmete. Kurz darauf bewegte sich das Tischgespräch in unverfänglichen Bahnen.

22

Nennt mir nur einen stichhaltigen Grund, wozu man die Männer braucht.« Cymbra schlug so heftig auf den Brotteig ein, den sie gerade knetete, dass der Küchentisch erzitterte. Ringsum versuchten die Frauen nicht einmal den Anschein zu erwecken, sie würden sich auf ihre Arbeit konzentrieren. Stattdessen wechselten sie verständnisvolle Blicke und warteten, was ihre Herrin als Nächstes sagen würde.

Brita unterdrückte ein Kichern. »Nun ja, *ein* Grund fällt mir ein. Aber ich glaube, denn kennt Ihr schon, Mylady.«

Verächtlich winkte Cymbra ab. »Ja, gewiss – und sie bilden sich ein, damit könnten sie uns so betören, dass wir den Unsinn, den sie ansonsten treiben, nicht bemerken. Aber sie unterschätzen die Klugheit der Frauen.« Der Teig erbebte erneut. »Diese verdammten, starrsinnigen Kerle ...« *Zack.*

»Wollt Ihr nicht lieber die Fische ausnehmen, Mylady?«, fragte Brita und brachte den Teig hastig in Sicherheit.

Dieser Vorschlag war durchaus verlockend, wenn auch nur, weil Cymbra für diese Tätigkeit ein Messer benötigen würde. Trotzdem schüttelte sie den Kopf, hörte auf, den Brotteig zu misshandeln, und trat ans Fenster. Vor ihrem geistigen Auge erschien die Szene, als die Männer im Morgengrauen davongeritten waren. »Jetzt jagen sie wieder.«

Die Irin und die anderen Frauen wussten bereits davon, seufzten aber trotzdem mitfühlend.

»Nur Eber, Mylady«, erinnerte Brita ihre Herrin. »Ich hörte Lord Dragon sagen, der Jarl sei für nichts anderes in Stimmung. Und Eberfleisch können wir einsalzen, so dass nichts vergeudet wird.«

In den Vorratskammern lagerte bereits ausreichend Fleisch für den Winter, sogar nach all den festlichen Mahlzeiten der letzten Tage. Deshalb würde man sich überlegen müssen, was mit der neuen Jagdbeute geschehen sollte. Seit einer Woche ritten die Wikinger und die Sachsen gemeinsam in die Wälder und wetteiferten um die bluttrünstigsten Methoden zur Erlegung der Beute. Tag für Tag kamen sie blutbespritzt in die Festung zurückgaloppiert und überließen die erlegten Tiere den Frauen. Dann gingen sie in die Sauna, um herauszufinden, wer am meisten Hitze vertrug, die ungeheuerlichsten Geschichten erzählte und mehr Ale trank als alle anderen. Wenn sie nicht gerade Ringkämpfe austrugen und sich im Speerwerfen oder anderen Waffenübungen maßen. An diesem Morgen wäre es beinahe zu einer Messerstecherei gekommen, weil einer von Wolfs Kriegern behauptet hatte, er könne weiter pinkeln als sämtliche Sachsen.

Das muss möglichst bald ein Ende finden, dachte Cymbra erschöpft. Eine der älteren Frauen, die etwas mehr Erfahrung auf diesem Gebiet besaß, hatte ihr erklärt, wenn sich die Männer auf diese Weise aufführten, würden sie einander besser kennen lernen. Man müsse dieses Vorhaben hinnehmen, weil es nun einmal ihre Art sei, doch Cymbra wollte nicht noch länger warten, bis sie entscheiden würden, ob sie gute Freunde oder tödliche Feinde waren.

Außerdem spürte sie, das sich unterschwellig irgendetwas abspielte, das sie nicht einschätzen konnte. Einige Sachsen, besonders die Stellvertreter ihres Bruders, schienen einander an Freundlichkeit zu überbieten. Fast jeden Tag gingen sie in die Stadt hinab, gaben eine Menge Geld aus und unterhielten sich mit den Leuten.

»Sehr nette Männer«, hatte Nadja versichert, als Cymbra sie besucht und nach dem Baby gesehen hatte. »Mikal sagt, alles sei in Ordnung und man müsse sich keine Sorgen machen.«

Wie gern würde Cymbra diese Meinung teilen ... Aber sie kannte ihren Bruder zu gut. Nur weil er nichts dem Zufall überlassen hatte, war er zu einem der mächtigsten Lords von England geworden, der allein König Alfred verantwortlich war.

Mehrmals hatte er versucht, allein mit ihr zu sprechen, doch Wolf oder Dragon waren stets dazwischengetreten. Wann immer sich Hawk in der Nähe seiner Schwester aufhielt, ließen sie sie keinen Moment aus den Augen. Selbst wenn sie einfache, harmlose Fragen nach den Bewohnern von Holyhood stellte – zum Beispiel nach Miriam, der es glücklicherweise gut ging –, hörte der Jarl aufmerksam zu.

Darüber ärgerte sich Cymbra, weil es überflüssig war, obwohl ihr nichts anderes übrig blieb, als einer Auseinandersetzung aus dem Weg zu gehen, da sie schließlich Hawk von ihrem Eheglück zu überzeugen versuchte. Noch schlimmer allerdings war, dass Wolf ihr Dilemma bemerkte und schamlos seinen Nutzen daraus zog.

Beim Abendessen am vorherigen Tag hatte er verkündet, die Wikinger sollten möglichst viele Sächsinnen heiraten, denn diese Frauen seien so freundlich und nett und vor allem – Cymbra hätte sich beinahe an ihrem Honigwein verschluckt – so *gehorsam*. Und dann hatte er Hawk seinen Glückwunsch ausgesprochen, dass er seine Schwester so gut erzogen hatte. Während sie sich ein Lächeln abgerungen hatte, hätte sie ihrem Gemahl am liebsten einen Krug Ale über den Kopf gegossen.

Und Hawk hatte einfach nur dagesessen und zu diesen »klugen« Worten zustimmend genickt. Cymbra stöhnte verächtlich. Wenn die Männer wenigstens *einmal* versuchen würden, nicht mit dem Körperteil zwischen ihren Beinen zu denken, sondern mit dem zwischen den Ohren …

Nein, das war ungerecht. Das Problem lag in der unübersehbaren Tatsache, dass Wolf, Hawk und Dragon viel zu gründlich über die Dinge nachdachten. Bald würden sie zu einer endgültigen Meinung voneinander gelangen. Und Cymbra konnte nur hoffen, dass das Ergebnis dieser Überlegungen ihren Wünschen entsprach.

Hoffen und alles in ihrer Macht Stehende tun, um das Bündnis entstehen zu lassen, das alle Beteiligten anzustreben behaupteten.

An diesem Abend wartete Cymbra auf jene Pause während des Tischgesprächs, die unweigerlich eintrat, wenn die Männer satt und zufrieden waren. Um diese Zeit pflegte Wolf nach dem Skalden zu rufen. »Glaubst du, ihr könntet für eine Weile auf die Jagd verzichten?«, fragte sie, ehe er die Stimme erheben konnte, und ließ ihren Blick von einem Mann zum nächsten schweifen, als wäre ihr dieser Gedanke soeben erst in den Sinn gekommen.

Wolf lehnte sich in seinem Stuhl zurück und musterte sie nachsichtig, ehe er die allgemeine Verwirrung in Worte fasste. »Warum sollten wir das tun?«

»Nun wir haben genug Fleisch, um unsere Gäste und die Festungs- und Stadtbewohner den ganzen Winter hindurch und darüber hinaus zu sättigen. Deshalb dachte ich, vielleicht würdet ihr gern etwas anderes unternehmen.«

»Zum Beispiel?«, fragte Hawk.

Nicht ständig zu wetteifern und Euch unablässig heraus-

zufordern, dachte sie. Aber diese Antwort wäre sinnlos gewesen. »Können wir nicht segeln?«, schlug sie munter vor.

»Segeln?«, wiederholte Dragon, als hätte er dieses Wort noch nie gehört.

»Ja, segeln«, bestätigte sie. »Hawk liebt Boote, ebenso wie ihr anderen. Sicher wäre es interessant, etwas mehr von der Küste zu sehen. Nach meiner Ankunft war ich ganz begeistert, weil sie so schön ist. Und ich dachte ...«

»Ein Wettsegeln!«, rief Wolf in der Annahme, er hätte endlich verstanden, was seine Frau meinte.

Eifrig nickte Hawk. »Ja, Euer Schiff gegen meines!«

»O nein«, protestierte Cymbra, »so habe ich mir das nicht vorgestellt. Habt ihr einander nicht lange genug erprobt? Möchtet ihr euch nicht ein bisschen entspannen und ausruhen?«

Ihr Ehemann und ihr Bruder starrten sie an, als hätte sie in einer Fremdsprache gesprochen, und Dragon schüttelte lachend den Kopf. »Gebt es auf, liebe Schwägerin. Indem wir einander auf die Probe stellen, *entspannen* wir uns. Wir genießen das. Aber ein Wettsegeln ist eine ausgezeichnete Idee!« Grinsend wandte er sich Hawk zu. »Wie viel Vorsprung braucht Ihr?«

»Vorsprung? Warum sollte ich das wollen?«

»Nun, Ihr kennt diese Gewässer nicht. Zudem seid Ihr nur ein Sachse. Deshalb wäre es ungerecht ...«

Mit diesen Worten löste Dragon ein erbittertes Wortgefecht aus. Nur mühsam widerstand Cymbra der Versuchung, sich einzumischen. Nach einer Weile erinnerten sich die Männer wieder an ihre Anwesenheit, und Wolf versuchte, die Situation zu retten. »*Elskling*, schick doch eine Dienerin in unser Haus, damit sie deine Laute holt. Du könntest uns etwas vorspielen.«

»O ja«, pflichtete Hawk seinem Schwager bei. »Seit Monaten habe ich dich nicht mehr musizieren gehört. Es hat mir wirklich sehr gefehlt.«

Erfreut, aber auch erstaunt, weil sie einen so beschaulichen Zeitvertreib den blutrünstigen Geschichten der Skalden vorzogen, erfüllte Cymbra diesen Wunsch. Aber nachdem sie die ersten Töne angeschlagen hatte, bemerkte sie Hawks gerunzelte Stirn.

»Das ist nicht deine Laute. Was geschah mit dem Instrument, das du in Holyhood hattest?«

Sie freute sich über die willkommene Gelegenheit, die Fürsorge ihres Ehemannes zu erwähnen. »Leider ist meine alte Laute zerbrochen, und Wolf war so freundlich, mir diese hier zu schenken.«

Hawk lächelte liebenswürdig. »*Bevor* er dich von dem Mann am Marterpfahl wegzerrte oder *danach*?«

»Woher weißt du ...« Bestürzt wandte sie sich zu ihrem Gemahl. »Hast du es ihm erzählt?«

»Nein.« Eine Zeit lang schwieg er, dann musterte er seinen Schwager argwöhnisch. »Wie habt Ihr es herausgefunden?«

Hawk zuckte die Achseln. »Das könnt Ihr Euch doch wohl denken. Die Leute reden eben.«

»Besonders, wenn irgendwelche Besucher mit Geld um sich werfen und interessiert zuhören?«

»Vielleicht. Aber Cymbra hat meine Frage nicht beantwortet. War es davor oder danach?«

»Davor«, erklärte sie hastig, um zu verhindern, dass Wolf an ihrer Stelle sprach. »Vermutlich kennst du die näheren Umstände nicht, Hawk. Der Mann war ein Dieb, der den Lebensunterhalt zweier Familien bedroht und somit ein schweres Verbrechen begangen hat. Nachdem er bestraft worden war, durfte ich ihn nicht behandeln. Stattdessen hat sich Ulfrich um ihn gekümmert.«

»Also hast du nicht unter diesen Erlebnissen gelitten?«

Da sie weder lügen konnte noch wollte, zögerte sie einen Moment lang. »Gegen solche Szenen wurde ich stets abgeschirmt – du weißt, warum. Aber mein Mann ist ein gerechter Herrscher und verantwortlich für den Schutz seiner … unserer Leute.«

»Das verstehe ich. Und es freut mich, dass du inzwischen gelernt hast, solche Ereignisse zu ertragen, vor allem, weil sie offensichtlich zum Alltag von Sciringesheal gehören. Und was empfandest du bei der Hinrichtung jener Männer, die eine Siedlung überfallen hatten?«

Cymbra presste die Lippen zusammen und warf ihrem Mann einen kurzen Blick zu, der seine langen Beine ausgestreckt hatte und mit einem Trinkhorn mit Ale in der Hand dasaß und spöttisch die Brauen hob. »Offenbar habt Ihr Euch gründlich umgehört, Hawk. Oder besser gesagt, Eure Männer.«

Hawk, der nicht minder gelassen wirkte, ging sogar noch einen Schritt weiter und begann zu lachen. »Oh, ich bin nur interessiert. Gibt es etwas daran auszusetzen?«

»Natürlich nicht. Habt Ihr auch erfahren, *wie* diese Männer starben?«

»Ja, zufällig. Wäre ich an Eurer Stelle gewesen, hätte ich mich für eine noch abschreckendere Methode entschieden.«

»Da sind wir einer Meinung. Ursprünglich hatte ich das auch vor, doch in letzter Minute besann ich mich anders.«

»Tatsächlich? Warum?«

»Weil Cymbra darauf bestand, an der Urteilsverkündigung teilzunehmen. Sie glaubte, als Gemahlin des Jarls dazu verpflichtet zu sein. Selbstverständlich wollte ich ihr keinen Kummer bereiten, deshalb schlugen wir den Männern einfach die Köpfe ab, und zwar so schnell wie möglich.«

»Wie *freundlich* von Euch! Dafür wolltet Ihr an den drei Männern, die Ihr gleichzeitig bekämpft habt – übrigens höchst eindrucksvoll – ein umso grausigeres Exempel statuieren, nicht wahr?«

»So könnte man es nennen.«

»Und Ihr habt Cymbra gezwungen, das Gefecht mit anzusehen. Euer Bruder hielt sie sogar fest. Auf Euren Befehl!«

»Nein, so war es nicht!«, mischte sich Cymbra ein. »Dragon sorgte dafür, dass ich … die schlimmsten Ereignisse nicht mit ansehen musste.« Sie war bestürzt über all die Dinge, die Hawk in Erfahrung gebracht hatte, und wie er sie deutete. »Deine Männer sollten sich keine Klatschgeschichten anhören!«, platzte sie heraus.

»Findest du? Und was sollten sie stattdessen tun?«

Beklommen schaute sie ihn an und sprach den erstbesten Gedanken aus, der ihr in den Sinn kam. »Segeln, wie ich bereits vorschlug.«

In seinen Augen las sie eine seltsame Mischung aus Zärtlichkeit, Verblüffung und Argwohn. Doch sie ignorierte seinen Blick und griff wieder zu ihrer Laute. Die Männer wollten sich doch an ihrer Musik erfreuen, oder?

Am nächsten Morgen segelten sie aufs Meer hinaus. Zuvor hatten sie Cymbra jedoch erklärt, dass sie an dieser wilden, gefährlichen Fahrt nicht teilnehmen könnte, was sie mit einem gezwungenen Lächeln zur Kenntnis genommen hatte. Und sie lächelte immer noch, als sie Stunden später zurückkehrten, die Tuniken mit salziger Gicht bespritzt, die Gesichter vom Wind gerötet und offensichtlich in bester Stimmung.

»Unentschieden«, berichtete Wolf, der offenbar verblüfft darüber war. »Hawk und ich haben je zwei Wettrennen gewonnen.« Lachend versetzte er seinem Schwager einen Schlag auf die Schulter, der einen schwächeren Mann zweifellos in die Knie hätte gehen lassen. Aber Hawk zuckte nicht einmal mit der Wimper. »Gar nicht so übel. Treten wir morgen noch einmal gegeneinander an?«

Das taten sie, ebenso wie am übernächsten Tag. So dankbar Cymbra auch war, nachdem die Parade der blutigen Jagdbeute ein Ende genommen hatte, ärgerte sie sich, weil sie in der Festung bleiben und *Frauen-Aufgaben* erledigen musste, während sich die Männer vergnügten.

Fast zwei Wochen nach Hawks Ankunft saß sie in Wolfs Haus, eine Näharbeit im Schoß, der sie jedoch keine Beachtung schenkte. Sie fühlte sich vernachlässigt. Natürlich war das absurd, und sie gestand sich nur widerstrebend ein, was sie empfand. Sie war von Menschen umgeben, die sie liebten. Vor allem ihr Ehemann und ihr Bruder sorgten sich rührend um ihr Wohl. Sie führte einen wohl geordneten Haushalt, nutzte ihre Heilkunst, und ausgefüllte Tage reihten sich aneinander. Und die Nächte …

Obwohl sie allein war, errötete sie. Ohne Rücksicht auf die vielfältigen Abenteuer, die Wolf tagsüber bestand, oder die späte Stunde versäumte er es niemals, sich voller Leidenschaft seiner Ehefrau zu widmen. Manchmal weckte er sie sogar im Morgengrauen, um sie mit neuen Liebesfreuden zu beglücken. Sie lebte in einem Kokon sinnlicher Lust, sanfter Fürsorge, sicher und geborgen.

Trotzdem ärgerte sie sich. Was für eine seltsame Frau sie war, so voller Widersprüche.

Wehmütig schaute sie durchs Fenster. Auf dem Meer funkelte goldenes Sonnenlicht, und zwischen den Felseninseln, die den Hafen abschirmten, tollten Seelöwen umher. Und weiter draußen, wo der Himmel und das Meer verschmolzen, sah sie stolze Segel, die regelrecht über das Wasser zu fliegen schienen.

Während die Schiffe den Hafen ansteuerten, legte Cymbra die Tunika ihres Mannes beiseite, die sie gerade flickte, und ging in den Hof, um die Heimkehrer zu begrüßen.

»Schon so bald …«, murmelte Cymbra und bereute ihre Worte sofort. Sie benahm sich wie ein verwöhntes Kind, das immer noch mehr wollte, als ihm ohnehin schon geboten wurde.

»In zwei Wochen bin ich wieder hier«, erwiderte Hawk lächelnd. »Doch nun muss ich nach Essex zurück.« Liebevoll berührte er ihre Wange. »Das verstehst du doch?«

»Ja, natürlich, und ich bin froh, dass du so lange bleiben konntest. Daheim warten Pflichten auf dich, die du nicht länger versäumen darfst.«

»Dein Bruder ist mir jederzeit willkommen, *Elskling*«, betonte Wolf.

»Und ich würden euch beide gern auf Hawkforte begrüßen«, erklärte Hawk. »Aber nun muss ich König Alfred Bericht erstatten. Was ich in Sciringesheal erlebt habe, wird ihn zweifellos interessieren.«

Viel zu schnell verstrichen die letzten Stunden, die Cymbra mit ihrem Bruder verbringen konnte. Zu früh wurde das festliche Abschiedsmahl beendet, zu kurz dauerte die letzte Umarmung, und dann verhallte das Echo ihrer Abschiedsworte. Sie stand neben Wolf am Kai und beobachtete, wie das Schiff mit dem Habichtsemblem im Dunst zwischen den Felseninseln verschwand. Über dem Wasser ertönte der Klageruf einer einsamen Möwe.

Plötzlich fielen Cymbra wieder die Worte ihres Bruders ein, doch erst in diesem Augenblick wurde ihr klar, wie seltsam sie gewesen waren. König Alfred würde sich für die Ereignisse in Sciringesheal *interessieren*. Träfe es nicht eher zu, dass das norwegisch-sächsische Bündnis ihn *erfreuen* würde?

Sie dachte eine Zeit lang darüber nach, ehe sie sich schließlich sagte, dass es wahrscheinlich nichts zu bedeuten hatte. Die Abreise des geliebten Bruders bekümmerte sie, und sie würde ihn schmerzlich vermissen. Andererseits war sie erleichtert, denn endlich könnte sie damit aufhören, sich vor dem Albtraum zu fürchten, der seit dem ersten Tag ihrer Ehe auf ihrer Seele gelastet hatte. Ihr Bruder und ihr Ehemann würden einander nicht bekämpfen. Statt die Feindschaft zu vertiefen, hatte es sogar so ausgesehen, als wären sie Freunde geworden. Der Wind frischte auf, und sie schmiegte sich fröstelnd an ihren Mann, der sie, einen Arm um ihre Schultern gelegt, an sich drückte. Seite an Seite kehrten sie in die Festung zurück.

Am nächsten Morgen erwachte sie mit einem seltsamen Gefühl angespannter Stille, die sich beinahe wie die Ruhe vor dem Sturm anfühlte. Doch der wolkenlose Himmel und die gleißende Sonne wiesen auf nichts Derartiges hin. Cymbras erster Gedanke galt der Trennung von ihrem Bruder, der ihr fehlen würde. Doch sie bezwang ihre Sehnsucht und konzentrierte sich auf ihre Pflichten.

Jetzt, wo die Festivitäten beendet und die Vorratskammern bis oben gefüllt waren, durften sich die Frauen erholen, wenn auch nicht zu lange, denn sie hatten die Arbeit in der Weberei während der letzten Wochen vernachlässigt.

Und Cymbra wollte noch einige Kräuter, Wurzeln und Blumen für den Winter sammeln. Ihr Garten gedieh prächtig, und sie freute sich schon auf den Frühling, wenn sie ihn noch vergrößern könnte. Außerdem brauchte sie einige wilde Pflanzen, die die Wirkung ihrer gezähmten Schwestern noch ein wenig verstärken sollten.

Tatendurstig ging sie auf die Suche nach ihrem Mann. Sie begegnete ihm auf dem Hof, als er gerade vom Exerzierplatz zurückkam, und lächelte glücklich. Irgendwie hatte sie das Gefühl, als fange ihre Ehe erst an diesem Tag richtig an, nachdem ihr Bruder abgereist war und die Angst vor einer Konfrontation ein Ende gefunden hatte. Liebevoll legte sie eine Hand auf Wolfs Arm. »Ich hoffe, du überanstrengst dich nicht.«

Mit erhobenen Brauen erwiderte er ihr Lächeln. »Hast du noch nicht bemerkt, dass ich nur in deiner Nähe zu gewissen Exzessen neige, teure Gemahlin?«, erwiderte er und lachte, als er beobachtete, wie ihr das Blut in die Wangen stieg. Neckend schlug sie nach ihm und wich ihm behände aus, als er sie zu packen versuchte. Wie üblich taten Dragon und die anderen Männer so, als würden sie nichts bemerken. Aber die Possen des Jarls und seiner Frau entlockten ihnen ein nachsichtiges Grinsen.

»Wolltest du irgendwas?«, fragte er, als er sie einholte und an sich presste. Sie atmete den Geruch von Leder und Pferden und seinen unverwechselbaren Duft ein, und musste sich zwingen, ihre Gedanken auf das zu richten, weshalb sie ihn aufgesucht hatte.

»O ja, ich brauche noch ein paar wilde Pflanzen für den Garten, die ich trocknen möchte. Brita und Olaf werden mich begleiten. Wenn du es erlaubst ...« Die letzten Worte fügte sie beiläufig und in kokettem Ton hinzu. Aber zu ihrer Verblüffung schien er ernsthaft darüber nachzudenken. Warum zögerte er? »Wolf …«

Eine Zeit lang starrte er sie schweigend an. Wieder einmal hatte sie das unheimliche Gefühl, als könnte er in ihre Seele blicken. Dann holte er tief Luft, und ein angedeutetes Lächeln erhellte seine Züge. »Natürlich. Bleib nicht zu lange weg. Vor dem Essen möchte ich noch ein bisschen mit dir zusammen sein.«

Der Vorschlag lag ihr auf der Zunge, sofort ein wenig Zeit zusammen zu verbringen, doch Brita und Olaf erwarteten sie bereits, und im Hof standen einige Kaufmänner, die mit dem Jarl sprechen wollten. Seufzend versprach sie, rechtzeitig heimzukehren. Bevor sie sich abwenden konnte, zog er ihre Hand an die Lippen, und sie war erneut versucht, ihre Pläne zu ändern. Doch dann eilte sie lachend davon und spürte den liebevollen Blick, mit dem er ihr nachsah.

Gemeinsam mit Brita und dem stets wachsamen Olaf verbrachte sie einen angenehmen Vormittag auf den Hängen und in den Wäldern oberhalb der Stadt. Um die Mittagszeit wanderten sie zum Strand hinab, wo Cymbra Seetang sammelte – ein Heilmittel gegen Lungenbeschwerden und Hautausschlag. Als sie Olaf von der heilsamen Wirkung dieser Pflanzen erzählte, runzelte er skeptisch die Stirn. Aber er war bereits in den Genuss von Cymbras Heilkunst gekommen, schließlich hatte ihre Salbe die Schmerzen in seinen Gelenken gelindert. Deshalb wollte er ihr durchaus Glauben schenken.

»Wenn der Seetang wirklich nützt, seid Ihr sicher die Einzige im meilenweiten Umkreis, die etwas damit anfangen kann, Mylady.«

Mit einem Lächeln dankte sie ihm für das Kompliment.

Wenig später traten sie den Rückweg zur Festung an. Da der Winter die Seewege schon bald versperren würde, wimmelte es in Sciringesheal von Kaufleuten, von denen zahlreiche den Weg in die Festung des Jarls fanden. Auf den Wachttürmen glaubte Cymbra mehr Posten als normalerweise zu sehen. Doch da sie sich nicht sicher war, maß sie diesem Gedanken keine besondere Bedeutung bei.

Während des Nachmittags bereitete sie das Abendessen vor. Sobald sie die nötigen Anweisungen erteilt hatte und die Frauen sich selbst überlassen konnte, eilte sie nach Hause, um vor der Begegnung mit ihrem Gemahl zu baden.

Von einem seltsamen Gefühl erfasst, hielt sie plötzlich inne. Ein Mann kam auf sie zu. Er war hoch gewachsen und trug einen langen braunen Umhang, der seinen Kopf und sein Gesicht verbarg. Einen Augenblick lang fragte sie sich, wer es wohl wagen würde, ihr so unverblümt gegenüberzutreten, doch er ging an ihr vorbei, ohne seine Schritte zu verlangsamen. »Komm mit mir, Cymbra!«, flüsterte er ihr plötzlich zu.

Hawk.

Entgeistert rang sie nach Atem. Er konnte nicht hier sein, schließlich hatte sie ihn abreisen sehen. Trotzdem erkannte sie seine Stimme. Und er hatte sich verkleidet, um sie zu entführen …

Bei dieser Erkenntnis drohte ihr Blut in ihren Adern zu gefrieren. Trotz all ihrer Mühe und seiner scheinbaren Zufriedenheit glaubte er nicht an ihr Eheglück.

Und deshalb war er zurückgekommen, um sie zu holen. Er war in die streng bewachte Festung eingedrungen, vorbei an den Wächtern, ins Zentrum des Wolfsbaus, um zu stehlen, was der Wolf sein Eigen nannte …

Dafür würde er sterben. *Ihretwegen.*

Voller Angst, dass irgendjemand Verdacht schöpfen könnte, folgte sie dem vermummten Mann auf unsicheren Beinen hinter den Stall.

Als sie vor neugierigen Blicken geschützt waren, streifte er die Kapuze ab. Besorgt musterte er seine bleiche, zitternde Schwester, nahm sie in die Arme und versuchte, sie zu trösten. »Keine Bange, ich bringe dich weg. Das verspreche ich dir.«

»Nein!« Entsetzt riss sie sich los. »Um Himmels willen, Hawk, was hast du getan? Ich dachte, es wäre alles geregelt und du würdest meine Ehe akzeptieren. Nun kommst du zurück und riskierst Wolfs Empörung?«

Seine Miene verdüsterte sich. »Gewiss, der verdammte Wikinger darf nicht erzürnt werden. Um das zu verhindern, würdest du alles sagen – und alles tun.«

»Ja – nein! So meine ich es nicht. Er ist mein Mann, und ich liebe ihn. Selbstverständlich will ich ihn nicht ärgern. Und ich schwöre, ich habe dich nicht belogen, Hawk.«

Eindringlich schaute er in ihre flehenden Augen. »Wiederhole diese Worte an Bord meines Schiffs, wenn du nicht mehr in seiner Gewalt bist. Dann werde ich dir glauben. Vorher nicht.«

»Aber ich *kann* dich nicht begleiten!«

»Dann muss ich hier bleiben«, erwiderte er und zuckte die breiten Schultern. »Ohne dich gehe ich nicht.«

Welch eine Närrin war sie nur gewesen! Wie dumm von ihr, sich einzubilden, sie hätte ihn von ihrem Glück überzeugt. Dieser Mann hatte die kleine Cymbra tage- und nächtelang in den Armen gehalten und ihr gellendes Schluchzen gehört, wenn sie von den Qualen anderer Menschen gepeinigt worden war. Um sie zu retten, hatte er sie gegen die Außenwelt abgeschirmt. Im Schutz der Mauern von Holyhood war sie unbehelligt zur Frau herangewachsen. Ihr Bruder, der ihr die Eltern ersetzt hatte, ihr Freund, ihr Beschützer, ihr Herr …

Und sie hatte tatsächlich geglaubt, er würde einfach davonsegeln und sie verlassen?

»Du musst sofort verschwinden«, flüsterte sie und fürchtete, die Tränen, die sie nicht zu vergießen wagte, würden ihre Stimme ersticken. »Sicher weißt du, was mit dir geschieht, wenn man dich findet.«

»Dann komm mit mir, Cymbra«, drängte er. Er spürte ihre tiefe Liebe zu ihm und war entschlossen, sich diesen Umstand zu Nutze zu machen. »Sofort! In einer knappen Stunde sind wir auf hoher See.«

Was er von ihr verlangte, erschien ihr ungeheuerlich. Ohne Wolfs Erlaubnis würde sie die Festung verlassen müssen, ohne Eskorte außer dem Bruder, der die Gesetze der Gastfreundschaft verletzte. Wenn ihr Mann davon erfuhr …

Darüber wollte sie nicht nachdenken. Hawk hatte Recht, es würde nicht lange dauern. Auf seinem Schiff könnte sie ihm glaubhaft machen, dass alles in bester Ordnung war, und er würde abreisen, ohne dass irgendjemand bemerkte, was geschehen war.

»Wo ankert dein Schiff?«, fragte sie hastig, um keine kostbare Sekunde zu verschwenden.

»Nicht weit von hier.« Ein ironisches Lächeln umspielte seine Lippen. »Dank unserer ausgedehnten Segelfahrten kenne ich diese Bucht ebenso gut wie die Küste von Essex. Deshalb fiel es mir nicht schwer, auf ein paar Umwegen noch einmal hierher zu kommen und einen verborgenen Ankerplatz zu finden.«

Folglich hatte er seine Rückkehr von Anfang an geplant – und der Beteuerung seiner Schwester, sie sei glücklich verheiratet, keine Sekunde lang Glauben geschenkt. »Also gut«, stimmte sie verzweifelt zu, »aber wir müssen uns beeilen. Es wäre mir lieber, Wolf würde nichts davon merken.« Als sie seinen frostigen Blick sah, fügte sie hinzu: »Nicht aus den Gründen, an die du jetzt denkst. Nur weil ich die Freundschaft zwischen euch nicht zerstören will.«

Statt zu antworten, hob er viel sagend die Brauen. Dann zog er die Kapuze wieder über seinen Kopf und reichte Cymbra einen ebenso voluminösen Umhang, den er unter seinem eigenen hervorgezogen hatte. »Zieh das an.«

Vom ständigen Kommen und Gehen der Händler geschützt, eilten sie unerkannt zum Tor hinaus, doch erst am Fuß des Hügels wagte Cymbra aufzuatmen. Sie bogen von der Hauptstraße ab, die in die Stadt führte, und folgten dem schmalen Weg, der sich um den Hügel herumwand. Bald waren sie aus dem Blickfeld der Wachtposten verschwunden.

Nach ein paar Meilen erreichten sie eine abgeschiedene Bucht im Norden der Stadt, und Cymbra sah das Schiff ihres Bruders vor Anker liegen. Besorgt schaute sie zur Sonne auf, die sich allmählich dem Horizont näherte. »Muss ich wirklich an Bord gehen? Jetzt befinde ich mich nicht mehr in Wolfs Gewalt. Glaubst du mir, wenn ich dir versichere, dass ich es niemals war?«

»Das glaube ich dir erst, wenn du auf dem Deck meines Schiffs stehst.«

Plötzlich schöpfte sie einen schrecklichen Verdacht. Sie grub ihre Fersen in das weiche Erdreich und weigerte sich, auch nur einen Schritt weiterzugehen. »Hawk, du hast doch die Wahrheit gesagt. Du sagtest, wenn ich dich überzeugt hätte, würdest du mich gehen lassen und ohne mich abreisen …«

Verwundert runzelte er die Stirn. Ihre sichtliche Angst, er würde sie zwingen, ihn nach Essex zu begleiten, gab ihm offenbar zu denken. Zum ersten Mal schien er zu ahnen, dass sie tatsächlich bei ihrem Gemahl bleiben wollte. »Beruhige dich, ich werde deine Entscheidung akzeptieren. Nachdem ich mir Gewissheit verschafft habe.«

Da ihr nichts anderes übrig blieb, folgte sie ihm den grasbewachsenen Hang hinab in die geschützte Bucht. Seine Männer begrüßten den Lord und seine Schwester erleichtert. Zweifellos hatte ihnen der Entschluss ihres Herrn, allein in die feindliche Festung einzudringen, nicht sehr gefallen.

Sobald Hawk und Cymbra den Kiesstrand erreichten, wurde der Anker gelichtet und das Segel gehisst. In dem Augenblick, als er seine Schwester an Deck heben wollte, erklangen donnernde Hufschläge.

23

Wie ein zorniger nordischer Gott sprang Wolf aus dem Sattel. Noch bevor seine Füße den Boden berührten, hatte er sein Schwert aus der Scheide gezogen. Das Gesicht eine versteinerte Maske des Zorns, stürmte er auf Cymbra und Hawk zu, jenseits aller Vernunft, jenseits aller Selbstkontrolle. Seine Augen schimmerten wie der kalte, harte Stahl, den er mit zusammengepressten Lippen schwang. An seinem Hals pulsierten angespannte Muskeln.

Sein Furcht erregender Anblick raubte Cymbra den Atem. In diesem Moment erkannte sie das volle Ausmaß seiner Macht und verstand, warum ihn nur wenige Männer herauszufordern wagten. Entsetzt wich sie zurück. Aber ihre Angst änderte nichts an ihrer Liebe. Getrieben von ihrem verzweifelten Wunsch, ihn zu besänftigen, streckte sie instinktiv eine Hand aus. »Nein, Wolf – *nicht* …«

Auch Hawk ließ sich von seinen Instinkten leiten, die ihm befahlen, die Schwester um jeden Preis zu schützen. Deshalb missachtete er ihren Protest, zerrte sie hinter sich und zog sein Schwert, ohne den Reitern, die hinter ihrem Anführer den Hang herabgaloppierten, einen Blick zu gönnen.

Seine ungeteilte Aufmerksamkeit galt einem einzigen tödlichen Feind, der unerbittlich auf ihn zukam. »Halt, Wikinger! Oder der Friede, den du angeblich willst, wird ein jähes Ende finden!«

Wolfs Lippen verzogen sich zu einem höhnischen Grinsen, das deutlich verriet, wie abgrundtief der Verrat für ihn war, den man an ihm verübt hatte. »Nur Narren können an einen Frieden zwischen unseren Völkern glauben. In Wirklichkeit regiert der Krieg – und das …« Er stürzte sich so schnell auf Hawk, dass dieser es allein seiner bewundernswerter Geistesgegegenwart verdankte, dass er am Leben blieb. Drückende Stille senkte sich auf den Strand herab, nur vom Klirren der Waffen unterbrochen, während die beiden mächtigen Krieger einander bekämpften.

Die Männer auf beiden Seiten sahen ihnen fasziniert zu. Kein einziger mischte sich ein. In ihr wütendes, verbissenes Gefecht verstrickt, schwangen Wolf und Hawk die Schwerter mit so gewaltiger Kraft, dass Cymbra die Ereignisse nur hilflos verfolgen konnte. Sie war wie gelähmt.

Der Schrei, der in ihrer Kehle stecken blieb, drohte sie zu ersticken. Mit eisigen Fingern schien das wachsende Entsetzen ihre Seele zu durchdringen. Sollte ihr schlimmster Albtraum Wirklichkeit werden? Würden die zwei Menschen, die sie am meisten auf dieser Welt liebte, einander zu töten versuchen?

In ihrem Innern schien sich ein schwarzer Abgrund aufzutun. Einer der beiden würde sterben. Wie sollte sie weiterleben, wenn ihr Ehemann oder ihr Bruder *ihretwegen* den Tod fand? Wie könnte sie die langen Jahre überstehen, dic noch vor ihr lagen, wenn ihr Leid niemals ein Ende fände?

Sie *musste* ihnen Einhalt gebieten. Aber angesichts der rasenden Kampflust, die Hawk und Wolf gleichermaßen anspornte, fühlte sie sich machtlos.

Bestürzt hielt sie den Atem an, als Wolf seine Waffe emporschwang. Nur mit knapper Not entrann ihr Bruder dem Hieb, der ihn zweifellos getötet hätte, ehe er nicht minder entschlossen angriff, wobei er den Schwertarm des Jarls nur um Millimeter verfehlte. Ringsum rückten die Männer näher, so gebannt von dem mörderischen Gefecht, als würden sie selbst die Klingen kreuzen. Es schien, als hätten sie alles andere vergessen, auch die Frau, die den Konflikt verursacht hatte, die beide Widersacher innig liebte.

»Halt!« Plötzlich spiegelte nicht der Stahl der Krieger die sinkende Sonne wider, sondern der Dolch, den Cymbra aus der Scheide an ihrer Taille gezogen hatte. Mit beiden Händen umklammerte sie den Griff und richtete die Spitze auf ihre Brust. Eine Todsünde – ewige Verdammnis ... Krampfhaft schluckte sie ihre Tränen hinunter, bezwang

ihre Panik und betete so inbrünstig wie nie zuvor. »Halt!«, schrie sie noch einmal, und die grünen Hügel warfen das Echo ihres gellenden Schreis zurück. »Ich liebe euch beide! Wenn einer von euch stirbt, will ich nicht mehr leben. Und bevor ich dieses Grauen mit ansehe, töte ich mich selbst!«

Für ein paar Sekunden, die eine Ewigkeit zu dauern schien, verharrten Wolf und Hawk reglos voreinander. Nur die unverhohlene Furcht in ihren Augen verriet, dass sie die Worte gehört und den Dolch erblickt hatten.

»Ich meine es ernst! Lasst die Schwerter fallen! Sonst wird sich diese Schneide in mein Herz bohren – ich schwöre es!«

Wolfs Lider zuckten, worauf Dragon einen Schritt vortrat. Darauf war Cymbra vorbereitet, denn sie wusste um das enge Band zwischen den Brüdern, die sich ohne Worte verstanden.

»Zurück!«, befahl sie, und Dragon gehorchte widerstrebend, während er Cymbra mit derselben Ungläubigkeit anstarrte wie der Rest der Männer. Ohne die Tränen zu beachten, die über ihre bleichen Wangen strömten, drückte sie die Spitze des Dolchs zwischen ihre Brüste. *»Hört auf! Sofort!* Runter mit den verdammten Waffen!«

Keuchend bahnte sich Bruder Joseph, der den ganzen Weg von der Festung bis zu diesem abgeschiedenen Strand im Laufschritt zurückgelegt hatte, einen Weg durch die Menge. Als er Cymbra sah und ihre Absicht erkannte, sank er auf die Knie und bekreuzigte sich. »Tut es nicht, mein Kind!«, flehte er. »Ihr wisst, was es bedeuten würde – Eure Seele …«

»Ich bin so oder so verdammt«, schluchzte sie. »Wenn einer von beiden meinetwegen stirbt …«

Durch einen Tränenschleier sah sie Wolfs verzerrtes Gesicht. Wie sehr sie ihn liebte … Ohne Zögern würde sie ihr Leben für seines opfern. Ebenso wie für ihren Bruder.

Wolf wandte sich ihr zu, ohne dem Mann, dem er eben noch nach dem Leben getrachtet hatte, weitere Beachtung zu schenken. »Wenn du den Dolch weglegst, lasse ich mein Schwert fallen, Cymbra. Tun wir's gemeinsam.«

»Du auch, Hawk«, würgte sie hervor.

Hastig nickte ihr Bruder und beugte sich ein Stück vor, um seine Waffe in den Sand zu legen. Wolf trat auf Cymbra zu. Hawk hielt scin Schwert noch immer in den Händen, während Dragon sich von der anderen Seite näherte. Langsam ließ sie den Dolch ein Stück sinken. Ihr Herz hämmerte in ihrer Brust, dass sie fürchtete, es würde ihr im nächsten Augenblick aus der Kehle springen.

Plötzlich geschah alles auf einmal. Wolf ließ sein Schwert fallen und stürmte zu seiner Frau. Verwirrt von der plötzlichen Bewegung und unsicher, was sie bedeuten mochte, richtete Hawk sich mit der Waffe in der Hand auf, während Dragon sein Schwert zog, um seinem Bruder den Rücken zu decken. Cymbra, die den Dolch noch immer in der Hand hielt, erstarrte mitten in der Bewegung. Erst in diesem Augenblick wurde ihr klar, wie nahe ihr Mann war. »Nein!«, schrie sie.

Graue Augen starrten sie voller Überraschung an. Dann blickte er auf seine Hände hinab und taumelte nach hinten. Zwischen seinen Fingern, die den Griff des Dolchs umfassten, quoll Blut hervor, rann an seiner Tunika hinab und versickerte im Sand.

»Nein!«, schrie sie erneut. Sie wollte ihrem Gemahl zu Hilfe eilen, doch Dragon stieß sie beiseite. Augenblicklich wurde Wolf, der sich schwankend auf den Beinen hielt, von seinen Kriegern umringt, während Hawk versuchte, seine Schwester zu erreichen.

Doch es war zu spät. Auch er war bereits umzingelt. Innerhalb weniger Sekunden hatten ihn die Wikinger entwaffnet und zu Boden geworfen.

»Nehmt sie alle gefangen!«, befahl Dragon.

Ihrer Waffen beraubt, die Hände auf den Rücken gefesselt, ließen sich die zutiefst erschütterten Sachsen den Hang hinauf zur Festung führen.

Cymbra schlang die Arme um sich und starrte auf die Wand der Zelle. Sie zitterte am ganzen Körper und konnte sich kaum auf den Beinen halten. Um nicht zusammenzubrechen, musste sie ihre letzten Kräfte aufbieten.

Aus der angrenzenden Zelle, die durch einen steinernen Wall von der ihren getrennt war, drangen die Stimmen ihres Bruders und seiner Männer herüber. Er hatte nach ihr gerufen und versichert, er würde nicht zulassen, dass ihr ein Leid geschah. Doch die Worte, die sie trösten sollten, schürten ihre Angst nur noch mehr.

Lieber würde er sterben, als seine Schwester verletzt zu sehen. Daran zweifelte sie nicht. Sobald sich die Gelegenheit bot, würde er alle Schuld auf sich nehmen, und das musste sie verhindern.

Noch größer jedoch war ihre Sorge um Wolf. Seit sie in die Festung zurückgebracht worden war, hatte sie nichts von ihm gehört. Zweifellos kümmerte sich Ulfrich bereits um ihn, doch sie musste um jeden Preis seine Wunde selbst behandeln, obwohl ihr klar war, dass ihr dies nicht gestattet würde.

Also konnte sie nichts anderes tun als zu warten, während sich scheinbar endlose Stunden dahinzogen. Draußen verwandelte die Dämmerung die Welt in ein graues Schattenreich. Durch das vergitterte Fenster sah Cymbra ein paar Sterne funkeln und das Licht, das aus den offenen Türen der Halle fiel.

Unzählige Menschen drängten sich im Hof. Sie stellte sich auf die Zehenspitzen und umklammerte die Gitterstäbe, spähte hinaus und lauschte angestrengt. Sie hörte ihre ärgerlichen Stimmen, ohne jedoch die genauen Worte verstehen zu können.

Schließlich teilte sich die Menge, und Cymbra sah ihren Schwager die Halle verlassen und in Richtung der Zellen gehen. Hawk, der ihn ebenfalls erkannte, rief seinen Namen, doch Dragon beachtete ihn nicht und befahl stattdessen einem Wachtposten, Cymbras Zellentür aufzusperren.

Wortlos packte Dragon ihren Arm und zerrte sie in den Hof hinaus. Obwohl sie ihn verzweifelt anflehte, schwieg er beharrlich. »Bitte, sag mir doch – ist Wolf schwer verletzt? Blutet er immer noch? Hat Ulfrich die Wunde genäht? Oder …«

Als er ihr einen verächtlichen Blick zuwarf, verstummte sie. Um mit ihm Schritt zu halten, musste sie laufen, so dass sie nur flüchtig die finsteren, wutverzerrten Gesichter der Zuschauer sehen konnte, die sich um sie versammelten.

Dragon zerrte sie in die Halle, in der sich mehr Menschen versammelt hatten als je zuvor. Ihre aufgebrachten Stimmen verstummten abrupt, als Cymbra hereingebracht wurde.

Die Leute traten beiseite, um Dragon und der Gefangenen Platz zu machen. Erleichtert sah sie Wolf an seiner Tafel sitzen. Seine blutige Tunika war durch eine saubere ersetzt worden. Aufrecht saß er da – bleich und sichtlich entschlossen, die Schmerzen nicht zu zeigen, die ihm seine

Wunde bereiten musste. Am liebsten wäre sie zu ihm gelaufen, doch sein eisiger Blick hinderte sie daran. Dragon ließ ihren Arm los und trat zurück.

Sekundenlang schwankte sie und fürchtete, ihre Beine würden unter ihr nachgeben. Nur ihr Stolz half ihr, neue Kräfte zu sammeln. Ohne Wolf aus den Augen zu lassen, ging sie langsam zum Tisch, wo sie vor ihrem Gemahl, ihrem Herrn – ihrem Richter stehen blieb. An den Wänden flackerten Fackeln und warfen tanzende Schatten auf die hohe, gewölbte Balkendecke. Wie Geister stiegen Rauchwolken aus dem sterbenden Feuer im Herd. Ein paar Hunde trotteten mit gesenkten Köpfen umher und suchten zwischen den dicht gedrängten Zuschauern einen Weg ins Freie. Unbehaglich traten die Leute von einem Fuß auf den anderen. Niemand sprach. Es gebührte allein dem Jarl, das Schweigen zu brechen.

»Weißt du noch«, begann er, »wie ich dir erklärt habe, dass man unter gewissen Umständen wichtigere Pflichten vor sämtliche anderen Überlegungen stellen müsste?« Seine Stimme klang kühl und gleichmütig, doch er konnte Cymbra nicht täuschen. Sie spürte nicht nur seinen körperlichen Schmerz, sondern das Leid seiner Seele – wie eine gewaltige Welle, die ihr nahezu die Sinne raubte.

Trotz ihrer Benommenheit verstand sie seine Frage. Da es wichtiger gewesen war, Brita beizustehen, hatte er seiner Frau den Ungehorsam verziehen. Das hätte ein anderer Mann nicht getan. Kein anderer hätte sie in derselben Nacht so zärtlich umarmt, mit ihr gelacht und gescherzt und ihr so viel gegeben, während er einzig und allein – was? – von ihr erwartete. Ihr Vertrauen, trotz allem, was zwischen ihnen stand, was die Sächsin vom Wikinger trennte … Feinde, die den Frieden ersehnten …

»Ja, ich erinnere mich«, bestätigte sie und straffte die Schultern.

»Bei unserer Hochzeit versprach ich meinen Göttern und deinem Gott, dich zu beschützen. Aber ich bin nicht nur dein Ehemann, sondern auch ein Jarl und damit für das Wohl meiner Leute verantwortlich.«

Das wusste sie. Ihr zuliebe hatte er diese Verantwortung beiseite geschoben und den Mördern von Vycoff einen schnellen, barmherzigen Tod gegönnt. Seither hatte sie ihm reichlich Gelegenheit geboten, seine Großmut zu bereuen. »Ich wollte niemals, dass du diese Pflicht vergisst, Wolf.«

»Dann erklär mir, was geschehen ist.« An seinem Kinn zuckte ein Muskel. Für einen kurzen Augenblick ließ er die Maske fallen und zeigte ihr, wie groß sein Kummer hinter der Fassade seiner Selbstbeherrschung war. Krampfhaft unterdrückte Cymbra ein Schluchzen und beobachtete, wie er seine ganze Willenskraft aufbot, um seine Fassung wiederzuerlangen. »Hast du die Rückkehr deines Bruders erwartet? Bist du ihm freiwillig zu seinem Schiff gefolgt?«

Sie zögerte. Wenn sie die Wahrheit gestand – dass Hawk ohne ihr Wissen zurückgekommen war und sie gezwungen hatte, ihn zu begleiten –, würde Wolf ihn zum Tod verurteilen. Hawk hatte das Bündnis verletzt, auf das er nur zum Schein eingegangen war. Um diesen Verrat zu rächen, würde Wolf ihn mit Fug und Recht töten. Das würde sein Volk von ihm verlangen.

Aber wenn Cymbra die Schuld auf sich nahm und ihre Strafe akzeptierte, würde sie das Leben ihres Bruders retten. Tapfer blickte sie in die Augen ihres Ehemannes. Er hatte um ihr Vertrauen gebeten, das sie ihm in diesem Augenblick rückhaltlos schenkte. Mit ihrer ganzen Liebe und Loyalität legte sie ihr Leben in seine Hände. »Ja, ich ging freiwillig mit ihm.«

Er zuckte zusammen, als hätte sie ihn geschlagen. Voller Schmerz spürte sie, wie seine letzten schwachen Hoffnungen schwanden und wie der kalte, entschlossene Krieger die Oberhand gewann. »Wenn eine Frau ihren Ehemann verletzt, verstößt sie gegen unsere Gesetze. Gilt das auch für die Sachsen?«

Sie fürchtete, ihre Stimme würde ihr nicht gehorchen, deshalb nickte sie nur. Sie durfte sein Leid nicht noch größer machen, indem sie eigene Verzweiflung verriet, gleichzeitig jedoch wollte sie nicht, dass er das Schlimmste glaubte. »Ich wollte dich mit diesem Dolch nicht verletzen – es war ein Unfall.«

Ungeduldig zuckte er die Achseln, als wäre die Wunde, die ihn fast getötet hätte, völlig belanglos. »Das werfe ich dir nicht vor.«

Also ersparte er ihr eine Anklage, die ihren sicheren Tod bedeuten würde, eine Entscheidung, die den meisten Anwesenden missfallen würde. Doch sie wagten nicht, dem Jarl zu widersprechen.

Langsam stand er auf, wobei er für den Bruchteil einer Sekunde die Tischkante umklammerte. In der atemlosen Stille, die den großen Raum erfüllte, drang Wolfs leise Stimme bis in den hintersten Winkel. »Ohne das Wissen oder die Erlaubnis deines Mannes hast du die Festung verlassen – in der Absicht, mit deinem Bruder davonzusegeln. Dafür musst du bestraft werden.«

Von wachsender Angst erfasst, suchte sie Trost in ihrem Vertrauen – in ihrer Liebe. Eine Zeit lang rührte sich niemand. Dann trat Dragon vor und ergriff ihren Arm.

Schweigend führte er sie aus der Halle, doch nicht zu den Zellen, sondern in die entgegengesetzte Richtung, wo der Marterpfahl stand.

Cymbras Wange berührte das raue Holz, lederne Riemen umschlangen ihre Handgelenke. Von zahlreichen Fackeln erwärmt, streifte eine leichte Brise ihren nackten Rücken. Wolf hatte ihr Kleid selbst geöffnet, die Verschnürung durchschnitten und den Stoff über ihre Schultern gezogen – nicht tiefer. Sie hatte seinen stockenden Atem gehört, die Augen geschlossen und sich gegen die Wogen der Qual gewappnet, die aus seiner Seele in ihre gedrungen waren.

Obwohl die Menge schwieg, spürte sie die zwiespältigen Gefühle der Menschen hinter sich – rachsüchtige Vorfreude unter die sich Verwirrung, Bedauern und Entsetzen mischte. Keiner von ihnen hatte je gesehen, wie die Frau eines Jarls ausgepeitscht worden war. Dass so etwas jemals geschehen würde, hätte sich nie jemand vorstellen können. Aber Cymbra hatte ihren Gemahl verraten, und das Gesetz sprach eine eindeutige Sprache. Cymbra wurde von einer Woge der Angst erfasst. Dann hatte sie das seltsame Gefühl, als stünde sie abseits und beobachtete, was der Frau am Marterpfahl widerfuhr. Plötzlich fragte sie sich, ob Wolf die Strafe selbst vollstrecken würde. Dabei könnte seine Wunde erneut aufreißen – sie musste ihn warnen ... Dieser absurde Gedanke holte sie in die Wirklichkeit zurück, und auf einen Schlag war ihr bewusst, was man mit ihr tun würde. Verzweifelt presste sie ihr Gesicht an das Holz und betete um innere Kraft.

Hawk, der die Ereignisse durch das Fenster seiner Zelle verfolgte, betete nicht. Vergeblich hatte er versucht, die

Gitterstäbe aus der steinernen Mauer zu reißen und sich heiser geschrien, sich selbst beschuldigt und verlangt, Cymbras Platz einzunehmen, ehe er am Ende finstere Morddrohungen ausgestoßen hatte.

Auch Brita hatte sich zu Wort gemeldet und den Jarl angefleht, ihre Herrin zu verschonen, bis sie von einigen Freundinnen beiseite gezerrt wurde, die offenbar um das Schicksal der jungen Irin bangten und fürchteten, Lord Wolf würde sie ebenfalls bestrafen.

Bruder Joseph stand in Cymbras Nähe, und sie hörte sein leises Gebet. Doch als sie den Kopf zur Seite drehte, sah sie nicht den Mönch, sondern den Mann, der den Dieb ausgepeitscht hatte. Sekundenlang trafen sich ihre Blicke, ehe er hastig wegsah, wenn auch nicht schnell genug, um sein Grauen zu verhehlen. Die langen schwarzen Lederriemen, die aus seiner Hand herabhingen, waren ihr nicht entgangen. Cymbra spürte, wie eine Woge der Übelkeit über sie hinwegspülte und begann mit zusammengepressten Lippen erneut zu beten.

Wolf spürte die Hand seines Bruders auf seinem Arm und tauchte aus der Betäubung auf, die seit der Rückkehr vom Strand von ihm Besitz ergriffen hatte. Nur vage nahm er die schmerzende Wunde und das Schwächegefühl infolge des Blutverlusts wahr. All das war unbedeutend im Vergleich zu dem Leid, das seine Seele quälte. *Sie war freiwillig mit Hawk gegangen …*

Bis zu Cymbras Geständnis hatte er sich an seine Hoffnung geklammert und geglaubt, sie würde ihre Unschuld beteuern, ihre Liebe und Loyalität, und schwören, dass sie ihn niemals hatte verlassen wollen. Dann müsste er ihr nicht wehtun – zumindest nicht körperlich. Nur Hawk wäre der Schuldige. Er wusste nicht, wie er dieses Problem gelöst hätte, ohne Cymbras Herz zu brechen, doch er hätte es zumindest versucht.

Doch nun gab es keinen Ausweg. Mit ihrem Bekenntnis hatte sie ihr eigenes Urteil gefällt. Eigentlich müsste er außer sich sein vor Wut über ihren Verrat. Hatte sie ihre liebevollen Worte und Zärtlichkeiten ernst gemeint? War alles nur Heuchelei gewesen, von Anfang an? Doch es gelang ihm nicht, die Wut, die sich immer wieder in ihm breit machte, aufrecht zu erhalten, denn seine tiefe Verzweiflung besiegte jedes andere Gefühl.

Seit dem Tod seiner Eltern war er nicht mehr so unglücklich gewesen, denn selbst damals hatte er sich auf lebenswichtige Dinge konzentriert und keine Zeit für die Trauer gefunden – ganz im Gegensatz zu *diesem* Moment. Würde er den schmerzlichen, zerstörerischen Verlust jemals überwinden?

Doch die Welt wartete auf niemanden. Dragons stumme Ermahnung erinnerte ihn an seine Pflicht. Auch eine weitere Verzögerung würde nichts ändern – sie wäre nur grausam.

Plötzlich wollte er die Qual möglichst schnell hinter sich bringen. Aber wie? Der Gedanke, die Peitsche selbst zu ergreifen, beschwor ein so maßloses Entsetzen in ihm herauf, dass er ihn augenblicklich verwarf. Seinem Bruder durfte er die schwere Last genauso wenig aufbürden.

Wie sollte er der Falle entrinnen, die er sich zum Teil selbst gestellt hatte? Während er unschlüssig vor sich hinstarrte, trat Olaf vor. »Da du deine Frau in meine Obhut gegeben hast, Wolf …«, begann er mit leiser Stimme und streckte seine Hand aus. »Überlass es *mir*.«

Wolf holte tief Atem und betrachtete das faltige Gesicht des alten Mannes, dem er bedingungslos vertraute und in dessen Augen er nun tiefes Mitleid und Verständnis las.

Wortlos deutete der Jarl auf die Peitsche.

Über Olafs zerfurchte Wangen rann Schweiß und tropfte in den dichten grauen Bart. Die Peitsche mit den langen, verschlungenen schwarzen Riemen in der Hand, stand er etwa zwanzig Schritte vom Marterpfahl entfernt. In der Menschenmenge war kein Laut zu hören.

Cymbra wappnete sich gegen die grausame Strafe, so gut sie es vermochte. Auf keinen Fall wollte sie feige erscheinen. Doch noch stärker als ihr Stolz war der Wunsch, den Schmerz ihres Mannes zu lindern.

Ein letztes Mal betete sie, das Grauen möge ein schnelles Ende finden, und kniff die Augen zusammen. Langsam trat Olaf näher und hob seinen Arm, dessen noch immer kraftvolle Muskeln sich anspannten. Mit einem lauten Knall sauste die Peitsche durch die Luft und kam dicht vor Cymbras Rücken auf dem Boden auf. Leises Gemurmel machte sich breit, das weder enttäuscht noch zornig, sondern eher mitfühlend klang. Offenbar verstanden Männer und Frauen gleichermaßen, wie schwer es dem alten Mann fiel, seine Aufgabe zu erfüllen.

Er wischte über seine schweißnasse Stirn und trat noch einen Schritt näher. Wieder knallte die Peitsche. Diesmal berührten die schwarzen Lederspitzen Cymbras Rücken, und sie zuckte zusammen, eher verblüfft als gequält. Warum spürte sie so wenig? Auch der nächste Peitschenhieb traf ihre Haut nur ganz sanft. Verwirrt schüttelte sie den Kopf. Wenn das so weiterging, würde die Strafe stundenlang dauern.

»Genug!«, rief Wolf mit einer Stimme, die sich der Tiefe seines Herzens zu entringen schien. Olaf seufzte erleichtert auf und ließ die Peitsche sinken. Auch die Zuschauer schienen aufzuatmen.

Der Jarl ging zu seiner Frau, und sie hielt den Atem an, als er ihr Kleid behutsam über die Schultern nach oben schob. Ein Blick fiel auf die zwei dünnen roten Striemen als einzige Spuren der Lederriemen. »Wie es das Gesetz erfordert«, verkündete er heiser, »wird die Strafe erst im Morgengrauen beendet.«

Also würde sie die ganze Nacht am Marterpfahl stehen. Die Luft war mild und der Himmel klar. Sicher war es nicht angenehm an diesen Pfosten gefesselt bis zum Sonnenaufgang auszuharren – aber längst nicht so schlimm, als tatsächlich ausgepeitscht zu werden.

Ehe die Qualen richtig begonnen hatten, waren sie auch schon vorbei gewesen. Dankbar dachte sie an ihren Gemahl, dem sie mit gutem Grund vertraute, denn er hatte sie verschont und Gnade vor Recht ergehen lassen. Gab es einen edleren, ehrenwerteren Mann? Kein Wunder, dass sie ihn so heiß und innig liebte …

Lautlos zerstreute sich die Menge. Cymbra hörte ihren Gemahl mit Olaf sprechen, doch sie verstand die leisen Worte nicht. Dann kehrten sie mit Dragon in die Halle zurück. Nur Bruder Joseph blieb bei ihr, mit der Erlaubnis des Jarls.

Unauffällig drehte sie ihre Handgelenke in den Fesseln, in der Hoffnung, die Stricke lockern und herausschlüpfen zu können. Doch ihre Bemühungen waren erfolglos, was sie erwartet hatte. Über ihre Schulter spähte sie zu Bruder Joseph hinüber, der mit gesenktem Kopf und gefalteten Händen auf dem Boden saß. Leise stöhnte sie, während

Schuldgefühle in ihr aufstiegen, weil sie ihn beim Gebet störte.

Wenig später näherten sich seine Schritte. »Mylady?«

Sie stöhnte erneut und ließ sich zusammensacken, als würden ihre Beine sie nicht länger tragen. Eine weitere Aufforderung brauchte er nicht. Hastig raffte er seine Robe und rannte davon, um Hilfe zu holen.

Nach ein paar Minuten kehrte er zurück. »Lord Wolf, ich fürchte, sie wird krank. Vorhin stöhnte sie, und als ich mit ihr sprach, gab sie keine Antwort.« Seufzend fügte der Mönch hinzu: »So widerstandsfähig wie die Männer sind die armen Frauen nicht.«

Wahrscheinlich hatte er noch nie eine Geburt miterlebt, dachte Cymbra. Mit geschlossenen Augen spürte sie, wie Wolf ihre Wange berührte. »Cymbra ...?«

Die tiefe Sorge und das Bedauern in seiner Stimme rührten sie zu Tränen, die sie nur mühsam unterdrückte. Kurz entschlossen durchschnitt er die Fesseln und hob seine Frau auf die Arme. Aus Angst, seine Wunde könnte sich öffnen, hätte sie ihrem Täuschungsmanöver beinahe ein Ende gesetzt. Aber er trug sie sicheren Schrittes zu seinem Haus, und seine ungebrochene Kraft beruhigte sie.

Deshalb ließ sie die Augen geschlossen, während er zum Bett ging und sie vorsichtig auf den Bauch legte.

Leise sagte er ihren Namen. Als sie sich nicht rührte, streifte er das Kleid von ihrem Rücken, und sie fühlte seinen forschenden Blick. Er entfernte sich, kehrte aber nach wenigen Augenblicken zurück und bestrich die beiden dünnen roten Striemen mit einer kühlenden Salbe.

Angesichts seiner liebevollen Fürsorge wäre Cymbra beinahe schwach geworden. Am liebsten hätte sie sich zu ihm umgedreht und ihre Arme um seinen Hals geschlungen. Nur der Gedanke an Hawk, der in seiner Zelle einem ungewissen Schicksal entgegenblickte, hielt sie zurück.

Obwohl sie ihre Heuchelei verabscheute, stöhnte sie wieder. Wolf breitete eine Decke über ihren Körper und streichelte ihr Haar, bevor er das Haus verließ.

Allein mit ihrem Kummer, konnte sie endlich weinen. Nachdem sie ihre Tränen stundenlang bekämpft hatte, strömten sie ihr nun über das Gesicht und benetzten das Kissen. Nach einer Weile verebbte ihr Schluchzen schließlich, und sie hob den Kopf und lauschte. Kein Laut drang zu ihr, nichts wies auf einen Krieger hin, der vor der Tür Wache hielt.

Ehe ihr Entschluss ins Wanken geraten konnte, stand sie hastig auf, hüllte sich in einen Umhang und öffnete ihr Kästchen mit den Arzneien, wo sie in kürzester Zeit fand, was sie suchte.

Bis zum Morgengrauen würden die Wachtposten vor den Zellen alle paar Stunden eine Mahlzeit und Apfelwein erhalten. Cymbra, nur ein grauer Schatten im Dunkel der Nacht, schlüpfte aus dem Haus und schlich zum Küchentrakt, neben dessen Tür das Apfelweinfass stand. Vorsichtig zog sie den Stöpsel heraus und schüttete ein Pulver in die Öffnung. Die gleiche Droge hatte sie Dragon verabreicht, um ihm während seiner Fieberkrankheit einen erholsamen Schlaf zu ermöglichen.

Nachdem sie den Stöpsel wieder in das Loch gesteckt hatte, schüttelte sie das Fass, dann versteckte sie sich hinter der Tür des Rübenkellers. Ein paar Minuten später erschien ein älterer Krieger. Cymbra hörte, wie er einen Krug mit Apfelwein füllte und einen Imbiss vorbereitete, und wagte erst wieder zu atmen, als er den Raum verlassen hatte. Erleichtert eilte sie zum Fenster und schaute zu den Zellen hinüber. Die Männer aßen und tranken und unterhielten sich, doch schon nach kurzer Zeit verstummte das Gespräch, und Cymbra vernahm ein gleichmäßiges Schnarchen.

Fast geräuschlos schloss sie die Tür des Küchentrakts hinter sich und lief über den Hof zu den Zellen. Auf der Suche nach dem Schlüssel zitterten ihre Hände so heftig, dass sie fürchtete, er würde ihnen entgleiten. Aber sobald sie das kalte Metall berührte, beruhigten sich ihre Nerven.

Das massive Schloss knirschte, bevor es nachgab. Erschrocken schaute sie über die Schulter. Nichts rührte sich. Offenbar hatte keiner der Krieger auf den Wachttürmen das Geräusch gehört. Sie wandte sich wieder zur Tür und sah das bleiche Gesicht ihres Bruders hinter den Gitterstäben, die er umklammert hielt.

Ungläubig starrte er sie an. »Gott sei Dank, Cymbra! Geht es dir gut?«

»Ja … Du musst mir etwas versprechen.«

»Was?«

»Du darfst die Wachtposten nicht töten. Auf Holyhood hat Wolf unseren Männern kein Haar gekrümmt, er hat sie nur gefesselt. Schwörst du es mir?«

Hawk sah auf die bewusstlosen Männer vor der Tür hinab. »Wie mutig du bist …«, murmelte er bewundernd.

Obwohl sie sich über das Lob freute, schüttelte sie den Kopf. »Nein, nur verzweifelt. Also? Versprichst du es mir?«

»Natürlich«, stimmte er zu und winkte seine Männer zu sich. Als sie die Tür geöffnet hatte, nahm er sie in die Arme, vorsichtig zwar, dennoch entging ihr seine Erleichterung nicht. Er erteilte seinen Leuten einige Befehle, worauf sie aus der Zelle strömten und im Schutz der Dunkelheit auf die Wachttürme zusteuerten.

Die Sachsen überrumpelten die Wachen, die lautlos zusammenbrachen, und im nächsten Moment schwang das Hoftor auf.

Cymbra hauchte einen Kuss auf die Wange ihres Bruders. Wann und ob sie ihn jemals wieder sehen würde, wusste sie nicht, und dieser Gedanke lastete bleischwer auf ihrer Seele. Trotzdem gelang ihr ein Lächeln. »Ich liebe dich von ganzem Herzen, und ich danke dir für alles, was du für mich getan hast.« Ihre Stimme drohte zu versagen. »Jetzt geh – und bring dich in Sicherheit!«

Zärtlich strich er ihr das Haar aus der Stirn. »Du bist so tapfer, Cymbra – stets bereit, dich für andere zu opfern ...«

Bevor sie ihn erneut zur Flucht drängen konnte, presste er eine Hand auf ihre Lippen und schlang einen Arm um ihre Taille. Zu spät erkannte sie seine Absicht – und ihren eigenen schrecklichen Fehler. »Aber ich würde dich niemals hier zurücklassen, Cymbra.«

Mit aller Kraft wehrte sie sich, doch ihr Bruder war ebenso stark wie ihr Ehemann. Er drückte sie an seine Brust, so dass sie keinen Laut hervorbrachte, und trug sie schnell wie der Wind, der ringsum rauschte, aus der Festung des Wikinger-Lords.

Im Schatten des Hauptgebäudes stand ein Mann und sah ihnen nach. Er ballte die Hände zu Fäusten und versuchte den heißen Wunsch zu zügeln, sein Eigentum zurückzuholen.

Gehörte sie wirklich ihm? Gewaltsam war sie entführt und mit tödlichen Drohungen zur Hochzeit gezwungen worden. In seiner Arroganz hatte er geglaubt, er könnte sie beschützen. Aber das Bild seiner Gemahlin, hilflos an den

Marterpfahl gebunden, würde ihn bis ans Ende seiner Tage verfolgen.

Seine Liebe zu Cymbra übertraf alles, was er in seinen schönsten Träumen jemals ersehnt hatte. Und weil er sie so sehr liebte, musste er ihr die Freiheit schenken. Wolf sah die schemenhaften Gestalten durch das Tor verschwinden. Reglos blieb er stehen, und die Tränen in seinen Silberaugen spiegelten das Sternenlicht wider.

24

Ehe Dragon die Halle betrat, schüttelte er den Schnee von seinem Umhang, dann reichte er das Kleidungsstück einem Diener und nickte Ulfrich zu, der ihm gefolgt war. »Wie geht es ihm?«

Sie setzten sich vor den Herd und wärmten ihre Hände. Dieses Jahr war der Winter früher ins Land gezogen als erwartet, der Herbst war gleichsam über Nacht gekommen und wieder verschwunden. Es schneite unaufhörlich. Vor vierzehn Tagen hatten die Schiffe, die nicht in Sciringesheal überwintern, den Hafen verlassen.

»Besser«, antwortete Ulfrich. »Zumindest ist das Fieber nicht mehr ausgebrochen.«

Erleichtert wechselten sie einen kurzen Blick. Auf das Fieber, das Wolfs Wunde verursacht hatte, waren sie gefasst gewesen – nicht aber auf eine so schwere, langwierige Krankheit. Eine Zeit lang war der Zustand des Jarl so bedenklich gewesen, dass nur seine engsten Freunde davon erfahren hatten, während alle anderen glaubten, der nordische Wolf säße zufrieden in seinem vereisten Bau – umso glücklicher, nachdem er seine lästige sächsische Ehefrau losgeworden war.

Insgeheim war Dragon zu der Überzeugung gelangt, dass das Fieber nur so heftig im Körper seines Bruders wüten konnte, weil Wolf sich nicht dagegen wehrte.

Die Angst vor den möglichen Folgen dieser Schwäche hatte Dragon bewogen, vorerst in Sciringesheal zu bleiben, obwohl er normalerweise um diese Zeit nach Westen in seine eigene Festung zurückgekehrt wäre, oder den Winter in einem milderen südlichen Klima verbracht hätte. Stattdessen bekämpfte er die Dämonen, die Wolf peinigten, woher immer sie auch stammen mochten.

Aber letzten Endes musste er sich eingestehen, dass nur die fast übermenschliche Kraft seines Bruders die Genesung herbeiführte – obwohl er vielleicht nicht einmal weiterleben wollte. Ein beklemmender Gedanke, der Dragon noch quälte, nachdem sich Ulfrich verabschiedet hatte …

Inzwischen deckten die Dienstboten die Tische für das Abendessen, ohne den Mann zu stören, der nachdenklich vor dem Feuer saß. Doch dann nahm er eine Bewegung an seiner Seite wahr und hob den Kopf. Überrascht erkannte er die Irin – wie hieß sie doch gleich? Sie hatte Cymbra gedient, und inzwischen war sie Ulfrichs Gehilfin. »Was willst du?«

Als sie tief Luft holte, bemerkte er ihre Nervosität. Ihr von dunklem Haar umrahmtes Gesicht wirkte unnatürlich bleich.

»Setz dich«, fügte er etwas freundlicher hinzu, doch sie zögerte einen Moment, ehe sie ihm gegenüber auf einer Bank Platz nahm. »Du bist Brita, nicht wahr? Die Heilkundige?«

Verblüfft starrte sie ihn an. »So möchte ich mich nicht nennen, Lord Dragon, wenn ich auch ein bisschen von der Heilkunst verstehe. Das verdanke ich Lady Cymbra, die immer so gut zu mir war.«

Die Kühnheit der Irin überraschte ihn. Seit Cymbras Abreise hatte keine einzige Frau gewagt, den Namen der einstigen Herrin auszusprechen. Nach der Flucht der Sachsen hatte er selbst nur ganz kurz mit seinem Bruder über die Lady geredet, und Wolf hatte unmissverständlich klar gemacht, dass sie nie wieder erwähnt werden durfte.

»Nun, und was führt dich zu mir?«

Brita biss sich auf die Lippen, starrte auf ihre im Schoß gefalteten Hände hinab und schluckte. »Mittlerweile ist Lord Wolfs Körper geheilt, nicht aber seine Seele.«

Seine Augen verengten sich. Wie viel mochte sie wissen? Ulfrich hatte Wolf allein gepflegt, nur mit Dragons gelegentlicher Hilfe. Niemand anderen hatten sie in seine Nähe gelassen. »Dem Jarl geht es gut. Wolltest du dich danach erkundigen?«

»Nein, ich möchte Euch etwas mitteilen ... Eigentlich nicht Euch, sondern Lord Wolf ...«

Forschend betrachtete er ihr ängstliches Gesicht. »Lord Wolf sollte etwas wissen?«

Brita nickte und schlang ihre bebenden Finger noch fester ineinander. In der Kunst, aufgeregte Frauen zu beruhigen, war er ein Meister – allerdings nur in völlig anderen Situationen. »Soll ich meinem Bruder erzählen, was er erfahren müsste?«, schlug er mit etwas sanfterer Stimme vor.

»Bitte, Lord Dragon – mir würden die Worte fehlen, wenn ich ihm gegenüberstünde. Und ich habe keine Ahnung, was er empfinden wird ...«

»Weil es um Lady Cymbra geht?«

»Ich will ihn auf keinen Fall erzürnen.« Ihre Stimme wurde zu einem Flüstern. »Aber ich darf nicht länger schweigen.«

Mit einiger Mühe verbarg Dragon seine Besorgnis. Eine Neuigkeit, die seinen Bruder erzürnen würde, war das Letzte, was er gebrauchen konnte. Andererseits wäre Wolf genauso wütend, wenn ihm etwas Wichtiges verheimlicht wurde. »Da hast du sicher Recht, Brita. Vertrau dich mir an, und ich rede mit dem Jarl.«

»Vielen Dank, Lord Dragon«, erwiderte sie und seufzte tief, als hätte er ihr eine schwere Last von der Seele genommen. »Glaubt mir, ich will nur das Beste – für jeden …«

»Das rechne ich dir hoch an. Natürlich wissen wir alle deine harte Arbeit und deine Loyalität zu schätzen.«

»Ich meine nicht nur Euren Bruder und Euch …«

»Auch Lady Cymbra?«

»Sie war so freundlich und großzügig. Welch ein Leben ich ohne ihren Beistand heute führen würde, weiß ich nicht. Ja, für sie wünsche ich mir ebenfalls das Beste.« Eindringlich schaute sie in Dragons Augen. »Sie bedeutet mir sehr viel, ebenso wie Lord Wolf …«

»Und?«

Eine Zeit lang schwieg sie, und er hatte den Eindruck, sie würde beten. Dann begann sie leise zu sprechen. Als sie wieder verstummte, saß er zusammengesunken und leichenblass in seinem Sessel und starrte blicklos vor sich hin.

Wolf blickte zum Stalltor und nickte seinem Bruder zu, der gerade hereinkam, ohne das Striegeln des schwarzen Hengstes zu unterbrechen. Trotz der winterlichen Kälte war es warm im Stall, denn die Tiere strahlten ihre Körperwärme aus, die von dicken Mauern bewahrt wurde. Frisches Stroh bedeckte den Boden, und die Futtertröge waren reich gefüllt.

»Wie geht es seiner Fessel?«, fragte Dragon.

In der vorhergehenden Woche war Wolfs Lieblingspferd auf dem vereisten Boden ausgerutscht.

»Inzwischen hat er sich gut erholt. Schneit es immer noch?«

»Ja, und daran wird sich heute Nacht wohl nichts mehr ändern.« Auf einen umgestülpten Bottich gestützt, musterte Dragon seinen Bruder. Obwohl Wolf das Fieber eben erst überstanden hatte, wirkte er so kräftig wie eh und je, doch seine düstere Miene und seine glanzlosen Augen kündeten von schmerzlichen Gedanken. »Auch du scheinst zu genesen.«

Wolf zuckte die Achseln. »Um mein Fieber wurde viel zu großes Aufheben gemacht.«

»Vielleicht.« Dragon ahmte die gleichmütige Haltung des Jarls nach. »Um solche Dinge haben wir uns nie gekümmert ...« Er wartete, bis Wolfs Aufmerksamkeit wieder dem Rappen galt, ehe er fortfuhr. »... bis Cymbra zu uns kam.«

Beim Klang dieses Namens erstarrte Wolf ein paar Sekunden lang und warf seinem Bruder einen vernichtenden Blick zu, von dem sich Dragon jedoch nicht entmutigen ließ. »Was meinst du? Könnte sie gelogen haben?«

Zunächst blieb die Frage unbeantwortet, und Dragon wollte die Hoffnung schon aufgeben. Aber nachdem Wolf den Eimer entleert und den Striegel beiseite gelegt hatte, wandte er sich seinem Bruder zu. Trotz seiner Seelenqual sprach er mit scharfer Stimme. »Wovon redest du?«

Immerhin eine Reaktion ... Dragon verbarg seine Freude und bemühte sich, nur leidlich interessiert zu wirken. »Weißt du noch, was sie am Strand gesagt hat? Weder du noch Hawk solltet ihretwegen sterben.« Mit einem Anflug von Schuldbewusstsein sah er Wolf zusammenzucken, ehe er sich sagte, dass dieses Gespräch lediglich dem Wohl seines Bruders diente.

»Ja, ich erinnere mich«, murmelte Wolf, hängte den Eimer an einen Wandhaken und streute frisches Stroh auf den Boden.

»Und danach erklärte Cymbra, sie sei Hawk freiwillig aus der Festung gefolgt.«

»Worauf willst du hinaus?«

Wolfs mühsam beherrschter Zorn ermutigte Dragon. Verdammt wollte er sein, wenn er dem Jarl erlaubte, die Liebe zu dieser wundervollen, von Frigg gesegneten Sächsin in der Gruft seines Herzens zu vergraben. »Nun, wenn sie euch beide so sehr liebte, dass sie sterben wollte, um euch daran zu hindern, euch gegenseitig zu ermorden, warum sollte sie dich dann verlassen? Vielleicht behauptete sie nur, sie habe Hawk freiwillig begleitet, um die Schuld auf sich zu nehmen und ihn zu schützen. Schließlich gibt es so etwas wie Familienloyalität, auch wenn es uns nicht gefällt. Und wenn Hawk nicht zurückkam, weil Cymbra ihn darum gebeten hatte, sondern wenn es sein eigener Entschluss war, deine Gastfreundschaft zu missbrauchen und das Bündnis zu zerstören? Was wäre dann?«

»Keine Ahnung«, gab Wolf zu, der seine Arbeit beendet hatte und neben seinen Bruder trat. »Das habe ich mich oft gefragt.«

»Zweifellos hat Cymbra befürchtet, du würdest ihn töten. Nach allem, was sie am Strand mit ansehen musste ...«

Angesichts der schmerzlichen Erinnerung an den Dolch, den Cymbra gegen ihren Brust gerichtet hatte, zuckte Wolf zusammen. Doch Dragon fuhr ungerührt fort: »Vermutlich dachte sie, du würdest sie nicht so hart bestrafen wie ihn. Damit hatte sie Recht, nicht wahr?« Wortlos nickte der Jarl. »Und möglicherweise belog sie dich nur zum Teil, als sie erklärte, sie sei freiwillig mit Hawk gegangen. Sie folgte ihm nur bis zum Schiff, hatte aber nicht vor, an Bord zu gehen.«

»Das ergibt doch keinen Sinn.«

»Wirklich nicht? Hawk war vierzehn Tage hier, und Cymbra tat ihr Bestes, um ihn von ihrem Eheglück zu überzeugen. Bedauerlicherweise durften die beiden nie miteinander reden. Vielleicht glaubte er, sie würde ihm etwas vormachen, weil wir sie unter Druck gesetzt haben. Und er hoffte, auf seinem Schiff würde sie freimütig und ungezwungen sprechen.«

»Was für eine abenteuerliche Geschichte!«, stieß Wolf hervor. »Mit deiner regen Fantasie würdest du einen großartigen Skalden abgeben.«

Dragon widerstand dem Impuls, seine Faust in Wolfs Gesicht zu rammen. »Wären wir beide an Hawks Stelle gewesen, hätten wir nicht auch versucht, alle Zweifel auszuräumen?«

Nach einer langen Pause erwiderte Wolf: »Deine Argumente haben nur einen Haken.«

»Und welchen?«

»Cymbra ist nicht mehr hier. Wie willst du das erklären, wenn sie gar nicht die Absicht hatte, mit ihrem Bruder davonzusegeln.«

»Das verstehe ich auch nicht«, seufzte Dragon. »Aber vergiss nicht, dass er gesehen hat, wie sie ausgepeitscht wurde. Wie sollte er wissen, was nach seiner Abreise mit ihr geschehen würde? Ganz egal, was *sie* wollte, wie hätte er sie unter diesen Umständen zurücklassen sollen?«

Eine Zeit lang starrte Wolf seinen Bruder wortlos an, ehe er sich wieder den Strohballen zuwandte. Dragon verließ den Stall, keineswegs entmutigt, denn immerhin hatte er seinem Bruder zu denken gegeben.

Im Schneetreiben blieb er stehen und schaute zum Meer hinab, wo sich die Eisberge aneinander drängten. Bis der Winter seinen kalten, tödlichen Griff lockern würde, konnte man nichts tun als nachzudenken.

»Geht vom Fenster weg, Mylady!«

Schuldbewusst zuckte Cymbra zusammen, schloss die Fensterläden und ließ den Vorhang aus Ochsenfell darüber fallen, der die winterliche Kälte abhalten sollte. Dann wandte sie sich lächelnd der alten Frau zu, die missbilligend ihre Stirn runzelt. »Ich wollte nur ein bisschen frische Luft schnappen, Miriam. Heute scheint es etwas wärmer zu sein.«

»Trotzdem schadet Euch die Nachtluft.« Miriam trat neben Cymbra, nahm ihre Hand und zog sie zu den eisernen Kohlenbecken, die auf Dreifüßen standen.

Im warmen, rötlichen Lichtschein standen zwei Sessel mit hohen Lehnen und weichen Kissen. Ein reich verziertes Bett, geschnitzte Truhen und zahlreiche andere Gegenstände boten jeden erdenklichen Luxus, doch Cymbra schien sie kaum zu beachten.

»Ich weiß nicht, was in Euch vorgeht«, schalt die Dienerin. »Beim Abendessen habt Ihr kaum einen Bissen zu Euch genommen. Und jetzt sehe ich Euch aus dem Fenster lehnen, obwohl die Nacht kalt genug ist, um die Nase der schrecklichen Daria abzufrieren …« Beschämt unterbrach sie sich. »Verzeiht mir, Mylady, ich bin eine alte Frau und rede viel Unsinn …«

Erfolglos unterdrückte Cymbra ihren Lachreiz. »Die schreckliche Daria?« Ein nicht gerade damenhaftes Kichern drang über ihre Lippen. »Wird sie so genannt?«

»Tut mir Leid, Mylady, ich weiß, sie ist Eure Halbschwester …«

»Schon gut, du brauchst dich nicht zu entschuldigen«, unterbrach Cymbra ihre Kinderfrau, nahm Platz und wies einladend auf den Sessel an ihrer Seite. »Ich kenne sie erst, seit ich nach Hawkforte kam. Da sie aus der ersten Ehe meines Vaters stammte, ist sie viel älter als Hawk und ich. Bei meiner Geburt war sie längst erwachsen. Und sie schien sich zu freuen, weil sie ihren eigenen Haushalt führen konnte, nachdem unser Vater zum zweiten Mal geheiratet hatte.«

»Schade, dass ihr Mann nicht mehr lebt und sie an einem anderen Ort beschäftigt hält«, seufzte Miriam. »Natürlich ist man, wenn man sich gegen den König stellt, einem frühen Tod geweiht.«

»Gewiss, der arme Mann war schlecht beraten«, stimmte Cymbra zu.

Vor vielen Jahren hatte Darias Gemahl an einem vereitelten Aufstand gegen den Herrscher, der schon damals Alfred der Große genannt worden war, teilgenommen, und auf dem Schlachtfeld sein Leben ausgehaucht. Bei jenen Kämpfen hatte ein junger Ritter namens Hawk seine ersten Ruhmeslorbeeren geerntet und an der Seite des Königs gefochten, in der Hoffnung, dem Frieden zu dienen.

»Ich glaube, nachdem sie Witwe wurde, fühlte sich mein

Bruder verpflichtet, die einsame Frau in ihr Elternhaus zurückzuholen. Zu jener Zeit lebte ich bereits auf Holyhood, deshalb lernte ich sie nicht kennen.« Eine Tatsache, für die Cymbra, seit sie mit ihrer Halbschwester unter einem Dach lebte, täglich dem Himmel dankte.

»Nach allem, was ich gesehen habe, führt sie den Haushalt recht ordentlich«, gab Miriam widerstrebend zu. »Wenn sie sich nur einmal in der Woche zu einem Lächeln durchringen könnte, könnte man sie eher ertragen.«

»Welch ein Glück, dass du mich hierher begleitet hast! Wäre ich auf Daria angewiesen, wüsste ich nicht, was ich tun sollte.«

»Macht Euch keine Sorgen deswegen. Alles wird gut. Wollt Ihr nicht ein bisschen Suppe essen?«

Obwohl Cymbra keinen Appetit verspürte, stimmte sie zu, um ihrer alten Kinderfrau eine Freude zu bereiten. Nach ihrer Entführung aus Holyhood war die arme Miriam völlig verzweifelt gewesen, und seit Hawk seine Schwester nach Hause gebracht hatte, kannte die Dankbarkeit der alten Dienerin keine Grenzen.

»Was für ein schönes Baby Ihr wart ...«, bemerkte sie etwas später, während ihre Herrin auf der Bettkante saß und ihr langes kastanienbraunes Haar flechten ließ. Manchmal dachte Cymbra darüber nach, ob sie es abschneiden sollte, doch dann entsann sie sich jedes Mal, wie gern Wolf ihre Locken gestreichelt hatte. Viel war ihr nicht von ihm geblieben – außer ... »Und so klug wart Ihr!«, fuhr Miriam fort. »Von Anfang an habt Ihr Euch für alles interessiert ... und den ganzen Tag nur gelächelt.«

»Wahrscheinlich verzog ich die Lippen, weil ich Blähungen hatte«, erwiderte Cymbra belustigt.

»Keineswegs! So einen Unsinn dürft Ihr nicht glauben,

mein Kind. Babys wissen sehr gut, was sie tun. Das werdet Ihr schon noch sehen.«

Danach verstummten die beiden Frauen. Cymbra versank in ihren eigenen Gedanken, während Miriam sie voller Sorge beobachtete.

Als die alte Kinderfrau längst schlief und die Flammen in den Kohlenbecken herabgebrannt waren, saß Cymbra immer noch auf dem Bettrand, lauschte dem Klagen des Windes jenseits der starken Mauern von Hawkforte und schickte ihre Gedanken auf die Reise. Wie so oft, wenn sie keinen Schlaf fand, versuchte sie sich vorzustellen, was Wolf gerade tun mochte. Inbrünstig betete sie um sein Wohlbefinden, während sie hoffte – obwohl sie diesen Gedanken jedes Mal so schnell wie möglich verdrängte –, er möge allein in seinem Bett liegen.

Jede Nacht suchte sie Zuflucht in den Erinnerungen an die gemeinsamen Wochen. So viele Bilder erschienen vor ihrem geistigen Auge – wie er sie zum Bad in der heißen Quelle überredete, wie er sie auf starken Armen durch die Stadt zu seiner Festung hinauftrug, wie er sie in der Hochzeitsnacht von ihrer Angst befreite … die Szene in der Küche, wo sie einander mit Honig und Milch überschüttet, mit Käse und Eiern beworfen hatten … die Liebesnacht in der Sauna … Wolfs Gelächter, seine Zärtlichkeit, sein fester Entschluss, Frieden zu stiften und schließlich sein Zorn, als er am Strand geglaubt hatte, sie wäre freiwillig mit ihrem Bruder geflohen …

Zürnte er ihr immer noch? Hielt er sie für eine lieblose Ehefrau, eine Verräterin? Oder hatte er sie gänzlich aus seinen Gedanken verbannt?

Stöhnend kroch sie unter die Bettdecke und vergrub ihr Gesicht in den Kissen. Inzwischen hatte der Wind aufgefrischt, und die Fensterläden knarrten, während das düstere Licht des Kohlenbeckens flackernde Schatten an die Wände warf.

Nach einer Weile stand Cymbra auf, um sich zu vergewissern, dass alle Vorhänge zugezogen waren, ehe sie über den kalten Steinboden zum Bett zurücklief und sich in die warme Decke hüllte. Endlich schlief sie ein, während die Tränen auf ihren Wangen langsam trockneten.

Am Morgen erschien ihr die Erinnerung an die Nacht vollkommen unwirklich, und der strahlende, wolkenlose Himmel verscheuchte alle trüben Gedanken. Endlich schneite es nicht mehr, obwohl die Schneewehen immer noch mannshoch emporragten.

Vergeblich versuchte Miriam, ihre Herrin zurückzuhalten, doch Cymbra wählte ein langärmeliges, violettes Wollkleid, über das sie einen Umhang zog, den sie selbst leuchtend grün eingefärbt hatte. In den Farben des ersehnten Frühlings eilte sie die Treppe hinab, um den schönen Tag zu genießen.

Als sie die Halle durchquerte, nickten ihr einige Dienstboten höflich zu. Im Freien musste sie erst einmal stehen bleiben, damit sich ihre Augen an das grelle Sonnenlicht gewöhnen konnten, das die Schneehaufen widerspiegelten. Zwischen dem Haupthaus und den Nebengebäuden waren etliche Wege frei geschaufelt worden. Eifrig gingen die Leute ihrer Arbeit nach, ohne sich von dem prachtvollen Wetter besonders beeindrucken zu lassen.

In einer Ecke des Hofs balgten sich kleine Kinder im Schnee wie übermütige Hündchen. Bei diesem Anblick musste Cymbra lachen. Doch als sie aus einem Impuls heraus zu der fröhlichen Schar hinüberlief, hielten sie augenblicklich respektvoll inne.

»Guten Morgen, Mylady«, murmelte ein etwa sechsjähriger Junge mit lockigem dunklem Haar und neugierigen Augen, der ein wenig kühner zu sein schien als die anderen.

»Guten Morgen«, erwiderte Cymbra lächelnd. »Ist der Schnee nicht wundervoll?« Endlich blickten auch die anderen auf und nickten. Plötzlich kam ihr ein Gedanke. »Soll ich euch etwas zeigen?« Ehe sie antworten konnten, warf sie sich der Länge nach mit zusammengepressten Beinen und ausgestreckten Armen in den Schnee und bewegte ihre Arme in den Flocken hin und her, während die Kinder sie verblüfft beobachteten. Als sie vorsichtig aufstand, um ihr Werk nicht zu zerstören, war der Abdruck eines geflügelten Wesens zu sehen. »Ein Schneeengel!«, erklärte sie. »Wollt ihr es auch mal ausprobieren?«

Die Kinder zögerten nur für ein paar Sekunden, und schon bald war der Hof von Schneeengeln in verschiedenen Größen und Formen übersät. Die Kinder warfen sich unentwegt in den Schnee, und Cymbra spielte begeistert mit.

Cymbra hatte gerade wieder einen Schneeengel entstehen lassen, als ein Schatten über die kleine Gruppe fiel. Ihre Halbschwester musterte sie missbilligend. »Was treibst du denn da?«

Widerstrebend wischte Cymbra sich den Schnee von den Ärmeln. Obwohl sie den Kindern beruhigend zulächelte, stoben sie so schnell davon wie Flocken im Wind. Sie sah ihnen mit gerunzelter Stirn nach, während sie versuchte, ihre Verärgerung zu verbergen. Wie immer, wenn sie ihrer Halbschwester gegenüberstand, fiel es ihr schwer, ihre Abneigung zu verhehlen. In Darias Seele spürte sie so viele Gefühle – Zorn, Enttäuschung, Bitterkeit. Doch da war noch etwas – etwas, das Cymbra instinktiv zurückschrecken ließ, als stünde sie am Rand eines Abgrunds. Auch jetzt strahlte die hagere Gestalt ihrer Halbschwester eine unangenehme Anspannung aus. »Oh, wir haben nur gespielt. Daran gibt es doch nichts auszusetzen, oder?«

Auf dem langen, schmalen Gesicht erschien ein höhnischer Ausdruck. »Glaubst du das? Was für ein Beispiel gibst du den Leuten, wenn du wie ein Wildfang herumtobst? Lange genug musste ich mich anstrengen, um ihnen Respekt und Disziplin beizubringen. Wenn sie eine Lady sehen, die ihre Stellung vergisst – was meinst du wohl, was sie denken werden?«

»Dass ich auch nur ein Mensch bin …«, entgegnete Cymbra sanft. Sie wollte ihre Halbschwester nicht verabscheuen, denn immerhin gehörte sie zur Familie. Außerdem wusste Cymbra, dass ihre Anwesenheit auf Hawkforte Daria irritierte, die stets bemüht war, nicht nur ihr eigenes Leben unter Kontrolle zu halten, sondern auch das von jedem anderen, der dumm genug war, ihre anmaßende Einmischung zu dulden.

»Erspar mir deine albernen Scherze!«, fauchte Daria. »Heb sie dir lieber für deinen Bruder auf. In seinen Augen kannst du ja ohnehin nichts falsch machen. Warum er dich hierher gebracht hat, begreife ich noch immer nicht. Womöglich werden wir eines Tages alle ermordet in unseren Betten liegen.«

Cymbra unterdrückte einen Seufzer. Seit ihrer Ankunft prophezeite Daria unablässig die entsetzlichsten Katastrophen. Sie schien es geradezu zu genießen, diese Visionen heraufzubeschwören – von Wikingern, die gnadenlos über Hawkforte herfielen, ungeheure Gräueltaten verübten und keinen Mann, keine Frau und kein Kind am Leben ließen.

Niemand in der Festung schenkte ihren Weissagungen Beachtung, was ihre Fantasie nur noch mehr zu beflügeln schien. Doch ihre Schauergeschichten stellten für Cymbra eine unablässige Erinnerung an einen bestimmten Wikinger dar, nach dem sie sich leidenschaftlich sehnte – obwohl sie fürchtete, dass er sie längst aus seinem Herzen gerissen hatte.

»Sicher ist deine Sorge unbegründet«, erwiderte sie. »Und was Spiel und Spaß betrifft, solltest du es auch einmal damit versuchen. Das bessert die Laune.«

In heller Empörung richtete Daria sich so kerzengerade auf, dass Cymbra fürchtete, das Rückgrat der Halbschwester würde im nächsten Moment brechen. »Um *meine* Stimmung brauchst du dich nicht zu kümmern. *Ich* habe genug zu tun – *ich* bin kein verzogenes Kind, das dauernd verhätschelt wurde.«

Diesen Vorwurf würde eine Frau nicht hinnehmen, die aus ihrem Heim entführt, mit Todesdrohungen zur Heirat gezwungen, in heißer Sinnenlust verzaubert und mit übergroßer Liebe beschenkt worden war – und die verzweifelt ihr Leben aufs Spiel gesetzt hatte, um Frieden zwischen zwei Männern zu stiften. »Dein unhöfliches Benehmen werde ich nicht länger ertragen, Daria.« Sogar Frigg hätte sie um ihre kalte Verachtung beneidet. »In Zukunft sollten wir uns aus dem Weg gehen.«

Verblüfft über diese eisige Haltung wich Daria einen Schritt zurück. Sie wollte protestieren, fand aber keine Worte. Schließlich stieß sie ein entrüstetes Schnauben aus und hastete davon.

Cymbra versuchte, den unangenehmen Zwischenfall möglichst schnell zu vergessen. Diesen schönen Tag wollte sie sich nicht von ihrer Halbschwester verderben lassen.

Stattdessen verbrachte sie ein paar heitere Stunden in der Küche, wo die Mägde sie herzlich willkommen hießen. Nach ihrer anfänglichen Verblüffung über den Arbeitseifer der Lady hatten sie sich mittlerweile an ihre Anwesenheit gewöhnt.

Gerade hatte sie die Zutaten für einen Apfelkuchen mit Rosinen und Zimt, Hawks Lieblingsspeise, bereitgelegt, als Hufschläge im Hof ihre Aufmerksamkeit erregten. Hastig wischte sie sich die Hände ab, spähte durchs Fenster und sah ihren Bruder heimkehren.

Nach seinem zweiwöchigen Aufenthalt am königlichen Hof in Winchester wirkte er müde und tief in seine Gedanken versunken. Lächelnd ging sie hinaus und begrüßte ihren Bruder, dessen Züge sich bei ihrem Anblick erhellten. Er schwang sich aus dem Sattel, übergab die Zügel einem Stallknecht und umarmte seine Schwester. »Geht es dir gut?« Seine Stimme klang freundlich, doch der Ausdruck in seinen Augen blieb besorgt.

Ebenso wie Cymbra dachte er an den Konflikt, der die Reise von Sciringesheal nach Hawkforte und die darauf folgenden Wochen überschattet hatte. Voller Zorn hatte sie ihm den Missbrauch ihres Vertrauens vorgeworfen und verlangt, er solle sie zu ihrem Mann zurückbringen, den sie innig liebte. Doch er hatte ihr nicht geglaubt und behauptet, ihre Liebe sei nur eine Illusion und ihr Urteilsvermögen von all den Ereignissen beeinträchtigt gewesen. Angesichts ihrer Verzweiflung hatte er allmählich und nur widerstrebend die Einsicht gewonnen, dass all ihre Emotionen tatsächlich aufrichtig waren, die er bisher für unvorstellbar gehalten hatte.

Doch zu diesem Zeitpunkt hatten sie Hawkforte bereits erreicht, und der Winter versperrte die Seewege. Während ihrer langen Gespräche hatte er erkannt, dass er Wolf falsch beurteilt und einen schweren Fehler begangen hatte, den er um jeden Preis wieder gutmachen wollte. Aber zuerst musste er für Cymbras Sicherheit sorgen. Und er war dem Himmel unendlich dankbar für ihre Großmut gewesen, die sie bewogen hatte, ihm zu verzeihen.

»Ja, mir geht es gut«, antwortete sie auf dem Weg über den Hof. »Und dir?«

Seufzend schnitt er eine Grimasse. »Den Umständen entsprechend … Allem Anschein nach braucht Alfred keinen Schlaf, und er scheint zu glauben, dass alle anderen Menschen ebenfalls darauf verzichten können. Unter den üppigen Mahlzeiten, die seine wetteifernden Köche allabendlich servieren, biegen sich die Tische. Und zwischen den einzelnen Gängen drehen sich die Gespräche um Politik, Mode oder Musik.«

»Armer Hawk!«, neckte sie ihn. »Falls du hoffst, deine Qualen hätten jetzt ein Ende, irrst du dich. Du musst mir unbedingt erzählen, welche Kleider die Ladys tragen und ob Alfreds Ärzte interessante neue Heilmittel entdeckt haben. Hast du mir Bücher mitgebracht?«

»Vier, allesamt von Alfreds Schreibern kopiert. Übrigens lässt er herzlich für die Arznei danken, die du ihm geschickt hast, und er war bitter enttäuscht, weil du ihn nicht besuchen wolltest.«

»Hast du ihm erklärt, warum ich im Augenblick nicht reisen möchte?«

Er nickte und warf einen Blick auf Cymbras gewölbten Bauch, der bereits unter dem weiten Umhang sichtbar war, und schlang seinen Arm noch fester um ihre Schulter. »Übrigens habe ich ihm alles erzählt, und wir beschlossen, im Frühling noch einmal darüber zu reden.«

Im Frühling, wenn die Seewege wieder frei waren, wenn das lange Warten ein Ende nehmen und sie herausfinden würde, ob die Liebe, die sie genauso nährte wie das Kind unter ihrem Herzen, die Seele des Mannes zu erreichen vermochte, zu dem sie beide gehörten ...

Lächelnd hob sie ihr Gesicht der Sonne entgegen. Im Wind tanzten ein paar vereinzelte Schneeflocken, doch weit und breit zeigte sich keine Wolke. An der Dachrinne des Stalls hingen Eiszapfen, aus denen sich funkelnde Wassertropfen lösten.

25

Das Rotkehlchen landete am Rand des Nests und wurde von zwitschernden Vögelchen begrüßt. Nachdem die Mutter Futter in die gierig geöffneten Schnäbel gestopft hatte, flog sie wieder davon.

Cymbra sah ihr nach, ehe sie sich langsam erhob. Ihr Rücken schmerzte, und sie presste ihre Hand darauf, während sie sich im Sonnenzimmer umsah. Durch das offene Fenster wehte der Duft feuchter, fruchtbarer Erde herein. Unten im Hof vertrieben die Sonnenstrahlen den Morgennebel. Obwohl immer noch ein paar Schneehaufen in schattigen Winkeln lagen, war der Winter besiegt.

Am anderen Ende des großen Raums saß Daria mit den Ehefrauen und Töchtern von Hawks Stellvertretern. Sie nähten und schwatzten, doch Cymbra wollte sich nicht zu ihnen gesellen.

Stattdessen wanderte sie lieber umher und massierte ihren Rücken. In der vergangenen Nacht hatten die Schmerzen eingesetzt und ihr den Schlaf geraubt. Zuerst hatte sie ihnen keine besondere Bedeutung beigemessen, doch nun erschienen ihr die Beschwerden seltsam beharrlich.

»Ist es schlimmer geworden?«, fragte Miriam, die seit Tagen nicht von Cymbras Seite gewichen war und sogar darauf bestand, im Zimmer ihrer Herrin zu übernachten.

»Es ist nicht so schlimm …«, versicherte Cymbra und streichelte verträumt ihren gewölbten Bauch. Irgendwo da drin strampelten winzige Beinchen. Während der ersten Monate hatte ihr die Schwangerschaft keine Unannehmlichkeiten bereitet, doch das hatte sich in den letzten Wochen dramatisch geändert.

»Bald ist Eure Zeit gekommen«, meinte Miriam lächelnd.

»Oh, daran zweifle ich«, entgegnete Cymbra. »Es würde bedeuten, dass ich …« Errötend verstummte sie, ehe sie sich sagte, eine Heilkundige dürfte keine falsche Scham zeigen. »… dass ich das Baby schon in einer der ersten Nächte empfing. Und das glaube ich nicht.«

»Aber Ihr wisst es nicht, richtig?« Die braunen Augen der alten Frau funkelten. »Wie ich vermute, habt Ihr Euch nicht darum gekümmert.«

»Nicht direkt«, gab Cymbra zu. »Da meine Monatsblutung stets unregelmäßig eintraf, dachte ich nicht …« Sie zuckte die Achseln und entsann sich verlegen, wie erstaunt sie gewesen war, als sie kurz nach der Ankunft auf Hawkforte ihre Schwangerschaft festgestellt hatte. Da sie sich so gut in der Heilkunst auskannte, sollte man annehmen, ihr Zustand wäre ihr viel früher bewusst geworden.

»Vielleicht nehmt Ihr die Gefühle anderer Menschen deutlicher wahr als Eure eigenen.«

»Mag sein«, stimmte Cymbra zu. »Trotzdem rechne ich erst in einigen Wochen mit der Geburt.«

Miriam nickte, doch das Lächeln, das ihre Züge erhellte, wurde noch breiter. Dann griff sie wieder nach dem winzigen Hemdchen, das sie gerade nähte.

Langsam verstrich der Vormittag. Jenseits der hohen Mauern löste sich der Nebel auf, und Cymbra sah Möwen kreisen. Offenbar suchten sie ebenfalls Nahrung für ihre Jungen, denn sie tauchten immer wieder zur heranströmenden Flut hinab.

Von der anderen Seite des Zimmers drangen die Stimmen ihrer Halbschwester und der anderen Frauen herüber. Doch sie hörte ihnen nicht zu, bis ihr plötzlich ein Mädchen auffiel, das verwirrt aus dem Fenster starrte. »Was – was ist das?«, stammelte es.

Eine der Frauen folgte der Richtung ihres Blicks und runzelte die Stirn. »Ich weiß es nicht … Oh!« Entsetzt presste sie ihre Hand auf den Mund.

»Da sind noch mehr!«, rief das Mädchen bestürzt. »Großer Gott!«

Daria schob sich zwischen die beiden Frauen, spähte hinaus, und ihre Züge schienen zu versteinern. Sekunden später hallte ihr schriller Schrei von den Wänden wider.

»Wikinger! Die Teufel des Nordens! Zu Tausenden! Jetzt ist es um uns geschehen!«

Nicht der Aufschrei ihrer Halbschwester ließ Cymbra nach Atem ringen, sondern der stechende Schmerz, der sich einen Weg von ihrem Rücken zu ihrem Bauch bahnte. Sie krümmte sich vor Schmerz zusammen, während im selben Moment Wasser zwischen ihren Beinen hinabrann. Ihr leises Stöhnen ließ die Frauen einen Augenblick lang die Blicke vom Fenster abwenden.

»Was ist?«, fragte Daria, erbost über die Störung dieser dramatischen, erschreckenden Augenblicke.

Schwerfällig stand Miriam auf, trat an ein Fenster und sah aufs Meer hinaus. Aus den letzten Nebelschleiern tauchten die kühnen Drachenbüge zahlreicher Wikinger-Kriegsschiffe auf, die schnell wie der Wind das Meer durchpflügten und den Strand von Hawkforte ansteuerten. Inzwischen waren sie so nahe herangefahren, dass sie die Männer an den Rudern erkennen konnte, deren muskulöse Arme sich rhythmisch bewegten.

Auf den Wachtürmen ertönten bereits die Signalhörner, und Männer und Frauen liefen in die Festung, um ihre Kinder und ihr Vieh in Sicherheit zu bringen. Mitten im Hof stand Hawk, der sich auf sein Schwert gestützt hatte und sich mit seinen Kriegern beriet.

Mit einem Schulterzucken verkündete die alte Dienerin, was ohnehin alle wussten. »Da kommt der nordische Wolf.« Sie wandte sich zu Cymbra um, die verwirrt nach Luft schnappte. »Und sein Kind.«

Plötzlich brach ein Tumult aus. Hin und her gerissen zwischen dem Wunsch, Cymbra beizustehen, und ihrer Angst vor den Wikingern, liefen die Frauen ziellos im Zimmer umher. Einige versuchten sich nützlich zu machen, was ihnen in ihrer Aufregung jedoch nicht gelang.

Schließlich ergriff Miriam die Initiative und führte Cymbra aus dem Zimmer. »Verständigt Lord Hawk!«, rief sie über ihre Schulter. »Sagt ihm, heute wird seine Nichte oder sein Neffe geboren. Dann lasst uns heißes Wasser aus der Küche bringen. Außerdem brauchen wir saubere Decken. Es gibt viel zu tun!«

Da die Ankunft eines neuen Erdenbürgers wichtiger

war als alles andere, beruhigten sich die Frauen und liefen davon, um die Aufträge auszuführen. Nur Daria blieb stehen und starrte aus dem Fenster, von einem berauschenden Triumphgefühl erfüllt, das sie nur mühsam hinter ihrer ängstlichen Fassade zu verbergen vermochte.

Nun würde das Verhängnis über diese Narren hereinbrechen, das sie wahrlich verdienten, und sie würden ihre Strafe bekommen, nachdem sie es versäumt hatten, Darias weise Voraussicht ernst zu nehmen und zu respektieren. Ihr hätte *alles* zugestanden – ein kluger Ehemann, der sich nach ihren Wünschen richtete und genug Mut aufbrachte, um die Macht zu erringen, die Alfred innehatte. Einen Mann, der sie dankbar über sämtliche anderen Frauen stellte und sie zu seiner Königin erhob. Das war es, wofür sie geschaffen war. Stattdessen erwartete man, sie würde sich glücklich schätzen, weil sie in den Genuss der Mildtätigkeit ihres Bruders kam.

Doch sie wusste nur zu gut, was er von ihr hielt, dafür hasste sie ihn abgrundtief. Nun würde endlich das Blut aller fließen, die ihr den gebührenden Respekt versagt hatten. Doch sie würde überleben, denn schon vor langer Zeit hatte sie ihren Fluchtplan geschmiedet. Bald würde sie den versprochenen Lohn für das vereitelte Bündnis zwischen den Norwegern und den Sachsen erhalten. Welch ein Glückstag, an dem sie Wolfs Brief an ihren Bruder abgefangen und Hawks Siegel lange genug entwendet hatte, um eine Antwort zurückzuschicken, die nicht zum Frieden, sondern zum Krieg führen würde …

Niemand hörte ihr Hohngelächter. Alle waren verschwunden, keiner beachtete sie – ein weiteres Vergehen, für das sie büßen würden …

»Was siehst du?« In ein frisches Nachthemd gehüllt, hatte sich Cymbra widerwillig ins Bett gelegt – fest entschlossen, genauestens über die Ereignisse informiert zu werden. Ständig kamen und gingen die Frauen, bleich und nervös, aber so eifrig und hilfsbereit, dass sie es nicht übers Herz brachte, sie wegzuschicken.

Miriam legte die Windeln beiseite, die sie zusammengefaltet hatte, trat ans Fenster und sah ohne großes Interesse hinaus. »Da ist Euer Mann.«

Vor Freude konnte Cymbra kaum atmen und musste sich an der Bettdecke festklammern, um nicht aus dem Bett zu springen, nach unten zu laufen und sich in Wolfs Arme zu werfen. Obwohl sie sich eingestehen musste, dass sie bestenfalls ein Watscheln zustande bekäme. »Was macht er?«

Mit einem mahnenden Stirnrunzeln brachte Miriam die Frau zum Schweigen, die antworten wollte. »Er spricht mit Lord Hawk, offenbar sehr freundschaftlich. Und jetzt vergesst die beiden und kümmert Euch um Eure eigenen Angelegenheiten.«

Von plötzlichen Schmerzwellen gequält, erkannte Cymbra, wie vernünftig dieser Ratschlag war. Miriam eilte an ihre Seite und ergriff ihre Hand.

»Keine Bange, meine liebste Kleine, alles wird gut. Atmet ruhig und gleichmäßig, wenn die Wehen beginnen, und versucht, Euch dazwischen zu entspannen.«

»Meine Liebste«, murmelte Cymbra, als die Schmerzen verebbten und unterdrückte die Tränen, die nichts mit den Wehen zu tun hatten. »So hat er mich auch genannt.«

»Wie hat er Euch genannt?«

»*Elskling* – meine Liebste.«

»Was für ein netter Mann«, meinte die alte Kinderfrau

und vergaß die Flüche, die sie nach der Entführung gegen den Wikinger ausgestoßen hatte.

»O ja …«, stöhnte Cymbra, von neuerlichen Krämpfen erfasst. »Nett und gütig und freundlich – und immer so vernünftig, so verständnisvoll.«

Tröstend redete Miriam auf sie ein und wischte ihr den Schweiß von der Stirn, während sich der Abstand zwischen den Wehen zusehends verringerte.

Inzwischen stand der nette, gute, freundliche Mann vor dem Tor von Hawkforte. In voller Rüstung, mit glänzendem Helm, das Schwert in der Hand, das im Sonnenlicht schimmerte, schrie die Geißel der Sachsen: »Stein um Stein! Balken um Balken! Nichts wird von dieser Festung übrig bleiben! Bringt sie sofort heraus!«

Über die Brustwehr hinweg musterte Hawk den wütenden Krieger, der soeben gedroht hatte, seinen Besitz in Schutt und Asche zu verwandeln. Unwillkürlich empfand er Bewunderung für seinen Schwager. Hinter Wolf drängte sich ein beeindruckendes Wikinger-Heer, das nach Hawks Schätzung aus mindestens tausend Mann bestand. Dieser Kampfstärke war seine eigene Garnison gewachsen, außerdem genoss er den zusätzlichen Vorteil hoher Mauern. Trotzdem bezweifelte er keine Sekunde lang, dass der Wikinger seine Drohung wahr machen würde. Und falls er das ernsthaft in Erwägung zog, konnte er es ihm nicht einmal verübeln.

Glücklicherweise waren die beiden Männer einer Einigung näher, als Wolf ahnen konnte. Davon würde Hawk ihn überzeugen müssen. Über die Mauer gebeugt, rief er: »Im Augenblick ist Cymbra beschäftigt! Kommt herein, dann reden wir!«

Die Wikinger brachen in spöttisches Gelächter aus und

schlugen ihre Schwerter gegen die Schilde. Wolf wandte sich seinem Bruder zu, der neben ihm stand: »Eine sonderbare Antwort ... Sie ist beschäftigt? Was zum Teufel meint er damit?«

Achselzuckend wich Dragon dem Blick des Jarls aus. »Jedenfalls hat er nicht Nein gesagt.«

Als Wolf wieder zur Brustwehr hinaufblickte, bemerkte er, dass Hawk ihn aufmerksam, aber weder besorgt noch kampflustig betrachtete. Doch so etwas ließ sich nicht immer zweifelsfrei feststellen.

»Eine ziemlich riskante Sache«, meinte Dragon fröhlich. »Du allein gegen tausend Sachsen. Gewiss, du bist ein guter Krieger, aber vielleicht nicht *so* gut.«

»Habe ich eine Wahl?«, seufzte Wolf. »Wenn ich versuche, diese verdammte Festung einzunehmen, könnte Cymbra verletzt werden. Daran hat Hawk wahrscheinlich schon gedacht.«

»Sieht so aus, als hätte er dich drangekriegt.« Dragon schlug seinem Bruder ermutigend auf die Schulter. »Mach dir keine Sorgen, ich werde mich hier draußen um alles kümmern.«

Einen kurzen Moment lang wunderte sich Wolf, dass sein Bruder ihn so bereitwillig in den Rachen des Todes gehen ließ, dann nickte er. Hawk erteilte den Wachtposten am Tor einen Befehl, worauf es aufschwang, um den Wikinger einzulassen. Die unzähligen Sachsen im Hof starrten ihn an, blieben jedoch auf Distanz, wohl wissend, dass sie einer Legende gegenüberstanden.

Hawk hingegen sprang von der Brustwehr herab und eilte zu seinem Schwager. Ohne sein Schwert zu ziehen, blieb er vor seinem Gast stehen und sprach aus, was seine Ehre und seine Vernunft geboten. Obwohl es ihm alles andere als leicht fiel, meisterte er die schwierige Aufgabe besser als erwartet. »Es war ein Fehler, Cymbra aus Sciringesheal zu entführen, und ich bitte Euch um Verzeihung.«

Entgeistert starrte Wolf ihn an. Er hätte sich niemals träumen lassen, dass der stolze Sachse sein falsches Verhalten zugeben und sich entschuldigen würde. Seine innere Anspannung ließ ein wenig nach. »Dann soll sie herauskommen, und wir segeln nach Hause!«, erwiderte er, noch immer auf dem Hof.

Hawk zögerte. »Vorher gibt es noch einiges zu besprechen – zum Beispiel das Bündnis. Das wolltet Ihr doch von Anfang an, oder? Habt Ihr Euch inzwischen anders besonnen?«

Noch vor wenigen Minuten hätte Wolf die Frage bejaht. Allein schon der Gedanke an ein Bündnis mit den Sachsen wäre ihm wie ein schlechter Scherz erschienen. Doch nun lagen die Dinge anders. Hawk hatte ihn in sein Haus eingeladen und sich entschuldigt. Also gebot es seine Ehre, die alte Feindschaft beiseite zu schieben und wenigstens zu versuchen, einen neuen Anfang zu wagen. »Nun, ich wäre bereit, darüber nachzudenken.«

»Ausgezeichnet!«, rief Hawk lächelnd und führte den Jarl zur Halle. »Hattet Ihr Schwierigkeiten hierher zu kommen?«, fragte er im Plauderton.

»Wie?« Die Silberaugen blinzelten.

»Nun, Ihr seid erstaunlich früh hier. Sicher sind die Seewege immer noch vereist.«

Gleichmütig zuckte Wolf die Achseln. »Wir sind um die Eisberge herumgesegelt.« Mit dieser lässigen Erklärung spielte er sein seemännisches Geschick herunter, das an sich schon legendär war.

»Sehr gut.« In der Halle gab Hawk den Dienstboten einige Anweisungen, die sich trotz ihrer Angst vor dem gefährlichen Wikinger anschickten, Erfrischungen zu kredenzen. »Essen wir zusammen und reden wir über unsere Differenzen.«

»Zuerst will ich Cymbra sehen.«

»So sehr ich es auch bedauere, im Augenblick ist sie nicht abkömmlich. Also reden wir.«

Hawk hatte bereits Platz genommen und wartete, dass sein Gast seinem Beispiel folgte. Ungeduldig riss Wolf den Helm von seinem Kopf, schleuderte ihn auf den Tisch und machte es sich bequem, während er das Bedürfnis bekämpfte, seinen Gastgeber in Stücke zu reißen. Was Cymbra betraf, konnte er nur annehmen, dass sie sich weigerte, ihren Ehemann wiederzusehen. Daraus konnte er ihr keinen Vorwurf machen. Und wenn er ihre Gunst zurückgewinnen wollte, war es ratsam, ihren Bruder am Leben zu lassen.

Ein kreidebleicher Diener schenkte Honigwein ein, wobei er ein paar Tropfen verschüttete. Doch das bemerkten die beiden Kriegsherrn nicht. Während sie tranken, musterten sie einander über die Ränder ihrer Kelche hinweg. Danach wurde eine Mahlzeit serviert, der Wolf jedoch keinerlei Beachtung schenkte. »Warum habt Ihr Cymbra aus Sciringesheal weggebracht?«

»Warum?«, stieß Hawk hervor. »Wie konnte ich sie zurücklassen, nachdem sie eine grausame Peitschenstrafe ertragen musste?«

»Sie wurde nicht verletzt«, presste Wolf zwischen den Zähnen hervor. »Das solltet Ihr inzwischen wissen.«

»Damals wusste ich es aber nicht.«

Ein erster Hoffnungsschimmer begann in seinem Inneren zu glimmen. »Und was war vorher, als Ihr vorgegeben habt, Ihr würdet abreisen, und zurückgekommen seid? Hat Cymbra Euch darum gebeten?«

»Nein, natürlich nicht!«, rief Hawk überrascht. »Sie hatte keine Ahnung. Und sie kam nur mit zum Schiff, weil ich ihr gesagt hatte, meiner Meinung nach könnte sie nur an Bord frei und ungezwungen sprechen.« Interessiert beobachtete er, wie alle Farbe aus dem Gesicht seines Gastgebers wich. »Stimmt etwas nicht?«, fragte er freundlich.

»Genau das hat Dragon vermutet ...«, erwiderte Wolf. »Obwohl er nur ihr Schwager ist, hat er ihr vertraut, während ich, ihr Ehemann, geglaubt habe ...«

»Was?«

Wolf atmete tief durch. »Dass ich sie verloren hätte.«

Voller Inbrunst dankte Hawk dem Schicksal, das ihn bislang vor den Qualen wahrer Liebe bewahrt hatte. »Das müsst Ihr beide unter Euch ausmachen. Doch zuerst muss ich König Alfreds Auftrag erfüllen und mit Euch über die Einzelheiten unseres Bündnisses verhandeln.«

Widerstrebend konzentrierte sich Wolf auf dieses bedeutende politische Problem. »Also ist er informiert?«

»Ja. Vor ein paar Monaten war ich am Hof von Winchester und erstattete dem König Bericht. Er ist sehr interessiert an diesem Bündnis, und er will sein Bestes tun, damit es zum Erfolg führt.«

Um keine weiteren Schwierigkeiten heraufzubeschwören, erwähnte Hawk nicht, dass er Alfred auch von dem gefälschten Brief erzählt hatte – der Antwort auf Wolfs Heiratsantrag und den Vorschlag eines Bündnisses. Nach Ansicht der Königs waren die Dänen dafür verantwortlich, doch die näheren Zusammenhänge mussten noch geklärt werden.

Die beiden Männer machten sich an die Arbeit. Die

Dienstboten brachten ihnen Pergament und Tinte, und als die Sonne im Westen versank, wurden Fackeln entzündet, während im Hof und vor den Mauern zwei Heere darauf warteten, ob Frieden einkehren oder ein Krieg ausbrechen würde.

Und oben im Turm kämpfte ein neues Leben darum, in der Welt willkommen geheißen zu werden.

Keuchend erduldete Cymbra jede neue Schmerzwelle. Jetzt folgten die Wehen so rasch aufeinander, dass sie sich dazwischen kaum noch erholen konnte. Krampfhaft presste sie und fürchtete, ihre Kräfte wären der schweren Aufgabe nicht gewachsen. So vielen Frauen sie auch im Kindbett beigestanden hatte – was eine Niederkunft bedeutete, wusste sie erst jetzt. Tief in ihrem Inneren spürte sie, wie der alte Instinkt, ein Leben zur Welt zu bringen, alles andere übertrumpfte – selbst den eigenen Überlebenswillen.

Als sich ihr Unterleib erneut verkrampfte, schrie sie zum ersten Mal seit vielen Stunden auf.

Unten in der Halle hörte Wolf den gellenden Schrei. Sofort sprang er auf, verließ den Tisch, auf dem der Entwurf des sächsisch-norwegischen Bündnisses lag, und stürmte zur Treppe, wo sich zwei bewaffnete Krieger ihm leichtsinnigerweise in den Weg stellten. Wolf stieß sie einfach beiseite und stürzte die Treppe hinauf, immer zwei Stufen auf einmal nehmend. Hinter ihm griff Hawk nach seinem Kelch und leerte ihn in einem Zug, ohne seine zitternde Hand zu beachten.

Als Wolf das oberste Stockwerk erreichte, hielt er inne. Er wusste nicht, in welche Richtung er sich wenden sollte, doch ein weiterer Schrei erklang und wies ihm den Weg. Atemlos lief er den Korridor entlang und riss die Tür am anderen Ende auf.

»Cymbra!«

Von qualvollen Wehen gepeinigt, starrte sie ihren Mann an, der ihr nach all den Monaten voller Sehnsucht in diesem Augenblick wie eine Vision erschien. Bedrohlich und bewaffnet – und trotzdem so wundervoll …

Dann streckte sie zitternd ihre Arme aus. »Wolf …«

Mit wenigen Schritten war er an ihrer Seite und erkannte bestürzt, was vor sich ging.

»Helft ihr, sich aufzurichten, Mylord«, wies Miriam ihn an. Trotz seiner Verwirrung war er geistesgegenwärtig genug, um zu gehorchen. Verzweifelt klammerte sich Cymbra an ihn, und er versuchte, ihr Kraft zu spenden. »Presst noch stärker, Mylady!«, befahl die alte Dienerin. Und Cymbra tat ihr Bestes.

Schrilles Gebrüll belohnte ihre Mühe.

Einige Sekunden später strahlte Miriam über das ganze Gesicht. Hastig säuberte sie den Säugling und überreichte ihn dem tief bewegten Vater. »Mylord, Ihr habt einen Sohn bekommen.«

Wolfs Knie fühlten sich so weich an, dass er sich klugerweise erst einmal auf die Bettkante sinken ließ, bevor er die kostbare Bürde entgegennahm.

Dann wanderte sein Blick von dem Baby in seinen Armen zu der Frau, die neben ihm lag. Von überwältigender Liebe erfasst, konnte er sich eine Zeit lang weder rühren noch etwas sagen, ja, er vermochte kaum zu atmen. Schließlich blickte er in Cymbras Augen und flüsterte das einzige Wort, das ihm angesichts dieses Wunders in den Sinn kam. »Danke.«

Müde und glücklich zugleich kämpfte sie mit den Tränen, richtete sich im Kissen auf und berührte die Wange ihres Mannes. »Ich danke dir«, wisperte sie.

Taktvoll wandte sich Miriam ab, um der jungen Familie ein paar ungestörte Augenblicke zu gönnen. Sie scheuchte die anderen Frauen aus dem Zimmer, dann eilte sie nach unten, um Lord Hawk zu unterrichten, dass er Onkel eines prächtigen kleinen Wikingers geworden war.

Derselbe Onkel ließ diskreterweise eine halbe Stunde verstreichen, ehe er an die Tür von Cymbras Zimmer klopfte. Die junge Mutter war eingeschlafen, und Wolf bedeutete ihm, einzutreten. Inzwischen hatte er sein Schwert und die Rüstung abgelegt und hielt, mit seiner Tunika bekleidet, seinen Sohn im Arm.

»Wie geht es Cymbra?«, fragte Hawk.

»Gut.« Aus diesem einen Wort sprach Wolfs ganze Erleichterung. »Sie ist sehr stark.«

Ein paar Minuten lang verharrten die beiden Männer in andächtigem Schweigen über das Wunder der Geburt. Dann musterte Hawk das Baby, das herzhaft gähnte. »Kräftiger kleiner Bursche.«

»Und eine fabelhafte Kombination«, meinte Wolf und grinste stolz. »Sachsen- und Wikingerblut.«

Hawk nickte. »Erzählt das Euren Freunden da draußen. Ich glaube, sie werden allmählich unruhig.«

Erst jetzt wurde dem Jarl bewusst, dass er sich schon seit Stunden in der sächsischen Festung aufhielt, und er wunderte sich, dass es seinem Bruder gelungen war, die Krieger so lange im Zaum zu halten. Hastig wickelte er das Baby in eine Decke und folgte seinem Schwager die Treppe hinab.

Als das Tor von Hawkforte aufschwang, blinzelten die Wikinger ins Licht der sinkenden Sonne. Am Firmament funkelten bereits die ersten Sterne.

Hoch aufgerichtet stand der nordische Wolf vor seinen Männern und den sächsischen Wachtposten auf den Zinnen und Türmen. Er streckte seine kraftvollen Arme in die Höhe, in denen das Neugeborene ruhte. »*Ich habe einen Sohn!*«, rief er so laut, dass alle ihn hören konnten.

Oben im Turmzimmer hallte das Jubelgeschrei der Krieger durch Cymbras Träume. Zufrieden schmiegte sie ihre Wange ins kühle Leinen des Kissens und lächelte.

26

Im Morgengrauen durchbrach ein schriller Schrei die Stille und riss Wolf aus dem Schlaf. Sofort sprang er aus dem Bett und ergriff sein Schwert, als ihm bewusst wurde, dass er keinem wahnwitzigen Feind gegenüberstand, sondern einer hageren Frau mit verzerrtem Gesicht.

»Wikinger!«, kreischte sie. »Möge uns der Himmel bewahren …«

»Was um alles in der Welt …«, murmelte Cymbra schläfrig, richtete sich auf und sah von ihrem erzürnten Ehemann zu ihrer tobsüchtigen Halbschwester. »Daria, das ist mein Gemahl, Lord Wolf Hakonson. Er ist Gast in diesem Haus, also solltest du ihn auch behandeln, wie es ihm gebührt.«

Mit glasigen Augen erwiderte die ältere Frau, in deren Mundwinkeln sich Speichel sammelte, Cymbras Blick. Stundenlang hatte sie sich eingeredet, nicht einmal ihr nichtsnutziger Bruder würde so weit gehen und Frieden mit den Wikingern schließen – nur weil diese dumme Kuh für einen dieser Teufel die Beine gespreizt und ihm einen Sohn geschenkt hatte. Doch es war geschehen, wie sie schließlich in ihrer blinden Wut erkannt hatte. Und so musste sie sich ihr Versagen eingestehen. Aber sie ließ sich keineswegs entmutigen, denn sie war klüger als alle anderen. Nur ein kleiner Fehlschlag, sagte sie sich, denn letzten Endes würde sie siegen. Doch um dieses Ziel zu erreichen, musste sie dafür sorgen, dass sie am Leben blieb. Und sie musste sich so schnell wie möglich dem forschenden Blick dieser blauen Augen entziehen, die sie in wachsender Verwirrung musterten.

»Ein *Gast*?«, schrie sie. »Hier? Genügt es nicht, dass die verdammten Wikinger zu Tausenden da draußen lagern? Müssen sie auch noch in die Festung eindringen?«

Cymbra zwang sich zur Geduld, was ihr dank ihrer überschwänglichen Freude nicht allzu schwer fiel. Es gelang ihr kaum, ihren Blick von Wolf abzuwenden. In der Nacht war er zu ihr zurückgekehrt und hatte das Baby in ihre Arme gelegt. Als er das Zimmer verlassen wollte, hatte sie ihn mit sanfter Stimme gebeten, bei ihr zu bleiben. Nach der langen Trennung brauchte sie ihn so dringend. Also hatte er neben ihrem Bett geschlafen, ohne sich auszukleiden. Irgendwann während der Nacht hatte er sie geweckt, damit sie den Säugling stillen konnte. Überglücklich hatten sie die ersten Stunden ihres Familienlebens genossen.

Doch nun drang die Außenwelt in ihre Idylle ein. »Bald werden wir *alle* Wikinger in Hawkforte begrüßen«, erklärte Cymbra ihrer Halbschwester mit ruhiger Stimme. »Hawk möchte die Geburt seines Neffen und das Bündnis feiern.«

»Unfassbar – Wikinger in unseren Mauern …«, jammerte Daria. »Und ein Fest? Unmöglich! Wie sollen wir so viele Leute bewirten? An alldem bist nur *du* schuld!« Sie starrte Cymbra mit zusammengekniffenen Augen an. »Wie lange willst du noch im Bett liegen? Steh auf und …«

Was immer sie noch sagen wollte, sollte Cymbra nicht hören, denn der wutentbrannte Wikinger neben ihr zeigte zur Tür. *»Hinaus!«*

Mit einem letzten verächtlichen Blick auf ihre Halbschwester suchte Daria das Weite, und Cymbra hatte sie augenblicklich vergessen.

Lächelnd sank sie in die Kissen. »Wie gut du das kannst …« Als er fragend die Brauen hob, fügte sie hinzu: »Erinnerst du dich an den Abend, als du die Frauen aus der Küche gescheucht hast?«

»O ja …« Zu ihrem Entzücken stieg ihm das Blut in die Wangen. Sie lachte und breitete die Arme aus.

Aber bevor er der Aufforderung folgen konnte, kam Miriam ins Zimmer geeilt. »Das genügt, Mylord! Nun muss ich mich um Mylady kümmern.« Forschend schaute sie den Jarl an. »Und falls ich mir die Bemerkung erlauben darf – auch Ihr könntet eine gründliche Säuberung vertragen.«

Kein bisschen verärgert über den gebieterischen Ton der alten Frau, berührte er seine Bartstoppeln, schnitt eine Grimasse und küsste Cymbras Stirn. »Ich komme bald wieder, *Elskling*.«

»So ein netter Mann«, murmelte Miriam, als die Tür hinter ihm ins Schloss fiel.

Nackt und verschwitzt saß Wolf auf einer glatten Holzbank und musterte sein Gegenüber. Im Grunde war Hawk kein schlechter Kerl, obwohl er immer noch Gedanken an Mord und Zerstörung in ihm heraufbeschwor. So besaß er zum Beispiel eine Sauna, von der er behauptete, sie würde der einzigen erfreulichen Sitte entsprechen, die er von den Dänen übernommen habe. Außerdem musste Wolf zugeben, dass er an Hawks Stelle ebenso gehandelt hätte. Und er war Cymbras Bruder. Ihr zuliebe und zum Wohl beider Völker mussten sie sich vertragen.

»Dank unseres Bündnisses werden wir den Dänen wesentlich besser Widerstand leisten können als bisher«, bemerkte Wolf. »Aber das genügt nicht.«

Hawk griff nach der Kelle und goss Wasser auf die glühenden Steine. Verblüfft und erleichtert erkannte er, wie gut er sich plötzlich mit dem Entführer seiner Schwester verstand, obwohl ihn der Begriff »Liebe« noch immer verwirrte, deren Existenz er bis vor kurzen zweifellos verleugnet hätte. Doch nun musste er sich eingestehen, dass sie in diesem besonderen Fall Wunder gewirkt hatte.

»Eine engere Verbindung zwischen unseren Völkern würde unsere Sicherheit noch vergrößern«, fuhr Wolf fort.

Gewiss, das klang vernünftig. »Wir sollten mehr Handel treiben«, schlug Hawk vor.

»Allerdings«, stimmte Wolf zu. »Aber ich dachte an etwas anderes.« Nach einer wirkungsvollen Pause betonte er: »Du bist nicht verheiratet.«

Hawks breite Schultern versteiften sich. »Vor ein paar Jahren war ich verheiratet, doch dann ist sie gestorben. Und das hat mir gereicht.«

»Tut mir Leid, aber du musst weiterleben, trotz des schweren Verlustes.«

»Du hast mich missverstanden. Wir standen uns nicht sehr nahe, ganz im Gegenteil. Wie mich jene Erfahrung gelehrt hat, bin ich nicht für die Ehe geschaffen.«

Dragon lag auf seiner Bank und ließ die Hitze die Folgen des Zechgelages, mit dem die Wikinger und die Sachsen die Geburt seines Neffen einträchtig gefeiert hatten, aus seinem Körper saugen. Nun hob er den Kopf. »Nimm dich ja in Acht, Hawk!«, warnte er. »Lass dir von ihm nichts anderes einreden. Was dieses Thema betrifft, waren seine Ansichten früher durchaus vernünftig. Doch das hat sich geändert. Wenn wir nicht aufpassen, wird er bald alle seine Krieger verheiraten.«

»Nicht alle«, protestierte Wolf belustigt. »Nur euch beide.«

»Uns beide?«, wiederholte Dragon, der davon ausgegangen war, Wolfs Vermittlungsversuche würden sich auf ihren Gastgeber beschränken.

»Bei mir wird er kein Glück haben«, spottete Hawk. »*Eine* Ehe hat mir vollauf genügt.«

Doch Wolf ließ sich nicht beirren. »Was wäre denn vernünftiger? Wenn Hawk eine Wikingerin zur Frau nimmt, und du, Dragon, eine Sächsin, ist das Bündnis dreifach gesichert. Zweifellos wäre König Alfred damit einverstanden. Übrigens habe ich ihn bereits darauf hingewiesen.«

Hawk starrte ihn ungläubig an. »Was meinst du damit?«

»Nun, ich habe ihm einen Brief geschickt, in dem ich meinen Plan erklärte.« Das unverhohlene Entsetzen des Sachsen entschädigte Wolf ein wenig für den Kummer, den ihm Cymbras Verlust bereitet hatte. »Zu spät!«, rief er fröhlich, als Hawk aufsprang und zur Tür eilte, um den Boten aufzuhalten. »Der Mann ist schon im Morgengrauen weggeritten. Du kannst ihn nicht mehr einholen.«

Vorerst erwähnte er nicht, dass er den König im selben Brief um Hilfe bei der Aufklärung jener Intrige gebeten hatte, in deren Folge sein Heiratsantrag nicht in Hawks Hände geraten und eine gefälschte Nachricht nach Sciringesheal gelangt war. Wenn derjenige, der die Verantwortung dafür trug, auch keinen Erfolg erzielt hatte, musste er zumindest an weiteren Ränkespielen gehindert werden.

Langsam sank Hawk auf die Bank zurück und starrte Wolf ungläubig an. »Vielleicht ist Alfred gar nicht so begeistert von dieser Idee ...« Aber noch während er sprach, wusste er, dass jede Hoffnung zwecklos war. Natürlich würde Alfred ein dreifaches Bündnis begrüßen, das ihm half, die Dänen in Schach zu halten. Hawk hatte dem König Treue geschworen. Und wenn Alfred ihm befahl, einen Wikingerin zu heiraten, würde er wohl oder übel gehorchen. Eine Fremde, die er wahrscheinlich nicht einmal selbst aussuchen durfte ... Beklommen blickte er ins Leere.

»Odin sei Dank, *ich* bin nicht an einen sächsischen Lehnsherren gebunden!«, stieß Dragon hervor.

»Du hast Recht«, bestätigte Wolf. »Aber Alfred ist ein Mann, den man nicht verärgern sollte.« Er warf seinem Bruder einen viel sagenden Blick zu. »Und das gilt auch für mich.«

Entgeistert schüttelte Dragon den Kopf. »Das ist also dein Dank? Erstens habe ich dir klar gemacht, was wirklich zwischen Cymbra und dem da ...« Er zeigte auf Hawk. »... vorgefallen ist. Und zweitens habe ich dir aus Mitleid ihre Schwangerschaft verschwiegen, damit du nicht den Verstand verlierst, solange die Seewege nicht passierbar waren. Und nun vergiltst du mir das alles auf *diese* Weise?«

Wolf sprang so abrupt auf, dass er mit dem Kopf beinahe gegen die Deckenbalken prallte. »*Was* hast du getan?«

»Woher hast du das gewusst, Dragon?«, fragte Hawk, während er voller Schadenfreude das Mienenspiel des wütenden Jarls beobachtete.

»Brita hat es mir erzählt, die junge Irin. An jenem Tag belauschte sie dein Gespräch mit Cymbra hinter dem Stall. Du hast gesagt, du würdest nur an die Liebe deiner

Schwester zu meinem Bruder glauben, wenn sie ohne Zwang erklärte, was sie empfindet. Deshalb wolltest du sie auf dein Schiff bringen. Brita versuchte einzugreifen, aber einige Frauen hielten sie zurück, um sie vor ihrer eigenen Kühnheit zu bewahren. Sicher kannst du dir vorstellen, wie ihr zu Mute war – vor allem, weil sie ziemlich sicher war, dass Cymbra ein Kind erwartete.«

Abrupt sank Wolf auf die Bank zurück. »Also wusstest du von ihrem Zustand?«

»Ich wusste, dass es ziemlich sicher so war. Jedenfalls schwor mir Brita, Cymbra habe nichts geahnt, was ihr allerdings ziemlich seltsam vorkam, weil Cymbra doch so viel von der Heilkunde versteht.«

»Seltsam«, wiederholte Wolf tonlos. Nachdem er eine Zeit lang nachgedacht hatte, konnte er seinem Bruder nicht mehr zürnen. Hätte er Bescheid gewusst, wäre er womöglich mitten im Winter aufgebrochen und hätte sein Leben und das seiner Krieger gefährdet ... Davor hatte Dragon ihn bewahrt, und er würde ihm dafür danken. Eines Tages ...

»Brita war ganz krank vor Sorge«, murmelte Lord Dragon.

»Und sie hat sich ausgerechnet *dir* anvertraut?«

»Nun ja, die Frauen mögen mich.« Dragon lächelte bescheiden. »Ein Fluch, den ich tapfer ertrage ...«

Hawk brach in Gelächter aus, das jedoch augenblicklich verstummte, als er Wolfs gerunzelte Stirn sah. »Inzwischen hat sich alles zum Guten gewendet!«, sagte er hastig.

Langsam verzog sich Wolfs Gesicht zu einem breiten Grinsen, und er verschränkte die Arme hinter dem Kopf. »Zweifellos, zumindest für mich. Jetzt muss ich nur noch für *Euer* Glück sorgen.«

Trotz der Hitze in der Sauna wechselnden Hawk und Dragon einen Blick voll kaltem Entsetzen, den Wolf amüsiert zur Kenntnis nahm.

Bester Laune kehrte er zu seiner Frau zurück.

Er traf Cymbra in ihrem Zimmer an. Frisch gebadet, in einem hübschen Kleid, das Haar geflochten, hielt sie das Baby im Arm und schenkte ihrem Mann ein Lächeln, das sein Herz gestohlen hätte, würde es ihr nicht schon längst gehören.

Bewundernd schaute sie zu ihm auf. Der wilde Wikinger-Krieger vom Vortag war verschwunden. Er hatte sich sorgfältig rasiert und ein Bad genommen und sah in seiner violetten Tunika mit goldenen Borten majestätischer aus denn je. Das dichte, ebenholzschwarze Haar hatte er im Nacken zusammengebunden, wodurch seine markanten Züge noch deutlicher hervortraten. An seinen Armen glänzten goldene Reifen und an seinem Hals prangte das Wolfsemblem. Unwillkürlich berührte sie ihre eigene Kehle. Als er diese Geste sah, grinste er und zog ein Holzkästchen hinter dem Rücken hervor. »Suchst du *das* hier?«

Erfreut öffnete sie die Schatulle und erblickte ihre Juwelen, darunter auch das Halsband, das er ihr zur Hochzeit geschenkt hatte. Mit bebenden Fingern griff sie danach. Wolf nahm es ihr aus der Hand und legte es um ihren schlanken Hals. Rubinrot funkelten die Wolfsaugen in der Morgensonne.

Plötzlich erwachte das Baby und hob die Lider. In seinen leuchtend blauen Augen, die es von der Mutter geerbt hatte, glänzten silbergraue Punkte. Ernst blickte der Kleine zu seinem Vater auf, und Wolf berührte sein winziges

Händchen. Zu seinem Entzücken packte sein Sohn einen Finger und hielt ihn fest. »Kräftiger kleiner Racker ...«

»... der dringend einen anderen Namen braucht«, tadelte seine Frau und lächelte ihre beiden geliebten Männer an. »Wollen wir ihn Hakon nennen?«

Nach seinem Großvater ... Tief gerührt nickte Wolf und fing an zu lachen, als das Baby unmissverständlich seine Meinung kundtat. »Vielleicht sollten wir meinen Erben Lion nennen, nach dem Löwen. Zweifellos macht er dem König aller Tiere mit seinem Gebrüll alle Ehre.«

Cymbra, noch immer etwas nervös, weil all das noch neu für sie war, legte das Baby an ihre Brust. Suchend glitt der kleine Mund über ihr weiches Fleisch und fand sein Ziel. Zur Erleichterung der liebevollen Eltern trat tiefe Stille ein.

»Erstaunlich«, murmelte Hawk ein paar Tage später, während er in der Kapelle beobachtete, wie sein Neffe getauft wurde. Sobald das Weihwasser die kleine Stirn benetzte, erklang ein ohrenbetäubendes Gebrüll, das Bruder Joseph veranlasste, die Gebete möglichst schnell zum Ende zu bringen. Zur maßlosen Erleichterung aller anwesenden Wikinger und Sachsen übergab der Mönch den Säugling sofort wieder seiner Mutter. Nach einem letzten Schrei, der sogar seinen hartgesottenen Vater erschütterte, beruhigte sich der kleine Hakon.

»Was für kräftige Lungen«, meinte Bruder Joseph taktvoll, nachdem die Zeremonie beendet war.

»Und eine sehr schöne Taufe«, versicherte Cymbra, die auf den Armen ihres Mannes lag. Erst nachdem sie eingewilligt hatte, dass er sie trug, hatte er ihr erlaubt, an der Taufe teilzunehmen. »Vielen Dank, Bruder Joseph.«

»Freut mich, dass ich mich nützlich machen durfte, Mylady«, beteuerte der junge Mönch. »Heute konnte ich eine viel angenehmere Pflicht erfüllen, als Euch zur Rückkehr nach Sciringesheal zu bewegen. Deshalb musste ich den Jarl nämlich begleiten. Glücklicherweise war der Auftrag überflüssig.«

Auch Cymbra war entzückt, dass Wolf den Geistlichen mit auf die Reise genommen hatte – aus welchem Grund auch immer. Denn sie zog den jungen Mann Hawks mürrischem Hauspriester bei weitem vor. Zweifellos stand Vater Elbert irgendwo in der Menge mit Daria an seiner Seite, die ihm im Charakter verblüffend glich. Da Bruder Joseph die Trauung in Sciringesheal vorgenommen hatte, war es Cymbra nicht schwer gefallen, ihr Gewissen zu besänftigen, dass sie Vater Elbert übergangen und die Taufe dem jungen Mönch übertragen hatte.

Zu Ehren der Zeremonie und des Bündnisses zwischen den Sachsen und Wikingern wurde ein weiteres Fest veranstaltet. In der großen Halle fanden die zahlreichen Gäste keinen Platz, deshalb hatten die Dienstboten auch im Hof Tische aufgestellt, die unter den üppigen Speisen ächzten. Nicht zuletzt war die verschwenderische Fülle dem Proviant zu verdanken, den Wolf im Laderaum seines Schiffs verwahrt hatte, um sich für eine eventuelle Belagerung von Hawkforte zu rüsten.

Nun setzte er seine Frau auf einen Stuhl an der Haupttafel, ehe er sich an ihrer Seite niederließ. Links und rechts der beiden nahmen Dragon und Hawk Platz. Wenig später eilten die Gäste herbei, um die jungen Eltern zu beglückwünschen. Sie entstammten allen Teilen Sachsens, auch der königlichen Provinz Wessex, aus der Alfred seine Repräsentanten geschickt hatte. Auch die Lords aus Mercia,

Udell und Wolscroft waren angereist. Cymbra entsann sich vage, dass Letzterer mit Darias verstorbenem, nicht allzu schmerzlich betrauerten Ehemann befreundet gewesen war, und so überraschte es sie nicht sonderlich, die beiden in ein Gespräch vertieft zu sehen. Nachdem sie mit den zahllosen Lords und Ladys bekannt gemacht worden war, fragte sie sich, ob sie sich all die Namen je merken würde.

Zu ihrer Verblüffung wollten die Leute nicht nur den nordischen Wolf kennen lernen, sondern auch ihre Neugier befriedigen, die seiner sächsischen Gemahlin galt. Wie sie dem eifrigen Getuschel entnahm, hatten sie alle von ihrem abgeschiedenen Leben auf Holyhood und der Entführung inzwischen gehört. Normalerweise hätte der Ansturm dieser Gefühle ihre Seele ermüdet, doch an Wolfs Seite fühlte sie sich so stark, dass sie das Fest in vollen Zügen genießen konnte.

Als sie Olaf entdeckte, winkte sie ihn lächelnd zu sich. Seit Tagen wusste sie, dass auch er in der Festung war, obwohl er ihr bis jetzt aus dem Weg gegangen war.

Er trat widerstrebend näher und zuckte verwirrt zusammen, als sie seine schwielige Hand ergriff. Augenblicklich spürte sie die tiefe Sorge, von der sie ihn befreien musste. »Wie schön, Euch wiederzusehen! Hoffentlich werdet Ihr auch meinem Sohn mit Eurem weisen Rat zur Seite stehen, so wie meinem Mann.«

In seinen Augen schimmerte es verdächtig. »Vielen Dank, Mylady.«

Wolf, der das kurze Gespräch belauscht hatte, erhob sich. Vor den Augen der ganzen Gesellschaft umarmte er den alten Krieger, ließ einen Stuhl bringen und bat Olaf, neben ihm Platz zu nehmen. Der dankbare Blick, den ihr

ihr Ehemann zuwarf, sagte Cymbra, wie froh er darüber war, dass sie dem alten Wikinger nicht dafür zürnte, dass er an jenem Tag die Peitsche geschwungen hatte.

Bis in die Nacht dauerte das Fest, doch schon bald trug der nordische Wolf seine geliebte Frau die Treppe hinauf. Während der Lärm des Zechgelages ins Turmzimmer drang, lag er auf einen Ellbogen gestützt neben ihr im Bett, und bewachte ihren Schlaf – erfüllt von ihrer Liebe zueinander und dem Glück, ein gemeinsames Kind zu haben.

Seit er in früher Jugend Waise geworden war und verzweifelt vor den Ruinen seines Lebens gestanden hatte, war er voller Zorn und Trauer gewesen. Obwohl er dagegen angekämpft und beschlossen hatte, an die Zukunft zu denken und die Vergangenheit zu vergessen, war es ihm nicht gelungen. Erst jetzt, in der Stille des Turmzimmers, spürte er nichts mehr von jenem Kummer.

Zärtlich streichelte er die Wange seiner Frau, die vollen Lippen und die zarte Haut an ihrem Hals, unter der der Puls ihres Lebens schlug. Bei ihrer ersten Begegnung hatte er sie für ein überirdisches Wesen gehalten, doch nun wusste er es besser. Sie war ein Mensch, eine vollkommene Frau, mit jener mysteriösen Macht ausgestattet, die in seinem bisherigen Leben gefehlt hatte.

Aus Rachsucht hatte er sie entführt und zur Ehe gezwungen, um das Bündnis zu erreichen. Und sie hatte mit ihrer Liebe, ihrem Mut und ihrer Großzügigkeit das Leid der Vergangenheit aus seinem Herzen verbannt und ihm eine hoffnungsvolle Zukunft geschenkt. Cymbra, die Heilkundige, hatte ihm zur Genesung verholfen.

Und jetzt würden sie, in unsterblicher Liebe vereint, ihren beiden Völkern den ersehnten Frieden bringen.

Wikinger der Liebe

Für MM und KT,
die mir immer wieder Beine machten

1

In der staubigen Sommerhitze donnern Hufe auf der festgestampften Straße. Sand fliegt hoch empor, das Meer spiegelt das grelle Sonnenlicht wider, während die Reiter zu der stolzen Festung galoppieren. An diesem Tag haben sie die Gunst der Jagdgöttin genossen. Über den schweißnassen Hinterhänden der Pferde hängen Eber und Hirsche, ihr Blut tropft auf das durstige Erdreich. Freudenschreie hallen durch den Hof, heißen den Herrn der Festung willkommen und bejubeln die Beute.

Lord Hawk, der Herr von Hawkforte, schwingt sich aus dem Sattel und übergibt die Zügel seines Schlachtrosses einem Stallburschen. Kräftig gebaut, mit breiten Schultern, überragt er alle anderen Männer. Stets wachsame himmelblaue Augen beherrschen das markante Gesicht, und sein geschmeidiger Gang verrät den geborenen Krieger. Nach der abwechslungsreichen Jagd fühlt er sich angenehm ermüdet. Und er ist froh – wenn er es auch nicht eingestehen würde –, weil ein weiterer Tag verstrichen ist, ohne dass seine Braut angekommen ist.

Seufzend denkt er an die unbekannte, unerwünschte Braut und fährt mit allen Fingern durch sein dichtes kastanienbraunes Haar, das sich im muskulösen Nacken kräuselt. Ein Mann in seiner Position muss heiraten, um Söhne zu zeugen. Das weiß er, deshalb findet er sich widerstrebend damit ab. Aber er hätte es vorgezogen, seine künftige Gemahlin selbst zu wählen. Stattdessen wird er eine fremde Frau zum Altar führen – das Friedenspfand, das die Sachsen und Norweger im Kampf gegen die habgierigen Dänen vereinen soll.

Aus diesem Grund hat seine Schwester, die schöne Lady Cym-

bra, den mächtigen norwegischen Jarl Wolf Hakonson geheiratet. Um des Friedens willen darf Hawk nicht zögern, ihrem Beispiel zu folgen. Doch er bezweifelt, dass ihn ein ähnliches Eheglück erwartet, wie es seine Schwester an der Seite des Mannes genießt, den man einst die Geißel der Sachsen genannt hat.

Hoffentlich wird er seine Braut einigermaßen ertragen können. Das kann er erst beurteilen, wenn sie zu erscheinen geruht. Offensichtlich hat sie es nicht eilig. Wie auch immer, diesen Tag hat er noch genossen.

»Mylord…«

Hawk drehte sich zu seinem Verwalter um, der den Hof durchquerte. Trotz der hastigen Schritte schob der Mann eine Schulter nach hinten, als wollte er notfalls möglichst schnell die Flucht ergreifen. Ist es schon so weit gekommen, dass meine eigenen Leute mein Temperament fürchten, überlegte der Herr von Hawkforte. Bin ich so unberechenbar geworden? Er bezwang ein Seufzen und wünschte, dieser Eindruck würde ihn täuschen. Denn eine solche Schwäche würde seinen Stolz ebenso verletzen wie seinen Gerechtigkeitssinn.

»Was gibt's, Edvard?«, fragte er betont freundlich. Die Freude an der erholsamen Jagd verflog bereits, er kehrte in den Alltag zurück, wo er Entscheidungen treffen, Urteile fällen und Kompromisse schließen musste. In der Festung, ihrer unmittelbaren Umgebung und auf seinen ausgedehnten Ländereien lebten viele tausend Menschen, die sich auf einen weisen Herrscher verlassen wollten. Gegen seine Pflichten hatte er sich niemals gesträubt. Sie bedeuteten ihm sogar sehr viel. Aber manchmal lasteten sie bleischwer auf seinen Schultern. An diesem schönen, sonnigen Tag sehnte er sich nach einem beschaulicheren Zeitvertreib. Wie wundervoll wäre es, an einem Bach zu sitzen, zu angeln und zu hoffen, dass keine Fische anbeißen, die seine Aufmerksamkeit erfordern würden. Am erfreulichsten wäre es, ein solches Zwischenspiel mit jemandem zu teilen, der nichts weiter verlangte als seine Gesellschaft. Aber so romantische Gedanken gingen ihm nur selten durch den Sinn und wurden meist sehr schnell von der Realität verscheucht.

Während der Verwalter erkannte, dass sein Herr wider Erwarten zugänglich war, entspannte er sich. Er war noch jung für seine gehobene Stellung, die er nicht seiner Herkunft, sondern seiner Tüchtigkeit verdankte. Diesen Posten wollte er auf jeden Fall behalten. »Heute sind drei Dienstboten Eurer Braut Lady Krysta eingetroffen, Mylord«, erklärte er und wies auf ein Trio, das vor der Schmiede stand, einem der vielen kleinen Gebäude an den Innenmauern der Festung. In seiner Geste und seinen bebenden Nasenflügeln drückten sich Gefühle aus, die der ernsthafte Edvard selten zeigte. Für einen so unerschütterlichen Mann bildeten Erstaunen, Sorge und Verwirrung eine beachtliche emotionale Vielfalt.

Hawk schaute zu der kleinen Gruppe hinüber. Zuerst musterte er einen kleinen, stämmigen, bärtigen Mann mit gebeugten Schultern, langem dunklem Haar und pechschwarzen Augen. Neben ihm stand eine ältere Frau, ganz in Schwarz gekleidet, ebenfalls dunkelhaarig, mit spitzer Nase. Teilweise verdeckten die beiden eine viel jüngere, zierlich gebaute, schwarzhaarige Frau mit elfenhaften Zügen. In ihren Augen, die Hawks Blick erwartungsvoll erwiderten, tanzte ein seltsames Licht.

Trotz der Entfernung fand er, die Farbe dieser Augen würde einem bewaldeten Tal im Hochsommer gleichen. Beinahe glaubte er, kühles Moos zu spüren, kristallklares Wasser über Steine plätschern zu hören, den Duft von Veilchen zu riechen, ins Haar einer Frau mit milchweißer Haut gewunden …

Ärgerlich verdrängte er das Fantasiebild. Das Mädchen stand viel zu weit weg, um solche Tagträume heraufzubeschwören. Und doch – eine Zeit lang war er so fasziniert gewesen, dass er alles andere vergessen hatte.

Wie absurd. Sie war nur eine Dienerin, nichts Besonderes. Obendrein sah sie etwas unordentlich aus. Es gab keinen

Grund, warum sie ihn interessieren sollte. Aber nun starrte er schon wieder in die grünen Augen, und das süße, zauberhafte Lächeln erinnerte ihn – woran? Er hatte es nur ganz kurz gesehen, bevor es erlosch und den flüchtigen Eindruck eines Gewässers hinterließ, das in der Sonne funkelte.

Einfach lächerlich. Er wandte seinen Blick ab, schaute noch einmal hin, ertappte sich dabei und runzelte die Stirn. Offenbar sah sie seine Verwirrung, denn sie duckte sich und verschwand hinter den beiden anderen Dienstboten.

Er war müde. Daran musste es liegen. Bis vor vierzehn Tagen hatte er sich am Hof aufgehalten. Das zehrte immer an seinen Kräften. Nach seiner Heimkehr hatten ihn dann zahllose Geschäfte beansprucht. Außerdem hing die verdammte Heirat wie ein Damoklesschwert über seinem Kopf.

Zu spät entdeckte er seine scharfzüngige Halbschwester, die mit der Anmut und Diskretion einer missgelaunten Ziege herbeieilte. Hawk dachte kurzfristig an die raffgierige dänische Brut, der er in diesem Moment viel lieber gegenübertreten würde, und wappnete sich gegen ihren üblichen Wortschwall.

»Also wirklich, das schlägt dem Fass den Boden aus!«, kreischte Daria. »Nicht genug damit, dass wir uns fragen müssen, wann Lady Krysta uns endlich beehren wird, jetzt mutet sie uns auch noch zu, an ihrer Stelle diese Dienerschaft zu begrüßen!« Empört spähte sie über die Schulter. Dann richtete sie ihr Augenmerk wieder auf den Halbbruder, der sekundenlang die Lider senkte und sich um die unerreichbarste aller Tugenden bemühte – Geduld.

Zehn Jahre älter als Hawk, müsste Daria eigentlich ihr eigenes Haus bewohnen. Darin würde sie auch leben, wäre ihr Ehemann nicht so töricht gewesen, Alfred of Wessex zu bekämpfen, während der tapfere Krieger und allseits bewunderte Gelehrte ein Bündnis mit den Britanniern gegen die Dänen angestrebt hatte. Prompt verwitwet, machte Daria keinen Hehl aus ihrem Hass auf alle Menschen, die ihr verweigerten, was sie für ihr

Recht hielt. Dazu zählte sie auch ihren Bruder, obwohl er sie in seiner Festung aufgenommen hatte. Immerhin führte sie ihm gewissenhaft den Haushalt und war vernünftig genug, um ihn nicht allzu oft mit ihren Klagen zu belästigen. Aber an diesem Tag besiegte heller Zorn ihre Vorsicht.

»Was bildet sie sich eigentlich ein? Wieso schickt sie ohne Vorwarnung drei Leute zu uns?« Ihre Hände in die Hüften gestemmt, starrte sie ihn an. »Hat sie nicht bedacht, welche Unannehmlichkeiten sie uns bereitet? Warum sind sie überhaupt hier? Glaubt sie, auf Hawkforte würde es an Dienstboten mangeln und wir wären so arm dran wie die Barbaren im Norden?«

Bei jeder Frage klang ihre schrille Stimme noch lauter. Zuletzt schrie sie geradezu. Hawk war ein nachsichtiger Mann. Aber seine Großzügigkeit hatte ihre Grenzen. Um seine Autorität zu wahren, musste er der wütenden Frau Einhalt gebieten.

»Hüte deine Zunge, Daria, dein Gezeter missfällt mir. Bring die Leute irgendwo unter – und beeil dich.«

Etwas verspätet erinnerte sie Hawks eisiger Blick an seinen Willen, den er überall und ausnahmslos durchsetzte.

Doch sie verbarg ihren Groll noch immer nicht, als er den kleinen, stämmigen Neuankömmling zu sich winkte. Nun betrachtete er den Diener etwas genauer. Mit seinen krummen Beinen und den hängenden Schultern glich der Mann einem Troll. Irgendwie erweckte er den Eindruck, er wäre es gewohnt, unter Brücken zu lauern und nichts ahnende Reisende zu überraschen. Nach dem glitzernden Blick unter den buschigen Brauen zu urteilen, konnte man ihm solche Bosheiten durchaus zutrauen.

»Mylord, ich bin Thorgold«, stellte er sich vor, »Lady Krystas Diener.«

»Bedeutet deine Ankunft, dass Lady Krysta uns bald mit ihrer Gegenwart beglücken wird?«

Die meisten Männer hätte Hawks bissiger Unterton bewogen, einen Schritt zurückzuweichen. Aber Thorgold zuckte nur die Achseln und breitete die knotigen Hände aus. »Sie kommt, wenn sie kommt, Mylord.«

Offenbar hielt er diese Antwort für ausreichend, und Hawk begnügte sich damit. An diesem sonderbaren kleinen Kerl wollte er seinen Ärger nicht auslassen.

Er gab das Trio in die Obhut seiner Schwester. Bevor er sich wieder zu Edvard wandte, beobachtete er die junge Frau, die Daria und den beiden anderen Dienstboten durch den Hof folgte. Dabei drehte sie sich zu ihm um und begegnete seinem Blick. Erschrocken stolperte sie, fand nur mühsam ihr Gleichgewicht wieder und senkte zerknirscht den Kopf, was ihn aus unerfindlichen Gründen belustigte.

Bis er verstand, warum sein Verwalter so verdutzt dreinschaute, dauerte es eine Weile. Edvard hatte seinen Herrn lange nicht so lachen hören. Ein höchst ungewöhnliches Ereignis …

Dieses Gelächter erwärmte Krystas Blut und jagte einen eigenartigen Schauer über ihren Rücken, während sie hinter Thorgold, Raven und der mürrischen Frau zum Dienstbotenquartier ging. Natürlich durfte sie nicht wagen, noch einmal über die Schulter zu schauen, obwohl die Versuchung fast unwiderstehlich war. Gerade noch rechtzeitig siegte ihre Vernunft, auf die sie sehr stolz war.

Noch nie hatte sie einen so großen Mann gesehen, ausgenommen den mächtigen Jarl von Sciringesheal, bei jener kurzen Begegnung vor ein paar Monaten. Wolf Hakonson war ins Haus ihres Halbbruders gekommen, um mit ihm zu sprechen. Ohne zu erfahren, zu welchem Zweck, wurde Krysta auf den Familiensitz beordert, den sie zum ersten Mal besuchte. Ein paar Wochen später hatte man ihr mitgeteilt, sie würde Wolfs Schwager heiraten, einen gefürchteten sächsischen Lord namens Hawk.

Er besitzt die Augen eines Raubvogels, dachte sie. Aber wenn er lacht … Ein Lächeln umspielte ihre vollen Lippen unter der zierlichen Stupsnase. Seit Lord Hawk gelacht hatte, glaubte sie beinahe, ihre Vorsichtsmaßnahmen wären überflüssig. Aber als kluge Frau verwarf sie diesen Gedanken. Erst wollte sie sich Gewissheit verschaffen, ehe sie dem Wunsch nachgab, das schwache Glücksgefühl in ihrem Herzen wachsen zu lassen.

Zunächst musste sie sich vor den stechenden Augen und der scharfen Zunge Lady Darias schützen, die anscheinend den Haushalt führte. Dieser formidablen Frau ging man besser aus dem Weg.

Daria führte die drei durch den Hof zu einem lang gestreckten, niedrigen Bauwerk aus gespaltenen, mit Mörtel zusammengefügten Baumstämmen und einem spitzen Strohdach. Im Vergleich zu den bemalten, mit kunstvollen Schnitzereien geschmückten norwegischen Gebäuden wirkte das Dienstbotenquartier äußerst bescheiden.

Als Krysta eintrat, brauchte sie eine Weile, um ihre Augen nach dem hellen Sonnenschein an das Dunkel zu gewöhnen. Da die gesamte Dienerschaft ihre Pflichten anderswo erfüllte, herrschte hier gespenstische Stille. Nur das leise Summen einer Biene war zu hören. Die Binsen, die den festgestampften Erdboden bedeckten, verströmten einen trockenen, staubigen Geruch.

Aufmerksam sah sie sich um. In der Mitte der Halle stand ein großer steinerner Herd, unter einem Rauchabzug, den rußgeschwärzte Balken umgaben. An den Längsseiten des rechteckigen Raums reihten sich Alkoven mit Vorhängen aneinander, offenbar die Schlafplätze der Dienstboten. Tagsüber waren die Vorhänge geöffnet und enthüllten eine spärliche Einrichtung.

»Da könnt ihr zwei euer Bettzeug hineinbringen.« Daria zeigte auf einen leeren Alkoven. »Und du«, fuhr sie an Thorgold gewandt fort, »gehst zur Männerhalle. Sie liegt auf der anderen Seite des Hofes. Da wirst du schlafen. Haltet eure Unterkunft sauber, findet euch pünktlich zu den Mahlzeiten ein und erfüllt alle Aufgaben, die man euch zuteilt. Habt ihr mich verstanden?«

Die schwarz gekleidete Raven öffnete den Mund, um zu antworten. Aber Thorgold kam ihr zuvor. »Gewiss, Mylady, wir werden Euch keine Schwierigkeiten bereiten.«

»Das würde ich euch dringend empfehlen. Da eure Herrin immer noch durch Abwesenheit glänzt, setzt sie sich ohnehin schon in ein miserables Licht. Wäre mein Bruder geneigt, auf mich zu hören, würde er niemals eine Ehe eingehen, die unter einem so schlechten Stern steht. Bis zu seinem Lebensende wird er's bereuen.«

Nachdem Daria ihre Meinung geäußert hatte, verließ sie das Gebäude – keine Sekunde zu früh. Thorgold hatte Raven nur mühsam zurückgehalten. »Beruhige dich, sie spielt keine Rolle. Vergiss sie.«

»Leichter gesagt als getan als getan …«, murmelte Raven. Entrüstet rang sie nach Luft. »Am liebsten würde ich ihr die Leber aus dem Leib reißen. Aber dieses widerliche Ding strotzt wahrscheinlich vor Galle und Eiter.«

Lachend legte Krysta die Arme um die Schultern ihrer Freunde. Den beiden war es sehr schwer gefallen, mit ihr hierher zu reisen. Trotzdem hatten sie sich dazu durchgerungen und wieder einmal bewiesen, wie treu sie der geliebten Herrin dienten, seit sie auf die Welt gekommen war. Diese Liebe erwiderte sie von ganzem Herzen.

Sie schob den Gedanken an den ersten verwirrenden Eindruck, den sie von Lord Hawk gewonnen hatte, beiseite. Die Nase gerümpft, schaute sie sich um. »Machen wir's uns erst mal gemütlich. Wenigstens sollten wir's versuchen.«

Thorgold nickte grinsend und verschwand. Wenig später kehrte er mit dem ersten Teil des Gepäcks zurück. Während er hin und her eilte, machten die Frauen den Alkoven sauber und sorgten für Ordnung. Zumindest tat Krysta ihr Bestes. Wenn es darum ging, einen Raum wohnlich zu gestalten, konnte sich niemand mit Raven messen. Geschäftig lief sie dahin und dorthin. Beinahe erweckte sie den Anschein, sie wäre überall gleichzeitig, und innerhalb einer knappen Stunde verwandelte sie den Alkoven in ein gemütliches Heim.

Nirgendwo lag mehr Staub, zwei Holzbetten, Stühle und ein Tisch waren aufgestellt worden. Als Thorgold die letzte Fracht hereinschleppte, schaute er sich zufrieden um. »Dabei sollten wir's bewenden lassen. Wenn wir noch mehr Sachen hierher bringen, wird man Fragen stellen.«

Wehmütig packte Krysta einen Wandteppich, der eine Waldlichtung voller kleiner Tier zeigte, wieder ein. Nach allem, was sie bisher gesehen hatte, wurde die Dienerschaft von Hawkforte anständig untergebracht, aber man gestattete ihr keinen Luxus. »Also gut«, stimmte sie widerstrebend zu und nahm auf ihrem Bett Platz. »Um den Rest kümmern wir uns später.«

Nachdem sie sich häuslich niedergelassen hatten, fand sie endlich Zeit, um zu überdenken, was sie bisher erreicht hatte. Sie war in der Festung eingetroffen und hatte den Herrn gesehen, ohne besonders aufschlussreiche Erkenntnisse zu gewinnen. Immerhin begann ihr waghalsiges Unternehmen erfreulicher, als sie's zu hoffen gewagt hatte.

Raven und Thorgold, die das Lächeln ihrer Herrin bemerkten, wechselten einen kurzen Blick. »Noch ist es nicht zu spät, Lady Krysta«, betonte die Dienerin.

»Was meinst du?«

»Nun, Ihr könntet behaupten, Ihr wärt zu ungeduldig gewesen, um auf eine Eskorte zu warten. Da Ihr befürchtet habt, man könnte Euch auf der Straße überfallen, seid Ihr unter falschem Namen auf Reisen gegangen und in die Rolle einer Dienerin geschlüpft.« Raven hob die dünnen Schultern. »Wer weiß, vielleicht glaubt Euch Lord Hawk.«

»Nur wenn Ihr's ihm sofort gesteht«, ergänzte Thorgold. »Sonst denkt er, Ihr würdet ihn zum Narren halten. Und das gefällt keinem Mann.« Plötzlich schien ihn eine Erinnerung zu belustigen, und er lächelte. »Nein, wirklich nicht.«

Krysta sprang auf und starrte ihre getreuen Freunde verblüfft an. »Natürlich werde ich ihm nichts erzählen. Sonst wäre mein Plan sinnlos. Wie soll ich denn herausfinden, was ich wissen muss, wenn ich mein Inkognito lüfte?«

»Was werdet Ihr schon herausfinden?«, seufzte Raven. »Dass alle Männer gleich sind. Stolz, eigensinnig, dumm…«

»Anmaßend, engstirnig, ungeschickt…«, fügte Thorgold hinzu.

»Irgendwelche guten Eigenschaften müssen sie doch haben«, protestierte Krysta. »Als Lord Hawk mich ansah, fühlte ich…« Unsicher verstummte sie und versuchte sich zu entsinnen, was sie angesichts seiner durchdringenden blauen Augen empfunden hatte. Sein Blick verriet Kraft, Klugheit und noch etwas. Etwas Faszinierendes, das sie in einen seltsamen Bann gezogen hatte. Vielleicht Leidenschaft?

Vor diesem Gedanken schreckte sie zurück, so verlockend er ihr auch erschien. Ihrem Gemahl würde das Recht zustehen, sie zu besitzen wie kein anderer Mann in ihrem bisherigen Leben. Was das bedeutete, wusste sie in groben Zügen. Doch sie spürte, dass sich im unbekannten Reich der Sinne noch viel mehr verbarg – seltsame Dinge, die Grauen oder Entzücken bewirken mochten.

Wie auch immer, Lord Hawk hatte sie zu seiner Braut erkoren, um ein Bündnis zu festigen, das seinem und ihrem Volk den Frieden bringen würde. Damit bewies er sein Verantwortungsgefühl. Und es verdiente Krystas Anerkennung. Doch die Angst vor den Rechten eines Ehemanns und den Pflichten einer Ehefrau trieb ihr das Blut in die Wangen, und ihre treuen Diener nickten sich verständnisvoll zu.

»Ach ja, die Sterblichen«, murmelte Thorgold, bevor er in den Hof schlenderte. Nun musste er ein paar seiner Habseligkeiten in die Männerhalle bringen und den Eindruck erwecken, er würde dort schlafen. Die kleine Brücke, die er vor ihrer Ankunft auf Hawkforte entdeckt hatte, gefiel ihm viel besser.

»Ruh dich aus, Raven«, schlug Krysta ihrer Freundin vor. Die

Reise übers Meer und dann im Pferdesattel hatte sie alle ermüdet. Doch die Dienerin war am ältesten. Wie viele Jahre sie schon zählte, wusste ihre Herrin gar nicht. Nachdem sie das Ziel erreicht hatten, sollte sich die alte Frau eine Atempause gönnen.

Davon wollte sie jedoch nichts wissen. »Auf dem Rücken eines Pferdes sieht man nicht viel von einer Gegend. Jetzt will ich Lord Hawks Besitz begutachten und feststellen, wie viel Macht er ausübt.«

Ohne ein weiteres Wort eilte sie aus dem Alkoven, und Krysta fand keine Gelegenheit, die Freundin zur Vorsicht zu ermahnen. Wenig später flatterten Schwingen am Ende der Halle.

Auch Krysta verließ das Gebäude, nachdem sie ihr Kleid geglättet und ihr Haar gebürstet hatte. Eine Zeit lang blieb sie im Hof stehen und genoss den warmen Sonnenschein, bevor sie das rege Leben und Treiben beobachtete. Hawkforte lag an der britannischen Südostküste, in einem Gebiet namens Essex. Auf einer Landzunge errichtet, erhob sich die Burg zwischen geschützten Buchten. Entlang der hölzernen Wälle reihten sich Wachtürme in regelmäßigen Abständen aneinander und boten einen ungehinderten Ausblick, landeinwärts und aufs Meer. Drei Stockwerke hoch, überragte der mittlere Turm die anderen. An norwegische Festungen gewöhnt, war Krysta unwillkürlich beeindruckt.

Tagsüber standen die breiten Holztore in den Außenmauern offen. Unentwegt gingen Menschen und Pferde ein und aus, Wagen rollten herein oder heraus. Voller Neugier musterte Krysta die Sachsen, die im Gegensatz zu albernen Gerüchten weder Hörner noch Hufe aufwiesen. Lächelnd sah sie ihre eigenen vernünftigen Erwartungen bestätigt. Das waren Menschen wie alle anderen auch. Bald würde sie diesem Volk angehören, und ihr Ehemann sollte die Heirat niemals bereuen – was immer seine Schwester Daria auch behaupten mochte.

Ja, sie wollte die beste Ehefrau sein, die sich Lord Hawk nur wünschen konnte – eine Zierde seiner Halle, ein Trost in schweren Tagen, eine Stütze bei seinem Bestreben, die beiden Völker friedlich zu vereinen. Konnte er noch mehr verlangen? Wohl kaum. Deshalb würde er sie lieben, wie sie geliebt werden musste, und sie würde nicht das gleiche Schicksal erleiden wie ihre Mutter.

In ihren Augen bebte ein Schatten, das dumpfe Echo alter Qualen bedrückte ihre Seele. Ihre Mutter… Vor so langer Zeit war sie entschwunden, denn sie hatte ihr Leben für eine sterbliche Liebe gewagt und verloren. Gewiss, der Vater hatte die Mutter begehrt, aber nicht geliebt, wie es nötig gewesen wäre. So zerriss das dünne Band zwischen ihnen. Die Mutter musste nicht nur auf das erträumte Glück, sondern auch auf ihr Kind verzichten. Krysta blieb in Thorgolds und Ravens Obhut zurück. Während sie heranwuchs, warnten die beiden sie immer wieder vor dem Schicksal der Mutter, das auch ihr drohen könnte. Nur flüchtig dachte sie darüber nach, denn der Gedanke, ein Mann würde in ihr Leben treten, erschien ihr völlig absurd – bis sie ins Herrschaftshaus ihrer Familie gerufen wurde. Dort hatte sie vor den hasserfüllten Augen ihres Halbbruders gestanden und erfahren, sie müsse einen Fremden heiraten. Wenn er sie nicht liebte, würde er unwissentlich ihr Leben zerstören…

Nein, das darf nicht geschehen, entschied sie. Hawk *würde* sie lieben. Daran zweifelte sie nicht, obwohl sie nur wenig über die Männer wusste – und über die Ehe noch weniger. Da sie fürchtete, in ihrer Unkenntnis der Dinge einen verhängnisvollen Fehler zu begehen und alles zu verderben, hatte sie den ungewöhnlichen, aber nach ihrer Ansicht klugen Entschluss gefasst, als ihre eigene Magd in der Festung einzutreffen. Raven würde ihr helfen, alles über den Mann herauszufinden, den sie heiraten sollte. Sobald sie genug erfahren hatte, würde die Dienerin verschwinden und Lady Krysta auftauchen, sie würde die schwarze Farbe aus dem goldblonden Haar waschen. Und Lord Hawk würde in heißer Liebe zu seiner Braut entbrennen.

Dass sie einen so verheißungsvollen Plan ersonnen hatte, erfüllte sie mit Stolz und Freude. Gewiss, Thorgold und Raven hatten sie zu entmutigen zu versucht. In sanftem Ton erklärte sie ihren geliebten Dienern, vom Mysterium der Ehe wüssten sie ebenso wenig wie sie. Schließlich hatten sie sich den Wünschen ihrer Herrin gefügt. Nun würde sie in wenigen Tagen die Antwort auf alle ihre Fragen erhalten und hoffnungsvoll in die Zukunft blicken.

Und wo sollte sie beginnen? Sie musterte die Leute im Hof, die gesund und wohlgenährt aussahen und schlicht, aber ordentlich gekleidet waren. Eifrig gingen sie ihren verschiedenen Pflichten nach. Auch ein paar Kinder saßen beisammen und krempelten Wolle.

Kinder faszinierten Krysta. In ihrem Heim war sie das einzige Kind gewesen. Dort hatte sie seit ihrer Geburt gelebt, bis vor wenigen Wochen, als sie zur Reise nach Essex aufgebrochen war. Zu seinen Lebzeiten hatte der Vater sie oft besucht, aber die Tochter niemals auf den Familiensitz eingeladen, den ihr Halbbruder und die Halbschwestern bewohnten, seine Kinder aus erster Ehe. Nach seinem Tod war sie in ihrem Schloss geblieben, zufrieden mit ihrem Dasein, aber unablässig von der beklemmenden Ahnung verfolgt, irgendetwas würde mit ihr geschehen. Darauf hatte sie Tag für Tag gewartet. Jetzt war es so weit, und das Unbehagen wurde von freudiger Erwartung verdrängt. Seit sie Lord Hawk gesehen hatte, empfand sie keine Angst mehr. Vergeblich schaute sie sich im Hof nach ihm um, doch sie war nicht allzu enttäuscht, denn sie fühlte sich unwiderstehlich zu den Kindern hingezogen. Da sie nicht wusste, wie sie ihr begegnen würden, ging sie langsam und vorsichtig zu ihnen. Als ein Junge mit haselnussbraunen Augen zu ihr aufblickte und lächelte, zögerte sie nicht länger.

»Darf ich euch helfen?«, fragte sie und zeigte auf die Wolle. Ein kleines Mädchen, offenbar die Anführerin der Gruppe, betrachtete Krysta prüfend. Dann nickte sie und reichte ihr einen

Kamm, mit dem die Wolle entwirrt werden sollte. Krysta setzte sich auf den staubigen Boden. Nachdem sie die flinken Kinderhände eine Zeit lang beobachtet hatte, versuchte sie die gleiche Arbeit zu erledigen. Allzu erfolgreich verliefen ihre ersten Bemühungen nicht, und die Zinken des Kamms schürften ihre Fingerknöchel auf.

»So macht man's«, verkündete das Mädchen, ergriff ihre Hände und zeigte ihr die richtigen Bewegungen.

Bald glitt die Wolle ungehindert durch Krystas Kamm. Zu ihrer Freude nickten die Kinder anerkennend.

Sie arbeiteten wortlos, bis das Mädchen fragte: »Seid Ihr die Dienerin der fremden Lady?«

»Ja«, bestätigte Krysta, obwohl ihr die Lüge schwer fiel. »Ich heiße Ilka.«

»Angeblich will Lord Hawk gar nicht heiraten, und er tut's nur um des Friedens willen.«

Nur mühsam verbarg Krysta ihre Bestürzung, und sie musste sich zwingen, in ruhigem Ton zu erwidern: »Wenn er meine Herrin kennen lernt, wird er vielleicht anders denken.«

»Ja – vielleicht.« Nicht sonderlich überzeugt, zuckte das Mädchen die Achseln.

»Wie heißt du?«

»Edythe.« Dann stellte das Mädchen die anderen Kinder vor, die Krysta schüchtern zunickten.

»Was tut ihr sonst noch, außer Wolle krempeln?«

»Alles Mögliche«, antwortete Edythe. »Wir hüten die Herden, holen Brennholz und Wasser, oder wir kochen – was immer erledigt werden muss.« Nach kurzem Zaudern fügte sie hinzu: »Lady Daria will immer alle Leute beschäftigen.«

»Und Lord Hawk?«, erkundigte sich Krysta. »Findet er auch, ihr müsstet dauernd arbeiten?«

Durch gesenkte Wimpern warf Edythe ihr einen kurzen Blick zu. »Lord Hawk ist ein großer, mächtiger Herr, und er hat ganz andere Sorgen.«

Damit verriet sie sehr viel. Verständlicherweise überließ der Herrscher von Hawkforte die häuslichen Angelegenheiten einer Frau. Falls er wusste, welch hohe Ansprüche seine Schwester an die Dienerschaft stellte, kümmerte er sich nicht darum, oder er sah keinen Grund, irgendetwas zu ändern.

Oder doch? Da er beschlossen hatte zu heiraten, würde er seine künftige Gemahlin beauftragen, den Haushalt zu führen. Hoffte er, sie würde andere Regeln aufstellen als Lady Daria? Noch etwas, was Krysta herausfinden musste.

So viele Dinge erforderten ihre Aufmerksamkeit. Beinahe hätte sie geseufzt, aber da neigte sich ein Kind zu Edythe und flüsterte ihr ins Ohr: »Da ist sie.«

Krysta folgte den Blicken der kleinen Schar und beobachtete, wie Lady Daria den Hof in einer verschwenderisch ausgestatteten Sänfte verließ, die zwischen zwei Pferden schwankte, gefolgt von mehreren aufgeregten Dienstboten. Unwillig beugte sich die Lady zwischen den Vorhängen aus dem Fenster und befahl den Reitknechten, die Pferde straffer am Zügel zu nehmen, sonst würde sie die holprige Straße nicht ertragen.

»Jetzt will sie auf dem Markt einkaufen«, erklärte Edythe.

In aller Eile sammelten die Kinder ihre Wolle ein, und die eben noch so ernsten Augen strahlten.

»Oh, nun können wir endlich spielen!«, jubelte Edythe, ergriff Krystas Hand und zog sie mit sich.

Lachend rannten sie durch das Tor und zum Fluss hinab, der sich am Fuß des Hügels dahinwand. Nur ganz kurz schaute Krysta zu der moosbehangenen Brücke hinüber, unter der die funkelnden Wellen plätscherten. Was sich dort bewegte, wollte sie gar nicht so genau wissen.

Wie junge Hunde balgten sich die Kinder. Belustigt beobachtete Krysta das muntere Treiben. Zuvor war ihr die ernsthafte Zurückhaltung der kleinen Festungsbewohner unnatürlich erschienen. Mussten alle Leute, die auf Hawkforte lebten und nicht dem direkten Kommando des Herrn unterstanden, ihr wahres Wesen verstellen, um den Anforderungen der unausstehlichen Lady Daria zu genügen?

Bei diesem respektlosen Gedanken presste Krysta eine Hand auf den Mund, um ein Kichern zu unterdrücken, was ihr misslang. Am Ufer ausgestreckt, spielte Edythe mit einem Stein, den sie ins Wasser werfen wollte. In ihren Augen lag eine Weisheit, die ihre jungen Jahre Lügen strafte. »Meine Ma sagt, es würde uns viel mehr Spaß machen, heimlich davonzuschleichen, als wenn wir jederzeit spielen dürften.«

»Glaubst du, das stimmt?«, fragte Krysta und setzte sich neben das kleine Mädchen. Edythe war etwa acht Jahre alt, geschmeidig und schlank, aber nicht dünn, mit hellwacher Miene und einem energischen Kinn. Offenbar betrachtete sie die Welt so abgeklärt wie eine reife Frau.

»Nun ja, meine Ma meint, man müsste aus allem das Beste machen. Was anderes bleibt uns auch gar nicht übrig.«

Sehr klug, dachte Krysta. Doch der Zwang, dem die Leute auf Hawkforte ausgeliefert waren, missfiel ihr. Hoffentlich würde Lord Hawk seiner Gemahlin erlauben, andere Saiten aufzuziehen. Aber nun wollte sie erst einmal den angenehmen Nachmittag genießen. Gemeinsam mit den Kindern flocht sie Kränze aus Gänseblümchen, jagte Schmetterlinge und pflückte saftige Himbeeren. Dabei hörte sie aufmerksam zu. Der Gefahr entronnen, von Lady Daria ertappt zu werden, nahmen sie kein Blatt vor den Mund.

Was Kinder betraf, hatte sie keine Erfahrungen gesammelt. Trotzdem gewann sie den Eindruck, ihre Spielkameraden wären außergewöhnlich klug. Wussten die Erwachsenen in der Festung, wie viel diese jungen Augen sahen?

»Die dicke Betty ist schon wieder schwanger«, bemerkte Edythe und schob eine Himbeere in den Mund.

Neben ihr saß ein kleineres Mädchen, das die Augen aufriss. »Nein! Wirklich? Meine Ma sagt, Betty müsste einen Mann nur ansehen, und schon würde sie ein Baby kriegen.«

»Nein, da gehört schon mehr dazu«, widersprach ein Junge namens Howard. »Außerdem ist Bettys Mann gerade in der Bretagne. Schon vor Monaten hat er auf Master Tylers Schiff angeheuert. Warum also erwartet sie ein Kind?«

Seufzend verdrehte Edythe die Augen und pflückte noch eine Himbeere. »Seit sich all diese Ausländer in der Stadt herumtreiben, geht's drunter und drüber. Zumindest hat das mein Pa gesagt.«

»Fürs Geschäft ist's gut«, bemerkte Howard. »Mein Dad meint, nun wären wir besser dran, als er's jemals im Diesseits erträumt hat. Und Lord Hawk weiß, was man braucht, um in unserer Welt voranzukommen – ein scharf geschliffenes Schwert, einen starken Arm und Verstand.« Voller Stolz blickte er in die Runde. »Deshalb findet mein Dad, ich müsste lesen und schreiben lernen, und er will bei Lord Hawk ein gutes Wort für mich einlegen. Vielleicht geben mir die Mönche Unterricht.«

Dieser vernünftige Plan fand allgemeine Zustimmung. Mit einem sanften Lächeln verkündete Aedwynna, ein hübsches kleines Mädchen mit leuchtend blauen Augen: »Mein Dad sagt, Lord Hawk sei der hartgesottenste Hurensohn, den er kennt. Aber dagegen lässt sich nichts einwenden, weil er *unser* Hurensohn ist.«

Verlegen räusperte sich Edythe und warf einen kurzen Blick in Krystas Richtung. »Sag nicht ›Hurensohn‹, Aedwynna. Solche Wörter spricht man nicht aus.«

»Schon gut.« Gleichmütig hob Aedwynna die Achseln. »Jedenfalls benimmt sich meine Schwester furchtbar albern, sobald sie Lord Hawk sieht. Dann kann sie gar nicht zu kichern aufhören, genau wie ihre Freundinnen. Und alle hoffen, er kriegt eine nette Frau.« Plötzlich erinnerte sie sich, wer ihr zuhörte. »Das ist sie doch, Ilka?«

Völlig überrumpelt antwortete »Ilka« nicht sofort, und Edythe musterte sie besorgt.

»Sicher ist sie schön und freundlich, und sie wird unserem Herrn eine gute Frau sein, nicht wahr?«

»O ja – natürlich«, stammelte Krysta. »Aber vielleicht wäre es besser, sie wüsste etwas mehr über Lord Hawk. Zum Beispiel, was er mag und was ihm missfällt. Sicher würde ihr das helfen, seine Erwartungen von Anfang an zu erfüllen.«

Dafür zeigte Edythe sofort Verständnis. »Solche Dinge könnten wir Euch erzählen, Ilka, und Ihr gebt Eurer Herrin Bescheid.«

»Oh, da wäre sie euch sehr dankbar …«

»Also, Lord Hawk ist sehr, sehr stark. Das war auch nötig, denn bis vor wenigen Jahren musste er unentwegt kämpfen, als König Alfred die Dänen daran hinderte, noch mehr Gebiete in England zu erobern.«

»Einmal sah ich ihn einen Mann hochheben, der so groß war wie ein Pferd«, berichtete Howard, »den schleuderte er ans andere Ende des Turnierplatzes. Der Bursche tat sich nicht weh, und beide lachten. Welch ein Spektakel.«

»Und ich habe beobachtet, wie er das Heck eines Wagens voller Steine emporhob«, meldete sich ein anderer Junge zu Wort. »Das hielt er fest, bis der Mann, der darunter festsaß, hervorkriechen konnte.«

»Ja, der alte Finney – beinahe wäre er gestorben. Jetzt geht er jeden Tag in die Kirche und zündet eine Kerze für Lord Hawk an.«

»Und meine Ma schließt ihn immer in ihre Gebete ein!«, rief Aedwynna. Alle Kinder nickten, als wäre so etwas allgemein üblich.

»Manchmal hilft meine Ma in der Küche aus, wenn das Essen für Lord Hawks große Tafel zubereitet wird«, erzählte Aedwynna. »Dann backt sie immer seine Lieblingsspeise – Rhabarberkuchen.«

»Meine Ma ist Weberin«, sagte Howard. »Obwohl er nicht drauf achtet, was er anzieht, sucht sie immer eine Farbe aus, von der sie glaubt, sie würde ihm gefallen.«

»Jedenfalls braucht er eine Ehefrau«, entschied Edythe.

»Nachdem er Lady Daria jahrelang ertragen musste…« Schaudernd verstummte sie.

»Eine *gute* Frau«, verbesserte die kleine Aedwynna ihre ältere Freundin, und alle Kindern nickten wieder.

Wachsam behielt Edythe den Sonnenstand im Auge, und als es an der Zeit war, in die Festung zurückzukehren, scheuchte sie die Kinder den Hang hinauf. Noch bevor Darias Sänfte die Flussstraße heraufschwankte, waren sie alle innerhalb der Mauern versammelt.

Hinter der Waschküche verteilte Edythe die Himbeeren – offenbar ein gewohnter Vorgang. Da Krysta den Kindern nichts wegnehmen wollte, ließ sie ihren Anteil zurück. Doch davon wollte Edythe nichts wissen. »Ihr habt uns geholfen, die Himbeeren zu ernten. Also müsst Ihr auch welche nehmen.«

Nachdenklich kehrte Krysta in ihr Quartier zurück, mit einer Schürze voller reifer Beeren. Wenig später gesellte sich Raven zu ihr. »Oh, was für schöne Himbeeren!«, meinte die alte Frau und setzte sich neben Krysta. »Den ganzen Nachmittag habe ich welche gegessen.« Anscheinend war ihr Appetit noch nicht gestillt, denn sie verspeiste eine Hand voll, während sie Bericht erstattete. »Ein fruchtbares Land, gepflegte Bauernhöfe. Offenbar ist Essex viel dichter besiedelt als unsere Heimat. Vermutlich wegen des milden Klimas. Entlang der Küste stehen meilenweit Wachtürme, in beiden Richtungen. Ich sah mehrere Patrouillen, alle in Lord Hawks Farben. So, wie die Männer aussahen, verstehen sie was von ihren Pflichten.«

»Noch etwas?«, fragte Krysta.

Den Kopf schief gelegt, zögerte Raven. »Ihn sah ich auch – er bewohnt ein Gemach im obersten Stockwerk des höchsten Turms.«

Krysta reckte den Kopf aus dem Fenster und heuchelte lebhaftes Interesse an den Ereignissen draußen. »War er allein?«

»Nein.« Als Raven die Bestürzung ihrer Herrin bemerkte, lachte sie. »Beruhigt Euch, er sprach mit diesem Burschen – ich glaube, es ist sein Verwalter. Die beiden sahen irgendwelche Briefe durch. Übrigens, Lord Hawk kann lesen.«

»Tatsächlich?« Diese Fähigkeit besaßen nur wenige Adelsherrn. Krystas Halbbruder spottete darüber und meinte, nur Priester würden lesen lernen, um sich über ihr enthaltsames Leben hinwegzutrösten. Lächelnd stellte sie sich vor, was er von Hawks Bildung halten würde.

Und dann erlosch ihr Lächeln. Bald würde sie ihren Bräutigam wieder sehen, denn die Stunde des Abendessens rückte immer näher. Durch den Küchentrakt wehten verlockende Düfte herüber, Leute eilten bereits zur Haupthalle im Erdgeschoss des mittleren Turms.

»Kommt, Lady Krysta«, bat Raven und sah ihre junge Herrin zaudern. »Mit ein paar Himbeeren könnt Ihr Euch nicht stärken.«

Obwohl Krysta ihr zustimmen musste, glaubte sie, vor lauter Angst würde sie keinen Bissen hinunterbringen. Nur weil ihr Thorgold und Raven nicht von der Seite wichen, wagte sie, Lord Hawks Halle zu betreten.

2

Da war die junge Frau wieder. Mit ihrer sonderbaren Begleitung erschien sie in der Halle. Sie wirkte bedrückt, und Hawk verstand nicht, warum. Über den Rand seines Bechers hinweg beobachtete er die Dienerin und hörte dem eifrigen, unermüdlichen Edvard nur mit halbem Ohr zu.

»Obwohl es nur selten geregnet hat, gedeiht die Ernte recht gut, dank der Bewässerungsgräben, die vor drei Jahren auf Euren Wunsch angelegt wurden. Allerdings wird der Ertrag nicht so reichlich ausfallen wie im regnerischen letzten Sommer. Trotzdem werden wir die Vorratslager zur Genüge auffüllen.«

»Zur Genüge…«, murmelte Hawk, ohne die junge Frau aus den Augen zu lassen. Kerzengerade ging sie zu einem der Tische und schaute sich ängstlich um. Die geschmeidigen Bewegungen ihrer schlanken Gestalt wiesen auf ein aktives Leben hin. Kein Wunder – sie war eine Dienerin und zweifellos an körperliche Arbeit gewöhnt. Aber ihre glatte Haut erweckte nicht den Eindruck, sie wäre der frischen Luft und dem Sonnenschein allzu oft ausgesetzt.

»Mit unserem Salz werden wir auskommen. Allerdings sollten wir den Vorrat aufstocken, sobald wir größere Mengen zu einem günstigen Preis kaufen können. Wie Ihr wisst, führt die unsichere Situation an den Küsten manchmal zu einer unerwarteten Blockade der Transportwege.«

Ihr pechschwarzes Haar glänzte nicht – der einzige Makel an ihrer äußeren Erscheinung.

Plötzlich zuckte Hawks Hand, und er verschüttete ein paar Tropfen Ale. Woran dachte er? Ob er eine Dienerin seiner Braut hübsch oder unansehnlich fand, spielte keine Rolle. Eigentlich dürfte er die Anwesenheit des Mädchens gar nicht zur Kenntnis nehmen. Einen so schweren Fehler würden nur dumme Männer begehen. Und Hawk war keineswegs dumm. Sicher, die Heirat missfiel ihm. Diesen Entschluss hatte er nur gefasst, um den Frieden zu sichern. Auch in seinem eigenen Haushalt wollte er für Ruhe und Ordnung sorgen. Eine Dienstmagd seiner künftigen Gemahlin! Also wirklich! Großer Gott, wenn ihn schöne grüne Augen dermaßen faszinierten, brauchte er dringend eine Frau. Seltsam, erst vor kurzem hatte er sich an Alfreds Hof mit einer netten Witwe vergnügt, die klug genug war, um nicht mehr von ihm zu verlangen als ein oder zwei Liebesnächte. Nun ja, er hatte etwas öfter ihr Bett geteilt. Warum auch nicht? In der Blüte seiner Jahre hatte er sich gegen das Leben eines Mönchs entschieden, in der Gewissheit, er würde über die Forderung des Zölibats stolpern.

Bald würde seine Braut ankommen. Wie sein Schwager behauptet und sogar geschworen hatte, war sie nicht unansehnlich, was immer das heißen mochte. Zum Teufel mit Wolf und seinen vagen Andeutungen! Jedenfalls würde Hawk seine ehelichen Pflichten erfüllen und sich – sollte Lady Krysta seiner Leidenschaft kaltblütig begegnen – eine Geliebte nehmen. Aber *nicht* diese Dienerin! Allein schon der Gedanke erschreckte ihn.

»...die Holzkohle könnte Probleme aufwerfen, wenn Ihr die Produktion in der Schmiede zu steigern wünscht. Während uns genug Eisen zur Verfügung steht, müssten wir... Mylord?« Endlich fiel dem Verwalter das mangelnde Interesse seines Herrn auf, und er verstummte.

Bevor Hawk das Schweigen bemerkte, verstrichen ein paar Minuten. Um sein Versäumnis zu überspielen, hob er eine Hand. »Genug, Edvard. Euer Arbeitseifer beeindruckt mich. Aber nun wollen wir uns entspannen, die Mahlzeit genießen und nicht mehr über Produktionssteigerungen reden.«

Ringsum stimmten die privilegierten Ritter, die an seiner Tafel saßen, in sein Gelächter ein. Sosehr sie den tüchtigen Edvard auch schätzten und seinen gesellschaftlichen Aufstieg bewunderten – seine Verlegenheit störte sie kein bisschen. Nachdem er seine Zerknirschung gemeistert hatte, grinste er, schob die Schiefertafel mit diversen Notizen unter seine Tunika und setzte sich. Sofort brachte ihm eine hübsche Magd, die in letzter Zeit immer öfter seine Nähe suchte, einen Becher Ale. Ihr ermutigendes Lächeln drang sogar ins Bewusstsein des sachlichen, verantwortungsvollen Verwalters und beschwor neue Lachsalven herauf. Auch Hawk amüsierte sich, froh über die heitere Atmosphäre, die ihn von den düsteren Gedanken an seine bevorstehende Hochzeit ablenkte – leider nur kurzfristig.

Wie gut sich die Krieger an der großen Tafel unterhalten, dachte Krysta und musste sich zusammenreißen, um nicht dauernd hinüberzustarren. Trotzdem ertappte sie sich immer wieder dabei. Wenn ihr Bräutigam lachte, sah er viel jünger und zugänglicher aus. Sekundenlang erwog sie sogar, Thorgolds und Ravens Rat zu befolgen und ihm die Wahrheit zu gestehen. Eine lockende Versuchung. Besonders, wenn sie sich ausmalte, wie es wohl wäre, in seinen starken Armen zu liegen… Aber sie bekämpfte ihren Wunsch. Selbst wenn er ihr das Täuschungsmanöver verzeihen und sogar ulkig finden würde, so wie er jetzt über die Scherze seiner Ritter lachte, wäre sie ihrem Ziel keinen Schritt näher gekommen. Mit aller Macht wollte sie dem Schicksal entgehen, das ihre Mutter ins Verderben gestürzt hatte. Deshalb *musste* sie die Liebe des stolzen Sachsenlords erringen. Nicht einmal ihre eigene Sehnsucht durfte diesen Plan vereiteln.

Um sich auf andere Gedanken zu bringen, musterte sie den Raum. Mit seinen Holzwänden glich er dem Quartier der Dienerinnen, war aber viel größer und nach männlichem Geschmack ausgestattet. Überall hingen Banner, Schilde und Waffen, die das Licht des Herdfeuers und der Fackeln in den Eisenständern widerspiegelten. Auf der herrschaftlichen Tafel aus poliertem Eichenholz prangten Schüsseln und Platten aus gehämmerter Bronze. Hawk saß auf einem imposanten, reich geschnitzten Thron mit hoher Lehne, die Stühle seiner privilegierten Krieger und des Verwalters waren mit edlem gegerbten Leder bespannt. Alles in allem zeugte die Einrichtung von Macht und Wohlstand und ließ keinen Zweifel an der unbeugsamen Willenskraft des Besitzers. Auch das niedrige Volk wurde nicht vernachlässigt.

Für die Dienerschaft standen Platten und Schüsseln aus Zinn oder Keramik und geschnitzte Hornbecher auf langen Tischen. Unter den wachsamen Augen Lady Darias, die an der Tafel ihres Bruders saß, servierten die Mägde das Essen. Am fröhlichen Gespräch nahm sie ebenso wenig teil wie der Priester an ihrer Seite.

Ravens spitzer Ellbogen riss Krysta aus ihren Gedanken. Verblüfft zuckte sie zusammen. »Jetzt starrt er Euch schon wieder an«, teilte ihr die Dienerin mit und spähte an ihrer langen Nase vorbei, um einen Seitenblick zum herrschaftlichen Tisch zu werfen. »Er scheint sich zu wundern. Und wer kann ihm das verübeln? Was denkt Ihr Euch eigentlich? So unverhohlen zu gaffen …«

Beklommen schaute Krysta zu Lord Hawk hinüber, der ihren Blick tatsächlich erwiderte, und zog den Kopf ein. Am liebsten wäre sie im Erdboden versunken. Als ihn der Mann ansprach, der neben ihm saß, und seine Aufmerksamkeit erregte, verflog ihr Unbehagen.

Thorgold ergriff eine Platte und häufte Heringe auf seinen Teller. Genauso schnell zog er den Brotkorb zu sich heran, ohne die tadelnden Blicke der anderen Dienstboten zu beachten. Raven steckte einen ganzen Fisch in den Mund, schluckte ihn hinunter und schnitt eine Grimasse. Sehnsüchtig betrachtete sie die gebratenen Rebhühner, die zu Lord Hawks Tafel getragen wurden. »Die würden mir besser schmecken.«

»Hoffen wir, dass der Koch nicht zu erfinderisch ist«, kicherte Thorgold. »Sonst würdest du deine Kusinen am Ende im selben Zustand sehen.«

Ravens kleine Augen funkelten. »Nicht einmal diese primitiven Sachsen wären so dumm.«

»Still!«, mahnte Krysta. Sie unterhielten sich auf Norwegisch, aber man konnte nicht wissen, wer diese Sprache verstand. Wie ihr die verschwenderische Einrichtung der Halle verriet, beruhte Lord Hakws Reichtum hauptsächlich auf einem blühenden Handel. Seine Festung schützte den Hafen, den zweifellos zahlreiche Schiffe ansteuerten. Auch die Norweger trieben einen lebhaften Handel, und Thorgold wandte seine eigenen Methoden an, um sich luxuriöse Waren aus fernen Ländern zu beschaffen. Ob er unter den Brücken arglosen Reisenden auflauerte und Tribut von ihnen verlangte, wollte Krysta gar nicht fragen …

In Lord Hawks Halle entdeckte sie kostbaren Samt aus Byzanz, roch Gewürze aus den Ländern der aufgehenden Sonne und bewunderte Juwelen aus dem Gebiet jenseits der großen Wüste, die angeblich nahe der Südküste des Mittelmeers lag. Mit dem Handel lernten die Menschen auch eine verfeinerte Kultur kennen, es wäre ein Fehler, die Sachsen zu unterschätzen – trotz ihrer zwanglosen Manieren.

Besonders unbefangen benahmen sie sich, wenn sie aßen. Nur Krysta verspürte keinen Appetit. Da sie nicht auffallen wollte, ließ sie ihren Blick über die gefüllten Platten und Schüsseln wandern. Womit sollte sie sich stärken? Beruhigt atmete sie auf, als sie frischen grünen Salat und Käse sah. Damit gab sie sich zufrieden. Außerdem wählte sie ein Stück Brot und einen schmackhaften Hering. An der herrschaftlichen Tafel wurden gebratene Rehkeulen und ein Eintopf mit geschnetzeltem Wildfleisch serviert. Während Krysta ihren Käse verspeiste, trugen die Mägde köstlich duftende Fleischtöpfe an ihr vorbei.

Wie Hawk feststellte, aß sie nur wenig. Vielleicht war sie deshalb so schlank, nicht wegen der harten Arbeit eines Dienstboten. Dann musste seine Braut, die unbekannte Krysta von Vestfold, eine gütige Herrin sein. Würde er eine freundliche, sanftmütige Frau heiraten, die Balsam für sein schwieriges Leben wäre? Möglicherweise – wenn er endlich aufhörte, ihre Dienerin anzustarren. Heiliger Himmel, was ist denn los mit mir, überlegte er verärgert.

Im allgemeinen Stimmengewirr und Gelächter ging der laute Knall unter, mit dem er seinen Becher ungestüm auf den Tisch stellte. Darüber war er froh. Keiner seiner Leute durfte sein Interesse an der jungen Frau bemerken, das man für Schwäche halten würde. Beim Anblick des Barden, der neben den Herd trat, seufzte Hawk erleichtert. Der Mann breitete die Arme aus. Mit seiner tiefen Stimme bat er die Versammlung um Aufmerksamkeit, und die leisen Klänge der Handtrommel, auf die sein Lehrling schlug, untermalten die Worte.

»Hört mich an!
Ich singe von großen Herren und edlen Taten,
Von kühnen Heldentaten, die unsere Feinde besiegen,
Feinde, die vor uns fliehen.
Dank der göttlichen Gnade triumphieren wir.
Der Allmächtige schenkte uns einen großen Führer,
Den mächtigen König Alfred.
Und seine starke rechte Hand, Lord Hawk,
Der Habicht mit den schnellen Schwingen und tödlichen
Krallen,
Hält uns in seinem schützenden Griff fest.
Große Herren und edle Taten!
Und die Feinde fliehen
Für immer aus unserem Land!«

Lauter Jubel belohnte den Barden und verstummte sofort, als er erneut die Stimme hob. Aufmerksam lauschte Krysta, denn sie wusste, wie viel die Lieder über ein Volk verrieten.

Er enttäuschte sie nicht. Wortgewandt und leidenschaftlich berichtete er von den Ereignissen des Zeitalters: Alfreds Flucht in den Sumpf von Athelney, wo er sich vor den dänischen Eindringlingen rettete, seine Rückkehr nach Somerset; dort trommelte er seine Krieger zusammen, und das Heer errang bei Edington einen triumphalen Sieg über die Dänen.

Obwohl die Zuhörer diese Geschichte kannten, gerieten sie alle in den Bann des stimmgewaltigen Barden und hielten den Atem an, als würde sich das Geschehen vor ihren Augen abspielen. Während er Alfreds Geschick als Stifter und Bewahrer des Friedens pries, lächelten sie. Dann begann er, den Herrn von Hawkforte zu loben. Grinsend prosteten sie Hawk zu, der die Schilderung seiner Taten eher resignierend über sich ergehen ließ.

Der Barde sang:

»Dann weinten die Menschen
Um den Verlust Lady Cymbras.
Im Dunkel der Nacht
War der Wolf aus dem Norden gekommen,
Um sie in seine große Festung zu entführen,
Sciringesheal am Meer.
Dorthin flog der Habicht, zielstrebig und treu,
Getreu seiner Ehre und seines Mutes,
Kühn entschlossen, Cymbra zu befreien
Und heimzubringen.
Doch der Wolf kehrte auf eisigen Wellen zurück
Und beanspruchte seine Gemahlin.
Da beschwichtigte die Heilkundige den Zorn der Krieger,
Und die beiden Herren schlossen Frieden,
Hier auf Hawkforte,
Den Frieden der Familienbande,
Den Frieden der Kinder, die bereits geboren sind und noch geboren werden,
Den Frieden unserer für immer vereinten Völker!«

Noch bevor das letzte Wort verhallte, erfüllte schallendes Jubelgeschrei die Halle. Begeistert schlugen die Leute mit ihren Hornbechern auf die Tische. Der Lärm beunruhigte Raven und ärgerte Thorgold. Aber Krysta war fasziniert. Ein Jahr zuvor hatte sie diese Geschichte in der reichen Hafenstadt Sciringesheal gehört. Dort lebte der mächtige Norweger Wolf, ein listenreicher Krieger. Er hatte eine schöne Frau entführt und im Zorn zu einer Ehe gezwungen, in der die Saat wahrer Liebe gewachsen war. Lord Hawk holte seine gestohlene Schwester zurück. Nur Lady Cymbras Besonnenheit hatte einen Krieg verhindert. Für das Bündnis zwischen Wolf und Hawk interessierte sich Krysta ganz besonders, denn ihre eigene Heirat sollte es festigen. Dagegen hatte sie nichts einzuwenden. Wenn ihre Ehe dem Frieden dienen sollte – umso besser. Aber sie wollte auch geliebt werden. Sonst würde das kalte graue Wasser, das ihre Mutter geholt hatte, auch sie in ein nasses Grab hinabziehen.

Zu der freudigen Stimmung, die in der Halle herrschte, passten diese düsteren Gedanken nicht, und Krysta verdrängte sie. Wenig später suchte sie mit Raven ihren Alkoven auf und hoffte Schlaf zu finden – an diesem seltsamen fremden Ort, den sie von jetzt an ihr Heim nennen musste. Für immer.

Bevor die letzten Sterne erloschen, der erste Hahn krähte und die Sperlinge in der Dachrinne des Frauenhauses zu zwitschern begannen, erwachte Krysta aus einem unruhigen Schlummer. Eine Zeit lang lag sie im grauen Schatten und wusste nicht, wo sie sich befand. Die Luft duftete nach Holz und Rauch. Wie daheim. Auch die Vogelstimmen klangen nicht anders. Aber das Klima war wärmer, und sie nahm einen schwachen Salzgeruch wahr. In der Ferne rauschten Wellen, die an eine sanftere Küste schlugen. Bald kehrten die Erinnerungen zurück und verscheuchten den letzten Nebel des Schlafs. Sie stand auf und musterte Raven, die immer noch schlummerte, den Kopf auf die Brust gesenkt.

Um die Freundin nicht zu stören, zog sich Krysta möglichst lautlos an. Sie wählte ein schlichtes Wollkleid, blau gefärbt mit einer Mischung aus Löwenzahnwurzeln, Waid und Wacholder. Um ihre Taille schlang sie einen Ledergürtel, an dem die traditionellen Gerätschaften einer vertrauenswürdigen Dienerin hingen – ein Messer, ein Fingerhut, ein kleiner Filzbeutel mit Nähnadeln und kostbaren Scheren, außerdem die Schlüssel ihrer Truhen. Sie bedeckte ihr Haar mit einem fein gewebten weißen Schal und warf ein Ende über die Schulter. Für den Tag gerüstet, schlich sie an den anderen Alkoven vorbei und trat ins Freie.

Verwundert beobachtete sie die Männer, die auf den Mauern patrouillierten. Schon zu dieser frühen Stunde? Oder hatten sie die ganze Nacht Wache gehalten? Vermutlich. Auch diese Vorsichtsmaßnahme zeugte von der Macht und Entschlossenheit des Festungsherrn.

In den Küchenräumen loderten bereits helle Flammen, und mehrere Dienstboten durchquerten den Hof. Das Tor blieb vorerst geschlossen. Nur an seiner Seite stand eine kleine Tür offen, um einige Frühaufsteher einzulassen. Im Schatten der Mauer huschte Krysta zu diesem Ausgang und wartete, bis eine Schar kichernder, geschwätziger Wäscherinnen hereingekommen und an ihr vorbeigeeilt war. Dann schlüpfte sie hinaus. Während sie den Hang hinablief, spürte sie ein seltsames Prickeln im Nacken und gewann beinahe den Eindruck, Hawkforte würde ihr missbilligend nachschauen.

Sie beschleunigte ihre Schritte und erreichte den Wald am Fuß des Hügels. Im Schutz der ersten Bäume hielt sie inne, um Atem zu schöpfen. Mit ihrer Heimat verglichen, wirkte die Szenerie mild und beschaulich. Ein Bach plätscherte in der Nähe, dessen Wasser über bemooste Felsen strömte und in einen stillen Teich mündete. Fast unmerklich ging dieses Gewässer ins Meer über, der fruchtbare Erdboden in feuchten Sand. Hier wuchsen keine Eichen, sondern Kiefern, und der süße Duft des Grases wich dem Salzgeruch der See. Krysta verließ den kühlen Schatten des Waldes und sah einen breiten Strand. Vor ihr erstreckte sich eine Bucht.

Impulsiv breitete sie ihre Arme aus, als wollte sie alles umfangen, was sie erblickte. Ihre Füße tanzten anmutig über den Sand. Lachend drehte sie sich im Kreis und wich den Wellen aus, die den Strand überspülten. Hinter ihr stieg die Sonne empor und tauchte die Küste in goldenes Licht.

Auch die übermütige junge Frau. Dahin und dorthin glitt ihre schlanke Gestalt, so schwerelos, dass ihre Sohlen den Sand kaum zu berühren schienen, dass sie eher einer Elfe glich als einem menschlichen Wesen. Hawk saß auf einem Felsvorsprung oberhalb des Strandes und beobachtete sie fasziniert. Halb und halb erwartete er, sie würde im Schleier der Gischt verschwinden.

Sein Blick folgte ihr am Wasserrand entlang. Nun wechselte die Brise ihre Richtung und wehte kristallklares Gelächter zu ihm herauf. Zu seiner eigenen Überraschung lächelte er.

Natürlich, sie amüsierte ihn – mehr steckte nicht dahinter. Irgendetwas an der seltsamen Kombination scheuer Unbeholfenheit und unschuldiger Grazie durchbrach seine gewohnte Zurückhaltung. Doch er empfand keine Begierde, sondern nur Belustigung. Zweifellos war sie hübsch, aber er kannte viele reizvolle Frauen, und es hatte ihm niemals Schwierigkeiten bereitet, sich mit ihnen zu vergnügen und dann seiner Wege zu gehen, ganz nach Belieben. Immerhin musste ein Mann wichtige Dinge beachten. Nur ein Narr ließ sich von seinem Schwanz leiten.

Unter seinen Stiefeln rieselten Kiesel hinab. Erst jetzt merkte er, dass er den Hang zum Strand hinunterstieg. Das hatte er nicht beabsichtigt. Und wenn schon. Um vor dem Getriebe des Tages ein bisschen Zeit für sich selbst zu finden, war er hierher gekommen. Warum sollte er nicht über seine eigenen Gestade wandern? Nicht *er* war der Störenfried, sondern *sie*. So wie die beiden anderen merkwürdigen Dienstboten, die sich ungebeten nach Hawkforte begeben hatten, ohne seine säumige Verlobte. Offenbar hatten sie nichts anderes zu tun, als sich zu amüsieren. Dass Daria ihnen keine Arbeit zugewiesen hatte, verblüffte ihn. Aber wahrscheinlich wollte sie den Leuten keine Gelegenheit geben, sich nützlich zu machen, was ein günstiges Licht auf ihre Herrin werfen könnte. Wie würde sich seine Schwester verhalten, wenn sie ihre Position an Lady Krysta abtreten musste? Dieses Problem wollte er in aller Entschiedenheit lösen. Doch das war erst nach der Ankunft seiner Braut möglich, wenn er wusste, wie energisch sie auftreten würde. Nach allem, was er bisher festzustellen vermochte, war sie entweder ungewöhnlich kühn, weil sie ihn mit ihrer Verspätung herausforderte, oder sie wagte sich vor lauter Angst nicht an seine Küste. So oder so, Hawk rechnete mit erheblichen Schwierigkeiten.

Ein Grund mehr für einen erholsamen Strandspaziergang.

Als Krysta sich bückte, um einen irisierenden Stein am Rand einer kleinen Pfütze zu betrachten, fiel ein Schatten über sie. Sie richtete sich auf und beschattete ihre Augen mit einer Hand. Angesichts der dunklen Silhouette vor der aufgehenden Sonne rang sie nach Luft. Lord Hawk. Obwohl ihr seine Züge verborgen blieben, erkannte sie ihn sofort. Kräftig gebaut und hoch gewachsen, überragte er sie um mindestens zwei Haupteslängen, und sie selbst war, verglichen mit den meisten Sächsinnen, ziemlich groß. Mit seinen breiten Schultern verdeckte er beinahe das Sonnenlicht. Weder sein Äußeres noch seine Haltung drückten etwas Sanftes aus, vielleicht abgesehen von den Locken, die im Wind flatterten. Auf dieses Haar, das sich um seinen Hals kräuselte, konzentrierte sie sich. Seidig und weich, wie Babylöckchen … Bei diesem Gedanken lächelte sie.

»Guten Morgen.« Seine Stimme glich einem Quell, der in den Tiefen der Erde entsprang. Ohne Zögern ergriff sie die Hand, die er ihr reichte. Seine Haut fühlte sich warm an, die Handfläche rau und schwielig. Hastig zog sie ihre Finger zurück und blinzelte in die Sonne.

»Guten Morgen, Mylord.« Sie sprach klar und deutlich. Aber in ihren eigenen Ohren hörte sich ihre Stimme schwach und zittrig an, wie das Lied von Schilfgräsern in einem heftigen Windstoß.

»Wo ist deine Herrin?«

Die unvermittelte Frage verwirrte Krysta. Gegen ihren Willen schaute sie auf und begegnete seinem Blick. »Meine Herrin, Mylord?«

»Lady Krysta. Entsinnst du dich nicht, wem du dienst?«

Benahm er sich immer so anmaßend? So ungehobelt? Dieser Mann, dessen Liebe sie gewinnen musste? Sekundenlang presste sie die Lippen zusammen. »Das weiß ich sehr gut, Mylord. Lady Krysta kommt hierher.«

Die Stirn gerunzelt, strich er durch seine seidigen Locken – eine Geste, die seine Ungeduld bezeugte. Halb wandte er sich ab, als wollte er nichts mehr mit ihr zu tun haben. Dann drehte er sich wieder um, offensichtlich unentschlossen. »Ja, das hat man mir mitgeteilt. Nun frage ich mich, warum sie noch nicht eingetroffen ist.«

Auf solche Fragen war sie nicht gefasst. Sie hatte nicht einmal erwartet, mit ihm zu reden, solange sie die Dienerin seiner abwesenden Braut spielte, sondern angenommen, sie würde ihn nur aus der Ferne beobachten. Stattdessen stand er dicht vor ihr, und ihre Unsicherheit wuchs. »Für Lady Krysta kann ich nicht sprechen, Mylord.«

Angstvoll sah sie, wie er die Brauen zusammenzog. Ist mein Bräutigam gewalttätig, überlegte sie. Bis zu einem gewissen Grad zweifellos, denn er war ein mächtiger Kriegsherr. Aber wandte er auch gegen schwächere Menschen rohe Gewalt an? Würde er eine Dienerin schlagen, die nicht die gewünschte Auskunft gab? Oder eine Ehefrau, die sein Missfallen erregte?

Seufzend schüttelte er den Kopf. »Nein, das kannst du wohl nicht. Danach hätte ich dich gar nicht fragen sollen.«

So nachsichtig war er? So schnell bereit, ihr zu verzeihen? Eine neue Zuversicht stieg in ihr auf. Um ihn zu erfreuen, betonte sie: »Jedenfalls *wird* sie nach Hawkforte reisen. Und sie fiebert ihrer Ankunft entgegen.«

»Tatsächlich?« Sein Staunen wirkte fast jungenhaft. Und was las sie in seinen meerblauen Augen? Hoffnung?

Aus einem unergründlichen Impuls heraus, wollte sie diese Hoffnung schüren. »O ja. Mit dieser Heirat möchte Lady Krysta einen Beitrag zum Frieden zwischen den Norwegern und den Sachsen leisten, und sie glaubt, das wird ihr gelingen.«

»Also genießt du ihr Vertrauen? Teilt sie dir ihre Gedanken mit?«

Krysta zauderte. Was sollte sie erwähnen? Wie weit durfte sie gehen? »Wenn ich auch nur eine Dienerin bin, Mylord – in dieser Angelegenheit kenne ich die Wünsche meiner Herrin. Daraus macht sie kein Geheimnis.«

»Dann hegt sie keine Bedenken?« Hawk warf einen Blick aufs Meer, bevor er sie wieder anschaute. »Keine Zweifel?«

»Nun – die Heirat wird ihr Leben völlig verändern, mit einem fremden Mann, in einem fernen Land. Aber meine Herrin ist fest entschlossen, ihr Bestes zu tun, um Euch zu beglücken.«

»Sicher wäre ihr Erscheinen ein guter Anfang.« Seine Worte klangen nicht ärgerlich, nur leicht irritiert.

»Allzu lange müsst Ihr nicht mehr warten, Mylord. Es ist nur – ihr ganzes bisheriges Leben verbrachte sie mit denselben Menschen, und die Trennung fällt ihr schwer. Vor der Abreise will sie für das Wohl dieser Leute sorgen.«

»Darum müsste sich ihr Halbbruder kümmern – wie heißt er doch gleich? Sven?«

Beklommen fragte sie sich, was eine Dienerin über Sven sagen würde. Nur dreimal in ihrem Leben war sie ihm begegnet. Einmal nach dem Tod des Vaters, das zweite Mal bei Wolf Hakonsons Besuch, und zuletzt hatte der Bruder sie zu sich bestellt, um ihr mitzuteilen, sie würde Lord Hawk heiraten. Trotz der nur flüchtigen Bekanntschaft fühlte sie sich unbehaglich, wann immer sie an Sven dachte, denn sie hielt ihn für einen Mann mit leerem Lächeln. Und seine Versprechungen erschienen ihr noch leerer. »Gewiss, Mylord. Aber Lady Krysta möchte persönlich die Verantwortung für ihre Leute übernehmen.« Das stimmte. Wochenlang hatte sie sich um ein paar Dutzend Familien im Dorf unterhalb ihres Hauses auf den Meeresklippen bemüht und ihre Zukunft gesichert.

»Wie lobenswert…«

Krysta begann zu lächeln.

»Es sei denn, die Lady ließ sich von ihrer Eitelkeit leiten.«

Da erlosch das Lächeln. »Eitelkeit?«, wiederholte Krysta und schnappte entgeistert nach Luft. »Ist man eitel, wenn man für seine Mitmenschen sorgt?«

»Manche Leute wissen nicht zwischen echter Anteilnahme und dem Bestreben zu unterscheiden, andere zu beherrschen.«

»Glaubt mir, Lady Krysta kennt den Unterschied.«

Obwohl er nickte, wirkte er keineswegs überzeugt. »Natürlich bist du ihr treu ergeben, das ist verständlich.«

»Nicht nur treu ergeben, Mylord. Ich *kenne* Lady Krysta, und ich versichere Euch, sie will niemanden beherrschen.«

Plötzlich starrte er sie so eindringlich an, dass ihr ein Schauer über den Rücken lief. »Ist sie etwa *dumm*?«

Wenn sie den Mund noch weiter aufriss, würde sie womöglich eine Fliege verschlucken. Ein paar Mal musste sie tief Atem holen, bevor ihr die Stimme wieder gehorchte. »Darf ich fragen, warum Ihr das befürchtet, Mylord?«

»Weil die meisten Menschen eine gewisse Macht ausüben möchten. Nur die Törichten tun alles, was man ihnen befiehlt. So ist die Lady doch nicht veranlagt?«

Geduld, mahnte ihr Verstand. *Hoffnung,* drängte ihr Herz. »Keineswegs, Mylord.«

Lord Hawk bückte sich und hob den schimmernden Stein auf, den sie vorhin bewundert hatte. Mit einer flinken Drehung des Handgelenks schleuderte er ihn aufs Meer. Fünfmal hüpfte der Kiesel über die Wellen, ehe er versank. »Und wie ist sie?«

Die Neugier eines Jungen, die Frage eines Mannes.

»Wie ich bereits erklärt habe, sie sorgt sich um ihre Leute. Sie möchte den Frieden zwischen den Norwegern und Sachsen festigen, und sie wird ihr Zuhause vermissen. Aber sie ist fest entschlossen, auf Hawkforte ein neues Heim zu finden.«

Wie wehmütig ihre Stimme klingt, dachte Hawk. Nicht nur ihre Herrin wird an Heimweh leiden. Er musterte die junge Frau, deren Gesellschaft er nicht gesucht, nach deren Namen er absichtlich nicht gefragt hatte, ein Mädchen mit grünen Augen und Sommersprossen auf dem Nasenrücken, ein hübsches Ding… Nicht so strahlend schön wie seine Schwester Cymbra, deren Anwesenheit genügte, um allen Männern den Kopf zu verdrehen. Wenn die Dienerin lächelte, wirkte sie noch zauberhafter. Oder wenn sie ihn nachdenklich betrachtete, so wie jetzt.

Streckte er wirklich und wahrhaftig eine Hand aus, um ihre Wange zu berühren?

Mühsam schluckte sie und wich zurück. »Mylord…«

»*Krah, krah*…« Im Sonnenschein flatterten schwarze Schwingen. Hawk blickte zu dem Raben auf, der dicht über seinem Kopf kreiste. Auf den Ästen der Bäume hinter dem Strand hockten weitere Raben, dunkle Schatten zwischen den Blättern. »*Krah, krah*…« Hatte es schon immer so viele Raben auf Hawkforte gegeben? Daran erinnerte er sich nicht. Und es spielte auch gar keine Rolle. Solche Vögel flogen herbei und wieder davon.

Doch die grünäugige Dienerin nahm den kleinen Zwischenfall viel wichtiger. Zunächst wirkte sie erstaunt, dann biss sie ärgerlich in ihre Unterlippe. Vielleicht mochte sie Vögel nicht. »Mylord, jetzt muss ich gehen.« Ohne eine Antwort abzuwarten, eilte sie den Strand hinauf. Beinahe wäre er ihr gefolgt. Aber er hielt sich gerade noch rechtzeitig zurück. Eine Dienstmagd seiner Braut! Welch eine Torheit…

Eine Zeit lang blieb er am Wasserrad stehen, bis ihn die Pflicht zur Festung zurücktrieb. Das Tor war geöffnet, mehrere Wagen fuhren hindurch, Handkarren wurden in den Hof geschoben. Außerhalb der Mauer lag die Stadt, von Hawks gut ausgebildeten Männern bewacht. Bald drohten die blühenden Geschäfte der Siedlung ihre Wälle zu sprengen. Im nächsten Jahr würde Hawk eine neue Mauer errichten lassen. Viele Kaufleute zogen hierher, die im Schutz seines Schwerts zu Wohlstand gelangten. Auch Gelehrte kamen von weit und breit an diese Küste, eine Entwicklung, die König Alfred in die Wege geleitet hatte. Nur zu gern folgte Hawk diesem Beispiel, denn er schätzte die Gesellschaft von Männern, die zahllose Bücher gelesen hatten und so anschaulich über längst vergangene Ereignisse sprechen konnten, als wären sie erst gestern geschehen. Zahlreiche Zugereiste besaßen andere Talente. Auf Hawkforte arbeiteten die besten Schmiede von ganz Essex und darüber hinaus, das galt ebenso für die Gerber, Zimmermänner und übrigen Handwerker. Emsige Mönche schmückten in der Abtei, die Hawk gebaut hatte, ihre Handschriften mit schönen Bildern. Fachkundige Apotheker betreuten die Kranken. Besonders stolz war Hawk auf die Kanäle, die seine Experten angelegt hatten und die in diesem Jahr, wo es nur selten geregnet hatte, für üppig grüne Felder sorgten.

Mit dem enormen Aufschwung hatte er nie gerechnet, sondern eher ein Schicksal voller Blut und Schweiß erwartet. König Alfreds Visionen verdankte er ein sehr angenehmes Leben, und er war fest entschlossen, das Glück seiner Leute und sein eigenes zu schützen. Um jeden Preis. Doch er wollte die Freude, die ihm beschieden war, auch genießen. Und so wanderte er guten Mutes in einer abgetragenen schmucklosen Tunika aus brauner Wolle durch die Straßen zu seiner Burg. Nur das Schwert an seiner Seite und die Ehrerbietung der Stadtbewohner bekundeten den Rang des Festungsherrn. Schüchtern lächelten sie ihn an, lüfteten die Hüte, und eine alte Frau drückte ihm ein noch ofenwarmes Rosinenbrötchen in die Hand. Bereitwillig nahm er es entgegen, denn er hatte seinen Turm verlassen, ohne zu frühstücken. Während er weiterschlenderte, biss er in das knusprige Gebäck.

Langsam ging er an den Läden und Werkstätten entlang. Hier und dort blieb er stehen, um mit einem Kaufmann oder einem Bauern zu sprechen. Früher hatte er die Namen aller Bewohner von Hawkforte gekannt. Aber jetzt waren zu viele hierher gezogen. Trotzdem bemühte er sich stets um persönliche Bekanntschaften. Ein Mann, der Toby hieß, legte einen Arm um die kräftigen Schultern seines jungen Sohnes und verkündete, an diesem Tag würde der Bursche seine Lehre bei einem Wagenbauer beginnen. Lächelnd zerzauste Hawk das Haar des Jungen, beglückwünschte ihn, und einige Zuschauer nickten wohlwollend.

Dann kam er an einer Taverne vorbei, die häufig von Schiffskapitänen und ihren Besatzungen besucht wurde. Tische und

Stühle wurden vor die Tür gestellt, und ein paar Männer nippten am ersten Ale des Morgens. Dankend lehnte Hawk ab, bei ihnen Platz zu nehmen. Als er den Hang zur Festung hinaufstieg, nahm er aus den Augenwinkeln eine Bewegung wahr und blieb stehen. Instinktiv berührte er den Griff seines Schwerts.

Thorgold schnaufte verächtlich, trat unter einem steinernen Torbogen hervor, der die Straße überspannte, und grinste Hawk an. »Beruhigt Euch, Mylord, da ist nur der alte Thorgold. Einen schönen guten Morgen wünsche ich Euch.«

»Und ich dir«, erwiderte Hawk automatisch und kam sich albern vor, weil er zur Waffe gegriffen hatte. Aber nicht so albern wie vorhin. Beinahe hätte er die Wange des grünäugigen Mädchens gestreichelt... Diese Erinnerung bewog ihn, einen strengen Ton anzuschlagen, was er vorher nicht beabsichtigt hatte. »Was tust du hier?«

»Oh, ich gönne meinen alten Knochen eine kleine Rast, Mylord, denn wir haben eine weite Reise hinter uns.«

Immer noch leicht verärgert, bemerkte Hawk: »Klar, das muss ein ungewöhnlich langer Weg sein. Sonst wäre deine Herrin sicher schon eingetroffen.«

»Seid Ihr so ungeduldig?«, kicherte der bärtige Mann mit den krummen Beinen. »Dazu habt Ihr auch allen Grund. Ein bildschönes Mädchen...«

»Ein Mädchen? Bist du so vertraut mit ihr?«

»Gewiss, seit der Stunde ihrer Geburt kenne ich sie.«

An diesem Tag hatte Hawk schon genug Dummheiten begangen. Warum sollte er jetzt damit aufhören? »Erzähl mir von ihr.«

»Seid Ihr so eifrig bestrebt, die Lady kennen zu lernen?«, fragte Thorgold belustigt.

»Eifrig bestrebt? Nein, nur neugierig.«

Der alte Mann kräuselte die Lippen und nickte verständnisvoll. »Ah, reine Neugier. Deshalb sind so manche Männer um die Welt gezogen. Oder sie wollten dem schönen Geschlecht entrinnen. Mit den Frauen hat man leider immer nur Ärger. Unentwegt nörgeln sie über dies oder jenes, mit grässlichen Stimmen wie … Nein, ich will nicht sagen, sie krächzen wie die Raben. Damit würde ich mir einige Schwierigkeiten einhandeln. Aber wenn sie in Wut geraten, schreien sie furchtbar schrill. Findet Ihr nicht auch?«

Seufzend dachte Hawk an Daria. »Ja, allerdings.«

»Aber zum Glück gibt's auch andere Frauen. Sanft wie ein Frühlingsregen, stark wie das Wasser, das über den Felsen rauscht und ihn glättet. Der Felsen weiß kaum, wie ihm geschieht. Und es stört ihn keineswegs.«

»Ich bin kein Felsen«, erwiderte Hawk und schaute zum Himmel auf. Schmerzhaft stach ihm das gleißende Blau in die Augen. Und überall saßen Raben – auf den Festungsmauern und den Ästen der Bäume. So viele Raben. »Ich bin ein Mann.«

Da kicherte Thorgold wieder. Diese Antwort schien ihm zu gefallen. Gönnerhaft verkündete er: »Sie mag Haarbänder.«

»Was …?«

»Bänder. Für ihr Haar. Die mag sie. In vielen verschiedenen Farben. Dafür schwärmte sie schon in ihrer Kindheit.« Mit schmalen Augen starrte der kleine Mann den Lord an. »Diese Bänder verwahrt sie in einem Kästchen. Wie Blumen zusammengerollt.«

»Schlägst du vor, ich soll Haarbänder kaufen?«

Thorgold zuckte die Achseln. »Jedenfalls würde es nicht schaden.«

»Und Juwelen, Pelze, Seide?«

»Nur Haarbänder.«

»Ein edles Pferd, luxuriöse Wandbehänge für ihr Gemach, kostbare Parfüms?«

»Haarbänder.«

»Ein Spiegel aus den fernsten Regionen Arabiens, Kassetten aus Zedernholz voller Gewürze, eine Harfe, deren Saiten an den Schwanz eines Einhorns gespannt sind?«

»Haarbänder. Das Einhorn würde ich an Eurer Stelle vergessen, Mylord. Solche Tiere kann man nicht fangen.«

Erfolglos versuchte Hawk, ein Lächeln zu unterdrücken. »Willst du andeuten, ich soll bis ins hohe Alter immer nur Haarbänder kaufen?«

»Wenn Ihr Euch so glücklich schätzen dürft, Mylord... Überschüttet Euch Fortuna mit ihren Gaben?«

»Verdammt will ich sein, wenn ich das weiß...« In seinem bisherigen Leben hatte Hawk Freud und Leid kennen gelernt. Das Essex seiner Kindheit war ein gefährliches Land gewesen, nicht so friedvoll wie jetzt. Und ein vernünftiger Mann musste stets auf der Hut sein. Seine Mutter war zu früh gestorben und hatte nur vage, süße Erinnerungen hinterlassen, die manchmal eine schmerzliche Sehnsucht heraufbeschworen. Dieses Gefühl konnten viele Dinge auslösen – eine Melodie, ein Duft, das Gemurmel einer Stimme, die fast, aber nicht völlig vertraut klang. Daran war er gewöhnt. Aber seiner selbstsüchtigen, gedankenlosen jungen Ehefrau, die in ihrem sträflichen Leichtsinn kurz nach der Hochzeit einen tödlichen Unfall erlitten und ihr ungeborenes Kind ins Jenseits mitgenommen hatte, gönnte er kaum einen Gedanken. Nach den Maßstäben dieser Welt hatte er viel erreicht, und das erfüllte ihn mit Genugtuung. Trotzdem fragte er sich manchmal, ob er nicht noch mehr erhoffen sollte – etwas Unerkanntes, Unerwartetes.

Ein Signalhorn ertönte, um die Ankunft einer Reiterschar zu melden. Geschmeidig schwang sich Hawk auf den Torbogen und blickte über die Stadt hinweg. Ein Dutzend Krieger galoppierte unter dem flatternden königlichen Banner heran.

3

Wie übermütige Kinder schrien sie vor Lachen, warfen sich in Positur und erwarteten, man würde alle ihre Wünsche sofort erfüllen. Verächtlich beobachtete Daria die Männer, die vom Königshof in Winchester hierher gereist waren und mit dem *lieben*

Hawk schwatzten. Die Schwachköpfe hielten sich für was Besonderes und erkannten nicht einmal die einzig *wichtige* Persönlichkeit in dieser Festung.

Am schlimmsten führte sich Hawk auf. Ein bösartiges Schicksal hatte Daria mit diesem Halbbruder gestraft, der sie nur unter seinem Dach duldete, um seine Pflicht zu erfüllen. Das wusste sie, und dafür hasste sie ihn. Stets ging er seiner eigenen Wege, verscheuchte sie immer wieder wie eine lästige Fliege und nahm ihre Anwesenheit kaum wahr. Doch sie würde die Situation ändern – o ja, ein für alle Mal.

Voller Abscheu wandte sie ihren Blick von den Gästen an der herrschaftlichen Tafel ab und versuchte, das schallende Gelächter zu überhören. Gegen den Geruch der Krieger konnte sie sich bedauerlicherweise nicht wehren – Leder, Wolle, Schweiß und irgendetwas Maskulines, das sie nicht näher ergründen mochte. Ihr schwindelte, und sekundenlang fürchtete sie, sich vor aller Augen zu übergeben.

Vater Elberts bleiche Hand berührte ihren Arm. »Beruhigt Euch, Lady«, bat er sanft. Sie starrte in sein schmales Gesicht mit den kohlschwarzen Augen und spürte, wie sie dem Tumult in der Halle entrückte. Langsam atmete sie aus und bezwang ihre Schwäche.

»Wie ich diese Leute verabscheue!«, flüsterte sie, damit niemand außer ihm sie verstehen konnte. Wer sie beobachtete, würde eine rechtschaffene Frau im Gespräch mit einem Kirchenmann sehen, den Blick demütig gesenkt. Nur der äußere Schein zählte.

»Mit gutem Recht, Lady. Aber die Zeit der Vergeltung wird kommen. Für all ihre Verbrechen müssen sie büßen.«

»Dafür können sie gar nicht genug leiden.« Sie schaute wieder zu Hawk hinüber. Groß, kraftvoll, mit einer männlichen Ausstrahlung, die ihr ein seltsames Unbehagen bereitete. Ihr verstorbener, keineswegs betrauerter Ehemann war ein Taugenichts gewesen, zu dumm, um ihren Befehlen zu gehorchen, außerstande, die Macht zu erringen. Die hatte Alfred an sich gerissen. Statt Daria zu der Königin zu machen, zu der sie geboren war, hatte sich der Schwächling zu sterben erdreistet. Nun musste sie von Hawks Großmut leben und träumte von ihrer Rache, die sie hoffentlich bald üben würde.

Einmal war das Werk der Zerstörung bereits missglückt, weil Cymbra – diese Kuh, die alle so unglaublich schön fanden – ihren Entführer, den Wikinger Wolf nicht dazu provoziert hatte, sie zu ermorden. Ganz im Gegenteil war sie seine heiß geliebte Gattin geworden. Darias Komplott war kläglich gescheitert.

Allein schon dieser Gedanke drehte ihr den Magen um. Ein zweites Mal durfte sie nicht versagen. Hawks unerwünschte Wikingerbraut konnte jeden Tag hier eintreffen. Wenn es Daria gelang, ihn gegen diese Frau einzunehmen und die Sicherung des Friedens zu vereiteln, würde sie die größte Freude ihres trostlosen Lebens empfinden. Während sie ihren Halbbruder musterte, der mit den Gästen aus Winchester plauderte, stieg neuer Hass in ihr auf. Wie ungeduldig sie seine Vernichtung herbeisehnte, wie sie in ihrem Triumph schwelgen würde …

Ein sonderbares Prickeln im Nacken lenkte Hawk vom Tischgespräch ab. Unauffällig sah er sich um und suchte die Quelle seines Missbehagens. Schon früh in seinem beschwerlichen Leben hatte er gelernt, wie leichtfertig es wäre, die Instinkte zu ignorieren, die ihn vor einer Gefahr warnten. Eine Bedrohung in seiner eigenen Halle, inmitten seiner Leute? Nicht unmöglich, aber unwahrscheinlich. Er kannte alle Männer, die vom königlichen Hof nach Hawkforte gekommen waren. Da er an ihrer Seite gekämpft und Mühsal und Hoffnungen mit ihnen geteilt hatte, besaßen sie sein Vertrauen. Diese Aristokraten, Alfreds getreueste Untertanen, bauten England wieder auf; und Hawk war stolz, weil er zu ihnen gehörte.

Und die anderen? Er schaute an Daria vorbei – wie üblich sehr schnell, weil er nicht gern an sie erinnert wurde. Auch Vater Elbert erregte seine Aufmerksamkeit nur flüchtig. Diesen mürrischen Hauspriester wollte er durch einen anderen Kaplan ersetzen, war aber noch nicht dazu gekommen. Nun musste er nur noch ein paar Kaufleute inspizieren, die auf der Durchreise waren und die er nur teilweise kannte. Und natürlich die Dienstboten seiner abwesenden Verlobten – das Trio am anderen Ende der Halle.

Eigentlich hatte er beschlossen, die junge Frau nicht mehr zu beachten. Aber jetzt fand er ihren Anblick seltsam erfrischend, als würde er über eine kühle Waldlichtung wandern. Er glaubte sogar, Wassertropfen zu spüren, die von moosbedeckten Felsen herabfielen. Bis er dieses intensive Gefühl abschütteln konnte, dauerte es eine Weile. Verärgert über sein unerwünschtes Interesse an der Dienerin, beobachtete er ihre Begleiter. Die schwarz gekleidete Frau nagte gerade ein paar kleine Knochen ab. Vermutlich stammten sie von den gebratenen Tauben, die an diesem Abend aufgetischt wurden. An ihrer Seite schlürfte Thorgold sein Ale.

Als er den Blick des Lords bemerkte, prostete er ihm mit seinem Becher zu. Das entging der jungen Frau nicht, und sie spähte in die gleiche Richtung. Obwohl sie weit entfernt saß, sah Hawk das Blut in ihre Wangen steigen. Hastig schaute sie weg – ein wildes Verlangen raubte ihm den Atem. Verblüfft riss er sich zusammen. Er war kein liebestoller Grünschnabel mehr, den schöne Augen und eine wohlgeformte Gestalt um den Verstand brachten, sondern ein vernünftiger, disziplinierter Mann. Trotzdem hatte er plötzlich das Gefühl, die Jahre würden von ihm abfallen und er wäre wieder ein unreifer Junge, von den ersten geheimnisvollen Regungen seines Körpers verwirrt.

Welch ein Unsinn. Geradezu wahnwitzig, denn wie er sich zum hundertsten Mal sagte, war dieses reizvolle Geschöpf Lady Krystas Dienerin. Selbst wenn seine Braut die personifizierte Güte wäre, könnte sie das verrückte Benehmen ihres künftigen Gemahls in eine zweite Daria verwandeln. Und die Vorstellung, er wäre für sein restliches Leben an eine kreischende Xanthippe gekettet, die noch dazu seine Zeit und Aufmerksamkeit beanspruchen dürfte, erfüllte ihn mit heilsamem Entsetzen. Irgendetwas musste geschehen. Sollte er seine Verlobte auffordern, das Trio heimzuschicken? Hier würde sie alle Dienstboten antreffen, die sie brauchte. Aber voraussichtlich zog sie die Gesellschaft vertrauter Leute vor, und die Ehe stünde von Anfang an unter einem Unstern, wenn sie sich unglücklich und einsam fühlte, nur weil er ihre Wut und Eifersucht fürchtete. Seufzend überlegte er, wie viele Haarbänder er kaufen müsste.

Sein sichtlicher Ärger bedrückte Krysta, und sie fragte sich, was ihn stören mochte. Warum hatte er sie so seltsam angestarrt, bevor er sie ignorierte? Bei jenem Blick war ihr ganz warm ums Herz geworden. Wie ungewöhnlich, dass jemand solche Empfindungen wecken konnte, indem er sie einfach nur betrachtete. Und diesen Jemand würde sie heiraten – ein angenehmer Gedanke, der heiße Leidenschaft und innere Ruhe zugleich bewirkte. O ja, Lord Hawk rief die widersprüchlichsten Emotionen in ihr hervor, weil er sie immer wieder so merkwürdig ansah – am Strand, in seiner Halle, in ihren Träumen. Ursprünglich hatte sie geplant, ihm aus dem Weg zu gehen, damit er in seiner Braut nicht die Dienerin wiedererkennen würde, die ihr angeblich vorausgeeilt war. Mit dieser Möglichkeit musste sie nun rechnen. Wie sollte sie das Täuschungsmanöver erklären? Konnte sie's einfach als Scherz abtun und ihn umschmeicheln, in der Hoffnung, er würde ihr verzeihen? Beide Möglichkeiten missfielen ihr. Aber wahrscheinlich blieb ihr nichts anderes übrig. Und wenn er sie lieben lernte, spielte es ohnehin keine Rolle.

Jedenfalls begehrte er sie, das wusste sie in der Tiefe ihrer Seele. Aber Begierde war nicht Liebe. Würde es ihr gelingen, die Kluft zwischen diesen beiden Gefühlen zu überbrücken? Lustlos schob sie das Essen auf ihrem Teller umher. Raven bemerkte es nicht, sie war mit ihrem Täubchen beschäftigt. Aber Thorgold warf seiner Herrin einen verständnisvollen Blick zu, ehe er wieder einen Schluck Ale nahm.

Trotz der ungelösten Probleme schlief Krysta erstaunlich gut und viel länger als gewohnt. Fröhliches Geschrei drang in den Alkoven und weckte sie. Erstaunt spähte sie in die menschenleere Frauenhalle, dann zog sie sich hastig an, rannte ins Freie und sah die Kinder umhertollen. Edythe, die Anführerin, entdeckte »Ilka« und grinste. »Gerade ist Daria zum Markt aufgebrochen!«, rief sie und lief zu ihr. »Und einer der Küchenjungen hörte sie sagen, sie würde erst vor dem Abendessen zurückkommen.«

Ohne zu überlegen, erwiderte Krysta das Lächeln und fragte eifrig: »Was tun wir zuerst?« Die Überraschung in Edythes grauen Augen wies sie auf ihr ungehöriges Verhalten hin. Normalerweise beteiligten sich Erwachsene nicht an den Possen der Kinder. Aber sie hatte in ihrer eigenen Kindheit die Gesellschaft von Altersgenossen schmerzlich vermisst. Natürlich war sie dankbar für alles gewesen, was man ihr geboten hatte. Und nun wollte sie einfach nur herausfinden, wie ein ganz gewöhnliches Kind in einer ganz gewöhnlichen Welt lebte. »Ich meine – was wollt ihr zuerst tun?«, verbesserte sie sich.

»Das weiß ich nicht…« Unsicher verstummte Edythe und überdachte die eigenartige Situation. Dann siegte ihre Freundlichkeit – oder ihre Neugier. »Begleitet uns doch, wenn Ihr wollt, Ilka.«

»Nein, ich wäre euch nur im Weg…«

»Gestern wart Ihr's nicht.« Edythe wandte sich ab und rief über ihre Schulter: »Gehen wir!«

Krysta folgte ihr zögernd zu den anderen Kindern, die sie nach anfänglicher Verblüffung begeistert willkommen hießen. Zunächst stürmten sie zum Fluss hinab, wo sie Frösche fingen. Sie veranstalteten einen Wettbewerb im Froschhüpfen, den ein schüchterner kleiner Junge gewann. Als Edythe seinen Frosch zum Sieger erklärte, strahlte er vor Freude. Danach pflückten sie Beeren, lagen im Gras und verspeisten sie.

Während die Sonne immer heißer herabschien, wateten sie ins

Wasser und folgten dem Fluss bis zum Strand. Dort suchten sie Muscheln und fanden eine ganze Menge. Mit dieser Beute kehrten sie heim und übergaben sie den Müttern, die sie nur zu gern entgegennahmen. Die Frauen starrten Krysta neugierig an. Doch sie stellten keine Fragen. Seit der Ankunft auf Hawkforte war sie von niemandem außer dem Lord befragt worden. Waren die Leute zurückhaltend, weil sie eine Ausländerin war, oder wollten sie einfach aus Höflichkeit ihre Privatsphäre respektieren? Wie auch immer, die Eltern begegneten ihr freundlich, und es schien ihnen zu gefallen, dass sie sich den Kindern in deren ersehnter Freizeit anschloss.

Nun führte Edythe die kleine Schar zu einem runden Platz außerhalb der Festungsmauern und erklärte Krysta, hier würde man die älteren Jungen zu Kriegern ausbilden. Für diesen Tag hatten sie die Übungen beendet, reinigten ihre Waffen und unterhielten sich. Deshalb stand der Platz für beschaulichere Aktivitäten zur Verfügung. Die Kinder begannen zu tanzen und wirbelten umher. Manchmal hielten sie einander an den Händen, manchmal drehten sie sich allein im Kreis. Dabei sangen sie alberne, selbst ersonnene Lieder. Lachend stampften sie dahin und dorthin, klatschten und pfiffen und warfen die Arme hoch. Krysta schaute fasziniert zu. Noch nie hatte sie so viel unbändige Energie auf einmal gesehen, und bald nahm sie an dem ausgelassenen Treiben teil, von einer lächelnden Edythe ermutigt, die nach ihrer Hand griff. Während Krysta tanzte, mit immer komplizierteren Schritten, hörte sie in ihrer Fantasie eine Melodie, die sie wenig später zu singen begann. Die Kinder umringten sie und ahmten ihre Bewegungen nach. Dann erfanden sie neue Figuren oder folgten alten Traditionen. Es war ein Tanz für das Sternenlicht und geheimnisvolle Nächte, für mondhelle schäumende Wellen an weißen Stränden, obwohl eine gleißende Nachmittagssonne die Festung beleuchtete. Aus den Seelen der Kinder schienen sich verborgene Wunder zu erheben, die sie nicht enthüllten, aber ihr Entzücken verhehlten sie nicht. Auch

Hawk bemerkte es, als er vom Turnierplatz zurückkehrte, voller Sehnsucht nach einem erfrischenden Bad und gut gekühltem Cidre. Erstaunt blieb er stehen.

Tanzende Kinder? Hatte er dergleichen je zuvor beobachtet? Natürlich, alle Kinder mussten überschüssige Energien loswerden. Aber da er sich nicht an ähnliche Szenen erinnerte, gewann er den beklemmenden Eindruck, seiner Domäne würde es an Lebensfreude mangeln. Nun suchte er eine Erklärung für die unerwartete Heiterkeit. Danach musste er nicht lang suchen. Mitten in der munteren Schar tanzte die grünäugige Dienerin – nur erkennbar, weil sie größer war als ihre Gefährten. Doch sie sprang genauso übermütig umher wie die anderen. In ihrer Nähe schien die Luft zu schimmern. Der Glanz musste flimmernder Staub sein, von flinken Füßen aufgewirbelt. Aber in der Nacht hatte es geregnet, es gab hier gar keinen Staub. Trotzdem zuckten funkelnde Punkte über den Köpfen.

Er blinzelte, schaute wieder hin und erblickte die junge Frau und die Kinder in einem schillernden Schleier. Er war kein begeisterter Tänzer, aber immerhin kannte er die Moriskentänze und dergleichen, die am Vorabend von Feiertagen vorgeführt wurden. *Dieser* Tanz mit den kunstvollen, komplizierten Schritten war ihm fremd. Dennoch glaubte Hawk, er hätte ihn schon irgendwo gesehen – irgendwo, vielleicht in einem Traum. Leise wehte eine Melodie heran und verwirrte ihn, denn er entdeckte keine Musiker. Aber er hörte Flöten- und Trommelklänge. Dann verstummten sie. Wie versteinert standen die Kinder da und starrten ihn an.

Erst jetzt merkte er, dass er sich der frohen Schar genähert hatte, unwiderstehlich in ihren Bann gezogen, von einer seltsamen Magie getrieben, fast bestrebt mitzutanzen.

»Mylord…«, begann die grünäugige Dienerin, und er nahm an, sie wollte eine Erklärung abgeben, um Verzeihung bitten. In den Gesichtern der Kinder las er die unverhohlene Angst vor einem Tadel oder einer schlimmeren Strafe. Der Gedanke an das ungeborene Baby, das seine leichtfertige Gemahlin mit sich in den Tod gerissen hatte, weckte den alten Schmerz, so qualvoll wie seit Jahren nicht mehr.

Lächelnd meinte er: »Ihr solltet öfter tanzen.«

Mit großen Augen musterten sie ihn, als wäre ihm plötzlich ein zweiter Kopf gewachsen. Nur die junge Frau erwiderte das Lächeln, nickte ihm dankbar zu und verschwand. Alle eilten davon, ehe er eine Gelegenheit fand, die Ursache seiner guten Laune zu erforschen, der sie offenbar misstrauten. Bald sah er die Dienerin nicht mehr. Aber sie verharrte noch lange in seinen Gedanken, nach dem Bad, nach dem ersten Schluck Cidre, nach dem Abendessen, während die Lieder des Barden verhallten und die Flammen im Herd erloschen. Und später tanzte sie lachend durch seine Träume.

Verdammt, welch ein Narr er war …

Die Luft war windstill. Wie ein Leichentuch hüllte sie Krysta ein. Rastlos warf sie sich umher. Unter ihr knarrte die Matratze. Raven bewegte sich und ächzte leise.

So ungern Krysta die Freundin auch störte – sie ertrug es nicht, noch länger auf den erlösenden Schlummer zu warten. Sie pflegte nackt zu schlafen, wer tat das nicht? Aber der Schicklichkeit zuliebe schlüpfte sie in ein Hemd, bevor sie aus der Frauenhalle schlich. In der milden Nachtluft wehte ein exotischer Duft aus fernen Ländern heran, den die Brise über das Meer sandte. Sie schaute zum schwarzen Himmel hinauf, der sich von Horizont zu Horizont ohne eine einzige Wolke wölbte. Längst war der Mond untergegangen. Nur die Sterne und die Feuer in den Wachtürmen spendeten Licht. Dunkler Rauch umhüllte die Silhouetten der Männer, die auf der Mauer patrouillierten und manchmal stehen blieben, um ein paar Worte zu wechseln.

Wohin Krysta sich wenden und was sie unternehmen sollte, wusste sie nicht. Schließlich sah sie den Widerschein rot glühender Asche in der Schmiede. Im Schutz nächtlicher Schatten eilte sie hinüber. Den ganzen Tag hatte sie das metallische Lied des Hammers gehört. Jetzt herrschte tiefe Stille, nur vom fernen Schrei einer Eule und raschelndem Stroh durchbrochen. Dann erklang ein Miauen. Atemlos wagte Krysta sich näher heran und betrat die Werkstatt. Eine getigerte Katze hob den Kopf und schaute sie prüfend an. Nach einer Weile blinzelte sie und wandte sich wieder zu den sechs winzigen Kätzchen, die sich an ihren Bauch drängten. Einige saugten an den Zitzen, andere schliefen. In respektvollem Abstand kniete Krysta nieder und betrachtete das hübsche Bild. Nie zuvor hatte sie neugeborene Kätzchen gesehen, rosig und noch blind von der Finsternis im Mutterleib. Wahrscheinlich waren sie eben erst geboren worden. Die Mutter hatte einen geeigneten Ort gewählt, in weichem Stroh, das die Flammen der Schmiede gewärmt hatten. Offensichtlich hatte sie gewusst, was zu tun war. Mit rauer Zunge strich sie über das flaumige Fell ihrer Jungen. Nur einmal hielt sie von einer kühnen Maus abgelenkt inne. Unter anderen Umständen wäre das kleine Tier eine willkommene nächtliche Mahlzeit gewesen. Aber heute konnte es unbeschadet entkommen.

»Morgen bringe ich dir ein paar Heringe«, versprach Krysta. »Solange deine Babys noch klein sind, darfst du nicht auf die Jagd gehen.«

Die Tigerkatze blinzelte wieder, als wollte sie zustimmen. Dann fuhr sie fort, ihre Schützlinge abzulecken. Angesichts dieser mütterlichen Fürsorge fühlte sich Krysta seltsam getröstet. Plötzlich fuhr sie erschrocken hoch, als ihr Kopf gegen eine Truhe schlug. Wann sie in dieser unbequemen Haltung eingeschlafen war, wusste sie nicht. Jedenfalls spürte sie schmerzhafte Krämpfe in ihren Beinen. Mühsam stand sie auf und rieb ihre Waden, während sie aus der Schmiede wankte.

Im schwachen Licht der Morgendämmerung sah er nur undeutlich, wie sie sich bückte. Der östliche Horizont färbte sich grau, an der Westseite funkelten immer noch die Sterne. Vom Meer wehte ein erfrischender Wind herüber und zerrte an der Tunika, die Hawk hastig angezogen hatte, nachdem er aus einem beunruhigenden Traum erwacht war. Seit seiner Jugend hatten ihn solche Träume nicht mehr geplagt. Entweder würde seine Braut möglichst schnell herkommen und ihn bereitwillig umarmen, oder er musste sich eine Geliebte suchen. Ein Mann in seiner gehobenen Position durfte sich diese hartnäckigen Gedanken an das schöne Geschlecht nicht leisten. Aus welchem Grund auch immer erhitzte ein wildes Verlangen sein Blut, das gestillt werden musste. Während er diesen Entschluss fasste, sah er die junge Dienerin aus der Schmiede hinken. Was hatte sie dorthin geführt, in einen Raum voller Ruß und Eisen? Und wenn sie schon nachts umherwanderte, warum kleidete sie sich nicht, wie es Sitte und Anstand erforderten? Soweit er feststellen konnte, trug sie nur ein dünnes Hemd, das die Brise an ihren Körper presste, an einen sehr hübschen Körper, schlank und geschmeidig... Doch das brauchte ihn nicht zu interessieren. Warum schlich sie verstohlen umher? Befand sie sich in einer Notlage?

Für einen so großen, kräftigen Mann bewegte er sich erstaunlich schnell und behände. Innerhalb weniger Sekunden stand er direkt vor Krysta. Bestürzt rang sie nach Atem, und die Angst verscheuchte den Schmerz aus ihren steifen Beinen. Wie töricht von ihr, sich so spärlich bekleidet im Dunkel von einem unbekannten Mann ertappen zu lassen, der womöglich – was?

Da kam er noch näher, und sie erkannte ihn, nicht an seinen Gesichtszügen, die sie kaum sah, sondern an seiner Ausstrahlung, die ihr bereits vertraut war. »Mylord...«

»Was treibst du hier?« Er wartete keine Antwort ab. »Fällt dir nichts Besseres ein, als nachts nur unzulänglich angezogen herumzuschleichen?« Irritiert zupfte er am dünnen Stoff ihres Ärmels, und sie wich so abrupt zurück, dass sie gestolpert wäre, hätte er sie nicht festgehalten. Ganz dicht standen sie voreinander, sein Arm umschlang ihre Taille. So viele Eindrücke stürmten auf Krysta ein – die Wärme seines Körpers, seine Stärke, die Verwirrung in seinem Blick, das Bedürfnis, seine gerunzelte Stirn zu glätten und ihn zu beschwichtigen – und noch viel mehr.

Über seiner rechten Schulter fiel eine Sternschnuppe herab, und der silberne Streifen lenkte Krysta lange genug von ihren Gefühlen ab, um sie zu Verstand kommen zu lassen. »Seht doch!« Als er sich umdrehte, entschlüpfte sie seinem Griff wie Wasser, das durch Felsenritzen entweicht.

Verblüfft fuhr er zu ihr herum. Sie wollte flüchten, besann sich aber eines Besseren. Er war ein Jäger. Und sie durfte ihm keinen Grund geben, ihr nachzujagen.

»Warum hat deine Herrin ausgerechnet dich hierher geschickt? Immerhin fand sie zwei Dienstboten von seltener Hässlichkeit. Konnte sie keinen dritten auftreiben?«

»O nein, Raven und Thorgold sind nicht hässlich«, protestierte Krysta gekränkt. In ihren Augen waren die beiden schön.

»Nun, das spielt keine Rolle«, erwiderte Hawk und zwang sich zur Ruhe. »Warum hat sie *dich* hierher geschickt?«

Ja warum? Damit sie ihm nachspionierte, sein Wesen erforschte, über verschiedene Möglichkeiten nachdachte, seine Liebe zu gewinnen. Gewiss, das könnte sie ihm mühelos erklären. »Weil ich für Lady Krystas Bequemlichkeit sorgen soll.«

Hawk lachte spöttisch. »Dann hat sie die Situation völlig falsch beurteilt, nicht wahr? Ist sie wirklich so naiv?«

War sie das? Was Krysta empfand war keine Naivität. In ihr regte sich ein uraltes weibliches Wissen. Sie wartete, aber sein Schweigen verlangte eine Antwort. »Mylord, sie ist – wie sie ist.«

Was konnte sie sonst noch sagen? Er würde sie lieben oder zerstören – es lag in Gottes Hand. Ein paar Sekunden lang starrte er sie noch an, ein tiefer Seufzer hob und senkte seine Brust. Dann sprach er nur eine einzige Silbe aus: »Geh.«

Ohne einen Blick zurückzuwerfen, rannte sie davon – obwohl es keinen Fluchtweg gab.

Während die Stunden verstrichen, wurde die Luft immer schwüler. Am Nachmittag färbte sich der Himmel gelblich grau. Mit gesenkten Köpfen trotteten die Hunde umher. Angstvoll wieherten die Pferde. Die Leute beeilten sich, ihre Pflichten zu erfüllen, die Frauen kümmerten sich früher als üblich um die Wäsche und nahmen sie noch feucht von der Leine. In unnatürlicher Stille erstreckte sich das Meer bis zum Horizont, kein Windhauch regte sich. Krysta holte tief Atem und fühlte einen eigenartigen Schmerz in der Brust. Vielleicht schlug ihr Herz zu heftig. Getrieben von der Sehnsucht nach den kühlen, vom Kieferndufterfüllten Brisen ihrer Heimat, ging sie zum Strand hinab. Die Ebbe hatte den Sand freigelegt. Doch die Vögel, die diese Gelegenheit zur Nahrungssuche nutzen sollten, ließen sich nirgends blicken. Nicht einmal die Möwen. Um der melancholischen Szenerie zu entrinnen, kehrte Krysta schon nach wenigen Minuten in die Festung zurück.

Innerhalb der Mauern schlossen die Kaufleute und Handwerker ihre Läden und Werkstätten. Alles, was nicht niet- und nagelfest war, wurde in Sicherheit gebracht – sogar die Tröge, die das Trinkwasser für die Pferde enthielten. Allmählich verfinsterte sich der Himmel, schien immer tiefer herabzusinken und die Gipfel ferner Berge zu berühren. Über Krystas Rücken rann ein Schauer. Daheim hatte sie wilde Stürme vom nördlichen Atlantik heranrasen sehen. Aber hier herrschte eine andere Atmosphäre. Die sonderbare Farbe des Himmels und die bleischwere Luft zerrten an ihren Nerven. Vergeblich schaute sie sich nach Raven und Thorgold um. Die beiden hatten sich zweifellos irgendwo verkrochen.

Sogar der emsige Schmied beendete seine Arbeit früher als gewohnt. Beim Anblick des Korbs mit den Heringen, den Krysta in seine Werkstatt trug, lächelte er und zeigte in die Ecke, wo die

Tigerkatze mit ihren Jungen im Stroh lag. Mit gnädigem Blinzeln nahm sie das Geschenk entgegen und verschlang die willkommene Mahlzeit. Krysta blieb noch ein paar Minuten und beobachtete die schlafenden Kätzchen. Dann verabschiedete sie sich von dem freundlichen Schmied. Im Hof brachte sie ein plötzlicher Windstoß beinahe aus dem Gleichgewicht. Den Kopf zwischen den Schultern, rannte sie zur Frauenhalle auf der anderen Seite.

Noch bevor sie ihr Ziel erreichte, öffnete der Himmel seine Schleusen, strömender Regen durchnässte sie bis auf die Haut. Hastig sah sie sich nach einem schützenden Dach um, entdeckte den Stall und lief hinein. Nachdem sie das Tor hinter sich geschlossen hatte, seufzte sie erleichtert. Draußen tobten die Elemente immer stürmischer. Der Wind rüttelte an den Bretterwänden und scheuchte Krysta tiefer in den Stall hinein. Von ihrem Kleid tropfte Wasser zu Boden. Sie bückte sich, um den Saum auszuwringen. Im selben Augenblick zerriss ein greller Blitz die Wolken, gefolgt von ohrenbetäubendem Donner. Obwohl das feurige Licht nur durch einen Fensterladen hineindrang, der sich aus den Angeln gelöst hatte, stach es schmerzhaft grell in Krystas Augen. Was sollte sie tun? Unsicher spähte sie in alle Richtungen. Nach einer Weile wurde sie von einem wiehernden Pferd und einer tiefen Männerstimme zum anderen Ende des Stalls gelockt. Sie wollte sich nicht zeigen und nur die tröstliche Nähe eines Menschen suchen. Aber bevor sie sich verstecken konnte, drehte er sich um. Im Schein eines neuen Blitzes sah sie sein markantes, wie aus Granit gemeißeltes Gesicht.

»Heiliger Himmel ...« Die Worte klangen wie eine flehende Bitte um Erlösung.

»Tut mir Leid«, entschuldigte sie sich, »das Gewitter hat mich überrascht. Und die Frauenhalle liegt zu weit weg ...«

Verwirrt unterbrach sie sich. In der Luft schien ein eigenartiges Knistern zu vibrieren, das Krystas Nackenhaare sträubte. Hawk trat von dem Hengst zurück, den er beschwichtigt hatte.

Was nützte es, ein Pferd zu besänftigen, wenn seine eigene Seele keine Ruhe fand? Den ganzen Tag war er der Frau aus dem Weg gegangen, hatte seine Männer und sich selbst auf dem Turnierplatz und bei der Jagd gnadenlos angetrieben. Trotz aller Mühe konnte er sie nicht vergessen. Letzten Endes hatte er beschlossen, die Dienerin mit einer Eskorte zu seinem Schwager zu schicken und sich schriftlich nach dem Verbleib seiner Braut zu erkundigen. Diese Heirat hatte der tückische Wolf eingefädelt. Also sollte er das Problem gefälligst lösen.

Und jetzt stand sie vor ihm – so verlockend, wie ein Becher voll kühles Wasser einem Verdurstenden erscheinen mochte, gefährlich wie das Unwetter, das sie zusammengeführt hatte.

Das ist Lokis Werk, würde Wolf behaupten, denn dieser boshafte Gott genoss es in vollen Zügen, wehrlose Menschen zu quälen. Eine einleuchtende Erklärung, fand Hawk. Ebenso gut wie jede andere.

»Komm zu mir.«

»Nein«, entgegnete sie ohne Zögern, mit klarer Stimme, unmissverständlich.

In wachsendem Argwohn hob er die Brauen. Eine seltsame Dienerin, die einen Befehl so dreist missachtete. »Nein?«, wiederholte er lächelnd. »Du bist eine Frau, nicht wahr? Und eine Dienerin? Du befindest dich in meiner Festung. Trotzdem missachtest du meine Aufforderung?«

Trotzig hob sie ihr Kinn. »Ihr seid nicht mein Herr.« Eine lahme Ausrede, das wussten sie beide.

Nun vertiefte sich Hawks Lächeln. »Du hast nichts zu befürchten, denn ich möchte nur bestätigt sehen, was ich bereits herausgefunden habe.«

Als sie ihn vorher erkannt hatte, war sie erschrocken. Und jetzt geriet sie beinahe in Panik. *Was* hatte er festgestellt? Durchschaute er die Maskerade? Andererseits nannte er sie eine Dienerin, die sich ihrem Herrn nicht widersetzen durfte. »Mylord, ich bin eine freie, unverheiratete Frau. Deshalb muss ich *keinem*

Mann gehorchen. Es sei denn…« Ihre Augen verengten sich. »Es sei denn, die Wünsche einer Frau kümmern Euch nicht.« Verächtlich kräuselte sie die Lippen.

»Doch, sie kümmern mich«, versicherte Hawk, und sie atmete auf. »Und wie ich bereits sagte, hast du nichts zu befürchten. Komm endlich her.«

»Lieber nicht.«

Mit wenigen Schritten war er bei ihr. Sie konnte sich nicht gegen ihn wehren – er war ein Krieger, in zahlreichen Schlachten erprobt, und ein geborener Jäger. Hilflos war sie ihm ausgeliefert. Oder doch nicht? Der Gedanke ihr wehzutun erschien ihm unvorstellbar. »Was zwischen uns entstanden ist, weißt du. Das habe ich in deinen Augen gesehen.«

Auf so freizügige Worte war sie nicht vorbereitet. Erklärte er tatsächlich, dass er sie begehrte? Die Dienerin seiner Braut? Interessierte ihn nicht, wie Lady Krysta darüber denken würde? Bedeuteten ihm die Gefühle seiner künftigen Gemahlin gar nichts?

»Ich will nicht mit Euch schlafen.« Diesen Augenblick wählte der Wind, um zu ersterben. In der plötzlichen Stille klang Krystas Stimme unnatürlich laut.

»Darum habe ich dich nicht gebeten.«

Brennend stieg ihr das Blut in die Wangen. Hatte sie die Situation missverstanden? Sie fühlte sich zutiefst gedemütigt. »Oh, ich dachte… Schon gut.« Hastig wandte sie sich ab und hoffte, die Frauenhalle zu erreichen, bevor das Gewitter erneut losbrach. Aber Hawk ergriff ihren Arm und zog sie an sich.

»Du bist eine Frau wie jede andere. Davon will ich mich überzeugen. Und dann beenden wir dieses alberne Geplänkel.«

Bevor er seinen Mund auf ihren presste, fand sie gerade noch Zeit, ein einziges Mal Atem zu holen. Die Gefühle, die er in ihr weckte, erschreckten sie. Nie zuvor war sie geküsst worden. Doch sie gestand sich ein, dass sie mehrmals von Küssen geträumt hatte. Vor allem in letzter Zeit. Mit der Wirklichkeit ließen sich die Fanatsiebilder nicht vergleichen. Kein kraftvoller, grausamer Angriff, sondern eine süße Verlockung zog Krysta in einen unwiderstehlichen Bann einer betörenden Intimität. Hawks Lippen öffneten ihre, und sie spürte seine Hitze, kostete seinen Geschmack. Stöhnend grub sie ihre Finger in seine breiten Schultern, von einer Macht überwältigt, die sie bisher nicht gekannt hatte. Aus seiner Kehle rang sich ein heiserer Laut, er presste sie fester an sich. Da erkannte Krysta eine verwandte Seele. Ihre wilde Leidenschaft beantwortete seine, und sie genoss das Drängen seiner Zunge, die mit ihrer spielte. In plötzlicher Kühnheit überließ sie sich ihrer Sinnenlust, von der sie noch vor wenigen Sekunden nichts geahnt hatte. Unbewusst hatte sie sich schon immer danach gesehnt. Diesem Mann wollte sie Kinder schenken, mit ihm würde sie durchs Leben gehen. Das erkannte sie innerhalb eines einzigen Herzschlags, und sie schwelgte in ihrer Freude. Selbstvergessen schlang sie ihre Finger in sein dichtes, seidiges Haar, zog seinen Kopf zu sich herab, um ihn ganz und gar zu vereinnahmen. Sein Kuss, den sie jetzt mit gleicher Glut erwiderte, war nur ein Anfang. Die ganze Essenz des Lebens würde sie von ihrem Bräutigam fordern.

Atemlos riss er sich los, die Wangen gerötet, und starrte sie ungläubig an. »Was tust du? Ich dachte, du wärst deiner Herrin treu ergeben. Welches Spiel treibst du mit mir?«

Ein Spiel? Bestürzt taumelte sie zurück. Es war nur ein *Spiel*, wenn man das Leben an sich so nennen konnte? Wie auch immer, sie hatte einen schweren Fehler begangen. Lag es an ihrer mangelnden Erfahrung im Umgang mit den Menschen? Nein. Einzig und allein an ihrer ungezügelten Begierde.

»Mylord, ich wollte nicht…«, begann sie.

Mit einer knappen Geste brachte er sie zum Schweigen. Blitzschnell fuhr seine Hand durch die schwüle Gewitterluft. »Wärst du eine andere Frau«, stieß er heiser hervor, »würde ich dich nicht gehen lassen. Aber um des Friedens willen muss ich mich beherrschen. Ich schicke dich nach Vestfold zurück. Soll deine Herrin davon halten, was sie will.«

»Ihr schickt mich zurück? Nein!« Wie sollte sie hier eintreffen, wenn er sie nach Hause sandte? Sie hatte beabsichtigt, kurzfristig zu verschwinden und in ihrer wahren Gestalt nach Hawkforte zurückzukehren. Dazu würde sie keine Gelegenheit haben, wenn sie in ihre Heimat reisen musste – zweifellos mit einer Eskorte. Lord Hawk würde seine immer noch säumige Braut verfluchen, der Friede, den sie beide wünschten, wäre gefährdet. »Da ich nicht Euer Eigentum bin, steht es Euch keineswegs zu, mich wegzuschicken.«

»Wenn du hier bleibst, wirst du mir gehören.« Sein Blick schien ihre Augen zu durchbohren. »Und das kann ich nicht zulassen. Geh jetzt, sonst vergessen wir beide, was wir deiner Herrin schulden.«

Es lag ihr auf der Zunge zu beteuern, ihre Herrin sei gütig, verständnisvoll und duldsam. Oder sollte sie die Wahrheit gestehen? Welch eine Farce …

Ohne ein weiteres Wort verließ sie den Stall und begrüßte die kalte, feuchte Luft, obwohl die Hitze in ihrem Körper nicht erlosch.

Allein mit seinen Gedanken, sank Hawk an die Bretterwand des Stalls und rang nach Atem. Es war ein Irrtum gewesen, sein Verlangen als Dummheit abzutun. Ein süßer Wahnsinn hätte ihn beinahe bewogen, alles andere zu missachten, seine Pflicht, seine Ehre, sogar den klaren Verstand. Am nächsten Morgen würde sie abreisen. Dafür wollte er sorgen. Und danach würde er seine berühmte Willenskraft einsetzen, diese Frau für immer aus seiner Erinnerung zu verbannen. Durfte er hoffen, es könnte ihm gelingen?

Seufzend wandte er sich zum Tor. Das Licht der Öllampe, die er mit sich trug, fiel auf sein Handgelenk. Verwundert blieb er stehen und starrte den dunklen Fleck auf seiner Haut an. Merkwürdig – wenn er sich recht entsann, hatte er nichts berührt, was einen solchen Fleck hinterlassen könnte. Ein bisschen Schmutz war nicht ungewöhnlich. Aber kurz vor dem Gewitter hatte er sich gründlich die Hände gewaschen, um in einem seiner kostbaren Bücher zu blättern. Und da war ihm dieser Fleck nicht aufgefallen.

Mit einer Fingerspitze berührte er die dunkle Stelle – so feucht wie das Haar der grünäugigen jungen Frau, das er bei der leidenschaftlichen Umarmung gestreift hatte. Das Haar einer Dienerin, die den Befehl eines angesehenen Kriegers dreist missachtete, einer Dienerin mit zarten Händen, ohne die Schwielen harter Arbeit. In seiner Fantasie nahm ein grotesker Verdacht Gestalt an. Nein, unmöglich… Doch der Gedanke ließ sich nicht verdrängen.

An diesem Abend erschien Krysta nicht in der herrschaftlichen Halle. Stattdessen überlegte sie verzweifelt, was sie tun sollte. Die ganze Nacht warf sie sich unruhig in ihrem Bett umher und versuchte, eine hilfreiche Entscheidung zu treffen. Sie konnte ein Geständnis ablegen und Lord Hawk um Gnade bitten. Nein, das wagte sie nicht. Sollte sie davonschleichen, bevor sie weggeschickt wurde, und wenig später als Lady Krysta zurückkehren? Wenn Thorgold und Raven mit ihr verschwanden, könnten sie behaupten, sie hätten ihre Herrin unterwegs getroffen. Was wäre damit gewonnen? Hawk hatte sie zu oft und zu deutlich gesehen. Das wäre eine Überlegung wert gewesen, bevor sie ihren scheinbar so vernünftigen Plan geschmiedet hatte, einen kläglich gescheiterten Plan.

Als der Morgen graute, stand sie auf, leicht benommen von der schlaflosen Nacht. Wie sie sich verhalten sollte, wusste sie noch immer nicht. Zu ihrer Erleichterung bemerkte sie keine Vorbereitungen für ihre Abreise. Doch das musste nichts bedeuten. Zweifellos waren Lord Hawks Krieger jederzeit zum Aufbruch bereit. Vor Hunger drehte sich ihr Magen um. Doch sie würde keinen Bissen hinunterbringen. Aus den Küchenräumen drang Darias schrille Stimme. Instinktiv wandte sich Krysta in die andere Richtung und stieß beinahe mit dem Verwalter zusammen, der sie offenbar gesucht hatte.

»Verzeiht mir«, entschuldigte sie sich hastig und wollte an ihm vorbeieilen.

Doch der junge Mann versperrte ihr den Weg. »Seine Lordschaft will dich sehen.«

»Wie – was?«, stammelte sie.

»Er will dich sehen«, wiederholte Edvard ungeduldig. »Im Turmzimmer.« Als sie immer noch zögerte, versetzte er ihr einen sanften Stoß. Schlimmer noch, er schaute ihr nach, um festzustellen, ob sie auch wirklich durch die richtige Tür ging.

Langsam stieg sie die Turmtreppe hinauf. Was sollte sie sagen? Hätte sie doch ein bisschen mehr Zeit, um nachzudenken. Bedauerlicherweise blieb ihr nichts anderes übrig, als das Beste zu erhoffen und zu beten.

Die Tür des Turmzimmers stand halb offen. Nach einem tiefen Atemzug nahm Krysta ihren ganzen Mut zusammen und trat ein. Das Gemach nahm das ganze oberste Stockwerk ein, beherrscht vom größten Bett, das sie jemals gesehen hatte – mit reich bestickten Vorhängen und kostbaren Pelzen. Vielleicht hätte sie außer diesem imposanten Bett nichts bemerkt, wäre ihr Blick nicht von Hawk gefesselt worden, der in eine Wanne voll dampfendem Wasser stieg. Bevor er sich setzte, sah sie seine schmalen Hüften, die kraftvollen Schenkel und dann nur mehr die breite Brust und ein raubtierhaftes Lächeln.

»Steh nicht herum!«, rief er. »Mach dich nützlich und wasch mir den Rücken.« Ehe sie antworten konnte, tauchte er unter und wieder auf, spritzte Wassertropfen nach allen Seiten und seifte sein Haar ein. Wider Willen fasziniert, starrte sie ihn an – die bronzebraune Haut, die vibrierenden Muskeln und Sehnen, die kleinen flachen Brustwarzen. In seinen Achselhöhlen wirkte das dunkle Kraushaar noch seidiger als die Locken auf seinem Kopf. Er tauchte wieder unter, um die Seife wegzuspülen. Das

Gesicht triefnass, richtete er sich auf und öffnete ein Auge. »Hast du nicht gehört?«

Doch – gut genug, um zu wissen, was seine scharfe Stimme bedeutete. Aus irgendeinem Grund war er fest entschlossen, seinen Befehl befolgt zu sehen. Vielleicht bereute er, dass er sie am Vortag aus dem Stall gescheucht hatte und wollte das unterbrochene Liebesspiel jetzt fortsetzen. Dieser Gedanke beschleunigte Krystas Puls. Oder versuchte er, sie zu demütigen, bevor er sie wegschickte? Was immer er beabsichtigte, es wäre falsch, ihn zu erzürnen. Sie hatte ohnehin keine Wahl.

In jedem Schritt drückte sich ihr Widerstreben aus, während sie zur Wanne ging. Vorsichtshalber ließ sie ihn nicht aus den Augen. Aber nachdem er erkannt hatte, dass sie gehorchen würde, beachtete er sie nicht mehr und wusch seinen Körper. Die Wangen hochrot, beobachtete sie ihn. Wenigstens schützte das Badewasser einigermaßen ihre Unschuld – oder was davon übrig geblieben war, nachdem er diese heiße Leidenschaft in ihr geweckt hatte.

Doch sie gab sich nicht völlig geschlagen. Sie sollte seinen Rücken waschen? Nur zu gern. Fügsam kniete sie neben der Wanne nieder, und ihre Lippen verzogen sich zu einem sanften Lächeln, das ihn alarmieren musste. Sie ergriff einen Lappen und tauchte ihn ins Wasser. Mit aller Kraft begann sie seinen Rücken zu schrubben.

Wollte sie seine Haut aufschürfen? Hawk lachte schallend. Verdammt, offenbar amüsierte sie ihn. »Zieh deine Krallen ein!«, mahnte er. »Ich habe auf harten Felsen geschlafen und nichts davon gespürt. Sicher wirst du keine schlimmere Wirkung ausüben.«

»Was nicht an meinem mangelnden Eifer liegen würde«, murmelte sie und verstärkte den Druck ihrer Hände, ohne Erfolg. Genauso gut hätte sie einen Stein scheuern können. Einen warmen, glatten Stein. Verwirrt zuckte sie zurück, als hätte sie sich die Finger verbrannt, und versuchte aufzustehen.

Aber Hawk umklammerte ihr Handgelenk. »Du bist noch nicht fertig.« Spöttisch hob er die Brauen. »Ich dachte, die Nordländer wären so sauber. Wie wäre es mit einem Bad?«

»Statt Euren Körper wie gepökeltes Rindfleisch in einem lächerlichen Zuber einzuweichen, solltet Ihr eine Sauna besuchen.«

»Oh, hier gibt's eine Sauna, die ich oft genieße. Trotzdem will ein Mann hin und wieder ein richtiges Bad nehmen.« Seine Finger glitten besänftigend über ihr Handgelenk.

Beinahe gewann sie den Eindruck, er wollte den Schmerz lindern, den er ihr zugefügt hatte. Unter seiner Berührung erschauerte sie wohlig. Umrahmt von langen, dichten, kastanienbraunen Wimpern, leuchteten seine Augen so blau wie der Himmel im Hochsommer. Dunkle Bartstoppeln, im Lauf der Nacht gewachsen, milderten seine markanten Züge. Plötzlich empfand sie den Wunsch, seine Wange zu berühren – *alles* an ihm kennen zu lernen.

»Also besitzt Ihr eine Sauna, Mylord?« Irgendwie musste sie sich von diesen gefährlichen Gedanken ablenken.

Ohne seinen Blick von ihr abzuwenden nickte er. »Die einzige gute Idee, auf die unsere Feinde, die Dänen, jemals kamen.«

»Eine bessere Idee als der Vorstoß nach England?« Gegen ihren Willen war ihr die Frage herausgerutscht. Hätte sie doch geschwiegen und überlegt, wie sie ihm entrinnen sollte. O Gott, sie unterhielt sich mit einem nackten Mann, der ihr Handgelenk festhielt!

»Das hängt von der Betrachtungsweise ab. Zweifellos hielten die Dänen ihren Angriff für eine ausgezeichnete Idee. Während wir…« Mit einem Achselzucken tat er den Kampf ab, der sein bisheriges Leben beherrscht hatte. Um ihn zu gewinnen, war er sogar zu einem Bündnis mit den Norwegern bereit, das er festigen würde, indem er eine Norwegerin heiratete. »Reden wir nicht vom Krieg, im Moment interessieren mich andere Dinge.«

Die ganze Nacht hatte er über seinem Verdacht gegrübelt, hin- und hergerissen zwischen der Überzeugung, er müsse sich irren, und der Erkenntnis, nichts wäre unmöglich. Letzten Endes gab er einem Impuls nach, was ungewöhnlich war, denn er pflegte sogar in der Hitze eines Gefechts stets zu überlegen, bevor er handelte. Oft genug hatten ihm seine Geistesgegenwart und sein messerscharfer Verstand das Leben gerettet. Aber diese Talente ließen ihn im Stich, wenn es um die grünäugige junge Frau ging. Da sie sein Gehirn benebelte, hatte er beschlossen, seinem Instinkt zu vertrauen. Mit jedem Lächeln vergrößerte sie seine Verwirrung.

Glücklicherweise lächelte sie in diesem Moment nicht. Sie sah sogar so aus, als würde sie nie wieder lächeln. »Gestern hast du erklärt, du willst nicht in meinen Armen liegen.«

Ihr Atem stockte, und Hawk beobachtete entzückt, wie dunkle Röte in ihr Gesicht kroch. »Das sagte ich, ohne zu überlegen – ich meine …«

»Also wirst du mit mir schlafen?«

»Nein! Darüber dürfen wir nicht sprechen. Meine Herrin …«

»Deine abwesende, pflichtvergessene Herrin«, unterbrach er sie, und seine Augen verengten sich. Dann umschloss er ihr Handgelenk noch fester, aber trotzdem behutsam, weil er ihr nicht wehtun wollte. Er fügte provozierend hinzu: »Vergiss Lady Krysta, sie spielt keine Rolle.«

»*Was?* Nur auf sie kommt es an. Habt Ihr nicht betont, wir beide wären ihr etwas schuldig?« Seine Vorsichtsmaßnahme war berechtigt, denn sie versuchte, sich loszureißen, was er mühelos verhinderte.

»Die Pflicht ist eine kalte Bettgenossin, und ich ziehe eine warmherzige, bereitwillige Frau vor. Noch viel begehrenswerter erscheint mir eine Gefährtin, die meine Leidenschaft mit gleicher Glut erwidert, so wie du gestern. Komm her!« Ehe sie ihn abwehren konnte, zog er sie näher zu sich heran. Über die

Wanne gebeugt, riss sie entsetzt die Augen auf, und er glaubte, in diesem schimmernden Grün zu ertrinken.

»Nein, Mylord! Was bildet Ihr Euch ein? Lasst mich los!«

Da zerrte er noch etwas heftiger an ihrer Hand. Sie verlor das Gleichgewicht, fiel ins Wasser und wäre auf Hawk gestürzt, hätte er sich nicht blitzschnell erhoben, um aus der Wanne zu springen. Einer so lockenden Versuchung konnte ein Mann kaum widerstehen, und er fand es klüger, der Gefahr zu entfliehen. Ohne seine Nacktheit zu beachten, beobachtete er, wie die junge Frau um sich schlug – und was mit dem Badewasser geschah. Während die ersten Spuren der schwarzen Farbe hineinrannen, änderte sich seine Miene. Die Ungewissheit hatte seinen Zorn gezügelt. Angesichts des eindeutigen Beweises sah er keinen Grund, seine Gefühle zu verbergen.

Er riss ein Handtuch von der Lehne eines Stuhls, schlang es um seine Hüften und wartete, bis eine klatschnasse, prustende, mit schwarzer Farbe befleckte Lady Krysta auftauchte – seine Braut.

4

Mühsam erhob sie sich auf die Knie und rieb ihre brennenden Augen. Hatte er sie tatsächlich in die Wanne gezerrt? Unfassbar. Was hatte er vor? Wie sollte sie …? Plötzlich unterbrach sie ihre Gedanken und starrte ihr Kleid an, über das schwarze Farbe ins Badewasser floss.

Nun wusste sie, warum ihre Augen brannten. Ein Handtuch landete in ihrem Gesicht, von einer starken Hand geschleudert. »Wisch dich ab und komm heraus. Und mach bloß nichts schmutzig!«

Dass Hawk sie allem Anschein nach durchschaut hatte, nahm ihr den Atem. Natürlich, er wusste Bescheid. Und er wird wütend sein, dachte sie. Ein kurzer Blick über den Rand des Handtuchs genügte, um diese Vermutung zu bestätigen und auf etwas anderes hinzuweisen – seine spärliche Bekleidung, die kaum ausreichte, um die Schicklichkeit zu wahren. Die Beine gespreizt, die kraftvollen Arm verschränkt, stand er da und musterte sie, als wäre sie ein unerfreuliches Strandgut, das die Meereswellen vor seine Füße geschwemmt hatten.

Kein guter Anfang.

Obwohl das nasse Kleid bleischwer an ihr hing, gelang es ihr irgendwie, aus der Wanne zu klettern. Sie versuchte die schwarzen Flecken aus ihrem Gesicht zu wischen. Dann zuckte sie plötzlich zusammen, denn Hawk ging mit langen Schritten zu ihr, so schnell, dass sie keine Zeit fand, um sich zu wappnen. Dicht vor ihr blieb er stehen, bot ihr einen imposanten Ausblick auf seine nackte Brust und ergriff eine ihrer feuchten Haarsträhnen, die er so angewidert betrachtete wie einen Klumpen Seetang. »Wie sieht die echte Farbe aus?«

Krysta hüstelte, weil etwas Wasser in ihre Kehle gedrungen war. »B-b-blond …«

Offenbar missfiel ihm diese Farbe, denn er schüttelte verächtlich den Kopf. »Dachtest du, ich würde dich nicht erkennen, wenn du endlich ankommen würdest, nur weil du eine andere Haarfarbe hast?«

Die Erkenntnis ihrer eigenen Dummheit traf sie so qualvoll, dass sie nicht antworten konnte.

Seufzend ließ er die nasse Strähne los und kehrte ihr den Rücken, als würde er ihren Anblick nicht mehr ertragen. »Zieh dich aus.«

»W-Was?«, fragte sie mit schwacher Stimme.

»Zieh das nasse Zeug aus!«, befahl er und spähte sekundenlang über seine Schulter. »War das deutlich genug?«

Von Krysta abgewandt, nahm er eine Tunika vom Stuhl und ließ das Handtuch von seinen Hüften gleiten. Während er sich ankleidete, schluckte sie – der breite Rücken, die schmale Taille, die prallen Hinterbacken. Nie zuvor hatte sie auch nur einen

Gedanken an diesen Körperteil eines Mannes verschwendet. Und nun wurde ihre Aufmerksamkeit von zwei perfekten Rundungen gefesselt.

Hawk drehte sich um, bemerkte ihre Faszination und runzelte verblüfft die Stirn. Doch er hatte sich sofort wieder in der Gewalt. Seine Augen verengten sich. »Neulich fragte ich dich – in Unkenntnis deiner wahren Identität –, ob du dumm bist. Warum hast du gelogen?«

Mit diesen kränkenden Worten riss er sie aus ihrer Verwirrung. »Mein Verstand lässt nichts zu wünschen übrig. Das werdet Ihr merken, wenn Ihr mir erlaubt zu erklären…«

»O ja, du wirst mir eine ganze Menge erklären, Lady.« Hawk lachte heiser. »In allen Einzelheiten. Aber zieh dich zuerst aus. Wenn ich dich noch einmal dazu auffordern muss, reiße ich dir die nassen Sachen selber vom Leib.«

Ehe sie ihm mitzuteilen vermochte, was sie von seiner Drohung hielt, eilte er zur Tür, öffnete sie und rief nach der Dienerschaft. Hastig stolperten ein paar Leute herein und erstarrten angesichts der klatschnassen, mit schwarzer Farbe beschmierten jungen Frau.

»Leert die Wanne aus und bringt frisches Wasser«, wies Seine Lordschaft die Dienstboten an. »Das müsst ihr nicht erhitzen.«

Sie beeilten sich zu gehorchen – zweifellos, um dem Zorn ihres Herrn möglichst schnell zu entrinnen und die anderen Diener mit einer aufregenden Klatschgeschichte zu erfreuen. Inständig wünschte Krysta, sie würden hier bleiben oder bald wiederkommen – oder sie brächte den Mut auf, aus dem Fenster zu springen und der Rachsucht ihres Bräutigams zu entfliehen.

»An mir werden die nassen Kleider besser trocknen«, gab sie zu bedenken. »Die Diener brauchen sich nicht um das Wasser zu bemühen, ich hole mir selber ein paar Eimer. Oder ich gehe zum Fluss hinunter.« Sie versuchte an ihm vorbeizuhuschen und blieb abrupt stehen, als er lachte. Fand er das alles *amüsant*?

»Du schmeichelst dir.«

»Was?«

»Du schmeichelst dir, wenn du glaubst, du müsstest dich entkleiden, weil du mein Verlangen erregst. Dafür bist du viel zu schmutzig. Keine Katze, die auf sich hält, würde so etwas wie dich ins Haus schleppen. Nur zu deinem *eigenen* Vorteil solltest du halbwegs menschlich aussehen, bevor wir die Hintergründe deines unentschuldbaren Benehmens erörtern. Zieh dich endlich aus!«

Obwohl er sein Temperament zügelte, erkannte Krysta, dass sie am Rand eines gefährlichen Abgrunds stand. Wäre sie vernünftig, würde sie gehorchen. Aber allmählich zweifelte sie an ihrem Verstand, der sie stets mit Stolz erfüllt hatte. »Das werde ich tun, wenn Ihr hinausgeht.«

Unter anderen Umständen wäre seine Miene vielleicht komisch gewesen. Jetzt wirkte sie beängstigend. »Du verlangst, ich soll mein Zimmer verlassen? In meiner eigenen Festung?«

»Ich verlange es nicht, ich ersuche Euch darum. Wenn ich mich auskleiden und baden soll, dann geht, bitte! Außerdem brauche ich saubere Kleidung. Wenn Ihr so freundlich wärt, jemanden in die Halle der Dienerinnen zu schicken. Dort stehen meine Truhen.«

»Besitzt du denn gar keinen Überlebenswillen?«, fragte er freundlich, als hätte er soeben eine interessante Entdeckung gemacht.

Es war seine Belustigung, die Krysta aus der Fassung brachte. Unter den schwarzen Flecken färbten sich ihre Wangen flammend rot. Zitternd krallte sie die Finger in ihr ruiniertes Kleid und schien sich vorzustellen, es wäre der Hals ihres künftigen Herrn und Meisters. Das entging ihm nicht. Während er seine Braut erwartungsvoll beobachtete, empfand er ein gewisses Unbehagen. Etwas verspätet meldeten sich seine eigenen Überlebensinstinkte.

»Glaubt Ihr, damit gebe ich mich zufrieden?«, fauchte sie. »Einfach nur weiterleben kann man auch in einem Erdloch.

Doch das wäre kein *Leben!* Ich wünsche mir *Frieden* für Euer Volk und meines, eine gesicherte, hoffnungsvolle Zukunft, ohne Angst vor dem nächsten Angriff, ohne die bange Frage, wann wieder einmal tote Männer heimgebracht werden oder Bauernhöfe niederbrennen. Eigentlich dachte ich, auch Ihr würdet den Frieden herbeisehnen. Aber ich habe mich wohl geirrt. Falls ich Euch darauf hinweisen dürfte, Lord Hawk, der Weg zum Frieden führt nicht durch die Betten anderer Frauen.« Entgeistert starrte er Krysta an, und sie stemmte ihre Hände in die Hüften. »Wagt es bloß nicht zu leugnen! Als ihr mich für eine Dienerin halten musstet, habt Ihr mich begehrt. Und Ihr hättet mit mir geschlafen, wäre das hier …« Erbost zeigte sie auf ihr Haar. »… nicht geschehen!«

»Damit es nicht dazu kommt, wollte ich dich nach Vestfold zurückschicken.«

»Also gebt Ihr es zu. Ihr wart nahe daran, mich mit mir selbst zu betrügen.« Das klang gar nicht so übel, und so fügte sie rasch hinzu: »Und wer weiß, mit wie vielen anderen Frauen! O ja, so etwas ist allgemein üblich. Aber die Ehe schon vor der Hochzeit zu brechen …«

In seinem Kopf drehte sich alles. Lord Hawk, der sich mit erhobenem Schwert einen Weg durch zahllose schreiende Dänenhorden gebahnt hatte, so kühl und gelassen wie bei einer Waffenübung auf dem Turnierplatz, bangte plötzlich um sein inneres Gleichgewicht. Noch nie hatte sich jemand erdreistet, so mit ihm zu reden wie seine Frau, dieser Feuer speiende kleine Drachen. Bei jeder Gelegenheit forderte sie ihn heraus. Offensichtlich glaubte sie, das wäre ihr gutes Recht. Erst jetzt fiel ihm wieder ein, was er über die Norwegerinnen gehört hatte. Eigenwillige, unabhängige Frauen, stets bereit, einem Mann Fesseln anzulegen, statt ihn zu küssen, schrecklich besitzergreifend, sobald es um etwas ging, das ihnen nach ihrer Meinung zustand. Davor hatte ihn Dragon, Wolfs Bruder, gewarnt. Aber Hawk hatte angenommen, das wäre maßlos übertrieben.

Und jetzt musste er mit dieser Xanthippe fertig werden. Wenn er nicht aufpasste, würde sie sein ganzes wohl geordnetes Leben durcheinander bringen. »Jetzt reicht's!« Seine Donnerstimme erschütterte die Deckenbalken und erschreckte die Diener, die in diesem Augenblick mehrere Eimer und die entleerte Wanne über die Schwelle trugen. Vor lauter Entsetzen verschütteten sie einen Teil des Wassers, und während sie die Wanne füllten, floss noch mehr zu Boden. Ungläubig beobachtete Hawk die nervöse Schar und sah in ihrem Verhalten ein beunruhigendes Omen für die Zukunft.

Auf Händen und Knien wischten einige Diener das vergossene Wasser weg, andere rannten davon, um frisches zu holen. Plötzlich erschienen Menschen, die im Turm des Festungsherrn gar nichts zu suchen hatten, und spähten verdutzt ins Zimmer. Sogar die Vögel schien das Spektakel anzulocken, denn ein Rabe landete auf dem Fensterbrett und krächzte lauthals.

»Still!«, befahl Krysta.

Wen sie meinte, wusste Hawk nicht, und es kümmerte ihn auch gar nicht. Die Arme emporgeworfen, stürmte er zur Tür hinaus. Erst auf halber Höhe der Turmtreppe merkte er, dass er genau das tat, was die Lady wollte.

Nun musste Krysta erst einmal die Leute beschwichtigen. Das hielt sie für ihre wichtigste Aufgabe. Immerhin würden sie ihr dienen, und sie waren sichtlich verängstigt. Kein Wunder, nachdem sie diesen heftigen Wutausbruch ihres Herrn miterlebt hatten. Den durfte sie ihm nicht verübeln. Thorgold hatte sie gewarnt und mehrmals betont, ein Mann würde sich nicht gern zum Narren halten lassen.

»Vielen Dank für das frische Wasser«, sagte sie lächelnd.

Die Dienstboten starrten sie verwirrt an und wechselten sorgenvolle Blicke. Aber keiner brachte auch nur ein Wort hervor. Hastig erledigten sie ihre Pflichten – in Hawks Abwesenheit nicht mehr allzu gewissenhaft – und verschwanden so schnell wie möglich. Außer ein paar vergessenen Tropfen rings um die Wanne hinterließen sie keine Spuren.

Mutterseelenallein stand Krysta in der Mitte des Raums, verschränkte die Arme vor der Brust und versuchte, ihr Zittern zu bekämpfen. Hatte sie ihrem Bräutigam tatsächlich erklärt, der Weg zum Frieden würde nicht durch die Betten anderer Frauen führen? Wie konnte sie ihn so dreist herausfordern? War sie verrückt geworden?

Nach einem kurzen Blick zur Tür, die seine Dienstboten hinter sich geschlossen hatten, und einem inständigen Gebet, der Herr von Hawkforte möge nicht plötzlich zurückkehren, schlüpfte sie aus ihrem nassen, mit schwarzer Farbe befleckten Kleid. Die Leute hatten Hawks Anordnung befolgt und kaltes Wasser aus der Küche heraufgebracht. Doch das störte Krysta nicht, da sie es gewohnt war, in Flüssen und Teichen zu baden, in die geschmolzene Gletscher flossen. Zufrieden setzte sie sich in die Wanne, ergriff die Seife, die daneben auf dem Stuhl lag, und wusch ihr Haar.

Dann stieg sie aus ihrem Bad und goss das schwarz gefärbte Wasser in das fachkundig angelegte Abflussrohr, das an der äußeren Turmmauer nach unten verlief. Dankbar für die zusätzlichen Eimer, die Hawks Diener bereitgestellt hatten, füllte sie die Wanne noch einmal. Bei diesem zweiten Mal blieb das Wasser sauber, und sie lag darin, solange sie keine unliebsame Störung befürchten musste. Schließlich verließ sie die Wanne, wickelte sich in ein Laken, und wenig später klopfte es an der Tür.

»Herein!«, rief sie.

Auf seinen krummen Beinen humpelte Thorgold ins Zimmer und schleifte eine Truhe hinter sich her. »Raven meint, das würdet Ihr brauchen.«

»Danke! Gerade habe ich überlegt, wie ich mir saubere Kleidung beschaffen soll.«

»Immerhin habt Ihr Eure Blößen bedeckt«, bemerkte er grinsend. »Vorhin stürmte Seine Lordschaft aus diesem Turm, als wären alle Furien hinter ihm her. Hättet Ihr bloß gesehen, wie die verschreckten Leute das Weite suchten!«

»O nein«, stöhnte Krysta. »Natürlich habe ich mit seinem Ärger gerechnet. Aber dass es so schlimm ist…«

»Ärgerlich ist er nicht, sondern furchtbar wütend, ganz zu schweigen von seiner Verwirrung!« Thorgolds Gelächter schien von seinen Zehenspitzen nach oben zu quellen und erschütterte den ganzen Körper. Aber dann sah er Krystas gesenkten Blick und wurde sofort ernst. »Regt Euch nicht auf, Mädchen. Was geschehen ist, lässt sich nicht ändern. Jetzt kommt's darauf an, was Ihr tun wollt.«

»Keine Ahnung…« Unglücklich sank sie auf den Stuhl und wünschte, sie könnte einfach verschwinden. Nur allzu gut erinnerte sie sich an Hawks Behauptung, keine Katze, die etwas auf sich hielt, würde so etwas wie *sie* ins Haus schleppen. Wie durfte sie hoffen, die Liebe eines Mannes zu erringen, der sie verachtete?

Und doch – bevor er die Wahrheit herausgefunden hatte, war sein Verlangen nach ihr erwacht. Mochte sie auch unberührt und unschuldig sein, sie wusste, welche Gefühle sie von Anfang an erfasst hatten.

Trotz des Unbehagens, das Thorgold angesichts solcher weiblichen Probleme empfand, wollte er seiner Herrin helfen und zeigte auf die Truhe. »Raven hat gesagt, Ihr sollt das Kleid anziehen, das obenauf liegt.«

Nachdem er den Raum verlassen hatte, kniete Krysta neben der Truhe nieder und öffnete sie. Vor ihr lag ein Kleid, das sie nie zuvor gesehen hatte. Der Stoff glich dem Schaum auf Wellenkronen, er war so hauchzart, dass sie glaubte, die sanfteste Brise könnte ihn davonwehen. Trotzdem fühlte sich das Kleid seltsam schwer an, als sie es vorsichtig hochhob. Verblüfft runzelte sie die Stirn, als sie die zahllosen, winzigen aufgestickten Kristalle entdeckte. Einerseits fragil, andererseits substanziell, machte ihr das Gewand Mut. Sie stand auf und zog es über den Kopf, und es schmiegte sich an ihren Körper, wie für sie geschneidert. Aber es war für eine andere Frau bestimmt gewesen. Das wusste sie. Für die Mutter, die sie nie gekannt hatte...

In Hawks Gemach gab es nur einen einzigen Spiegel neben dem Waschtisch, auf dem ein scharf geschliffenes Rasiermesser lag. Ihr Bild in der polierten Bronze zeigte tränennasse Augen und zerzaustes Haar. Von der Farbe befreit, begann es sich zu dichten, widerspenstigen Locken zu kräuseln. Einen Teil konnte Krysta mit einem passenden Band aus der Stirn halten, den Rest ließ sie auf die Schultern fallen.

Gewissenhaft brachte sie das Zimmer in Ordnung. Um den gefürchteten Moment hinauszuzögern, in dem sie die verhältnismäßige Sicherheit dieses Raumes verlassen musste, sah sie sich um. Ihr Blick glitt zum Fenstertisch hinüber. Was darauf lag, fesselte sofort ihre Aufmerksamkeit.

Ein Buch.

In ihrem Leben hatte sie vielleicht ein halbes Dutzend Bücher gesehen und drei besessen, die sie der Großzügigkeit ihres verstorbenen Vaters verdankte. Wie sie sich entsann, hatte Raven erzählt, Hawk könnte lesen. Aber es überraschte Krysta, ein so kostbares Buch zu entdecken, sie ging darauf zu. Eine Zeit lang betrachtete sie einfach nur den reich verzierten Ledereinband – dann war die Versuchung unwiderstehlich. Behutsam öffnete sie das Buch. Ohne dass es ihr richtig bewusst wurde, setzte sie sich auf den Stuhl neben dem Tisch und begann zu lesen.

Hawks Zorn verflog erstaunlich schnell. Eine knappe Stunde, nachdem er das Turmzimmer verlassen hatte, war seine Wut nur mehr eine Erinnerung. Der Wind wehte die düstere Stimmung so erfolgreich davon, wie er das Segel des Kutters blähte, der jenseits des Hafens über die Wellen tanzte. In einer Kurve aus goldenem Strand und weißen Klippen sah er Hawkforte liegen – ein Anblick, der ihn stets erfreute, wenn er von kürzeren oder längeren Seereisen zurückkehrte. Dies war sein Heim, seine Zuflucht, sein Sieg über eine grausame, lieblose Welt. Und jetzt gewann die geliebte Festung eine neue Bedeutung. In ihren Mauern befand sich die Frau, die zwei Völkern den ersehnten Frieden bringen sollte, die seine Hoffnung auf ein Glück geweckt hatte, wie es seine Schwester mit ihrem Ehemann teilte, und die so dreist gewesen war, ihn zu hintergehen.

Das war ihr nur kurzfristig gelungen. Das tröstete seinen Stolz. Aber er fragte sich, wie lange sie die Maskerade fortgesetzt hätte, wäre sie nicht entlarvt worden. Und was hatte sie damit bezweckt? Warum riskierte sie seinen Zorn?

Dafür musste es einen Grund geben, den er bald erfahren würde. Er hatte seine Braut endlich kennen gelernt, was ihm allerdings wenig nützte, denn sie erschien ihm noch mysteriöser als das Fatansiebild seiner abwesenden Verlobten.

Seine Behauptung, er würde sie nicht begehren, war eine Lüge gewesen. Aber jeder halbwegs vernünftige Mann behielt gewisse Dinge für sich. Welche Macht sie auf ihn ausübte, durfte sie nicht merken. Nie zuvor hatte eine Frau so heiße Gefühle in ihm entfacht. Bei diesem Gedanken dachte er an ihre Anklage, beinahe hätte er sie mit ihr selbst betrogen. Und dann entsann er sich, wie sie klatschnass aus der Wanne gestiegen war, mit schwarzer Farbe beschmutzt, ein wildes Feuer in den Augen. Sekundenlang musste er lachen. Doch die Belustigung erstarb sofort, wurde von der Erinnerung an ihren Blick verdrängt, während er sich angekleidet hatte. Nicht nur er schien süße Gefühle zu empfinden.

Lächelnd kniff er die Augen zusammen, um sie vor den grellen Sonnenstrahlen zu schützen, die das Wasser widerspiegelte. Dann steuerte er das Boot in den Wind und segelte die Küste entlang. Seit seiner frühen Kindheit liebte er das Meer. Nur hier draußen, mit Wasser und Luft vereint, fühlte er sich wirklich frei. Diese Flucht vor der Mühsal des Alltags erlaubte er sich nur selten, deshalb erschien sie ihm umso kostbarer.

Bis in den Nachmittag hinein kreuzte er vor den Buchten von Hawkforte. Die Fischer in ihren wendigen kleinen Kähnen aus gegerbten Tierhäuten winkten ihm zu. Ebenso wie der Kapitän eines Handelsschiffs, das sich dem Hafen näherte. Sobald er das Habichtswappen am Segel des Kutters entdeckte, ließ er sein Banner einholen, um Seine Lordschaft zu begrüßen. Eine Herde fröhlicher Seehunde tollte vorbei. Kurz nachdem sie aus Hawks Blickfeld verschwunden waren, entdeckte er etwas anderes in den Wellen – eine dunkle, schlanke Gestalt, die den Kopf zu heben und ihn zu mustern schien. Sogar mehrere Schemen – aber vielleicht waren es nur Schatten, denn sie verflüchtigten sich blitzschnell.

Über seinem Boot kreisten Möwen und beobachteten glänzende Heringe, die wie Silberpfeile unter der Wasseroberfläche umherwirbelten. Auch die Seelöwen und die Fischer folgten ihnen. Schimmernde Netze wurden ausgeworfen und mit reicher Beute wieder in die Fischerboote gezogen.

Während die Sonne nach Westen wanderte, segelte Hawk zur Küste zurück. Diesen freien Tag hatte er sich gestohlen, und er empfand keine Reue, denn die Mußestunden hatten eine bedeutsame Veränderung in ihm bewirkt. Jetzt fühlte er sich besser für die Auseinandersetzung mit seiner tückischen Braut gewappnet als an diesem Morgen. Er freute sich sogar darauf, und die heitere Stimmung hielt an, bis er den Hafen etwas deutlicher sah.

Daria erwartete ihn auf dem Kai. Beim Anblick ihrer hageren Gestalt musste er an ein Unheil verkündendes Gespenst denken. Beinahe hätte er sein Boot wieder aufs Meer hinausgesteuert. Nur seine eiserne Disziplin befähigte ihn, seinen Kutter zu vertäuen und die steinerne Treppe hinaufzusteigen.

Kaum hatte er die oberste Stufe erreicht, als Daria auch schon tief Atem holte. Wie einen Giftpfeil schleuderte sie ihm ihre Klage entgegen. »Weißt du's schon? Natürlich, du musst es wissen! Wie kann sie es wagen? Welches Spiel treibt dieses alberne Mädchen? Wenn ich mir vorstelle, was für eine schreckliche

Beleidigung sie dir zugefügt hat …« Stöhnend presste sie eine Hand auf ihre Brust, als hätte sie eine Hauptrolle in einem schlechten Theaterstück übernommen. »Warum lässt du sie nicht auspeitschen, mitsamt ihrer grauenvollen Dienerschaft? Wie soll sie jemals lernen, die Pflichten der Herrin von Hawkforte zu erfüllen, wenn du diese Respektlosigkeit duldest?«

Schon seit langer Zeit kannte Hawk die Lebenselixiere seiner Halbschwester – bitteren Zorn und Missgunst. Davon ließ er sich nicht beeindrucken. »Beruhige dich, Daria. Vor lauter Zorn überschreitest du deine Grenzen. Was geschehen soll, entscheide einzig und allein *ich*.«

»Ja, natürlich.« Durch gesenkte Wimpern schaute sie ihn in heuchlerischer Demut an. »Wie dumm von mir … Aber was hat sie sich nur dabei gedacht? Vielleicht ist sie nicht ganz richtig im Kopf. Du musst herausfinden, was sie zu diesem Täuschungsmanöver veranlasst hat …«

Mit schnellen Schritten ging er den Kai entlang. Um an seiner Seite zu bleiben, musste Daria laufen. »Außer mir braucht sich niemand für ihre Beweggründe zu interessieren. Für dich und alle anderen genügt die Erkenntnis, wer sie ist. An meinem Entschluss, Lady Krysta zu heiraten, wird sich nichts ändern. Erstens wird diese Ehe den Frieden sichern, zweitens bringt sie mir eine beträchtliche Mitgift ein. Damit kann ich die Verteidigungsbastionen von Hawkforte vor dem nächsten Kampf gegen die Dänen verstärken. Das ist am allerwichtigsten. Hast du mich verstanden?«

Sekundenlang flackerte ein seltsames Licht in ihren Augen, erlosch aber so schnell, dass er glaubte, er hätte sich geirrt. »Gewiss, das verstehe ich«, antwortete sie. »Du hast nie einen Hehl daraus gemacht, was du wichtig findest und was nicht. Nur aus Sorge um dich möchte ich die Schwierigkeiten erwähnen, die vielleicht auf dich zukommen. Nach dieser verrückten Maskerade werden die Leute deiner Braut voller Argwohn begegnen. Darauf solltest du dich vorbereiten.«

Obwohl er versucht war, die Warnung zu missachten, musste er seiner Schwester Recht geben. Zumindest würden seine Untertanen überrascht und verwirrt sein. Da sie ihm treu ergeben waren, könnten sie Krysta wegen ihrer Hinterlist sogar verdammen. Bei diesem Gedanken runzelte er die Stirn. Wenn sie auch eine Strafe verdiente – die Bewohner von Hawkforte mussten ihre künftige Herrin respektieren. Was das betraf, würden sie seiner Weisung folgen. Also blieben ihm nicht allzu viele Möglichkeiten, was seine Vergeltungsmaßnahmen betraf. Noch ein Problem, das die Lady heraufbeschworen hatte. Und sie waren noch nicht einmal verheiratet. Kein gutes Omen für die Zukunft…

Als er seine Schritte beschleunigte, konnte Daria ihm nicht mehr folgen. Kurz danach betrat er den Hof der Festung, wo wie üblich reges Leben und Treiben herrschte. Aber Hawk ließ sich nicht täuschen, er sah die verstohlenen Blicke, die ihm von allen Seiten zugeworfen wurden. Offenbar hatte sich die Neuigkeit bereits herumgesprochen. Vor lauter Neugier würden die Leute fast platzen, waren aber klug genug, in seiner Gegenwart den Mund zu halten.

Nur kurzfristig erwog er, mit seiner schuldbeladenen Braut zu reden. Nein, dieses zweifelhafte Vergnügen wollte er sich für später aufheben. An diesem Morgen hatte er sein Bad nicht beendet, und seither war er mit reichlich salziger Gischt bespritzt worden. Seine Tunika fühlte sich steif und kratzig an. Und so suchte er Zuflucht in sciner Sauna, nachdem er einem Diener befohlen hatte, ihm frische Kleidung zu bringen.

Halb unter der Erde, mit einem steinernen Dach, wäre die Kammer kühl und feucht gewesen, hätte kein Feuer in einem Eisenkasten gebrannt. Darüber lagen glatt polierte Steine. Hawk warf noch etwas Holz in die Flammen. Mit einem Schöpflöffel goss er Wasser auf die Steine, bevor er sich auszog. Er wusch seinen ganzen Körper, dann streckte er sich auf der Bank aus, und die wohltuende Hitze beschwor Erinnerungen herauf. In dieser Sauna hatte sein Schwager mit dem passenden Namen Wolf erklärt, auch Hawk sollte das Bündnis zwischen Norwegern und Sachsen mit einer Heirat festigen. Ein starkes Wikingerheer im Rücken, war Wolf nach Hawkforte gekommen, um seine Gemahlin Cymbra, die Schwester des Festungsherrn, zurückzuerobern. Hawk wurde immer noch von Gewissensbissen geplagt, weil er sie aus Wolfs Burg Sciringesheal entführt hatte. Dorthin war sie als Gefangene des Jarls gebracht und später seine innig geliebte Ehefrau geworden. Das hatte Hawk nicht verstanden und sie an Bord seines Schiffs gelockt – mit List und Tücke, könnte man behaupten. Bei diesem Gedanken seufzte er unbehaglich. Damit ließ sich die jetzige Situation nicht vergleichen. Immerhin hatte er damals geglaubt, es wäre richtig, Cymbra nach Hause zu holen. Aber was mochte Krysta zu ihrem Täuschungsmanöver bewogen haben?

Zweifellos hatte sie sich inzwischen eine Rechtfertigung ausgedacht, vielleicht sogar mehrere. Doch er wollte ihre *wahren* Motive erfahren, wenn er auch nicht erwarten durfte, das würde ihm gelingen. Darüber grübelte er, bis sein Magen knurrte. Seit dem Morgen hatte er nichts gegessen, inzwischen neigte sich der Tag dem Abend zu, und er konnte nicht für immer in der Sauna bleiben. Er griff nach den sauberen Kleidern, die der Diener bereitgelegt hatte, ging zu einem nahen Teich und nahm ein erfrischendes Bad. Als er aus dem kalten Wasser auftauchte, fühlte er sich gestärkt und bereit für alles, was auf ihn einstürmen würde. Das hoffte er zumindest.

In seiner Halle angekommen, schaute er sich um. Die Dienstboten bereiteten die Mahlzeit vor und musterten ihn nur kurz, bevor sie wieder ihre Pflichten erfüllten. Zu seiner Erleichterung war Daria noch nicht erschienen. Zögernd blieb er stehen und wünschte, Edvard würde herbeieilen und irgendeine Angelegenheit erwähnen, die Hawks sofortige Aufmerksamkeit erforderte.

Da sich der Verwalter nirgends zeigte, stieg Hawk die Treppe zu seinem Turm hinauf, nicht so schnell wie normalerweise, die Blicke der Dienerschaft im Rücken, keineswegs eifrig bestrebt zu entdecken, was ihn da oben erwartete.

Seine Tür war angelehnt, und er öffnete sie so vorsichtig, als würde er sich Zugang zu einer dänischen Festung verschaffen. Lautlos schwang sie an gut geölten Angeln auf. Der Raum sah aus wie am Morgen, nur ordentlicher. Inzwischen hatte man die Wanne entfernt und alle Spuren des spektakulären Bads beseitigt. Auf dem schlichten Holztisch, an dem er sich niederzulassen pflegte, um Geschäftspapiere und die Korrespondenz aus Winchester zu studieren und gelegentlich ein paar Stunden für seine geliebten Bücher zu erübrigen, lag auch jetzt ein Buch. Aber nicht er selbst beugte sich darüber. Seine triefnasse, mit schwarzer Farbe beschmutzte Verlobte war verschwunden. Da saß an ihrer Stelle ein Geschöpf aus Sonnenlicht und Meeresschaum, sicher nicht menschlich, oder doch, falls das heftige Erröten bei seinem Anblick darauf hinwies.

Langsam schloss sie das Buch – sehr sorgfältig, wie er feststellte – und erhob sich, als würde sie ihm lieber stehend begegnen. Sie versuchte zu lächeln, was kläglich misslang. »Mylord …«

Die Stimme klang unverändert, sanft und kehlig. Während er die junge Frau etwas genauer betrachtete, merkte er, dass auch die äußere Erscheinung fast gleich geblieben war. Die Augen schimmerten immer noch in jenem einzigartigen Grün, das er nie zuvor gesehen hatte. Auf der Nase sah er die gewohnten Sommersprossen. Das beruhigte ihn. Sonst hätte er seine Braut wohl kaum wiedererkannt.

Schön fand er sie noch immer nicht, gemessen an seiner Schwester, die man für die schönste Frau in der christlichen Welt hielt. Aber die mangelnde klassische Schönheit ersetzte diese Lady durch ein gewisses Etwas, eine ganz besondere Ausstrahlung. Hawk starrte sie an, ertappte sich dabei und bemühte sich erfolglos wegzuschauen. Warum sollte er auch? Schließlich war sie seine Braut und seine Neugier verständlich.

»Was machst du hier?«

Sein schroffer Ton verwirrte Krysta. Und wie bedrohlich er aussah, hoch aufgerichtet, die Stirn gerunzelt. Irgendwie schien er die Außenwelt hereinzubringen, den Raum mit der Macht des Windes, des Meeres und der Erde zu füllen. Obwohl sie sich nicht fürchtete – kein bisschen –, wich sie einen Schritt zurück. Natürlich war das absurd, weil es keinen Fluchtweg gab. Sie wies auf das Buch. »Damit bin ich ganz behutsam umgegangen.«

Als er der Richtung ihres Blicks folgte, vertieften sich seine Stirnfalten. »Hast du gelesen?« Das war keine unsinnige Frage, denn viele Menschen begnügten sich damit, die kunstvollen Bilder und Schriftzeichen auf dem edlen Pergament solcher Werke zu bewundern, ohne die Worte zu verstehen.

Krysta nickte. Beklommen suchte sie in seinen Augen nach einer Missbilligung, entdeckte aber nichts dergleichen und atmete auf. Er wirkte nur überrascht.

»Welch eine erstaunliche Fähigkeit…« Mit der Erkenntnis, dass seine künftige Gemahlin lesen konnte und seine Freude an Büchern offenbar teilte, würde er sich später befassen. Jetzt wollte er feststellen, welche verborgenen Talente sie sonst noch besaß. »Was hältst du von dem Buch?«

»Nun, ich finde es sehr schön, aber bedrückend. Wer ist dieser – Boethius?«

»Ein Römer, der vor vielen Jahrhunderten lebte. Er liebte die Musik und die Mathematik. Seinen größten Trost fand er jedoch, wie dieses Buch besagt, in der Philosophie.« Gedankenverloren starrte Hawk den Ledereinband an. »Das schrieb er im Gefängnis, kurz vor seiner unverdienten Hinrichtung. Wenn ihn die Arbeit getröstet hat – umso besser.«

»So alt kann das Buch nicht sein«, meinte Krysta verblüfft. »Das Pergament fühlt sich neu an. Und einige Kommentare stammen aus unserer Zeit. Wie ist das möglich?«

»Die Kommentare hat Alfred verfasst, übrigens auch die Übersetzung. Er schätzt Boethius sehr, wenn er auch nicht in allen Punkten mit ihm übereinstimmt. Unserem König verdanken wir aufschlussreiche Kopien von diesem Buch und anderen. Allen Menschen, die lesen gelernt haben, stehen sie zur Verfügung, oder denen, die sich daraus vorlesen lassen und klug genug sind, um den Inhalt zu würdigen.«

»Also ist Euer König nicht nur ein Krieger, sondern auch ein Gelehrter. Jetzt verstehe ich besser, warum Ihr ihm dient.«

»Das ist meine Pflicht.«

»Nur die Pflicht bewirkt Eure Loyalität?«, fragte sie leise. Sie wusste, dass sie in seine Privatsphäre eindrang. Doch sie musste es wagen, denn sie wollte sich ein Urteil über den Mann bilden, der ihr Schicksal entscheiden würde. »Inspiriert Euch nichts anderes?«

Es dauerte eine Weile, bis Hawk ihr eine wohl überlegte Antwort gab. »Vor der Treue steht das Vertrauen – das unabdingbar ist.«

Aus ihren Wangen wich alle Farbe. Diese Anspielung verstand sie nur zu gut. Wie sollte er *ihr* vertrauen? »Erlaubt mir zu erklären …«

»Kannst du das?« Hawk lehnte sich an die Wand neben dem Fenster, die Arme vor der breiten Brust verschränkt, und erweckte den Eindruck, er wäre nur mäßig interessiert. Aber sie ließ sich nicht täuschen. Inzwischen kannte sie ihn gut genug und wusste, welch tiefe Gefühle sich hinter seiner gleichmütigen Fassade verbargen. »Darf ich raten? Du hast dich verkleidet, weil du fürchten musstest, die Dänen würden dich auf der Reise gefangen nehmen. Nach der Ankunft auf Hawkforte bewog dich mädchenhafte Scheu, deine Identität zu verheimlichen.«

Eine perfekte Begründung, der niemand widersprechen würde und die kein schlechtes Licht auf Krysta warf. Während sie überlegte, warum er ihr eine so leichte Lösung des Problems anbot, war sie fast versucht, nach dem rettenden Strohhalm zu greifen. Nur ihre Wahrheitsliebe hinderte sie daran. »Das klingt plausibel. Aber es stimmt nicht. Ich schlüpfte in die Rolle einer Magd, weil ich dachte, vor unserer Hochzeit sollte ich möglichst viel über Euch erfahren, die Dienstboten würden mir einiges erzählen, und dann könnte ich Euch eine bessere Gemahlin sein.«

Bevor er die gewohnte unergründliche Miene aufsetzte, bemerkte sie seine Verwunderung. »Gegen diese selbstlosen Absichten ist nichts einzuwenden«, erwiderte er ironisch. »Also hast du dich zu meinem Wohl maskiert?«

Wie dringend sie seiner Liebe bedurfte, mochte sie nicht gestehen. Verzweifelt suchte sie nach Worten. »Uns *beiden* käme eine erfolgreiche Ehe zugute – und unseren Völkern ebenso.«

Nun waren sie beim Thema Pflicht angelangt. Hawk trat näher zu ihr und freute sich, weil sie nicht zurückwich. Langsam hob er eine Hand und berührte ihr glänzendes Haar. Solche dichten Locken hatte er noch nie gesehen – so reizvoll zerzaust, als wäre der Wind darüber hinweggetanzt. Unter seinen Fingern fühlten sie sich wie Seide an. Unwillkürlich lächelte er, weil sie versucht hatte, ihre Haarpracht mit einem Band zu zügeln. Inzwischen war es verrutscht, in den Löckchen verfangen. Er atmete den Duft ihrer Haut ein und erinnerte sich an Rosen, die nur am Meer wuchsen und die frische Salzluft mit ihrem Aroma bereicherten. In ihrem schlanken Hals pochte der Puls. Eine Zeit lang starrte er darauf, dann seufzte er und rückte ihr Haarband zurecht.

»Wohin ist Euer Zorn entschwunden?«, flüsterte sie.

Danach fragte er sich auch, gab es aber nicht zu. »Der muss warten, bis ich entschieden habe, ob ich ihn brauche.«

Tiefe Gefühle, dachte sie wieder und nickte. Die schwache Hoffnung, am Morgen geschöpft und im Lauf des Tages fast begraben, kehrte zurück und schimmerte in ihrem Herzen wie eine winzige Perle.

»Komm«, befahl er und streckte eine Hand aus.

Am Strand war sie vor seiner Berührung zurückgeschreckt, als hätte sie sich verbrannt. Jetzt legte sie ihre Hand ohne Zögern in seine.

5

Mit einem Schreckensschrei fuhr Krysta aus dem Schlaf empor und bekämpfte das bleischwere Gewicht auf ihrer Brust. Verzweifelt schlug sie um sich und trat nach dem Ungeheuer, das sie zu erdrücken drohte.

»Hatschiiii!«

Aus der Matratze, auf die ihre Fäuste trommelten, hatten sich Federn gelöst, kitzelten ihre Nase, und sie musste niesen. Das verscheuchte die Nebel aus ihrem Gehirn. Als sie wieder halbwegs klar denken konnte, fiel ihr ein, wo sie war. Verärgert über ihre Dummheit, richtete sie sich auf und schob die dicke Pelzdecke beiseite. Nur gut, dass niemand ihr albernes Verhalten beobachtet hatte.

Sie saß in einem komfortablen breiten Bett. Wie man ihr erklärt hatte, wurde es von König Alfred benutzt, wenn er Hawkforte besuchte. Nun bewohnte Krysta das Gemach in einem der niedrigeren Türme, das stets für den Herrscher bereitgehalten wurde. Immer noch leicht benommen, schaute sie sich um. Am vergangenen Abend hatten nur die Fackeln in den Händen der Dienstboten, denen sie hierher gefolgt war, und kupferne Kohlenbecken den Raum erhellt. Wie eine Schar gespenstischer Tänzer war der Widerschein der Flammen über die Wände gehuscht.

Jetzt betrachtete Krysta die verschwenderische Einrichtung im gleißenden Sonnenlicht, das durch die Fenster hereinströmte. Nun bewunderte sie die reich geschnitzten Möbel, die kostbaren Wandbehänge, die dicken Teppiche. Auf dem Bett mit den üppig bestickten Vorhängen häuften sich die Pelze, die ihr in einem Albtraum den Atem genommen hatten.

Noch nie in ihrem Leben hatte sie ein so luxuriöses Schlafzimmer gesehen – und sie war noch nie so allein gewesen. Raven oder Thorgold hatten sich stets in ihrer Nähe aufgehalten. Und nun wusste sie nicht einmal, wo sich die beiden befanden. Seit sie am letzten Abend in die Halle gegangen war, hatte sie ihre Freunde nicht mehr gesehen. Sie hatten kein einziges Wort wechseln können. Seufzend streifte sie das Nachthemd nach oben, das über ihre Schulter hinabgerutscht war. Sie erinnerte sich an den Augenblick, als sie am Arm des Festungsherrn die Halle betreten hatte. Die Neugier der Leute war nahezu greifbar gewesen, und sie hatte beinahe geglaubt, Hawk müsste sein Schwert benutzen, um seiner Begleiterin und sich selbst einen Weg hindurch zu bahnen. Aber er ging einfach weiter, ohne die Gaffer zu beachten, die Krysta zweifellos verdammen würden, hätten sie im Blick Seiner Lordschaft eine Aufforderung dazu gelesen. Vor seiner Tafel blieb er stehen und verkündete: »Lady Krysta von Vestfold.«

Mit keinem Wort erwähnte er ihre Verwandlung und gab auch keine Erklärung für ihre Maskerade ab. Stattdessen ließ er einen zweiten Thron, fast so groß wie sein eigener, an seiner Seite aufstellen. Als die Ritter erkannten, welche Ehre er seiner Braut erwies, nickten sie ihr zu, sprachen sie aber nicht an. Hin und wieder schauten sie verstohlen zu ihr herüber und schienen sich zu fragen, was für eine Frau das sein mochte, die den Herrn von Hawkforte heimtückisch getäuscht hatte und – so sah es zumindest aus – ungestraft davonkam.

Während der Mahlzeit brachte sie kaum einen Bissen hinunter. Zu mühelos erriet sie die Gedanken der Leute, die überlegten, ob sie eine strenge, anspruchsvolle Herrin wäre. Was sie dachten, wollten sie sich nicht anmerken lassen. Nur Daria machte keinen Hehl aus ihrer Meinung. Obwohl Vater Elbert beruhigend auf sie einsprach, warf die verbitterte Frau der Verlobten ihres Bruders immer wieder zornige Blicke zu, unfähig, die Wellen ihres Hasses einzudämmen.

Endlich war das Abendessen beendet. Vor Erleichterung fühlte sich Krysta ganz schwach. Hawk blieb mit den Kriegern an der Tafel sitzen und bedeutete einigen Dienstboten, seine Braut in ihr Zimmer zu geleiten. Als sie sich erhob, stand er ebenfalls auf. Über ihre Hand gebeugt, wünschte er ihr höflich eine gute Nacht vor den Augen eines faszinierten Publikums, das sofort zu tuscheln begann. An Schlaf ist nicht zu denken, fürchtete sie. Aber sobald ihr Kopf das Kissen berührt hatte, war sie eingeschlummert.

Und jetzt musste, nach dem hellen Sonnenschein zu schließen, später Morgen sein. So lange hatte sie noch nie geschlafen. Sie sprang aus dem Bett und sah sich nach ihren Sachen um.

Sorgsam zusammengefaltet, lag das Kleid ihrer Mutter auf einer Truhe am Fußende des Betts, die ihre restliche Garderobe enthielt. Ihr übriges Eigentum – wertvolle Bücher, glatt geschliffene Steine aus der Bucht vor ihrem Haus auf den nordischen Klippen und eine Kassette mit gepressten Blumen – war im Zimmer verteilt. Erstaunt fragte sie sich, welche gütige Seele ihr geholfen hatte, sich ein bisschen heimisch zu fühlen. Sie nahm ein Hemd, Strümpfe und ein schlichtes Tageskleid aus der Truhe. Auf einem Fenstertisch fand sie einen Krug mit warmem Wasser. Offenbar war ein Dienstbote hereingekommen, während sie geschlafen hatte. Weil man sie nicht für eine Faulenzerin halten sollte, wusch sie hastig ihr Gesicht und die Hände. Dann zog sie sich an. Noch bevor sie den Mut aufbrachte, die Tür zu öffnen, klopfte es.

»Herein!«, rief sie.

Eine junge Frau trug ein Tablett ins Zimmer und lächelte schüchtern. »Guten Tag, Mylady. Hoffentlich habt Ihr gut geschlafen. Ich bin Aelfgyth, Eure Zofe.«

»Meine – meine Zofe?«, stammelte Krysta. Vor lauter Verblüffung wäre ihr beinahe herausgerutscht, sie sei noch nie von einer Zofe bedient worden. Wenn Raven und Thorgold auch Dienstboten waren, hatte sie die beiden stets als ihre Freunde betrachtet, deren unabhängige Denkweise sie nicht störte. Die Befehle ihrer Herrin befolgten sie nur, wenn es ihnen gefiel, und sie gehorchten ihr niemals blindlings – genauso wenig, wie sie zum Mond fliegen würden. Was sogar wahrscheinlicher wäre. Aber sie fand, es wäre unklug, ihre mangelnde Erfahrung mit dienstbaren Geistern zu gestehen. »Wir werden sicher gut miteinander auskommen, Aelfgyth.« Erfreut musterte sie das Tablett, das die junge Frau auf den Tisch gestellt hatte – frisch gebackenes Brot, Beeren, ein Stück Käse. Dieses Frühstück hätte sie selbst auch gewählt.

»Wie mir Eure Dienerin erklärt hat, esst Ihr kein Fleisch, Mylady«, berichtete die Zofe etwas unbehaglich. Allem Anschein nach war das Gespräch mit Raven kein reines Vergnügen gewesen. »Sonst würde ich Euch etwas von der Wurst holen, die unsere Köchin in dieser Woche gebrüht hat, sie schmeckt köstlich.«

»Daran zweifle ich nicht. Aber mit dieser Mahlzeit bin ich sehr zufrieden. Übrigens bin ich's nicht gewöhnt, dass man mir das Essen ins Zimmer bringt, normalerweise schlafe ich auch nicht so lange.«

»Nun, der gestrige Tag war ziemlich ereignisreich und ermüdend«, bemerkte Aelfgyth diplomatisch. Nach kurzem Zögern fügte sie hinzu: »Wenn es Euch beliebt, Mylady – der Verwalter erwartet Euch.«

Der Respekt einflößende Edvard?

Krystas Verblüffung musste offensichtlich gewesen sein, denn die Zofe fuhr fort: »Bevor Lord Hawk auf den Turnierplatz ging, wo er Waffenübungen mit seinen Männern abhält, beauftragte er Edvard, Euch durch die Burg zu führen und alle Eure Fragen bezüglich des Haushalts zu beantworten.«

Also sollte nicht Daria, sondern der Verwalter die neue Herrin über die Gepflogenheiten von Hawkforte informieren. Krysta glaubte nicht, dass ihn diese Aufgabe beglückte, war aber froh, weil ihr die Gesellschaft der künftigen Schwägerin vorerst erspart blieb.

Um ihn nicht noch länger warten zu lassen, frühstückte sie in aller Eile und verließ das königliche Gemach. Sie sah ihn auf den Stufen zur Haupthalle sitzen, wo er gerade ein Geschäftspapier studierte. Bei ihrer Ankunft sprang er auf, schob die Pergamentrolle in seine Tunika und verneigte sich. Der Blick, den er mit Aelfgyth wechselte, wäre Krysta entgangen, hätte eine wachsende Nervosität ihre Sinne nicht geschärft.

Als er die Zofe lächeln sah, hob er die Brauen, senkte sie wieder und schenkte der Braut des Festungsherrn seine ungeteilte Aufmerksamkeit. »Guten Morgen, Mylady. Habt Ihr gut geschlafen?«

»Ganz ausgezeichnet und viel zu lange. Wie ich von Aelfgyth erfahren habe, werdet Ihr mir das Haus zeigen.«

»Ja, auf die Anordnung Seiner Lordschaft.« Edvard runzelte die Stirn und unterbrach sich. Diese bemerkenswerte Frau hatte straflos seinen Herrn hintergangen, obwohl Lord Hawk in ganz England für seine gnadenlose Rache an allen Leuten bekannt war, die seinen Unmut erregten. Also schien Lady Krysta seine besondere Wertschätzung zu genießen, deshalb hielt der Verwalter eine Erklärung für angemessen. »Das würde er selbst übernehmen, müsste er sich nicht an den Waffenübungen beteiligen. In unseren unruhigen Zeiten hat diese Pflicht absoluten Vorrang. Hawkforte mag den Eindruck einer friedlichen Festung erwecken. Doch der Friede wird nur durch unablässige Wachsamkeit und Disziplin gewährleistet. Glücklicherweise ist Lord Hawk seinen Kriegern in beiden Tugenden ein leuchtendes Beispiel.«

Nachdem Krysta diesen umständlichen Ausführungen etwas mühsam gefolgt war und daraus schloss, der Verwalter wollte ihr zu verstehen geben, die Abwesenheit ihres Bräutigams dürfe sie nicht kränken, versicherte sie, seine Begleitung sei ihr willkommen. Insgeheim fühlte sie sich sogar erleichtert, weil sie ihrem formidablen Verlobten vorläufig nicht begegnen musste.

Edvard erwähnte Daria nicht, und sie ließ sich auch nirgends blicken, während sie durch Hawkforte wanderten. Zunächst besuchten sie die kühle Molkerei mit den dicken Steinmauern, die halb unter der Erde lag, dann die Werkstätten, wo Wolle gesponnen, gewebt und gefärbt wurde; die Räucherkammer und die Vorratslager, die Schmiede und den Schuppen, wo man Holz sägte und verarbeitete; die Gerberei und die Getreidemühle und schließlich die Taubengehege an der Spitze eines der Türme. Neugierig, aber zurückhaltend begrüßten die Festungsbewohner ihre künftige Herrin. Edvard musterte die Leute mit strengem Blick, der ihnen klar machen sollte, wer und was sie war. Als müssten sie trotz der Klatschgeschichten, die sie heraufbeschworen hatte, daran erinnert werden… Gelegentlich spähte sie über die Schulter, um sich zu wappnen, falls Hawk auftauchte. Aber er blieb verschwunden.

Im Lauf der stundenlangen Besichtigung ihres neuen Heims wurde die Sorge allmählich von Ungeduld verdrängt. Ging er ihr absichtlich aus dem Weg? »Dauern Lord Hawks Waffenübungen immer so lange?«, fragte sie und beobachtete die Tauben, die in ihren Käfigen umherflogen.

Die Frage verwirrte Edvard. Nur widerstrebend beendete er seinen Bericht über die Vorzüge der Essex-Trauben, die immer noch in den alten Weingärten der Römer wuchsen, gegenüber den Reben im milderen mediterranen Klima. »Nun, diese Übungen sind sehr wichtig. Immerhin kommandiert Lord Hawk eine sehr große Garnison, und es wäre nicht ratsam, die Männer sich selbst zu überlassen.«

»Wohl kaum.« Krysta wandte sich ab und blickte über die Mauer des Turms hinweg. Zwischen diesem Teil der Burg und dem Meer lagen goldgelbe Felder, gepflegte Obst- und Weingärten und Wälder. Ihren Augen, an raue nordische Landschaften gewöhnt, erschien diese Fülle wie ein Märchen.

»Hier sah es nicht immer so aus«, bemerkte Edvard. »Früher lagen die Felder brach, zertrampelt und leblos. Die Stadt bestand nur mehr aus verkohlten Ruinen. Und die Menschen, die in unserer Festung Zuflucht gesucht hatten, klammerten sich an die schwache Hoffnung, die Dänen könnten vertrieben werden.«

»Bevor König Alfred die Feinde besiegt hat?«

»Ja, bevor Männer wie Lord Hawk mit ihm ritten und an seiner Seite in zahllosen Schlachten kämpften. Tagelang kamen sie nicht aus den Sätteln heraus, fanden keinen Schlaf und mussten hungern, bis sie glaubten, auf dieser Welt würde es nichts mehr geben außer Blut und Tod.« Eine Brise wisperte während eines kurzen Schweigens und erstarb, als Edvard hinzufügte: »Davon spricht Lord Hawk niemals. Andere prahlen mit ihren Heldentaten, er erwähnt seine Erfolge mit keinem Wort. Obwohl er noch ein halbes Kind war, kämpfte er mit der Kraft eines Mannes und sah Dinge, die ein so junger Mensch nicht sehen dürfte. Alfred nannte ihn den größten Krieger unseres Zeitalters und bot ihm den höchsten erdenklichen Lohn an. Wisst Ihr, was sich Lord Hawk wünschte?«

»Nein.«

»Er wollte heimkehren, dieses Land heilen, in der Hoffnung, darin würde auch er gesunden.«

»Habt Ihr mit ihm gekämpft?«, fragte Krysta zutiefst bewegt.

»Das war unmöglich, denn ich war damals noch ein Baby, und meine Eltern versteckten sich mit mir im Wald. Damit ich die schweren Zeiten überlebte und die Milch meiner Mutter nicht versiegte, kochte sie täglich einen Sud aus Wurzeln und Rinde, der sie mehr schlecht als recht ernährte. Seiner Lordschaft verdanken wir den Frieden in unserem Land. Aber er gönnt sich keine Ruhe. Nur der Ruhm seiner gewaltigen Kampfkraft hält die Dänen fern. Das weiß er. Und deshalb spornt er sich selbst und seine Männer unentwegt an, auf dem Turnierplatz, auf der Jagd, überall, wo dänische Spione umherschleichen.«

»Spione?«

»Glaubt Ihr, die Dänen würden sich so leicht geschlagen geben und den Verlust dieser Gebiete widerstandslos hinnehmen? Wie festgebundene Stiere scharren sie auf dem Boden und warten auf das erste Zeichen unserer Schwäche, um uns wieder anzugreifen.«

»Daran habe ich nicht gedacht«, gab Krysta zerknirscht zu. Nicht nur ihre Augen sahen, wie prächtig dieses Land blühte und gedieh. Das erkannten auch andere, und sie würden begierig danach trachten.

»Dann denkt jetzt darüber nach, Mylady«, empfahl ihr der Verwalter. »Nur der Ruf des gefürchteten Lord Hawk schützt uns. Jede noch so kleine Schwäche könnte eine Katastrophe auslösen.«

Den Kopf stolz erhoben, wandte sie sich zu ihm. »Ich entdecke keine Schwäche an Lord Hawk.«

»Und Ihr würdet auch keine heraufbeschwören.« In seiner Stimme schwang ein bedeutsamer Unterton mit.

»Natürlich will ich ihm eine gute, treue Ehefrau sein«, erwiderte sie sanft, denn sie spürte, dass seine Kühnheit nur der Loyalität gegenüber seinem Herrn entsprang.

Da nahm die strenge Miene des jungen Mannes etwas weichere Züge an. »Hoffen wir auf Euren Erfolg, Mylady. Hier leben weder Männer noch Frauen oder Kinder, die ihm nicht das Beste wünschen.«

Was die Leute von ihr erwarteten, belastete Krystas Seele. Sie atmete erleichtert auf, als der Rundgang wenig später beendet wurde. Bis zum Abendessen wollte sie die erholsame Einsamkeit in ihrem Zimmer genießen und überdenken, was sie gesehen und erfahren hatte. Aber in der Haupthalle lauerte ihr Daria auf.

Plötzlich tauchte sie aus den Schatten auf und erschreckte Krysta, die einen leisen Schrei ausstieß. »Oh – Daria, ich habe Euch nicht gesehen.«

Auf den schmalen Wangen der älteren Frau zeigten sich zwei

rote Flecken und hoben den unheimlichen Glanz in ihren Augen hervor. »Zweifellos seid Ihr mit frivolen Gedanken beschäftigt und nehmt Eure Umgebung gar nicht wahr«, fauchte sie und verzog spöttisch die Lippen. »Was für eine Närrin Ihr seid! Wenn Ihr vernünftig wärt, würdet Ihr sofort abreisen.«

Hätte jemand anderer diese unhöflichen Worte ausgesprochen, wäre Krysta überrascht gewesen. Aus Darias Mund wirkten sie so natürlich wie der Rauch eines Holzfeuers. »Das finde ich nicht.«

»Offenbar versteht Ihr die Situation nicht. Ihr habt Hawk *erzürnt*. Vor lauter Wut traut er seiner Selbstbeherrschung nicht, sobald er in Eure Nähe gerät. Eine törichte, selbstsüchtige kleine Gemahlin hatte er bereits, die nicht lange am Leben blieb. Mit dummen Frauen weiß er nichts anzufangen. Er liebt eine echte, vornehme Lady, die er geheiratet hätte, wäre es nicht zu diesem idiotischen Bündnis gekommen.«

So viele bestürzende Neuigkeiten auf einmal. Eine verstorbene Ehefrau, eine andere Lady, die er liebte? Sekundenlang glaubte Krysta, sie wäre in ein stürmisches, eiskaltes Meer geworfen worden. Doch sie fand einen Rettungsanker. Wenigstens in einem Punkt konnte sie Daria widersprechen. »Hawk grollt mir nicht. Sonst hätte er sich gestern Abend anders verhalten.«

»Vor seinen Leuten zeigt er keine Gefühle«, schnaufte Daria mit einer wegwerfenden Geste. »Aber er verbrachte den ganzen Tag auf dem Turnierplatz und hätte seine Männer beinahe in Stücke gehackt. Begreift Ihr wirklich nicht, was Ihr angerichtet habt?«

»Sicher nicht genug, um Eure Feindschaft zu verdienen, Daria.«

»Mein Gott, Ihr seid noch dümmer als Adda!«

Das Gift, das Daria verspritzte, schien die Luft ringsum zu verpesten. Aber das hinderte Krysta nicht daran zu fragen: »Wer ist Adda?«

»Wer *war* sie?«, wurde sie triumphierend verbessert. »Hawks erste Gemahlin, dieses weinerliche Kind. Für uns alle war ihr Tod eine Erlösung.«

»Wie ist sie gestorben?«

»Sie stürzte von einer Klippe. Da draußen.« Daria zeigte zum Meer. »Ein Glück, dass wir sie loswurden! Was Besseres hat sie nicht verdient. Nicht einmal ihre Leiche konnten wir bergen. Da ihr ein anständiges Begräbnis verwehrt blieb, wird ihre verdammte Seele bis in alle Ewigkeit rastlos umherwandern. Das bekümmert Euch wohl kaum, weil Ihr keine Christin seid.«

»Doch, ich *bin* eine Christin. Nach dem Wunsch meines Vaters wurde ich im christlichen Glauben erzogen.« Was Krysta vermutete, behielt sie für sich. Nach ihrer Ansicht hatte er jene Entscheidung getroffen, um sie vor dem vermeintlich schlechten Einfluss ihrer entschwundenen Mutter zu schützen.

Verwirrt zuckte Daria zusammen. Aber sie erholte sich sofort von ihrer Verblüffung. »Nun, das spielt keine Rolle. Wenn Ihr auch auf Euer Christentum pocht, in Eurem Herzen seid Ihr eine Heidin. Was anderes werden die Wikinger niemals sein. Deshalb leben sie im nordischen Frost, weit entfernt von der Gnade unseres Herrn.«

»Auch unser Land wurde von Gott erschaffen. Und ich bezweifle, dass Ihm Eure albernen Vorurteile gefallen. Würde Er irgendeines Seiner Völker verachten, hätte Er Seinen Sohn nicht auf die Erde geschickt, um *alle* Menschen zu erlösen.«

Ein paar Sekunden lang stand Daria völlig unter dem Bann ihrer Wut. Wortlos und unbewegt starrte sie Krysta an, von unverhohlenem Hass beherrscht. Das Schweigen zwischen ihnen dehnte sich. Dann öffnete die ältere Frau den Mund, aber es dauerte noch eine ganze Weile, bis ihr die Stimme wieder gehorchte. »Nehmt Euch in Acht, wenn Ihr von unserem Herrn sprecht! Sonst werden feuchte Frösche über Eure Lippen springen und allen Leuten verraten, was für eine elende, verfluchte Hexe Ihr seid.«

Nicht einmal dieser Xanthippe hatte Krysta eine solche

Niedertracht zugetraut. Jetzt war die Grenze ihrer Geduld überschritten. Ihr ganzes bisheriges Leben hatte sie mit Menschen verbracht, die sie liebten. Doch die behütete Kindheit und frühe Jugend hatten sie nicht geschwächt. Ganz im Gegenteil, darin lag ihre innere Kraft.

»Genug, Daria«, entgegnete sie ruhig und würdevoll. »Wegen der Dämonen, die in Eurer Seele nisten, bedaure ich Euch. Aber ich werde Euch nicht gestatten, so mit mir zu reden. Damit beleidigt Ihr auch Hawk, meinen künftigen Gemahl. Wenn Ihr meine Warnung beherzigt, werden wir uns vielleicht vertragen.«

»Niemals!«, zischte Daria. Abrupt kehrte sie Hawks Verlobter den Rücken zu und stolzierte davon. Hinter ihr vibrierten Zorn und Hass in der Luft.

Krysta trat an ein Fenster und atmete die erfrischende, beschwichtigende Salzluft ein. Dann setzte sie sich auf das Sims und betrachtete das Meer. Wenn es auch eine hoffnungslose Fantasie war, wünschte sie doch, sie könnte über die zahllosen Meilen hinweg in ihre geliebte Heimat schauen. Aber was würde ihr das einbringen außer einer unstillbaren Sehnsucht?

»Was bedrückt Euch?«, fragte Raven, nahm neben ihr Platz und musterte sie mit ihren durchdringenden schwarzen Augen, denen nichts entging. »Wäre Euer Gesicht noch länger, würde es bis zu den Knien herabhängen. Sah ich Euch nicht erst gestern in all Eurem Glanz an der Seite Eures stolzen Herrn, der nicht den geringsten Groll zeigte?«

Krysta hob die Schultern, konnte ihr Selbstmitleid aber nicht abschütteln. Wie eine Klette schien es an ihr zu kleben. »Und was bedeutet das nach deiner Meinung? Dass alles gut wird?«

Ungeduldig schnalzte Raven mit der Zunge. »Ich finde, Ihr seid viel besser dran, als zu erwarten war. Aber ich habe die Männer nie verstanden. Also, was bekümmert Euch? Nein, sagt nichts, ich hab's erraten. Die grässliche Daria war hier und hat ihr Gift versprüht.«

»Ist das so offensichtlich?«

»O ja, für mich und alle anderen in dieser Festung. Die Leute reden nur noch davon, wie schön Ihr gestern Abend wart, wie Lord Hawk Euch ansah, wie Ihr ihn angesehen habt und so weiter.« So viel Dummheit bewog Raven, seufzend den Kopf zu schütteln. Dann warf sie Krysta einen prüfenden Blick zu. »Natürlich wagen sie nur zu *flüstern*. Die Macht liegt immer noch in den Händen dieser Frau. Und die will sie auch behalten.«

»Auf keinen Fall möchte ich Zwietracht unter dem Dach meines Bräutigams säen.«

»Oh, die steht längst in voller Blüte. Die Zwietracht ist alles, was dieses Knochengerüst kennt. An dieser Frau klebt keine Unze Fleisch, und sie verfolgt nur ein einziges Ziel, die Menschen zu quälen. Außerdem ist's das gute Recht Seiner Lordschaft zu entscheiden, was in seinem Haus geschehen soll und was nicht. Nach allem, was ich gestern Abend beobachtet habe, begehrt er Euch.«

»Was keineswegs heißt, er würde mich lieben.«

»Angeblich fängt die Liebe bei den meisten Männern mit der Leidenschaft an.« Als Raven merkte, dass ihre Worte die Herrin nicht trösteten, ächzte sie: »Seid Ihr nicht aus härterem Holz geschnitzt? Hat Euch diese Frau so entmutigt? Das glaube ich nicht.«

»Was sie mir erzählt hat, bereitet mir Sorgen. Lord Hawk war schon einmal verheiratet. Wusstest du das?«

Unbehaglich wich Raven dem Blick ihres Schützlings aus. »Da oder dort habe ich was gehört. Sie starb vor langer Zeit. Und die Leute sagen, er würde sie nie erwähnen.«

»Ebenso wenig seine Kämpfe gegen die Dänen. Damals war er noch blutjung. Trotzdem muss ihm jener Krieg viel bedeutet haben.«

»Seine Frau nicht, behaupten die Bewohner von Hawkforte. Nun hoffen sie, Ihr würdet Eure Sache besser machen, mein Mädchen.«

»Das würde mir sicher gelingen, wäre er nicht in eine andere verliebt.«

Ruckartig hob Raven das Kinn. »Was? Welche Frau liebt er denn?«

»Ihren Namen hat Daria nicht genannt. Sie teilte mir nur mit, Lord Hawk hätte beabsichtigt, eine echte, vornehme Lady zu heiraten.«

»Und Ihr nehmt diesen Unsinn für bare Münze? Was hat Euer Gehirn benebelt, Mädchen? Wenn er vorhatte, eine andere zu heiraten, heißt das keineswegs, er würde sie lieben. Liebe und Ehe haben nichts miteinander zu tun.« Hastig unterbrach sich Raven. »Nicht immer. Und wenn Daria von einer *echten, vornehmen Lady* spricht, bedeutet das wahrscheinlich, dass sie genauso verknöchert ist wie sie selber. Kein Wunder, dass sie Seine Lordschaft nicht vor den Altar gelockt hat! Eigentlich müsste er den Dänen auf den Knien danken, weil sie ihm so viel Ärger gemacht und dieses Bündnis verursacht haben.«

Endlich lächelte Krysta. »Du meinst, er wäre den Dänen dankbar? Irgendwie kann ich mir das nicht vorstellen.«

Aber dieser Gedanke gefiel ihr und amüsierte sie immer noch, nachdem Raven davongeeilt war. Tiefe Stille erfüllte die Halle. Noch hatten die Vorbereitungen für das Abendessen nicht begonnen. In den Sonnenstrahlen, die durch einige Fenster hereinströmten, tanzten Staubkörnchen. Krysta zog die Knie an, stützte ihre Arme darauf und blickte über Hawkforte hinweg. Seit der Besichtigungstour mit Edvard kannte sie die Festung etwas besser. Trotzdem blieb noch einiges zu entdecken. Von der Stadt unterhalb der Festung wusste sie fast nichts. Nach den zahlreichen neuen Häusern zu schließen, lebten die Bewohner im Wohlstand. Eine so große Gemeinde war ihr fremd und rätselhaft, und sie hatte nie erwartet, sie würde eines Tages von so vielen Menschen umgeben sein. Auch daran musste sie sich erst noch gewöhnen. Während sie überlegte, welchen Platz sie zwischen all den Fremden einnehmen sollte, kam Hawk in die Halle.

In ihre Gedanken versunken, sah sie ihn nicht. Aber er entdeckte sie sofort und blieb wie festgewurzelt stehen. Die Dienerin mit den glanzlosen schwarzen Haaren war verschwunden, ebenso die ätherische Göttin vom vergangenen Abend, jenes zauberhafte Geschöpf aus Meeresschaum und Sonnenlicht. An die Stelle dieser beiden trat eine ernsthafte, schlicht gekleidete junge Frau, die Wangen und die Stirn leicht gebräunt. Nachdenklich blickte sie vor sich hin. Sie wirkte traurig. Plötzlich empfand er das Bedürfnis, sie aufzuheitern. Ohne sich zu fragen, ob er diesem Impuls auch wirklich folgen sollte, durchquerte er den Raum und kniete neben ihr nieder. »Hat Edvard dich ermüdet?«

Verblüfft über seine unverhoffte Anwesenheit, hielt sie den Atem an. Obwohl er auf den Knien lag, erschien er ihr so groß, so stark. Sein Haar klebte am Kopf, die Bartstoppeln des vergangenen Tages verdunkelten sein Gesicht. Wie verschwitzt und schmutzig er aussah und einfach wundervoll… »O nein. Warst du die ganze Zeit auf dem Turnierplatz, Hawk?« Ohne lange zu überlegen, hatte sie sich zu der vertraulichen Anrede entschlossen.

Darüber freute er sich. Krystas leise Stimme durchströmte ihn wie eine Liebkosung. »Bis jetzt. Hast du alles gesehen?«

»Ja, ich denke schon«, erwiderte sie und lächelte schwach. »Edvard war sehr gründlich.«

»Das ist er immer.« Hawk erhob sich, und sie rückte beiseite, um ihm auf der Fensterbank Platz zu machen. »Was hältst du von Hawkforte?«

»Nun – die Festung ist sehr groß«, erwiderte sie hastig, bevor seine Nähe ihre klaren Gedanken verscheuchen konnte.

»Findest du?« Erstaunt runzelte er die Stirn. »Winchester ist wesentlich größer.«

»Kaum zu glauben. Mein Heim – mein früheres Heim – würde in eine Ecke dieser Burg passen. Und wenn mein Bruder auch eine riesige Festung bewohnt, leben dort längst nicht so viele Menschen wie hier.«

»Vor einiger Zeit war ich in Sciringesheal, eine ausgedehnte Stadt und ein geschäftiger Hafen.«

Krysta zögerte. Dann siegte ihre Neugier. Diese Gelegenheit musste sie nutzen, um etwas mehr über ihren zukünftigen Gemahl zu erfahren. »Stimmt es, dass du dorthin gesegelt bist, um deine Schwester zurückzuholen?«

Forschend schaute er sie an, aber er wirkte kein bisschen verärgert. »Wird das behauptet?«

»Allerdings, und an meinem ersten Abend auf Hawkforte sang der Barde ein Lied davon.«

»Ja, ich fuhr nach Sciringesheal, um Wolf zu töten. Nachdem er meine Schwester entführt hatte, fürchtete ich, sie wäre gestorben oder müsste schrecklich leiden. Deshalb wollte ich das Blut dieses Mannes an meinem Schwert sehen.«

»Und warum blieb er am Leben?«

»In einem Zweikampf hätten wir einander womöglich getötet. Aber Cymbra versicherte mir, sie sei glücklich und flehte mich an, ihr zu glauben. Stattdessen dachte ich, sie würde lügen, um mich zu schützen, lockte sie an Bord meines Schiffs und segelte heimlich mit ihr davon.« Hawk seufzte. »Ich rechne ihr hoch an, dass sie mir verzieh, ebenso wie Wolf, als er hierher reiste, um seine Frau zurückzuerobern. Damals kam er auf die Idee, die Norweger müssten ein Bündnis mit den Sachsen schließen, und er sicherte sich Alfreds Beistand. Den Rest der Geschichte kennst du.«

Zumindest konnte sie sich einiges zusammenreimen. Voller Begeisterung hatte Alfred das Bündnis und die Ehen begrüßt, die es festigen sollten. Was immer Hawk auch für die *echte, vornehme Lady* empfinden mochte, er würde sich niemals den Wünschen seines Königs widersetzen. »Ich freue mich über das Glück deiner Schwester und Lord Wolfs«, erklärte sie wahrheitsgemäß und verschwieg ihre Hoffnung auf ein ähnliches Schicksal.

»Ja, die beiden lieben sich sehr.« Nur stockend kamen die

Worte über seine Lippen, als würde er solche Gefühle nicht verstehen, als wäre *Liebe* ein Begriff aus einer rätselhaften Fremdsprache.

Bleischwer sank neue Trauer in Krystas Seele. Doch sie ließ sich nichts anmerken. Wäre sie mutiger, würde sie ihn fragen, ob er an die Liebe glaubte. Doch sie fürchtete seine Antwort. Solange sie sich nicht Gewissheit verschaffte, durfte sie wenigstens träumen.

»Inzwischen habe ich über die Hintergründe deiner Maskerade nachgedacht«, verkündete Hawk.

Krampfhaft schluckte sie und wartete.

»Hast du's tatsächlich nur getan, um mich besser kennen zu lernen?«

Sie nickte und holte tief Luft. »Damals fand ich meinen Plan vernünftig.«

Würde er sie verspotten? Oder durfte sie Hoffnung schöpfen?

»Vielleicht war dieser Gedanke gar nicht so unsinnig.«

Krysta hob die Lider. Erst jetzt merkte sie, dass sie die Augen geschlossen hatte, um stumm zu beten. »Meinst du das ernst?«

»Allzu viel darfst du nicht in meine Worte hineingeheimnissen. Ich will damit nur sagen, es wäre vorteilhaft, wenn wir uns schon vor der Hochzeit näher kennen würden.« Hastig fügte er hinzu: »Was keineswegs bedeutet, ich würde deine Handlungsweise billigen. Genau genommen war es eine verrückte Idee.«

Nach einer Weile begann sie zu lächeln. »In Vestfold gibt's viele Hasen, große Tiere mit kräftigen Hinterbeinen, und sie können unglaublich weit springen. Die schlimmsten Wintermonate überleben sie in ihrem Bau unter der Erde, sie nehmen's mit den gefährlichsten Raubtieren auf. Sogar mit den Habichten.«

Sein schallendes Gelächter überraschte sie genauso wie ihn selbst und erschreckte einen jungen Diener, der gerade ein schwer beladenes Tablett in die Halle trug. Beinahe hätte er seine Last fallen lassen, er stellte sie blitzschnell auf einen Tisch, bevor er sich in aller Eile entfernte.

»Wie ein Hase siehst du nicht aus«, bemerkte Hawk. Kein besonders nettes Kompliment, aber in solchen Dingen besaß er wenig Übung. Außerdem hatte Krysta ihn an *Beine* erinnert, er stellte sich lange, schlanke, seidige Beine vor, um seine Hüften geschlungen … »Jetzt muss ich ein Bad nehmen«, erklärte er und stand auf. Natürlich ergriff er nicht die Flucht, er brauchte nur ein bisschen Zeit für sich selbst, um die verblüffende Erkenntnis zu überdenken, dass seine Braut Humor hatte. Den schätzte er so hoch ein wie Intelligenz. Gegen die Schönheit einer Frau war er ebenso wenig immun wie jeder andere Mann. Aber Humor hielt er für eine der besten Gottesgaben.

Nur mühsam widerstand Krysta der Versuchung, ihn zu fragen, ob sie wieder seinen Rücken waschen sollte. Das wäre zu dreist. Entschlossen presste sie die Lippen zusammen, um sie gleich wieder zu öffnen, von einem Lächeln bezwungen. »Leider hat Edvard mir die Sauna nicht gezeigt.«

»Das werde *ich* tun – irgendwann. Beim Abendessen sehen wir uns wieder.« Er wartete, bis sie nickte, dann ließ er sie allein.

Später lag er im warmen Wasser, den Kopf an den Rand der Wanne gelehnt, und suchte an der Zimmerdecke nach Antworten. Wie lernte man eine Frau kennen? Und welche Vorteile würde man sich verschaffen, wenn man etwas mehr über sie wusste? Die Männer behaupteten, jede Frau zu kennen, die sie besessen hatten. Aber daran zweifelte er. Aus zahlreichen Betten war er gestiegen, ohne das Geheimnis der Frauen zu ergründen. Wenn man mit ihnen schlief, verstand man sie noch lange nicht. Und wenn Krysta fand, sie müssten ihre Bekanntschaft schon vor der Hochzeit vertiefen, wie sollte das geschehen?

Nur selten hatte er seine Zeit mit Frauen verschwendet. Die Einzige, die ihm etwas bedeutete, war Cymbra. Vor langer Zeit hatte er sie aus seiner Festung geschickt, um sie vor der sonderbaren Gabe zu schützen, die sie ihrer Heilkunde verdankte und die sie schmerzhaft befähigte, das Leid anderer zu empfinden. Nachdem sie sich dazu durchgerungen hatte, dieses Talent zu kontrollieren, hielt er sie immer noch von der Welt fern, denn er wusste, wie erbittert die Männer um sie kämpfen würden, sobald sie ihre Schönheit sahen. Inzwischen hatte Wolf dieses Problem gelöst. Dafür war er dankbar. Und nun war er mit einem neuen Problem konfrontiert. Wie sollte er Krystas Wesen erforschen?

Männer lernten einander auf dem Turnierplatz oder Schlachtfeld kennen. Im Heereslager entstanden Freundschaften, die ein Leben lang hielten, mochte es Stunden oder Jahrzehnte dauern. Er konnte Krysta wohl kaum auffordern, gegen ihn zu kämpfen, zumindest nicht mit einem Schwert. Die Gedanken an andere Kämpfe – oder Spiele – verdrängte er energisch. Wenn er sie verfrüht in sein Bett holte, würde er sie vor den Augen seiner Leute erniedrigen, und der kirchliche Segen wäre nur mehr eine belanglose Formalität.

Nicht, dass er der Versuchung widerstand... Das erkaltete Badewasser kühlte sein Verlangen nicht, es war unübersehbar. Allein schon die Erinnerung an Krysta erregte ihn. Aber eine Ehefrau durfte man nicht so behandeln wie eine Geliebte, mit der man sich kurzfristig vergnügte. Für eine dauerhafte Bindung brauchte man Geduld.

Sie konnte lesen. Ja, das wäre ein guter Anfang. Also würden sie über Bücher reden. Im Lauf seines Lebens hatte er über fünfzig Werke studiert. Davon würde er erzählen und Krysta beeindrucken, und dann würden sie...

Seufzend versuchte er, sich solche Gespräche auszumalen. Nun, vielleicht gab es bessere Methoden. Darüber dachte er nach, als ihn die rötlichen Sonnenstrahlen, die durchs Fenster hereinfielen, auf die späte Stunde hinwiesen. Er stieg aus der Wanne und trocknete sich ab. Dann ertappte er sich dabei, wie er eine Tunika in einer Farbe wählte, die Krysta vielleicht gefallen würde. Ärgerlich stöhnte er und warf sie in die Truhe zurück. Einige Sekunden später nahm er sie wieder heraus, zog sie an und redete sich ein, es wäre zu mühsam, etwas anderes hervorzusuchen.

Und so eilte der Herr von Hawkforte in die Halle hinab, um seine Braut zu erwarten.

6

Auch Krysta nahm ein erfrischendes Bad. Sorgfältig zog sie sich an und wählte ein Kleid in jenem Taubenblau, das der Himmel manchmal kurz nach dem Sonnenuntergang zeigte. Dieses Gewand hatte sie nie zuvor gesehen. Offenbar enthielt ihre Truhe eine Garderobe, die ihrer Mutter gehört oder die Raven im Lauf der Zeit angeschafft hatte, zweifellos vom tüchtigen Thorgold unterstützt. Einerseits freute sich Krysta über die weise Voraussicht der beiden, andererseits überlegte sie, warum sie annahmen, sie würde so kostbare Kleider brauchen.

Ihr Halbbruder Sven behauptete, die Sachsen würden in ihrem eigenen Schmutz dahinvegetieren. Davon hatte sie auf Hawkforte nichts bemerkt. In der sommerlichen Wärme schienen die Leute regelmäßig zu baden, die Frauen machten unentwegt ihre Hütten sauber, lüfteten das Bettzeug und so weiter. Noch etwas war ihr aufgefallen. Sobald sich Daria abends zurückzog, wanderten die Dienstboten paarweise zum Fluss hinab. Der sanfte Abendwind wehte fröhliches Gelächter vom Ufer herauf, vermischt mit plätschernden Geräuschen.

Nun war sie froh, weil sie sich vor der Dienerschaft gepflegt und schön gekleidet zeigen konnte, und dankbar für Aelfgyths Hilfe. Die junge Frau bestand darauf, das Haar ihrer Herrin zu bürsten und bewunderte die goldene Farbe, während sie mit den widerspenstigen Locken kämpfte. »Hatte Eure Mutter auch so herrliches Haar, Mylady?«

Krysta wandte sich vom kleinen Bronzespiegel ab, der eine

seltsame, fremdartige Miene reflektierte. »Das weiß ich nicht. Ich verlor sie, als ich noch ein Baby war.«

Sekundenlang hielt Aelfgyths Hand inne, bevor sie die rhythmischen Bürstenstriche fortsetzte. »Ist sie gestorben?«

»Nein, sie ging einfach fort. Raven und Thorgold erzählten mir nur, sie sei sehr schön gewesen.«

»Verzeiht mir, wenn ich zu viele Fragen stelle, Mylady, aber ist das im Norden üblich? Ich meine, dass eine Ehefrau ihren Mann verlässt? Hier geschieht das manchmal, wenn die Menschen den alten Traditionen folgen und eine Bindung ohne kirchlichen Segen eingehen. Sie versprechen einander, ein Jahr beisammenzubleiben oder etwas länger, falls sie ein Kind bekommen. Schließlich trennen sie sich.«

»Ja, das kommt auch im Norden vor. Allerdings glaube ich, nur wenige Frauen laufen ihrem Mann davon, nachdem sie ein Kind geboren haben.«

Aelfgyth schwieg nur so lange, wie es ihre Neugier gestattete. »Durftet Ihr Eure Mutter besuchen?«

Zu ihrer eigenen Verblüffung hatte Krysta etwas zu viel über ihre Vergangenheit ausgeplaudert. Zögernd überlegte sie, wie sie die heikle Frage beantworten sollte. »Weil sie weit weg ging, konnte ich ihr nicht folgen. Jedenfalls war mein Vater sehr gut zu mir. Vor einem Jahr starb er, und ich vermisse ihn schmerzlich.«

Mitfühlend nickte die Zofe und schlang ein blaues Band um die Locken ihrer Herrin, das zum Kleid passte. »Wie schön Ihr ausseht, Mylady!«

Krysta brachte ein schwaches Lächeln zustande, das sofort erlosch; noch bevor sie die Tür ihres Zimmers öffnete.

Am vorherigen Abend hatte sie sich gefragt, wie Hawks Leute die plötzliche Verwandlung der »Dienerin« hinnehmen würden. Diesmal galten ihre Gedanken nur ihm. Er hatte sich bereits in der Halle eingefunden und sprach mit einigen Rittern. Als sie die Treppe hinabstieg, verstummten sie abrupt. Einige Männer mit kantigen Gesichtszügen warfen ihr scharfe Blicke zu, andere verneigten sich. Wenn auch keiner das Wort an sie richtete, spürte sie, dass sie im Mittelpunkt der allgemeinen Aufmerksamkeit stand. Ihre Kehle war wie zugeschnürt, und sie musste den Impuls bekämpfen, wieder nach oben, in ihr Turmzimmer zu laufen. Aber Raven hatte Recht, sie war aus härterem Holz geschnitzt. Und so hielt sie mit gestrafften Schultern und stolz erhobenem Kinn die Stellung.

Glücklicherweise dauerte es nicht lange, bis Hawk zu ihr kam. Dafür war sie dankbar, ebenso für seine anerkennende Miene. Er führte sie zu ihrem Stuhl und setzte sich an ihre Seite. Auch die Ritter und Edvard nahmen an der Tafel des Festungsherrn Platz, die anderen Leute an den übrigen Tischen. Während die Diener mit gefüllten Schüsseln, Platten und Weinschläuchen umhereilten, schaute Krysta zu Thorgold und Raven hinüber. Beide wirkten gut gelaunt, der kleine Mann grinste sogar.

Vielleicht hing seine heitere Stimmung mit der erlesenen Mahlzeit zusammen. Einen Tag, nachdem verlautbart worden war, die Braut des Herrn sei angekommen, hatten sich der Koch und seine zahlreichen Hilfskräfte selbst übertroffen. Ein ganzes gebratenes Schwein wurde von vier Küchenjungen auf einer großen Trage hereingeschleppt und jubelnd begrüßt. Dann folgten andere Diener mit Hirsch- und Lammkeulen und Platten voller Krabben, Aale und Austern. Dazu gab es runde Brotlaibe und frisches Gemüse.

Wie üblich wurde Hawk zuerst bedient. Aber er suchte die appetitlichsten Leckerbissen für Krysta heraus. Sein höfliches Benehmen entging seinen Tischgefährten nicht. Viel sagend nickten sie einander zu. Von all den Köstlichkeiten verwirrt, fasste sich Krysta erst, als ihr Verlobter eine Scheibe Schweinefleisch auf ihre Seite des Silbertellers legte, den er mit ihr teilte. »O nein, danke«, protestierte sie.

»Magst du keinen Schweinebraten?«

»Zweifellos schmeckt er ausgezeichnet. Aber ich esse kein Fleisch.« Entschuldigend lächelte sie. »Alles andere sieht sehr verlockend aus.«

»Wenn du auf Fleisch verzichtest, wirst du krank«, gab Hawk zu bedenken und runzelte die Stirn.

Was sollte sie entgegnen, ohne ihm offenkundig zu widersprechen? Nach kurzem Zaudern zuckte sie die Achseln. »Für manche Menschen trifft das wohl zu – in meinem Fall nicht. Ich versichere dir, ich bin kerngesund, obwohl ich niemals Fleisch zu mir genommen habe.«

»Noch nie im Leben?«, fragte er ungläubig. Die einzigen Menschen in seinem Bekanntenkreis, die nahrhaften Fleischspeisen entsagten, waren ein paar Mönche. Und die wirkten nicht besonders kräftig. Alle anderen wussten einen saftigen Braten zu schätzen. »Dann hätten deine Eltern besser für dich sorgen müssen.«

»Oh, mein Vater war sehr gut zu mir.«

»Und deine Mutter?«

Krysta unterdrückte einen Seufzer. Schon zum zweiten Mal innerhalb einer Stunde wurde sie auf ein Thema angesprochen, das sie normalerweise nur mit Thorgold und Raven erörterte. Trotz ihres Unbehagens zwang sie sich zu antworten. »Kurz nach meiner Geburt verließ mich meine Mutter. Mein Vater hatte ihr ein eigenes Haus geschenkt, nur einen Tagesritt von seinem Herrschaftssitz entfernt. Nachdem sie verschwunden war, wohnte ich dort – bis ich hierher kam.«

Nachdenklich schob Hawk das verschmähte Schweinefleisch auf seine Seite des Tellers. Krystas Erklärung ließ einiges zu wünschen übrig. Einerseits wollte er sie nicht bedrängen und womöglich alte Wunden aufreißen, andererseits musste er seine Neugier befriedigen. »Wohin ist deine Mutter gegangen?«

»Fort.« Hastig fügte sie hinzu: »Trotzdem wurde ich gut betreut.«

»Daran zweifle ich nicht. Und warum lebten deine Eltern

nicht zusammen? Soviel ich weiß, ist es im Norden immer noch üblich, dass ein mächtiger Mann mehrmals heiratet.« Hatte eine ältere Gemahlin Krystas Mutter, die sicher eine Schönheit gewesen war, nicht in ihrem Heim geduldet?

»In meiner Familie wird diese Tradition nicht aufrechterhalten«, betonte sie ärgerlich. »Mein Vater nahm meine Mutter nach dem Tod seiner ersten Gemahlin zur Frau. Aus jener Ehe waren einige Kinder hervorgegangen, darunter mein Halbbruder Sven. Vermutlich fand mein Vater, es wäre besser, die beiden Familienzweige zu trennen.«

Dieses Arrangement erschien ihm außergewöhnlich. Aber er sagte nichts mehr dazu. Immerhin hatte er in den letzten Minuten sehr viel über seine Braut erfahren. Nun glaubte er zu wissen, warum sie so großen Wert auf eine erfolgreiche Ehe mit ihm legte. Offenbar hatten sich ihre Eltern nicht verstanden. Sonst wäre die Mutter nicht fortgegangen oder – was er für wahrscheinlicher hielt – weggeschickt worden. Ein solches Schicksal wollte sich Krysta verständlicherweise ersparen. Nachdem er diesen Schluss gezogen hatte, lächelte er zufrieden. Letzten Endes war es gar nicht so schwierig, eine Frau kennen zu lernen.

In bester Stimmung beschloss er, ihre merkwürdigen Essgewohnheiten vorerst auf sich beruhen zu lassen. Er legte ihr Krabben und Austern vor, die auch ihm schmeckten. Zwischendurch forderte er sie auf, am Weinkelch zu nippen, und freute sich über das Lob, das sie Hawkforte zollte. Anscheinend hatte Edvard gründliche Arbeit geleistet, denn Krysta erwähnte Vorzüge des Haushalts, die der Festungsherr bisher noch gar nicht entdeckt hatte. Gewiss, er wusste, dass Stoffe gewebt, Lebensmittel eingemacht, Kleidung geschneidert und gewaschen, Kinder und Tiere umsorgt und tausend andere Dinge erledigt wurden. Doch sie gehörten so untrennbar zu seinem Alltag, dass er sie nur wahrnehmen würde, wenn er sie entbehren müsste. Um Einzelheiten hatte er sich nie gekümmert. Auch jetzt begeisterten sie ihn nicht sonderlich, denn er fand es viel erfreulicher, Krystas sanfter Stimme zu lauschen und ihre rosigen Lippen zu betrachten. Was sie sagte, war nicht so wichtig.

Dieses Erlebnis entzückte ihn. Und so leerte der strenge Kommandant einiger Tausend Krieger, der nur selten einen Tag ohne ausgedehnte Waffenübungen verstreichen ließ, seinen Weinkelch und verkündete: »Morgen reiten wir beide aus.«

An diesem Tag wollte er seiner Frau das Hawkforte zeigen, das *er* liebte. Inständig hoffte er, sie würde wenigstens annähernd jene Gefühle empfinden, die ihn jedes Mal erfassten, wenn er von einer Reise zurückkehrte und den Rauch seiner heimischen Feuer emporsteigen sah. Die Stallburschen hatten seinen Auftrag erhalten und gewissenhaft ausgeführt. Nun präsentierten sie ihm eine hübsche, lebhafte kleine Stute. Über ihrem ebenholzschwarzen Fell lag ein silbriger Schimmer. Während er ihre Nüstern streichelte, schnaubte sie leise. Dann schnupperte sie an seinen Taschen, auf der Suche nach dem Apfel, den er ihr viel früher gab als beabsichtigt.

Lachend überlegte er, wie ähnlich sich Frauen und Pferde in gewissen Dingen waren. In diesem Augenblick kam seine Verlobte in den Hof, die üppigen Locken halbwegs unter einem Schleier gebändigt, der zu ihrem hellbraunen Kleid passte. Hawk vermutete, sie hätte diese Farbe gewählt, damit man die Schlammspritzer nicht so deutlich sehen würde. Erfreut über diesen klugen Entschluss, schenkte er ihr ein Lächeln, das gleich wieder erstarb, denn er bemerkte die Angst in ihren Augen. Obwohl die Stute nur graziös tänzelte, um sich wichtig zu machen, wich Krysta erschrocken zurück.

»Eins solltest du vielleicht wissen, Hawk – ich bin nur sehr selten ausgeritten.«

Verwundert hob er die Brauen. Er kannte niemanden, der nicht da- oder dorthin ritt. Sogar die Bauern schwangen ihre Beine über Eselsrücken. Und vornehme Damen setzten ihren ganzen Stolz daran, stundenlang zu reiten, ohne zu ermüden, und über alle Hindernisse hinwegzusprengen.

»Was bedeutet ›selten‹?«, fragte er.

Errötend wich Krysta seinem Blick aus. »In Vestfold muss man nicht reiten. Um diesen oder jenen Ort aufzusuchen, benutzen wir Boote.«

Gewiss, das ergab einen Sinn, wenn er auch vielen Wikingern begegnet war, die ausgezeichnet ritten. Aber er musste Krystas ungewöhnliche Erziehung berücksichtigen. »Hier pflegen wir zu reiten«, erklärte er sanft. »Also musst du's lernen. So schwierig ist das gar nicht.«

Skeptisch beobachtete sie, wie er die Stute zu ihr führte. Dann ergriff er Krystas Hand und legte sie auf die Nüstern. »Wie weich sie sich anfühlt!«, rief sie zu seiner Belustigung.

»Ja, sie ist sanftmütig und benimmt sich vorbildlich«, versicherte er und bedeutete einem Stallburschen, die Zügel zu halten. Krystas Atem stockte, als Hawk ihre Taille umfasste und sie mühelos in den Sattel hob. Zum ersten Mal blickte sie ins Gesicht ihres künftigen Gemahls *hinab* – eine sonderbare Situation, die ihr Unbehagen noch verstärkte. »Oh, ich glaube nicht – wirklich, ich bin nicht bereit …«

»Doch, natürlich. Warte, ich zeige dir, wie du die Zügel halten musst.«

Nach einigen missglückten Versuchen fand sie heraus, wie sie die Riemen umklammern musste, und saß sicher im Sattel. Hawk ließ sein eigenes Pferd aus dem Stall holen, einen grauen Hengst, der wiehernd in den Hof trabte und die Stute erschreckte. Als sie scheute, tätschelte Krysta ihren Hals und flüsterte tröstliche Worte. Sofort beruhigte sich die Stute, was ihre Reiterin entzückte und überraschte. Während einer fast schlaflosen Nacht hatte sie sich beklommen gefragt, wie sie es schaffen sollte, mit Hawk auszureiten. Auf den Gedanken, sich zu weigern, wäre sie niemals gekommen. Sie hatte nur befürchtet, sie würde sich lächerlich machen. Zu dieser Sorge bestand offensichtlich kein Grund. Erleichtert lächelte sie ihn an und erschien ihm so bezaubernd, dass sein Atem stockte.

Sie ritten durch das Tor, den Pfad hinab, der hinter den Hügel und von der Stadt wegführte. Anfangs entschied sich Hawk für einen gemächlichen Trab, dann beobachtete er, wie Krystas Zuversicht wuchs, und beschleunigte das Tempo. Am Waldrand erreichten sie eine breite Klippe oberhalb des Meeres. Möwen kreisten über ihren Köpfen, Sonnenstrahlen spiegelten sich im Wasser. In den Salzgeruch mischte sich der Duft wilder Gräser und Blumen. Trotz des frühen Morgens hatte sich die Luft bereits erwärmt. Hawk wendete sein Pferd seitwärts und blickte zur Stadt zurück.

Als Krysta seinem Beispiel folgte, seufzte sie hingerissen. Jetzt befanden sie sich auf der anderen Seite der Bucht, und ganz Hawkforte erstreckte sich vor ihnen, von der geschäftigen Stadt am Wasserrand bis zur stolzen Festung auf dem Hügel. Boote steuerten den Hafen an oder liefen aus, und Krysta sah die Wagen, die den Kai entlangfuhren. Die Augen zusammengekniffen, glaubte sie die Patrouillen auf den Mauern auszumachen.

»Wie schön!«, flüsterte sie. Zum ersten Mal erkannte sie in Hawkforte ein Symbol für hart erkämpften Frieden und Wohlstand.

»O ja«, bestätigte Hawk.

Sie betrachtete seine markanten Züge, die straff über den Wangenknochen gespannte Haut. Nur mühsam widerstand sie dem Wunsch, eine Hand nach ihm auszustrecken. »Edvard hat mir von früheren Zeiten erzählt…«

»Vor einigen Jahren war Hawkforte eine einzige Leichenhalle – verbrannte Felder, verkohlte Ruinen, zerstörte Hoffnungen.« Hawk zeigte auf eine Baumreihe innerhalb der Stadt. »Siehst du diese Bäume? Die sind jünger als die anderen, die weiter entfernt wachsen. Sogar den Wald brannten die Dänen nieder, zumindest den Teil, den sie nicht abholzten und auf ihre Schiffe schleppten. Nachdem sie erkannt hatten, dass sie die

Stellung in diesem Gebiet nicht halten konnten, beschlossen sie, Hawkforte zu verwüsten. Zum Schluss haben sie auch noch die Brunnen vergiftet.«

»Sicher hat es viel Mut und Entschlossenheit gekostet, die Stadt und die Festung wiederaufzubauen.«

»Den Mut der Verzweiflung. Die Überlebenden wussten nicht, wohin sie sonst gehen sollten. So viele Menschen waren nach Westen geflohen. Dort reichten das Land und der Viehbestand nicht aus, um alle zu ernähren, sie mussten den Hungertod fürchten.« Die Hände über dem Sattelknauf gefaltet, musterte er die Häuser. »Damals schwor ich mir, für Frieden zu sorgen. Wie ich mein Gelübde halten sollte, wusste ich nicht. Aber ich wollte mein Leben dafür wagen.«

Ihr ganzes Herz auf der Zunge, erwiderte Krysta: »Wie glücklich muss sich dein Volk schätzen, weil es einem Herrn wie dir gehorcht.«

Entschieden schüttelte er den Kopf. »Unser Glück verdanken wir Alfred of Wessex. Ohne ihn wären wir einsame Männer gewesen, jeder hätte für sich versucht, die Dänen abzuwehren.« Hawk hob eine Hand und spreizte die sonnengebräunten Finger. »Wären wir einzeln vorgegangen, hätten wir gar nichts erreicht – nur den Tod.« Nun ballte er die Hand zu einer mächtigen Faust. »Nur mit vereinten Kräften konnten wir den Sieg erringen.« Plötzlich unterbrach er sich. »Von solchen Dingen dürfte ich nicht sprechen. Eigentlich hatte ich geplant, einen erholsamen Tag mit dir zu verbringen.«

»Mir würde ein Tag, an dem wir uns besser kennen lernen, viel mehr bedeuten.«

Er lachte etwas gezwungen. Offenbar bereitete ihm dieser Gedanke immer noch ein gewisses Unbehagen. »Vor allem musst du reiten lernen. Komm mit mir!«

Gehorsam folgte sie ihm auf einem gewundenen Weg zum Strand hinab. Ein paar Mal hielt sie den Atem an, während die Stute mit vorsichtigen Schritten hinter dem Hengst hertrottete.

Am Wasserrand angekommen, stieß Krysta einen so tiefen Seufzer der Erleichterung aus, dass Hawk grinsen musste. »So schlimm war's doch gar nicht, oder?«, fragte er und hob sie aus dem Sattel.

In seiner Nähe, im Bewusstsein seiner Kraft, verdrängte sie ihre Angst. »O nein.«

Natürlich log sie, und er wusste es. Doch es störte ihn nicht, denn er bewunderte ihre Tapferkeit. Außerdem faszinierte ihn ihre schmale Taille, die genau in seine Hände passte. In seine Hände, die er nur ein wenig vorschieben müsste, dann würde er ihre Brüste liebkosen... Beinahe erlag er der Versuchung und dem Wunsch, mit Krysta in den Sand zu sinken, die Lust zu stillen, die ihn seit der ersten Begegnung quälte.

Daran hinderte ihn nur ihre Erklärung, vor der Ehe müssten sie einander besser verstehen, ebenso der seltsame Gedanke, Wolfs und Cymbras Glück wäre vielleicht gar nicht so einzigartig. Bisher hatte er die Liebe stets für ein romantisches Fantasiegebilde gehalten. Jetzt begann er sich zu fragen... Unmöglich! Nach so albernen Gefühlen würde er sich niemals sehnen. Er war einfach nur überrascht und ein bisschen verwirrt. Sonst nichts.

Nach dem Ritt wollte er Krysta eine Ruhepause gönnen, und er erinnerte sich an ihren fröhlichen Tanz am Strand unterhalb von Hawkforte. Deshalb band er die Pferde an einem Strauch fest, ergriff ihre Hand, und sie wanderten die Küste entlang. Soweit er sich entsinnen konnte, hatte er noch nie mit einer Frau einen Spaziergang am Strand unternommen, abgesehen von ein paar Schritten an der Seite einer Dame, die er in Alfreds Winchester-Palast zur Tafel geleitet hatte. Plötzlich wusste er nicht, worüber er mit ihr reden sollte. Von dem neuen Speer, den er entworfen hatte und den seine Männer gerade zu benutzen lernten, wollte sie sicher nichts hören. Ebenso wenig würde sie es genießen, die Schlachten zu erörtern, die er in Gedanken ausfocht, die Strategien, die er entwickelte, um seine Feinde zu schlagen. Die Frauen, die er am Hof getroffen hatte, beherrschten die Kunst der Intrige geradezu meisterhaft und schwärmten für die Finessen der Politik. Niemals würde er den Fehler begehen, eine dieser Ladys zu unterschätzen. Krysta war anders. Mit ihrer Sanftmut weckte sie Erinnerungen an seine Mutter. Trotzdem durfte er sie nicht für feige halten. Schon mehrmals hatte sie ihn wie eine Furie angefaucht. Lächelnd dachte er an ihre äußere Erscheinung nach dem unfreiwilligen Bad – triefnass, mit schwarzer Farbe bekleckst. Aber sie hatte ihre Würde gewahrt. Sicher würde sie ihm charakterfeste Söhne und Töchter schenken.

Dieser Gedanke war ein Fehler, denn er spürte, wie seine Erregung wuchs. Teils verblüfft, teils erfreut ließ er Krystas Hand los, bückte sich und hob eine graurosa Muschel auf. Sie war völlig unversehrt und schimmerte irisierend. Während er sie hin und her drehte, bewunderte er ihre schlichte Perfektion und ihre Fähigkeit, im stürmischen Meer zu überleben. Er wollte sie in die Wellen zurückwerfen. Doch dann besann er sich anders und übergab sie Krysta. Mit einem scheuen Lächeln nahm sie die Muschel entgegen.

Ein paar Sekunden lang glaubte er, in diesem Lächeln zu ertrinken. Dann riss er sich zusammen. »Dort drüben bei den Felsen tummeln sich manchmal Delfine.«

Sie folgte seinem Blick zum blaugrünen Wasser. Schäumend schlug es gegen Felsen, die so aussahen, als hätte sie ein verspielter Riese am Strand verstreut. »Ich habe noch nie Delfine gesehen. Nach Vestfold kommen sie nicht, weil es zu weit oben im Norden liegt.«

»Schauen wir, ob welche da sind.« Auf dem Weg zu den Felsblöcken mahnte er: »Pass auf, die Steine sind nass und glitschig.«

Obwohl sie nickte, galt ihre Aufmerksamkeit dem Meer. Wie immer weckte dieser Anblick und der Salzgeruch eine schmerzliche Sehnsucht. Der Wind brannte in ihren Augen. Über ihre Wangen liefen Tränen, die sie ungeduldig wegwischte. Ein Schemen bewegte sich im Wasser und kam rasch näher. Plötzlich ragte ein Kopf empor, und Krysta lachte entzückt, als sie das breite Grinsen des Delfins sah. »Oh, wie wundervoll!«, rief sie. Ohne lange zu überlegen, trat sie ans Ufer heran und stieg auf rutschigen Seetang, der einen Felsbrocken bedeckte. Sie strauchelte und streckte beide Arme aus, um ihr Gleichgewicht wiederzugewinnen – ohne Erfolg. Schreiend fiel sie ins Wasser.

Wie gelähmt stand Hawk da. Ein Mann, der in hundert Schlachten nie gezögert, dem seine Geistesgegenwart schon oft das Leben gerettet hatte, starrte ein paar Sekunden lang fassungslos ins Meer. Nein, seine Braut konnte nicht in den Wellen verschwunden sein. So viel versprechend hatte der Tag begonnen. Auf so schreckliche Weise durfte er sich nicht verdunkeln.

Wütend verfluchte er das Schicksal, warf seinen Umhang beiseite und sprang ins Wasser. Wenig später tauchte er auf und schaute sich verzweifelt um. Als er Krysta noch immer nicht entdeckte, holte er tief Luft und versank wieder in den Wellen. Vergeblich suchte er nach seiner Verlobten. Brennende Lungen zwangen ihn, wieder emporzutauchen. Nach einem weiteren tiefen Atemzug wollte er wieder hinabschwimmen. Doch da bemerkte er eine Gestalt, die sich neben ihm bewegte.

Lachend erschien Krysta zwischen den Schaumkronen, das nasse Haar an den Kopf geklebt. Obwohl das schwere Gewicht ihrer Kleidung an ihr hing, genoss sie ihr Bad in vollen Zügen. »Oh, das ist himmlisch! Warum hast du mir nicht gesagt, wie warm das Wasser ist?«

Ehe er seine Verwirrung bezwang, stürzte sie sich wieder in die Wellen. Hawk trat Wasser und spähte in alle Richtungen. Bald sah er sie wieder, etwa fünfzig Fuß von der Stelle entfernt, wo sie untergetaucht war.

»Oh, du kannst schwimmen!«, rief er – angesichts dieser eindrucksvollen Demonstration eine völlig überflüssige Feststellung.

»Ja, Raven und Thorgold behaupten, ich sei für das Wasser geschaffen worden. Natürlich übertreiben die beiden. Aber ich habe das Wasser immer geliebt.« Sie versank wieder in der Tiefe. Diesmal tauchte sie in seiner Nähe empor und strahlte vor Freude. »Hin und wieder schwamm ich in warmen Felsenteichen. Doch bei Vestfold ist das Meer sogar im Hochsommer eiskalt. Und hier – so herrlich warm.«

Hawk, der das Wasser angenehm, aber kühl fand, konnte nur seufzen. Gewiss, er fühlte sich maßlos erleichtert, weil ihr nichts zugestoßen war. Doch das Entsetzen, das er vorhin empfunden hatte, ließ sich nicht vollends verdrängen. Nicht einmal auf den Schlachtfeldern, wo die Angst jeden vernünftigen Mann begleitete, war ihm so elend zu Mute gewesen.

Da die qualvolle Sorge immer noch in ihm nachwirkte, befahl er strenger als beabsichtigt: »Komm heraus! So warm, wie du glaubst, ist das Wasser nicht. Womöglich wirst du dich erkälten.«

Erstaunt und enttäuscht erwiderte sie seinen Blick. Aber sie protestierte nicht. Wenigstens gehorcht sie mir, dachte er etwas besänftigt, während sie an den Strand wateten. Krysta bückte sich und wrang ihren nassen Rocksaum aus. »In Kleidern zu schwimmen, das ist furchtbar anstrengend.« Hoffnungsvoll wandte sie sich zu Hawk. »Daheim trug ich nur ein Hemd, wenn ich schwimmen ging.« Und manchmal gar nichts, ergänzte sie in Gedanken. Entgeistert starrte er seine Braut an, bis er merkte, dass sie es ernst meinte. Er müsste sie nur ein bisschen ermutigen, und schon würde Lady Krysta ins Meer zurückkehren, nur mit ihrem Hemd bekleidet... Und was sollte er dann tun? Am Strand sitzen und das Spektakel genießen? Oder ihr folgen? O ja, das wäre eine großartige Idee. Die Lust, die er den ganzen Morgen bekämpft hatte, stieg erneut in ihm auf. Nur mühsam unterdrückte er einen Fluch und warf ihr seinen Umhang zu, den er abgelegt hatte, um ihr keine Sekunde lang gefährdetes Leben zu retten. »Da, zieh das an.«

Geschickt fing sie den Mantel auf. »Danke, aber ich friere nicht.«

Offensichtlich bemerkte sie nicht, wie sich das nasse Kleid an ihren Körper schmiegte, die Brüste und sogar die harten Knospen nachzeichnete, die gertenschlanke Taille und die geschwungenen Hüften, die schlanken Beine. Besonders fantasievoll war er nie gewesen. Doch er brauchte keinerlei Einbildungskraft, um sich vorzustellen, wie Krysta nackt aussehen würde. Seine künftige Gemahlin … Viele Paare schliefen schon vor der Hochzeit miteinander. Und einige Bräute empfingen den Segen der Kirche erst nach der Zeugung ihres ersten Kindes. Niemand würde ihm Vorwürfe machen. Höchstens Krysta. Trotzdem würde er ihren Widerstand überwinden. Daran zweifelte er nicht, als er sich an den leidenschaftlichen Kuss im Stall erinnerte.

Aber er legte großen Wert auf seine Disziplin – *verdammt*. Das würde er wegen einer Frau nicht vergessen, mochte sie auch noch so verführerisch wirken. Wenn er es wollte, und wenn es an der Zeit war, würde er seinem Verlangen nachgeben.

»Zieh den Umhang an!«, befahl er, und diesmal erzielte sein Tonfall die gewünschte Wirkung. Ruckartig hob sie den Kopf, starrte ihn an, und ihre Wangen röteten sich. Dann schaute sie hastig weg. Bevor sie zu den Pferden gingen, wickelte sie ihren Körper in den Mantel.

Schweigend ritten sie zur Festung zurück. Hawk behielt seine Braut im Auge. Mittlerweile konnte sie schon besser reiten. Das hatte sie erstaunlich schnell gelernt, ihre angeborene Geschmeidigkeit kam ihr zugute. Als er sich entsann, wie sie mit den Kindern getanzt hatte, lenkte er seine Gedanken entschlossen in eine andere Richtung, was ihm nicht viel nützte. Gegen seinen Willen erschien in seiner Fantasie das Bild der schönen jungen Frau, die behände durch Meereswellen glitt, mit einer fast überirdischen Anmut. Erst auf dem Turnierplatz würde er das alles vergessen. Deshalb wollte er mit einem halben Dutzend Männer, die sich auf einen freien Tag gefreut hatten, Waffenübungen abhalten und sich bis zur Erschöpfung verausgaben. Ja, das würde ihn unweigerlich von seiner Braut ablenken.

Doch der Plan wurde vereitelt. Plötzlich umrundeten drei lange Schiffe mit unheilvollen Drachenbügen die Landzunge und steuerten den Hafen an. Im Sattel aufgerichtet, musterte Hawk das stolze Emblem auf den Segeln, die sich im Wind blähten. Fluchend spornte er seinen Hengst zum Galopp an.

7

»Lass mich raten«, bat Hawk. »Rein zufällig kamst du vorbei, und da wolltest du die Gelegenheit nutzen, um mich zu besuchen.«

Der Mann, der ihm gegenübersaß, grinste breit. So groß und kräftig gebaut wie Hawk, mit goldbraunem, schulterlangem Haar und Topasaugen, trug er eine schlichte Tunika aus fein gesponnener schwarzer Wolle und blank geputzte Lederstiefel. Kein Schmuck wies auf seinen Rang und seine Macht hin, nur ein scharf geschliffenes Schwert. Trotzdem war die Aura seiner edlen Herkunft unverkennbar, von seiner ungewöhnlich attraktiven äußeren Erscheinung noch verstärkt.

Bisher waren schon sechs Dienerinnen unter diesem oder jenem Vorwand zur Tafel geeilt. Hawk fragte sich, ob jemals einem Mann so viele lustvolle Blicke in einem kürzeren Zeitraum gegolten hatten. Seinen Gast schien das nicht zu überraschen, und er missachtete die Mägde keineswegs. Ganz im Gegenteil – jeder schenkte er ein liebenswürdiges Lächeln. Wie sich Hawk seufzend entsann, schätzte der Wikinger das weibliche Geschlecht über alle Maßen und hielt es für das schönste Geschenk, das die Menschheit von den Göttern bekommen hatte. Das schienen die Frauen zu spüren, und sie erwiderten seine Zuneigung mit unverhohlenem Entzücken.

»Welch ein Freund wäre ich, hätte ich meine Schiffe grußlos an deiner Burg vorbeigesteuert?«, fragte der Gast, während ein hübsches rothaariges Mädchen vorbeilief und die Hüften so heftig schwenkte, dass ein Luftzug entstand. »Außerdem dachte ich, du willst Neuigkeiten von deinem Neffen hören.«

Hawk musterte den Mann, den man von den Gletschern des Nordens bis zu den Suks von Byzanz als Dragon kannte, und lachte leise. »Nun, wie geht's dem kleinen Löwen?« Inzwischen staunte er nicht mehr, weil die Familie, in die seine Schwester hineingeheiratet hatte, ihren männlichen Sprösslingen ebenso wie seine eigene nur Namen gab, die bestimmte Vorstellungen heraufbeschworen. Im weithin gefürchteten Norweger Wolf hatte Cymbra ihr zweites Ich gefunden.

Vor wenigen Monaten war ihr Sohn auf Hawkforte zur Welt gekommen, allseits freudig begrüßt – nicht zuletzt, nachdem dieses Ereignis den kampflustigen Wolf daran gehindert hatte, die Festung Planke um Planke und Stein um Stein auseinander zu nehmen. Diese Rache hatte er Hawk für Cymbras unsinnige Entführung angedroht.

Erstaunlicherweise waren alle Streitigkeiten vergessen, seit die Norweger und Sachsen beschlossen hatten, die Dänen mit vereinten Kräften zu bekämpfen. Hawks und Krystas Ehe sollte das Bündnis zusätzlich festigen. Auch Dragon würde nicht mehr allzu lange ledig bleiben.

»Wenn der kleine Lion brüllt, erschüttert er immer noch die Mauern von Sciringesheal. Glücklicherweise besitzt er ein heiteres Gemüt und schreit nur selten. Cymbra ist natürlich eine wundervolle Mutter und eine ebenso gute Ehefrau. Und Wolf? In seiner Selbstzufriedenheit zerrt er manchmal an meinen Nerven. Kaum zu glauben, dass man ihn früher die Geißel der Sachsen nannte…«

»Du weißt ja, was die Leute sagen«, entgegnete Hawk achselzuckend, »gezähmte Ungeheuer geben die besten Ehemänner ab. Weil wir gerade beim Thema sind – hat dein Bruder noch keine Braut für dich gefunden?«

Erschrocken zuckte Dragon zusammen und nahm einen großen Schluck Ale. »Ich erklärte ihm, ich würde mir eine süße kleine Frau wünschen, die im Winter meine Füße warm reibt und mir Söhne schenkt und mich nicht mit Widerworten ärgert. Da meinte er, die würde mich zu Tode langweilen, noch ehe der Brautstrauß verwelkt. Wegen unserer unterschiedlichen Ansichten wird's wohl noch eine Weile dauern, bis mir das Ehejoch droht. Außerdem ist Wolf im Augenblick eher an *dir* interessiert.« Nach einer kurzen Pause fragte er: »Hast du eine besondere Nachricht erhalten?«

»Letzten Monat bekam ich einen Brief von Cymbra«, antwortete Hawk mit unschuldiger Miene. »Sie hofft, Wolf zu einem baldigen Besuch in Hawkforte zu überreden. Darüber würde ich mich freuen, vorausgesetzt, er bringt kein angriffslustiges Heer mit.«

»Wie nett. Aber ich wollte auf deine bevorstehende Hochzeit anspielen.«

»Ach so ...«, murmelte Hawk. »Dein Bruder war so freundlich, den Ehevertrag auszuhandeln. Deshalb hatte ich nicht viel damit zu tun. Ich nehme an, alles ist in Ordnung mit ... Wie heißt sie doch gleich? Kwirka? Klonka?«

»Krysta«, verbesserte ihn Dragon. »Lady Krysta von Vestfold. Sicher wäre es hilfreich, wenn du dir den Namen deiner Verlobten merken könntest.«

Hawk nickte ernsthaft. »In solchen Dingen beuge ich mich deiner reichlichen Erfahrung. Wie lange bleibst du hier? Wollen wir auf die Jagd gehen?«

»Nur zu gern. Aber was Lady Krysta betrifft ...« Die Stirn gerunzelt, stellte Dragon seinen Becher auf den Tisch. »Da scheint's ein kleines Problem zu geben.«

»Was für ein Problem? Ich vermute, das Mädchen ist passabel, und alles wird so ablaufen wie geplant. Oder erwartest du etwas anderes?«

»O nein, angeblich ist deine Braut ganz reizend. Und abgesehen von dieser kleinen Komplikation ... Also, ihr Halbbruder Sven, offenkundig ein Schwachkopf und ein elender Taugenichts, weiß nicht genau, wo sich das liebe Mädchen derzeit befindet.«

In vollen Zügen genoss Hawk die Situation. Seit seiner ersten Begegnung mit den Brüdern Hakonson – Wolf und Dragon – war er mehrmals ohne eigenes Zutun in schlimme Turbulenzen geraten. Dafür wollte er sich rächen, und es bereitete ihm ein ungeheures Vergnügen, wenigstens eine Zeit lang zu beobachten, wie sich Dragon am Rand einer diplomatischen Katastrophe wand. »Deutest du etwa an, die Lady sei ihm abhanden gekommen?«, fragte er in gespieltem Entsetzen.

»Nein, natürlich nicht! Der Bursche ist ein Schwachkopf. Zweifellos liegt ein Missverständnis vor. Ich dachte, vielleicht – nur vielleicht – wäre sie mittlerweile hier eingetroffen. Offensichtlich nicht.« Dragon unterbrach sich, denn Hawks glitzernder Blick erregte seinen Argwohn. »Oder hast du sie schon gesehen?«

»Seltsam, jetzt, wo du's erwähnst... In der Tat, etwas Merkwürdiges ist geschehen. Drei von Lady Klonkas Dienstboten...«

Sekundenlang schloss Dragon die Augen und bat die Götter um Geduld. Deshalb entging im Hawks Grinsen. »Lady Krysta.«

»Wie auch immer, drei ihrer Dienstboten kamen nach Hawkforte. Ein sonderbarer kleiner Kerl, der wie ein Troll aussieht, eine Frau namens Raven und ein ebenso eigenartiges Mädchen mit dunklen Haaren, die in nassem Zustand schwarze Farbe absondern.«

Verwirrt schüttelte Dragon den Kopf. *»Was?«*

»In Wirklichkeit ist sie blond. Kurz nach ihrer Ankunft entpuppte sich diese Dienerin als Lady Klonka...«

»Krysta!«

»... und sie hatte den unglaublichen Plan geschmiedet, sich zu verkleiden, weil sie mich vor der Hochzeit besser kennen lernen wollte.«

Dragon blinzelte entgeistert. »Sag mir, dass du diese Geschichte erfunden hast!«

»Das könnte ich gar nicht. Du bist doch der Mann, der über eine blühende Fantasie verfügt.«

»Also ist sie hier?«

»Allerdings.«

»Gelobt seien die Götter, die das zu Wege brachten!«, rief Dragon leidenschaftlich. »Ich dachte schon, Wolf würde Lady Krystas Halbbruder in Stücke reißen, als der Narr in Sciringesheal auftauchte und verkündete, sie sei verschwunden.«

»Wahrscheinlich hätte er's verdient, aber wir sollten den armen Burschen eher bemitleiden. Seine Schwester ist – etwas ungewöhnlich.«

»Wie Wolf mir erklärt hat, ist sie hübsch, spricht mit sanfter Stimme und hat schöne Augen. Er fügte sogar hinzu, wenn sie eine Sächsin wäre, würde er sie mit *mir* verheiraten.«

»Vergiss es!«, stieß Hawk hervor und erhob sich halb von seinem Stuhl. Dann bezwang er seinen Zorn und nahm wieder Platz. Aber Dragon hatte den Wutausbruch schon bemerkt.

»Freut mich, dass ihr beide euch so gut versteht«, bemerkte der Wikinger grinsend.

»Das habe ich nicht gesagt. Sie ist nur eine Frau. Und ziemlich ungebärdig.«

Mit einiger Mühe zügelte Dragon seinen Lachreiz. »Gerade solche Frauen sind besonders reizvoll.«

»Dir mag das komisch erscheinen. Mir nicht. Ich hatte bereits eine Gemahlin, der ich nicht trauen konnte. Mit so einer will ich mich nicht noch einmal abplagen. Ich werfe meiner Braut keineswegs vor, sie sei nicht ehrenwert. Sie ist nur unvernünftig. Als Dienerin verkleidet hierher zu kommen – das war albern und leichtfertig.«

»Und mutig. Findest du das so schrecklich?«

»Mir wäre es lieber, sie würde ihren Verstand benutzen. Sie ist unberechenbar.«

Verständnisvoll nickte der Mann, der die Frauen anbetete. »Ah, du strebst nach Ruhe und Ordnung. Bloß keine Überraschungen! Stattdessen ein beschaulicher Alltag, Langeweile…«

»Hättest du so unruhige Zeiten erlebt wie ich, würdest du die Langeweile geradezu herbeisehnen.« Mit allen Fingern strich Hawk durch sein Haar, das er schon zuvor in eine hoffnungslos zerzauste Mähne verwandelt hatte. »Heute fiel sie ins Meer. Ich dachte, sie würde ertrinken, und ich fühlte mich… So genau weiß ich's nicht. Jedenfalls war's grauenhaft.«

»Ist ihr etwas zugestoßen?«, fragte Dragon besorgt.

»Natürlich nicht. Sie schwimmt wie ein Fisch. Lachend tauchte sie auf und wollte unbedingt im Wasser bleiben. Von ihrer Kleidung behindert, meinte sie sogar, sie müsste sich bis aufs Hemd ausziehen. Was für eine großartige Idee!«

»Ist sie wirklich so naiv?«

»Sieht so aus. Nach allem, was ich bisher erfahren habe, wurde sie ziemlich unkonventionell erzogen.«

Nun gab Dragon seine Zurückhaltung auf und begann schallend zu lachen. Als er wieder zu Atem kam, stöhnte er: »Hübsch, mit sanfter Stimme, schöne Augen, unberechenbar *und* eine süße Unschuld. Jetzt verstehe ich dein Problem, mein Freund. Ich glaube, ich werde eine Weile hier bleiben. Diesen Spaß lasse ich mir nicht entgehen.«

»Oh, deine Anteilnahme überwältigt mich. Aber bedenk bitte – dich wird's auch bald treffen.«

Das ernüchterte Dragon ein wenig. Doch seine gute Laune kehrte sofort zurück, denn die rothaarige Dienerin schlenderte wieder am Tisch vorbei. Anerkennend schaute er ihr nach. »Vielleicht wird mich die Schicksalsgöttin noch eine Zeit lang verschonen.«

Mag sein, dachte Hawk. Trotzdem wird sie keine Gnade kennen, wenn es so weit ist. Und dann wirst du genauso leiden wie ich heute, als ich dachte, Krysta würde sterben. Geistesabwesend bedeutete er dem rothaarigen Mädchen, noch einen

Krug Ale zu bringen. Wie lange würde es dauern, bis der Sturm losbrach, der sich – das spürte er seit Tagen – über Hawkforte zusammenbraute?

Noch ein Herzschlag – noch ein Atemzug. Wenn sich diese Kreatur mit dem scharlachroten Kopf dann noch immer nicht zurückzog, wusste Krysta nicht, was sie tun würde. Sicher nichts, was weiblichen Tugenden wie Sanftmut und Duldsamkeit entsprechen mochte. Dauernd stolzierte diese Frau vor Hawk auf und ab. Ein Wunder, dass ihn diese Hüftschwünge nicht vom Stuhl warfen! Oder versuchte sie in sein Auge zu stechen, mit diesem Ding, das ein tiefer Ausschnitt entblößte? Krysta blinzelte. Sah sie wirklich und wahrhaftig eine *Brustwarze*?

Heller Zorn besiegte die geplante Diskretion. Eigentlich war sie nur die Treppe herabgeschlichen, um den Besucher zu mustern, ohne sich zu zeigen. Aber jetzt vergaß sie diese Absicht. Zu ihrer Erleichterung hatte sie von Raven erfahren, die Schiffe würden weder kriegerischen Dänen noch ihrem Halbbruder gehören. Wenige Sekunden später war die Freude verflogen, denn die Freundin hatte berichtet, Wolfs Bruder sei eingetroffen, der gefürchtete Lord Dragon von Landsende. Zweifellos hatte man ihre Abreise aus Vestfold bemerkt, und das bedeutete, dass sie sich in ernsthaften Schwierigkeiten befand. Doch daran konnte sie jetzt nicht denken – nur an ihren wachsenden Zorn.

Tatsächlich – eine *Brustwarze*. Was für eine Unverschämtheit!

»Hawk!«, rief sie.

Verwirrt wandten sich beide Männer zu ihr. Krysta nahm ihren ganzen Mut zusammen, eilte zur Tafel und warf der rothaarigen Schlampe einen Blick zu, der sie versteinern musste. Stattdessen grinste das Mädchen und hob eine glatte Schulter, so dass die Bluse noch tiefer hinabrutschte.

Hawk bemerkte Krystas Zorn, der nur einem Blinden entgangen wäre. Doch er hatte keine Ahnung, warum sie sich ärgerte.

Hastig stand er auf und reichte ihr eine Hand. »Krysta, kennst du Lord Dragon, den Jarl von Landsende?«

»Nein, aber ich habe von ihm gehört«, erwiderte sie und gönnte dem Gast nur einen kurzen Blick. »Hawk, ich – ich wollte dir für den wundervollen Ausritt danken. Vielleicht könnten wir dieses Erlebnis wiederholen – schon bald.« Jetzt lehnte die rothaarige Dienerin am Tisch und raffte ihren Rock, um einen schlanken Fußknöchel und eine wohlgeformte Wade zu entblößen. »Jetzt gleich?« Etwas zu spät erinnerte sich Krysta an Lord Dragons Anwesenheit und ihre Manieren. »Wenn dein Besucher nichts dagegen hat …«

»Überhaupt nichts.« Grinsend sprang Dragon auf und schlang einen Arm um die Taille des rothaarigen Mädchens. »Ich werde schon eine Beschäftigung finden. Nicht wahr, meine Süße?«, fragte er die Dienerin, die sich hingerissen an ihn schmiegte.

»Oh, gewiss, Mylord«, gurrte sie.

»Seht ihr? Macht nur, was ihr wollt, ihr beiden. In den nächsten Stunden werde ich euch wohl kaum vermissen. Oder in den nächsten Tagen. Nehmt bloß keine Rücksicht auf mich!«

Erst jetzt erkannte Krysta, dass sie die Situation missverstanden hatte. »Lord Dragon, Ihr seid sehr großzügig.«

»Keineswegs, mein liebes Mädchen, nur vernünftig. Da seid Ihr, und Hawk kommt auch ohne mich sehr gut zurecht, der Hochsommer hat begonnen, und ich sehe keinen Grund, diese schöne Jahreszeit nicht zu genießen.«

Nun betrachtete sie den Mann, den alle Frauen entzückt anzustarren pflegten, etwas genauer. Sehr attraktiv, dachte sie, aber mit Hawk kann er sich nicht messen. Zu ihrer Verblüffung wirkte er nett und freundlich, trotz seines Furcht erregenden Rufs. Und was den Sommer anging, hatte er völlig Recht. Diese kostbaren warmen Stunden musste man nutzen und sich an dem hellen Sonnenschein freuen oder sehnsüchtig unter dem milden Sternenhimmel seufzen.

Lächelnd wandte sie sich zu ihrem Bräutigam und schaute in seine blauen Augen, die seine Verwunderung nicht verhehlten. »Ich kenne ein Plätzchen, wo die wilden Erdbeeren schon reif sind.«

Natürlich folgte er ihr aus der Halle. Welcher Mann könnte ihr widerstehen? Hinter ihnen lachte Dragon froh und erleichtert. Vielleicht auch ein bisschen neidisch. Aber daran durfte er nicht denken. Außerdem hatte das rothaarige Mädchen einiges zu bieten.

Dragon blieb eine Woche auf Hawkforte. Tagsüber ging er mit Hawk zur Jagd, segelte mit ihm aufs Meer hinaus oder beteiligte sich an den Waffenübungen. Inzwischen hatte die Ernte begonnen. Fast alle Bewohner von Hawkforte außer den Rittern arbeiteten auf den Feldern. Der Festungsherr hatte bekannt gegeben, er würde Lady Krysta erst nach der Ernte heiraten. Diese Entscheidung nahmen die Leute bereitwillig hin, da sie auf einer alten Tradition beruhte.

Jeden Abend versammelten sie sich in der Halle, um Dragons wunderbaren, unglaublichen Geschichten zu lauschen, die alle gefangen nahmen. Sogar die sächsischen Barden lehnten sich genüsslich zurück und hörten dem Mann zu, in dem sie einen wahren Meister erkannten. Wenn ihn das Schicksal auch zum Krieger bestimmt hatte, war er doch ein geborener Skalde.

Er berichtete von der Entstehung Asgards, wo die Götter hausten. Durch die Brücke Bifröst, die den Menschen als Regenbogen erschien, war dieser Wohnsitz mit der Erde verbunden. »Nachdem die Götter ihre Feinde, die Riesen, besiegt hatten«, erklärte Dragon seinem faszinierten Publikum, »beschlossen der große Gott Odin und seine Gefährten Hoenir und Lodur, aus Baumstämmen sterbliche Wesen zu erschaffen. Den ersten Mann nannten sie Ask, dem sie Kraft und Macht verliehen, und seine Gemahlin Elm, die ihm getreulich zur Seite stehen sollte. Im Mittelpunkt der Welt ragt die Esche Yggdrasil empor. Bis in die Tiefe der Erde reichen ihre Wurzeln hinab, ihre Zweige erheben sich zum Himmel. Von ihren Blättern ernährt sich Odins Lieblingshengst Sleipnir. Der Ort, den Yggdrasil überschattet, ist heilig. Dort versammeln sich die Götter jeden Tag, um Entscheidungen zu treffen. Im fernen Donnergrollen, das manchmal am Himmel dröhnt, kann man ihre Stimmen hören.«

All diese Geschichten kannte Krysta, obwohl sie im christlichen Glauben aufgewachsen war. Trotzdem gefiel es ihr, die vertrauten Legenden aus Dragons Mund zu hören, denn er schilderte jene Ereignisse so fesselnd und lebhaft, wie sie es nie zuvor vernommen hatte. *Zu* anschaulich für den Geschmack Vater Elberts und Darias, die unentwegt die Stirn runzelten, die Köpfe zusammensteckten und sich über das *heidnische Geschwätz* beschwerten. Doch Dragons Wikinger beachteten sie ebenso wenig wie die Sachsen, die an die schlechte Laune der beiden gewöhnt waren.

Das Wetter blieb warm und mild. Meistens aßen sie draußen im Hof, an langen Tischen, von Fackeln beleuchtet, die lästige Insekten fern hielten. Die Nächte waren sternenklar. Am letzten Abend seines Aufenthalts erzählte Dragon vom Vollmond angeregt die folgende Geschichte:

Nachdem die Götter eine Zeit lang in Asgard gelebt hatten, stellten sie fest, dass kein Schutzwall ihr Heim umgab. Trotz ihrer Macht dachten sie an den wilden Kampfgeist der Riesen und fragten sich, ob sie ohne Mauer vor diesen gefährlichen Feinden sicher wären. Als sie darüber sprachen, erschien ein Fremder in Asgard, er erbot sich, eine starke Mauer rings um den Wohnsitz zu errichten, und erklärte, innerhalb eines Jahres würde er den Bau vollenden. Die Götter wollten zustimmen. Aber Odin, der Weiseste von allen, fragte nach dem Preis.

Kühn trat ihm der Fremde gegenüber und antwortete: »Wenn ich die Mauer gebaut habe, gebt mir Frigg, die schönste Göttin. Außerdem verlange ich die Sonne und den Mond.«

Odin geriet in hellen Zorn. Niemals würde er dem Fremden eine Göttin überlassen, seine eigene Gemahlin. Gewiss, er stritt sehr oft mit Frigg. Aber sie gehörte ihm, und er wollte sie behalten. So beschloss er, den Fremden fortzuschicken. Doch da meldete sich der listenreiche Gott Loki zu Wort und schlug vor, der Fremde solle den Wall errichten, allerdings in einem halben Jahr. Sicher würde ihm das misslingen, und die Götter würden wenigstens eine halbe Mauer umsonst erhalten.

Nur widerstrebend ging Odin darauf ein, obwohl Frigg goldene Tränen vergoss.

Fast ein halbes Jahr verstrich. Zum Entsetzen der Götter war die Mauer beinahe fertig gestellt. Bald würde der Fremde nicht nur Frigg, sondern auch die Sonne und den Mond für sich beanspruchen.

Glücklicherweise wusste Loki Rat. »Der Fremde braucht sein starkes schwarzes Pferd, das die Steine zum Wall schleppt. Wenn ich diesen Rappen weglocke, bleibt die Mauer unvollendet.« Und so verwandelte sich Loki in eine schöne weiße Stute. Wie erwartet, folgte ihr der schwarze Hengst in den Wald. Als der Fremde bemerkte, dass sein Pferd verschwunden war und der Mauerbau nicht fortgesetzt werden konnte, legte er vor lauter Wut seine Verkleidung ab und gab sich als Riese und Erzfeind der Götter zu erkennen. Odin rief Thor zu sich, den stärksten aller Götter, der mit seinem Hammer auf den Kopf des Riesen schlug und einen gewaltigen Donner am Himmel dröhnen ließ. Da floh der verwundete Riese aus Asgard, die Götter bauten die restliche Mauer selbst, und letzten Endes verzieh Frigg ihrem Gemahl, der sie fast verkauft hätte. Nach einer Weile kehrte Loki zurück – begleitet von einem wundervollen Rappen mit acht Beinen, den er Sleipnir nannte und Odin schenkte. So erhielten die Götter ihren Schutzwall und Odin seinen kraftvollen Hengst.

»Mal sehen…«, begann Hawk, nachdem der Beifall der Zuhörer verklungen war. »Als weiße Stute getarnt, lockte Loki einen schwarzen Hengst in den Wald und kehrte etwas später mit einem achtbeinigen Rappen zurück. Wurde er jemals gefragt, wie Sleipnir entstanden war?«

»Wohl kaum«, entgegnete Dragon grinsend, »jedenfalls sprach er nie darüber. Wie wir alle wissen, wird so mancher Betrüger mit seinen eigenen Waffen geschlagen.« Viel sagend schaute er Krysta an. »Wenn er Glück hat, kommt er ungeschoren davon.«

Trotz seines freundlichen Blicks verstand sie die Anspielung. Sie hatte Hawk hintergangen und musste sich glücklich schätzen, weil sie einer Strafe entronnen war. Nur eine Närrin würde das Schicksal – und den Herrn von Hawkforte – erneut herausfordern. »Loki scheint seine Lektion nie zu lernen«, meinte sie leise, zu Hawk gewandt. »Da sind die Menschen etwas klüger.«

Was sie ihm damit zu verstehen gab, gefiel ihm, und das wollte er ihr sagen. Aber Edvard ließ ihn nicht zu Wort kommen. Vom Lächeln der hübschen Aelfgyth ermutigt, hatte der junge Verwalter etwas zu viel getrunken und vergaß seine übliche Zurückhaltung. »Und wie soll man Odin beurteilen?«, rief er. »Die Bereitschaft, seine Frau gegen eine Mauer einzutauschen – selbst wenn er hoffen durfte, die würde nicht fristgemäß fertig gestellt. Das war ziemlich leichtfertig.«

»Gewiss«, stimmte Dragon zu. »Aber Odin weiß einfach nicht, wie er mit Frigg umgehen muss. Dauernd ärgert er sie, stachelt sie an, und sie begehrt gegen ihn auf.«

»Bliebe er öfter am heimischen Herd«, bemerkte Krysta, »von seinem eigenen Bett ganz zu schweigen, müsste er nicht überlegen, wie er mit Frigg *umgehen* soll. Und sie würde ihm nicht trotzen…« Schon in der nächsten Sekunde hätte sie sich am liebsten die Zunge abgebissen. Wie man ihre Worte auffassen würde, wusste sie nur zu gut. Hawk mochte es widerstrebend hinnehmen, wenn sie ihm unter vier Augen erklärte, der Weg zum Frieden würde nicht durch die Betten anderer Frauen führen. In der Öffentlichkeit konnte er solche Andeutungen nicht dulden. »Was ich damit ausdrücken möchte…«

»Das wissen wir alle«, unterbrach er sie. Zu ihrer Überraschung lächelte er. Dann neigte er sich zu ihr und flüsterte in ihr Ohr: »Eine Frau muss sehr zuversichtlich sein, so viel zu wagen. Fühlst du dich dem Kampf gewachsen, den du anzettelst?«

Dunkle Röte stieg ihr in die Wangen, und Hawk musterte sie voller Genugtuung. Natürlich war sie ihrer Sache nicht sicher, denn sie hatte keine Erfahrungen mit Männern gesammelt und konnte ihre Fähigkeiten in heiklen Situationen nicht beurteilen. Doch das würde sie niemals zugeben. Gelassen zuckte sie die Achseln. »Ich glaube, das hängt von *dir* ab…«

Fasziniert beobachtete sie die Glut der Leidenschaft, die in seinen Augen aufflammte. Er erhob sich halb von seinem Stuhl, als wollte er sie sofort, vor aller Augen, in sein Schlafzimmer zerren. Doch da ergriff Dragon wieder das Wort. »Dieses Gerede von ehelichen Schwierigkeiten erinnert mich an eine andere Geschichte. Die erzählte mir ein Ire, den ich in Byzanz traf. Er schwor, es handle sich um eine wahre Begebenheit, und er behauptete sogar, den armen Burschen zu kennen, dem dies alles widerfahren sei.«

Eines Tages fuhr der mächtige Herr eines irischen Clans in seinem Coracle – einem Boot aus mit Häuten überzogenem Weidengeflecht – aufs Meer hinaus. Allein und ungestört, fern vom Leben und Treiben in seinem Schloss, wollte er über ein Problem nachdenken. Er musste heiraten, konnte sich aber für keine junge Frau entscheiden. Da gab es so viele. Manchmal fühlte er sich zu dieser hingezogen, dann zu jener. Doch er kannte seine Pflicht. Und während er über die Bucht vor seinem Familiensitz ruderte, überlegte er, wie er vorgehen sollte. Vor seinem geistigen Auge erschien die Tochter eines benachbarten Clan-Häuptlings. Und plötzlich sah er eine seltsame Gestalt durch die Wellen herangleiten. Verwirrt richtete er sich in seinem Coracle auf, warf zielsicher sein Fischernetz ins Wasser und fing das Geschöpf ein, obwohl es zu fliehen suchte.

Als er seine Beute ins Boot zog, erblickte er zu seiner Verblüffung eine bildschöne junge Frau. Nur ihr ebenholzschwarzes Haar bedeckte ihre milchweiße Haut, und er fand sie so begehrenswert wie keine der anderen, die er je gesehen hatte. Spontan beschloss er, sie zu heiraten. Er führte sie in sein Schloss und stellte sie seinem Clan vor. Obwohl seine Verwandten staunten, erhoben sie keine Einwände. Und so vermählte er sich mit seiner Meerjungfrau. Bald schenkte sie ihm starke, gesunde Söhne und Töchter. Alles schien in bester Ordnung, außer einer seltsamen Angewohnheit des Festungsherrn. Regelmäßig, im Abstand weniger Tage, suchte er einen Ort auf, den niemand außer ihm kannte. Dort blieb er nur kurze Zeit, und jedes Mal, bevor er das Schloss verließ, befahl er seinen Wachtposten, seine Gemahlin in ihrem Zimmer einzusperren, damit sie ihm nicht folgen konnte. So verstrichen einige Jahre, bis sie schließlich ihrer ältesten Tochter auftrug, dem Vater zu jenem geheimen Ort nachzuschleichen.

Die Tochter gehorchte und erzählte der Mutter bei der Rückkehr, er würde in eine kleine Höhle gehen, nicht weit vom Familiensitz entfernt, und sie habe nicht gewagt, ihm hineinzufolgen. Doch das störte die Mutter nicht. Sie dankte dem Mädchen, küsste es zärtlich und beteuerte, sie würde es innig lieben, ebenso die anderen Kinder.

Am nächsten Morgen verschwand sie und wurde nie mehr gesehen. Nur das Kleid, das sie getragen hatte, fand man vor der Höhle, die ihr Ehemann seit Jahren besuchte. Während die Kinder um sie weinten, gestand der Vater die Wahrheit. Im Netz, mit dem seine Braut gefangen worden sei, habe er noch etwas anderes entdeckt – die Haut einer Robbe. Was das bedeutete, hatte er sofort gewusst und erkannt, nämlich dass die schöne Maid ein Skelkie war, ein Fabelwesen, halb Mensch, halb Robbe. Nur wenn sie die Robbenhaut nicht zurückgewann, würde sie bei ihm verweilen. Er versteckte die Haut in der Höhle und befeuchtete sie alle paar Tage, denn sie musste in gutem Zustand bleiben. Sonst würde seine Frau sterben. Da er sie nicht verlieren wollte, hielt er das Versteck der Robbenhaut geheim. Wenn ein Skelkie seine Haut wiederfand, musste es ins Meer heimkehren. Das hatte seine Gemahlin letzten Endes getan. Bis zu seinem Lebensende ging er täglich ans Meer, hielt nach ihr Ausschau und hoffte, sie würde zu ihm zurückkommen. Manchmal sah er weit draußen in den Wellen eine schemenhafte Gestalt, die seinen Blick erwiderte. Doch sie näherte sich kein einziges Mal.

»Was für eine seltsame Geschichte«, meinte Hawk nachdenklich. Er hatte schon viele merkwürdige Erzählungen gehört. Aber diese übertraf alle anderen. Wenn er sie auch nicht für bare Münze nehmen wollte, musste er doch zugeben, dass sich gerade die sonderbarsten Geschichten als wahr herausstellten. Zum Beispiel behauptete man, im Westen liege eine Insel voller Berge, die feurigen Schlamm ausspeien würden. Welcher vernünftige Mensch würde so etwas glauben? Doch er kannte Männer, an deren Verstand er nicht zweifelte, und die schworen, sie hätten das Schauspiel mit eigenen Augen gesehen.

Seinen Gast schienen ähnliche Gedanken zu bewegen. »Sicher, das klingt unwahrscheinlich. Aber wer weiß? Und wenn es solche Geschöpfe irgendwo gibt, dann wohl nur in Irland. Warst du jemals dort?«

»Nein«, erwiderte Hawk, und er nahm auch nicht an, er würde jemals in dieses Land reisen. In England hatte er alle Hände voll zu tun, um Alfred in seinem Streben nach Recht und Ordnung zu unterstützen.

»Die Norweger halten eine Stellung in Dubh Linn«, fuhr Dragon fort. »Wenn es den Iren nicht gelingt, ihre zahlreichen Clans zu vereinen, werden sie vermutlich noch weitere Teile ihrer schönen Insel verlieren.«

»Was veranlasst euch Wikinger, immer neue Gebiete zu erobern?« Mit dieser Frage wollte Hawk den Freund nicht beleidigen. Er war einfach nur neugierig. Die Dänen glaubte er zu verstehen, denn sie wurden von der gleichen Gier nach Reichtum und Macht getrieben wie viele Sachsen. Doch die Norweger, mit den Dänen verwandt, trachteten vor allem nach Landbesitz.

»Vielleicht, weil es uns an Grund und Boden mangelt«, entgegnete Dragon kein bisschen gekränkt. »Wir bewohnen ein schönes, aber raues Land. Nur in den kurzen Sommermonaten gedeiht ein bisschen Gemüse. Im Winter können wir nicht einmal die Früchte des Meeres ernten. Unsere Familien sind traditionsgemäß sehr groß. Deshalb müssen manche Wikinger ihren Lebensunterhalt woanders bestreiten.«

Diese Erklärung klang einleuchtend. Während Hawk darüber nachdachte, sah er seine Braut plötzlich erbleichen. Da der Mond hell genug schien, waren Fackeln überflüssig. Im Silberlicht wich alles Blut aus Krystas Wangen. Die Lippen zusammengepresst, starrte sie auf ihre Finger hinab, die sie im Schoß ineinander schlang. Warum wirkte sie so bedrückt? »Stimmt was nicht?«, fragte er.

Mit großen Augen schaute sie ihn an. Bestürzt las er kalte Angst in ihrem Blick. »Ich bin nur müde«, antwortete sie und lächelte gezwungen.

Daran glaubte er keine Sekunde lang. Irgendetwas bekümmerte sie. Was mochte es sein? Aufmerksam musterte er die Tischgesellschaft. Daria und Vater Elbert steckten die Köpfe zusammen und runzelten die Stirn. Im Verhalten der beiden entdeckte er nichts Ungewöhnliches. Eine hübsche Dienerin saß auf Edvards Knien. Fröhlich schwatzte das junge Paar. Hawks Ritter tranken und lachten mit den norwegischen Gästen. Da gab es nichts, was ihm auffallen müsste. An einem anderen Tisch saßen die sonderbaren Dienstboten seiner Verlobten, Thorgold und Raven, offensichtlich zufrieden. Was sonst…? Er überdachte, was in den letzten Minuten geschehen war, doch er erinnerte sich an nichts, das Krystas seltsames Benehmen verursacht haben könnte. Gewiss, Dragon hatte sie mit ihrem Täuschungsmanöver geneckt – mit ihrer Ankunft als ihre eigene Magd. Doch das war ihr nicht allzu nahe gegangen. Und inzwischen schien sie auch nicht mehr zu bereuen, dass sie ihre Sympathie für Frigg bekundet hatte. Was quälte sie jetzt? Zeigte er sein Verlangen nach ihr zu deutlich? Bei jenem Kuss im Stall hatte er nicht den Eindruck gewonnen, sie würde seine Leidenschaft fürchten.

Schließlich sagte er sich, sie sei ein unerfahrenes junges Mädchen, erst vor kurzer Zeit in einem fremden Land eingetroffen – die Braut eines Unbekannten, dem man sie ohne Rücksicht auf ihre Gefühle versprochen hatte, der über ihre Zukunft bestimmen würde. Dass dieses Schicksal unzählige Frauen ereilte, war wohl nur ein schwacher Trost.

Widerstrebend dachte er an seine erste Frau. Seit jener kurzen Ehe waren viele Jahre verstrichen, und er erinnerte sich nur verschwommen an ihr Gesicht, aber umso besser an ihre Furcht vor der Hochzeitsnacht. Auch danach war sie immer wieder vor ihm zurückgeschreckt.

Bei aller Bescheidenheit durfte er sich rühmen, dass er sie sanft und behutsam behandelt hatte. Trotzdem war es ihm nicht gelungen, ihr die Angst zu nehmen. Musste er eine so unglückliche Ehe erneut verkraften? Diese Vorstellung erfüllte ihn mit Grauen. Um das zu verhindern, war er zu allem bereit. Notfalls würde er sogar die Begierde zügeln, die ihn seit der ersten Begegnung mit seiner nordischen Braut peinigte. Bis er sicher sein konnte, sie würde seine Glut teilen …

Seufzend starrte er vor sich hin. Nur wenige Männer würden einen solchen Entschluss fassen. Aber er war ein erprobter, disziplinierter Kriegsherr, der zahlreiche Männer kommandierte. Also würde er verdammt noch mal die erforderliche Geduld aufbringen. Mit diesem grimmigen Gedanken leerte er seinen Becher und protestierte nicht, als ein Diener ihm frisches Ale einschenkte.

8

»Da geheimnisst Ihr zu viel hinein«, schimpfte Raven. »Es ist nur eine Geschichte. Mehr nicht. Warum nehmt Ihr's Euch so zu Herzen?«

Krysta wandte ihren Blick vom Meer ab. An diesem Morgen waren Dragons Schiffe mit der Ebbe ausgelaufen. Aber seine Worte beunruhigten sie immer noch. Sie hatte schlecht geschlafen. Jetzt schmerzte ihr Kopf. »Du hast die Geschichte gehört. Meinst du wirklich, er hat sie einfach nur erzählt – rein zufällig?«

»Genau das meine ich.«

»Bevor er damit begann, spielte er auf meine Maskerade an.«

Stöhnend schwenkte Raven ihre dünnen Arme durch die Luft und sank neben Krysta auf die Fensterbank. »Das eine hängt nicht mit dem anderen zusammen. Glaubt mir, er hat keine Ahnung.«

»Vielleicht ist ihm etwas zu Ohren gekommen. Das würde mich nicht wundern. Nach Vaters Tod posaunte Sven in alle Welt hinaus, was geschehen war – bis er herausfand, dass sich der Jarl von Sciringesheal für mich interessierte. Erst da hielt mein Bruder den Mund. Aber wer weiß, welchen Schaden er zuvor angerichtet hat?«

Raven berührte Krystas Hand. »Immerhin seid Ihr hier. Würde Wolf Hakonson seinem Schwager eine übel beleumundete Braut schicken, um den Frieden zu sichern?«

»Sogar die Nornen würde er nach Hawkforte schicken, wenn er hoffen dürfte, dass sie seinen Zwecken dienen.«

Raven kicherte. »Ah – wilde Furien, die entscheiden, wer am Leben bleibt und wer sterben muss, würden ihm nichts nützen.« Liebevoll betrachtete sie ihren Schützling. »Da eignet sich eine hübsche junge Lady, die das Herz eines Kriegers gewinnt, viel besser.«

»Schön und gut, aber ich sage dir, Lord Dragon weiß Bescheid. Zumindest misstraut er mir. Warum hat er Hawk nichts erzählt?«

»Was denn? Das Märchen, das Euer alberner Halbbruder erfunden hat? Wenn Lord Sven verkündet, der Himmel sei blau, steckt ein kluger Mann den Kopf zum Fenster raus, um nachzusehen, ob das stimmt. Jeder durchschaut den Herrn von Vestfold. Und Lord Dragon ist kein Narr.«

»Oh, er braucht gar nicht zu wissen, was Sven sagte. Diese Geschichte kann er überall gehört haben. So was spricht sich schnell herum.«

»In letzter Zeit macht Ihr Euch ständig Sorgen.« Ravens Augen verengten sich. »Aus welchem Grund?«

»Das verstehe ich selber nicht. Nur eins wird mir allmählich klar – ich bin nicht mehr ich selbst. Irgendetwas geschieht mit mir. Das würde ich gern verhindern. Aber es steht wohl nicht in meiner Macht.«

Voller Mitleid versuchte Raven ihre Herrin aufzumuntern. »Wieso seid Ihr nicht mehr Ihr selbst? Seit der Abreise aus Vestfold habt Ihr Euch kein bisschen verändert.«

»Doch, ich fühle mich wie eine Fremde in meiner eigenen Haut.« Vor dem Fenster überspülten sanfte Wellen den Strand. Kein Hauch bewegte die Luft.

Wie die Stille in Krystas Herzen, wie ein angespanntes Warten …

»Nun, Ihr seid an einem fremden Ort«, betonte Raven. »Natürlich wirkt sich das auf Euer Seelenleben aus.«

»Nein …«, begann Krysta zögernd. »Daran liegt es nicht. Was immer ich tue, ob ich aufwache oder esse oder Edvard zuhöre, ich muss unablässig an Hawk denken.«

»So?«, fragte Raven erstaunt. »Warum?«

»Weil ich ihn heiraten werde. Ist das kein ausreichender Grund?«

»Doch, vermutlich. Aber was gibt's da zu bedenken? Er ist nur ein Mann.«

»Nur?« Krysta lachte. »Könnte ich ihn bloß so sehen wie du!«

Eine Zeit lang schwieg Raven und strich ihr Kleid glatt, dann gestand sie: »Darauf hätte ich Euch vorbereiten sollen. Eurer Mutter ging's genauso.«

»Wirklich?«, fragte Krysta verblüfft. Von ihrer Mutter wurde so selten gesprochen, dass sie sich die Vergangenheit kaum vorstellen konnte. »Ich weiß, sie wünschte sich die Liebe meines Vaters. Und die konnte er ihr nicht geben...«

»Er war ein guter Mann. Doch sein Herz gehörte der Pflicht. Für die Liebe war kein Raum darin.«

»Trotzdem liebte sie ihn.«

»Weil ihr gar nichts anderes übrig blieb. Dass ich's verstehe, will ich nicht behaupten. Manche Leute halten die Liebe für eine Schwäche. Die anderen nennen sie ein Fieber, das heiße Wellen durch die Adern jagt. Fragt mich nicht, in solchen Dingen bin ich unerfahren. Nur eins weiß ich – Eure Mutter besaß eine große innere Kraft. So wie Ihr. Trotzdem war sie der Liebe hilflos ausgeliefert.«

»Aber ich liebe Hawk nicht«, protestierte Krysta, »ich kenne ihn kaum...« Abrupt verstummte sie und erinnerte sich an den Kuss im Stall, an jenes Gefühl, als wäre er ihr vertraut. Vielleicht dauerte es gar nicht so lange, jemanden kennen zu lernen, denn die Seele nahm Dinge wahr, die sich dem Gehirn erst später offenbarten. »Nein, ich liebe ihn wirklich nicht.« In ihrer Stimme schwang ein wehmütiger Unterton mit.

»Habt Ihr erwartet, ihr könntet sein Herz gewinnen, ohne ihn zu lieben?«

»Nun, ich dachte, zuerst müsste *er* mich lieben. Danach würde ich mich sicher fühlen und seine Glut erwidern.«

»In der Liebe gibt es keine Sicherheit, Mylady. Wenn Ihr Euch vor jeder Gefahr schützen wollt, müsst Ihr Euch in einer Höhle verkriechen. Aber um zu leben, wirklich zu leben, dürft Ihr Euch nicht verstecken. Jeder Flug – mit Schwingen oder mit dem Herzen – ist ein Wagnis.«

»Ein Wagnis, das meine Mutter getötet hat.«

»Sagt so etwas nie wieder!«, mahnte Raven. »Kein einziges Mal habe ich behauptet, sie sei tot.«

»Sie ging ins Meer…« Beinahe erstickte Krysta an diesen Worten, doch sie musste sie aussprechen, denn sie lagen schon viel zu lange wie Steine in ihrer Brust.

»O nein, sie wurde ins Meer *gerufen*«, entgegnete Raven, »und das ist ganz was anderes.«

»Gewiss, das hast du immer gesagt. Was soll ich denn glauben? Dass sie ein verzaubertes Geschöpf war wie die Meerjungfrau in Lord Dragons Geschichte? Oder ein Ungeheuer, wie Sven behauptet hat? Oder einfach nur eine Frau, wie ich eine Frau bin, die ihr Leben nicht mehr ertrug? War sie so schrecklich verzweifelt? Konnte nicht einmal ihr Kind sie zurückhalten?«

»O Mylady, sie liebte Euch! Und sie wollte bei Euch bleiben.«

»Warum hat sie mich dann verlassen?« Auf Krystas Hand fiel ein glänzender Tropfen, und ein zweiter folgte ihm. Überrascht betrachtete sie die Perlen, bis sie die Tränen auf ihren Wangen spürte. Nie zuvor hatte sie solche Fragen gestellt, sie hatte sich nicht einmal gestattet, daran zu denken. Aber jetzt waren all die verschütteten Ängste aus ihr herausgebrochen. Ihre Kehle schmerzte. Mühsam würgte sie hervor: »Tut mir Leid, das hast du nicht verdient, Raven. Du und Thorgold, ihr habt immer euer Bestes für mich getan.«

»Was Eure Mutter wünschte, und was sie selber getan hätte, wäre es ihr vergönnt gewesen, bei Euch zu bleiben.« Behutsam wischte Raven die Tränen von Krystas Wangen. »Ihr habt die Gabe Eurer Mutter geerbt, uns aus jener anderen Welt in diese zu rufen. Aber ich wies Euch stets auf die Kehrseite der Medaille hin. Auch *Ihr* könnt ins andere Reich geholt werden. Das widerfuhr Eurer Mutter, als sie ihr Unglück in *dieser* Welt nicht mehr aushielt.«

Seufzend senkte Krysta den Kopf. Einen Augenblick lang

wünschte sie inständig, sie könnte sich wieder an Raven schmiegen, wie so oft in der Kindheit, und in den Falten des schwarzen Gewands Schutz suchen. Früher hatte Raven sie zärtlich »mein kleines Hühnchen« genannt. Darüber hatten sie beide gelacht. Jetzt war sie kein Kind mehr, und sie gab der Freundin Recht – jeder Flug war ein Wagnis. Trotzdem lockte die große weite Welt.

»Geht zu ihm, Mylady«, schlug Raven leise vor. »Er wird Euch nicht täuschen. Wenn es zu früh ist, in sein Herz zu schauen, versucht in seinen Augen zu lesen.«

Schweigend nickte Krysta. Eine kleine Weile blieb sie noch neben der treuen Freundin sitzen und betrachtete das Meer. Dann nahm sie ihren ganzen Mut zusammen, vertraute ihren Träumen und eilte aus dem Zimmer.

Hawk sah sie den Turnierplatz überqueren. In der schwülen, windstillen Hitze hatte er ein Band um seine Stirn gewunden, das die Schweißtropfen auffing, die sonst in seinen Augen brennen würden. Ohne sein Hemd, nur mit Breeches und Stiefeln bekleidet, senkte er sein Schwert und entließ den Ritter, gegen den er gefochten hatte.

An diesem Morgen erschien sie ihm nicht mehr so bedrückt wie am vergangenen Abend, aber immer noch angespannt, und ihr übliches bezauberndes Lächeln wirkte gezwungen. Aber er wusste ihren Blick zu schätzen, der seine nackte Brust streifte, die sanfte Röte in ihren Wangen. Offensichtlich nahm sie ihn als Mann wahr. Sehr gut.

»Hoffentlich störe ich dich nicht.« Ihre sanfte Stimme glich der Brise, die soeben die Wipfel der Bäume zu streicheln begann. »Heute ist es so heiß, und ich dachte, du möchtest vielleicht etwas trinken. Auch deine Ritter sollten sich erfrischen.« Sie winkte zwei junge Dienerinnen heran, die Schläuche mit kühlem Brunnenwasser an die Kämpfer verteilten.

Ohne Krysta aus den Augen zu lassen, steckte Hawk sein

Schwert in die Scheide. »Vielen Dank, diese Stärkung ist uns hochwillkommen.«

Es war eine schlichte Geste, den ermatteten Männern kaltes Wasser zu bringen, aber die erste häusliche Aufgabe, die sie auf Hawkforte erfüllte. Im Bewusstsein ihrer Position und immer noch voller Scheu vor Daria, hatte sie sich bisher zurückgehalten. Doch die beiden Mädchen hatten ihren Auftrag so freudig erfüllt, dass sie nicht mehr befürchtete, es würde ihr schwer fallen, die Dienerschaft für sich zu gewinnen. Was den Herrn der Festung betraf – das war eine andere Frage.

Zögernd erwiderte sie seinen Blick. Wie schon so oft verwirrte sie das klare Blau seiner Augen, und sie glaubte, den sommerlichen Mittagshimmel zu betrachten. Mit bebenden Fingern füllte sie ein Trinkhorn und reichte es ihrem Bräutigam. Dann beobachtete sie fasziniert, wie er den Kopf in den Nacken legte und durstig trank, wie sich die kraftvollen Muskeln seines Halses bewegten.

Lächelnd hielt er ihr das Horn hin. »Wenn du so freundlich wärst…«

Sie schenkte ihm noch einmal Wasser ein. Nur zu gern erwies sie ihm einen Dienst. Außerdem fühlte sie sich erleichtert, denn nichts wies darauf hin, sie könnte sich begründete Sorgen machen. Ja, vielleicht musste sie Raven Recht geben, und Lord Dragon hatte nur zufällig die Geschichte einer Meerjungfrau erzählt.

Während die Dienerinnen die Trinkhörner der Krieger füllten, standen Hawk und Krysta allein nebeneinander. Sie war zu schüchtern, um zu sprechen, und er wurde von ihrem Anblick abgelenkt. Aus dem langen Zopf, der an ihrem Rücken hinabhing, löste die Brise kleine Löckchen. Die Sonne schien ihre Stirn und die Sommersprossen auf ihrer Nase zu küssen. So weich und einladend wirkten ihre Lippen. Viel zu deutlich entsann er sich, wie sie geschmeckt hatten.

Schließlich brach er das Schweigen. »Dragon sagte, er würde

eine Nachricht von dir in den Norden bringen. Hast du ihm etwas mitgeteilt?«

»Nein. Sein Angebot war sehr freundlich. Aber es gab nichts zu sagen.«

Mit dieser Erklärung überraschte sie Hawk nicht. Dass sie ihrem Bruder nicht allzu nahe stand, wusste er schon seit einiger Zeit. Und darüber freute er sich, nach allem, was er von Dragon über Lord Sven erfahren hatte. »Nun, du scheinst dich gut auf Hawkforte einzuleben. Wenn Daria dir Schwierigkeiten macht, musst du dich sofort an mich wenden.«

Erstaunt und unsicher hob sie die Brauen. Was sollte sie darauf antworten? Seine Bereitschaft, sie vor seiner Schwester zu schützen, erwärmte ihr Herz. Andererseits wollte sie keinen familiären Streit heraufbeschwören. »Danke«, murmelte sie unverbindlich.

Wieder entstand ein längeres Schweigen, und dann fragte Hawk: »Kommen wir gut voran?«

»Was meinst du?«

»Unser Bestreben, einander kennen zu lernen.« Nach dem Klang seiner Stimme zu schließen, hielt er das für ein äußerst schwieriges Unterfangen.

»Oh – ich glaube, wir machen Fortschritte.«

Erleichtert seufzte er auf. »Das finde ich auch. Zum Beispiel weiß ich inzwischen, dass du gern schwimmst, kein Fleisch isst, lesen kannst und Haarbänder magst.«

»Wie hast du Letzteres herausgefunden?«

»Davon hat mir Thorgold erzählt. Bald werde ich dir neue Bänder kaufen. Und was weißt du mittlerweile über mich?«

»Nun ja – du liebst deine Bücher, setzt dich für den Frieden ein, und du bist ein starker Anführer, und du bildest dir ein, es wäre ganz einfach, einen anderen Menschen kennen zu lernen. Bedauerlicherweise irrst du dich.« Die unverblümten Worte waren ihr unwillkürlich herausgerutscht, und nun ärgerte sie sich darüber.

»*Was?*«, stieß Hawk hervor.

»Verzeih mir bitte. So freimütig dürfte ich nicht mit dir reden.«

»Dagegen ist nichts einzuwenden. Ehrlichkeit ist mir lieber als Heuchelei.« Aber er sprach in kühlem Ton, um ihr zu bedeuten, nicht nur sie könnte verletzend wirken.

»Ich wollte nur ausdrücken, dass die Männer nicht daran gewöhnt sind, Frauen richtig kennen zu lernen. Männer begnügen sich oft mit ein paar kleinen Einzelheiten, die sie herausgefunden haben.«

Da musste er ihr Recht geben. Schon nach kurzer Bekanntschaft glaubte er, sie gut zu kennen. Aber er schien mehr über sie zu wissen als sie über ihn. »Ja, meine Bücher sind mir sehr wichtig. Das weiß jeder in dieser Festung. Und ich bemühe mich um den Frieden. Auch das ist offensichtlich, weil unsere Verlobung darauf beruht. Und ich bin tatsächlich ein starker Kommandant. Doch das alles könnte ich als schlichte Schmeichelei betrachten. Also sag mir, was du sonst noch über mich erfahren hast.«

Krysta zögerte sehr lange. Sollte sie die Herausforderung annehmen? Dann müsste sie zumindest einen Teil ihrer Seele enthüllen – falls Hawk so scharfsinnig war, das zu merken. Wie auch immer, ihr Stolz trieb sie zu diesem Wagnis. »Dein tiefes, herzhaftes Gelächter scheint die Leute zu verwirren. Anscheinend hören sie's nur selten, und ich frage mich, ob's auch dich verblüfft. Du wirfst gern Steine übers Meer. Das kannst du sehr gut. Du achtest auf die Kinder und möchtest sie nicht erschrecken. Von Gefühlen lässt du dich nicht leiten. Dein Verlangen nach mir missfiel dir, solange du dachtest, ich wäre eine Dienerin. Und so hast du deine Leidenschaft bekämpft, genauso wie deinen Zorn, als du mich durchschaut hattest. Da du niemals die Kontrolle verlieren willst, trinkst du nur mäßig. In einer chaotischen, grausamen Zeit bist du zum Mann gereift. Aus diesem Grund legst du großen Wert auf Recht und Ordnung. Du liebst dieses Land und seine Bewohner. Dafür würdest du sterben, in der festen Überzeugung, der Preis wäre nicht zu hoch. Wenn du müde bist, zuckt ein winziger Puls über deinem rechten Auge. Soll ich fortfahren?«

»Nicht nötig, Lady«, entgegnete er hastig. »Ich bewundere deine Klugheit.« In Wirklichkeit fühlte er sich verlegen und beglückt zugleich. Niemals hätte er erwartet, jemand könnte so viel über ihn herausfinden, und er fragte sich, was er sonst noch wider Willen offenbart hatte.

Während er Krysta betrachtete, überlegte er, wie viele Sommersprossen ihre Nase zieren mochten und ob er sie wieder zu einem Ausritt einladen sollte. Dann lenkte ihn ein plötzlicher Windstoß von diesen Gedanken ab. Die Augen zusammengekniffen, schaute er zum Himmel hinauf, der genauso aussah wie seit Stunden, mit hohen weißen Wolken. Hawk wurde dennoch von einer bösen Ahnung befallen. Reglos stand er da und holte tief Atem. Die Luft roch schwül und stickig. Am Morgen hatte sie sich kaum bewegt, und dann war eine Brise aufgekommen, gefolgt von einem heftigen Windstoß. Bei der nächsten Bö drang ihm ein sonderbarer Geruch in die Nase, den er erst zum zweiten Mal in seinem ganzen Leben wahrnahm.

Das Schicksal hatte ihn zum Kriegsherrn bestimmt. Aber er war der geborene Seefahrer. Er kannte alle Spielarten des Windes und des Wassers. Nicht nur der plötzliche Wetterumschwung, auch sein Instinkt verriet ihm, was jenseits des Horizonts lag. »Ich muss sofort mit Edvard reden«, erklärte er. »Komm mit mir, Krysta.«

»Die Ernte geht gut voran, Mylord«, versicherte der Verwalter, sichtlich verwirrt, weil Hawk um diese Tageszeit nach ihm gerufen hatte, in der er sich normalerweise mit anderen Dingen beschäftigte. Trotzdem hatte Edvard alle Fakten und Zahlen parat, wie üblich. »Nach meiner Schätzung müsste die halbe Gersten- und Haferernte eingebracht sein, ebenso ein Großteil der Äpfel.

Die Leute sind sehr fleißig. Wahrscheinlich haben wir am Wochenende alles unter Dach und Fach.«

»Das freut mich zu hören. Aber so lange darf es nicht dauern. Bis morgen Abend muss die ganze Ernte eingefahren werden.«

Fassungslos schnappte Edvard nach Luft. »Schon morgen? Mylord, wie wäre das möglich? Abgesehen von der Garnison arbeiten alle Eure Untertanen auf den Feldern, vom Morgengrauen bis zum Einbruch der Dunkelheit.«

»Stellen wir Fackeln am Rand der Felder auf. Natürlich werden die Wachen ihren gewohnten Dienst tun. Doch die restliche Garnison soll die Schwerter beiseite legen und Sicheln ergreifen. In der morgigen Abenddämmerung will ich nur mehr kahle Felder sehen. Übrigens, der Hafer und die Gerste dürfen nicht im Freien trocknen. Lasst sie in die Lagerräume bringen.« Hawk schaute sich in seiner Halle um. »Falls der Platz nicht ausreicht, wird das Getreide hier gestapelt.«

»Mylord – da könnte es vermodern.«

»Allzu lange wird's nicht in der Halle lagern. Vielleicht nur einen Tag. Beauftragt die Kinder, die restlichen Äpfel zu ernten, Edvard.« Hawk wandte sich zu Krysta. »Würdest du sie beaufsichtigen und ihnen helfen?«

»Ja, gewiss. Aber warum diese Eile?«

»Wenn mich nicht alles täuscht, braut sich ein heftiger Gewittersturm zusammen. Womöglich würden wir einbüßen, was noch auf den Feldern und in den Obstgärten wächst.«

Edvard erbleichte und presste die Pergamentrolle mit seinen Aufzeichnungen an die Brust. »Um Himmels willen, das darf nicht geschehen. Ein solcher Verlust wäre schrecklich.«

»Ganz meine Meinung.« Hawk tröstete sich mit der Tatsache, dass seiner Festung, der Stadt und den Bauernhöfen keine Katastrophe drohte, sondern nur ein Verlust. Hawkforte war reich genug. Falls nur ein Teil der restlichen Ernte gerettet wurde, musste niemand hungern. Trotzdem wollte er den Schaden in Grenzen halten.

Edvard lief davon, um die Leute zu verständigen. Inzwischen suchte Krysta die Kinder und wandte sich an Edythe, in der Hoffnung, das kleine Mädchen würde die anderen zusammentrommeln. Wenig später eilten sie alle zu den Obstgärten.

Unterwegs kamen sie an einem Feld vorbei, auf dem sich goldgelbe Haferähren mit fedrigen Spitzen im Wind wiegten. Hier hatten Hawk und seine Krieger bereits zu arbeiten begonnen. Zweifellos wäre dieser Anblick erstaunlich gewesen, hätte der Herr von Hawkforte nicht selbst die Sichel geschwungen, so fachkundig, als hätte er nie etwas anderes getan. Die Bauern und die Stadtbewohner, die ebenfalls bei der Ernte halfen, beobachteten ihn verwundert, und das ungewöhnliche Spektakel führte ihnen den Ernst der Situation vor Augen. Mit vermehrtem Eifer gingen sie ans Werk.

Genauso emsig kletterten die Kinder auf die schwer beladenen Äste der Apfelbäume, schüttelten sie, und die Früchte fielen in die Decken hinab, die ihre Gefährten bereithielten. Bald hatten sie so viele Körbe gefüllt, dass sie einen Ochsenkarren brauchten, um die Ausbeute nach Hawkforte bringen zu lassen. Während sie auf seine Rückkehr warteten, forderte Krysta die Kinder auf, unter den Bäumen Platz zu nehmen und sich auszuruhen.

»Warum glaubt Lord Hawk, ein Gewitter wird losbrechen?«, erkundigte sich Edythe, trank aus dem Wasserschlauch und reichte ihn Krysta.

Noch nie hatte ihr kühles Wasser so köstlich geschmeckt wie nach der schweißtreibenden Arbeit in den Obstgärten. Einige Kinder streckten sich im Gras aus und dösten, die anderen saßen in Krystas Nähe und hörten zu.

»Das weiß ich nicht«, gab sie zu. »Aber er hat sicher gute Gründe für seine Vermutung.«

»An diesem Tag kann ich nichts Besonderes entdecken«, wandte Edythe ein.

»Die Luft riecht schon ein bisschen seltsam, findest du

nicht?« Das hatte Krysta erst im Obstgarten bemerkt. In den Duft der reifen Äpfel mischte sich ein Geruch, der ihr fremdartig erschien.

»Doch…« Die Stirn gerunzelt, schnupperte das kleine Mädchen. »Wenigstens stinkt's nicht. Woher kommt das, frage ich mich.«

»Du stellst ja sehr viele Fragen«, erwiderte Krysta lächelnd.

»Das stimmt. Mama sagt, ich will zu viel wissen. Trotzdem versucht sie mir immer alles zu erklären, und wir reden drüber. Papa behauptet, wenn ich meine Zunge nicht im Zaum halte, wird sie mir irgendwann aus dem Mund fallen.«

»Darum musst du dir keine Sorgen machen.«

»Tu ich auch nicht. Nach der Arbeit will Papa einfach nur seine Ruhe haben. Aelfgyth meint, man müsste ständig fragen, was auf der Welt geschieht, sonst würde man überhaupt nichts lernen.«

»Ist sie deine Schwester?«

»Ja, und sie freut sich so, weil sie jetzt für Euch arbeiten darf. Anfangs war sie ziemlich überrascht, als die grässliche Lady Daria sie zu Euch schickte, denn die beiden kamen nie besonders gut miteinander aus. Und dann erkannte Aelfgyth…« Abrupt verstummte Edythe und zeigte ein brennendes Interesse an den Grashalmen, die sie aus der Erde zupfte.

»Schon gut. Nicht, dass ich mangelnden Respekt billigen würde. Aber manchmal kann man seine Gefühle nur schwer verbergen.«

Dankbar nickte Edythe, doch sie sprach nicht weiter.

Nur ein paar Sekunden lang zauderte Krysta. Sie verabscheute Klatsch und Tratsch zwar, doch ihre Neugier ließ sich nicht bezähmen. »Was hat Aelfgyth erkannt?«

»Lady Daria wollte die schlechteste aller Zofen für Euch aussuchen. Und da sie ständig über die Arbeit meiner Schwester geklagt hatte, entschied sie sich für Aelfgyth.«

Lachend schüttelte Krysta den Kopf. »Ein Wunder, dass mich

nicht mindestens ein Dutzend Zofen betreut, denn ich habe den Eindruck, dass Lady Daria die Arbeit *aller* Dienerinnen bemängelt.«

»Allerdings! Nichts kann man ihr recht machen, und deshalb bemühen sich die Leute auch gar nicht mehr darum. Wenn man irgendwas genauso erledigt, wie sie's befohlen hat, behauptet sie, ihre Wünsche seien nicht erfüllt worden.«

»Wie schrecklich...« Krysta fragte sich, warum die Dienstboten nicht schon längst gegen die hochnäsige Frau rebelliert hatten. Vermutlich, weil sie Hawk keine Schwierigkeiten bereiten wollten. Sie respektierten ihn und waren ihm dankbar für die Sicherheit, die er ihnen bot.

»Vielleicht wird sich jetzt einiges ändern«, bemerkte Edythe mit einem kurzen Seitenblick.

»Ja, vielleicht«, stimmte Krysta zu. Doch sie versprach dem kleinen Mädchen nichts. Soweit es möglich war, würde sie einen Machtkampf mit Daria vermeiden, obwohl Hawk erklärt hatte, sie könne sich mit solchen Problemen an ihn wenden. Außerdem stand ihr die Position der Herrin erst nach der Hochzeit zu.

In der Abenddämmerung war die Apfelernte beendet. Krysta führte die Kinder wieder an den Feldern vorbei. Dort brannten mehrere Fackeln, die man vermutlich gar nicht brauchen würde, denn der Wind hatte alle Wolken vertrieben, und der fast volle Mond warf helles, silbernes Licht auf das Land.

Die Mahlzeit wurde zu den Feldern gebracht. Hastig verspeisten die Leute Brot und Käse. Dazu tranken sie Apfelwein. Alle sahen müde, aber entschlossen aus. Nachdem Krysta die Kinder in die Obhut ihrer Mütter gegeben hatte, suchte und fand sie ihren Bräutigam, der zusammen mit einigen Männern die Hafergarben bündelte und auf einen Ochsenkarren warf. Eine Zeit lang blieb sie etwas abseits stehen und beobachtete ihn. Er war größer als die meisten Bauern und Stadtbewohner und kräftiger gebaut. Ansonsten unterschied ihn nichts von seinen Mitarbeitern, kein Merkmal, das auf seinen Rang oder seine

Autorität hinweisen würde. Trotzdem war seine Führungsrolle deutlich zu erkennen, obwohl er die gleichen Aufgaben erfüllte wie die anderen. Keine Mühsal ersparte er sich, und seinen scharfen Augen entging nichts. Wenn es jemandem nicht gelang, ein schweres Getreidebündel auf den Wagen zu befördern, trat Hawk sofort hinzu und half ihm.

Immer wieder ermutigte er die erschöpften Leute. Als ein Wasserschlauch herumgereicht und dem Festungsherrn zuerst angeboten wurde, schüttelte Hawk den Kopf und wartete, bis alle ihren Durst gelöscht hatten. Und während sie auf seinen Befehl rasteten, gönnte er sich keine Pause und hielt nur kurz inne, um den Himmel zu betrachten.

Schließlich ging Krysta zu ihm. Da unterbrach er seine Tätigkeit, wandte sich zu ihr und wischte den Schweiß von seiner Stirn. »Habt ihr alle Äpfel geerntet?«

»O ja. Vorhin brachte ich die Kinder zu ihren Müttern. Sie werden am Rand der Felder schlafen, wenn die Erwachsenen weiterarbeiten.« Auf dem Rückweg von den Obstgärten hatte sie festgestellt, wie viel innerhalb weniger Stunden geleistet worden war. Doch es gab nach wie vor eine ganze Menge zu tun. »Rechnest du immer noch mit einem Unwetter?«

Hawk zuckte die nackten, von der harten Arbeit schmutzigen Schultern. In seinem Haar hingen winzige Haferährchen, und Krysta widerstand dem Impuls, eins nach dem anderen herauszuzupfen. »Wenn wir Glück haben, zieht das Gewitter an uns vorbei. Doch wenn es direkt auf uns zukommt, wird ein so heftiger Sturm toben, wie ich ihn nur ein einziges Mal miterlebt habe.«

»Wo?«

»Am königlichen Hof von Winchester, im Sommer vor fünf Jahren. Ehe das Inferno losbrach, war es völlig windstill gewesen. Einen ganzen Tag lang. So wie heute. Dann frischte die Brise langsam auf und wehte den Geruch ferner Länder heran. Am nächsten Morgen segelte ich mit Alfred aufs Meer hinaus. Da wehte bereits ein heftiger Wind. Aber weil der Himmel klar blieb, dachten wir uns nichts dabei. Nach wenigen Stunden zogen dunkelgraue Wolken am Horizont auf. Davor färbte sich der Himmel gelb, schon nach wenigen Minuten schlugen die Wellen so hoch, dass unser Boot fast kenterte. Mit knapper Not erreichten wir eine geschützte Bucht, bevor der heulende Sturm und das schäumende Meer unser Boot zertrümmerten. Die letzten paar Hundert Fuß bis zum Strand mussten wir schwimmen, das kostete unsere ganze Kraft. Glücklicherweise konnten wir das Ende des Unwetters in einer Höhle abwarten. Als wir ins Freie traten, sah die Welt völlig verändert aus. Umgestürzte Bäume lagen aufeinander, der Strand war verschwunden, das Gras flach gedrückt. Fast alle Bauernhütten hatte das Gewitter vernichtet und viele Menschen getötet. Sogar das hölzerne Kirchendach war weggerissen worden.«

Atemlos hatte Krysta zugehört. Auch sie hatte wilde Stürme mit angesehen. Oft war sie wochenlang in ihrem Haus auf den Klippen eingeschneit gewesen. Von großen Eiszapfen beschwert hatten sich die Bäume zu Boden geneigt. Aber von einem so schrecklichen Unwetter, wie Hawk es beschrieben hatte, war sie niemals heimgesucht worden. »Und du glaubst, diese Gefahr droht uns jetzt?«

»Ich halte es durchaus für möglich. Aber mach dir deswegen keine Sorgen, die Mauern von Hawkforte werden der Wut aller Elemente standhalten.« Er warf einen Blick zu seinen Männern hinüber, die gerade aufstanden, um weiterzuarbeiten. »Geh jetzt in die Festung zurück, Krysta, und ruh dich aus. Du hast genug getan.«

»Was, ich soll mich ausruhen? Wenn alle anderen die ganze Nacht arbeiten?« Außer Daria und dem Priester, dachte sie. Keinen der beiden hatte sie hier draußen gesehen.

»Von dir darf ich das nicht erwarten. Für eine Lady hast du mehr als genug geleistet.«

Wie sollte sie das auffassen? War sie keine Lady, weil sie genauso hart gearbeitet hatte wie die einfachen Leute? Oder glaubte er, sie wäre so zart gebaut, dass sie sich keine weiteren Anstrengungen zumuten durfte. Widerstrebend erinnerte sie sich an Darias Behauptung, Hawk habe geplant, eine »vornehme Lady« zu heiraten. »Ich helfe sehr gern bei der Ernte«, beteuerte sie.

»Trotzdem musst du dich ausruhen. Wir kommen sehr gut voran. Geh jetzt.« Er tätschelte ihren Rücken und gab ihr einen leichten Stoß in die Richtung von Hawkforte.

Nur zögernd verließ sie die Felder. Sie wollte ihrem Bräutigam nicht widersprechen, geschweige denn, den Eindruck erwecken, sie wäre keine Lady. Ein paar Mal spähte sie über die Schulter und hoffte, Hawk würde sich anders besinnen. Doch er war viel zu beschäftigt, um ihr nachzuschauen. Rhythmisch und geschmeidig warf er ein schweres Garbenbündel nach dem anderen auf den Wagen. Wie schon so oft verrieten die mühelosen Bewegungen seine Stärke und Willenskraft.

Ihr Kleid klebte am Rücken, und sie betrachtete ihre schmutzigen Hände. Genauso unsauber fühlte sich ihr Gesicht an. Als ihr bewusst wurde, in welchem Zustand Hawk sie gesehen hatte, stöhnte sie. Langsam ging sie weiter. Sie war müde, und der Gedanke, in einem Raum mit kühlen steinernen Mauern zu sitzen, erschien ihr sehr verlockend. Trotzdem wäre sie lieber auf den Feldern geblieben. Alle außer Daria und Vater Elbert, ihrem Günstling, würden die ganze Nacht arbeiten. Während sie an einigen Leuten vorbeikam, die ein anderes Feld aberntеten, entdeckte sie Raven und Thorgold. Sie saßen gerade auf Getreidesäcken, um sich ein bisschen auszuruhen. Lebhaft schwatzten sie mit ein paar Stadtbewohnern, die etwas verwirrt wirkten, aber froh über die Hilfe der beiden waren. Im kühlen Schatten schliefen die kleinen Kinder, die älteren eilten immer noch umher, um verstreute Garben einzusammeln. Sie alle leisteten ihren Beitrag zur überstürzten Ernte. Nur Krysta durfte sich nicht daran beteiligen. Weil sie eine Lady war, zu schwach für diese harte Arbeit …

Welch ein Unsinn! Wenn Hawk das vermutete, würde er eine Enttäuschung erleben. Sie schaute wieder über ihre Schulter und vergewisserte sich, dass sie sich außerhalb seines Blickfelds befand. Da stand ihr Entschluss fest. Später würde er ihr zürnen. Aber dieses Wagnis nahm sie gern auf sich. Wie sollte sie Schlaf finden, wenn sich alle anderen die ganze Nacht hindurch abrackerten?

Als sie einige Frauen erreichte, die Ähren bündelten, gesellte sie sich hinzu und begann, ihnen wortlos zu helfen. Eine Zeit lang wurde sie kaum wahrgenommen, nur ihre willkommenen emsigen Hände, die bald schmerzten, ebenso wie ihr Rücken. Ihre Arme wurden immer schwerer. Doch sie gab sich nicht geschlagen. Garben sammeln – zusammenbinden – sammeln – zusammenbinden – immer wieder, bis Krysta nicht mehr wusste, wie viel Zeit verstrichen war. Sie war dankbar, weil die Männer wenigstens die mühsame Aufgabe übernahmen, die Bündel auf die Wagen zu heben. Anscheinend wurde der Hafer, der noch gebündelt werden musste, kein bisschen weniger. Die Felder waren noch immer nicht abgeerntet. Jedes Mal, wenn ein beladener Wagen davonfuhr, kehrte ein anderer aus der Festung zurück.

Während die Nacht hereinbrach, wurden Fackeln entzündet, obwohl der Mond silbriges Licht spendete. Wären nicht alle Farben verblasst, würde man glauben, ein neuer Tag hätte begonnen, so hell schien die runde Scheibe vom Himmel herab. Hin und wieder unterbrachen die Frauen die Arbeit, um nach den Kindern zu sehen. Tief und fest schliefen sie alle am Rand der Felder. Die Nacht war warm, doch der Wind frischte auf. Obwohl Krysta wusste, was das bedeutete, begrüßte sie die Kühlung. Nach Mitternacht kniete eine Frau neben ihr nieder, um verstreute Ähren aufzuheben. Plötzlich hielt sie inne.

»*Mylady*?« Entsetzt starrte Aelfgyth sie an, genauso verschwitzt wie Krysta, schmutzig und todmüde. Wild zerzaust hing ihr das Haar ins Gesicht, so wie ihrer Herrin. Und an den

Händen beider Frauen bluteten winzige Haferstiche. »Mylady, hier könnt Ihr unmöglich sein !«

Trotz ihrer Erschöpfung musste Krysta lachen. »Dann träume ich, nicht wahr? Wie schön! Ich liege in meinem weichen Bett!«

Fassungslos schüttelte Aelfgyth den Kopf und musterte Krysta wie einen Geist. »Hat Euch Seine Lordschaft erlaubt, hier zu bleiben?« Im grellen weißen Mondschein wirkte ihr Gesicht um Jahre gealtert.

»Natürlich nicht. Aber er hat mich auch nicht weggeschickt. Nicht direkt…«

»Mylady, Ihr müsst nicht bei der Ernte helfen. Warum tut Ihr's trotzdem?«

»Warum sollte ich's nicht tun? Den Hafer werde ich genauso essen wie die anderen, nicht wahr? Im nächsten Winter wird er mich stärken. So wie euch alle.«

Verwirrt blinzelte Aelfgyth, zu ermattet, um den Sinn dieser Worte zu begreifen. Aber sie bemühte sich darum. »Nun ja, vielleicht, aber niemand erwartet von Euch…«

»Sicher richte ich keinen Schaden an, wenn ich mich nicht so verhalte, wie man's erwartet.«

Seite an Seite arbeiteten sie weiter, die Herrin und ihre Zofe, während die Nacht alterte und der Tag qualvoll langsam anbrach. Ein guter Teil der Ernte musste immer noch eingebracht werden.

Manchmal schliefen Krysta und Aelfgyth, als der Mond untergegangen war und nur mehr die Sterne den Himmel erhellten. Vor lauter Erschöpfung konnten sie sich nicht mehr auf den Beinen halten. Doch sie ruhten sich nicht lange aus. Auch die anderen rasteten kaum. Bevor der erste Hahn krähte, standen sie schwankend auf und rieben sich die trüben Augen. Der Wind, der allmählich in einen Sturm überging, hatte sie geweckt.

Nur mühsam erhoben sich Krysta und Aelfgyth. Ihre Röcke flatterten heftig. Auf den Feldern blähten sich die verstreuten

Decken. Vom Gewicht der Schläfer befreit, wurden sie davongeweht. Die Kinder rannten hinterher und fingen sie genauso geschickt ein wie die leeren Körbe, die ebenfalls davonflogen. Über ihren Köpfen zeigte sich nach wie vor keine einzige Wolke.

»Vielleicht zieht das Unwetter bald vorbei«, meinte Aelfgyth.

Skeptisch nickte Krysta. Der sonderbare dumpfe Geruch erschien ihr intensiver denn je. Völlig übermüdet, begann sie wieder zu arbeiten, und Krysta wunderte sich, dass sie ihre bleischweren Arme immer noch heben konnte. Zwischen ihren Schulterblättern glich der Schmerz einem lodernden Feuer. Und nachdem sie auf dem harten Felsboden geschlafen hatte, nur von einer dünnen Wolldecke geschützt, spürte sie jeden einzelnen Knochen. Mittlerweile war ein Großteil der Felder abgeerntet. Darüber staunte sie, denn sie glaubte, alle Leute hätten sich wenigstens zeitweise ausgeruht.

Alle bis auf Hawk und seine Krieger, die auch jetzt ihre Sicheln schwangen. In zahlreichen Kämpfen abgehärtet, von ihrem Kommandanten zu eiserner Disziplin gezwungen, hatten sie die ganze Nacht pausenlos ihre Pflicht erfüllt. Unter normalen Umständen hätten sie niemals so niedrige Dienste geleistet. Aber in dieser Notlage vergaßen sie ihren Stolz. Bedingungslos gehorchten sie ihrem Herrn.

Während sich einige Ritter auf der Straße näherten, von einem halben Dutzend Wagen begleitet, hielten die Bauern rings um Krysta inne. Ehrerbietig lüfteten sie die Mützen, um die müden Krieger zu begrüßen. Hawk schob einen Wagen aus einer tiefen Furche. Unter seinen Augen lagen dunkle Schatten, um seinen Mund hatten sich tiefe Linien eingegraben. Trotzdem grinste er, nachdem er den Wagen befreit hatte. Und dann fiel sein Blick auf Krysta.

Obwohl die anderen den Weg fortsetzten, blieb er stehen und starrte seine Braut an. Energisch bezwang sie den Impuls, sich hinter der kleinen Gruppe zu verstecken, mit der sie zusammenarbeitete. Nun sahen die Leute, wem die Aufmerksamkeit ihres

Herrn galt und schauten woandershin. Aelfgyth blieb bei ihrer Herrin. Aber sobald Hawk seine lähmende Verblüffung abschüttelte und auf die beiden Frauen zuging, warf sie seiner Verlobten einen mitfühlenden Blick zu und machte sich aus dem Staub.

»Bist du wirklich und wahrhaftig hier?«, fragte er langsam, ließ seine Sichel zu Boden sinken und stützte sich darauf. War er so müde, dass er seinen Augen nicht traute? »Sagte ich nicht, du sollst in die Festung gehen?«

»Dazu hast du mich aufgefordert«, erwiderte sie leise. »Doch das hielt ich nicht für einen Befehl…«

Ungeduldig fiel er ihr ins Wort. »Was ich angeordnet habe, weißt du sehr gut. Warum hast du meinen Wunsch missachtet?«

Mit einem tiefen Atemzug zwang sie sich zur Ruhe. Hawk erschien ihr nicht zornig, nur überrascht. Und sehr müde. Offenbar hatte er die ganze Nacht pausenlos gearbeitet. Bei dieser Erkenntnis krampfte sich ihr Herz zusammen. Zu all seiner Mühe und Plage kam noch die Enttäuschung über ihren Ungehorsam. »Ich wollte nicht abseits stehen, während sich deine Leute so schrecklich anstrengen mussten. Jetzt ist Hawkforte auch *mein* Heim, und ich gehöre zu ihnen.«

Er blinzelte und stützte sich noch schwerfälliger auf die Sichel. »Wie schmutzig du bist, und wie erschöpft du aussiehst…«

»Tut mir Leid«, entgegnete sie ärgerlich. »Vielleicht solltest *du* mal in den Spiegel schauen.«

»Das ist was anderes.«

»Warum?«

Verblüfft hob er die Brauen, als würde er an ihrem Verstand zweifeln. »Weil ich keine Lady bin.«

Da er auf eine so offensichtliche Tatsache hinwies, musste sie trotz ihrer Erschöpfung lachen. »Wohl kaum.« Nach einer kurzen Pause fügte sie hinzu. »Vermutlich bin ich auch keine Lady. Zumindest nicht in jenem Sinn, der deiner Vorstellung entspricht.«

Wenn er sich auch hundemüde fühlte, sein Instinkt war nicht abgestumpft. Und so erkannte er trotz der Nebel, die sein Gehirn schwächten, die Bedeutung dieses Augenblicks. Er wusste nur nicht, warum, denn es fiel ihm unendlich schwer, klar zu denken. So widerstrebend er sich das auch eingestand, er war der Erschöpfung nahe. Bis zu seinem Lebensende würde er die Bauern, die sich auf den Feldern abmühten, voller Bewunderung und Respekt betrachten.

»Nein, das bist du wohl nicht«, stimmte er tonlos zu. Seine Schwester Cymbra war eine Lady, die alle anderen Frauen überstrahlte. Auch Daria musste er eine Lady nennen. Doch er wollte sie nicht mit seiner Braut vergleichen. Allein schon bei diesem Gedanken erschauerte er. Seine erste Gemahlin war eine Lady gewesen, und je weniger er über sie nachdachte, desto besser. Vielleicht, überlegte er, ist es gar nicht so wichtig, eine Lady zu sein, was immer das auch heißen mag, und es kommt nur auf den Menschen an.

Warum schaute Krysta so bedrückt drein? Er entsann sich nicht mehr, was er zu ihr gesagt hatte, und er wollte nicht noch länger herumstehen und schwatzen. Dafür fehlte ihm die Zeit. Viel zu schnell frischte der Wind auf. »In ein paar Stunden sind wir fertig«, erklärte er, »und das ist auch gut so. Versprich mir wenigstens, nicht länger hier draußen herumzutrödeln als nötig. Sobald die letzte Ähre geerntet ist, musst du in die Festung zurückgehen.«

Schweigend nickte sie, und er wunderte sich über ihre Fügsamkeit. Für gewöhnlich war sie nicht so kleinlaut. Diese Erkenntnis konnte er fraglos auf die Liste der Dinge setzen, die er über sie herausgefunden hatte. Verdammt, seit ihrer Ankunft war ihm keine ruhige Minute vergönnt gewesen – sonderbare Dienstboten, eine unglaubliche Maskerade und so weiter. Ein schwaches Lächeln umspielte seine Lippen. War's denn so erstrebenswert, ein ruhiges Leben zu führen? Vielleicht wurde ein geregelter Alltag überschätzt. Eine sommersprossige

Wikingerschönheit hatte zweifellos gewisse Vorzüge zu bieten.

Sein Lächeln vertiefte sich. Plötzlich verflog seine Müdigkeit. Ja, von seinen tüchtigen Leuten unterstützt, würde er den Sieg erringen und die ganze Ernte einfahren, bevor der Sturm zu tosen begann. Nur ein kleiner Triumph im Lauf der Geschichte, aber *sein* Triumph, den er in vollen Zügen genießen würde.

Wenn das alles überstanden ist, beschloss er, werde ich mich ernsthafter denn je bemühen, Krysta besser kennen zu lernen. Zunächst wollte er seine Neugier bezüglich einer Frage befriedigen, die ihn seit der ersten Begegnung beschäftigte.

Wie viele Sommersprossen hatte sie?

9

Trödeln! Noch nie in ihrem Leben hatte Krysta getrödelt. Auch nicht am vergangenen Tag. Bis zur Erschöpfung hatte sie sich abgerackert, um *seinen* Hafer und *seine* Äpfel zu retten und… Nein, das war ungerecht. Hawk hatte härter gearbeitet als alle anderen, er hatte keineswegs erwartet, sie würde seinem Beispiel folgen, und sie nur gebeten, die Kinder zu beaufsichtigen. Ein Befehl war das sicher nicht gewesen.

Aber er hielt sie nicht für eine Lady, so viel stand jedenfalls fest. Und das bekümmerte sie, vor allem, weil ihre Gedanken wieder einmal zu jener verdammten *echten, vornehmen Lady* wanderten, die er angeblich liebte. Gewiss, Krystas Bekanntschaft mit Hawk hatte etwas unglücklich begonnen. Doch ihre Beweggründe waren lauter gewesen. Und sie hatte angenommen, inzwischen würde er ihr nicht mehr grollen. Nun, sie hätte es besser wissen müssen. So angenehm es auch sein mochte, die schönen Kleider ihrer Mutter zu tragen und zum ersten Mal in ihrem Leben von einer Zofe bedient zu werden, das machte noch lange keine Lady aus ihr.

Ladys schwitzten nicht, machten sich nicht schmutzig, und ihre Hände wiesen keine blutigen Haferstiche auf. Niemals haftete der Geruch harter Arbeit an ihren Körpern. Sie tummelten sich nicht im Meer, um lachend aufzutauchen, und würden nicht gestehen, sie seien noch nie geritten. Und sie würden keinesfalls ihren Verlobten schon vor der Hochzeit küssen. Ja, das war ein schwerer Fehler gewesen, jener Kuss im Stall... Dagegen hätte eine richtige Lady protestiert oder sich zumindest passiv verhalten. Aber Krysta hatte den Kuss ihres Bräutigams leidenschaftlich erwidert. Hawk erschrak über ihre Glut. Das gab er ihr deutlich zu verstehen. Und in ihrer Dummheit hatte sie sich eingebildet, nur die Illoyalität der Dienerin gegenüber ihrer Herrin würde ihn entsetzen. Wie naiv war sie gewesen...

Zutiefst zerknirscht starrte sie vor sich hin. Und sie hatte ihm auch noch erklärt, er solle sich bloß nicht in die Betten anderer Frauen wagen, die rothaarige Magd zu verscheuchen gesucht, mit den Kindern getanzt und war am Strand umhergetollt. Stattdessen hätte sie...

Womit befassten sich echte Ladys eigentlich? Daria schien gar nichts zu tun, außer die Dienstboten herumzukommandieren und über ihre mangelhaften Leistungen zu klagen. Sie war wohl kaum ein leuchtendes Vorbild. Leider hatte Krysta kein anderes.

Von der legendären Lady Cymbra wusste sie nicht viel, nur dass sie Hawks Schwester und Wolf Hakonsons Gemahlin war, die Heilkunde beherrschte, andere bemerkenswerte Fähigkeiten besaß und sich unermüdlich für den Frieden einsetzte. Mit einem solchen Muster an Tugendhaftigkeit würde sich Krysta niemals messen können.

Dieses Problem bedrückte sie, während sie zu den Frauen zurückkehrte. An wem sollte sie sich orientieren, um das Benehmen einer Lady zu erlernen? Noch nie hatte sie sich so verloren und unsicher gefühlt. Würde sie nicht so grässlich schwitzen, müsste sie glauben, der Salzgeschmack auf ihren Lippen würde von Tränen herrühren. *Nein, natürlich weinte sie nicht.*

Ähren einsammeln und bündeln, immer wieder, während sich die Schmerzen ihres müden Körpers mit den Seelenqualen mischten, bis Aelfgyth endlich eine Hand auf ihren Arm legte. »Jetzt sind wir fertig, Mylady.«

Sie richtete sich auf, was ihr gepeinigter Rücken kaum erlaubte. Tatsächlich – so weit das Auge reichte, waren die Felder kahl. Nirgends erhob sich auch nur eine einzige Garbe. Glücklicherweise, denn als Krysta nach Süden blickte, entdeckte sie düstere Wolken vor einem gelblichen Himmel. In den Wipfeln der Bäume stöhnte der Wind.

»Kommt, Mylady«, bat Aelfgyth, »wir müssen nach Hause gehen.«

Die Leute eilten zur Festung oder in die Stadt, so schnell die müden Beine sie trugen. Inzwischen waren die Kinder bereits vorausgeschickt worden. Nur Hawk und seine Krieger blieben zurück, um sich zu vergewissern, dass sich alle in Sicherheit brachten. Hawk war der Letzte, der seinen Hof betrat, hinter dem letzten, mit goldenem Getreide beladenen Ochsenkarren.

Beinahe am Ende ihrer Kraft, zog Krysta zwei Eimer voller Wasser aus dem tiefen Brunnen. Aelfgyth bot ihr Hilfe an, die abgelehnt wurde.

Als Krysta die Eimer zur Turmtreppe schleppte, versperrte ihr Daria den Weg. »O Gott, wie seht Ihr aus?«, rief sie und presste ihren weiten Ärmel an die gerümpfte Nase. »Und wie Ihr riecht! Habt Ihr Euch mit den Schweinen gesuhlt?« Ihre kleinen dunklen Augen glitzerten. »Wärt Ihr nicht so erbärmlich, würdet Ihr mich amüsieren. Seit Ihr hier seid, habt Ihr alles falsch gemacht. Armer Hawk! Sicher überlegt er verzweifelt, wie er eine Verlobung lösen soll, die er niemals eingehen wollte.«

In Krystas Schläfen pochte es schmerzhaft. Daria war die allerletzte Person, die sie jetzt – dem Zusammenbruch nahe – sehen wollte. Nicht nur die Beleidigung zerrte an ihren Nerven, sondern auch das boshafte Lächeln. Vielleicht sollte sie einfach weitergehen. Doch das ließ ihr Stolz nicht zu. »Ich rieche genauso wie alle anderen«, entgegnete sie in eisigem Ton. »Denn die Einzigen, die sich seit gestern Morgen *nicht* geschunden haben, seid Ihr und Euer kostbarer Priester. Offenbar glaubt Ihr beide, es wäre Eurer nicht würdig, auch nur einen Finger zu rühren, um die Ernte einzufahren. Aber im Winter werdet Ihr Euch sehr gern an den Früchten unserer Plackerei laben.«

»Wie könnt Ihr es wagen…«

»Oh, ich sage nur die Wahrheit. Und um Eure übrigen Bemerkungen zu beantworten – nennt mich nur erbärmlich. Aber ich bemitleide Euch. Niemals möchte ich Eure Position einnehmen.«

»Meine Position? Ich bin die Herrin dieser Festung, und die Leute werden mir stets gehorchen.«

»Nein, sie dienen Lord Hawk. Und die Stellung der Hausherrin, die Ihr beansprucht, wird nicht mehr lange Eure sein.« Krysta sprach viel selbstbewusster, als sie sich fühlte, denn sie war wohl kaum die Lady, die Hawk an seiner Seite sehen wollte. Doch vor dieser widerwärtigen Frau würde sie ihre Zweifel niemals zeigen.

»Gar nichts wird sich ändern!«, zischte Daria, die Wangen feuerrot gefleckt. »*Überhaupt nichts!* Ihr seid ein dreister kleiner Emporkömmling! Falls Ihr allen Ernstes glaubt, Ihr würdet hier das Regiment führen, seid Ihr verrückt. Das ist *mein* Land, *meine* Burg, in der ich für immer herrschen werde!«

Angesichts dieser ungezügelten Wut fand Krysta keine Worte. Wie sollte sie die Furie beruhigen, die aus der Haut zu fahren drohte?

»Und nicht nur das!«, kreischte Daria. *»Bald werdet Ihr sehen, was es heißt, mich herauszufordern und.«*.

»Mylady…« Plötzlich tauchte Vater Elbert aus einem dunklen Winkel auf. In wehender schwarzer Robe eilte er zu Daria. »Bitte, regt Euch nicht auf. Kommt mit mir. Wir wollen beten. Danach geht es Euch gewiss besser.« Blicklos starrte sie ihn an, und er berührte ihren Arm, um sie zu besänftigen und unter seine Kontrolle zu bringen. »Alles wird so geschehen, wie Ihr es wünscht. Begleitet mich jetzt, erleichtern wir unsere Herzen vor dem Herrn. Er liebt die Guten und Gerechten. Niemals wird Er Euch im Stich lassen.«

»Ja…«, flüsterte sie und blinzelte, als würde sie aus tiefem Schlaf erwachen. »Erleichtern wir unsere Herzen. So viele Lasten liegen auf meiner Seele.«

»Die müsst Ihr nicht allein tragen. Vertraut mir, Mylady. Der Allmächtige kennt Euren Kummer, und er wird die Treue belohnen, die Ihr Ihm immer bewiesen habt. Glaubt mir, Er wird Euch nicht enttäuschen.«

»Zahlreiche Menschen haben mich bitter enttäuscht«, murmelte sie mit hoher, schwacher Stimme.

»Ja, natürlich…« Nach einem kurzen messerscharfen Blick in Krystas Richtung führte er Daria davon.

Kraftlos lehnte sich Krysta an den Treppenpfosten. Wie schwierig und unleidlich Daria sein konnte, hatte sie gewusst, aber nicht, wie tief Zorn und Wahn in der Brust dieser Frau verwurzelt waren. Doch damit wollte sie sich jetzt nicht befassen. Dafür war sie viel zu erschöpft. Mühsam schleppte sie die Wassereimer nach oben.

In ihrem Turmzimmer schlüpfte sie aus den staubigen Kleidern und überlegte, ob sie sich jemals würden reinigen lassen. Aber in diesem Moment zählte nur eins – sie musste den Schmutz und den Schweiß von ihrem Körper spülen. Nie zuvor hatte sie ein Bad so sehr genossen. Sie wusch auch ihr Haar. Während sie die wirren Locken trocken rieb, schaute sie aus dem Fenster.

Von Hawk vor dem Unwetter gewarnt, hatten die Kapitäne ihre Schiffe aus dem Hafen in die geschützten Buchten gesteuert. Der Wind jagte dichten Nebel über das Meer heran. Zwischen den grauen Schwaden verschwanden die dunklen Rümpfe und tauchten wieder wie geisterhafte Schemen auf. Die Türen und Fensterläden in der Stadt waren fest verschlossen.

Alle bewegliche Habe hatten die Menschen in ihre Häuser gebracht. Auf den Festungsmauern hielten die Ritter nach wie vor Wache, und Krysta hoffte, sie würden sich bald in Sicherheit begeben.

Ihr Haar war noch feucht, aber die Arme zu ermattet, um es noch länger zu trocknen, und so warf sie das Handtuch zu Boden, was sie normalerweise niemals tat. Sehnsüchtig betrachtete sie das breite Bett, und allmählich erkannte sie, dass es keinen Grund gab, warum sie sich nicht hinlegen sollte. Als sie unter die Pelzdecken kroch, stöhnte sie erleichtert. Wenige Minuten später schlief sie ein.

Nachdem Hawk sich vergewissert hatte, dass alle nötigen Vorbereitungen für das Gewitter getroffen worden waren, folgte er seinen Kriegern in die Sauna. Er würde es niemals eingestehen, aber ihm tat jeder einzelne Knochen weh. Nicht einmal nach erbitterten Schlachten hatte er sich so elend gefühlt. Die harte Arbeit auf den Feldern war eine Erfahrung, die er nie vergessen würde. Dass die anderen Männer seine Qualen teilten, wusste er. Doch darüber würden sie ebenso wenig sprechen wie er selbst, deshalb begnügten sie sich mit tiefen Seufzern, während sie die Spuren ihrer Plage wegwuschen.

Ehe sie auf den Bänken einschlummern konnten, schleppten sie sich ins Freie und gossen kübelweise kaltes Wasser über ihre Köpfe. Das ermunterte sie ein bisschen. Trotzdem riet ihnen Hawk, sich auszuruhen. Dann zog er eine saubere Tunika an, ging zu den Patrouillen und wies sie an, die Wachtürme aufzusuchen, bevor der Wind noch schärfer wehte. Natürlich durfte nicht einmal ein wilder Sturm die Alarmbereitschaft beeinträchtigen. Denn überall lauerten neugierige Augen, die eine solche Nachlässigkeit bemerken würden, und ein Feind mochte davon hören.

Mittlerweile hatte Edvard das ganze Getreide untergebracht, es war nicht nötig, einen Teil der Vorräte in der Haupthalle zu lagern. Doch das wäre möglich gewesen, denn niemand hätte ihnen im Weg gestanden. Um diese Tageszeit, wo sich normalerweise alle Festungsbewohner zum Essen versammelten, erschien keine Menschenseele in dem großen Raum. Die Leute waren zu müde, um auch nur an eine Mahlzeit zu denken. Ebenso wie Hawk. Inbrünstig sehnte er sich nach einem erholsamen Schlaf. Aber vorher musste er noch etwas erledigen, steifbeinig stieg er die Treppe zu Krystas Turmzimmer hinauf.

Als er die Schwelle überquerte, sah er seine Braut schlummern. Noch war die Sonne nicht untergegangen, doch das Tageslicht hatte sich in ein geisterhaftes gelbliches Grau verwandelt. Der Wind peitschte Regentropfen durch die Fenster herein, die Krysta offen gelassen hatte. Seufzend schloss Hawk die hölzernen Läden. Sofort klang das Geheul des Windes etwas leiser. Das Unwetter tobte immer heftiger. Bald würde es den Höhepunkt erreichen, und er hoffte, es würde seiner Verlobten keine allzu schlimme Angst einjagen.

Vorsichtig, um sie nicht zu stören, ging er zum Bett. Sie lag auf der Seite, eine Pelzdecke über der Schulter, die goldblonde Lockenpracht auf den Kissen ausgebreitet. Halb unbewusst ergriff er eine seidige Strähne und ließ sie zwischen seinen Fingern hindurchgleiten.

Sie duftete nach Lavendelseife und salziger Meeresluft, das erinnerte ihn an sommerliche Segelfahrten, dicht an der Küste entlang, so dass der Geruch wilder Blumen in seine Nase gestiegen war. Wie oft hatte er sich diese Freude gegönnt? Wie viel Zeit hatte er jemals seinen eigenen Bedürfnissen gewidmet?

Daran erinnerte er sich nicht. Warum dachte er jetzt darüber nach? In seinem müden Gehirn gerieten die Gedanken durcheinander. Wie viele Minuten verstrichen, während er einfach nur dastand und Krysta anstarrte, wusste er nicht. Nun sollte er in sein eigenes Zimmer gehen. Er musste schlafen und neue Kräfte sammeln, falls irgendetwas geschah, falls er gebraucht wurde.

Ausruhen – jetzt, hier – mit ihr …

Seine Knie berührten das Bett. So ein wundervolles, breites, einladendes Bett... So müde... Nach den Schlachten hatte er stets nur einen kurzen Schlaf benötigt, um seine Lebensgeister zu erfrischen. Das würde ihm auch jetzt genügen. Nur ein paar Minuten würde er an Krystas Seite liegen. In diesem großen Bett würde er sie nicht einmal berühren. Ohne noch länger zu überlegen, schlüpfte er aus den Sandalen, streifte die Tunika über den Kopf und glitt unter die Pelzdecken. Einfach nur dazuliegen, dieses reine Entzücken entlockte ihm ein Stöhnen. Irgendwann in seinem Leben musste er genauso müde gewesen sein. Wann? Bevor ihm das einfiel, übermannte ihn der Schlaf.

In Krystas Träumen rüttelte der Wind an den Fensterläden. Sie drehte sich auf die andere Seite, streckte einen Arm aus, spürte irgendetwas Hartes und murmelte sinnlose Worte vor sich hin. Aber sie erwachte nicht. Etwas später hörte sie ein schrilles Kreischen. Sie rannte über eine Wiese voller Blumen, die eine unsichtbare Macht zu Boden streckte. Und dann kam sie zu einer majestätischen Eiche. Wie gelähmt vor Entsetzen beobachtete sie, wie ein grausiges Ungeheuer einen Zweig nach dem anderen abriss und in ihre Richtung schleuderte. Dagegen konnte sie sich nicht wehren. Und so blickte sie hilflos dem Tod ins Auge. Gerade noch rechtzeitig wurde sie von einer starken Hand ergriffen. Schützende Wärme hüllte sie ein. Und der Traum versank im Nichts.

Die Festung hielt den tosenden Elementen stand. Nur ein paar Ziegel flogen von den Dächern. Aber die steinernen Mauern – um eine Feuersbrunst zu verhindern, hatte Hawk jede Hütte, jede Werkstatt und jeden Laden aus Stein errichten lassen – behaupteten sich auch während dieser Katastrophe. Sicher und geborgen lauschten Männer und Frauen dem Sturm und dankten der weisen Voraussicht ihres Herrn. Die Kinder schliefen in der Nähe ihrer Eltern, friedlich und ungestört.

Nicht so Krysta. Plötzlich richtete sie sich in der Dunkelheit auf, von der Erkenntnis wachgerüttelt, dass sie etwas Wichtiges vergessen hatte. Noch halb benommen vom Schlaf taumelte sie aus dem Bett. Draußen ächzte der Wind und peitschte prasselnde Regentropfen gegen die …

… gegen die Fensterläden. Die waren geschlossen. Wann sie dafür gesorgt hatte, erinnerte sie sich nicht. Sie war wohl zu erschöpft gewesen, um es bewusst zu tun. Erleichtert kehrte sie zum Bett zurück und wollte wieder unter die Decken kriechen. Doch dann hörte sie ein leises Stöhnen und erstarrte. Da kein einziges Kohlenbecken brannte, herrschte tiefes Dunkel im Zimmer. Sie ertastete eines der großen eisernen Becken auf einem Dreifuß. Mit Feuerstein und Zunder entfachte sie eine Flamme. Allzu viel sah sie noch immer nicht. Es dauerte eine Weile, bis sich ihre Augen an das schwache Licht gewöhnten. Langsam wanderte ihr Blick durch den Raum und blieb an den Umrissen einer Gestalt hängen, die mitten im breiten Bett lag.

Eine Hand auf den Mund gepresst, unterdrückte sie einen Schrei. O Gott … Seit sie das Turmzimmer bewohnte, schlief sie nicht mehr nackt, so wie früher. Aber am vergangenen Abend war sie nach ihrem Bad zu müde gewesen, um ein Nachthemd anzuziehen. Hastig zerrte sie eine Pelzdecke vom Fußende des Betts und wickelte sich hinein. Auf leisen Sohlen schlich sie etwas näher und versuchte festzustellen, wer der Eindringling war. Vielleicht Raven, vom Gewitter erschreckt, oder eine verängstigte Aelfgyth? Nein, für beide erschien ihr die Gestalt viel zu groß. Es gab nur einen einzigen Menschen, der so breite Schultern besaß, eine so muskulöse Brust, die sie jetzt oberhalb der Decken erkannte.

Hawk. In ihrem Bett. Ohne sie um Erlaubnis zu bitten. Glaubte er, nur wegen der Verlobung dürfte er solche Rechte beanspruchen? Wenn ja, warum hatte er dann bisher darauf verzichtet? Dachte er, es würde sie nicht stören, weil sie keine richtige Lady war? Sicher würde sich eine dieser *echten, vornehmen Ladys* in so einer Situation die Seele aus dem Leib schreien.

Aber Krysta gab keinen Laut von sich. Die Augen zusammengekniffen, musterte sie ihn. Welch ein wohlgeformter Körper, der Unterschied zu ihrem eigenen faszinierte sie, weckte ungehörige Wünsche... Um sich darauf zu besinnen, dass er am falschen Ort war, musste sie ihre ganze innere Kraft aufbieten.

Immer heftiger rüttelte der Sturm an den Fensterläden. In den Pausen zwischen den einzelnen Windstößen hörte sie das Rauschen der Brandung am Strand. Nie zuvor hatte sie ein so wildes Unwetter erlebt. Damit ließen sich nicht einmal die Blizzards im winterlichen Vestfold vergleichen. Schließlich stand sie neben dem schlafenden Hawk. Was sollte sie tun? Sie fühlte sich immer noch müde. Außerdem war das *ihr* Bett.

Vorsichtig schob sie eine der Decken zurück. Dann merkte sie, dass sie sich in den Pelz gehüllt hatte. Darin würde sie nicht schlafen können, es wäre zu heiß. Sie müsste ein Nachthemd anziehen. Wenn sie's nicht tat und Hawk erwachte... Bei diesem verlockenden Gedanken errötete sie, und die mädchenhafte Scheu kämpfte vergeblich gegen die Leidenschaft, die in ihrem Blut wuchs. Warum nicht? Bald würden sie heiraten, und vorher wollten sie einander kennen lernen. Bedeutete das nicht auch, dass sie die verführerische Intimität einer gemeinsamen Nacht erforschen müssten? Und die Geborgenheit, die sie in Hawks Nähe empfinden würde, war unwiderstehlich. Kurz entschlossen ließ sie den Pelz fallen und kroch ins Bett.

Als der Wind erstarb, wurde Hawk von der plötzlichen Stille aus seinem tiefen, traumlosen Schlummer gerissen. Sofort setzte er sich auf und lauschte. Kein Windhauch. Der Regen prasselte immer noch gegen die Fensterläden. Aber der Sturm hatte seine Kraft scheinbar verbraucht. Dank der Erinnerung an das Unwetter vor fünf Jahren in Winchester ließ er sich trotzdem nicht täuschen, und er hoffte, seine Leute wären genauso vorsichtig, bis er ihnen erklären konnte, was das bedeutete. Bald würde der Wind erneut kreischen und sich mit aller Macht gegen die Mauern werfen. Erst wenn er zum zweiten Mal verstummte, war die Gefahr überstanden.

Als er ins Kissen zurücksinken wollte, kehrte die Erinnerung zurück, und er erstarrte. Erstaunt und ungläubig betrachtete er die Frau, die neben ihm schlief. Welch ein Dämon hatte ihn veranlasst, in Krystas Bett zu steigen? Hatte er vor lauter Erschöpfung den Verstand verloren oder der Versuchung nachgegeben, sich geheime Wünsche zu erfüllen? Um diese Frage zu beantworten, regte sich sein Verlangen. Mit einem unterdrückten Fluch stand er auf.

Aber da hörte er Krysta leise schreien. Der Wind heulte wieder, dieses Geräusch musste sie erschreckt haben. Von einem inneren Konflikt gequält, zögerte er. Schließlich führte Krystas Stöhnen die Entscheidung herbei. Er warf einen kurzen Blick nach oben, um göttlichen Beistand zu erflehen, dann sank er wieder ins Bett. Ganz behutsam, um sie nicht zu wecken, zog er sie an sich.

Da bemerkte er, dass seine Braut nackt schlief. Bestürzt rang er nach Atem. Ihre Haut, so warm und weich, bildete einen seltsamen Kontrast zu der Kraft, die sie bewiesen hatte. Schlanke, wohlgeformte Glieder… Und ihre Brüste… Als sie sich bewegte, jagte sie Feuerströme durch seine Adern. Nun wäre es ratsam, die Flucht zu ergreifen. Aber Krysta schien sich zu entspannen. Offenbar war ihre Angst verflogen. Die Augen geschlossen, betete Hawk um Geduld und Willensstärke und blieb liegen. Während der ganzen langen Nacht hielt er seine Wikingerbraut in den Armen und bezwang sein Verlangen.

Im ersten Tageslicht stieg er aus dem Bett. Das Gewitter hatte sich verzogen. Bald würde Krysta erwachen, und seine Anwesenheit sollte sie nicht erschrecken. Außerdem wollte er seine Selbstbeherrschung nicht noch länger auf die Probe stellen. So tief und fest hatte sie in seinen Armen geschlafen, dass er felsenfest glaubte, seine Nähe wäre ihr gar nicht bewusst geworden. Dabei würde er's bewenden lassen. Nicht nur aus Rücksicht auf ihre Gefühle. Dass er die Nacht im Bett einer schönen Frau verbracht hatte, ohne sie zu besitzen, behielt er lieber für sich.

Nachdem er seine Tunika und die Sandalen angezogen hatte, schlich er auf Zehenspitzen aus dem Zimmer und eilte die Treppe hinab. Zu seiner Erleichterung traf er niemanden in der Halle an. Um diese frühe Stunde waren nur wenige Leute auf den Beinen. Sein erster Weg führte zu den Wachtürmen, wo seine Krieger berichteten, die Nacht sei ruhig gewesen. Mit dieser Erklärung entlockten sie ihm ein Grinsen. Aber er verstand, was sie meinten. In harten Kämpfen gegen die Dänen erprobt, betrachteten sie sogar das schwerste Gewitter nur als harmlose Unannehmlichkeit. Dann ging er in die Stadt hinab und stellte erfreut fest, dass der Sturm keine größeren Schäden angerichtet hatte. Die Straßen waren zwar schlammig, und überall häufte sich Sand, der vom Wind herangeweht worden war. Doch er entdeckte nirgendwo Schutt.

In die Halle zurückgekehrt begegnete er mehreren Dienstboten, die alle Fensterläden öffneten. Edvard erwartete ihn, etwas verschlafen, aber sichtlich zufrieden. »Ohne Eure Warnung hätten wir die halbe Ernte eingebüßt, Mylord. Nun müssen wir nur geringe Verluste hinnehmen. Eine Landebrücke wurde weggerissen, die sich leicht ersetzen lässt, und im Mühlrad steckt ein Baumstamm. Aber darum kümmern sich bereits einige Männer.«

»Haben wir Verletzte zu beklagen?«

»Nur einen. Alwin, der Gehilfe des Gerbers, musste während des Unwetters seine Notdurft verrichten. Aus unerfindlichen Gründen genügte ihm ein Nachttopf nicht, und er lief ins Freie. Da schleuderte ihn ein Windstoß gegen die Tür des Bäckers Wilhelm, der ihm Obdach gewährte. Außer einer Beule am Kopf und ein paar Schürfwunden hat der Bursche nichts abgekriegt.«

»Wahrscheinlich werden ihm die Leute mindestens ein halbes Dutzend Nachttöpfe schenken, um ihn an weiteren ähnlichen Abenteuern zu hindern«, meinte Hawk belustigt.

»Ja, Mylord, das glaube ich auch. Jedenfalls sind wir glimpflich davongekommen.«

»Allerdings«, stimmte Hawk zu.

Von seinem Verwalter begleitet, ritt er aus der Festung, um die Felder zu inspizieren. Im aufgewühlten Erdreich hätte keine einzige Ähre überlebt. Er stieg ab, übergab Edvard die Zügel seines Grauschimmels und kniete nieder. Nach den heftigen Regengüssen war der Boden immer noch feucht. Hawk berührte den Schlamm und schnupperte an seinem Finger. »In ein oder zwei Tagen werden die Äcker trocknen«, erklärte er und schwang sich wieder in den Sattel. »Dann können wir das Getreide hier draußen trocknen lassen. Bis dahin sollen unsere Männer die oberste Erdschicht abtragen und ins Meer werfen.«

»Sehr wohl, Mylord.« Edvard runzelte die Stirn. »Aber darf ich fragen, warum?«

»Die Erde riecht nach Salz. Also war der Regen nicht rein, sondern mit Gischt aus dem Meer vermischt. Wenn die oberen Schichten nicht entfernt werden, verdirbt die nächste Ernte.«

»Seltsam, Mylord, Ihr redet wie ein Bauer – verzeiht mir die kühne Bemerkung.«

Hawk lachte. Und plötzlich entsann er sich, dass Krysta behauptet hatte, der Klang seines eigenen Gelächters würde ihn verblüffen. Warum dachte er bei jeder Gelegenheit an sie? »Soll ich mich deshalb beleidigt fühlen, Edvard?«

»O nein, Mylord, ich staune nur, weil ein Krieger so viel vom Ackerbau versteht.«

»Für dieses Land habe ich gekämpft. Und das wäre sinnlos gewesen, hätte ich nach dem Sieg nicht gewusst, wie ich meine Felder bestellen muss.«

Nachdenklich nickte der junge Verwalter, und sie ritten zur Festung zurück.

Kurz nachdem Hawk aus ihrem Bett geflohen war, erwachte Krysta, öffnete die Augen und sah die Sonne scheinen. Hawk war verschwunden. Warum hatte er sie verlassen, ohne ein Wort, ohne Abschiedsgeste? Als wäre er niemals hier gewesen…

Oder hatte sie nur geträumt, er würde unter ihren Pelzdecken liegen? Hatte ihr übermüdetes Gehirn, von vager Sehnsucht erfüllt, seine Nähe heraufbeschworen? Diesen Gedanken verdrängte sie sofort wieder. Sicher nicht. Er hatte ihr Bett geteilt, was das immer noch warme Laken an ihrer Seite bewies, ganz zu schweigen vom Abdruck seines Kopfes im Kissen.

Dieses Kissen musterte sie mehrmals, während sie sich anzog und ihre widerspenstigen Locken zu bändigen suchte. Im Hintergrund ihres Bewusstseins regte sich eine Erinnerung an glatte Haut, an sanfte und zugleich starke Arme. Glühend heiß stieg ihr das Blut ins Gesicht, beklommen kaute sie an ihrer Unterlippe. Wie sollte sie ihm gegenübertreten?

Offensichtlich hatte er sie nicht begehrt. Obwohl sie so kühn gewesen war, nackt unter die Decken zu schlüpfen. Gewiss, er begegnete ihr stets sehr freundlich. Aber seine Güte interessierte sie nicht. Wenigstens nicht *nur.* Nun fühlte sie sich zutiefst gedemütigt. Ihr erster Versuch, einen Mann zu verführen, war kläglich gescheitert. Was sollte sie jetzt tun?

Natürlich würde sie sich so verhalten, als wäre nichts geschehen. Etwas anderes ließ ihr Stolz nicht zu. Aber sie fragte sich in wachsender Sorge, ob Daria Recht hatte. Trauerte Hawk tatsächlich jener *echten, vornehmen Lady* nach? Liebte er sie so sehr, dass er nackt neben einer anderen liegen und sie besänftigend umarmen konnte, gefeit gegen die Lockung der Leidenschaft?

Diese verdammte Frau! Was mochte sie besitzen, das ihr fehlte? Vermutlich klang die Stimme der Lady wie Vogelgezwitscher oder ähnlich geistlos. Ihre Hände waren lilienweiß, und sollte jemals ein Blutstropfen aus der zarten Haut quellen, würde die Wunde vom Stich einer Nähnadel stammen, dem Werkzeug jener Kunst, die Krysta nicht beherrschte. Selbstverständlich hatte die feine Dame keine Sommersprossen, weil sie niemals unter der Sonne umhertollte. Sie sprach stets ganz leise, und sie würde ihren Bräutigam nicht herausfordern oder mit Widerworten ärgern. Sie würde auch nicht wie eine Bäuerin arbeiten, um seine Ernte zu retten, oder ihr Haar färben und sich als Dienerin ausgeben oder …

Wie man es auch drehte und wendete – Krystas und Hawks Ehe sollte dem Bündnis dienen, das den Frieden festigte. Davon abgesehen, bedeutete sie gar nichts. Beide waren Gefangene eines Versprechens, das sie nicht brechen durften. Sonst würden sie zahllose Menschen ins Unglück stürzen.

Von solchen Gedanken bewegt, stieg sie die Treppe zur Halle hinab und trat ins Freie, um herauszufinden, welche Schäden das Unwetter angerichtet hatte. Angstvoll schaute sie nach allen Seiten. Wo war Hawk? Hoffentlich würde sie ihm vorerst nicht begegnen. Ein feiger Wunsch, den sie verachtete, aber nicht bezwingen konnte… Was durfte sie unter diesen Umständen von der gemeinsamen Zukunft erwarten?

Während sie die Frage zu vergessen suchte, eilte Aelfgyth zu ihr. Die junge Zofe wirkte frisch, munter und bestens gelaunt. Offensichtlich hatte sie sich mittlerweile von der Plackerei des Vortags erholt. »Da seid Ihr ja, Mylady! Welch ein Glück, dass wir den Sturm fast unbeschadet überstanden haben!« Als sie Krysta etwas genauer betrachtete, erstarb ihr Lächeln. »Seid Ihr immer noch müde, Mylady? Habt Ihr schlecht geschlafen, wegen des Lärms?«

»O nein, ich schlief sehr gut«, erwiderte Krysta hastig. Dieses Thema wollte sie möglichst schnell fallen lassen.

»Gut, dann fangen wir an. Es gibt viel zu tun.«

»Was denn?« Nach allem, was sie geleistet hatten, konnten wohl kaum neue Pflichten warten, oder?

»Wir müssen das Erntefest vorbereiten. Kennt man diesen Brauch in Vestfold nicht?«

»Doch, natürlich, aber sollte ich wirklich…?«

»Darum hat sich Lady Daria nie gekümmert. Sie spricht nur

ein Dankgebet. Alles Übrige hält sie für heidnischen Unfug, an dem sie sich nicht beteiligt.« Aelfgyth rümpfte die Nase. Dann lachte sie. »Glücklicherweise ist Lord Hawk anderer Ansicht. Bisher hat Edvard die Vorbereitungen getroffen. Aber jetzt meint er, dies sei Eure Aufgabe. Das hat er mir letzte Nacht erklärt – ich meine, gestern Abend«, verbesserte sie sich errötend.

»Ah, ich verstehe.« Krysta lächelte nachsichtig. »Wenn das so ist, bin ich gern bereit. Womit sollen wir beginnen?«

Wie sich bald herausstellte, war das Festmahl am wichtigsten. Darauf legten die Leute besonderen Wert. Ein paar Hundert Kuchen mit Rosinen und Honig mussten gebacken werden, Brotlaibe aus frisch gemahlenem Mehl, dann kochten die Frauen Früchte ein, pressten Äpfel für den Cidre und rührten in großen Butterfässern. Inzwischen sammelten die Männer Holz für die Feuerstellen im Freien. Dort würden sich ganze Schweine und Rinderhälften am Spieß drehen. Nicht nur die Dienstboten, sondern auch die Stadtbewohner und Bauern von den umliegenden Höfen arbeiteten unermüdlich.

Während Hawk und seine Ritter täglich zur Jagd gingen, fuhren die Fischer aufs Meer hinaus und kehrten mit Netzen voller Makrelen, Aale und Heringe zurück. Von fröhlichen Mädchen ermutigt, probten junge Burschen die traditionellen Tänze. Alle gingen eifrig ans Werk – bis auf Daria und Vater Elbert, die mit düsteren Mienen umherwanderten, ewige Verdammnis ankündigten und ostentativ für die Seelen der »Gotteslästerer« beteten.

Wie Krysta beobachtete, ließen sie sich in Hawks Anwesenheit niemals blicken. Stattdessen warteten sie jeden Morgen, bis er davongeritten war. Bei seiner Heimkehr verschwanden sie. Und so hörte er die Unkenrufe der beiden nicht. Von allen anderen wurden sie ignoriert.

»Seit Ihr da seid, Mylady«, betonte Aelfgyth, »gehorchen Euch die Leute nur zu gern. Das schrille Genörgel einer Lady, die es niemals gut mit uns meinte, beachten wir gar nicht.«

Obwohl sich Krysta über die Anerkennung der Dienstboten freute, wollte sie verhindern, dass sie Daria allzu respektlos begegneten. »Noch bin ich nicht Lord Hawks Frau. Das solltet ihr stets bedenken.«

Darüber konnte Aelfgyth nur lachen. Aber Krysta teilte die gute Laune ihrer Zofe nicht. Die Erinnerung an die Sturmnacht bedrückte sie, ebenso wie Hawks offensichtliches Bestreben, ihr aus dem Weg zu gehen. In den letzten drei Tagen hatte er nur mit ihr gesprochen, wenn es die Höflichkeit erforderte.

Natürlich war er vor dem Erntedankfest von morgens bis abends beschäftigt, so wie alle seine Untertanen. Doch das tröstete Krysta nicht. Immer wieder ertappte sie sich dabei, wie sie nach ihm Ausschau hielt und auf den Klang seiner Stimme lauschte. Wenn sie abends nebeneinander an der großen Tafel saßen, suchte sie vergeblich nach Mitteln und Wegen, um seine Aufmerksamkeit zu erregen. Aber sie brachte kein Wort hervor, und in ihrem Gehirn herrschte hoffnungslose Leere.

Das entging Raven nicht, und sie spottete darüber. Doch sie konnte ihre Sorge nicht verhehlen. Thorgold murmelte etwas Unverständliches in sein Ale und runzelte die Stirn, wann immer Hawk seinen Weg kreuzte. Am Morgen des Festtags traf Hawk ihn auf dem Weg zum Stall, wo er seinen Hengst striegeln wollte. Als ihm das finstere Gesicht des kleinen Mannes auffiel, übergab er die Zügel seines Grauschimmels einem Stallknecht und winkte Thorgold zu sich heran. »Was bekümmert dich?«

»Mich?« Thorgold spähte unter zusammengezogenen buschigen Brauen hervor. »Gar nichts. Um mich müsst Ihr Euch keine Gedanken machen, Mylord.«

Nachdem Hawk sich vergewissert hatte, dass niemand das Gespräch mit anhörte, nickte er. »Also gut. Welche Laus ist *ihr* über die Leber gelaufen?« In seiner Stimme schwang ein klagender Unterton mit, den er nicht zu unterdrücken vermochte und der Thorgold ein widerstrebendes Grinsen entlockte.

»Hat sie Euch durcheinander gebracht?«

»Glaub, was du willst. Aber beantworte meine Frage. Ist sie krank?«

»O nein, Lady Krysta ist kerngesund. Wie kommt Ihr bloß darauf, sie könnte krank sein?«

»Weil sie kaum mit mir redet und dauernd meinem Blick ausweicht. Seit dem Tag vor dem Unwetter sah ich sie nicht mehr lächeln. Ärgert sie sich über die harte Feldarbeit, die ihr zugemutet wurde? Oder über die zahlreichen Pflichten, die sie vor dem Festmahl erledigen muss? Wenn du dir einbildest, ihr unermüdlicher Fleiß wäre mir verborgen geblieben, täuschst du dich, mein Alter. Aber ich habe sie nicht gebeten, die eine oder andere Aufgabe zu erfüllen, und sie muss nicht befürchten, die Position der Herrin von Hawkforte würde ihr ständig so viel Mühsal abverlangen.«

Eine Zeit lang schwieg Thorgold und zwirbelte die Enden seines langen schwarzen Barts. Als er Hawk wieder anschaute, funkelten seine Augen. »Verratet mir doch, Mylord, neigt Ihr dazu, die falsche Richtung einzuschlagen? Wenn Ihr in Eurem schönen Boot aufs Meer hinaussegelt, fällt's Euch schwer, den Kurs zu halten? Oder wenn Ihr in die Wälder reitet, findet Ihr nicht nach Hause?«

»Welch ein Unsinn! Warum fragst du danach?«

»Denkt mal drüber nach, Mylord. Wenn's irgendwas gibt, was Lady Krysta niemals gescheut hat, dann ist's harte Arbeit. Schon in der Kindheit hat sie uns auf den Feldern geholfen. Damals lebte ihr Vater noch, und er wollte sie dran hindern, sich zu überanstrengen. Aber sie blühte geradezu auf, wenn's möglichst viel zu tun gab, und sie hasste den Müßiggang.«

»Dann liegt's wohl an mir. Irgendwie muss ich sie gekränkt haben.« Mit schmalen Augen musterte Hawk den seltsamen kleinen Mann. Schon seit Tagen überlegte er, ob er sich vielleicht getäuscht und Krysta seine Anwesenheit in ihrem Bett sehr wohl bemerkt hatte. Dann wäre es ihr gutes Recht, ihm zu zürnen. Doch er hoffte, sie hätte sich nicht bei ihren Dienstboten beschwert.

»Ich wüsste nicht, auf welche Weise, Mylord«, erwiderte Thorgold. »Für einen Sachsen seid Ihr gar nicht so übel.«

Erleichtert atmete Hawk auf, und er brachte sogar ein schwaches Lächeln zustande. »Besten Dank. Aber ich würde trotzdem gern herausfinden, wie ich Krysta aufheitern könnte.«

»Habe ich Euch von den Haarbändern erzählt?«

»Ja, allerdings bezweifle ich …«

»Mylord, Ihr grübelt zu viel«, fiel Thorgold ihm ins Wort. »Kauft ein paar hübsche Haarbänder und redet mit Eurer Braut oder noch besser, führt sie irgendwohin, wo sie nicht weglaufen kann, um dies oder jenes zu erledigen.«

Einen guten Rat wusste Hawk stets zu schätzen, selbst wenn er von einem Mann stammte, der einem Troll glich. Und so ritt er in die Stadt hinab, besuchte einen freudestrahlenden Händler und kehrte hochzufrieden mit seinen Einkäufen zurück. Weil das Erntedankfest soeben begann, konnte er sich nicht sofort an Krysta wenden.

Die Sonne wanderte bereits nach Westen, aber der Himmel war noch hell, während sich die Bewohner der Festung, der Stadt und der Bauernhöfe auf einer großen Wiese versammelten. Dort waren lange Tische aufgestellt, mit Tüchern bedeckt und mit verschiedenen Köstlichkeiten beladen worden, dem Ergebnis tagelanger Küchenarbeit. Unter dem wachsamen Auge des Kochs kümmerten sich junge Gehilfen um die Feuerstellen. Regelmäßig begossen sie die Rinderhälften und ganzen Schweine, die sich am Spieß drehten, mit Bratfett. Verlockende Düfte begrüßten die Festgäste, Honigwein- und Alefässer wurden angezapft. Übermütig rannten die Kinder umher, von nachsichtig lächelnden Erwachsenen beobachtet.

Als Krysta die Wiese betrat, schaute sie sich aufmerksam um. Offenbar war alles in Ordnung. Aber da sie noch nie an einer so großen Feier teilgenommen hatte, fühlte sie sich unsicher. Aelfgyth hatte ihr in ein malvenrosa und violettes Kleid geholfen, das den Eindruck erweckte, es wäre aus den letzten Strahlen der sinkenden Sonne gesponnen worden. Danach hatte Krysta sie weggeschickt, denn die Zofe sollte sich um ihre eigenen Vorbereitungen kümmern. Nun tummelte sie sich irgendwo in der Menschenmenge, wahrscheinlich an Edvards Seite. Die beiden waren offensichtlich füreinander bestimmt, und Krysta freute sich mit ihnen. War auch ihr ein solches Glück vergönnt?

Diese Frage konnte nur der hoch gewachsene, breitschultrige Mann beantworten, der inmitten der Wiese stand und mit den Leuten plauderte, anscheinend völlig unbeschwert. Seine Heiterkeit irritierte Krysta. Doch der Groll wurde sofort von anderen Gefühlen verdrängt. Wie fabelhaft er aussah, in einer schwarzen, mit Goldfäden bestickten Tunika. Um seine schmale Taille war ein Gürtel aus goldenen Kettengliedern geschlungen, in dem die kostbare, mit Juwelen besetzte Scheide seines Schwerts steckte. Dichte kastanienbraune Locken umrahmten sein gebräuntes Gesicht, das himmelblaue Augen beherrschten. Die meisten Männer überragte er mindestens um Haupteslänge. Während Krysta ihn beobachtete, neigte er sich zu einer älteren Frau hinab, die ihn zu hänseln schien. Beide lachten, dann ging sie davon.

Bei Krystas Anblick erlosch sein Lächeln. Schweren Herzens überlegte sie, ob sie in der Menge untertauchen sollte. Doch ihr Stolz ließ sie zögern. Und im nächsten Moment war es zu spät. Zielstrebig eilte Hawk zu ihr. Bevor er zu sprechen begann, umfasste er ihren Ellbogen, als hätte er ihre Absicht erraten, die Flucht zu ergreifen. »Vielen Dank für deine Mühe, Krysta. Ein so schönes Erntedankfest habe ich noch nie erlebt.«

Zu ihrer Bestürzung spürte sie, wie ihr das Blut in die Wangen stieg. Verlegen senkte sie die Lider. »Bedank dich lieber bei Edvard und den Dienstboten, ich habe ihnen nur geholfen.«

»Da ist mein Verwalter anderer Meinung.« Nachdem er nicht mehr befürchten musste, sie würde ihm einfach davonlaufen, entspannte er sich und geleitete sie in die Mitte der Wiese. Sofort wurden sie von zahlreichen Festgästen umringt, die das scheinbar gute Einvernehmen des Brautpaars wohlwollend registrierten.

Hawk rückte seiner Verlobten einen Stuhl am größten Tisch zurecht und setzte sich an ihre Seite. Damit gab er den Leuten das Zeichen zum Beginn der Mahlzeit. Üppig beladene Platten wurden serviert, Honigwein und Ale flossen in Strömen. Inmitten des fröhlichen Trubels wuchs Krystas Verwirrung. Alle wollten mit Hawk reden, für jeden fand er ein freundliches Wort. Auch die Gäste, die an anderen Tischen Platz genommen hatten, sprachen ihn an. Ohne den Faden zu verlieren, führte er mehrere Gespräche gleichzeitig. Bald wurde in der allgemeinen heiteren Stimmung nicht mehr auf Formalitäten geachtet.

Unter lautem Jubel trat ein schüchternes junges Paar vor, um Hawk und Krysta zwei Puppen zu überreichen, aus ein paar Ähren von der letzten Ernte gebastelt. Angesichts dieser fremdartigen Sitte wusste Krysta nicht, wie sie sich verhalten sollte. Aber Hawk stand auf, ergriff ihre Hand und ging mit ihr zu einer alten Eiche am Wiesenrand. Dort folgte sie seinem Beispiel und setzte ihr Püppchen neben seines auf einen Zweig. Inzwischen war die Sonne untergegangen, und die Fackeln wurden entzündet. Tanzende Flammen schienen die Welt in die Schatten längst entschwundener Zeiten zu tauchen.

Lächelnd wies Hawk auf die zwei Puppen. »Der Erntekönig und seine Königin«, erklärte er. »Die beiden muss man ehren, um die Fruchtbarkeit der Felder zu sichern – ein heidnischer Brauch, der in dieser Gegend immer noch gepflegt wird.«

»Glaubst du daran?«, fragte sie leise.

»Jedenfalls kann's nicht schaden, wenn man solche Traditionen bewahrt.«

Hand in Hand kehrten sie zu ihrem Tisch zurück und setzten sich wieder. Dann liefen weiß gekleidete Männer mit schwarz bemalten Gesichtern in die Mitte der Wiese. An ihren Kostümen hingen unzählige blank polierte Metallstücke, die den Flammenschein widerspiegelten und den Eindruck erweckten, die Gestalten würden sich inmitten winziger Sonnen bewegen. Die Burschen hielten Stöcke in der Hand, die sie rhythmisch aufeinander schlugen, der uralte Tanz schien ihnen im Blut zu liegen.

Entzückt schaute Krysta zu. Da sie selbst leidenschaftlich gern tanzte, beobachtete sie endlich ein vertrautes Ereignis. Ähnliche Tänze hatte sie auch in Vestfold gesehen.

Hawk beobachtete ihre strahlenden Augen, die glühenden Wangen, und er freute sich, weil ihre düstere Stimmung offensichtlich verflogen war. Aber was sie so bedrückt hatte, wusste er noch immer nicht. Er wollte alle Schwierigkeiten meistern. Jetzt hatten sie lange genug nur *versucht*, einander kennen zu lernen. Das würde er ihr klar machen, aber nicht inmitten der ausgelassenen Leute, sondern unter vier Augen, in einem kostbaren privaten Moment.

Lächelnd betrachtete er das Meer und sehnte den nächsten Tag herbei.

10

Bevor Krysta die letzten Stufen zur Halle hinabstieg, schaute sie sich vorsichtig um. Glücklicherweise ließen sich weder Daria noch Vater Elbert blicken. Nachdem die Furcht erregende Lady gezwungenermaßen das Spektakel des Erntedankfests ertragen hatte, wenn auch nur aus der sicheren Entfernung ihres Zimmers, war sie zweifellos schlechter gelaunt denn je. Mit aller Macht würde sie versuchen, ihre einstige Position zurückzuerobern. Und in diesem Kampf würde die künftige Schwägerin die wichtigste Zielscheibe darstellen. Deshalb wollte sich Krysta möglichst unsichtbar machen. Während sie darüber nachdachte und einen Apfel verspeiste, kam Hawk in die Halle. »Ah, da bist du ja, meine Liebe. Ich suche dich schon die ganze Zeit. Hast du gut geschlafen?«

Das würde sie nicht mit ihm erörtern. Nach dem Fest – und reichlichem Ale- und Honigweingenuss – waren viele Paare Hand in Hand in der Finsternis verschwunden, sogar der ehrenwerte Edvard und Aelfgyth. Obwohl Krysta das kleinliche Gefühl des Neides verabscheute, konnte sie sich nicht davon befreien. Diesem Kummer verdankte sie eine rastlose Nacht.

»Warum hast du mich gesucht?«, wich sie der Frage aus.

»Ich dachte, vielleicht möchtest du segeln.«

»Segeln? Mit dir?«

»Niemals würde ich dir vorschlagen, allein aufs Meer hinausfahren«, erwiderte er, einen sanften Tadel in der Stimme.

»Nein, natürlich nicht…« Verwirrt rang sie nach Atem und nahm einen neuen Anlauf, trotz ihrer rasenden Herzschläge. »O ja, ich würde sehr gern segeln, und ich weiß deine Einladung zu schätzen.«

Amüsiert über ihre förmliche Antwort grinste er. »Dann beeilen wir uns, ehe wir von unzähligen wohlmeinenden Leuten bestürmt werden, die uns mit unaufschiebbaren Angelegenheiten behelligen.«

Uns… Alle trüben Gedanken verflogen, und sie ergriff lachend die Hand, die er ihr reichte. Durch menschenleere Hintergassen erreichten sie den Kai und das Boot. Hawk half ihr an Bord, löste die Vertäuung und sprang ins Heck. Zwischen Fässern voller Salzheringe schlich eine Katze umher und beobachtete, wie der Kutter ablegte.

Hawk hisste das Segel, das sich sofort im Wind blähte. Eine Hand am Ruder, steuerte er das Boot in schneller Fahrt über die Wellen, in eine der geschützten Buchten.

Während Krysta neben ihm im Bug saß, sog sie die frische Meeresluft tief in ihre Lungen und hob das Gesicht zur Sonne empor. Viel zu lange hatte sie solche Freuden entbehrt und schmerzlich vermisst. Mit jeder Sekunde rückte der Kummer in weitere Ferne. Entzückt sah sie die weißgoldene Kurve des Strandes vorbeigleiten. »Vom Pferderücken aus betrachtet, ist dein Land traumhaft schön, Hawk. Aber wenn ich's aus diesem Blickwinkel bewundere, gefällt's mir noch besser.«

»Also ziehst du eine Bootsfahrt einem Morgenritt vor?«, fragte er lächelnd.

»Darauf kannst du wetten.«

»Willst du das Ruder übernehmen?« Der Tag war klar, die Brise mild. Deshalb hegte Hawk keine Bedenken.

Erstaunt wandte sie sich zu ihm. »Das würdest du mir erlauben?«

»Solange das Boot nicht kentert. Lass dir zeigen, wie …«

Bevor er zu Ende sprechen konnte, ergriff Krysta das Ruder. Ohne Zögern drehte sie den Kutter, so dass der Wind direkt von achtern heranwehte. Das Boot schien vorwärts zu springen. Zu Hawks Verblüffung kreuzte sie geschickt mit Backbordbug, quer zur Windrichtung. Dadurch drosselte sie das Tempo.

»Oh, du verstehst was vom Segeln«, murmelte er leicht verdrossen.

»Bei schönem Wetter bin ich entweder geschwommen oder gesegelt«, erklärte sie und fragte sich, ob sie zu viel gewagt hatte. Darum musste sie sich nicht sorgen, denn als sie ihrem Verlobten das Ruder wieder übergeben wollte, schüttelte er den Kopf.

»O nein, Lady, da du ausgezeichnet segelst, lehne ich mich lieber zurück und genieße die Fahrt.«

Skeptisch schaute sie ihn an, doch er blieb bei seinem Entschluss und streckte beide Arme aus, legte sie seitlich auf die Reling und wirkte völlig unbeschwert. Um diesen Eindruck zu verstärken, schloss er sogar die Augen. Aber er öffnete sie immer wieder, um Krysta zu beobachten, was ihr nicht entging.

»Da drüben erheben sich einige Felsen«, warnte er, kurz bevor Krysta den verräterischen Strudel über den großen, unter Wasser liegenden Steinen bemerkte. Mühelos steuerte sie den Kutter daran vorbei und segelte weiter nach Norden, die Küste entlang. Viele Buchten und Meeresarme reihten sich aneinander, kleiner als in Vestfold, aber genauso schön. Da und dort reichten dichte Wälder bis ans Ufer heran, und manchmal entdeckte Krysta Lichtungen, die darauf hinwiesen, dass hier Menschen lebten. Sie überlegte, wie sehr sich diese beschauliche Landschaft von ihrer rauen Heimat unterschied. Zum ersten Mal entsann sie sich nicht, wann sie zuletzt an ihr Haus auf den Klippen gedacht hatte.

»Was bedrückt dich?«, fragte Hawk unvermittelt.

In die Gegenwart zurückgekehrt, schaute sie ihn überrascht an. »Nichts. Mir wurde nur der Kontrast zwischen dieser Gegend und Vestfold bewusst.«

Er zauderte, als wollte er das Thema fallen lassen. Stattdessen erwiderte er: »Ich meine nicht diesen Augenblick, sondern die letzten Tage. Seit Dragons Besuch bist du unglücklich.«

Beklommen schluckte sie und fand keine Worte.

»Leidest du an Heimweh? Hat dich seine Ankunft an das Land erinnert, das du verlassen musstest?«

»Nein, ich sehne mich nicht zurück.«

Seufzend strich er durch sein dichtes Haar. Vom Sonnenglanz auf seinem kastanienbraunen Haar abgelenkt, überhörte sie seine nächste Frage beinahe. »Dann bekümmert dich unsere bevorstehende Hochzeit?«

In wachsender Verwirrung schüttelte sie den Kopf. Warum versuchte er zu ergründen, was in ihr vorging? Dass er die falschen Schlüsse zog, verblüffte sie noch mehr. »Keineswegs, ich dachte eher, *du* würdest unsere Verlobung bereuen.«

»Was?«, rief er, seinerseits maßlos erstaunt. »Wie kommst du darauf?«

Verlegen wich sie seinem Blick aus und errötete.

Hawk betrachtete ihre schmalen Hände am Ruder, sah die weißen Fingerknöchel unter der zarten gebräunten Haut. Wie Seide würde sie sich anfühlen... Plötzlich kehrte eine Erinnerung zurück. Als er während der Gewitternacht in Krystas Bett erwacht war, hatte er sie an seiner Seite gesehen. Im Licht eines Kohlenbeckens, das bei seiner Ankunft nicht geglüht hatte. *Also wusste sie Bescheid.*

»Nun begreife ich's…«, sagte er langsam. »Offenbar muss ich mich bei dir entschuldigen. Das hätte ich nicht tun dürfen.«

Verständnislos starrte sie ihn an. »Meinen wir ein und dasselbe? Die Nacht des Sturms…«

»… in der ich dein Bett mit dir geteilt habe. Aber ich tat dir nichts an. Wenn du verängstigt oder gekränkt warst, tut's mir wirklich Leid…« Er unterbrach sich und dachte wieder an das Kohlenbecken, das sie angezündet haben musste. Und dann hatte sie ihn gesehen. Warum war sie trotzdem in ihr Bett zurückgekehrt – splitternackt? Hatte sie versucht, ihn zu verführen. Mit sanfter Stimme fragte er: »Nun, Krysta, hattest du Angst? Warst du beleidigt? Oder wurdest du von anderen Gefühlen erfasst, die ich nicht erkannte?«

Über dem Lied des Sommerwinds konnte er ihre leise Antwort kaum hören. »Solche Gefühle würde eine echte, vornehme Lady niemals empfinden.«

Sein Nacken prickelte, wie schon so oft auf dem Schlachtfeld, wenn dicht hinter ihm ein Feind mit erhobener Streitaxt herangeschlichen war, um ihm den Schädel zu spalten. In solchen Situationen hatte er blitzschnell und gnadenlos gehandelt. Jetzt musste er behutsamer vorgehen. »Also glaubst du, eine Lady dürfte sich keine Gefühle erlauben?«

Bevor sie sich abwandte, warf sie ihm einen kurzen Blick zu. »Nur *schickliche* Gefühle – am rechten Ort, zur richtigen Zeit. Ansonsten muss sie sich zurückhalten.«

Hawk erinnerte sich an den Kuss im Stall und dankte dem Himmel für eine Braut, die unter gewissen Umständen keine Zurückhaltung übte. »Offenbar hast du ziemlich seltsame Vorstellungen von den Eigenschaften, die eine Lady ausmachen.« Seine Lippen verzogen sich zu einem breiten Grinsen, nachdem er herausgefunden hatte, was Krysta bedrückte. Nicht was er getan, sondern was er unterlassen hatte. Welch ein Narr war er gewesen! Warum hatte er das nicht früher erkannt? Dann wären die letzten Tage für beide viel angenehmer verlaufen. Doch das ließ sich nicht mehr ändern. »Eine Lady ist eine vermögende Frau von edler Herkunft. Nicht mehr und nicht weniger. Wie es in ihrem Herzen aussieht, das hängt nicht damit zusammen.« Er neigte sich zu ihr und berührte ihre Hände, die das Ruder festhielten. »Ob sie ihrem Herzen folgen will oder nicht, das muss sie allein entscheiden, ganz egal, ob sie eine Lady ist oder nicht.«

Mit großen Augen schaute sie ihn an und protestierte nicht, als er das Boot in die Windrichtung steuerte. Das Segel bauschte sich und flatterte in der steifen Brise, die nahe der Küste wehte. Über ihren Köpfen kreisten Möwen. Ein aufgeschreckter Tümmler hob den Kopf aus den Wellen. Als Krysta eine kleine Insel herangleiten sah, stockte ihr Atem. Aber Hawks Hand umschloss ihre Finger noch fester. Ohne das Tempo zu drosseln, lenkte er den Kutter an der Insel vorbei. Die Brise sprang um. Das schien er vorauszusehen, denn er manövrierte das Boot fachkundig, und das Segel erschlaffte nicht einmal sekundenlang. Den Kurs so dicht am Wind zu halten, wagte Krysta nur selten. Damit beschwor man überflüssige Gefahren herauf, die ihr Bräutigam sichtlich genoss. Und ihr gefiel es genauso, wie sie verwundert feststellte. Noch nie hatte ihr eine Bootsfahrt so viel Freude bereitet. »Wurdest du jemals beim Segeln übertrumpft?«, fragte sie. Unter seiner warmen, starken Hand bebten ihre Finger.

Er lachte, und sie spürte, wie seine Brust an ihrem Rücken vibrierte. »Nur von Wolf und Dragon. Die Hälfte unserer Wettfahrten konnten die beiden gewinnen.« In seiner Stimme schwang tiefe Genugtuung mit. Zweifellos wusste er ebenbürtige Gegner zu würdigen. »Und wie hast du segeln gelernt?«

»Das brachte mir mein Vater bei. Jedes Mal, wenn er mich besuchte, fuhren wir aufs Meer hinaus.«

»Kam er oft zu dir?«

»Wann immer es seine Zeit erlaubte. Zwischen seinen Besuchen segelte ich allein – was ich ihm natürlich verschwieg. Sonst hätte er sich Sorgen gemacht.«

Vor Wolf Hakonsons eisernem Regiment war die Vestfold-Küste mehrmals von den Dänen angegriffen worden. Der Gedanke an die kleine Krysta, die in jenen gefährlichen Gewässern ihre Segelkünste erprobt hatte, jagte einen Schauer über Hawks Rücken. »Konnte dich denn niemand zügeln?«

Sie wandte den Kopf zu ihm und zuckte verstört zusammen, weil er ihr so nahe war. Ganz deutlich sah sie die feinen Fältchen in seinen Augenwinkeln und um seine Lippen, die glatt rasierte Haut, er roch nach Seife und Meer. Plötzlich wurde ihr Mund trocken. »Ich bin keine Stute, Hawk«, erwiderte sie sanft, »und ich lasse mich nicht zügeln.«

Jetzt ergriff er das Ruder mit beiden Händen, und sie war in seinen Armen gefangen. An ihrer Wange spürte sie seinen warmen Atem, der eine süße Sehnsucht weckte. »Dann muss ich andere Methoden anwenden«, flüsterte er. Nur sekundenlang verschloss ihr ein Kuss den Mund. Nun galt seine Aufmerksamkeit wieder dem Boot. Es dauerte eine Weile, bis sie merkte, dass sie an seiner Brust lehnte. Sofort versuchte sie, sich aufzurichten. Das verhinderte er, indem er sie noch fester umfing. Und sie wollte sich auch gar nicht befreien.

Vor einem abgeschiedenen goldenen Strand holte Hawk das Segel ein, sprang ins Wasser und zog den Kutter in den Sand. Krysta wollte ihm folgen, aber er umschlang ihre Taille, hob sie aus dem Boot und zog sie an sich. Die Berührung seines warmen, kraftvollen Körpers beschleunigte ihren Puls.

Langsam ließ er sie an sich hinabgleiten, bis ihre Füße im Sand landeten. Sie glaubte, er würde sie wieder küssen. Darauf wartete sie voller Ungeduld, was sie sich natürlich nicht eingestand. Abrupt ließ er sie los. »Bist du hungrig?«, fragte er und nahm einen kleinen Beutel aus dem Kutter.

War sie hungrig? Das wusste sie nicht. »Ja, vielleicht…« Woher stammte die Mahlzeit? Auf dem Weg zum Kai hatte er nichts bei sich getragen.

Als er ihre Verblüffung bemerkte, grinste er. »Ich habe Aelfgyth gebeten, ein Mittagessen für uns einzupacken.«

Gerührt über seine Aufmerksamkeit, lächelte Krysta, obwohl mittlerweile ganz Hawkforte wissen musste, wie Lord Hawk und seine Verlobte diesen Morgen verbrachten. In Vestfold war sie nur mit wenigen Menschen zusammen gewesen. Aber nachdem sie das geschäftige Leben und Treiben in der Festung kennen gelernt hatte, erschien ihr die Privatsphäre, die sie jetzt mit Hawk teilte, umso kostbarer.

Er breitete eine Decke im Sand aus und legte den Beutel darauf. Dann drehte er sich zu Krysta um, die reglos dastand und ihn beobachtete. »Ich beiße nicht«, beteuerte er.

Wie albern muss ich ihm vorkommen, dachte sie, und ihre Wangen erhitzten sich. Nicht zum ersten Mal überwältigte sie sein Anblick. So groß, so stark. Manchmal vergaß sie, in seiner Nähe zu atmen.

»Möchtest du schwimmen?«, fragte er.

Anscheinend wollte er ihr aus der Verlegenheit helfen. Wie viele andere Männer würden sich darum bemühen. Und wie viele würden ihre Pflichten vernachlässigen, um eine missgelaunte Braut zu besänftigen? Ihr Herz erwärmte sich, und sie lächelte beglückt. »Siehst du die kleine Insel da draußen?« Sie zeigte auf einen Felsblock, der aus den Wellen ragte, ein paar Hundert Fuß vom Strand entfernt. Als er nickte, griff sie nach der Verschnürung ihres Kleids. »Ich wette, ich bin zuerst dort.«

Verwundert blinzelte er, bevor er laut auflachte. »Diese Herausforderung nehme ich an. Worum wir wetten, besprechen wir später.«

Fröhlich stimmte sie in sein Gelächter ein und zog ihr Kleid aus. Sie glaubte, das Hemd würde ihre Blößen bedecken. Sie ahnte nicht, dass die Sonne durch den dünnen Stoff schien und sich die Umrisse ihrer Gestalt deutlich darunter abzeichneten. Von diesem reizvollen Anblick gefesselt, zerrte Hawk immer noch an seinen Stiefeln, als Krysta bereits in den Wellen versank. Etwa fünfzig Fuß vom Ufer entfernt, tauchte sie auf und warf einen kurzen Blick zurück, ehe sie weiterschwamm.

Hawk zögerte nur kurz, ehe er aus seiner Tunika schlüpfte. Allmählich musste sie sich an seinen nackten Körper gewöhnen. Und da er wusste, wie gut sie schwimmen konnte, wollte er ihr keinen allzu großen Vorsprung gönnen. Beinahe hätte sie den Sieg errungen. Aber er holte sie ein, nutzte die überlegene Kraft seiner langen Beine und berührte den Felsen wenige Sekunden vor seiner Braut. »Du hättest gewinnen können.« Grinsend trat er Wasser und musterte ihre enttäuschte Miene. Dann zeigte er auf ihr Hemd, das sich im Wasser bauschte. »Das hat dich behindert.«

»Und deine Tunika?« Zu spät erkannte sie ihren Fehler, und er lachte über ihr heftiges Erröten. Seite an Seite schwammen sie zurück. Kurz bevor sie den Strand erreichten, hielt Krysta plötzlich inne.

Auch Hawk blieb stehen. Die Wellen umspülten seine Taille. »Stimmt was nicht?«

»Alles in Ordnung. Aber ich möchte mein Bad noch ein bisschen genießen.«

Was sie dazu bewog, erriet er mühelos. Unter dem feinen Leinen ihres Hemds, im Wasser völlig durchsichtig, sah er ihre glatte, rosige Haut. Wenn sie aus dem Wasser watete, würde der nasse Stoff an ihrem Körper kleben und alles enthüllen. Um ihre Absicht zu ergründen, musste er nur kurz in ihr Gesicht schauen – Krysta würde sich nicht von der Stelle rühren, bis sie erfror.

Seufzend erinnerte er sich an seine früheren unkomplizierten Beziehungen zu den Frauen. Diese Gedanken verbannte er sofort und ging an Land. Hinter seinem Rücken hörte er sie nach Luft schnappen. Doch er drehte sich nicht um. Mit seinem unbefangenen Verhalten wollte er ihr zeigen, dass seine Nacktheit etwas ganz Natürliches war.

Ohne sich abzutrocknen – die Luft war warm genug – ergriff er die Decke und kehrte zum Wasserrand zurück. »Komm heraus«, bat er sanft und hielt die Decke hoch.

Ganz langsam, ohne ihn aus den Augen zu lassen, erhob sie sich, die Arme vor den Brüsten verschränkt. Ihr Haar hing über die Schultern, eine lange glatte Mähne. Zögernd machte sie einen Schritt in Hawks Richtung. Dann noch einen. Bald würde er sie in die Decke hüllen. Was er danach tun würde, wusste er nicht genau. Seine Erfahrungen mit Jungfrauen ließen zu wünschen übrig. Im Gegensatz zu anderen Männern hatten sie ihn nie interessiert. Seit der Hochzeitsnacht mit seiner ersten Gemahlin bevorzugte er Frauen, die ihre Unschuld längst verloren hatten. Aber Krysta war – anders. Oder *er* hatte sich verändert. So genau wusste er das nicht. Jedenfalls erregte sie seltsame, widersprüchliche Gefühle in seinem Herzen. Verlangen, gewiss, aber auch Zärtlichkeit. Solche sanften Emotionen waren ihm fremd. Wie sollte er damit umgehen? Er konnte nur versuchen, sein Bestes zu tun.

So wartete er geduldig, bis sie zu ihm kommen, ihren Körper in die Decke wickeln und ihm das Problem aufbürden würde, ihre flatternden Nerven zu beschwichtigen, ihr Vertrauen zu gewinnen. Das tat sie nicht. Sie ging zu ihm und ergriff den Rand der Decke. Aber statt ihre Blößen zu verhüllen, überraschte sie ihn wieder einmal. Daran sollte ich mich allmählich gewöhnen, dachte er. Und dann dachte er gar nichts mehr. Wie gebannt beobachtete er Krysta. Mit geschickten, anmutigen Bewegungen faltete sie die Decke zusammen und gab sie ihm zurück. Ihre Wangen färbten sich rosig, aber sie hielt seinem Blick stand, bevor sie den Saum ihres Hemds ergriff und es über ihren Kopf zog. »Du hast Recht«, sagte sie und schüttelte ihr wundervolles Haar. »Ohne mein Hemd hätte ich den Wettkampf gewonnen.«

»Dafür hast du was anderes gewonnen«, flüsterte er und

nahm sie in die Arme. Ihr Mut faszinierte ihn ebenso wie ihre Schönheit. Und ihre Aufrichtigkeit rührte ihn zutiefst. Ja, sie war ehrlich genug, um ihre Leidenschaft zu offenbaren, die all ihre Ängste bezwang. Da wollte Hawk seine eigene Begierde nicht länger verhehlen.

Als er Krysta auf die Decke bettete, zitterte sie und redete sich ein, es würde am kalten Wasser liegen, durch das sie geschwommen war. Doch sie wusste es besser. Sie bebte vor Erregung, und in dieses Gefühl mischte sich die Angst, die ihr das Mysterium eines Mannes einflößte. War Hawk wirklich so geheimnisvoll? Ohne Scheu betrachtete sie ihn, bevor er auf sie herabsank. Durch ihre Adern strömten heiße Wellen. Von einem plötzlichen Impuls getrieben, dem sie nicht widerstehen konnte, umschlang sie seinen Hals.

Stöhnend drückte er sie an sich. Sobald sie seine Haut an ihrer spürte, gewann sie den seltsamen Eindruck heimzukehren, sie seufzte leise. Ihre Atemzüge vereinten sich, die Lippen verschmolzen, Krysta schmeckte Hawks Mund, und ihrer wurde hungrig erforscht. Diesmal erlebte sie die neuen Entdeckungen noch intensiver als damals im Stall. Ihr Bräutigam umgab sie mit seiner Wärme und Fürsorge. Um sie nicht mit seinem Gewicht zu belasten, stützte er sich auf seine Ellbogen, bis sie ihn herabzog, weil sie seine ganze Kraft genießen wollte.

Seine Hand wanderte über ihren Körper, erkundete die vollen Brüste, die schmale Taille, den Schwung ihrer Hüften. Dann umkreiste sein Daumen eine Brustwarze. Aus Krystas Kehle drang ein halb erstickter Laut, und sie presste sich noch fester an ihn. Ihre Leidenschaft beglückte ihn. Eine solche Frau in den Armen zu halten – eine Jungfrau, seine Verlobte –, übertraf seine kühnsten Träume. Nur sekundenlang erinnerte er sich an seine enttäuschende erste Hochzeitsnacht. Dann verbannte maßlose Erleichterung diese unerquicklichen Gedanken.

In wachsender Glut küsste er seine Braut. Er hatte beschlossen, behutsam vorzugehen und sich viel Zeit zu nehmen, alles zu tun, um ihr Freude zu bereiten. Aber jetzt versagte ihm sein Verstand den Dienst, und er vergaß die geplante Zurückhaltung. Vielleicht, wenn Krysta sich passiv verhalten würde... Nein, diesen Gefallen erwies sie ihm nicht, und er wollte es auch gar nicht. Aufreizend wand sie ihre Hüften umher und streichelte seinen Rücken.

Trotz seiner drängenden Lust beherrschte er sich, denn er wollte zunächst ihren Körper kennen lernen. Und so richtete er sich auf. Ihre hoch angesetzten, runden Brüste passten perfekt in seine Hände. Darunter betonten schwache Schatten ihre Rippen. Sein Mund liebkoste ihren glatten Bauch. Da rang sie nach Luft, zerrte an seinen Haaren und entlockte ihm leises Gelächter, das in ein Stöhnen überging, als er das Zentrum ihrer Weiblichkeit kostete. Krysta versteifte sich in seinen Armen. Beide Hände gegen seine Schultern gestemmt, versuchte sie ihn wegzuschieben. Doch im nächsten Moment schmolz sie dahin und senkte die Lider, schrie leise auf und entspannte sich.

Nach einer Weile öffnete sie die Augen und starrte zum blauen Himmel hinauf, ohne ihn wahrzunehmen, hörte nur die Schläge ihres eigenen Herzens, fühlte die Vibrationen einer Ekstase, von deren Existenz sie nichts geahnt hatte. Hawk erhob sich und kniete über ihr.

Den Himmel und die Sonne hatte sie nicht gesehen – aber *ihn* sah sie, diesen starken, leidenschaftlichen und zugleich so rücksichtsvollen Mann. Mühelos könnte er sie überwältigen. Stattdessen wartete er und schaute sie fragend an.

Sie zögerte nur kurz. Den Kopf zur Seite gewandt, lauschte sie dem Echo ihres jungfräulichen Entzückens nach, für das sie keinen Preis gezahlt hatte. Nein, es genügte nicht. Sie berührte seine Schultern, die breite Brust, den flachen Bauch. Ganz sanft umfasste sie die Hitze seiner pulsierenden Männlichkeit. In ihrem Innern erwachte eine wilde Freude. Bereitwillig spreizte sie die Beine, und er glitt zwischen ihre Schenkel.

»Krysta…« So langsam, wie er ihren Namen aussprach, wagte er sich vor. Unverwandt schauten sie einander in die Augen. Während er die Barriere ihrer Jungfräulichkeit durchstieß, zuckte er so heftig zusammen wie sie, als würde er den gleichen Schmerz empfinden. Das bemerkte sie, und sie öffnete ihm nicht nur ihren Körper, sondern auch ihr Herz. Ganz fest drückte sie seinen Kopf an ihre Brust und ließ sich ins Reich der Sinnenlust entführen.

Interessant, dachte Hawk. So viele Herausforderungen hatte er in seinem Leben angenommen, so viele Abenteuer bestanden und nie gewusst, zu welchen Gefühlen er fähig war. Sicher, er kannte die Freuden, die diese Welt einem Mann bieten konnte. Aber Freude – mit diesem Wort konnte man die aufwühlende Ekstase wohl kaum beschreiben, aus deren Tiefen er nur langsam aufgetaucht war. Ein Wunder, dass er schon wieder halbwegs klar denken konnte. Eine Zeit lang hatte er befürchtet, er würde für immer den Verstand verlieren. Er wandte sich zu Krysta. Die Augen geschlossen, lag sie an seiner Seite und lächelte, sichtlich zufrieden mit sich selbst – und mit ihm.

Als sein Finger über ihre seidige Wange strich, hob sie die Lider. »Ich habe was für dich«, verkündete er. Überrascht beobachtete sie, wie er etwas aus seinem Beutel nahm und in seiner Hand verbarg. »Mach die Augen zu.«

Sie gehorchte, spähte aber durch die gesenkten Wimpern.

»Nicht schwindeln!«, mahnte er und wartete, bis sie die Augen fest zusammenkniff.

Irgendetwas kitzelte ihre Nase, und sie wischte es weg. Ein paar Sekunden später spürte sie es wieder. Warum dauerte es so lange, bis sie die Augen öffnen durfte? Was Hawk ihr schenken würde, spielte keine Rolle. Dass er überhaupt auf solche Ideen kam, war viel wichtiger und erhöhte ihr Glück. Die Sinne nach dem Liebesgenuss immer noch leicht benommen, fragte sie sich, ob sie diese zusätzliche Freude ertragen könnte.

Was juckte sie dauernd an der Nase? Sie vergaß seinen Befehl, blinzelte und ihr Atem stockte. Vor ihrem Gesicht baumelte ein samtenes Haarband, grün wie ihre Augen. »O Hawk …«

Das reine Entzücken in ihrer Stimme schnürte ihm beinahe die Kehle zu. Wann hatte sie zum letzten Mal ein Geschenk erhalten? Offenbar schon lange nicht mehr. Nun war er doppelt froh, weil er Thorgolds Rat befolgt hatte. Hingerissen ließ sie das Band zwischen den Fingern hindurchgleiten und starrte es an, als hätte sie nie zuvor etwas Schöneres gesehen. Er griff wieder in den Beutel und holte weitere Haarbänder hervor, in allen Farben, aus Brokat und Seide, bestickt und mit Juwelen besetzt, und sie rieselten auf Krysta hinab wie Fragmente eines Regenbogens.

Lachend versuchte sie, alle einzufangen, während sie auf ihre Brüste, den Bauch und die schlanken Schenkel fielen, in ihre Locken und rings um ihren Kopf herum. Dann schaute sie ihn an. In ihren strahlenden Augen las er eine Dankbarkeit, die den Eindruck weckte, er hätte ihr die Welt geschenkt. Und da glaubte er sogar, das würde ihm tatsächlich gelingen.

Sie blieben noch lange am Strand, aßen die Mahlzeit, die Aelfgyth eingepackt hatte, und schwammen wieder im Meer. Ungehemmt gaben sie dem Verlangen nach Küssen und Liebkosungen nach. Mit der Sprache ihrer zärtlichen Lippen und Hände konnten sich Worte nicht messen. Übermütig neckten sie einander und lachten, schauten sich tief in die Augen und brachen in neues Gelächter aus. Möwen schnellten heran und schnappten nach den Brotkrumen, die sie ihnen zuwarfen, Schnepfenvögel eilten herbei und forderten ihren Anteil an der Beute. Als sie ein drittes Mal aus dem Meer wateten, entdeckten sie einen Strauch voller Brombeeren und verspeisten sie heißhungrig, bis die Küsse nach den süßen, saftigen Sommerfrüchten schmeckten.

»Einen solchen Tag habe ich noch nie erlebt«, flüsterte Krysta. Sie lag auf Hawk, den Kopf an seine breite Schulter geschmiegt, und das kurze Kraushaar seiner Brust streichelte ihre

Wange. Vor lauter Glück tat ihr das Herz weh. »Am liebsten möchte ich die Sonne mit einer goldenen Schnur einfangen und am Himmel festhalten, damit sie nie mehr untergeht.«

»Auch die Nacht hat ihre Vorzüge«, erwiderte er und malte sich aus, wie Krysta in seinem Bett liegen und in den langen Stunden der Dunkelheit seine Leidenschaft teilen würde.

Am Spätnachmittag segelten sie nach Hawkforte zurück, ganz langsam, um die Zweisamkeit noch ein wenig auszukosten. Als sie den Hafen erblickten, brannten bereits mehrere Fackeln am Kai, und die ersten schwachen Sterne funkelten in der Dämmerung.

Und dann sahen sie das Wikingerschiff, das neben einer Landebrücke ankerte, mit zerbrochenem Bug. Am schiefen Mast hing ein zerrissenes Segel.

»Da ist jemand in Schwierigkeiten geraten«, meinte Hawk. »Offenbar hat das Unwetter, das hier vorbeizog, weiter nördlich viel schlimmeren Schaden angerichtet.«

»Ja, wahrscheinlich …«, stimmte Krysta geistesabwesend zu. Ihre ganze Aufmerksamkeit galt dem Schiff. Während sie näher heransegelten, verstärkte sich ihre böse Ahnung. Irgendwo hatte sie diesen wuchtigen Drachenkopf am geschwungenen Bug schon einmal gesehen. »Ich bin mir nicht sicher. Aber …«

Plötzlich verstummte sie, denn während der Kutter die Anlegestelle erreichte, sah sie weiter oben am Kai einen mittelgroßen Mann stehen. Die schmalen, gebeugten Schultern, das mausbraune strähnige Haar und das bleiche Gesicht waren unverwechselbar. Mit einer Hand hielt er seinen Umhang am Hals zusammen, mit der anderen gestikulierte er heftig vor der Nase des jungen Verwalters herum, der ihn anscheinend zu beruhigen suchte.

Als Hawk von Bord ging und das Boot vertäute, entdeckte ihn der Mann, wehrte Edvard ab, der ihn zurückhalten wollte, und eilte herbei. In unerschütterlichem Selbstvertrauen nahm er die verächtlichen Blicke der Leute, die sich am Kai aufhielten, gar nicht wahr. Auch seine eigene Besatzung beobachtete ihn voller Hohn. »Da seid Ihr ja endlich! Ich trotze dem schlimmsten Sturm des Jahrhunderts, ertrinke beinahe, dann komme ich hier an, und Euer Diener erzählt mir, er wisse nicht, wo Ihr seid!«

Die Brauen hochgezogen, musterte Hawk den Neuankömmling. »Wie ich annehme, habt Ihr einen Namen.«

Ehe der Mann antworten konnte, stieg Krysta aus dem Boot und stellte sich neben Hawk. »Das ist mein Halbbruder.«

In Svens Augen funkelte wilder Hass. Wütend stürmte er zu ihr. Dabei verfingen sich seine Beine in den Falten des langen Umhangs. Beinahe strauchelte er. »Elendes Biest!«, schrie er. »Was fällt dir ein? Unsere Familie zu entehren und in Gefahr zu bringen! Dich werde ich noch lehren…«

Hawk sprang vor und schob Krysta hinter seinen Rücken, packte ihren Bruder am Kragen und hob ihn hoch. Hilflos trat Sven in die leere Luft, und sein Gesicht färbte sich so feuerrot wie seine Tunika, deren Ausschnitt seinen Hals immer enger umspannte. »Wisst Ihr, mit wem Ihr sprecht, verdammter Narr?«

Halb furchtsam, halb empört starrte Sven den Herrn von Hawkforte an. »Natürlich kenne ich diese Frau«, würgte er hervor. »Aber *Ihr* scheint nicht einmal zu ahnen, wer sie ist!«

11

»Dieser Trottel!«, seufzte Hawk und streckte sich auf Krystas Bett aus.

Nach der Szene am Kai hatte er sich geweigert, seine Braut allein zu lassen. Die Hände hinter dem Kopf verschränkt, wirkte er völlig entspannt. Nur in seinen Augen glühte mörderischer Zorn. Krysta spähte über den Rand eines Wandschirms hinweg. Dahinter zog sie sich für das Abendessen um, seit sie den Versuch aufgegeben hatte, Hawk aus dem Zimmer zu schicken.

Allzu eifrig hatte sie sich nicht darum bemüht, und das beunruhigte ihn. Sie erschien ihm niedergeschlagen, ihr sonst so lebhafter Geist ermattet. Nur wegen ihres verdammten Halbbruders! Einige Sekunden lang erwog er mehrere Methoden, den Kerl umzubringen. Natürlich war das sinnlos, aber bei diesen Gedanken fühlte er sich etwas besser.

»Dragon nannte ihn einen Schwachkopf und Taugenichts«, fügte er hinzu. »Damit hatte er völlig Recht. Svens eigene Leute erzählen jedem, der zuhören will, das Schiff sei nur in ein paar Böen geraten, keineswegs in einen bedrohlichen Sturm, und nur seine Dummheit habe sie in diese Lage gebracht.« Das wusste er von Aelfgyth. Vorhin war sie mit heißem Wasser und Honiggebäck ins Zimmer geeilt, hatte ihre Herrin liebevoll umarmt und Hawk flüsternd über die Ereignisse informiert. Diese junge Frau muss Edvard bald heiraten, entschied er. Das hat sie verdient.

Nun trat Krysta hinter dem Wandschirm hervor, in einem schlichten braunen Kleid. Normalerweise bevorzugte sie am Abend eine elegante Garderobe. Ihr Haar hatte sie zu zwei dicken Zöpfen geflochten.

Als Hawk die Angst in ihren Augen bemerkte, unterdrückte er einen Fluch, aber er verbarg seine Sorge. »Hör mal, Schätzchen, für deine Verwandtschaft kannst du nichts«, sagte er leichthin. »Ich muss mich ja auch mit Daria herumschlagen. Und ich bin der Letzte, der einen Stein auf jemanden werfen würde, nur weil er mit unangenehmen Leuten verwandt ist.«

»Daran liegt es nicht«, erwiderte sie leise, ohne nähere Erklärungen abzugeben.

Hawk erhob sich vom Bett, ging zu ihr, und sie wollte sich abwenden. Aber er umfasste ihre Schultern und hielt sie fest. »Um Himmels willen, woran denn sonst? Soll er vor unserer Hochzeit abreisen? Gut, bei der nächsten Ebbe wird er verschwinden. Glaub mir, er ist unwichtig. Ich verstehe nicht, was dich bedrückt.«

»Hast du ihm nicht zugehört? Er kennt mich. Und du hast keine Ahnung, wer und was ich bin.«

»Das hat er lauthals bekannt gegeben. Ein Biest. Aber es bedeutet nichts. Es sei denn, du willst mir mitteilen, dass du nicht Lady Krysta von Vestfold bist …« Plötzlich schöpfte er einen erschreckenden Verdacht. »Großer Gott, bist du in Wirklichkeit ihre Magd?« Seine Gedanken überschlugen sich. Wie sollte er die Probleme lösen, die sich unweigerlich einstellen würden, wenn er darauf bestand, eine Dienerin zu heiraten? Glücklicherweise war diese Frage überflüssig.

»Nein, natürlich nicht, ich bin Lady Krysta. Trotzdem sollten wir herausfinden, was Sven hierher geführt hat. Er legt großen Wert auf seine Bequemlichkeit. Nur wenn's unbedingt nötig ist, verlässt er sein Schloss. Und nun hat er diese weite Reise unternommen. Warum?«

»Wenn er halbwegs bei Verstand wäre, würde ich sagen, um uns zu beglückwünschen.«

»Ganz sicher nicht. Nach dem Tod unseres Vaters kam er in mein Haus.« Bei dieser Erinnerung erschauerte sie. »Wie er mir unmissverständlich erklärte, ärgerte er sich maßlos über Vaters zweite Ehe und ließ mich seine Verachtung deutlich spüren. Wer weiß, was mir widerfahren wäre, hätte mich der Jarl von Sciringesheal nicht zu deiner Braut bestimmt. Nicht einmal Sven wäre dumm genug, um sich gegen Wolf Hakonson zu stellen. Aber ich fürchte, nun hat er irgendwas vor. Obwohl er kein Ausbund an Klugheit ist, kann er beträchtlichen Schaden anrichten.«

»Da irrst du dich. Er wird dir nichts zu Leide tun.«

In ihren Augen glänzten Tränen, und Hawk musste erneut einen Fluch unterdrücken. Behutsam entwirrte er ihre Zöpfe und strich durch die goldene Lockenfülle. Dann reichte er ihr das kostbarste, mit Juwelen verzierte Haarband. »Das sollst du heute Abend tragen, um mich zu erfreuen.«

Was er beabsichtigte, verstand Krysta. Entschlossen eilte sie wieder hinter den Wandschirm und vertauschte das schmucklose braune Kleid mit jenem schönen Gespinst aus Sonnenlicht und Meeresschaum, das sie am Abend ihrer Entlarvung angezogen hatte. Das Gewand ihrer Mutter würde ihr Kraft geben. Und als sie sich ihrem Bräutigam zeigte, machte ihr auch die Bewunderung in seinem Blick ein wenig Mut.

Hocherhobenen Hauptes stieg sie an seiner Seite die Stufen zur Halle hinab, wo sich die Leute bereits versammelt hatten, und verbarg ihre Sorge. Das Stimmengewirr verstummte, erwartungsvolles Schweigen breitete sich aus.

Kurz nachdem Hawk und Krysta ihre Plätze an der herrschaftlichen Tafel eingenommen hatten, erschien Sven von Daria begleitet, die ungewöhnlich zufrieden wirkte. Vater Elbert folgte den beiden und bemühte sich vergebens, seine übliche geheuchelte Frömmigkeit auszustrahlen, die den Anschein erwecken sollte, er wäre der Welt entrückt. Heute glühten hektische rote Flecken auf seinen Wangen.

Entgegen allen Regeln der Gastfreundschaft stand Hawk nicht auf, um den Besucher zu begrüßen. Nicht einmal Edvard rührte sich von der Stelle. Unter anderen Umständen hätte er dem Herrn von Vestfold einen Stuhl an der großen Tafel angeboten oder das Personal angewiesen, ihn zu bedienen. Stattdessen blieb er hinter Hawks Thron stehen, die Arme grimmig vor der Brust verschränkt.

»Habt Ihr Euch inzwischen erholt?«, fragte Hawk kühl.

Sein Tonfall ließ Sven erstarren. Ein paar Schritte von der Haupttafel entfernt, hielt er inne, setzte eine ausdrucksvolle Leidensmiene auf und erwiderte mit hoher, schriller Stimme: »Einigermaßen, nach allem, was ich durchgemacht habe. Erst musste ich mich vor dem Jarl für das Verschwinden meiner Halbschwester rechtfertigen, dann erfuhr ich, sie sei in der Verkleidung einer Dienerin hier eingetroffen. Wie ich sehe, habt Ihr diesem Unfug ein Ende bereitet, Lord Hawk. Dazu gratuliere ich Euch. Aber ich verstehe nicht, warum sie den Ehrenplatz an Eurer Seite einnimmt.«

»Weil sie meine Verlobte ist«, erläuterte Hawk langsam und geduldig, als würde er mit einem begriffsstutzigen Kind reden. Mehrere Leute kicherten belustigt, nachdem Seine Lordschaft angedeutet hatte, wie er den Verstand des Gastes einschätzte.

Aber Sven antwortete unbeirrt: »Das *war* sie, Hawk of Essex. Da sie unsere Familie entehrt hat, eignet sie sich nicht zur Braut eines vornehmen Mannes.«

»Offenbar habt Ihr Euer Hirn – oder was Ihr dafür haltet – nicht auf Eure Reise zu dieser Küste mitgenommen.«

Am Königshof von Winchester erzitterten mächtige Ritter, wenn sie diese Donnerstimme hörten, denn sie kannten die Gefahr, die Hawks Zorn heraufbeschwor. Von solchen Erwägungen unbehelligt, zuckte Sven die schmalen Schultern. »Beleidigt mich, so viel Ihr wollt, das macht keinen Unterschied. Eigentlich solltet Ihr mir danken, weil ich Euch Schlimmeres erspare.« Mit einer dramatischen Geste wies er auf Krysta und verkündete: »Diese Frau ist ein Wechselbalg!«

Alle Anwesenden schnappten nach Luft und reckten die Hälse, um zu beobachten, was nach dieser ungeheuren Behauptung geschehen würde.

Etwas verspätet merkte Sven, dass er sich im Ton vergriffen hatte. Mit etwas sanfterer Stimme fuhr er fort: »Bevor Ihr mir widersprecht, hört Euch die Geschichte an. Krystas Mutter war eine Hexe, die meinen armen, von allen guten Geistern verlassenen Vater verführte und ihm ein Kind gebar. Beinahe starb er vor Scham, und er versteckte sie in einem abgeschiedenen Haus. Da wir ihn nach wie vor respektierten, hüteten wir das Geheimnis. Niemals hätte ich erwartet, meine Halbschwester könnte die Aufmerksamkeit eines mächtigen Mannes wie Wolf Hakonson erregen, geschweige denn, er würde auch nur sekundenlang ihre Verlobung mit seinem Schwager in Betracht ziehen. Aber er erfuhr von ihrer Existenz und bestand darauf, sie kennen zu lernen. Bei dieser Begegnung entschied er, sie würde sich zu Eurer Braut eignen, Hawk of Essex. Das wollte ich ihm ausreden.

Aber er interessierte sich nur mehr für die Mitgift. Nun, das steht nicht mehr zur Debatte. Von Rechts wegen besitzt sie keinen Anteil am Erbe unseres Vaters. Und sie verdient auch gar nichts, woran angesichts ihres Benehmens in letzter Zeit niemand zweifeln dürfte. Grämt Euch nicht, Lord Hawk, für Euch wird sich eine andere Braut finden. Allerdings«, fügte der bedauernswerte Narr hinzu, »ist keine meiner richtigen Schwestern heiratsfähig.« Er warf einen kurzen Blick auf Daria. »Um Euren Namen und Euer Bett zu ehren, bedarf es einer Lady von echtem Wert.« Jetzt starrte er Krysta an. »Eine solche Dame würde Euch *menschliche* Kinder schenken – keine Wechselbälger, die von Fabelwesen aus dem Meer abstammen.«

»Tod und Teufel!«, schrie Hawk und sprang auf.

Erst jetzt bekam es Sven mit der Angst zu tun. Hastig verschanzte er sich hinter Daria und dem Priester. »O ja, verflucht mich nur! Aber die Zeit wird mir Recht geben. Seht sie doch an! Sie ist keine Lady. Und sie wird nie eine sein. Ich verstoße sie aus meiner Familie und erkenne ihr den Anspruch auf eine Mitgift ab. Soll sie in Zukunft das Dasein der Dienerin fristen, für die sie sich ausgab, nein, einer Sklavin …«

»Haltet den Mund. Ist Euch Euer Leben so wenig wert? Bei Gott, ich schwöre …« Hawk umfasste den Griff seines Schwerts.

»Nein!«, rief Krysta und berührte seine Hand. »Willst du ihn töten und alle Hoffnung auf Frieden zwischen unseren Völkern begraben? Wenn ein norwegischer Aristokrat in deiner Halle stirbt, wird dich kein anderer mit seiner Schwester oder Tochter vermählen.«

»Das ist auch gar nicht nötig. Denn ich werde dich heiraten! Der Narr hat's nur auf deine Mitgift abgesehen und ein Märchen erfunden, weil er sich einbildet, ich würde diesen Unsinn für bare Münze nehmen und die Verlobung lösen.«

»O nein, ich habe kein Märchen erzählt«, verteidigte sich Sven gekränkt, »sondern die reine Wahrheit. Nicht einmal Krysta wird das bestreiten.« Zu seiner Halbschwester gewandt, fauchte er: »Glaub bloß nicht, du dürftest mit mir heimkehren! Nie wieder wirst du einen Fuß auf das Land meines Vaters setzen. Behaltet sie, Lord Hawk, und macht mit ihr, was Euch beliebt. Ich überlasse sie Euch nur zu gern. Nachdem ich Euch erklärt habe, wer und was sie ist, werdet Ihr sie zweifellos für ihre Dreistigkeit bestrafen, und Ihr solltet keine Zeit verlieren.«

»Unerträglicher, hochnäsiger Kerl! Einzig und allein *Euch* möchte ich strafen. Falls Ihr Eure Haut retten wollt, geht mir aus den Augen!«

Endlich erkannte Sven, dass er die Grenzen überschritten hatte. Oder vielleicht wiesen ihn Daria und Vater Elbert, die an seinen Ärmeln zupften, auf die Gefahr hin. Mit vereinten Kräften zerrten sie ihn aus der Halle. Aber wie seine Miene verriet, fühlte er sich immer noch beleidigt, weil Hawk of Essex die Neuigkeiten nicht mit gebührender Dankbarkeit zur Kenntnis nahm.

»Entfernt diesen jämmerlichen Schuft von meiner Küste, Edvard«, befahl Hawk.

»Morgen früh wechseln die Gezeiten, Mylord, dann wird er verschwinden.« Nach einer bedeutungsvollen Pause gab der Verwalter zu bedenken: »Falls sich genug Leute finden, um sein Schiff zu bemannen. Anscheinend will ein Großteil seiner Besatzung nicht mehr für ihn arbeiten.«

»Gebt den Norwegern genug Geld, so dass sich ihre Mühe lohnen wird, und sagt ihnen, sie sollen ihn an Bord anketten, wenn er Ärger macht.«

Grinsend eilte Edvard davon, um den Auftrag auszuführen.

Nachdem die unangenehme Szene überstanden war, setzte sich Hawk wieder und musterte Krysta. Leichenblass und sichtlich verzweifelt saß sie neben ihm. Ihre Lippen zitterten. Mit rastlosen Fingern trommelte sie auf die Armstützen ihres Stuhls. Er bedeutete den Dienstboten, die Mahlzeit zu servieren, dann neigte er sich zu seiner Braut. »Vergiss ihn, er spielt keine Rolle«, flüsterte er. »Morgen werden wir heiraten.«

»Unmöglich!«, protestierte sie verwirrt. »Hast du nicht gehört, was Sven angekündigt hat? Er will mir meine Mitgift vorenthalten.«

»Und wenn schon? Deine Mitgift ist der Friede, den unsere Ehe festigen wird. Nur darauf kommt es an.«

»Wie kannst du so etwas behaupten? Hast du mir nicht selbst erklärt, eine Lady sei eine Frau von edler Herkunft, die ein Vermögen besitzt? Weder das eine noch das andere habe ich zu bieten. Und vielleicht würde unsere Ehe dem Frieden gar nichts nützen.«

»Jedenfalls heirate ich die Frau, für die ich mich entschieden habe.« Eindringlich starrte er sie an, als wollte er sie vor einem Widerspruch warnen.

»Das sagst du jetzt. Aber was wirst du später denken?«

»Dass ich richtig gehandelt habe. Überleg doch, was mit deinem schwachsinnigen Halbbruder geschehen wird, wenn Wolf von seinem peinlichen Auftritt in meiner Festung erfährt. Diese Neuigkeit wird ein schnelles Schiff nach Sciringesheal bringen. Das verspreche ich dir. Um mich für die Beleidigung zu entschädigen, muss der verdammte Narr nicht nur deine Mitgift auszahlen, sondern auch einen Teil seines Erbes.«

»Glaubst du, der Jarl wird immer noch auf unserer Hochzeit bestehen, wenn er Svens Geschichte gehört hat?«

»Meinst du das Märchen vom Wechselbalg? So was Verrücktes würde mein Schwager niemals ernst nehmen.«

»Und wenn es stimmt? Bedenk doch, was es für dich bedeuten würde – und für deine Nachkommen!«

Obwohl sie mit leiser Stimme sprach, gellten ihre Worte wie Donnerhall in seinen Ohren. »Soll das ein Scherz sein? Vielleicht hast du in deiner Kindheit irgendwelchen mystischen Blödsinn aufgeschnappt. Aber jetzt bist du erwachsen und müsstest wissen, dass es keine Hexen oder Fabelwesen gibt.«

»Als Dragon von jenem Skelkie erzählte, hast du dich über die Geschichte gewundert, aber nicht erklärt, solche Dinge würde es nicht geben.«

»An jenem Abend wollte Dragon uns einfach nur amüsieren. Und er hat nicht gesagt, jene Ereignisse hätten sich tatsächlich zugetragen.«

Krysta schaute zu dem Tisch hinüber, an dem Raven saß. Ohne zu blinzeln, erwiderte die alte Frau ihren Blick, mit dunklen glänzenden Augen. Auch Thorgold würde sich irgendwo in der Nähe aufhalten, es sei denn, er hätte sich unter seiner Lieblingsbrücke verkrochen, um seinen Kummer ungestört in Ale zu ertränken. »Du hast meine Dienstboten gesehen, Hawk.«

»Gewiss, die beiden sind dir treu ergeben. Was ist mit ihnen?«

»Findest du sie nicht – ungewöhnlich?«

»Manchmal erschien mir sogar die aufgehende Sonne ungewöhnlich, weil ich gedacht hatte, ich würde den nächsten Morgen nicht erleben. Ich musste jahrelang kämpfen, Tag für Tag. Und jetzt staune ich immer noch, wenn ich erwache und nichts anderes zu tun habe, als für meine Leute und mein Land zu sorgen.« Er beugte sich noch näher zu ihr, und seine Stimme glich einer Liebkosung. »Weißt du, was noch viel ungewöhnlicher ist? Eine Frau zu umarmen, die mir das Gefühl gibt, *alles* wäre möglich. Und nun soll ich mich wegen deiner *Dienstboten* aufregen, wer immer sie auch sind?«

Krystas Kehle war wie zugeschnürt, und sie fürchtete, sie würde kein Wort hervorbringen. Trotzdem versuchte sie's. Hawk übertraf alles, was sie jemals ersehnt hatte. Und weil in ihrem Herzen eine tiefe Liebe zu ihm gewachsen war, musste sie ihn von seinem Eheversprechen entbinden. »Ich werde dich nicht heiraten.«

Da erblasste der Mann, der schreienden Dänenhorden gegenübergetreten war, ohne mit der Wimper zu zucken. Krachend stellte er seinen Weinkelch auf den Tisch. In der Halle entstand drückende Stille. Das bemerkte er nicht, überwältigt von… Was empfand er? Zorn, Enttäuschung, Furcht? Nein, sicher nicht Furcht! Keine Frau konnte einem erprobten Krieger Angst einjagen. Aber in jenen Stunden am Strand hatte

blanvalet

Prickelnde Leidenschaft bei Blanvalet

Knisternde Liebesromane voller glühender Romantik und verzehrender Sinnlichkeit!

36309

36146

36472

36478

www.blanvalet-verlag.de

Nachdem sie Krysta ermahnt hatten, gut auf sich aufzupassen, verließen sie zögernd das Zimmer. Die Tür wurde geschlossen, der eiserne Schlüssel klirrte, und sie glaubte Edvard seufzen zu hören, während er den Befehl seines Herrn ausführte.

Eine Zeit lang stand sie reglos mitten im Raum, konnte kaum atmen und versuchte zu begreifen, was geschehen war. Erst vor wenigen Stunden hatte sich die Jungfrau in eine Frau verwandelt. Und was war sie jetzt? Hawk bestand immer noch auf der Hochzeit. Doch sie wusste es besser. Wenn er darüber nachgedacht hatte, würde er erkennen, dass er nicht wagen durfte, ein Geschöpf von ihrer Sorte zu heiraten, was immer sie auch sein mochte. Nur zu gern würde er ihr den Rücken kehren.

Andererseits ist er ein eigenwilliger Mann, überlegte sie, und sein Stolz wurde verletzt. So leicht würde er sich nicht geschlagen geben.

Sie eilte zur Tür und drehte am Knauf, um ihre letzte Hoffnung zu begraben. Tatsächlich, sie war gefangen.

Dagegen rebellierte ihr Geist, wie die Flügel eines Vogels, die heftig an die Gitterstäbe eines Käfigs schlugen. Sie brauchte ihre Freiheit, musste den Wind und das Meer spüren, davonlaufen, in die Wellen springen, aus diesem Leben verschwinden – so wie ihre Mutter, die letzten Endes erkannt hatte, dass ihr keine Liebe vergönnt worden war. Mit schweren Schritten ging Krysta zu den Fenstern.

Rings um die runde Mauer des Turms reihten sich viele Fenster aneinander, und die meisten boten einen Ausblick aufs Meer. Edvard hatte alle Läden geschlossen. Jetzt öffnete sie ein paar und schaute hinaus. In der mondlosen Nacht schimmerte dunkles Wasser. Sie beugte sich hinaus und betrachtete die Sterne. Vor langer Zeit hatte der Vater ihr die Sternbilder erklärt, und sie wusste, wo man den Orion fand, den Großen und den Kleinen Bären. An dem Stern, der sich niemals bewegte und stets den Weg nach Norden wies, konnte sie sich orientieren. Weit oben im Norden lag ihre Heimat, die ihr nach Svens vernichtendem Urteil für immer verschlossen bleiben würde. Da er das Oberhaupt der Familie war, stand ihm das Recht zu, seine Halbschwester zu verstoßen. Dagegen würde niemand protestieren, was immer Hawk auch glauben mochte. Und die Mitgift? Würde Wolf Hakonson ihr dazu verhelfen? Doch das spielte keine Rolle. Von Sven gezwungen, musste sie sich mit dem Geheimnis ihrer Herkunft abfinden, das einen Schatten auf ihr Leben warf und das ihr verwehrte, die gleichen Träume und Hoffnungen zu hegen wie normale Frauen.

In ihrer engen Kehle stiegen Tränen auf. Der lange, ereignisreiche Tag hatte sie erschöpft. Ihrer Zofe zuliebe zwang sie sich, ein paar Bissen zu essen. Und weil sie den Eindruck erwecken wollte, sie hätte viel mehr zu sich genommen, warf sie Brotkrumen aus dem Fenster. Die würden am nächsten Morgen den Vögeln schmecken. Wo mochte Raven stecken? Kraftlos sank sie aufs Bett, an die Stelle, wo Hawk gelegen hatte. Und dann weinte sie sich in den Schlaf. Albträume verfolgten sie während der ganzen Nacht.

Am Morgen erschien Aelfgyth – mit unsicherem Lächeln, die Stirn besorgt gerunzelt – von einigen Mägden gefolgt, die Krysta frisches Wasser und ein Frühstück brachten. Und welch ein Wunder! Vorsichtig legte die Zofe ein paar schwere Bücher auf den Tisch. Die hatte sie selbst die Treppe heraufgeschleppt. Eine solche Kostbarkeit wollte sie den einfachen Dienstboten nicht anvertrauen.

Nachdem die anderen Mädchen hinausgegangen waren, nicht ohne neugierige, mitleidvolle Blicke in Krystas Richtung zu werfen, erklärte Aelfgyth: »Diese Bücher gab mir Seine Lordschaft, kurz bevor ich die Stufen erreichte. Vielleicht hätte Edvard den Auftrag übernehmen müssen. Nie hätte ich gedacht, ich würde jemals in meinem Leben ein Buch anrühren. Und weiß der Himmel, ich will's auch nicht mehr wagen. Wenn ich eine Seite beschmutzt oder zerknittert hätte! Aber Lord Hawk

drückte mir die Bücher einfach in die Hände und befahl mir, sie in Euer Zimmer zu befördern, Mylady.« Seufzend schüttelte sie den Kopf. »Der arme Mann sah gar nicht gut aus, und ich fürchte, er hat letzte Nacht kein Auge zugetan.« Aufmerksam beobachtete sie ihre Herrin, um festzustellen, wie sie diese Neuigkeit aufnehmen würde. Aber Krysta war mit den Büchern beschäftigt.

Also hatte er ihr Bücher geschickt. Obwohl sie seine Gefangene war. Bücher, die sie kostbarer fand als Juwelen. Und er schien nicht zu bezweifeln, dass sie sorgsam damit umgehen würde. Hastig wandte sie sich vom Tisch ab, sonst hätten ihre Tränen die wertvollen Ledereinbände befleckt.

»O Mylady, grämt Euch nicht!«, flehte Aelfgyth. »Alles wird wieder gut, das werdet Ihr schon noch sehen. Allzu lange kann unser Lord gar nicht zürnen. Und er hält sein Wort. Wenn Ihr aus dem Fenster schaut, werdet Ihr das schnellste seiner Schiffe sehen. Alle Segel hat er setzen lassen, und es wird Sciringesheal ansteuern. Euer Halbbruder ist bereits an Bord, Mylady. Diese Reise wird er wohl kaum genießen. Wie ich vorhin hörte, hat ihn seine Besatzung in Ketten gelegt, und die Leute glauben, Wolf Hakonson wird sie dafür belohnen.«

»Meinst du wirklich, das macht einen Unterschied?«

Diese Frage überraschte Aelfgyth. »Warum denn nicht? Die Mitgift muss bezahlt werden. Das hat der Jarl mit Eurem Halbbruder vereinbart, und er wird drauf bestehen. Die Verzögerung nimmt Euch unser Herr nicht übel. Nicht *wirklich*. Sonst hätte er Euch keine Bücher geschickt.«

»Auf die Mitgift allein kommt's nicht an«, entgegnete Krysta langsam. »Was mein Halbbruder erzählt hat …«

»Dass Ihr ein Wechselbalg seid?« Obwohl Aelfgyth über ihre eigene Kühnheit erschrak und heftig errötete, fuhr sie unbeirrt fort: »Gewiss, alle Leute reden drüber, und sie finden, er könnte längst nicht so gut merkwürdige Begebenheiten schildern wie Lord Dragon. *Seine* Geschichte über den irischen Herrn und

dessen Braut, die Meerjungfrau, habe ich geglaubt. Wie die meisten Dienstboten. Wenn man sich vorstellt, das würde tatsächlich geschehen, laufen einem kalte Schauer über den Rücken, nicht wahr? Weil niemand erwartet, solchen Fabelwesen im richtigen Leben zu begegnen.«

»Wieso meinst du, mit dergleichen hätte ich nichts zu tun?«

»Gar nichts, Mylady.« Lachend schüttelte Aelfgyth den Kopf. »Soll die grässliche Lady Daria doch herumlaufen und über Dämonen jammern! Je länger sie solchen Unsinn redet, desto weniger werden die Leute ihr Gefasel ernst nehmen.«

Allem Anschein nach hielten die Bewohner von Hawkforte die Braut ihres Herrn für unschuldig, weil sie Daria verachteten. Nur deshalb?

Während Krysta nachdenklich vor sich hin starrte, fuhr Aelfgyth fort: »Natürlich macht Ihr Euch jetzt Sorgen, weil Ihr befürchtet, Ihr müsstet ohne Mitgift heiraten. Welche Frau will das schon? Aber deshalb braucht Ihr Euch nicht aufzuregen. Alles wird sich zum Guten wenden. Das hat Lord Hawk versichert.«

Sekundenlang fühlte sich Krysta versucht, die Wahrheit zu gestehen. Doch sie schwieg, denn sie wollte das Mädchen nicht mit ihrem beklemmenden Geheimnis belasten.

Kurz danach verließ Aelfgyth das Zimmer, nachdem sie ihre Herrin ermahnt hatte zu frühstücken, sich auszuruhen und allen Kummer zu vergessen. In ein paar Stunden wollte sie zurückkehren, falls Krysta sich einsam fühlen und Gesellschaft brauchen würde.

Als die Zofe endlich die Tür hinter sich schloss, seufzte Krysta erleichtert. Sosehr sie Aelfgyths Fürsorge auch schätzte, es war ihr unendlich schwer gefallen, ihre wahren Gefühle zu verbergen. Jetzt musste sie nichts mehr verhehlen, auch nicht ihre Rührung über die Bücher, die Hawk ihr geschickt hatte. Sie setzte sich an den Tisch, aber sie öffnete die schönen Bände nicht sofort. Stattdessen strich sie über das feine Leder. Ohne diesen

Zeitvertreib würde sie sich in ihrer Gefangenschaft ganz schrecklich langweilen. Und nun hatte sie zum ersten Mal in ihrem Leben nichts anderes zu tun, als zu lesen. Um niemanden musste sie sich kümmern, keine Verantwortung übernehmen, keine Pflichten erfüllen. Wie seltsam, dass sie diese Freiheit hinter verschlossener Tür genoss...

Den ganzen Tag und auch an den beiden nächsten vertiefte sie sich in ihre Lektüre. Wäre es nach ihrem eigenen Willen gegangen, hätte sie die Bücher erst geschlossen, wenn ihre Augen schmerzten und der Kopf so schwer wurde, dass sie wohl oder übel schlafen musste. Aber Aelfgyth brachte ihr regelmäßig eine Mahlzeit, und wann immer sie ein unberührtes Tablett entdeckte, blieb sie mit strenger Miene neben dem Tisch stehen, bis ihre Herrin wenigstens ein paar Bissen gegessen hatte. Außerdem schleppte sie eimerweise heißes Wasser die Treppe herauf – eine Mühe, die Krysta nicht missachten konnte. Das Bad war ihr willkommen, und danach fühlte sie sich besser. Aber sobald sie sich abgetrocknet hatte, kehrte sie zu den Büchern zurück.

Sie studierte den Psalter und bewunderte die poetischen Verse, verschlang immer neue Geschichten und stellte sich die Charaktere der Verfasser vor. Mit einigen Schwierigkeiten versuchte sie die Schriften des heiligen Augustinus zu verstehen. Einige Abschnitte, die ihr rätselhaft erschienen, las sie mehrmals. Und Boethius – Hawk hatte ihr das Buch geschickt, das ihn selbst erst vor kurzem interessiert hatte. Darin fand sie die sorgsam eingetragenen Randbemerkungen König Alfreds, des Übersetzers. Am Nachmittag des dritten Tages hörte sie durch die offenen Fenster ein Signalhorn, das die Ankunft vornehmer Besucher ankündigte.

Behutsam legte sie das Buch beiseite, das sie gerade las, und spähte hinaus. Ihr Turmzimmer lag hoch oben, und so erkannte sie nur die königlichen Insignien auf den Bannern einiger Ritter. Doch das genügte, um den seltsamen Frieden der letzten

Tage zu stören und sie an die Probleme der Außenwelt zu erinnern.

Am Abend kam Hawk zu ihr. Schon bevor das eiserne Schloss geöffnet wurde, hatte sie seine Schritte erkannt. Einige Sekunden lang blieb er auf der Schwelle stehen, in einer schwarzen, mit goldenen Fäden durchwirkten Tunika. Auch an seinem Hals und den muskulösen Oberarmen funkelte Gold – und auf seinem Haar, das im Licht der Kohlenbecken schimmerte.

Krysta saß auf dem Bett, nur mit einem Hemd bekleidet, denn sie hatte niemand anderen als die getreue Aelfgyth erwartet. Bei Hawks Anblick zuckte sie zusammen. Aber sie widerstand dem Impuls, nach einer Pelzdecke zu greifen. Er schloss die Tür und räusperte sich. »Geht es dir gut?«

Obwohl er so freundlich gewesen war, ihr die Bücher zu senden, hatte sie mit einem Tadel gerechnet. Seine Besorgnis überraschte sie. »Ja, vielen Dank. Und ich danke dir auch für die Bücher. Das war sehr nett von dir.«

»Nun, du bist nicht an den Müßiggang gewöhnt«, erwiderte er leicht verlegen. »Und so dachte ich, du solltest dich beschäftigen.«

»Gewiss, ohne diese Abwechslung würden sich die Stunden viel zu langsam dahinschleppen.«

Die Hände hinter dem Rücken verschränkt, nickte er. Das Schweigen zog sich in die Länge. Ehe es unerträglich wurde, erregte ein kaum berührtes Tablett Hawks Aufmerksamkeit. »Deine Zofe hat mir erzählt, du würdest zu wenig essen.«

War er deshalb zu ihr gekommen? Insgeheim ärgerte sie sich über Aelfgyth, die ihn beunruhigt hatte, statt den Mund zu halten. »Oh, ich esse genug. Wenn ein anderer Eindruck entstanden ist, dann nur deshalb, weil mir meine Zofe fünf oder sechs Mal am Tag eine Mahlzeit serviert. Hätte ich auch nur die Hälfte von alldem verspeist, was sie mir aufdrängen wollte, würde ich mittlerweile wie eine Weihnachtsgans aussehen.«

Er begann zu lachen, beherrschte sich aber sofort und schlug einen strengen Ton an. »Aber du isst noch immer kein Fleisch.«

»Noch nie im Leben habe ich Fleisch zu mir genommen.«

»Trotzdem wäre es mir lieber, du würdest dich dazu durchringen. Sonst schadest du deiner Gesundheit.«

»Hältst du mich für einen Schwächling? Ich versichere dir, das bin ich nicht.«

»Vorerst wohl nicht, doch du könntest erkranken, wenn du dich falsch ernährst. Eine saftige Rindslende, rosa gebraten, das ist es, was du brauchst, um dein Blut zu stärken. Ich werde Aelfgyth sagen …«

»Nein, bitte nicht! So etwas bringe ich nicht hinunter. Wenn du mich dazu zwingst, werde ich *wirklich* krank.«

»Jetzt übertreibst du. Aber da du so empfindlich bist, werde ich Aelfgyth erklären, sie soll die Lende ganz durchbraten lassen, obwohl's ein Jammer ist, ein schönes Stück Rindfleisch zu vergeuden.«

»Glaub mir, Hawk, ich *kann's* nicht essen.«

»So viel Aufhebens um ein bisschen Fleisch …« Nach einer kurzen Pause fügte er hinzu: »Vielleicht gelingt es dir, mich von meinem Entschluss abzubringen.«

»Wie denn?« Plötzlich schlug ihr Herz schneller.

»Ich wurde an den Hof gerufen. Komm mit mir.«

Meinte er das ernst? »An König Alfreds Hof?«, stammelte sie.

»Einen anderen gibt's nicht in England. Dort wirst du noch mehr Bücher finden, interessante Leute treffen und jede Menge Abwechslung genießen.«

Da stand er, keine Traumgestalt, sondern leibhaftig. Aber seine Worte ergaben keinen Sinn. Verwirrt schüttelte sie den Kopf. »Wie könnte ich dich begleiten – nach allem, was geschehen ist?«

Irritiert fuhr er durch sein Haar und zerzauste es. Krysta wollte es aus seiner Stirn streichen. Diesen Wunsch unterdrückte sie nur mühsam.

»Was geschehen ist, entzweit uns nicht. Du bildest dir nur ein, zwischen uns hätte sich etwas geändert.« Prüfend schaute er in ihre Augen. »Oder suchst du Mittel und Wege, um unsere Hochzeit zu verhindern?«

»Nein! Warum traust du mir das zu? Ich denke nur an *dein* Wohl. In deiner Position musst du eine Lady heiraten, an der kein Makel haftet, nicht einmal ein Hauch von…«

»Von Magie? Sprich's doch aus, Krysta. Leugne nicht, dass dir dieses Wort auf der Zunge lag. Magie und der ganze Unfug, den man damit verbindet, Kobolde und Elfen und Zwerge, Fabelwesen und Kreaturen, die sich ständig verwandeln, Wechselbälger und Skelkies… So nennt man jene sonderbaren Wesen, halb Robbe, halb Mensch, wenn ich mich entsinne. O ja, du bist eine ausgezeichnete Schwimmerin. Aber ich lag mit dir zusammen, und da warst du eine echte Frau vom Scheitel bis zur Sohle, eine Frau, die meine schönsten Träume übertraf.«

Inmitten der Pelzdecken erhob sie sich auf die Knie, ohne zu beachten, dass die Bewegung das dünne Hemd noch fester an ihren Körper schmiegte. Wie goldene Wolken fiel die Lockenpracht über ihre Schultern, aus ihren Smaragdaugen schienen Funken zu sprühen. »Jenes Erlebnis am Strand musst du nicht erwähnen. Nur zu gut erinnere ich mich daran. Und diese Erinnerung verfolgt mich, denn jetzt weiß ich, was wir nie mehr teilen dürfen – wenn du's auch nicht wahrhaben willst. Warum sorge ich mich viel mehr um deine Ehre und dein Glück als du selbst? Würdest du mir das erklären – du, der grandiose, weise Hawk of Essex?«

Er zuckte die Achseln, und seine Stimme nahm einen sanften Klang an. »Wahrscheinlich, weil du mich liebst.«

Einer Panik nahe, starrte sie ihn an, und ihr Atem stockte. »Nein!«

»Lass dich von albernen Fantasiegeschichten beeinflussen, wenn's unbedingt sein muss, Krysta. Aber du solltest nicht lügen.«

»Ich lüge nicht. Ich liebe dich nicht!« Über ihre Wangen rannen heiße Tränen. »Doch – oh, zum Teufel mit dir! Ja, ich liebe dich, obwohl ich dagegen kämpfe. Nun, es spielt keine Rolle. Meine Mutter verlor ich, meinen Vater, mein Heim. Und wenn ich dich verliere, werde ich's genauso überleben.«

Impulsiv eilte er zu ihr, streckte eine Hand aus und ließ sie sofort wieder sinken, denn er wollte Krysta nicht trösten, sondern herausfordern und den Sieg erringen. »Geht's nur ums Überleben? Mehr wünschst du dir nicht?«

»Verdammt…«

»Genauso habe ich dich in der Halle verflucht, als du sagtest, du würdest mich nicht heiraten. Aber die Entscheidung liegt nicht bei dir, meine süße Lady. Du wirst mich nach Winchester begleiten, zum König. Dann werden wir sehen, was das Schicksal für uns bereithält.«

»Und wenn ich mich weigere?«

»Dein Halbbruder hat dich mir geschenkt, eine Dienerin, eine Sklavin. Also darf ich mit dir machen, was ich will. Und so wahr ich hier stehe, du wirst mit mir kommen.«

Niemals, Hawk of Essex!

Doch die Worte blieben unausgesprochen. Natürlich, er konnte sie zwingen und zu König Alfred bringen, so wie er Sven nach Sciringesheal geschickt hatte. Sogar in Ketten. Einerseits wehrte sich ihr Stolz dagegen, andererseits erwachte ihre Neugier. Und letzten Endes gab nur ein einziger Gedanke den Ausschlag – sie würde mit Hawk zusammen sein, an seiner Seite den Hof besuchen und Alfred begegnen, dem gelehrten König und großen Krieger, dem Bezwinger der wilden Dänen, der die Hoffnung auf den Frieden stärkte und auf die Liebe.

Nach Winchester! Zur Hölle mit dem Schicksal!

12

Ein lebhafter Wind füllte die Segel der beiden Langschiffe, während sie die Meerenge südlich vom Hafen Hamtun durchquerten. Dort vereinten sich die Flüsse Test und Itchen, gegenüber der rautenförmigen Insel mit dem Kalkfelsen, der sich wie ein Rückgrat über die ganze Breite des Eilands hinweg zog, und der Zusammenfluss verursachte hohe Wellen.

Ausnahmsweise wollte Krysta nicht am Ruder stehen. Sie begnügte sich damit, Hawk zu beobachten. Geschickt manövrierte er das Schiff zwischen der Kiesküste und den Kalkklippen der nahen Insel hindurch. Auf seinem Haar glänzte Sonnenlicht. Wenn er lächelte, hoben sich seine Zähne schneeweiß vom gebräunten Gesicht ab. Er trug kein Hemd, nur seine Breeches. Sogar hier draußen auf dem Wasser herrschte an diesem spätsommerlichen Nachmittag angenehme Wärme.

Drei Tage lang waren sie mit günstigem Wind gesegelt und nur nachts vor Anker gegangen. Seit drei Tagen sah Krysta die schöne Landschaft mit ihren grünen Tälern, rauschenden Flüssen und Kalkgebirgen vorbeiziehen. Drei Tage lang hatte sie sich bemüht, nicht an den Mann zu denken, der stets in ihrer Nähe blieb. Kein einziges Mal hatte er das Geständnis ihrer Liebe erwähnt, ebenso wenig ihre Überzeugung, dass sie nicht heiraten dürften. Offensichtlich wollte er beides ignorieren. Aber sie fragte sich, ob das mangelnde Interesse in Wirklichkeit die Taktik eines meisterhaften Strategen war.

Hin und wieder berührte er sie, niemals begehrlich oder romantisch, immer nur ganz leicht und scheinbar unpersönlich. Mit starker Hand hielt er ihren Arm fest, wenn das Schiff schaukelte. Oder er strich mit einem Finger über ihre Wange, um einen Tropfen Gischt wegzuwischen. Manchmal spürte sie seinen Schenkel an ihrem, wenn sie nebeneinander saßen. Deshalb blieb ihr seine Nähe auch körperlich stets bewusst. Und die

Nächte... Hawk bestand darauf, an ihrer Seite zu schlafen, mit der Erklärung, an Bord sei wenig Platz und jeder müsse sich etwas einschränken. Ihr Widerstreben tat er als lächerlich ab, als gäbe es auch nur einen einzigen vernünftigen Grund, warum sie Einwände erheben sollte. Wie sie zugeben musste, fasste er sie nachts niemals an. Aber jeden Morgen stellte sie zerknirscht fest, dass sie sich an ihn schmiegte. Zum Glück gewann sie den Eindruck, er würde tief und fest schlafen, ohne ihre Schwäche zu bemerken. Nur deshalb wurde ihr eine Demütigung erspart.

O ja, es war eine Schwäche, die wie süßer Wein durch ihre Adern floss und ihr Gehirn benebelte. Hundert Mal, nein, tausend Mal ertappte sie sich dabei, dass sie ihn anstarrte. Weder die reizvolle Landschaft noch ihr geliebtes Meer konnten sie fesseln. Aber Hawks Anblick zog sie unwiderstehlich in seinen Bann. So wundervoll sah er aus, das Ideal männlicher Schönheit... Und sie entsann sich viel zu deutlich, wie sie in seinen Armen gelegen hatte. Mit einem leisen Stöhnen, das ihm nicht entging, wandte sie sich von ihm ab.

»Stört dich irgendetwas?«, fragte er in freundschaftlichem Ton. Wortlos schüttelte sie den Kopf. Damit begnügte er sich nicht. »Bist du sicher? Heute segeln wir auf ziemlich hohen Wellen. Hast du Magenbeschwerden?«

Verärgert über seine beiläufige Fürsorge erwiderte sie: »Nein, ich werde niemals seekrank.«

»Dagegen ist niemand gefeit. Auch mir wurde einmal übel, als wir vor der gallischen Küste in einen wilden Sturm gerieten. Da war kein Mann an Bord, der sich nicht übergeben musste. Dauernd rutschten wir an Deck im Erbrochenen aus, allein schon der Gestank... Oh, tut mir Leid, solche Geschichten dürfte ich nicht erzählen, wenn du dich schlecht fühlst.«

»Mir geht es ausgezeichnet. Zumindest war ich in bester Verfassung, bis ich in deine faszinierenden Erinnerungen eingeweiht wurde.«

Mit seiner geheuchelten Reue hätte er nicht einmal ein neugeborenes Lamm hinters Licht geführt. »Verzeih mir, an die Gesellschaft einer Frau an Bord bin ich nicht gewöhnt. So was vergisst man sehr leicht.«

»Also *vergisst* du, dass ich eine Frau bin?« Wenn sie ihm einen kraftvollen Stoß versetzte, könnte sie ihn über die Reling werfen?

»Nicht direkt. Vielleicht liegt's daran, dass du dich so großartig anpasst. Du redest nicht viel, beklagst dich niemals übers Essen, und du verlangst keine Sonderbehandlung. Glaub mir«, fügte er hastig hinzu, »das soll ein Kompliment sein.«

»Und die Leute rühmen Dragon von Landsende, weil er so wundervoll mit Frauen umgehen kann! Stattdessen sollte man eher ein Loblied auf dich singen.«

»Nett von dir...«

»Ich wollte keineswegs nett sein.«

»Bitte, reg dich nicht auf. Nur weil ich dich im Augenblick nicht ans Ruder lasse...«

»Ich habe gar keine Lust, das Schiff zu steuern!«

»Offensichtlich flattern deine Nerven. Kein Wunder – du fühlst dich beengt an Bord. In Winchester wird sich deine Laune bessern. Dort kannst du mit anderen Frauen beisammensitzen, ein bisschen nähen und schwatzen und so weiter. Das wird dir gefallen.«

»Weißt du, eins dieser Ruderblätter könnte ein großes Loch in deinen Kopf schlagen.«

»Glaubst du?« Erstaunt hob er die Brauen. »Da wäre ich mir nicht so sicher. Ich habe einen unglaublich dicken Schädel.« Ein paar Sekunden lang wartete er, während sie eine nahe liegende Antwort hinunterschluckte, dann brach er in Gelächter aus. Ein aufreizender Blick jagte einen Schauer durch ihren ganzen Körper. »Was mir am allerbesten gefällt – man kann dich so wundervoll hänseln.«

»Sonst noch was?« Unwillkürlich fügte sie hinzu: »Abgese-

hen von der Tatsache, dass ich mich nicht von der übrigen Besatzung unterscheide?«

Grinsend neigte er sich zu ihr und senkte die Stimme. »Falls dich das beunruhigt, meine Süße, werden wir bald einen abgeschiedenen Strand finden oder noch besser, ein breites Bett, wo uns niemand stören kann.«

Nur wegen der heißen Sonne brennen meine Wangen, redete sich Krysta ein. Mit ein paar betörenden Worten kann er mir nicht das Blut ins Gesicht treiben. O nein, sie war kein unreifes Mädchen, das sich vom großmächtigen Lord Hawk in Verlegenheit bringen ließ, sondern ein *ehemaliges* unreifes Mädchen, hingerissen von … Seufzend starrte sie aufs Meer.

Eine Zeit lang betrachtete er ihre Miene, dann lachte er leise und folgte ihrem Beispiel.

Bei Sonnenuntergang ritten sie nach Winchester. Die Pferde waren von Bord des Langschiffs gegangen, das sie begleitet hatte, um die Tiere und weitere Mitglieder von Hawks persönlicher Wache zu befördern. Zum ersten Mal erblickte Krysta den englischen Regierungssitz, der ihr den Atem nahm. Hawk hatte ihr erklärt, diese Festung sei größer als seine eigene. Aber was das bedeutete, hatte sie sich nicht vorgestellt. Nun folgten sie einer breiten, geraden Straße zu massiven steinernen Mauern, umgeben von einem breiten Burggraben. Darin konnten ganze Heere verschwinden. Vor lauter Staunen traute sie ihren Augen nicht. Im schwindenden Licht der Abendröte – verstärkt von Fackeln, die alle paar Schritte loderten – wirkten die Mauern neu oder fast neu. An manchen Stellen schimmerten immer noch die weißen Spuren der Meißel, und die schweren Torflügel zeigten den hellen Glanz jungen Eichenholzes.

»Alfred hat Winchester wieder aufbauen lassen«, berichtete Hawk. In seinem Festgewand mit Goldschmuck war er eine gebieterische Gestalt an ihrer Seite. Hinter ihnen ritt seine Wache in disziplinierter Formation, die flatternden Banner mit dem

Habichtsemblem hoch erhoben. »Während der Regentschaft seines Vaters brannte der dänische Feind die Stadt bis auf die Grundfesten nieder.«

»Wurde der Wiederaufbau unter seiner persönlichen Leitung durchgeführt?«

»Ja, Alfred hat viele Gesichter. In erster Linie ist er ein König und Krieger. Aber neben seiner Leidenschaft für Bücher liebt er auch die Architektur, da fasziniert ihn jede kleinste Einzelheit. Zudem besitzt er ein außergewöhnliches Organisationstalent, das zeigt sich in allem, was er in Angriff nimmt.«

Wenig später passierten sie das Haupttor, und Krysta sah, was Hawk meinte. Die Stadt war wie ein Gitter angelegt. Von der langen, breiten Mittelstraße, die vom Tor zum königlichen Schloss führte, zweigten Seitenstraßen in entgegengesetzte Richtungen ab. Entlang der Innenmauer verband eine weitere breite Straße alle Tore. Wohin immer Krysta schaute, sah sie stattliche oder schlichtere Häuser, Läden und Werkstätten. Aber am meisten verblüffte sie das rege Leben und Treiben. Trotz der späten Stunde waren zahlreiche Menschen unterwegs, drängten sich in den Straßen, gingen in den Häusern aus und ein oder verhandelten mit Kaufleuten. Adelige Herrschaften mischten sich unter Bauern, bebrillte Gelehrte, Priester und Mönche. Zusammen mit ihren Pferden und Ochsenkarren erzeugten sie einen Lärm, wie sie ihn nie zuvor wahrgenommen hatte. Vom Gestank ganz zu schweigen.

Lachend musterte Hawk ihre gerümpfte Nase. »Daran wirst du dich bald gewöhnen. Zum Glück liegt Alfreds Residenz in einer Richtung, in die der Wind nur ganz selten weht. Dort wirst du nichts mehr riechen.«

»Hoffentlich«, murmelte Krysta. Die Höflichkeit verbot ihr eine ausführlichere Antwort. Doch sie sehnte sich schon jetzt nach der frischen Meeresluft von Hawkforte. Natürlich war das albern, denn sie wusste nicht, was mit ihr geschehen oder wohin sie gehen würde, wenn sie Hawk endlich klar gemacht hatte, er

müsse die Verlobung lösen. Das würde er letzten Endes einsehen. Kein Mann, der so tapfer gekämpft, so viel ertragen und geleistet hatte, würde alles aufs Spiel setzen, indem er eine unwürdige Frau heiratete. Und wenn er das nicht begriff, würde sie eben stark genug für sie beide sein, ohne Rücksicht auf ihr gebrochenes Herz.

Doch nun wollte sie solchen Gedanken nicht länger nachhängen, sonst würde sie womöglich zu weinen anfangen. Entschlossen verdrängte sie alle Sorgen, während sie sich der Schwelle des königlichen Hofs näherten. Hawk stieg vom Pferd und hob Krysta aus dem Sattel, ergriff ihre Hand und geleitete sie die Stufen hinauf, die zu Alfreds Halle führten.

In vielen hundert gehämmerten Schilden entlang der Wände spiegelten sich die Fackeln wider. Der Feuerschein betonte die Farben der Schlachtenbanner, die von der hohen Balkendecke herabhingen, und beleuchtete die Gesichter der versammelten Lords und Ladys. Interessiert schauten sie den Neuankömmlingen entgegen. Krysta stellte fest, dass sie zu dem Zeitpunkt eintrafen, als der königliche Hof beim Abendessen saß. Plötzlich war sie froh über Hawks Hand, die ihr Halt bot, denn andernfalls hätte sie sich wohl kaum in den Kreis einer so vornehmen Gesellschaft gewagt. Nie zuvor hatte sie so kostbar gekleidete Leute gesehen. Sogar die jungen Pagen, die an langen Tischen Speisen und Getränke servierten, waren in Samt gehüllt. Was sie noch mehr beeindruckte, war das weltgewandte Verhalten der Höflinge und Hofdamen.

Am Kopfende der Haupttafel, die auf einem Podest in der Mitte des Raums stand, saß Alfred der Große. Zu Krystas Überraschung wirkte er eher unscheinbar – mittelgroß, mit schulterlangem braunem Haar und einem sorgsam gestutzten Bart. Erst als sie näher trat, las sie Klugheit und Scharfsinn in seinen Augen. Erleichtert sah sie das Lächeln, das seine unerwartet sinnlichen Lippen umspielte.

»Hawk!« Der König sprang auf, eilte um den Tisch herum

und umarmte den Mann, den er offensichtlich nicht nur als seinen Untertan, sondern auch als Freund betrachtete. »Nachdem Ihr so schnell hier angekommen seid, muss ein günstiger Wind Eure Segel gebläht haben.«

»Den Ihr mir zweifellos geschickt habt, Mylord«, scherzte Hawk.

Alfred lachte und wandte sich zu Krysta. »Und die schöne Lady ist wohl...«

»Lady Krysta von Vestfold«, erklärte Hawk und umfasste ihre Hand noch fester. »Meine Braut.«

»Ah, natürlich, welch eine Freude, dass Ihr sie hierher gebracht habt! Meine Liebe, ich heiße Euch herzlich willkommen. Ich hatte gehofft, Euch bald kennen zu lernen. War die Reise angenehm?«

Während Alfred sprach, befreite er ihre Hand aus Hawks Griff und führte sie galant zu seiner Tafel. In aller Eile hatten die Dienstboten zwei Stühle zu beiden Seiten der Plätze aufgestellt, die für das königliche Paar bestimmt waren. Die Königin, eine hübsche rundliche Frau namens Eahlswith, nickte der jungen Norwegerin aufmunternd zu. Dem Vernehmen nach war Alfred sehr glücklich mit ihr und das nicht nur deshalb, weil sie ihm den Frieden mit den Bewohnern Mercias beschert hatte. Verlegen spürte Krysta die neugierigen Blicke aller Anwesenden. In tiefer Dankbarkeit erwiderte sie das freundliche Lächeln der Königin. Trotzdem wäre sie am liebsten im Erdboden versunken, als sie sich neben Eahlswith setzte.

Von der Königin in ein Gespräch verwickelt, spähte Krysta immer wieder verstohlen zu Hawk hinüber. Sichtlich gut gelaunt saß er neben Alfred und fühlte sich in dieser illustren Umgebung wie zu Hause. Kein Wunder. Wie sie wusste, hatte er Winchester schon oft besucht. Jedenfalls oft genug, um zu wissen, dass die Ankunft seiner Braut vor dem versammelten Hofstaat ihren Plan, anonym zu bleiben, ein für alle Mal vereiteln würde. Obwohl sie die Fragen der Königin mit einem höflichen

Lächeln beantwortete, wuchs ihre Verzweiflung. Wieder einmal hatte Hawk alles so geregelt, wie es ihm gefiel, und *sie* musste die Konsequenzen tragen.

Bleischwer lastete dieser düstere Gedanke auf ihrer Seele. Doch die heitere, festliche Stimmung, die Alfreds Halle erfüllte, verwehrte ihr, vollends in ihrem Kummer zu versinken. Während einige Barden sangen und ihre Lauten schlugen und geistreiche Scherze die Runde machten, tischten die Dienstboten eine erlesene Mahlzeit auf. Vielleicht spürte Eahlswith das Unbehagen ihrer Tischgenossin, denn sie schlug ihr vor, einige besondere Köstlichkeiten zu probieren. Krysta erklärte, sie würde kein Fleisch essen, und zu ihrer Überraschung zeigte die Königin Verständnis dafür.

Im Lauf der Unterhaltung erwähnte Eahlswith, sie habe fünf Kinder. Allem Anschein nach war sie für die Mutterschaft geboren. Nach einer Weile entspannte sich Krysta. Zum ersten Mal, seit sie die Halle betreten hatte, konnte sie etwas freier atmen.

Aber das Wohlbefinden währte nicht lange, denn als sie die vornehme Gesellschaft musterte, begegnete sie dem eisigen Blick einer schönen Frau, die an einem der benachbarten Tische saß. Vielleicht war die Lady ein oder zwei Jahre älter als Krysta, in eleganten, mit Juwelen verzierten Samt gekleidet. Wie ein Gespinst aus Mondstrahlen schimmerte ihr silberblondes Haar. Das glatte Gesicht mit den fein gezeichneten Zügen erinnerte an frische Milch. Als sie merkte, dass sie Krystas Aufmerksamkeit erregt hatte, legte sie den Kopf schief und rümpfte ihre wohlgeformte, von keiner einzigen Sommersprosse verunstaltete Nase.

Ihre offenkundige Verachtung beschämte Krysta. Hatte sie die Lady zu dreist angestarrt? Hastig schaute sie weg. Kurz zuvor waren ihr die Herren zu beiden Seiten der Lady aufgefallen. Auch sie hatten Krysta geringschätzig inspiziert.

»Lord Udell«, flüsterte die Königin, der dieser stumme Kontakt nicht entgangen war. »Und Lord Wolscroft. Zwischen den

beiden sitzt Lady Esa, Udells Schwester.« Zögernd fuhr sie fort: »Lasst Euch von den Geschwistern nicht verwirren, meine Liebe. Was immer manche Leute glauben – von einer Heirat war nie die Rede.«

»Von einer Heirat?«, würgte Krysta hervor.

»O Gott!«, seufzte Eahlswith. »Vermutlich hätte ich den Mund halten sollen. Andererseits ist es vielleicht besser, wenn Ihr Bescheid wisst – wenn's auch keine Rolle spielt. Die Udells waren an einer engeren Verbindung mit Lord Hawk interessiert, und Esa bildete sich ein, er würde sie heiraten. Aber er hat niemals angedeutet, er würde das ernsthaft erwägen.«

Trotz dieser beruhigenden Erklärung krampfte sich Krystas Herz zusammen. Esa Udell musste jene *echte, vornehme Lady* sein, die Daria erwähnt und die Hawk zu heiraten beabsichtigt hatte. Mit einer so schönen, eleganten, anmutigen Frau würde sich Krysta niemals messen können. Zweifellos entstammte sie einer respektablen Familie und würde eine beträchtliche Mitgift erhalten. Kein Wunder, dass sie Hawks Braut verachtete, die ihr die angestrebte Position streitig gemacht hatte.

Beklommen warf sie einen raschen Blick zu Hawk hinüber. Aber er war in ein lebhaftes Gespräch mit dem König und einem Priester vertieft, der an seiner anderen Seite saß. Soweit sie das beurteilen konnte, schien ihn die Anwesenheit der Frau, die man für seine künftige Gemahlin gehalten hatte, nicht zu beunruhigen. Den ganzen Abend erweckte er nicht den Eindruck, er würde von ihr Notiz nehmen. Stattdessen erregte Krysta seine Aufmerksamkeit im selben Moment, als ihr bewusst wurde, wie müde sie war. Leise sprach er mit dem König, der sich zu seiner Frau wandte, worauf sie einige Dienstboten heranwinkte.

»Verzeiht mir, meine Liebe«, bat Eahlswith, »die Plauderei mit Euch war so angenehm, dass ich nicht bedacht habe, wie müde Ihr von der Reise sein müsst. Inzwischen wurde ein Gästezimmer für Euch vorbereitet. Nun wünsche ich Euch eine gute Nacht.« Mütterlich lächelte sie Krysta an. »Ich glaube, für

morgen hat mein Gemahl eine kleine Exkursion geplant. Daran sollt Ihr teilnehmen.«

Nur mit halbem Ohr hörte Krysta die letzten Worte. Sie bedankte sich, und Hawk stand auf, um sie aus der Halle zu begleiten.

Am Fuß der Treppe, die zu den Gästezimmern hinaufführte, zog er Krystas Hand an die Lippen und schaute ihr prüfend in die Augen. »Schlaf gut.«

Schweigend nickte sie, obwohl sie fürchtete, sie würde keine Ruhe finden. Dann folgte sie dem Dienstboten nach oben. Den verschwenderischen Luxus des Gemachs, in das sie geleitet wurde, nahm sie kaum wahr. Eine lächelnde junge Zofe tat ihr Bestes, um sie für die Abwesenheit Aelfgyths zu entschädigen, die froh und dankbar daheim geblieben war, bei ihrem geliebten Edvard. Nachdem Krysta gebadet und ein Nachthemd angezogen hatte, bürstete das Mädchen ihre Locken und ließ sie dann allein. Eine Zeit lang saß Krysta am Fenster und lauschte dem Stimmengewirr, das immer noch aus der königlichen Halle heraufdrang.

Aber die Geräusche verebbten bald. Erschöpft sank sie ins Bett, und es dauerte nur wenige Minuten, bis sie einschlief.

Mitten in der Nacht erwachte sie, drehte sich auf die andere Seite und tastete instinktiv nach der Wärme und Kraft, an die sie sich während der Schiffsreise gewöhnt hatte. Aber ihre Hand griff ins Leere. Das genügte, um die letzten Reste schläfriger Benommenheit zu verscheuchen. Verwirrt setzte sie sich auf und ließ ihren Blick durch den fremden Raum wandern, bis die Erinnerung zurückkehrte. Nun erkannte sie auch, was sie geweckt hatte.

Trotzdem warf sie sich ihre unschickliche Sehnsucht nach Hawk vor, schlang ihre Arme um die angezogenen Knie und hoffte, sie würde bald wieder einschlummern. Aber das gelang ihr nicht. Schließlich stieg sie aus dem Bett und ging zu einem

der Fenster, das einen Ausblick auf die Stadt bot. Wie in Hawkforte patrouillierten Wachen auf den von Fackeln beleuchteten Mauern. Ansonsten schienen alle Bewohner der Residenz, außer ihr selbst zu schlafen. In den Häusern brannte keine einzige Lampe, alle Herdfeuer waren eingedämmt worden.

Wie schmerzlich sie Hawk vermisste. Um auf andere Gedanken zu kommen, sah sie sich im Zimmer um. Den Steinboden bedeckten gewebte Binsenmatten statt des üblichen losen Schilfrohrs, die Wände waren mit kunstvoll geschnitztem Holz getäfelt. Ein Wandteppich zeigte Jäger, die einen wilden Eber verfolgten. Während Krysta das Bild bewunderte, entdeckte sie eine Tür in der Täfelung, die sie bisher übersehen hatte. Neugierig drehte sie den Knauf herum und hielt erstaunt den Atem an, als die Tür in einen angrenzenden Raum schwang.

Hawk hörte, wie sich die Tür öffnete. Reglos lag er im Bett. Unter normalen Umständen hätte er sogar unter dem Dach des Königs zum Schwert gegriffen, das sich stets in seiner Reichweite befand. Aber er wusste, wer das Nebenzimmer bewohnte. Das hatte Alfreds Verwalter, ein Seelenverwandter des beflissenen Edvards, ganz beiläufig erwähnt, bevor Hawk zur Ruhe gegangen war, und die Diskretion bewiesen, der er seine Position verdankte. Diese Fürsorge überraschte Hawk nicht. In seiner Jugend war Alfred trotz seiner sprichwörtlichen Frömmigkeit ein Weiberheld gewesen. Nun gestattete ihm die Ehe, Leidenschaft und Gottesfurcht in Einklang zu bringen, und er schätzte sich glücklich, hatte aber nicht vergessen, wie heiß das Blut schon vor der Hochzeit durch seine Adern geflossen war.

Unbewegt, die Augen geschlossen, lauschte Hawk den leisen Schritten seiner Verlobten, die sein Schlafgemach betrat. Nur zaudernd kam sie näher, hielt immer wieder inne, und einmal schien sie umzukehren. Dann besann sie sich anders und ging weiter. Als sie neben dem Bett stehen blieb, hörte er sie nach Luft schnappen und unterdrückte ein Lächeln. In dieser warmen Nacht hatte er beschlossen, nackt zu schlafen, ohne Decke.

Weil er wusste, dass Krysta ihn betrachtete, spürte er die vorhersehbare Wirkung und fragte sich, wie lange es ihm noch gelingen würde, tiefen Schlummer vorzutäuschen.

Ihr atemloser Seufzer beschleunigte seine Herzschläge. Natürlich, die Verführung, die er jetzt erwog, war tadelnswert. Aber wenn er seine Braut heiratete, was sie nicht verhindern konnte, würde er eine ehrbare Frau aus ihr machen, und alles hätte wieder seine Ordnung. Außerdem hatte er auf dem Schlachtfeld nie gezögert, die Schwäche eines Gegners auszunutzen. Auch jetzt stand ihm ein Kampf bevor. Daran zweifelte er nicht, und er beruhigte sein Gewissen mit der Absicht, Krysta letzten Endes keine Niederlage zu bereiten.

Trotzdem zwang er sich, Ruhe zu bewahren, zumindest vorerst, als sie mit sanfter Hand eine Locke aus seiner Stirn strich. Sie seufzte wieder. Diesmal klang es beinahe wie ein Schluchzen. Um nicht nach ihr zu greifen, krallte er seine Finger in die Matratze und hoffte, Krysta würde es nicht bemerken.

Nein, sie nahm es nicht wahr, sie war von heftigen Gefühlen erfasst. Nicht einmal sie konnte gegen eine so starke Strömung schwimmen, die ihren Körper durchflutete, seit sie Hawks hinreißenden, von silbrigem Mondlicht übergossenen nackten Körper bestaunte. Der feurige Strom hatte sie hierher getrieben, an seine Seite, und drängte sie wider ihr besseres Wissen, ihn zu berühren. Jetzt musste sie gehen. Sofort. Aber sie stand wie erstarrt da und wehrte sich gegen den Impuls, ihn noch einmal anzufassen, aus ihrem Nachthemd zu schlüpfen und neben Hawk ins Bett zu sinken; mit behutsamen Fingerspitzen seine sinnlichen Lippen nachzuzeichnen, die seidigen Locken zu streicheln; die Hände über seine kraftvollen Schultern und die muskulöse Brust wandern zu lassen, über die glatte, bronzebraune Haut; ihre Beine um seine zu schlingen, mit ihren Zehenspitzen die sehnigen Waden zu kitzeln; zwischen seine Schenkel zu gleiten, seine Männlichkeit zärtlich festzuhalten und ihn zu kosten, so wie er sie geschmeckt hatte …

Sie hob ihr schweres Haar hoch, entblößte ihren Hals und streckte sich träge. Im Zimmer war es ziemlich heiß, und sie ertrug es kaum, das Hemd zu spüren, das ihre geschwollenen Brustwarzen streifte.

Könnte sie doch in kühles, tiefes Wasser tauchen. Dann würde sie die unsittlichen Wünsche ihres Körpers bezähmen. Aber weil ihr diese rettende Zuflucht versagt wurde, wäre es reine Torheit, noch länger hier zu bleiben. Sie wagte es nicht, Hawk noch einmal anzuschauen. Sonst würde ihr stummes Gebet um Vernunft nichts nützen. Und so trat sie zurück.

Da straffte sich ihr Hemd und verhinderte weitere Schritte, die sie vom Bett entfernen würden. Verwirrt starrte sie die Hand an, die den dünnen Stoff umklammerte, musterte Hawks Gesicht und sah jenes schläfrige Lächeln, das sie mittlerweile so gut kannte.

»Geh nicht«, bat er und hielt das Hemd fest, während ihr Verstand gegen wachsende Begierde kämpfte.

»Ich hätte nicht herkommen dürfen.«

Als er sich aufrichtete, wurde ihr Blick von seiner erregten Männlichkeit angezogen. Hilflos war sie ihrer Schwäche ausgeliefert.

»In drei Nächten hast du dich an mich geschmiegt, Krysta. Warum willst du jetzt allein schlafen?«

»Oh, das solltest du gar nicht wissen. Wenn ich am Morgen erwachte, dachte ich, du würdest schlafen …«

»Dank unzähliger Schlachten habe ich einen sehr leichten Schlaf.« Hawk ließ das Hemd los und ergriff ihre Hand. Ein letztes Mal meldete sich sein Gewissen, das er energisch zum Schweigen brachte. In der Kunst, Frauen zu umwerben, hatte er wenig Erfahrung. Aber bei Krysta fiel es ihm nicht schwer. »Bleib bei mir, meine Süße. Wer weiß, wie lange wir noch zusammen sind in dieser unsicheren Welt? Das Leben ist so kurz. Genießen wir den Augenblick.« Er küsste ihre Finger, dann schlang er einen Arm um ihre Hüften. In einem halbherzigen

Versuch, sich zu befreien, stemmte sie ihre Hände gegen seine Brust. Aber er streifte bereits ihr Hemd nach oben, entblößte ihre langen, schlanken Beine, und sie fühlte seinen Mund an ihrem Bauch, seinen warmen Atem. Da erlahmte auch ihr letzter Widerstand.

So schnell verging die Zeit, man musste das Beste daraus machen, damit hatte er Recht. Die Vergangenheit war entschwunden, die Zukunft, die sie ersehnte, würde ihr das Schicksal verwehren. Nur die Gegenwart zählte. Ist es denn verwerflich, wenn ich mir ein bisschen Glück gönne, fragte sie sich.

Plötzlich erschien Lady Esas Bild in ihrer Fantasie – die kalte, verächtliche Schönheit. Würde Hawk sie heiraten, diese *echte, vornehme Lady,* die seiner wert wäre? Vielleicht, denn sie wirkte sehr entschlossen. Das hatte Krysta trotz ihrer mangelhaften Menschenkenntnis festgestellt.

Falls das geschehen würde, wollte sie wenigstens einen kleinen Sieg erringen, den wünschte sie sich so inbrünstig, dass ihr Herz schmerzhaft gegen die Rippen hämmerte. Hawk durfte sie nicht vergessen. Im hohen Alter – und sie hoffte, er würde lange leben – sollte er sich immer noch erinnern, wie er sie berührt hatte, wie ihre Küsse schmeckten, wie ihre Stimme klang. Und die Ekstase, die sie in dieser Nacht teilten, sollte seine Träume verzaubern, bis zum Ende seiner Tage.

Hawk erkannte ihre Kapitulation, und der Triumph war bittersüß. Viel zu selbstsüchtig hatte er seinen Willen durchgesetzt, deshalb machte er sich Vorwürfe. Trotzdem gab es kein Zurück. Ungeduldig zerrte er ihr das Hemd über den Kopf und warf es zu Boden. Wie kühler Alabaster schimmerte ihre Haut, aber ihre Glut glich seiner eigenen. Er zog sie herab, so dass sie auf ihm lag, streichelte ihren Rücken, die sanft gerundeten Hüften, seine Finger glitten zwischen ihre Schenkel, und ein verzehrender Kuss nahm ihr den Atem. Begierig kostete er ihren Mund, seine Zunge spielte mit ihrer. Sein Verlangen nach ihr war unersättlich, von den Tagen und Nächten ohne Erfüllung noch

gesteigert. Nun wollte er endlich ihren Körper unter seinem spüren. An nichts anderes konnte er denken, als sie sich plötzlich in seinen Armen bewegte.

Mit einem provozierenden, mutwilligen Lächeln richtete sie sich auf und saß rittlings auf seinen Hüften, warf ihr goldenes Haar in den Nacken und enthüllte ihre betörenden Brüste. Heiße Sehnsucht verschleierte ihre Augen und ihre Hände strichen zart über seine Brust. »Bitte«, hauchte sie, »ich würde so gern...«

Stöhnend ließ er seinen Kopf ins Kissen sinken. Seine Erregung schmerzte bereits. Wenn Krystas Blick gewisse Schlussfolgerungen erlaubte, würde seine Qual noch eine Weile dauern. Ihn interessierten ihre unschuldigen Liebeskünste, obwohl er an seiner Fähigkeit zweifelte, sich noch länger zu beherrschen. Während er sein Bestes tat, pochte sein Puls immer schneller. Wie ein Feuerstrom floss das Blut durch seine Adern.

Krysta war eine unerfahrene Verführerin. Beglückt von ihrer eigenen Kühnheit, genoss sie die Wirkung, die sie auf ihn ausübte, in vollen Zügen. Sie erforschte ihn mit zärtlichen Händen und Lippen, mit hungrigen Küssen und ihrer warmen, weichen Haut. Dabei schwieg sie nicht. Aus ihrer Kehle rangen sich leise Laute, Freudenrufe voller Staunen, die ihn mit männlichem Stolz erfüllten, seine Selbstkontrolle hing an einem seidenen Faden.

Auf seiner Stirn perlte Schweiß, als sie sich aufrichtete, eine scheue Frage in den Augen. Was sie wollte, verstand er sofort, umfasste ihre Hüften und postierte sie über dem harten Zeichen seiner Lust. Verblüfft hielt sie die Luft an. Dann seufzte sie entzückt und verschmolz mit ihm aufreizend langsam. Nachdem er so tief wie möglich in sie eingedrungen war, schlangen sich seine und ihre Finger ineinander. Mit angeborener Grazie begann sie sich zu bewegen. Fasziniert beobachtete er, wie die wachsende Leidenschaft ihre Haut rötete, die harten Knospen ihrer Brüste näherten sich verlockend seinem Mund.

Beinahe war dieser Angriff auf ihre berauschten Sinne unerträglich. Während Hawk an einer ihrer Brustwarzen saugte, schrie sie auf. Brennende Wellen durchfluteten ihren ganzen Körper, in wildem Tempo, bis sie sich in einem weiß glühenden Wirbel ergossen, der kein Ende zu finden schien. Kraftlos sank sie auf ihren Liebhaber hinab, völlig außer Atem. Die Welt drehte sich, und plötzlich lag sie unter ihm. Die markanten Züge angespannt, die Augen verengt, strebte er seiner Erlösung entgegen, immer schneller. Ohne Gnadenfrist wurde Krysta zu einem neuen Gipfel emporgejagt, und Hawk folgte ihr wenig später. Ganz fest presste er sie an sich, als wollte er sie nie mehr loslassen.

Es genügte nicht. Bei Tagesanbruch erwachten sie, Hände und Lippen suchten einander. Diesmal liebten sie sich langsamer und zärtlicher. Jeden einzelnen Moment kosteten sie aus. Danach schliefen sie tief und fest. Nicht einmal die üblichen Morgengeräusche des Königshofs konnten sie stören. Erst als der Lärm in den Straßen der geschäftigen Stadt – polternde Wagen, schrilles Stimmengewirr, die scharfen Befehle der Wachtposten, die fröhlichen Lieder fahrender Sänger – durch die offenen Fenster in Hawks Gemach drang, kehrte das erschöpfte Paar widerstrebend in die Wirklichkeit zurück.

Nur mühsam errungene Disziplin befähigte die beiden, aus dem Bett zu steigen, ohne der Versuchung flüchtiger Liebkosungen und zärtlicher Blicke erneut zu erliegen. Den nackten Körper von einem Laken umhüllt, taumelte Krysta in ihr Zimmer. Gleichzeitig klopfte es an der Tür, die zum Flur führte. Ohne eine Antwort abzuwarten, trat die Zofe ein. Verdutzt riss sie die Augen auf, und ihre Wangen röteten sich. Aber sie sagte nichts und stellte ein Tablett auf den Tisch, knickste und legte Kleider für die Herrin über einen Sessel.

Kurz danach kam Hawk herein, mit nacktem Oberkörper, Seifenschaum am Kinn, ein Rasiermesser in der Hand, und erinnerte Krysta an die Verabredung mit dem König. Da schüttete

das verdatterte Mädchen zu viel Milch in einen Becher, so dass sie über den Tisch rann und zu Boden tropfte. Obwohl die Zofe protestierte, kniete Krysta seufzend nieder und half ihr, die Bescherung aufzuwischen. Nur zu gut kannte sie Hawks verwirrende Wirkung auf das schwache Geschlecht. Er hatte sie oft genug aus der Fassung gebracht, und was noch schlimmer war, das störte sie nicht im Mindesten. Es fiel ihr sogar schwer, nicht unentwegt zu lächeln. Vor lauter Glück schwindelte ihr beinahe. Alle Sorgen, die sie am Vortag geplagt hatten, rückten in weite Ferne.

Erst nachdem sie sich angezogen und ein paar Bissen gegessen hatte, überlegte sie, was Alfred für diesen Tag geplant haben mochte. Bisher war ihr das völlig gleichgültig gewesen. Dass sie die Wünsche des großen Königs so unwichtig fand, wies auf ihren bedenklichen Geisteszustand hin. Was immer auch geschehen würde, sie musste verbergen, wie es in ihr aussah. Darüber grübelte sie immer noch, als Hawk zurückkehrte, um sie abzuholen. Anerkennend musterte er ihre äußere Erscheinung, und sein jungenhaftes Grinsen beschleunigte ihren Puls. »Wir sind viel zu spät dran, beeil dich!«, mahnte er und nickte der verlegenen Zofe zu. »Glücklicherweise hat Alfred immer was zu tun, also wird's ihm nichts ausmachen.«

Noch ehe Krysta ihre Gedanken einigermaßen ordnen konnte, führte er sie die Treppe hinab. In der großen Halle trafen sie nur ein paar Dienstboten an, ein sicheres Zeichen, dass der Morgen schon weit vorangeschritten war. Draußen schien eine strahlend helle Sonne, eine frische Brise bewegte die Zweige der jungen Bäume.

Hawk eilte mit Krysta zu einem steinernen Gebäude, das etwas abseits lag, inmitten eines idyllischen Gartens. Hier spürte man nichts vom hektischen Getümmel der Residenzstadt. Ein kurzer Blick durch die offene Doppeltür bestätigte Krystas Vermutung. Im Halbdunkel sah sie ein Kirchenschiff. Sie folgten einem Weg zur Ecke des Gotteshauses. Dahinter änderte sich die

beschauliche Szenerie, von einer Atmosphäre reger Betriebsamkeit verdrängt. An mehreren Tischen saßen Mönche, zwischen leinenen Wandschirmen, die den Wind und aufgewirbelten Staub fern hielten. Davor geschützt, konnten die Mönche das Sonnenlicht für ihre Arbeit nutzen. Welch eine faszinierende Arbeit. Krystas Herz pochte schneller, als sie erkannte, dass sie *Buchseiten* beschrifteten. Eifrig rannten junge Gehilfen hin und her, um noch mehr Tinte, neue Federn und Pergament zu holen. Andere Burschen saßen unter einem Baum und wurden von einem Lehrmeister in die Schönschreibkunst eingewiesen.

Mit leiser Stimme erklärte Hawk: »Alfred glaubt, später würde man sich vor allem deshalb an ihn erinnern, weil er in diesem Land die Wissenschaft wiederbelebt hat. Ohne sie wird der Frieden nicht lange währen, deshalb ist sie am allerwichtigsten.« Er zeigte auf einen Gebäudekomplex jenseits der Tische. »Dort siehst du das Skriptorium, die Schreibstube der Mönche, und die Schule, die der König gegründet hat. In einem Teil des Trakts bringen viele Aristokraten ihre Söhne unter, die Alfreds Erziehung genießen. Um diese Ausbildungsplätze kämpfen die Väter geradezu, obwohl sie nicht verstehen, dass der König seine Schützlinge dazu zwingt, jeden Tag ein paar Stunden ihren Studien zu widmen. Manche Lords sehen immer noch keinen Sinn in der Gelehrsamkeit und finden es unmännlich, wenn man danach strebt. Trotzdem würden sie Alfred niemals widersprechen. Sogar die unbegabtesten Schüler verlassen das Schloss mit ein paar Lateinkenntnissen und einem Wissen, das sie sich woanders niemals angeeignet hätten.«

Von glühendem Neid erfasst, malte sich Krysta aus, wie es sein mochte, in einem dieser Häuser zu leben, jeden Tag Bücher zu lesen und von fachkundigen Männern unterrichtet zu werden. So musste es im Paradies zugehen. Sie schaute in Hawks leuchtend blaue Augen. Dann wich sie seinem Blick aus, sonst hätte sie nicht klar denken können. »Dürfen auch Frauen in König Alfreds Residenz studieren?«

»Wieso wusste ich, dass du diese Frage stellen würdest?«, neckte er sie. »Manche Leute meinen, gebildete Frauen würden zur Unzufriedenheit neigen und die Autorität ihrer Väter oder Ehemänner nicht anerkennen. Vielleicht stimmt das. Wie ich schon öfter festgestellt habe, lässt deine Fügsamkeit zu wünschen übrig.«

»Vermutlich überschätzt du den Wert der Demut.« Schon im nächsten Moment bereute sie ihre Worte, die etwas zu herausfordernd klangen. Hawk, ein Krieger und Kommandant, erwartete natürlich, dass man ihm gehorchte.

»Nie zuvor habe ich einen Menschen so duldsam behandelt wie dich, Krysta«, entgegnete er in ruhigem Ton. »Deinen Ungehorsam nahm ich immer wieder hin. Weißt du, warum?«

Zu einer Antwort fand sie keine Zeit, denn in diesem Augenblick kam Alfred aus einem der Häuser, von dem Priester begleitet, der am vergangenen Abend neben Hawk gesessen hatte. Als sie die Neuankömmlinge erblickten, eilten sie zu ihnen.

»Da seid Ihr ja!« Offensichtlich war Alfred bester Laune, und er zeigte sogar einen überschwänglichen Enthusiasmus, der die ernsthaften Pflichten seiner Position nicht erahnen ließ. »Meine Liebe«, fuhr er, zu Krysta gewandt fort, »ich glaube, meinen guten Freund, Vater Asser, habt Ihr noch nicht kennen gelernt. Dieser leidgeprüfte Mann übernahm vor vielen Jahren die schwere Aufgabe, mir Latein beizubringen.«

Lächelnd verneigte sich der Priester vor Krysta. »Schon gestern Abend habe ich Eure Schönheit bewundert, Mylady. Und ich versichere Euch, der König war kein so schlechter Schüler, wie er behauptet.«

»Jetzt schmeichelt er mir«, scherzte Alfred, »weil ich dieses Schulgebäude errichtet habe und noch andere im ganzen Land. Er möchte Wessex mit Büchern überhäufen. Und ich bin sein williger Komplize.«

»Die ganze Welt würde ich mit Büchern überschütten, wenn ich Mittel und Wege fände«, gestand der Geistliche. »Vor kur-

zem begann ich eine Geschichte dieser Regentschaft zu verfassen.«

Gutmütig seufzte Alfred. »Deshalb muss ich ihm besonders freundlich begegnen, denn die Menschheit wird noch in vielen hundert Jahren lesen, was er von mir hält.«

»Sicher wird man sich auch an andere Dinge erinnern, Mylord«, bemerkte Hawk trocken.

Vater Asser lachte. »Hört ihm nur zu, Mylord! Er ist jung und vital und den sinnlichen Dingen des Lebens viel enger verbunden als ein alter Büßer von meiner Sorte.«

»Beruft Euch bloß nicht auf Euer Alter, mein Freund!«, mahnte Alfred. »Eure Dienste werde ich noch jahrelang brauchen. Ihr habt Eure Arbeit eben erst begonnen.«

»Möge der Allmächtige mir noch einige Zeit auf dieser Erde gewähren«, murmelte der Priester. Dann musterte er Krysta interessiert. »Wie mir Lord Hawk erzählt hat, könnt Ihr lesen, Mylady.«

Auch Alfreds Neugier erwachte. Offenbar hatte er nichts gegen gebildete Frauen einzuwenden. »Wie habt Ihr's gelernt, meine Liebe?«

»Als ich ein kleines Mädchen war, suchte ein Mönch die Festung meines Vaters in Vestfold auf und bat ihn um die Erlaubnis, den Einheimischen das Christentum nahe zu bringen. Das beunruhigte meinen Vater, denn er fürchtete, es könnte zu Schwierigkeiten führen. Andererseits wollte er den Mönch nicht kränken, weil er die Macht des christlichen Gottes fürchtete. Und so durfte der Mönch seine Lehre verbreiten. Mein Vater schickte ihn auch zu mir. Etwa zehn Jahre blieb Bruder Malcolm bei uns, erklärte mir das Evangelium und lehrte mich lesen. Nachdem er den Eindruck gewonnen hatte, ich wäre halbwegs begabt, entschied er, ich müsste auch schreiben und rechnen lernen …« Da diese Enthüllungen keinen Unmut erregten, fügte sie nach kurzem Zögern hinzu: »Und Latein.«

»Latein?«, rief Alfred und blinzelte, als würde sie einer Spe-

zies angehören, der er noch nie begegnet war. »Könnt Ihr tatsächlich Latein lesen?«

»Ja, zu meinem Glück. Bruder Malcolm war ein sehr freundlicher, geduldiger Lehrer.«

»Hat Euer Volk das Wort Christi erhört?«, fragte Vater Asser, und Krysta nickte.

»Wir alle ließen uns bekehren und in späteren Jahren noch viele andere Norweger. Sogar mein Vater erkannte am Ende seines Lebens, dass man den Gott der Christenheit nicht fürchten muss, denn Er schenkt uns die Hoffnung auf eine bessere Welt.«

»Dann hat Bruder Malcolm seine Jahre in Vestfold gut genutzt«, meinte der König. »Er muss ein ungewöhnlicher Mann gewesen sein, da er beschlossen hat, ein junges Mädchen zu unterrichten. Schon immer war ich der Ansicht, ein kluger Mann sollte auf bescheidenen Grundfesten zu bauen anfangen und allmählich größere Ziele anstreben. Vielleicht sollten wir auch die Töchter unserer Lords in diese Schule aufnehmen. Zunächst könnten wir ihnen schlichte Erkenntnisse übermitteln und dann abwarten, ob sie Fortschritte machen.«

»Was für eine großartige Idee, Mylord!«, lobte Hawk. Verblüfft und erfreut schaute Krysta ihn an, was ihm nicht entging. Grinsend sprach er weiter: »Vorausgesetzt, die Mädchen würden ihre weiblichen Aufgaben nicht vernachlässigen.«

»Das dürfen wir natürlich nicht gestatten«, stimmte der König zu. »Jedenfalls wäre es möglich...« Er verstummte und starrte nachdenklich vor sich hin. Dann lächelte er entschuldigend. »Verzeiht mir. Ständig überlege ich, wie ich die irdischen Aufgaben, die mir zugewiesen wurden, noch besser erfüllen kann. Wie auch immer, Lady Krysta, soeben wurde die erste Kopie eines neuen Buchs vollendet, eine Abhandlung über die Organisation der Regierung. Die möchte ich mir ansehen, und als ich Hawk einlud, mich zu begleiten, schlug er vor, Ihr solltet mitkommen.«

Das war also die Exkursion, die Alfred geplant hatte. Außer-

gewöhnlich und wie aufschlussreich, was den Charakter des Königs betraf. Wie freundlich von Hawk, mich einzubeziehen, dachte Krysta. Eine weitere seiner zahlreichen Tugenden, die sie während einer trostlosen Zukunft in ihrem Herzen bewahren würde. Doch daran wollte sie jetzt nicht denken. Die Aussicht, ein neues Buch zu begutachten, noch dazu als eine der ersten Personen, die es sehen würden, war viel zu erfreulich. »Besten Dank, Mylord, das wäre himmlisch. Bis zu meiner Ankunft in Hawkforte kannte ich nur wenige Bücher, und jetzt bin ich von ihnen umgeben, das bereitet mir großes Vergnügen.«

»Welch eine bewundernswerte Neigung, meine Liebe.« Höflich bot ihr der König einen Arm, und Hawk folgte ihnen mit Vater Asser ins Skriptorium.

Nie zuvor hatte sie einen so eindrucksvollen Raum betreten. Allein schon die Gerüche nach frischem Pergament und Kleister, feinem Leder und Tinte, das metallische Aroma von Gold, die würzigen Düfte gemahlener Mineralien und getrockneter Pflanzen, mit denen man Farben mischte, entfachten Krystas Begeisterung. Für eine Weile schloss sie die Augen und holte tief Atem. Diese einzigartige Mischung von Aromen würde sie niemals vergessen.

Und das war erst der Anfang. Auf hohen Schreibpulten lagen geöffnete Bücher. Teils noch im Entstehen, teils bereits vollendet. Leuchtende Farben entzückten Krysta, gleißendes Gold, Blau, Rot, Grün und Schwarz vereinten sich zu kunstvollen Lettern oder Illustrationen.

Hingerissen betrachtete sie ein großes A aus verschlungenen Ranken voller winziger bunter Vögel, als Hawk sich räusperte, um ihre Aufmerksamkeit zu erregen. Alfred und der Priester waren zu einem Tisch am anderen Ende des Raums gegangen, wo ein älterer Mönch das kostbare neue Buch bewachte. »Offensichtlich hast du den König mit deinem Charme umgarnt«, sagte Hawk leichthin. »Das gelingt nur wenigen Frauen. Aber von dir habe ich nichts anderes erwartet.«

Sein Lob beglückte und verwirrte sie. »Von Charme und solchen Dingen verstehe ich nichts. Bei meiner Erziehung wurde so etwas nicht berücksichtigt.«

»Echten Charme kann man nicht lernen. Vielleicht entspringt er einem offenen Herzen und einer sanften Seele.«

Überrascht hob sie die Brauen, dann brach sie in Gelächter aus. »Verzeih mir, ausgerechnet *du* findest meine Seele sanft? Habe ich nicht erst gestern gesagt, man müsste deinen Schädel mit einem Ruderblatt einschlagen?«

Auch Hawk lachte. Aber plötzlich verdunkelten sich seine Augen. »Es ist viel besser, du sprichst freimütig aus, was du denkst, statt böse Gedanken hinter einem falschen Lächeln zu verbergen. *Das* ist nur allzu üblich in diesem Zentrum der Macht. Trotzdem trifft man an Alfreds Hof gewisse Leute, die ihre wahren Gefühle nicht verhehlen. Daran solltest du dich stets erinnern.«

Seine Warnung bedrückte sie. Nur zu gut wusste sie, was er meinte. Die unverhohlene Verachtung Lord Udells und seiner Schwester hatte sie nicht vergessen. Gab es noch andere, die ihr ablehnend gegenüberstanden? Ein Schauer überlief ihren Rücken.

Mit warmen, kraftvollen Fingern umschloss Hawk ihre Hand und führte sie zu dem Pult, auf dem das neue Buch lag.

13

Das Sonnenzimmer der Königin lag im Ostflügel des Schlosses, ein heller, gemütlicher Raum, gut geeignet für die Näharbeit, der sich die meisten vornehmen Ladys täglich widmeten. Zu diesem Gemach ließ sich Krysta nach ihrem Besuch des Skriptoriums von einer Dienerin geleiten. Sie wusste, dass der König und Hawk viel zu besprechen hatten. Und obwohl sie die Unterredung gern mit anhören würde, hatte sie verständnisvoll

gelächelt, als sie freundlich, aber energisch weggeschickt worden war. Sie wollte allein in die Festung zurückkehren. Aber das verhinderte Hawk, entschuldigte sich für ein paar Minuten bei Alfred und begleitete sie in die Halle. Dort hatte er ein Dienstmädchen beauftragt, seine Braut zur Königin zu bringen.

Sobald Krysta das Sonnenzimmer betrat, erkannte sie, welch schweren Fehler sie beging. Hier waren einige Dutzend Ladys versammelt, in allen Altersstufen, aber gleichermaßen kostbar gekleidet. Der Anblick erinnerte sie an die prächtigen Vögel zwischen den Ranken des Großbuchstabens A. Genauso eitel schienen die Damen ihr farbenfrohes Gefieder zu spreizen, während sie Lord Hawks Verlobte neugierig anstarrten. Einen schrecklichen Augenblick lang fühlte sie sich wie gelähmt. Dann schien ihr das Lächeln der mütterlichen Königin einen rettenden Anker zuzuwerfen. Dankbar folgte Krysta der Einladung, neben Eahlswith Platz zu nehmen.

»Oh, ich hatte gehofft, Ihr würdet hierher kommen«, begann die Königin. »Erzählt doch, entspricht das neue Buch den hohen Erwartungen meines Gemahls?«

Mehrere Damen, die in der Nähe saßen, bekundeten höfliches Interesse. Aber Lady Esa schenkte ihre ungeteilte Aufmerksamkeit auch weiterhin der exquisiten Stickerei, an der sie arbeitete. Nur ihr spöttisches Lächeln deutete an, was sie dachte.

»Gewiss, Mylady, das Buch ist ein Wundwerk«, antwortete Krysta, ohne Esa zu beachten. »In prächtiger Schrift werden die Gesetze aufgelistet, die König Alfred erließ, um in seinem Reich Recht und Ordnung zu wahren. Der Band ist in drei Abschnitte unterteilt. Darin sind die Gesetze für die betenden, die arbeitenden und die kämpfenden Männer enthalten. Mühelos kann man die Handschrift lesen. Nie zuvor sah ich ein Buch mit so schönen, künstlerisch gestalteten Anfangsbuchstaben in jedem Kapitel und so zahlreichen anschaulichen Illustrationen.«

»Das freut mich zu hören«, erwiderte Eahlswith. »Denn ich

schwöre, meinem Gatten bedeuten seine Bücher fast genauso viel wie seine Kinder, und das will etwas heißen.«

Freundlich lächelten die Damen, alle außer Esa, die gelangweilt ihre Augen verdrehte. Entweder entging es der Königin, oder sie ignorierte das taktlose Verhalten der Lady. Krysta vermutete Letzteres, weil sie Eahlswiths Klugheit bereits erkannt hatte.

»Und wie gefällt Euch das Skriptorium?«, erkundigte sich die Königin.

»So einen herrlichen Raum sah ich nie zuvor. Ich durfte lange genug darin verweilen, um in einigen Büchern zu blättern. Und der König war so freundlich und versprach, er würde mir eins leihen.«

»Dass Ihr lesen könnt, finde ich einfach großartig, Lady Krysta. Hin und wieder beschloss ich, diese Fähigkeit zu erlernen. Aber dafür lassen mir die Kinder keine Zeit.«

Krysta nickte. Natürlich fiel es sogar einer Königin sehr schwer, ihren »weiblichen Aufgaben« auch nur kurzfristig zu entrinnen. »Zu meinem Glück lernte ich schon in der Kindheit lesen.«

»Zu Eurem Glück?« Esas Stimme klang sanft, aber durchdringend. Nun spitzten auch die Damen, die etwas weiter entfernt saßen, ihre Ohren. Auf einen Eklat hatten sie begierig gewartet. Die Lady lächelte gewinnend. »Am Rand von Nirgendwo aufzuwachsen, ohne Eltern, das würde ich nicht als Glück bezeichnen. Nach allem, was ich erfahren habe, ist Vestfold ein einsamer, trostloser, unzivilisierter Ort. Kein Wunder, dass Ihr so eifrig bestrebt wart, hierher zu reisen, und Euch sogar als Dienerin getarnt habt, um Euer Ziel möglichst schnell und ungefährdet zu erreichen.« Die Nase hoch erhoben, musterte sie Krysta und fragte honigsüß: »Oder war das nicht der Grund für Eure ungeheuerliche Maskerade?«

Ehe die Königin eingreifen konnte, entgegnete Krysta: »Keineswegs. Und Vestfold ist gewiss nicht so schrecklich, wie Ihr

glaubt, sondern wunderschön. Als ich meine Heimat verließ, war ich todunglücklich.«

»Ah, ich verstehe…« Esas Miene bewies das Gegenteil. »Also habt Ihr nur zum *Spaß* eine Dienerin gespielt? Weil Ihr Lord Hawk zum Narren halten wolltet?«

Die anderen Ladys kicherten. So gut wurden sie nur selten unterhalten. Dieses Vergnügen genossen sie in vollen Zügen. Eahlswith versuchte sich wieder einzumischen. Aber Krysta kam ihr zuvor, denn sie wollte keinesfalls den Eindruck erwecken, sie könnte nicht für sich selber einstehen. »Meine Beweggründe sind einzig und allein *meine* Sache, Lady. Und ich werde sie Euch nicht verraten.«

Schmollend verzog Esa die schönen Lippen. »Für solche Dummheiten interessiere ich mich auch gar nicht.«

Neues Gekicher erklang, bis die Königin mahnend eine Hand hob. »Bitte, verzeiht uns, Lady Krysta. Solche Klatschgeschichten verbreiten sich so schnell wie der Wind und sind genauso unnütz wie der Staub, den er aufwirbelt.« Ein strenger Blick schien Esa zu durchbohren. »Bedauerlicherweise haben manche Leute kein Fünkchen Verstand. Sonst würden sie diesen Unfug gar nicht beachten.«

»O Mylady!« Zerknirscht senkte Esa den Kopf. »Wenn ich Euer Missfallen erregt habe, tut es mir aus tiefster Seele Leid. Es ist nur – so wie wir alle weiß ich Lord Hawk und seine Verdienste sehr zu schätzen. Und der Gedanke, jemand könnte ihn beleidigt haben, weckt meinen Zorn, wenn das kein zu unweibliches Gefühl ist.«

Als Krysta diese Emotion empfand, hegte sie keine Bedenken. Es juckte sie in den Fingern, einen der Krüge zu ergreifen, die auf einem nahen Tisch standen, und kaltes Wasser in Lady Esas höhnisches Gesicht zu schütten.

Bedächtig legte Eahlswith die Tunika beiseite, die sie für ihren Gemahl bestickte. »Lady Krysta ist mit Lord Hawk verlobt«, erklärte sie leise, aber in entschiedenem Ton, »und diese Ehe ist

ein bedeutender Eckpfeiler des Friedens zwischen den Sachsen und den Norwegern, den unser König wahren möchte, um uns vor den wilden Dänen zu schützen. Vergessen wir nicht, dass unser Erlöser die Hochzeit zu Kana gesegnet und Wasser in Wein verwandelt hat, Er liebt alle Friedensstifter. Deshalb wird Er die Verbindung zwischen Lady Krysta und Hawk of Essex besonders wohlwollend betrachten.«

Am liebsten hätte Krysta lauthals verkündet, dieser Verlobung sei kein Segen beschieden und Hawk müsse eine andere heiraten, um seines Glücks und seiner Ehre willen. Aber sie schwieg, während Esa wieder nach ihrer Stickerei griff und erbost mit der Nadel in den Stoff stach, ohne das komplizierte Muster zu beachten.

Eahlswith winkte eine Zofe zu sich und erteilte ihr einen Befehl. Dann griff auch sie wieder zu ihrer Näharbeit. Wenig später erschien ein schüchterner junger Mönch, ein Buch in der Hand. Offensichtlich war er nicht an weibliche Gesellschaft gewöhnt.

»Wenn Ihr so freundlich wärt, meine Liebe…«, wandte sich die Königin an Krysta. »Lest uns doch etwas vor, während wir handarbeiten. Zweifellos ist der Inhalt dieses Buchs erbaulicher als Klatsch und Tratsch.«

Der Mönch zögerte, aber Eahlswiths' durchdringender Blick bewog ihn, das Buch widerstrebend in Krystas Hände zu legen. Wie sie erfreut feststellte, enthielt es die äsopschen Fabeln. Äsop, der Held eines griechischen Volksbuchs aus dem sechsten Jahrhundert vor Christi, war ein schalkhafter phrygischer Sklave gewesen. »Von diesen Geschichten habe ich schon gehört, aber noch keine einzige gelesen. Angeblich sind sie sehr witzig und geistreich.«

Ermutigend lächelte die Königin ihr zu, und Krysta schlug das Buch auf.

Der restliche Vormittag verlief in heiterer, angenehmer Atmosphäre, nicht zuletzt, weil Lady Esa Kopfschmerzen vorge-

schützt und sich mit ihrem Gefolge zurückgezogen hatte. Danach besserte sich die Stimmung im Sonnenzimmer, wenn Krysta auch nicht wusste, ob sie sich das nur einbildete. Jedenfalls atmete sie erleichtert auf.

Während die Männer anderswo beschäftigt waren, nahmen die Damen das Mittagessen gemeinsam ein. Zum ersten Mal in ihrem Leben genoss Krysta die Gesellschaft vornehmer Damen. Sie entsann sich, wie verärgert sie gewesen war, als Hawk scherzhaft erklärt hatte, es würde ihr gefallen, mit Frauen beisammenzusitzen, ein bisschen zu nähen und zu schwatzen. Jetzt sah sie das anders. Bei der Mahlzeit unterhielten sich die Ladys über die Geschichten, die Krysta ihnen vorgelesen hatte, stellten Vergleiche mit eigenen Erlebnissen an und lachten fröhlich. Einige waren besonders nett oder geistreich. Aber sie entdeckte an jeder liebenswerte Eigenschaften – seit Esa den Raum verlassen hatte.

Doch sie würde zurückkehren und ihr auch weiterhin das Leben schwer machen. Die Vorstellung, Hawk könnte eine solche Frau zu seiner Gattin erwählen, erfüllte Krysta mit kaltem Grauen. Zweifellos verdiente er etwas Besseres – eine perfekte Gemahlin. Eine Zeit lang hatte sie in ihrer Dummheit erwartet, diese Rolle zu übernehmen. Und sie würde es immer noch wünschen, hätte die Liebe ihrem Gewissen keine so schwere Bürde aufgeladen. Sosehr sie es auch bedauerte, sie musste auf ihr Glück an Hawks Seite verzichten. Aber dieses schmerzliche Opfer wollte sie nicht bringen, um dann mit anzusehen, wie er eine herzenskalte Frau heiratete, die nur sich selbst liebte.

Wieder einmal war sie den Tränen nahe. Alle Gefühle schienen sich zu steigern, Leid und Freude gleichermaßen. Zwischen beiden schwankte sie hin und her. Kein Wunder, dass sie sich übel fühlte. Oder vielleicht war ihr das Essen nicht bekommen. Besorgt neigte sich Eahlswith zu ihr. »Seid Ihr krank, meine Liebe?«

»Nein, nur eine kleine Unpässlichkeit«, erwiderte Krysta.

Plötzlich wurde ihr schwindlig, und sie schloss die Augen, in der vergeblichen Hoffnung, das würde ihr helfen.

Mit sanfter Hand berührte die Königin Krystas Stirn. »Ihr seid ja ganz verschwitzt! Habt Ihr heute noch etwas anderes gegessen als unsere Mahlzeit?«

»Nur ein paar Bissen, weil die Zeit knapp war. Ich schlief sehr lange. Und dann …«

Einige Ladys kicherten und erröteten verlegen. Mit einem strengen Blick gebot ihnen Eahlswith Einhalt, doch der Schaden ließ sich nicht mehr beheben. Krysta erblasste.

»Oh, meine Liebe, Ihr seht wirklich nicht gut aus.« Die Königin erhob sich und gab zwei Dienerinnen ein Zeichen. »Nun müsst Ihr in Euer Zimmer zurückkehren, Lady Krysta, und wir wollen sehen, was wir für Euch tun können. Sicher fehlt Euch nichts Ernstes. Wenn der Herbst beginnt, erkältet man sich leicht.«

Dankbar für die Gelegenheit, sich zu entfernen, stand Krysta auf und wurde sofort von einem neuen Schwindelgefühl erfasst. Von den Dienerinnen gestützt, ging sie zur Tür. »Bitte, beunruhigt Euch nicht«, bat sie die Königin. »Bald werde ich mich erholen.«

»Natürlich, meine Liebe. Trotzdem will ich Euch begleiten.«

Ohne Krystas Protest zu beachten, folgte Eahlswith ihr ins Gästezimmer, brachte sie zu Bett und forderte sie auf, einen Kamillensud zu trinken. Nur aus Höflichkeit gehorchte Krysta. Aber nach ein paar Minuten musste sie zugeben, dass sie sich besser fühlte. »Keine Ahnung, was in mich gefahren ist«, seufzte sie mit einem entschuldigenden Lächeln. »Noch nie im Leben war ich krank.«

»In letzter Zeit ist zu viel auf Euch eingestürmt. Das hat Euch wohl aus dem Gleichgewicht gebracht.«

Gerührt über Eahlswith' Mitleid und Verständnis, nickte Krysta. Obwohl sie ohne Mutterliebe aufgewachsen war, erkannte sie, welch eine gute Mutter die Königin sein musste.

»Wie glücklich müssen sich Eure Kinder schätzen, wenn *Ihr* für sie sorgt. Auch Euer Gemahl ist zu beneiden.«

»Vielen Dank, meine Liebe«, erwiderte Eahlswith, verblüfft und erfreut über das Kompliment. »Manchmal fürchte ich, die grandiosen Ereignisse am Königshof würden meiner Aufmerksamkeit entgehen. Aber ich tröste mich mit dem Wohlbefinden meiner Familie.«

»Keine Frau kann ihr Leben besser ausfüllen.«

»Bald werdet auch Ihr diesen Segen genießen.«

Krysta fühlte sich erschöpft. Ihr war immer noch ein bisschen übel, und ihr Herz drohte zu brechen. Vielleicht konnte sie deshalb ihr Schluchzen nicht unterdrücken. Von tiefem Kummer überwältigt, ließ sie ihren Tränen freien Lauf.

Erschrocken setzte sich Eahlswith zu ihr aufs Bett und schickte die Dienerinnen aus dem Zimmer. Sobald sich die Tür hinter den beiden geschlossen hatte, breitete sie die Arme aus. Ohne Zögern schmiegte sich Krysta an die Brust der herzensguten Frau. »Mein armes Kind, Ihr müsst mir anvertrauen, warum Ihr Euch grämt. Was in meiner Macht steht, will ich tun, um Euch beizustehen.«

Krysta schämte sich ihres Gefühlsausbruchs, doch sie wusste die Fürsorge der Königin zu würdigen. Hilflos schüttelte sie den Kopf. »Danke, Mylady. Aber ich glaube, Ihr könnt nichts unternehmen …«

»Gar nichts?« Eahlswith schob sie ein wenig von sich und schaute ihr lächelnd in die Augen. »Stets war ich eine gute, gehorsame Ehefrau. Das werden Euch alle Leute an diesem Hof bestätigen. Kein einziges Mal habe ich mich den Wünschen meines Gemahls widersetzt. Was keineswegs bedeutet, Alfred würde sich nie nach meiner Meinung erkundigen. Und nun wollen wir versuchen, Euer Problem zu lösen, meine Liebe. Habt Ihr Heimweh?«

»Warum werde ich immer wieder danach gefragt? Nein, ich leide nicht an Heimweh. Sobald ich Vestfold verließ, war es für

mich verloren. Dort führt mein Halbbruder das Regiment seit dem Tod unseres Vaters. Ich wusste, ich würde niemals zurückkehren, selbst wenn er es gestatten würde. Aber er hat mir unmissverständlich erklärt, er würde mich verstoßen.«

»Tatsächlich? Wie grausam! Was ist das bloß für ein Mann?«

»Ein verbitterter, rachsüchtiger Mann, der nie darüber hinwegkam, dass mein Vater ein zweites Mal geheiratet hat und zwar meine Mutter. Wie ich allerdings eingestehen muss, war diese Ehe mit gewissen Schwierigkeiten verbunden.«

»Das bedauere ich. Aber so etwas ist nicht ungewöhnlich. Viele Witwer suchen ein neues Eheglück. Wenn Ihr Euch nicht nach Eurer früheren Heimat sehnt, bekümmert Euch die Verlobung mit Lord Hawk? Die Sorge eines jungen Mädchens, das in ein fernes Land geschickt wird, um einen Fremden zu heiraten, ist nur natürlich. Auch mir widerfuhr dieses Schicksal, und ich erinnere mich noch sehr gut an meine Bedenken. Aber ich versichere Euch, von Lord Hawk habt Ihr nichts zu befürchten. Er ist ein ehrenwerter, großartiger Mensch.«

»Das weiß ich, und ich schätze ihn über alle Maßen. Aus diesem Grund …« Krysta unterbrach sich, denn ihr wurde bewusst, welch ein ungeheuerliches Geständnis sie jetzt ablegen würde. Doch die Königin schaute sie so freundlich und mitfühlend an. Und Krysta musste sich endlich alles von der Seele reden. »Deshalb kann ich ihn nicht heiraten.«

Verwirrt hob Eahlswith die Brauen, als traute sie ihren Ohren nicht. Dann merkte sie, dass sie sich nicht verhört hatte, und rief bestürzt: »Ihr könnt ihn nicht heiraten? Überlegt doch, was das bedeutet, Kindchen! Die Hochzeit – von Alfred und Lord Hawks Schwager arrangiert – soll den Frieden zwischen unseren Völkern festigen. Glaubt mir, ich verstehe Eure Angst vor dem Eheleben, aber die müsst Ihr überwinden und tun, was richtig ist. So viel hängt davon ab.«

»Weil ich tun muss, was richtig ist, darf ich Hawk nicht heiraten. Diese Ehe wäre zu sehr belastet …«

»Wovon? Mein liebes Kind, Ihr müsst mir alles erzählen, was Euer Herz beschwert. Dann werde ich Eure befremdliche Entscheidung vielleicht begreifen.«

»Ja, Mylady, ich werde Euch einweihen. In Hawkforte nahm mein Halbbruder Sven kein Blatt vor den Mund. Bald wird die Geschichte auch Winchester erreichen.« Mit leiser Stimme, ohne die Königin anzuschauen, schilderte Krysta das Schicksal ihrer Mutter. Sie nahm an, Eahlswith wäre entsetzt und würde sich abgestoßen fühlen. Solche Ereignisse mussten jede Christin zutiefst erschüttern.

Aber als sie verstummte, starrte die ältere Frau nur ins Leere und seufzte. »Armes Kind, welch eine grauenhafte Last wurde Euren jungen Schultern aufgebürdet! Aber falls das alles der Wahrheit entspricht, und ich möchte es nicht beurteilen, sehe ich trotzdem keinen Grund, warum Ihr Euch *nicht* für eine Sterbliche halten solltet.« Sie legte einen Finger unter Krystas Kinn und zwang sie, ihren Blick zu erwidern. »Oder?«

Krysta dachte an Raven und Thorgold, an ihre Visionen von einer Welt, die andere Menschen nicht zu sehen schienen. »Offen gestanden gibt es in meinem Leben Dinge, die ich sehr sonderbar finde.« Plötzlich spürte sie, wie alle Kraft aus ihr wich und eine eigenartige innere Ruhe zurückblieb. »Irgendwie bildete ich mir ein, ich könnte alles in Ordnung bringen. Aber jetzt weiß ich, wie dumm das war. Hawk verdient etwas Besseres. Mylady, meint Ihr wirklich, eine Ehe, auf der ein so dunkler Schatten liegt, würde dem Allmächtigen gefallen und den Frieden sichern?«

Nur was die wahrheitsliebende Königin vorbehaltlos glaubte, konnte sie aussprechen. »In Gottes Schöpfung gibt es viel mehr, als wir wahrnehmen, und alles dient irgendeinem höheren Zweck. Aber was Eure Situation betrifft, Lady Krysta, ich verstehe nun Eure Sorge, aber ich empfehle Euch dringend, keinen vorschnellen Entschluss zu fassen und nicht unbedacht zu handeln. Dies alles muss reiflich überlegt werden.«

»Das tat ich bereits.« Krysta sank ins Kissen zurück. Nach ihrem Geständnis und dem vernünftigen Rat der Königin atmete sie etwas freier. Selbstsüchtig hoffte sie, noch etwas Zeit mit Hawk verbringen zu können, bevor sie sich trennen würden.

Von ähnlichen Gedanken bewegt, fragte Eahlswith: »Wenn Ihr glaubt, Ihr könnt Lord Hawk nicht heiraten, und nicht in Eure Heimat zurückkehren dürft, wohin wollt Ihr Euch dann wenden?«

»Darüber habe ich noch nicht nachgedacht«, gab Krysta zu. Dann zögerte sie, weil sie erneut fürchtete, die Königin zu erschrecken. Wenn sie ihrer Liebe auch entsagen musste, wollte sie ihrem Leben wenigstens einen Sinn verleihen. Nützliche Arbeit leisten, mochte ihr gebrochenes Herz auch keinen Trost darin finden. Dieser Wunsch war im Skriptorium erwacht. »Am liebsten würde ich studieren. Männer mit solchen Neigungen gehen ins Kloster. Gibt es auch für Frauen einen solchen Ort?«

Nachdenklich runzelte Eahlswith die Stirn. »Auch Frauen können einem Orden beitreten und sich in der Obhut einer Äbtissin der Wissenschaft widmen. Bisher sind nur wenige Nonnenklöster entstanden. Aber ich selbst habe eins gegründet. Und es soll nicht das Letzte sein.« Forschend musterte sie Krystas Gesicht. »Wenn Ihr Euch in ein Kloster zurückziehen wollt, müsstet Ihr ein heiliges Gelübde ablegen. Traut Ihr Euch das zu?«

»Das weiß ich nicht«, gestand Krysta. »Und ich bezweifle, dass eine Äbtissin jemanden wie mich aufnehmen würde.«

»Dem Kloster, das ich gegründet habe, steht meine liebe Schwester vor, eine vernünftige, warmherzige Frau. Aber wir eilen den Ereignissen voraus. Noch ist es zu früh, um solche Pläne zu schmieden.« Nach einer kurzen Pause fuhr die Königin fort: »Ich ersuche Euch noch einmal, nehmt Euch Zeit und wägt Eure Entscheidung gründlich ab. Den Schleier zu nehmen, statt einen mächtigen Lord zu heiraten, das ist ein folgenschwe-

rer Entschluss. Und wenn Ihr Euch dazu entschieden habt, gibt es kein Zurück.« Etwas später verabschiedete sich die Königin. »Ruht Euch jetzt aus, mein Kind.«

Eine Zeit lang lauschte Krysta den Geräuschen der Stadt, die durch die Fenster hereindrangen. Die milde Brise beruhigte sie ein wenig, und der Raum roch angenehm nach getrockneten Blumen. Zwitschernd setzte sich ein Star auf ein Fenstersims und warf Krysta einen kurzen Blick zu, bevor er davonflog. Plötzlich schwang die Tür auf.

Hawk stürmte ins Zimmer, packte Krystas Schultern und schüttelte sie. »Was stimmt denn nicht mit dir?«

Verwirrt hob sie die Lider. Seine unerwartete Ankunft nahm ihr den Atem, und es dauerte ein paar Sekunden, bis sie antworten konnte: »Alles in Ordnung. Mir war nur ein bisschen übel. Nichts Ernstes.«

»Ein bisschen übel? Was heißt das? Hast du Fieber?« Er betastete ihre Stirn. »Nein. Tut dir irgendwas weh?«

Erstaunt über seine übertriebene Sorge, beteuerte sie: »Gar nichts – ich hatte nur leichte Magenbeschwerden.« Wohlweislich verschwieg sie die Schwindelgefühle, denn sie wollte ihn nicht noch mehr aufregen. Warum nahm der mächtige Hawk of Essex einen verdorbenen Magen so wichtig?

Abrupt ließ er sie los und begann umherzuwandern – einerseits erleichtert, andererseits verärgert. »Weil du nicht richtig isst!«

»O nein! Fang nicht schon wieder damit an. Nur ein kleiner Schwächeanfall, das war alles.« Beinahe hätte sie hinzugefügt, Lady Esas Bosheit könnte ihr den Magen umgedreht haben. »Wieso weißt du Bescheid?«

»Eine Dienerin hat's mir erzählt.« Allmählich schien er sich zu beruhigen. »Geht's dir jetzt besser? In Alfreds Diensten stehen ausgezeichnete Ärzte. Soll ich einen holen?«

»Danke, nicht nötig. Die Königin hat sich rührend um mich gekümmert, und ich bin schon verlegen genug, weil sie so viel

Aufhebens um mich machte.« Plötzlich erschrak sie. »Hat der König gehört, was die Dienerin sagte?«

Gleichmütig zuckte Hawk die Achseln. »Das spielt keine Rolle. Jedenfalls bin ich froh, dass du dich besser fühlst.«

»Ja, inzwischen habe ich die Übelkeit überwunden, und ich sollte aufstehen. Am helllichten Tag dürfte man nicht im Bett faulenzen.«

»Wirklich nicht?« Er setzte sich zu ihr und schaute sie herausfordernd an. »Kannst du beurteilen, ob das erstrebenswert ist oder nicht? Hast du einschlägige Erfahrungen gesammelt? In Hawkforte gewann ich den Eindruck, du würdest immer nur arbeiten.«

Seine Hand lag neben ihrer, und die Finger berührten sich ganz leicht. Trotzdem spürte Krysta einen wohligen Schauer. Im strahlenden Sonnenschein kehrte die süße Sehnsucht der vergangenen Nacht zurück. Bedrückt dachte sie an die leeren Jahre ihrer Zukunft. Wenn sie ihr Leben auch sinnvoller Arbeit weihte, ihr verwundetes Herz würde niemals heilen. »Wie lange wirst du in Winchester bleiben?«, fragte sie, ohne Hawk anzuschauen.

»Vielleicht eine Woche.« Er unterbrach sich, und sie fühlte seinen prüfenden Blick. »Warum willst du das wissen?«

»Aus keinem bestimmten Grund.« Die Erklärung eines Feiglings. Entschlossen riss sie sich zusammen und versuchte es noch einmal. »Weil wir gewisse Dinge regeln müssen.«

Er stand auf, ging zum anderen Ende des Raums und drehte sich zu ihr um. Innerhalb weniger Sekunden war der freundliche, um ihr Wohl besorgte Mann vom mächtigen Hawk of Essex verdrängt worden, der gnadenlos alles festhielt, was ihm gehörte. »Zwischen uns ist alles geregelt. Das solltest du endlich zur Kenntnis nehmen. Niemals werde ich dir erlauben, mit albernen Launen zu verhindern, was geschehen muss.«

»Ach, tatsächlich, du wirst es nicht erlauben?« Ihr verletzter Stolz besiegte die Vernunft. »Glaubst du, die Entscheidung über

unsere Heirat liegt bei dir allein? Immerhin geht es um das Wohl unzähliger Menschen.«

»Angeblich denkst du nur an *mein* Wohl.«

»Nicht *angeblich*, sondern wirklich und wahrhaftig. Wenn du's doch einsehen würdest…« Ihre Stimme brach, und sie sprang aus dem Bett. Irgendwie musste sie ihm entrinnen – irgendwohin fliehen, wo sie ihre Qual und ihre Scham nicht länger zu verhehlen brauchte.

Aber das ließ er nicht zu. Mit beiden Armen umschlang er ihren zitternden Körper. Trotz ihrer heftigen Gegenwehr hielt er sie eisern fest. »Krysta, meine Süße! Du regst dich völlig grundlos auf. Was immer du in deiner Kindheit gehört hast, diese Geschichten bedeuten nichts.«

»Für mich schon«, flüsterte sie. Und weil es kein anderes Versteck gab, verbarg sie ihr Gesicht an seiner Brust.

Seufzend drückte er sie noch fester an sich und hoffte, sie würde nicht in Tränen ausbrechen. Nur weil er ihre innere Kraft kannte, vergaß er manchmal, wie schmerzlich der idiotische Sven von Vestfold ihre Seele gekränkt und geschwächt hatte – möge er im ewigen Höllenfeuer schmoren. Letzten Endes würde sich alles zum Guten wenden. Davon war Hawk überzeugt. Aber es würde eine ganze Weile dauern. Und diese Zeit wollte er auf angenehme Weise nutzen.

»O Krysta…«, murmelte er, presste seine Lippen an ihren Hals und jagte einen neuen wohligen Schauer durch ihren Körper. Dann hob er sie hoch und trug sie zum Bett. »Wenn's dir widerstrebt, was ich tun möchte – sag's *jetzt*.«

Sie starrte ihn so verzweifelt an, dass er sekundenlang fürchtete, sie würde ihm das ersehnte Glück verweigern. Nur mühsam bezwang er den Impuls, ihren Mund mit einem Kuss zu verschließen, die gefürchteten Worte zu ersticken. Aber sie streichelte sein Gesicht mit sanften Fingerspitzen, als wollte sie sich jeden einzelnen seiner Züge einprägen. Erleichtert seufzte er auf und sank mit ihr ins Bett.

14

Als Krysta am nächsten Morgen erwachte, war Hawk verschwunden. Glücklicherweise – denn kaum hatte sie den Kopf aus dem Kissen gehoben, begann ihr Magen wieder zu rebellieren, diesmal mit den naturgemäßen Folgen. Nachdem sie sich übergeben hatte, kroch sie keuchend und kraftlos ins Bett zurück.

Wenig später betrat die Zofe das Zimmer, und Krysta zwang sich zu einem freundlichen Lächeln. An ein Frühstück war nicht zu denken. Aber das Mädchen stellte ein Tablett auf den Bettrand. »Die Königin sagt, Ihr müsst tüchtig essen, Mylady. Dann wird's Euch bald besser gehen.«

Krysta fragte sich, wieso Eahlswith die neuerlichen Magenbeschwerden vorausgesehen hatte und wie sie die Mahlzeit ablehnen sollte, ohne die Dienerin in Schwierigkeiten zu bringen. Nach einem Blick auf das Tablett besann sie sich anders – nur ein Becher mit jenem Kamillensud, der ihr am Vortag geholfen hatte, und einige Scheiben trockenes Brot. Normalerweise würde ihr ein solches Frühstück missfallen. Aber in ihrem derzeitigen Zustand fand sie es sogar verlockend.

Sobald sie den Sud getrunken und ein paar Bissen gegessen hatte, erholte sie sich tatsächlich. Ohne Schwindelgefühle zu verspüren, stand sie auf und zog sich an. Erfreut über ihre schnelle Genesung, dankte sie der Zofe und verließ ihr Schlafgemach. Auf dem Weg zum Sonnenzimmer der Königin begegnete ihr Lady Esa.

Hochelegant und bildschön, lächelte sie frostig. »Ist das nicht die kleine Dienerin? Wärt Ihr in *meinem* Haushalt angestellt, würde ich Euch befehlen, Euch besser zu kleiden und irgendetwas mit Euren ungepflegten Haaren anzufangen.«

Nach Krystas Meinung gab es an ihrem schlichten, aber hübschen waldgrünen Kleid nichts auszusetzen. Ihre Locken hatte

sie mit mehreren Bändern – Hawks Geschenk – locker umwunden. So vornehm wie Esa sah sie natürlich nicht aus.

»Lasst mich vorbei«, bat sie und machte einen Schritt zur Seite.

Lachend verdrehte Esa die Augen, und ihr Gefolge kicherte. Ging diese Frau nirgendwo allein hin? »Habt Ihr's so eilig, die Königin zu besuchen? Bisher konntet Ihr die arme, gute Eahlswith zum Narren halten. Aber das wird Euch nicht mehr lange gelingen. Sogar sie wird bald erkennen, dass Ihr Euch nicht zur Gemahlin eines Lords eignet, der dem König so viel bedeutet. Warum hat Hawk Euch bloß hierher gebracht? Das begreife ich nicht. Nun, vielleicht will er Alfred zeigen, welch eine unmögliche Braut Ihr seid.«

»Ich möchte nicht mit Euch streiten«, erwiderte Krysta würdevoll und versuchte wieder, an Esa vorbeizugehen.

Doch die Lady versperrte ihr den Weg. »Einen Streit mit mir würdet Ihr nicht überleben«, zischte sie. »Merkt Euch das! Da ihr offensichtlich ebenso ahnungslos wie unbeholfen seid, werde ich Euch aufklären. Mein Bruder, Lord Udell, ist der mächtigste Aristokrat von Mercia. Oh, gewiss, die Königin glaubt, dort würde ihre Familie immer noch hohes Ansehen genießen. Und dieser alberne Wolscroft nimmt sich selber furchtbar wichtig. Aber die beiden irren sich, denn meinem Bruder dienen viel mehr Schildknappen, und er besitzt größere Ländereien. Niemals würde er eine Kränkung seiner Schwester hinnehmen. Das weiß Alfred. Müsste er sich nicht mit diesem wilden Wikinger gut stellen, den Hawks arme, geistig umnachtete Schwester geheiratet hat, wäre es nie zu Eurer Verlobung gekommen.«

Aufmerksam musterte Krysta ihre Widersacherin. Dachte die Lady immer nur an ihre eigenen Wünsche? »So gewaltig es Euch auch stören mag, ich bin Hawks Braut. Unsere beiden Völker sehnen sich nach dauerhaftem Frieden. Was würdet *Ihr* tun, um ihn zu wahren?«

Von dieser Herausforderung überrumpelt, suchte Esa mehrere Sekunden lang nach Worten. »Fragt lieber, auf welche Weise ich den unseligen Frieden beenden würde! Wie soll sich Alfred gegen die Dänen wehren, wenn das Bündnis zwischen den sächsischen Königreichen zerbröckelt?«

Darauf fand Krysta keine Antwort, denn sie wusste nicht, wie das Bündnis zustande gekommen war. »Warum sollten die Sachsen gegen einen Herrscher rebellieren, dem sie ihre Einheit und ihren Frieden verdanken?«

Seufzend zuckte Esa die Achseln. »Wie dumm Ihr seid! Weil sie Männer sind! Die Männer wollen einander immer bekämpfen. Sobald sich einer über die anderen erhebt, zürnen sie ihm. Alfred ist nicht mehr der Jüngste. Im Krieg gegen die Dänen hat er seine Kräfte verbraucht. Außerdem finden viele Ritter, seine Schwärmerei für die Wissenschaft wäre eine gefährliche Schwäche. Warum vergeudet er seine Zeit mit Büchern, wo es doch nur um die Macht geht?«

Obwohl Krysta glauben wollte, Esa suchte sie nur zu provozieren, erkannte sie schweren Herzens, wie ernst es die Lady meinte. In den klaren grauen Augen las sie brennenden Ehrgeiz und kalte Verachtung. »Auch Lord Hawk legt großen Wert auf Bildung. Fast jeden Tag studiert er seine Bücher.«

»Und wenn schon? So etwas ist heutzutage in Mode.«

»Oh, Lord Hawk richtet sich keineswegs nach irgendeiner Mode. Er besitzt einen scharfen Verstand und den Willen, ihn zu nutzen.«

»Tatsächlich?« Sonderbar, selbst wenn Esa höhnisch die Lippen verzog, sah sie bezaubernd aus. »Kennt Ihr ihn so gut? Natürlich interessiert Euch vor allem sein Verstand. Was macht Ihr beiden in trauter Zweisamkeit? Führt Ihr wissenschaftliche Gespräche?«

Jetzt brachen die Hofdamen in schrilles Gelächter aus, statt nur verstohlen zu kichern, und spornten Esa noch an. Krysta konnte ihren Zorn nicht mehr bezähmen. »Warum kümmert Ihr

Euch um Dinge, die Euch nichts angehen? Soviel ich weiß, habt Ihr nichts mit Lord Hawk zu schaffen.«

»Wirklich nicht?« Die zarten Wangen der Lady röteten sich, wurden aber nicht fleckig, sondern zeigten einen rosigen Hauch, der ihr Gesicht trotz der verkniffenen Lippen noch verschönerte. »Ich kenne ihn länger als Ihr und viel besser.« Mit einem eisigen Lächeln fügte sie hinzu: »Allerdings nicht so intim. Im Gegensatz zu Euch bin ich keine Närrin.« Nun trat sie etwas näher. In Krystas Nase stieg eine Wolke aus Lavendel und Geißblatt.

Ein ziemlich überwältigender Duft, dachte Krysta. Unwillkürlich stellte sie sich Blumen vor, die auf Leichen herabregneten.

»Dass er Euch schon besessen hat, ist wahrlich kein Geheimnis«, fauchte Esa. »Also unterscheidet Ihr Euch kein bisschen von den anderen Frauen, mit denen er schlief, von einem Aspekt abgesehen. Wenn Ihr auch eine verantwortungslose, unsittliche Person seid, die ihn schon vor dem kirchlichen Segen verführt hat, erwartet man doch aus irgendwelchen Gründen, Ihr würdet den Frieden mit den Norwegern sichern. Welch ein Unsinn! Hawk hat sich immer nur für seine eigenen Ländereien interessiert. Leichten Herzens trennt er sich von allem, was seiner Macht nicht dienlich ist. Und sobald er bemerkt, wie unnütz Ihr seid...« Geringschätzig hob sie die Schultern. »Noch vor dem nächsten Mondwechsel werdet Ihr aus seinem Leben verschwinden, darauf wette ich.«

Krysta fühlte sich elend. Mochte Esa unter der oberflächlichen Schönheit auch verachtenswert sein, einzig und allein von ihrer Machtgier getrieben, so hatte sie doch völlig Recht. Sie würde noch freudiger triumphieren, wenn sie von dem Schatten wüsste, den Krystas Geburt über ihr Leben warf. Davon ahnte die Lady nichts, sonst hätte sie den Makel zweifellos erwähnt. Ein schwacher Trost, der Krystas Kummer nicht linderte.

Offenbar merkte Esa, wie schmerzlich sie ihre Gegnerin ver-

letzt hatte, denn sie lächelte in gespieltem Mitleid, trat zur Seite und ließ sie vorbeigehen. »Lauft nur zu Eahlswith, kleine Dienerin! Lasst Euch von der Königin ermutigen! Aber vergesst nicht, sie übt längst nicht so viel Macht aus wie mein Bruder und ich. Und die werden wir nutzen.«

Ohne einen Blick zurückzuwerfen, eilte Krysta den Flur entlang. Die letzten Worte der Lady gellten ihr in den Ohren. War Esa tatsächlich so leichtfertig, einen Krieg zwischen Alfred und Mercia heraufzubeschwören, wenn sie ihren Willen nicht durchsetzte? Während Krysta diese Möglichkeit überdachte, geriet die Sorge um ihre eigene Zukunft in den Hintergrund. Die Angst vor der drohenden Gefahr bedrückte sie immer noch, als sie die Tür des Sonnenzimmers öffnete.

Wie üblich saß Eahlswith im Kreis ihrer Hofdamen. Erfreut winkte sie Krysta zu sich. »Nehmt neben mir Platz, meine Liebe. Wie geht es Euch?«

Nach allem, was Krysta ihr am Vortag anvertraut hatte, war sie doppelt dankbar für die unbefangene Begrüßung. »Sehr gut, Mylady, vielen Dank. Auch für Eure gütige Fürsorge muss ich Euch danken.«

»Keine Ursache, ich half Euch sehr gern. Habt Ihr Euch hinreichend erholt, könnt Ihr uns wieder etwas vorlesen?«

Eine Situation, in der Krysta *nicht* lesen wollte, würde sie wohl niemals erleben. Sie öffnete das Buch der äsopschen Fabeln und fuhr an der Stelle fort, wo sie am vergangenen Tag ihren Vortrag beendet hatte. Aber das Problem, das Esa und Mercia betraf, ließ sich nicht verdrängen. Sollte sie die Königin darauf hinweisen? Sie hoffte, dazu würde sich eine Gelegenheit ergeben, als Eahlswith zu Mittag die Hofdamen entließ und ihr einen Spaziergang im Garten vorschlug.

Von Mauern umgeben, nur durch eine Tür vom Fuß der Treppe erreichbar, die zum Sonnenzimmer hinaufführte, war der Garten eine Oase friedlicher Stille. In der Mitte lag ein kleiner Teich, aus dem Vögel tranken. Eine alte Eiche breitete ihre

Äste aus und überschattete eine steinerne Bank. Auf gepflegten Beeten hoben herbstliche Astern ihre Köpfe zur Sonne empor, und duftende Kräuter warteten auf die Ernte.

Eahlswith bückte sich, um ein Unkraut aus der Erde zu zupfen. Von leiser Wehmut erfasst, ließ sie ihren Blick über die Idylle wandern. »Diesen Garten ließ Alfred nach der Geburt unseres ersten Kindes anlegen. Hier sollte ich Ruhe finden, wann immer das geschäftige Leben und Treiben am Hof meine Kräfte überstieg.« Sie zeigte auf die Bank. »Da saß ich und schaute unseren Kindern bei ihren Spielen zu. Manchmal glaube ich, sie hätten erst gestern ihre Bälle einander zugeworfen oder ihre bunten Reifen wären hin und her gerollt.« Seufzend schüttelte sie den Kopf. »Verzeiht mir meine Melancholie, Lady Krysta. Heute Morgen bekam ich einen Brief meiner ältesten Tochter Athelflad. Sie ist mit dem Alderman Athelred of Mercia verheiratet. So ein liebes Mädchen … Obwohl sie jetzt in weiter Ferne lebt, stehen wir uns immer noch sehr nahe. Seltsam, denn wir gleichen uns kein bisschen, sie ist ganz nach ihrem Vater geraten. Nun schrieb sie mir, Athelred würde neue Festungen mit starken Verteidigungsbastionen bauen.«

»Bereitet Euch das Sorgen?«, fragte Krysta leise.

»Dazu besteht kein Grund. Wenn sich die Bewohner der Städte im Schatten fester Burgen geschützt fühlen, blüht der Handel. Deshalb werden immer mehr Schlösser errichtet. Trotzdem überlege ich, ob Athelred noch andere Absichten verfolgt.«

Die Königin führte Krysta zur Bank, und sie setzten sich. Eine Zeit lang betrachteten sie schweigend die Mauern, die den Trubel der Welt fern hielten. Vorerst schien da draußen keine Gefahr zu drohen.

»In Mercia herrscht Frieden, nicht wahr?« Um die gütige Königin nicht zu beunruhigen, beschloss Krysta, möglichst vorsichtig zu taktieren. Aber Eahlswith hatte ihr unwissentlich eine Gelegenheit geboten, die sie nutzen musste.

»Was von meiner Heimat Mercia übrig blieb. Vor vielen Jahren haben die Dänen das halbe Land erobert. Wahrscheinlich würden sie jetzt das ganze Reich besitzen, hätte Alfreds Vater, damals der König von Wessex, den Feind nicht bekämpft.«

»Und da habt Ihr Alfred geheiratet, Mylady?«

»Ja, nach der Schlacht bei Nottingham, wo die Dänen zurückgeschlagen wurden. Da Alfred sein jüngerer Sohn ist, dachte niemand, er würde eines Tages den Thron besteigen. Aber er beerbte seinen Vater, was ein Segen für Mercia ist. Er war stets ein weiser, gerechter Ratgeber.«

»Berät er den König von Mercia?«

»Den gibt es nicht. Der letzte König war ein Vasall der Dänen. Nach seinem Tod weigerten sich die Aldermen und Bischöfe im englischen Mercia, einen Nachfolger zu ernennen. Stattdessen übertrugen sie einen Großteil der königlichen Macht einem der ihren, meinem Schwiegersohn Athelred.«

Also regierte kein König in Mercia, und der Herrscher war mit König Alfreds willensstarker Tochter verheiratet. Zweifellos kam das dem Haus Wessex zugute. Aber Krysta fragte sich, ob es den aristokratischen Familien in Mercia gefiel, zum Beispiel den Udells. »Leben viele Mercier an König Alfreds Hof?«, erkundigte sie sich.

»Nun, sie kommen und gehen. Leider kann mich Athelflad nur selten besuchen. Umso häufiger finden sich andere Mercier ein, für meinen Geschmack viel zu oft. Aber ich verstehe, dass mein Mann sie im Auge behalten will.«

»Möchte er jemanden – besonders aufmerksam beobachten?«

Eahlswith warf Krysta einen forschenden Blick zu. »Denkt Ihr an Lord Udell und Lady Esa?«

»Andere adelige Mercier kenne ich nicht.«

»Esa hat sich unmöglich benommen. Daran bin ich längst gewöhnt. Aber ich hoffe, Ihr nehmt sie nicht ernst, meine Liebe.«

»Gewiss nicht, aber, welche Rolle spielt Mercia in König Alfreds Kampf gegen die Dänen?«

»Die Aldermen und Bischöfe von Mercia stellen ihm Krieger und Waffen zur Verfügung, und sie zahlen Steuern, um das Heer zu unterstützen – ebenso wie Kent, Essex und andere Länder. Außerdem stehen sie meinem Mann in gerichtlichen Streitfällen bei. Für Alfred ist das sehr wichtig.«

»Da Eure Tochter mit dem Alderman von Mercia verheiratet ist, dachte ich, die beiden wären am bedeutsamsten.«

»Nicht unbedingt. Die Mercier sind ein reiches Volk. Und Alfred zählt auf die Hilfe aller Aristokraten, die dort leben.«

»Hat er nie erwogen, die Loyalität der Mercier durch andere Ehen zu festigen?«

»Doch…« Eahlswith lehnte sich auf der Bank zurück und musterte Krysta mit schmalen Augen. »Falls Ihr glaubt, er hätte Lord Hawk ermutigt, Lady Esa zu heiraten, dann täuscht Ihr Euch.«

»Darf ich fragen, warum Euer Gemahl diese Verbindung nicht angestrebt hat?«

Nach kurzem Zögern erwiderte die Königin: »Alfred ist ein praktisch veranlagter Mann. Und er weiß, was er tun muss, um das Königreich zu schützen. Aber er sorgt auch für das Wohl der Männer, die seine Gunst verdienen. Niemals würde er Lord Hawk, dem er so vieles verdankt, eine unglückliche Ehe zumuten.«

Einerseits fand Krysta diese Erklärung sehr erfreulich, andererseits überlegte sie, was Alfred unternehmen würde, wenn er von ihrer fragwürdigen Herkunft erfuhr. Falls er nicht schon längst Bescheid wusste.

»Eins würde mich interessieren«, gestand Eahlswith. »Ihr habt mir erzählt, Ihr wärt nach England gekommen, in der Hoffnung, trotz Eurer Vergangenheit eine glückliche Ehe mit Hawk zu führen. Warum habt Ihr Euch anders besonnen?«

Was sollte Krysta darauf antworten? Das raschelnde Eichenlaub erinnerte sie an die Vergänglichkeit. In diesem Garten hatte die Königin das Spiel ihrer Kinder beobachtet. Und Jahre später

sah sie immer noch die Schatten der Söhne und Töchter, die jetzt außerhalb ihrer Reichweite lebten.

Schließlich erwiderte Krysta mit sanfter Stimme: »Die Liebe ist ein Segen und ein Fluch zugleich.«

»O ja.« Verständnisvoll drückte die Königin Krystas Hand. »Damit muss Euer folgenschwerer Entschluss zusammenhängen, das dachte ich mir.«

Eine kleine Weile blieben sie noch auf der Bank sitzen, bis die schrägen Sonnenstrahlen verrieten, wie viel Zeit inzwischen verstrichen war. Jetzt konnten die allgegenwärtigen Pflichten nicht länger hinausgeschoben werden. Und so kehrten sie zum Schloss zurück, die Tochter, deren Mutter das Meer zu sich gerufen hatte, die Mutter, deren Kinder in die Welt hinausgezogen waren.

Kurz bevor sie die Tür erreichten, pflückte Eahlswith eine der letzten Rosen, die im Windschatten der Mauer wuchsen, und legte sie in Krystas Hand. »In diesen Garten lade ich nur wenige Menschen ein. Aber Ihr, Krysta von Vestfold, seid mir stets willkommen.«

Hawk verließ die kleine Privatkammer, in der er mit Alfred gesprochen hatte. Im Flur begegneten ihm mehrere Aristokraten, die er kannte, aber nicht beachtete. Verblüfft fragten sie sich, was den großen Hawk of Essex dermaßen beschäftigen mochte, dass er die einfachsten Regeln der Höflichkeit vergaß.

Ehe er seine Umgebung wahrnahm, hatte er einen der Höfe betreten. Dort hielt er nicht inne. Mit langen Schritten eilte er aus der Festung, durchquerte die Stadt und blieb erst stehen, als er nur noch Bäume sah und den Fluss rauschen hörte. Erbost hämmerte er seine Faust gegen den Stamm einer unschuldigen Eiche.

Zum Teufel mit ihr! Warum hatte er sie jemals für eine sanftmütige Frau gehalten und sich eingebildet, sie wäre Wachs in seinen Händen? Er hatte sogar erwogen, Krysta zu *umwerben*!

Welch ein Hohn! Schon zwei Mal hatte ihn die tückische kleine Hexe aus dem Norden hintergangen.

Ohne ihm ihre Absicht mitzuteilen, hatte sie der Königin von ihrem Problem erzählt.

Und jetzt? Was hatte Alfred gesagt? *Vielleicht wäre sie in einem Kloster besser aufgehoben.* Dort könnte sie sich ihrer Liebe zur Wissenschaft widmen und Gutes tun. Warum sollte Hawk nach seiner unglücklichen ersten Ehe ein neues Wagnis eingehen. In Vestfold gab es noch andere Mädchen, die seiner würdig wären. Man müsste sich nur an Wolf Hakonson wenden

Nein, bei Gott! Tausend Mal *nein*! Sie gehörte *ihm,* ihr schurkischer Bruder hatte sie ihm geschenkt. Verdammt wollte er sein, wenn er sie jemals gehen ließe. Nicht einmal der König durfte ihm sein Eigentum wegnehmen. In diesem Ton hatte Hawk noch nie mit seinem obersten Herrn gesprochen. Nie zuvor war Alfred mit dem Zorn konfrontiert worden, der seinen treuen Diener erfassen konnte. Geduldig nahm der König den Wutausbruch hin, und nach seiner ersten Überraschung lächelte er sogar. Aber er blieb bei seinem Entschluss. Und er hatte auch erklärt, warum. *Es sei das Risiko nicht wert. Zu viel würde auf dem Spiel stehen. Und warum sollte Hawk eine widerstrebende Braut heiraten?*

Natürlich erwartete der König, die Lady würde ihm gehorchen. Sie hatte Hawk umarmt und in ihrem Schoß willkommen geheißen, seine Leidenschaft mit gleicher Glut erwidert und ihm einen Blick ins Paradies gewährt, dem er nie mehr entsagen wollte. Die ganze Zeit hatte sie geplant, die Verlobung zu lösen. Unglaublich!

Stöhnend sank er gegen den Eichenstamm und rieb seine Stirn an der rauen Rinde. Warum hatte sich ein erfahrener Krieger und Kommandant so leicht hinters Licht führen lassen? Was Frauen betraf, war er kein unreifer junger Bursche. Stets waren sie bereitwillig in sein Bett gestiegen, und er hatte sie gut behan-

delt. Innerhalb gewisser Grenzen, die er selbst steckte. Vielleicht hatten sie viel mehr erträumt und waren enttäuscht gewesen. Aber er hatte ihnen niemals falsche Hoffnungen gemacht. Nun verstand er plötzlich die Gefühle einer Frau, die der geliebte Mann für immer verließ.

So wie Krysta ihn verlassen wollte, aus welchen Gründen auch immer, wegen der albernen Geschichte über ihre Mutter, wegen der Angst vor der Ehe in einem fremden Land. Ganz egal, sie würde bei ihm bleiben! Doch dann flüsterte ihm eine innere Stimme zu, mit der Hilfe des Königs könnte sie in einem Kloster verschwinden, sich in ihre geliebten Bücher vertiefen und vielleicht eines Tages die Position einer Äbtissin erreichen. Und er müsste sich hilflos in sein Schicksal fügen.

Die Erkenntnis seiner Unfähigkeit, die Ereignisse zu bestimmen, schürte seinen Zorn. Seit seiner Kindheit, inmitten eines grausamen Krieges, hatte er sich nicht mehr so machtlos gefühlt. War dies die Zukunft, für die er so hart gekämpft, für die er so viel geopfert und ertragen hatte? Nicht nur seinem eigenen Wohl zuliebe, vor allem um sein Land und seine Leute zu schützen. Sollte ihm jetzt das Einzige entrissen werden, das er jemals für sich *selbst* gefordert hatte?

Verdammt! Zweifellos wäre es besser gewesen, Krysta hätte ihm niemals das Glück gemeinsamer Nächte gezeigt und niemals jene Leidenschaft und tiefe Zärtlichkeit in seinem Herzen geweckt.

Also gut, sollte sie den Schleier nehmen und sich in ihren Büchern vergraben, bis sie alt und grau wurde, bis sie erblindete, die Schultern gebeugt, ihre Leidenschaft verkümmern und ihre Jugend verblühen lassen, bis sie dem vergilbten Pergament glich, das ihr so viel bedeutete.

Ja, er würde sie vergessen, eine andere heiraten und ein Dutzend Söhne zeugen, in keiner einzigen Nacht erwachen, um sich nach den leisen Atemzügen an seiner Seite zu sehnen. Frohen Mutes würde er seine Schwingen ausbreiten und in die Zukunft

fliegen, wie die Raben, die sich auf den Ästen der Bäume versammelten und ihre heiseren Lieder krächzten.

Zur Hölle mit den Vögeln!

Ohne zu wissen, welche Richtung er einschlagen musste, trat er den Rückweg an. Beinahe stolperte er über den vierschrötigen kleinen Kerl, der am Flussufer kauerte. Seufzend blickte Thorgold zu ihm auf und schüttelte den Kopf. »Welch wilder Zorn Euch erfüllt, Mylord!«

Hawk packte ihn am Kragen und hob ihn hoch. »Genau der Mann, den ich vor der Abreise aus Hawkforte gesucht habe!«, stieß er hervor. »Dich und deine schwarz umhüllte Freundin! Wo zum Teufel habt ihr gesteckt?«

Offenbar störte es Thorgold nicht im Mindesten, in der Luft zu hängen. Mit spitzen Fingern zog er einen Grashalm zwischen seinen Zähnen hervor und erwiderte: »Natürlich mussten wir uns unsichtbar machen, zumindest, bis Eure Wut verfliegen würde, Mylord.«

»Dann hast du den falschen Augenblick gewählt, um wieder aufzutauchen, denn jetzt bin ich zorniger denn je. Heiliger Himmel, Mann, was glaubst du, was sie getan hat?«

»Sie sagte, sie würde Euch nicht heiraten.«

»Wieso weißt du das? Hast du dich irgendwo in meiner Nähe herumgetrieben, bevor ich sie in ihrem Zimmer einsperren ließ?«

»Keineswegs. Eine halbe Meile außerhalb Eurer Stadt gibt's eine hübsche Brücke… Nun, das spielt keine Rolle. Allzu lange war die Lady nicht gefangen.«

»Weil ich hierher beordert wurde. Während meiner Abwesenheit konnte ich ihr nicht zumuten, hinter Schloss und Riegel auszuharren.«

»Doch, das konntet Ihr. Aber Ihr wolltet Euch nicht von ihr trennen.«

Hawk versuchte gar nicht erst, dem kleinen Mann zu widersprechen. Seufzend stellte er ihn auf die Beine und wollte sich

zur Ruhe zwingen. Stattdessen empfand er wachsende Verzweiflung. »Weil ich ein Narr bin.«

»Die Liebe verwandelt alle Sterblichen in Narren.«

»Wer behauptet denn, ich würde sie lieben?«

»*Ihr* ganz sicher nicht. Der Lady habt Ihr's nicht gestanden, oder? Warum nicht? Das möchte ich gern wissen.«

»Soll ich eine solche Waffe in ihre Hände legen? Bist du verrückt, Mann? Sie quält mich schon zur Genüge. Dauernd benebelt sie mein Gehirn, und ich will's nicht noch schlimmer machen.«

Thorgold bemühte sich nicht, seine Gefühle zu verbergen. Als er in schallendes Gelächter ausbrach, krächzten die Raben noch lauter. Vergnügt schlug er sich auf die Schenkel. »Ja, da habt Ihr Euch treffend beschrieben – ein benebeltes Gehirn! Oh, das muss ich mir merken!«

»Das finde ich gar nicht komisch!«, protestierte Hawk. »Stell dir vor, sie schüttete der Königin ihr Herz aus, und die will ihr helfen. Womöglich werde ich Krysta verlieren…« Abrupt verstummte Hawk und runzelte die Stirn. »Und wenn schon? Soll sie sich doch in einem Kloster verkriechen! Wer braucht denn eine Ehefrau, die immer nur Ärger macht?«

»Ihr, Mylord. Aber da müsst Ihr selber draufkommen«, fügte Thorgold hinzu und wandte sich zum Gehen.

Blitzschnell packte Hawk ihn an der Lederweste und betrachtete geistesabwesend die merkwürdigen Dinge, die daran hingen – mehrere Broschen, Gürtelschnallen, bunte Armreifen und Perlen, Nadeln in allen Größen, glitzernde Kristalle in winzigen durchsichtigen Beuteln, Federn. Und der ganze Tand baumelte hin und her, wenn sich der Besitzer bewegte. »Hast du Krysta diese alberne Geschichte über ihre Mutter erzählt? Du und die alte Frau? Warum?«

»Eine *alberne* Geschichte? Glaubt Ihr das, Mylord? Was hätten wir denn sonst erzählen sollen?«

»Die Wahrheit.«

Als Hawk die Weste losließ, drehte Thorgold den Kopf nach allen Seiten. »Welche Wahrheit?«

»Da gibt's nur eine.«

»Tatsächlich? In was für einer schlichten Welt Ihr lebt! Manchmal muss das ganz angenehm sein. Aber ich weiß nicht recht. Wahrscheinlich würde ich mich bald langweilen.«

»Red keinen Unsinn, und verrate mir, was wirklich mit Krystas Mutter geschehen ist.«

»Sie wurde ins Meer gerufen.«

Erschrocken hielt Hawk den Atem an. Selbstmord war eine schwere Sünde. Hatte sich Krystas Mutter umgebracht? »Was sagst du da?«

»Dass sie ins Meer gerufen wurde.«

»Und was heißt das? Nahm sie sich das Leben?«

Thorgold seufzte tief auf. »Im Meer wimmelt's von Leben. Als Seefahrer müsstet Ihr das wissen.«

»Großer Gott, du verstehst sehr gut, was ich meine! Keine sterbliche Frau kann unter Wasser überleben.«

Eine Zeit lang spähte Thorgold schweigend unter buschigen Brauen hervor, bevor er entgegnete: »Und wenn sie eine Sterbliche mit seltenen Talenten war, wenn sie Geschöpfe aus einem anderen Reich in diese Welt holen konnte? Wenn sie dank dieser Gabe in jene andere Region gerufen wurde, weil sie ihre Verzweiflung nicht mehr ertrug?«

Nachdenklich starrte Hawk vor sich hin. Auch er kannte eine Frau, die unter solchen Talenten litt – seine Schwester Cymbra. Trotzdem erwiderte er: »Im Meer kann kein Mensch am Leben bleiben. Nicht einmal dann, wenn er's mit aller Macht wünscht.«

»Ah, das wollen die Leute gar nicht, weil sie glauben, dazu wären sie unfähig. Seit ihrer Geburt schleppen sie ihre Körper mit sich herum und denken, was anderes gäb's nicht. Aber das Leben …« Thorgold zeigte auf die Bäume mit den verfärbten Blättern, die bald herabfallen würden, und den Fluss, der so schnell dahinrauschte, dass man die einzelnen Tropfen nur für

einen Sekundenbruchteil sah, auf milchweiße Wolken aus Saatkörnern, die vorbeiwehten und verschwanden, als hätten sie niemals existiert. »Ständig verwandelt sich das Leben. Nicht mehr und nicht weniger. Man muss es nur wahrnehmen.«

Eine Zeit lang dachte Hawk darüber nach, ohne ein Ergebnis zu erzielen. Irgendwie war es wichtig, das wusste er. Aber er sah nicht, was er *wahrnehmen* sollte – nur eine Ahnung, einen flüchtigen Schleier. »Diese Geschichte habt ihr erfunden, du und deine schwarz gekleidete Freundin, damit Krysta sich besser fühlt«, entschied er schließlich. Das verstand er und fand es sogar sehr rücksichtsvoll. Deshalb wollte er den beiden alten Dienstboten keine Vorwürfe machen.

»Wenn Euch diese Version gefällt, Mylord.«

»Sie *gefällt* mir nicht, ich versuche nur, eure Beweggründe zu begreifen. Hätte Krysta die Wahrheit erfahren …«

»Wessen Wahrheit, welche Wahrheit, die Wahrheit über die Wahrheit? Öffnet Euren Geist, Hawk of Essex, der hat Flügel, die Ihr endlich ausbreiten müsst.«

Mit diesen Worten verschwand Thorgold. Eben hatte er noch am Ufer des Flusses gestanden, jetzt ließ er sich nicht mehr blicken. Vergeblich schaute Hawk in alle Richtungen, aber er glaubte ein seltsames Klirren zu hören – die Gürtelschnallen und Armreifen und Perlen, die in der Luft tanzten.

15

Gedankenverloren schlug Krysta die falsche Richtung ein, nachdem sie sich von Eahlswith verabschiedet hatte, und gelangte in einen Flügel der königlichen Residenz, den sie noch nicht kannte und für den Dienstbotentrakt hielt. Hier traf sie um diese Tageszeit niemanden an. Sie wanderte eine Zeit lang umher und versuchte sich im Labyrinth der Korridore zurechtzufinden. Schließlich entdeckte sie eine Tür, die in einen Hof

führte. Als sie hinaustrat, sah sie einen Jungen vorbeilaufen, der offenbar eine Besorgung zu erledigen hatte, hielt ihn auf und fragte nach dem Weg zur Haupthalle.

»Durch diese Tür.« Nur widerstrebend verlangsamte er seine Schritte. »Dann müsst Ihr links abbiegen, noch mal links, Euch geradeaus halten und die zweite – nein, die dritte Tür rechts nehmen. Von da aus ist's noch ziemlich weit. Aber irgendwann werdet Ihr die Halle erreichen.«

Nach dieser wenig hilfreichen Erklärung rannte er davon. Nur mühsam erinnerte sich Krysta an seine Worte. »Hier hindurch«, murmelte sie und überquerte die Schwelle, auf die er gezeigt hatte, »links, dann noch einmal links, geradeaus …«

Unsicher folgte sie einem langen Korridor mit Türen an einer Seite und großen Fenstern gegenüber, die zu einem anderen Hof hinausgingen. Hinter den Türen erklangen Stimmen, die lateinische Texte rezitierten. Eine Tür stand halb offen, und Krysta hörte Federn auf Pergament kratzen. Neugierig spähte sie hinein und sah einige junge Männer, die Köpfe über Schreibpulte gebeugt.

Anscheinend war sie in einen Teil des Schlosses geraten, der mit König Alfreds Schule verbunden war, und das bedeutete, dass sie durch die Fenster das Skriptorium sehen müsste.

Doch sie täuschte sich. Ärgerlich seufzte sie. Hatte ihr der Junge einen falschen Weg beschrieben? Sollte sie umkehren? Als sie sich dazu entschloss, kam plötzlich ein Mann aus einem Seitengang – hoch gewachsen, gut gebaut, mit schulterlangem dunklem Haar. Trotz des warmen Wetters trug er ein samtenes Wams. An seinem Hals hing eine schwere, protzige Goldkette, funkelnde Juwelen schmückten die Armbänder an beiden Handgelenken. Bei Krystas Anblick blieb er abrupt stehen.

Schweren Herzens erkannte sie ihn und haderte mit dem unfreundlichen Schicksal, das sie nicht nur in die Irre geführt, sondern ihr auch noch eine Begegnung mit Lord Udell beschert hatte.

»Ah, teure Lady …« Spöttisch verneigte er sich. »Welch eine Überraschung, Euch hier zu sehen! Ich dachte, Ihr wärt stets in unmittelbarer Nähe der Königin zu finden.«

Ohne die Herausforderung zu beachten, erwiderte sie: »Ich wollte mein Zimmer aufsuchen und wandte mich versehentlich in die falsche Richtung. Wenn Ihr mich entschuldigen würdet …«

»Ja, gewiss.« Udell trat zur selben Seite wie Krysta und versperrte ihr den Weg. Dann versuchte sie, um ihn herumzugehen. Mit dem gleichen Erfolg.

Erbost hielt sie inne und schüttelte den Kopf. Die Hände in die Hüften gestemmt, stand er grinsend da und wartete ab, was sie nun tun würde. Aber sein Lächeln erlosch sofort, als sie sich einfach umdrehte und sich entfernte.

Allzu weit kam sie nicht. Sobald sie eine Tür öffnete und in den Hof eilte, holte Udell sie ein und packte ihren Arm. Entrüstet wollte sie sich losreißen, doch er drückte sie an die Hausmauer und hielt sie unerbittlich fest. »Sogar für eine Norwegerin habt Ihr miserable Manieren. Sicher wäre es besser, Ihr würdet höher gestellten Personen etwas mehr Respekt zeigen.«

Krysta verkniff sich die Antwort, sie würde keine höher gestellten Personen sehen. Stattdessen kämpfte sie erneut gegen seinen harten Griff. Sie hatte nicht erwartet, er würde sie anrühren, seine Unverschämtheit erschreckte sie. Obwohl mehrere Leute in der Nähe waren, fühlte sie sich dem dreisten Lord hilflos ausgeliefert, der sie um Haupteslänge überragte, er war nicht so groß wie Hawk, aber trotzdem bedrohlich.

Auf keinen Fall durfte sie ihre Angst zeigen. »Warum tut Ihr das, Lord Udell?«, fragte sie in beiläufigem Ton. »Damit werdet Ihr nichts gewinnen.«

Verblüfft starrte er sie an, dann lachte er gellend. »Denkt Ihr immer in diesen Kategorien? Gewinn oder Verlust?«

Ganz gewiss nicht. Doch das behielt sie für sich. »Eine vernünftige Denkweise. Und nach allem, was ich höre, seid Ihr ein

vernünftiger Mann.« In Wirklichkeit wusste sie nicht, ob ihn irgendjemand auch nur halbwegs vernünftig fand. Wenigstens lockerte er seinen Griff, ließ sie aber nicht los.

»Hat man mit Euch über mich gesprochen?«

»Eure Schwester pries Eure Macht. Außerdem ist es unmöglich, auch nur kurzfristig am königlichen Hof zu verweilen, ohne Eure einflussreiche Position zu erkennen.«

Damit schmeichelte sie ihm, was er wohl bemerkte. »Wenn Euch das auffiel, seid Ihr vielleicht gar nicht so dumm, wie ich dachte.«

Viel sagend musterte sie die Hand, die ihren Arm immer noch umklammerte. »Nun, ich bin klug genug, um mich zu fragen, was Ihr mit Eurem Verhalten bezweckt. Wollt Ihr Hawk eine Gelegenheit bieten, Euch anzugreifen?«

»Seid Ihr so sicher, dass er mich zur Rechenschaft ziehen würde? Ihr seid nicht die Braut seiner Wahl, und er hat sich nur mit Euch verlobt, weil er dazu gedrängt wurde.«

»Oh, das spielt keine Rolle. Würdet Ihr jemandem erlauben, Euer Eigentum anzufassen, nur weil Ihr's nicht selbst ausgesucht habt?«

»Natürlich nicht…« Udell unterbrach sich und schüttelte den Kopf. »Wie eigenwillig Ihr seid! Ganz anders als die meisten Frauen. Weiß Hawk das zu würdigen?« Er neigte sich noch näher zu ihr und streichelte den Arm, in den er seine Finger so grob und schmerzhaft gebohrt hatte. »Und wie wild Ihr ausseht mit diesem zerzausten Haar und den funkelnden Augen. Täuscht dieser Eindruck? Oder liegt tatsächlich echte Leidenschaft in Eurem Blut?«

Seine Lippen streiften ihre Wange. Angewidert erschauerte sie, drehte den Kopf zur Seite und setzte eine ausdruckslose Miene auf. Zu ihrer Bestürzung lachte Udell.

»Welch ein tapferer Versuch, Lady…«, murmelte er und legte eine Hand unter ihren Busen. »Aber ich spüre, wie heftig Euer Herz pocht.«

War er wirklich so eitel, sich einzubilden, heißes Verlangen nach ihm hätte ihre Herzschläge beschleunigt? Wenigstens hatte er ihre Angst nicht bemerkt.

Diesen schwachen Trost machte er sofort zunichte. »In Essex wären Eure Vorzüge verschwendet. Hawk ist einfach nur ein Gefolgsmann des Königs. Niemals wird er eine bessere Position erreichen. Eine praktisch veranlagte Frau wie Ihr …« Nun berührte sein Mund ihren Hals. »… und eine so reizvolle strebt zweifellos nach Höherem.«

Die Magenbeschwerden, die sie am Morgen gepeinigt hatten, kehrten zurück und drohten sie zu überwältigen. Energisch kämpfte sie dagegen an. »Was gibt es Höheres als eine Ehe, die dem Frieden dient?«

Die Brauen erhoben, richtete er sich auf und zwinkerte ihr zu. Anscheinend glaubte er, sie würde scherzen. »O ja, der Frieden steht über allem anderen.« Spielerisch zupfte er an ihren Locken. »Aber überlegt doch, Lady, warum sollten die Norweger so großen Wert auf ihren Frieden mit einem alternden König legen, dessen Siege der Vergangenheit angehören? Sollten sie sich nicht mit jüngeren, vitaleren Führungskräften verbünden?«

»Welche Anführer könnten sich mit dem König messen, dessen Sohn ihn beerben wird? Bisher habe ich von keinem einzigen gehört.«

»Dann müsst Ihr in Zukunft etwas aufmerksamer lauschen. Langsam interessiert Ihr mich, Lady. Irgendwas habt Ihr an Euch.«

Krysta glaubte, er würde sie nur deshalb so interessant finden, weil sie Hawk gehörte – einem Mann, der hoch über ihm stand und seinen Neid weckte. Aber was immer der Grund sein mochte, sie spürte auch seine Erregung. Von heftigem Ekel erfasst, versuchte sie, beiseite zu treten.

Da ergriff er ihr Kinn und zwang sie, ihn anzuschauen. »Seid bloß nicht kokett, das passt nicht zu Euch! Der Friede mit den Norwegern ist auch dem König von Mercia wichtig.«

»Dort gibt es keinen König«, entgegnete sie tonlos.

In seinen Augen erschien ein eigenartiges Glitzern. »Vorerst nicht. Aber in absehbarer Zeit.« Plötzlich presste er sie noch fester an die Wand, zerrte ihren Rock hoch und entblößte ihre Beine. »Möchtet Ihr nicht lieber Königin werden, statt einen einfachen Lord zu heiraten?«, murmelte er und rieb seine Hüften an ihren.

Jetzt rebellierte ihr Magen fast schmerzhaft. Wie würde es dem abscheulichen Lord Udell gefallen, wenn sie ihm ins Gesicht spie? Doch sie widerstand der Versuchung, denn sie erinnerte sich an eine Lektion ihres alten Freundes Thorgold.

»Es gibt Männer mit schwarzen Herzen, Mädchen«, hatte er in seiner bärbeißigen, aber liebevollen Art erklärt. »Skrupellos verfolgen sie ihre Ziele und gehen über Leichen. Wenn Ihr so einem begegnet, müsst Ihr Ruhe bewahren, und wenn er's am wenigsten erwartet...«

Die Augen geschlossen, holte sie tief Atem und befolgte Thorgolds Rat. Blitzschnell hob sie ihr Knie und rammte es zwischen Udells Schenkel.

Sein Schrei schreckte die Stare auf, die in der Dachrinne nisteten. Mit schrillem Gezwitscher flatterten sie zum Himmel empor. Ächzend ließ er Krysta los und krümmte sich. »Elendes Biest! Wie könnt Ihr es wagen? Oh, ich werde...«

Verspätet erkannte sie, dass er trotz seiner geckenhaften Erscheinung ein Krieger war, an Schmerz gewöhnt. Als er sich auf sie stürzte, entrann sie seinem Griff nur um Haaresbreite. Zu ihrem Entsetzen klemmte die Tür, die in den Korridor führte. Für einen schrecklichen Augenblick fürchtete Krysta, nun wäre es um sie geschehen.

Bis glänzende schwarze Schwingen und ein heiseres Krächzen neue Hoffnung in ihr weckten. Ein Rabe flog in den Hof herab, gefolgt von noch einem und noch einem. Innerhalb weniger Sekunden verdunkelten sie die Luft, mit gnadenlosen Schnäbeln hackten sie auf Udell ein. Kreischend hob er die Hände und ver-

suchte, seinen Kopf zu schützen – vergeblich. Blut strömte über sein Gesicht. Und die Vögel attackierten ihn immer noch.

Wie gelähmt vor kaltem Grauen, stand Krysta eine Zeit lang da und beobachtete die Szene. Dann wurde ihr die Gefahr bewusst, in der sie immer noch schwebte, und sie kehrte dem verzweifelten Lord den Rücken. Diesmal ließ sich die Tür öffnen. Während sie in den Korridor taumelte, sank Udell zu Boden. Mit letzter Kraft wehrte er die spitzen Schnäbel ab, die seine Augen bedrohten. Sein Gebrüll zerriss die beschauliche Stille der königlichen Schule. Entlang des ganzen Flurs flogen Türen auf, Lehrer und Studenten eilten heraus, um festzustellen, was geschehen war.

Krysta wartete nicht ab, bis sie entdeckt wurde. Die Röcke gerafft, rannte sie in die entgegengesetzte Richtung und bog um eine Ecke. Endlich erreichte sie die Haupthalle und blieb abrupt stehen. Obwohl es noch zu früh für das Abendessen war, hatten sich mehrere Leute in dem großen Raum versammelt. Als sie die neugierigen Blicke spürte, versuchte sie ruhig und gefasst zu erscheinen.

Zu ihrer maßlosen Erleichterung entdeckte sie Hawk und schluchzte beinahe vor Freude. Ohne lange zu überlegen, eilte sie zu ihm und zuckte erschrocken zusammen. Mit eisigen Augen starrte er sie an und trat einen Schritt zurück. »Ich habe dich gesucht, Krysta. Komm mit mir.«

Verwirrt begleitete sie ihn ins Treppenhaus, das zu den Gästezimmern führte. Einerseits war sie froh, den sensationslüsternen Höflingen zu entgehen, andererseits fürchtete sie Hawks frostige Miene. Sobald sie allein waren, stieß er wütend hervor: »Du bist zur Königin gegangen.« Offenbar war das eine Anklage.

Immer noch von Udells Angriff entnervt, verteidigte sie sich: »Nein, ich ging nicht zu ihr. Mir wurde übel, und Eahlswith war so freundlich, mich zu betreuen. Aus einem Impuls heraus erzählte ich ihr, was mich quält.«

»Soll ich etwa glauben, du hättest *nicht* gehofft, sie würde den König einweihen?«

»Daran dachte ich nicht. Vielleicht hätte ich damit rechnen müssen.«

»Allerdings. Beglückt dich die Ansicht, zu der Alfred gelangt ist? Er findet, ich sollte dich nicht heiraten. In einem Kloster wärst du besser aufgehoben. Deshalb will er eine neue Braut für mich suchen. Nun? Jubelt dein Herz?«

In Wirklichkeit drohte es zu brechen. Tiefes Leid erfüllte ihre Seele. Doch sie bemühte sich, ihre Gefühle zu verbergen. »Keineswegs, Hawk. Falls du einen anderen Eindruck gewonnen hast, irrst du dich.« Weil er nicht sehen sollte, wie sie mit den Tränen kämpfte, wollte sie sich abwenden.

Aber er packte den Arm, den Udell so schmerzhaft umklammert hatte. Leise schrie sie auf, und Hawk ließ sie sofort los. »Ist dir meine Berührung so unangenehm?« Heißer Zorn, mit Trauer vermischt, erhärtete seine Züge.

Die Konsequenzen ihres Gesprächs mit Eahlswith hatte sie tatsächlich nicht bedacht. Nie wieder würde sie einen solchen Fehler begehen. Wenn sie jetzt erwähnte, was Udell ihr angetan hatte, würde Hawk zweifellos Rache üben, obwohl er ihr grollte. Das musste sie verhindern. »O nein, ich bin nur müde«, entgegnete sie und wusste, wie lahm diese Erklärung klang.

Eine Zeit lang musterte er Krysta, die Lider halb gesenkt, so dass sie den Ausdruck in seinen Augen nicht sah. Als er das drückende Schweigen nicht länger ertrug, wandte er sich wortlos ab und ging davon.

Drei Tage verstrichen. Und jede Minute goss neue Tropfen ins Meer der Verzweiflung, die Krysta peinigte. Die Tür zwischen ihrem und Hawks Zimmer blieb geschlossen. Jeden Abend saß er neben ihr an der königlichen Tafel. Doch sie sprachen nicht miteinander. Nach der Mahlzeit stiegen sie getrennt die Treppe hinauf. Udell trat ihr nicht mehr zu nahe. Aber manchmal begegnete sie seinem Blick und las so wilden Hass darin, dass sich ihre Nackenhaare warnend sträubten. Offenbar hatte sie sich die

erbitterte Feindschaft dieses Mannes zugezogen. Würde sie das eines Tages bereuen? Glücklicherweise blieb Eahlswith ihre Freundin.

Jeden Morgen schickte ihr die Königin ein Tablett mit trockenem Brot und Kamillensud, der die Magenbeschwerden linderte. Krysta vermutete, diese Unpässlichkeit würde sie ihrem Liebeskummer verdanken. Trotzdem nahm sie Hawk nichts übel, denn es war ihr eigenes unnachgiebiges Gewissen, das den Konflikt heraufbeschworen hatte.

Gelegentlich sah sie Raven und Thorgold. Doch sie kamen nicht in ihre Nähe. Wie gern würde sie die Gesellschaft der beiden begrüßen… Noch nie in ihrem Leben hatte sie sich so einsam gefühlt. Inmitten des geschäftigen höfischen Lebens, stets im Kreis der Königin und ihrer Hofdamen, glaubte Krysta ihre eigene leere Welt zu bewohnen.

Esa verhehlte ihre gute Laune nicht und schien überall gleichzeitig zu verweilen. Mit wachsendem Staunen wurde sie beobachtet, und die Leute begannen einander nach dem Grund dieser auffallenden Fröhlichkeit zu fragen. Am dritten Tag bemerkte Krysta, dass solche Gespräche verstummten, wann immer sie auftauchte. Mitleidsvolle Blicke zerrten an ihren Nerven.

Zu ihrer eigenen Bestürzung hielt sie ständig nach Esa und Hawk Ausschau, um festzustellen, wie viel Zeit sie miteinander verbrachten. Die beiden trafen sich viel zu oft. Wenn der Hofstaat zur Jagd ritt, lenkte Esa ihr Pferd neben Hawks Grauschimmel. Und wenn Hawks Männer und Alfreds Krieger auf dem Turnierplatz jenseits der Stadt Waffenübungen abhielten, veranstaltete Esa mit ihren Damen ein Picknick in der Nähe.

Eines Tages verfolgte Krysta eine solche Szene durch ein Fenster des Sonnenzimmers und verdrehte die Augen. Warum erregten kämpfende Ritter diese frivole Aufmerksamkeit? Würde Hawk die Anwesenheit der schmachtenden Esa genießen?

Seufzend wandte sich Krysta vom Fenster ab und versank für den restlichen Nachmittag in ihrem Elend.

Am selben Abend, bevor sie mit Hawk ihren Platz an der königlichen Tafel einnahm, eilte Esa zu ihm und verwickelte ihn in ein Gespräch. Gewiss, die Unterhaltung wirkte eher einseitig, denn er schien nur kurz angebunden zu antworten. Trotzdem lachte die Lady vergnügt, als wären sie und Hawk ein Herz und eine Seele.

Krysta trug eine tapfere Miene zur Schau, bis die Mahlzeit ein Ende nahm. Dann flüchtete sie erleichtert in ihr Zimmer. Nach einer fast schlaflosen Nacht beschloss sie mit Hawk zu sprechen. Noch länger konnte sie seinen Groll nicht ertragen.

Da sie niemanden nach seinem Aufenthalt fragen wollte, hatte sie Mühe, ihn zu finden. Mittlerweile hatte sie den Klatschbasen schon genug Gesprächsstoff geliefert. Sie ging zum Stall, um nachzusehen, ob sein Lieblingshengst an seinem Platz stand. Als sie einen Hund schmerzlich jaulen hörte, hielt sie inne. Dann eilte sie in die Richtung, aus der das jammervolle Geheul zu ihr drang.

Entsetzt beobachtete sie, wie ein Jagdhund, den man aus dem Gehege geholt hatte, mit einem Stock geschlagen wurde. In Vestfold hatte sie keinem ihrer Untertanen gestattet, Tiere zu misshandeln. Wie konnte man eine hilflose Kreatur so grausam züchtigen? Verzweifelt krümmte sich der Hund und winselte zwischen den brutalen Schlägen vergeblich um Gnade. Ohne Zögern trat Krysta vor, um das arme Tier zu retten. Erst jetzt erkannte sie, wer den Stock schwang – niemand anderer als Lord Udell. Ein hässliches Grinsen verzerrte sein gerötetes Gesicht. Immer wieder hieb er auf den Jagdhund ein, mit wahrer Wollust.

»Halt!«, rief Krysta. »Hört sofort auf! Sonst werdet Ihr das bedauernswerte Geschöpf noch umbringen!«

Verblüfft ließ Udell den Stock sinken und versuchte, sie beiseite zu schieben. Als er sie erkannte, verengten sich seine Augen. »Verdammtes Biest! Verschwindet, oder …«

Die Drohung blieb unausgesprochen, denn der Hund, von seinen Qualen erlöst, grub scharfe, spitze Zähne in den Fußknöchel seines Peinigers. Schreiend trat Udell nach dem Tier. Dabei lockerte sich sein Griff um den Stock, den Krysta ihm mühelos entwand. Mit aller Kraft schlug sie ihn ins Gesicht des Lords.

Danach schien alles gleichzeitig zu geschehen. Wimmernd presste Udell eine Hand auf die blutende Wunde, die sich von seiner Stirn zur linken Wange zog, knapp am Auge vorbei, und hüpfte auf seinem unverletzten Fuß umher. Der Hund flüchtete hinter eine Ecke des Stalls, aus dem mehrere Reitknechte stürmten, um herauszufinden, was sich ereignet hatte. Im selben Augenblick kehrten mehrere mercische Aristokraten von ihrem Morgenritt zurück, darunter Lady Esa.

Mit einem Blick erfasste sie die Situation und kreischte: »*Mörder!* Jemand wollte Lord Udell töten! Heiliger Himmel, welche Niedertracht! In der königlichen Residenz! Hilfe! Hilfe!« Sie sprang aus dem Sattel und warf sich auf ihren Bruder und stieß ihn zu Boden. Stöhnend und blutüberströmt lag er im Staub. Andere eilten herbei, während die Ladys in Esas Geschrei einstimmten, zückten die Lords ihre Dolche und befahlen einander, den imaginären Angreifer zu erstechen.

Verwundert beobachtete Krysta das Getümmel. Gewiss, Udell war verletzt, schwebte aber wohl kaum in Lebensgefahr. Und wenn sie auch nicht beabsichtigt hatte, ihm ernsthaft zu schaden, verdiente er eine Strafe. Immerhin hatte er den Hund grausam misshandelt.

Da sie annahm, irgendjemand in dieser erregten Schar würde endlich zu schreien aufhören und Udell helfen, wandte sie sich zum Gehen. Aber da sprang er auf, die blutige Hand immer noch ans Gesicht gepresst, und jammerte lauthals: »Das hat *sie* getan! Diese Bestie! Haltet sie fest!«

Sofort wurde Krysta von mehreren Lords umzingelt. Keiner wagte Hawks Braut anzurühren. Aber sie versperrten ihr den Weg.

Einer der Männer entriss ihr den Stock und grinste voller Genugtuung. »Ah, wir haben sie ertappt – mit der Tatwaffe in der Hand!«

»Stellt euch das vor, plötzlich fiel sie über mich her!«, erklärte Udell in selbstgerechter Empörung. »Ich hatte Schwierigkeiten mit meinem Hund. Während ich mich um ihn kümmerte, drosch sie mir den Stock ins Gesicht. Offensichtlich stimmt es, was allgemein behauptet wird, die Wikinger sind ein wildes, unzivilisiertes Volk!«

»Was für ein unverschämter Lügner Ihr seid!«, fauchte Krysta. »Ihr habt Euren Hund unbarmherzig verprügelt. Nur weil ich Euch Einhalt gebieten wollte, nahm ich Euch den Stock weg und schlug ihn in Euer Gesicht.«

Die Schultern gestrafft, ließ Udell die Hand sinken und entblößte die Wunde. Langsam ließ er seinen Blick über die versammelte Schar schweifen, die begierig an seinen Lippen hing. »Hat ein Mann nicht das Recht, seinen eigenen Hund zu züchtigen? Welch eine alberne Geschichte diese Frau erzählt, um sich zu verteidigen!«

Nun entsann sich Krysta, was vor vier Tagen geschehen war. Sie wusste, dass Udell ihr nicht nur die Verletzung neben seinem linken Auge verübelte. Zu spät erkannte sie das Unheil, das ihr drohte. Die Mercier, die sie umringten, waren zweifellos Udells treue Freunde. Sonst befand sich niemand in ihrer Nähe, abgesehen von den Stallknechten, die ihretwegen wohl kaum den Zorn einflussreicher Aristokraten riskieren würden.

»Einen Lord zu schlagen, das ist ein schweres Verbrechen«, verkündete Udell. Mit einem widerwärtigen Grinsen ging er zu Krysta. »Was Ihr vielleicht nicht wisst, das Wergeld, die Buße, die man für einen Angriff auf meine Person zahlen muss, gehört zu den höchsten in diesem Land. Hoffentlich wird Eure Mitgift ausreichen, um diese Summe zu begleichen. Wenn nicht, muss Hawk den Rest entrichten.«

Alle Lords und Ladys stimmten in sein schadenfrohes Ge-

lächter ein, während sich Esa einen Weg durch das Gedränge bahnte. Dicht vor Krysta blieb sie stehen und starrte sie an. In ihren Augen funkelte unverhohlene Bosheit. »Was sagst du da, mein Bruder? Die Buße, die du erwähnt hast, pflegen nur Aristokraten zu zahlen. Für gewöhnliche Leute, Dienstboten und *Sklaven* ist eine andere Strafe vorgesehen.«

Verblüfft runzelte Udell die Stirn, ebenso wie alle anderen – außer Krysta. Offenbar hatte Esa von Svens Urteilsspruch auf Hawkforte erfahren. Was die Lady wenig später bestätigte. Triumphierend zeigte sie auf Krysta.

»Um sie zu beschuldigen, reiste ihr Halbbruder eigens aus Vestfold in Lord Hawks Festung.« Nach einer dramatischen Pause fuhr sie fort: »Er erklärte, sie sei ein Wechselbalg ihres armen, betörten Vaters und eines Fabelwesens aus dem Meer.« Noch bevor die Schreckensschreie verstummten, sprach sie weiter: »O ja, ich weiß, es ist zu grauenhaft und klingt unglaublich, doch der Lord von Vestfold schwor, es sei die reine Wahrheit. Er verstieß seine Halbschwester, verweigerte ihr die Mitgift und gab bekannt, sie dürfe nie mehr in ihre Heimat zurückkehren. Stattdessen schenkte er sie Lord Hawk – als *Dienerin* oder *Sklavin*! Das konnten alle hören, die sich an jenem Abend in der Halle von Hawkforte aufhielten.«

Über diese Enthüllungen keineswegs erfreut, musterte Udell seine Schwester voller Argwohn. »Woher weißt du das?«

Lässig zuckte sie die Achseln, als läge die Antwort auf der Hand. »Glaubst du, solche Neuigkeiten würden nicht über Hawkfortes Mauern hinausdringen? Heute Morgen erzählte mir ein Händler davon, bei dem ich regelmäßig einkaufe. Bis zum Abend wird sich's in ganz Winchester herumsprechen. Und morgen Vormittag dürfte es in ganz Wessex kein einziges Kind geben, dem die Geschichte noch nicht zu Ohren kam.«

»Vielleicht hat sie nichts zu bedeuten.« Zu Krysta gewandt, fragte er: »Stimmt das alles? Seid Ihr eine Dienerin oder sogar eine Sklavin?«

Weder ihr Stolz noch ihr ehrliches Wesen erlaubten ihr zu lügen. Den Kopf hoch erhoben, das Leid ihres Herzens verborgen, erwiderte sie leise: »So nannte mich mein Halbbruder.«

Udells wütender Fluch ließ beinahe die Blätter an den Bäumen welken. »Tod und Teufel! Und Ihr habt es gewagt, Euch mir zu verweigern und mich noch schlimmer zu beleidigen! Obwohl Ihr ein Nichts seid! Noch nie im Leben wurde ich so tief gekränkt! Das muss geahndet werden!« Sein flackernder Blick irrte umher, als suchte er Mittel und Wege, um seiner Wut freien Lauf zu lassen.

Entschlossen nutzte Esa die Gunst der Stunde. »Wenn eine Dienerin oder Sklavin einen Lord schlägt, wird sie ausgepeitscht. So lautet das Gesetz.«

Die anderen Mercier rings um Udell schnappten nach Luft, erholten sich aber sehr schnell von ihrer Überraschung und starrten Krysta mit schmalen Augen an. Von ihrem Entsetzen angenehm erregt, kicherten die Ladys. Udell rang nach Luft. Die Hände geballt, begann er hin und her zu wandern. Dabei schaute er immer wieder nachdenklich zu Krysta hinüber. Was sie ihm angetan hatte, konnte er offenbar noch immer nicht fassen. Schließlich drehte er sich zu seiner Schwester um. Was sie gesagt hatte, schien nur langsam in sein verwirrtes, vom Zorn benebeltes Gehirn zu dringen. »Bei Gott, du hast Recht. Dem Gesetz nach muss sie ausgepeitscht werden. Mit einer milderen Strafe begnüge ich mich nicht.«

Ein Lord aus Mercia in Udells Alter, aber anscheinend etwas besonnener, runzelte unbehaglich die Stirn. »Aber, Hawk of Essex…«

Erbost fuhr Udell zu ihm herum. »Der spielt keine Rolle, hört Ihr? Gegen das Gesetz kann er nichts ausrichten. Und es gibt nichts, was der König wichtiger nimmt als Recht und Ordnung. Unentwegt betont er, wir müssten uns an die Gesetze halten. Und der illustre Hawk of Essex…« Seine Stimme triefte vor Hohn. »… ist jederzeit bereit, Alfreds Willen durchzusetzen.

Nun soll er sehen, was es bedeutet, wenn man die Gesetze befolgt.« Ehe jemand Einwände erheben konnte, zeigte er auf einen Pfahl. »Bei Gott, die Gerechtigkeit muss siegen, ohne weitere Verzögerung. Bindet die Frau dort fest!«

Harte Hände packten Krysta. Schreiend versuchte sie sich zu befreien. »Nein! Auf dem Grund und Boden des Königs kann nur er mich verurteilen.« Ob das stimmte, wusste sie nicht. Aber in Vestfold war das üblich, und sie hoffte, es würde auch für Wessex gelten.

»In dieser Sache dürfte sich Alfred wohl kaum gegen mich stellen. Wenn er es wagt, wird sich Mercia gegen ihn erheben.«

Ehe sie antworten konnte, wurden ihre Arme um den Pfosten geschlungen und die Handgelenke zusammengebunden. Esa rannte in den Stall und kehrte mit einer Peitsche zurück, die sie ihrem Bruder übergab. Dann riss sie einem Lord, der in ihrer Nähe stand, den Dolch aus der Hand und schnitt Krystas Kleid am Rücken auf.

Als die milchweiße Haut entblößt wurde, verstummte das Stimmengewirr. Krysta hörte nur mehr ihre eigenen heftigen Herzschläge, die stockenden Atemzüge der Zuschauer.

Und dann knallte die Peitsche, die Udell auf den Boden schlug. Vielleicht will er erst einmal feststellen, wie sie sich anfühlt, dachte Krysta. Danach würde der Riemen ihren nackten Rücken treffen und die Demütigungen rächen, die sie dem Mercier zugefügt hatte.

Niemand würde ihn zurückhalten. Sogar die Raben waren verschwunden. Später, wenn Hawk oder Alfred zürnen sollten, würde sich der Schaden nicht mehr beheben lassen. Verzweifelt schloss Krysta die Augen und betete um innere Kraft.

Die Zähne zusammengebissen, wappnete sie sich gegen den ersten Peitschenhieb, als eine vertraute Stimme das Schweigen brach.

»Halt!«

Krysta spähte über ihre Schulter und sah Hawk im Hof ste-

hen, nur wenige Schritte entfernt. Ruhig und gelassen, die Arme vor der breiten Brust verschränkt, gönnte er ihr nicht einmal einen kurzen Blick. Hinter ihm keuchte der Stallbursche, der davongelaufen war, um ihn zu holen. Udells Augen verengten sich.

Herausfordernd ließ er die Peitsche ein zweites Mal knallen. »Eure Sklavin hat gegen das Gesetz verstoßen. Da sie mich mit einem Stock schlug, muss sie bestraft werden.«

Ohne einen Kommentar abzugeben, betrachtete Hawk das Blut in Udells Gesicht. Dann starrte er Esa, die vor Erregung am ganzen Körper zitterte, verächtlich an. Als er sich zu Krysta wandte, waren seine Augen völlig ausdruckslos. Langsam ging er auf sie zu. Nichts in seiner Miene verriet, was er dachte. »Verdankt er diese Wunde dir?«

Mühsam schluckte sie die bittere Galle hinunter, die in ihrer Kehle aufstieg, und nickte. »Er schlug seinen Hund. Daran wollte ich ihn hindern und entriss ihm den Stock.«

»Warum es geschah, spielt keine Rolle. Niemals darf eine Dienerin einen Lord schlagen.«

Wenn er sie auch nicht Sklavin, sondern Dienerin nannte, das machte keinen Unterschied. Nun hatte er öffentlich bekannt gegeben, was sie nicht leugnen konnte. Von ihrem Halbbruder verstoßen, hatte sie keine Familie und keine Position mehr. Nach dem Gesetz stand sie auf der gleichen Stufe wie eine arme Bäuerin.

Beschämt senkte sie den Kopf. Hawks Stimme durchdrang ihr Elend. »Euer Wergeld ist hoch, Udell. Möchtet Ihr's nicht einheimsen?«

»Würdet Ihr's denn bezahlen?«, fragte der Mercier gedehnt und schien sich köstlich zu amüsieren. Vermutlich hatte er nie zuvor einen mächtigen Mann in eine so unangenehme Lage gebracht.

Es dauerte eine Weile, bis Hawk antwortete, als müsste er die Angelegenheit überdenken. Schließlich erwiderte er: »Ja.«

Lachend wandte sich Udell an das interessierte Publikum. »Was für eine großzügige Geste! Beinahe fühle ich mich geneigt, das Angebot anzunehmen. Und das würde ich wohl tun, wäre ich nicht so eifrig bestrebt, die Gesetze zu befolgen. Erklärt der König nicht unentwegt, nur Recht und Ordnung würden uns vor der Anarchie schützen? Könnte mich meine Dienerschaft respektieren, wenn ich in einer so wichtigen Sache klein beigebe?« Er seufzte tief auf, um zu betonen, zu welch leidvollem Opfer er sich bereit fand. »Nein, ich muss auf der Peitschenstrafe bestehen.«

Immer noch ausdruckslos, bemerkte Hawk: »Für ein solches Vergehen sieht das Gesetz zwanzig Hiebe vor.«

Krysta zuckte entsetzt zusammen. Wie sollte sie diese Tortur überstehen?

»Nach zwanzig Schlägen wäre die Frau zu sehr beschädigt, um mir zu nützen«, fuhr Hawk fort. »Ich verdopple das Wergeld.«

Erstaunt hielten die Zuschauer den Atem an. Nur wenige Lords konnten sich's leisten, eine so hohe Summe zu zahlen. Im Besitz dieses Vermögens, würde Udell beträchtlichen Einfluss ausüben. Das wussten die Mercier. Und wie sein Zögern bekundete, geriet er in Versuchung.

Aber dann erinnerte er sich an die Schmach, die Krysta ihm vor vier Tagen in einem der Höfe angetan hatte, und an die schmerzende Wunde, die sein Gesicht wahrscheinlich lebenslang entstellen würde. »Nein!«, zischte er. »Sie muss die Peitschenstrafe erdulden. Das verlangt meine Ehre.«

»Allmählich ermüdet mich die Feilscherei.« Hawk zog das zerfetzte Kleid über Krystas Rücken zusammen. »Für die Missetaten von Dienstboten ist ihr Herr verantwortlich. Also trage ich die Schuld an diesem Regelverstoß, und deshalb lasse ich mich bestrafen. *Mir* machen zwanzig Peitschenhiebe nichts aus.«

16

Er sprach so beiläufig, als würde er nur ein kleines Ärgernis erörtern. Aber die Zuhörer sahen das ganz anders. Bestürzt schnappten sie nach Luft und redeten leise aufeinander ein. Zwanzig Peitschenhiebe würden sogar den stärksten Mann in die Knie zwingen. Warum wollte Lord Hawk eine solche Strafe auf sich nehmen? Nur um eine Frau zu schonen?

Das würde Krysta nicht verkraften. Lieber würde sie die Schmerzen selbst erleiden. »Nein!«, schrie sie und riss an ihrer Fessel.

Entschlossen bezähmte er seinen Zorn und presste eine Hand auf ihren Mund. Jedes Mal, wenn sie den öffnete, machte sie alles noch schlimmer. Erst hatte sie sich der Königin anvertraut und nun auch noch den unausstehlichen Udell gekränkt. Würde sie ihr impulsives Temperament niemals zügeln? Oder ihren Stolz, der ihr verbot, in einer bedrohlichen Situation den leichteren Ausweg zu wählen?

Mit solchen Gedanken durfte er sich vorerst nicht befassen. Jetzt musste er sich möglichst schnell aus der Affäre ziehen. Und danach... Nur sekundenlang überlegte er, was mit Krysta geschehen würde, sobald sie der Gefahr entronnen wäre. Dann wandte er sich wieder zu Udell. »Soll ich den ganzen Tag warten? Bringen wir's hinter uns.«

Udell holte tief Luft. Gleichmütig beobachtete Hawk den inneren Kampf, den die verzerrten Züge des Merciers widerspiegelten. Das Wergeld hatte er bereits abgelehnt, sogar die doppelte Summe. Wenn er jetzt den Rückzug antrat, würde er sich der Lächerlichkeit preisgeben. Und das konnte der eitle Prahler nicht ertragen. In seinem wilden Hass hatte er sich unbändig darauf gefreut, Krysta zu züchtigen, und nicht geahnt, in welche Falle Hawk ihn locken würde.

Nach dem Gesetz war Hawk ihr Herr und besaß das Recht,

sie zu strafen oder sich selbst bestrafen zu lassen, wenn sie eine Schuld auf sich lud. Noch nie war dergleichen geschehen. Aber es war Gesetz, Alfreds Gesetz, das Udell so überschwänglich gerühmt hatte.

»Nun?«, fragte Hawk gelangweilt, als hätte er Besseres zu tun und wollte das leidige Problem endlich lösen.

»Zum Teufel mit Euch, Hawk of Essex!«, fauchte Udell. »Glaubt Ihr, ich würde Euch nicht auspeitschen, weil Ihr die Gunst des Königs genießt, und ich würde es nicht wagen, auf Euren Vorschlag einzugehen?«

Lässig hob Hawk die breiten Schultern und wischte ein Stäubchen vom Ärmel seiner Tunika. »Was immer Ihr tun werdet, ich wünschte, Ihr würdet Euch entscheiden …« Plötzlich schaute er zur Seite und erweckte den Eindruck, er hätte den Mann, der bereits vor mehreren Minuten eingetroffen war, eben erst entdeckt. »Ah, Mylord!«, rief er. »Würdet Ihr bestätigen, dass ich im Recht bin? Da mein Eigentum nicht beschädigt werden soll, möchte ich die Strafe erdulden, und Udell muss Krysta freilassen.«

Während Alfred in den Kreis der Lords und Ladys trat, hielten sie den Atem an. Nur die Kühneren wagten missbilligend die Stirn zu runzeln. Aber alle wichen zurück wie Ratten vor einem gnadenlosen Fänger.

Nachdenklich schaute sich der König um, für ein paar Minuten blieb sein Blick an Udells Wunde hängen. Mit ruhiger Stimme verkündete er: »Da der Lord of Essex Recht hat, muss das Mädchen freigelassen werden.« Gebieterisch winkte er die Krieger zu sich, die gerade um die Ecke des Stalls bogen. Ihr Kommandant wandte sich zu Hawk, der ihm zunickte, dann durchschnitt er Krystas Fesseln. Mit einer Hand hielt sie ihr Kleid im Nacken zusammen, die andere legte sie auf Hawks starken Arm. In diesem Moment brauchte sie seine Nähe. Er sah sie nicht an. Aber er umschloss ihre Finger mit seinen, eine schützende Geste.

»Nun?«, wiederholte er, hob die Brauen und musterte Udell. Unbehaglich beobachtete der Mercier die Krieger, die sich rings um die Versammlung postierten. Die meisten gehörten Alfreds Wache an. Aber nun eilten auch Hawks Männer aus allen Richtungen herbei, einige vom Turnierplatz, andere aus dem Schloss. Ausnahmslos bewaffnet oder zum Kampf bereit, eine Elitetruppe, die sogar den königlichen Streitkräften überlegen war. In zahllosen Schlachten hatten sie ihr Blut vergossen und waren ihrem Anführer durch die Hölle gefolgt. Ohne Zögern würden sie für ihn sterben und skrupellos töten, um ihn zu retten.

»Wie könnte ich Euch züchtigen, Hawk?«, stieß Udell hervor. »Ich würde nicht einmal lange genug leben, um die Peitsche zu heben.«

Dieser Behauptung widersprach Hawk nicht. Belustigt schlug er vor: »Wie wär's mit einem Zweikampf? Wenn Ihr mich besiegt, dürfen meine Leute Euch nicht töten, das würde ihre Ehre verbieten.«

Krampfhaft zuckten Udells Lippen. Ein Kampf gegen Hawk… Einige Männer hatten es gewagt, keiner war am Leben geblieben. »Also fordert Ihr mich heraus?« In der Frage des Merciers schwang unverkennbare Angst mit.

Hawks Lächeln ließ Krysta erschauern. Auch der König erbleichte. Der Lord of Essex, Bezwinger der Dänen, Beschützer seines Volks, der meist gefürchtete Krieger in ganz Britannien, blickte in die Runde der Lords und Ladys, die gehofft hatten, vom Ehrgeiz eines machtgierigen Mannes zu profitieren. Jetzt schlotterten Udells Knie, kalte Todesangst verdunkelte seine Augen.

Langsam drehte sich Hawk wieder zu ihm um und entgegnete mit einer Stimme, die durch den ganzen Hof hallte: »Noch nicht.«

Während sich die Mercier entfernten, vibrierten die Worte immer noch in der Luft. So schnell die Beine sie trugen, eilten sie davon. Die Ladys stolperten über ihre Röcke, die Lords stießen

einander mit den Ellbogen an, um sich im Gedränge einen Fluchtweg zu bahnen. Als Udell seinen Landsleuten folgen wollte, umklammerte Esa seinen Arm. Jemand hatte sie in seiner Hast angerempelt, und dabei war ihr die Haube vom Kopf gefallen. Im Ärmel ihrer Tunika klaffte ein Riss. »Er hat dich schwer beleidigt!«, kreischte sie. »Und *sie* hat dir noch Schlimmeres angetan. Wie kannst du die beiden ungestraft davonkommen lassen?«

»Was soll ich denn tun?«, jammerte er mit einem kurzen Blick auf Hawk. »Willst du mich sterben sehen? Wärst du dann zufrieden, du unersättliche, machtbesessene Xanthippe?«

Ihr Wutschrei bewog Udell, so kraftvoll in ihr Gesicht zu schlagen, dass sie in einen Haufen Pferdemist fiel. Ohne sie noch länger zu beachten, verschwand er hinter der Ecke des Stalls. Krysta wollte zu der gedemütigten Frau laufen.

Aber Hawk hob sie hoch, und ihre Füße bewegten sich vergeblich. »Wenn Ihr uns entschuldigen würdet, Mylord«, bat er höflich, »nun haben wir Euch lange genug behelligt.«

Alfred suchte erfolglos, ein Grinsen zu unterdrücken. Schließlich lachte er laut auf, als Hawk eine entsetzte Krysta über seine Schulter warf. Ein schriller Protest wurde vom Heiterkeitsausbruch seiner Krieger übertönt. Von schallendem Gelächter und anzüglichen Kommentaren begleitet, kehrte Hawk ins Schloss zurück.

»Lass mich runter!«, verlangte Krysta, noch bevor er die Doppeltür zur Haupthalle erreichte.

Aber er ignorierte ihren Wunsch und trug sie an verwirrten Dienern vorbei, an erstaunten Priestern und amüsierten Lords – an der halben Bevölkerung von Winchester, wie es ihr erschien. Vor seinem Schlafzimmer blieb er kurz stehen, stieß die Tür mit einer Fußspitze auf und trat ein. Zielstrebig ging er zum Bett und warf sie zwischen die Pelzdecken. Auf einen Ellbogen gestützt, beobachtete sie, wie er zur Tür zurückkehrte und den schweren hölzernen Riegel vorschob.

Nun musste er keine Störung befürchten. Er schlenderte zum Bett, bückte sich und zog seine Stiefel aus. »Noch nie ist mir eine so lästige Frau wie du begegnet.«

Unsicher schaute sie ihn an. Seine Stimme klang nicht zornig, und er sah auch nicht so aus. Doch sie kannte ihn gut genug, um sich nicht täuschen zu lassen. Nur weil er seine Wut bezwungen hatte, war Udell dem Tod entronnen. Deshalb durfte sie dem äußeren Schein keine Bedeutung beimessen. »Was tust du?«

Sichtlich verblüfft über diese Frage, hob er den Kopf. »Ich ziehe meine Stiefel aus.«

»W-warum?« Natürlich war sie nicht beunruhigt. Und sie empfand auch keine Begierde. Sie war einfach nur neugierig.

»Weil sie ziemlich schwer sind«, antwortete er, richtete sich auf und nahm seinen Schwertgurt ab. »In der Hitze des Gefechts sollst du dich nicht verletzen.«

Wenn sie den Mund noch lange öffnete und schloss, würde er sie für einen Fisch halten. Also, jetzt trieb er sein lässiges Verhalten wirklich zu weit. Wenn er glaubte, sie würde einfach daliegen und geschehen lassen, was er beabsichtigte, nachdem sie vier Tage lang kaum ein Wort gewechselt hatten, von dem ungelösten Problem ganz zu schweigen…

Und dann war er bereit gewesen, an ihrer Stelle die Peitschenstrafe zu erleiden.

Nachdem er sich so ritterlich verhalten hatte, wie konnte sie ihm die kalte Schulter zeigen? Das wäre kleinlich und undankbar. Und er wusste es. Aber – o Gott – wie wundervoll seine kraftvolle, gebräunte Brust aussah, wie unwiderstehlich es ihre Hände reizte, darüber zu streichen… Sie richtete sich etwas weiter auf und warf ihre Haare in den Nacken, warum sollten sie ihr die Sicht versperren? »Hoffentlich ist dir klar, dass ich deinen Wunsch nur erfülle, um schöne Erinnerungen an unsere gemeinsame Zeit zu bewahren.«

Hawk schlüpfte aus seinen Breeches. Jetzt hielt er inne und starrte sie an. »Für dein künftiges Leben hinter Klostermauern,

wo du dich bis ins hohe Alter mit schmerzendem Rücken und trüben Augen über vergilbte Pergamente beugen wirst?«

»Mach keine Witze! Dann wirst du auch ein alter Mann sein.« Aber in ihrer Fantasie würde er immer jung bleiben, ganz gleichgültig, wie viele Jahre verstreichen mochten.

Er ließ seine Hose fallen und legte sich zu ihr ins Bett. »Laut Thorgold werde ich dir an meinem Lebensabend immer noch Haarbänder kaufen«, seufzte er und wickelte eine seidige Locke um seinen Finger. »Oder willst du behaupten, dieser eigenwillige alte Troll könnte sich irren?«

Durch das feine Leinen ihres Kleids hindurch liebkoste er ihre Brüste. Dann schob er einen nackten, muskulösen Schenkel zwischen ihre Beine. Seine Lippen glitten über ihren Hals. So heiß… Würde sie jeden Augenblick in Flammen aufgehen? Stattdessen umfasste sie seine Schultern und schob ihn ein wenig von sich, um ihn forschend zu betrachten. »Wie hast du Thorgold genannt?«

Widerstrebend löste er seinen Mund vom pochenden Puls ihrer Kehle. »Einen eigensinnigen alten Troll. Würdest du ihn anders beschreiben?«

Wie rasend hämmerte ihr Herz gegen die Rippen. »Hältst du Thorgold für einen Troll?«

Hawk zuckte die breiten Schultern, die sie unwillkürlich streichelte. »Heute Morgen verschwand er einfach. Wir hatten eben noch geredet, und im nächsten Moment löst er sich in Luft auf. Wer benimmt sich denn so?«

»Ein Troll…?«

»Zumindest gewann ich diesen Eindruck, obwohl ich mich in solchen Dingen nicht besonders gut auskenne. Bevor er mich verließ, erklärte er mir, mein Geist hätte Flügel, die ich endlich ausbreiten müsste.«

»Thorgold ist ein Poet.«

»Mag sein. Übrigens, ich erkundige mich *nicht* nach Raven. Dieses Thema schneide ich lieber nicht an. Habe ich's mir nur

eingebildet, oder zeigt Udells Gesicht die Spuren spitzer Schnäbel?«

Krysta seufzte tief auf. Allmählich lockerte sich die Fessel ihrer Sorgen, die sie so lange gequält hatte. »Vor vier Tagen hatte ich eine unerfreuliche Begegnung mit Udell. Irgendetwas muss die Raben gestört haben, und so griffen sie ihn an.«

Zu ihrem Bedauern beendete er seine Zärtlichkeiten, setzte sich auf, und ein wütender Lord verdrängte den glutvollen Liebhaber. »Erzähl mir sofort, was geschehen ist!«

Weil sie ihm stets zu gehorchen suchte – niemand würde *ihr* vorwerfen, dass ihre Bemühungen so selten zum Erfolg führten –, schilderte sie die Ereignisse in möglichst knappen Worten. Als sie verstummte, hoffte sie, er würde da fortfahren, wo er aufgehört hatte.

Aber Hawk schmiedete andere Pläne, stieg aus dem Bett und ergriff seine Tunika. »Jetzt werde ich ihn doch noch umbringen.«

»Was? Warte, das darfst du nicht!«

»Bald bin ich wieder da. Geh nicht weg.«

»Nein!« Krysta sprang auf und riss ihm die Tunika aus den Händen. »Was redest du denn? Du willst Udell töten? Bist du verrückt? Wenn er stirbt, wird sich Mercia gegen den König erheben!«

»Das siehst du ganz falsch. Wenn er am Leben bleibt, wird Mercia rebellieren.«

Also wusste er Bescheid. Was sie nur befürchtete und für Lord Udells alberne Prahlerei gehalten hatte, war grausame Wirklichkeit. Aber in ihr Entsetzen mischte sich ein Gedanke, der sie ein wenig beruhigte. Wenn Hawk die Gefahr kannte, musste auch Alfred informiert sein.

»Was glaubst du, warum ich nach Winchester gerufen wurde?«

»Udells wegen?«, flüsterte sie beklommen.

»Meinst du, Alfred hätte ein zersplittertes Königreich vereint,

in einer dunklen Welt die Flamme der Wissenschaft und Kultur entzündet und die Hoffnung auf eine gesicherte Zukunft geweckt, ohne mit scharfem Auge zu beobachten, was sich in seiner Residenz zusammenbraut?«

»Dann müsst ihr etwas unternehmen.«

»O ja, und deshalb werde ich…«

Er wollte Udell töten. Wenn nicht sofort, dann in absehbarer Zeit. Deshalb hatte er inmitten der Mercier gestanden und dem ehrgeizigen Lord das doppelte Wergeld angeboten, mit dem er ein Heer kaufen und gegen den König zu Felde ziehen könnte. Aber Hawk hatte gewusst, sein Widersacher würde nicht lange genug leben, um diesen Krieg zu beginnen, und falls Udell beschlossen hätte, die Peitsche zu schwingen, hätte er bald danach unter der Erde gelegen.

»Nicht *jetzt*!«, flehte Krysta. Auf Worte allein verließ sie sich nicht. Sie schleuderte die Tunika in eine Ecke und zerrte ihr Kleid über den Kopf. Nackt und stolz stand sie vor Hawk. »Machst du dir Thorgolds wegen keine Gedanken?«

Bewundernd musterte er ihre schöne Gestalt. »Warum sollte ich? Es ist *Udell,* den ich umbringen werde.«

»Das habe ich verstanden. Aber wenn du im Haus des Königs Blut vergießen wolltest, wäre er schon tot.«

Seine Mundwinkel zuckten. »Bildest du dir wirklich ein, hinter deiner Stirn würde sich ein Gehirn befinden?«

Ehe sie den Mut verlor, erklärte sie hastig: »Teils gehöre ich deiner Welt an, teils einer anderen. Mein Leben lang kämpfte ich gegen dieses Schicksal an. Als ich hierher kam, fürchtete ich Kummer und Leid. War das ein Irrtum?«

Ihr Herz klopfte so heftig, dass sie glaubte, es würde bersten. Zutiefst erschrocken über ihr eigenes Wagnis, so freizügig zu sprechen, bangte ihr vor Hawks Antwort, vor der Verzweiflung, die sie erfüllen würde, wenn er sich von ihr abwandte und sie in der Kälte zurückließ.

Schon jetzt fror sie und zitterte am ganzen Körper. Sie wollte

die Arme vor ihren Brüsten verschränken, konnte sie aber nicht heben, konnte nichts anderes tun, als Hawk voller Sehnsucht zu betrachten.

»Dummes Ding!«, murmelte er, riss sie an sich und wärmte sie mit seiner Kraft. Eng umschlungen sanken sie aufs Bett, und ihre Lippen fanden sich.

Hawk tat sein Bestes, um sich zu beherrschen. Doch die tagelange Enthaltsamkeit hatte sein Verlangen gnadenlos geschürt. Obwohl er beschloss, langsam vorzugehen, Krystas Bereitschaft abzuwarten und ihr Freude zu schenken, steigerte sich seine Begierde ins Unerträgliche. Stöhnend umfasste er ihre Brüste, drückte sie zusammen, und sein Mund wanderte von einer Knospe zur anderen. Während er hungrig daran saugte, schob er ein Knie zwischen Krystas Beine, um ihren Schoß zu öffnen. Sie klammerte sich so fest an ihn, als wollte sie ihn nie wieder loslassen. Ungeduldig hob sie sich ihm entgegen, und ihr weiches, gekräuseltes Schamhaar streifte seine geschwollene Männlichkeit.

»Bitte…«, wisperte sie. Doch ihre Stimme klang nicht flehend, sondern eher gebieterisch.

Voller Sehnsucht erforschte seine Zunge ihren Mund. Dabei spürte er, wie sie ihn in sich einführte. Behutsam drang er weiter vor. Auf seiner Stirn glänzte Schweiß, denn es fiel ihm unendlich schwer, Krysta die Zeit zu geben, die sie brauchte, um sich an ihn zu gewöhnen. Trotzdem hielt er sich zurück. Nur die harte Spitze streichelte die heiße, seidige Hülle, die ihn umfing. Vor seinen Augen tanzten dunkle Nebelschleier, heftige Gefühle raubten ihm den Atem. Krampfhaft rang er nach Luft. Dann hob er den Kopf und beobachtete fasziniert, wie Krysta über ihren eigenen Höhepunkt staunte, den sie schon nach kurzer Zeit erreichte. In irgendwelchen fernen Regionen seines Gehirns, die ihn immer noch zu klaren Gedanken befähigten, erkannte er, dass die vier einsamen Tage nicht nur ihn gequält hatten. Als ihre Ekstase verebbte, lag sie reglos unter ihm. Nur ihre Hände streichelten seinen Rücken.

Er richtete sich ein wenig auf, so dass seine Arme und Knie sein Gewicht abstützten. Allzu lange gönnte er ihr keine Erholungspause, bevor er sich in drängendem Rhythmus bewegte. Seine exquisite Erfüllung weckte ein Entzücken, das kein Ende zu finden schien.

Vom Gipfel der Lust, auf den er sie so schnell geführt hatte, schwebte sie noch höher empor. Eine feurige Welle nach der anderen durchströmte ihren Körper. Schluchzend rief sie Hawks Namen, presste sich an ihn, und ringsum versank die Welt.

Stunden später wurden sie von fröhlichem Stimmengewirr in der königlichen Halle geweckt, wo man sich zweifellos über ihre Abwesenheit amüsierte. Das störte sie nicht. Langsam und ausgiebig bereiteten sie einander betörende Freuden und glitten in den Schlaf zurück. Kurz danach drang der verlockende Duft von frisch gebackenem Brot in ihre Nasen, und sie erwachten wieder. In Krystas Zimmer entdeckten sie ein Tablett, von der fürsorglichen Zofe bereitgestellt. Beglückt wie Kinder trugen sie die Mahlzeit in Hawks Bett und fütterten einander mit liebevoll ausgewählten Leckerbissen – eine intime Szene, die zum unvermeidlichen Ergebnis führte. Schließlich schliefen sie tief und traumlos. Erst im hellen Morgensonnenschein, der ihre umschlungenen Körper beleuchtete, öffneten sie die Augen.

»Jetzt werde ich zum König gehen«, murmelte Hawk schlaftrunken und küsste Krystas Brüste. Dann schob er seine Hand zwischen ihre Schenkel, liebkoste sie und wurde mit einem leisen Stöhnen belohnt. Seine Wangen, rau vom nächtlichen Bartwuchs, boten ihrer empfindsamen Haut einen zusätzlichen Reiz. Atemlos schmiegte sie sich an ihn, umfasste seinen Kopf und streichelte mit ihrer Zungenspitze seinen Mundwinkel. »Nein, noch nicht…«, flüsterte er. Was immer sie antwortete, erstarb in den Flammen seiner eigenen Begierde. Der König musste warten. Sogar sehr lange.

Erst am späten Vormittag stieg Hawk aus dem Bett und be-

trachtete seine schlummernde Geliebte, die auf der Seite lag, die Hände unter ihrem Kinn und mit süßer Unschuldsmiene. Überglücklich seufzte er. Nun war die Welt völlig in Ordnung. Von tiefem, innerem Frieden erfüllt, nahm er sich vor, Udell möglichst schnell umzubringen, sollte er ihm begegnen. Ursprünglich war er fest entschlossen gewesen, den mercischen Verräter mit einem langsamen, qualvollen Tod zu bestrafen. Immerhin hatte der Schurke gewagt, Krysta anzurühren. Aber in seiner gegenwärtigen barmherzigen Stimmung würde er ihn einfach nur enthaupten. Diese erstaunliche Wirkung kann eine zauberhafte Frau ausüben, dachte er und sah sich um.

Was suchte er eigentlich? Ach ja, seine Kleidung und Waschwasser. Rasieren würde er sich irgendwann im Lauf des Tages. Alfred hatte ihn schon viel ungepflegter gesehen, während sie den Dänen wochenlang von Schlachtfeld zu Schlachtfeld gefolgt waren.

Bevor er das Zimmer verließ, schlang er seinen Waffengurt um seine Taille. Im Flur traf er eine Dienerin und fragte sie, wo sich der König aufhielt.

Alfred besuchte gerade ein Fohlen, das seine Lieblingsstute an diesem Morgen geworfen hatte. Als Hawk den Stall betrat, drehte sich der König zu ihm um, musterte die dunklen Bartstoppeln und verdrehte die Augen. »Eine rastlose Nacht, Lord of Essex?«

»Eher eine erfrischende, Sire«, entgegnete Hawk grinsend und bückte sich, um das Fohlen zu bewundern. »Hoffentlich wird's so hübsch wie seine Mutter und so kräftig wie sein Vater.«

»Ja, die beiden geben ein prächtiges Zuchtpaar ab.« Alfred stand auf und wischte Strohhalme von seinen Händen. »Letzte Nacht ist Udell abgereist.«

»Gut. Ich nehme an, Athelred wird ihn an der Grenze erwarten.«

»Ohne jeden Zweifel. Wenn's auch eine Weile gedauert hat, bis er meiner Tochter klar machen konnte, sie müsste daheim

bleiben«, fügte der König hinzu und lächelte stolz. »Mit aller Macht wollte Athelflad ihn begleiten.«

»Eine Tochter, die ganz nach dem Vater geriet, Mylord«, meinte Hawk. Und klug genug, um Udells niederträchtige Pläne auszukundschaften, einen Boten nach Winchester zu schicken und den König zu warnen. »In einer Stunde breche ich auf. Mit vereinten Kräften werden Athelred und ich den Verräter beseitigen.«

»Normalerweise würde ich Euch vorschlagen, ihn hierher zu bringen, denn ich sollte ihn vor Gericht stellen…«

Weitere Worte waren überflüssig, denn Hawk verstand, was der Regent meinte. Alfreds ungeteilte Konzentration galt den Dänen. Nur dank seiner unablässigen Wachsamkeit wahrte er den Frieden. Davon würde er sich von Udell nicht ablenken lassen.

Bald danach eilte Hawk zum Quartier seiner Leute. Die ranghöchsten Krieger erwarteten ihn schon. Scharfsinnige Männer, im Umgang mit Intriganten erfahren, hatten sie vorausgesehen, wozu Udells Machenschaften führen würden. Gesattelte Pferde standen bereit, und Hawks persönliche Wache, Englands meist gefürchtete Truppe, war bereits aufgestiegen. Noch früher, als er es dem König versprochen hatte, ritt er an der Spitze seines Heers durch das Tor der Residenz zu der langen Straße, die in nördlicher Richtung aus der Stadt führte. Nur ein einziges Mal drehte er sich um und schaute zu den Fenstern seiner Braut hinauf.

»Wann ist er weggeritten?« Verwirrt starrte Krysta die Königin an. Ohne ihr Bescheid zu geben, war er Udell gefolgt? Nein, unmöglich.

»Am späten Vormittag«, wiederholte Eahlswith mitfühlend. »Gewiss, das überrascht Euch, aber so sind die Männer nun einmal. Ich kann gar nicht zählen, wie oft Alfred in den Krieg zog, ohne sich von mir zu verabschieden.«

Wahrscheinlich schlafe und träume ich noch, dachte Krysta. Was immer der König befohlen hatte, Hawk würde sie nicht wortlos verlassen. Er hätte ihr das Ziel seiner Reise mitgeteilt und versichert, ihm würde keine Gefahr drohen, ihre Furcht weggeküsst und …

O Gott, kein Wunder, dass er heimlich davongeschlichen war! Welcher Mann würde sich mit der Sorge einer Frau belasten, wenn eine schwierige Pflicht seine ganze Aufmerksamkeit erforderte?

Trotzdem erschrak sie über seine plötzliche Abwesenheit, und sie war ein bisschen beleidigt. Doch das Gefühl der Kränkung verflog schon nach wenigen Minuten, nur die Angst blieb zurück.

Eahlswith tat ihr Bestes, um sie von ihrem Kummer abzulenken. Bei jedem Herzschlag dachte Krysta an Hawk. Hundert Mal sagte sie sich, er sei der meist gefürchtete Krieger von England, der Kommandant einer erprobten Truppe. Zahllose Schlachten hatten seine Kampfkraft geschult, seine Sinne geschärft. Verglichen mit dem Lord of Essex war Udell ein armseliger Wurm. Aber auch einem Wurm konnte das Glück lachen. Manchmal führte nicht die Überlegenheit eines Mannes zum Sieg, sondern ein Zufall.

Als sie ihre Verzweiflung nicht länger verbergen konnte, entschuldigte sie sich bei der Königin und floh in die kleine Kirche nahe dem Skriptorium. Auf den Knien flehte sie den Allmächtigen an, Hawk zu schützen und seine Feinde zu vernichten. In ihr inbrünstiges Gebet versunken, beachtete sie die jungen Priester nicht, die lautlos umhergingen, hohe Kerzen anzündeten und Hymnen sangen.

Schließlich drangen die Lieder des Komplet, das die katholischen kirchlichen Tageszeiten beendete, in Krystas Bewusstsein, und sie erkannte, wie lange sie mittlerweile schon auf dem Steinboden kniete. Während des Mittagsoffiziums war sie hierher gekommen. Da hatte die Sonne noch hoch am Himmel gestanden. Von Krysta unbemerkt war die Abendandacht verstrichen.

Langsam stand sie auf. Ihre Beine trugen sie kaum, ihr ganzer Körper hatte sich versteift und schmerzte. Aber sie glaubte, den Trost göttlicher Gnade zu spüren. Tiefe Dankbarkeit erfüllte ihr Herz.

Draußen wehte ihr kühler Nachtwind entgegen, und sie hielt inne, um die Sterne zu betrachten. Würde auch Hawk in diesem Moment zu ihnen emporschauen? Wie wundervoll wäre es, wenn sie eins der funkelnden Lichter am samtschwarzen Himmel berühren und den geliebten Mann auf diese Weise liebkosen könnte …

Würde sie in dieser Nacht Schlaf finden, von Hawk getrennt?

Plötzlich glitt ein Schatten hinter der Kirche hervor. Um zu überlegen, wer das sein mochte, blieben ihr nur ein paar Sekunden. Dann verschloss eine grobe Hand ihren Mund, ein Arm umschlang ihre Taille und hob sie hoch.

»Biest!«, zischte ihr die schemenhafte Gestalt ins Ohr. »Dachtet Ihr wirklich, Ihr dürftet mich herausfordern, ohne dafür zu büßen?«

Von kaltem Grauen erfasst, versuchte sie nach dem Angreifer zu treten und grub ihre Zähne in seine Hand. Da schleuderte er sie so kraftvoll zu Boden, dass ihr alle Luft aus den Lungen gepresst wurde. Er drehte ihr die Arme auf den Rücken, band die Handgelenke zusammen. Als sie aufspringen wollte, warf er sie erneut in den Staub und fesselte ihre Fußknöchel.

»Schnell!«, befahl Udell heiser. Harte Hände packten Krysta und schleiften sie in die Finsternis.

17

Hawk schwenkte seinen Grauschimmel in einem kleinen Kreis herum und studierte die Hufabdrücke auf der schmalen schlammigen Straße, die abgebrochenen Zweige. Nur wenige Stunden zuvor waren hier mehrere Pferde dahingaloppiert. Nicht weit

entfernt, nahe der Stelle, wo sich die Straße gabelte, hatte ein Krieger ein Bündel gefunden, das offensichtlich von einem Sattel gefallen war. Lachend faltete er einen Damenmantel auseinander, der am Rücken mit einem riesengroßen goldenen Schmetterling bestickt war.

»Niemals hätte ich erwartet, ich würde das eines Tages sagen«, bemerkte Hawk, »aber ich freue mich über Lady Esas einzigartigen modischen Geschmack.«

In der Gewissheit, der richtigen Fährte zu folgen, ritten sie weiter. Eine Stunde später gewann Hawk die Überzeugung, sie müssten die Mercier bald einholen, denn die Häufchen aus Pferdemist, die sie zurückgelassen hatten, sahen immer frischer aus. Voller Genugtuung nickte er, als er erkannte, dass die Feinde jene Falle ansteuerten, die Alfred ihnen gestellt hatte. Wenn sie die Grenze von Mercia überquerten und sich sicher fühlten, würden Hawk und Athelred die elenden Verräter mittels einer Zangenbewegung zur Strecke bringen. Vermutlich würden die Frauen am Leben bleiben, denn niemand wünschte ihren Tod. Aber was Esas Schicksal betraf, würde Athelflad später ein Wörtchen mitreden.

Während Hawk immer deutlichere Spuren fand, verdüsterte sich seine Stimmung. Am Königshof hatte er die Mercier gezählt, und nun glaubte er, eine kleinere Reiterschar würde sich ihrer Heimat nähern. Beunruhigt befahl er seiner Truppe anzuhalten und stieg ab, um die Hufabdrücke genauer zu betrachten.

»Irgendwelche Schwierigkeiten, Mylord?«, fragte der stellvertretende Kommandant, dem Hawk die Zügel seines Hengstes übergeben hatte.

Langsam hob Hawk den Kopf. »Ein Dutzend Reiter zu wenig…«

Die Männer schauten sich verblüfft an, dann meinte einer der Krieger: »Hier ist der Boden ziemlich weich, Mylord, und manche dieser tiefen breiten Spuren könnten von mehreren Hufen stammen.«

»Möglich«, erwiderte Hawk keineswegs überzeugt. Vielleicht waren die Mercier nicht zusammengeblieben, und einige hatten in panischer Angst vor Alfreds Rache auf eigene Faust das Weite gesucht. Gewiss, das wäre denkbar. Und wenn etwas anderes dahinter steckte? Etwas viel Gefährlicheres?

Udell war ein eitler, verräterischer, habgieriger Bastard. Aber nicht dumm. Nur intelligente Männer vermochten im Chaos der englischen Politik so lange zu überleben.

Während Hawk nachdenklich neben den Hufspuren kauerte, entdeckte er die Raben, die ringsum auf den Zweigen der Bäume saßen. Vor wenigen Minuten waren sie noch nicht da gewesen. Er hatte in letzter Zeit gelernt, solchen Ereignissen größere Bedeutung beizumessen als je zuvor.

»Raben«, murmelte er.

Verwundert runzelte der stellvertretende Kommandant die Stirn und verstand nicht, was seinem Herrn Sorgen bereitete. »Nur Vögel, Mylord.«

»Allerdings. Einfach nur Vögel. Habe ich etwas anderes behauptet?«

Der größte Rabe krächzte laut, ein seltsames Funkeln in den klugen Augen. Gleichzeitig hörte Hawk ein Rascheln im Unterholz.

Die Hand am Schwertgriff, sprang er auf. Ein Hund stürmte herbei, stellte sich auf die Hinterbeine und legte ihm die Pfoten auf die breite Brust. Zu Hawks Verwirrung fuhr eine feuchte Zunge über sein Gesicht.

»Oh, er mag Euch«, kicherte Thorgold, schlenderte auf die Straße und pfiff nach dem Hund.

Sofort hörte das Tier auf, Hawks Kinn abzulecken, und lief an die Seite des kleinen Mannes, setzte sich und hechelte fröhlich.

»So ein braver Kerl!« Thorgold tätschelte den Kopf des Hundes, der heftig mit dem Schwanz wedelte.

Nun schaute Hawk etwas genauer hin und entdeckte im glatten Fell Spuren von Stockschlägen. Offenbar waren die Wunden

erstaunlich schnell verheilt. *Unnatürlich* schnell? Nein, das wollte er sich nicht vorstellen. »Ist das …?«

»Ja, Mylord.«

»Oh, dann bin ich froh, dass er wieder auf den Pfoten gelandet ist«, bemerkte Hawk grinsend. »Auf allen vieren.«

»Darüber könnt Ihr Euch noch viel triumphaler freuen, als Ihr's ahnt, denn er hat Udells Witterung und kann dem Schurken sogar über Felsenboden folgen.«

»Hast du ihn deshalb mitgenommen? Weil du hinter Udell her bist?«

»Nein, weil Ihr nicht hinter ihm her seid, Mylord. Ihr reitet in die falsche Richtung.«

Verblüfft starrte Hawk den alten Troll an, der seine Vermutung bestätigte. Also hatte er angesichts der Hufabdrücke einen begründeten Verdacht geschöpft. Seine Hand umklammerte den Schwertgriff noch fester. Weiß traten die Fingerknöchel hervor, und sein Fluch jagte die Raben aus den Bäumen in die Luft.

Thorgold wartete, bis das Rascheln der Blätter verhallte, bevor er die Worte aussprach, die den Lord of Essex in die erwartete, wilde Wut versetzten. Dann blieb er wohlweislich im Hintergrund, während Hawk seine Streitkräfte in zwei Gruppen teilte und mit unbeirrbarem Auge die tödlichsten, zielstrebigsten, willensstärksten Krieger auswählte, die ihn begleiten sollten. Auf seinen Befehl übergaben sie den anderen das gesamte Gepäck, das ihren Galopp verlangsamen würde.

Für Thorgold wurde ein Pferd herbeigeholt. Behände schwang er sich auf den Rücken des Hengstes und pfiff nach dem Hund, der vor ihm in den Sattel sprang. Mit einem kurzen Blick vergewisserte sich Hawk, dass sein Trupp zum Aufbruch bereit war. Dann spornte er seinen Grauschimmel an. Von seinen Leuten gefolgt ritt er in halsbrecherischer Geschwindigkeit nach Winchester zurück. Nur ein einziger Gedanke trieb ihn an, er musste die geliebte Frau lebend antreffen.

Immer noch an Händen und Füßen gefesselt, lag Krysta im Bug eines Bootes, in das man sie unsanft vefrachtet hatte. Da ein Knebel in ihrem Mund steckte, musste sie nicht nur ihre Furcht, sondern auch eine wachsende Übelkeit bekämpfen. Ihr Gebet, Alfreds Wache möge die Entführer aufhalten, bevor sie Winchester verließen, war nicht erhört worden. Zu Fuß und im Schutz nächtlicher Schatten entkamen Udell und seine Leute den Patrouillen. Was einem feindlichen Heer missglückt wäre, gelang ihnen. Außerhalb der Stadt eilten sie zu einem Boot, das sie am Ufer des Flusses Itchen erwartete.

Die ganze Nacht ruderten sie dahin. Noch bevor die Sonne aufging, hatten sie sich viele Meilen von der königlichen Residenz entfernt. In langen dunklen Stunden wandte sich Udell immer wieder zu seiner Gefangenen und erklärte ihr, was er mit ihr machen wollte. Seine Absichten beschrieb er in allen Einzelheiten, wie schrecklich sie leiden würde, welche Maßnahmen verhindern würden, dass sie zu schnell starb. Allmählich erschienen ihr auch seine Worte wie Folterqualen, und ihre letzten Hoffnungen auf Hilfe schwanden.

Aber als er in seinen grausamen Plänen schwelgte, zeigte sie keine Angst. Schließlich näherte sich das Boot dem Ufer. Krysta schickte ein stummes Gebet zum Himmel und sammelte ihre ganzen inneren Kräfte, um zu ertragen, was auf sie zukommen würde.

Verglichen mit Udells haarsträubenden Drohungen, erschien ihr die Wirklichkeit eher harmlos. Auf einer kleinen Lichtung am Flussufer warteten Pferde. Ein paar Männer schauten sich besorgt um, nahmen einen Beutel voller Münzen entgegen und verschwanden im Wald. Im grauen Licht der Morgendämmerung eilten die Mercier zu den Pferden. Nach wie vor gefesselt wurde Krysta zu einem der Tiere gezerrt. Anscheinend sollte sie über den Sattel geworfen werfen.

Sie begann zu stöhnen, so laut es der Knebel gestattete. Verdutzt ließen die Männer die Arme der Gefangenen los, und sie

sank zu Boden. Erst jetzt erregte ihr schriller Protest Udells Aufmerksamkeit. »Heiliger Himmel, mit Eurem Gejammer werdet Ihr noch die Toten wecken! Vielleicht sollte ich Euch sofort erwürgen, dann hätte ich's hinter mir.«

Während der langen Bootsfahrt hatte Krysta genug Zeit gefunden, um nachzudenken, und ihre eigenen Schlüsse gezogen. Udell hatte sie sicher nicht nur aus Rachsucht – praktisch vor den Augen der königlichen Wache entführt. Herausfordernd starrte sie ihn an und protestierte so lange, bis er ihr den Fetzen wütend aus dem Mund riss.

»Bei Gott, ich schwöre Euch, ich töte Euch auf der Stelle!«

»Nein, das werdet Ihr nicht tun.« Obwohl ihre Lippen schmerzten, zwang sie sich weiterzusprechen und richtete sich so hoch auf, wie es ihre gefesselten Fußknöchel gestatteten. »Weil Ihr mich als Geisel braucht!«

»Freut Euch nicht zu früh, ich brauche Euch nur, um Euch den Garaus zu machen.«

»Dazu werdet Ihr Euch später entschließen. Jetzt noch nicht. Hawk wird Euch verfolgen, das wisst Ihr.«

Eine Zeit lang musterte er sie schweigend. »Er reitet in die falsche Richtung. Bis er das merkt, sind wir längst in Mercia, und dann müsst Ihr sterben.«

»Nur weil Ihr Eure Heimat erreicht, werdet Ihr mich nicht ermorden. So dumm seid Ihr nicht. Auf dieser Welt gibt es keine Grenze, die Hawk aufhalten würde.«

Udells Gelächter klang etwas unbehaglich. Seine Hände in die Hüften gestemmt, starrte er Krysta an, die Augen von unverhohlenem Hass erfüllt. Beinahe wäre sie zurückgewichen. Doch sie riss sich zusammen und straffte den Rücken, erhob sich auf die Knie und bekämpfte den brennenden Schmerz in ihren gebundenen Gliedern. Tapfer hielt sie dem Blick ihres Gegners stand.

»Dann soll er eben zu mir kommen«, erwiderte er und zuckte lässig die Achseln. »Auf meinem eigenen Grund und Boden, in

meiner eigenen Festung kann ich ihn mühelos besiegen. Nach seinem Tod wird ganz Mercia hinter mir stehen, und es dürfte mir nicht schwer fallen, Wessex und den Thron zu erobern!«

Das alles musste er von langer Hand geplant haben. Er glaubte felsenfest an seinen Erfolg. Aber Krysta nahm an, er würde sich bald an Hawks zahlreiche Schlachten erinnern, an die geschlagenen feindlichen Heere, die zerstörten Burgen. In wachsender Furcht würde er sich unberechenbar verhalten. Bis dahin wollte sie seine wahnwitzige Zuversicht für ihre eigenen Zwecke nutzen. »Je früher Ihr in Mercia eintreffen werdet, desto besser für Euch. Warum bin ich immer noch gefesselt? Wie sollte ich Euch und einem Dutzend bewaffneter Männer entfliehen?« Da er nicht antwortete, fügte Krysta hinzu: »Mein Gewicht und Eures wird das Tempo des Pferds drosseln. Lasst mich allein reiten.«

Er zögerte, und sie erwartete, er würde ihren Vorschlag ablehnen. Doch er wollte auf keinen Fall Zeit verlieren, und Krystas Warnung leuchtete ihm ein. Außerdem bezweifelte er, dass eine Frau seinen Kriegern entrinnen konnte. Nachdem er einen knappen Befehl erteilt hatte, wurden Krystas Fesseln durchschnitten. Erleichtert seufzte sie auf und rieb ihre steifen Muskeln, um den Blutkreislauf anzukurbeln.

Als Udell sich abwandte und eine Satteltasche über den Rücken seines Pferds legte, bat sie: »Gebt mir Zeit, damit ich meine Notdurft verrichten kann.«

Ärgerlich drehte er sich zu ihr um. »Warum sollte ich?«

»Weil Ihr mich nicht fürchtet.« Mühsam stand sie auf. »Ihr fragt Euch nicht, warum Ihr von den Raben angegriffen wurdet. Und Ihr nehmt die Geschichte, die mein Halbbruder erzählt, nicht ernst. Ebenso wenig überlegt Ihr, warum der mächtigste englische Kriegsherr durch die Hölle galoppieren würde, um mich zu retten. Letzten Endes bin ich nur eine Frau.«

Trotz des schwachen Morgenlichts sah sie ihn erblassen. Hastig vergewisserte er sich, dass keiner seiner Männer zuhörte.

Dann zischte er: »Also gut, beeilt Euch! Wenn Ihr mich mit irgendwelchen Hexenkünsten zu überlisten versucht, werdet Ihr auf einem Scheiterhaufen verbrennen.«

Ehe er sich anders besinnen konnte, verschwand sie im Gebüsch. So töricht, einen sinnlosen Fluchtversuch zu wagen, war sie nicht, obwohl sie der Versuchung beinahe erlag. Um auf das Pferd an Udells Seite zu steigen, musste sie ihren ganzen Mut aufbieten. Die Zügel waren entfernt und ein Strick am Zaumzeug des Tiers festgebunden worden. Das andere Ende hielt Udell in der Hand. Während die Pferde davonsprengten, klammerte sich Krysta an den Sattelknauf.

Stundenlang ritten sie dahin, ohne das Tempo zu verlangsamen. Am Nachmittag war Krysta der Verzweiflung nahe. Wenn die Dunkelheit hereinbrach, mussten sie rasten. Sonst würden die Pferde zusammenbrechen. Und dann würde man sie wieder fesseln. Der Gedanke an die lange Nacht in der Nähe eines hasserfüllten, rachsüchtigen Mannes drohte ihr Blut zu gefrieren. Vielleicht wäre es besser, die erstbeste Gelegenheit zu nutzen und im Wald unterzutauchen. Aber wie sollte sie Udell und seinen Männern zu Fuß entkommen?

Während sie in ihrer müden Fantasie nach einem Hoffnungsstrahl suchte, entdeckte sie zwischen dicht belaubten Zweigen ein schimmerndes Gewässer, das schnell vorbeifloss. Unterwegs hatte sie den Fluss immer wieder gesehen, also musste die Straße parallel dazu verlaufen. Aber jetzt erschienen ihr die Wellen so nahe wie nie zuvor, und die Straße führte anscheinend darauf zu.

Wenig später bestätigte sich die Vermutung. Um die Straße auf der anderen Seite des Flusses zu erreichen, mussten sie über eine hölzerne Brücke reiten. Krysta beobachtete, wie sich das rauschende Wasser über Steinen brach und Gischtwolken in allen Regenbogenfarben emporschleuderte. Unter anderen Umständen hätte sie die Schönheit dieses Naturschauspiels genossen. Aber jetzt konnte sie nur an das baldige Ende des Tages

denken, der ihr mitsamt seinem Licht auch alle Hoffnung rauben würde. Udell, an der Spitze des Trupps, versetzte sein Pferd in langsamen Trab. Donnernd polterten die Hufe über die ersten Bretter der Brücke – bis er seinen Hengst plötzlich zügelte. Ein Pfahl, von Holzblöcken gestützt, versperrte ihm den Weg. »Was zum Teufel ist das?«

Noch bevor die Worte verklangen, kam ein Mann unter der Brücke hervor – ziemlich klein, aber kräftig gebaut. Langes schwarzes Haar verschmolz mit seinem Bart. Geschmeidig schwang er sich auf die Planken und sprang vor den Pfahl. »Wenn Ihr zum anderen Ufer gelangen wollt, müsst Ihr Zoll bezahlen!«, verkündete er mit tiefer, heiserer Stimme.

»Zoll?« Ungläubig hob Udell die Brauen. »Wovon redet Ihr? Hier musste man noch nie Zoll entrichten.«

»Heute schon.« Unerschrocken streckte der kleine Mann eine Hand aus, als würde ihn die bewaffnete Kriegerschar nicht im Mindesten einschüchtern. »Gebt mir Euer Gold, dann dürft Ihr die Brücke überqueren. Sonst müsst Ihr umkehren, oder …« Seine Augen, unter buschigen Brauen halb verborgen, glitzerten boshaft. »Oder wollt Ihr schwimmen? In dieser starken, gefährlichen Strömung? Nur ein guter Schwimmer würde das andere Ufer erreichen – viel weiter flussabwärts.«

»Was faselt Ihr da?«, rief Udell und griff nach seinem Schwert. »Aus dem Weg, Alter, oder ich spalte Euch den Schädel!«

Keineswegs erschrocken, zuckte der kleine Mann die Schultern. »Könnt Ihr gut schwimmen, Lord of Mercia? Wollt Ihr Euer Glück in diesen schäumenden Wellen versuchen?«

Entgeistert starrte Udell ihn an, dann warf er lachend seinen Kopf in den Nacken. »Großer Gott, der Kerl ist verrückt. Obwohl er weiß, wer ich bin, wagt er mir zu trotzen.«

Auch die Männer hinter ihm lachten, aber etwas leiser. Darauf achtete Krysta nicht. Sie betrachtete das Farbenspiel der Tropfen, die über dem Fluss tanzten, und dachte an die Stromschnellen, die sie gesehen hatte – nördlich von der Stelle, wo sie an

Land gegangen waren. Die gewaltige Strömung würde sie sofort mit sich reißen. Aber wenn sie sich an irgendwelchem Treibgut festhielt, an einem abgebrochenen Ast, und den Kopf immer wieder aus dem Wasser reckte, um genug Luft zu bekommen …

Jetzt verlor Udell die Geduld und zog sein Schwert. »Gebt uns endlich den Weg frei, alter Narr!«

Krysta grub die Fersen in die Flanken ihres Pferds und lenkte es zur Brücke hinab.

»Und entfernt diesen verdammten Pfahl!«

Sie holte tief Luft und winkte dem kleinen Mann dankbar zu, schwang ein Bein über den Pferderücken und sprang in den Fluss. Von der gewaltigen Strömung erfasst, konnte sie weder denken noch atmen oder schwimmen. Hinter sich hörte sie Udell schreien, spähte über die Schulter und sah, wie er sich zu seinen Männern wandte und heftig gestikulierte. Und dann verschwand alles aus ihrem Blickfeld, denn sie wurde in die Wassertiefe gerissen.

Dicht unter der Oberfläche erschienen ihr die Wellen viel ruhiger. Geflecktes Licht erhellte schwankende Farnwedel, die im Kies des Flussbetts wuchsen. Vor Krystas Augen wirbelte Schlamm, versperrte ihr die Sicht, und sie wischte ihn beiseite. Große und kleine Steine glitten vorbei. Plötzlich starrte sie in die Augen eines Lachses, dann schwamm er an ihr vorbei.

Trotz der schnellen Strömung wirkte die Szenerie beschaulich, und Krysta staunte, weil sie keine Gefahren fürchtete. Nachdem sie Udell entflohen war, verspürte sie nur maßlose Erleichterung. Hinter einer Biegung wurde sie ins Sonnenlicht hochgeschleudert. Prustend tauchte sie auf. Einen schrecklichen Augenblick lang glaubte sie beinahe, sie könnte nicht atmen. Aber bevor sie über diese absurde Sorge nachdenken konnte, sogen ihre gierigen Lungen aus eigenem Antrieb die ersehnte Luft ein. Die Kleidung zog sie wieder in die Tiefe. Diesmal kämpfte sie sich nach oben und gelangte in einen Teich, einen toten Flussarm. Auf Händen und Knien schleppte sie sich die

Uferböschung hinauf und brach erschöpft zusammen. Halb benommen blieb sie im weichen Moos liegen.

Nach einer Weile hob sie den Kopf und sah sich um. Wie weit sie von der Brücke entfernt war, wusste sie nicht. Aber ihr Instinkt empfahl ihr, die Flucht fortzusetzen. Udell würde alles tun, um die Geisel wieder einzufangen. Nur sie allein konnte ihn vor dem Tod bewahren, ein Schutzschild, der ihn vor Hawks Schwert retten würde.

Taumelnd stand sie auf. Wohin sollte sie sich wenden? Falls sie der Straße am Fluss entlang folgte, würde Udell sie bald einholen. Und wenn sie die Straße verließ, verirrte sie sich womöglich in dieser schwach besiedelten Gegend, wo die freie Natur so viele Gefahren bereithielt. Also blieb nur noch der Fluss übrig.

Zögernd starrte sie in die schnelle Strömung. Wäre es reiner Wahnsinn, sich erneut hineinzuwagen? Doch die rauschenden Wellen hatten sie bisher verschont, abgesehen von kleinen Schürfwunden und blauen Flecken, die sie sich beim Zusammenprall mit den Felsen zugezogen hatte. Irgendwo weiter vorn mussten sich die Stromschnellen befinden. Die hatte sie noch nicht passiert. Sonst würde sie nicht mehr leben. Wenn sie sich in Acht nahm und rechtzeitig aus dem Wasser stieg, würde sie keinen Schaden nehmen.

Der tote Flussarm lag im Schatten alter Eichen. Einer der Bäume war fast abgestorben, ein langer abgebrochener Ast lag am Ufer, und Krysta stieß ihn in den Teich. Dann beobachtete sie ihn, bis sie sich vergewissert hatte, dass er an der Oberfläche treiben würde. Kurz entschlossen zog sie sich bis aufs Hemd aus und watete ins Wasser, umklammerte den Ast und kehrte in den Fluss zurück.

Am Rand der Lichtung zügelte Hawk seinen Grauschimmel. Nachdem er das Boot am Ufer und die Spuren im weichen Boden betrachtet hatte, winkte er Thorgold zu sich. »Lass den Hund Witterung aufnehmen.«

Kaum war das Tier aus dem Sattel des kleinen Mannes gesprungen, rannte es umher, die Nase dicht am Boden. Bald verkleinerte sich das Suchgebiet, und schließlich trottete er in einen Waldweg, der nach Norden führte. Die Reiter folgten ihm. Nach einer halben Meile gabelte sich der Weg. Unbeirrt bog er nach rechts.

»Braver Hund«, lobte Thorgold und pfiff ihn zurück. Gehorsam landete das Tier wieder im Sattel. »Wieso kanntet Ihr die Lichtung, Mylord?«

»Da ging ich schon oft an Land«, antwortete Hawk. »Etwas weiter oben muss man gefährlichen Stromschnellen ausweichen. Entweder trägt man das Boot daran vorbei, oder man reitet von der Lichtung aus weiter. Das ist eine der beiden Hauptstrecken nach Mercia. Nur ein Teil der Flüchtlinge entschied sich für den anderen Weg, und Udell wählte diesen.«

Mit grimmiger Miene setzte sich Hawk an die Spitze seines Trupps. Seit dem frühen Morgen saßen sie pausenlos im Sattel. Und jetzt, am Nachmittag, zeigten weder der Kommandant noch seine Männer irgendwelche Ermüdungserscheinungen. Die durften sie sich auch nicht leisten. Udells Vorsprung war viel zu groß. Um ihn einzuholen, mussten sie an die Grenzen ihrer Kräfte gehen und darüber hinaus oder auf ein wohlmeinendes Schicksal hoffen.

Jedenfalls ist der Hund ein Himmelsgeschenk, dachte Hawk. Ohne ihn hätten sie die richtige Fährte niemals gefunden. Aber sie waren noch nicht am Ziel.

So schnell wie möglich ritten sie flussaufwärts. Vor langer Zeit, zwischen zahllosen Schlachten, hatte Hawk gelernt, in wachsamem Halbschlaf zu versinken. Dabei erholte sich sein Geist, und sein Körper fand ein wenig Ruhe, ohne dass er drohende Gefahren übersehen würde. Nun wollte er diesen Zustand nutzen, um seine Sorge um Krysta zu lindern, die der grausame Schurke in seine Gewalt gebracht hatte. Aber es gelang ihm nicht.

Zum tausendsten Mal fragte er sich, warum er die Pläne des

Merciers nicht durchschaut hatte. Viel zu zuversichtlich hatte er geglaubt, der Verräter würde blindlings in die Falle tappen. Vielleicht wäre er klüger gewesen, hätte Krysta am königlichen Hof nicht immer wieder seine Aufmerksamkeit und seinen Zorn erregt. Hätte er sie doch in der Sicherheit von Hawkforte zurückgelassen, selbst wenn es nötig gewesen wäre, sie einzusperren … Aber nein, er hatte sich eingebildet, angesichts des Königs würde sie nicht wagen, die Verlobung zu lösen.

Und jetzt musste sie vielleicht sterben.

Bei diesem Gedanken stockte sein Atem, und brennende Qualen durchzuckten sein Herz schlimmer als alle schmerzhaften Wunden, die er auf den Schlachtfeldern erlitten hatte. O Gott, er *durfte* sie nicht verlieren! Verzweifelt bat er den Allmächtigen um Hilfe und versprach Ihm, alles Erdenkliche zu tun, alles, wozu er fähig war.

Hawk betete nur selten, weil er keinen Sinn darin sah. Nach allem, was er beobachtet hatte, bevorzugte Gott in einem Krieg weder die eine noch die andere Seite. Männer, für die er sein Leben geopfert hätte, lagen unter der kühlen Erde, andere waren dem Tod immer wieder entronnen. Dass er selbst die blutigsten Kämpfe überlebt hatte, schrieb er seinen eigenen Fähigkeiten zu, seinem Glück oder dem Schicksal – was immer es für ihn auch geplant haben mochte. Wenn er einen Gottesdienst besuchte, fand er kurzfristig inneren Frieden, eine angenehme Erholung von seinen weltlichen Sorgen. Von Gebeten hatte er nicht viel gehalten.

Aber jetzt, während lange Meilen und Stunden an ihm vorbeizogen, betete er so inständig, wie er sich das niemals zugetraut hätte, aus vollem Herzen, mit ganzer Seele. *Alles* wollte er tun, wenn der Allmächtige Krysta rettete, notfalls sogar auf sie verzichten. Ja, er konnte ohne sie leben, obwohl er ein ödes, leeres Leben führen würde, wenn er nur wüsste, dass sie irgendwo auf dieser Welt in Sicherheit wäre. Eine Welt *ohne* Krysta, unvorstellbar …

Schrilles Hundegebell riss ihn aus seinen Gedanken, er wandte sich zu Thorgold.

Mit aller Kraft hielt der kleine Mann den Hund fest, der aus dem Sattel zu springen versuchte. Irgendwas hatte ihn erschreckt. Seufzend gab er den Kampf auf und ließ den Hund los, der blitzschnell am Boden landete. Um eine Witterung aufzuspüren, rannte er mehrmals im Kreis.

In Hawk stieg neue Hoffnung auf. Vielleicht waren sie dem Ziel näher gekommen, als er vermutet hatte. Wenn Udell aus irgendwelchen Gründen aufgehalten worden war…

Ohne Erfolg schnupperte der Hund am Boden. Da er nicht fand, was er suchte, geriet er in helle Aufregung. Schließlich stieg Thorgold ab und lief zu ihm. »Wo liegt das Problem, mein Junge?«

Winselnd hob der Hund den Kopf und ließ den Schwanz hängen.

»Hat er die Witterung verloren?«, fragte Hawk. Wieso das möglich wäre, verstand er nicht. Udell würde kein anderes Ziel ansteuern als Mercia und seine Festung. Wenn er die Straße verließ, würde er viel langsamer vorankommen. Auf dem Fluss konnte er nicht zurückkehren, denn er hatte sein Boot unterhalb der Stromschnellen ans Ufer gezogen. Oder er wurde von einem anderen Kahn erwartet. Aber dafür gab es keine Anzeichen, denn sie hatten keine Lichtung gesehen, wo man ein Boot bereitstellen könnte, auch keine Hufabdrücke oder Spuren von Reitern.

»Nein, wir waren die ganze Zeit auf der richtigen Fährte«, erwiderte Thorgold. »Aber die Witterung ist nicht mehr frisch. Irgendetwas hat unseren Freund aus der Fassung gebracht.« Beruhigend tätschelte er den Hundekopf und kehrte zu seinem Pferd zurück. Da versteifte sich das Tier und spähte zum Fluss hinüber, hob eine Vorderpfote, schnüffelte und streckte den Schwanz aus.

»Er wurde zum Jagdhund ausgebildet.« Abrupt schärften sich

Hawks Sinne, und er schaute ebenfalls in die Richtung, wo das Wasser zwischen den Bäumen glitzerte. »Ist Udell umgekehrt?«

Sobald er die Frage ausgesprochen hatte, schöpfte er wieder Hoffnung. Krysta war eine ungewöhnlich starke, tapfere Frau. Ohne Zögern würde sie eine Gelegenheit zur Flucht nutzen. Hastig lenkte er sein Pferd von der Straße ins Gebüsch, zum Ufer. Seine Männer, Thorgold und der Hund folgten ihm.

Am Wasserrand begann das Tier wieder zu bellen. Hechelnd rannte es zwischen dem Ufer und der Truppe hin und her. Dann sank es auf die Hinterbeine, ließ die Zunge aus dem Maul hängen und starrte Hawk unverwandt an.

»Verdammt will ich sein, wenn er mir nichts sagen will.«

Hawk schwang sich vom Pferd, stieg die Uferböschung hinab, bis das Wasser seine Stiefel überspülte, und schaute nach beiden Seiten. In der Stille des Spätnachmittags hörte er nur Sattelleder knarren, die Vögel in den Zweigen rascheln, Insekten summen, Pferde schnauben. Silbern schimmerte eine Forelle in den Wellen.

Wenige Meilen weiter südlich würde der Fluss über die Stromschnellen rauschen. Hier wogte er tief und breit dahin. Nur da und dort ragten Felsen aus dem Wasser, ein paar tote Zweige trieben dahin. An einem Ast schien irgendetwas zu hängen…

Die Augen zusammengekniffen, schaute er noch etwas länger hin. Doch er wusste bereits, was sich da näherte, der Hund kläffte aufgeregt, sein eigenes Herz schlug wie rasend. Noch ehe seine Männer errieten, was er vorhatte, watete er in den Fluss und schwamm auf den Ast mit der seltsamen Last zu. Gegen den Strom musste er seine ganzen Energien einsetzen. Und dann sah er Krysta, die sich an das Treibholz klammerte, das Haar klatschnass, das Gesicht wachsbleich. Aber bei seinem Anblick brachte sie ein schwaches Lächeln zustande. Hawk verdoppelte seine Bemühungen und beschleunigte das Tempo.

Schon nach wenigen Sekunden erreichte er Krysta und

schlang einen Arm um ihre Taille. »Bist du verletzt?«, stieß er hervor. In seiner Stimme schwang die ganze Sorge der letzten Stunden mit.

Um ihre letzten Kräfte zu schonen, wollte sie nicht sprechen und schüttelte nur den Kopf. Nach dem anstrengenden Kampf gegen die Strömung, gegen die Gefahr, auf Felsen geschleudert oder in die Tiefe gerissen zu werden, schwanden ihr beinahe die Sinne. Ihr Körper war völlig erschöpft. Aber ihre Seele jubelte.

»Lass den Ast los und halt dich an mir fest«, bat Hawk.

Sie nickte. Doch sie konnte ihre verkrampften Hände kaum bewegen. Behutsam löste er ihre Finger vom Treibholz, presste sie an sich und schwamm mit ihr zum Ufer. Seine Krieger wateten ihm entgegen und halfen ihm, Krysta an Land zu bringen.

Vorsichtig bettete er sie ins Moos. Ihre Augen waren geschlossen, die Atemzüge viel zu flach. Als Thorgold mit einem Umhang herbeieilte, griff Hawk danach, wickelte Krysta hinein und begann, ihre Glieder zu reiben. Eine Zeit lang rührte sie sich nicht. Aber dann hob sie den Kopf, erwiderte seinen angstvollen Blick und berührte seine raue Wange. »Du musst dich rasieren.«

Hawk blinzelte, und es dauerte eine Weile, bis er den Sinn ihrer Worte verstand. Dankbar und erleichtert brach er in Gelächter aus. »Wenn dir das auffällt, kann's nicht allzu schlimm um dich stehen.«

»Mir geht's gut«, versicherte sie und verdarb die Wirkung ihrer Worte, indem sie erfolglos versuchte, sich aufzurichten.

Hawk drückte sie ins Moos zurück. »Beweg dich nicht! Wahrscheinlich bist du mit blauen Flecken übersät. Ein Wunder, dass du noch lebst! In Zukunft sollte ich dich einsperren, wann immer ich dich allein lassen muss.«

Krysta murmelte etwas Unverständliches. Als er sich zu ihr neigte, wiederholte sie ihren Vorschlag.

»Gut, darüber werde ich nachdenken«, versprach er grinsend. »Mit dir hinter Schloss und Riegel zu sitzen, zweifellos gibt's ein

schlimmeres Schicksal.« Er hob sie hoch, setzte sie auf sein Pferd und stieg hinter ihr auf.

»Vielleicht ist Udell hinter mir her«, warnte sie ihn.

»Damit rechne ich sogar.« Einen Arm schlang er um ihren Körper, seine andere Hand ergriff die Zügel. An der Spitze seines Trupps ritt er zur Straße zurück, in die Richtung, aus der sie gekommen waren. Bevor er seinen Feind jagte, musste er Krysta in Sicherheit bringen. Von wilder Verzweiflung getrieben, würden die Mercier ihre Pferde zu Schanden reiten, um ihre Geisel wieder einzufangen. Eine Stunde später bestätigte sich dieser Verdacht, denn der Hund begann zu bellen. Hastig lenkte Hawk sein Pferd zwischen die Bäume am Straßenrand, gefolgt von seinen Kriegern und Thorgold.

Nach der knappen Warnung war der Hund verstummt. Aufmerksam beobachtete er, wie die Ritter abstiegen und ausschwärmten.

»Bleib bei ihr, Thorgold«, befahl Hawk. Der alte Troll nickte und führte Krysta tiefer in den Wald hinein. Als sie protestierte, brachte er sie energisch zum Schweigen. Hawk schaute ihnen nach, bis sie im Unterholz verschwanden. Dann wandte er sich zur Straße. Allzu lange musste er nicht warten. Donnernde Hufschläge kündigten Udells Ankunft an. Schon vor langer Zeit hatte er eine Zeichensprache entwickelt, um seinen Männern lautlose Anweisungen zu geben. Dank dieser Methode war er schon mehrmals tödlichen Gefahren entronnen.

Weder Udell noch seine Männer sahen das Seil. Quer über die Straße gespannt, ließ es die ersten Pferde straucheln. In wilder Panik bäumten sich die Tiere auf und warfen die Reiter ab. Nachdem Udell unsanft auf dem Boden gelandet war, erhob er sich sofort mit gezücktem Schwert. Blitzschnell stürzte sich Hawk auf ihn. Während seine Krieger die anderen Mercier bekämpften, postierte er sich so geschickt, dass er den Verräter von dessen Komplizen abschnitt, damit sie ihm nicht beistehen konnten.

Als Udell seinen Gegner erkannte, wich alles Blut aus seinem Gesicht. Aber auch er besaß die Erfahrung zahlreicher Schlachten. Wie er sich verhalten musste, wusste er. Seine einzige Hoffnung lag im Angriff. Mit beiden Händen schwang er sein breites Schwert hoch. Hawk wehrte die Attacken einfach ab. Mühelos parierte er jeden Schwertstreich, beinahe überwältigt von seinem Wunsch, den Tod des Schurken hinauszuzögern. O ja, die Versuchung war groß, aber der Gedanke an Krysta bewog ihn, sich anders zu besinnen. Sie brauchte dringend seine Fürsorge und Ruhe.

Während er sein Schwert hob, verflogen Hass und Rachsucht innerhalb einer Sekunde, sie wurden verdrängt von tiefer Dankbarkeit für Krystas Rettung. Nichts anderes zählte. Zum ersten Mal, seit er von ihrer Entführung gehört hatte, atmete er befreit auf. Und in seiner Seele entstand ein leuchtender Gedanke – *o Herr, Dein Wille geschehe.*

18

Plötzlich schien Udell zu versteinern. Die Augen weit aufgerissen, starrte er Hawk an. Was er sah, erfüllte ihn mit kaltem Grauen. Aber er fand wenig Zeit, um darüber nachzudenken. Die scharf geschliffene Klinge, von der Hand eines Meisters geschwenkt, durchschnitt die Luft und den Mann. Lautlos starb der Mercier, von einem einzigen Schwerthieb enthauptet, sein Blut ergoss sich in die fruchtbare Erde des Landes, das er dem rechtmäßigen König zu entreißen getrachtet hatte.

Hawk senkte die Waffe und sah sich um. Nicht nur Udell war zur Hölle gefahren. Auch seine Anhänger, von der Elitetruppe aus Essex niedergestreckt, lagen am Boden. Innerhalb weniger Minuten herrschte tiefe Stille.

Bis die Raben krächzten.

Hawk wischte sein Schwert an Udells Umhang ab und rief

zwei seiner Männer zu sich. »Etwa eine Reitstunde von der Lichtung entfernt, in östlicher Richtung, liegt ein Dorf. Holt ein paar Bauern. Sie sollen die Toten begraben.«

Nicht einmal die Leichen elender Verräter würde er den Raben und Wölfen überlassen. Aber dann verschwendete er keinen Gedanken mehr an die Schurken und eilte in den Wald zu Krysta. Immer noch in seinen Umhang gehüllt, die zerzausten feuchten Locken über den Schultern, saß sie auf einem umgestürzten Baumstamm.

Bei Hawks Anblick erhob sie sich sofort und sank in seine Arme. »Sag bloß nicht, du bist verletzt, untersteh dich!«, schrie sie und trommelte mit beiden Fäusten gegen seine Brust. Die sanften Schläge spürte er kaum. Doch er wusste es besser, als ihr das zu zeigen.

»Autsch! Hör auf! So übel wie du hat Udell mir nicht mitgespielt.«

»Ist er …?«

»Natürlich. Denk nicht mehr an ihn. Thorgold, ist es dir niemals in den Sinn gekommen, dieser Frau Manieren beizubringen? Schau sie an! Da verprügelt sie mich, obwohl ich nichts anderes verbrochen habe, als sie aus dem Fluss zu fischen und ein Ärgernis zu beseitigen.«

»Um die Umgangsformen der Lady müsst *Ihr* Euch kümmern, Mylord.« Belustigt kicherte Thorgold, pfiff nach dem Hund und kehrte zur Straße zurück.

»Oh, ich weiß mich sehr gut zu benehmen«, klagte Krysta. »Aber du beschwörst immer wieder meine schlimmsten Wesenszüge herauf, Hawk. In deiner Nähe kann ich nicht klar denken. Jedes Mal, wenn ich's versuche, stolpere ich über Gefühle, die mich überwältigen.«

Dieses wirre Geständnis belohnte er mit einem Lächeln, das ihr den Atem raubte. Noch bevor sie wieder Luft bekam, trug er sie zu seinem Pferd. So schnell wie möglich wollte er Winchester erreichen.

Kurz nach Einbruch der Dunkelheit ritten sie in die Stadt. Alle Fackeln waren entzündet, auf den Türmen brannten die Wachfeuer. Von Udells Verrat alarmiert, hatten sich die Menschen entlang der Hauptstraße versammelt. Jubelnd begrüßten sie Hawk und seine siegreichen Krieger. Im Haupthof der Residenz kam ihnen Alfred entgegen. »Meine lieben Freunde!«, rief er. »Unentwegt habe ich an Euch gedacht und für Euch gebetet. Gelobt sei Gott für Eure Rückkehr!«

Hilfreiche Hände hoben Krysta aus dem Sattel. Aber sobald Hawk vom Pferd gestiegen war, nahm er sie auf seine Arme. »Vielen Dank, Mylord. Udell und seine Komplizen sind tot. Wenn Ihr's gestattet, möchte ich jetzt unsere Heimreise vorbereiten.«

Mitfühlend musterte der König die erschöpfte Frau, die an Hawks Brust schlief. »Dagegen habe ich nichts einzuwenden. Aber *mich* müsst Ihr nicht um Erlaubnis bitten.«

Noch während er sprach, stieg Eahlswith die Stufen zum Hof herab und trat an die Seite ihres Gemahls. »Oh, das arme liebe Kind!«, seufzte sie und betrachtete Krystas blasses Gesicht. »Bringt Eure Braut sofort in ihr Zimmer, Lord Hawk! Jetzt braucht sie ein Bad, eine nahrhafte Mahlzeit, Fürsorge und sehr viel Ruhe.«

»Natürlich, Mylady«, stimmte Hawk zu. »Aber das alles muss so schnell wie möglich erledigt werden, wenn es Euch nichts ausmacht. Im Morgengrauen brechen wir nach Hawkforte auf.«

Die warmherzige, mütterliche Königin, Alfreds sanftmütige Gefährtin, starrte den mächtigen Herrn von Essex an, den blutverschmierten, schmutzigen, unrasierten Krieger, der wahrlich einen Furcht erregenden Anblick bot, und runzelte die Stirn. »Reist nur ab, wann immer Ihr wollt, Lord Hawk. Aber Eure Lady bleibt hier, bis sie die Strapazen ihres Abenteuers überwunden hat.«

Verblüfft wandte er sich zu Alfred, der schicksalsergeben die

Achseln zuckte. »An Eurer Stelle würde ich klein beigeben, das ist letzten Endes einfacher.«

Von neuem Verständnis für den inneren Zusammenhalt der königlichen Ehe erfüllt, trug Hawk seine Verlobte hinter Eahlswith die Stufen hinauf. Am Treppenabsatz wurden sie von beunruhigten Hofdamen umzingelt, die alle durcheinander redeten. Er durfte in Krystas Schlafgemach gehen und sie sogar aufs Bett legen. Danach drängten ihn die Frauen in den Flur zurück. Ehe er wusste, wie ihm geschah, warfen sie die Tür vor seiner Nase zu.

Die ganze Nacht und auch am nächsten Tag blieb diese Tür versperrt, ebenso die Verbindungstür zwischen den beiden Schlafzimmern. Wann immer Hawk anklopfte, was er regelmäßig tat, erklärte ihm eine Hofdame mit sanfter Stimme, er dürfe nicht eintreten. Lady Krysta würde schlafen und ihre Ruhe benötigen. Sobald er sie besuchen könnte, wollte man ihm Bescheid geben.

Hilfe suchend eilte er zu Alfred, der erneut die Achseln zuckte und einen Jagdausflug vorschlug. Hawk stimmte nur widerstrebend zu. Als er nach der Rückkehr vor Krystas immer noch verschlossener Tür stand, rebellierte er. Energisch betonte er, nun müsse man ihm endlich Zutritt gewähren. Nach einem längeren Wortwechsel holte eine aufgeregte Hofdame die Königin. »Ich will sie nur ganz kurz sehen, Mylady«, beteuerte er und fühlte sich wie ein Narr. Wann hatte er eine Frau jemals um irgendetwas angefleht? Aber jetzt rang er sich dazu durch, denn er war so froh, weil Krysta noch lebte, und dankbar für die gute Betreuung, die sie in der Residenz genoss.

Eahlswith hatte Mitleid, führte ihn ins Zimmer und ermahnte ihn, leise zu sein.

So wie man's ihm erzählt hatte, schlief Krysta tief und fest. Sie lag auf dem Rücken, das Haar zu schimmernden Zöpfen geflochten. Über dem Rand der Decke sah Hawk den Ausschnitt eines züchtigen weißen Nachthemds. Offenbar ging es ihr gut,

und er atmete auf. Aber die Erleichterung verflog, als er sie genauer betrachtete.

Ihre rechte Wange war violett verfärbt, die Stirn an der anderen Seite geschwollen und zerkratzt. Erschrocken starrte er die verbundenen Handgelenke an und wandte sich zu Eahlswith, die im Flüsterton erklärte: »Sie wurde an den Handgelenken und Fußknöcheln gefesselt, und die Stricke schnitten schmerzhaft ins Fleisch. Glücklicherweise hat Udell ihr nichts Schlimmeres angetan. Die anderen Verletzungen zog sie sich im Fluss zu. Ihr Körper ist mit Schürfwunden und blauen Flecken übersät. Wenigstens hat sie sich keine Knochen gebrochen. Bald wird sie genesen. Aber vorerst darf sie nicht abreisen.«

Bedrückt schüttelte er den Kopf. »Ich hatte keine Ahnung … Während wir zur Stadt ritten, schlief sie fast die ganze Zeit. Und in meiner Freude über ihre erfolgreiche Flucht überlegte ich nicht …«

Eahlswith berührte tröstend seinen Arm. »Solche Blessuren sieht man nicht oft. Es war das Beste, was Ihr tun konntet, Eure Lady möglichst schnell hierher zu bringen.«

In wachsender Sorge neigte er sich über Krysta, die bleich und reglos im Bett lag. »Sicher hat sie starke Schmerzen.«

»Als sie heute Morgen erwachte, tat ihr alles weh, wenn sie auch tapfer versuchte, sich nichts anmerken zu lassen. Ich verabreichte ihr ein wirksames Mittel gegen die Schmerzen. Danach schlummerte sie wieder ein. Nichts wirkt so heilsam wie tiefer Schlaf.«

Und er hatte gegen die Tür gehämmert und gebieterisch Einlass begehrt.

Eahlswith deutete seine Miene richtig. »Hört mich an. Was ich Euch jetzt sage, würde ich auch meinen Söhnen versichern. Euch trifft keine Schuld. Und was noch wichtiger ist, Ihr habt Krysta gerettet. Glaubt mir, sie wird sich erholen. Seid dankbar dafür und vergesst alles andere.«

Weil er seiner Stimme nicht traute, nickte er nur. Seine Augen

brannten, sein Blick verschleierte sich. Aus einem plötzlichen Impuls heraus kniete er neben dem Bett nieder. Behutsam ergriff er Krystas Hand und hauchte einen Kuss darauf.

Etwas später verließ er das Zimmer immer noch erschüttert und beklommen. Aber als er ins letzte Sonnenlicht des Tages trat, wurden diese Gefühle von heißem Zorn verdrängt. Absurderweise wünschte er, Udell würde noch leben, damit er den Bastard ein zweites Mal töten könnte. Aber der Mercier befand sich außerhalb seiner Reichweite. Um die anderen Schurken würde sich Athelred kümmern. Irgendwie musste sich Hawk von seiner Wut ablenken, und so wanderte er ziellos umher, bis er das Skriptorium erreichte. Nach kurzem Zögern trat er ein. Der Priester Asser inspizierte gerade eine weitere, fast vollendete Ausgabe von Alfreds Gesetzbuch.

Beim Anblick des Neuankömmlings verabschiedete er sich von seinem Schreiber. Um den Mönch nicht zu stören, führte er Hawk ins Freie. »Kann ich etwas für Euch tun, Mylord?«

Hawk nickte. Auf dem Weg zum Skriptorium hatte er noch nicht gewusst, warum er hierher gegangen war. Jetzt erkannte er die Absicht, die er im Hintergrund seines Bewusstseins gehegt hatte. »Ich möchte ein Buch in Auftrag geben.«

Erstaunt hob der Priester die Brauen. »Beschäftigt Ihr keine Schreiber auf Hawkforte?«

»Doch, tüchtige Männer, aber nicht so gut geschult wie Eure Mönche. Und es muss ein ganz besonderes Buch werden.«

»Welches Thema soll es behandeln?«

Nachdenklich starrte Hawk vor sich hin. »Tiere. Wissenschaftlich fundierte Beschreibungen, keine Geschichten, wie sie die Leute erzählen. Mit anschaulichen Illustrationen.«

»Ein lobenswerter Entschluss, Mylord. Dass Euch solche Dinge interessieren, wusste ich gar nicht.«

»Mich nicht so sehr«, gab Hawk zu. »Aber Lady Krysta hat alle Tiere in ihr Herz geschlossen. Dieses Buch will ich ihr schenken.«

Vater Asser lächelte. Falls er die Idee seltsam fand, einer Frau ein Buch zu verehren, behielt er seine Meinung für sich. »Ah, ich verstehe. Nun, dann müssen wir den besten Schreiber mit dieser Aufgabe betrauen. Ein junger Mönch füttert täglich die Vögel im Garten. Wie ich schon öfter festgestellt habe, beobachtet er sie aufmerksam und skizziert sie. Vielleicht würde er sich für die Arbeit an Eurem Buch eignen.«

»Diese Entscheidung überlasse ich Euch.«

»Also gut, ich werde die nötigen Maßnahmen ergreifen. Habt Ihr sonst noch einen Wunsch, Mylord?«

Hawk überlegte kurz, dann grinste er. »Wisst Ihr, wer in dieser Stadt Haarbänder verkauft?«

»Leider nicht.«

Aber eine junge Dienerin, die gerade frische Milch ins Skriptorium brachte, konnte Hawks Frage beantworten. Nur zu gern erwies sie dem berühmten Lord einen Gefallen.

Gut gelaunt ging er davon. Nun hatte er Mittel und Wege gefunden, um seinen Zorn zu überwinden. Er musste sich einfach nur ausdenken, was Krysta eine Freude bereiten würde. Während des restlichen Tages befasste er sich mit nichts anderem und war glücklich.

Von mehreren Kissen gestützt sah sich Krysta in ihrem voll gestellten Zimmer um. »Jemand sollte ihm Einhalt gebieten«, verkündete sie, ohne sich an eine bestimmte Person zu wenden.

Kichernd steckten einige Hofdamen die Köpfe zusammen. Eahlswith saß auf einem Stuhl, von dem man einige Stoffballen entfernt hatte, und lächelte sanft. »Warum? Ich finde das wundervoll.«

»Ja, Ihr habt wohl Recht.« Krysta betrachtete die Farbenpracht auf ihrer Decke. »Aber wenn's so weitergeht, wird sich bald jede Frau in England an mich wenden müssen, wenn sie Haarbänder braucht. Ganz zu schweigen von den kostbaren Parfums, den seltenen Früchten und Seide und Samt… Nicht

einmal, wenn ich uralt werde, kann ich so viele Kleider tragen.« Ihr Blick wanderte wieder durch den Raum. Seufzend schüttelte sie den Kopf. »Und all die Juwelen! Was soll ich nur damit anfangen?«

»Schmückt Euch mit diesem herrlichen Geschmeide«, schlug eine Hofdame vor. Sie sprach in freundlichem Ton, wirkte aber genauso verwirrt wie ihre Gefährtinnen, seit Hawks Geschenke in verschwenderischer Fülle eintrafen. Am vergangenen Abend waren die ersten geliefert worden. An diesem Morgen hatte sich Krystas Schlafgemach in eine Schatzkammer verwandelt. Und es nahm kein Ende.

Das alles zu verkraften fiel ihr schwer, denn seit ihrer Rückkehr ins Bewusstsein litt sie wieder an jener Übelkeit, die sie kurz nach der Ankunft in Winchester zum ersten Mal geplagt hatte. Trockenes Brot und ein Becher Kamillensud, von Eahlswith verabreicht, halfen ihr. Doch die blauen Flecken und Schürfwunden schmerzten immer noch. Nach einem heißen Bad, mit duftendem Öl angereichert – einem Geschenk von Hawk – fühlte sie sich besser. Aber während ihr Haar gebürstet wurde, blickte sie in den Spiegel und erschauerte. So durfte Hawk sie nicht sehen. Am Nachmittag wollte er sie besuchen. Sie schützte Müdigkeit vor und ließ ihm ausrichten, sie würde ihm für die Geschenke danken. Zweifellos gab er sich damit zufrieden. Welcher Mann wollte sich schon in einem Krankenzimmer aufhalten?

Als sie am nächsten Morgen erwachte, saß er neben dem Bett. Die Königin hatte sich mit ihren Damen in den Hintergrund des Raums zurückgezogen. Wie Hawks entschlossene Miene verriet, würde ihn nichts auf der Welt bewegen, seinen mühsam erkämpften Platz zu verlassen. Als Krysta die Augen öffnete, beugte er sich lächelnd zu ihr hinab. »Guten Morgen. Wie geht's dir?«

Sie wollte sich aufrichten und beteuern, mit ihr sei alles in Ordnung. Aber ehe sie sprechen konnte, wurde sie wieder von

der verflixten Übelkeit heimgesucht. Beklommen stöhnte sie und presste eine Hand auf den Mund. Hawk sprang bestürzt auf. Dann wandte er sich an die Königin. »Was fehlt ihr denn? Sie ist krank!«

Sofort eilte Eahlswith zum Bett, half Krysta, sich aufzusetzen, und gab ihr den Becher mit Kamillensud, den sie vorsorglich bereitgestellt hatte. »Seit etwa einer Woche erleidet sie jeden Morgen einen kleinen Schwächeanfall.« Viel sagend schaute sie in Hawks Augen. »Ich hatte befürchtet, das würde nach ihrem gefährlichen Abenteuer im Fluss aufhören. Glücklicherweise blieb ihr Zustand unverändert.«

Wie aus weiter Ferne hörte Krysta diese Erklärung und blinzelte verwundert. Wieso freute sich die Königin über diese grässliche Übelkeit? Das ergab keinen Sinn. Und warum starrte Hawk sie an, als hätte man ihm den Boden unter den Füßen weggezogen? Seltsam, alles Blut wich aus seinem Gesicht. Und was sagte er da?

»Meine Süße, es tut mir so Leid.«

O Gott, was bedauerte er?

Schließlich schüttelte sie den Kopf und gab es auf, darüber nachzudenken. Immer noch leicht benommen, erwiderte sie: »Du musst dich nicht entschuldigen. Für meine Magenschmerzen bist du wohl kaum verantwortlich.«

Hawk und die Königin wechselten einen Blick. Dabei hob sie die Brauen, und er errötete. »Meine Liebe«, begann Eahlswith sanft, »ich weiß, in Eurer Kindheit musstet Ihr auf die Mutterliebe verzichten. Aber es gab doch andere Frauen, die Euch großzogen, nicht wahr.«

Warum erörterte die Königin ausgerechnet jetzt dieses Thema? Nur mühsam verbarg Krysta ihre Überraschung. »Zwei treue Dienstboten betreuten mich – Raven und Thorgold. Aber in dem Dorf, das zu meinem Anwesen gehörte, wohnten auch Frauen.«

»Sprachen sie mit Euch über gewisse – Dinge?«

»Natürlich, über die Ernte, das Wetter, wie es den Leuten ging und so weiter.«

»Oh, ich verstehe. Und diese Raven, die Ihr erwähnt habt? Hat sie Kinder?«

Zögernd runzelte Krysta die Stirn. Was Raven trieb, wenn sie verschwand, teilte sie ihr nicht mit. »Keine Ahnung. Vielleicht. Darüber haben wir nie geredet.«

Die Königin tätschelte Krystas Hand und warf Hawk einen scharfen Blick zu. Dann scheuchte sie die Hofdamen aus dem Zimmer und folgte ihnen.

Sobald Hawk mit seiner Braut allein war, sank er langsam auf den Stuhl zurück, ohne sie aus den Augen zu lassen. Das lauteste Geräusch im Raum verursachten ihre Zähne, die das trockene Brot kauten. Nachdem sie eine Zeit lang erfolglos versuchte hatte, etwas leiser zu essen, schob sie das Brot unter ihre Bettdecke.

»Nun...« Hawk räusperte sich. »Also erfreulicherweise bist du kerngesund, was mich maßlos erleichtert. Wirklich, es ist wunderbar... Hilft dir dieses Zeug?« Er zeigte auf den Becher mit dem Kamillensud, den sie immer noch festhielt.

Mit ihrer freien Hand fegte sie ein paar Krümel von der Decke. »Ja, die Königin sorgt so gut für mich. Falls ich mir die Bemerkung erlauben darf, du siehst ziemlich mitgenommen aus. Vielleicht solltest du Eahlswith um eine Arznei bitten.«

Wenn er sie noch länger so eigenartig anstarrte, würde sie ernsthaft glauben, dass er krank war. Aber da grinste er plötzlich. »Besser könnte ich mich gar nicht fühlen. Nur eins fehlt mir noch zu meinem Glück.«

Unbehaglich wich sie seinem Blick aus. Meinte er etwa, er würde ihr noch mehr Geschenke schicken? »Was denn?«, fragte sie vorsichtig.

Hawk entwand ihr den Becher, stellte ihn auf den Nachttisch und umfasste ihre Hände. Eindringlich schaute er in ihre Augen. »Heiraten wir – hier in Winchester. Sobald du aufstehen kannst. Vater Asser wird die Trauung vornehmen, Alfred und Eahlswith

werden sich unbändig freuen, und wir kehren als Ehepaar nach Hawkforte zurück.«

Abwechselnd wurde ihr heiß und kalt. Welch eine verlockende Zukunft erschien in ihrer Fantasie. Doch die alte Angst ließ sich nicht vertreiben. »Meine Mutter…«

»Oh, sie muss eine wundervolle Frau gewesen sein. Wäre sie hier, würde sie dir zweifellos empfehlen, mich möglichst schnell zu heiraten.«

Seine Überzeugungskraft wirkte unwiderstehlich. Nur Krystas Ehrlichkeit hinderte sie an einer vorbehaltlosen Kapitulation. »Da ist noch etwas, das ich dir erzählen muss.«

»Was denn?«, fragte er erschrocken. Ihre Dienstboten, ihre Mutter, was konnte es denn *sonst* noch geben? »Geht es um deinen Vater?«

»O nein, er war ganz normal. Aber darin liegt das Problem. Verstehst du?«

Das versuchte er und scheiterte. »Wenn er nicht ungewöhnlich war, warum sorgst du dich?«

Seufzend umklammerte sie Hawks Hände. »Er war ein völlig normaler Mann. Und Männer scheinen anders zu empfinden als die Frauen. Vielleicht, weil sie zu Kriegern erzogen werden. Meine Mutter liebte ihn. Aber er erwiderte ihre Gefühle nicht. Und ohne das Band der Liebe, das sie festgehalten hätte, musste sie diese Welt verlassen. Sie wurde ins andere Reich gerufen, aus dem sie besondere Geschöpfe hierher geholt hatte.« Sie sah Hawks gerunzelte Stirn und spürte, wie sehr er sich bemühte, das alles zu begreifen. Hastig fuhr sie fort: »Um deine Frage zu beantworten, warum ich in der Verkleidung einer Dienerin nach Hawkforte kam, sagte ich nicht die ganze Wahrheit. Gewiss, ich wollte dich besser kennen lernen, denn ich dachte, das wäre wichtig für eine gute Ehe. Aber ich wollte vor allem deine Liebe gewinnen.« Ihre Stimme sank zu einem Flüstern herab. »Dann müsste ich nicht befürchten, ich würde das gleiche Schicksal erleiden wie meine Mutter.«

»Und das *bedrückt* dich?«, rief Hawk fassungslos.

War dieser Mann wirklich so dumm? Merkte er noch immer nicht, wonach sie sich sehnte?

»Das glaube ich einfach nicht!« Hawk sprang auf und starrte sie an. »Nach allem, was geschehen ist, zweifelst du an meiner Liebe zu dir? Heiliger Himmel, bist du schwachsinnig, taub und blind? Mein ganzes Leben hast du durcheinander gebracht, und ich dachte sogar, ich würde den Verstand verlieren. Das alles nahm ich klaglos hin. Vor ein paar Tagen fragte ich dich, ob du dich nicht darüber wunderst. Du hast behauptet, weil du mich liebst, wäre dir meine Ehre wichtiger als mir selber. Bist du gar nicht auf den Gedanken gekommen, *du* würdest mir mehr bedeuten als alles andere – *aus demselben verdammten Grund*?«

Dieses Geständnis klang weder poetisch noch romantisch. Trotzdem begann Krystas Herz zu singen, und ihre Augen strahlten. Er liebte sie? Er liebte sie! Warum war sie so töricht gewesen? Natürlich, würde er sie nicht lieben, hätte er ihr schon längst den Hals umgedreht.

Mit einem Freudenschrei kletterte sie aus dem Bett, warf sich in Hawks Arme, und er hielt sie entsetzt fest. »Was machst du denn? Du bist voller blauer Flecken und Kratzwunden. Warum stehst du auf? Um Himmels willen, deinetwegen werde ich bald weiße Haare kriegen.«

Vorsichtig legte er sie wieder hin und streckte sich neben ihr aus. Von ihrem Glück überwältigt, schmiegte sie sich an ihn. Nach all den Stürmen, die sie gemeinsam besiegt hatten, waren sie in einem sicheren Hafen gelandet und blickten einer verheißungsvollen Zukunft entgegen. Zufrieden berührte sie Hawks breite Brust.

Wie sie seine Kraft liebte, es war eine andere als ihre eigene seelische Stärke, eine perfekte Ergänzung. So schmerzlich hatte sie ihn vermisst und ihn so dringend gebraucht. Unwillkürlich streichelte sie die harten Muskeln unter dem feinen Leinen sei-

nes Hemds. Das ließ sich mühelos entfernen, und sie würden ohne Hindernis beisammen sein. So lange war es her…

»O nein!« Entgeistert richtete er sich auf. »Spätestens in einem Jahr wirst du mich endgültig in den Wahnsinn treiben. Was bildest du dir eigentlich ein? Ich könnte dich umarmen, deinen Duft riechen, deine Liebkosung spüren ohne den Wunsch, mit dir zu verschmelzen? Mit einer Frau, die eben erst so viel durchmachen musste und dank der göttlichen Gnade immer noch…« Stöhnend schüttelte er den Kopf, in der Hoffnung, das würde ihm helfen, wieder etwas klarer zu denken.

»Immer noch? Was meinst du?« Auf einen Ellbogen gestützt, beobachtete Krysta, wie er aus dem Bett stieg. Warum schaute er sie so beunruhigt an? Benahmen sich alle Männer so merkwürdig, wenn sie eine Frau liebten?

»Nicht so wichtig. Jetzt musst du wieder schlafen.«

»Nachdem ich so lange geschlafen habe, bin ich hellwach.«

»Dann werde ich Eahlswith bitten, sie soll dir einen Schlummertrunk bringen.«

»Untersteh dich! Den trinke ich nicht. Nein, bleib da! Ich brauche ein bisschen Abwechslung.«

»Abwechslung?«, wiederholte er, zwischen Ärger und Belustigung hin- und hergerissen. »Willst du mit mir spielen?«

Lächelnd richtete sie sich etwas weiter auf. Der Ausschnitt ihres Nachthemds glitt über die Schulter hinab und entblößte eine runde, milchweiße Brust. »Ja, wenn du's erlaubst.« Sie sah, wie er mit der Versuchung kämpfte, wie sein Gewissen die Oberhand gewann, und seufzte enttäuscht. »Also gut – geh!«, murmelte sie, zog einen Schmollmund und sank in die Kissen zurück. »Sorg dich nicht um mich.«

»Dazu habe ich auch keinen Grund.« Auf dem Weg zur Tür warf er einen Blick über die Schulter. »Damit du dich nicht langweilst, werde ich dir etwas schicken, das sich für eine Braut geziemt.«

In ihrer Naivität ahnte sie nicht, was auf sie zukam.

Sie zuckte zusammen, versuchte sich zu bewegen, zuckte erneut zusammen. Flehend starrte sie die Königin an, die ihr besänftigend zulächelte. »Meine Liebe, Ihr seht zauberhaft aus.«

Gequält musterte Krysta die Schneiderin, die neben ihr kniete, die spitzesten Nadeln von der Welt zwischen den Fingern. »Sind wir jetzt fertig?«

»Fast«, antwortete Eahlswith. »Was meinst du, Martha? Noch eine Stunde?«

»Hmpf …« Nachdem die Frau ihre Zustimmung signalisiert hatte, setzte sie ihr Teufelswerk fort. Die Augen geschlossen, betete Krysta um Geduld.

Vor drei Tagen hatte die Königin entschieden, nun sei ihr Schützling hinreichend genesen, um das Bett zu verlassen. Drei Tage voll endloser Torturen, die anscheinend nötig waren, um die aufwändigste Hochzeit seit der Trauung des Königspaars vorzubereiten. Athelflad und ihr Gemahl, der Alderman von Mercia, waren nur zwei unter den vielen Hundert geladenen Gästen. Aus ganz England kamen sie angereist, um dem hoch geschätzten Lord die Ehre zu erweisen und um seine Wikingerbraut neugierig zu begutachten.

Die Festlichkeiten hatten schon begonnen. Jeden Abend traten Schauspieler, Gaukler, fahrende Sänger und Akrobaten in Alfreds Halle auf und unterhielten die ständig wachsende Gästeschar. Draußen in den Schlosshöfen und auf den Straßen der Stadt feierte auch das gewöhnliche Volk. Eine Hochzeit im Spätsommer, wenn die Ernte bereits eingebracht war, bot den Leuten eine willkommene Gelegenheit, den Alltag zu vergessen. Der Sieg über den Verräter musste natürlich ebenfalls gewürdigt werden. Aristokraten und Bürger, Jung und Alt, alle wanderten unbeschwert umher, abgesehen von den Schneiderinnen und Köchen, die dem Müßiggang erst nach dem großen Ereignis frönen durften.

Falls es jemals ein Ende finden würde … Das bezweifelte Krysta, während sich der Tag dahinschleppte und das Brautkleid

nicht einmal annähernd fertig war. Doch sie täuschte sich. Eine Stunde später, während sie immer noch vermied, in den großen, blank polierten Bronzespiegel zu schauen, der aus dem Schlafgemach der Königin stammte, straffte die Respekt gebietende Martha ihren Rücken, erhob sich ächzend von den Knien und verkündete: »So!«

Aufgeregt eilten die Hofdamen herbei, klatschten in die Hände und brachen in schrillen Jubel aus. Krysta nahm ihren ganzen Mut zusammen und wandte sich zum Spiegel. In golden schimmernder Bronze stand eine Göttin, umhüllt von Samt und Seide in den Farben eines sommerlichen, sonnendurchfluteten Waldes. Perlen und Edelsteine schmückten das Kleid. Eine Kaskade aus blonden Locken über den Schultern erwiderte die Erscheinung den Blick der Sterblichen, die sie fassungslos anstarrte.

Unfähig, ihr Staunen zu verbergen, schnappte Krysta nach Luft. Das konnte nicht *sie* sein – mit ihren Sommersprossen und ihren zerzausten, manchmal sogar *nassen* Haaren, eine Frau, die lachte und stöhnte und schwitzte und seufzte wie alle Sterblichen, aber niemals so aussah wie die überirdische Gestalt im Spiegel. Plötzlich lächelte die Göttin verschwörerisch, als wollte sie Krysta in ein Geheimnis einweihen.

»O Gott…« Nur ein Flüstern, aber es genügte, um Martha zu beglücken.

»In der Tat – o Gott!« Voller Genugtuung betrachtete sie die Braut. »Dieses Lob entschädigt mich für alle Mühe, wenn ich auch bezweifle, dass meine armen Augen sich jemals erholen werden. Nie wieder nähe ich so ein Kleid.« Abrupt verstummte sie und begutachtete die zahlreichen Stoffballen, die sich auf Tischen und Stühlen stapelten, das Ergebnis von Hawks hemmungsloser Großzügigkeit. »Es sei denn, Eure Ladyschaft wünscht sich noch eins.«

»O nein!« Allein schon dieser Gedanke erschreckte Krysta, obwohl sie wusste, dass irgendetwas mit den Stoffen geschehen

musste. Das würde Hawk erwarten. Und sie hatte längst erkannt, wie beharrlich er seinen Willen durchzusetzen wusste. »Zumindest nicht *sofort*…«

Was sie nicht ahnte war, dass mehrere andere Schneiderinnen bereits an schlichteren, aber ebenso luxuriösen Kleiden, Hemden, Umhängen und all den Dingen arbeiteten, die nach Eahlswith' Meinung zur Aussteuer einer vornehmen Braut gehörten. Erst an diesem Morgen hatte sie zur Freude der Hofdamen und Krystas Bestürzung bekannt gegeben, wie viele Hochzeitsgeschenke sich mittlerweile in der Haupthalle stapelten. Gewiss, Hawkforte war eine große Festung. Trotzdem konnte man innerhalb dieser Mauern nur eine begrenzte Anzahl goldener Teller und Becher, kunstvoll gewobener Wandbehänge, kostbarer Truhen voller Gewürze, edler Pelze und dergleichen unterbringen.

Dessen ungeachtet wurde Hawk mit Geschenken überhäuft. Ein Tribut an die rechte Hand des Königs, dachte Krysta, an den Mann, der Udell bezwungen hatte, der heiraten würde, um den Frieden zwischen Sachsen und Norwegen zu sichern. Natürlich verdiente er die reichen Gaben, das wollte Krysta nicht bestreiten. Sie gewann nur den Eindruck, es wäre des Guten zu viel.

»Vielleicht solltet Ihr Euch setzen, meine Liebe.« Eahlswith gab Martha und deren Gehilfinnen ein Zeichen.

Geschickt streiften sie die prächtige Robe über den Kopf der Braut. Nur mit einem Hemd bekleidet, sank Krysta auf einen Stuhl, und eine Hofdame kredenzte ihr ein kühles Getränk.

»Sogar die liebe Athelflad, die nur selten die Nerven verliert, fand ihre Hochzeitsvorbereitungen ermüdend«, erzählte Eahlswith. »Und dafür hatten wir ein halbes Jahr Zeit – nicht nur vierzehn Tage.«

Krysta konnte sich nicht vorstellen, ein solches Martyrium sechs Monate lang zu ertragen. Doch das sprach sie nicht aus. Stattdessen dankte sie der gütigen Königin für all die Mühe. »Ihr

wart sehr freundlich, Mylady. Wie soll ich Euch jemals vergelten, was Ihr für mich getan habt?«

Erfreut und ein bisschen verlegen lächelte Eahlswith. »Ihr braucht mir nicht zu danken, Kindchen. Glaubt mir, ich amüsiere mich köstlich.«

Wenigstens *eine* Person, der die Plage Spaß macht, dachte Krysta.

Aber am Hochzeitsmorgen besserte sich ihre Laune. Ausnahmsweise wurde ihr nicht übel. Ganz im Gegenteil, sie fühlte sich wundervoll. Sobald die ersten Sonnenstrahlen das Zimmer erhellten, sprang sie aus dem Bett, eilte zu einem Fenster und betrachtete die Stadt. Da nicht genug Quartiere für die zahlreichen aristokratischen Gäste und ihre Dienerschaft zur Verfügung standen, mussten mehrere Leute auf Matratzen vor den Haustüren schlafen. Glücklicherweise herrschte angenehmes Wetter. Der Herbst begann mit warmen, wolkenlosen Tagen. In den Büschen summten immer noch Insekten. Kaum ein welkes Blatt fiel von seinem Zweig. Nur hier und da zeigte goldenes oder rötliches Laub in den umliegenden Wäldern den Wechsel der Jahreszeiten an. Und die Tage wurden merklich kürzer.

Plötzlich erschrak Krysta beim Gedanken an die nächste Nacht. Wie albern! Sie würde nicht als Jungfrau ins Ehebett steigen. Darüber war sie sehr froh. Unvorstellbar, sie müsste die Zeremonie, die zahllosen Gäste und alles andere verkraften und danach mit einem Fremden schlafen. Ihren Bräutigam kannte und liebte sie, und sie vertraute ihm rückhaltlos. Sekundenlang schloss sie die Augen und wünschte, die Nacht würde möglichst bald auf sanften Schwingen herabsinken und den anstrengenden Tag verdrängen.

Während sie noch am Fenster stand, erschien die Königin mit ihren Hofdamen. Sie brachten ihr ein Frühstück und Badewasser. Und sie leisteten ihr willkommene Gesellschaft. Aber obwohl Krysta die Abwechslung genoss, hoffte sie, irgendetwas

würde die Ereignisse beschleunigen. Jede Minute kroch qualvoll langsam dahin.

Das bildete sie sich nur ein. Als die Kirchenglocken erklangen und die Sext einläuteten, zuckte sie überrascht zusammen. Schon Mittag. Auf einmal wurde die Zeit knapp. Nur mehr drei Stunden bis zur Trauung, und noch so viel war zu erledigen! Belustigt ließ sie ihre Finger- und Zehennägel polieren, musste jedoch zugeben, dass der Perlglanz sehr hübsch wirkte.

Und dann wurde ihr Haar endlos lange gebürstet. Darauf bestanden die Damen, obwohl sie warnend erklärte, dadurch würden die Locken noch wirrer aussehen. Schließlich wurden sie mit Bändern voller Juwelen umwunden, deren Gewicht ihren Kopf ständig nach hinten zu ziehen drohte.

Letzten Endes war es so weit. In einem hauchdünnen Leinenhemd und Seidenstrümpfen mit Strumpfbändern an den Knien, stand sie da, hob die Arme, und drei Damen streiften das Kleid über ihren Körper. Das Oberteil aus waldgrünem Samt war mit Goldfäden, Perlen und Edelsteinen bestickt, die weiten Ärmel an den Handgelenken zusammengefasst. Unter den geschlitzten Bahnen des Rocks schimmerte ein hellbraunes seidenes Unterkleid, das sich nur zeigte, wenn sie sich bewegte. Goldene Stickereien schmückten den geraden Ausschnitt und den Rocksaum. Zu beiden Seiten wurde das Oberteil eng geschnürt, um ihren vollen Busen und die schmale Taille zu betonen. Schwere Goldbroschen mit Rubinen besetzt, hielten den Umhang aus bernsteinfarbener Seide am Hals zusammen. Dazu passte ein goldener, ebenfalls mit Rubinen verzierter Stirnreif.

Nachdem die Hofdamen ihr Werk vollbracht hatten, traten sie zurück und forderten die Braut auf, in den Spiegel zu blicken. Indem sie den Kopf vorsichtig zur einen und dann zur anderen Seite neigte, konnte sie sich vergewissern, dass sie in der glänzenden Bronze tatsächlich ihr eigenes Bild sah.

»Erstaunlich«, hauchte sie und beobachtete, wie das bemer-

kenswerte Geschöpf die Lippen zur gleichen Zeit bewegte wie sie selbst.

»In jedem Kleid würdet Ihr zauberhaft aussehen, meine Liebe«, meinte Eahlswith. »Aber diese Robe steht Euch besonders gut. Eine schönere Braut gab es noch nie.«

Krysta wandte sich zu ihr und ergriff ihre Hände. »Mein Leben lang werde ich Eure Güte nicht vergessen, Mylady, und ich hoffe, ich werde mich Eurer Gunst stets würdig erweisen.«

In Eahlswiths' Augen schimmerten Tränen. »Ganz sicher, Kindchen. Daran zweifle ich nicht. Geht jetzt zu Eurer Hochzeit und freut Euch, denn diese Ehe wird wahrlich gesegnet sein.«

In diesem Moment begannen die Glocken zu läuten und kündigten die neunte Stunde nach Sonnenaufgang an, in der Krysta und Hawk den heiligen Bund schließen würden.

Und plötzlich raste die Zeit dahin. Krysta kam kaum dazu, Atem zu holen. In aller Eile wurde sie zur Tür hinaus- und die Treppe hinabgeführt, während die Hofdamen die lange Schleppe des seidenen Umhangs festhielten. Nur vage spürte sie die zahllosen Blicke, die ihr folgten. Im Hof wartete eine weiße Stute, und sie stieg auf. Kinder ergriffen die Zügel und geleiteten das Pferd an einer jubelnden Menschenmenge vorbei in strahlendem Sonnenschein zur königlichen Kirche.

Da Krystas Herz wie rasend gegen die Rippen hämmerte, musste sie nach Luft ringen. Wenig später war alles in Ordnung, denn Hawk kam ihr in schwarzem Samt mit üppigem Goldschmuck entgegen. Er streckte die Arme zu ihr empor, und sie ließ sich aus dem Sattel heben. Bevor er sie auf die Füße stellte, gab ihr seine Kraft das Gefühl, sie wäre federleicht.

Vater Asser wartete im Kirchentor. An seiner Seite stand das freudestrahlende Königspaar.

»Warum seid ihr gekommen?«, fragte der Priester.

»Um den Segen unseres Herrn zu erbitten, so wie Er ihn in Kana erteilt hat«, antwortete Hawk.

Und so begann das Ritual. Von Gesängen begleitet, betraten die Brautleute die Kirche. Vor dem Altar knieten sie nieder und empfingen aus der Priesterhand das Sakrament des Brots und des Weins. Für Krysta war es ein Augenblick seligen Friedens, einer turbulenten Welt abgerungen. In dankbarem Gebet neigte sie den Kopf, an der gleichen Stelle, wo sie vor einigen Tagen um Hawks Sicherheit gebetet hatte. Die Lieder der Mönche hallten durch den Raum, duftender Weihrauch erfüllte die Luft. In jeder einzelnen Sekunde war ihr die Nähe des geliebten Mannes bewusst, der neben ihr kniete.

Auf Assers Geheiß erhoben sie sich, und Hawk steckte einen schlichten Goldring an Krystas Finger, das Symbol, das sie für immer vereinte. Hand in Hand verließen sie das Gotteshaus und nahmen die Glückwünsche der versammelten Menschenscharen entgegen.

Krysta blinzelte ins blendende Sonnenlicht und spürte, wie die letzten Reste der Anspannung verflogen, die ihre ständige Begleiterin gewesen war, seit sie erfahren hatte, sie müsse in einem fernen Land einen Fremden heiraten. Im Jubel der Menge, von ihrem eigenen frohen Herzen besiegt, entschwanden die Ängste und verwandelten sich in eine schwache Erinnerung. Jetzt herrschte nur mehr reine Freude in ihrer Seele, und sie glaubte, wenn sie nicht mit beiden Füßen auf dem Boden stünde, würde sie zum Himmel emporschweben. Um das zu verhindern, und weil es sich so gut anfühlte, umklammerte sie Hawks Arm. Durch das Gedränge fröhlicher Gratulanten gingen sie zur königlichen Halle, wo das Hochzeitsfest begann.

19

Nun waren sie verheiratet. Sehr gut. Genauso, wie er's gewünscht hatte. Vorher waren größere Schwierigkeiten aufgetaucht als erwartet, aber Hawk hatte sie alle gemeistert. Seine

zweite Ehe. Nein, daran wollte er nicht denken. Solche bösen Erinnerungen durften sein Glück nicht trüben.

Um sich zu vergewissern, dass er glatt rasiert war, strich er über sein Kinn. Dann ergriff er ein Handtuch und trocknete sein Gesicht ab. Er war allein in dem Raum, den er seit der Ankunft in Winchester bewohnte. Durch die geschlossene Verbindungstür hörte er das Gelächter der Frauen, die Krysta in ihr Schlafgemach begleitet hatten. Sein raffiniertes Manöver, mit dem er ohne männliches Gefolge sein Zimmer erreicht hatte, erfüllte ihn mit Genugtuung. Mit Alfreds Hilfe hatte er sich aus der festlich geschmückten Halle geschlichen, kurz nachdem die Braut inmitten mehrerer Hofdamen mit feuerroten Wangen zur Treppe gegangen war. Weil sie die derben Scherze der fröhlichen, von Ale und Honigwein trunkenen Gäste in Verlegenheit brachten, überlegte Hawk. Oder weil sie ihren Lachreiz bekämpfen musste. Da er Krysta kannte, nahm er eher Letzteres an. Und er freute sich darüber.

Von seinen getreuen Kriegern im Zaum gehalten, hatten einige Zecher vergeblich versucht, ihm nachzulaufen. Er war unbeschadet entkommen. Jetzt musste er nur noch warten. Wie lange, fragte er sich und betrachtete die Verbindungstür. Dahinter erklangen Stimmen und Schritte, die Tür zum Flur wurde geöffnet und geschlossen, dann herrschte tiefe Stille.

Also waren die Hofdamen verschwunden, großartig. Zweifellos würde Krysta ihm entgegenfiebern. Welch ein Glück, mit einer Frau verheiratet zu sein, die das Ehebett nicht fürchtete. Trotzdem geduldete er sich noch ein paar Minuten, um sicherzugehen, dass er sich unter Kontrolle hatte. Immerhin erwartete sie ein Kind. Wenn er auch vor Stolz fast platzte, weil es ihm schon nach so kurzer Zeit gelungen war, einen Nachkommen zu zeugen, wusste er nicht, ob er seine Gemahlin darauf hinweisen sollte. Falls sie die Niederkunft fürchtete, wollte er sie möglichst lange im Ungewissen lassen. Aber da sie eine kluge Frau war, würde sie die Ursache ihre morgendlichen Übelkeit bald erken-

nen. So oder so, er würde sehr behutsam mit ihr umgehen. Wie durch ein Wunder hatten Krysta und das Baby die Gefahren im reißenden Fluss heil überstanden. Jetzt wollte Hawk nichts mehr riskieren, deshalb wartete er.

So viele gemeinsame Jahre lagen noch vor ihnen. Es wäre sinnlos, irgendetwas zu überstürzen.

Plötzlich flog die Verbindungstür auf. In einem durchscheinenden Hemd aus reiner weißer Seide, die goldene Lockenpracht ungebändigt, stand Krysta auf der Schwelle und schenkte ihm jenes gewinnende Lächeln, das sein Herz jedes Mal schneller pochen ließ.

Sie sah wie eine bildschöne und ziemlich mutwillige Elfe aus. »Endlich sind sie alle weg!«, rief sie und warf sich in seine Arme, stellte sich auf die Zehenspitzen und küsste sein Kinn, seine Mundwinkel. »Weg! Weg! Weg!«, sang sie. »Nun sind wir ganz allein!« Sie rückte ein wenig von ihm ab und schaute in seine Augen. »War die Zeremonie nicht himmlisch. Und das Fest! Niemals hätte ich gedacht, das alles könnte mir so viel Spaß machen. Die Gaukler und Akrobaten, unglaublich! Wie soll ich Alfred und Eahlswith jemals danken. Und Athelflad. Um die Wahrheit zu gestehen, ich hatte ein bisschen Angst vor ihr. Aber sie war so nett, und sie sagte, wir müssten sie möglichst bald in Mercia besuchen. Ihr Mann hält große Stücke auf dich. Den ganzen Abend schwärmte er von deinen brillanten Feldzügen. Er war allerdings ein bisschen neidisch, weil du Udell getötet hast. Doch darüber ist er inzwischen hinweggekommen.«

»So, tatsächlich?« Verblüfft und von ihrer Nähe erregt, hatte Hawk vergeblich versucht, dem Wortschwall zu folgen. Jetzt gab er es auf. Sie war glücklich, und das genügte ihm.

»Schau doch, was sie gemacht haben!« Krysta packte seine Hand und führte ihn zum Nebenraum. »Es ist so schön!«

Verwundert blieb er in der Tür stehen. Zahlreiche Kerzen verbreiteten sanftes Licht, jede eine Miniatursonne, die im nächtlichen Schatten schimmerte. Am Boden lagen Blumen, in so üp-

piger Fülle, dass sie bei jedem Schritt ihren Duft verströmten, als Krysta und Hawk das Zimmer durchquerten. Hauchzarte Schleier hingen am Bett und flatterten im milden Wind, der durch die offenen Fenster hereinwehte. Über die Kissen und Pelzdecken waren Blütenblätter gestreut.

Staunend sah sich Hawk in diesem femininen Paradies um, das seine maskuline Kraft zu betonen schien. Seine Verwirrung war gewachsen, seit Krysta auf der weißen, mit Bändern verzierten, von lachenden Kindern herbeigeführten Stute zu ihm geritten war. Wie eine glanzvolle Göttin hatte sie ausgesehen, mit Juwelen und Gold geschmückt, ein überirdisches Wesen, der Berührung eines Mannes entrückt. Doch dann hatte sie in seine Augen geschaut. Ah, dieser Blick – eine Erinnerung, die er ins Jenseits mitnehmen würde.

Und da stand sie jetzt, die seidige Haut kaum verhüllt. Seine Hand wirkte sehr groß und dunkel auf ihrer wohlgeformten Schulter. Langsam zog er sie an sich. Die blauen Flecken waren verblasst, aber sie war erst vor kurzem verletzt worden, und so zauderte er.

»O Gott…«, flüsterte sie.

Sofort zog er seine Hand zurück, als hätte er sich verbrannt. »Was ist los?«

Durch gesenkte Wimpern musterte sie ihn, und er sah unverhohlene Belustigung in ihren Augen tanzen. »Seit unserer Hochzeit bist du ziemlich schüchtern, Mylord.«

Schüchtern? Bei der Vorstellung, Hawk of Essex wäre schüchtern, würden sich unzählige Männer am Boden wälzen und vor Lachen schreien. Und die Frauen, eine ganze Menge von ihnen, würden sich ebenfalls amüsieren. Während er sich das ausmalte, spürte er, wie brennende Röte in seine Wangen stieg. Offenbar musste er Krysta Recht geben. »Schüchtern? Nicht direkt, aber nach allem, was du erleiden musstest, will ich dir nicht wehtun.«

»O Hawk!« Aus ihrem Mund klang sein Name wie eine Lieb-

kosung. Hingerissen lauschte er ihrer Stimme nach. Sie griff wieder nach seiner Hand, setzte sich aufs Bett und zog ihn an ihrer Seite hinab. »Niemals könntest du mir wehtun. Nur deine Abwesenheit würde mich kränken.«

Da war es um ihn geschehen. Ein Mann vermochte einiges zu ertragen. Aber es gab gewisse Grenzen. Und die hatte er jetzt überschritten. Stöhnend nahm er Krysta in die Arme und streichelte ihren Körper, immer wieder, als könnte er nicht fassen, dass sie seine Gemahlin war.

Die letzten Reste seiner Bedenken entschwanden so schnell wie seine und ihre Kleidung. Voller Sehnsucht genossen sie die Freuden, die sie einander schenkten. Trotz seiner Leidenschaft hielt sich Hawk zurück. Behutsam steigerte er Krystas Erregung, bis sie vor Verlangen fast den Verstand verlor. Und dann wartete er immer noch, über ihren bebenden Körper geneigt, der so wunderbare Geheimnisse barg.

Während seine Lippen über ihre Hüften und den weichen Bauch wanderten, in dem sein Kind schlief, erfasste ihn ein heißes Glücksgefühl, das er nie zuvor gekannt hatte. Ganz vorsichtig drang er in sie ein und bewegte sich in sanftem Rhythmus. Krystas Höhepunkt entzückte ihn so maßlos, dass er von seinem eigenen ohne Vorwarnung überwältigt wurde. Die Ekstase schien kein Ende zu nehmen. Schließlich sank er atemlos auf seine Frau hinab. Mit letzter Kraft glitt er zur Seite, um sie vor seinem Gewicht zu schützen. Den Kopf auf seine Brust gelegt, schmiegte sie sich an ihn, und es dauerte lange, bis sie die Augen öffnete.

Als sie ihn anschaute, lachte sie leise.

Etwas mühsam richtete er sich auf, betrachtete Krysta und seinen eigenen Körper. Wäre es nicht zu anstrengend gewesen, hätte auch er gelacht. Seufzend sank er ins Kissen zurück und dankte dem Himmel, weil ihn in dieser Nacht keiner seiner Feinde sah – vom Liebesgenuss ermattet, mit Blütenblättern übersät.

Sie blieben noch eine Woche in Winchester. Drei Tage lang verließen sie ihre Gemächer kein einziges Mal. Die Mahlzeiten, Wein und Wasser war alles, was sie brauchten, brachten ihnen fürsorgliche Dienstboten. Abwechselnd schliefen sie, fütterten einander, liebten sich, badeten gemeinsam mit spielerischem Übermut und schliefen wieder. Viel zu schnell verstrich die Zeit.

Am vierten Tag erschien Hawk wieder in der Öffentlichkeit, um am Turnier teilzunehmen, das zu Ehren seiner Hochzeit veranstaltet wurde. Gutmütig hörte er sich die Scherze über seine lange Abwesenheit und die erwartete Prophezeiung an, nach seinem Kräfte raubenden Honigmond sei er wohl kaum ein ernst zu nehmender Gegner. Auf dem Turnierplatz besiegte er ein halbes Dutzend Männer, die dumm genug waren, ihn herauszufordern. Ächzend hinkten sie davon, durch Schaden klug geworden.

Er amüsierte sich großartig. Ebenso wie Krysta, die neben Eahlswith auf der Tribüne saß. Bei den ersten beiden Kämpfen konnte sie kaum atmen und umklammerte die Armstützen ihres Sessels so fest, dass ihre Fingernägel das Holz zerkratzten. Als der dritte Kampf begann, lagen ihre Hände im Schoß, und die innere Anspannung lockerte sich. Nach dem fünften Kampf jubelte sie sogar. Und sobald der sechste beendet war und keine weiteren Gegner bereitstanden, rannte sie mit einem Freudenschrei auf den Turnierplatz. Vor aller Augen küsste sie ihren verschwitzten, schmutzigen, triumphierenden Krieger.

Am Morgen vor der Abreise verabschiedete sie sich tränenüberströmt von der Königin. »Keine Mutter könnte ihrer Tochter gütiger begegnen als Ihr *mir*, Mylady. Das werde ich niemals vergessen.«

Auch in Eahlswiths' Augen glänzten Tränen. »Mein liebes Kind, Euch werde ich ebenso schmerzlich vermissen wie meine Töchter. Ihr habt mich daran erinnert, dass die Liebe der Quell aller Kraft und allen Mutes ist.«

»Bald kommen wir wieder«, versprach Hawk, als er den Kummer der Frauen mit ansah.

Damit trösteten sie sich ein wenig. Aber Krysta drehte sich zwei Mal im Sattel um und winkte der Frau, die eine Lücke in ihrem Leben füllte, wenn sie auch niemals zugegeben hatte, die Liebe einer Mutter würde ihr fehlen.

Kurz bevor sie den Hafen von Hamtun erreichten, entdeckte Hawk weiter vorn auf der Straße eine Bewegung, die ihn veranlasste, sein Pferd zu zügeln. Die Krieger und Krysta folgten seinem Beispiel. Jetzt sah auch sie, was seine scharfen Augen zuerst entdeckt hatten. Auf einem zottigen Pony ritt ihnen Thorgold entgegen. Fröhlich sprang der Hund, den Udell geschlagen hatte, an seiner Seite dahin.

»Oh, ich habe mich schon gefragt, wohin du verschwunden bist.« Hawk begrüßte Thorgold so freundlich, dass sich Krystas Herz erwärmte. Lächelnd beobachtete sie den Hund, der um ihre Stute herumrannte und begeistert mit dem Schwanz wedelte.

»Wie schön, er ist genesen! Wirst du ihn behalten, Thorgold?«

»Fragt ihn lieber, ob er *mich* behalten will, mein Mädchen. Aber ich glaube, wir beide geben ein nettes Paar ab.«

»Das finde ich auch«, stimmte Hawk zu. »Bei unserer Hochzeit haben wir dich vermisst, Thorgold.«

»Natürlich war ich da. So ein fabelhaftes Fest würde ich mir niemals entgehen lassen. Aber ich blieb lieber im Hintergrund. Und jetzt bin ich froh, dass Ihr's endlich hinter Euch gebracht habt, Mylord.«

Von Thorgold begleitet ritten sie weiter. Bald erregten die Raben, die am Straßenrand von Baum zu Baum flatterten, Hawks Aufmerksamkeit. Aber er sagte nichts. Er schwieg auch, als ein Rabe bis Hamtun an ihrer Seite blieb. Über gewisse Dinge verlor ein kluger Mann kein Worte.

Im Hafen warteten die beiden Schiffe. Während die Pferde an Bord gebracht wurden, saß Krysta auf einem Heuballen und schaute zu. Obwohl die Tiere perfekt ausgebildet und an See-

reisen gewöhnt waren, musste man bei dieser Prozedur mit einigen Gefahren rechnen. Ein falscher Schritt, und ein Pferd konnte ins Wasser stürzen und sich verletzen. Wenn ein Tier in Panik geriet und ausschlug, würden auch die Männer Schaden nehmen. Hawk kümmerte sich um seinen Hengst und Krystas Stute, dann half er seinen Leuten, die anderen Pferde an Deck zu bringen. Zuletzt trippelte Thorgolds zottiges Pony die Laufplanke hinauf, als wäre es ein geborener Seefahrer. In strahlendem Sonnenschein segelten sie aufs Meer hinaus.

Während Hamtun und die Straße nach Winchester aus dem Blickfeld verschwanden, seufzte Krysta wehmütig. Dann besserte sich ihre Stimmung, denn Hawk überließ das Ruder einem seiner Männer und setzte sich zu ihr in den Bug. »Bald kommen wir zurück, meine Süße«, versicherte er und wärmte sie mit seinem Umhang. »Die Weihnachtstage verbringe ich lieber auf Hawkforte. Aber vielleicht werden uns Alfred und Eahlswith schon vorher besuchen.«

»Oh, das wäre wundervoll. Und im Frühling verbringen wir ein paar Wochen bei den beiden.«

Darauf gab Hawk keine Antwort. Im Frühjahr würde Krystas Zustand keine Reise gestatten. Zweifellos würde sie glauben, sie könnte nach wie vor schwimmen und reiten und segeln. Er musste gut auf sie aufpassen, und diese zusätzliche Mühe störte ihn kein bisschen. Ganz im Gegenteil, es würde ihm Freude bereiten, für seine Frau zu sorgen.

Da sie in letzter Zeit so viel durchgemacht hatte, wollte er ihr die Reise so angenehm wie möglich machen. Am späten Nachmittag des ersten Tages ließ er das Schiff zur Küste steuern. Als Krysta erstaunt die Brauen hob, erklärte er: »Die Pferde brauchen ein bisschen Bewegung.«

»Die hast du ihnen auf der Fahrt nach Hamtun nicht gegönnt.«

»Weil die Zeit knapp war, wegen der Verschwörung, die Udell angezettelt hatte.«

Sie nickte, und er wandte sich rasch ab, denn sie sollte nicht sehen, wie er die Augen verdrehte. Mit dem Lügenmärchen über die Pferde ersparte er sich einen Streit. Den würde Krysta sicher anfangen, wenn sie dachte, er wollte sie verhätscheln.

Auf einem Sandstrand in der Nähe eines rauschenden Bachs schlugen sie ihr Nachtlager auf. Während einige Männer Wache hielten und andere zur Jagd gingen, genoss Hawk die Zweisamkeit mit seiner Gemahlin. Unter dem Sternenhimmel aßen sie zu Abend und lachten über die Geschichten, die Thorgold erzählte. Dann schliefen sie bis zum Morgengrauen und segelten weiter. Auch die nächsten Nächte verbrachten sie am Meeresufer. Am Nachmittag des vierten Tages sahen sie die Klippen von Hawkforte.

Einen Arm um Krystas Schultern gelegt, stand Hawk im Bug, betrachtete die schöne grüne Landschaft im Licht der Herbstsonne und war wunschlos glücklich. Dieses Gefühl teilte Krysta. »Wenn ich Winchester auch vermisse, es ist einfach wunderbar heimzukehren.«

Sein und ihr Heim… Lächelnd drückte er sie noch fester an sich. »Nachdem ich dich wohlbehalten nach Hause gebracht habe, freue ich mich sogar auf ein Wiedersehen mit Daria«, verkündete er, und sie lachte leise.

Am Kai hatte sich eine große Menschenmenge versammelt. Kein Wölkchen trübte die Zufriedenheit des jungen Ehepaars, als sich die Schiffe dem Hafen näherten.

Da waren sie wieder, ihr anmaßender Halbbruder und diese Wikingerhure, die eigentlich tot sein müsste. Zumindest hätte er sie davonjagen sollen. Aus unerklärlichen Gründen kehrte sie nach Hawkforte zurück. Jetzt war die Freude jenes Augenblicks, als der Narr aus Vestfold in Hawks Halle das dumme Biest einen Wechselbalg genannt hatte, nur mehr eine schöne Erinnerung. Und die erhofften Folgen der Enthüllung – Hawks Zorn angesichts der erlittenen Schmach, das unwiderruflich zerrissene

Bündnis zwischen Sachsen und Norwegern, ein Krieg, der das Land erschüttern, den verhassten Alfred vernichten und ihr Ehre und Reichtümer einbringen sollte – dies alles wurde ihr verwehrt. Welch ein grausames, perfides Schicksal, das ihr den sicher geglaubten Sieg zu rauben schien.

Aber das letzte Wort war noch nicht gesprochen. Zu viel hatte sie erduldet, um sich geschlagen zu geben. Außerdem würde sie jetzt viel leichter ans Ziel gelangen. Denn sie bildeten sich ein, nichts könnte ihnen zustoßen, und würden in ihrer Wachsamkeit nachlassen. Heimtückisch würde sie sich hinter falscher Demut verschanzen und den richtigen Moment abwarten. Dann wollte sie zum Angriff übergehen, ein Werkzeug strafender Gerechtigkeit, und ihr gekränktes Herz endlich von allen Qualen erlösen.

Gott der Rache, spann mich nicht zu lange auf die Folter, flehte sie. Lass den Hohn und den Spott und die Erniedrigungen, die ich jahrelang ertragen musste, in einem Blutstrom davonfließen.

»O Herr, hilf mir, die Tat zu vollbringen!«

»Mylady?« Vater Elbert wandte sich zu Daria, in seinen glanzlosen Augen jene Sorge, die sie viel zu oft sah.

Erst jetzt merkte sie, dass sie laut gesprochen hatte. Als sie sich zu einem Lächeln zwang, schmerzte ihr schmales Gesicht. »Nur ein Gebet, Vater. Das ist doch erlaubt?«

»Gewiss, Mylady, ich frage mich nur, ob dies ein günstiger Augenblick ist.«

Sein angedeuteter sanfter Tadel ärgerte Daria. Hastig verhehlte sie ihre Gedanken.

Als Hawk den Kai betrat, ließ er seinen Blick über die Menschenmenge schweifen und entdeckte nichts, was ihm Sorgen bereiten würde. Dann drehte er sich um und hob Krysta aus dem Bug des Schiffs. Jubelnd stürmten die Leute auf die beiden zu und begrüßten sie, angeführt von Aelfgyth und Edvard, der sein frohes Grinsen nicht unterdrücken konnte.

»Oh, Mylady, willkommen daheim!«, rief die Zofe. »Wir haben uns so über die Nachricht von Eurer Hochzeit gefreut!

Angeblich war's das größte Fest, das Winchester je gesehen hat. Bitte, Ihr müsst uns davon erzählen!«

»In allen Einzelheiten«, versprach Krysta lächelnd. »Damit werde ich dich so schrecklich langweilen, dass du nie wieder was über Hochzeitsfeste hören willst.«

»Oh, daran zweifle ich, Mylady. Ehrlich gesagt…« Aelfgyth warf dem jungen Verwalter einen scheuen Blick zu. »Da ich meine eigene Hochzeit plane, kann ich gute Ratschläge gebrauchen.«

Während sich die beiden Frauen umarmten und vor Entzücken kreischten, seufzten die Männer geduldig. Dann schlug Hawk auf Edvards Schulter und gratulierte ihm zu seinem klugen Entschluss.

Erst danach bemerkte er die Anwesenheit Darias und des Priesters, die etwas abseits standen. Wie üblich schauten die beiden ziemlich finster drein. Nun, wenigstens waren sie am Kai erschienen. Zunächst fand er keine Gelegenheit, mit ihnen zu sprechen, weil das jung vermählte Paar von Gratulanten umringt wurde. Ein Stallknecht hatte zwei Pferde aus der Festung heruntergebracht. Die Stute für Krysta ignorierte Hawk, hob seine Frau in den Sattel seines Hengstes und stieg hinter ihr auf. Mit dieser Geste entfesselte er neues Jubelgeschrei. Auf dem Ritt durch die Stadt wurde das Paar mit Blütenblättern bestreut. Mehrere Kinder reichten Krysta kleine Sträuße. Bald häufte sich eine bunte Blumenpracht auf ihren Knien. Freudestrahlend bedankte sie sich bei den Kindern und winkte ihren neuen Untertanen zu.

Hawks Stolz auf seine Gemahlin und sein Glück kannten keine Grenzen. Trotzdem begann ein seltsamer Zweifel an ihm zu nagen. Er brachte Krysta in seine Gemächer, die sie von jetzt an gemeinsam bewohnen würden, dann ging er zu Edvard und ließ sich berichten, was während seiner Abwesenheit geschehen war. Etwas später, als er sich für ein paar Minuten in der Sauna entspannte, wurde ihm der Grund seiner Sorge bewusst.

Mit aller Macht und völlig unerwartet hatte die Liebe sein Herz erobert. Eine übergroße Liebe, die seinem Leben einen Sinn gab und ihm sogar half – solchen Gedanken verschloss er sich nicht länger –, Gottes Absichten zu verstehen. Fast mühelos hatte er alle Probleme aus dem Weg geräumt und den Sieg der Liebe genossen. Darüber würde er sich freuen, müsste er nicht an seine bitteren Erfahrungen denken.

Nichts war ihm jemals in den Schoß gefallen. Für sein geliebtes Land hatte er hart gekämpft und geblutet. Um die geliebte Frau für sich zu gewinnen, hatte er ein bisschen Geduld gebraucht. Und nur einen einzigen Feind niedergestreckt.

Zu einfach.

Seufzend schüttelte er den Kopf. Was für törichte Gedanken. Natürlich, das Leben war unsicher und voller Gefahren. Aber er hatte Krysta geheiratet und unversehrt nach Hause gebracht. Warum fürchtete er jetzt wie ein alter Mann irgendwelche vagen Schatten?

Aber ein bestimmter Schatten nahm eine deutlich erkennbare Gestalt an: der dünne, hässliche Schatten, den seine Halbschwester auf seine Freude warf. Jahrelang hatte Daria seinen Haushalt geführt. Und jetzt musste sie ihre Macht an seine Gemahlin abtreten. Darunter würde jede normal veranlagte Frau leiden. Daria aber würde die einschneidende Veränderung *hassen*.

Die Dänen würde er lieber bekämpfen als seine Halbschwester. Aber er wollte die Auseinandersetzung möglichst schnell hinter sich bringen, Krysta zuliebe, die einmal erwähnt hatte, es würde ihr einige Schwierigkeiten bereiten, ihre rechtmäßige Position im Haushalt ihres Ehemanns einzunehmen. Entschlossen stand er von der Bank in der Sauna auf und übergoss seinen Körper mit kaltem Wasser, zog sich an und ging auf die Suche nach Daria.

Er fand sie in der Kapelle. Aus einem sonderbaren Gefühl heraus glaubte er, sie hätte gehofft, er würde sie in diesem halb-

dunklen, von Weihrauchduft erfüllten Raum aufspüren. Den Kopf gesenkt, die Hände gefaltet, vertiefte sie sich in ihr Gebet: das Musterbeispiel einer rechtschaffenen, gottesfürchtigen Frau.

Obwohl sie den Eindruck erweckte, sie hätte seine Ankunft nicht bemerkt, konnte sie seine hellwachen Sinne keine Sekunde lang täuschen. Erwies er ihr einen schlechten Dienst? Vielleicht durfte er trotz ihres unliebsamen Wesens nicht an ihrer aufrichtigen Frömmigkeit zweifeln. Doch das machte keinen Unterschied. Auf ihr Verhalten kam es an, und das fand er eher unchristlich.

Als würde sie aus tiefer Trance erwachen, hob sie den Kopf, drehte sich langsam um und blinzelte mehrmals. Zunächst schien sie ihn nicht zu sehen, dann lächelte sie entschuldigend. »Habe ich dich warten lassen, lieber Bruder? Verzeih mir.«

Mit ihrer Heuchelei stellte sie seine Geduld auf eine harte Probe, was er nicht verhehlte. »Bittest du um Vergebung, weil du gebetet hast? Das glaube ich nicht. Hätte ich zu lange warten müssen, wäre ich gegangen.«

Darias gerunzelte Stirn hielt er für die erste ehrliche Gefühlsäußerung seit seiner Ankunft in der Kapelle. Steifbeinig und ächzend erhob sie sich von den Knien. Auf diese Weise pflegte sie ihre Leiden zu bekunden, die sie niemals erwähnte, weil eine vornehme Lady nicht über solche Dinge sprach. Auch dafür fehlte ihm die Geduld. Aber die musste er aufbringen, weil er seiner Schwester halbwegs freundlich begegnen wollte.

»Hier wirst du auch weiterhin ein Zuhause finden.« Keine besonders taktvolle Formulierung. Aber irgendwie musste er ihr mitteilen, dass er sie nicht davonjagen würde. Immerhin war sie sein Fleisch und Blut, und wenn er sie auch nicht mochte und mit Krysta ein neues Leben begann, er würde stets für Daria sorgen.

»Ein Zuhause?«, wiederholte sie, schaute ihn fragend an, und er dachte an das Glück, das ihm dieses Wort schenkte. Empfand sie ähnliche Emotionen?

»Aber jetzt ist Lady Krysta meine Gemahlin. In Zukunft wird sie mir den Haushalt führen, und du musst ihr die Schlüssel übergeben.«

In Darias Augen schien irgendetwas zu flackern. Um das zu übersehen, war er ein zu erfahrener Krieger. Doch sie senkte sofort die Lider und nickte. »Das hatte ich ohnehin vor, und ich werde es unverzüglich tun. Natürlich werde ich ihr helfen, so gut ich es vermag.«

Hawk hatte mit ihrem Protest gerechnet und überlegt, welche Argumente er anführen sollte, um seinen Willen durchzusetzen. Das ersparte ihm Darias prompte Zustimmung, sein müheloser Erfolg verblüffte ihn.

Zu mühelos?

Schon wieder so ein seltsamer Gedanke, den er ärgerlich verdrängte. »Gut, dann hat alles seine Ordnung.«

Schweigend und reglos stand Daria im Weihrauchduft, die Arme vor der flachen Brust verschränkt, die Hände in den Ärmeln verborgen. Deshalb sah Hawk ihre bebenden Fäuste nicht.

Am nächsten Morgen ging Vater Elbert in die Küche, die Krysta mit Aelfgyth und der kleinen Edythe aufgesucht hatte. An ihrem ersten Tag auf Hawkforte nach der langen Abwesenheit genoss sie die Arbeit in diesem Raum, wunderte sich allerdings, weil Daria nirgends zu sehen war.

»Das soll ich Euch geben«, erklärte der Priester und legte den Schlüsselbund in Krystas Hand. Dabei achtete er sorgsam darauf, sie nicht zu berühren – eine Frau, eine Heidin, wenn sie sich auch eine Christin nannte, und demzufolge doppelt unrein. Nachdem er die unangenehme Aufgabe erfüllt hatte, wollte er möglichst schnell das Weite suchen, fühlte sich aber zu einer Erklärung bemüßigt: »Lord Hawks Schwester legte sehr hohe Maßstäbe an ihre Haushaltsführung. Hoffentlich werdet Ihr der Lady darin nacheifern.«

Diese Maßstäbe fand Krysta nicht besonders hoch, zumindest, was die Behandlung der Dienstboten betraf. Doch es wäre un-

höflich gewesen, das auszusprechen. »Natürlich will ich mich bemühen«, versicherte sie und seufzte erleichtert, als er die Küche mit ebenso düster gefurchter Stirn wie bei seiner Ankunft verließ.

Kaum war er verschwunden, hüpfte Aelfgyth glückstrahlend auf und ab. »O Mylady, ich wage es gar nicht zu glauben, jetzt seid Ihr *wirklich* die Herrin von Hawkforte! Gott sei Dank!«

Die Herrin von Hawkforte, dachte Krysta und versuchte, das Lächeln des Mädchens zu erwidern, aber sie empfand ein wachsendes Unbehagen. Noch nie hatte sie einem so großen Haushalt vorgestanden. Ihr einstiges Heim in Vestfold war viel kleiner gewesen. Wie sollte sie mit so vielen Hundert Leuten zurechtkommen, die sie aufmerksam beobachten und abwarten würden, ob sie sich richtig verhielt? Musste sie befürchten, ihren Gemahl zu enttäuschen?

»Schaut nicht so ängstlich drein, Mylady!«, mahnte Aelfgyth, als sie Krystas Gedanken erriet. »Ihr werdet alles ganz großartig machen. Dafür wollen wir sorgen. Nicht wahr, Edythe?«

»O ja«, stimmte ihre kleine Schwester zu. »Außerdem müsst Ihr Euch nicht fürchten, Mylady. Mutter sagt, Lord Hawk ist so verliebt in Euch, dass Ihr ihm einen Monat lang Salzlake zum Abendessen auftischen könntet, und er würde es gar nicht merken.«

»Edythe!«, schimpfte Aelfgyth, erschrocken über diese freimütigen Worte. Aber sie konnte ihre Belustigung nicht verbergen. »Tut mir Leid, Mylady, sie muss noch lernen, ihre Zunge zu hüten.«

»Warum soll ich so was verschweigen?«, beschwerte sich Edythe. »Wo's doch die reine Wahrheit ist! Das wissen alle. Vorhin hörte ich die Frau des Bäckers sagen, so einen zufriedenen Mann wie Seine Lordschaft hat sie noch nie gesehen. Obwohl er sich kaum auf den Beinen halten konnte. Was sie damit meinte, verstehe ich nicht, aber ...«

»Jetzt reicht's«, unterbrach Aelfgyth das kleine Mädchen und versuchte erfolglos, eine strenge Miene aufzusetzen.

Krystas Wangen brannten. Einerseits geriet sie in tiefste Verlegenheit, andererseits freute sie sich, weil die Leute wussten, dass Hawk glücklich war. Und das erschien ihr letzten Endes viel wichtiger als die Frage, wie sie ihre neuen Pflichten meistern würde.

An diesem Abend fand ein großes Fest statt – in der Halle von Hawkforte, auf den Straßen und in allen Häusern der Stadt, sogar an Bord der Schiffe, die am Kai lagen oder weiter draußen ankerten. Zahllose Fackeln spiegelten sich im Wasser und erhellten die Nebelschwaden, die vom Meer aufstiegen, als die Abendluft abkühlte. Zu später Stunde feierten die Leute immer noch, obwohl vernünftige Männer und Frauen längst in den Betten liegen müssten. Durch die ganze Festung hallten Lieder und lautes Gelächter, Trommelschläge und wehmütige Dudelsackklänge. Im Fackelschein drehten sich Tanzpaare, Kinder rannten umher, schwindlig vor Aufregung, bis sie unter schützenden Bäumen zu Boden sanken und wie Elfen schliefen, bis in ihre Träume von heiterer Musik begleitet. Unter hellem Jubel wurde ein Alefass nach dem anderen angezapft. Auch der Honigwein floss in Strömen, und die Dienstboten servierten eine noch reichlichere Mahlzeit als beim Erntedankfest.

Während der Vollmond über dem Meer aufstieg, warfen die Fischer ihre Netze ins Meer und zogen sie heraus, mit Makrelen gefüllt, die über offenem Feuer an Spießen gebraten wurden. Gegen Mitternacht saß Krysta auf einer Mauer oberhalb des Strands, leckte Kuchenkrümel von ihren Fingern und lehnte den Kopf an Hawks Schulter. »Wenn die Priester vom Himmel reden, glaubst du, sie meinen einen Ort wie diesen?«

»Nachdem ich die Hölle auf Erden sah, würde ich's gerecht finden, wenn's im Diesseits auch einen Himmel gäbe.«

Zärtlich küsste er seine Frau. Solange er sie an seiner Seite wusste, würde er froh und zufrieden durch die Zukunft wandern und das Mondlicht auf dem Meer bewundern.

Aber sie hatte andere Pläne. Lächelnd fütterte sie ihn mit

Kuchenstückchen, bis alles aufgegessen war. Dann jagten ihre süßen Küsse glühende Ströme durch sein Blut.

Und so liebte der Lord of Essex seine Gemahlin im weichen Sand unterhalb seiner Mauern, an einer abgeschiedenen, schattigen Stelle. Dort lagen sie, bis der neue Morgen die Dunkelheit allmählich verdrängte. Als sie zur Festung zurückkehrten, funkelten immer noch ein paar Sterne. Wie mutwillige Kinder lachten sie und stiegen über erschöpfte Zecher hinweg, die tief und fest schliefen, wo sie zusammengebrochen waren.

An diesem Tag hätte ein Besucher geglaubt, Hawkforte müsste ein magischer Ort sein, dessen Bewohner im Bann eines seltsamen Zaubers schlummerten. Doch die Wachtposten patrouillierten wie gewohnt, ernsthafte Männer, die niemals über ihre Pflicht klagten. Nachdem Hawk seine Frau ins Bett gebracht und sich vergewissert hatte, dass sie darin bleiben würde, gesellte er sich zu seinen Kriegern und wechselte ein paar Worte mit ihnen. Der frische Meereswind vertrieb seine Müdigkeit, weckte neue Lebensgeister. Während er über die Mauern schlenderte und seine Domäne betrachtete, empfand er den Wunsch, sein Eigentum zu schützen, intensiver denn je. Aber er richtete den wachsamen Blick nach draußen, ohne zu ahnen, dass die Gefahr innerhalb seiner Burg lauerte.

20

»Habt Ihr letzte Nacht den Mond gesehen, Lady Krysta?«, fragte Aelfgyth, während sie in der Weberei die Stoffbahnen zählten, die zu Winterkleidern für die Dienerschaft verarbeitet werden sollten. Flachs- und Wollflusen flogen umher, und beide Frauen niesten.

»Hier müssen wir lüften«, meinte Krysta und musterte kritisch die schmalen Fenster mit den zugenagelten Läden. »Wie kann man in diesem schwachen Licht arbeiten?«

»Lady Daria glaubte, zu viel Licht und Luft würde die Leute von ihren Pflichten ablenken.«

Erstaunt hob Krysta die Brauen. Aber sie verkniff sich einen Kommentar. Es gab zu viele Gelegenheiten, die Anordnungen ihrer Vorgängerin zu tadeln. Wenn sie dieser Versuchung erlag, würde sie den Wortschwall kaum beenden können. Und so behielt sie ihre Gedanken für sich. »Sag den Zimmermännern, sie sollen die Läden entfernen und die Fenster vergrößern. In Zukunft werden die Frauen bei schönem Wetter draußen weben.«

»Das wird ihnen gefallen. Wegen der schlechten Arbeitsbedingungen war's immer schwieriger, genug Weberinnen zu finden.«

Das muss Aelfgyth von Edvard erfahren haben, dachte Krysta. Obwohl die beiden erst in vierzehn Tagen heiraten würden, besprachen sie schon jetzt alle Probleme des Alltags wie ein altes Ehepaar. Darüber freute sie sich. »Ja, ich sah den Mond«, beantwortete sie die Frage ihrer Zofe. Lächelnd erinnerte sie sich an die Umstände dieser Beobachtung. Einen schöneren Anblick als den nackten Körper ihres Mannes vom Mondschein übergossen gab es nicht. Wir sollten möglichst oft eine Nacht am Strand verbringen, entschied sie. Waren wirklich erst ein paar Wochen verstrichen, seit sie sich am Meeresufer geliebt hatten? Jener Tag schien eine halbe Ewigkeit zurückzuliegen. Und sie war erst vor knapp zwei Monaten aus Vestfold in Hawkforte eingetroffen. So viel hatte sich inzwischen ereignet, kein Wunder, dass ihr der Zeitraum länger vorkam.

Bei Vollmond hatte sie damals die Festung erreicht, bei Vollmond zum ersten Mal in Hawks Armen gelegen und letzte Nacht wieder als seine Gemahlin. Drei Mondreisen markierten den uralten Rhythmus der Zeit und den Rhythmus ihres Körpers.

Im Trubel des Geschehens war ihr das gar nicht aufgefallen. Kurz nach ihrer ersten Ankunft in der Festung hatte ihre letzte Monatsblutung begonnen.

Bestürzt legte sie die Stoffbahnen beiseite und dachte nach. Bisher war ihre Regel stets pünktlich erfolgt. Aber vielleicht war sie wegen all der Aufregungen ausgeblieben. Sie wünschte, sie wüsste etwas mehr über diese Dinge, oder sie könnte mit jemandem darüber sprechen.

Sollte sie sich an Aelfgyth wenden? Diesen Gedanken verwarf sie sofort. Andere Frauen mochten solche Themen unbefangen erörtern. Daran war sie nicht gewöhnt. Außerdem würde die Natur das kleine Versehen bald von allein in Ordnung bringen. Es sei denn…

Nein, unmöglich. Oder doch? Hastig zählte sie die Wochen und lachte beinahe über sich selbst. Wenn ihre vage Vermutung stimmte, müsste sie schon beim ersten Liebesakt ein Kind empfangen haben. Und das hielt sie trotz ihrer mangelnden Kenntnisse für unwahrscheinlich.

Aber es war nicht unmöglich.

»Bedrückt Euch irgendwas, Mylady?«

Verwirrt starrte sie in Aelfgyths sorgenvolles Gesicht. »Nein, gar nichts. Alles in Ordnung. Gehen wir in die Molkerei? Ich möchte mir das Käselager ansehen.«

In Wirklichkeit interessierte sie sich kein bisschen für Käse, nur für die Frage, ob sie ein Baby erwartete. Wenn's doch so wäre. Dann würde sie vor Freude auf und ab springen, zu Hawk laufen und ihn küssen, bis er keine Luft mehr bekam, und ihn mit seiner künftigen Vaterschaft necken. Doch sie beherrschte sich, denn sie musste sich erst einmal Gewissheit verschaffen. Und sie fürchtete, wenn sie zu sehr in ihrem Glück schwelgte, würde sich die Vermutung nicht bewahrheiten. Im alten dunklen Raum neben der Molkerei lächelte sie all die goldenen, duftenden runden Laibe so strahlend an, dass Aelfgyth glaubte, ihre Herrin müsste eine ganz besondere Vorliebe für Käse hegen.

Krystas gute Laune währte bis zur Mittagsstunde und hätte sie noch länger begleitet, wäre sie ihrer Schwägerin nicht begegnet. Daria trat aus der Kapelle, als sich ihre Wege kreuzten. Da

Aelfgyth ihrer Mutter half, das Brautkleid zu nähen, war Krysta allein. Bei Darias Anblick hielt sie den Atem an. Doch die ältere Frau blinzelte nur. Vielleicht fiel es ihren Augen schwer, sich nach dem dunklen Kirchenschiff ans gleißende Sonnenlicht zu gewöhnen. Oder sie wollte nicht mit der neuen Hausherrin sprechen.

Aber Krysta fand es unhöflich, wortlos weiterzueilen. »Ich hoffe, es geht Euch gut, Lady.«

Zunächst entstand der Eindruck, Daria würde nicht antworten, dann verzog sie ihr Gesicht plötzlich zu einem Lächeln, das man beinahe warmherzig nennen konnte. Das geschah so plötzlich und wirkte so beunruhigend, dass Krysta nicht wusste, was sie davon halten sollte. »O ja, sogar *sehr* gut, meine Liebe. Ich kann mich gar nicht entsinnen, wann ich zuletzt einen so tiefen inneren Frieden genoss und wann ich mich so unbelastet fühlte. Nur eine einzige kleine Sorge möchte ich Euch gestehen. Falls die Verantwortung für Hawkforte zu schwer auf Euren jungen Schultern liegt, würde ich Euch gern helfen. Bitte, wendet Euch an mich, wann immer Ihr mich braucht. Solange ich noch hier bin …«

Verblüfft über die merkwürdige Verwandlung und die unerwartete Großzügigkeit, stammelte Krysta: »Oh, vielen Dank, aber – verzeiht mir die Frage … Was bedeutet das? Solange Ihr noch hier seid?«

Daria lächelte wieder und senkte verschwörerisch die Stimme: »Mit Hawk habe ich noch nicht darüber gesprochen. Ich will den Schleier nehmen. Schon seit langer Zeit sehne ich mich nach einem ruhigen, beschaulichen Leben hinter Klostermauern. Aber bisher wurde ich von meinen Pflichten auf Hawkforte festgehalten. Jetzt nachdem Hawk geheiratet hat, kann ich endlich dem Ruf meines Herzens gehorchen.«

Da ihre Worte so ernsthaft klangen, zweifelte Krysta keine Sekunden lang an Darias Aufrichtigkeit. Diese Enthüllung erklärte die Verbitterung der Frau, statt ihrer wahren Berufung zu

folgen, hatte sie den Haushalt ihres Halbbruders führen müssen. Bedauerlicherweise durfte sie sich ihren Wunsch erst jetzt, nach so vielen Jahren erfüllen. Aber welch ein Segen, dass sie ein glückliches Hawkforte zurücklassen würde. Das schien ihr große Freude zu bereiten, denn ihre Augen leuchteten geradezu.

Erleichtert atmete Krysta auf. »Es ist sehr freundlich von Euch, mir Eure Hilfe anzubieten.«

»Oh, das Mindeste, was ich tun kann! Immerhin bot mir Hawk in all den Jahren ein Zuhause, seit mein armer Gemahl viel zu früh den Tod gefunden hatte. Bevor ich abreise, sollte ich Euch vielleicht herumführen und Euch dies oder jenes zeigen, das Euch interessieren könnte?«

Obwohl Krysta die Festung zur Genüge besichtigt hatte – erst mit Edvard, dann mit Aelfgyth – wollte sie Lady Daria nicht kränken. Und so ging sie auf den Vorschlag ein. »O ja, das wäre wundervoll. Sagt mir doch einfach, wann Ihr Zeit dafür finden würdet.«

»Bald. Noch etwas, meine Liebe… Wenn es Euch nichts ausmacht, erzählt bitte niemandem von meinen Plänen. Ich fürchte, Hawk könnte davon hören und glauben, ich würde aus anderen Gründen abreisen, und sich unnötige Sorgen machen. Bevor ich mit ihm rede, möchte ich alle erforderlichen Vorbereitungen treffen.«

»Natürlich werde ich Stillschweigen bewahren. Aber Ihr dürft nichts überstürzen.«

»Nun, das ist sehr nett von Euch, Lady Krysta. Allerdings muss ich zugeben, ich fühle mich zur Eile gedrängt.« Darias Lächeln vertiefte sich. »So lange musste ich warten.«

Gerade wollte Krysta fragen, ob der Rundgang am nächsten Morgen stattfinden sollte, als gellendes Geschrei auf den Wachtürmen erklang. Sie entschuldigte sich bei Daria, rannte die steinernen Stufen zur Mauer hinauf und blickte aufs Meer. Drei Schiffe mit Drachenbug steuerten den Hafen an, zwei davon schwer beladen, offenbar Handelsschiffe. Das andere war un-

verkennbar ein Kriegsschiff. Da sie das Emblem am Segel erkannte, verflog ihre anfängliche Angst.

Sie lachte leise und malte sich aus, wie erfreut die rothaarige Dienerin sein würde.

Dragon sprang auf den Kai und ergriff die Hände des Festungsherrn, der ihn erwartet hatte. Mit einem breiten Grinsen musterte er die Handelsschiffe. »Sven von Vestfold hat sich anders besonnen.«

Verwundert nickte Hawk. Mit einem Schiff hätte er gerechnet. Aber gleich zwei. »Dass Sven so großzügig ist, hätte ich nicht gedacht. Immerhin musste er Hawkforte in Ketten verlassen.«

»Was Wolf mit maßloser Genugtuung erfüllte.«

»Was hat er mit dem Burschen gemacht?«, fragte Hawk, während sie zur Festung hinaufgingen.

»Er verbannte ihn. Dadurch verlor Sven seinen gesamten Besitz. Seine zwei reizenden, blutjungen Schwestern sind mit Männern verheiratet, die Svens ehemalige Ländereien verwalten. Zuletzt wurde er kurz vor seiner Reise nach Jerusalem gesehen, über die er sich bitter beklagte. Zweifellos wird er den Göttern immer noch die Ohren voll jammern. Nun bringe ich dir seine Münzen, sein goldenes Geschirr, Pelze und alles Mögliche – die Mitgift der bezaubernden Lady Krysta, die du hoffentlich inzwischen geheiratet hast.«

»Vor vierzehn Tagen in Winchester.«

Mit dieser Erklärung handelte sich Hawk kraftvolle Schläge auf den Rücken und gute Wünsche ein, die erst verstummten, als sie an den Wachtürmen vorbeigingen und Krysta begegneten. Ohne Zögern nahm Dragon sie in seine Arme, hob sie empor und küsste sie. Nur ein keuscher Kuss auf die Stirn… Trotzdem zog Hawk die Brauen zusammen, als der Freund sie wieder auf die Füße stellte. Bei diesem Anblick konnte Dragon seinen Lachreiz nicht bezwingen. »Bist du etwa eifersüchtig? Ausgerechnet du, der sich so gegen die Heirat gesträubt hat?«

»Dagegen hat er sich gesträubt?«, fragte Krysta, zu überrascht, um den Mund zu halten. »Ich war es doch, die erklärt hat, wir dürften nicht heiraten.«

»Tatsächlich?« Wie Dragons unverhohlene Neugier verriet, würde er nicht ruhen und rasten, ehe er die ganze Geschichte gehört hatte. Stöhnend scheuchte Hawk die beiden in die Halle, winkte einen Diener zu sich und bestellte Ale.

Obwohl Krysta ihre Worte sehr sorgfältig wählte und sich um äußerste Diskretion bemühte, brüllte Dragon vor Lachen. Dann warf er Hawk spöttische Blicke zu. »Wie lange hat's gedauert, bis du deine Liebste umstimmen konntest? Zwei Wochen? Und du musstest sie bis nach Winchester schleppen, um dein Ziel zu erreichen?« Fassungslos schüttelte er den Kopf. »Nur wegen eines Märchens, das dieser schwachsinnige Sven erfunden hat?«

»Ja, genauso war's«, bestätigte Hawk in entschiedenem Ton, bevor Krysta zu antworten vermochte. »Das Märchen eines Schwachsinnigen. Aber meine Frau ist ziemlich empfindsam, und sie nahm sich das alles zu Herzen. Übrigens, meine Süße, deine Mitgift wurde auf zwei Handelsschiffen hierher befördert, die mitsamt ihrer schweren Fracht bald zu versinken drohen.«

»Meine Mitgift? Ich habe keine. Nachdem Sven gesagt hat ...«

»Inzwischen ist er zu der Überzeugung gelangt, das Klima im Heiligen Land würde ihm besser bekommen als die Luft von Vestfold«, verkündete Dragon. »Seine beiden Schwager haben die Ländereien übernommen. Der Rest seines einstigen Vermögens gehört dir, liebe Krysta.«

Krysta schnappte entgeistert nach Luft. Sollte sie fragen, was den plötzlichen Sinneswandel ihres Halbbruders bewirkt hatte? Nein, das wollte sie gar nicht wissen. »Mein Vater war ein tüchtiger Geschäftsmann. Sicher hat er Sven ein beträchtliches Erbe hinterlassen.«

»Dir ebenso«, ergänzte Dragon und sah sich um. »Ein Glück, dass Hawkforte so groß ist. Für das ganze Zeug braucht ihr viel Platz.«

Beim Gedanken an die Hochzeitsgeschenke, die sie erst teilweise untergebracht hatte, stöhnte sie laut auf, und die beiden Männer lachten schallend. Die fröhliche Stimmung überdauerte das gesamte Abendessen. Während der Mahlzeit erneuerte Dragon seine Bekanntschaft mit der rothaarigen Magd, die alle anderen Dienerinnen beiseite schob und ihn allein bediente.

Beschämt erinnerte sich Krysta an ihre Eifersucht und errötete. Dann färbten sich ihre Wangen noch dunkler, als Hawk flüsternd vorschlug, sie sollten sich frühzeitig zurückziehen, da der Gast offensichtlich ähnliche Pläne schmiedete.

Unter den Sternen war die Liebe besonders schön. Aber sie wusste auch die Vorzüge des breiten Betts in Hawks Turmzimmer zu schätzen. An diesem Abend erlaubte er ihr geduldig, seinen ganzen Körper zu erforschen, der sich so verlockend von ihrem unterschied. Mit Fingerspitzen und Lippen liebkoste sie seine breite Brust, das dunkle Kraushaar auf seinem Bauch, das sich zwischen den Beinen verdichtete. Gar nicht genug konnte sie von ihm bekommen. Atemlos grub er seine Finger in die Matratze, um nicht nach ihr zu greifen und das betörende Vorspiel zu beenden. Da hatte sie endlich Mitleid. Sie kniete über seinen Schenkeln, warf die zerzausten Locken in den Nacken und sank langsam auf ihn hinab. Mit beiden Händen umfasste er ihre Hüften, und sie vereinten sich. Obwohl es ihn große Mühe kostete, blieb er reglos liegen. Angespannt schloss er die Lider, als sie sich zu bewegen begann.

Allzu lange überließ er ihr die Kontrolle nicht, bald bestimmte er das Tempo des Liebesakts, bis sie ihre Begierde kaum noch ertrug. Den Rücken gekrümmt, legte sie ihren Kopf auf seine Brust, während er den Rhythmus langsam beschleunigte, eine süße Qual, die in explosiver Erfüllung endete. Auf dem Gipfel der Lust wurde ihr schwarz vor Augen.

Ins Bewusstsein zurückgekehrt, lag sie immer noch auf Hawks Körper. Zärtlich streichelte er ihr Haar. Nach einer Weile hob sie den Kopf und schaute ihn vorwurfsvoll an. »Das war grausam!«

»Aber wirkungsvoll, das kannst du nicht leugnen.« Wie hemmungslos sie sich ihrer Leidenschaft überlassen hatte, wusste sie nur zu gut. »In deiner Nähe kenne ich keine Zurückhaltung«, gestand sie. Angesichts seines triumphierenden Grinsens fügte sie erbost hinzu: »Und du hältst dich manchmal viel zu lange zurück!«

Statt zu antworten, drehte er sich mit ihr auf die Seite und hielt sie schützend fest. »Schlaf jetzt«, murmelte er. Sobald er ihre regelmäßigen Atemzüge hörte, schlummerte er ebenfalls ein.

Erst am nächsten Vormittag erinnerte sie sich an Darias Wunsch, ihr »dies oder jenes« in der Festung zu zeigen. Daran hätte sie schon früher gedacht, doch sie wurde von Aelfgyth abgelenkt. Aufgeregt eilte die Zofe zu ihr, das hochrote Gesicht von wirren braunen Locken umrahmt. »Oh, Mylady! Edvard, dieser Schwachkopf, gesteht mir eben erst, Lord Hawk würde unsere Hochzeit mit einem großen Fest feiern. Dafür ist das Kleid, das meine Mutter und ich nähen, viel zu schlicht. Nun wissen wir nicht, was wir tun sollen. Natürlich hätte ich's bedenken müssen, als ich den Heiratsantrag eines Mannes in gehobener Stellung annahm. O Gott, er wird sich meiner schämen und ...« Beinahe begann sie zu schluchzen.

»Beruhige dich«, bat Krysta und umarmte die junge Frau. »Dieses Problem werden wir lösen. Du hast doch die Stoffballen gesehen, die wir aus Winchester mitbrachten. Such dir was aus, und wir machen uns sofort an die Arbeit.«

Fast wäre Aelfgyth der Versuchung erlegen. Aber sie schüttelte den Kopf. »Niemals würde ich Euch zumuten, Mylady ...«

»Gar nichts mutest du mir zu. Ich sage dir einfach, was wir machen. Komm mit mir und wisch deine Augen ab. So soll Edvard dich nicht sehen, oder? Sonst würde er glauben, du willst ihn nicht heiraten, und du wirst auf dem nächstbesten Schiff nach Winchester geschickt!«

Über diese absurde Drohung musste Aelfgyth lachen. Seite an

Seite stiegen sie die Treppe zum Turmgemach hinauf, das Krysta in ein Sonnenzimmer verwandeln wollte, so wie es Königin Eahlswith gestaltet hatte. Der Raum ging nach Osten und Süden hinaus, das Licht eignete sich fabelhaft für Näharbeiten. Jetzt wurden Waffen darin verwahrt. Aber Hawk hatte sich schon großzügig bereit erklärt, sie zu entfernen. Noch waren nicht alle weggeräumt worden, und so teilten sich kostbare Stoffe und Stickrahmen den Platz mit Schwertern, Lanzen und Schilden.

Krysta schob einen großen Schild beiseite und griff nach einem azurblauen, mit winzigen Sternen verzierten Seidenballen. »Was hältst du davon? Die Farbe passt genau zu deinen Augen.«

»O Mylady …« Verwirrt betrachtete Aelfgyth den Stoff, der einer Königin zur Ehre gereichen würde. »Nein, das kann ich unmöglich annehmen.«

Seufzend verdrehte Krysta die Augen. »Du willst mir nichts zumuten, du willst nichts annehmen. Wenn das so weitergeht, werden wir noch den ganzen Tag sinnlos herumstehen.« Als würde sie mit sich selber sprechen, fügte sie hinzu: »Wie soll ich sie bloß umstimmen? Müsste ich erwähnen, ihr Anblick würde Edvard überwältigen, wenn sie ein Brautkleid aus dieser blauen Seide trägt? Jede andere Frau, die er jemals sah, würde er vergessen und dem Himmel für sein Glück danken. Oder soll ich ihr klar machen, sie müsste die Position ihres Bräutigams berücksichtigen und sich entsprechend kleiden?« Zu ihrer verblüfften Zofe gewandt, fuhr sie fort: »Verwandle dich endlich in die zukünftige Gemahlin des Verwalters von Hawkforte, Aelfgyth! Ich kam hierher und gab mich meinem Eheglück zuliebe für eine Dienerin aus. Und nun wirst du aus dem gleichen guten Grund wie eine Lady auftreten.«

Träumerisch betrachtete Aelfgyth die schimmernde Seide. »Seit er um meine Hand bat, finde ich kaum noch Schlaf. Und ich sagte viel zu schnell Ja, nachdem ich monatelang drauf gehofft hatte, statt zu bedenken …«

»Das Denken wird oft überschätzt«, fiel Krysta ihr ins Wort. »Glaub mir, ich habe zu viel gegrübelt. Komm, jetzt holen wir deine Mutter, eine hervorragende Schneiderin, und gehen ans Werk.«

Wie im Flug verging der Morgen. Plötzlich wurden die Frauen von lauten Männerstimmen aufgeschreckt, die aus dem Hof zum Sonnenzimmer heraufdrangen, wie Krysta es schon jetzt nannte. Sie eilte zum Fenster. »Oh, die Schiffe werden ausgeladen«, verkündete sie schweren Herzens.

Aelfgyth und ihre Mutter folgten ihr. Vor lauter Verblüffung trauten sie ihren Augen nicht. Mehrere Dutzend kräftig gebauter Wikinger schleppten Truhen, Kisten und Stoffballen vom Hafen zur Festung. Scheinbar nahm die Prozession kein Ende. Über den Köpfen der Männer zog ein Rabe seine Kreise, als wollte er den Transport beaufsichtigen.

Seufzend stieg Krysta mit den beiden Frauen die Treppe zur Halle hinab, wo sie Hawk und Dragon antraf. Alle Kisten und Truhen wurden geöffnet und begutachtet.

»Pelze!«, rief Dragon und zeigte auf einen Haufen edler Felle, der Krysta wie ein Gebirge vorkam. »Gold, in Form von Geschirr und Ziergegenständen, vor allem in Münzen. Gewürze, vermutlich ein Vorrat für mehrere Jahre. Und Salz. Offenbar legte Sven großen Wert auf Salz, davon besaß er wahre Unmengen. Das müsst Ihr nie wieder kaufen.«

Dann wies er auf kunstvoll geschnitzte Truhen hin, farbenfrohes Tongeschirr, mit Juwelen geschmückte Kelche. Und als würde das noch nicht genügen, gehörten auch noch mehrere Waffen zu Krystas Mitgift. Einige, die sie im Haus ihres Vaters gesehen hatte, erkannte sie wieder. Da lag sein Schwert, eine breite Klinge mit einem Griff, in dem ein großer Rubin steckte, neben seinem in zahlreichen Schlachten zerkratzten Schild.

Als Hawk ihre wehmütige Mine sah, hob er den Schild hoch. »Der soll einen Ehrenplatz in meiner Halle erhalten. Am besten hänge ich ihn neben den Schild meines Vaters.«

Dankbar lächelte sie ihn an.

»Übrigens«, erwähnte Dragon beiläufig, »auch die Schiffe sind das Eigentum deiner Frau, Hawk.«

Hawk blinzelte verdutzt, dann lachte er laut auf. Viel zu überwältigt, um Worte zu finden, betrachtete Krysta die Kostbarkeiten. Hawk hatte eine Frau ohne Familie und Vermögen geheiratet. Und jetzt war sie eine reiche Erbin. Das alles konnte sie nicht begreifen, und sie versuchte es auch gar nicht. Stattdessen galt ihre Dankbarkeit Dragon und seinem Furcht erregenden Bruder Wolf Hakonson. Zweifellos hatten die beiden ein Komplott geschmiedet, um Krystas Ehre zu retten.

Nachdem die Kisten, Truhen und Stoffballen verstaut waren und die Arbeit an Aelfgyths Brautkleid gute Fortschritte gemacht hatte, begann das Abendessen. Dabei erzählte Dragon wieder seine spannenden Geschichten. Wikinger und Sachsen sprachen dem Ale gleichermaßen zu. In freundschaftlichem Einvernehmen festigten sie den Bund des Friedens. Aber als Krysta den Priester und Daria in die Halle kommen sah, erinnerte sie sich wieder an die geplante Besichtigungstour mit ihrer Schwägerin. Darüber wollte sie mit Daria sprechen. Doch da begann Dragon mit einer neuen Geschichte, und Krysta vergaß ihre Absicht.

Erst viel später dachte sie wieder daran, kurz bevor sie in Hawks Armen einschlief. Der Morgen brach viel zu früh an, und Hawk verkündete, er würde mit Dragon auf die Jagd gehen. Nach dem Frühstück erschienen Aelfgyth und ihre Mutter. Zum hundertsten Mal dankten sie Krysta überschwänglich für die schöne blaue Seide. Mit vereinten Kräften nähten sie eifrig am Brautkleid. Gegen Mittag hörten sie die erfreuliche Neuigkeit, die Frau des Gerbers habe gesunde Zwillingsmädchen geboren, und das erinnerte Krysta an ihre eigene erhoffte Schwangerschaft. Die Sonne schien über den Himmel zu rasen. Ehe Krysta wieder an Daria dachte, brach die Dunkelheit herein, und ihr fehlte erneut die Zeit, um etwas zu unternehmen.

Fast die ganze Woche verstrich, ohne dass sie eine Gelegenheit fand, mit ihrer Schwägerin zu sprechen, von morgens bis abends war sie mit den neuen Pflichten einer Hausherrin beschäftigt, von heißem Glück erfüllt. Längst war Hawkforte ihr geliebtes Heim geworden, zum ersten Mal gehörte sie einer Gemeinde an, in der sie als ganz normale Frau anerkannt wurde. Offenbar hatte man Svens Geschichte vergessen, oder man hielt seine Behauptungen für das Gefasel eines Verrückten. Wohin sie auch ging, überall wurde sie freundlich begrüßt, und man erwies ihr die Ehre, die der Gemahlin des Festungsherrn zustand. Doch die Leute schätzten sie auch um ihrer selbst willen. In ihrem tiefsten Innern, in einem Teil ihrer Seele, den sie stets verdrängt hatte, fühlte sie sich endlich wie ein ganzer Mensch.

Was keineswegs bedeutete, dass ihre Vergangenheit vollends ausgelöscht war. Raven besuchte sie sehr oft. Manchmal erschien sie plötzlich im Sonnenzimmer und schloss sogar Freundschaft mit Aelfgyth und deren Mutter.

Beide Frauen bewunderten Raven, weil sie unglaublich geschickt Körbe flocht.

»Wenn man's ohne Hände macht, geht's ganz einfach«, schnaufte sie und schlang behände lange Schilfrohre ineinander.

Diese Erklärung fanden sie etwas seltsam. Doch das behielten sie höflicherweise für sich.

Auch Thorgold kam regelmäßig in die Festung und wurde Dragon vorgestellt, der ihn bereits zu kennen schien. »Haben wir uns schon irgendwo getroffen?«, fragte der Wikingerlord eines Abends beim Essen. Aufmerksam musterte er den kleinen Mann mit dem dunklen Bart. »In Vestfold? Irgendwo bei einer Brücke?«

Thorgold hustete in sein Ale und schüttelte den Kopf. »Das bezweifle ich, Mylord. In der Nähe von Brücken halte ich mich nur ganz selten auf.« Hastig wich er Krystas Blick aus.

»Aber ich bin mir sicher, dass wir uns vor einer Brücke be-

gegnet sind. Du hast Zoll verlangt, und ich erwiderte, statt dir Münzen zu geben, würde ich dir was erzählen. Schließlich tranken wir die ganze Nacht hindurch und tauschten Geschichten aus. Aus deinem Mund hörte ich die wunderlichsten Dinge. Leider konnte ich mich am nächsten Morgen nicht daran erinnern, und du warst verschwunden.«

»So ist's nun einmal. Heitere Nächte, trübe Morgenstunden…« Bedauernd zuckte Thorgold die Achseln und winkte einen Diener zu sich. »Wenn's Euch nichts ausmacht, Mylord, würde ich mir gern noch einen kleinen Schluck Ale genehmigen.«

Obwohl Hawk wohlweislich das Thema wechselte, starrte Dragon während des ganzen restlichen Abends nachdenklich vor sich hin. Aber seine Verwirrung beeinträchtigte seine gute Laune kein bisschen, und alle genossen die heitere Stimmung in der großen Halle. Alle außer Daria und Vater Elbert. Irgendwie erinnerten sie Krysta an graue Geister, die umherschwebten, vom Leben in der Festung abgeschnitten und trotzdem unfähig, sie zu verlassen.

Dafür fühlte sich Krysta verantwortlich, denn ihre Schwägerin würde sicher abreisen und den ersehnten Schleier nehmen, sobald sie erfüllt hatte, was sie für ihre Pflicht hielt.

Eine Woche nach Dragons Ankunft war die Schiffsfracht in der Festung verstaut und Aelfgyths Brautkleid fast fertig. Krysta ging auf die Suche nach Daria. An diesem späten Nachmittag nahmen sich Edvard und seine Verlobte ein bisschen Zeit füreinander. Hawk und Dragon waren noch nicht von der Jagd zurückgekehrt. Obwohl der Herbst begonnen hatte, lag angenehme Wärme in der Luft. Zwischen den letzten Blumen, die im Schutz der Mauern blühten, schwirrten vereinzelte Bienen. Um diese stille Stunde hatten die Leute ihr Tagewerk beendet und die Vorbereitungen für das Abendessen noch nicht begonnen. Sogar der Hafen wirkte ruhig und beschaulich.

Sie entdeckte Daria in der Kapelle und zögerte. Sollte sie ihre

Schwägerin im Gebet stören? Mit kerzengeradem Rücken kniete die Frau auf dem Steinboden, den Kopf gesenkt, das Gesicht verborgen. Diese Frömmigkeit war zweifellos bewundernswert. Trotzdem empfand Krysta ein seltsames Unbehagen, das sie hastig abschüttelte.

Als sie zu warten beschloss, blickte Daria auf und sah sie in ihrer Nähe stehen. Die Schatten in der Kapelle verhüllten ihre Miene. Dann bewegte sie sich, und aus einem Fenster fielen Sonnenstrahlen auf ihr lächelndes Gesicht. »Endlich, meine Liebe! Darf ich zu hoffen wagen, Ihr wollt ein bisschen Zeit für unsere Schlossbesichtigung erübrigen?«

»So viel Zeit, wie Ihr braucht. Tut mir Leid, dass ich mich erst heute an Euch wende. Aber es gab einiges zu tun.«

»Ja, das lässt sich nicht ändern, wenn man einem großen Haushalt vorsteht«, erwiderte Daria und folgte Krysta zur Tür. »Ich finde es sehr nett von Euch, der kleinen Zofe bei den Hochzeitsvorbereitungen zu helfen. So großzügig wären nur wenige Ladys.«

Wenn die Worte auch freundlich klangen, glaubte Krysta, eine gewisse Missbilligung herauszuhören. Vielleicht war ihre Sorge um Aelfgyths Glück übertrieben. Aber Hawk hatte versichert, das würde ihn freuen.

»Hoffentlich werdet Ihr an Edvards und Aelfgyths Trauung teilnehmen, Lady«, bemerkte sie höflich.

Nun traten sie ins Freie, und Daria schaute sie prüfend an. »Habt Ihr Hawk von meinen Plänen erzählt?«

Um auf diese Idee zu kommen, war Krysta viel zu beschäftigt gewesen. Doch sie hätte so oder so geschwiegen, nicht nur wegen ihres Versprechens. Der baldige Abschied seiner Halbschwester würde ihn erleichtern oder sogar entzücken, und sie wollte ihm eine Enttäuschung ersparen, falls Daria sich anders besann. Ein unchristlicher Gedanke, den sie sofort verdrängte. »Nein, natürlich nicht. Habt Ihr inzwischen gründlich genug über Eure Absichten nachgedacht?«

»Oh, ich denke an nichts anderes«, entgegnete Daria, während sie langsam zur Halle gingen.

»Und, Ihr bleibt bei Eurem Entschluss?«

»Selbstverständlich. Nachdem ich so lange auf die Erfüllung meines Herzenswunsches gewartet habe …« Daria lächelte wieder. Oder immer noch. Ihr Gesichtsausdruck wirkte wie eingefroren.

»Wo soll unser Rundgang beginnen?«, fragte Krysta und hoffte, die Tortur würde nicht zu lange dauern. Obwohl die Abreise ihrer Schwägerin bevorstand, fand sie deren Gesellschaft kaum erträglich. Doch das ließ sie sich nicht anmerken.

»Zuerst muss ich Vater Elbert erklären, was wir vorhaben.«

Warum Daria das für nötig hielt, verstand Krysta nicht. Aber sie schwieg. Vielleicht waren die beiden verabredet.

In diesem Moment sah sie den Priester die Straße von der Stadt heraufkommen, anscheinend tief in Gedanken versunken. Sie gingen zum Hoftor und erwarteten ihn. Angesichts der beiden Frauen zuckte er verwirrt zusammen.

»Vater Elbert, jetzt führe ich Lady Krysta in der Festung herum«, verkündete Daria mit klarer Stimme. »Das stört Euch doch nicht?«

»Nein, nein …«, stammelte er, warf Krysta einen kurzen Blick zu und runzelte die Stirn. »Ich glaube nicht …« Dann fasste er sich und fuhr in entschiedenem Ton fort: »Gewiss nicht, Mylady.«

»Gut.« Daria musterte ihn noch ein paar Sekunden lang, dann wandte sie sich wieder zu Krysta, die Lippen immer noch zu einem eigenartigen Lächeln erstarrt. »Fangen wir mit den Vorratsräumen an.«

Die kannte Krysta bereits, und es widerstrebte ihr, die letzten Stunden des Tageslichts in den dunklen unterirdischen Kammern zu verbringen. Trotzdem stimmte sie zu und folgte ihrer Schwägerin zu einem Eingang hinter der Haupthalle. Von dort führten steile Stufen nach unten. Am Fuß der Treppe nahm

Daria Zunder und Feuerstein aus einem kleinen Alkoven, entzündete eine Fackel, die in einem eisernen Wandring steckte, und zog sie heraus. Der Feuerschein war willkommen, aber er konnte die feuchte Kälte nicht verscheuchen.

Schon jetzt sehnte sich Krysta nach der warmen Herbstsonne zurück. »Hier unten war ich schon sehr oft«, erklärte sie und hoffte, die Besichtigungstour abzukürzen.

Im flackernden Fackellicht wirkte Darias Lächeln unheimlicher denn je. »Ja, das kann ich mir denken. Aber da gibt's ein oder zwei Dinge, die Ihr sicher noch nicht entdeckt habt.« Mit schnellen Schritten betrat sie einen Korridor, und Krysta blieb nichts anderes übrig, als sie zu begleiten.

21

Immer steiler führte der Steinboden des langen Gangs bergab, immer feuchter und eisiger fühlte sich die Luft an. Hinter einer Ecke huschte ein dunkler Schemen davon. Krysta erschauerte und wünschte, sie hätte einen Umhang mitgebracht. Hier unten war sie erst ein einziges Mal gewesen, zusammen mit Edvard, und sie hatte sich nur kurz in diesem düsteren Keller aufgehalten. Nun hatten sie bereits die Räume durchquert, wo die Honigwein- und Alefässer lagerten. Aber Daria verlangsamte ihre Schritte noch immer nicht. Verwundert fragte sich Krysta, was so weit von all den anderen Kammern verwahrt werden mochte. Zweifellos würden die meisten Lebensmittel verfaulen, und die haltbaren wären schwierig zu erreichen.

»Ist's noch sehr weit?«, fragte sie, als Daria noch immer nicht stehen blieb.

Die ältere Frau warf einen Blick über die Schulter, das Gesicht im Schatten. »Nein. Was ich Euch zeigen will, wird Euch sicher interessieren.«

Plötzlich hörte Krysta Wasser rauschen und versuchte, die

Richtung zu bestimmen, der sie folgten. Aber in dem langen, gewundenen Korridor hatte sie die Orientierung verloren. »Sind wir in der Nähe des Meeres?«

Daria hielt die Fackel hoch, und Krysta sah Wassertropfen an der Steinwand glänzen. »Nein, da strömt ein unterirdischer Fluss vorbei. Auf diesem Weg kann man die Festung verlassen, wenn sie belagert wird. Seltsam, dass Hawk Euch diesen Gang nicht gezeigt hat…« Sie trat näher, und der Feuerschein leuchtete mitten in Krystas Gesicht. »Oder war er mit Euch hier unten?«

»Noch nie.« Nun freute sich Krysta, weil sie endlich neue Entdeckungen machte, und sie wollte ihrer Schwägerin dafür danken.

Aber Daria ging bereits weiter. »Wahrscheinlich wurde der Gang von den alten Römern gegraben. Ehe sie zum wahren Glauben bekehrt wurden, beteten sie Götzenbilder an. Hier unten finden sich einige Spuren ihres Heidentums.« Seufzend zeigte sie auf einen kunstvoll gemeißelten, halb im Boden versunkenen Stein mit dem Relief eines gehörnten Männerkopfs. »Der Schauplatz solcher Freveltaten ist für immer verdammt.«

»Sicher nicht, das alles liegt so lange zurück«, entgegnete Krysta sanft. Sie widersprach ihrer Schwägerin nur zögernd, und sie musste sich eingestehen, dass in diesem unterirdischen Korridor eine geisterhafte Atmosphäre herrschte. Trotzdem wollte sie nicht an einen jahrhundertealten Fluch glauben.

»Das wollte ich Hawk erklären«, fuhr Daria fort, ohne den Einwand zu beachten. »Ich sagte, an diesem Ort dürfe ein ehrenwerter Mann nicht leben. Aber er hörte nicht auf mich.«

»Vielleicht fand er es am wichtigsten, dieses Land gegen die Dänen zu verteidigen, und maß der Vergangenheit keine Bedeutung zu.«

»Mag sein…« Daria schwieg, bis sie eine Stelle erreichten, wo der Gang nach links bog. »Geht voraus«, forderte sie Krysta auf und trat beiseite. »Ich beleuchte den Weg.«

»Was gibt's da zu sehen?«

»Oh, ich will Euch die Überraschung nicht verderben.« Ungeduldig gestikulierte Daria mit ihrer Fackel.

Krysta trat hinter die Ecke. Zunächst starrte sie in undurchdringliches Dunkel. Der Feuerschein spendete nur wenig Licht, und es dauerte eine Weile, bis sich ihre Augen an die Finsternis gewöhnten. Da erblickte sie die Wände einer kleinen Felsenkammer. Durch einige Ritzen wehte kalter Meereswind herein. »Wozu wird dieser Raum gebraucht?«

Als sie sich umdrehte, stellte sie erstaunt fest, dass Daria zurückgewichen war. Die Felsenkammer schien sich zu verkleinern. Plötzlich erklang ein klirrendes Geräusch, und das Licht erlosch. Nur ein winziger Schimmer blieb zurück. Krysta stürmte in die Richtung, aus der sie gekommen war, und prallte gegen eine massive Holztür. In Augenhöhe entdeckte sie eine kleine Öffnung, durch die der schwache Flammenschein hereinfiel. Und dahinter sah sie Darias gespenstisches, von Schadenfreude verzerrtes Gesicht.

»Verdammte Närrin! Wie inbrünstig habe ich gebetet, es möge gelingen, und der Allmächtige hat meine Bitte erhört! O ja, der Herr ist jenen gewogen, die ihm getreulich dienen.«

Entsetzt und ungläubig schüttelte Krysta den Kopf, dann zwang sie sich zur Ruhe. »Welch ein fabelhafter Scherz, Lady Daria. Ja, Ihr habt mich tatsächlich zum Narren gehalten. Aber jetzt lasst mich hinaus, teilen wir unsere Belustigung mit den anderen...«

»Still! Hofft Ihr mich mit Eurer süßen, sanften Stimme zu umgarnen? Das werdet Ihr nicht schaffen. Wochenlang überlegte ich, wie ich's anfangen müsste. Nach Eurer Rückkehr aus Winchester spielte ich die künftige Nonne, die ihr neues Leben herbeisehnte. Und dann wartete und wartete und wartete ich, bis Ihr Euch endlich an Euer Versprechen erinnert habt, einen Rundgang mit mir zu unternehmen. Lange genug musste ich mich gedulden, und nun bin ich am Ziel meiner Wünsche. In

diesem Gefängnis werdet Ihr vermodern, elende Wikingerhure!«

Mit aller Kraft bekämpfte Krysta ihr wachsendes Grauen. Welch schrecklichen Fehler hatte sie begangen. Nein, daran durfte sie jetzt nicht denken. Um den Klauen dieser Verrückten zu entrinnen, musste sie ihre Angst vergessen. Dafür brauchte sie ihren klaren Verstand bis hin zur Tücke. »Bitte, Daria, jetzt habe ich mich lange genug gefürchtet. Was Ihr mir vor Augen führen wolltet, weiß ich nun. Ich kenne Hawkforte längst nicht so gut, wie ich sollte. Am besten bleibt Ihr noch eine Weile hier, falls Ihr's ertragen könnt, und führt mich in meine neuen Aufgaben ein.«

»Was, ich soll hier bleiben? Wie dumm Ihr seid! Ich verabscheue diese Festung aus tiefster Seele. Statt in einem eigenen Herrschaftshaus zu wohnen, war ich auf das Mitleid meines verhassten Halbbruders angewiesen und musste seine Dienerin spielen. Nie wieder werde ich mich so schmerzlich demütigen. Endlich bekomme ich mein Recht.« Hastig unterbrach sie sich, als hätte sie bereits zu viel gesagt. Ihre Lippen verzogen sich zu einem höhnischen Grinsen. »Sorgt Euch nicht, kleine Närrin. Allzu lange müsst Ihr nicht auf den Tod warten. So gern ich mir auch ausmalen würde, wie Ihr hier unten langsam verdurstet und verhungert, dieses Risiko darf ich nicht eingehen. Nur ein paar Stunden, dann werden Euch die Flammen der ewigen Verdammnis verzehren.«

Eine Zeit lang spähte sie noch durch die winzige Öffnung in der versperrten Tür und musterte Krysta, die wie gelähmt dastand. Dann lachte Daria gellend und entfernte sich. Mit ihr verschwand das Licht, schwarzes Dunkel hüllte die Gefangene ein.

Ihr Herz schlug wie rasend. Das hörte sie ebenso deutlich, wie sie den fauligen Moder in der Zelle roch, wie sie die feuchte Kälte spürte, die durch ihr Kleid bis auf die Haut kroch. Da sie nichts mehr sah, schärften sich ihre Sinne für alles andere. An

diesen vernünftigen Gedanken klammerte sie sich, denn dahinter lauerte die gefährliche Bestie des Wahnsinns.

Die Augen geschlossen, sah sie Lichtpunkte über ihre Lider tanzen. Und als sie sich wieder umschaute, erschien ihr die Finsternis noch tiefer als das Dunkel ihrer Seele. Mit zitternden Fingern berührte sie die geschlossene Tür, das harte Holz gab ihr einen gewissen Halt. Ihre schnellen Atemzüge und die Trommelschläge ihres Herzens zerrissen die Stille von Jahrhunderten.

Verzweifelt überlegte sie, wie weit Licht und Hoffnung entfernt waren. Felsgestein und Erdreich trennten sie tonnenweise von der Außenwelt. Als wäre sie lebendig begraben. Und so allein, so schrecklich allein…

Nicht ganz allein. Plötzlich wurde die Vermutung, die sie seit Tagen begleitete, zur Gewissheit. Sie erwartete ein Kind. Noch ein Wesen teilte diese Zelle mit Krysta, ein Baby, so klein und jetzt schon so innig geliebt.

Mit aller Macht erwachten ihre Mutterinstinkte und verjagten die Angst. Um sich zu beruhigen holte sie tief Luft. *Nur ein paar Stunden.*

Stunden in der Finsternis, in eisigem Entsetzen würden ihre Widerstandskraft schwächen. Nein, das durfte nicht geschehen. Irgendwie musste sie sich und ihr Kind retten.

Langsam und systematisch begann sie, die Wände der Zelle abzutasten, Zoll um Zoll, vom Boden bis zur Decke.

Am frühen Abend kehrten Hawk und Dragon von der Jagd zurück und suchten die Sauna auf, ehe sie sich vor der Halle trennten. Dragon wollte das letzte Tageslicht nutzen, sein Schiff inspizieren und sich vergewissern, dass alle Vorbereitungen für die Abreise am nächsten Morgen getroffen waren. Und Hawk beschloss die Stunde bis zum Abendessen mit Krysta zu verbringen.

Als er zur Treppe ging, traten ihm Edvard und Aelfgyth in den Weg. »Verzeiht mir, Mylord«, bat der Verwalter, »dürfte ich

mit Euch sprechen?« Seine Verlobte stieß ihn mit dem Ellbogen an, und er verbesserte sich sofort: »Dürften *wir* mit Euch sprechen?«

Da Hawk dem jungen Paar gewogen war, nickte er und wappnete sich mit Geduld, trotz seiner heißen Sehnsucht nach Krysta.

»Ich habe Aelfgyth versichert, ihre Sorge sei unbegründet«, fuhr Edvard mit einem kurzen Blick auf die Frau an seiner Seite fort. »Trotzdem regt sie sich auf, und ich dachte, Ihr könntet sie vielleicht beruhigen, Mylord ...«

»Vor drei Stunden sah ich Lady Krysta zum letzten Mal«, fiel Aelfgyth ihm ins Wort. »Seit einer Stunde suche ich sie. Inzwischen ist das schöne Brautkleid fertig, das sie mir geschenkt hat, und das wollte ich ihr zeigen. Aber ich finde sie nirgendwo. In der Küche habe ich nachgesehen, in ihrem Zimmer, in der Weberei und den Ställen. Keine Spur von meiner Lady ...«

Darüber wunderte sich Hawk, aber auch er sah keinen Grund zur Sorge. Hawkforte war eine sehr große Festung, und Krysta versuchte immer noch, einige Teile genauer zu erforschen. Also konnte sie sich überall aufhalten. »Vielleicht ist sie in die Stadt gegangen oder sonst wohin. In einer Stunde beginnt das Abendessen. Da wird sie sicher auftauchen.«

»Ja, gewiss – danke, Mylord.« Edvard ergriff Aelfgyths Arm und wollte sie davonführen.

Entschlossen blieb sie stehen. »Glaubt mir, Mylord, so kurz vor der Mahlzeit würde Lady Krysta nicht weggehen. Und heute, am letzten Abend vor Lord Dragons Abreise, müsste sie in der Küche die Vorbereitungen beaufsichtigen. Oder sie würde sich in ihrem Zimmer umziehen.« Flehend schaute sie von einem Mann zum anderen, zu dem angesehenen Verwalter, den sie bald heiraten würde, zu dem mächtigen Lord, dem sie beide treu ergeben waren. Ihre Kühnheit überraschte sie selbst. Doch sie dachte an die vielen Vergünstigungen, die Lady Krysta ihr gewährt hatte, und so fügte sie tapfer hinzu: »Irgendetwas stimmt da nicht.«

Edvard zögerte, und Hawk betrachtete die junge Frau mit schmalen Augen. Bisher hatte er sie kaum beachtet. Aber er kannte ihr warmherziges Wesen. Und sie war nicht dumm. »Also gut. Wo genau hast du deine Herrin gesucht?«

In aller Eile wiederholte Aelfgyth, was sie bereits erklärt hatte, und Hawk nickte.

»Vielleicht hast du sie einfach verpasst, während sie von einem Ort zum anderen ging.«

»Möglich…«, gab Aelfgyth zu. »Aber ich bat die Leute in der Küche, mir sofort Bescheid zu geben, wenn sie dort eintreffen würde. Bisher kam niemand zu mir. Obwohl sie um diese Tageszeit *immer* in der Küche zu finden ist…«

Das konnte Hawk nicht leugnen. Nun begann er sich ernsthaft zu fragen, wo Krysta steckte. Aber er empfand noch immer keine Angst. Hawkforte war bestens geschützt. Hin und wieder mochte ein dänischer Spion in die Festung eindringen, doch der würde sich höchstens ein bisschen umsehen, unfähig, größeren Schaden anzurichten.

Und wenn Krysta einen Unfall erlitten hatte? Bei diesem Gedanken verflog seine unbeschwerte Stimmung. Warum wurde seine Frau nicht gefunden? Wahrscheinlich aus ganz harmlosen Gründen. Gleich würde sie vor ihm stehen, unversehrt und frohen Mutes, und staunen, weil sie ihrem Gemahl und ihrer Zofe Kummer bereitet hatte.

Andererseits war Aelfgyth ihr vor drei Stunden zuletzt begegnet. Und dann hatte sie eine Stunde lang vergeblich nach ihrer Herrin gesucht. Das genügte. »Trommelt die Dienstboten zusammen«, befahl er. »Befragt alle, die heute mit Lady Krysta sprachen. Findet heraus, ob sie irgendjemandem mitgeteilt hat, wohin sie gehen würde.«

»Wie Ihr wünscht, Mylord.« Jetzt runzelte auch der Verwalter beunruhigt die Stirn. »Wo soll ich Euch Bericht erstatten?«

»Auf der Mauer, bei den Patrouillen. Ich will wissen, wohin sie sich gewandt hat und mit wem sie zusammen war.«

Während Edvard und Aelfgyth davoneilten, um den Auftrag auszuführen, überquerte Hawk den Hof und sprang die nächstbesten Stufen zur Mauer hinauf. Eingehend befragte er einen Wachtposten, alle versuchten, sich zu entsinnen, ob sie Lady Krysta an diesem Tag gesehen hatten. Aber es gehörte zu ihren wichtigsten Pflichten festzustellen, ob sich jemand der Festung näherte. Was im Inneren geschah, fiel ihnen nur selten auf. Höchstens, wenn sich etwas Ungewöhnliches ereignete.

Unsicher meldete sich ein junger Krieger zu Wort: »Kurz bevor ich meinen Dienst antrat, beobachtete ich, wie sich Lady Krysta von ihrer Zofe verabschiedete. Aelfgyth lief zum Haus ihrer Mutter, und Lady Krysta wandte sich in die Richtung der Kapelle.«

»Hast du sie hineingehen sehen?«, fragte Hawk.

»Nein, Mylord, in diesem Augenblick begann mein Dienst.«

Hawk nickte. Nun gab es wenigstens einen Anhaltspunkt. »Einige Männer sollen Thorgold suchen. Vielleicht spüren sie auch die Frau auf, die sich Raven nennt.«

Einer der Kommandanten erteilte die entsprechenden Befehle, und Hawk eilte zur Kapelle. Im halbdunklen Raum traf er nur Vater Elbert an. Verblüfft schnappte der Priester nach Luft, erholte sich aber sofort von seiner Überraschung und setzte seine übliche strenge, etwas missbilligende Miene auf. »Habt Ihr einen Wunsch, Mylord?«

Wieder einmal entsann sich Hawk, wie unleidlich er den Geistlichen fand. Vor einiger Zeit hatte er beschlossen, ihn durch einen anderen zu ersetzen. In scharfem Ton fragte er: »Habt Ihr Lady Krysta gesehen?«

»Hier, Mylord?« Vater Elbert hob die Brauen. »Nein. Übrigens sehe ich sie sehr selten.«

»Heute kam sie hierher, am späten Nachmittag.«

»Um diese Zeit hielt ich mich in der Stadt auf.«

»Und wer war hier?«

»Keine Ahnung.« Achselzuckend erwiderte der Priester

Hawks Blick, ein Bild reiner Unschuld und Aufrichtigkeit. Trotzdem wirkte er unnatürlich blass.

»Wo finde ich Lady Daria?«, erkundigte sich Hawk.

Spielte das schwache Licht seinen Augen einen Streich? Oder zuckte der Priester tatsächlich zusammen?

»Auch das weiß ich nicht, Mylord. Neuerdings betet sie sehr oft in der Kapelle. Aber heute ist sie mir noch nicht begegnet. Vielleicht solltet Ihr in den Gemächern der Lady nachschauen.«

Ein paar Sekunden lang musterte Hawk den Geistlichen, dann entschied er, dass er von diesem Mann nicht mehr erfahren würde. Abrupt kehrte er ihm den Rücken, verließ die Kapelle und befolgte seinen Rat.

Daria saß in ihrem Zimmer am Fenster, eine Stickerei im Schoß. Warum sah sie immer so gefasst aus? Hawk verdrängte den Gedanken und verkündete ohne Umschweife: »Ich suche meine Frau. Hast du sie gesehen?«

»Lady Krysta?« Nachdenklich schüttelte sie den Kopf. »Nein. Aber sie wird sich sicher bald in der Halle einfinden, wenn das Abendessen beginnt.«

Darauf hoffte Hawk inständig. So schnell, wie er gekommen war, rannte er die Treppe hinab, In der Halle beobachtete er, wie Edvard die Dienstboten befragte. Kein einziger war der Lady seit dem späten Nachmittag begegnet.

Nun stand Hawks Entschluss fest. »Sie muss gefunden werden. Stellt ein paar Suchtrupps zusammen, Edvard.« Während der Verwalter davonlief, rief Hawk seine Kommandanten zu sich und erteilte ihnen den gleichen Auftrag. In der Abenddämmerung wurden einige Dutzend Fackeln entzündet und an die Suchmannschaften verteilt.

Inmitten des allgemeinen Aufruhrs kam Dragon in die Festung zurück. Sobald er hörte, was geschehen war, schloss er sich einem Suchtrupp an. Um die Tageszeit, wo in der Halle von Hawkforte lebhaftes Stimmengewirr und Gelächter erklingen

sollten, hörte man nur schnelle Schritte und sorgenvolles Gemurmel.

Ihre Hände waren wund. In der Finsternis spürte sie pochende Schmerzen, die aufgeschürften Finger bluteten. Erschöpft lehnte sie an einer kalten Mauer. Wie lange sie die Kammer durchsucht hatte, wusste sie nicht. Alle Wände und den Boden hatte sie mehrmals abgetastet, auf der Suche nach einem Gegenstand, den sie als Waffe benutzen konnte. Sie hatte nur glatten, feuchten Fels gespürt, und ihre letzten Hoffnungen schwanden.

Hilflos zitterte sie in der eisigen Luft, und die Entschlossenheit, die ihr bisher Kraft verliehen hatte, begann langsam nachzulassen. Von allen Seiten drang gnadenloses Dunkel auf sie ein. Daria hatte sie tatsächlich bei lebendigem Leib begraben. Bald würde sie zurückkehren, um ihr Werk zu vollenden. Und da Krysta keine Waffe besaß, konnte sie sich wohl kaum verteidigen.

Ihr Gesicht brannte, und das überraschte sie, bis sie merkte, dass heiße Tränen über ihre kalten Wangen rannen. Völlig ermattet, schluchzte und schrie sie nicht. Lautlos weinte sie, an die Wand gelehnt, verschränkte die bebenden Arme vor der Brust und dachte wieder an das Kind, das unter ihrem Herzen wuchs.

»Tut mir so Leid«, flüsterte sie, »ich weiß, ich muss uns beide retten. Das versuche ich schon seit so vielen Stunden …«

In der schwarzen Nacht klang ihre Stimme sonderbar, als hätte jemand anderer die Worte geäußert. Aber seit sie gesprochen hatte, fühlte sie sich nicht mehr so einsam.

»Lange wird's nicht mehr dauern, dann kommt Daria zurück. Sie ist wahnsinnig und will uns töten. Aber ich werde sie bekämpfen, auch ohne Waffe. Jede Gelegenheit muss ich nutzen.« Sie presste ihre Hände auf den flachen Bauch und stellte sich vor, sie würde ihr Kind berühren, ein lächelndes Baby mit Hawks kastanienbraunem Haar und den grünen Augen der Mutter. Auf Hawkforte würde es zur Welt kommen, dem Vater nacheifern,

zu einem starken Mann und mächtigen Führer heranwachsen. Reines Wunschdenken in diesem finsteren Höllenloch. Sie glaubte, das Kind deutlich vor sich zu sehen, einen Jungen, der Hawk glich und ihr tröstend zulächelte. Leicht benommen starrte sie ins Dunkel.

Aus ihren Augen quollen immer noch Tränen, und durch ihren Schleier sah sie die unverkennbare Gestalt des Mannes, der ihr Sohn sein würde. »Falcon«, wisperte sie, und sein Lächeln vertiefte sich.

Dann schluchzte sie und hob die Arme, um ihn wenigstens ein einziges Mal zu berühren, bevor sie beide in ewiger Nacht versinken würden. Wäre doch ihre Liebe stark genug, um dem Tod zu trotzen, um das Kind am Leben zu erhalten...

Voller Sehnsucht nach ihrem Sohn streckte sie die Hände zu weit vor, verlor das Gleichgewicht und landete unsanft auf den Knien. Als sie aufblickte, war die Vision verschwunden.

»Nein!«

Der Schrei rang sich aus der Tiefe ihrer Seele. Welche unbarmherzige Macht hatte ihr ein Bild aus einer Zukunft vorgegaukelt, die ihr das Schicksal verwehren würde? Warum diese zusätzliche Qual, nachdem sie schon so viel erlitten hatte? War der Allmächtige wirklich so grausam?

Schluchzend versuchte sie aufzustehen. Aber sie war zu schwach. Wozu die Mühe? Warum sollte sie kämpfen? War es nicht viel einfacher, sich in ihr Los zu fügen? Der Tod würde sie genauso unerbittlich einhüllen wie diese schwarzen Schatten.

Oder vielleicht nicht, denn ihre Finger berührten einen harten Gegenstand. Langsam richtete sie sich auf. Sie sah noch immer nichts. Aber sie befühlte sorgsam, was sie soeben entdeckt hatte, und schöpfte neue Hoffnung. Offenbar ein Eisenriegel, wie man ihn benutzte, um das Fenster einer Zelle zu schließen. Hier gab es kein Fenster – nur das Loch in der Tür. War es früher geschlossen gewesen, mit diesem Riegel, den sie jetzt umklammerte?

Krysta erhob sich, kehrte vorsichtig zur Wand zurück und tastete sich daran entlang, bis sie den Türrahmen erreichte. Hier konnte sie sich am besten verstecken, wenn Daria die Felsenkammer betrat. In einer Hand den eisernen Riegel, berührte sie mit der anderen ihren Bauch, ihr schlafendes Baby. Jetzt waren die Tränen versiegt, und sie lächelte genauso wie vorhin ihr Sohn. »Danke, mein Liebling«, flüsterte sie, von wachsendem Mut erfüllt.

Oft genug war Hawk der Angst begegnet. Ein Mann, der sich auf Schlachtfeldern nicht fürchtete, war ein Schwachkopf und würde bald sterben. Wenn man sich fürchtete, handelte man bedachtsam und vorsichtig. Manchmal erhielt einen die Angst am Leben – für einen weiteren Augenblick, einen Atemzug, eine neue Stunde, einen neuen Tag, einen neuen Kampf.

Jetzt beherrschte ihn ein anderes Gefühl, ein Grauen, das sein Herz zu verbrennen drohte. Was war schlimmer? Das Entsetzen, das ihn beinahe überwältigte, oder der heiße Zorn?

Sie war verschwunden. Nach der stundenlangen Suche gab es keinen Zweifel. Krysta war tatsächlich wie vom Erdboden verschwunden. Jeden Wachtposten hatte er verhört, um herauszufinden, ob etwas darauf hinwies, dass irgendjemand seine Frau entführt hatte, so wie Udell damals in Winchester. Doch das war nachts geschehen, hier auf Hawkforte hatte sich Krysta am hellichten Tag in Luft aufgelöst. Die Patrouillen waren wachsam gewesen wie eh und je. Trotzdem hatten sie nichts bemerkt, keine einzige Person, die sich nicht innerhalb der Mauern aufhalten dürfte, keine einzige verdächtige Bewegung. Nichts, was angedeutet hätte, Hawks ganze Welt würde einstürzen. Es war noch viel grauenhafter als Udells Verbrechen. In Winchester hatte er den Schuldigen und die Gefahr gekannt, in der Krysta geschwebt war. Jetzt wusste er nichts, er kannte nur den unerträglichen Schmerz in seiner Seele.

War sie aus eigenem Antrieb weggegangen? Diese Frage

quälte ihn, seit man ihm berichtet hatte, auch Thorgold und Raven seien unauffindbar. Zunächst hatte er den Gedanken verworfen. Aber nun ließ sich der Zweifel nicht mehr verscheuchen. Hatte sie in seinen Armen gelegen, seine Leidenschaft geteilt, mit ihm gelacht und gescherzt, seinen Geist genauso entzückt wie seinen Körper, und das alles bedeutete nichts? War sie bei ihrem Entschluss geblieben, dieser Ehe zu entfliehen?

Unglücklich schüttelte er den Kopf und versuchte, klar zu denken. Nein, das war absurd, eine krankhafte Ausgeburt seiner gepeinigten Fantasie. Krysta erwiderte seine Liebe. Schon vor der Hochzeit hatte sie alle Bedenken und Ängste vergessen. Außerdem wüsste er Bescheid, wenn es anders wäre, denn ihr aufrichtiges Wesen erlaubte ihr keine Heuchelei.

Trotzdem war sie verschwunden.

Nicht freiwillig, davon war er mittlerweile fest überzeugt. Jemand hatte sie irgendwo irgendwie hingebracht. Mitsamt dem Kind, das in ihr wuchs. Als Hawk daran dachte, durchzuckte ihn ein neuer Schmerz. Stein um Stein würde er die Festung auseinander nehmen, jeden Erdklumpen auf seinen geliebten Ländereien umdrehen, und – bei Gott und allen Heiligen – er würde seine Frau finden.

»Lieber Bruder…«

Er drehte sich um. Immer noch gefesselt von der Vision seiner Zerstörungswut, starrte er blicklos ins ernste Gesicht seiner Halbschwester.

»Mein lieber Bruder, es ist spät geworden. Sicher bist du genauso erschöpft wie all deine Leute. Wäre es nicht vernünftiger, die Suche morgen früh im Tageslicht fortzusetzen?«

Im Licht? Ohne Krysta würde nie wieder ein Licht in seiner Welt scheinen. Und er fühlte sich nicht müde. Mochten die anderen vor Erschöpfung zusammenbrechen. Für ihn machte das keinen Unterschied. »Geh ins Bett, Daria.«

Sie schaute ihn an. Nicht zum ersten Mal fielen ihm ihre glanzlosen Augen auf. »Ich meinte nur…«

»Was du meinst, weiß ich.« Er wollte nicht unfreundlich sein. Diese Nacht war schon leidvoll genug. »Wer dazu bereit ist, soll weitersuchen. Die anderen dürfen sich ausruhen.«

Als sie die Stirn runzelte, überlegte er, ob sie sich ernsthaft um ihn sorgte. Wohl kaum. Diesen Eindruck hatte sie noch nie erweckt. Ihr Ehemann hatte gegen Alfred rebelliert und deshalb den Tod gefunden. Danach war Daria aus der Höhe ihrer erhofften Vormachtstellung herabgestürzt, um ihrem Halbbruder den Haushalt zu führen. Jetzt wurde ihr auch diese Position entrissen. Also wünschte sie sicher nicht, man würde Krysta finden.

Und was wünschte sie?

Aufmerksam betrachtete er ihre Züge und zwang sein ermattetes, von der Angst um Krysta benebeltes Gehirn nachzudenken. Seine Ehe hatte Daria den Lebensinhalt geraubt. Was blieb für sie übrig?

Seine Ehe. Vorher hatte eine andere Ehe, zwischen seiner Schwester Cymbra und Wolf Hakonson, voller Hass und Rachsucht begonnen und dank göttlicher Gnade zu reiner Liebe geführt.

Vorher hatte der Jarl von Sciringesheal das Bündnis zwischen Norwegern und Sachsen vorgeschlagen, um mit vereinten Kräften die Dänen zu bekämpfen, und Hawk um Cymbras Hand gebeten. In einem beleidigenden Brief war beides abgelehnt worden – in einem Brief mit Hawks Siegel, den er nie geschrieben hatte. Doch die Frage, von wem diese Nachricht stammte, die beinahe einen Krieg entfesselt hätte, war noch immer nicht beantwortet.

Ungeduldig zuckte er die Achseln. Warum dachte er jetzt an solche Dinge, während Krystas Schicksal auf dem Spiel stand? »Geh ins Bett«, wiederholte er und wandte sich von Daria ab.

Wie war das möglich? Nach Mitternacht erstrahlte Hawkforte immer noch im hellen Licht, und niemand lag im Bett. Alle Ecken und Winkel und Korridore, jedes Nebengebäude suchten

die Leute ab. Ständig hallte ihr Geschrei durch die Nachtluft. »Lady Krystaaaaa..., Lady Krystaaaaa.«. Wenn das noch lange so weiterging, würde sie den Verstand verlieren.

Warum sorgten sie sich so sehr um diese Frau? Welche Rolle spielte es denn, ob die Wikingerhure gefunden wurde? Wieso ärgerte sich Hawk nicht über die Schwierigkeiten, die sie ihm von Anfang an bereitet hatte? Warum freute er sich nicht, dass er sie endlich los war?

Doch darauf kam es nicht an. Zu lange hatte sie auf diesen Augenblick gewartet, um ihre Pläne zu ändern. Sie musste sich nur etwas vorsichtiger verhalten, und das würde ihr gelingen. Denn sie war klüger als alle anderen.

Noch länger durfte sie nicht warten. Stattdessen wollte sie's hinter sich bringen und dann triumphierend beobachten, wie die Tat entdeckt wurde. O ja, voller Genugtuung würde sie sich am allgemeinen Entsetzen weiden.

Krysta blinzelte ein paar Mal, bis sie sich vergewisserte, was sie sah. Aus dunkler Ferne glitt ein schwaches Licht heran und schimmerte immer heller. Ihr Magen krampfte sich zusammen, und sie umklammerte den Eisenriegel noch fester. Nur mühsam widerstand sie der Versuchung zu schreien. Vielleicht war es kein Suchtrupp, der die Fackel durch den Korridor trug, und wenn doch, würde man sicher nach ihr rufen. In der unterirdischen Stille hörte sie nichts.

Nur ihr eigenes geflüstertes Gebet um die Rettung ihres ungeborenen Kindes...

Die Flammen flackerten hinter dem winzigen Fenster in der Tür und beleuchteten Darias Gesicht. »So, jetzt habt Ihr lange genug gewartet!«, stieß sie mit schriller Stimme zwischen verzerrten Lippen hervor. »Hattet Ihr Angst, ich würde nicht zurückkommen? Nun, da bin ich. Seht doch, was ich Euch mitgebracht habe!« Sie hielt etwas ins Licht, das metallisch glänzte. »Erkennt Ihr's wieder? Hawks Messer? Gleich wird es

Euer Herz durchbohren. Und die Leute werden *ihm* die Schuld geben.«

Obwohl sich Krysta zu beherrschen suchte, konnte sie nicht verhindern, dass sie den Atem anhielt. Das hörte Daria und brach in gellendes Gelächter aus.

»So verblüfft seid Ihr? Wie sollte ich's denn sonst anfangen? Es ist einfach perfekt. In Wirklichkeit wollte Hawk niemals Frieden mit den Norwegern schließen. Er lehnte das Bündnis ab, das Wolf Hakonson vorschlug, und schrieb ihm, seine Schwester Cymbra würde niemals einen schmutzigen, barbarischen Wikinger heiraten. Natürlich war Hawk außer sich vor Wut, als der Jarl sie entführte. Er segelte nach Sciringesheal, holte sie zurück und musste sie letzten Endes seinem Gegner überlassen, der mit einem riesigen Heer hierher kam. Auf den Friedensbund ging er nur zum Schein ein. Seither strebte er unentwegt nach Rache. Euch zu heiraten, Lady Krysta, diesen Gedanken hasste er von Anfang an. Aber Alfred zwang ihn dazu. Jetzt wird unser *großer* König ihm erbittert zürnen. Hawk müsste in Ungnade fallen, so wie er es verdient. Vielleicht wird Alfred ihn sogar töten, so wie damals meinen törichten Gemahl.«

»Nein!«, protestierte Krysta. »Alles Lüge! Niemals würde Hawk das Bündnis verraten, für das er sich so ernsthaft einsetzt. Jenen Brief hat er dem Jarl nicht geschickt. Und niemand würde glauben, er wäre fähig, mich zu ermorden.«

»Warum sollten die Leute daran zweifeln? Weil er vorgab, Euch zu lieben? Dummes Mädchen! Wenn man sein Messer in Eurer Brust findet, wird man sich an die früheren Ereignisse erinnern und ihm die Tat anlasten.«

Krysta starrte entsetzt in das grinsende Gesicht ihrer Feindin. Offensichtlich war Daria so verrückt, dass sie glaubte, was sie da sagte. Und deshalb würde sie nicht zögern, ihren Plan durchzuführen.

»Tretet zurück!«, befahl sie. »Wenn Ihr mir keinen Ärger

macht, ersteche ich Euch schnell und schmerzlos. Ansonsten werdet Ihr Höllenqualen erleiden.«

Schweigend umfasste Krysta den Eisenriegel mit beiden Händen und nahm ihren ganzen Mut zusammen.

Die Tür schwang auf, Daria warf die Fackel in die Zelle und hielt nach ihrer Gegnerin Ausschau. Aber Krysta blieb seitlich im Schatten verborgen.

»Tretet vor und zeigt Euch! Bei Gott, wenn Ihr Euch weigert, werdet Ihr um den Tod betteln!«

Nur noch ein paar Schritte in die Kammer hinein…, flehte Krysta stumm und wagte kaum zu atmen. Flammen züngelten am Boden und spiegelten sich in der Messerklinge.

»Wo seid Ihr denn? Ihr könnt Euch nicht verstecken!«

Blitzschnell hob Krysta den Riegel, sprang vor und ließ ihn hinabsausen.

»Aaaaahhh!« Darias Beine knickten ein, und sie brach zusammen. Doch das Eisen hatte sie nur seitlich am Kopf getroffen. Sie war immer noch bei Bewusstsein. Schreiend stand sie auf. »Wie könnt Ihr es wagen? Jetzt werde ich Euch töten…«

Kalter Stahl funkelte. Ihren Fingern entglitten, war das Messer zum anderen Ende der Felsenkammer geschlittert. Ohne Zögern schleuderte Krysta den Riegel beiseite und stürmte zu der Waffe. Die musste sie erreichen, bevor sich Daria danach bückte…

Als sie den Griff umfasste, hallte wahnwitziges Gelächter von den Wänden wider. Sie spähte über die Schulter – und erstarrte vor Grauen. Hinter ihr stand Daria, den Eisenriegel in der Hand. »Dachtet Ihr wirklich, Ihr könntet mich überlisten? Albernes Ding…«

Abrupt verstummte sie, ließ den Riegel und die Fackel fallen, zerrte verzweifelt an dem starken Arm, der ihren Hals umschlang und ihr die Luft abschnürte.

Hawk. Ein Hawk, den Krysta nie zuvor gesehen hatte, das Gesicht eine angespannte Maske aus wildem Zorn, der Blick

gnadenlos, der Krieger, der die Dänen in ihren schlimmsten Albträumen heimsuchte. Erschrocken ließ sie das Messer fallen, stürzte sich auf ihn und riss an seinem unnachgiebigen Arm »Sie ist deine Halbschwester, vom selben Vater gezeugt wie du! Nein, töte sie nicht!«

Ungläubig runzelte er die Stirn. »Sie wollte dich und unser ungeborenes Kind umbringen. Und du bittest mich, sie zu schonen?«

»Denk an dich selbst! Befleck deine Hände nicht mit ihrem Blut! Sonst würde dich diese Tat bis zum Ende deiner Tage verfolgen. Überleg doch, Hawk! Du wünschst dir dauerhaften Frieden. Nicht Gewalt und Tod!«

Darias Füße traten kraftlos in die Luft, ihre Augen drehten sich nach oben. Nur noch wenige Sekunden und sie würde vor ihrem göttlichen Richter stehen.

Ganz langsam, ohne Krysta aus den Augen zu lassen, lockerte Hawk den Würgegriff. »Irgendwas stimmt nicht mit ihr. Das ahne ich schon seit langer Zeit.« Der traurige Klang seiner Stimme rührte Krysta zu Tränen. Zärtlich streichelte sie seine Wange. Am Boden brannte immer noch die Fackel und warf tanzende Schatten an die Wände. »Sie empfahl mir, die Suche nach dir morgen früh fortzusetzen. Da entsann ich mich, wie viel sie verloren hat, weil du jetzt den Haushalt führst. Trotzdem wirkte sie heiter und gelassen. Das erweckte meinen Verdacht, denn sie war niemals fröhlich. Also musste es einen Grund für ihre gute Laune geben.« Seufzend nahm er seine halb bewusstlose Schwester auf die Arme. »Zum Glück bin ich ihr nachgeschlichen.«

Krysta nickte wortlos. Um ihm durch den langen unterirdischen Korridor zu folgen, musste sie ihre letzten Kräfte aufbieten. Endlich erreichten sie die Halle, wo sie von aufgeregten Leuten umringt wurden.

22

Grelles Licht schien in Krystas Augen. Um ihm zu entrinnen, drehte sie den Kopf zur Seite. Doch sie konnte sich nicht davor schützen. Der Nebel des Schlummers verflog, das Bewusstsein kehrte zurück, begleitet von der Erkenntnis, dass irgendetwas nicht stimmte. Langsam richtete sie sich auf und ließ ihren Blick durch den Raum wandern. Das Herrschaftsgemach, das sie mit Hawk teilte… Und sie lag allein im breiten Bett. Ihr Körper fühlte sich bleischwer an, so als hätte sie sehr lange bewegungslos geschlafen.

Ungewöhnlich lange, denn Hawk hatte sie nach Mitternacht die Treppe heraufgetragen. Und jetzt fielen schräge Sonnenstrahlen ins Zimmer. Im Westen sah sie die rötlichen Farben des sinkenden feurigen Balls. Fast den ganzen Tag hatte sie geschlafen. Sie wollte die Pelzdecken zurückschlagen, und da stürmte die Erinnerung auf sie ein.

Daria… Die Zelle… Die schrecklichen Stunden im Dunkel… Die wunderbare Vision von ihrem Sohn… Dann der letzte Kampf mit der Wahnsinnigen, deren Leben sie gerettet hatte.

»O Gott«, wisperte sie. Sonst gab es nichts zu sagen. Hastig stand sie auf. Nun musste sie möglichst schnell erfahren, was an diesem Tag geschehen war. Während sie sich anzukleiden begann, trippelte Raven ins Zimmer. »Dem Himmel sei Dank!«, rief Krysta. »Die ganze Woche habe ich mich gefragt, wo du steckst. Und Thorgold. Daria hat doch nicht versucht, euch was anzutun?«

Als die Verrückte erwähnt wurde, schüttelte sich Raven. »Wieso glaubt Ihr, sie hätte *nichts* dergleichen gewagt, wenn keiner von uns beiden da war, um Euch zu schützen? Dieser grässliche Priester, Vater Elbert, lockte uns in den Wald und kettete uns an einen Eisenring. Elender Bastard! Sosehr wir uns auch bemühten, wir konnten uns nicht befreien.«

»Hat Hawk herausgefunden, was sich der heuchlerische Schurke zu Schulden kommen ließ? Das hätte ich meinem Mann letzte Nacht erzählen sollen. Aber ich war zu müde. Vater Elbert wusste, wo ich gefangen halten wurde. Und er hat nichts verraten, oder?«

»Mit keinem Wort. Ja, Euer Gemahl hat alles rausgekriegt. Dieser nette Bursche, Lord Dragon, entdeckte uns und löste die Ketten. Gesegnet sei seine Seele. Und wundert Euch bloß nicht, wenn ihm in nächster Zeit was Gutes widerfährt! Nachdem wir ihm erklärt hatten, was geschehen ist, erzählte er Lord Hawk die ganze Geschichte. Aber die schreckliche Daria behauptete, der Priester habe sie zu ihrer Tat verleitet und würde für die Dänen arbeiten. In deren Auftrag würde er sein Bestes tun, um das Bündnis zwischen den Sachsen und Norwegern zu untergraben und dafür reichen Lohn erhalten.«

Mit schmalen Augen musterte Krysta die alte Frau. »Glaubst du das?«

Raven zuckte die Achseln. »Jedenfalls bezichtigte Vater Elbert die Verrückte der Lüge und verkündete, von Anfang an sei alles ihre Idee gewesen. Er berichtete, sie habe Hawks Siegel entwendet und den Brief gefälscht, in dem Lord Wolfs Antrag, Lady Cymbra zu heiraten, abgeschlagen wurde. So nahm alles Weitere seinen Lauf, sagt der Priester. Das bestreitet Daria. Immer wieder betont sie, er habe hinter den Machenschaften gesteckt und sogar geplant, Euch zu töten. Sie sei nur ein willenloses Werkzeug gewesen, dem er eingeredet habe, sie würde Gottes Wünsche erfüllen.«

»Also beschuldigen sie einander, und die Wahrheit wird nie ans Licht kommen.«

»Sieht so aus«, stimmte Raven zu. »Aber es spielt keine Rolle. Bald werden beide weggeschickt, Vater Elbert zu seinem Orden, wo die guten Mönche über ihn richten sollen, und Daria in ein Nonnenkloster.«

Erleichtert seufzte Krysta auf. Die beiden würden aus ihrem

Leben verschwinden. Und was sie noch viel erfreulicher fand, Darias Blut klebte nicht an Hawks Händen. Im Lauf der Jahre hatte er zu viele Menschen getötet. Jetzt sollte er die Früchte des Friedens genießen. Vor allem die wunderbarste Frucht – ihren Sohn, den Krysta ihm schenken würde…

Sie wollte dich und unser ungeborenes Kind umbringen…

Wie Donnerhall dröhnten die Worte in ihren Ohren. Letzte Nacht war sie zu erschöpft und verängstigt gewesen, um darauf zu achten. Und jetzt kehrte die Erinnerung zurück. Er wusste Bescheid. Irgendwie hatte er von ihrer Schwangerschaft erfahren und nichts gesagt. Dieser Schuft! »Jetzt muss ich zu meinem *lieben* Ehemann gehen und einiges mit ihm besprechen.«

Kichernd entfernte sich Raven, und wenige Sekunden später eilte Aelfgyth ins Zimmer. »Das dachte ich mir! Für ein paar Minuten gehe ich weg, und schon steigt Ihr aus dem Bett und zieht Euch allein an!« Ohne eine Antwort abzuwarten, riss sie Krysta das Kleid aus der Hand und streifte es über ihren Kopf. »Nachdem Ihr so viel durchgemacht habt! Das will ich mir gar nicht vorstellen. Aber es war sicher grauenvoll.« Mit sanfter Gewalt drehte sie Krysta herum und verschnürte das Oberteil des Kleids. »Natürlich hat's an Euren Kräften gezehrt, und deshalb…« Sie führte ihre verwirrte Herrin zu einem Stuhl, drückte sie darauf und begann, die goldenen Locken zu bürsten. »Und deshalb dürft Ihr nicht selber für Euch sorgen. Wenn Lord Hawk hört, was Ihr vorhattet! Oh, ich weiß, was er sagen würde. Hat der gute Mann nicht schon genug gelitten? Wollt Ihr ihm noch mehr Kummer bereiten?«

»Nein, gewiss nicht, aber…«

»Welche Haarbänder soll ich nehmen? Zu diesem Kleid würden die rosenroten und malvenfarbenen am besten passen, meint Ihr nicht auch?«

Krysta nickte, weil ihr nichts anderes übrig blieb.

»So.« Zufrieden betrachtete die Zofe ihr Werk. »Jetzt seht Ihr bildschön aus. Soll ich Euch was zu essen bringen?«

»Nein, danke. Wo ist Lord Hawk?«

»Unten in der Halle. Ich sage ihm, dass Ihr aufgewacht seid. Oh, er wird sich so freuen, dass Ihr Euch erholt habt! Fast die ganze Nacht lag er neben Euch im Bett und wollte Euch nicht allein lassen. Nur für ein paar Stunden schlief er ein und hielt Eure Hand. Im Morgengrauen war er wieder auf den Beinen. So viel gibt's zu tun. Trotzdem müsste er sich ausruhen…«

Aelfgyth verstummte, als Krysta zur Tür rannte. Wenn jemand irgendwas sagen würde, dann *sie selbst*. Wahrscheinlich hatte er schon in Winchester von ihrer Schwangerschaft gewusst. Deshalb hatte er sie so merkwürdig angestarrt, wenn ihr übel geworden war. Nicht einmal bei all den Liebesakten hatte er's erwähnt, und er war so behutsam mit ihr umgegangen, voll sanfter Leidenschaft…

Brennend stieg ihr das Blut in die Wangen, und plötzlich war sie ihm nicht mehr böse. Jetzt kannte sie nur mehr einen einzigen Gedanken, wie sehr sie ihn liebte, wie glücklich er sie machte.

Während sie die Treppe hinabrannte, fragte sie sich, ob sie ihm von der merkwürdigen Vision in der Zelle erzählen sollte. Hätte sie nicht versucht, den jungen Mann zu berühren, den sie für ihren Sohn hielt, wäre sie niemals über den Eisenriegel gestolpert. Dann hätte sie Darias Angriff nicht lange genug abwehren können, und Hawk wäre zu spät gekommen.

Bevor sie die Halle betrat, berührte sie ihren Bauch. Obwohl sie das Leben noch nicht spürte, das unter ihrem Herzen ruhte, kannte sie ihr Kind bereits sehr gut. »Lass deine Flügel wachsen, Falcon – mein kleiner Falke«, flüsterte sie freudestrahlend.

Dann betrat sie die Halle und sah Hawk an der herrschaftlichen Tafel sitzen, in ein Gespräch mit Dragon und Thorgold vertieft. Alle drei erblickten sie sofort und verstummten. Die Stirn gerunzelt, stand Hawk auf und ging zu ihr. »Solltest du nicht im Bett bleiben? Müsstest du dich nicht etwas länger ausruhen? Ich habe Aelfgyth befohlen, mich sofort zu holen, wenn du aufwachst. Nach allem, was du erduldet hast…«

»Schon gut«, unterbrach sie ihn, stellte sich auf die Zehenspitzen und küsste ihn. »Ich bin die glücklichste Frau von der Welt«, wisperte sie an seinen Lippen. »Und was mir letzte Nacht widerfahren ist, bedeutet gar nichts, verglichen mit dem Glück, das ich dir verdanke.«

Seufzend erwiderte er ihren Kuss und nahm sie in die Arme. Ringsum stießen die Leute, die sich zum Abendessen in der Halle versammelt hatten, einander mit den Ellbogen an und grinsten. Immer leidenschaftlicher küsste der Lord seine Gemahlin, und beide vergaßen die schrecklichen Ereignisse der Vergangenheit. Jetzt zählte nur noch die segensreiche Zukunft. Es dauerte eine ganze Weile, bis Hawk das Gelächter und das aufmunternde Geschrei der Menge wahrnahm.

Verwirrt blickte er auf, dann lächelte er. Über Krystas Kopf hinweg schaute er zu seiner Tafel hinüber und sagte etwas, das im Lärm des jubelnden Publikums unterging. Nur Dragon hatte die Worte gehört, und der tapfere, erprobte Krieger erschauerte. Denn die Prophezeiung des Herrn von Hawkforte, der seine vergötterte Lady an sich drückte, hatte den Wikinger mitten ins freiheitsliebende Herz getroffen.

»Als Nächster bist du dran!«

Wikinger meiner Träume

1

Am Rand der Welt breitet sich feuriger Glanz aus, vertreibt die milde Nacht und setzt den Himmel in Flammen. Dragon heißt dieses Licht willkommen. Lautlos geht er über das weiche Erdreich und verscheucht einen Hirsch, der unbeachtet im Gebüsch verschwindet. An diesem Morgen ist der furchtlose Wikingerkrieger Dragon Hakonson nicht in den Wald geritten, um zu jagen. Stattdessen sucht er die Stille zwischen den Kiefern an der Meeresküste aus einem anderen Grund.

Bevor er einen Schritt unternehmen muss, den er nicht länger hinauszögern kann, will er in Ruhe nachdenken. Deshalb hat er seine Begleiter vorausgeschickt.

Aber seine Einsamkeit wird gestört. Aus dem schützenden Schatten der Bäume beobachten ihn goldbraune Augen. Eine schlanke, geschmeidige Gestalt wagt kaum zu atmen. Langsam, ganz langsam versucht sie davonzukriechen. Ein Zweig knackt, und Dragons Sinne, in einem Leben voller Kämpfe und Gefahren geschult, warnen ihn sofort. Entschlossen stürmt er ins Unterholz, zerrt den Flüchtling hervor, der sich verzweifelt wehrt, und betrachtet ihn forschend.

Wie schnell sich der Fremde bewegte … Rycca starrte ihn verblüfft an. Eben hatte sie noch im kühlen Moos gekniet, nach ein paar Stunden rastlosem Schlaf, und den Mann beobachtet, der plötzlich aufgetaucht war. Und im nächsten Augenblick wurde sie so fest umklammert, dass sie kaum atmen konnte. Ihre Arme und Rippen schmerzten. Wenn er

den Druck nur ein klein wenig verstärkte, würde sie womöglich genauso zerbrechen wie jener verräterische Zweig.

Wer der Mann war, wusste sie nicht, und es interessierte sie auch nicht. Nur eins zählte – sie musste sich von seinem Griff befreien. Als Opfer ihrer ungehobelten Brüder aufgewachsen, war sie in harten Kämpfen erprobt. Und so biss sie in den starken Arm, der sie umschlang. Nach ihren Erfahrungen zwang ein solcher Gegenangriff die meisten Schurken sofort, den Griff zu lockern.

Aber da erwartete sie eine neue Überraschung, und ihre Angst wuchs. Der Mann stöhnte nicht einmal, umfing sie noch fester und schnürte ihr die Atemluft endgültig ab.

So lange sie es vermochte, grub sie ihre Zähne in seinen Arm – bis bunte Lichter vor ihren Augen tanzten, bis ihre Sinne zu schwinden drohten. Erst dann gab sie sich geschlagen, weil sie fürchtete, was ihr während einer Ohnmacht zustoßen könnte. Der Mann ließ sie noch immer nicht los, und sie begann in einen dunklen Abgrund zu sinken. Absurderweise hielt sie sich jetzt am Arm des Angreifers fest, als wäre er ihr einziger Rettungsanker auf dieser Welt. Mit letzter Kraft rangen ihre Lungen nach Luft, die ihr endlich gewährt wurde.

»Dummer Junge!«, schimpfte der Fremde. An ihrem Rücken spürte sie, wie die tiefe Stimme aus seiner Brust drang. Trotz der widrigen Umstände fand sie dieses Gefühl seltsam angenehm. Er packte ihre Schultern und drehte sie zu sich herum. »Was sollte der Unsinn? Ich wollte dich nur anschauen. So wie jeder vernünftige Mann versuche ich stets herauszufinden, wer mir auflauert.«

Rycca spähte durch ihre dichten Wimpern nach oben – und noch weiter hinauf. Da ihre schwachen Beine wankten, konnte sie sich nicht zu ihrer vollen Größe aufrichten. Aber der Mann war unglaublich hoch gewachsen. Das hatte sie schon geahnt, als er am Fluss gekauert war. Jetzt nahm ihr die

Erkenntnis seiner ungeheuren Größe und der breiten Schultern fast wieder den Atem. Unter einer ärmellosen Ledertunika zeichneten sich seine Muskeln ab. Sein markantes Gesicht wurde von goldenen Augen beherrscht. Darüber wölbten sich dunkelbraune Brauen, in derselben Farbe wie das lange, im Nacken zusammengebundene Haar. Auch die Haut schimmerte golden. Noch nie hatte Rycca einen attraktiveren Mann gesehen. Er glich einem heidnischen Idol aus dem Schmelzofen eines meisterhaften Schmieds. Doch sie entdeckte auch menschliche Züge. Offenbar hatte er sich lange nicht mehr rasiert. Auf seinen Wangen und am Kinn begannen Barthaare zu spießen. Er roch nach Holzrauch, Meeresluft und Kiefern, eine reizvolle Mischung. O ja, er war ein menschliches Wesen – nur allzu menschlich, zu real und viel zu nah.

Glücklicherweise hielt er sie für einen Jungen. Vor ihrer überstürzten Flucht war sie in die Kleider geschlüpft, die Thurlow bei seinem Aufbruch in die Normandie zurückgelassen hatte. Dem Zwillingsbruder, seit Jahren einen Kopf größer als Rycca, passten sie nicht mehr. Ihr waren sie etwas zu groß, und so verhüllten sie ihre weiblichen Formen. Die Haare hatte sie unter einer Filzkappe versteckt und sogar dunkle Erde in ihr Gesicht geschmiert, um ihre zarte Haut zu verbergen. Aber sie misstraute ihrer Tarnung, die einer gründlichen Prüfung gewiss nicht standhalten würde.

Das Schweigen des Jungen und seinc offenkundige Fügsamkeit verblüfften Dragon. In diesem Alter – er schätzte ihn auf dreizehn – war er ein wilder, ungestümer Bursche gewesen, jederzeit bereit, allen Angreifern zu trotzen, selbst wenn sie ihn niederschlagen würden. Kein Wunder, denn er entstammte einer gefährlichen, von grausamen Kämpfen und Gewalt regierten Welt. Wo hatte dieser Junge gelernt, dass man eine Übermacht nicht unnötig herausfordern durfte? Immerhin konnte der kleine Kerl kraftvoll zubeißen. Aber

jetzt wirkte er völlig verwirrt und starrte ihn einfach nur an.

»Also, ich frage dich noch einmal«, fuhr Dragon auf Angelsächsisch fort, weil er annahm, der Junge würde diese Sprache verstehen.

Dank seiner Muttersprache Norwegisch konnte sich Dragon mit Dänen und Schweden verständigen. Auf seinen Reisen hatte er sich auch andere Sprachkenntnisse angeeignet. Mittlerweile bereitete es ihm keinerlei Schwierigkeiten, mit Franken, Germanen oder sogar Mauren zu reden. Sprachen zu erlernen fiel ihm leicht – vielleicht, weil er die Melodie der Wörter liebte.

»Warum hast du dich im Gebüsch versteckt und mir nachspioniert?« Nun musterte er den Jungen etwas genauer. Die Kleidung aus fein gesponnener, edler Wolle war ihm zu groß. Darüber wunderte sich Dragon nicht, denn Kinderkleider wurden oft etwas größer angefertigt, damit man hineinwachsen konnte. Jedenfalls war das kein Bauernjunge, eher ein kleiner Lord, in die Pflege eines Herrschaftshauses gegeben. Warum trieb er sich im Wald herum – zu Fuß, ohne Begleitung?

An diesem sonnigen Frühlingsmorgen herrschte Frieden in Essex, ein Glücksfall, noch zu neuen Datums, um als selbstverständlich zu gelten. Nach jahrzehntelangen Kriegen verdankte die Bevölkerung dieses Gebiets die ersehnte Waffenruhe der Weisheit des großen Königs Alfred und dem eisernen Willen Lord Hawks of Essex. Lady Cymbra, Hawks Schwester, war mit Dragons Bruder verheiratet, dem norwegischen Wolf. Durch echte Freundschaft gestärkt, hatten sich diese Familienbande noch gefestigt. Daran wurde Dragon jedes Mal erinnert, wenn er an den Grund seines Aufenthalts in Essex dachte.

Noch durfte man dem Frieden nicht trauen, und sogar ein blutjunger Bursche musste sein Verhalten erklären. »Warum

bist du hier?«, fragte Dragon. Ungeduldig schüttelte er den Kleinen, der beharrlich schwieg.

Ryccas Zähne klapperten, und sie verfluchte ihre Dummheit, die sie in diese schreckliche Lage gebracht hatte. Wäre sie in ihrem Versteck geblieben, statt zu fliehen, hätte der Mann sie wahrscheinlich gar nicht bemerkt. Zu spät für solche Gedanken, zu spät für alles andere – außer einem weiteren verzweifelten Versuch, sich loszureißen. Sicher war es nicht nur unangenehm, sondern auch vorteilhaft gewesen, mit zwei rücksichtslosen älteren Brüdern aufzuwachsen – und mit ihrem geliebten Zwilling, der ihr beigebracht hatte, sich zu wehren.

»Zögere nicht«, hatte Thurlow seine Schwester ermahnt, ihr feuerrotes Gesicht nicht beachtet und den Unterricht in der Kunst wirksamer Selbstverteidigung gnadenlos fortgesetzt. »Stoß blitzschnell zu, dann lauf davon. Anfangs tut das deinem Gegner höllisch weh. Aber der Schmerz lässt bald nach.«

Rycca fand keine Gelegenheit, diese nur widerstrebend erlernten Fähigkeiten zu nutzen. Denn Thurlow teilte den älteren Brüdern – die ihm das Leben genauso schwer machten wie ihr – unverzüglich mit, sie besitze gewisse Kenntnisse. Deren Anwendung würde ihnen zweifellos missfallen. Klaglos ertrug er die Prügelstrafe, mit der sie sich rächten, und schmiedete Pläne, um in ein besseres Leben zu flüchten.

»Sobald ich mich in der Normandie häuslich niedergelassen habe, hole ich dich zu mir«, versprach er seiner Schwester. »Dort haben wir Verwandte mütterlicherseits, und wie ich höre, gibt es unbegrenzte Möglichkeiten. Allzu lange wird es nicht dauern.«

Doch es dauerte *zu* lange. Viel schneller, als sie beide erwarten konnten, stürmten die Ereignisse auf Rycca ein, und ihre Hoffnungen drohten zu schwinden. Kaltes Grauen war in ihr aufgestiegen. Hätte sie nicht das Weite gesucht, wäre sie

dem unerträglichen Schicksal ausgeliefert gewesen, das der Vater und die älteren Brüder ihr zugedacht hatten.

Sie antwortete noch immer nicht, und der Fremde runzelte ärgerlich die Stirn. Offenbar war er nicht an ungehorsame Mitmenschen gewöhnt. Nun, vielleicht würde ihm diese Begegnung eine Lehre sein. Rycca schloss die Augen, holte tief Luft und stieß ihr Knie mit aller Kraft nach oben, zwischen seine Beine.

Als er sich versteifte, hob sie die Lider und erwiderte seinen Blick, der blankes Entsetzen ausdrückte. Im Gegensatz zu Thurlows Prophezeiung heulte er nicht auf. Stattdessen stöhnte er leise und ließ ihre Schultern los. Langsam sank er auf die Knie und erinnerte sie an eine mächtige Eiche, von einer Axt gefällt.

Jetzt war sie frei. Trotzdem zögerte sie und bekämpfte das plötzliche, fast überwältigende Bedürfnis, ihm zu helfen. Wenn sie diesem verrückten Impuls nachgab, würde sie die Normandie niemals sehen. Zum Glück verdrängte ihr Überlebenswille das Mitgefühl. »Schnell wie der Wind«, hatte Thurlow befohlen. Und so lief sie davon, schnell wie der Wind. Sie hatte schlanke, aber kräftige Beine. Geschmeidig wie ein Fohlen, konnte sie jedes Hindernis überspringen. Sie atmete ruhig und gleichmäßig. Nachdem sie ihre Angst besiegt hatte und der Gefahr entronnen war, wuchs ihre Zuversicht. Sobald sie sicher war, der Fremde würde ihr nicht folgen, verlangsamte sie ihre Schritte nur ein wenig. Aus reiner Freude an der Bewegung rannte sie weiter – durch schattige Täler, Kiefern- und Eichenwäldchen, über sonnige Wiesen und Kiesstrände. Schließlich blieb sie am Rand eines dichten Waldes stehen und betrachtete das funkelnde Meer, von innerem Frieden erfüllt, den sie lange nicht mehr empfunden hatte.

Der Wind bewegte die Wellen, helles Sonnenlicht versilberte das blaugraue Wasser. Über Ryccas Kopf kreisten Mö-

wen, mit fast reglosen Schwingen. Die Augen mit einer Hand beschattet, schaute sie zum fernen Horizont, wo das Meer und der Himmel verschmolzen. Bis zu ihrer Ankunft in Essex vor wenigen Tagen hatte sie keine größeren Gewässer erblickt als Flüsse und Seen. Das Meer faszinierte sie. Einerseits fürchtete sie sich davor, denn sie konnte nicht schwimmen. Und andererseits bot es ihr einen Fluchtweg, der sie beglückte. Irgendwo jenseits des Horizonts lag die Normandie, wo ein neues Leben wartete. Dieses Ziel musste sie erreichen.

Am liebsten hätte sie Flügel ausgebreitet wie die Möwen, um in den Himmel hinaufzuschweben. Das mochte kaum schwieriger sein als ihr Vorhaben. Doch es würde gelingen, denn die einzige andere Möglichkeit, die Rückkehr ins Vaterhaus, wäre unvorstellbar …

Hastig verdrängte sie diesen Gedanken und überließ sich ihrer Freude an Sonnenschein und Meereswellen. Während der letzten Tage hatte sie nur wenig geschlafen, und ihr Magen knurrte. Sie war allein in einem Land, wo ihr niemand helfen würde, wo grässliche Gefahren lauerten. Wenn sie aufgespürt wurde, drohte ihr eine grausame Strafe. Trotzdem glichen ihre Gefühle den Sonnenstrahlen auf dem Wasser. *Ich bin frei,* dachte sie.

Wann war sie jemals frei gewesen oder hatte auch nur zu hoffen gewagt, sie würde diesen erstrebenswerten Zustand irgendwann erreichen? Wann hatte sie geglaubt, sie würde ihr wahres Ich eines Tages nicht mehr hinter der Fassade mühsam erzwungener Duldsamkeit verbergen müssen? Nur in Thurlows Gesellschaft hatte sie die Maske fallen lassen – und sogar ihm hatte sie vorgegaukelt, das Elend sei nicht so schlimm. Wahrscheinlich hatte auch er heitere Miene zum bösen Spiel gemacht, um sie nicht noch schmerzlicher zu belasten.

Frei … Lachend breitete sie die Arme aus. Nun konnte sie nicht länger still stehen, und so drehte sie sich übermütig

im Kreis. Wundervolle, himmlische *Freiheit!* Mochten in der Zukunft auch noch so viele Schwierigkeiten warten – dieser eine Augenblick war alle Mühe wert.

Nichts würde ihn daran hindern, furchtbare Rache an dem kleinen Schurken zu üben, der ihn in die Knie gezwungen hatte. Grimmig bekämpfte Dragon die schmerzhaften Wellen, die seinen Körper immer noch durchströmten, und malte sich aus, wie er den Burschen züchtigen würde. Niemand, nicht einmal ein kleiner Grünschnabel durfte ihn so niederträchtig angreifen und ungestraft davonkommen. O ja, dafür würde der Kerl bezahlen – fragte sich nur, *wie*.

Erst einmal musste Dragon ihn einfangen. Darin sah er kein Problem. Hätte der Racker seine Spur absichtlich hinterlassen, wäre sie nicht deutlicher zu erkennen. Dragon, ein ausgezeichneter Jäger, Kundschafter und Fährtenleser, brauchte keines dieser besonderen Talente, um festzustellen, wohin der Junge gelaufen war. Abgebrochene Zweige und niedergetrampeltes Gras markierten den Weg. An Dornenbüschen hingen Wollfäden. Nach den langen Schritten zu urteilen, war der Schlingel in halsbrecherischem Tempo geflohen, was immerhin auf eine gewisse Klugheit hinwies – nicht, dass sie ihm etwas nützen würde.

Dragon rannte nicht. Das hatte er nicht nötig. Er hatte längere Beine als der Junge, und er ermüdete nicht so leicht. Nachdem kürzere Schritte die Erschöpfung des Flüchtlings angedeutet hatten, eilte der Verfolger immer noch leichtfüßig dahin. Nur ein einziges Mal hielt er inne, um an einem klaren Bach seinen Durst zu stillen. Hier hatte der Bursche offenbar gerastet. Danach führte die Spur nach Osten zum Meer, und wenig später erblickte Dragon die Küste.

Fast sein ganzes Leben hatte er am Meer verbracht und mehrere Jahre an Bord eines Schiffes. Deshalb blieb er nicht stehen, um die Aussicht zu bewundern. Während er weiter-

ging, entdeckte er umgedrehte feuchte Steine und abgerissene Wildrosen. Einmal überquerte er sogar einen Sandstreifen voller kleiner Fußabdrücke. In der Nähe dieser Stelle verengte sich der Strand, steile Klippen ragten empor. Er entdeckte einen Busch, an dem sich der Junge hochgezogen, den Halt verloren und herabgefallen war. Nach kurzem Zögern folgte Dragon dieser Spur. Die Sonne stand im Zenit, als er zum Klippenrand hinaufkletterte. Den Rücken zum Meer gewandt, schaute er sich um. Aus den Augenwinkeln sah er eine Bewegung am Waldrand. Vorsichtig, im Schutz der Sträucher und Felsen, schlug er diese Richtung ein.

Jetzt verließen den Jungen zusehends die Kräfte. Das entnahm Dragon den immer kürzeren Schritten, den Spuren eines häufigen Strauchelns. Aber der Bengel ruhte sich nicht aus. Steuerte er ein ganz bestimmtes Ziel an?

Dragon überlegte, wie lange er an diesem Morgen schon unterwegs war. Nun musste er sich in der Nähe von Hawkforte befinden, der Festung seines Gastgebers Hawk of Essex. Die starken Mauern – erbaut, um den Angriffen der Dänen standzuhalten, die den Schlossherrn neuerdings nicht mehr herausforderten – schützten den Wohlstand der Stadt und den Hafen. Im näheren Umkreis lagen noch andere Siedlungen. Aber keine konnte sich mit Hawks imposanter Residenz messen. Dort wollte der Junge wahrscheinlich Zuflucht suchen.

Auch Dragons Reise führte zur Festung. Aber er hatte es nicht eilig, dieses Ziel zu erreichen. Sobald er Hawkforte betrat, würde er seine Freiheit verlieren und sein Hals unweigerlich in der Schlinge stecken.

Solch düsteren Gedanken mochte er vorerst nicht nachhängen. Wieder einmal fragte er sich, warum der Junge allein durch Essex wanderte. Nicht, dass es eine Rolle spielte. Allzu lange würde es nicht mehr dauern, bis der Lausbube eine Erklärung abgeben musste. Im Wald beschleunigte Dragon

seine Schritte. Immer näher pirschte er sich an sein Opfer heran.

Rycca sank auf einen bemoosten Felsen und rang nach Luft. Obwohl sie sich todmüde fühlte und ihre Füße schmerzten, war sie fest entschlossen, ihren Weg fortzusetzen. In dieser Gegend plätscherten genug Bäche, die ihren Durst löschen konnten. Aber sie war halb verhungert, und sie hatte nur eine Hand voll Beeren gefunden. Ihr kleiner Beutel mit dem Reiseproviant lag an der Stelle, wo der goldene Riese über sie hergefallen war. Wie albern, ihn so zu nennen… Offenbar hatte die Erschöpfung ihren Geist verwirrt. Er war einfach nur ein Mann, noch dazu ein verdammtes Raubein. Außerdem gab es keinen Grund, überhaupt an ihn zu denken. Selbst wenn er ihr folgen wollte – sie war zu schnell geflohen und längst über alle Berge. Nun trieb er sich irgendwo in den Wäldern herum, weit von ihr entfernt. Vielleicht verfluchte er sie immer noch. Aber er würde ihr sicher nie mehr begegnen.

Wie schade…

Bestürzt runzelte Rycca die Stirn. Welcher boshafte Kobold setzte ihr solche Flausen in den Kopf? Gewiss, sie war völlig erschöpft. Aber das entschuldigte ihre Dummheit nicht. Sie musste doch wahrlich über wichtigere Dinge nachdenken – über ihre Zukunft, wie sie ihr Leben meistern sollte. Von einem Mann zu träumen – damit würde sie nur ihre Zeit und ihre seelischen Kräfte vergeuden.

Der schönste Mann, den ich jemals sah…

»Hör auf!« Erschrocken zuckte sie zusammen, als sie merkte, dass sie laut gesprochen hatte, und presste die Lippen zusammen. Schluss damit! Solche törichten Wünsche musste sie sofort verdrängen und vernünftige Pläne schmieden.

Feigling.

Nein, keineswegs! Wenn eine Frau dem Schicksal trotzte, das ihr die Familie aufzwingen wollten, ihr Leben selbst in die Hand nahm und eine ferne, fremde Küste ansteuerte, war sie nicht feige.

Aber eine Närrin.

Verdammt, verdammt, verdammt! Dieses verfluchte Talent verfolgte sie schon seit der frühen Kindheit. Wie sie es hasste, anders zu sein und immer alles zu *wissen!* Könnte man sie belügen, wäre sie glücklich. Würde man sie glauben machen, was nicht stimmte, würde sie sich freuen. Wenn man sie mit Ausflüchten täuschte und hinterging, beschwindelte und betrog – nichts würde ihr besser gefallen. In segensreicher Ignoranz zu leben, nichts zu durchschauen, zumindest nicht mehr als normale Menschen, von der Wahrheit verschont zu werden – das erträumte sie genauso sehnsüchtig wie die Freiheit.

Er war ein Mann, mehr nicht. Ein gefährlicher Fremder. Welch ein Glück, dass sie ihn nie wieder sehen würde …

Lüge.

Erbost stand sie von dem bemoosten Felsblock auf, verbannte alle albernen Gedanken und ging weiter durch den Wald. Vor Einbruch der Dunkelheit würde sie Hawkforte erreichen und an Bord eines Schiffs mit Kurs auf die Normandie schleichen. Dort würde sie Thurlow wiedersehen. Gemeinsam wollten sie ein neues Leben beginnen, weit weg von dem Grauen, das ihr drohen würde, wäre sie dumm genug, in England zu bleiben.

Und das ist die reine Wahrheit.

Nun herrschte Stille in ihrem Gehirn und im Wald, als hätte ihre unbeugsame Entschlossenheit sogar die Natur zum Schweigen gebracht.

Erleichtert eilte sie weiter. Es kam ihr gar nicht in den Sinn, zurückzublicken oder darauf zu lauschen, was hinter ihr geschehen mochte. Hätte sie das getan, wäre ihr nichts aufge-

fallen. Denn Dragon folgte ihr wie ein lautloses Gespenst – unbeirrbar, unerbittlich.

Eine knappe Stunde, nachdem er die Bewegung am Rand der Bäume gesehen hatte, holte er den Jungen ein. Er hätte ihn schneller fangen können. Aber er war zurückgeblieben, um sicherzugehen, dass er nicht entdeckt wurde, um den richtigen Moment abzuwarten und den kleinen Rüpel zu überrumpeln. Es musste möglichst schnell geschehen, ehe sich der Bursche bei seiner Gegenwehr verletzen würde. Und dann wollte er seine Rache genießen.

Zweifellos wäre sein Plan gelungen, hätten ihm die unberechenbaren Launen der Natur keinen Streich gespielt. Als er an einem Gebüsch vorbeiging, in dem eine Graugansfamilie hauste, erregte er den Zorn der Eltern, die ihre Jungen zu schützen trachteten. Empört flog das Männchen aus dem Nest, und das Weibchen reckte den Hals hoch, breitete die Flügel über den kleinen Vögeln aus und gackerte drohend.

In diesen Lärm mischten sich die Stimmen anderer Vögel. Kreischend und krächzend und zwitschernd flatterten sie aus dem Unterholz und beschimpften den Eindringling, der ihre Ruhe störte. Das wilde Geschrei durchdrang sogar den Nebel von Ryccas Müdigkeit. Verwundert schaute sie nach allen Seiten, und ihre Überraschung verwandelte sich sofort in eisiges Entsetzen.

Der schönste Mann, den sie je gesehen hatte…

Ungläubig blinzelte sie.

Doch sie hielt nicht inne, um über die plötzliche Ankunft des Fremden oder ihre eigene Dummheit nachzudenken. Stattdessen wandte sie sich ab und stürmte davon, so schnell ihre schmerzenden Beine sie trugen.

Dragon folgte ihr unverzüglich. Denn er wollte dem Jungen nicht erlauben, die letzten Kräfte zu verbrauchen. Sobald er seine Rachegelüste befriedigt hatte, würde er herausfinden, warum der kleine Tunichtgut allein unterwegs war und wel-

ches Ziel er ansteuerte. Dann würde er ihn in Sicherheit bringen, nach Hawkforte, ganz egal, ob es dem Burschen passte oder nicht und ob er eine Reisebegleitung zu schätzen wusste. Nicht nur Dragons Beschützerinstinkt war erwacht, sondern auch seine Neugier. Hinter dem Entschluss des Jungen, allein in die weite Welt hinauszuziehen, musste irgendetwas stecken. Und Dragon liebte interessante Geschichten. Die Leute behaupteten, er hätte genauso viel zu erzählen wie die besten Skalden oder Barden. Und einige meinten sogar, er müsste diesen Beruf ergreifen, von Haus zu Haus wandern und all die großartigen Ereignisse dieses Zeitalters schildern. Doch das Schicksal hatte ihn zum Krieger und Anführer bestimmt. Und damit war er einverstanden.

Trotzdem genoss er die Abende am Herdfeuer, wo das Ale in Strömen floss, wenn er das Publikum mit der Magie seiner Worte verzauberte.

In der Tat, dieser Junge ist verzweifelt, dachte er. Sonst würde er nach all den Meilen, die er zurückgelegt hatte, nicht so erstaunlich schnell durch den Wald laufen. Allmählich schmolz sein Vorsprung. Wenn er auch ein beachtliches Durchhaltevermögen hatte, Dragon war ein erwachsener Mann, in zahlreichen Kämpfen erprobt, auf dem Höhepunkt seiner körperlichen Leistungsfähigkeit. Seine muskulösen Beine schienen über den Boden zu fliegen. Mühelos meisterte er jedes Hindernis. Und er kannte keine Gnade.

Das schien der Junge zu erkennen, als er einen Blick über die Schulter warf. Inzwischen war Dragon so nahe an ihn herangekommen, dass er kalte Angst in den großen, von dichten Wimpern umrahmten Augen las. Plötzlich ging ihm ein neuer Gedanke durch den Sinn. Gab es einen besonderen Grund, der den Burschen zu dieser halsbrecherischen Flucht veranlasste? Eine beklemmende Erinnerung kehrte zurück. Seinem Heim von grausamen Kriegswirren entrissen, war Dragon – noch ein halbes Kind – mit seinem älteren Bruder über die

Weltmeere gesegelt. Im Laderaum des Schiffs, eines Nachts, ein Mann… Bei diesem Gedanken runzelte Dragon die Stirn, nach all den Jahren immer noch entsetzt. Verbissen hatte er gekämpft. Aber allein wäre er der Gefahr nicht entronnen. Sein Bruder Wolf – schon damals groß für sein Alter und mit jenen Fähigkeiten gerüstet, die ihm zum Ruhm eines bedeutsamen Kriegers verhelfen würden, hatte ihn gerettet. Wütend stach er den Angreifer nieder, ließ ihn im Todeskampf liegen, umarmte Dragon und schwor ihm, sie würden alle Feinde besiegen, die jemals ihre Wege kreuzen sollten. Und das gelang ihnen. Mittlerweile waren die Brüder Hakonson zu Macht und Reichtum aufgestiegen. Aber Dragon hatte nie vergessen, wie man sich fühlte, wenn man jung und hilflos und verängstigt war.

Obwohl ihn seine milde Stimmung ärgerte, rief er dem Jungen zu: »Du musst nicht weglaufen! Keine Bange, ich werde dir nichts antun. Bleib stehen, und wir reden miteinander.«

Damit handelte er sich einen Blick ein, der besagte, außer den unteren Regionen müsste auch noch sein Kopf verletzt worden sein. Dann beschleunigte der Bursche sein Tempo.

Dragon seufzte. Mit langen Schritten rannte er weiter, flog durch die Luft und warf den Flüchtling zu Boden. Dabei drehte er sich blitzschnell herum, so dass er auf dem Rücken landete und dem Jungen einen schmerzhaften Sturz ersparte. Aber vielleicht wäre es besser gewesen, er hätte dem kleinen Balg alle Luft aus den Lungen gepresst, denn es wehrte sich hartnäckig, trat in alle Richtungen und tat sein Bestes, um auf sämtliche verfügbaren Körperteile seines Gegners zu schlagen.

»Lass das, jetzt reicht's!«, stieß Dragon hervor, sprang auf, zerrte den Jungen mit sich empor und schüttelte ihn. »Beruhige dich! Ich will doch nur mit dir reden!«

Mit dieser Erklärung erreichte er gar nichts. Das Gesicht

hochrot, die Augen weit aufgerissen, bekämpfte ihn der Kleine mit aller Kraft. Dragon ergriff die einzig richtige Maßnahme – er hielt ihn auf Armeslänge von sich und wartete ab, bis der erbitterte Widerstand langsam, aber sicher erlahmte. Schließlich ließ der Bursche die ermatteten Fäuste sinken.

»Bist du jetzt bereit, mit mir zu reden?«, fragte Dargon freundlich.

Der Junge schnappte mühsam nach Luft. Offensichtlich konnte er nicht sprechen, aber er warf Dragon einen finsteren, feindseligen Blick zu.

»Nein? Gut, dann will ich mich noch eine Weile gedulden.« Am langen, starken Arm ausgestreckt, hielt er den Jungen am Kragen hoch, so dass die Beine über dem Waldboden baumelten. Mit sanfter Stimme wiederholte er: »Ich werde dir nichts antun.« Als sein Gefangener ungläubig die Brauen hob, fügte Dragon hinzu: »Eigentlich hatte ich vor, dich zu verprügeln. Das hättest du verdient. Aber du dachtest vielleicht, du müsstest dich verteidigen, nachdem ich über dich hergefallen war. Das will ich dir zugestehen. Jeder Mann hat das Recht, sich zu schützen.« Mit voller Absicht nannte er ihn einen Mann, obwohl der kleine Kerl noch Jahre brauchen würde, um einer zu werden. Vermutlich war er nicht einmal dreizehn. Jetzt, als Dragon ihn genauer betrachtete, kam er ihm jünger vor. Auf den eben noch geröteten Wangen, die nun erblassten, zeigten sich nicht die geringsten Spuren erster, zarter Barthaare. Der Junge hatte fein gezeichnete Züge, eine schmale, gerade Nase über vollen Lippen, ein sanft gerundetes Kinn. Aber es waren die großen, etwas schräg gestellten, honigbraunen Augen, die Dragons Blick fesselten – und einen plötzlichen schlimmen Verdacht erregten.

Ohne Vorwarnung hob er seine freie Hand und riss dem kleinen Racker die Kappe vom Kopf.

»*Nein!*« Schmale Finger schnellten empor, um ihn daran zu hindern. Viel zu spät. Kupferrotes seidiges Haar fiel herab.

Entgeistert hielt Dragon den Atem an. Ein Mädchen. Großer Gott, ein *Mädchen* hatte ihn auf die Knie geworfen. Diese Erkenntnis verblüffte ihn vor allem deshalb, weil er im Verlauf seiner langjährigen – und reichlichen – Erfahrungen mit Frauen so etwas noch nie erlebt hatte. Bei aller Bescheidenheit, das weibliche Geschlecht pflegte ihn ermutigend und liebevoll anzuschauen. Vielleicht wegen seines Aussehens – auf das er keinen besonderen Wert legte. Auch sein Reichtum und seine Macht hatten einige Damen beeindruckt. Aber er glaubte, seine Wirkung auf die Frauen hing in erster Linie mit der Bewunderung zusammen, die er ihnen zollte. Ja, er betete sie geradezu an. Die Frauen waren das schönste Geschenk, das der Allmächtige den Männern vergönnte – sanft und stark zugleich. Außerdem rochen sie gut, lächelten bezaubernd und brachten neues Leben hervor. Immer wieder entzückten sie Dragon, im Bett und auch außerhalb. In ihrer Gesellschaft fühlte er sich stets ungemein wohl und glücklich. Dass eines dieser himmlischen Geschöpfe ihn absichtlich verletzt hatte – das verstand er beim besten Willen nicht.

Natürlich durfte er ihr den Angriff nicht verübeln. Vor lauter Angst musste sie außer sich gewesen sein. Jetzt erschien ihm die Frage, die den vermeintlichen Jungen betroffen hatte, noch dringlicher. Warum zum Teufel lief sie allein durch den Wald? Wenn sie sich auch mit Männerkleidern tarnte – das war kein ausreichender Schutz. Hätte er sie bei der ersten Begegnung etwas länger gemustert, wäre ihm ihr Geschlecht zweifellos aufgefallen. »Schon gut, meine Kleine«, sagte er beschwichtigend. Vorsichtig stellte er sie auf die Füße – bereit, sie sofort wieder festzuhalten, wenn sie vor Erschöpfung zusammenbrechen sollte. »Von mir habt Ihr nichts zu befürchten. Ich werde Euch in Sicherheit bringen und …«

Behände fuhr sie herum und rannte davon, flink wie ein junges Reh. Dragon starrte ihr fassungslos nach. Woher

nahm sie die Kraft zu einem weiteren Fluchtversuch? Nun zeigte sich wieder einmal, wie rätselhaft die Frauen waren. Natürlich musste er sie zurückhalten. Sie konnte sich verirren, nichts Essbares finden und erfrieren, sobald die Nacht hereinbrach – und einem Mann begegnen, der den Frauen nicht so gewogen war wie er selbst.

Das konnte Dragon nicht zulassen. Und er würde ihr auch nicht erlauben, sich zu verletzen, während sie durch den Wald stürmte, ohne ihre Umgebung zu beachten. In wachsender Sorge folgte er ihr.

Keuchend rang Rycca nach Luft. Ihre Beine fühlten sich bleischwer an, und es gelang ihr kaum noch, einen Fuß vor den anderen zu setzen. Nur der Mut ihrer Verzweiflung hielt sie davon ab, ins Moos zu sinken. Warum spielte ihr das Schicksal so grausame Streiche? Kaum war sie den beängstigenden Plänen ihrer Familie entronnen, hatte ein riesengroßer, starker Krieger ihren Weg gekreuzt.

Und der schönste Mann auf Erden…

Wie albern… Hätte sie genug Luft bekommen, wäre sie in ungläubiges Gelächter ausgebrochen. Sogar jetzt, als sie um ihr Leben rannte, gingen ihr solche törichten Gedanken durch den Kopf. War sie von irgendeinem Dämon besessen?

Nur von der Wahrheit.

Zur Hölle mit der Wahrheit! Und mit allem anderen, was ihr diese Welt zumutete! Nein, weder diesem Krieger noch ihrer eigenen Schwäche würde sie zum Opfer fallen. Sie würde weiterlaufen, bis ihr Herz zersprang, und niemals, *niemals* klein beigeben. Nur Feiglinge kapitulierten. Und sie war nicht feige. Ohne die Tränen ihrer Furcht und Erschöpfung wahrzunehmen, die über ihre Wangen rollten, eilte sie entschlossen dahin. Wie sich das Terrain veränderte, wie sich der Wald ringsum lichtete, merkte sie nicht. Sie sah auch nicht das Meer, das unterhalb der Felsen schimmerte. Dragons angstvollen Ruf hörte sie nicht. Völlig entkräftet, ihrer Hoffnung

beraubt, nur noch von Verzweiflung getrieben, taumelte sie über den Klippenrand. Aus ihrer Kehle rang sich ein halb erstickter Schrei, und sie griff nach den Büschen, um den Sturz zu verhindern – vergeblich. Schluchzend starrte sie zur weiß schäumenden Brandung hinab, die ihr entgegenraste.

Dragon sah das Mädchen hinter dem Klippenrand verschwinden und bekämpfte die heftige Übelkeit, die in ihm aufstieg. Was die Verfolgungsjagd bewirkt hatte, konnte er kaum fassen. Aber das furchtbare Ergebnis ließ sich nicht leugnen. Vielleicht war das Mädchen tot oder lag im Sterben – durch seine Schuld. Stöhnend warf er sich über den Rand des Abgrunds, schlitterte den Steilhang hinab. Aus einer Höhe von einem Dutzend Fuß sprang er auf den Strand.

Was er sah, krampfte sein Herz zusammen. Verkrümmt lag sie am Wasserrand, neben dem Felsblock, der ihren Fall gebremst hatte. Kupferrotes Haar schwamm in den Wellen der heranströmenden Flut. Nur noch wenige Minuten – und sie würde ertrinken. Die schlanke Gestalt bewegte sich nicht. Aus einer Wunde an der Stirn quoll Blut und rann ins Meer.

Dragon hob sie hoch und trug sie den Strand hinauf. Behutsam legt er sie in den Sand und zögerte. Was sollte er tun? Auf den Schlachtfeldern hatte er zahllose Verletzte gesehen. Und vor einem Jahr hatte er sein eigenes Leben gerettet, durch die schnelle, fachkundige Behandlung einer Wunde, an der er sonst gestorben wäre. Aber jetzt fühlte er sich völlig hilflos. So schwach und zerbrechlich sah sie aus. Aller Mut war verflogen. Mühsam schluckte er. Dann öffnete er einen kleinen Beutel, der an seinem Gürtel hing. Darin verwahrte er einige Vorräte. Nicht nur seine Vernunft gebot ihm, sie stets bei sich zu tragen. Darauf bestand auch seine Schwägerin, eine kluge, heilkundige Frau. Vorsichtig presste er ein weiches sauberes Tuch auf die Stirnwunde der jungen Frau. Sobald die Blutung versiegt war, verband er ihren Kopf und tastete ihren Körper ab. Zu seiner Erleichterung hatte sie sich

keine Knochen gebrochen. Bei der Untersuchung bemerkte er die weiblichen Rundungen unter den Männerkleidern. Entschlossen ignorierte er diese Entdeckung. Aber seine Hand zitterte, als er sie unter die Tunika schob, um festzustellen, ob die Rippen unversehrt waren.

Nach einem tiefen Atemzug richtete er sich auf. Offenbar hatte sie sich nur am Kopf verletzt. Davon konnte sie genesen. Oder sie würde nie mehr erwachen und aus der Ohnmacht in den ewigen Schlaf hinübergleiten. Beides hatte er bei Männern gesehen, die ähnliche Wunden erlitten hatten. Nur die Zeit würde die bange Frage beantworten, ob die junge Frau am Leben bleiben würde. Während er überlegte, wie er sie an einen bequemeren Ort bringen sollte, hörte er sie leise stöhnen. Erleichtert seufzte er auf. Oder hatte er sich den leisen Laut nur eingebildet? Weil er so inständig auf ein Lebenszeichen gehofft hatte? Er neigte sich hinab, immer tiefer, bis ein warmer Atemzug seine Wange streifte. Langsam hob sie die Lider.

2

Trotz der heftigen Kopfschmerzen befahl ihr ein Instinkt, aufzustehen und wegzulaufen – wenn sie sich auch nicht erinnerte, wovor sie flüchtete. Als sie sich aufrichten wollte, wurde sie mit sanfter Gewalt in den Sand zurückgedrückt.

»Ganz ruhig, Schätzchen. Das war ein gefährlicher Sturz. Glücklicherweise habt Ihr Euch nichts gebrochen. Aber Ihr dürft Euch nicht bewegen.«

Die tiefe Stimme klang besänftigend, verführerisch – und viel zu vertraut. *Er.* Diesen Unfall verdankte sie *ihm.* Er hatte sie verfolgt, über den Klippenrand getrieben und beinahe umgebracht. Jetzt glaubte er sicher, sie wäre ihm hilflos aus-

geliefert und eine leichte Beute, was immer er auch mit ihr vorhatte.

Doch da würde ihn eine böse Überraschung erwarten. Bedauerlicherweise erst etwas später – wenn dieses grässliche Schwindelgefühl in ihrem Kopf nachlassen würde… Weil ihr nichts anderes übrig blieb, gab sie sich mit einem leisen Stöhnen geschlagen, das Dragon für einen Schmerzenslaut hielt.

Erschrocken beugte er sich zu ihr hinab. »Tut Euch außer Eurem Kopf noch etwas anderes weh? Ich untersuchte Euch und konnte keine weiteren Verletzungen feststellen. Aber vielleicht habe ich mich geirrt.«

Er hatte sie untersucht? Was mochte das bedeuten? Rycca starrte in seine Augen, die goldenes Sonnenlicht widerspiegelten. Noch schlimmer – seine Stimme jagte einen seltsamen wohligen Schauer durch ihren Körper und erfüllte sie mit unbegreiflicher Zufriedenheit.

Vorsichtig berührte er ihre Stirn. Das nahm sie kaum wahr, gebannt von der zärtlichen Sorge in seinem Blick. Davon ließ sie sich natürlich nicht täuschen. Solche Krieger kannte sie zur Genüge. In ihrer Mitte war sie aufgewachsen. Die Grobiane nahmen sich, was sie wollten, und dachten immer nur an ihre eigenen Gelüste, ohne Rücksicht auf die Gefühle anderer Menschen. Aus der beglückenden Höhe ihrer Freiheit in die Hände eines dieser Männer zu fallen – das erschien noch schlimmer als ihr Sturz von den Klippen. Den hatte sie wenigstens überlebt.

Langjährige Erfahrung hatte sie gelehrt, niemals Furcht oder Zweifel zu zeigen. Und so schaute sie den Krieger herausfordernd an, ignorierte das eigenartige Flattern ihres Herzens und fauchte: »Verschwindet!«

Dragon seufzte. Ihren Groll nahm er nicht übel. Es war ihr gutes Recht, ihm zu zürnen, und er bedauerte sogar, dass er ihren Wunsch nicht respektieren konnte. »Tut mir Leid,

ich muss bei Euch bleiben, weil Ihr verletzt seid und Hilfe braucht.«

Die Wahrheit.

Nein, unvorstellbar. Männer entschuldigten sich nicht, zumindest nicht bei Frauen. Und es lag ihnen fern, anderen Leuten beizustehen, es sei denn, sie erhofften eine Gegenleistung. Also würde er seine Sanftmut und sein Mitgefühl nur heucheln. Und dieser Gedanke warf eine bedeutsame Frage auf. Hatte ihr der Sturz jenes sonderbare, unerwünschte Talent geraubt? War sie nicht mehr fähig, die Wahrheit von der Lüge zu unterscheiden? Wenn das zutraf, würde sie noch ein Dutzend Mal von den Klippen fallen.

Wie auch immer, sie musste die verlockende Möglichkeit erwägen, dass der Krieger wirklich meinte, was er sagte. Misstrauisch erwiderte sie seinen Blick. »Ich brauche keine Hilfe. Lasst mich aufstehen, und ich gehe meines Weges.«

Geduldig schüttelte er den Kopf. »Für eine Frau ist es gefährlich, allein zu reisen.«

»Bevor ich Euch begegnet bin, ist mir nichts zugestoßen.«

»Weil Ihr Glück hattet. Wäre Euch jemand anderer in die Quere gekommen, könnten Euch ernsthafte Schwierigkeiten drohen.«

Hätte sie keine noch stärkeren Kopfschmerzen befürchtet, wäre sie in Gelächter ausgebrochen. Stattdessen begnügte sie sich mit einer Grimasse. »Oh, meint Ihr, vielleicht hätte mich jemand über den Klippenrand gehetzt?«

Der Krieger errötete nicht vor Zorn, was verständlich gewesen wäre, nachdem sie ihn verspottet hatte. Nun schien er sein Verhalten zu bereuen. »Nun, ich hielt Euch für einen Jungen, dem man bessere Manieren beibringen müsste. Hätte ich gewusst, dass Ihr ein Mädchen seid …« Er unterbrach sich und zuckte die Achseln. »Auch dann wäre ich Euch gefolgt, denn Ihr solltet nicht allein und schutzlos durch Essex wan-

dern. Aber ich hätte Euch rechtzeitig eingefangen, überwältigt und eine Verletzung verhindert.«

Die Wahrheit.

»Schön und gut. Aber Ihr müsst Euch nicht um mich sorgen. Bald treffe ich meinen Bruder – nicht weit von hier.«

Genau genommen lag die Normandie auf der anderen Seite des Meeres. Doch man würde viel länger brauchen, um andere Gebiete im Süden und Osten zu erreichen, zum Beispiel das legendäre Byzanz. Im Westen gab es angeblich ein Land, wo flüssiges Feuer aus den Bergen floss und Dampf aus tiefen Erdspalten stieg. Und manche Leute berichteten von einer Gegend noch weiter im Westen, mit zerklüfteten Küsten und endlosen Wäldern. Wenn man die Normandie damit verglich, wirkte sie eher wie ein Nachbardorf. Also hatte sie im Grunde nicht gelogen.

»Dann werde ich Euch zu ihm bringen«, erklärte der Krieger.

Bedrückt schloss Rycca die Augen. Als sie die Lider wieder hob, wollte er sie auf seine starken Arme nehmen. »Nicht nötig! Ich kann gehen. Außerdem …« Trotz ihrer Kopfschmerzen schaute sie sich hastig um. »Ihr habt kein Pferd.«

Oh, sein Lächeln – heiliger Himmel, wie ungerecht! Noch nie war sie einem so hinreißenden Mann begegnet. Dieser Wahrheit konnte sie sich nicht länger verschließen. Wenn er lächelte, weckte er sogar den unvernünftigen Wunsch, ihm alles zu geben, was er verlangen mochte. Dass die Kopfverletzung ihr Gehirn vielleicht benebelte, war nur ein schwacher Trost.

Er stand auf und wischte den Sand von seinen stahlharten nackten Schenkeln unter der kurzen Tunika. »Wo wartet Euer Bruder?«

»Mein – was?« Plötzlich war ihr Mund staubtrocken. Natürlich hing auch das mit ihrem Sturz zusammen, keineswegs mit der Nähe dieses Mannes. Aus demselben Grund schlug

ihr Herz viel zu schnell. Gewiss, ein solcher Sturz konnte großen Schaden anrichten.

Besorgt neigte er sich zu ihr hinab. »Ich meine Euren Bruder, der Euch erwartet. Habt Ihr das Gedächtnis verloren?«

»Nein, alles in Ordnung.« Wo sich ihr Bruder aufhielt, durfte sie nicht verraten. Sonst würde der Fremde sie womöglich in die Normandie begleiten. Dieser Gefahr würde sie sich nicht aussetzen.

Eigentlich konnte sie ihm *gar nichts* erzählen. Wenn er herausfand, wie sie hieß und warum sie allein unterwegs war, würde er sie wahrscheinlich nach Hause bringen und dem Schicksal ausliefern, dem sie entfliehen wollte. Ein so starker Krieger musste im Dienst eines großen, mächtigen Herrn stehen. Bei diesem Gedanken krampfte sich ihr Magen zusammen. War er an einen Treueid gebunden, der ihn zwingen würde, gegen ihren Willen zu handeln, mochte sie auch noch so verzweifelt versuchen, ihn umzustimmen?

Mühsam richtete sie sich auf, missachtete ihre Schmerzen und betrachtete sein markantes Gesicht. Und dann stellte sie die Frage, die ihr plötzlich viel wichtiger erschien als alles andere. »Wer seid Ihr?«

Eine schlichte Frage, die er normalerweise ohne Zögern beantwortet hätte ... Trotzdem schwieg er. Irgendetwas verheimlichte ihm diese junge Frau. Davon war er fest überzeugt. Aber was? Sie hatte ihm nichts mitgeteilt und nur einen Bruder erwähnt, an dessen Existenz er zweifelte. Wer mochte sie sein?

Von ihrer Männerkleidung nicht länger getäuscht, schätzte er sie auf siebzehn oder achtzehn. War sie verheiratet? Floh sie vor einem grausamen Ehemann? Oder war sie verstohlen aus einem Kloster geschlichen, nachdem sie erkannt hatte, sie würde sich nicht zur Nonne eignen? Aber um die Situation realistisch zu betrachten, musste er eine weitere Möglichkeit einbeziehen. Flüchtete sie vor der Strafe für ein Verbrechen?

Sicher war es am besten, wenn er sie nach Hawkforte brachte. Dort sollte der Festungsherr entscheiden, was mit ihr geschehen würde. Aber Dragon zögerte – teilweise wegen ihrer Schönheit, die er immer deutlicher sah, je länger er sie musterte. Doch er kannte sich selbst zu gut, um zu glauben, Schönheit allein könnte ihn betören. Auch ihr Geist beeindruckte ihn, ihr Wagemut – oder ihre Tollkühnheit, ihre Weigerung, ihn anzuschmachten wie die meisten anderen Frauen.

Sie verwirrte ihn. Und Rätsel liebte er genauso sehr wie Frauen und fesselnde Geschichten. Wahrscheinlich war die Begegnung das Werk einer höheren Macht. Er hatte geplant, ein paar Tage zu jagen und sich von dem Schicksal abzulenken, das ihm drohte. Jetzt wurde ihm ein noch angenehmerer Zeitvertreib geboten. Einerseits konnte er der jungen Frau helfen – und sich andererseits amüsieren. Sobald sie erkannte, dass sie nichts von ihm zu befürchten hatte, würde sie ihn in ihr Geheimnis einweihen, was es auch sein mochte. Und er würde für ihre Sicherheit sorgen und wieder gutmachen, dass er sie in Lebensgefahr gebracht hatte.

Auf keinen Fall würde er ihr erlauben, die Reise allein fortzusetzen. Wie ihr Verhalten bewies, neigte sie zum Leichtsinn. Also würde er sie vor sich selbst schützen.

Nachdem er diesen Entschluss gefasst hatte, kündigte er an: »Wer ich bin, werdet Ihr erfahren, sobald Ihr mir Euren Namen genannt habt.«

Ärgerlich runzelte sie die Stirn. »Warum wollt Ihr meine einfache Frage nicht beantworten?«

»Und warum sagt *Ihr* mir nicht, wer Ihr seid?«

Damit brachte er sie nur ein paar Sekunden lang aus dem Konzept. »Weil ich zuerst gefragt habe.«

Dragon grinste. In der Tat, die Situation belustigte ihn. Noch besser – mit seiner Herausforderung hatte er sie von ihren zweifellos qualvollen Kopfschmerzen abgelenkt. Sie

war immer noch blass. Unter ihren Augen lagen dunkle Schatten. Je früher sie akzeptierte, dass er sich um sie kümmern würde, desto besser. »Vermutlich erinnert Ihr Euch nicht an Euren Namen.«

»Doch!«

»Dann stellt Euch vor.«

Rycca presste erbost die Lippen zusammen. Wie geschickt er sie in die Enge getrieben hatte... Wenn sie sich weigerte, ihren Namen zu nennen, würde er glauben, sie hätte etwas zu verbergen, und sie den Behörden übergeben. Und wenn sie den Eindruck erweckte, sie hätte bei ihrem Sturz das Gedächtnis verloren, würde er umso entschlossener für sie sorgen. Keine der beiden Möglichkeiten würde ihr nützen. Deshalb wäre es am besten, ihm zu folgen und eine Gelegenheit zur Flucht abzuwarten.

»Mein Kopf tut weh.« Gewiss keine Lüge, denn hinter ihrer Stirn pochte es schmerzhaft. Natürlich würde er ihre Klage für das Geständnis halten, bei dem Sturz sei ihr Gehirn beeinträchtigt worden.

Noch ehe sie Atem holen konnte, hob er sie behutsam und scheinbar völlig mühelos hoch. Sie war gewiss nicht klein. Aber in seiner Nähe fühlte sie sich absurderweise wie ein Kind. Vielleicht hatte ihr Verstand tatsächlich gelitten. »Wohin bringt Ihr mich?« Wenigstens das sollte er ihr erklären.

Dragon trug sie bereits den Strand entlang. Endlich befand sie sich da, wo sie hingehörte – auf seinen Armen. Ganz vorsichtig setzte er einen Fuß vor den anderen, um unnötige Erschütterungen zu vermeiden. Zunächst versuchte sie, den Kopf hochzuhalten. Aber sie lehnte ihn bald an seine Schulter. »Zu einer Hütte, nicht weit entfernt.«

»Gehört sie Euch?«

»Einem Freund. Aber sie steht mir zur Verfügung. Dort könnt Ihr Euch erholen.«

»Also stammt Ihr aus dieser Gegend.«

Lächelnd schaute er in ihr Gesicht hinab. »Habe ich das behauptet?« Sie stöhnte leise, offenbar zu geschwächt, um sich auf ein Geplänkel einzulassen.

Sofort bereute Dragon seine Worte. »Schluss mit dem Geschwätz! Ruht Euch aus!«

Eine Zeit lang schwieg sie, dann ging ihr eine neue Frage durch den Sinn. Er hatte verkündet, die Hütte sei nicht weit entfernt. Aber nun hatte er bereits eine halbe Meile zurückgelegt und hielt sie immer noch auf seinen Armen, ohne zu ermüden… Nein, seine Kraft durfte sie nicht beeindrucken. Und so lenkte sie ihre Gedanken in eine andere Richtung. »Warum habt Ihr kein Pferd?«

Vorwurfsvoll runzelte er die Stirn. Aber er beantwortete die Frage trotzdem. »Ich habe ein Pferd.«

»Wo ist es?«

»Bei der Hütte. Seid jetzt still, Ihr braucht Eure Ruhe.«

Nur weil ihr nichts anderes übrig blieb, gehorchte sie. Erst jetzt wurde ihr voll und ganz bewusst, was geschehen war, und diese Erkenntnis schwächte sie noch zusätzlich. Erschöpft schloss sie die Augen. Nur für ein paar Minuten, nahm sie sich vor. Wenig später schlief sie ein.

Während sie schlummerte, entspannten sich ihre Züge. Offenbar spürte sie keine Schmerzen mehr. Gut so, dachte Dragon. Hoffentlich würde sie schlafen, bis sie die Hütte erreichten. Dann würde sie sich vielleicht besser fühlen, wenn sie erwachte. Da er die junge Frau nicht stören wollte, wagte er keine großen Schritte. Deshalb würde er sein Ziel erst in einer Stunde erreichen. Das machte ihm nichts aus. Viele Meilen weit könnte er sie tragen, und er fand es sogar angenehm, sie in seinen Armen zu halten, trotz der Umstände. Natürlich würde er die Situation noch erfreulicher finden, wäre die junge Dame wach und in sinnlicher Stimmung… Nein, daran durfte er nicht denken.

Stattdessen fragte er sich, welches Geheimnis
mochte. Offenbar hatte sie einen ganz bestimmten
steuert, vermutlich Hawkforte. Was wollte sie dort
allein – eine junge Dame, die allem Anschein nach einer g
ten Familie entstammte? Hatte sie ein Unrecht erlitten und sich entschlossen, Hawk um Hilfe zu bitten? Möglich – aber wenn das zutraf, warum weigerte sie sich, darüber zu sprechen? Oder hatte sie tatsächlich ihr Gedächtnis verloren? Wohl kaum, dafür hatten die honigbraunen Augen viel zu klar geglänzt. Inzwischen glaubte er an die Existenz ihres Bruders. Hoffte sie ihn in Hawkforte zu treffen? Wenn ja, warum hatte sie das verschwiegen? Suchte sie die Identität ihres Bruders aus irgendwelchen Gründen zu verheimlichen, ebenso wie ihre eigene?

In seinem letzten Brief hatte Hawk von der Revolte eines mercischen Lords berichtet, die niedergeschlagen worden sei. Mercia war mit Wessex verbündet, von Alfred dem Großen regiert, der sein Reich auch noch in andere Richtungen ausgedehnt hatte, Essex eingeschlossen, wo vernünftige Männer wie Hawk ihn nur zu gern als König anerkannten. Für Mercia galt das ebenso. Aber dort lebten offensichtlich einige Leute, die sich gegen die englische Herrschaft sträubten. War die Familie des Mädchens in solche Bestrebungen verwickelt?

Die Stirn gerunzelt, überdachte Hawk diese Möglichkeit. Schon mehrmals hatte er Essex besucht, seit sein Bruder Wolf mit Hawks Schwester verheiratet war. Diese Gegend kannte er inzwischen sehr gut, das restliche England nur teilweise. Wenn er sich recht entsann, gab es in Mercia keinen Zugang zum Meer. Wer aus diesem Land fliehen wollte, musste sich südwärts nach Wessex oder südostwärts nach Essex wenden. Alle anderen Wege führten durch Gebiete, die immer noch von den Dänen besetzt wurden.

Seufzend betrachtete er das Gesicht der jungen Frau. Frü-

ıer oder später würde er herausfinden, in welche Schwierigkeiten sie geraten war, und vorher wollte er sie nicht gehen lassen.

Diese Entscheidung, irgendwann im Lauf der letzten Stunde getroffen, überraschte ihn nicht. Oft genug entstanden solche Pläne im Hintergrund seines Bewusstseins. Dass eine schöne Angelsächsin in seiner Gesellschaft Aufsehen erregen würde, störte ihn nicht im Mindesten. Er war bereit, seine Pflicht zu erfüllen. Wenn das irgendjemandem missfiel – zu schade …

Nachdem er seinen Entschluss gefasst hatte, ging er frohen Mutes weiter. Für einen Mann, der wenige Stunden zuvor einen qualvollen Angriff auf edle Körperteile erlitten hatte, war er erstaunlich gut gelaunt. In einer so heiteren Stimmung hatte er sich nicht mehr befunden, seit ihm vor einigen Monaten klar geworden war, dass er seinem Schicksal nicht entrinnen konnte. Daran hatte sich im Grunde nichts geändert. Trotzdem fühlte er sich jetzt viel besser. Seltsam – so viele schöne, sanftmütige, fügsame Frauen hatte er gekannt. Warum ihn ausgerechnet diese kampflustige, rothaarige kleine Hexe aufheiterte, verstand er nicht. Vielleicht, weil er Herausforderungen liebte.

Aber sie war verletzt, und seine Ehre gebot ihm, bis zu ihrer Genesung alles andere zu vergessen. Erleichtert atmete Dragon auf, als er hinter einem Kiefernwäldchen das Dach der Hütte erblickte.

In der Nähe des kleinen, strohgedeckten Holzhauses stand ein Stall. Bevor seine Begleiter nach Hawkforte weitergeritten waren, hatten sie seine Pferde weisungsgemäß hierher gebracht, gefüttert und ihnen zu trinken gegeben, denn Dragon erfüllte solche Aufgaben nur widerwillig.

Mit einer Schulter stieß er die Hüttentür auf und trat ein. Der Raum war sehr behaglich eingerichtet. In der Mitte, direkt unter dem Rauchabzug, stand ein großes eisernes Koh-

lenbecken, in dem bereits ein schwaches Feuer entfacht worden war. Nahe dem Herd, an der Wand, lagen eine Daunenmatratze, feine Wolldecken und ein üppiger Pelz auf der Schlafbank. Wenn das noch nicht genügte, um auf den Reichtum des Besitzers hinzuweisen, mussten die kostbaren Schilde und Banner an den Wänden sogar ein schlecht geschultes Auge überzeugen.

Ein kunstvoll geschnitzter Tisch mit passenden Stühlen und einige Truhen vervollständigten die Einrichtung. Da Dragon schon mehrmals hier gewohnt hatte, kannte er den Schuppen hinter dem Haus, in dem einige Vorräte verwahrt wurden, und die Sauna, die in einen nahen Berghang gegraben war. Hawk hatte die Hütte als Geschenk für seine geliebte Frau bauen lassen, Lady Krysta. Wenn die beiden ihren Pflichten entrinnen wollten, zogen sie sich mit ihrem kleinen Sohn in dieses gemütliche Domizil zurück und genossen für ein paar Tage ihr Familienleben. Großzügig stellten sie es ihren Freunden zur Verfügung, Dragon eingeschlossen.

Vorsichtig legte er die junge Frau auf die Schlafbank. Sie bewegte sich kaum. Nach kurzem Zögern zog er ihr die Sandalen aus. Die übrige Kleidung rührte er nicht an, denn sie war ohnehin schon scheu genug. Behutsam entfernte er den Kopfverband und stellte beruhigt fest, dass die Wunde zu heilen begann. Er deckte das Mädchen zu, dann sah er nach den Pferden.

Wie er es erwartet hatte, waren sie von seiner Eskorte versorgt worden. Unbehaglich musterte er die beiden Füchse mit dem silbrig schimmernden Fell. Sie waren Brüder, im Abstand eines Jahres von derselben Stute geboren. Ohne zu ermüden, konnten die großen Biester stundenlang galoppieren und sich danach kampflustig auf ein Schlachtfeld stürzen. Oder sie tobten übermütig wie Fohlen umher. War Dragon dumm genug, mit Äpfeln in ihre Nähe zu kommen, ließen sie ihm keine Ruhe, bis er sie gefüttert und die samti-

gen Nüstern gestreichelt und versichert hatte, sie seien wundervoll.

Er verabscheute sie. Nein, dieser Gedanke war übertrieben – es störte ihn, dass er sie manchmal brauchte. Das durfte er den Tieren nicht verübeln. Er hasste es zu reiten. Aber daran trugen sie keine Schuld. Niemals würde er sich auf dem Rücken eines Pferdes heimisch fühlen – ganz egal, wie lange er grimmig und beharrlich im Sattel sitzen mochte. Nicht, dass irgendjemand sein Geheimnis kannte. Er ritt so gewandt und geschmeidig, wie er alles tat. Doch darauf war er nicht stolz. Die Götter hatten ihn ungewöhnlich groß und stark geschaffen. Dafür dankte er ihnen – aber ganz sicher nicht, wenn er diese Vorzüge bei seiner Reitkunst anwandte. Wann immer es möglich war, spürte er lieber festen Boden unter den Füßen. Die brachten ihn zu jedem Ziel, das er ansteuerte, und mussten nicht gefüttert werden.

Natürlich ahnten die Pferde, diese dummen Tiere, nichts von seinen Gefühlen. Sie glaubten, er würde sie mögen – was vermutlich erklärte, warum sie sich jedes Mal freuten, ihn wieder zu sehen. Auch jetzt stießen sie ihn an, kämpften um seine Aufmerksamkeit und machten sich zu geifernden Narren. Das ertrug er, bis er die Geduld verlor, und vergewisserte sich, dass sie alles hatten, was sie brauchten. Danach kehrte er in die Hütte zurück.

Die junge Frau schlief immer noch. So bleich und erschöpft, wie sie aussah, würde sie wahrscheinlich erst in ein paar Stunden erwachen. Dragon nahm einen Bogen von einem Wandhaken und einige Pfeile aus einem Köcher, dann ging er hinaus, um Hasen zu jagen.

Als sich die Sonne dem Horizont näherte, erwachte Rycca. Wohlig seufzte sie und drehte sich auf die Seite. Welch ein Luxus, in einem bequemen Bett zu liegen! Wann sie sich das letzte Mal so entspannt gefühlt hatte, wusste sie nicht

mehr. Sicher nicht zu Hause, denn von dort war sie geflohen …

Abrupt öffnete sie die Augen und schaute sich um. *Er* ließ sich nirgends blicken. Dafür war sie dankbar. Und sie empfand seltsamerweise keine Angst. Die Kopfschmerzen hatten nachgelassen. Aber sämtliche Knochen taten ihr weh. Offenbar spürte sie erst jetzt alle Nachwirkungen ihres Sturzes vom Klippenrand.

Das musste die Hütte sein, die er erwähnt hatte. Erstaunt musterte sie die verschwenderische Einrichtung und zupfte an der weichen Wolldecke, die ihren Körper wärmte. Vor dem Feuer stand ein Tisch mit wuchtigen, spiralförmig geschnitzten Beinen. Die beiden Stühle mit den hohen Lehnen erschreckten sie ein wenig. Solche Möbel hatte sie zuvor nur in ihrem Zuhause gesehen – den Stuhl ihres Vaters und den anderen, der für Ehrengäste bestimmt war. Aber nicht einmal er besaß so schöne, mit bunten Blumen bestickte Kissen, die hier die Sitzflächen zierten und für besonderen Komfort sorgten.

Langsam stand sie auf, schlüpfte in ihre Sandalen, die sie neben dem Bett fand, und wanderte umher. An den Fenstern hingen Ochsenhäute – hochgerollt, um Licht und Luft einzulassen. Darunter standen kunstvoll geschnitzte Truhen. Rycca hob einen Deckel. Zu ihrer Verblüffung wehten ihr die Düfte von Geißblatt entgegen. Sie beugte sich tiefer hinab und entdeckte ein Tablett. Darauf lagen …

Seifenstücke? Tatsächlich – runde Seifen, die nicht nach Tierfett und Lauge rochen. Überrascht ergriff sie eine, schnupperte daran und fühlte sich auf eine sommerliche Wiese versetzt.

Als hätte sie ihre Finger verbrannt, ließ sie die Seife fallen und schloss die Truhe. Doch das hinderte sie nicht daran, weitere Einzelheiten der Ausstattung zu betrachten – all die kleinen Dinge, die auf eine Bewohnerin hinwiesen. An den

Deckenbalken hingen getrocknete Blumensträuße, Schnüre mit Quasten hielten die bestickten Vorhänge zu beiden Seiten der Schlafbank zusammen. Die eisernen Wandhalter waren nicht für Fackeln vorgesehen, die qualmen würden, sondern für kostbare Kerzen.

Keine einfache Frau, sondern eine Lady, die sich offenbar in der Nähe aufhielt, denn die Truhen waren unverschlossen …

Plötzlich wurde Rycca ihr schmutziges Gesicht bewusst, die formlose Kleidung, die Kopfverletzung. Sie biss in ihre Lippen.

Vorerst konnte sie nichts dagegen unternehmen. Und so straffte sie die Schultern und öffnete die Tür.

Ein frischer Wind bewegte die Wipfel der Bäume. Zögernd trat sie hinaus und spähte nach allen Seiten. Nichts regte sich, nichts ließ erkennen, wo die Lady sein mochte.

Aber sie hörte ein leises Wiehern, das aus einem Stall drang, und ging darauf zu. Noch bevor sie ihn erreichte, erschien ein rotbrauner Pferdekopf im Fenster, und sie starrte in das wunderbarste braune Augenpaar, das sie je gesehen hatte. Entzückt seufzte sie, als ein zweiter Kopf auftauchte. Was für bildschöne Füchse … Ohne lange zu überlegen, eilte sie in den Stall, und die beiden begrüßten sie mit fröhlichem Schnauben.

»Oh, wie zauberhaft ihr seid!«, gurrte sie. Hingerissen musterte sie die anmutigen und doch kraftvollen Geschöpfe. Sie liebte Pferde. Schon in ihrer frühen Kindheit war sie zum ersten Mal auf eines dieser Tiere geklettert, als niemand zugeschaut hatte. Dass es ein Schlachtross gewesen war, nur von einem starken Mann zu bändigen, hatte keine Rolle gespielt. Auf einem Pferderücken fühlte sie sich sicher und geborgen, beschützt von der Welt ringsum, eins mit dem Wind, der ihren Galopp begleitete. Nicht einmal der Himmel konnte ihr ein größeres Glück bieten.

Welch ein sonderbarer Tag… Am Morgen war sie im Wald erwacht, von einem imposanten Mann überfallen worden und vor ihm geflohen, dann über den Klippenrand gestürzt – und jetzt lernte sie diese prächtigen Füchse kennen.

Nun vergaß sie alle Schmerzen. »Seid ihr nicht die schönsten Pferde auf Erden?«, flüsterte sie. Bereitwillig stimmten sie zu und warfen die stolzen Köpfe empor. Dann stießen sie Rycca mit ihren weichen Nüstern an, bis sie in Gelächter ausbrach. »Wem gehört ihr denn? Wer verdient so herrliche Pferde?«

Er hatte erklärt, sein Pferd würde bei der Hütte warten. Aber in diesem Stall standen nur die zwei Füchse.

Entweder war sein Pferd nicht hier, oder… Ryccas Lächeln erlosch. Nur ein ranghoher Krieger konnte so edle Hengste besitzen. Wahrscheinlich waren sie das Geschenk eines vornehmen Herrn, ein Dank für erwiesene Dienste.

In diesem Teil von England lebte nur ein einziger Lord, der sich auf solche Weise erkenntlich zeigen würde – Hawk. Oft genug hatte Rycca ihren Vater und die Brüder über ihn reden hören, voller Furcht und Neid. Da er reich und mächtig war, suchten viele Leute seinen Schutz. In Hawkforte, einer geschäftigen Hafen- und Marktstadt, blühten Handel und Gewerbe. Dieses Ziel steuerte auch Rycca an, in der Hoffnung, ein Schiff zu finden, das zur Normandie segeln würde. Aber in Hawkforte würde ihr ein schreckliches Schicksal drohen, wenn man feststellte, wer sie war.

Angeblich zählten Hawks Krieger zu den stärksten und tüchtigsten des Landes – Furcht erregende, kampferprobte Männer. Auf *ihn* würde diese Beschreibung passen. Also diente er vermutlich Seiner Lordschaft. Wie gut, dass sie ihm nichts anvertraut hatte…

Das Wissen um die Gefahr, in die sie beinahe geraten wäre, verdrängte die Unsicherheit, die sie beim Erwachen in dem fremden Bett befallen hatte. Bevor er zurückkehrte,

musste sie verschwinden. Die Pferde führten sie in Versuchung. Auf dem Rücken eines dieser Füchse würde sie nicht lange brauchen, um sich meilenweit zu entfernen. Doch sie würde auch Aufsehen erregen. Wenn jemand den Hengst erkannte, der Hawks Krieger gehörte, würde er dem einsamen Reiter zweifellos den Weg versperren.

Aber zu Fuß wäre sie nicht besser dran. Verspätet erkannte sie, was sie längst hätte merken müssen. Einige Stunden, nachdem sie geglaubt hatte, sie wäre *ihm* endgültig entronnen, war er aufgetaucht. Mühelos hatte er sie verfolgt, und das würde ihm erneut gelingen – es sei denn, sie konnte ihre Spuren verwischen.

Das Problem verstärkte ihre Kopfschmerzen. Widerstrebend verließ sie den Stall und erforschte die Umgebung des kleinen Holzhauses. Von einer Lady war nichts zu sehen, was Rycca mittlerweile für einen Glücksfall hielt. *Er* hatte erklärt, die Hütte gehöre einem Freund – wahrscheinlich Lord Hawk. Und seine Lady würde sicher nur in seiner Gesellschaft hierher kommen. Rycca erschauerte. Ein einziges Mal hatte sie Hawk gesehen. Noch wichtiger, er hatte sie ebenfalls gesehen.

Wenn sie ihm begegnen würde … Dieser Gedanke jagte ihr kalte Angst ein, und ihr Kopf schmerzte unerträglich. Zwischen den Bäumen sah sie Wellen schimmern, ein schmaler Pfad führte zu einem Fluss. Neue Hoffnung stieg in ihr auf. Falls die Strömung nicht zu stark und das Wasser nicht zu tief war, konnte sie vielleicht flüchten, ohne Spuren zu hinterlassen.

Und wenn sie nicht so geschwächt wäre … Sie rang nach Atem. Würde sie genug Kraft aufbringen, um in den Fluss zu steigen und dahinzuwaten, über glitschige Steine und abgebrochene Zweige hinweg, Meile um Meile, bis nach Hawkforte? Vorausgesetzt, die Stadt lag am Ufer …

Je eher sie sich dazu entschloss, desto früher würde sie ihr

Ziel erreichen. Bedeutsame Entscheidungen hatte sie noch nie hinausgezögert. Sobald sie von den Plänen ihrer Familie erfahren hatte, war sie geflohen. Sollte sie warten, bis sich die Lage noch verschlechtern würde? Nein, das ist sinnlos, dachte sie. Trotzdem war sie unfähig, einen Fuß in den Fluss zu setzen, stand einfach nur da, starrte das Wasser an und überlegte, wie wichtig es wäre, der Gefahr zu entrinnen. An einen Baumstamm gelehnt, blinzelte sie ins Licht der sinkenden Sonne.

Ihr ganzer Körper schmerzte, und sie fühlte sich – als wäre sie von einer Klippe gefallen. Bei diesem Gedanken lachte sie gequält. Wie sollte sie sich sonst fühlen? Nicht, dass es eine Rolle spielte. Sie musste tun, was sie beabsichtigte – den ersten notwendigen Schritt …

Und so richtete sie sich auf. Sobald der Baum sie nicht mehr stützte, schwankte sie bedenklich. Sie hielt sich am starken Stamm fest, holte mehrmals rief Atem, und das schien ihr zu helfen. Wenn sie schnell genug in den Fluss watete, würde die Kälte des Wassers ihre Lebensgeister vielleicht wecken und ihr Mut machen.

Oder sie würde stolpern, in die Wellen fallen und ertrinken. An diesem Tag war sie dem Tod um Haaresbreite entronnen. Wollte sie das Schicksal noch einmal herausfordern?

Hatte sie eine Wahl? Sollte sie hier bleiben und warten, bis sie wieder zu Kräften kam? In der Gesellschaft eines Mannes, der Lord Hawk diente? O ja, eine fabelhafte Idee! Warum erzählte sie ihm nicht alles und ging danach wie ein Opferlamm zur Schlachtbank?

Rycca verwünschte ihre Schwäche. Wäre sie stark wie ein Mann, würde sie sofort in den Fluss springen. Bedauerlicherweise war sie im Körper einer Frau gefangen – und deshalb verwundbar. In ihren Augen brannten Tränen. Wütend wischte sie ihr Gesicht ab. Nein, sie durfte nicht weinen. Zumindest *diese* Demütigung wollte sie sich ersparen.

Doch die Tränen rannen unaufhaltsam über ihre Wangen. Noch schlimmer – ihre Beine knickten ein. Ehe sie sich am Baumstamm festhalten konnte, sank sie ins Moos und blieb sitzen, zu erschöpft, um aufzustehen.

Wenig später kehrte Dragon von seiner Jagd zurück und fand seinen Schützling. Als er in die Hütte schaute und das leere Bett sah, erschrak er. Aber dann entdeckte er die Fußspuren der jungen Frau und folgte ihr, verärgert über ihre Dummheit.

Sie kauerte am Flussufer, die Beine angezogen, das Kinn auf den Knien. Einige Sekunden lang gönnte er sich die Freude, ihr fein gezeichnetes Profil und das üppige kupferrote Haar zu betrachten, bevor sie seine Anwesenheit bemerkte. Langsam wandte sie den Kopf zur Seite und warf ihm einen kurzen Blick zu, dann starrte sie wieder ins Wasser. Dragon seufzte und setzte sich zu ihr. Nach einer Weile beendete er das Schweigen. »Mögt Ihr Hasen?«

»Wenn sie umherhoppeln – oder wenn sie am Spieß stecken?«

»Eigentlich dachte ich an einen Haseneintopf.«

Als er ihren Magen knurren hörte, grinste er, erhob sich und reichte ihr eine Hand, die sie zögernd ergriff. Nur widerwillig ließ sie sich auf die Beine ziehen.

»Könnt Ihr gehen?«, fragte er.

»Natürlich«, erwiderte sie, machte zwei Schritte und brach zusammen.

Dragon unterdrückte einen Fluch und hob sie hoch, ignorierte ihren Protest und trug sie zur Hütte. Auf dem ganzen Weg runzelte sie die Stirn. »Wenn Ihr etwas gegessen habt, werdet Ihr Euch besser fühlen«, versicherte er und setzte sie vorsichtig aufs Bett.

Unglücklich schaute sie zu ihm auf. Erst jetzt merkte er, dass sie geweint hatte, und er litt mir ihr.

»Hört mir zu«, bat er, kniete vor ihr nieder und umfasste ihre Hände. »Ihr habt einiges durchgemacht. Wie viel Ihr erdulden musstet, weiß ich nicht. Aber von jetzt an wird alles besser. Vertraut mir.«

Die Wahrheit.

Das meinte er ernst – dieser riesenhafte, unbesiegbare Krieger wollte ihr helfen. Mit großen Augen musterte sie ihn, wie ein Naturwunder, das sie zum ersten Mal sah. Ihr Zwillingsbruder Thurlow hatte eine gütige Seele, was ihn von sämtlichen anderen Männern unterschied, die sie kannte. Nie zuvor war ihr einer begegnet, der die Macht hatte, andere seinem Willen zu unterwerfen, und trotzdem so viel Mitgefühl zeigte.

In diesem Moment wurde sie beinahe von der Versuchung überwältigt, ihm ihr Herz auszuschütten. Nur ein einziger bedrückender Gedanke hinderte sie daran. Wenn er erfuhr, wer sie war, würde er sich zwischen den Pflichten gegenüber seinem Herrn und dem Wunsch, ihr zu helfen, hin und her gerissen fühlen. Nein, auf diese Weise wollte sie ihm seine Freundlichkeit nicht vergelten.

Sie starrte die starken Hände an, die ihre schmalen Finger festhielten, und ihre Kehle schnürte sich zu. So viel Kraft – und zugleich so viel Sanftmut … Im Aufruhr ihrer Gefühle nahm sie die Träne nicht wahr, die wie ein funkelnder Stern auf seine gebräunte, von Wind und Wetter gegerbte Haut tropfte.

3

Die Träne schien ihn zu verbrennen, und er betrachtete sie eine Zeit lang, bevor er die Hände der jungen Frau losließ. Dann stand er auf. »Legt Euch hin und ruht Euch aus.« Seine

Stimme nahm einen rauen Klang an. »Wenn das Essen fertig ist, wecke ich Euch.«

Zu erschöpft, um zu antworten, nickte sie nur. Er breitete eine Decke über ihren Körper und wartete, bis sie tief und gleichmäßig atmete. Nachdem er sich vergewissert hatte, dass sie schlief, verließ er die Hütte. Er machte ein kleines Feuer über einem eisernen Dreifuß, an den er einen Kochtopf hängte, mit Wasser aus einem nahen Brunnen gefüllt. Während sich das Wasser erhitzte, legte er Fleischstücke, Wilde Möhren, Rüben und Kohl hinein. Schließlich streute er eine Hand voll Kräuter und Gewürze in den Eintopf, der über den Flammen brodelte. In der Speisekammer hinter dem Haus fand er Weinschläuche, frisch gebackenes Brot, goldgelbe Käselaibe und einen Obstkorb – lauter Vorräte, von den Dienstboten seines fürsorglichen Gastgebers bereitgestellt.

Abgesehen von der treuen Freundschaft, hatte Hawk auch einen anderen Grund, um ihn in gute Laune zu versetzen. Und wenn Dragon ein paar geruhsame Tage in der Jagdhütte brauchte, fern von der Welt – dann sollte es eben so sein. Ein paar Tage in der Gesellschaft einer reizvollen Sächsin. O ja, eine großartige Idee.

Allerdings bestand die Gefahr, dass er seinem Schicksal danach noch heftiger zürnen würde denn je. Dieses Risiko nahm er gern in Kauf. Immerhin war sie durch seine Schuld von der Klippe gestürzt, und dafür musste er sie entschädigen.

Eine herzhafte Mahlzeit ist ein guter Anfang, dachte er. Als das Essen fertig war, bewegte sich die junge Frau. Dragon trug den köstlich duftenden Kochtopf ins Haus. Belustigt beobachtete er, wie ihre Nasenflügel bebten.

Dann hob sie die Lider, richtete sich auf und fragte neugierig: »Was ist das?«

»Gleich werdet Ihr's merken.« Er stellte den Topf auf den Tisch. »Kommt her und esst.«

Etwas misstrauisch gehorchte sie und ließ Dragon nicht aus den Augen, bis sie sich über den Topf beugte und schnupperte. »Oh – Ihr könnt kochen!«, rief sie erstaunt.

»Nun ja ...« Bescheiden zuckte er die Achseln. »Ein Freund hat mir beigebracht, wie man einfache Mahlzeiten zubereitet.«

»Offenbar habt Ihr viele Freunde.«

Dragon grinste und rückte ihr einen Stuhl zurecht. »Was das betrifft, darf ich mich glücklich schätzen. Sicher liegt es an meinem freundlichen Wesen.«

»Ah, ein freundlicher Krieger! Umarmt Ihr Eure Feinde auf dem Schlachtfeld? Zerquetscht Ihr sie vor lauter Herzensgüte?«

Bevor er antwortete, ergriff er einen Schöpflöffel und füllte einen Teller. In ihrer Stimme hatte ein bitterer Unterton mitgeschwungen. Kein Wunder in einem Land, wo sogar junge Menschen das Grauen des Krieges kannten ... Aber seit einiger Zeit herrschte Frieden. »Habt Ihr's noch nicht gehört? Die Kämpfe sind beendet.«

»Ach ja, das verdanken wir dem gesegneten Alfred. Manche Leute behaupten sogar, die Kirche würde ihn heilig sprechen. Natürlich müsste er erst einmal sterben.«

Nur mühsam verbarg er seine Überraschung. Wie freimütig sie über den König redete – fast spöttisch ... Teilten alle Engländer diese Gesinnung? Oder entstammte sie einem vornehmen Haus, das Alfred nicht treu ergeben war? Dragon schob den Teller zu ihr hinüber und legte einen Löffel daneben, aus Eichenholz geschnitzt. Dann füllte er einen Teller für sich selbst. »Den Tod eines Königs sollte man nicht erwähnen.«

Der sanfte Tadel schien sie zu verblüffen. »Oh, ich wünsche ihm nichts Böses. Ganz im Gegenteil. Ich bin nur – skeptisch.«

»Zweifelt Ihr an Alfred?« Dragon ergriff einen Brotlaib und brach ein Stück ab, das er ihr reichte. »Oder am Frieden?«

Darauf gab sie keine Antwort. Glaubte sie vielleicht, sie hätte schon zu viel gesagt?

Jedenfalls bot ihr der Eintopf einen willkommenen Vorwand, um das Thema zu wechseln. Sie kostete ihn und seufzte entzückt. »Offensichtlich ist Euer Freund ein Genie.«

Er lachte und dachte an den einäugigen Olaf, einen alten Wikinger, der sich zu den Brüdern Hakonson gesellt hatte, während sie um die Welt gesegelt waren. Danach hatte er ihren Aufstieg zur Macht miterlebt und ihnen stets zur Seite gestanden. Das Rezept für den Eintopf stammte von Olaf, was ihn mit berechtigtem Stolz erfüllte.

»Das werde ich ihm ausrichten«, versprach Dragon. »Versucht den Wein.«

Ehe sie protestieren konnte, füllte er einen Kelch. Vorsichtig nippte sie daran. Es war ein exzellenter Wein aus dem Land der Franken. Aber Dragon erwartete nicht, sie würde sich darüber wundern. Dass sie einem edlen Haus angehörte, hatte er bereits erraten. Also musste sie an solchen Luxus gewöhnt sein. Trotzdem wirkte sie leicht verwirrt.

»Sicher habt Ihr schon öfter einen ähnlichen Wein getrunken«, meinte er.

Bevor sie ihre Aufmerksamkeit wieder auf die Mahlzeit richtete, warf sie ihm einen kurzen Blick zu. »Er schmeckt recht gut.«

Schweigend aßen sie. Beide waren hungrig und würdigten den aromatischen Eintopf. Trotzdem spürten sie, was unausgesprochen blieb. Solange sie ihm verheimlichte, wer sie war, würde er nichts über sich selbst erzählen. Nie zuvor war ihm aufgefallen, wie wenig Gesprächsstoff ein solcher Entschluss übrig ließ. Hin und wieder erwog er eine Unterhaltung zu beginnen. Doch er besann sich jedes Mal eines Besseren. Die junge Frau sah immer noch müde aus, und ihr verbundener Kopf erinnerte ihn unentwegt an die Qualen,

die sie ausgestanden hatte. Deshalb wollte er sie nicht bedrängen.

Nach der Mahlzeit stand er auf und räumte den Tisch ab. Die Sonne war beinahe hinter den westlichen Bergen verschwunden. Bald würde die Dunkelheit hereinbrechen. »Da drüben in der Truhe findet Ihr ein Nachthemd«, erklärte er.

Unsicher hob sie die Brauen. »Glaubt Ihr, die Besitzerin würde es billigen, wenn ich ihre Sachen benutze – selbst wenn sie so leichtsinnig ist, ihre Truhen unverschlossen zu lassen?«

»Sie ist keineswegs leichtsinnig, sondern sehr großzügig. Und es macht ihr gewiss nichts aus.«

»Wer ist sie?«

Diese Frage traf ihn unvorbereitet, und er hätte beinahe geantwortet. Gerade noch rechtzeitig hielt er sich zurück. »Wer seid *Ihr*?«

Die Stirn gerunzelt, wich sie seinem Blick aus. Dragon seufzte übertrieben laut und nahm den Topf vom Tisch. »Wenn Ihr ausgeruht seid, werdet Ihr mir hoffentlich bei den häuslichen Pflichten helfen.«

Da wandte sie so schnell den Kopf zu ihm, dass ihr seidiges kupferrotes Haar seinen Arm streifte. »Wieso nehmt Ihr an, ich würde lange genug hier bleiben?«

»Weil ich Euch für klug halte. Falls das nicht zutrifft, solltet Ihr wenigstens vernünftig genug sein, um zu erkennen, dass Ihr nicht weit kommen würdet.« Unheilvoll fügte er hinzu: »Wenn ich Euch noch einmal nachlaufen muss, werde ich die zweifellos ernsthaften Gründe für Eure Heimlichtuerei nicht mehr berücksichtigen und Euch sofort der Obrigkeit übergeben. Ist das klar?« Sie erblasste, aber er bezwang seine Schuldgefühle. Mit dieser Drohung diente er nicht nur seinem eigenen Seelenfrieden, sondern auch ihrem Wohl. Ihre geflüsterte Antwort war unverständlich, und er beugte sich zu ihr hinab: »Wie, bitte?«

Aus ihren Augen, jetzt auf gleicher Höhe mit seinen, schienen Funken zu sprühen. »Erst einmal müsstet Ihr mich einfangen«, wiederholte sie und betonte jede einzelne Silbe.

Ihre Verzweiflung war offenkundig. In etwas milderem Ton erwiderte er: »Das würde mir dank Eures jetzigen Zustands nicht schwer fallen. Vielleicht wäre es etwas mühsamer, wenn Ihr Euch erholt habt.«

Schon wieder begegnete er ihr sanft und freundlich, statt ihr die Herausforderung heimzuzahlen, was sie halb und halb erwartet hatte. Er ärgerte sich nicht einmal. Oh, es war so ungerecht. Wie ein schöner heidnischer Gott stand er vor ihr, reine Herzensgüte erfüllte ihn, und – Wunder über Wunder – er konnte kochen.

Solche Männer gab es nicht in Ryccas Welt. Zumindest hatte sie keine kennen gelernt.

War sie bei ihrem Sturz von der Klippe in ein anderes Land voller Glück und Seligkeiten geraten? Abgesehen von ihren Kopfschmerzen. Hätte sie bloß keinen Wein getrunken... Nun fühlte sie sich etwas schwindlig.

»Lasst Euch helfen.« Der Gott ergriff ihren Arm, zog sie vom Stuhl hoch und führte sie zum Bett.

Zu diesem weichen, breiten Lager, offenbar für zwei Personen bestimmt... Nie hätte sie gedacht, sie würde jemals ein Bett mit einem Mann teilen. Daran verschwendete sie auch jetzt keinen Gedanken. Heiliger Himmel, seine Nähe... Behutsam umfasste er ihren Ellbogen. Bei dieser Berührung wurde ihr heiß und kalt. Wahrscheinlich litt sie an Schüttelfrost. Verständlich – nach diesem Tag... Aber im Grunde war sie kerngesund wie die Pferde, die sie so liebte, und sie würde die Unpässlichkeit bald überwinden.

»Ich schlafe draußen«, verkündete er. »Wenn Ihr etwas braucht, ruft nach mir. Sicher werde ich Euch hören.«

Als diese Worte in ihr Bewusstsein drangen, empfand sie Erleichterung – keine Enttäuschung. So kühn war sie nicht,

zumindest nicht in solchen Dingen. Dass sie das eine Gefühl beinahe mit dem anderen verwechselt hätte, musste an ihrem benebelten Gehirn liegen.

Nachdem er den Raum verlassen und die Tür leise hinter sich geschlossen hatte, saß sie eine Zeit lang auf der Bettkante. Das nahrhafte Essen spendete ihr neue Kraft, und sie hatte bereits länger geschlafen als üblich. Und so schaute sie sich wieder um. Dieser Raum faszinierte sie. Nie zuvor hatte sie ein Zimmer gesehen, das so deutlich den Einfluss einer Frau zeigte. In der Festung ihres Vaters gab es keine Spuren, die von weiblichem Geschmack zeugten. Falls sie jemals existiert hatten, waren sie mit dem Tod der Mutter verschwunden. Nach mehreren Fehlgeburten hatte die bleiche, schweigsame Frau im Kindbett den Tod gefunden, als Rycca acht Jahre alt gewesen war. Nichts hatte sie zurückgelassen – nichts außer einem Grab, nur von den Zwillingen regelmäßig besucht. Der Burg ihres Gemahls hatte sie keinen Stempel aufgedrückt, ebenso wenig wie andere Frauen. Dort verachtete man alles, was feminin wirkte, und hielt es für ein Zeichen von Schwäche.

Und hier wurde die Weiblichkeit nicht nur geduldet, sondern offensichtlich auch geachtet. Nachdenklich stand Rycca auf, ging zu den geschnitzten Truhen und hob den Deckel, unter dem sie die kostbaren Seifen gefunden hatte. Neben dem Tablett lag ein zusammengefaltetes Nachthemd.

Sie war immer nur nackt oder in rauer Wolle schlafen gegangen. Aber ein Hemd aus so feinem Leinen hatte sie noch nie gesehen. Impulsiv hob sie es hoch und roch daran. Der weiche Stoff duftete nach Sonnenschein und Rosen, und der Wunsch, etwas so Himmlisches zu tragen, überwältigte Rycca.

Als sie aus ihrer Tunika schlüpfen wollte, klopfte es an der Tür. Hastig legte sie das Nachthemd in die Truhe zurück. »Ja?«

Dragon betrat die Hütte, einen gefüllten ledernen Eimer in der Hand, den er auf den Tisch stellte. »Vielleicht braucht Ihr das. Vorsicht, das Wasser ist heiß. Wartet lieber, bis es etwas abkühlt.«

Verwundert nickte sie. Ein Krieger schöpfte Waschwasser aus einem Brunnen, erhitzte es, und er verwendete es nicht einmal für sich selbst, sondern brachte es einer Frau. Tatsächlich, sie musste in einer anderen Welt gelandet sein.

»Danke«, murmelte sie. Doch er war bereits hinausgegangen und schloss die Tür hinter sich.

Wenig später kroch sie unter die Bettdecken, von Kopf bis Fuß gewaschen, in dem feinen Leinenhemd. Trotz ihrer Erschöpfung hatte sie Ordnung gemacht. Jetzt lag sie auf einer weichen Matratze, unter federleichten Decken, und beobachtete, wie die sommerliche Abenddämmerung ins Dunkel der Nacht überging. Noch bevor sie einschlief, glaubte sie zu träumen.

Um Schlaf zu finden, brauchte Dragon viel länger. Auf einem Lager aus Kiefernnadeln ausgestreckt, die Arme hinter dem Kopf verschränkt, betrachtete er die Sterne. Aus reiner Gewohnheit suchte er die einzelnen Konstellationen und erinnerte sich an die damit verbundenen Geschichten. Doch dann schweiften seine Gedanken zu der rätselhaften Frau. Sie trug die Kleider eines jungen Burschen aus vornehmem Haus. Dazu passten auch ihr herausforderndes Benehmen und ihr Selbstbewusstsein. Doch sie hatte nie zuvor edlen Wein getrunken. Und jede noch so kleine höfliche Geste schien sie zu überraschen. War das typisch für englische Damen? Oder bildete sie eine Ausnahme? Wie sollte er das herausfinden?

Schließlich schlummerte er ein, denn der Tag war lang gewesen.

Mitten in der Nacht fuhr er aus dem Schlaf hoch, von einem schrillen Schrei aufgeschreckt, der das leise Summen

sommerlicher Insekten unterbrach und einen streunenden Fuchs in seinen Bau zurückjagte. Sofort sprang Dragon auf und ergriff das Schwert, das neben ihm lag. Der Schrei war aus der Hütte gedrungen. Während er die Tür aufstieß, riss er die Klinge aus der Scheide. Wer immer hier eingedrungen war, würde innerhalb weniger Sekunden sein Leben aushauchen. Aber er sah nur die junge Frau. Keuchend saß sie auf dem Bett und starrte blicklos vor sich hin. Dann erschauerte sie, als versuchte sie die letzten Nebel ihres Schlafs zu verscheuchen – die Nachwirkungen eines bösen Traums.

Dragon ließ das Schwert fallen, setzte sich zu ihr und nahm sie in die Arme. Besänftigend wiegte er sie hin und her. »Alles ist gut, nichts wird Euch zustoßen. Hier seid Ihr in Sicherheit. Glaubt mir, Ihr habt nichts zu befürchten.«

Zitternd klammerte sie sich an ihn, presste den Kopf an seine Brust und schien Schutz vor der ganzen Welt zu suchen. Ein wildes Schluchzen erschütterte ihren Körper. Voller Sorge drückte er sie noch fester an sich. Hatte sie geträumt, sie wäre wieder von den Klippen in die Tiefe gestürzt? Ja, das war möglich. Nun musste er sie beruhigen. Eine Frau so unglücklich zu sehen, das ertrug er nicht. Vorsichtig legte er sich mit ihr aufs Bett.

Seine geflüsterten Trostworte hörte Rycca nicht. Aber sie spürte seine Hand, die ihr Haar streichelte. Seine Zärtlichkeit zerteilte den Nebel ihres Grauens, erreichte aber nicht die Frau, die er umarmte, sondern das kleine Mädchen, von qualvollen Erinnerungen gefangen.

So schreckliche Erinnerungen… Aus brennenden Hütten stieg Rauch empor, überall lagen Leichen. Verzweifelte, schreiende Menschen rannten umher, strauchelten und stürzten… Und Aelflynne… Die liebe, süße Aelflynne, in Ryccas Alter, ebenfalls ein mutterloses Kind, die beste Freundin… So oft waren sie ins Heu gekrochen, um mit Puppen zu spielen und Geheimnisse auszutauschen. Aelflynne…

»*Nein!*«

Mit beiden Fäusten hämmerte sie gegen Dragons Brust. Tränen strömten über ihre bleichen Wangen. So wie in jener grässlichen Nacht stockte ihr Atem. Hustend und würgend hatte sie sich durch den Qualm zu ihrer Freundin gekämpft. Immer wieder war sie auf dem dunklen Blut ausgerutscht, das in der gierigen Erde versickerte. Und Aelflynne, bleich und reglos – weit aufgerissen hatten die Augen zum gnadenlosen Himmel hinaufgestarrt.

Genauso wie damals wollte Rycca sterben, einer Welt entrinnen, in der so entsetzliche Dinge geschahen. Doch dann mischte sich etwas anderes in die beklemmende Erinnerung – starke Arme und eine sanfte Stimme, die sie aus dem Abgrund der Verzweiflung zurückholten.

Er – der Held dieser merkwürdigen neuen Welt, in die sie unversehens geraten war. In seiner Nähe ließ das Grauen allmählich nach. Nur für ein paar Sekunden öffnete sie die Augen und begegnete seinem Blick, bevor sie in einen traumlosen, erholsamen Schlaf versank.

Erleichtert seufzte Dragon auf. Die bösen Träume waren entschwunden. Aber vielleicht würden sie zurückkehren. Deshalb durfte er die junge Frau nicht allein lassen. Er selbst konnte nicht einschlafen. Viel zu deutlich spürte er ihren weichen Körper durch ihr dünnes Nachthemd, und er wünschte ausnahmsweise, er wäre nicht so leidenschaftlich veranlagt. Nun, ich bin eben so, wie ich bin, dachte er wehmütig. Zum Glück nahm sie seine wachsende Erregung nicht wahr. Wenn sie erwachte, würde er ihr neues Entsetzen einjagen? Was sollte er dann tun? Mit Frauen, die ihm nicht wohlgesinnt waren, hatte er keine Erfahrungen gemacht. Diese junge Dame hatte nicht den Eindruck erweckt, sie würde für ihn schwärmen. Viel mehr glich sie einem kleinen Igel, der seine Stacheln in alle Richtungen spreizte.

Jetzt bewegte sie sich. Nein, keine Stacheln – sondern

verlockende, warme Rundungen. Mühsam unterdrückte er ein Stöhnen und wappnete sich gegen eine lange, qualvolle Nacht.

Von einem tiefen Schlaf erfrischt, öffnete Rycca die Augen. Ihre Kopfschmerzen waren fast verflogen. Nur ihre Glieder fühlten sich immer noch ein wenig steif an. Aber auch davon spürte sie nichts mehr, nachdem sie sich ein paar Mal wohlig gestreckt hatte. Sie stieg aus dem Bett, zog vorsichtig das schöne Nachthemd über ihren Kopf und wusch sich mit dem Wasser im Eimer, der auf dem Tisch stand. Dabei erinnerte sie sich an ihren Traum. Über ihren Rücken rann ein Schauer. Doch sie fror nicht wirklich, denn die Luft war mild und das Wasser angenehm warm.

Längst müsste das Waschwasser vom vergangenen Abend erkaltet sein. Also hatte *er* diesen Eimer für sie erhitzt – bevor sie erwacht war.

Erst jetzt sah sie die Spuren *zweier* Körper im breiten Bett. Seite an Seite.

Als die Erinnerung zurückkehrte, vergaß sie das Wasser, das von ihrem Gesicht tropfte. Der Traum überraschte sie nicht, denn er suchte sie jedes Mal heim, wenn sie besonders müde oder verängstigt war oder Schmerzen erleiden musste. War *er* tatsächlich zu ihr gekommen, um sie zu trösten und in den Armen zu halten? Hatte er die Nacht bei ihr verbracht und sie beschützt und die Furcht verscheucht? Offensichtlich, denn das Grauen war erstaunlich schnell entschwunden …

Allein schon das gute Essen und das heiße Wasser erschienen ihr ungewöhnlich. Dass er sie auch noch so zärtlich getröstet hatte … Nein, unmöglich! Und doch – die Spuren im Bett bewiesen das Gegenteil. Spontan neigte sie sich hinab, legte eine Wange auf das glatte Leinen und atmete den Duft ein. Sonne – Wind – Meer – ein Flüstern, das von männlicher

Leidenschaft und Kraft erzählte. Und ihr eigener Geist – kühn und stark und weiblich – gab eine instinktive Antwort.

Verwirrt wandte sie sich vom Bett ab und schlüpfte in ihre Männerkleider – eine willkommene Tarnung.

Der Stolz verbot ihr, in der Hütte zu bleiben. Entschlossen öffnete sie die Tür und trat in den Sonnenschein hinaus.

Dragon kauerte am Boden und schürte das Feuer. Bei ihrem Anblick stand er langsam auf. Wie gut sie aussieht, dachte er. Viel besser, als man das nach der nächtlichen Störung vermuten sollte. Beklommen wich sie seinem Blick aus, und er spürte ihre Verlegenheit. Keine der zahlreichen Frauen, die er kannte, waren peinlich berührt gewesen, wenn sie einfach nur sein Bett geteilt hatten. Es sei denn, sie hätten sich ihrer Keuschheit geschämt... Aber die Wangen dieser jungen Frau glühten, und sie schaute überallhin, nur nicht in seine Richtung.

Belustigt verbarg er ein Lächeln und wandte sich wieder zum Feuer. »Wenn Ihr hungrig seid – hier ist Haferbrei.«

Nur zögernd kam sie näher. Aber sie wollte sein Angebot offenbar annehmen. Er füllte eine Holzschüssel mit Haferbrei, träufelte Honig darauf und fügte die Walderdbeeren hinzu, die er am Morgen gesammelt hatte.

Als er ihr die Schüssel und einen Löffel reichte, blinzelte sie erstaunt. »Noch ein Rezept von Eurem Freund?«

»Für Haferbrei braucht man kein Rezept.«

Wie ihre Miene verriet, dachte sie anders darüber. Aber sie schwieg und begann zu essen. Nach der ersten Kostprobe verschwand der Brei so schnell, dass sich Dragon unwillkürlich geschmeichelt fühlte.

»Da gibt's noch mehr«, bemerkte er. Doch sie schüttelte den Kopf, und die Verlegenheit kehrte zurück.

»Letzte Nacht...«

»Ihr hattet nur einen bösen Traum«, unterbrach er sie,

um sie zu beruhigen. »Als ich Euch in die Arme genommen habe, seid Ihr wieder eingeschlafen – sonst ist nichts geschehen.«

»Danke – das war sehr freundlich von Euch.« Sie warf ihm einen kurzen Blick zu.

»Seid Ihr nicht an freundliche Menschen gewöhnt? Irgendwie habe ich diesen Eindruck gewonnen.«

Sie trug die Schüssel zu einem Wassereimer, der in der Nähe das Feuers stand, und spülte sie aus. Dann kehrte sie zu Dragon zurück. Vielleicht hatte sie sich seine Bemerkung, sie würde ihm hoffentlich bei den häuslichen Pflichten helfen, zu Herzen genommen.

Oder sie wollte Zeit gewinnen, bevor sie seine Frage beantwortete. Fürchtete sie etwas zu verraten, das ihre Identität enthüllen könnte?

»Ich bin so, wie ich bin«, erwiderte sie schließlich und wiederholte unbewusst seine Gedanken, die letzte Nacht seinem eigenen Charakter gegolten hatten.

Sind wir uns ähnlich, fragte er sich verwundert. Ja, allem Anschein nach – abgesehen von den offensichtlichen Unterschieden zwischen Mann und Frau. Er spürte ihren Stolz und ihre Kraft, ihre Tapferkeit, lauter Tugenden, die er auch sich selber zuschrieb.

Plötzlich lächelte er, und sie hob die Brauen. »Was findet Ihr denn so komisch?«

»Gerade dachte ich, Ihr würdet einer Kriegerin gleichen. Der Legende nach gibt es solche Geschöpfe.«

»Nicht nur der Legende nach. Boudicca hat tatsächlich gelebt.«

Boudicca? Nachdenklich runzelte er die Stirn, dann entsann er sich – Boudicca, die keltische Königin, die gegen die Römer gekämpft hatte. Früher hatte er sie für eine Sagengestalt gehalten, bis er nach Byzanz gesegelt und eines Besseren belehrt worden war. Wenn er ein Angelsachse wäre, würde er

über jene Königin ebenso gut Bescheid wissen wie die junge Frau. »Und die Amazonen?«

»Wer sind sie?«

»Vielleicht werde ich Euch von diesen Kriegerinnen erzählen. Was wollt Ihr heute unternehmen?«

Mit seiner Frage überrumpelte er Rycca, und sie gab ihm die erstbeste Antwort, die ihr einfiel: »Meine Reise fortsetzen …«

Dragons Lächeln gefror zu einer Grimasse. »Wenigstens seid Ihr ehrlich.«

O ja, sie war ehrlich – gerade sie, die mit der Wahrheit so selbstverständlich umging wie andere Menschen mit ihrem Atem. Was das betraf, hatte sie keine Wahl. Aber dass auch *er* ihre angeborene Ehrlichkeit erkannte, überraschte sie. Plötzlich fühlte sie sich ihm noch enger verbunden als in der gemeinsamen Nacht.

Ohne Umschweife betonte sie: »Vor einigen Stunden hättet Ihr mit mir schlafen können, und ich wäre unfähig gewesen, Euch daran zu hindern. Das wissen wir beide. Trotzdem habt Ihr mich verschont, und deshalb frage ich – warum haltet Ihr mich hier fest?«

»Weil Ihr Euch durch meine Schuld verletzt habt. Das will ich wieder gutmachen. Erlaubt mir, Euch zu beschützen.«

»Ich werfe Euch nichts vor. Lasst mich gehen.«

Selbst wenn sie ihm den Unfall nicht anlastete – er fühlte sich für sie verantwortlich, und seine Sorge um ihre Sicherheit war echt. Wenn eine Frau ohne Begleitung durch die Welt wanderte, noch dazu eine bezaubernde Schönheit, würde sie ein zu gefährliches Wagnis auf sich nehmen. Aber nicht nur dieser Gedanke hinderte ihn daran, ihren Wunsch zu erfüllen. Obwohl sie ihm einige Schwierigkeiten bereitete, fühlte er sich unwiderstehlich zu ihr hingezogen.

Solche Emotionen durften einen vernünftigen Mann natürlich nicht beeinflussen. Ein Glück, dass ihm vor allem ihre

Sicherheit wichtig war… »Wohin wollt Ihr denn gehen?«, fragte er herausfordernd. »Zu Eurem Bruder, wo immer er auch sein mag? Wie werdet Ihr Euch denn ernähren, bis Ihr ihn findet? Ihr tragt keine Waffen bei Euch, also könnt Ihr nicht jagen. Und falls Ihr genug Geld besitzt, um Lebensmittel zu kaufen, habt Ihr's gut versteckt.« Da sie nicht antwortete und ihn nur anstarrte, fuhr er eindringlich fort: »Gestern wärt Ihr fast gestorben. Bedeutet Euch Euer Leben so wenig, dass Ihr es leichtfertig aufs Spiel setzt – obwohl es nicht erforderlich ist?«

»Doch, es ist nötig. Hier kann ich nicht bleiben.«

»Sagt mir, wer Ihr seid, und ich bringe Euch zu Eurem Ziel.«

Rastlos trat sie von einem Fuß auf den anderen. »Versteht Ihr das denn nicht? Würde es meine Situation gestatten, meinen Namen zu nennen, hätte ich's schon gestern getan.«

Dragon nickte. Gewiss, einem fremden Krieger traute sie nicht. Aber das war nicht der einzige Grund ihres Argwohns. Vermutlich hütete sie ein Geheimnis, das sie bewog, ihre Identität niemandem zu verraten. »Also gut, ich schlage Euch ein Abkommen vor. Bleibt ein paar Tage in dieser Hütte. Hier wird Euch nichts zustoßen. Wenn Ihr mir dann noch immer nicht mitteilen wollt, wer Ihr seid, bringe ich Euch, wohin Ihr wollt, ohne weitere Fragen zu stellen.«

Die Wahrheit.

Allmählich ließ die innere Anspannung nach, die Rycca seit dem Erwachen quälte. Was er sagte, meinte er ernst. Aus irgendwelchen Gründen wollte er ihr tatsächlich helfen. Und darauf war sie angewiesen. Sie befand sich in einer schrecklichen Lage, die Zukunft sah düster aus.

Ohne Hilfe würde sie die Küste vermutlich nicht erreichen – ganz zu schweigen von einem Schiff, das die Normandie ansteuerte. Trotzdem zögerte sie, denn der Krieger beeindruckte sie viel zu sehr. Gerade sie, die den Männern

stets aus dem Weg gegangen war, konnte ihren Blick kaum von ihm losreißen. Sie hatte geglaubt, sie wäre nur eines einzigen Gefühls fähig – kalter Angst. Und jetzt entdeckte sie die Macht der Sehnsucht.

Ja, dieser sanfte, aufrichtige Mann führte sie in Versuchung, weckte Emotionen, die sie noch nie verspürt hatte, und eröffnete ihr eine völlig neue Welt. Wäre er einfach nur attraktiv, käme sie besser mit diesen ungewohnten Empfindungen zurecht. Aber seine innere Schönheit verwirrte sie vollends – oder bedrohte sie sogar.

Aber blieb ihr etwas anderes übrig, als sein Angebot anzunehmen? Nur ein paar Tage in seiner betörenden Gesellschaft, beschützt und umsorgt, ihr Geheimnis unangetastet – und er würde ihr helfen, an ihr Ziel zu gelangen, was sie allein sicher nicht schaffen würde. »Einverstanden, treffen wir diese Vereinbarung.« Sie streckte ihre schmale, sommerlich gebräunte etwas schwielige Hand aus, und er griff danach. Eine Zeit lang starrten sie sich selbstvergessen an, bevor sie die Finger voneinander lösten und zurücktraten.

»Nun frage ich Euch noch einmal...« Dragon räusperte sich. »Was möchtet Ihr heute unternehmen?«

Etwas, das sie von den neuartigen Gefühlen ablenken würde, damit sie ihn nicht dauernd anschauen müsste... Plötzlich durchzuckte sie ein beglückender Gedanke. »Da drüben im Stall stehen zwei prachtvolle Pferde.«

»In Eurem Zustand solltet Ihr nicht reiten«, erwiderte er so hastig und runzelte so unbehaglich die Stirn, dass sie sich fragte, ob er wirklich nur um ihr Wohl besorgt war.

»Sind das Eure Pferde?«

Widerstrebend nickte er.

»Nie zuvor habe ich schönere Hengste gesehen. Zweifellos seid Ihr sehr stolz auf die beiden.«

»Ja, sie sind recht tüchtig. Aber ein geruhsamer Spaziergang würde Euch besser bekommen.«

»Keineswegs! Inzwischen habe ich mich zur Genüge erholt. Falls Ihr befürchtet, ich würde einem der Füchse Schaden zufügen, lasst Euch versichern – ich bin eine ausgezeichnete Reiterin. Bitte, haltet mich nicht für unbescheiden, weil ich so etwas betone. Ich liebe Pferde. Und das scheinen sie zu spüren.«

Skeptisch musterte er ihr Gesicht. »Könnt Ihr tatsächlich gut mit ihnen umgehen?«

»O ja. Wenn Ihr mir vertrauen würdet, will ich's Euch beweisen.«

Über seinen Topasaugen hoben sich dunkle Brauen. »Vertrauen? Ich dachte, daran mangelt es in unserer Bekanntschaft.«

Natürlich, dachte sie bedrückt. Nun wird er mir meine Heimlichtuerei vorwerfen... Jetzt musste sie die Hoffnung aufgeben, schnell wie der Wind auf einem dieser herrlichen Geschöpfe dahinzureiten, die sie fast ebenso faszinierten wie *er.*

»Also gut.«

Was hatte er gesagt? Ihre Augen leuchteten auf. »Erfüllt Ihr meinen Wunsch?«

Er nickte, wenn er auch nicht allzu glücklich wirkte. »Irgendwo muss das Vertrauen beginnen. Deshalb vertraue ich Euch eines meiner Pferde an. Das andere werde ich selbst reiten – und an Eurer Seite bleiben. Lasst Euch bloß nicht einfallen, davonzugaloppieren...«

»Niemals!« Dieser Gedanke war ihr zwar durch den Sinn gegangen, aber mittlerweile hatte sie ihn als albern verworfen. Das würde sie natürlich nicht zugeben.

Oh, wie wundervoll... Er erlaubte ihr wirklich und wahrhaftig, eines dieser hinreißenden Pferde zu reiten. Von Schwindel erregender Freude erfasst, seufzte sie tief auf. Beinahe hätte sie sich vor lauter Dankbarkeit an seine Brust geworfen. Zum Glück beherrschte sie sich gerade noch recht-

zeitig. Die Erkenntnis, wie knapp sie dieser Gefahr entronnen war, beschleunigte ihren Puls. Sicher nicht seine Nähe, die hing nicht damit zusammen.

Ehe er sich anders besinnen konnte, eilte sie zum Stall und rief über die Schulter: »Ich werde auch Euer Pferd satteln, Ihr müsst gar nichts tun!«

Welch eine überschwängliche Begeisterung… Diese zauberhafte Frau hatte ihm ihr Knie zwischen die Beine gerammt, weigerte sich ihren Namen zu kennen, liebte diese geifernden vierbeinigen Dummköpfe, die dauernd nach Äpfeln gierten und ständig gestriegelt werden wollten. Was führten die Götter im Schilde? Spielte Loki ihm einen Streich, um ihn mit seinem Schicksal zu versöhnen – vielleicht sogar, um ihm klar zu machen, er müsste froh darüber sein? Das traute Dragon diesem boshaften Gott durchaus zu – und noch schlimmere Dinge. Wäre es ratsam, Loki eine wohlgenährte Ziege zu opfern? Zumindest würde es nicht schaden.

Resignierend folgte er der jungen Frau und half ihr, die schweren Sättel auf die Rücken der beiden Hengste zu legen. Da schenkte sie ihm ein strahlendes Lächeln, das ihm den Atem raubte. Während er sich davon erholte, führte sie die Füchse aus dem Stall.

»Wie heißen die beiden?«, fragte sie.

Dragon überlegte blitzschnell. Die norwegischen Namen der Hengste würde er nicht verraten. Weil er ebenso gut Englisch sprach wie sie selbst, hielt sie ihn für einen Angelsachsen. Dabei wollte er es bewenden lassen – wenigstens *eine* Gemeinsamkeit, die sie verband. »Romulus und Remus«, erklärte er.

»Was für seltsame Namen… Wie seid Ihr darauf gekommen?«

»Ebenso wie die zwei Männer, die Rom angeblich gegründet haben, sind sie Brüder.«

Sie reichte ihm die Zügel eines Pferdes, und ehe er wusste, wie ihm geschah, hatte sie sich auf den Rücken des anderen geschwungen, das sie um einiges überragte. Trotzdem war sie ohne Hilfe aufgestiegen. Ein eindeutiger Beweis für ihre Reitkunst. Offenbar bemerkte sie seine Überraschung, denn sie lächelte wieder. »Wie heißt dieser Fuchs?«

»Romulus.« Fest entschlossen, sich nicht von einem Mädchen übertrumpfen zu lassen, sprang Dragon geschmeidig in den Sattel. Der umgetaufte Remus scheute ein wenig, das verflixte Biest, beruhigte sich aber sofort.

»Vom alten Rom habe ich gehört, aber ich weiß nicht viel darüber«, gestand sie. »Sicher seid Ihr besser im Bilde.«

»Nun, vielleicht. Was würde Euch denn interessieren?«

»Alles, was Ihr mir erzählen wollt.«

Ein geborener Skalde, konnte er nicht widerstehen, und er wünschte, er hätte öfter ein so unkritisches, enthusiastisches Publikum.

4

»Vor langer, langer Zeit«, begann Dragon, »wurden zwei kleine Brüder von den Soldaten ihres hasserfüllten Großonkels, der ihrem Großvater den Thron geraubt hatte, am Ufer eines breiten Flusses ausgesetzt. Die Männer sollten die Kinder töten, verspürten aber Mitleid und ließen sie am Leben. Glücklicherweise fanden eine Wölfin und ein Specht die beiden Jungen und ernährten sie, bis ein Hirte sie in seine Hütte holte und großzog. Sobald sie herangewachsen waren, verbündeten sie sich mit anderen jungen Männern, stürzten ihren verbrecherischen Großonkel vom Thron und verhalfen ihrem Großvater zu seinem Recht. Doch damit fingen ihre Abenteuer erst an…«

Und so ritten sie am silbrig schimmernden Fluss durch den sommerlichen Wald, während Dragon von wilden Kämpfen, Verrat, Tod und glanzvollem Ruhm berichtete. Rycca vergaß ihren Wunsch, wie der Wind dahinzugaloppieren. Nie zuvor hatte sie eine so lebhaft geschilderte Geschichte gehört. Die Stimme des Kriegers schien über sie hinwegzufließen wie warmer Regen, verlockend und bezaubernd.

»Nachdem Romulus seinen Bruder Remus getötet und das Volk der Sabiner erobert hatte, beherrschte er Rom. Aber dann wurde das Land von einem außergewöhnlichen Unwetter heimgesucht, das den Tag plötzlich in dunkle Nacht verwandelte. Grelle Blitze zerrissen den Himmel, und die sieben Hügel der Stadt erzitterten unter gewaltigen Donnerschlägen. Auf den Stufen des Palastes tanzte ein sonderbarer Wirbelwind und drang in das Gebäude ein, ergriff Romulus und trug ihn davon. Nie wieder wurde er gesehen.«

Vollends im Bann der fesselnden Geschichte, seufzte Rycca. »Vielleicht war dieser Wirbelwind der Geist des ermordeten Bruders, der sich rächen wollte.«

»Ja, das wäre möglich«, stimmte Dragon zu. »Aber die alten Römer glaubten, die Götter hätten Romulus geholt, um ihn in ihrem Kreis aufzunehmen.« Inzwischen hatten sie eine idyllische Lichtung erreicht, und er zügelte seinen Fuchs – froh über die Gelegenheit, abzusteigen. »Nun sollten wir die Pferde trinken lassen.«

Rycca nickte und glitt aus dem Sattel. Zärtlich streichelte sie die Nüstern ihres Hengstes. »Was für ein braver Junge du bist! Und dein Gang – so ruhig und sicher … Ich wette, du könntest den ganzen Tag traben, ohne zu ermüden.«

Das hörte »Romulus« – der Vierbeinige – mit dem gleichen Entzücken, das er einem saftigen Apfel zollen würde. Er schmiegte seinen Kopf an die junge Frau, die ihn lachend liebkoste. Natürlich wollte »Remus« nicht unbeachtet daneben stehen. Und so versuchte er seinen Bruder zu ver-

drängen. Dieser Kampf störte das Mädchen, das zwischen die Fronten geriet, nicht im Mindesten.

Aber Dragon sorgte sich. Oft genug hatte er auf dem Schlachtfeld beobachtet, wie starke Krieger von ihren Streitrössern zertrampelt worden waren. »Jetzt müssen die beiden endlich trinken«, entschied er, packte die Pferde an den Zügeln und zerrte sie auseinander.

Verwundert musterte sie ihn. Aber sie widersprach nicht. Während die Füchse ihren Durst stillten und dann zufrieden grasten, setzte er sich auf die Uferböschung. An einen bemoosten Feldblock gelehnt, bereute er, dass er keine Angelrute mitgenommen hatte.

»Wer waren die Amazonen?«, fragte die junge Frau unvermittelt.

»Wollt Ihr etwa *noch* eine Geschichte hören?«, erwiderte er lächelnd, und sie zuckte die Achseln.

»Wenn Ihr eine zu erzählen habt …«

»Mindestens hundert. Seit ich denken kann, sammle ich Geschichten, oder ich erfinde welche.«

»Dann hättet Ihr ein Barde werden sollen.«

»Ja, das habe ich mir überlegt, aber …« Nach einer kurzen Pause fügte er hinzu: »Das Schicksal wollte es anders.« Einladend klopfte er neben sich auf den Boden. »Die Amazonen – was für eine faszinierende Geschichte!«

Als sie sich zu ihm gesetzt hatte, fuhr er fort: »Die Amazonen waren wilde Kriegerinnen, die ohne Männer lebten und sich nur mit ihnen einließen, um Kinder zu bekommen. Die Mädchen behielten sie, die Jungen schickten sie zu den Vätern. Um die Amazonen ranken sich zahllose Legenden. Zum Beispiel bekämpften sie einen mächtigen Helden namens Herakles, den die Götter beauftragt hatten, den Gürtel der Amazonenkönigin zu stehlen.«

»Was für eine großartige Heldentat!«, spottete Rycca. »Den Gürtel einer Frau zu stehlen!«

»Besser als ihren Kopf, nicht wahr?«

»Ja, das stimmt.«

»Ein andermal brach ein blutiger Krieg in einer Stadt namens Troja aus. Die Amazonen verbündeten sich mit den Stadtbewohnern und kämpften gegen den Helden Achilles, der ihre Königin auf dem Schlachtfeld tötete und erst danach erkannte, dass er sie liebte.«

»Daran hätte er vorher denken sollen. Meint Ihr nicht auch?«

»In der Tat. Eine andere Königin – ich glaube, es war die Amazone, deren Gürtel gestohlen wurde – heiratete einen Helden, nachdem er sie in einer Schlacht besiegt hatte.«

Rycca verdrehte die Augen. Nachdenklich pflückte sie einen Grashalm und kaute daran. »Obwohl diese Frauen nichts mit Männern zu tun haben wollten, mussten sie dauernd gegen sie kämpfen.«

»Nur in diesen Geschichten. In Wirklichkeit gab es keine solchen Kriegerinnen.«

Lächelnd schaute sie in seine Augen, die voller Belustigung funkelten. »Muss ich Boudicca noch einmal erwähnen? Auf ihrem Streitwagen führte sie Männer – und Frauen – in die Schlacht. Viele Frauen in diesem Land griffen zu den Waffen.«

»Aber ein ganzes weibliches Volk, das ohne Männer leben wollte? Das finde ich unwahrscheinlich.«

Als Rycca sein herausforderndes Grinsen sah, lachte sie. »Nun, vielleicht beschließen wir kampflustigen Frauen, ein oder zwei Männer in unserer Mitte zu dulden. Natürlich nur nette...«

Sie beobachtete das Spiel von Sonnenstrahlen und Schatten, das über sein Gesicht flackerte. Entspannt streckte er sich im Gras aus. Doch sie spürte seine verhaltene Kraft. Seltsam – in seiner Nähe fühlte sie sich beschützt und erregt zugleich. Nur wenige Frauen, die auf Reisen gehen wollten, würden einen solchen Begleiter ablehnen.

Plötzlich hob er eine Hand und strich das Haar aus ihrer Stirn. Die Geste wirkte wie eine Liebkosung. »Da habt Ihr Euch wirklich schlimm verletzt.«

»Oh, ich spüre die Wunde gar nicht mehr…« In diesem Moment hätte man mit einem Stock auf ihren Kopf schlagen können, und es wäre ihr kaum bewusst geworden.

»Trotzdem solltet Ihr's nicht übertreiben.«

»Also kommt ein Galopp nicht in Frage?«

Dragon rückte näher zu ihr, um ihr Haar etwas genauer zu betrachten, fasziniert vom feurigen Glanz, den die Sonnenstrahlen erzeugten. Träumerisch ließ er eine seidige Strähne zwischen seinen Fingern hindurchgleiten. »Im Wald kann man nicht galoppieren.«

»Aber bei den Klippen wachsen keine Bäume. Wie weit ist es bis dorthin?«

Vorwurfsvoll zupfte er an ihrem Haar und ließ es los. »Ihr wollt zu den Klippen zurückkehren? Nicht zu fassen!«

Seiner Berührung beraubt, ärgerte sie sich über ihre unverständliche Enttäuschung und fauchte: »Glaubt Ihr, ich würde wieder hinunterfallen?«

»Wenn Ihr eines dieser Ungetüme reitet, ist alles möglich.« Dragon zeigte auf die beiden Füchse, die einander spielerisch anstießen, während sie große Grasbüschel aus dem Erdreich rissen.

»Das meint Ihr nicht ernst!«, erwiderte sie verblüfft. »So liebe, süße, brave Geschöpfe!«

»Einfach nur Pferde, und es gibt keinen Grund, ihretwegen in Verzückung zu geraten.«

Diesen Worten folgte ein langes Schweigen, das Rycca schließlich brach. »Ihr mögt keine Pferde.« Maßlos erstaunt, starrte sie ihn an. »Da besitzt Ihr die wunderbarsten Hengste, die ich jemals sah – *und Ihr mögt sie nicht?*«

»Warum muss ich sie mögen? Genügt es nicht, dass ich gut für sie sorge?«

Dem konnte sie nicht widersprechen. Doch sie wunderte sich immer noch. »Obwohl Ihr Euch nichts aus Pferden macht, seid Ihr ein ausgezeichneter Reiter. Aber Ihr scheint nicht gern zu reiten.«

»Genauso ungern, wie ich meine Feinde auf dem Schlachtfeld töte. Trotzdem muss ich's tun.«

Sonderbar – ein Krieger, der seine Kämpfe nicht zu schätzen wusste … In Ryccas Familie nutzten die Männer jede Gelegenheit, um das Schwert zu schwingen – zumindest, wenn sie mit einem Sieg rechneten. In letzter Zeit konnten sie sich nur selten an diesem Glück ergötzen.

»Habt Ihr schlechte Erfahrungen mit einem Pferd gemacht?« erkundigte sie sich.

»Ja«, gab er geistesabwesend zu und beobachtete ihre anmutigen Bewegungen, als sie eine bequemere Haltung im Gras einnahm. Die zu große Männerkleidung verbarg nur ihren Körper, nicht die schlanken, wohlgeformten Beine. Mühelos stellte er sich vor, wie himmlisch es wäre, zwischen diesen schönen Schenkeln zu liegen.

»Was ist geschehen?«

»Wann?«

»An jenem Tag, als Ihr eine schlechte Erfahrung mit einem Pferd gemacht habt«, erläuterte sie geduldig.

»Ach, das meint Ihr … Ich bin auf eins gestiegen.«

»Und dann?«

»Es trabte und rannte umher – das Übliche.«

»Seid Ihr im Sattel geblieben?«

»Natürlich. Solange sich das Pferd bewegte, war ich nicht so dumm, hinunterzuspringen.«

Mit schmalen Augen schaute sie ihn an. »Wurdet Ihr abgeworfen?«

»Kein einziges Mal. Das lässt sich leicht vermeiden.«

»Tatsächlich? Wie denn?«

»Man muss das Tier einfach nur zwischen den Beinen fest-

halten, und man darf das Gleichgewicht nicht verlieren«, antwortete er in einem Tonfall, der besagte, das sollte sie eigentlich wissen.

»Nachdem Ihr niemals abgeworfen wurdet – was habt Ihr denn gegen die Pferde?«

»Wenn ich's Euch verrate – seid Ihr dann zufrieden und hört auf, mich mit diesen albernen Fragen zu bestürmen?«

»Vielleicht. Aber es muss eine einleuchtende Erklärung sein. Ich glaube einfach nicht, dass ein so guter Reiter wie Ihr keine Pferde mag.«

»An den Pferden liegt's nicht direkt. Es missfällt mir, auf ihnen zu sitzen.«

Durch dichte Wimpern musterte sie ihn, und zwischen ihren Brauen bildeten sich zarte Fältchen. »Ich bemühe mich *wirklich,* das zu begreifen.«

»Weil es so hoch oben ist...«

»Hoch oben?«

Erbost nickte er. Warum gestand er ihr, was er noch keiner Menschenseele erzählt hatte, nicht einmal seinem Bruder? Nun, wenn er auf diese Weise das Vertrauen der jungen Frau gewann, würde sich seine Aufrichtigkeit vielleicht lohnen.

Plötzlich fiel es ihr wie Schuppen von den Augen. »Oh, Ihr leidet an Höhenangst?«

»Allem Anschein nach.«

»Und weil Eure Pferde so groß und hochbeinig sind...«

»Deshalb mag ich sie nicht.«

»Gewiss, das ist ein Problem. Und warum leidet Ihr an Höhenangst?«

»Wolltet Ihr nicht aufhören, mich mit Fragen zu belästigen?«

Ungerührt zuckte sie die Achseln. Dragon seufzte und gab sich geschlagen. Bevor sie die ganze Wahrheit erfuhr, würde sie nicht lockerlassen.

»Als ich noch ein Kind war, verließen mein Bruder und ich unser Zuhause. An Bord eines Schiffs bildete ich mir ein, ich müsste auf den Großmast klettern. Aus unerfindlichen Gründen dachte ich, da oben könnte ich die Sterne berühren. Bald merkte ich, dass das unmöglich war, und wollte hinuntersteigen. Aber inzwischen war es stockdunkel geworden, und das Wetter hatte umgeschlagen. Der Wind heulte gespenstisch, das Schiff schwankte immer heftiger. Und so klammerte ich mich am Mast fest und wartete, bis mich mein Bruder am nächsten Morgen entdeckte.«

Ein Kind, das die Sterne berühren wollte, dachte Rycca zutiefst bewegt. »Wo waren Eure Eltern?«

»Sie hatten bei einem Überfall ihr Leben verloren. So wie üblich. Zumindest war man damals daran gewöhnt. Glücklicherweise hat sich das inzwischen geändert.«

Ohne zu überlegen, streichelte sie seine Hand. Er sah Tränen in ihren Augen glänzen und wusste, sie würde wieder an ihr eigenes Leid denken.

Verdammt, warum hatte er sie daran erinnert? Er sprang auf und zog sie hoch. »Wenn wir die Biester noch lange allein lassen, werden sie unruhig.«

Nun standen sie dicht voreinander. Er roch den Duft ihrer Haut, frisches Gras, mit Geißblatt vermischt. Unwillkürlich ließ er seinen Blick zu ihrem Mund schweifen. Weiße Zähne gruben sich in die volle Unterlippe, und er legte einen Finger darauf. »Nein – nicht …«

Er hörte sie seufzen und spürte ihre Unsicherheit. Was er jetzt tun würde, war falsch. Schlimmer noch – völlig verrückt.

Aber niemand konnte ihn zurückhalten – nur die junge Frau selbst.

Da sie keinen Widerstand leistete, neigte er seinen dunklen Kopf zu ihrem rotblonden hinab. Nur ganz leicht berührte er ihren Mund mit seinem.

Von unbekannten Gefühlen überwältigt, konnte Rycca kaum atmen. Heißes Entzücken durchströmte ihren ganzen Körper, alle klaren Gedanken verflogen, und sie verwandelte sich in das Mädchen zurück, das am Morgen neben dem Bett gekniet und in *seinem* Duft geschwelgt hatte.

Voller Sehnsucht trat sie noch näher zu ihm. So glatt waren seine Lippen, so warm und – behutsam. Bei den Zechgelagen im Haus des Vaters hatten die Männer die Frauen geküsst, lüstern und gierig, wie sie Hirschkeulen verschlangen, mit hungrigen, weit geöffneten Mündern. Solche Szenen hatte sie voller Ekel beobachtet und geglaubt, sie wäre gefühlskalt. Wie dumm war sie gewesen – jetzt schien sie zu glühen. Sie bebte vor Verlangen – und vor Entsetzen, weil ihr das bewusst wurde. O Gott, welch eine Begierde! Wie war es nur möglich, ganz plötzlich solche ungehörigen Wünsche zu empfinden?

Sie *musste* ihn berühren, ihre Hände auf seine harte Brust pressen und ihn mit ihrer zitternden Zungenspitze kosten. Oh, welche Freude, sein Erschauern wahrzunehmen! Er drückte sie fester an sich, küsste sie leidenschaftlicher, und seine Zunge zwang sie, die Lippen zu öffnen. Wäre sie zu Atem gekommen, hätte sie vor lauter Ekstase geschrien. All die Jahre hatte sie nichts von den schönsten Wundern dieser Welt geahnt. Ihre Hände glitten nach oben zu seinen breiten Schultern, ihre Finger schlangen sich in sein dichtes, seidiges Nackenhaar. Unter der Männertunika schmerzten ihre Brustwarzen. Hilflos gab sie dem Bedürfnis nach, ihre Hüften an seinen zu reiben.

In wachsendem Staunen fragte sich Dragon, ob er eine Flammengestalt umarmte. Aus ihrem Körper schien wilde Glut in seinen zu dringen. Obwohl er die Liebeslust in vielen Varianten kannte, hatte er noch keine so überwältigende Leidenschaft verspürt wie in diesem Augenblick. Offenbar hatte seine Kriegerin – so nannte er sie inzwischen – die gleiche sinnliche Natur wie er.

Und trotzdem war sie unschuldig. Das wusste er, denn er hatte genug Erfahrungen mit Frauen gesammelt. Diese Erkenntnis verscheuchte den roten Nebel seines Verlangens, doch er konnte sich nicht dazu durchringen, die Umarmung zu beenden. Den Kopf der jungen Frau an seine Brust gepresst, streichelte er zärtlich ihr Haar, während er den brennenden Wunsch bekämpfte, mit ihr ins weiche Gras zu sinken und zu genießen, was sie offensichtlich genauso heiß ersehnte wie er selbst.

Er hatte sie gezwungen, ihn zu begleiten, und er wollte ihr Vertrauen gewinnen. Mit diesem Gedanken stärkte er sein schwankendes Gewissen. Obwohl sie ihm nichts verweigern würde – seine Ehre gebot ihm, verantwortungsbewusst zu handeln.

»Das hätte ich nicht tun dürfen«, flüsterte er.

Verwundert schaute sie zu ihm auf, bis sie die Bedeutung seiner Worte verstand. Sofort versteifte sie sich, stemmte beide Hände gegen seine Brust, und er musste sich zwingen, sie loszulassen. Aber er versuchte ihre Hand zu ergreifen, als sie hastig zurücktrat. Die Wangen hochrot, wich sie ihm aus.

»Hör mir zu«, bat er eindringlich. »Du bist ein junges unberührtes Mädchen. Und ich habe mir gelobt, dich zu beschützen. Deshalb hätte ich das nicht tun dürfen. Aber um die Wahrheit zu gestehen – du führst mich in Versuchung, wie ich es nie zuvor…« Abrupt verstummte er, denn er wollte sie nicht erschrecken. »Trotzdem schwöre ich dir – du hast nichts von mir zu befürchten.«

Die Wahrheit.

Nachdenklich betrachtete sie ihn – diesen wunderbaren, faszinierenden, kraftvollen Mann, der sie in der Nacht umarmt hatte, um ihre Ängste zu verscheuchen, und mit ihr ausgeritten war, ohne Rücksicht auf seine eigenen Gefühle. Die bezähmte er auch jetzt, um sie vor ihrer eigenen berückenden

Sehnsucht zu retten. Der Held dieser fremden Welt … »Sogar über die Klippen bist du gestiegen«, sagte sie leise.

Tatsächlich, er fühlte sich, als wäre er von einem hohen Gipfel herabgestürzt. Doch sie meinte zweifellos etwas ganz anderes.

Lächelnd las sie die unausgesprochene Frage in seinen Augen. »Obwohl du an Höhenangst leidest, bist du mir zum Klippenrand gefolgt und hinabgeklettert, um mich vor dem sicheren Tod zu bewahren.«

Nun seufzte Dragon erleichtert auf. Sie zürnte ihm nicht. »Und dann trug ich dich zur Hütte.«

Ryccas Lächeln vertiefte sich. »Welch ein entschlossener Mann …«

»O ja«, bestätigte er und ging zu den Pferden.

Gegen Mittag kehrten sie in die Hütte zurück. Rycca behauptete, sie würde sich großartig fühlen. Doch sie widersprach Dragon nicht, als er ihr empfahl, sich hinzulegen und auszuruhen. Sobald sie die Augen geschlossen hatte, schlief sie ein und erwachte erst am Abend.

Nirgends ließ er sich blicken. Romulus und Remus standen im Stall. Sie freuten sich sichtlich, Rycca wieder zu sehen. Also war er nicht weggeritten. Natürlich – falls er sich entfernt hatte, zog er es vor, seine Beine zu benutzen. Nicht, dass sie ernsthaft glaubte, er hätte sie verlassen. Trotzdem war sie dumm genug, um aufzuatmen, nachdem sie den ausgenommenen, geschuppten Fisch entdeckt hatte, der auf grünen Zweigen über dem Feuer gegart werden sollte. Wo mochte er sein? Am Fluss? Sie wandte sich in diese Richtung. Und da sah sie vom Hang eines niedrigen Hügels, nahe der Hütte, Rauch aufsteigen.

Sie hatte von Saunen gehört. Aber diesen Brauch pflegten die Dänen, sicher keine ehrbaren Engländer. Warum gab es hier eine Sauna? Sie wollte darauf zugehen, dann blieb sie wie

festgewurzelt stehen, denn am Fuß des Hangs öffnete sich eine Tür, und jemand trat heraus – ein nackter Mann.

O Gott…

Ryccas Wangen brannten wie Feuer, was sie kaum wahrnahm. Hastig trat sie hinter einen Baum und starrte ihn an, die Augen weit aufgerissen, von Bewunderung überwältigt.

Noch nie hatte sie einen schöneren Körper gesehen. Ihre Hände prickelten vor Verlangen, diese breiten Schultern zu berühren, über die Brust zu streichen, die muskulösen Arme, harten Schenkeln – und dann wieder nach oben, zu…

Offenbar hatte sie zu atmen vergessen, denn ihre Lungen rangen schmerzhaft nach Luft. Sie beobachtete, wie er zum Fluss ging. Sogar sein Rücken war eine Augenweide. Und die prallen Hinterbacken…

Wann war der Abend so heiß geworden? Beinahe glaubte sie, das Gras müsste vor ihren Augen in Flammen aufgehen. Oder vielleicht hatte sich die Sonne der Erde genähert. Gewiss, daran musste es liegen.

Nein, in ihr selbst loderte ein Feuer, eine glutvolle Begierde nach diesem hinreißenden Mann. Jetzt wusste sie, was in den Frauen vorging, über die sich ihr Vater und seine Kumpane so oft unterhielten – die angeblich heißer Wollust frönten. Stets hatte Rycca geglaubt, solche Frauen würde es nicht geben. Jetzt wusste sie es besser. Ja, sie begehrte den Fremden, und er ahnte gar nicht, auf welch unschickliche Weise er gemustert wurde. Würde sie *ihn* dabei ertappen, dass er sie so dreist anstarrte, wäre sie wütend. Und erregt. O nein, das stimmte nicht. Oder vielleicht doch… Daran wollte sie nicht denken.

Eigentlich sollte sie sich schämen. Und sobald sie wieder zu Atem kam, würde sie das wahrscheinlich auch tun.

Er ging zum Fluss – zweifellos, um zu schwimmen und sich nach der Hitze in der Sauna abzukühlen. Das gehörte dazu, nicht wahr? Erst heiße Dämpfe, dann kaltes Wasser.

Funkelnde Tropfen würden über diesen reizvollen Körper rinnen und Spuren ziehen, die sie mit ihren Fingerspitzen nur zu gern verfolgen würde...

Auch Rycca könnte ein kühles Bad gut gebrauchen. Aber sie würde sich nicht einmal in die Nähe des Flusses wagen. So viel Verstand, um diese Gefahr zu meiden, hatte sie immer noch.

Oder ihre Vernunft besiegte die Emotionen, nachdem er aus ihrem Blickfeld verschwunden war. Trotzdem wurde sie von süßen Erinnerungen verfolgt, von all den verwirrenden Einzelheiten jener Umarmung.

Ganz ruhig ein- und ausatmen, befahl sie sich. Er ist nur ein Mann – einfach nur ein Mann. Solange sie das nicht vergaß, war alles in Ordnung.

Doch er ließ sich nicht mit anderen Männern vergleichen – obwohl sie ihr Bestes tat, um diese Erkenntnis zu verdrängen.

Und deshalb musste sie ein Problem lösen. Wenn er zurückkam, würde sie sich vor lauter Scham in einer Ecke verkriechen...

Nein, welch ein Unsinn! Dafür war sie viel zu stolz. Irgendwie würde sie die Begegnung meistern.

Wenig später verließ Dragon das Flussufer, in einer sauberen, ärmellosen Tunika aus fein gesponnener brauner Wolle, die bis zu seinen Schenkeln reichte. Bei mildem Wetter war das seine übliche Kleidung. An einem breiten Ledergürtel hing eine Schwertscheide. Weiche Kiefernnadeln bedeckten den Weg zur Hütte. Deshalb trug er keine Sandalen. Die feuchten Haare hatte er im Nacken mit einem Band umwunden. Bevor er in die Sauna gegangen war, hatte er sich rasiert. Jetzt fühlte er sich erfrischt und sauber. Hawk konnte ein hinterhältiger autoritärer Bastard sein. Aber er besaß eine komfortable Sauna. Und er war ein guter Freund, dem es verdammt schwer fallen würde, zu begreifen, warum sich Dra

gon von einer rothaarigen Verführerin bezaubern ließ, die er gar nicht anschauen dürfte.

Geschweige denn küssen.

Nur ein Kuss, der nichts bedeuten sollte.

Auf seinen Reisen hatte er sich mit bildschönen, erfahrenen Kurtisanen vergnügt. Oder die Betten von Frauen geteilt, die mit ihrer Leidenschaft wettmachten, was ihnen an Liebeskünsten fehlte. Inzwischen müsste er das Stadium überwunden haben, wo ihn ein einziger Kuss übermäßig beeindrucken könnte.

Oder doch nicht?

Wie auch immer, es spielte keine Rolle, weil ihn größere Sorgen plagten. Zum Beispiel die Frage, wie er das unerträgliche Verlangen nach der jungen Frau zügeln sollte.

Seufzend nahm er sich vor, endlich herauszufinden, wer sie war. Sobald er das wusste, würde er die Gefahr abschätzen, in der sie schwebte, und ihre Sicherheit gewährleisten. Selbst wenn ihre Familie in die kürzlich niedergeschlagene Revolte gegen König Alfred verwickelt war, brauchte sie die Zukunft nicht zu fürchten. Hawk würde sie beschützen und ihr Schicksal dem König ans Herz legen. Wenn es um Frauen und Kinder ging, kannte der Herrscher keine Rachsucht. Für die junge Kriegerin wäre es am besten, Dragon anzuvertrauen, wovor sie floh. Dann würde ihr sicher nichts zustoßen.

Doch das musste er ihr erst einmal klar machen.

Mit diesem Problem befasste er sich immer noch, als er die Hütte erreichte. Die junge Frau war nirgends zu sehen. Wahrscheinlich schlief sie noch. Aber der Fisch konnte nicht länger warten. Außerdem musste sie hungrig sein. Gerade wollte er sie wecken, da trat sie hinter dem Stall hervor, den Kopf hoch erhoben.

Gleichmütig lächelte sie ihn an, die Wangen gerötet – von ihrem Schlummer, vermutete er.

»Ah, du bist zurückgekommen«, begrüßte sie ihn.

»Ich war schwimmen. Übrigens, hier gibt es eine Sauna, falls du sie benutzen willst.«

Dieser Vorschlag schien ihr zu missfallen. Vielleicht fand sie ihn fremdartig und exotisch. »Nein, ich bade lieber im Fluss. Sicher ist das Wasser warm genug.«

»O ja, sehr erfrischend.« Bald würden sie über das Wetter reden. Nach dem Kuss hatte sie nicht so verlegen gewirkt wie jetzt. Was mochte sie bedrücken? Warum wich sie seinem Blick aus? Bereute sie, was zwischen ihnen geschehen war – nachdem sie darüber nachgedacht hatte?

Das würde er bedauern, denn es erschwerte die Aufgabe, ihr Vertrauen zu gewinnen. Doch was den Kuss betraf – deshalb empfand er keine Gewissensbisse, die Erinnerung war zu süß. »Nun will ich mich um den Fisch kümmern«, erklärte er.

Während er das Abendessen vorbereitete, sammelte sie wilde Kräuter und Beeren. Meistens aßen sie schweigend, abgesehen von dem Lob, das sie dem gebratenen Fisch zollte, und einer kurzen Diskussion über die Frage, wie man am besten Forellen fing. Sie bevorzugte Netze, er Angelruten. Überaus höflich unterhielten sie sich.

Nach der Mahlzeit brach die Nacht herein. Sie nippten an dem Rheinwein, den Dragon in der Speisekammer gefunden hatte. Was die Vorräte betraf, war Hawk ein überaus großzügiger Gastgeber.

Rötlich schimmerte der Mars neben dem strahlend hellen Stern Spica. In dieser Nacht würde kein Mond scheinen, und der klare Himmel bot eine günstige Gelegenheit, die Konstellationen zu studieren.

»Kennst du auch Geschichten über Sterne?«, fragte Rycca zögernd. Sie hatte bemerkt, wohin er schaute, und die Neugier, die sie schon so oft beim Anblick der Lichter über der Erde verspürt hatte, erwachte wieder. Manchmal erschienen

sie so nahe, als könnte man sie berühren, so, wie er es in der Kindheit versucht hatte.

»O ja, ein paar«, erwiderte er lächelnd. Sollte er sie mit Geschichten einlullen wie eine Mutter, die ihr Kind besänftigt? Sollte er Dichtung und Wahrheit erzählen, bis sie alles andere vergessen würde? Er füllte die beiden Becher noch einmal. »Siehst du die beiden hellen Sterne, die übereinander stehen – und die anderen zu ihrer Linken? Das ist Cassiopeia, die einstige Königin von Äthiopien, einem alten Land im Süden. Nachdem diese prahlerische Frau die Götter erzürnt hatte, wurde sie an ihren Thron gekettet. Hin und wieder hängt sie nach unten.«

»Wie schrecklich!«

»Gewiss. Aber die Araber behaupten, sie sei einfach nur ein kniendes Kamel. Rechts von ihr siehst du ihre Tochter Andromeda. Um Götter zu beschwichtigen und ihrem Schicksal zu entrinnen, wollte sie ihr Kind opfern, band es an einen Felsen am Meer fest und hoffte, ein Ungeheuer würde es verschlingen. Glücklicherweise ritt der Held Perseus auf einem geflügelten Pferd vom Himmel herab und rettete Andromeda gerade noch rechtzeitig.«

»Beneidenswerte Andromeda …«, murmelte Rycca.

Dragon nutzte die Gunst der Stunde. »Manchmal brauchen die Menschen Hilfe und müssen jemandem vertrauen, um ihre Probleme zu lösen.«

»Aber ich bin nicht an einen Felsen gefesselt.«

Ihre Geistesgegenwart verblüffte ihn. »Vielleicht doch – und du versuchst, dich allein aus einer Notlage zu befreien.«

»Was geschah mit Andromeda, nachdem Perseus sie gerettet hatte?«

»Welche Rolle spielt das?«

»Gehört das nicht zu der Geschichte?«

»Ja, wahrscheinlich schon.«

»Dann erzähl mir, wie es weiterging – *bitte.*«

Mit diesem Wort erreichte sie ihr Ziel. »Die beiden verliebten sich ineinander, Perseus nahm Andromeda zur Frau, und sie gebar ihm sechs Söhne und eine Tochter. Doch sie führten kein sorgenfreies Leben. Unwissentlich erfüllte Perseus die Prophezeiung, die seine Geburt überschattet hatte, und tötete seinen Großvater. Deshalb musste er aus seiner Heimat fliehen. Aber er gründete ein neues Königreich, dem viele Helden entstammen sollten. Und damit ist die Geschichte beendet.«

Inzwischen war das letzte Tageslicht erloschen, und er sah ihr Gesicht im Schatten, im Widerschein der Flammen. »Nur eine schöne Legende«, meinte sie. »Mehr nicht.«

»Es hätte tatsächlich geschehen können.«

Obwohl sie schwieg, wusste er, dass sie ihm nicht zustimmte.

Wenig später gingen sie schlafen – Rycca in der Hütte, Dragon im Freien. Die Nacht verdunkelte sich, Rehe und Hirsche tauchten aus dem Unterholz auf, wo sie tagsüber geschlafen hatten. Auch Füchse krochen aus ihrem Bau. Über Dragons Kopf flog eine Eule hinweg, die Flügel in der flüsternden Luft kaum bewegt. Ein paar kleine Fledermäuse flatterten unter den Bäumen. Im Stall träumten Romulus und Remus von grenzenlosen, saftig grünen Wiesen.

Dragon beobachtete, wie sich die Sternbilder veränderten. Bald sah er seinen Namensvetter, den Drachen, über den Himmel schweben. Früher hatte der hellste Stern im Drachen allen Reisenden den Weg nach Norden gewiesen. Jetzt war das nicht mehr möglich, denn der Himmel hatte sich verändert – auf seine eigene langsame Weise, die man in einem befristeten Menschenleben nicht wahrnahm. Er trank noch etwas Wein.

In schnellem Flug glitt ein funkelnder Stern über den Himmel und verschwand – blitzschnell erloschen, als hätte er niemals existiert.

So verdammt kurz war das Leben.

Immer wieder schlug Rycca mit der Faust auf das Kissen. Was zuvor angenehm und bequem gewesen war, erschien ihr jetzt klumpig. Und die weiche Decke reizte ihre Haut. Darunter war ihr zu heiß, ohne die dicke Wolle fror sie. Sie fand das Bett zu breit, die Luft zu still, die Nacht zu lang.

Also wirklich – wie konnte er sie mit Andromeda vergleichen? Und sich selbst mit dem Helden Perseus? Niemals würde er ein geflügeltes Pferd reiten. Sieben Kinder – ein verlorenes Königreich und ein neues Land. Welch eine Geschichte...

In ihrem Innern fühlte sie eine dumpfe, schmerzliche Leere. Warum ist das Leben so schwierig, fragte sie sich bedrückt. Solange sie mit ihrem Zwillingsbruder zusammen gewesen war, hatten sie einander nach besten Kräften geholfen. Davon abgesehen, blickte sie auf viele trostlose Jahre voller Zwietracht und Grausamkeit zurück. Und die Zukunft? Selbst wenn sie die Normandie erreichte – was mochte sie dort erwarten?

Thurlow musste seinen eigenen Weg gehen. Auf ihn konnte sie sich nicht verlassen. Wahrscheinlich blieben ihr nur zwei Möglichkeiten – das Kloster oder eine Ehe, beides gewissermaßen ein Gefängnis.

Aber es gab noch etwas anderes – das spürte sie mit allen Fasern ihres Seins. Am Strand war es ihr bewusst geworden, als sie ihre Freiheit genossen hatte. Was nutzte ihr die Freiheit, wenn sie allein lebte? Oder die Zweisamkeit, wenn sie die Gefangenschaft bedeutete?

Dieses verdammte Kissen...

Sie stieg aus dem Bett und wanderte zum Fenster, ging zum Tisch, strich über die Kante und erinnerte sich an den Kuss.

Da verstärkte sich der Schmerz in ihrem Innern.

Vermutlich würde man sie gefangen nehmen. Den Gedanken an diese Gefahr hatte sie tagelang verdrängt. Jetzt blickte

sie der unheilvollen Wirklichkeit ins Auge. Nach Hawkforte zu gelangen, war schwierig genug. Vielleicht sogar unmöglich, denn inzwischen musste sich ihr Verschwinden herumgesprochen haben, und die Leute würden nach ihr suchen. Obwohl *er* ihr helfen würde, begann ihre Zuversicht zu schwinden.

Und wenn ihr die Flucht misslang, welches Schicksal mochte ihr dann drohen? Sie erschauerte. Sicher würde man sie einsperren, vielleicht sogar sterben lassen. Das traute sie ihrer Familie zu, und der Tod wäre ihre einzige Freiheit.

Ihr Atem stockte. Nein, sie liebte das Leben, jeden einzelnen Augenblick, und sie wollte in all den Freuden schwelgen, die es ihr bieten würde, wenn …

Wenn – was?

Wenn ich fliegen könnte, flüsterte ihr Herz.

5

Draußen war es kühler als tagsüber, aber Rycca fröstelte nicht. Durch das dünne Nachthemd hindurch liebkoste die Luft ihre Haut.

So leicht bekleidet ins Freie zu gehen, erschien ihr ziemlich gewagt. Wenn das Hemd auch bis zu ihren Fußknöcheln reichte – das Sternenlicht schimmerte durch den zarten Stoff. Einen Augenblick lang dachte sie an die Frau, für die es genäht worden war. Und plötzlich fühlte sie sich ihr eng verbunden. Barfuß, das offene Haar über den Schultern, eilte sie zum Feuer, neben dem Dragon lag.

Er schlief auf dem Rücken, einen Arm zum – oh, völlig leeren – Weinkrug ausgestreckt, den Kopf zu ihr gewandt, die Lippen leicht geöffnet. Bei jedem der rhythmischen Atemzüge, die seine Brust hoben und senkten, hörte Rycca ein lei-

ses Geräusch. Darüber musste sie lächeln. Dass er schnarchte, war eine kleine menschliche Schwäche, die ihr gefiel. Dadurch wirkte er zugänglicher. Langsam trat sie näher und begnügte sich vorerst damit, ihn zu betrachten. Zu ihrer eigenen Verblüffung kannte sie keine Bedenken. Die hätte sie hegen müssen, denn sie erlebte einen solchen Moment zum ersten Mal. Trotzdem zögerte sie nicht, weil sie einer viel zu düsteren Zukunft entgegenblickte. Wenn sie schon nichts Besseres erwarten durfte – diese Nacht würde ihr gehören.

Und dieser Mann.

Als er sich bewegte, lenkte er ihren Blick auf seinen Körper. Sie atmete die frische Nachtluft ein, und jenes erstaunliche wilde Verlangen regte sich erneut in ihrem Blut. O ja, sie würde ihm alles schenken. Zum Teufel mit Ehre und Pflichtbewusstsein und den übrigen Moralbegriffen! Nur sie allein bestimmte über ihr Leben, zumindest in diesen Stunden.

Aber wie sollte sie beginnen? Noch nie hatte sie einen Mann berührt, abgesehen von harmlosen Zärtlichkeiten, mit Thurlow ausgetauscht. Und außer jenem unschicklichen, betörenden Kuss, dessen sanfte, verhaltene Leidenschaft sie hierher gelockt hatte …

Also noch ein Kuss. Sie kniete neben ihm nieder. Dabei fiel eine ihrer Locken auf seine Stirn. Vorsichtig strich sie ihr Haar beiseite. Als er sich nicht bewegte, fasste sie Mut und neigte ihren Kopf hinab.

Obwohl im Schlaf entspannt, fühlten sich seine Lippen verführerisch an. Ganz behutsam berührte sie seinen Mund mit ihrem, ein Schmetterlingsflügel schien ihn zu streifen. Die Wärme, die er ausstrahlte, erhitzte ihren ganzen Körper. Oder vielleicht erfüllte die Glut bereits ihr Inneres, und der begehrenswerte Mann war der Funke, der sie entzündete.

Wie die Sonne den Himmel entflammt, dachte sie und verstärkte den Druck ihrer Lippen – nur ein wenig, immer noch

sachte. Diesmal regte er sich, hob eine Hand seines ausgestreckten Arms und ließ sie wieder sinken.

Rycca lächelte an seinen Lippen, legte sich zu ihm und streichelte den nackten Arm. Unter ihren Fingern vibrierten seine Muskeln. Ihre Faszination wuchs. Niemals hätte sie sich träumen lassen, sie wäre so kühn, einen Mann aufreizend zu liebkosen. Die Frauen wurden von den Männern einfach gepackt, gedankenlos genommen, manchmal misshandelt. Denn die Herren der Schöpfung glaubten, der Körper einer Frau würde ihr nicht gehören. Ein männlicher Körper – das war etwas anderes. Sogar ein ganz gewöhnlicher Bauer hielt sich für den König seiner Hütte. Wehe dem, der daran zweifelte…

Aber jetzt ergriff *sie* die Initiative, wenn sie auch nicht wusste, wie sie vorgehen sollte. Bedauerlicherweise war er bekleidet, mit der Tunika, die er nach seinem Bad angezogen hatte. In der eher milden Nachtluft hatte er auf eine Decke verzichtet. Ryccas Hand glitt über seine breiten Schultern und die Brust, die sich wie ein sonnenwarmer Felsen anfühlte. Nur aus Sehnen und harten Muskeln schien er zu bestehen.

Ihr Wagemut beschleunigte ihre Herzschläge, während sie über seine Schenkel strich und die feinen Härchen ihre Handflächen kitzelten. Am Saum der Tunika zauderte sie. Wie einfach wäre es, das Gewand nach oben zu schieben und… Ryccas Wangen brannten. Nein, das wäre zu dreist.

Seufzend schüttelte sie den Kopf, und ihre kupferroten Locken streiften seine Brust. Wie immer wurde sie von der unausweichlichen Wahrheit gefangen genommen und nicht losgelassen. Mit ihrem Entschluss, das Schicksal nicht zu erdulden, das ihr die Familie zudachte, hatte sie die Grenzen der Schicklichkeit bereits überschritten. Und nun betrat sie in ihrer Kühnheit ein neues Reich, wo sich Verzweiflung und Sehnsucht kaum unterschieden.

Welch ein schöner Mann! So wundervolle Erinnerungen würden sie in der kalten, dunklen Zukunft wärmen.

Wenn ich mich schamlos verhalte – sei's drum, dachte sie, erhob sich hastig auf die Knie, ehe sie ihre Entscheidung zu widerrufen vermochte, und zerrte das Nachthemd über ihren Kopf. Kühle Luft berührte ihre Haut. Doch das spürte sie nicht. Zu heiß loderte das Feuer in ihrem Körper. Sie umfasste seine Hand und zog sie an ihren Busen.

Nur ein Traum – ein erotischer Traum, vom Wein heraufbeschworen … Und doch, irgendwie anders … Dragon verfügte über einen reichlichen Schatz an sinnlichen Erfahrungen, auf die er zurückgreifen konnte. Aber das schien nicht zu geschehen. Eigentlich müsste er träumen, er würde sich in Byzanz auf einem seidenen Diwan rekeln und die exquisiten Liebeskünste einer schönen Huri genießen – oder die Tscherkessin mit dem feuerroten Haar umarmen – oder die gelenkige Nubierin, die unglaubliche Positionen beherrschte …

Stattdessen lag er auf hartem Boden, und die Huri – falls sie eine war – roch nach Geißblatt, und das erinnerte ihn …

Abrupt öffnete er die Augen und starrte seine Hand an, die eine alabasterweiße, perfekt geformte Brust umschloss. Zwischen seinen Fingern ragte eine bezaubernde rosige Knospe hervor, und über einem energischen Kinn sah er honigfarbene Augen, die seinen Blick ohne die geringste Scheu erwiderten.

»Oh …«, murmelte er, und das fand er so wortgewandt, wie man es von einem Mann unter diesen Umständen erwarten konnte, mochte er auch das Talent eines Skalden besitzen.

»Denk nicht nach«, empfahl sie ihm überflüssigerweise, denn er entsann sich nur vage, was Denken bedeutete. Und er wusste auch nicht, warum er sein Gehirn anstrengen sollte.

Ihr schimmernder Kopf beugte sich herab, und er fühlte

ihre suchenden Lippen, ihre warme Zunge, die seine kostete. Von heißem Verlangen erfüllt, fürchtete er zu bersten. Da lag sie, in seinen Armen. Während er sie mit seinem Körper bedeckte, meldete sich der letzte Rest seiner Vernunft und bekämpfte die rasende Begierde.

»Das darf ich nicht…«, flüsterte er. Doch er fand kein einleuchtendes Argument, um zu begründen, warum sein und ihr Verhalten unklug war.

Sein Protest wurde ignoriert. Mit beiden Händen, gestärkt vom jahrelangen Zügeln temperamentvoller Pferde, zog sie seine Tunika nach oben. Atemlos zerrte er den Saum in die entgegengesetzte Richtung. Welch eine lächerliche Situation – als hätten sie die Rollen vertauscht und *er* wäre die sittsame Jungfrau!

Erst jetzt bemerkte er, dass sie tatsächlich splitternackt war. Davon hatte er nicht geträumt, genauso wenig, wie er sich einbildete, ihre seidige Haut an seinem Körper zu spüren. Stöhnend strich er über ihren Rücken, die sanft gerundeten Hüften, und sie schmiegte sich fester an ihn.

Nein, er durfte es nicht tun. Auf keinen Fall, nachdem er gelobt hatte, er würde sie beschützen und sie könne ihm vertrauen. Heilige Frigg, Königin der Götter, hilf mir, betete er stumm.

Aber die Göttin zeigte sich nicht geneigt, ihm beizustehen. Er war allein mit seinem Gewissen – und mit dieser jungen Frau, die offensichtlich den Verstand verloren hatte. »Damit müssen wir aufhören«, keuchte er. Um seine Brust schienen sich Eisenklammern zu winden. Schmerzhaft hämmerte sein Herz gegen die Rippen. Und sein Penis, dieser leichtsinnige Kerl, strebte mit aller Macht danach, seinen Willen durchzusetzen – mochte es kosten, was es wollte.

»Nein«, entgegnete Rycca. »Nein«, wiederholte sie entschlossen, um ihm eine geflüsterte Bitte abzuschlagen. Und dieses zweite Nein drang durch den roten Nebel seines inne-

ren Konflikts in sein Bewusstsein. Er schaute wieder in die schönen Augen seiner Kriegerin und las keine Angst darin, nicht einmal die schwache Spur irgendwelcher Zweifel. Von welchem Dämon wurde sie getrieben?

»Warum?«, fragte er, umfasste ihren Hinterkopf und streichelte ihr Haar. Mittlerweile war die Wirkung des Weins völlig verflogen, und Dragon fühlte sich hellwach.

Ihr Mund glitt über seinen. »Weil ich Erinnerungen sammeln möchte.« Unbefangen schob sie eine Hand unter seine Tunika, ertastete seine Männlichkeit und hielt erstaunt den Atem an.

Da stöhnte er wieder und ergriff ihre Finger. Aber er verwehrte ihr die Berührung nicht. Diese Zärtlichkeit ersehnten sie beide viel zu inbrünstig.

Erinnerungen? Das verstand er. Oft genug hatte er gewünscht, sich alle Sternenbahnen unauslöschlich einzuprägen, einen durchsichtigen Wolkenschleier vor dem Mond, den Duft einer Brise, das Flattern eines Vogelflügels – jede winzige, wunderbare Einzelheit auf dieser Welt. Doch solche Momente hatte er immer nur am Vorabend einer Schlacht erlebt. Oder in plötzlicher Stille, wenn er geglaubt hatte, der Zeitraum eines schönen Augenblicks müsste in Stunden gemessen werden, nicht in Sekunden.

Wo sah *sie* das Ende ihrer Hoffnungen? Dass sie es erwartete, bezweifelte er nicht. Sie hatte die Gefahr, die ihr drohte, und das Angebot seiner Hilfe erwogen und beschlossen, das Leben auszukosten, solange es noch möglich war. Damit bewies sie ihr mangelndes Vertrauen in ihn und ihren Mut. Trotzdem durfte er nicht tun, wozu sie ihn drängte. Oder doch?

Wie er aus Erfahrung wusste, gab es nichts, was Männer und Frauen enger verband als die körperliche Liebe. Wenn er ihr Freude und die angestrebten Erinnerungen schenkte und sie gleichzeitig vor allem Bösen bewahrte – würde sie

ihm dann vertrauen? Dazu wäre sie gezwungen, wenn sie am Leben bleiben wollte.

Wenn …

Bei diesem Gedanken fühlte er, wie sich der mutwillige Kerl zwischen seinen Beinen ungeduldig regte. Die junge Frau rang wieder nach Luft. Aber sie ließ ihn nicht los. Auch Dragon holte tief Atem und kämpfte um seine Selbstkontrolle. In den parfümierten Gemächern von Byzanz hatte er Liebeskünste erlernt, die nur wenige Männer kannten. Nur ein einziges Ziel hatte er angesteuert – sein Vergnügen. Jetzt dachte er anders darüber.

Ja, er würde es tun und ihr die Erinnerungen verschaffen, die sie sich wünschte.

Hilflos bäumte sich Rycca auf, den Kopf in die Kiefernnadeln gepresst, die den harten Boden bedeckten. Schweiß benetzte ihre Haut, mühsam sog sie Luft in ihre Lungen, und die anschwellenden Wellen ihres Entzückens gönnten ihr keine Erholungspause. Sobald sie glaubte, sie wäre der süßen Qual entronnen, wurde sie von seinen suchenden Lippen und betörenden Händen in neue Ekstase getrieben. Ihre Brustwarzen erhärteten sich schmerzhaft, ihre Schenkel bebten, von Feuerströmen durchdrungen. Die Augen halb geschlossen, spähte sie zu dem dunklen Kopf zwischen ihren Beinen hinab und stöhnte, von unaufhörlichen gnadenlosen Reizen überwältigt.

Niemals hatte sie sich vorgestellt, niemals geahnt …

In der unwirtlichen Festung ihres Vaters hatte sie Männer unsanft nach den Brüsten der Frauen greifen sehen. Manche saugten sogar daran, wie Babys. Vor solchen Szenen pflegte Rycca zu fliehen. Aber eines Abends stand sie auf der Treppe, schaute in die Halle hinab und beobachtete einen Mann, der die Röcke einer Frau nach oben zerrte und sie auf einen Tisch legte, sein Glied entblößte und in sie eindrang. Nur ein paar

kraftvolle Stöße, ein Grunzen – und seine Lust war gestillt. So wie sich Pferde paarten, ohne jedes Feingefühl …

Damals hatte Rycca geglaubt, auf diese Weise würden alle Liebesakte verlaufen. O süßer Himmel, welch eine Närrin war sie gewesen!

Ihre Finger gruben sich in seine breiten Schultern. Heiser schrie sie auf, als die Welt wieder zu bersten schien. Dragon hob den Kopf. Voller Genugtuung betrachtete er ihren hinreißenden Körper, der silbrig im Sternenlicht schimmerte. Die Befriedigung, die er ersehnte, empfand er nicht – nur jene, die er sich gestattete. Sie war eine Jungfrau. Davon hatte ihn sein Finger überzeugt, vorsichtig in ihre Weiblichkeit geschoben. Beinahe hätte ihn die heiße, feuchte Öffnung um seine Selbstbeherrschung gebracht. Doch die Barriere ihrer Unschuld bestärkte ihn in seinem Entschluss, sie nicht zu entehren.

Wie empfänglich sie für seine intimen Zärtlichkeiten war … Unter seiner Berührung erwachte ihr ganzer Körper zu pulsierendem Leben. Sie hatte keine großen Brüste. Aber sie passten perfekt in seine Hände, und er spürte die aufgerichteten Knospen. Anmutig geschwungene Hüften betonten die schmale Taille. An ihrem flachen Bauch war die Haut genauso empfindsam wie an den seidigen Innenseiten ihrer Schenkel. Und dazwischen glich das Zentrum ihrer Lust einer rosigen, glänzenden Muschel.

Mit flackernder Zunge schmeckte er sie, denn es drängte ihn, sie auf diese Weise kennen zu lernen, und ihre Leidenschaft belohnte ihn. Jener erste Kuss hatte ihn nicht getäuscht. In seinen Armen verwandelte sie sich in eine Flamme, ohne Scham, von einem Höhepunkt zum anderen gejagt.

Auf seine eigene Erfüllung verzichtete er. Irgendwie, obwohl es ihn fast umbrachte, würde er sich zurückhalten. Sein Körper schrie nach der Erlösung. Aber er ignorierte das

Verlangen, und seine Aufmerksamkeit galt ausschließlich der schönen Kriegerin.

Die Glut der schwelenden Asche verschärfte die markanten Züge seines Gesichts, die Rycca in ohnmächtigem Zorn musterte. Das tat er absichtlich – er verweigerte ihr, was sie sich am allermeisten wünschte, und gab ihr, was sie nie für möglich gehalten hätte. Das Erlebnis der Ekstase war eine weitere Neuheit in diesem seltsamen fremden Land. Doch diese Entdeckung genügte ihr nicht. Sie wollte… O Gott, noch einmal…

Jetzt ertrug sie es nicht länger. Und sie sehnte sich nach *ihm*, nicht nach der bezwingenden Fleischeslust, die er ihr bot. Entschlossen packte sie seine Schultern, mit einer Kraft, die sie sich niemals zugetraut hätte, schob ihn weg und drehte ihn auf den Rücken. »Das reicht«, wisperte sie an seiner heißen Brust. Dann wanderten ihre Lippen zum dunklen Kraushaar unterhalb seines Nabels hinab. »Genug! Du betrügst uns beide.«

»Nein«, erwiderte er, richtete sich auf und versuchte, sie zurückzuhalten. Aber sie war schneller. Mit seinem Liebesspiel hatte er ihr einiges beigebracht. Oder vielleicht ließ sie sich von ihren Instinkten leiten. Bei der ersten Berührung ihrer Zunge fiel er zu Boden und zitterte wie im Fieber.

Sehr gut, dachte sie, nun ergeht es ihm ebenso wie mir… Dann dachte sie gar nichts mehr und gab sich nur noch dem Bedürfnis hin, ihn zu kosten.

Irgendwo im Hintergrund seines Bewusstseins fragte er sich, ob man an dieser Wonne sterben könnte. Nach ein paar Sekunden schaltete das Rauschen seines Blutes alle Gedanken aus, und er verlor sich in heftigen Gefühlen.

Als seine Wahrnehmung zurückkehrte, kniete die junge Frau über seinen Hüften, schleuderte ihr Haar nach hinten und enthüllte ihre Brüste. Dieser Anblick würde ihm

den letzten Atem rauben, hätte er zuvor ein bisschen Luft bekommen. Die Stirn gerunzelt, sank sie zielstrebig herab.

Plötzlich erkannte er ihre Absicht und bemühte sich, sie daran zu hindern, ohne Erfolg. Sie legte seine Hände auf ihre Brüste, ihre enge, feuchte Hitze umfing die Spitze seiner Männlichkeit.

Obwohl er wusste, er müsste ihr Einhalt gebieten, konnte er sich nicht dazu durchringen. Stürmische Leidenschaft lähmte seinen ganzen Körper – nur den mutwilligen Kerl zwischen seinen Beinen nicht, in dem sich sein ganzes Streben konzentrierte.

Fasziniert und völlig machtlos beobachtete er die junge Frau. In ihre Unterlippe gruben sich kleine weiße Zähne. Nachdem sie sich in die richtige Position gebracht hatte, glitt sie noch tiefer herab, um ihn in sich aufzunehmen. Er erwartete, sie würde zurückzucken, sobald er die Barriere erreichte. Doch er hätte es besser wissen müssen. Ohne Zögern erduldete seine Kriegerin den Schmerz.

Dragon schrie auf, und sie warf ihren Kopf in den Nacken. Aus ihrer Kehle rang sich ein lustvoller Laut, der ihm durch Mark und Bein ging. Seine großen Hände umfassten ihre Hüften. Vergeblich versuchte er, sie festzuhalten. Ihren inneren Muskeln war er nicht gewachsen. Rhythmisch bewegte sie sich, die Welt schien einzustürzen. Wie ein wilder Rausch übermannte ihn die Erfüllung, und die Essenz seines Lebens ergoss sich in den Körper seiner Liebhaberin. Stöhnend bäumte er sich auf, brach zusammen und versank in süßem Vergessen.

Etwas später hob Rycca langsam den Kopf, von der Kälte an ihrem Rücken gestört, und merkte, dass sie auf *ihm* lag. Seine Brust war ihr hartes Kissen. In ihrem Innern spürte sie einen sonderbaren, brennenden Schmerz, der sie eher an heiße Sinnenlust als an den Verlust ihrer Jungfräulichkeit erinnerte.

Die hatte sie *ihm* geschenkt. Gewiss, sie war eine Närrin, denn sie erkannte erst jetzt, was sie früher hätte bedenken müssen. Außer ihrer Unschuld hatte sie auch ihren Wert eingebüßt. Dem Himmel sei Dank, ich bin entehrt, dachte sie lächelnd. Die Familie würde sie sicher verstoßen. Denn der Vater und die Brüder konnten sie nicht mehr gegen eine königliche Gunst eintauschen. Für die Angehörigen würde sie nicht mehr existieren. Vielleicht konnte sie einfach verschwinden… Von neuer Hoffnung erfüllt, schmiedete sie Pläne.

Den Fremden, der unter ihr lag, hatte sie schon sie viel zu sehr in ihre Angelegenheit verwickelt und seine Hilfsbereitschaft ausgenutzt. Mochte er auch ein ranghoher Krieger sein und einem mächtigen Herrn dienen – woran sie nicht zweifelte –, würde man ihn womöglich zur Rechenschaft ziehen, wenn man erfuhr, was in dieser Nacht geschehen war. Vor dieser Gefahr musste sie ihn bewahren, das verlangte ihr Ehrgefühl.

Trotzdem fiel ihr die Trennung schwer. Nur sehr widerstrebend erhob sie sich. Nach einem letzten Blick auf den schlafenden Mann straffte sie die Schultern und eilte in die Hütte.

Wenige Minuten später schlich sie auf Zehenspitzen hinaus, wieder in ihrer Männerkleidung. Sie gestattete sich nicht, *ihn* noch einmal anzuschauen. Sonst würde ihr Entschluss ins Wanken geraten.

Von schwatzenden Eichhörnchen geweckt, blinzelte Dragon in die Sonne und beschattete seine Augen mit einer Hand. Als er aufsprang, kehrte die Erinnerung zurück. Wie festgewurzelt blieb er stehen. Die junge Frau…

Verwirrt schüttelte er den Kopf und versuchte klar zu denken. Er musste geträumt haben. Ja, natürlich. Sicher war sie nicht zu ihm gekommen, glühend vor Leidenschaft, um ihn

auf betörende Weise zu verführen und seine edelsten Absichten zu vereiteln.

Nur ein Traum ... Nein, kein Traum – denn jetzt betrachtete er seinen Körper und entdeckte den Beweis ihrer verlorenen Unschuld. Wütend begann er zu fluchen.

Neue Komplikationen in seinem ohnehin schon schwierigen Leben ... Nun, jetzt ließ sich nichts mehr daran ändern. Damit mussten sich Hawk, Alfred und sogar sein Bruder Wolf abfinden. Ein schwaches Lächeln milderte seine grimmigen Züge. Vielleicht würde sich alles zum Guten wenden. Je länger er darüber nachdachte, desto wahrscheinlicher kam es ihm vor. Wäre etwas Wein im Krug übrig geblieben, er hätte ihn auf Friggs Wohl getrunken, denn er vermutete, die Göttin hätte die Ereignisse der letzten Nacht heraufbeschworen.

Doch er würde ihr erst später zuprosten. Zuerst wollte er die junge Frau finden.

Würde sie immer noch verschweigen, wer sie war? Grinsend malte er sich aus, wie er ihr erklären würde, sie könnte ihm ihr Geheimnis verraten oder warten, bis sie es dem Priester anvertrauen musste. Für ihn selbst würde das keine Rolle spielen.

Doch diese amüsante Begegnung fand nur in seiner Fantasie statt. Eine halbe Stunde später stellte er fest, dass sich das Mädchen weder in der Hütte noch in der näheren Umgebung aufhielt. Romulus und Remus standen im Stall, wie immer beglückt, ihn wieder zu sehen. Nachdem er ihnen frisches Wasser und Hafer gebracht hatte, setzte er seine Suche fort.

In der Sauna und am Ufer des Flusses fand er sie auch nicht. Immerhin entdeckte er ihre Fußspuren, die zum Wasserrand führten. Eine Zeit lang stand er da und starrte in die langsame Strrömung, dann schmetterte er seine Faust gegen den nächstbesten Baumstamm. Der schmerzhafte Schlag hätte einen schwächeren Mann in die Knie gezwungen. Aber

Dragon nahm ihn gar nicht wahr. Zum Teufel mit ihr! Sie hatte mit ihm geschlafen und ihm ihre Jungfräulichkeit geschenkt, den Eindruck erweckt, sie würde ihn zumindest begehren – nur um sich kurz danach in Luft aufzulösen, ohne ein einziges Abschiedswort.

Wie ein Tölpel war er einer betrügerischen, kaltherzigen Frau ins Netz gegangen. Und er hatte geglaubt, nichts könnte die Schmach übertreffen, von ihrem harten Knie in die Männlichkeit getroffen zu werden. Was er jetzt durchmachte, war viel schlimmer – eine Wunde in seinem Herzen, obwohl er diesen Schmerz nicht wahrhaben wollte. Nein, er erlaubte sich nur ein einziges Gefühl – wilden Zorn.

Ihr gebrochenes Wort würde sie bitter büßen – denn sie hatte versprochen, ein paar Tage in der Hütte zu bleiben. Außerdem war sie seine Geliebte geworden. Und deshalb hatte er gewisse Rechte, die sie ihm nicht nehmen durfte. Er würde sie finden und zwingen, ihren Namen zu nennen – und dann entscheiden, ob er die sinnlichste Frau, die ihm jemals begegnet war, für ihr Vergehen bestrafen wollte.

Wenig später stieg er auf Grani, den er Romulus genannt hatte. In Wirklichkeit hieß der Hengst nach dem Pferd des Gottes Sigurd. Sleipnir alias Remus, genannt nach dem Schlachtross des mächtigen Odin, folgte ihm. Im Sattel würde Dragon den Flüchtling am schnellsten aufspüren, und so verdrängte er seine Abneigung gegen Pferde.

Hastig untersuchte er die Umgebung und sah bestätigt, was er bereits ahnte. Die junge Frau hatte aus ihren Erfahrungen, vor zwei Tagen gesammelt, gelernt und keine Spuren außer den Fußabdrücken am Wasserrand hinterlassen. Also war sie in die Wellen gewatet. Diesem Beispiel konnte er nicht folgen, ohne die Pferde auf den glitschigen Felsen im Flussbett zu gefährden. Deshalb würde er ihr am Ufer nachreiten. An manchen Stellen zweigte der schmale Pfad in den

Wald ab. Doch das hatte nichts zu bedeuten, denn Dragon musste sich nur zwischen zwei Richtungen entscheiden.

Flussaufwärts, gegen den Strom, führte der Weg ins Hinterland, aus dem die Kriegerin geflohen war. Und flussabwärts lag Hawkforte, der Hafen, der ihr vielleicht eine Gelegenheit zur Flucht bieten würde.

Die Zähne zusammengebissen, wandte sich Dragon nach Süden.

Rycca strauchelte, schürfte ihre Knie auf scharfkantigen Felsen auf und unterdrückte einen Fluch. Mühsam erhob sie sich, spuckte Wasser aus und watete weiter – so wie jedes Mal, nachdem sie in diesem widerwärtigen, verhassten, scheinbar endlosen Fluss ausgerutscht und hingefallen war.

Klatschnass, halb blind vom feuchten Haar, das ihr in die Augen hing, folgte sie der Strömung. Alle Knochen taten ihr weh. Zudem fror sie erbärmlich. Und obwohl sie genug Wasser geschluckt hatte, um den Fluss trockenzulegen, reichten ihr die Wellen immer noch bis zur Taille. Die Versuchung, ans Ufer zu kriechen und sich wie ein Häufchen Elend zusammenzukrümmen, überwältigte sie beinahe. Aber ihre Willenskraft war immer noch stärker als dieser verlockende Gedanke. Nein, sogar ans Ende der Welt würde sie waten, stolpern und stürzen und stöhnen. Entweder der Fluss siegte – oder *sie*.

Weil sie kaum Luft bekam, lachte sie nur lautlos. Wenn sie bedachte, dass sie erst vor kurzem zu ertrinken gefürchtet hatte… Vielleicht wäre das ein barmherziger, schneller Tod gewesen, der scheinbar endlosen Qual vorzuziehen, die sie jetzt erlitt. Und was empfand ihr Herz? Keinen Schmerz. Es sei denn, die Leere in ihrem Innern würde vor Kummer widerhallen wie eine Höhle, wenn fremde Geräusche in ihre Tiefe drangen.

Ihn nie wieder zu sehen, nicht einmal seinen Namen zu

kennen – wie sollte sie das ertragen? Aber sie hatte ihn verlassen müssen. Er schwebte ohnehin schon in Gefahr, weil er mit ihr zusammen gewesen war – und in noch größerer, nachdem sie miteinander geschlafen hatten. Einem noch schlimmeren Unheil durfte sie ihm nicht ausliefern. Das wäre wahrlich ein schlechter Dank für seine Freundlichkeit. Wie selbstsüchtig sie ihn verführt hatte, ohne Rücksicht auf sein Wohl, nur um schöne Erinnerungen zu horten …

Auf ihren Lippen schmeckte sie Salz, das nicht aus dem Fluss stammte. Schluss mit solchen Gedanken! Was geschehen war, konnte sie nicht ändern. Und trotz ihrer Verzweiflung, trotz der Sehnsucht, die ihr die Kehle zuschnürte, wurde sie immer noch von dem inbrünstigen Wunsch getrieben, am Leben zu bleiben. Schritt für Schritt kämpfte sie sich flussabwärts, umklammerte Zweige und Felsvorsprünge, um ihr Gleichgewicht zu halten. Und jedes Mal, wenn sie ausglitt und stürzte, stand sie entschlossen wieder auf.

Erst nachdem sie mehrere Meilen zurückgelegt hatte, kletterte sie aus dem Wasser. Keuchend vor Erschöpfung, lag sie im Gras und versuchte, ihre Gedanken zu ordnen. War sie inzwischen weit genug geflüchtet, um einer Verfolgung zu entrinnen? Nicht einmal ein meisterhafter Späher konnte eine Spur finden, die es nicht gab. Oder doch?

Nein, das wollte sie sich nicht vorstellen. Eine Rückkehr in den Fluss würde sie nicht verkraften. Sie hob den Kopf und schaute sich um. Überall sah sie nur Wald, nichts wies darauf hin, wo sie sich befinden mochte. Seufzend stand sie auf und wrang das Wasser aus ihren Haaren und der Tunika. Sobald sie neue Kräfte gesammelt hatte, eilte sie weiter, am Ufer entlang. Eine halbe Stunde später hatte die warme Sonne sie beinahe getrocknet, und sie erreichte eine Flussbiegung, wo das Ufer in einen fast senkrechten Steilhang überging, dem sie nicht folgen konnte. Und so wandte sie sich landeinwärts, immer am Sonnenstand orientiert.

Eine Zeit lang durchquerte sie dichten Wald, auf unebenem beschwerlichem Terrain, bis sie eine breite Straße betrat, die vermutlich von vielen Reisenden benutzt wurde. Einerseits war das günstig, andererseits gefährlich. Nun kam sie etwas rascher voran. Aber sie konnte entdeckt werden. So schnell die müden Beine sie trugen, eilte sie weiter und lauschte unentwegt auf Hufschläge, rollende Wagenräder oder Schritte. Nach einigen Meilen fühlte sie sich völlig erschöpft. Mit letzter Willenskraft schleppte sie sich dahin.

Durch den Nebel ihrer Ermattung hörte sie die Geräusche der Reiter viel zu spät. Sobald sie das drohende Unheil erkannte, floh sie zwischen die Bäume am Straßenrand.

Aber der Anführer des Trupps hatte sie gesehen und rief: »Halt, Junge, halt!«

Natürlich gehorchte Rycca nicht. Ein kurzer Blick auf die Banner in den Händen der Vorreiter genügte ihr, um zu erkennen, in welch großer Gefahr sie schwebte. Im Zickzack rannte sie durch den Wald und hoffte, einen Weg zu finden, dem ein Pferd nicht folgen konnte. Aber das Schicksal war ihr nicht gewogen. Sie fühlte, wie der bemooste Waldboden unter Hufschlägen bebte, und im nächsten Augenblick wurde sie gepackt, auf einen Pferderücken gezerrt, und der Reiter sprengte zur Straße zurück. Rasend schnell glitten Büsche und Bäume an ihrem Gesicht vorbei und zerkratzten ihre Haut.

»He, Junge …« Unsanft wurde sie vom Pferd gestoßen und fiel in den Staub.

Die Stimme klang hart und hochmütig – und weckte qualvolle Erinnerungen. Ganz langsam stand sie auf – fest entschlossen, keine Angst zu zeigen. Und noch viel langsamer hob sie den Kopf, um der grausamen Wirklichkeit ins Auge zu blicken.

Im Sattel des stolzen Schlachtrosses saß ein kräftig gebauter Mann mit massigem Schädel und schütterem grauem

Haar, über vierzig Jahre alt. Brutalität und Ausschweifungen zeichneten seine Züge. Durch seine wettergegerbte Stirn zogen sich tiefe Furchen, ein faltiges Doppelkinn hing herab. Längst hatten sich einstige Muskeln in Fett verwandelt. Trotzdem wirkte er immer noch formidabel, wenn auch nur dank seiner deutlich erkennbaren Neigung, alle Leute zu töten, die ihn herausforderten, erzürnten oder einfach in seiner Bequemlichkeit störten. In letzter Zeit fand er wenig Gelegenheit, seiner Mordlust zu frönen, da König Alfred den Frieden sicherte. Dadurch war der unmenschliche Lord noch reizbarer geworden als in früheren Jahren. Mit schmalen Augen musterte er die schwankende Gestalt, die er zunächst für einen Jungen gehalten hatte.

Aber nicht lange, denn dafür kannte er sie viel zu gut.

Verblüfft hob er die Brauen, und der kleine Mund verzerrte sich. »Rycca!« Der Ruf – halb triumphierend, halb angewidert – jagte einen Schauer über ihren Rücken.

»Was?«, stieß eine jüngere Version des grauhaarigen Reiters hervor. Brutal riss der Mann an den Zügeln seines Pferds und lenkte es an die Seite des Anführers. »Rycca?«

»Sieh doch selbst!« Verächtlich wies der ältere Mann in ihre Richtung. »Ich wusste es ja, wir würden sie finden.« Auf den Sattelknauf gestützt, nickte er zufrieden. »Dummes Biest!«, fuhr er sie an. »Dachtest du wirklich und wahrhaftig, du könntest davonlaufen – und in der Kleidung deines Zwillingsbruders, dieses elenden Schwächlings, nach Hawkforte gelangen? Wolltest du dich auf ein Schiff schleichen, das die Normandie ansteuern würde?« Belustigt schüttelte er den Kopf, und der jüngere Mann stimmte in sein heiseres Gelächter ein.

»Bei Gott, du hast Recht! Diesen Plan hat sie zusammen mit Thurlow ausgeheckt. Erst verschwand der kleine Schurke, dann ergriff *sie* die Flucht. Und das taten sie nur, um dich zu demütigen.«

»Nein!« Trotz ihrer Angst konnte Rycca diese falsche Beschuldigung nicht hinnehmen. »Damit hatte Thurlow nichts zu tun, ich floh aus eigenem Antrieb.«

Wütend neigte sich der jüngere Mann aus dem Sattel hinab, um sie zu schlagen. Aber sie sprang behände zur Seite, und seine Faust traf die leere Luft, was seinen Zorn noch schürte. Fest entschlossen, sie zu züchtigen, stieg er ab.

Es gab keinen Ausweg, keine Zuflucht. Und die letzten Kräfte hatten sie verlassen. Verzweifelt entsann sie sich, wie wundervoll es gewesen war, umarmt und beschützt zu werden. In ihren Augen brannten Tränen, die sie erfolglos bekämpfte. Und ihr Herz – auf der langen Reise so dumpf und leer – schwoll plötzlich an vor lauter Sehnsucht nach dem Helden des fremden Landes, in dem sie nur wenige Tage verbracht hatte.

»Biest!«, wiederholte Ogden das Schimpfwort seines Vaters und schlug sie mitten ins Gesicht. Ein heißer Schmerz durchfuhr ihre Wange. Taumelnd sank sie zu Boden.

Der Lord of Wolscroft wandte sich zu einem der beiden Söhne, die seiner würdig waren – im Gegensatz zu der Zwillingsbrut, die seine schwache, kränkliche Frau kurz vor ihrem Tod geboren hatte. Der zweite war daheim geblieben, um die Festung zu hüten. »Beeil dich!«, befahl er und reichte ihm eine schwarze, zusammengerollte Peitsche. »Hier dürfen wir uns nicht lange aufhalten. Aber bring sie nicht um. Vielleicht können wir sie noch gebrauchen.«

Mit einem lauten Knall zuckte die Peitsche durch die Luft. Reglos, so fest wie nur möglich zusammengekrümmt, lag Rycca auf der Straße. Um zu wissen, wie sehr Ogden diese Vergeltung genoss, musste sie sein Gesicht nicht sehen. Schlimmer noch – sie wusste auch, welch große Freude der Vater an ihrem Leid fand. Beide Männer kannte sie gut genug. In ihrer Not sah sie nur einen einzigen Ausweg – die Flucht in ihre Seele. Dort hatte sie sich schon als kleines Mädchen verkrochen, wenn die

Grausamkeit des Vaters und der älteren Brüder unerträglich geworden war. Immer tiefer glitt sie hinab, zu einem besseren Ort, fern von der Welt, wo es so still war, dass sie kaum atmen musste.

Früher war es ein undefinierbarer Ort gewesen, leer und dunkel. Und jetzt nahm er plötzlich erkennbare Gestalt an – die Hütte, das parfümierte Bett, das leise Plätschern des nahen Flusses, der Duft von Holzrauch und *er*, der sie umarmte und mit seinem Lächeln erwärmte …

Beinahe war sie an diesem Ziel angekommen, als eine herrische Stimme in ihr Bewusstsein drang und sie in die raue Wirklichkeit zurückholte.

»Halt!« Dragon zügelte seinen Hengst vor der Truppe.

Ungläubig ließ er seinen Blick von dem zitternden, im Straußenstaub verkrümmten Mädchen zu dem Mann wandern, der eine Peitsche schwang. Dann starrte er den Reiter an, der offensichtlich das Kommando führte – zweifellos ein einflussreicher Lord, nach der vornehmen Kleidung und der erstklassig gerüsteten Eskorte zu schließen. Alle Anwesenden musterten ihn erstaunt – und in begreiflicher Sorge, die sich allerdings in Grenzen hielt, weil ihn niemand begleitete. Von dieser Erkenntnis beruhigt, bedeutete der ältere Mann einigen seiner Männer, den Fremden anzugreifen. Gehorsam ritten sie zu ihm und zückten ihre Schwerter.

Dragon beobachtete sie gelassen, seufzte leise und ließ Sleipnirs Zügel los. Sofort sprang das gut ausgebildete Schlachtross zur Seite. Zwischen Dragons Schenkeln spannte Grani seine Muskeln an.

Lässig zog Dragon sein Schwert aus der Scheide und grub die Fersen in die Flanken seines Hengstes.

Noch bevor der erste Angreifer seine Waffe schwingen konnte, streckte Dragon ihn nieder. Der Mann stürzte aus dem Sattel, prallte unsanft am Boden auf. Stöhnend tastete er nach seiner Schulterwunde, die nicht tödlich war, aber seine

Laufbahn als Ritter vermutlich beenden würde. Ein ähnliches Schicksal erlitt der zweite Krieger. Der dritte hielt etwas länger durch. Einige Minuten lang klirrten die Waffen, ehe auch er zusammenbrach. Fluchend und jammernd lagen alle drei auf der Straße – nur noch am Leben, weil es dem Fremden gefiel. Gewiss, in seinen Überlegungen spielte auch Mitleid eine kleine Rolle. Aber es widerstrebte ihm vor allem, diesem Abschaum den Weg nach Walhalla zu ebnen. Dort würden sie nämlich landen, wären sie im Kampf gestorben.

Dragons Bruder Wolf hielt man für den größten Krieger aus den nordischen Ländern, seit die alten Götter die Herrschaft übernommen hatten. Aber er behauptete, er habe den bedeutsamsten Krieger namens Dragon ausgebildet. An diesem strahlenden Frühlingstag, in Alfreds gesegneten Friedenszeiten, würde ihm wohl kaum ein Mann widersprechen, der dieser Straße nach Hawkforte folgte.

Ogden tat es jedenfalls nicht. Hastig wich er zurück, als Dragon sein Streitross mit sanftem Schenkeldruck zu ihm lenkte.

Unter der hellen Sonne schimmerte das blutrote Schwert. Ogden stolperte über die Peitsche und fiel schmerzhaft auf sein Hinterteil.

In panischer Kapitulation hob er die Hände. »Nein – nicht… Nur ein Missverständnis…«

»Wegen eines Missverständnisses hetzt Ihr bewaffnete Männer auf einen Reisenden, der Euch nichts getan hat?« Verächtlich wandte sich Dragon von dem Feigling, der zitternd im Staub lag, zu dem älteren Reiter.

Immer noch im Sattel, beobachtete der Anführer die Ereignisse. Aus seinem eben noch hochroten Gesicht war alle Farbe gewichen. Blitzschnell überdachte er die Lage. Mochte er auch grausam sein, dumm war er nicht.

»Ja, auch ich würde es ein Missverständnis nennen«, fuhr Dragon fort. »Und das ebenfalls…« Mit der Spitze seines

Schwerts zeigte er auf die junge Frau, die sich jetzt erhob und das wirre Haar aus ihrem Gesicht strich. Völlig verblüfft starrte sie ihn an, als wären Sonne und Mond gleichzeitig vor ihren Augen erschienen. Das bereitete ihm eine gewisse Genugtuung, aber es beschwichtigte seinen Zorn keineswegs. »Was macht Ihr hier?«, fragte er den älteren Mann.

»Bedauerlicherweise sehe ich mich gezwungen, eine ungehorsame Tochter zu bestrafen. Ja, Ihr habt mich richtig verstanden – trotz der Männerkleidung ist sie ein Mädchen. Dies alles geht Euch nichts an, Sir. Also reitet weiter.«

Die Tochter... Nur mühsam verbarg Dragon seine Überraschung. Das warf ein völlig neues Licht auf die Situation und erforderte eine kluge Taktik. »Darf ich erfahren, mit wem ich spreche?«, fragte er ausdruckslos.

Die Stirn gerunzelt, zögerte der ältere Mann. Doch er konnte sich nicht weigern, den Wunsch eines Kriegers zu erfüllen, der drei Wolscroft-Ritter besiegt hatte und Ogden im Staub winseln ließ. Dafür würde der Bursche teuer bezahlen. Andererseits brachte der Vater Verständnis für das würdelose Verhalten des Sohnes auf. Der Junge war dazu erzogen worden, alles zu tun, um zu überleben. Nur deshalb kroch er vor einem anmaßenden König zu Kreuze, der sich für einen hehren Friedensstifter hielt.

Bevor der Anführer antwortete, lächelte er kalt. Vielleicht erwartete er, der Krieger würde sein Verhalten bereuen, sobald er hörte, wen er herausgefordert hatte. »Ich bin Rudyard, Lord of Wolscroft aus Mercia. Genügt Euch das, wer immer Ihr sein mögt? Ihr wisst Euer Schwert zu schwingen. Aber ich sah Euch weder im Gefolge des Königs noch im Heer des Lords of Essex. Vielleicht sucht Ihr Ruhm und Ehre zu erwerben, indem Ihr Euch gegen ranghöhere Herren stellt.«

Jeden anderen Mann hätte die unmissverständliche Dro-

hung eingeschüchtert. Aber Dragon starrte den Lord in wachsendem Unmut an. »Wolscroft …?«

Ungeduldig nickte Rudyard. »Steckt Euer Schwert in die Scheide und gebt den Weg frei, wir müssen weiterreiten.«

Dragon rührte sich nicht von der Stelle. »Dann ist Eure Tochter …?«

Warum erlaubte sich dieser unverschämte Fremde, nach dem Mädchen zu fragen? Rudyard seufzte ärgerlich. Aber wenn die Antwort den Kerl veranlassen würde, endlich zu verschwinden, sollte er sie hören. »Lady Rycca of Wolscroft. Übrigens würde ich Euch empfehlen, Euren Blick von ihr loszureißen. Denn sie ist mit einem norwegischen Lord verlobt, der bald hier eintreffen wird, um sie heimzuführen.«

Langsam schob Dragon sein Schwert in die Scheide – langsam stieg er aus dem Sattel. Ohne Rycca aus den Augen zu lassen, ging er zu ihr. Ogden war mittlerweile aufgestanden. Leichtsinnigerweise trat er vor seine Schwester, und Dragons gezielter Fausthieb warf ihn erneut zu Boden.

Rycca bewegte sich nicht. Hinter ihrer Stirn entstand ein schrecklicher Gedanke – so grausig, dass sie ihn kaum zu fassen vermochte. Der Held des fremden Landes hatte ihren Familiennamen erkannt. Das merkte sie ihm an, obwohl sie sich dagegen sträubte. O Gott, welcher beklemmenden Wahrheit musste sie ins Auge blicken?

Verzweifelt stieß sie hervor: »Ihr seid ein Angelsachse! Weil Ihr genauso gut englisch sprecht wie ich und …«

»Nun, ich beherrsche viele Sprachen, denn es fällt mir leicht, sie zu erlernen.«

»Ihr reist ohne Gefolge …«

Aber er benutzte eine Jagdhütte, die vermutlich dem Lord of Essex gehörte, mit allem erdenklichen Luxus ausgestattet. Und er besaß zwei prachtvolle Pferde. *Gesegnete Jungfrau Maria und alle Heiligen, warum hatte sie es nicht erraten?* Wer sonst würde es wagen, allein dieses Land zu durch-

queren, seiner überragenden Kampfkraft sicher? Wer sonst durfte erwarten, dass niemand die Waffe gegen ihn erheben würde, wenn er sich nicht vor Hawk oder sogar dem König selbst verantworten wollte? Und warum hatte dieser Mann sie so freundlich behandelt, so geduldig und fürsorglich. Das passte nicht zu allem, was sie über ihn wusste – was sie unentwegt in bösen Träumen verfolgte.

»Auf meinen Wunsch verließ mich meine Eskorte. Ich wollte ein paar Tage allein sein. Um meine Zukunft zu überdenken.« Seine Mundwinkel zuckten. »Offensichtlich habt Ihr Euch nicht mit solchen Überlegungen begnügt – und stattdessen die Flucht ergriffen.«

Immer noch kämpfte Ryccas kaltes Grauen mit ungläubigem Staunen. Welche Arme hatten sie umfangen, wer hatte ihr jene himmlischen Freuden geschenkt, ihr Herz mit Zärtlichkeit und Leidenschaft beglückt? »Nein – Ihr könnt es unmöglich sein …«, stammelte sie und starrte in die goldbraunen Augen, die sie mit kühlem Spott musterten.

»Was soll das?«, fragte Rudyard. »Habt ihr beide euch schon kennen gelernt? Bei Gott, Sir, stellt Euch vor, oder Eure Fechtkunst wird Euch nicht vor dem Zorn des meist gefürchteten Wikingers retten, der es gewohnt ist, in Blut zu baden – ein Mann, so wild wie der Teufel, ein Mann, der …«

»… der einen Namen trägt«, fiel Dragon ihm ins Wort, griff nach Grani und sprang auf seinen Rücken. Nur sekundenlang erwiderte er Ryccas Blick, die ihn entgeistert anstarrte, das Gesicht aschfahl.

Entschlossen bekämpfte er den unsinnigen Wunsch, sie zu trösten, und wandte sich zu ihrem schurkischen Vater. Obwohl er mit ruhiger Stimme sprach, drang sie bis zur hintersten Reihe des Wolscroft-Gefolges. Und seine Erklärung wirkte durch ihre Schlichtheit umso eindringlicher.

»Ich bin Dragon Hakonson, Lord von Landsende, und ich kam hierher, um meine Braut zu holen.«

Sobald er die Worte ausgesprochen hatte, begann Rycca hilflos zu lachen – erst leise, dann immer lauter und schriller. Von der Ironie des Schicksals überwältigt, krümmte sie sich zusammen. Ihr Leben hatte sie gewagt, um diesem Mann zu entfliehen – und ihm nichts ahnend ihre Unschuld geschenkt. Und in diesem Moment schaute er von seinem hohen Ross auf sie herab und zürnte ihr – weil sie ihn betrogen hatte, mit ihm selbst?

Gab es irgendetwas Komischeres als das Leben?

Fluchend schwang sich Rudyard aus dem Sattel, um seine Tochter niederzuschlagen. Aber Grani sprang ihm in den Weg.

»Nein!«, rief Dragon in einem Ton, der keinen Widerspruch duldete.

Zunächst wollte der Lord of Wolscroft protestieren, doch er besann sich eines Besseren. Einen Mann wie Dragon Hakonson herauszufordern, wäre ein zu kühnes Wagnis. Außerdem mussten die Ansprüche eines Vaters hinter den Rechten eines Bräutigams zurückstehen.

»Verzeiht mir, Lord Hakonson«, bat er in jener demütigenden Pose, die er stets vor König Alfred einnahm. »Meine Tochter hat uns beide betrogen. Läge die Entscheidung bei mir, würde sie ihr restliches Leben hinter Gittern verbringen. So, wie die Dinge liegen …« Voller Hass und grimmiger Genugtuung starrte er das verzweifelte Mädchen an. »Einem ranghohen Mann wie Euch darf man nicht zumuten, eine Frau zu heiraten, wenn er nicht weiß, wo sie sich die letzten Tage aufgehalten hat oder – noch wichtiger – mit wem sie zusammen war. Falls Ihr meiner Tochter zufällig begegnet seid, könnte sie auch andere Männer getroffen haben. Solltet Ihr trotzdem auf der Hochzeit bestehen, muss sie vorher untersucht werden. Und ich gelobe Euch hoch und heilig – wenn sie keine Jungfrau mehr ist, wird sie sterben.«

Wie giftiger Nebel hing das grausige Versprechen des

Vaters in der Luft. Dragons und Ryccas Blicke trafen sich. Unausgesprochen teilten sie die Erkenntnis, dass er soeben die Waffe erhalten hatte, die ihn von einer unerwünschten Ehe befreien würde – von einer Braut, der er nicht trauen konnte. Wenn man bei einer Untersuchung die verlorene Jungfernschaft entdeckte, würde man ihr wohl kaum glauben, sie hätte sich ihrem Bräutigam hingegeben. Wenn er jetzt schwieg, würde sie den Tod finden.

Dragon zauderte nicht. Und er zog den bedeutungsvollen Augenblick auch nicht unnötig in die Länge. In gebieterischem Ton verkündete er: »Niemand wird sie anrühren. Da unsere Hochzeit als Friedenspfand zwischen unseren Völkern gilt, muss sie stattfinden – ohne Rücksicht auf die Gefühle der Braut.« Mit sanfter Stimme fügte er hinzu: »Oder auf meine.«

Ehe irgendjemand antworten konnte, beugte er sich hinab, schlang einen stahlharten Arm um Ryccas Taille und hob sie in den Sattel. Dann pfiff er nach Sleipnir, spornte Grani an und galoppierte zur Festung Hawkforte.

6

Das Geschrei drang in den ummauerten Garten nahe der Haupthalle. Sofort hörte Krysta auf, das Dillbeet zu bepflanzen, hob den kleinen Falcon hoch, der fröhlich krähte, und lief hinein. Von der Arbeit abgelenkt, eilten kopflose Dienstboten umher, was im wohlgeordneten Haushalt der Festung Hawkforte seltsam anmutete.

Verwundert versperrte Krysta einer Dienerin den Weg und erkundigte sich, was geschehen sei.

»O Mylady, soeben ist jemand eingetroffen – ich weiß nicht, wer … Aber es erscheint mir ungewöhnlich …«

Ungewöhnlich? Hawkforte war ein geschäftiger Hafen und die Residenz eines der mächtigsten englischen Lords. Nur der König würde über Hawk stehen, behaupteten manche Leute. Tag für Tag kamen und gingen zahlreiche Besucher – königliche Herolde, Geistliche, Handelsreisende aus fernen Ländern, sogar aus Byzanz. Daran war die Bevölkerung längst gewöhnt, und es erfüllte sie mit Stolz.

Warum regte sich die Dienerschaft plötzlich dermaßen auf?

Ihren kleinen Sohn noch fester an die Brust gepresst, durchquerte Krysta die Halle, trat in den hellen Sonnenschein hinaus und wandte sich an einen bewaffneten Krieger. »Hat jemand nach Seiner Lordschaft geschickt?«

Hawk hielt gerade Waffenübungen auf dem Turnierplatz ab. Regelmäßig und gewissenhaft drillte er sein Heer, das Alfreds Thron und den Frieden sichern half. Erst im Vorjahr hatte es den mercischen Verräter Lord Udell besiegt, der so wild entschlossen gewesen war, den König zu stürzen. Hawk hatte den Missetäter getötet – den Entführer seiner Frau Krysta. Damals waren sie noch nicht verheiratet gewesen. Doch sie hatte, wenn auch unwissentlich, bereits seinen Sohn unter dem Herzen getragen. Alles hatte ein gutes Ende gefunden. Dafür dankte sie dem Himmel jeden Tag.

Eifrig nickte der Soldat – ein hartgesottener, kampferprobter Krieger, aber trotzdem verwirrt, weil Hawks Frau ihn ansprach. Die Wangen leicht gerötet, antwortete er: »Ja, Mylady, er wurde verständigt.«

Sie lächelte ihn freundlich an, dann sah sie ihre alte Kinderfrau vorbeitrippeln. »Pass auf Falcon auf!«, rief sie. »Ich will sehen, wer angekommen ist.«

»Und wie geht's unserem Schätzchen heute Morgen?« Behutsam nahm Raven den kleinen Jungen in den Arm. »Also, ich schwöre, er ist letzte Nacht schon wieder um einen Zoll gewachsen.«

Glucksend schwenkte er beide Ärmchen durch die Luft, und Krysta lachte. Ihr Sohn war kerngesund. Schon jetzt deutete er an, dass er eines Tages die Körpergröße seines Vaters erreichen würde. Auch Hawks kastanienbraunes Haar hatte er geerbt, aber die waldgrünen Augen, die das Babyblau allmählich verdrängten, stammten von seiner Mutter. Das alles überraschte Krysta nicht. Denn sie erinnerte sich deutlich an jene seltsame Vision, wenige Monate vor der Niederkunft. Damals hatte sie in Lebensgefahr geschwebt, und das Bild eines jungen Mannes war ihr erschienen, um ihr Trost zu spenden und Kraft zu geben. Sie hatte ihn sofort als ihren Sohn erkannt. Bei dem Gedanken, wie knapp sie beide der wahnsinnigen, mordlustigen Frau entronnen waren, erschauerte sie immer noch. Aber dieses Unbehagen verflog jedes Mal sehr schnell. Jetzt genoss sie die Liebe und den Schutz ihres Ehemanns, die Wertschätzung seines Volks, dem sie mittlerweile angehörte, und die Freuden der Mutterschaft. Welches Unheil könnte ihr da noch drohen?

Trotzdem blickte sie dem Reiter, der soeben den Hof erreicht hatte, etwas beunruhigt entgegen. Sie kannte Dragon Hakonson. Schon mehrmals hatte er Hawkforte besucht, und er wurde stets herzlich begrüßt. Hawks Schwester, Lady Cymbra, war mit Dragons Bruder Wolf verheiratet. Und so wurden sie alle von freundschaftlichen und familiären Banden gleichermaßen vereint.

Nicht Dragons Anblick bereitete ihr Sorgen, sondern das Mädchen, das vor ihm im Sattel saß. Nur das kupferrote Haar, das auf die Schultern fiel, verriet das Geschlecht, denn die Unbekannte trug Männerkleidung. Doch das bedrückte Krysta nicht so sehr wie die sichtliche Erschöpfung der jungen Frau.

»Was ist geschehen?«, fragte sie und lief dem Paar entgegen. Während sie sich dem Mädchen näherte, wuchs ihre Bestürzung. An der Stirn zeigte sich eine Narbe, an der

linken Wange eine starke Verfärbung. Die Kleidung war schmutzig und zerrissen. Auf den nackten Armen, Händen und Beinen entdeckte Krysta mehrere Kratzer.

Dragon übergab das leichenblasse Mädchen einem Krieger, stieg ab und nahm es sofort wieder auf seine eigenen Arme. Höflich nickte er Krysta zu. Aber er schenkte ihr kein Lächeln, was ihr ungewöhnlich erschien. In seinen Augen las sie einen eiskalten Zorn, den sie nie zuvor gesehen hatte.

»Ist Hawk hier?«, fragte er.

»Auf dem Turnierplatz. Er wurde schon benachrichtigt. Komm mit mir, bring deinen Schützling ins Haus.«

Mühelos kehrte sie die Schlossherrin hervor, wenn sie es für nötig hielt, und so auch diesmal. Wer immer das Mädchen war, es musste sofort umsorgt werden. Natürlich war Dragon zu klug, um eine andere Meinung zu vertreten. Aber falls er protestieren wollte, gab Krysta ihm keine Gelegenheit dazu. Gehorsam, wenn auch widerwillig, folgte er ihr in die Halle und die Treppe hinauf.

Sie führte ihn in den ersten Stock, wo die Gästezimmer lagen. Unterwegs befahl sie den Dienstboten, heißes Wasser, das Medizinkästchen, Verbandszeug und Ähnliches nach oben zu tragen. Als sie eine schwere Tür aufstieß, erkannte sie verspätet, dass sie ihn in sein gewohntes Zimmer geleitete. Für die junge Frau schickte sich das vielleicht nicht, denn sie war vermutlich – oder hoffentlich? – eine Fremde.

Diesen Irrtum berichtigte Dragon unverzüglich. Nachdem er sie aufs Bett gesetzt hatte, trat er abrupt zurück. »Darf ich dir Lady Rycca of Wolscroft vorstellen …« Wie sie hieß, schien ihm zu missfallen. Zumindest wiesen sein Tonfall und seine Miene darauf hin.

Beharrlich schwieg sie. Aber in ihrem abgewandten Blick lag ein so tiefer Kummer, dass Krysta unwillkürlich Mitleid empfand. Welches Geheimnis mochte hinter alldem stecken?

Denn Dragon war nicht der Mann, der Frauen unglücklich machte. Aber die Erklärungen mussten noch eine Weile warten. Erst einmal wollte Krysta die junge Frau verarzten, das war viel wichtiger.

Als die Dienstboten ins Zimmer eilten, nutzte Dragon die Gelegenheit, um sich mit einer knappen Verbeugung zu verabschieden.

In der Halle begegnete er Hawk. Die beiden Männer waren gleich groß, kräftig gebaute Krieger in der Blüte ihrer Jahre. Jeden bedauernswerten Widersacher, der sich zwischen sie stellte, würden sie zerquetschen, ohne sich anzustrengen. Freundschaftlich schüttelten sie sich die Hände.

»Dragon! Wir haben dich erst in ein paar Tagen erwartet. Ist dir die Jagd schon so bald langweilig geworden?«, fragte Hawk grinsend. Seit seiner Hochzeit wirkte er etwas entspannter und unbefangener. Trotzdem drückte seine Stimme einen gewissen Argwohn aus, weil er bereits erfahren hatte, dass sein Wikinger-Freund ein Mädchen mitgebracht hatte – sein Freund, der demnächst heiraten sollte.

»Von ein paar Hasen abgesehen, fand ich keine Zeit für die Jagd. Leider kam mir etwas dazwischen. Und das will ich dir erzählen, bevor du's aus anderem Mund hörst.«

»Lässt sich die Geschichte mit einem Ale-Horn leichter verkraften?«

»Eher mit einem ganzen Fass«, erwiderte Dragon grimmig und folgte dem Gastgeber zum wuchtigen Eichentisch am anderen Ende der Halle. Sofort erschien ein Diener – wie üblich, seit Lady Krysta die Haushaltsführung ihrer verrückten Schwägerin übernommen hatte. Schon nach wenigen Minuten wurden Ale-Hörner, frisch gebackenes Brot, kaltes Fleisch und Käse serviert, denn Krysta glaubte, man dürfte nicht trinken, ohne zu essen. Nachdem der Dienstbote seine Pflicht erfüllt hatte, entfernte er sich taktvoll.

»Nun, wo liegt das Problem?« Hawk nahm einen großen

Schluck, um den Staub des Turnierplatzes durch die Kehle hinabzuspülen.

Dragon zögerte nur kurz. »Wie du vermutlich schon erfahren hast, habe ich eine junge Frau mitgebracht, um die sich Krysta gerade kümmert – Lady Rycca of Wolscroft.«

Erstaunt hob Hawk die Brauen. »Deine Verlobte?«

»Meine *widerspenstige* Verlobte. Vor ein paar Tagen traf ich sie, nachdem sie in Männerkleidung aus dem Haus ihres Vaters geflohen war, statt hierher zu kommen und mich zu heiraten.«

Hawk räusperte sich und leerte sein Horn, denn er fand, diese Neuigkeit würde noch etwas mehr Ale erfordern. »Sie lief dir vor einigen Tagen über den Weg – und du bringst sie erst heute in meine Festung?«

»Wer sie ist, wusste ich nicht. Da sie sich weigerte, ihren Namen zu nennen …« Sarkastisch verzog Dragon die Lippen. »… verschwieg ich auch meinen. War doch sehr klug, nicht wahr?«

»Warum gewinne ich den nachhaltigen Eindruck, du würdest das Gegenteil meinen?«

»Ohne zu wissen, wer ich bin …« Eine Zeit lang starrte Dragon ins Leere, bevor er hinzufügte: »Ohne zu wissen, wer ich bin, schlief sie mit mir.«

Obwohl Hawk nicht sonderlich überrascht war, stieß er einen leisen Pfiff aus. »Nun, du hattest schon immer großen Erfolg bei den Frauen, darum musst du dich gar nicht bemühen. Natürlich fiel es dir leicht, eine verwirrte junge Unschuld zu verführen. Gewiss, sie hätte sich wehren müssen. Und du hättest nicht …«

»So war es nicht«, unterbrach Dragon seinen Freund, die Wangen hochrot. »*Sie* hat *mich* verführt.«

»*Was?*« Hawk konnte seine Entrüstung nicht verbergen. »Aber – als ich Wolscroft besuchte und sie sah, nahm ich an, sie wäre – unberührt.«

»Das war sie auch.« Dragon trank sein Horn leer, füllte es noch einmal und gab seinem Freund zu verstehen, mehr habe er zu diesem Thema nicht zu sagen.

Nach einer längeren Pause fragte Hawk: »Ist sie tatsächlich weggelaufen?«

»Ja, in Männerkleidung, ganz allein. Wahrscheinlich wollte sie sich nach Hawkforte durchschlagen und an Bord eines Schiffs gehen.«

»Allein?« Ungläubig schüttelte Hawk den Kopf. »Ein tollkühnes Wagnis!«

»Auch ich hielt sie für mutig. Aber ich täuschte mich – sie hat Angst vor mir, weil sie mich nicht kennt und zweifellos die schlimmsten Schauergeschichten über die Wikinger gehört hat. Nun, diese Gefühle muss sie überwinden, sonst wird der Friede zwischen unseren Völkern bedroht.« Wehmütig seufzte Dragon. Dass er die »tapfere Kriegerin« falsch eingeschätzt hatte, bedrückte ihn. »Sie dachte nur an ihr eigenes Wohl«, fügte er bedauernd hinzu.

Was er damit ausdrücken wollte, verstand Hawk nur zu gut. Jahrelang hatten sie für eine bessere Zukunft gekämpft. Nun galt es, den Frieden zu sichern. Diesem Ziel musste man sich bedingungslos unterordnen, ohne Rücksicht auf persönliche Wünsche, Bedürfnisse oder sogar Ängste. Hawk hatte ebenfalls aus diesen politischen Gründen einer Heirat zugestimmt, den Widerstand seiner Instinkte missachtet – und das Glück seines Lebens gefunden. Manchmal ging das Schicksal seltsame Wege. »Ich dachte, sie würde zu dir passen, Dragon. Immerhin ist sie sehr schön. Und die Leute in Wolscroft wussten nur das Allerbeste über sie zu sagen.«

Plötzlich kehrte eine Erinnerung zurück, und Dragon schnitt eine Grimasse. »Ach ja, du hast die Leute schon immer mühelos zum Reden gebracht.«

Verlegen nickte Hawk. Vor einiger Zeit hatte er Wolfs Hakonsons Festung Sciringesheal in Vestfold aufgesucht, um

herauszufinden, ob seine entführte Schwester eine Sklavin in grausamer Gefangenschaft oder eine bereitwillige, zufriedene Ehefrau gewesen war. Deshalb schickte er seine Männer in die Straßen der Stadt, wo sie sich umhören sollten. Aus ihren widersprüchlichen Berichten hatte er völlig falsche Schlüsse gezogen. »Vielleicht bin ich kein besonders guter Zuhörer«, meinte er reumütig.

»Mach dir keine Vorwürfe. Du hast getan, was dir richtig erschien. Das weiß ich zu schätzen.«

Hawk schwieg eine Weile. In seinen Sessel zurückgelehnt, betrachtete er das Ale-Horn, das er hin und her drehte. Aber er nahm keinen Schluck. Schließlich betonte er: »Du musst sie nicht heiraten.«

»Was?« Dragon zuckte zusammen, als hätte Hawk ihn geschlagen.

»Wolf, du und ich – wir alle sahen in der Ehe ein Mittel zum Zweck, das Bündnis zwischen den Norwegern und den Angelsachsen zu festigen. Trotzdem sind Wolf und ich sehr glücklich geworden. Und ich will mir nicht vorstellen, dir würde es anders ergehen.«

»Dachtest du nicht, die Liebe wäre so selten wie Hühnerzähne? Zumindest hoffst du, ich könnte der Dritte im Bunde werden?«

Seufzend zuckte Hawk die Achseln. »Als ich erkannte, wie innig sich Wolf und Cymbra lieben, glaubte ich, das wäre etwas ganz Besonderes – ein einzigartiges Himmelsgeschenk. Natürlich freute ich mich für meine Schwester, aber ich nahm nicht an, dieses Los wäre auch mir beschieden. Bis ich Krysta kennen lernte.«

»Anfangs hat sie dich verwirrt und erzürnt«, wandte Dragon lächelnd ein. Um jene Zeit hatte er Hawkforte besucht, und er erinnerte sich deutlich an die Spannungen zwischen den beiden, die jetzt eine so wundervolle Ehe führten.

»Nun ja, das stimmt – aber diese Schwierigkeiten habe ich bald überwunden. Jedenfalls – was ich vorhin sagte, war ernst gemeint. Du musst Lady Rycca of Wolscroft nicht heiraten. Indem sie davonrannte, brach sie den Ehevertrag. Niemand wird es dir verübeln, wenn du die Verlobung löst.«

»Obwohl ich mit ihr geschlafen habe?«

»Das war *ihre* Entscheidung – und *ihr* Fehler. Sicher werden wir eine andere Braut für dich finden – vielleicht keine so schöne, aber ein sanftmütiges, berechenbares Mädchen.«

»Eine fügsame kleine Frau, die mir die Füße warm reibt?«

»Was?«

Dragon verdrehte die Augen. »Vor einiger Zeit erklärte ich meinem Bruder, so würde ich mir meine künftige Gemahlin vorstellen. Da meinte er, ich würde mich zu Tode langweilen, noch ehe der Brautstrauß verwelkt.«

Vergeblich versuchte Hawk, ein Grinsen zu unterdrücken. Dann nahm sein Gesicht wieder ernste Züge an. »Ich weiß aus eigener Erfahrung, was eine Ehe bedeutet, die auf wahrer Liebe beruht. Und ich wäre ein schlechter Freund, wenn ich dich zu einer Heirat ermutigte, die von Misstrauen und Bitterkeit überschattet wird.«

»Trotz allem …«, begann Dragon langsam. »Ich werde mein Eheversprechen halten. Inzwischen ist es eine Frage der Ehre.«

»Leider ist die Ehre eine kalte Bettgenossin.«

Dragon wollte erwidern, Rycca sei keineswegs gefühlskalt. Aber er besann sich eines Besseren. An die Ereignisse jener Nacht wollte er nicht denken – es war immer noch zu schmerzlich. Dass sie ihn danach verlassen hatte, bereitete ihm Seelenqualen, die er niemals für möglich gehalten hätte. Ebenso die Erkenntnis, wie entschlossen sie ihn abgelehnt hatte, noch bevor sie einander begegnet waren …

Nein, darüber wollte er nicht grübeln. Und so konzentrierte er seine Aufmerksamkeit auf den Entschluss, der un-

widerruflich feststand. »Was würde ihr denn zustoßen, wenn ich eine andere heirate? Als ich ihren abscheulichen Vater kennen lernte, wollte er sie gerade auspeitschen lassen.« Außerdem zog er es vor, ein Mädchen zu heiraten, das er kannte – bevor er eine weitere Enttäuschung erleben würde. »Also muss ich sie zur Frau nehmen«, bekräftigte er und trank sein Ale-Horn leer.

Behutsam hielt Lady Krysta einen Becher mit Kräutertee an die Lippen des Mädchens. »Hier, trinkt das.«

Nur langsam und zögernd gehorchte Rycca – als würde sie von irgendeinem fernen Ort zurückkehren. Offensichtlich war sie leicht benommen, vor Erschöpfung oder von dem grausamen Schlag in ihr Gesicht.

»Bitte, Lady Rycca«, drängte Krysta sanft. »Was immer Euch widerfahren ist – jetzt seid Ihr in Sicherheit, und wir werden Euch gut betreuen.« Ganz vorsichtig hob sie das Haar über der Stirn des Mädchens und betrachtete die Verletzung. »Wie ist das geschehen?«

Rycca schaute sie mit großen, blicklosen Augen an. Wieder einmal gewann Krysta den Eindruck, die junge Frau würde sich in weiter Ferne befinden.

Bevor die Frage in Ryccas Bewusstsein drang, verstrichen mehrere Sekunden. »Ich bin gestürzt«, erwiderte sie so leise, dass Krysta sich zu ihr neigen musste, um die Worte zu verstehen.

»Gestürzt? Wo denn?«

»Vom Rand einer Klippe – zum Meer hinab.«

Da Krysta das Mädchen nicht erschrecken wollte, verbarg sie ihr Entsetzen. »Und wie kam es dazu?«

Schweigend starrte Rycca den Becher an. Ein gutes Zeichen, dachte Krysta und hielt ihn wieder an die bebenden Lippen. »Nehmt noch einen Schluck, dieses Getränk aus Weidenrinde, Petersilie und einigen anderen Zutaten wird

Euch stärken. Das Rezept stammt von meiner Schwägerin, Lady Cymbra. Zweifellos habt Ihr von ihr gehört. Für ihre Heilkunst ist sie weithin berühmt.«

Nachdem Rycca an dem Becher genippt hatte, nickte sie. Wer hatte *nicht* von Lady Cymbra gehört? Sogar ihr Vater sprach mit widerwilliger Hochachtung von der Lady – vielleicht, weil sie die Ehefrau und die Schwester zweier gefürchteter Krieger war. Und außerdem die angeblich schönste Frau in der Christenheit. Als würde das noch nicht genügen, behauptete man, sie besitze die ungewöhnliche Gabe, fast alle Krankheiten und Wunden zu heilen.

Über seltsame Gerüchte wusste Rycca ebenfalls Bescheid. Ehe sie gelernt hatte, sorgsam zu verhehlen, wie unbeirrbar sie Lüge und Wahrheit unterscheiden konnte, war sie in Wolscroft voller Argwohn beobachtet worden. Hinter ihrem Rücken tuschelte man über sie. Ihr Vater meinte sogar, sie sei verhext. Eines Abends, nachdem er sich betrunken hatte, warf er ihr unheilvolle Blicke zu und murmelte, man müsse sie auf einem Scheiterhaufen verbrennen. Deshalb verkroch sie sich in den Tiefen ihrer Seele. Immer weiter hatte sie sich von der Außenwelt entfernt und schließlich befürchtet, es würde ihr eines Tages nicht mehr gelingen, in die Wirklichkeit zurückzukehren. Auch jetzt musste sie mit sich kämpfen, um diesen Raum wahrzunehmen, die Frau und alles andere, was real und berührbar war.

»Ja …« Endlich vermochte sie etwas lauter und energischer zu sprechen. »Von Lady Cymbra habe ich gehört. Auch von Euch.«

Diese Worte schienen Lady Krysta zu verwirren. Unsicher lachte sie und errötete leicht. In diesem Augenblick landete ein Rabe auf dem Fenstersims und spähte ins Zimmer. »Großer Gott, ich kann mir vorstellen, welche Geschichten Euch zu Ohren kamen.«

Dass sie von ihrem Ehemann vergöttert wurde, dass ihre

Schönheit dem Mond glich, dass sie mit ihren Segelkünsten so manchen Mann übertrumpfte... Warum bereitete ihr das alles Unbehagen? Gewiss, man munkelte, sonderbare Dienstboten würden sie umsorgen. Darauf hatte Rycca kaum geachtet – ebenso wenig wie auf das Geschwätz ihres Vaters über einen Landsmann namens Lord Udell. Dieser Mercier hatte geprahlt, er würde den König stürzen, und Lady Krysta entführt. Nach einer merkwürdigen Begegnung mit einem angeblichen Troll war er von einem wütenden Hawk erstochen worden. Jedenfalls blickte die Lady auf eine abenteuerliche Vergangenheit zurück.

»Glaubt mir, ich habe nichts gehört, was Eurem Ansehen schaden würde«, betonte Rycca.

Aber die Lady entstammte jenem verhassten, gefürchteten Volk, das in Ryccas Albträumen spukte. Niemals hatte sie erwartet, sie würde sich in der Gesellschaft von Wikingern wohl fühlen – oder sie würde mit einem dieser Männer schlafen, wenn auch unwissentlich... Die Erschöpfung drohte sie zu überwältigen. Doch der Tee wirkte belebend, und sie nahm noch einen Schluck.

»Was Euren Sturz von der Klippe betrifft«, begann Lady Krysta und raubte ihr die Hoffnung, sie hätte die Frage vergessen. »Wie schrecklich muss das gewesen sein! Wart Ihr auf dem Weg nach Hawkforte, als Ihr diesen Unfall erlitten habt?«

Langsam nickte Rycca. Selbst wenn sie die Kraft besessen hätte, die Wahrheit zu verheimlichen – sie sah keinen Sinn darin. Zweifellos würde Lord Dragon in allen Einzelheiten erzählen, was geschehen war. Keine Sekunde lang glaubte sie, er würde das Wort halten, das er ihrem Vater gegeben hatte, und sie tatsächlich heiraten. Obwohl jene Ankündigung ernsthaft und aufrichtig geklungen hatte... Nein, da musste sie sich irren. Wie konnte er sie zum Altar führen – nach allem, was geschehen war? Wahrscheinlich hatte er sie nur nach

Hawkforte gebracht, um sie zu bestrafen, mochte die sanfte Fürsorge, die sie jetzt genoss, auch nicht zu dieser Absicht passen. Nun, diese freundliche Betreuung würde sicher bald ein Ende finden, wenn es an der Tür klopfte und ein Krieger hereinstürmte, womöglich sogar Lord Hawk. Bei dieser Vision erschauerte sie. O Gott, was würde Lady Krysta empfinden, wenn sie erfuhr, wem sie so viel gütige Aufmerksamkeit geschenkt hatte?

»Sicher gehört das Nachthemd Euch, das ich in der Jagdhütte fand«, sagte sie unvermittelt. Ihr müdes Gehirn sprang von einem Gedanken zum anderen. »Das lieh ich mir aus, und dafür muss ich Euch um Verzeihung bitten. Ich weiß, es war falsch. Aber ich hatte noch nie etwas so Schönes gesehen.«

Verwundert schüttelte Krysta den Kopf. »Deshalb müsst Ihr Euch wirklich nicht sorgen. Wann seid Ihr von der Klippe gestürzt?«

»Vor ein paar Tagen.« Aus Ryccas Kehle rang sich ein leises Schluchzen. »Vor einer halben Ewigkeit…«

Inzwischen war Krysta ziemlich beunruhigt. Sie wusste, welche Folgen eine Kopfverletzung nach sich ziehen konnte. Dass Dragon für den Zustand des Mädchens verantwortlich wäre, vermutete sie keine Sekunde lang, denn er begegnete allen Frauen stets freundlich und rücksichtsvoll. Aber irgendetwas Grauenhaftes musste geschehen sein, und das wollte sie herausfinden. »War Euch nach dem Sturz schwindlig? Seit Ihr in Ohnmacht gefallen? Oder lässt Euch das Gedächtnis im Stich?«

Rycca lächelte schwach. »Ja, so lautet die Antwort auf alle drei Fragen. Mir schwindelte, ich verlor das Bewusstsein, und ich vergaß alles, was mir die Stimme der Vernunft zuflüsterte. Allerdings nicht in dem Sinn, auf den Ihr anspielt, Lady Krysta. Erstaunlicherweise nahm ich nur geringen körperlichen Schaden.«

Mit dieser Erklärung beruhigte sie Krysta nicht sonderlich. Vorsichtig strich sie über die Wange des Mädchens. Diese Verletzung sah frischer aus. Doch sie war sich nicht sicher. »Geschah das um dieselbe Zeit?«

»Nein, heute – mein Bruder schlug mich.«

Seufzend schnitt Krysta eine Grimasse. Von den Wolscrofts hatte sie immer nur Schlechtes gehört. »Tut mir Leid. Aber dieser Bluterguss wird bald verblassen. Jetzt braucht Ihr ein warmes Bad und eine herzhafte Mahlzeit – und nach einem erholsamen nächtlichen Schlaf werdet Ihr Euch morgen viel besser fühlen.«

»Wo ist Euer Mann?«

»Ich nehme an, er spricht mit Dragon. Warum fragt Ihr?«

»Dann wird Lord Hawk bald hierher kommen – und sich gewiss nicht über die freundliche Fürsorge freuen, die Ihr mir vergönnt, Lady Krysta.«

»Doch, natürlich. Warum zweifelt Ihr daran?«

Rycca holte tief Atem und suchte vergeblich, Mut zu fassen. Trotzdem antwortete sie: »Weil ich Lord Dragon nicht heiraten wollte, rannte ich davon. Wie es das Schicksal wollte, kreuzten sich unsere Pfade. Ich floh, und er verfolgte mich. Dabei fiel ich über den Klippenrand. Er trug mich in Eure Hütte, wo wir ein paar Tage verbrachten ...«

Sekundenlang senkte sie die Lider, dann begegnete sie Krystas sanftem Blick. Nur die Herzenswärme in den waldgrünen Augen bewog sie weiterzusprechen – und das verzweifelte Bedürfnis, jemand würde verstehen, was sie getan hatte, warum sie dazu getrieben worden war.

»Wer er ist, wusste ich nicht. Auch er kannte mich nicht. Doch ich – wünschte mir eine Erinnerung, etwas Schönes, Wunderbares, an das ich mich in der ungewissen Zukunft klammern könnte. Was zwischen uns geschah, ist einzig und allein meine Schuld. Und ich bereue es nicht einmal.«

Zu ihrer Verblüffung zeigte sich Lady Krysta weder ent-

rüstet noch erschrocken. Stattdessen nickte sie und lächelte sogar, als würde sie eigene Erinnerungen wecken. »Ach ja, die Sehnsucht nach einem vollkommenen Glück in dieser unvollkommenen Welt, selbst wenn man die Vernunft missachtet, um es zu erringen …«

Während Rycca dieses unerwartete Verständnis zu begreifen versuchte, klopfte es an der Tür, und sie erstarrte. Nun würde man sie wegbringen, anklagen, bestrafen.

Aber die Lady rief: »Herein«, und einige Dienstboten schleppten gefüllte Wassereimer ins Zimmer. Andere folgten ihnen mit Kleidern, Speisen und Getränken. Wenige Minuten später hatten sie eine Wanne gefüllt und verschwanden.

»Über das alles reden wir später«, entschied Krysta. »Nehmt jetzt Euer Bad. Danach wird es Euch besser gehen.«

Verwirrt ließ sich Rycca von der zerfetzten, schmutzigen Männerkleidung befreien, die nach dem langen Marsch durch den Fluss ziemlich übel roch, und in die Wanne helfen. Das warme Badewasser duftete – nach Rosen? Ja, unverkennbar. Nie zuvor hatte sie so verschwenderischen, herrlich femininen Luxus genossen. »Himmlisch«, flüsterte sie.

»Ja, nicht wahr?«, stimmte Krysta zu, inspizierte die unansehnlichen Kleider und warf sie in eine Ecke. »Nun will ich Euer Haar reinigen.«

Ohne die Verletzungen an der Stirn und der Wange des Mädchens zu berühren, seifte Krysta dic langen kupferroten Strähnen ein und spülte den Schaum heraus. Rycca saß einfach nur in der Wanne und bemühte sich, die Situation zu verstehen. Was sie vorhin erzählt hatte, schien die Herrin von Hawkforte nicht im Mindesten zu stören. Als würden jeden Tag entlaufene, zerlumpte Bräute in dieser Festung auftauchen und unmoralische Geständnisse ablegen …

Als das Badewasser abgekühlt war, stieg sie mit Krystas Hilfe aus der Wanne, wurde in ein großes Badetuch gehüllt und auf einen Stuhl am Tisch gesetzt. Behutsam rieb die

Gastgeberin das frisch gewaschene Haar trocken und entwirrte es mit einer Bürste.

Dann reichte sie Rycca ein Nachthemd. »Zieht das an.«

Zu müde und konfus, um zu widersprechen, gehorchte Rycca. Im breiten Bett, warm zugedeckt und von weichen Daunenkissen gestützt, beobachtete sie, wie einige Mägde erschienen und das Zimmer in Ordnung brachten. Keine warf auch nur einen kurzen Blick zu ihr herüber.

Nachdem sie sich entfernt hatten, trug Krysta ein Tablett zum Bett. »Nun müsst Ihr endlich etwas essen. Die Suppe schmeckt köstlich. Auch eins von Lady Cymbras Rezepten. Sie war so freundlich, mir ein Kochbuch zu schicken. Offen gestanden, für solche Dinge bin ich nicht sonderlich begabt.«

Fügsam schob Rycca einen vollen Löffel in den Mund. Die Suppe schmeckte tatsächlich ausgezeichnet. Von plötzlichem Heißhunger erfasst, lehrte Rycca die Schüssel so schnell, wie es der Anstand erlaubte. Danach sank sie in die Kissen zurück. Vor den Fenstern brach die Nacht herein.

Krysta ergriff einen Feuerstein und eine Zunderbüchse und entfachte Flammen in zwei eisernen Kohlenbecken, die zu beiden Seiten des Bettes standen. »Hoffentlich werdet Ihr bald einschlafen.«

»Wie kann ich Eure Freundlichkeit jemals vergelten?« In Ryccas Augen glänzten Tränen. Aber sie rollten nicht über die Wangen. So viel Selbstkontrolle besaß sie immer noch.

»Als ich in Not war, standen mir gütige Menschen bei«, erwiderte Krysta. »Eines Tages werdet auch Ihr jemandem helfen, und das ist mir Dank genug.« Sie wollte sich zum Gehen wenden, aber Rycca hielt ihre Hand fest.

»Bleibt noch eine Weile bei mir.«

»Ja, natürlich.« Krysta setzte sich auf den Bettrand und nahm an, das Mädchen würde sich nach allem, was es durchgemacht hatte, vor der Einsamkeit fürchten.

Doch sie erlebte eine Überraschung, denn Rycca verfolgte mir ihrer Bitte einen ganz bestimmten Zweck. »Habt Ihr wegen des Bündnisses zwischen den Wikingern und den Angelsachsen geheiratet?«

»Deshalb kam ich nach Hawkforte«, antwortete Krysta lächelnd. »Aber es war eine Liebesheirat.«

»Wie ist das möglich?« Entgeistert hob Rycca die Brauen. »Niemand heiratet aus Liebe.«

»Gewiss, so etwas kommt selten vor. Trotzdem ist es geschehen. Das ist eine lange Geschichte, und ich denke, dafür seid Ihr jetzt zu müde. Träumt Ihr von der wahren Liebe? Oder wollt Ihr aus anderen Gründen nicht heiraten?«

»An die Liebe habe ich bisher nicht geglaubt. Wenn Ihr sagt, sie würde existieren, will ich noch einmal darüber nachdenken. Jedenfalls bin ich eher skeptisch ... Was das Bündnis betrifft – Ihr seid Nordländerin, und ich möchte Euch nicht kränken.«

»Zweifelt Ihr am Wunsch der Wikinger, den Frieden zu bewahren?« In Lady Krystas Stimme schwang kein Vorwurf mit.

Was man in England von ihren Landsleuten hielt, wusste sie nur zu gut. Dafür brachte sie Verständnis auf. Nachdem so viele Angelsachsen jahrzehntelang unter den grausamen Angriffen der Norweger gelitten hatten, vermochten sie sich nicht vorzustellen, die wilden Männer aus dem Norden hätten ihre kriegerische Gesinnung tatsächlich aufgegeben.

»Abenteuer zu suchen – das liegt in der Natur unseres Volkes«, fuhr sie in sanftem Ton fort. »Außerdem hatten wir keine Wahl. So schön die nordischen Gebiete auch sind – sie bieten nur wenigen Menschen einen ausreichenden Lebensunterhalt. Wenn ein Bauernhof unter zu vielen Söhnen aufgeteilt wird, kann er keinen ernähren. Deshalb beschlossen zahlreiche Wikinger, Handel zu treiben, und reisten in die fernsten Teile der Erde.«

»Die Wikinger, die nach England kamen, wollten keine Geschäfte machen«, wandte Rycca ein.

»Ja, das stimmt. Hier sind schreckliche Dinge geschehen. Dieses Grauen musste ein Ende finden. Und so schlug Lord Wolf das Bündnis vor. Er hofft, mit der Zeit wird die Freundschaft zwischen den Norwegern und den Angelsachsen alle Betroffenen veranlassen, für den Frieden einzutreten.« Aufmerksam betrachtete Krysta das Gesicht des Mädchens. Dann lächelte sie wehmütig. »Ihr scheint mir nicht zu glauben, Rycca. Zumindest erwartet Ihr nicht, Wolfs Absichten würden zum Erfolg führen. Im Leben gibt es keine Garantien. Aber könnte sich die Mühe nicht lohnen?«

Brennende Hütten… Rauchwolken, von gellendem Geschrei erfüllt… Ein unfassbares Grauen, das ihr die Kehle zuschnürte… Und Aelflynne, die zu ihr rannte, die geliebte Puppe an die Brust gedrückt… Über ihr ein Schatten… Plötzlich ein Schluchzen, Aelflynnes Arme, Rycca entgegengestreckt, die sich im Stall versteckte… Für zeitlose Sekunden trafen sich ihre Blicke, bevor das Messer blitzte und Blut ins Erdreich sickerte – bevor die kleine Gestalt zu Boden sank und Aelflynnes Augen für immer erloschen…

»Nur die Macht gewährleistet den Frieden«, behauptete Rycca. »Wenn wir stark genug sind, um unsere Feinde zu besiegen, werden sie unsere Freunde. Vorher nicht.«

Krysta nahm kein Blatt vor den Mund. »Welch eine grässliche Ansicht!«

»Was ich miterleben musste, bestätigt meine Überzeugung«, stieß Rycca hervor. Abgesehen von der Herzensgüte eines Mannes, der sie nicht gekannt und trotzdem gelobt hatte, sie zu schützen, ohne irgendetwas für sich selbst zu verlangen… Einfach nur eine Laune des Schicksals.

Das ist nicht wahr.

»Bitte, lasst mich jetzt allein«, wisperte sie.

»Tut mir Leid, ich habe Euch zu lange wach gehalten.«

»Nein, so habe ich's nicht gemeint – es ist an *mir*, um Verzeihung zu bitten. Ihr wart sehr freundlich zu mir. Und das danke ich Euch mit schlechtem Benehmen.«

Krysta strich die Bettdecke glatt. »Keine Bange, ich fühle mich nicht gekränkt. Ihr seid müde.« So beschwichtigend wie eine Mutter, die mit ihrem Kind sprach, fügte sie hinzu: »Schlaft jetzt, Lady Rycca of Wolscroft. Morgen beginnt ein schönerer Tag.«

Einige Stunden später lag Krysta neben ihrem Mann im Bett. Schläfrig und zufrieden nach einem leidenschaftlichen Liebesakt, fragte sie sich, ob ihr hoffnungsvolles Versprechen erfüllt werden könnte.

Sie richtete sich auf und musterte Hawk. Die Wimpern gesenkt, die markanten Züge entspannt, wirkte er wie ein Mann, der nur noch eins im Sinn hatte – seine Ruhe. Krysta stieß ihn mit dem Ellbogen an. »Schläfst du?«

»Warum wollen die Frauen dauernd reden?«, seufzte er, ohne die Augen zu öffnen.

Da stieß sie ihn etwas fester an. »Frauen?«

Widerstrebend blinzelte er. »Habe ich das gesagt? Natürlich meine ich nur eine einzige Frau – eine wundervolle, hinreißende, gelegentlich lästige Frau.«

»Regt sich Dragon auf?«

»Männer regen sich nicht auf – sie geraten in Zorn oder Verwirrung, amüsieren sich, und ganz selten sind sie mit ihrer Weisheit am Ende. Aber sie regen sich niemals auf.«

»Und in welchem dieser Zustände befindet sich dein Freund Dragon?«

Hawk zögerte. Dann gab er es auf, Müdigkeit zu heucheln, und nahm seine Frau in die Arme. Als ihr Kopf auf seiner Brust lag, wo er hingehörte, antwortete er: »Ich glaube, sein Herz ist verwundet.«

»Ja, das hatte ich befürchtet. Sie ist sehr schön.«

»Nicht nur ihre Schönheit hat ihn bezaubert. Er dachte, sie wäre ungewöhnlich mutig und charakterstark. Und jetzt hat er eine Braut am Hals, die sich in ihrer Selbstsucht kein bisschen um den Frieden kümmert.«

»Da irrst du dich – der Frieden bedeutet ihr sehr viel. Sie meint nur, das Bündnis würde nicht dazu führen.«

»Was denn sonst? Ein neuer Krieg?« In Hawks Stimme schwang der Abscheu eines Mannes mit, der zu viele Jugendjahre auf Schlachtfeldern verbracht hatte.

»Das ist kein guter Beginn für eine Ehe«, seufzte Krysta.

»Trotzdem muss sie geschlossen werden.«

Aus der Wiege, die neben dem Bett stand, drangen leise, glucksende Laute. Falcons Eltern setzten sich auf, hielten den Atem an und fürchteten, nun wäre es um die Nachtruhe geschehen. Wenig später schlief das Baby wieder tief und fest. Erleichtert sanken sie in die Kissen zurück. Hinter Krystas Stirn kreisten immer noch Gedanken.

»Ein verwundeter Drache«, wisperte sie, an ihren Mann geschmiegt.

»Sieht so aus«, murmelte er im Halbschlaf.

Gefährlich, flüsterte eine warnende innere Stimme. Aber inzwischen fühlte sie sich zu erschöpft, um darauf zu hören. Außerdem war das nicht ihre Sorge.

Umso schwerer lastete das Problem auf Ryccas Seele. Während sie in dem breiten, luxuriösen Gästebett lag, zählte sie die langen nächtlichen Stunden und fragte sich, was der Morgen bringen würde. So gut gemeint Lady Krystas Versprechen auch war – Rycca bezweifelte, dass ihr ein schöner Tag bevorstand.

7

Endlich wurde sie vom Schlummer überwältigt – und am nächsten Morgen genauso freundlich betreut wie am Vortag. Als sie die Augen öffnete, blinzelte sie in hellen Sonnenschein, dann erblickte sie geschäftige Dienerinnen und eine entschlossen lächelnde Krysta. Der Tag sah aus wie blank geschrubbt, und Rycca fühlte sich so ähnlich, nachdem sie aus ihrem zweiten Bad gestiegen war.

Mit einem Hemd bekleidet, das Krysta ihr gebracht hatte, setzte sie sich an den Tisch vor der Fensterfront. Von hier aus sah sie die Dächer der zahlreichen Nebengebäude, die hohen steinernen Mauern, die Stadt mit dem Hafen, wo reges Leben und Treiben herrschte. Sicher war nur Winchester größer, die königliche Residenz, die Rycca einmal besucht hatte.

Die Aussicht auf Hawkforte milderte sogar ihre düsteren, ungeordneten Gedanken. Entlang der Straßen reihten sich Läden aneinander, manche zweistöckig, weil die Besitzer in den Obergeschossen wohnten. Große Gärten lagen hinter den Häusern. Da und dort grasten Ziegen, Schweine wälzten sich im Schlamm. Plötzlich leuchtete sonniges Weiß auf und lenkte Ryccas Blick auf eine kleine Schafherde, die zum Markt getrieben wurde.

Am Kai schaukelte ein halbes Dutzend Schiffe auf sanften Wellen, und Rycca fragte sich, auf welchem sie wohl zur Normandie gefahren wäre, hätte das Schicksal ihr diese Gunst gewährt. Vielleicht auf keinem – denn ihr Plan war von Anfang an zum Scheitern verurteilt gewesen. Trotzdem versank sie noch für eine kleine Weile in ihrem Traum, da es ihr widerstrebte, die Hoffnung auf Freiheit für immer aufzugeben.

Krysta holte sie in die Wirklichkeit zurück, mit sanfter Stimme, als spürte sie das Bedauern, das dunkle Schatten un-

ter Ryccas Augen hinterlassen hatte. »Heute Morgen ist Euer Vater eingetroffen.« Was die Herrin der Festung Hawkforte davon hielt, deuteten die leicht verkniffenen Lippen an. »Er sprach mit meinem Gemahl. Worum es bei dieser Unterredung ging, weiß ich nicht. Jedenfalls wirkte Wolscroft danach etwas ruhiger.«

»Ruhiger?« Rycca hob die fein gezeichneten Brauen und wandte ihren Blick von dem Frühstückstablett ab, das vor ihr auf dem Tisch stand. In diesem Augenblick würde sie keinen Bissen hinunterbringen. Nachdem sie die Neuigkeit vernommen hatte, erschien ihr die Last, die ohnehin schon auf ihrer Seele lag, noch schwerer. Viel zu schnell stürmten Ereignisse auf sie ein, die sie nicht beeinflussen, geschweige denn kontrollieren konnte. Sie fühlte sich wie in einem Käfig, dessen Gitterstäbe näher und näher rückten. »Dieses Wort hörte ich noch nie, wenn mein Vater beschrieben wurde.«

»Nun, Hawk übt eine erstaunlich beschwichtigende Wirkung auf seine Mitmenschen aus, wenn er sich darum bemüht.« Wie Krystas Lächeln erkennen ließ, war der Ausdruck »beschwichtigend« vermutlich die falsche Formulierung für das Verhalten ihres Mannes.

»Trotzdem …«

»Eure Mitgift wurde unserem Priester übergeben, Vater Desmond. Heute Nachmittag wird er Euch mit Lord Dragon vermählen.«

Aus Ryccas Gesicht wich der letzte Rest eines rosigen Hauchs. Verzweifelt schaute sie ihre Gastgeberin an und las aufrichtiges Mitleid in den grünen Augen, aber auch unbeugsame Entschlossenheit. Krysta setzte sich zu ihr und umfasste ihre kalten Hände mit warmen Fingern. »Was Euch offensichtlich quält, würde ich Euch gern ersparen. Bitte, findet Euch mit Eurem Los ab. Diese Hochzeit *muss* stattfinden.«

»Warum?«, fragte Rycca leise. »Eigentlich dachte ich, mitt-

lerweile hätte sich Lord Dragon anders besonnen und entschieden, unsere Ehe würde ihm missfallen.«

»Nein, sein Entschluss steht fest.«

»Von Anfang an war er gegen die Verlobung. Nur widerwillig erklärte er sich dazu bereit. Und jetzt, wo ich einen so schlechten Eindruck auf ihn gemacht habe …« Ryccas Stimme erstarb.

Was der Mann von ihr halten mochte, der sie umarmt und beglückt hatte – diesen Gedanken konnte sie kaum ertragen. Schlimm genug, dass sie vor einer Heirat geflohen war, die dem Frieden dienen sollte. Noch schlimmer – sie hatte einem vermeintlich Fremden ihre Jungfräulichkeit geschenkt, die einzig und allein ihrem künftigen Gatten gehören müsste. Sicher glaubte er, sie wäre ein selbstsüchtiger Feigling, eine Hure ohne jede Moral.

Welch ein schreckliches Vorzeichen für eine Ehe … Die Lippen zusammengepresst, kämpfte sie mit den Tränen.

Krysta stand auf und warf einen kurzen Blick auf die Dienerinnen, die in diskreter Entfernung warteten, um die Braut anzukleiden. Dann wandte sie sich wieder zu Rycca. Nicht unfreundlich, denn das würde ihrem Wesen widersprechen, erklärte sie: »Wie ich Euch bereits mitgeteilt habe, bleibt Dragon bei seiner Entscheidung. Aber Ihr habt die Möglichkeit, Nein zu sagen, wenn Ihr heute Nachmittag mit Vater Desmond sprecht. Dagegen könnte niemand etwas unternehmen, weder Dragon noch Hawk oder Euer Vater, nicht einmal der König. Was das betrifft, folgt die Kirche einem unwiderruflichen Gebot. Ohne die Zustimmung des Bräutigams und der Braut darf keine Ehe geschlossen werden.« Eindringlich schaute sie in die Augen des Mädchens. »Ihr wisst natürlich, was dann mit Euch geschehen würde.«

»Ja – ich müsste mich wieder in die Obhut meines Vaters begeben.«

»Genau. Und er würde Euch bestrafen. Dazu ist er nach dem Gesetz berechtigt.«

Zu Krystas Überraschung lächelte Rycca dünn. »Was für eine Ironie! Mein Vater würde sich freuen, wenn die Trauung nicht stattfände.«

»Wegen der Mitgift?«

»Keineswegs. Er prahlt sehr gern mit seinem Reichtum. Aber sein Hass gegen die Wikinger kennt keine Grenzen. Auch den König verabscheut er, der das Bündnis mit den Norwegern geschlossen hat und sich mit den Dänen zu einigen sucht. Trotzdem würde er mich bestrafen. Vielleicht sogar mit dem Tod.«

Eine Zeit lang schwieg Krysta, dann fragte sie tonlos: »Wisst Ihr, ob Wolscroft auf Lord Udells Seite stand?«

»Meint Ihr den mercischen Verräter, den Euer Mann getötet hat?«

Krysta nickte und erinnerte sich beklommen an die Ereignisse des Vorjahrs. Beinahe hätten sie zu einer Tragödie geführt. »Euer Vater wurde nicht verdächtigt. Allerdings – wenn er Alfred hasst…«

»Nun, er hielt Udell für einen aufgeblasenen Narren, einen Angeber, der sich einbildete, er könnte den König stürzen. Aber Udell ergriff immerhin die Initiative, mochte er auch ein falsches Ziel ansteuern, während mein Vater untätig blieb. Selbst wenn er noch so erbittert gegen den König wettert – im Grunde geht's ihm nur ums Überleben.«

Erleichtert atmete Krysta auf. »Und deshalb ließ er sich von Hawk *beschwichtigen*.«

Zu ihrer eigenen Verblüffung lachte Rycca, bis ihr Blick zu den wartenden Dienerinnen hinüberglitt. In wachsender Verzweiflung erkannte sie ihre ausweglose Lage.

Das traumhafte schöne Brautkleid erweckte den Eindruck, es wäre aus schattigem Moos gewoben, aus Sonnenlicht,

das zwischen Bäumen schimmerte. Hier und da, an den Ärmeln und am Saum, mit scheuen Veilchen und verschlungenen Zweigen bestickt.

So etwas hatte Rycca nie zuvor gesehen. »Das kann ich unmöglich tragen.«

»Natürlich könnt Ihr es«, widersprach Krysta energisch. »Die Farbe passt perfekt zu Euch. Viel besser als zu mir.«

»Es wurde für Euch geschneidert.«

»Ja«, gab Krysta zu. »Aber ich habe dieses Kleid nie getragen. Und jetzt will ich es Euch schenken. Kommt, wir müssen herausfinden, ob etwas geändert werden muss. Wahrscheinlich nicht, denn wir sind gleich groß.«

Sie streifte das prachtvolle Gewand über Ryccas Kopf und half ihr, die Arme in die Ärmel zu schieben. Dann verschnürte sie das Oberteil am Rücken und trat zurück, um die Braut prüfend zu betrachten.

»Genauso, wie ich es erwartet habe. Das Kleid sitzt wie angegossen. Und die Farben passen ausgezeichnet zu Eurem Haar und den Augen.«

Hinter ihr jubelten die Dienerinnen, um ihre Zustimmung zu bekunden, wichen eifrig zur Seite und gaben den Blick auf einen Gegenstand frei, den Rycca verwirrt anstarrte. So etwas sah sie zum ersten Mal – das seltsame Ding war fast so groß wie sie, eine halbe Armeslänge breit, und darin schimmerte …

Von ungläubigem Staunen erfasst, ging sie darauf zu, streckte eine Hand aus und beobachtete, wie die ätherische Gestalt im glänzenden Metall dieselbe Geste machte.

»Ein Spiegel aus Byzanz«, verkündete Krysta.

»Unglaublich«, flüsterte Rycca. »Bisher kannte ich nur Spiegel, die in der Länge und der Breite ein paar Zoll maßen …« Verwundert unterbrach sie sich, denn die Frau im Spiegel bewegte die Lippen. Das konnte unmöglich sie selbst sein, dieses zauberhafte Geschöpf mit feuerrotem Haar und

dem schönen Gesicht über einem gertenschlanken, grazilen Körper, den das Kleid verhüllte und zugleich betonte. In diesem Spiegel zeigte sich kein einziger Makel. Nicht einmal die Verletzung auf der Wange. Zögernd trat Rycca näher und berührte ihr Gesicht. Der Bluterguss war völlig verblasst, die Narbe auf der Stirn nicht mehr zu sehen.

»Wie schön Ihr seid!«, meinte Krysta aufmunternd.

Damit tröstete sie Rycca nicht. Unter normalen Umständen würde ihre Schönheit den Bräutigam vielleicht erfreuen. Aber so, wie die Dinge lagen, durfte sie nicht darauf hoffen. Ihrem Charakter würde seine Aufmerksamkeit gelten, nicht ihrem Gesicht oder ihrer Figur. Sie holte tief Atem und wandte sich vom Spiegel ab.

»Wollt Ihr etwas trinken?«, fragte Krysta.

Nur um der freundlichen Frau einen Gefallen zu erweisen, würgte Rycca einen Schluck Wasser hinunter. Zu ihrer Erleichterung wurde bis zur Zeremonie gefastet.

Viel zu früh kam der Augenblick, in dem sie aus dem Zimmer die Treppe hinabgeführt wurde. Aus der Halle drang ihr lautes Stimmengewirr entgegen. Eine Hand gegen die Wand gestützt, blieb sie stehen und starrte nach unten. Welch eine Menschenmenge… Reiche Kaufleute und ihre Ehefrauen mischten sich mit würdevollen Rittern und deren Ladys. An einer Seite des Raums entdeckte sie ihren Vater und sein Gefolge. Die Stirn gerunzelt, sah er sich um. Aber vor den wachsamen Augen der Hawkforte-Krieger konnte er nichts unternehmen. Und dann erblickte sie den Festungsherrn. Alle anwesenden Männer überragte er, außer dem Wikinger, der neben ihm stand. Offenbar führten die beiden ein angeregtes Gespräch.

Während Rycca ihren Bräutigam betrachtete, stockte ihr Atem. Nur das goldbraune, im Nacken zusammengebundene Haar, die ebenmäßigen markanten Gesichtszüge und die hoch gewachsene Gestalt erinnerten an den Mann, der

ihre Flucht verhindert hatte. Jetzt trug er eine schwarze, mit kostbaren Goldfäden durchwirkte Tunika. Auch an seinem Hals schimmerte Gold, das Symbol seines Rangs und seiner Macht. Er trug nur einen kurzen Dolch an der Taille, vielleicht zu Ehren des Gastgebers. Trotzdem wirkte er bedrohlich. Und seine düstere Miene verriet, wie schwer ihm der Gang zum Traualtar fallen würde.

Den Männern in seiner Nähe schien die Hochzeit ebenso wenig zu behagen. Fast so groß wie Dragon, mit scharfen, durchdringenden Augen, strahlten seine Wikinger-Krieger unbesiegbare Kraft und Kampflust aus. Falls sie die angelsächsische Gesellschaft unangenehm fanden, ließen sie sich nichts dergleichen anmerken. Aber wie ihre angespannte Haltung bezeugte, waren sie auf der Hut – und stets bereit, beim geringsten Anzeichen einer Gefahr einzugreifen.

Kein Wunder, dass sich Ryccas Vater und seine Eskorte an die Wand zurückgezogen hatten… Nur sekundenlang empfand sie den verrückten Wunsch, zwischen diesen Männern Schutz zu suchen. Nein, sicher wäre es besser, noch einmal von einer Klippe in die Tiefe zu stürzen.

In diesem Moment erblickte Dragon seine Braut und zuckte zusammen. Doch er hatte sich sofort wieder in der Gewalt. Er begrüßte sie nicht, und er schenkte ihr kein Lächeln. Obwohl sie nichts anderes erwartet hatte, wuchs ihre Verzweiflung. Die Lider gesenkt, stieg sie die restlichen Stufen hinab. Plötzlich verstummten alle Gespräche.

Die Hände geballt, spürte sie, wie sich ihr Magen umdrehte. Nur gut, dass sie nichts gegessen hatte. Sie zwang sich, den Kopf zu heben, die Schultern zu straffen. Am liebsten wäre sie davongerannt. Aber dieser fast unwiderstehlichen Versuchung durfte sie nicht erliegen. Sie musste durch die Menschenmenge gehen, zu ihrem Verlobten – mit ruhiger, heiterer Miene, als würde ihr schönster Wunschtraum Erfüllung finden.

Begierig wurde sie gemustert, von Männern und Frauen gleichermaßen. Wie Jäger, die eine soeben erlegte Beute umringen und auf das Ausbluten warten, dachte sie. Nicht auf *ihr* Blut. Das hatte sie beim Verlust ihrer Jungfräulichkeit vergossen, aber sie lebte noch. Und nun musste sie diese Hochzeit überstehen, die ihr wie eine grausame Farce erschien.

Hinter ihr murmelte Krysta: »Alles wird ein gutes Ende finden.«

Wieder einmal wurde Rycca vom Gefühl reiner Wahrheit durchdrungen. Was die Herrin von Hawkforte versicherte, erhoffte sie nicht nur, sie glaubte ganz fest daran.

Rycca fand keine Zeit, um darüber nachzudenken – denn jetzt kam ihnen der hoch gewachsene Festungsherr mit dem schimmernden kastanienbraunen Haar und den klaren blauen Augen entgegen.

Zärtlich lächelte er Krysta an und weckte in Ryccas Brust eine plötzliche Sehnsucht nach einem Glück, das sie niemals genießen würde. Er wandte sich zu der widerspenstigen Braut. »Willkommen auf Hawkforte, Lady Rycca«, grüßte er in freundlichem, aber entschiedenem Ton. »Unser Priester, Vater Desmond, möchte Euch kennen lernen.«

Bei diesen Worten wies er auf einen jungen Mann mit einer Tonsur, den Rycca erstaunt musterte. Dass ein so junger Geistlicher einem Herrn von Hawk of Essex' Rang diente, erschien ihr ungewöhnlich. Vielleicht verdankte er diese Position der Klugheit, die aus seinen dunklen Augen strahlte.

Der Geistliche trat vor und reichte ihr seine Hand. »Wenn Ihr mir ein paar Minuten Eurer kostbaren Zeit opfern würdet, Mylady …«

Wenn es nach ihr ginge – den ganzen restlichen Tag und auch noch den nächsten … Sie nickte und folgte ihm – erleichtert, weil sie der neugierigen Menschenmenge wenigstens kurzfristig entrinnen würde, und fest entschlossen,

sich nicht zu fragen, warum Lord Dragon kein Wort gesagt hatte.

Nicht weit von der Haupthalle entfernt, betraten sie eine schöne kleine Kapelle. Flackernde Bienenwachskerzen spendeten sanftes Licht. In der Luft hing süßer Blumenduft, auf dem bestickten Altartuch standen silberne und goldene Gefäße.

»Wie Ihr seht, ist alles für Eure Hochzeit vorbereitet«, bemerkte Vater Desmond lächelnd, setzte sich auf eine der beiden breiten Stufen, die zum Altar führten, und bedeutete ihr, neben ihm Platz zu nehmen. Sein unbefangenes Verhalten verblüffte sie, aber sie erfüllte seinen Wunsch. »Wisst Ihr, warum ich Euch sprechen will, Mylady?«

»Ja…« Unsicher faltete sie die Hände im Schoß. »Ich muss der Hochzeit zustimmen.«

»Allerdings. In dieser Hinsicht folgt die Kirche strengen Gesetzen.«

»Ich bin wohl kaum die erste Braut, die gegen ihren Willen heiratet.«

Besorgt runzelte der junge Priester die Stirn. »Also seid Ihr nicht dazu bereit?«

»Das spielt keine Rolle.«

»Oh, doch. Um Eurer unsterblichen Seele willen – es ist sehr wichtig.«

Nachdem er vergeblich auf eine Antwort gewartet hatte, erhob er sich, begann umherzuwandern und unterstrich seine Worte mit ausdrucksvollen Gesten. An zwei Fingern seiner rechten Hand entdeckte sie Tintenflecken, starrte sie an und hörte ihm nur mit halbem Ohr zu. »Seid Ihr ein Schreiber?«, unterbrach sie seinen Vortrag über die Hochzeit zu Kana.

»Nun ja…«, entgegnete er verwundert. »Manchmal schreibe ich immer noch Bücher, wenn es die Zeit erlaubt, die ich anderen Pflichten widmen muss.«

»Für die Stellung eines Hausgeistlichen in einer so mächtigen Festung seid Ihr sehr jung. Darf ich fragen, wie es dazu kam?«

Vater Desmond errötete leicht. »Früher arbeitete ich im Skriptorium von Winchester. Seine Lordschaft beauftragte mich, ein Buch für Lady Krysta zu schreiben. Mit dem Ergebnis meiner Bemühungen waren beide zufrieden. Außerdem brauchten sie einen neuen Hauspriester. Und so boten sie mir diesen Posten an, den ich nur zu gern antrat.«

»Bei meinem Besuch in Winchester sah ich die großartige Bibliothek.«

»In der Tat, sie ist wundervoll. Aber um zu unserem Thema zurückzukehren – Eure Zustimmung zu dieser Heirat ist unabdingbar. Wollt Ihr sie verweigern?«

»Nein«, erwiderte Rycca und sah ihn erleichtert aufatmen. Natürlich wollte er weder seinen Herrn, Lord Hawk, noch den gefürchteten Krieger Lord Dragon verärgern. Trotzdem gewann Rycca den Eindruck, davor würde er nicht zurückschrecken, wenn sie sich der Eheschließung widersetzte.

»Anscheinend war Eure Ankunft in Hawkforte mit gewissen – Schwierigkeiten verbunden«, sagte er taktvoll. Ja, zweifellos – eine schmutzige, zerlumpte Braut auf den Armen ihres Verlobten – statt im Schutz ihrer Familie, wie es Sitte und Anstand erfordert hätten …

»Auf dem Weg hierher erlitt ich einen Unfall, und Lord Dragon war so freundlich, mir beizustehen.«

Vater Desmond nickte lächelnd. »Vom Jarl hört man nur Gutes, und ich glaube, er zählt zu Hawks besten Freunden.«

»Heutzutage ist die Freundschaft zwischen Norwegern und Angelsachsen große Mode.«

»Glaubt Ihr das?« Der Priester schaute sie prüfend an. »Obwohl ich einige Jahre am königlichen Hof verbrachte, verstehe ich nichts von der Mode. Für solche Dinge fand ich keine Zeit.«

»Diese Freundschaft beruht auf dem Bündnis, auf das man sehr viel Wert legt.«

»Warum auch nicht? Wir alle sehnen uns nach Frieden.«

Wehmütig lächelte sie den Priester an. »Wenn es Euch auch überraschen mag, Vater Desmond – gewisse Leute würden den Krieg vorziehen. Und was haltet *Ihr* von dem Bündnis? Meint Ihr, die Wikinger wollen den Frieden zwischen den beiden Völkern tatsächlich einhalten?«

Darüber dachte er eine Weile nach, dann nickte er. »O ja, ich denke schon. Die Bewohner von Vestfold wünschen den Frieden. Außerdem vermute ich, das Bündnis soll den Dänen klar machen, sie würden – falls sie begierige Blicke nach Vestfold richten – auf erbitterten Widerstand stoßen. Auch hier, an der dänischen Südflanke, würden die Angelsachen gegen sie kämpfen. Und die Dänen streben wohl kaum einen Krieg zwischen zwei Fronten an.«

»Und wenn die Norweger und Dänen stattdessen beschließen, England gemeinsam anzugreifen? Immerhin haben sie mehr gemeinsam als die Wikinger und die Angelsachsen. Sie sprechen dieselbe Sprache, verehren dieselben Götter, achten dieselben Sitten und Gebräuche. Sicher würde ein solches Bündnis nahe liegen.«

»Sieht so aus«, stimmte Vater Desmond zu. »Aber die Dänen und die Norweger sind auch Konkurrenten, was Gebietsansprüche, Fischgründe und Handelswege betrifft. Übrigens sollen möglichst viele Ehen zwischen Norwegern und Angelsachsen die kulturellen Unterschiede überbrücken. Eure Heirat wird die dritte sein, Mylady. Dem Frieden zuliebe knüpft man familiäre Bande.«

»Hoffentlich habt Ihr Recht«, seufzte Rycca leise.

Vater Desmond reichte ihr seine Hand, und sie stand auf. Seite an Seite knieten sie vor dem Altar nieder, und er begann zu beten. Seine sanfte Stimme führte Rycca in ein Reich voller Ruhe und Stille. Nie hätte sie sich träumen lassen, sie

würde einen solchen Ort jemals betreten. Für ein paar Minuten fand auch ihre Seele ein bisschen Frieden.

Danach gab es nichts mehr zu besprechen, und sie kehrten in die Haupthalle zurück.

Dragon beobachtete Ryccas Ankunft. So wie vorhin, während sie die Treppe herabgestiegen war, sah er eine Vision voller weiblicher Anmut und Schönheit, die ihm den Atem nahm. Zum Teufel mit ihr... Beinahe überwältigte ihn ein drängendes, wildes Verlangen, und er verfluchte sein hitziges Blut. Dann versuchte er sich zur Ruhe zu zwingen. Unglaublich – nachdem er so viele Schlachten kalten Herzens überstanden hatte, schmerzte seine Brust, als würde sie von Stahlbändern zerquetscht, und seine Handflächen schwitzten.

Was hatte sie dem Priester erzählt?

Hawk behauptete, Vater Desmond könne die Trauung nur vornehmen, wenn die Braut einverstanden sei. Hatte es jemals eine widerwilligere Braut gegeben?

Obwohl er Ryccas Blick suchte, weigerte sie sich, ihn anzuschauen. Aber der Priester lächelte, nickte Dragon zu und wandte sich an Hawk.

»Alles in Ordnung. Soll die Zeremonie beginnen?«

»Ja, unverzüglich«, antwortete Hawk und verbarg seine Erleichterung. Davon ließ sich Dragon nicht täuschen. Bis zu diesem Augenblick war nicht einmal der Lord of Essex sicher gewesen, ob sein Freund tatsächlich heiraten würde.

Krysta eilte an Ryccas Seite. Leise sprach sie mit ihr und führte sie in einen kleinen Nebenraum. Hier musste die Braut warten, während sich die Gäste, Rudyard Wolscroft mit seinem Gefolge und ein grimmiger Bräutigam in der Kapelle versammelten.

Als Dragon dem Geistlichen folgte, wurde ihm die ganze Tragweite der Situation bewusst. Also würde er Rycca wirklich und wahrhaftig zur Frau nehmen. In einer langen schlaflosen Nacht hatte er darüber nachgedacht und sich gefragt, warum er auf dieser Heirat beharrte. Seine Verlobte hatte ihn betrogen – mit ihm selbst, gewiss. Trotzdem war es ein Betrug, nicht nur mit ihrem Körper, sondern auch – was er noch schlimmer fand – mit ihrem Geist begangen.

Für so mutig hatte er sie gehalten und dann ihre Feigheit erkannt. Die Qualen der Furcht hatte er selbst empfunden, aber gelernt, wie man sie besiegen konnte. Auch von Ryccas Ehrbarkeit und ihrer Charakterstärke war er überzeugt gewesen – nur um dann festzustellen, wie rücksichtslos sie nur nach ihrem eigenen Wohl trachtete.

Warum bedrückte ihn das so sehr? Warum lachte er nicht einfach über die absurden Ereignisse? Anfangs hatte er sich gegen diese Heirat gesträubt, aber schließlich eingesehen, dass sie notwendig war, und nichts erwartet. Das hatte er zumindest geglaubt. Niemals wäre er auf den Gedanken gekommen, er würde seiner Frau mit Argwohn und Verachtung begegnen. Ohne Vertrauen und Respekt, diese unverzichtbaren Grundlagen einer Ehe – wie sollten sie das gemeinsame Leben ertragen?

Im Blumenduft der Kapelle hörte er dem Priester zu, der ihm erklärte, was nun geschehen würde.

»Da Ihr kein Christ seid, sollte ich Euch vielleicht auf einige Punkte aufmerksam machen …«

»Ich kenne die Gesetze des christlichen Glaubens. Während Ihr die Messe lest, gedenkt Ihr des Opfers, das Euer Erlöser der Menschheit brachte.«

»So ist es. Vorher werde ich Euch und Lady Krysta bitten, mir mitzuteilen, was Ihr beide wünscht. Ihr müsst mir sagen, ob Ihr auf den Segen von Kana Wert legt. Nach weltlichen Gesetzen seid Ihr bereits verheiratet, da der Ehever-

trag unterzeichnet wurde. Aber die Kirche möchte den Bund heiligen.«

»Schön und gut. Was wollte Ihr damit andeuten?«

Forschend schaute Vater Desmond in Dragons Augen. »Ich dachte, in den nördlichen Ländern würde die gleiche Regel gelten. Mit oder ohne priesterlichen Segen ist ein Paar gesetzmäßig verheiratet, falls die erforderlichen Dokumente unterschrieben sind. Stimmt das nicht?«

Dragon nickte nachdenklich. Also hatte er in jener sternklaren Liebesnacht mit seiner *Ehefrau* geschlafen. Wahrscheinlich wollte ihn der Priester mit diesem Hinweis besänftigen. Aber für Dragon machte es keinen Unterschied. Wenn Rycca auch nicht gewusst hatte, wer er war und welches Recht er auf sie besaß – in ihrem Herzen musste sie erkannt haben, dass sie zueinander gehörten. Trotzdem hatte sie ihn verlassen.

Sicher würde sie noch einmal davonlaufen, würde sich eine Gelegenheit bieten. Ausgerechnet er, der zahllose Frauen beglückt hatte, war unfähig gewesen, Rycca zu erfreuen. So sah es zumindest aus, denn sonst wäre sie bei ihm geblieben.

»Bringen wir's hinter uns«, entschied er und trat missgelaunt vor den Traualtar.

Rycca staunte über die schlichte Zeremonie und fand es seltsam, dass ein so folgenschweres Ereignis wie eine Hochzeit nur wenige Minuten dauerte. Nach ein paar einleitenden Worten fragte der Priester, ob das Brautpaar bereit sei, einander in guten und schlechten Zeiten beizustehen. Beide stimmten zu, er segnete sie mit dem Kreuzzeichen, und sie waren vor Gott und der Welt verheiratet.

Eine Hand von Dragons Fingern fest umschlossen, wandte sich Rycca vom Altar ab und begegnete dem stechenden Blick ihres Vaters. Irgendwie wirkte er kleiner, ebenso wie Ogden an seiner Seite – als wären sie geschrumpft. Nein,

unmöglich … Das bildete sie sich in ihrer Verwirrung nur ein.

Sie kehrten ins goldene Sonnenlicht zurück. Schweigend stand Dragon neben ihr. Kein einziges Mal schaute er in ihre Richtung. Aber sie spürte die Wärme, die er verströmte. Mit einem strahlenden Lächeln kam Krysta zu ihnen, beglückwünschte sie und umarmte Rycca, die sie anstarrte und kein Wort hervorbrachte.

Dann ergriff Lord Hawk den Arm seiner Frau und begann ein freundschaftliches Gespräch mit Dragon. Wie aus weiter Ferne drangen die Männerstimmen zu Rycca, durch dichten Nebel …

Energisch riss sie sich zusammen. Dragon führte sie in die Halle, wo beflissene Dienstboten hin und her eilten. Auf langen, mit weißem Leinen gedeckten Tischen glänzten kostbare Teller. Hawk und Krysta nahmen ihre Plätze an der Herrschaftstafel ein, mit Dragon und Rycca, die zwischen ihrem Ehemann und Vater Desmond saß. An Hawks linker Seite musste sich Wolscroft niederlassen, nahe genug, so dass der Festungsherr ihn im Auge behalten konnte. Offensichtlich schon beschwipst, stolperte Ogden zu dem Stuhl neben seinem Vater.

Nach einem launigen Trinkspruch des Gastgebers begannen Musiker zu spielen, Pagen servierten große Platten mit verschiedenen Speisen, Dienerinnen füllten Ale- und Weinhörner. Über der Haupttafel lag drückende Stille, ein scharfer Gegensatz zum fröhlichen Stimmengewirr an den anderen Tischen. Um das unangenehme Schweigen zu brechen, wandte sich Krysta zu Dragon und erkundigte sich nach seiner Reise. Wohl oder übel musste er antworten. Dann bat der Priester die Braut, von ihrem Besuch in Winchester zu erzählen. Ärgerlich sah sich Hawk dem Brautvater ausgeliefert. Von einem liebevollen Lächeln seiner Gemahlin beschwichtigt, seufzte er und fragte Wolscroft, ob er die

Bärenjagd immer noch für einen erfreulichen Zeitvertreib halte.

So verstrichen die nächsten Stunden. Rycca aß fast nichts, und Dragon sprach kein einziges Mal mit ihr. Scheinbar nahm er ihre Anwesenheit gar nicht zur Kenntnis, obwohl sie sich, wie es üblich war, einen Teller teilten.

Einmal berührte sie versehentlich seine Hand und spürte, wie er sich plötzlich versteifte. Aber er schaute sie noch immer nicht an.

Tapfer verbarg sie ihren Kummer, dankbar für die Gesellschaft des gütigen Priesters, der sich als interessanter Gesprächspartner erwies. Er war in einer der Schulen ausgebildet worden, die König Alfred im ganzen Land gegründet hatte, und das Studium der Natur bereitete ihm ganz besondere Freude. Nach einem langen, ausführlichen Vortrag über die Gewohnheiten der Meise unterbrach er sich plötzlich und errötete. »Verzeiht mir, Lady Rycca, ich fürchte, ich schwatze zu viel und stelle Eure Geduld auf eine harte Probe.«

»Keineswegs!«, beteuerte sie hastig. »In meinem bisherigen Leben fand ich nur selten eine Gelegenheit, mich mit der Natur zu befassen, abgesehen von dem alltäglichen Erscheinungen in der Umgebung eines Herrschaftshauses. Aber manchmal vernachlässigte ich meine Pflichten und beobachtete, wie ein Vogel sein Nest baute oder eine Hirschkuh ihre Jungen betreute. Jene Augenblicke zählen zu meinen kostbarsten Erinnerungen.«

Verständnisvoll nickte der Priester. »Genauso geht es mir, und ich darf mich glücklich schätzen, weil Lord Hawk und Lady Krysta mich immer wieder ermutigen, die Tiere zu zeichnen, die mir begegnen. Seine Lordschaft hat ein weiteres Buch in Auftrag gegeben und möchte seine Schreibstube vergrößern.«

Ehe Rycca antworten konnte, wurde sie von einem kleinen

Tumult am anderen Ende der Tafel abgelenkt. Das Gesicht vom Alkohol gerötet, versuchte Ogden eine junge Magd auf seinen Schoß zu ziehen. Mit dem linken Arm umschlang er ihre Taille, mit der rechten Hand zerrte er am Oberteil ihres Kleids. Verängstigt wehrte sie sich.

Hawk und Dragon sprangen sofort auf. Da der Festungsherr näher bei Ogden gesessen hatte, packte er ihn zuerst. Sekunden später griff auch sein Freund zu. Hawk befreite die Dienerin, indem er den Arm des jungen Trunkenbolds von ihrer Taille riss und auf seinen Rücken drehte. Dann zerrte er ihn auf die Beine.

Verspätet erkannte Rudyard Wolscroft, was neben ihm geschah, wollte aufstehen und wurde unsanft auf seinen Stuhl zurückgedrückt. »Was soll das?«, rief er kampflustig. »Mein Sohn hat nichts verbrochen, der will sich nur ein bisschen amüsieren.«

»Nicht hier«, erwiderte Hawk und winkte zwei seiner Krieger zu sich. »Lord Ogden fühlt sich unwohl. Bringt ihn in sein Zimmer.«

»Was zum Teufel ...« Das konnte Wolscroft nicht hinnehmen, und so versuchte er erneut, sich zu erheben. Aber Dragon hielt ihn eisern fest. »Lasst mich los, Junge! Vielleicht bildet Ihr Euch ein, hier könntet Ihr den Ton angeben. Da täuscht Ihr Euch. Von Euresgleichen lasse ich mich nicht beleidigen.«

Rycca schnappte nach Luft. Auch sie war aufgestanden. Entsetzt beobachtete sie die Szene. Dass Ogden die weibliche Dienerschaft belästigte, wenn er zu tief in den Becher geschaut hatte, war nichts Neues – genauso wenig das anmaßende Benehmen ihres Vaters.

Zu einem solchen Verhalten fühlten sich beide berechtigt und nahmen es ernstlich übel, wenn jemand andere Ansichten bekundete. Das missfiel auch ihrem Gefolge, das am Nachbartisch saß.

Mit glasigen Augen spähten die Mercier herüber, einige waren bereits auf den Beinen. Hawk und Dragon wechselten einen kurzen Blick. Wenn Ogden aus der Halle geführt wurde, bestand immer noch die Möglichkeit, den Zwischenfall friedfertig zu beenden. Dragon ließ Wolscroft los, der erbost aufsprang, und trat zurück, ohne den älteren Mann aus den Augen zu lassen. »Natürlich will ich nicht mit Euch streiten, aber Euer Sohn hat zu viel getrunken. Deshalb sollte er nicht mehr mit den Ladys an einem Tisch sitzen und sich zurückziehen.«

»Ach, tatsächlich?«, fauchte Wolscroft. Er schwankte, gewann aber sein Gleichgewicht sofort wieder und tastete nach seiner Hüfte, wo normalerweise ein Schwert hing. Jetzt nicht. Hawk hatte alle Waffen entfernen lassen. Auf dem Tisch lag nur der kleine Dolch, den er benutzt hatte, um sein Fleisch zu schneiden. Erstaunlich schnell griff Rudyard danach. Vor Ryccas angstvollen Augen richtete er die Spitze der Klinge auf Dragons Brust. »Mit dieser Heirat war ich nur einverstanden, weil der großmächtige Alfred mich dazu aufforderte. Und weil der da …« Der Dolch zeigte auf Hawk. »Weil dieser Lakai des Königs ins gleiche Horn blies! Allerdings hätte ich meine Tochter lieber mit einem Dänen vermählt – wenn's schon unbedingt ein Wikinger sein musste.« Voller Hohn schaute er zu Rycca hinüber. »Dauernd schnüffeln die Dänen in unserem Land herum und bringen Alfred um den Nachtschlaf. Da hätte ich mir einen passenden Schwiegersohn aussuchen können.«

»Sicher wäre das eine schlechte Wahl gewesen«, meinte Hawk in ruhigem Ton. Er ging nach rechts – ganz langsam, um Wolscroft nicht zu alarmieren, aber offensichtlich entschlossen, zwischen den bewaffneten Mann und Krysta zu treten, die in unmittelbarer Nähe des Merciers saß. So wie Rycca erkannte auch Dragon die Gefahr und ermahnte seine Männer mit unauffällig erhobenen Brauen, innezuhalten. Sie

waren mittlerweile näher gekommen, um auf sein Zeichen einzugreifen. Nun erstarrten sie, zu einem Kampf bereit, der einseitig, aber trotzdem blutig verlaufen mochte.

In Ryccas Kehle stieg bittere Galle empor. Jahrelang hatte sie mit ihrer Familie auf Kriegsfuß gestanden, von Thurlow abgesehen, den Vater und die älteren Brüder stets gefürchtet. Nun fühlte sie sich zutiefst gedemütigt. Dragon bewies eine bewundernswerte Selbstkontrolle, erweckte aber den Eindruck, er müsste irgendetwas Ekelhaftes von seiner Stiefelspitze wischen. In sich zusammengesunken, stand Ogden zwischen den beiden Rittern und schien gar nicht zu merken, welchen Schaden er angerichtet hatte.

Umso zorniger zückte Rudyard Wolscroft den Dolch. »Eine bessere Wahl als Lord Dragon! Wie ein verdammter Eunuch lässt er sich vom König gängeln. Alfred wird uns allen die Eier abschneiden.«

»Legt den Dolch auf den Tisch«, sagte Hawk.

Aber Wolscroft hörte den Befehl nicht, zu betrunken, zu wütend. »Warum zeugt man eine Tochter, wenn man sie nicht gewinnbringend verheiraten kann? Er kriegt die Mitgift«, fügte er hinzu und wies wieder auf Dragon. »Und was bekomme ich? Einen norwegischen Abschaum, der sich mein Schwiegersohn nennt!« Da der Wikinger immer noch schwieg, grinste der Mercier verächtlich. »Soeben habe ich Euch als Abschaum bezeichnet, Junge. Findet Ihr nicht, Ihr solltet was unternehmen?«

»Was denn, alter Mann?«, fragte Dragon leise. »Gegen Euch kämpfen? Auf dem Hochzeitsfest Eurer Tochter?« Angewidert schüttelte er den Kopf. »Legt den Dolch beiseite und geht schlafen. Hier seid Ihr am Ende.«

»Noch lange nicht!«, stieß Wolscroft hervor. »Anscheinend seid Ihr nicht Manns genug. Da gerade von Eunuchen die Rede war …«

»Jetzt reicht's!« Der Klang ihres eigenen Rufs überraschte

Rycca. Doch sie empfand keine Angst mehr, von ihrer Scham zur Verzweiflung getrieben. Den ganzen Tag war sie in seelischen Qualen versunken, im Netz ihres eigenen Versagens gefangen, und hatte sich immer wieder gefragt, wie Dragon über sie denken würde. Nun brachte ihr dreister Vater das Fass zum Überlaufen. Diesem Unhold, der ihr das Leben zur Hölle gemacht hatte, musste sie endlich Einhalt gebieten.

Verblüfft wandte er sich zu ihr. Im selben Augenblick schlug sie mit ihrem schweren Trinkhorn auf sein Handgelenk, und er öffnete schreiend die Finger. Als ihm die Waffe entglitt, packte sie den Griff und richtete die Dolchspitze auf seine Brust. Dabei begann sie zu zittern, nicht aus Furcht vor ihm, denn plötzlich sah er wie der alte Mann aus, den Dragon verspottet hatte. Nein – sie erschrak vor sich selbst. War das wirklich Lady Rycca of Wolscroft, die sich sanftmütig und damenhaft zeigen müsste?

»Verschwinde!«, befahl sie ihrem Vater. Tränen drohten ihre Stimme zu ersticken.

Blitzschnell trat Dragon an ihre Seite und entwand ihr den Dolch, den sie ihm bereitwillig überließ. Dieses grausige Ding wollte sie nie wieder sehen.

Inzwischen war Ogden abgeführt worden. Zwei Hawkforte-Krieger umklammerten Rudyard Wolscrofts Arme und zerrten ihn aus der Halle. Wenn er auch dagegen protestierte – sein Kampfgeist war erloschen. Vielleicht wurde ihm erst jetzt bewusst, welche Szene er im Heim des mächtigen Lords of Essex heraufbeschworen hatte. Oder die Erkenntnis, dass ihn seine eigene, stets verachtete Tochter übertrumpft hatte, nahm ihm allen Wind aus den Segeln.

Für Rycca spielte es keine Rolle. Ihre Scham kannte keine Grenzen.

Ebenso wenig wie Dragons Verwirrung. Welch unglaubliche Tapferkeit hatte seine feige, selbstsüchtige, unzuverläs-

sige Braut bewiesen … Ohne Zögern hatte sie einen Krieger entwaffnet, ihren eigenen Vater.

Und Dragon konnte den beunruhigenden Verdacht nicht verdrängen, sie hätte ihn schützen wollen.

Das ergab keinen Sinn. Wer war diese Frau?

Natürlich abgesehen von der Tatsache, dass sie *seine* Frau war.

8

Um darüber nachzudenken, würde Dragon noch Zeit genug finden – möglicherweise ein Leben lang. Aber nun musste er erst einmal die Nacht überstehen – seine Hochzeitsnacht.

Er musterte Rycca, die bleich, erschöpft und todunglücklich aussah. Bedrückt seufzte er. Wie konnte er ihr zumuten, mit ihm zu schlafen – nach allem, was sie erlitten hatte, trotz allem, was zwischen ihnen stand? Gewiss erwarteten alle Bewohner von Hawkforte, er würde die Ehe vollziehen, und sich maßlos wundern, wenn es nicht geschah. Zum Teufel mit den Leuten, dieses Problem würde er später lösen. Jetzt wollte er Rycca unverzüglich aus der Halle führen – bevor ihr elender Zustand noch offensichtlicher wurde.

Von Hawks Armen umfangen, begegnete Krysta dem Blick des Wikingers und verstand sofort, was ihm Sorgen bereitete. Nachdem sie ihren Mann beruhigend angelächelt hatte, verließ sie ihn und eilte zu Rycca. »Komm, meine Liebe, du solltest dich zurückziehen.«

Sobald Dragon die unverhohlene Angst in Ryccas Augen las, schwanden alle Zweifel an seinem edlen Plan, seine Frau in dieser Nacht zu schonen – und an der Einmischung des boshaften Gottes. Sicher spielte ihm der mutwillige Bursche

wieder einmal einen Streich. Wie könne man sonst erklären, warum ein Mann, der die Frauen anbetete – und von ihnen angebetet wurde –, an eine Gemahlin gebunden war, die lieber ein Schlangennest aufsuchen würde als ihr Ehebett?

Und das keineswegs, weil sie die körperliche Liebe an sich fürchtete. Damit durfte er sich nicht trösten, denn er hatte sich vom Gegenteil überzeugt. Nein, *ihn* lehnte sie ab, seit sie wusste, wer er war. Loki musste sich köstlich amüsieren, während Dragon ganz andere Gefühle hegte. Die Stirn gerunzelt, beobachtete er seine widerstrebende Braut, die Krysta aus der Halle folgte, leerte sein Trinkhorn und bedeutete einem Diener, es noch einmal zu füllen.

Hawk lachte, teils erleichtert, nachdem die unangenehme Szene mit den Wolscrofts ohne Blutvergießen beendet worden war – teils von jener Belustigung erfasst, die ein glücklicher Ehemann angesichts des nervösen Bräutigams verspürte. »Vorsicht, mein Freund!«, warnte er. »Zu viel Wein und sogar der beste Mann …« Viel sagend zuckte er die Achseln. Dragon nahm noch einen großen Schluck, dann wischte er mit seinem Handrücken den Mund ab und sank stöhnend auf seinen Stuhl.

»Glaub mir, dies ist das geringste meiner Probleme.«

»Mein Sohn, wenn Euch ein Kummer quält …«, begann Vater Desmond.

»Würdet Ihr für einen Heiden beten, guter Priester?«

»Oh, für alle Menschen«, erwiderte der junge Mann frohgemut. »Und für sämtliche Tiere, die Vögel in ihren Nestern, die Schafe auf der Weide. Denn der Herr liebt seine Geschöpfe ausnahmslos.«

»Euer Herr sollte sich mal mit meinen Göttern unterhalten«, murmelte Dragon, »insbesondere mit dem bösartigen Loki.«

»Mylord, es gibt nur *einen* Gott, in dem sich auch Eure verschiedenen Gottheiten vereinen. Und falls es Euch tröstet

– was Ihr für göttliche Tücke haltet, dient letzten Endes einem guten Zweck.«

»Verdammt will ich sein, wenn das stimmt.«

»Über die Verdammnis sollten wir hier nicht reden. Immerhin habt Ihr Lady Rycca geheiratet, um den Frieden zwischen unseren beiden Völkern zu festigen. Wie unser Herr verkündet hat, sind die Friedensstifter gesegnet.«

»Und dem Gerechten gibt's der Herr im Schlafe. Daran zweifle ich.«

Hawk setzte sich neben Dragon und ließ sein Trinkhorn nachfüllen. Offenbar stand ihm eine lange Nacht bevor. »Dass du dich in solchen Dingen auskennst, wusste ich gar nicht.«

»Kein Wunder. Seit Jahren beschäftigt Wolf einen Hauspriester, obwohl er kein Christ ist. Zumindest gibt er's nicht zu. Aber ich vermute, das ist nur mehr eine Frage der Zeit. Übrigens, euer heiliges Buch enthält viele spannende Geschichten.«

Lachend wandte sich Hawk zu dem sichtlich verwirrten Priester. »Wenn Ihr meinen Freund bekehren wollt, guter Vater Desmond, müsst Ihr ihm Bibelgeschichten erzählen. Dann kann er Euch nicht widerstehen.«

Der junge Geistliche nickte langsam. »Ah, ich verstehe... Für welche Geschichten interessiert Ihr Euch am meisten, Lord Dragon? Mir gefiel das Buch Jona stets am besten. Aber die Geschmäcker sind verschieden. Wir wär's mit Samson? Habt Ihr schon von ihm gehört?«

Wider Willen fasziniert, schüttelte Dragon den Kopf. »Wer war das?«

Vater Desmond schilderte die Erlebnisse des alttestamentarischen Helden, der von der Philisterin Delila verraten worden war. Das fand Dragon nicht so schlimm, und er betonte, sie habe Samson nur das Haar abgeschnitten und ihn der Sklaverei ausgeliefert, um ihrem Volk zu helfen.

Dieses Thema führte zum Buch Esther, das Dragon kannte. Aber von Ruth wusste er nichts, und er meinte, nachdem der Priester von ihr berichtet hatte, sie sei ein ausgezeichnetes Beispiel für den Mut und die Opferbereitschaft der Frauen. Danach diskutierten die drei Männer über Salome, deren Verworfenheit Dragon entschieden bestritt. Aber für Jezabel fand er kein freundliches Wort.

Schließlich räusperte sich Vater Desmond und wechselte einen Blick mit Hawk. »Lord Dragon, mein Sohn – Eure Kenntnisse über die Heilige Schrift beeindrucken mich, nicht zuletzt, weil Ihr ein Heide seid. Weiß der Himmel, solche Gespräche erfreuen niemanden so sehr wie mich. Doch ich fürchte, nun habe ich Euch zu lange aufgehalten.«

Erst jetzt stellte Dragon fest, dass die Hochzeitsgäste die Halle verlassen hatten oder auf ihren Stühlen schliefen. Der Priester sah so als, als könnte er die ganze Nacht aufbleiben. Aber Hawk schien sich nach seinem Bett zu sehnen – oder eher nach seiner Frau.

Zur Hölle mit ihm, dachte Dragon… Nein, dieser Neid war seiner nicht würdig. Er freute sich über das Glück des Freundes. Und er wünschte nur, das Schicksal würde auch ihn ein kleines bisschen begünstigen.

Mit dem Eifer eines Mannes, der zu einer bereits verlorenen Schlacht aufbricht, erhob er sich, wünschte den beiden Männern eine gute Nacht und ging zur Treppe.

Rycca lag auf der Bettkante, den Rücken zur Tür gewandt. Diese Position nahm sie ein, nachdem sie sich stundenlang hin und her geworfen hatte.

Ein paar Mal war sie aufgestanden und durch das Zimmer geschlendert. Nur die Angst, Dragon könnte plötzlich eintreten und sie bei ihrer rastlosen Wanderung ertappen, hatte sie immer wieder ins Bett zurückgetrieben. Natürlich durfte er nicht merken, wie unwohl sie sich fühlte.

O Gott, welch ein unzulängliches Wort! Und völlig falsch. Sie war verängstigt und erregt, von Grauen und Sehnsucht gleichermaßen erfüllt, verwirrt, in Tränen aufgelöst – und verheiratet.

Verheiratet.

Sie wollte nicht verheiratet sein, sondern wieder vor der Jagdhütte beim Feuer liegen, ohne Scheu Dragons Körper erforschen und spüren, wie ihr eigener erwachte – zum ersten Mal in ihrem Leben glücklich sein, Entscheidungen treffen, ihre Zukunft selbst bestimmen.

Frei sein …

Verheiratet.

Nacht und Tag, schwarz und weiß, Gewinn und Verlust.

Zweifellos hatte sie verloren, die kostbare, nur kurzfristig genossene Freiheit – und die Gelegenheit versäumt, eine Ehe einzugehen, die ihr womöglich Freude bereiten oder zumindest Zufriedenheit schenken würde. Welch eine Ironie, dachte sie bitter. Wäre sie daheim geblieben, eine fügsame, den Plänen der Familie nicht abgeneigte Tochter, hätte sie Dragon vielleicht lieben gelernt und sein Herz erobert.

Oder auch nicht – wer mochte das wissen? Und welchen Sinn hatten solche Überlegungen? Was geschehen war, ließ sich nicht ändern. Einfach albern, hier zu liegen wie ein Häufchen Elend, das Kissen mit heißen Tränen zu benetzen. Wütend auf sich selbst, hob sie den Kopf und wischte ihre Wangen ab.

Er würde nicht zu ihr kommen, das war mittlerweile offensichtlich. Stattdessen saß er unten in der Halle, trank mit Hawk und den anderen, und wahrscheinlich vergnügte er sich sogar in den Armen einer willigen Magd. Großer Gott, wie weh dieser Gedanke tat! Stöhnend setzte sie sich auf, schlug mit beiden Fäusten ins Kissen, dann erstarrte sie plötzlich, denn sie hörte leise Schritte im Flur.

Nur Einbildung… Oder ein Dienstbote…

Die Schritte näherten sich.

Langsam und zögernd.

Nun schwang die Tür auf.

Hastig schlüpfte Rycca unter die Decke und schloss die Augen, zwang sich, tief und gleichmäßig zu atmen.

Schlafen – träumen – keinen Kummer kennen…

Jetzt stand Dragon neben dem Bett, und sie fühlte seinen prüfenden Blick. »Sehr gut«, murmelte er.

Wie ein Messer stachen die Worte in ihre Brust. Fand er es angenehm, dass sie schlummerte? Damit er sich nicht mit ihr abgeben musste? Seine Stimme klang müde. Nicht, dass sie sich deshalb sorgte.

Er ging zum Waschtisch, und sie vernahm plätschernde Geräusche. Bald danach raschelten Kleider. Auf der anderen Seite des Betts wurde die Decke gehoben, die Matratze senkte sich. Rycca hielt die Luft an, wartete…

Und wartete. Das Bett war ungewöhnlich breit. Mindenstes eine Armeslänge trennte sie von ihrem Mann. Sie nahm nicht einmal seine Körperwärme wahr. Ein- oder zweimal bewegte er sich, dann lag er reglos da.

Also wirklich, warum machten die Leute so viel Aufhebens um Hochzeitsnächte? Man sollte meinen, da würde sich etwas ganz Besonderes ereignen.

Wenigstens weinte sie nicht mehr. Wegen dieser beklagenswerten Neigung, die sie in letzer Zeit entwickelt hatte, verachtete sie sich selbst. Schluss damit. Weder Dragon noch sonst jemand durfte ihr anmerken, wie verletzt sie war, welche Reue- und Angstgefühle sie peinigten. Stolz erhobenen Hauptes wollte sie alles hinnehmen, was ihr die Zukunft bringen mochte.

Obwohl sie fürchtete, sie würde kein Auge zutun, wurde sie allmählich von ihrer Erschöpfung überwältigt, die das Leid verdrängte. An ihren Lidern schienen bleischwere Ge-

wichte zu hängen. Zweimal nickte sie ein und wehrte sich dagegen. Beim dritten Mal nicht mehr.

So glücklich war Dragon nicht. Stundenlang lag er hellwach neben seiner Gemahlin, lauschte ihren rhythmischen Atemzügen und schalt sich einen Narren. Die Fehler, die er begangen hatte, ließen sich mühelos aufzählen. Zuerst hatte er sich bereit erklärt, ein fremdes Mädchen zu heiraten. Gewiss, in der lobenswerten Absicht, dem Frieden zu dienen. Aber er hätte seine Braut selber aussuchen sollen. Dann hatte er darauf verzichtet, Rycca of Wolscroft vor der Hochzeit kennen zu lernen – aus Feigheit, wie er sich ehrlich eingestand, aus Angst vor einer Enttäuschung. Und dann – am allerschlimmsten – war er gar nicht auf den Gedanken gekommen, die rothaarige Schönheit, auf der Flucht durch englische Wälder, könnte vor *ihm* davonlaufen. Dass er nicht der erste Mann war, der seiner Eitelkeit zum Opfer fiel, tröstete ihn nicht.

Aber was hätte er erwarten dürfen? Im richtigen Leben ging es anders zu als in jenen Märchen, wo sich immer alles zum Guten wendete. Die Wirklichkeit war unsicher und launisch, weil die Götter ihr heimtückisches Spiel mit dem Los der Menschen trieben. Benahm sich der Christengott genauso? Offenbar hatte er dem liebenswürdigen Vater Desmond zu aufmerksam zugehört. Der Priester wirkte jedenfalls sehr überzeugend.

Steckte tatsächlich ein tieferer Sinn hinter allen Ereignissen, jenseits von Kämpfen und Sorgen?

Und wenn Gott ein Skalde war? Wenn der Lauf dieser Welt der regen Fantasie eines himmlischen Märchenerzählers entstammte?

Dragons Kopf schmerzte. Das verdankte er dem Wein. Aber so viel hatte er gar nicht getrunken.

Welch eine Geschichte – die unglückliche Braut, der ent

täuschte Bräutigam, zum Wohl ihrer beiden Völker aneinander gekettet… Was mochte daraus werden?

Wenn er mit Rycca in Landsende eintraf, würde sich die Situation bessern. Dort würde sie ihren eigenen Haushalt führen. So etwas gefällt den Frauen, überlegte er. Wie ein unfehlbarer Kenner des weiblichen Geschlechts fühlte er sich zwar nicht mehr, aber sie musste doch froh sein, weil sie Lord Wolscroft, ihrem widerlichen Vater, entronnen war. Bis zur Ankunft in ihrer neuen Heimat brauchte sie einfach nur Zeit, um sich an die einschneidende Veränderung in ihrem Leben zu gewöhnen. Verdammt, er selber auch…

Sein Herz war genauso verwundbar wie ihres. Als Mann konnte er solche Schwächen leichter verbergen – und die Angst, die ihn immer noch quälte. Zweimal war Rycca vor ihm geflohen. Würde sie es wieder wagen?

Warum nicht? Es gab keinen Grund für die Vermutung, sie hätte sich mit ihrer Ehe abgefunden. Ganz im Gegenteil. Sie war klug und erfinderisch. Also musste er mit einem weiteren Fluchtversuch rechnen.

In dunkler Nacht, von düsteren Gedanken verfolgt, fand er endlich Trost. Seine Flotte lag im Hafen, zum Aufbruch bereit. Bevor seine widerspenstige Gemahlin Männerkleider anziehen, über eine Klippe fallen oder in einen Fluss springen konnte, würde er sie an Bord eines Schiffs bringen. Verdammt wollte er sein, wenn ihm das nicht gelingen würde.

Nachdem er diesen Plan geschmiedet hatte, seufzte er erleichtert, und er schlief sogar ein wenig, ehe die grauen Finger der Morgendämmerung die Nacht verscheuchten.

»Schon so bald?«, fragte Krysta. Die Stirn gerunzelt, schaute sie von Dragon zu Rycca hinüber, die still und in sich gekehrt neben ihm saß. Sie frühstückten in der Halle. Inzwischen waren alle anderen Leute hinausgegangen. Nach einem

kurzen Blick auf ihren scheinbar gleichgültigen Ehemann fuhr sie fort: »Ich dachte, ihr würdet etwas länger bleiben.«

»Normalerweise würde ich deine Einladung annehmen«, erwiderte Dragon höflich. »Aber Wolf, Cymbra und unser Volk können es kaum erwarten, Rycca kennen zu lernen.«

»Das verstehe ich natürlich. Aber würde es auf ein oder zwei Tage ankommen?« Hoffnungsvoll lächelte Krysta die beiden Männer an. »Dann würden Rycca und ich genug Zeit finden, für ihre Garderobe zu sorgen.«

»Garderobe?«, fragte Dragon.

»Garderobe?«, echote Hawk.

»Ich habe keine Garderobe«, erklärte Rycca verwundert. Dies waren die ersten Worte, die sie seit dem Beginn der Mahlzeit aussprach.

Da sie in den letzten Tagen nur wenig gegessen hatte, verspürte sie einen wahren Heißhunger. Nicht einmal alles Leid dieser Welt vermochte ihren Magen für längere Zeit lahm zu legen. Und vielleicht regte die Abreise der Mercier am frühen Morgen ihren Appetit noch an. Dass Wolscroft es nicht nötig gefunden hatte, sich von seiner Tochter zu verabschieden, überraschte sie nicht. Sie war sogar froh, weil er ihr seinen neuerlichen Anblick erspart hatte. Nun erschien ihr die Vorstellung, sie könnte Kleider oder sogar eine Garderobe besitzen, völlig absurd. Verblüfft ließ sie das Stück Käse sinken, in das sie soeben gebissen hatte.

»Genau das meinc ich«, entgegnete Krysta. »Du brauchst was zum Anziehen.« Als sie Ryccas verständnislose Miene bemerkte, wandte sie sich zu Dragon. »Siehst du das denn nicht ein? Soll Rycca in unpassender Kleidung vor deine Landsleute treten?«

»Daran habe ich nicht gedacht...«

»Du erstaunst mich, Dragon. Gerade du, der die Frauen kennt! Wie kannst du etwas so Wichtiges vergessen?«

»Hm – vermutlich war ich – zu beschäftigt.«

»Nirgendwo wirst du so schöne, erstklassige Stoffe finden wie hier, feines Leinen, erstklassige Wolle, edle Gewebe aus dem Osten – alles, was ein weibliches Herz begehrt.«

»Zwei Tage«, entschied Dragon, der stets erkannte, wann er sich geschlagen geben musste. So lange konnte er sich notfalls die Zeit vertreiben. »Wollen wir auf dem Turnierplatz unsere Kräfte messen, Hawk?« Sekunden später scharrten Stuhlbeine über den Boden.

Mit Krysta allein gelassen, gestand Rycca: »Ich habe keine Ahnung, was zu einer Garderobe gehört.«

»Oh, mach dir deshalb keine Sorgen. Das weiß ich sehr gut. Und du willst doch«, fügte Krysta viel sagend hinzu, »dass er stolz auf dich ist.«

Mit diesem Argument traf sie den Nagel auf den Kopf. Wenn Rycca auch bezweifelte, eine Ehefrau aus einer so nichtswürdigen Familie würde Dragon jemals mit Stolz erfüllen, schöpfte sie neue Hoffnung. Und so gab sie sich ohne Zögern in Krystas Obhut.

Zwei Tage später fragte sie sich, ob das ein kluger Entschluss gewesen war. Sie fühlte sich todmüde, ihre Beine schmerzten, weil sie bei den Anproben stundenlang hatte stehen müssen, und die Welt schien nur noch ein Farbenmeer und exotische Stoffe zu enthalten. So etwas hatte sie nie zuvor gesehen. Feinstes Leinen und weiche Wolle bildeten nur den Anfang. Da gab es Materialien, von deren Existenz sie erst jetzt erfuhr. Nie hätte sie sich träumen lassen, solchen Luxus jemals zu berühren.

»Diese Seide stammt aus Byzanz«, hatte Krysta am Morgen des zweiten Tages verkündet und einen schimmernden, golden bestickten blauen Stoff hochgehalten. »Zumindest wurde sie durch diese Stadt befördert. Aber ich glaube, sie wurde in einem der legendären fernöstlichen Länder hergestellt.«

Entzückt riss Rycca die Augen auf. »Wie Meereswellen unter strahlendem Sonnenlicht …«

»An dir wird die Seide noch besser aussehen«, meinte die Hausherrin und wies eine der Schneiderinnen an, den Stoff um Ryccas Körper zu drapieren. Etwa ein Dutzend Frauen hielt sich im Zimmer auf. Voller Eifer beeilten sie sich, die zahlreichen Hemden, Tuniken und Umhänge zu vollenden, die Krysta für unverzichtbar hielt.

Am Nachmittag – Rycca sorgte sich allmählich um die Kosten für ihre neue Garderobe – bestand Krysta darauf, mit ihr in die Halle hinunterzugehen. Dort würde sie ihr etwas zeigen, erklärte sie. Was immer es sein mochte, blieb ein Geheimnis, weil die Männer in diesem Moment vom Turnierplatz zurückkehrten.

Später sollte Rycca überlegen, ob das Zusammentreffen ein Zufall gewesen war. Wie sie mittlerweile festgestellt hatte, war die schöne Lady Krysta nicht nur überaus gütig, sondern auch raffiniert. Aber im Moment hatte sie nur Augen für Dragon.

Seit dem Morgen des vergangenen Tages war sie ihm nur selten begegnet. Den Großteil seiner Zeit verbrachte er auf dem Turnierplatz, jagte mit Hawk in den Wäldern, oder sie segelten über das Meer. In der vergangenen Nacht hatte er wieder auf seiner Seite des Betts gelegen, ohne seine Frau anzurühren. Sie redete sich ein, sie sei erleichtert, und die Lüge lastete bleischwer auf ihrer Seele.

Nun durchquerte er die große Halle, roch nach Wind, Sonne und Sattelleder – und sehr männlich. Offensichtlich war er in bester Stimmung, obwohl Rycca glaubte, Schatten unter seinen Augen zu sehen.

»Mylord!«, rief Krysta. Nachdem sie seine Aufmerksamkeit erregt hatte, knickste sie anmutig.

Dragon lachte, und Hawk hob warnend die Brauen. »Sei vorsichtig, mein Freund, sie will was.«

»Lass den Unsinn!«, tadelte sie und schlug spielerisch auf seinen Arm. »Es ist *wirklich* wichtig.«

»Sicher weltbewegend ...« Mit seinem Spott handelte er sich einen weiteren Klaps auf den Arm ein und grinste.

Verblüfft beobachtete Rycca die Szene. Noch nie hatte sie Eheleute gesehen, die so unbefangen miteinander umgingen. Und dieser Mann war der meist gefürchtete Krieger von England, bekannt für seinen eisernen Willen und seine unbesiegbare Kampfkraft.

Krysta sprach unbeirrt weiter.

Belustigt hörte ihr Gemahl zu, mit einem zärtlichen Lächeln. Das muss die wunderbare Macht der Liebe sein, dachte Rycca wehmütig.

»Voller Respekt vor deiner prall gefüllten Börse, mein guter Dragon, fürchtet deine Frau, wir wären zu verschwenderisch«, gab Krysta zu bedenken.

»Oh«, das bezweifle ich«, erwiderte Dragon, sichtlich überrascht. »Um wie viele Kleidungsstücke geht es?« Diese Frage richtete er an Rycca.

Aber es war Krysta, die hastig antwortete. »Ein Dutzend Hemden, dieselbe Anzahl Tuniken, einige Umhänge, Schuhe, Gürtel, Handschuhe, Schleier – das Übliche.«

»Reicht die Zeit nicht für etwas mehr Sachen?«

»Leider nicht – es sei denn, ihr verlängert euren Aufenthalt.«

«Krysta ...« Mahnend berührte Hawk die Schulter seiner Lady.

»Schon gut, ich fange nicht mehr damit an. Also glaubst du nicht, wir hätten übertrieben, Dragon?«

»Keineswegs«, betonte er und warf Rycca einen kurzen Blick zu. »Für die nächsten Monate müsste diese Garderobe genügen.«

Genügen? Diese vielen kostbaren Kleider würden nur genügen?

»Vielleicht möchtest du die Pelze selber aussuchen, Dragon«, schlug Krysta vor.

»Ja, natürlich«, stimmte Dragon zu, als wäre das nichts Besonderes.

Lächelnd drehte sich Krysta zu Rycca um. »Darüber wirst du dich im nächsten Winter freuen. Cymbra hat mir erzählt, in den Nordländern sei es fast das ganze Jahr eiskalt. Aber das stört sie nicht. Ständig lodern helle Flammen, alle Leute sind fröhlich, und Wolf hat ihr einen wunderbaren Schlitten geschenkt. Davor sind Rentiere gespannt, die von den Lappen dressiert wurden. Ist das nicht erstaunlich?«

Rycca nickte schweigend und spürte Dragons Blick. Doch sie konnte ihn nicht erwidern. Nach einer Weile räusperte er sich. »Was hältst du von einem Besuch in der Sauna, Hawk?«

Damit war Hawk einverstanden. Bevor er seinem Freund aus der Halle folgte, schaute er Krysta an. In ihren Augen las er, dass sie das Verhalten des frisch vermählten Paares ebenso sonderbar fand wie er selbst.

Diese Sorge teilten sie auch am nächsten Tag, auf dem Weg zum Kai. Während Rycca neben ihrem Mann zum Hafen ritt, versuchte sie, die drei wartenden Schiffe nicht anzustarren. Lang und schnittig, mit einem Mast in der Mitte und Ruderbänken, schaukelten sie auf den Wellen. Seinen Reichtum hatte Dragon auf Geschäftsreisen erworben. Aber er hatte nicht die üblichen Handelsschiffe benutzt, sondern solche Drakars – Drachenschiffe für den Drachenlord –, mit geschwungenen doppelten Bügen, die sogar dem tapfersten Herzen Angst und Schrecken einjagten.

Schaudernd rang Rycca nach Luft und zwang sich zur Ruhe.

Doch die Visionen waren zu klar und deutlich, die Bilder zu tief in ihre Seele eingegraben.

Rauch und Nebel… Der Mond, von Wolken verhüllt… Überall Stille, bis auf das leise Rascheln nächtlicher Geschöpfe… Und dann das dumpfe Geräusch eines Schiffsrumpfs,

der an die Küste schlug… Klirrendes Metall… Trommelnde Schritte…

Die Kirchenglocken läuteten und läuteten und läuteten – nicht langsam und majestätisch, als wollten sie die Gläubigen zum Gebet rufen, sondern gellend und hektisch, so wie damals, als die Mühle Feuer gefangen hatte und alle in die Nacht gestürmt waren, um die Flammen zu bekämpfen.

Auch in dieser Nacht loderten helle Flammen. Blut und Geschrei… Aelflynne… Voller Panik schreckte sie vor Wolscroft zurück. In jener Zeit noch jünger, aber bereits so herrisch und anmaßend wie in späteren Tagen, packte er sein Schwert, erteilte Befehle, rief nach seinem Pferd… Das schreckensbleiche Gesicht eines Jungen, kurz bevor Wolscroft ihn erstach und zum Schweigen brachte. Denn niemand sollte erzählen, der Lord sei vor den Wikingern geflohen.

Im Morgengrauen schlich Rycca aus dem Stall und zum Fluss hinab, hörte das Gelächter der Angreifer, die ihr Werk vollendeten, die Beute und die Sklaven auf ihre Schiffe luden, bevor die Drachenbüge im Nebel verschwanden…

»Rycca?«

Ihr Gemahl sprach sie an, ihr *Wikinger*-Gemahl. Von Sleipnirs Sattel aus – inzwischen hatte ihr ein Reitknecht die richtigen Namen der beiden Füchse verraten – schaute er besorgt zu ihr herüber. »Fühlst du dich nicht gut?«

Verkriech dich in dir selber, lass dir nichts anmerken…

»Doch.« Unter ihr scheute Grani, als würde die Lüge durch seinen Körper strömen, und sie erschauerte wieder. »Wirklich, mit mir ist alles in Ordnung.« In ihren Schläfen dröhnte es. So wie immer, wenn sie log.

Beunruhigt runzelte Dragon die Stirn. Seine Frau war unnatürlich blass. Und in ihrem Blick entdeckte er einen Ausdruck, den er kannte. Oft genug hatte er ihn in den Augen der Männer nach blutigen Schlachten gesehen. Zweifellos hatten auch seine eigenen dieses Grauen bekundet.

Er betrachtete den Hafen, dessen Wellen im Sonnenschein funkelten, die schöne, florierende Stadt, die mächtige Festung auf dem Felsengrat. Warum machte diese Szenerie seiner Frau Angst? Oder fürchtete sie seine stolzen Schiffe?

Sicher bangte ihr vor der Reise in ein fernes Land, so wie Ruth, die in die Fremde gezogen war, um ihrem Schicksal zu gehorchen. In diesen letzten Tagen hatte er gehofft, Rycca würde ihren Kummer überwinden. Danach sah es nicht aus. Nun, es ließ sich nicht ändern – sie waren beide an ihre Pflicht gebunden.

Er spornte Sleipnir an und vergewisserte sich, dass sie an seiner Seite blieb. Am Kai stiegen sie ab. Krysta und Hawk gesellten sich zu ihnen.

Aufmerksam musterte Hawk den Himmel. »Gutes Segelwetter.«

»In der Tat«, bestätigte Dragon ohne Begeisterung. Er befahl einigen Männern, die Pferde auf eines der Schiffe zu bringen. Unterdessen verluden andere die letzten Truhen und Stoffballen, Fässer und Körbe. An der Hafenmauer hatte sich eine große Menschenmenge eingefunden, um die Abreise zu beobachten. Sogar für die weltoffenen Bewohner von Hawkforte war der Anblick eines norwegischen Jarls, der mit seiner angelsächsischen Frau an Bord ging, ein aufregendes Ereignis. Ein paar kühnere Männer jubelten und wünschten ihnen eine gute Reise.

Da Dragon zum Aufbruch drängte, konnte Krysta die junge Frau, die sie lieb gewonnen hatte, nur kurz umarmen. Eindringlich flüsterte sie ihr zu, alles würde sich zum Guten wenden. Dann beauftragte er einen seinen Krieger, Rycca auf das größte Schiff zu führen. Bevor er ihr an Deck folgte, versprach er seinem Freund: »Ich werde Wolf erzählen, was wir besprochen haben. Sicher wird er bald Verbindung mit dir aufnehmen.«

Hawk nickte. »Bis dahin werde ich versuchen, etwas mehr

zu erfahren.« Sie schüttelten sich die Hände, und Dragon ging an Bord.

Auf seinen Befehl wurden die Taue gelöst. In schneller Fahrt glitten die Drachenschiffe aus dem Hafen.

Rycca wurde ignoriert. Dafür war sie dankbar. Ein paar Stunden nach der Abreise aus Hawkforte hatte Dragon noch immer kein Wort zu ihr gesagt. Stattdessen wechselte er sich mit seinen Männern an den Rudern ab.

Während er ruderte, versuchte sie den kraftvollen Rhythmus seiner Muskeln zu übersehen. Aber gegen ihren Willen wanderte ihr Blick immer wieder zu ihm hinüber. In der fremden Welt, die sie jetzt umgab, bot ihm nur seine Nähe ein bisschen Sicherheit.

Scheinbar grenzenlos erstreckte sich das Meer nach allen Seiten. Sobald das Land hinter dem Horizont verschwunden war, schien es nicht mehr zu existieren. Nun gab es nur noch den Wind und das Wasser, die knarrende Takelage, geblähte Segel, das Ächzen der Ruderer.

Im Bug war ein kleines Zelt für Rycca errichtet worden. Wenn sie Wert auf ihre Privatsphäre legte, konnten die Seitenwände herabgelassen werden. Aber vorerst zog sie es vor, sich umzuschauen. Für allen Komfort, den man an Bord ermöglichen konnte, hatte man gesorgt. In ihrem Zelt stand ein stabiles Bett, breit genug für zwei Personen, mehrere Truhen mit flachen Deckeln, die als Bänke dienten, niedrige Tische, sogar eine Öllampe, sorgsam an einen Holzpfosten gebunden, damit sie nicht umkippte.

In gehobenen Positionen genoss man gewisse Vorrechte. Offenbar gehörte der Müßiggang nicht dazu, denn Dragon gönnte sich keine Ruhe. Bis zum Einbruch der Dunkelheit saß er auf der Ruderbank. Bevor das Tageslicht erlosch, entdeckte Rycca Land am Horizont – nur schwache Umrisse. Gehörte diese Küste zu den nördlichen Ländern? Sie hatte

vermutet, die wären viel weiter entfernt. Bleich ging der Mond auf. Unter seinem silbrigen Glanz ankerten sie in einer seichten Bucht. Rycca sah nichts, was auf eine Besiedlung hinwies, und sie vernahm auch keine Geräusche in der stillen Nachtluft. Als Dragon endlich zu ihr kam, brachte er ihr eine Schüssel mit einem Eintopf und einen Becher Apfelwein. »Du musst dich stärken«, meinte er und wandte sich zum Gehen. Inzwischen hatten die Männer das Segel eingeholt und sich auf den Decksplanken ausgestreckt. Einige sprachen leise miteinander.

»Warte ...«, bat Rycca. Die Einsamkeit hatte sie nie zuvor gestört. Aber hier, wo das Land nur ein dunkler Streifen zwischen Meer und Himmel war, sehnte sie sich nach menschlicher Nähe. Wortlos drehte sich Dragon um. »Wo sind wir?«

»Vor der Küste der Normandie. Morgen segeln wir nordwärts. Wenn das Wetter anhält, müssten wir in etwa einer Woche Landsende erreichen.«

»Die Normandie ...« So nahe – und jetzt so unerreichbar.

Offenbar hörte er die Wehmut, die in ihrer Stimme mitschwang, denn er kniete vor ihr nieder, umfasste ihr Kinn und zwang sie, seinen Blick zu erwidern. »Wohin wolltest du gehen?«

»Wann?«, fragte sie verwirrt. »Was meinst du?«

Sein Griff verstärkte sich ein wenig. »Bei unserer zufälligen Begegnung. Ich nehme an, du warst auf dem Weg nach Hawkforte. Hattest du vor, ein Schiff zu suchen, das die Normandie ansteuern würde?« Ihr stockender Atem genügte ihm als Antwort, und er ließ ihr Kinn los. Aber er entfernte sich nicht. »Ist Thurlow dorthin gereist?«

»Wieso weißt du von ihm?«, flüsterte sie bestürzt.

»Hawk erzählte mir, dein Zwillingsbruder habe Wolscroft verlassen, und das beruhigt mich ein bisschen. Wenigstens ein Mitglied dieser Familie hat ein Fünkchen Verstand bewiesen.«

Brennend stieg das Blut in ihre Wangen. Aber sie konnte ihm wohl kaum widersprechen.

Dragon musterte sie noch eine Weile. Dann stand er auf und ließ die Zeltwände herab. »Wenn du gegessen hast, geh ins Bett.«

»So früh am Abend? Ich bin noch nicht müde.«

»Habe ich gefragt, ob du müde bist?« Ohne ihr einen Blick zu gönnen, öffnete er eine Truhe und nahm einen breiten Ledergurt heraus.

Rycca hatte den Löffel in den Eintopf getaucht. Nun stellte sie die Schüssel beiseite und starrte den Gurt an. Trotz der milden Nachtluft fröstelte sie plötzlich. Mit einem solchen Riemen hatte der Vater sie geschlagen, oder mit einem Stock – was immer gerade zur Hand gewesen war. Würde ihr Ehemann sie genauso behandeln?

»Wozu brauchst du das?« In Ryccas eigenen Ohren klang ihre Stimme laut und schrill.

Als wollte er die Beschaffenheit des Gürtels prüfen, drehte er ihn hin und her. »Ich möchte keine nächtlichen Überraschungen erleben.«

»Überraschungen?«

»Bist du nicht hungrig?« Er kam zu ihr. In dem kleinen Zelt, an Bord des Schiffs, auf dem Meer gab es keinen Ausweg. »Dann streck deinen Arm aus.« Sie musste aufstehen, zumindest einen Schritt zurückweichen, nachdenken… »Warum?«

»Keine Widerworte! Wir ankern vor der Normandie. Glaubst du wirklich, ich würde dir eine Gelegenheit zur Flucht geben.«

Entgeistert blinzelte sie. Was würde er ihr antun? Wollte er sie schlagen, damit sie nicht davonlaufen konnte? »Das – das ist nicht nötig«, stammelte sie.

Dragon sah ihre blicklosen Augen, lauschte den mühsamen Atemzügen. »Rycca…«

Plötzlich straffte sie die Schultern, kehrte zurück aus den Tiefen eines seltsamen Orts, der ihr Geheimnis blieb, und fauchte ihn an: »Das nimmst du nur zum Vorwand, um mir wehzutun! Du verabscheust meinen Vater, mit gutem Grund. Aber er verhielt sich genauso wie du. ›Rycca, du bist respektlos. Rycca, schau nicht so aufsässig drein. Rycca, du gehorchst nicht schnell genug…‹ Immer hatte er irgendetwas an mir auszusetzen. Es sei denn, er war betrunken – dann brauchte er natürlich keinen Vorwand. Betrinkst du dich auch manchmal, Dragon? Muss ich dann das Schlimmste befürchten?«

»Tod und Teufel, Rycca…« Dieser christliche Fluch kam ihm so leicht über die Lippen wie ihr Name. »Lass den Unsinn! Noch nie habe ich eine Frau geschlagen, und ich werde es auch nicht tun. Ich will dich nur an mich festbinden, während wir schlafen.«

»Alle Männer schlagen die Frauen.«

»Nicht *alle* – weder Wolf noch Hawk oder ich. Und kein Mann, der in meinen Diensten steht, wagt eine Frau zu misshandeln, sonst bekäme er meine Fäuste zu spüren. Immerhin sind die Frauen das schönste Geschenk der mächtigen Götter.«

»Es gibt nur *einen* Gott.«

»Also gut, dann sind sie eben *sein* schönstes Geschenk.«

Um ihre Mundwinkel bebte ein schwaches Lächeln. »Aber den Mann erschuf er zuerst. So steht es in der Heiligen Schrift.«

»Wahrscheinlich, weil er üben wollte. Jetzt streck deinen Arm aus. Bringen wir's hinter uns.«

Statt zu gehorchen, starrte sie ihn an, als würde sie ihn zum ersten Mal sehen. Schließlich wisperte sie: »Ich kann nicht schwimmen.«

»Was?« Hätte sie erklärt, sie sei stumm oder lahm, wäre er genauso verblüfft gewesen.

»Ich kann nicht schwimmen«, wiederholte sie. »Daran solltest du denken, falls dir mein Versprechen, keinen Fluchtversuch zu unternehmen, nicht genügt. Selbst wenn wir vor der Normandie ankern – für mich ist sie unerreichbar.«

»Aber – du kannst reiten.«

»Natürlich, jeder kann reiten.«

»Und jeder kann schwimmen.«

»Ich nicht. Wo ich aufwuchs, gibt es nur Flüsse. Allzu viele Leute schwimmen nicht darin. Ich habe es nie gelernt.«

Erleichtert seufzte er auf. Er hatte den Gedanken gehasst, Rycca an sich zu fesseln, aber keine andere Möglichkeit gesehen. Dass sie nicht schwimmen konnte – darauf wäre er nie gekommen. »Natürlich musst du schwimmen lernen«, entschied er und legte den Gürtel in die Truhe zurück.

»Ja, Mylord.« So demütig hatte sie noch nie mit ihm gesprochen. Doch er hörte auch einen gewissen Humor aus ihrer Stimme heraus, der sein Herz erwärmte. Trotzdem war die Angst, sie würde fliehen, noch nicht restlos verflogen. Rycca zu verlieren, wäre – schmerzlich.

»Iss und geh schlafen«, murmelte er. »Selbst wenn du noch nicht müde bist – für mich war es ein langer, anstrengender Tag.« Um seinen Worten Nachdruck zu verleihen, zog er seine Sandalen aus und legte sich aufs Bett, das viel schmaler war als das breite, luxuriöse Lager in Hawkforte.

Wie warm es hier draußen auf dem Meer war … Sie hatte gedacht, es müsste kühler sein. Aber ihr Körper schien zu glühen. Sie aß die Schüssel leer und trank den Apfelwein bis zum letzten Tropfen. Dabei ließ sie sich viel Zeit. Da er müde war, würde er bald einschlafen. Aber nachdem sie den Becher beiseite gestellt hatte, beobachtete er sie immer noch, und ein kaum merkliches Lächeln umspielte seine Lippen.

Weil sie etwas zu lange zögerte, hob er eine Hand, gebieterisch und ermutigend zugleich. »Komm ins Bett, Rycca.«

Sie gehorchte zaudernd und bemühte sich, ihn nicht zu berühren. Auf die Seite gedreht, kehrte sie ihm den Rücken. Eine Minute verstrich, dann noch eine. Offenbar würde er sich nicht bewegen.

Als er seufzte, zuckte sie zusammen. Ein eisenharter Arm umschlang ihre Taille. Behutsam zog er sie an sich, seine Wärme und seine Kraft hüllten sie ein. Um ein Stöhnen zu unterdrücken presste sie ihr Gesicht ins Kissen.

Auf sanften Wellen schaukelte das Schiff.

9

Auf diese Weise verstrich eine knappe Woche. Von lebhaften Brisen begünstigt, mit schnellen Rudern, fuhren sie dahin. Jede Nacht ankerten sie vor einem Strand. Zweimal gingen sie an Land, um frisches Wasser zu holen und zu jagen. Doch sie kehrten jedes Mal möglichst schnell an Bord zurück. Die Küste, die sie entlangsegelten, gehörte zu Jütland, einem dänischen Gebiet. Obwohl Dragons Schiffe diese Gewässer regelmäßig auf ihren Handelsreisen passierten, wollte er kein unnötiges Risiko eingehen.

Von morgens bis abends legten sich die Männer in die Riemen. Auch Dragon gönnte sich kaum eine Erholungspause. Die Nächte verbrachte er mit Rycca auf dem schmalen Bett und hielt sie im Arm. Zu intimeren Zärtlichkeiten ließ er sich kein einziges Mal hinreißen. Wenn er nicht ruderte, brachte er ihr Norwegisch bei.

»Viele meiner Landsleute sprechen angelsächsisch«, erklärte er. »Andere Sprachen beherrschen sie ebenfalls, dank ihrer zahlreichen Reisen. Aber sie werden sich zweifellos freuen, wenn du sie in unserer Muttersprache begrüßt.«

Eifrig stimmte sie zu und erwies sich als gelehrige Schüle-

rin. Gegen Ende der Woche konnte sie bereits einfache Sätze aussprechen.

Am sechsten Tag ließen sie die Küste hinter sich und fuhren aufs offene Meer hinaus. »Diese Meeresstraße zwischen Jütland und den nordischen Ländern heißt Vik«, verkündete Dragon. »Nach ihr wurde unser Volk benannt. Wenn wir nächstes Mal Land sehen, sind wir daheim.«

Dieser Gedanke schien die Männer zu beflügeln, denn sie ruderten noch emsiger. Die Segel im Wind gebläht, schienen die Schiffe über das Wasser zu fliegen. Dragon orientierte den Kurs an der Sonne, und wenn sie im Meer versank, am Nordstern.

»Was geschieht, wenn Wolken den Nachthimmel verbergen?«, fragte Rycca. »Dann weißt du nicht, wohin du steuern musst?«

Er zog einen kleinen Beutel unter seiner Tunika hervor und nahm einen Stein heraus, der an einer Schnur hing. »Sieh mal, wie sich dieser Stein dreht.«

Tatsächlich – ohne sein Zutun bewegte sich der Stein eine Zeit lang, dann hielt er inne. An der Seite war ein kleiner Pfeil eingeritzt. Jetzt zeigte er in die Richtung, die sie eingeschlagen hatten.

»Warum dreht sich der Stein?«, erkundigte sich Rycca verblüfft.

»Das weiß niemand. Aber dieses Zeichen weist immer nach Norden.« Sorgfältig verstaute er den Stein wieder in dem Beutel, den er unter seine Tunika schob. »Wenn es stimmt, was man mir erzählt, ist er weit gereist, denn er entstammt einem Land im Osten, jenseits einer langen Mauer. Um von ihrem einen Ende bis ans andere zu gehen, braucht man über hundert Tage. Der Stein wurde aus dem Hof eines mächtigen Herrschers entwendet und wanderte durch viele Hände, bevor ich ihn erhielt.«

»Sicher ist er sehr kostbar.«

Dragon zuckte die Achseln. »Zumindest glaubte ein Mann, er wäre sein Leben wert.« Als er Ryccas Entsetzen bemerkte, fügte er hastig hinzu: »Diesen Stein schenkte mir ein byzantinischer Händler, um mir zu danken, nachdem ich sein Leben gerettet hatte. Da er kinderlos war und gerade in den Ruhestand trat, wollte er den Stein einem Mann übergeben, von dem er wusste, er würde ihn sorgsam verwahren und nutzen.«

Nun schämte sie sich für ihre Gedanken und senkte den Kopf. »Tut mir Leid.«

»Was denn? Dachtest du, ich hätte den Stein gewaltsam erworben? So wie sich alle Wikinger fremden Besitz aneignen?« Seine Stimme klang ärgerlich. Das konnte sie ihm wohl kaum verübeln. Aber auf seine nächste Frage war sie nicht vorbereitet. »Wolltest du mich deshalb nicht heiraten – weil ich ein Wikinger bin?«

Sie schwieg, denn ihre Gründe würden ihm nichts bedeuten. Doch er steckte voller Überraschungen, dieser Held aus ihrer seltsamen neuen Welt. Geduldig wartete er auf eine Antwort, und schließlich erwiderte sie: »In der Tat, es widerstrebte mir, einen Wikinger zu heiraten.«

»Wegen der Schauergeschichten, die du über uns gehört hast?«

»Nein, wegen des Grauens, das ich mit ansehen musste.«

Verwundert runzelte er die Stirn. »Mercia ist weit entfernt von den Küstengebieten, die früher überfallen wurden.«

»Aber Wolscroft liegt an der Themse, und die mündet ins Meer. In meiner Kindheit zogen die Dänen mordend und plündernd an den Ufern entlang.«

Jetzt erinnerte er sich. Die eine Hälfte des Königreichs Mercia hatten die Dänen erobert, die andere gehörte zu Alfreds Reich. »Dein Traum …«

»Welcher Traum? Was weißt du davon?«

Ihre plötzliche Bestürzung weckte seine Neugier, die er jedoch verbarg. »Nur dass du in der Jagdhütte von einem Albtraum heimgesucht wurdest. Anscheinend konntest du nicht erwachen. Das widerfährt uns allen hin und wieder.«

»Ja – vermutlich.«

»Hing dein Traum mit den Dänen zusammen?«

»Vielleicht.« Rycca suchte nach Ausflüchten und fand keine. Wie viel hätte sie in diesem Augenblick für die Fähigkeit gegeben, ihre Mitmenschen zu belügen …

»Träumst du oft von ihnen?«

»Es ist nicht wichtig. Nur eine Erinnerung – aus der Kindheit.«

»Kamen die Dänen nach Wolscroft?«

Schweigend nickte sie. Über jene Ereignisse wollte sie nicht sprechen. In Worte gefasst, würden sie ihr viel zu real erscheinen.

»Sind ihre Schiffe den Fluss heraufgefahren?«

»Ja«, bestätigte sie notgedrungen. »Sie taten – was sie immer taten. Dann verschwanden sie, das war alles. Darf ich den Stein noch einmal sehen? Er ist so wundervoll.«

»Später. Wie alt warst du damals?«

»Sechs …« Inständig wünschte sie, er würde dieses Gespräch beenden.

Er trat näher zu ihr und legte einen Arm um ihre Schultern. Nun wirkte seine Stimme sanft und unnachgiebig zugleich.

»Du hast Menschen sterben sehen.«

Wie eine Frage klang seine Bemerkung nicht, denn er wusste, was ihr Gedächtnis unauslöschlich bewahrte – woran sich alle erinnerten, die einen solchen Angriff überlebt hatten. Inbrünstig dankte er dem Himmel, weil sie verschont worden war – aber sie hatte seelische Wunden erlitten, das erkannte er in diesem Augenblick. »Ist jemand gestorben, den du sehr geliebt hast?«

Sie nickte an seiner Schulter. Wie ihr Kopf dorthin gelangt war, entsann sie sich nicht. »Meine Freundin Aelflynne.«

»War sie in deinem Alter?«

Wieder nickte Rycca, und sie konnte kaum atmen. »Sie durchschnitten ihren Hals. Und dann verblutete sie in meinen Armen.«

Dragon zog ihren bebenden Körper noch fester an sich. »Wie bist du entkommen?«

»Keine Ahnung. Nachdem ich zu Aelflynne gerannt war, wüteten sie rings um mich – überall – mordeten und steckten Häuser in Brand und vergewaltigten die Frauen … Irgendwie übersahen sie mich. Warum ich noch lebe und Aelflynne den Tod fand, weiß ich nicht. Sie war viel lieber und gütiger als ich. *Mich* hätten sie umbringen müssen.«

»Nein!« Behutsam wischte er die Tränen von ihren blassen Wangen. »So etwas darfst du nicht sagen. Lehrt dich dein Glaube nicht, dass wir uns stets in Gottes Hand befinden?«

»In der Hand eines achtlosen oder unergründlichen Gottes … Warum hat er eine Welt voller Leid erschaffen?«

»Das ist nicht wahr, und du weißt es. Auf dieser Erde gibt es so viel Schönheit und Freude.«

Ja, sie wusste es – seit sie *ihn* kannte.

»Ich *bin* ein Wikinger«, betonte er so unglücklich, als würde er es ändern, wenn es möglich wäre.

»So wie die anderen bist du nicht.« *Die Wahrheit.*

»Trotzdem hast du dich verbissen gegen unsere Heirat gesträubt.«

»Bevor ich dich kannte. Jahrelang hörte ich die Schauergeschichten, die mein Vater über blutrünstige Wikinger erzählte. Und er behauptete, du wärst der Schlimmste von allen.«

»Einfach lächerlich! Ich habe immer nur gekämpft, um mich zu verteidigen.«

»Für Wolscroft spielt das keine Rolle. Seid jener Nacht ist

er von seinem Hass gegen die Wikinger besessen.« Sie hob den Kopf, schaute in Dragons Augen und fasste Mut. »Bei jenem Angriff – ritt er davon. Obwohl seine Leute ihn so dringend brauchten, ließ er sich ein Pferd bringen und flüchtete. Er tötete sogar einen Stalljungen, der ihn beobachtet hatte – und später nichts verraten sollte.«

»Zum Glück bist du ganz anders.«

Ryccas Seele erwärmte sich. Nur ganz langsam. Doch die kleine Flamme des Trostes loderte immer heller. »Vielleicht hasste er die Wikinger so abgrundtief, weil sie ihm seinen Charakter vor Augen führten.«

»Vergiss Wolscroft. Er ist für immer aus deinem Leben verschwunden. Schau nach Norden. Morgen wirst du die ersten Lebenszeichen sehen, die Möwen und Seeschwalben werden den Schiffen entgegenfliegen, um uns zu begrüßen. Und das Meer wird die Farbe wechseln, denn da oben ist es viel tiefer. Wenn wir den Kiefernduft riechen, sind wir zu Hause.«

Ein Zuhause hatte sie nie gekannt. Aber *er*. Und die Visionen, die er heraufbeschwor, erschienen ihr so machtvoll, dass sie die Bilder mit eigenen Augen zu sehen glaubte. »Du rührst mich nicht an.« Gegen ihren Willen hatte sie die Worte ausgesprochen. Erschrocken biss sie in ihre Unterlippe, bis sie blutete.

»Nicht«, mahnte er fast flehend. Mit einer Fingerspitze wischte er den winzigen roten Tropfen weg. Sein Mund streifte ihren, nur ganz leicht. Aber es genügte ihr, um ihn zu schmecken.

»Bald werde ich dich umarmen«, versprach er und weckte heiße Sehnsucht.

Am nächsten Nachmittag sichteten sie Land. Es geschah ganz plötzlich. Zumindest gewann Rycca diesen Eindruck. Eben noch war die Welt völlig blau gewesen, eine Mischung

aus Himmel und Meer. Und im nächsten Augenblick schimmerte sie grün, von weißen und grauen Streifen durchzogen. Der Kontrast wirkte atemberaubend. Wie es Dragon vorhergesagt hatte, schwirrten Vögel über den Schiffen, um sie willkommen zu heißen. Die Männer warfen ihnen Fische zu, lachend beobachteten sie die Möwen und Seeschwalben, die herabsausten, fast ins Wasser tauchten wieder emporschwebten. Bald wetteiferte der Salzgeruch mit dem würzigen Duft fruchtbarer Erde und hoch aufragender Kiefern.

Fasziniert sah Rycca die hoch aufragenden Berge. Die Welt schien aus den Fugen zu geraten, nicht mehr flach, mit sanften Hügeln, an die sie gewöhnt war. Sogar im Sommer lag hier Schnee in den Felsspalten hoher Gipfel. Da und dort, an den Hängen und in den Tälern dazwischen, entdeckte sie goldene Felder, die in der Sonne reiften, grünes Weideland, dunkle Wälder. Glitzernd im Sonnenlicht, griffen die Finger des Meeres in die Furchen der Berge, als wollten sie ihnen die Vorherrschaft streitig machen. Gewiss, ein schönes Land – und doch ein Land, in dem einem nichts geschenkt wurde.

Dragon stand neben seiner Gemahlin am Bug des Drachenschiffs. »Jenseits der Ebene von Jæren, im Osten, liegt die Festung meines Bruders. Zwischen seiner und meiner Residenz kontrollieren wir die Küste, die Jütland gegenüberliegt. Seit die Dänen uns zuletzt angriffen, sind mehrere Jahre verstrichen. Zweifellos sind sie ehrgeizige, habgierige Männer, aber auch vernünftig. Wie sie mittlerweile herausgefunden haben, ist der Handel viel einträglicher als ein Krieg. Und dass sie's nicht vergessen – dafür sorgt das Bündnis zwischen den Angelsachsen und Norwegern.«

»Ach, würden die Dänen den Engländern das bloß auch lehren…«

»Deshalb musst du dich nicht sorgen, denn Alfred ist ein tüchtiger Lehrer.«

Darüber lächelte sie, wie er es erhoffte – denn er verfluchte sich, weil er die Dänen erwähnt hatte. Offenbar litt sie immer noch unter dem Grauen jener Nacht. Aber mit der Zeit und bei sorgsamer Pflege konnten alle seelischen Wunden heilen, sogar ältere.

Jetzt ertönten Signalhörner auf den Wachttürmen von Landsende, um die Heimkehrer zu begrüßen, und Dragons Herz schlug höher. Die Schiffe waren nahe genug an die Küste herangekommen, so dass sie am Wasserrand und auf den Feldern mehrere Leute sahen, die den Besatzungen zuwinkten. In beängstigend schneller Fahrt glitten die Schiffe in den Fjord, bis sie den Kai fast erreicht hatten und Dragon mit seiner durchdringenden Stimme einen Befehl erteilte. Sofort wurden die Segel eingeholt, die Ruder hoben sich aus dem Wasser und bespritzten die Männer. Alle drei Drachenschiffe stießen sanft gegen den steinernen Wall.

Inzwischen hatten sich zahlreiche Menschen im Hafen versammelt, mit lebhaftem Beifall feierten sie das seemännische Kunststück, und beim Anblick ihres Jarls jubelten sie noch lauter. Die Wachtposten schlugen mit ihren Schwertern gegen die Schilde, Männer und Frauen stampften begeistert mit den Füßen auf den Boden. Schreiende Kinder rannten umher, Hunde bellten, Hähne krähten, und die allgemeine Freude war grenzenlos.

Bis man die Frau an Dragons Seite bemerkte.

Wissen sie denn nicht, warum er nach England gefahren ist, fragte sich Rycca, während der Jubel langsam erstarb. Sie mussten doch annehmen, dass er eine Braut heimführen würde. Oder hatten sie geglaubt, irgendetwas würde die Heirat verhindern? Beinahe wäre es geschehen. Das würden sie hoffentlich niemals erfahren.

Nun lag tiefe Stille über dem Kai, und die vielen hundert Augenpaare, die Rycca anstarrten, nahmen ihr den Atem. Trotzdem straffte sie die Schultern, den Kopf hoch erhoben.

Angelsächsischer Stolz, ermahnte sie sich und sog die fremde Luft tief in ihre Lungen.

Nur zu gut kannte Dragon sein freundliches, aber vorsichtiges Volk. Er wusste, die Leute würden einer angelsächsischen Braut mit gemischten Gefühlen begegnen, trotz der Wertschätzung, die Lady Cymbra genoss. Da man sie für einzigartig hielt, wies nichts darauf hin, wie man Rycca aufnehmen würde.

Sicher war es am besten, wenn er möglichst schnell für klare Verhältnisse sorgte. Sein Blick fiel auf Sleipnir und Grani, die gerade vom benachbarten Drachenschiff geführt wurden. Während sich ein halbes Dutzend Reitknechte um die Pferde kümmerte, wichen die Zuschauer zurück. Nach über einer Woche an Bord und nur zwei Gelegenheiten, die überschüssigen Energien an Land loszuwerden, zeigten die beiden Füchse ihr wildes Temperament. Ungeduldig scharrten sie mit den Hufen, warfen die mächtigen Köpfe zurück und erweckten den Eindruck, sie würden jeden Augenblick durchgehen.

»Möchtest du reiten, Rycca?«, fragte Dragon. Ohne eine Antwort abzuwarten, hob er sie hoch und trug sie vom Schiff auf den Kai. Schweigend zog sich die Menge noch weiter zurück. »Das will ich hoffen«, fuhr er fort, als wäre er mit seiner Frau allein. »Ziehst du Sleipnir oder Grani vor? Wahrscheinlich magst du beide.«

»O ja«, stimmte sie zu, dankbar für die Ablenkung von der drückenden Stille.

Aufmunternd lächelte er sie an. »Wie ich bereits festgestellt habe, bist du eine ausgezeichnete Reiterin. Traust du dir zu, eines dieser Ungeheuer zu bändigen, nachdem sie tagelang eingesperrt waren?«

Ohne zu zögern, erwiderte sie seinen Blick. »In der Tat, ich reite sehr gut. Und sie sind gewiss keine Ungeheuer.«

Da vertiefte sich sein Lächeln. Als er mit ihr zu den Pfer-

den ging, beruhigten sie sich ein wenig, stießen ihn aber mit den Nüstern an und versuchten, ihm irgendwelche Leckerbissen zu entlocken. »Benehmt euch!«, befahl er in einem Ton, der keinen Widerspruch duldete. Sofort standen sie still, und er setzte Rycca auf Granis Rücken. »Halt die Zügel fest«, murmelte er, »und mach ihm klar, dass du seine Herrin bist.«

Ihre Augen strahlten, und sie vergaß die prüfenden Blicke der Leute, die immer noch stumm und reglos dastanden. Zärtlich tätschelte sie Grani, versicherte ihm, er sei wundervoll – diese Meinung teilte er – und merkte nicht, wie sich die Stimmung in der Menschenmenge änderte. Der Argwohn wich maßlosem Staunen. Aufgeregt sprang ein Kind vor und zeigte in die Richtung der fremden Reiterin, bis es von seiner Mutter zurückgezerrt wurde. Erwachsene Männer sperrten Mund und Nase auf, und so manche Krieger, die geglaubt hatten, nichts könnte sie erschüttern, reckten die Hälse, damit sie das Ereignis besser beobachten konnten. Das alles nahm Dragon voller Genugtuung wahr, im Gegensatz zu seiner Frau.

Unbefangen ritt sie neben ihm den Kai entlang und die Straße zur Festung hinauf. Es dauerte eine Weile, bis sie die Menge bemerkte, die ihnen folgte, das immer dichtere Gedränge am Wegesrand. Endlich wurde das drückende Schweigen gebrochen, ringsum erklang gellendes Stimmengewirr.

Unsicher, wie sie sich verhalten sollte, streichelte sie Grani noch einmal und lachte, als er zu galoppieren versuchte. »Noch nicht«, mahnte sie und zügelte ihn mühelos. »Aber bald …« Sie schaute zu Dragon hinüber. »Wenn du's erlaubst?«

»Morgen reiten wir aus, und dann darfst du nach Herzenslust galoppieren.« Erfreut und sogar belustigt, erwiderte er ihren Blick.

»Das verstehe ich nicht. Erst waren deine Leute so still und jetzt…«

Plötzlich jubelten sie wieder, die Frauen nickten anerkennend, und die Männer warfen sogar ihre Kappen in die Luft. Kreischende Kinder rannten neben den Füchsen her, wagten sich aber nicht zu nahe heran.

»Habe ich schon erwähnt, dass bisher immer nur ich diese beiden geritten habe?«, fragte Dragon grinsend.

Rycca traute ihren Ohren nicht. »Sonst niemand?«

»Nur ich«, bestätigte er. »Einige meiner Krieger haben es probiert, und alle wurden abgeworfen.« Zu Rycca hinübergeneigt, flüsterte er: »Vielleicht hätten sie die Zügel fester gehalten, wenn sie an Höhenangst leiden würden.«

Da brach sie in Gelächter aus – ein übermütiges, kindliches Gelächter. Erst jetzt verstand sie, warum er sie auf Grani zur Festung reiten ließ. Unglaublich – aber er war ihr schon oft überaus freundlich begegnet. Um ihretwillen hatte er seinen Kriegerstolz bezähmt und der Öffentlichkeit vor Augen geführt, er wäre nicht der Einzige, der diese beiden wilden Pferde bezwingen konnte. Auf diese Weise veranlasste er sein Volk, die fremde Angelsächsin zu bewundern. Tief gerührt betrachtete sie all die lächelnden Gesichter und erkannte, dass er sein Ziel erreicht hatte.

Männer, Frauen und Kinder, die sie zum ersten Mal sah, lauter Wikinger – vermeintliche Feinde –, bejubelten die neue Gemahlin des Jarls, als würde sie bereits zu ihnen gehören. Was sie ihr zuriefen, verstand sie nur teilweise. Aber es klang ermutigend, eine warmherzige Begrüßung. Freudentränen verengten ihre Kehle. Überwältigt wandte sie sich zu Dragon und las unverhohlenen Stolz in seinen Augen. Ohne zu bedenken, was sie tat, hielt sie ihm ihre Hand hin, die er ergriff und an die Lippen zog.

Da schwoll der Jubel noch lauter an und stieg zum Himmel empor.

Und zum ersten Mal in ihrem Leben hatte Rycca das Gefühl, sie würde nach Hause kommen.

Landsende beglückte Ryccas Seele. Wohin ihr Blick auch schweifte – überall sah sie erfreuliche Unterschiede zu Wolscroft. Gewiss, auch hier gab es starke steinerne Mauern und hohe Türme, aber auch liebenswürdige Menschen. Lachende Kinder rannten umher. Lebhaft schwatzten die Frauen, und die Männer ließen sich von ihrer Fröhlichkeit anstecken.

Statt der halb verfallenen Hütten, die Rycca von ihrer Heimat her kannte, reihten sich in Dragons Stadt schöne, stattliche Häuser aneinander – an sauber gefegten Straßen. Hier wurde nichts vernachlässigt, und – Wunder über Wunder – vor den Türen wuchsen sogar Blumen auf kleinen Beeten.

Auf einem Hügel oberhalb der Stadt lagen die ummauerten Festungsgebäude. An den geöffneten Toren hielten bewaffnete Krieger Wache, die in den Jubel der Menschenmenge einstimmten, als das Ehepaar in den Hof ritt. Kläffende Hunde sprangen neben den Pferden her, gackernde Hühner kreuzten ihren Weg. In der Mitte des Hofs erhob sich ein großes Holzgebäude mit einem Ziegeldach, geschnitzte Ornamente umrahmten die Türen und Fenster. In der Nähe standen kleinere Häuser, darunter die Küche, wie Rycca am Rauch über dem Schornstein erkannte. Andere Gebäude standen etwas weiter entfernt, ebenfalls reich verziert und bemalt.

Dragon zügelte Sleipnir, stieg ab und streckte seiner Frau die Arme entgegen. Lächelnd ließ sie sich aus dem Sattel heben, folgte ihm hölzerne Stufen hinauf, zu einem Fußweg entlang der Mauer. Von hier aus überblickte sie die Stadt und den Hafen, goldene Felder und dahinter eine neblige Region, wo das Land mit dem Meer verschmolz. »Landsende«, verkündete er stolz, »die Heimat meiner Mutter. Vor dem Krieg bewirtschaftete ihre Familie einen Bauernhof und trieb ein bisschen Handel. Nachdem Wolf und ich genug von der Welt

gesehen hatten, zog ich auf diesen Hügel. In der Stadt waren nur wenige Häuser unversehrt geblieben, und die Bewohner, die das Grauen der Kämpfe überstanden hatten, kämpften mühsam um ihren Lebensunterhalt. Glücklicherweise hat sich das mittlerweile geändert.«

Interessiert beobachtete Rycca das rege Leben und Treiben in den Straßen. »Und woran liegt's?«

»Am Frieden – denn Menschen, die sich sicher fühlen, bestellen ihre Felder, halten ihre Häuser instand, treiben Handel und so weiter. Sie sitzen nicht am Herd, um auf die nächste Katastrophe zu warten. Wenn Besucher sehen, wie eine Siedlung blüht und gedeiht, werden sie sich darin niederlassen und zum Wohlstand beitragen. Aber solange Frieden herrscht, ist alles möglich.«

»Und ohne den Frieden gar nichts?«

»Zumindest nichts, was die Mühe lohnen würde. Und nun sollten wir keine Zeit mehr verschwenden. Ich möchte dich mit ein paar Leuten bekannt machen.«

Damit untertrieb er maßlos. Einige Stunden später glaubte Rycca, sie hätte sämtliche Bewohner von Landsende kennen gelernt. Oh, vielleicht waren ihr ein oder zwei Babys noch nicht präsentiert worden, weil sie gerade schliefen. Aber ansonsten hatte wohl kaum jemand die Gelegenheit versäumt, die Gemahlin des Jarls willkommen zu heißen. Junge und alte Männer und Frauen, Bauern, Krieger und Handwerker – alle eilten herbei. Lächelnd nickte sie ihnen zu und sprach sie auf Norwegisch an, so gut sie es nach den wenigen Unterrichtsstunden vermochte. Das wurde so begeistert aufgenommen, dass sie sich gelobte, fleißig zu studieren, damit sie die fremde Sprache bald fehlerfrei beherrschen würde.

Da ihr die Leute überaus herzlich begegneten, fielen die wenigen, die sie nicht so wohlwollend musterten, umso deutlicher auf. Ein paar junge Frauen warfen ihr vorwurfsvolle Blicke zu und schmachteten Dragon seufzend an. Die Hände

geballt, war sie sehr stolz auf sich, weil sie ihren Zorn bezähmte und diese Flittchen nicht ohrfeigte.

»Mein Stellvertreter«, verkündete Dragon und wies auf einen Krieger, der etwas jünger war als er selbst. »Schon in der Kindheit kannten wir uns, und vor ein paar Jahren zog er nach Landsende.«

Nachdenklich runzelte Rycca die Stirn, denn sie glaubte, den Mann zu kennen.

»Er war mit mir in Essex«, fügte Dragon hinzu. »Auf der Heimreise kümmerte er sich um die Pferde.«

Natürlich. Magnus hatte seinen Herrn nach Essex begleitet, um an dessen Hochzeit teilzunehmen. Aber er war der Braut nicht vorgestellt worden, wegen der – ungewöhnlichen Ereignisse. Rycca lächelte, fest entschlossen, den Mann zu mögen, dem ihr Gemahl offensichtlich vertraute. Aber im nächsten Augenblick empfand sie ein Unbehagen, das sie sich nicht erklären konnte. So gut wie Dragon sah Magnus nicht aus. Ganz im Gegenteil, er hatte eher unscheinbare Züge. Als er sich vor ihr verneigte, wirkte er freundlich. So *wirkte* er nur. Ihr verhasstes Talent wies sie wieder einmal darauf hin, dass der äußere Schein nicht zählte.

Nur die Wahrheit zählte.

Und was mochte wahr sein?

In Magnus' Augen las sie Respekt und Bewunderung. »Hier seid Ihr hoch willkommen, Mylady. In der Tat, Eure Ankunft erfüllt uns alle mit großer Freude.«

Aalglatt … Was stimmte nicht mit ihm? Offenbar ein diplomatischer Mann – was keineswegs bedeuten musste, er wäre illoyal.

»Auch ich bin froh, dass meine Reise ein so wunderbares Ende fand«, erwiderte Rycca. »Mit diesem Empfang habe ich nie gerechnet.«

»Wirklich nicht? Sicher wusstet Ihr, wie sehnlich wir uns den Frieden wünschen.«

Er nicht.

Diesen Argwohn musst du bekämpfen, ermahnte sie sich. Für ihren Verdacht gab es nicht den geringsten Grund. Der Mann war nett und höflich. Und Dragon konnte den Spreu gewiss vom Weizen trennen. Wenn er Magnus vertraute, durfte sie keine Zweifel hegen.

Blut… Feuer… Schmerzen…

Sekundenlang schloss sie die Augen und versuchte die Erinnerungen zu verdrängen, die ihre heitere Stimmung bedrohten.

»Was bedrückt dich?«, fragte Dragon voller Sorge. Seine Güte veranlasste sie erst recht, ihr Misstrauen zu verabscheuen, das einen dunklen Schatten über diesen erfreulichen Tag warf.

»Nichts«, beteuerte sie hastig und zwang sich zu einem Lächeln, »ich bin nur müde.«

»Daran hätte ich denken müssen.« Vermutlich gab er der Menge irgendein Zeichen, denn sie wich zurück, als er seine Gemahlin auf die Arme nahm. Trotz ihres schwachen Protests trug er sie zu einem der Holzhäuser. Größer als die anderen, stand es etwas abseits.

Bevor er mit einer Schulter die Tür aufstieß, sah Rycca die Schilde zu beiden Seiten. Die Luft roch nach Kiefern. An den Fenstern waren die Vorhänge aus Wachstuch hochgerollt, die Läden geöffnet. Eine Matte aus frischen Binsen bedeckte den Boden, Blumen schmückten einen Tisch. Auf dem breiten Bett mit dem kunstvoll geschnitzten Kopfteil lagen frische Laken. Auch ein halbes Dutzend Truhen war reich verziert mit Ornamenten und Jagdszenen. Eiserne Kohlenbecken wurden von schlangenförmigen Ständern gehalten, ebenso wie mehrere Tabletts mit verschiedenen Gefäßen. In diesem Raum wirkte alles schön und zweckmäßig zugleich, die gesamte Einrichtung zeugte von Reichtum und erlesenem Geschmack.

Für Rycca, an die unkultivierte Ausstattung von Wolscroft gewöhnt, war das Haus eine Offenbarung. In der Jagdhütte bei Hawkforte hatte sie geglaubt, etwas Schöneres könnte es nicht geben. Jetzt musste sie sich eines Besseren belehren lassen. Aber im Gegensatz zur Hütte war dies eindeutig die Domäne eines Mannes, das verrieten die Waffen und Banner an den Wänden.

Und dann entdeckte sie etwas, das ihr den Atem raubte. Auf dem Tisch lag ein Buch. Das erkannte sie sofort, obwohl sie so etwas nur selten gesehen hatte. Es befand sich in einem geschnitzten, bemalten Kästchen, und es juckte sie in den Fingern, danach zu greifen.

Als Dragon der Richtung ihres Blicks folgte, bemerkte er: »Ah, sehr gut, es ist eingetroffen.« Behutsam stellte er sie auf die Füße, ging zum Tisch und nahm das Buch aus der Kassette. »Mein lieber Freund Kareem ben Abdul hat es für mich aufgestöbert. Darin stehen fabelhafte Geschichten, von der Gemahlin eines grausamen Herrn erzählt, den sie so gut unterhielt, dass er ihr das Leben schenkte.«

Trotz ihrer Faszination erschrak sie. »Wie furchtbar? Wollte er sie denn umbringen?«

»Nun, er zürnte allen Frauen. Wer weiß schon, was in einem kranken Gehirn vorgeht... Kannst du lesen?«

Zögernd kämpfte sie mit ihrem Bedürfnis, sich zu schützen. Wie immer siegte ihre Ehrlichkeit. »Ja«, flüsterte sie.

In ihrer Heimat durften die Frauen nicht lesen – nicht nach der Ansicht ihres Vaters. Er glaubte, diese Fähigkeit sollte man nur Mönchen zubilligen, diesen Eunuchen, die niemals aufbegehrten. Aber wenn Frauen lasen, kamen sie womöglich auf dumme Gedanken. Heimlich hatte Rycca lesen gelernt, dank eines Mönchs, der kein Eunuch und ein ehrenwerter, tapferer Mann gewesen war.

»Ja«, wiederholte sie etwas lauter, falls Dragon ihre Antwort nicht gehört hatte.

»Großartig! So wie Alfred bin ich bestrebt, Schulen in meinem Land zu gründen und Bücher zu beschaffen. Das erweitert ihr Wissen.«

Hätte er erklärt, er würde sich Flügel wachsen lassen und zum Mond fliegen, wäre sie nicht verblüffter gewesen. So dachte ein Krieger, der sein Schwert hervorragend zu schwingen wusste, was sie auf der Straße nach Hawkforte beobachtet hatte? Ein Wikinger? »Welch ein lobenswerter Plan …«

»Da sind einige Leute ganz anderer Meinung, denn sie halten die Gelehrsamkeit für ein Zeichen der Schwäche. Keine Ahnung, warum. Ich finde, es zeugt eher von Mut, wenn man die Welt mit all ihren komplizierten Erscheinungen gründlich erforschen will.«

Weil sie nichts zu sagen wusste, nickte sie nur. Dieser Mann überraschte sie immer wieder.

»Jetzt schicke ich die Frauen zu dir«, kündigte er an und legte das Buch beiseite. »Sie werden ein Bad vorbereiten und dir eine Mahlzeit bringen. Einverstanden?«

»O ja, natürlich.«

»Und danach findet ein Fest statt.« Lässig winkte er ab, als wäre es nicht so wichtig. »Das erwarten die Leute – verstehst du?«

»Ja, gewiss.«

Ja und ja und ja. Etwas anderes vermochte sie anscheinend nicht mehr zu sagen. Bücher, wundervolle Zukunftspläne, eine Mahlzeit, ein Bad, ein Fest. Und das breite Bett – so nahe …

Selbstvergessen schaute sie ihn an – ihren *Ehemann*. Viel zu deutlich entsann sie sich, wie es gewesen war, mit ihm zu schlafen.

Auf dem Weg zur Tür drehte er sich noch einmal um. »Ich weiß, du bist erschöpft. Also werden wir nicht allzu lange mit den Leuten feiern.«

In ihrem Lächeln sah er keine Müdigkeit. Nur ein Versprechen.

Ein Dampfbad. Das brauchte er jetzt. Und eine Atempause. Landsende gefiel ihr. Daran zweifelte er nicht. Mochte er Wolfscroft auch verwünschen, er war seinem Schwiegervater dankbar. Wegen dieses Mannes hatte Rycca nur geringe Erwartungen in ihre Zukunft gesetzt. Und ihre Angst war verflogen. Dafür dankte er den Göttern – oder dem Gott, der es verdiente.

In dieser Nacht würde er die Ehe vollziehen – und die lange Schiffsreise vergessen, auf der er ungewohnte Keuschheit geübt hatte.

Ja, sie würde ihm gehören.

Ein heftiges, besitzergreifendes Gefühl stieg in ihm auf, das ihn verwirrte, denn keine Frau hatte es je zuvor geweckt. Aber Rycca war *seine* Frau – und anders als alle, die er jemals gekannt hatte.

Eine fügsame kleine Frau, die seine Füße warm rieb.

Bei diesem Gedanken lachte er laut auf und pries die Götter, die ihm das erspart hatten. Auf Odin, den Herrn der Götter, und seine streitbare Gemahlin Frigg würde er trinken, sogar auf Loki, denn es war immer ratsam, diesen boshaften Kerl gnädig zu stimmen. Vielleicht würde er einen Priester nach Landsende holen, denn die meisten Geistlichen waren klug und gebildet. Sicher würde es nicht schaden, einen solchen Mann in der Festung zu beherbergen.

Sollte er ernsthaft erwägen, ein Skriptorium einzurichten, würde er mehrere Priester brauchen. Auf Hawkforte hatte er die eindrucksvolle Schreibstube seines Freundes gesehen – und vom Skriptorium in Winchester wahre Wunderdinge gehört. Nur Mönche besaßen die erforderlichen Fähigkeiten.

Rycca liebte Bücher, und diese Erkenntnis erwärmte Dragons Herz. Inzwischen zürnte er ihr nicht mehr, weil sie vor

der Hochzeit geflohen war, denn er wusste, was sie dazu getrieben hatte. Ihre Furcht war einem Lächeln gewichen. Und in ihren Augen las er immer wieder heiße Sehnsucht. Nun standen sie auf der Schwelle eines neuen Anfangs, und er beschloss, die Gunst der Stunde zu nutzen.

Aber zuerst musste das Fest stattfinden. Seine Leute meinten es gut, sie mochten Rycca. Und sie wollten die neue Herrin näher kennen lernen. Sein Blick wanderte über die üppig gedeckten Tische hinweg. Wie sich die Frauen bemüht haben mussten, um eine solche Fülle an köstlichen Speisen vorzubereiten … Plötzlich sah er Rycca aus dem Blickwinkel der Wikingerinnen, schön gekleidet, erhobenen Hauptes und gelassen auf dem Rücken eines Pferdes, das bisher nur der Jarl gebändigt hatte. Natürlich wollten sie die Angelsächsin beeindrucken. So wie er selbst.

Von der Sauna gereinigt, frisch rasiert und festlicher gekleidet, als er es eigentlich beabsichtigt hatte, erwartete er seine Gemahlin in der Halle. Und wartete und wartete. Mittlerweile hatten sich die Gäste versammelt. Bevor sie unruhig wurden, erschien Rycca – gerade noch rechtzeitig.

Welch eine bildschöne Erscheinung … Wie kupferrote Flammen fielen die Haare auf ihren Rücken. Voller Stolz beobachtete Dragon ihre anmutigen Schritte. Der Himmel hüllte sie ein. Nicht wirklich, aber der Stoff ihres Kleids sah so aus und erinnerte ihn an einen strahlenden Sonnenaufgang in sanftem Blau, mit zarten weißen Wolken verwoben – der Beginn eines perfekten Tages.

Hoffentlich musste er sich nicht mehr allzu lange gedulden, bis er mit ihr ins Bett sinken würde. Sobald er das Fest verlassen konnte, ohne den Eindruck zu erwecken, es würde ihm an Selbstkontrolle mangeln. Vor allem Rycca durfte das nicht glauben. Er dachte an jene Nacht, als sie ihn beim Lagerfeuer vor der Jagdhütte verführt hatte. In *dieser* Nacht wollte er ihr ein Glück schenken, das alle ihre Träume übertraf.

Wein, Bier und Met flossen in Strömen. Immer neue Platten voller Fische und Schweinebraten wurden aufgetischt, geräuchertes Fleisch, Brot und Käse, sommerliches Obst und Gemüse in verschwenderischen Mengen, sogar seltene Speisen mit Gewürzen aus fernen Ländern. Dieses Festmahl war eines Königs würdig.

Auch die Unterhaltung ließ nichts zu wünschen übrig. Gaukler und Spielleute wetteiferten um den Applaus. Nicht weniger als drei berühmte Skalden, an Dragons Hof stets willkommen, gaben Geschichten aus verschiedenen Zeitaltern zum Besten. Diesmal verzichtete der Festungsherr auf einen eigenen Vortrag. Nur hin und wieder redete er mit Rycca, die neben ihm saß und genauso förmlich antwortete, wie er sie ansprach.

Noch nie hatte er sich in Gesellschaft einer Frau so unsicher gefühlt.

Nicht nur, weil ihn ihr Duft, ihr Anblick oder die zufällige Berührung ihrer Hand maßlos erregten.

Ausgerechnet er, der mit dem schöneren Geschlecht so viele erfreuliche Erfahrungen gesammelt hatte, kam sich an der Seite seiner Gemahlin wie ein grüner Junge vor.

Die Liebesnacht konnte gar nicht früh genug beginnen.

10

Wenn Rycca auch hörte, dass die Tür nachdrücklich geschlossen wurde, drang das Geräusch wie aus weiter Ferne zu ihr. Irgendwann zwischen dem Zeitpunkt, als sie Dragon aus der Haupthalle gefolgt war, und der Ankunft in seinem Haus hatten sich ihre Herzschläge beängstigend beschleunigt. Als wäre sie meilenweit gelaufen, musste sie nach Luft ringen.

So wie an jenem Tag an der Küste von Essex, bei ihrer Flucht vor Dragon.

Damals war sie der Freiheit entgegengerannt, das hatte sie zumindest geglaubt – während jetzt…

Wie albern! Sie hatte doch schon mit diesem Mann geschlafen, aus eigenem Antrieb, ohne jungfräuliche Scheu oder Scham zu empfinden. Im Gegenteil, sie hatte es genossen, ihn in sich aufzunehmen, den Erguss seines Samens zu spüren, ihr eigenes heißes Entzücken – den Lohn für ihre Kühnheit, die sie im Rückblick immer noch kaum fassen konnte.

Warum wurde ihre Erregung jetzt von dieser seltsamen Angst überschattet?

Dragon wanderte im Raum umher und schloss die Fensterläden. Aber die Wachstücher blieben hochgerollt, damit die nächtliche Brise durch die Ritzen im Holz hereinwehte. Der Widerschein des schwachen Feuers in den Kohlenbecken beleuchtete ihn, und Rycca vermochte ihren Blick nicht von ihm abzuwenden. Reglos stand sie in der Mitte des Raums und beobachtete ihn.

Trotz seiner Größe bewegte er sich erstaunlich geschmeidig, in harmonischem Rhythmus – vielleicht, weil sich sein großzügiger Geist in seinem wohlgeformten Körper heimisch fühlte. Ihr Mund war staubtrocken. Auf dem Fest hatte sie fast nichts getrunken und noch weniger gegessen. Nun wünschte sie plötzlich, sie hätte einen ganzen Weinschlauch geleert, um sich Mut zu machen. Feigling, schalt sie sich. Fürchtete sie diese Nacht, weil sie instinktiv ahnte, diese Liebesnacht würde anders verlaufen als jene erste?

Aus den Augenwinkeln bemerkte Dragon ihr Unbehagen und lächelte schwach. Normalerweise fand er es nicht erstrebenswert, dass sich eine Frau in seiner Gesellschaft beklommen fühlte.

Nur Rycca bildete eine Ausnahme. In jeder Hinsicht, dachte er, und sein Lächeln vertiefte sich.

Er hatte entschieden, es wäre an der Zeit, seine Beziehung zu ihr ins rechte Lot zu bringen. Gewiss, eine starke, tapfere Frau war schön und gut. Eine andere würde ihm missfallen. Aber in der Ehe musste sich einiges ändern. Seine *Gemahlin* durfte niemals allein die Wälder durchqueren, ein Knie zwischen seine Beine rammen, mutwillig davonlaufen, seine Autorität in Frage stellen und ihn dann – oh, süße Erinnerung – mit Liebeskünsten verführen, die dank ihrer Unerfahrenheit umso zauberhafter wirkten. Die zahlreichen Beweise ihres Wagemuts bewogen ihn, den Kopf zu schütteln, und festigten seinen Entschluss. O ja, seine *Gemahlin* musste daheim bleiben, ihren Herrn mit einem Lächeln und sanften Worten begrüßen, wann immer er nach Hause kam, seine Halle zieren und sein Bett wärmen, mit der geziemenden Begeisterung einer Ehefrau.

So entsprach es den Gesetzen dieser Welt. Wobei es keine Rolle spielte, dass er diese Regeln jahrelang ignoriert hatte. Jetzt war er verheiratet, und alles sollte, verdammt noch mal, seine Ordnung haben.

Dragon trat hinter seine Frau und legte eine Hand auf ihre Schulter. Voller Genugtuung spürte er, wie sie zusammenzuckte. Doch das war nur der Anfang. Um ihren schlanken Hals zu entblößen, schob er ihr seidiges Haar beiseite. Dann neigte er sich zu ihr, so dass sein warmer Atem ihre Haut streifte. Triumphierend sah er Rycca erschauern und berührte ihren Hals mit seinen Lippen – erst die eine Seite, dann die andere. Da warf sie ihren Kopf in den Nacken.

»Dragon…« Ihre Stimme klang atemlos und unnatürlich hoch. Sehr gut.

»Hm?« Betörend roch sie nach Geißblatt, Kiefernholzrauch und ihrem eigenen femininen Duft.

»Es war sehr nett von dir, dass du mir erlaubt hast, Grani zu reiten. Besitzt du die Füchse schon lange? Gibt es hier noch andere Pferde? Sicher keine so erstklassigen wie die bei-

den, das wäre unmöglich. Aber ich frage mich, ob du welche züchtest. Sicher wäre das einträglich, denn gute Pferde werden immer gebraucht. Falls du noch nicht daran gedacht hast, könnte ich dir helfen, eine Zucht aufzubauen. Am besten benutzt du Sleipnir und Grani als Deckhengste. Dann werden die Leute bald von weither nach Landsende kommen, um deine prachtvollen Pferde zu bewundern. Und nachdem du am Handel interessiert bist ...«

Grinsend drehte er sie zu sich herum. Ihr Gesicht war gerötet, ihre Bernsteinaugen erschienen ihm unnatürlich groß. »Darüber reden wir ein andermal, teure *Gemahlin.* Jetzt interessiert mich nur eins – ich will mit dir ins Bett gehen.«

Dass sich ihre Wangen noch dunkler färben könnten, hätte er nicht vermutet. »Oh, es eilt nicht, oder? Immerhin haben wir schon ...«

»Nur ein einziges Mal. Und es war wie ein Traum. Ich schlief ein, meine Hand nach einem Weinkrug ausgestreckt, und erwachte in deinen Armen.«

»Das schien dir zu gefallen«, erwiderte sie bissig.

»Nur ein Vorgeschmack auf größere Freuden ...«

Ryccas Erregung kämpfte mit ungläubigem Staunen. Sicher scherzte er. Noch mehr zu empfinden als in jener Nacht – unvorstellbar ... Und wenn es trotzdem möglich war – wollte sie solche Gefühle kennen lernen, nachdem sie sich damals in wilder Ekstase vergessen hatte? Aus *eigenem* Bestreben. Diesmal würde *er* die Kontrolle übernehmen, daran zweifelte sie nicht, denn er tat es bereits. So sanft und verlockend strich er über ihre Wange und ihren Mund. Sein Atem wärmte ihr Gesicht. Und sein Körper war ihrem viel zu nahe. Wie sollte sie ihn *nicht* begehren?

Beim Himmel, sie würde ihrem Verlangen nicht nachgeben. Die Sinnenlust war wundervoll, die Ehe heilig. Aber der Stolz gebot ihr, Dragon zu verheimlichen, wie leicht er sie verführen könnte. Sobald er das herausfand, wäre sie verlo-

ren. »Ich dachte nur – vielleicht bist du müde«, entgegnete sie und hob die fein geschwungenen Brauen. »Nach diesem langen Tag – und der Schiffsreise …«

Sein Körper, von heißer Begierde erfüllt, spannte sich an. Wusste sie, dass sie seine Manneskraft herausforderte? Wahrscheinlich nicht. In vielen Dingen war sie immer noch unschuldig. Er lächelte dünn. »Sei versichert, deine Sorge ist überflüssig. Hat dir das Fest gefallen?«

Das Fest? Daran erinnerte sie sich nur vage. Offenbar amüsierten sich die Leute nach wie vor. Aus der Halle drang gedämpftes Stimmengewirr herüber. Nun war sie mit Dragon allein. Sie erwiderte seinen Blick. Wie schon so oft wurde sie von seiner Größe überwältigt. Im Mondlicht, das durch die Ritzen der Fensterläden hereinschien, zeichneten sich die Umrisse seiner breiten Schultern ab. Nur das rötliche Flackern des Feuers in den Kohlenbecken beleuchtete seine Züge und erweckte den Eindruck, sie wären aus Granit gemeißelt.

»Deine Leute waren sehr freundlich.«

»Ja, gewiss. Warum fürchtest du dich?«

»Unsinn, ich fürchte mich nicht.« Viel zu hastig ausgesprochen, klangen die Worte wie eine Lüge.

»Vorhin nahm ich an, du würdest dich nur unbehaglich fühlen. Aber jetzt lese ich Angst in deinen Augen. Warum? Ich bin kein Fremder für dich.«

»Doch – fremder als alle Männer, die ich kenne.«

Dragon seufzte, dann umfasste er Ryccas Haar und bog ihren Kopf nach hinten, um ihr Gesicht genauer zu betrachten. »Immer wieder verletzt du mein Selbstbewusstsein. Davon wird bald nichts mehr übrig bleiben.«

Verwirrt starrte sie ihn an. »Was habe ich denn gesagt?«

»Es geht darum, was du *nicht* gesagt hast. Wie auch immer, ich bin fest entschlossen. In dieser Nacht will ich meine *Ehefrau* lustvoll stöhnen hören.«

Da stockte ihr Atem, und sie wollte zurückweichen. Blitzschnell hielt er sie an ihren Haaren fest – nicht grausam. Ganz sanft schlang er seine Finger in die weichen Strähnen, und ein stahlharter Arm umfing ihre Taille. In wachsender Sehnsucht spürte er ihre weiblichen Rundungen. Aber sie schmiegte sich nicht an ihn. Stattdessen wehrte sie sich gegen seine Nähe.

Aus ihren Augen schienen Funken zu sprühen, und Dragon trat wohlweislich beiseite. Nur zu deutlich entsann er sich, wie sie im Wald von Essex seinem Griff entronnen war. »Ein zweites Mal wirst du mit dieser Methode keinen Erfolg erzielen.«

Ihrem verständnislosen Blick folgte ein heftiges Erröten, sobald sie sich an ihre wenig damenhafte Gegenwehr erinnerte, und Dragon bereute seine Worte. Es gab keinen Grund für die Vermutung, sie würde ihr Knie erneut zwischen seine Schenkel stoßen. Trotzdem musste man einem Mann unter gewissen Umständen eine übertriebene Vorsicht verzeihen.

Um Rycca versöhnlich zu stimmen, ließ er ihr Haar los und zog sie näher zu sich heran. Mit seiner freien Hand streichelte er ihren Arm. Das Kleid hatte eng anliegende Ärmel, und sie musste die Liebkosung so intensiv spüren, als würde er ihre nackte Haut berühren. »Warum sollten wir uns die Freuden der Ehe versagen?«, murmelte er an ihren Lippen. »Ich möchte dich einfach nur beglücken.«

Unfähig, ihr Zittern zu unterdrücken, schwankte sie. Seine Hand glitt zu einer ihrer Brüste, seine Finger umkreisten die Knospe, die sich unter dem dünnen Stoff aufrichtete. Dann neigte er den Kopf hinab und küsste die empfindsame Stelle. Durch die Seide, von seiner Zunge befeuchtet, ließ er sie seine Zähne fühlen, nur ganz leicht. Weil ihre Knie nachzugeben drohten, umklammerte sie seine Schultern.

Aber in ihrer Stimme schwang keine Schwäche mit. »Du

willst mich beherrschen«, meinte sie so gleichmütig, als würde sie die Notlage einer anderen Frau erwähnen.

Überrascht blickte er auf. »Du bist meine Gemahlin.«

»Eher dein Eigentum, nicht wahr?«

Warum betonte sie, was selbstverständlich war? Ungeduldig zuckte er die Achseln. »Alle Ehefrauen gehören ihren Männern.«

»Trotzdem möchte ich frei sein.«

Da verdunkelte sich sein Blick. Mit einer so dreisten Herausforderung hatte er nicht gerechnet. »Du bist vor deiner Familie – und vor unserer Hochzeit geflohen, um dich in Sicherheit zu bringen.«

»O nein. Nur in einem Kloster hätte ich Sicherheit gefunden, und dazu konnte mich nicht einmal mein Vater zwingen. Doch meine Sicherheit war mir nicht wichtig, deshalb lief ich nicht davon. Einzig und allein meine Freiheit wollte ich erringen – die ich genossen habe, wenn auch nur für kurze Zeit. Danach sehne ich mich immer noch.«

Von einem plötzlichen Schmerz getrieben, den ihr Geständnis entfachte, presste er sie fester an sich. Plante sie einen weiteren Fluchtversuch, um sein Herz zu brechen? Nein, beim Himmel, das würde ihr nicht gelingen. »Niemand ist frei«, stieß er hervor, »wir alle sind dem Zwang unserer Pflichten, unserer Verantwortung unterworfen.«

»Deine Pflicht erfüllst du, weil es dir gefällt. Bist du nach deinen jahrelangen Reisen nicht bereitwillig hierher zurückgekehrt, um dein Erbe anzutreten? Dein Schicksal bestimmst du selbst, und das gleiche Recht versuche ich mir zu nehmen – nicht mehr und nicht weniger.«

»Aber du bist eine Frau ...« Dragons Verwirrung war echt. Was Rycca sich wünschte, stand nur Männern zu. Die Frauen mussten am heimischen Herd bleiben, für die Kinder sorgen, auf Ordnung achten. Darauf musste sich ein Mann verlassen können, wenn er in die Welt hinauszog, um Abenteuer zu be-

stehen oder auf fernen Schlachtfeldern zu kämpfen. Wenn das nicht möglich war – gab es dann noch irgendeinen Sinn im Leben? »Du bist eine Frau!«, wiederholte er eindringlich. »*Meine* Frau. Leider hast du zu viele Jahre deiner Jugend ohne weiblichen Einfluss verbracht. Ich bewundere deine Kraft und deinen Mut, beides werden meine Söhne erben. Trotzdem ...«

»*Deine Söhne*? Das werden auch *meine* Söhne sein, du eitler Lord, und *meine* Töchter. Vielleicht werde ich nur Töchter gebären – ja, beim Himmel, es würde mich freuen, dir diese Enttäuschung zu bereiten.«

Lüge, alles Lüge. Und seltsamerweise auch die Wahrheit, denn sie fühlte sich zerrissen und kämpfte mit sich selbst. Das Mädchen, das sie einst gewesen war, drohte für immer zu entschwinden. Und die Frau, zu der sie sich allmählich entwickelte, war ihr fremd. Genauso fremd wie der Mann, der die Verwandlung bewirkte.

Vergessen war seine Güte, die Erinnerung an die süße Sehnsucht, die sie nachts in seinen Armen an Bord des Drachenschiffs empfunden hatte. Nur in ihrem tiefsten Innern blieb dies alles haften und fesselte sie mit Ketten, wie von ihrem eigenen Herzen geschmiedet.

»Irgendwie habe ich das Gefühl, du fürchtest nicht mich«, sagte er unvermittelt, »sondern dich selbst.« Da er die Gabe eines Skalden besaß, sah er – als wäre ein Vorhang beiseite gezogen worden – die Landschaft ihrer Seele so deutlich, wie er ihren nackten Körper erblicken würde. »Es widerstrebt dir, das Leben einer Frau zu führen. Denn du glaubst, dann wärst du schwach und verletzlich. Das stimmt nicht. Und selbst wenn es so wäre – du hast keine Wahl, weil dein eigener Gott dich so erschuf.« Plötzlich lachte er erleichtert, nachdem er die Ursache ihres Aufbegehrens erkannt hatte. Zumindest bildete er sich das ein. »Eins musst du ihm jedenfalls zugestehen, Lady – er hat großartige Arbeit geleistet.«

Wie konnte er es wagen, über den Allmächtigen zu scherzen? Sekundenlang blieb ihr die Luft weg, und das genügte Dragon, der längst gelernt hatte, den Vorteil der Überraschung zu nutzen. Ehe sie Atem holen konnte, hob er sie hoch, trug sie zum Bett und legte sie darauf.

Dann neigte er sich zu ihr herab, so groß und stark – und so fest entschlossen. Zu beiden Seiten ihres Körpers stützte er seine Arme auf das Kissen, ohne sie zu berühren. Trotzdem gab es kein Entrinnen. »Also hast du gar keine Angst, Rycca. Du willst nur frei sein.«

Wie es ihr Stolz gebot, starrte sie ihn herausfordernd an. »Das sagte ich doch, nicht wahr?«

»Und du wünschst dir Töchter?«

»Wieso plapperst du mir plötzlich alles nach? Zu welchem Zweck?«

Im schwachen Feuerschein funkelten seine weißen Zähne, und das lodernde Licht ließ Ryccas Haare auf dem weißen Damast wie Flammen erscheinen. »Ah, Lady, zu welchem Zweck? Vielleicht will ich einfach nur deine Wünsche erfüllen. Du sehnst dich nach Freiheit? Die kann ich dir schenken. Auch Töchter – da bin ich mir allerdings nicht so sicher.«

»Und wie willst du mir Freiheit gewähren?« Wollte er sie wegschicken, seine zänkische Ehefrau verbannen, weil er die Heirat längst bereute? Ein brennender Schmerz erfüllte ihre Seele. Vergeblich versuchte sie, sich dagegen zu wappnen.

Und ihre Verwirrung wuchs, denn jetzt spürte sie wieder seinen Mund an ihrem Hals, der süße Qualen weckte. Und seine Hände – seine viel zu verführerischen Hände schoben ihren Rock nach oben, entblößten ihre Beine, und die kühle Nachtluft streichelte ihre Haut.

»Erinnerst du dich?«, flüsterte Dragon. »Als wir miteinander schliefen – weißt du noch, wie du zum Himmel emporgeschwebt bist? Auch das ist eine Art von Freiheit.«

Nie zuvor hatte sie sich so frei gefühlt. Doch das würde sie ihm nicht gestehen. »Nur für wenige Sekunden.«

Von dunklen Wimpern umrahmt, strahlten seine Augen – die Fenster seiner Seele. »Nur sekundenlang? Verzeih mir, diesmal will ich's besser machen.«

Während er sie aufrichtete und ihr das Kleid über den Kopf zog, fragte sie sich, warum das wie ein Versprechen und zugleich wie eine Drohung klang.

Weil es beides gewesen war. Das erkannte sie viel später, als sie aus dem Meer des Entzückens auftauchte, in das er sie geworfen hatte. Stöhnend rang sie nach Atem. Ein Mann, der sein Wort hielt …

»Noch einmal, meine Süße«, murmelte er mit seiner tiefen, bezwingenden Stimme und hob seinen dunklen Kopf zwischen ihren Schenkeln. Die Augen verschleiert, betrachtete sie ihren nackten Körper und fragte sich, wer darin wohnen mochte. Wer war diese zitternde Frau mit den geschwollenen Brüsten, mit fast schmerzhaft harten Knospen, den schamlos gespreizten Beinen, die ihre Hüften einer so kühnen Liebkosung entgegenhob? Wer war diese Frau, die sich so verzweifelt nach der Erlösung sehnte, alle Muskeln angespannt – bis Dragon sich wieder hinabbeugte und seine Zunge flackern ließ …

»*Ahhhh – nein …*«

Ihre Finger in sein Haar geschlungen, zerrte sie daran, bekämpfte erfolglos die Zuckungen der Ekstase. Gegen diesen Mann war sie machtlos, und sie wusste auch nicht, warum sie sich wehren sollte. Mit jeder Berührung, jedem Blick, jedem Wort betörte er ihre Sinne.

Und er lächelte, denn er hatte erneut gesiegt und ihr die Kapitulation entlockt, die sie ihm missgönnte. Er richtete sich auf, hauchte Küsse auf ihren glatten Bauch und die Hüften, den Nabel. Immer weiter wanderten sein Lippen nach

oben, ganz langsam, ließen sie warten, bis seine Zunge endlich ihren Mund erforschte.

Immer noch riss sie an seinem Haar. Da lachte er, umklammerte ihre Handgelenke und drückte sie zu beiden Seiten ihres Kopfs ins Kissen. »Meine reizende kleine Frau – so fügsam, so unterwürfig …«

»Zur Hölle mit dir! Du bist so ungerecht! Warum darf ich dich nicht berühren?« Mit jeder Minute wuchs ihre Sehnsucht, nicht einmal von den Freuden gestillt, die er ihr so oft und großzügig bereitete.

Lachend ließ er sie los, stieg aus dem Bett und betrachtete ihren schönen, lustvoll bebenden Körper. »Weil ich meine eigenen Grenzen kenne. Und ich will sie nicht zu schnell überschreiten, so wie beim letzten Mal.« Er schlüpfte aus seiner Tunika, zog die Sandalen aus und vergewisserte sich, dass ihm Ryccas ungeteilte Aufmerksam galt. Aber er kehrte nicht ins Bett zurück. Stattdessen ging er zum Tisch, ergriff einen silbernen Krug und goss rubinroten Wein in zwei Kelche. Aus kostbarem Glas, an den Rändern vergoldet.

Die Gefäße in beiden Händen, ging er zu Rycca.

Gebannt starrte sie ihn an und fuhr mit der Zungenspitze über ihre Lippen. In der Tat, von welcher Gottheit dieser Mann auch immer erschaffen worden war – sie hatte gewaltig übertrieben. Von den breiten Schultern und der muskulösen Brust bis hinab zu den schmalen Hüften und sehnigen Schenkeln – alles war vollkommen. Ein Naturwunder, das ihren Blick genauso unwiderstehlich fesselte, wie er ihre Unterwerfung erzwungen hatte. Wie anmutig er sich bewegte, völlig unbefangen in seiner Nacktheit …

In hilfloser Faszination beobachtete sie ihn. Über seinen flachen Bauch zog sich dunkles Kraushaar nach unten und verdichtete sich zwischen den Hüftknochen. Diesen Mann hatte sie in ihrem Körper aufgenommen und wilde Ekstase verspürt, aber noch nie so eingehend betrachtet – abgesehen

von jenem kurzen Moment nach seinem Aufenthalt in der Sauna. Damals war er nicht erregt und völlig entspannt gewesen – jetzt bot er einen anderen Anblick.

»Soll ich mich geschmeichelt fühlen?« Lächelnd reichte er Rycca einen Kelch und streckte sich wieder neben ihr aus. In die Kissen gelehnt, erweckte er den Anschein, er hätte nichts anderes vor, als mit ihr zu plaudern. »Früher hattest du keine Angst. Und da warst du noch Jungfrau.«

»Offenbar haben Unschuld und Unwissenheit viel gemeinsam.« Ohne es wahrzunehmen, trank sie den Kelch fast leer. Sie fühlte sich erhitzt und unsicher. Am liebsten hätte sie die Decke über ihren nackten Körper gezogen. Aber die lag zusammengeknüllt am Fußende des Betts, und Rycca wollte nicht danach greifen. Sonst hätte Dragon ihre Verlegenheit bemerkt. Die lässige Art, wie er mit seiner und ihrer Nacktheit umging und seine sichtliche Begierde schürten ihre Verwirrung.

Um die gleiche Gelassenheit zu bekunden, suchte sie verzweifelt nach irgendeiner Ablenkung und fand sie an unerwarteter Stelle. Plötzlich fiel ihr Blick auf eine lange weiße Narbe, die sich quer über seinen linken Oberschenkel zog und von einer herabsausenden Klinge stammen musste. Waren die Knochen beinahe durchtrennt worden? Ryccas Atem stockte, und sie überlegte, was sie mehr verblüffte – die Spur einer so schrecklichen Wunde oder die Heilung. Langsam strich sie über dic Narbe, nur ganz leicht, als fürchtete sie, weiteren Schaden anzurichten.

»Wie ist das geschehen?«

Gleichmütig zuckte er die Achseln. »Während eines Kampfs rutschte ich im Schlamm aus, und mein Gegner nutzte seinen Vorteil.«

»Wie konntest du eine so schwere Verletzung überleben? Und warum bereitet sie dir keine Schwierigkeiten?«

Dragon lachte und versuchte, die Wirkung ihrer Finger auf

seiner Haut zu missachten. Wie lange er seine maßlose Erregung noch bezähmen würde, wusste er nicht. Allzu lange nicht mehr, wenn Rycca fortfuhr, ihn zu streicheln… Und die sanfte Sorge in ihren Augen, die vorhin so wilde Funken gesprüht hatten, war nicht sonderlich hilfreich.

Welch einen widersprüchlichen Charakter sie hatte – zu unbeugsamem Stolz fähig, aber auch sehr verwundbar. Sie konnte ihn ärgern und zugleich völlig verwirren, was er Loki verdankte. Oder vielleicht Frigg, denn er nahm an, eine Frau wie Rycca würde der Königin aller Götter gefallen.

»Hier siehst du die Vorzüge weiter Reisen«, begann er so beiläufig wie möglich, »und der glücklichen Wahl, die mein Bruder traf, als er sich eine Braut aussuchte.«

»Das verstehe ich nicht«, erwiderte Rycca.

»In Konstantinopel lernte ich einen Arzt kennen, der mir zeigte, wie man Wunden nähen muss. Diese Maßnahme fand ich sehr vernünftig, im Gegensatz zur Behandlung des Fleisches mit einer glühenden Schneide. Jahre später verblutete ich beinahe auf einer Straße bei Hedeby in Jütland. Da erinnerte ich mich an Nadel und Faden in meinem Gepäck – Utensilien, die wir benutzten, um Segel zu flicken. Die leisteten mir ausgezeichnete Dienste.«

»Also hast du deine Wunde selber genäht?« Allein schon der Gedanke, wie schmerzhaft das gewesen sein musste, erfüllte sie mit kaltem Grauen.

Eine solche Maßnahme würde eine fast übermenschliche Selbstkontrolle erfordern.

»Das zog ich der einzigen anderen Möglichkeit vor. Leider war ich nicht besonders erfolgreich. Der Schenkel verheilte schlecht und peinigte mich, bevor sich Cymbra darum kümmerte.«

»Lady Cymbra, Wolfs Frau?«

»Dieselbe. In der Heilkunde unübertrefflich. Wie ich allerdings zugeben muss, hätte ich ihr manchmal am liebsten den

schönen Hals umgedreht, weil sie mich ständig mit ihrer Fürsorge belästigte und mir keine Ruhe ließ, bis ich vollends genas.«

Das war zweifellos jene berühmte Schönheit, von der Krystas wundervollen Rezepte stammten. Krysta – selber so schön, so gütig, so fügsam, wie eine Ehefrau sein sollte…

Ganz anders als Rycca, die über keinerlei häusliche Talente verfügte, weit entfernt von weiblicher Vollkommenheit… Rycca, die nach Freiheit strebte, nur Töchter gebären wollte und ihren Mann wütend anfauchte, wenn er ihr unbeschreibliche Freuden schenkte…

Möge mir der Himmel helfen, flehte sie stumm.

Offenbar verriet ihre Miene, was in ihr vorging, denn Dragons Stimmung änderte sich plötzlich. Er nahm ihr den Weinkelch aus der Hand und stellte ihn zusammen mit seinem eigenen auf den Nachttisch. Dann umarmte er Rycca, und sie versteifte sich, was er ignorierte. Entschlossen drückte er ihren Kopf an seine Schulter. »Wenn ich dich beobachte, glaube ich zu sehen, wie schnell das Wetter über dem Meer wechselt. Eben noch kommst du mir ruhig und sanft vor. Und im nächsten Moment scheint ein Sturm in dir zu toben.«

An seiner Haut klang ihre Stimme gedämpft, und er spürte die Bewegung ihrer Lippen. »Meine Emotionen habe ich stets verborgen. Bis jetzt. Manchmal dachte ich sogar, ich hätte keine Gefühle.«

»Außer deiner Sehnsucht nach Freiheit?«

Ihr Haar streifte ihn wie warme Seide. »Ja, davon abgesehen. Hätte mir mein Vater diesen Wunsch angemerkt, wäre ich verprügelt worden.«

Zärtlich streichelte er ihren Rücken. »Wie lange wird es dauern, bis du erkennst, dass du hier in Sicherheit bist?«

Auf diese Frage fand sie keine Antwort, und sie suchte auch nicht danach. Die Schatten der Vergangenheit boten

keinen angenehmen Gesprächsstoff – insbesondere, weil sich ein anderer, sehr verlockender Zeitvertreib ankündigte. Hatte Dragon vergessen, dass er ihr verboten hatte, ihn intim zu berühren? Würde er sich ihrem Verlangen fügen, so wie in jener denkwürdigen Liebesnacht? Vielleicht müsste er noch etwas mehr Wein trinken. Aber als sie über seiner Brust nach einem Kelch tastete, den sie ihm reichen wollte, hielt er ihre Hand fest.

Ehe sie wusste, wie ihr geschah, drehte er sie auf den Rücken und presste ihren Körper mit seinem in die Matratze. Grinsend entblößte er seine schneeweißen Zähne. »Schließen wir ein Abkommen, teure Gemahlin?«

»Welches Abkommen?«, murmelte sie, ohne ihren Argwohn zu verhehlen.

»Ich mache mit dir, was mir beliebt, und du wehrst dich nicht. Wenn ich befriedigt bin, darfst *du* tun, was auch immer dir gefällt.«

Über diesen Vorschlag staunte sie nur kurz. »Entsinnst du dich, was ich vorhin über Unwissenheit und Unschuld sagte?«

»Sogar sehr gut.«

»Beides habe ich mittlerweile abgelegt. Wenn du dir deine Wünsche erfüllt hast, wirst du einschlafen. Und ich werde vor Wut kochen, weil ich mich auf einen so unvorteilhaften Pakt eingelassen habe.«

»Du kränkst mich – schlimmer noch, dich selbst. Weißt du denn nicht, dass du eine Verführerin bist, der kein Mann widerstehen kann?« Erbost unterbrach er sich und runzelte die Stirn. »Wehe dem Schurken, der dir zu erliegen wagt, denn er würde meinem Schwert zum Opfer fallen.« Die Finger in Ryccas Haar geschlungen, bog er ihren Kopf nach hinten und küsste ihren Hals. »Ich warne dich, liebe Gemahlin – ich bin sehr besitzergreifend.«

Mit einem herausfordernden Lächeln umfasste sie seine

Schultern, spreizte die Beine, und er sank zwischen ihre Schenkel. »Das bin ich auch«, wisperte sie und biss behutsam in sein Ohr. »Also sei ebenfalls gewarnt.«

In ihrer Umarmung spannte sich sein kraftvoller Körper an, von einem plötzlichen, fast übermächtigen Drang getrieben. Sie fand kaum Zeit, um über ihre kühnen Worte nachzudenken. Natürlich durften die Frauen ihre Ehemänner nicht so mutwillig herausfordern. Dann entschwanden alle klaren Gedanken, denn er berührte ihre Brüste und saugte abwechselnd an beiden Knospen. Beinahe war das Entzücken unerträglich, ebenso wie die sanfte Verschmelzung. Das Gesicht verzerrt von der Mühe seiner Selbstbeherrschung, drang er langsam, aber zielstrebig in sie ein. Rycca öffnete die Beine noch weiter, um ihn aufzunehmen. Diesmal spürte sie keine Schmerzen so wie beim ersten Liebesakt, nur das beglückende Gefühl, er würde ihren Körper und ihre Seele ganz und gar ausfüllen.

Auf seine starken Arme gestützt, schaute er sie an. Trotz der kühlen Nachtluft glänzte Schweiß auf seiner Stirn. Er regte sich kaum.

Nur die Spitze seiner Männlichkeit tastete sich allmählich vor, zu einer verborgenen Stelle in ihrem Innern, von deren Existenz sie nichts geahnt hatte.

Die Welt schien zu bersten. Ohne Vorwarnung wurde Rycca zu einem berauschenden Gipfel emporgeschleudert. Kaum waren die ersten Wellen der Ekstase verebbt, begann sich Dragon in ihr zu bewegen. Jetzt hielt ihn fast nichts mehr zurück, und er nahm sich die Rechte eines Ehemanns und Liebhabers. Während die Leidenschaft wuchs, erreichte seine Frau einen neuen Höhepunkt. Vom Zentrum ihrer Lust strömte flüssiges Feuer durch alle ihre Adern. Hilflos warf sie ihren Kopf auf dem Kissen umher, hob die Hüften, um ihren Gemahl noch tiefer in sich zu spüren, um völlig eins mit ihm zu werden.

»O Dragon…«

Kein Protest, sondern ein Flehen, eine Forderung. Sie klammerte sich an ihn, grub die Fingernägel in seine Schultern, und ihre süße Erfüllung brachte ihn um den letzten Rest seiner Selbstkontrolle. Als er ihr den Mund mit einem heißen Kuss verschloss, spielte seine Zunge mit ihrer, im selben Rhythmus, der seine Lenden antrieb, schneller und schneller.

Bald überwältigte ihn ein verzehrender Orgasmus, der kein Ende zu finden schien.

Rycca lag auf dem Rücken – erstaunt, weil sie immer noch bei Sinnen war oder ins Bewusstsein zurückkehrte.

Nach dem Erlebnis der letzten Minuten dürfte sie der banalen Welt nicht mehr angehören. Aber sie spürte ein warmes, zerknülltes Laken, ihre brennenden Lippen und geschwollenen Brüste. Und zwischen ihren Schenkeln erinnerte sie ein schwaches Pochen an das Wunder, das sich soeben ereignet hatte. Sie drehte den Kopf zur Seite – erleichtert, weil es ihr gelang – und stellte fest, dass Dragon nicht schlief. Nicht einmal müde wirkte er, was sein gutes Recht gewesen wäre, sondern hellwach. Auf einen Ellbogen gestützt, musterte er Rycca, mit einer Miene, die verdächtig nach Belustigung aussah.

»Ich glaube, du bist kein Mensch«, flüsterte sie und zog einen Schmollmund.

»Vorhin kam ich mir wie ein Gott vor«, entgegnete er grinsend. »Und das ist dein Verdienst, nicht meines.«

Gewiss, die Worte klangen sehr nett. Trotzdem ärgerte sie sich über seine Gelassenheit nach diesem Liebesakt, der sie völlig erschöpft hatte. Sie setzte sich abrupt auf, verließ das Bett und ignorierte den beschämenden Wunsch, noch stundenlang liegen zu bleiben, wohlig an ihren Mann geschmiegt, seinen warmen Körper und die Kraft seiner Umarmung zu genießen.

Jetzt war es Dragon, der seinen Unmut zeigte. »Wohin gehst du?«

Rycca warf ihr Haar nach hinten, das bis zu ihren Hüften reichte. Herausfordernd spähte sie über eine Schulter. »Ich suche ein Nachthemd.«

Eigentlich erwartete sie, er würde protestieren. Stattdessen überraschte er sie wieder einmal. »Zieh das grüne an.«

Sie wollte es aus einer der Truhen nehmen. Dann hielt sie inne und betrachtete ihn. Völlig unbefangen lag er auf der Seite, nicht im Mindesten beeindruckt von der intimen Atmosphäre, die sie verlegen, aber auch seltsam zufrieden stimmte.

Hastig ergriff sie das Nachthemd und schlüpfte hinein. Dragon verbarg ein Lächeln. Wahrscheinlich wusste sie nicht, welchen Anblick sie bot, von einem hauchdünnen Stoff umhüllt, der dem Schaum auf Meereswellen glich, schimmernd im schwachen Sternenschein, der durch die Ritzen der Fensterläden drang. Das wollte er ihr nicht verraten, denn sie war schon nervös genug. Wortlos richtete er sich auf und streckte ihr eine Hand entgegen.

Rycca zögerte. Da er schwieg und einfach nur wartete, wurde sie schließlich schwach. Könnte sie doch irgendetwas an ihm entdecken, dass ihr missfiel… Dann würde sie sich gegen das tückische – und so köstliche Verlangen wehren, das er immer wieder in ihr entzündete. Zudem war sein vollkommener Körper nur das Gefäß eines wahrhaft edlen Geistes. Wie sollte sie *nicht* in seinen verlockenden Bann geraten – und sich *nicht* in die zweifellos sehr lange Reihe schmachtender Frauen einordnen, die seine Aufmerksamkeit ersehnten?

Voller Abscheu erschauerte sie.

»Rycca…?«

»Mir ist nur kalt.«

Da stand er auf, legte einen Arm um ihre Schultern und führte sie zum Bett zurück. Mit einem kostbaren Pelz deckte

er sie zu, bevor er den Weinkrug holte. »Ist dir jetzt wärmer?«, fragte er und kroch neben ihr unter die Felldecke.

An ihren Mann gekuschelt, fühlte sie sich so umsorgt und beschützt wie noch nie in ihrem Leben. Tief bewegt, brachte sie kein Wort hervor und nickte nur. Etwas später schloss sie die Augen, ermattet vom Wein und allem, was in dieser Nacht geschehen war.

Dass Dragon den Kelch aus ihrer Hand nahm, merkte sie kaum. »Ich will nicht schlafen«, flüsterte sie.

»Und was willst du?« Im Halbdunkel klang seine Stimme wie eine Liebkosung.

»Einfach nur hier liegen …«

Da er ein Mann war, glaubte sie, er würde widersprechen und viel mehr fordern. Stattdessen küsste er ihre Schulter und drückte ihren Rücken an seine Brust, sein Arm umfing ihre Taille, seine Finger berührten ihren Bauch.

Wohlig seufzte sie. Ihre Glieder fühlten sich schwerelos an. Durch die dünne Seide ihres Nachthemds spürte sie Dragons wachsende Erregung. Trotzdem unternahm er nichts, sagte nichts, hielt sie nur fest.

»Verlierst du niemals deine Selbstbeherrschung?«, fragte sie neugierig.

Ehe er antwortete, verstrichen mehrere Sekunden. »Das ist schon lange nicht mehr geschehen.«

»Willst du's?« Die Frage überraschte sie, und sie wusste nicht, wieso sie darauf kam.

Dragon wunderte sich wahrscheinlich genauso. Trotzdem erwiderte er: »Selbstkontrolle ist sehr wichtig. Vor allem auf dem Schachtfeld, wo sie oft den Unterschied zwischen Leben und Tod bedeutet. Aber auch in anderen Situationen hängt vieles davon ab.«

»So wie damals, als du deine Wunde genäht hast?«

»Ja. Ohne Selbstbeherrschung wäre ich nicht am Leben geblieben.«

»Und wie war's in deiner Kindheit?«

»Da hatte ich Glück, weil Wolf mich stets beschützte.«

Leise raschelte die Seide ihres Nachthemds, als sie sich in seinen Armen zu ihm drehte. Mit sanften Fingern streichelte sie sein markantes Kinn. »Du hast meine Frage noch nicht beantwortet.«

»Die verstehe ich nicht. Warum sollte ich mir wünschen, die Kontrolle zu verlieren?«

»Vielleicht merkst du, dass du sie nicht immer brauchst. Du vertraust deinem Bruder und weißt, du kannst dich stets auf ihn verlassen. Hast du jemals einem anderen Menschen so rückhaltlos vertraut?«

»Nein«, erwiderte er prompt.

Ryccas Beine schlangen sich um seine, ihre Zehen zeichneten die Muskeln seiner Waden nach. »Möchtest du auch jemand anderem dein Vertrauen schenken?«

»Musst du das wirklich fragen?« Dragon lachte leise. »Verzeih mir, dass ich kein Blatt vor den Mund nehme, meine Süße – aber ist es nicht offensichtlich?«

Allerdings. Doch sie ließ sich nicht beirren und beschloss, ihre Kühnheit zu nutzen, bevor der Mut sie verlassen würde. »Tu mir den Gefallen«, murmelte sie an seiner Brust, »verrat mir deine Wunschträume.«

»Versuchst du herauszufinden, ob ich dir gern vertrauen würde? Ja, natürlich. Aber wie du zugeben musst, war der Anfang unserer Bekanntschaft nicht gerade vertrauenerweckend.«

»Könnten wir uns nicht darum bemühen?«

Sein Daumen strich über eine ihrer harten Brustwarzen. »Gewiss«, stimmte er zu und fühlte, wie sie erschauerte. »Am besten hörst du auf, mich zu bekämpfen.«

»Wie kannst du behaupten, ich würde dich bekämpfen?«, protestierte Rycca. »Einfach absurd, nach allem, was zwischen uns geschehen ist!«

»In deiner Seele wehrst du dich gegen mich«, beharrte er. »Du versuchst dich gegen die Freuden zu wappnen, die ich dir schenke. Genau weiß ich nicht, was du für Schwäche oder eine bedrohliche Gefahr hältst. Jedenfalls spürte ich's, und es bekümmert mich.«

»Letzten Endes besiegst du mich so oder so.« Sie betrachtete seine Hand, die eine ihrer Brüste umschloss. Dann schaute sie in seine Augen. »Vielleicht musst du dich ein bisschen anstrengen, um einen Erfolg zu erzielen. Stört dich das?«

»Keineswegs, meine Süße. Glaub mir, die Mühe lohnt sich, wenn mich deine Leidenschaft entzückt. Ich wüsste nur gern, ob du auch ohne Widerstand bereit wärst.«

»Soll ich vollends aufgeben, was ich bin?«

»Nein, ich hoffe nur, du wirst das Wesen deiner Seele bald mit mir teilen.«

Welch eine große Versuchung… Im warmen Dunkel beschwor er Visionen von einem Glück herauf, die sich vielleicht verwirklichen ließen. Wie in einem Traum, ganz anders als alles, was sie in den harten Jahren auf Wolscroft gekannt hatte…

Oder träumte die tatsächlich? War sie bereits eingeschlafen, in der Obhut seiner Arme?

Nein, ihr Körper blieb eindeutig wach, erregt von seiner Nähe, und missachtete alle ihre Bedenken. Leichtfertig und sorglos, ohne Rücksicht auf Vergangenheit oder Gegenwart, lebte dieser Körper nur für den verführerischen Augenblick. Glücklicher Körper…

Dragon fühlte, wie sie schwach wurde, und nutzte die Gunst der Stunde. Mit erfahrenen Händen und Lippen begann er sie zu liebkosen. Bald verlor sie sich in reinem Entzücken, das die rastlosen Gedanken verdrängte. Der Sieg fiel ihm diesmal leichter, und er genoss ihn in vollen Zügen. Immer wieder im Lauf der Nacht.

Bevor der Morgen graute, beugte sich Rycca über ihn. Inzwischen war das Feuer erloschen, tiefer Schatten umgab das Bett.

»Hast du unseren Pakt vergessen, mein Gemahl?« Lächelnd las sie wachsende Verblüffung in seinen schläfrigen Augen.

Vom Liebesgenuss befriedigt, wie niemals zuvor, hob er belustigt die Brauen. »So ungern ich dich auch enttäusche, meine Süße …«

»Das wirst du nicht«, versprach sie und widmete sich dem Liebesspiel, auf das sie so lange gewartet hatte. Wenig später erkannte der Lord von Landsende, dass seine Frau ihr Wort zu halten wusste.

11

Vom Sonnenlicht geweckt, das durch ihre geschlossenen Lider drang, bewegte sie sich träge. Zunächst wusste sie nicht, wo sie war, dann vermisste sie das rhythmische Schaukeln des Schiffs. Verwirrt blinzelte sie. Hatten die Wikinger ihr Ziel erreicht?

Ja – am Vortag waren sie in Landsende eingetroffen … Sie hatte Grani geritten … Dann das Fest … Dragon …

Dragon.

Ruckartig richtete sie sich auf, strich ihr Haar aus dem Gesicht und ließ ihren Blick durch das Zimmer wandern. Als sie merkte, dass sie allein war, seufzte sie erleichtert – bis sie erkannte, wie spät es schon sein musste.

Erst ihr zweiter Tag in der Festung ihres Mannes, und sie hatte verschlafen. Damit setzte sie das Wohlwollen seiner Leute aufs Spiel. Nun hielten sie seine angelsächsische Gemahlin sicher für einen Faulpelz, weil sie immer noch im Bett

lag, während anständige Männer und Frauen längst arbeiten würden.

Nicht, dass sie wüsste, was sie unternehmen könnte, wäre sie zeitiger erwacht. Nun, dieses Problem würde sie lösen, sobald sie den Schlaf aus ihren Augen gerieben hatte und sich imstande fühlte, den Tag zu meistern – wenn auch etwas verspätet.

Der Krug auf dem Fenstertisch enthielt kühles Wasser. Natürlich, nachdem er seit Stunden da stand … Als sie sich wusch, nahm sie ihr Frösteln kaum wahr. Den Luxus heißen Wassers hatte sie erst vor kurzem kennen gelernt. Ihr Magen knurrte. Hastig nahm sie ein paar Kleidungsstücke aus einer Truhe und zog sich an. Ihre Garderobe, aus Hawkforte mitgebracht, war viel heikler und schwieriger zu handhaben als die raue Wolle, die sie früher getragen hatte. Doch sie kam damit zurecht, obwohl sie sich ziemlich ungeschickt anstellte. Würde sie sich jemals daran gewöhnen, in Kleider zu schlüpfen, die einer Märchenprinzessin würdig waren? Vielleicht irgendwann in ferner Zukunft – vorerst wollte sie ihre Zeit nicht mit solch müßigen Gedanken vergeuden.

Entschlossen trat sie in den hellen Tag hinaus. Vom Meer wehte eine frische Brise heran, die nach Salz roch und sich mit dem Duft umgegrabener Erde mischte. Sonnenschein beleuchtete die Berge im Westen, wo sie Schafherden weiden sah. Auf den Feldern nahe der Festung schwankte goldgelbes Getreide im Wind.

Fischerboote fuhren zum Hafen, in dem mächtige Handelsschiffe ankerten. Von Frieden und Sicherheit umgeben, spürte Rycca, wie ihre innere Anspannung nachließ, die ihr erst jetzt bewusst wurde. Da sie daran gewöhnt war, auf jeden ihrer Schritte zu achten und ständig über die Schulter zu schauen, bemerkte sie ihr eigenes Unbehagen nur selten. Hier war alles neu – und ganz anders. Die alten Gefühle passten nicht nach Landsende.

Wohin sollte ihr erster Weg führen? In die Küche, entschied sie. Das Nebengebäude lag nicht weit von der Haupthalle entfernt. Vor dem Eingang standen mehrere eiserne Dreifüße über lodernden Flammen, neben einem Backofen. Einige Frauen bereiteten eine Mahlzeit vor.

Während Rycca zögernd zu ihnen ging, erregte sie die Aufmerksamkeit einer älteren Frau mit einem Kopftuch über dem grauen Haar. Hastig sprach sie mit ihren Gefährtinnen, dann eilte sie der Herrin entgegen, um sie zu begrüßen. »Mylady, ich bin Magda Kirstendotter. Wenn Ihr die Küche besichtigen wollt – darf ich Euch alles zeigen? Hier führe ich seit Jahren die Aufsicht, und wenn ich Euch helfen kann, bin ich gern dazu bereit.« Bei diesen Worten nahm sie einen Schlüsselbund von ihrem Ledergürtel und überreichte ihn Rycca. »Sicher werdet Ihr alles in bester Ordnung finden, Mylady. Landsende ist eine reiche Stadt, und es mangelt uns wahrlich an nichts.«

Unsicher starrte Rycca die Schlüssel an, deren Bedeutung sie sehr gut verstand. Die Gemahlin des Festungsherrn hatte das Recht, das gesamte Eigentum des Haushalts zu verwalten – Essensvorräte, Getränke, Kleider und dergleichen. Das alles sollte sie verteilen, so wie sie es für richtig hielt. Dieser Verantwortung fühlte sie sich nicht gewachsen. Aber sie musste den Schlüsselbund wohl oder übel entgegennehmen. Als er an ihrem eigenen Gürtel hing, lächelte Magda zufrieden.

»So lange haben wir auf Lord Dragons Heirat gewartet, Mylady, und wir alle freuen uns über Eure Ankunft.«

»Das will ich hoffen«, erwiderte Rycca. Das heitere Gesicht der Frau verriet aufrichtige Zuneigung. »Am Kai gewann ich gestern den Eindruck, die Leute wären sich ihrer Gefühle nicht sicher.«

Dieses freimütige Geständnis schien Magda zu verwirren. Aber sie erholte sich sofort von ihrer Verwunderung und

lachte. »Oh, sobald sie Euch auf Grani sahen, überwanden sie ihre anfänglichen Bedenken. Unvorstellbar – eine Frau, die diesen wilden Hengst bändigt! Gestern Abend sprachen die Männer kaum von anderen Dingen, und schließlich redeten sie sich ein, Lord Dragon habe dem Pferd befohlen, Euch nicht abzuwerfen.«

Da lachte auch Rycca, und sämtliche Frauen stimmten ein. Magda stellte ihr alle vor. Schwatzend nahmen sie die Herrin in ihre Mitte und geleiteten sie zur Küche. Das Selbstvertrauen und der Frohsinn der kleinen Schar fiel ihr ebenso auf wie Tags zuvor die vielen Spuren weiblichen Schönheitssinns in den Straßen der Stadt. Vor ihren Besuch in Hawkforte hatte sie keine Frauen gekannt, die sich nicht ständig fürchteten. Nun wuchs ihre Verblüffung, was sie sorgsam verbarg.

Auch die Küche erschien ihr wie ein Wunder. Auf Wolscroft tauchte halb rohes oder verbranntes Fleisch aus düsteren, schmutzigen, feuchten Räumen auf, auch andere Ekel erregende Speisen, an die sie sich lieber nicht erinnerte. Nur selten hatte sie die heimische Küche betreten, denn ihr Vater war gar nicht auf den Gedanken gekommen, ihr die Verantwortung für den Haushalt zu übertragen.

Aber hier blitzte die Küche vor Sauberkeit, mit blank gescheuerten Arbeitstischen und geschrubbten Böden. Nirgends war Unrat zu sehen, nur angenehme, verlockende Gerüche hingen in der Luft.

»Da haben wir Wasser.« Magda zeigte ihr einen Brunnen in der Mitte des größten Raums. Davor standen mehrere hölzerne Bottiche. Die ältere Frau sprach englisch, wiederholte die Worte auf Norwegisch und nickte anerkennend, als Rycca diesem Beispiel zu folgen suchte. »Seht doch – die vielen Töpfe und Bratspieße aus bestem Eisen. Die stellen die Schmiede für uns her. Einige Teller und Schüsseln haben wir von Handelsreisenden gekauft.«

Auf dem Fest am Vorabend war Rycca zu abgelenkt ge-

wesen, um dergleichen zu bemerken. Jetzt bewunderte sie das reich verzierte Geschirr aus glasierter Keramik, die Gefäße aus kostbarem Metall und Glas. Hinter einem kunstvoll gestalteten schmiedeeisernen Wandschirm stand ein hoher Schrank mit Schubfächern in verschiedenen Größen.

»Darin verwahren wir unsere Gewürze«, erklärte Magda, »natürlich außer dem Salz. Das haben wir nur in geringen Mengen zur Hand, und der Rest lagert in Fässern in einer der Speisekammern.« Sie wies auf den Schlüssel an Ryccas Gürtel. »Mit diesem langen Schlüssel lassen sich alle Schubladen öffnen. Jeden Morgen nehme ich die Gewürze heraus, die wir tagsüber brauchen. Selbstverständlich könnt Ihr es anders halten, Mylady.«

»Nein, ich sehe keinen Grund, irgendetwas zu ändern«, murmelte Rycca. Unglaublich – ein ganzer Schrank, nur mit Gewürzen gefüllt … Und anderswo gab es noch mehr davon. Noch erstaunlicher fand sie die Erkenntnis, dass sie diesen Haushalt führen sollte, dass man von ihr erwartete, sie würde wissen, was zu tun war. Plötzlich schwankte sie.

»O Mylady, verzeiht mir!«, rief Magda bestürzt. »Wie rücksichtslos ich bin! Schnell, Lilla, hol einen Stuhl für unsere Herrin. Und sie muss etwas essen. Vielleicht ein bisschen Suppe? Die Brötchen sind frisch gebacken.«

Mit sanfter Gewalt wurde Rycca auf einen Stuhl gedrückt, und jemand brachte ihr ein Tablett. Besorgte Frauen umringten sie.

»Fühlt Ihr Euch jetzt besser?«, fragte Magda, nachdem Rycca einen Bissen gekostet und dann das beste Brötchen ihres Lebens verschlungen hatte.

»O ja, danke«, beteuerte Rycca. »Gestern Abend aß ich nur wenig …« Fast nichts – und da sie bis zum Nachmittag geschlafen hatte, war sie beinahe einen ganzen Tag ohne Nahrung ausgekommen. Deshalb wunderte sie sich nicht über

den Schwindelanfall und … Magdas sichtliche Enttäuschung unterbrach diese Gedanken. »Stimmt was nicht?«

»Alles in Ordnung, Mylady.«

Lüge.

Rycca wartete, in der festen Überzeugung, die freundliche Frau würde die Wahrheit gestehen. Bald wurde ihre Geduld belohnt. Magda schaute ihre Gefährtinnen an, die ihr ermutigend zunickten. Nach kurzem Zögern stammelte sie: »Es ist nur – nun ja, wir dachten – vielleicht – wisst Ihr … Lord Dragon vergöttert seinen kleinen Neffen. Jedes Mal, wenn wir die beiden zusammen sehen, entzückt uns das hübsche Bild. Und wir freuen uns auf den Tag, wo unser Jarl selber Vater wird.«

Also hatten sie gehofft … Rycca errötete und fühlte sich albern. Jetzt war sie verheiratet und musste mit einer Schwangerschaft rechnen. Insbesondere nach dieser leidenschaftlichen Liebesnacht … Womöglich hatte sie bereits ein Baby empfangen, und sie wusste es gar nicht. Dieser Gedanke erfüllte sie mit Sehnsucht und Angst zugleich. Natürlich würde sie ihr Kind lieben und umsorgen. Es würde ganz anders aufwachsen als sie selbst. Aber ihr bangte vor der Verantwortung, und sie fragte sich, ob sie eine gute Mutter sein würde, nachdem sie ihre eigene schon so früh verloren hatte.

»Kostet die Suppe, Mylady«, drängte Magda, »und sagt mir, was Ihr von den Gewürzen haltet.«

Gehorsam schob Rycca einen gefüllten Löffel in den Mund und staunte über die Mischung aus verschiedenen Aromen. Hühnerfleisch – ja, das schmeckte sie deutlich heraus, Wilde Möhren, Wacholder. Und noch etwas …

»Thymian«, verkündete Magda. »Nachdem ich hörte, Lady Cymbra würde dieses Kraut oft verwenden, dachte ich, es wäre genau richtig für meine Hühnerbrühe.«

Schon wieder die viel gepriesene Lady Cymbra … Insgeheim dankte Rycca dem Himmel, weil wenigstens die schöne

Krysta auf der anderen Seite des Meeres lebte und sie sich nur gegen eine wunderbare, tugendhafte Frau behaupten musste. Das würde ihr schwer genug fallen. Im nächsten Moment schämte sie sich dieser Gedanken. Sie aß die Suppe, die sie gern in vollen Zügen genossen hätte. Doch daran hinderte sie ihr schlechtes Gewissen. Nachdem sie den halben Tag verschlafen und so gut wie nichts von der Festung besichtigt hatte, war sie vor lauter Hunger fast ohnmächtig geworden. O Gott, welch einen Eindruck würde sie auf die Frauen machen …

Sie stand auf und strich ihr schönes Kleid glatt, das ihr wie geborgtes Gefieder erschien. »Nun möchte ich die Vorratsräume sehen.«

Bereitwillig führte Magda sie durch den Hof. Die Frau war die Freundlichkeit selbst und zeigte ihr alles, was sie für wichtig hielt. Unterwegs blieben sie immer wieder stehen, um mit einigen Leuten zu reden. Als Magda merkte, wie interessiert ihre Herrin den norwegischen Gesprächen lauschte, wiederholte sie einige Sätze etwas langsamer und freute sich über Ryccas Lerneifer.

Massive, mit Eisen beschlagene Türen schützten die Vorratskammern. Zu Ryccas Verwunderung wartete um diese Jahreszeit immer noch ein Großteil der Ernte auf den Feldern. Sie ahnte, wie ängstlich die Leute das Wetter beobachteten und hofften, der herbstliche Regen würde nicht zu früh beginnen, die Sonne nicht zu heiß scheinen und kein Hagel die Früchte harter Arbeit vernichten. Sicher würden sie erleichtert aufatmen, wenn sie alles unter Dach und Fach gebracht hatten, bevor der erste Frost zerstören konnte, was nicht rechtzeitig geerntet worden war. Oft genug hatte sie beobachtet, wie sich ihr Vater und seine Krieger am winterlichen Feuer die Bäuche voll schlugen, während die Bauern dank einer schlecht geplanten Ernte mühsam nach Nahrung suchten, alte Menschen und Kinder verhungerten und alle

anderen erbärmlich abmagerten. Sie hatte geglaubt, eine reiche, gut gelagerte Ernte wäre die einzige Rettung vor einem solchen Schicksal. Jetzt erkannte sie ihren Irrtum. Auch eine prall gefüllte Börse, in weiser Voraussicht geöffnet, sorgte für gut bestückte Speisekammern.

»Woher stammt dieses Getreide, Magda?«, fragte sie.

»Aus dem Süden, wo die Felder bereits abgeerntet wurden. Der Jarl tauscht es gegen unsere Waren ein.«

»Was für Waren sind das?«

»Räucherfisch, Pelze, Pferde und Schiffe. Lord Dragon und sein Bruder bauen schöne, schnelle Drachenschiffe, die sogar von den Bewohnern ferner Länder gekauft werden.«

»Ah, ich verstehe. Und an dieser Küste kontrollieren die beiden zweifellos den Handel. Wer hier Geschäfte machen will, muss ihnen Tribut zahlen, nicht wahr?«

Magda zuckte die Achseln. »Was nur recht und billig ist. Immerhin sind es ihre Waffen, die den Frieden sichern und den Handel ermöglichen.«

Nachdenklich runzelte Rycca die Stirn. Also nutzte ihr Ehemann seine Macht und seinen Reichtum, um für den Wohlstand seines Volkes zu sorgen. Kein Wunder, dass so viele Leute nach Landsende zogen …

Noch hatte sie längst nicht alles gesehen. Hinter den Vorratsräumen waren Keller in den Hang des Hügels gegraben, wo Wein-, Bier- und Metfässer standen. Die großen Scheunen waren jetzt leer, weil die Herden auf den Weiden grasten. Bald würde man das Futter für den Winter lagern. Und man würde Tag und Nacht in den Räucherkammern arbeiten, um Fleisch und Fische zu horten.

Dies alles musste sie nun verwalten, einen reibungslosen Ablauf der verschiedenen Tätigkeiten gewährleisten. Mit bebenden Fingern tastete sie nach den Schlüsseln an ihrem Gürtel und versuchte sich zu entsinnen, zu welcher Tür jeder einzelne gehörte.

Immer noch an Magdas Seite, besichtigte sie die Weberei, als sich Dragon hinzugesellte. Er war vom Turnierplatz zurückgekehrt – verschwitzt, mit nackter Brust und in Ryccas Augen einfach atemberaubend. Stotternd erwiderte sie seinen Gruß und sah Magda viel sagend grinsen. Dann entfernte sich die taktvolle Frau.

Sie standen in der stillen Werkstatt, wo gerade niemand arbeitete. Im Sonnenschein, der durch die Fenster hereinströmte, tanzten winzige Fasern, der süßliche Geruch von Schafwolle hing in der Luft. Das Schweigen zog sich in die Länge, bis Dragon fragte: »Hat Magda dich herumgeführt?«

»Ja«, antwortete Rycca und wünschte, sie könnte ihren Blick von ihm losreißen. »Sie ist sehr freundlich.«

»Gewiss, eine nette, tüchtige Frau. Aber jetzt bist du die Herrin dieser Festung und musst die Änderungen vornehmen, die du für richtig hältst.«

»Tatsächlich?« Sie lächelte gequält. »Meinst du, es würde dir gefallen, wenn die Binsen am Boden liegen bleiben, bis sie verfaulen – wenn ich das Essen erst servieren lasse, wenn es kalt ist, und wenn die Kleider nicht gewaschen werden, bis sie vor Schmutz starren?«

Lachend ging er zu ihr, hielt aber inne, als er sich an seinen Zustand erinnerte. »Da wir gerade von Schmutz reden – im Augenblick ist meine Gesellschaft nicht besonders angenehm. Aber vielleicht willst du die Nachsicht einer gütigen Ehefrau beweisen und mich zu einem kleinen Teich begleiten, nicht weit von hier?«

Sie nahm an, er wollte baden. Plötzlich erinnerte sie sich an jenen Tag, wo er aus der Sauna bei der Jagdhütte gekommen war, und ihr Mund wurde trocken. »Ich dachte, die Wikinger würden es vorziehen, vor einem Bad in heißem Dampf zu schwitzen.«

»Normalerweise würde ich dir zustimmen. Aber wenn ich jetzt in die Sauna gehe, schlafe ich ein.«

»Haben dich die Waffenübungen ermüdet?«

Sein anzüglicher Blick trieb ihr das Blut in die Wangen. »Nein, sondern meine beachtlichen Leistungen in unserem Ehebett – was du eigentlich wissen müsstest, Lady.«

»Oh, das erleichtert mich …« Als sie seine Verblüffung bemerkte, fuhr sie hastig fort: »Ich meine – wenn ich mir vorstellen müsste, du hättest dich auf dem Turnierplatz verausgabt, während ich bis zum Nachmittag schlief, würde ich mich für meine Faulheit schämen.«

»Falls es dich tröstet – zur Belustigung meiner Männer schlief ich unter einem Baum ein. Das werden sie mich nicht so bald vergessen lassen.«

Da lachte sie, und ihre innere Anspannung ließ nach. Ohne Zögern reichte sie ihm ihre Hand.

Nachdem sie einige Sachen aus ihrem Haus geholt hatten, verließen sie die Festung. Der Teich lag auf der anderen Seite des Hügels, zu Fuß bequem erreichbar und trotzdem abgeschieden, besonders um diese Stunde, wo das Abendessen vorbereitet wurde. Aus der Stadt wehte ein sanfter Wind gedämpfte Geräusche herauf.

Dragon blieb am Ufer des Teichs stehen. »Heute sind wir nicht ausgeritten. Vielleicht morgen.«

Ausnahmsweise fand Rycca den Gedanken, auf einem schönen, temperamentvollen Pferd zu sitzen, eher reizlos. Der Anblick ihres Ehemanns, der seinen Waffengurt ablegte und aus der Hose schlüpfte, faszinierte sie viel mehr.

Splitternackt watete er in den Teich, tauchte unter und prüstend wieder auf.

»Gib mir bitte die Seife!«, rief er und schüttelte das Wasser aus seinem dichten Haar.

Um diese einfache Aufgabe zu erfüllen, müsste sie ins Wasser steigen – wenn er nicht zu ihr kam.

»Was für ein schönes Kleid«, meinte er lächelnd.

»Alle meine Kleider sind schön, dank Lady Krystas gutem Geschmack und deiner Großzügigkeit.«

»Wie schade, wenn du's nass machen würdest ...«

Erschrocken starrte sie ihn an. Erwartete er wirklich und wahrhaftig, sie würde sich ausziehen – hier draußen im Freien?

Sein unschuldiger Blick bestätigte ihren Verdacht.

»Weißt du, wie viele Frauen stundenlang arbeiten mussten, um dieses Kleid zu nähen?«, fragte sie.

»Nein. Du?«

»Keine Ahnung – weil ich noch nie ein solches Kleid besaß. Natürlich will ich's nicht ruinieren.«

»Warum ziehst du's nicht aus? Nur zur Sicherheit.«

Gewiss, dann würde es keinen Schaden erleiden. Und niemals hatte sie sich *sicherer* gefühlt als nackt in Dragons Armen, nur der Gefahr ihrer eigenen Gefühle ausgeliefert. »Nachdem ich aufgestanden bin, habe ich mich gewaschen ...«

»Nach diesem warmen Tag wird dich ein Bad erfrischen.«

»Aber der Teich sieht ziemlich tief aus. Bedenk doch, ich kann nicht schwimmen.«

»Das wollte ich dir beibringen. Erinnerst du dich?«

»Jetzt?«, fragte sie bestürzt.

»Warum nicht? Welcher Zeitpunkt würde sich besser eignen?«

»Darauf bin ich nicht vorbereitet ...«

»Wenn du das Kleid ausziehst, wirst du dich bald an den Gedanken gewöhnen«, erwiderte er geduldig.

Voller Unbehagen trat sie einen Schritt zurück, dann noch einen. »Nein – darauf muss ich mich erst einstellen ...«

»Rycca?«

»Ja?«

»Jetzt gebe ich dir noch fünf Sekunden Zeit, dann komme ich zu dir, ziehe dich aus, und du lernst schwimmen. Ist das klar?«

Völlig klar. Sie wich noch weiter zurück. Auf der Suche nach einem Fluchtweg spähte sie über die Schulter. Das war ein Fehler.

Klatschnasse Hände packten sie. Ehe sie Zeit gefunden hatte, irgendwelche Pläne zu schmieden, stand er vor ihr. Genauso schnell streifte er das Kleid über ihren Kopf. Darin ist er anscheinend geübt, dachte sie erbost.

In der Tat, das Wasser war sehr angenehm.

»Entspann dich.« Dragon legte einen Arm um Ryccas Schultern und führte sie tiefer hinein. Als sie ihm einen vernichtenden Blick zuwarf, lachte er. »Schon gut, vielleicht verlange ich zu viel. Aber versuch nicht, uns beide zu ertränken.«

»Könnte ich das?«

»Nein, natürlich nicht – das war ein Scherz. Atme ganz ruhig und gleichmäßig … So ist's richtig.«

Während sie immer tiefer in den sanften Wellen versanken, klammerte sie sich an ihn. Warum trieben die Menschen diesen Unsinn? Warum blieben sie nicht an Land, wo sie hingehörten? »Bitte, Dragon, ich denke nicht …«

»Ausgezeichnet! In solchen Situationen wäre es ganz falsch, irgendwas zu denken.«

»Ich meine, das ist keine gute Idee.«

Da blieb er stehen und schaute sie an, die Augen voller Zärtlichkeit. »Hör mal, Rycca, die Fische *schwimmen*.«

»Selbstverständlich.«

»Fische sind sehr dumm. Oder glaubst du, sonst würden sie sich von den Menschen fangen lassen? Trotzdem können sie schwimmen, und du – eine kluge, mutige Frau – wirst es auch schaffen.«

Hielt er sie für klug – dieser Mann, der für Bücher schwärmte? Und mutig? Ein unbesiegbarer Krieger wie Dragon fand sie mutig? Nun, vielleicht würde sie schwimmen lernen. Ihn zu enttäuschen – das wäre unerträglich. »Was muss ich tun?«

»Leg dich auf den Rücken, entspann dich und hol ein paar Mal tief Atem... Ja, so... Jetzt streck die Beine aus, ich halte dich immer noch fest.«

Sie spürte seine Hände unter ihrem Rücken und schaute zum blauen Himmel hinauf. Über ihrem Kopf kreisten Möwen.

»Leg den Kopf zurück«, bat er.

Rycca spürte, wie ihr langes Haar auf dem Wasser trieb. Welch eine wundervolle Erfrischung nach diesem warmen Tag...

Und sie musste gar nichts tun, einfach nur auf dem Rücken liegen, von Dragons Händen gestützt.

Aber nun stand er viel zu weit entfernt, um sie festzuhalten.

»Dragon!« Ruckartig hob sie den Kopf, ihre Füße gingen unter. Mit beiden Armen schlug sie um sich. Sofort war er bei ihr und nahm sie in den Arm.

»Beruhige dich... Das Wasser trug dich, und dir wurde gar nicht bewusst, dass ich dich losließ. Versuch's noch einmal.«

»Geh nicht weg...«

Seine Mundwinkel zuckten. »Keine Bange, ich bleibe bei dir. Bist du bereit?«

Nein. Doch sie hatte keine Wahl. Und so lag sie wieder auf dem Rücken, betrachtete den Himmel und spürte, wie Dragon seine Hände entfernte. Diesmal versank sie nicht, und nach einer Weile genoss sie es sogar, auf den Wellen dahinzugleiten.

»Ausgezeichnet«, lobte er. »Und jetzt versuch's anders herum.«

»Warum? So gefällt es mir sehr gut.«

»Wenn du auf dem Rücken liegst, kommst du nirgendwohin.« Sein Lächeln nahm teuflische Züge an. »Eigentlich schon – aber das ist ein anderes Kapitel. Hol tief Luft.«

»Wieso?«

Weil er sie auf den Bauch drehte und ihr Gesicht ins Wasser tauchte. Prustend fuhr sie empor, und er zeigte keine Reue. »Versuch's noch einmal.«

»Nein, dazu habe ich kein Lust…« Auch sie konnte auf ihrem Willen beharren.

Sein Seufzer war ein ausreichender Tadel. Also sog sie möglichst viel Luft in ihre Lungen, steckte ihr Gesicht ins verdammte Wasser und rührte sich nicht, während Dragon ihre Beine umfasste und ausstreckte. Erstaunlicherweise ging sie nicht unter.

Als die Sonne die Wipfel der Bäume im Westen küsste, schwamm Rycca zum ersten Mal. Zunächst gelangen ihr nur wenige Züge. Aber sie strahlte vor Freude. »Oh, ich bin wirklich und wahrhaftig geschwommen!«

Die Hände in die Hüften gestemmt, stand er grinsend im Wasser, das ihm bis zum Nabel reichte. »So gut wie die Fische.«

»Weil du ein fabelhafter Lehrer bist.«

Mit ihrem Kompliment überraschte sie ihn. Wenn sie nicht in seinen Armen dahinschmolz, war sie ein halsstarriges kleines Biest, und er hatte sie gezwungen, etwas gegen ihren Willen zu tun. Deshalb hatte er mit zäherem Widerstand gerechnet. Doch sie benahm sich mustergültig, und ihre Nervosität war längst verflogen.

Jetzt verschwand die Sonne hinter den Bergen im Westen, eine kühle Brise kräuselte das Wasser. Dragon wollte trotzdem im Teich bleiben, dann sah er seine Frau erschauern und besann sich anders. Eine kleine Weile schwammen sie noch umher. Entzückt über ihre neu erworbenen Fähigkeiten, spürte Rycca die Kälte nicht, bis sie erbärmlich fror. Da ließ sie sich lachend aus dem Wasser tragen, in ein großes Leintuch hüllen und abtrocknen. Nachdem sie in ihr Kleid geschlüpft war, fühlte sie sich etwas wohler. Sie beobachtete,

wie Dragon eine saubere Hose anzog. Auf die Tunika verzichtete er.

»Ist dir nicht kalt?«, fragte sie und packte die Seife, das Badetuch und seine Kleider zusammen.

»Im Sommer? Natürlich nicht, meine Süße.«

»O Gott, ich will mir gar nicht vorstellen, wie es im Winter ist!«

»Davor musst du dich nicht fürchten«, erklärte er und berührte ihre Nasenspitze. »In warme Pelzdecken gewickelt, wirst du am Feuer sitzen.« Lächelnd zog er sie an sich und flüsterte ihr ins Ohr: »Die Winternächte sind *sehr* lang. Also müssen wir uns irgendwie beschäftigen.«

In seiner Fantasie erschien das Bild ihres Körpers, nicht von Pelzen verborgen. Stattdessen lag sie darauf, ihre rosige Haut schimmerte im Flammenschein, und für ihn gab es nichts anderes zu tun, als die Freuden der Liebe mit ihr zu teilen. Konnte sich ein Mann auf dieser Welt – oder vielleicht in der nächsten – etwas Schöneres wünschen?

Aber während sie den Hang hinaufstiegen, wurde er an andere Dinge erinnert. In der Nähe des Grats kam ihnen Magnus entgegen, auf der Seite des Teichs. Entschuldigend lächelte er Rycca an und wandte sich an seinen Jarl. »Verzeih mir die Störung, Dragon. Soeben ist das Schiff aus Gallien eingetroffen.«

»Und die Fracht?«

»Wenn ich auch nicht mit dem Kapitän gesprochen habe – ich glaube, alles ist in Ordnung.«

»Gut, ich werde sofort zum Hafen reiten. Tut mir Leid, Rycca, ich muss dich verlassen. Auf dieses Schiff warte ich seit Monaten. Bring meine Lady nach Hause, Magnus. Ach ja, Rycca, sag Magda, der Kapitän und seine Besatzung werden heute Abend an unserer Tafel sitzen. Sie kennt Paulo und weiß, was er gern isst.«

Eifrig wie ein kleiner Junge eilte er über den Grat, um zu

bewundern, was immer das Schiff nach Landsende befördert hatte, und ließ sie mit Magnus allein.

Mit dem vertrauenswürdigen Stellvertreter meines Mannes sagte sie sich. Trotzdem gab sie vor, die Hand nicht zu bemerken, die er ihr reichte, und überquerte die Anhöhe. Im Abstand einiger Schritte folgte er ihr.

Auf der Seite des Teichs war er ihnen entgegengegangen. Vorhin hatte er erklärt, das Schiff sei soeben eingetroffen. Um den Hügel von der Stadt aus zu erreichen, brauchte man eine ganze Weile. Also hätte er seinen Herrn und dessen Gemahlin auf der anderen Seite treffen müssen. Oder war er schon früher hierher gekommen, ohne sich bemerkbar zu machen?

Hat er uns beobachtet, fragte sich Rycca. Dieser Gedanke jagte ihr einen noch kälteren Schauer über den Rücken als das kühle Wasser… Hör auf damit, ermahnte sie sich. Ihr Argwohn könnte dem Mann Schwierigkeiten bereiten. Das wollte sie nicht. Außerdem – vielleicht war ihr Verdacht unbegründet.

Jetzt beschleunigte er seine Schritte und holte sie ein. »Beunruhigt Euch irgendetwas, Mylady?«

»Nein«, erwiderte sie so freundlich, wie es ihr Unbehagen gestattete, »ich war nur in Gedanken.«

»Natürlich, hier stürmen so viele neue Eindrücke auf Euch ein.«

»Allerdings, aber die Leute waren sehr nett.«

»Das freut mich. Falls Ihr Probleme habt – ich würde Euch gern helfen.«

Lüge.

Wie ein schwarzer Schatten lastete die Erkenntnis auf Ryccas Seele, und ihr war elend zumute. Nach einem kurzen Blick in Magnus' Richtung ging sie etwas schneller weiter.

Nichts in seiner Miene zeugte von charakterlichen Män-

geln, sein Gesicht war glatt, seine Augen drückten ungetrübte Heiterkeit aus. Vielleicht wirkte er deshalb so jung – als wüsste er nichts vom Leid der Welt.

Und doch – irgendetwas stimmte nicht mit ihm, und Rycca fragte sich vergeblich, woran ihr Misstrauen liegen mochte. Nur eins wusste sie – dass sie sich maßlos erleichtert fühlte, als sie die Stadt sah und in den Schutz der Festungsmauern zurückkehrte.

Geradewegs eilte sie in die Küche, wo sie Magda antraf und ihr die Neuigkeit erzählte. Damit beschwor sie hektische Betriebsamkeit herauf, und bald vergaß sie alles andere.

12

Am nächsten Tag erwachte Rycca etwas früher – aber nur, weil sie sich das ganz fest vorgenommen hatte. Wenn sie ihren verantwortungslosen Körper sich selbst überlassen hätte, wäre er in einem langen Tiefschlaf versunken. Entschlossen ignorierte sie seinen Protest und stand auf, wusch sich, kleidete sich an und verließ das Haus. Wohin sie auch schaute – überall gingen die Leute eifrig ihrer Arbeit nach. Sie wollte Magda aufsuchen. Aber da entdeckte sie mehrere Männer, die vor der Haupthalle standen und einen Kreis bildeten.

Von fröhlichen Stimmen angelockt, trat sie vorsichtig näher. Zu viele Jahre lang war sie dem starken Geschlecht wohlweislich ausgewichen, um ihm unbefangen zu begegnen. Doch diese Krieger waren so groß, dass Rycca nicht über sie hinwegspähen konnte.

Langsam schlich sie sich heran und reckte den Hals. Was immer sie beobachteten, schien ihnen zu gefallen, denn sie jubelten ermutigend und bewegten sich aufgeregt. Als sich eine

Lücke zwischen zwei Rittern öffnete, schaute Rycca hindurch und hielt den Atem an.

Dragon, ihr Ehemann... Mit nacktem Oberkörper, die bronzebraune Haut über kraftvollen Muskeln gespannt, schwang er ein mächtiges Schwert und bekämpfte jeden, der ihn anzugreifen wagte. Einer nach dem anderen sprang vor, wechselte ein paar Schwerthiebe mit dem Jarl, die in Ryccas angstvollen Augen mörderisch wirkten, und gab sich – widerwillig, aber mit gutmütigem Grinsen – geschlagen. Lebhaft kritisierten die Zuschauer die einzelnen Darbietungen, riefen den Herausforderern Ratschläge zu und erörterten die Qualität der Waffen. Immer mehr Krieger wollten sich mit dem Festungsherrn messen. Ohne Zögern kämpfte er weiter, unermüdlich, zeigte nicht das geringste Anzeichen von Schwäche und schien sich sogar zu amüsieren.

Niemals würde sie die Männer verstehen – und diese hier schon gar nicht. Aus Gewalttaten machten sie ein Spiel, als würde bei Fehltritten oder falschen Bewegungen keine Lebensgefahr drohen. Ein tödliches Spiel – mit erstaunlichem Geschick betrieben... Schließlich stand nur mehr Dragon im Kreis, kein weiterer Mann fand sich bereit, mit ihm zu fechten.

Das Schwert hoch erhoben, trotz der zahlreichen Kämpfe in kerzengerader Haltung, ließ er seinen fragenden Blick über die Gesichter wandern.

Als niemand vortrat, lachte er und senkte seine Waffe. »Diese Mauren schmieden verdammt gute Klingen.«

»In der Tat«, bestätigte Magnus und nickte ihm bewundernd zu. »Kein Wunder, dass du so lange und geduldig darauf gewartet hast.«

»Um das Geheimnis ihrer Kunst zu ergründen, würde ich noch länger warten. Aber das hüten sie sorgsam.« Dragon hielt die Waffe hoch und begutachtete die Schneide. »Irgendwie muss es mit dem Falzen des Metalls zusammenhängen. Zumindest habe ich das gehört.«

»Alle Geheimnisse lassen sich lüften.« Auch Magnus musterte die Klinge – begehrlich, wie Rycca fand. »Dafür hast du ein Vermögen bezahlt. Mit dieser Summe hättest du genauso gut den Schmied bestechen können.«

Lachend schlug Dragon auf die Schulter seines Stellvertreters. »Immer wählst du den direkten Weg, was, Magnus? Ohne die furchtbare Rache der wütenden Mauren zu berücksichtigen! Zweifellos würden sie unseren Drachenschiffen ihre Häfen versperren und jeden Wikinger enthaupten, der sich in ihre Nähe wagt.«

»Dann würden wir ihnen den Krieg erklären, Dragon. Sind wir nicht mächtig genug?«

»Da bin ich mir nicht sicher. Sie sind in der Überzahl. Weil wir ihre Gesetze und ihre Lebensart respektieren, kommen wir gut miteinander aus. Und das genügt mir.«

Magnus schwieg. Aber Rycca las kühlen Spott in seinen Augen, der ihrem Gemahl offensichtlich entging – denn in diesem Moment bemerkte er ihre Anwesenheit. Sein sanftes Lächeln bildete einen seltsamen Gegensatz zu den kämpferischen Aktivitäten, die sie soeben beobachtet hatte.

»Komm her, Rycca, schau dir dieses Schwert an, von den Mauren in Spanien erzeugt. Was die Verarbeitung von Stahl betrifft, haben sie überragende Talente.«

Die Männer traten beiseite und betrachteten sie mit verhaltener Neugier. Sorgsam vermieden sie es, die Gemahlin ihres Herrn zufällig zu berühren. Sie verdrängte ihr Unbehagen, erwiderte Dragons Lächeln und ging zu ihm. »In der Tat, diese Klinge sieht eindrucksvoll aus. Und du weißt sie zu schwingen.«

»Mit einer solchen Waffe fällt's mir nicht schwer, denn sie ist leichter als die meisten anderen und lässt sich mühelos balancieren.«

Ohne Vorwarnung drückte er ihr den Schwertgriff in die Hand. »Hier, versuch es selbst.«

Als sie die Krieger nach Luft schnappen hörte, ahnte sie, was sie dachten. Eine solche Waffe war für Männer bestimmt – für die Allerstärksten. Trotzdem übergab Dragon das Schwert der fremden Frau, der sie erst vor zwei Tagen zum ersten Mal begegnet waren, die nur gebrochen norwegisch sprach und – falls die Gerüchte zutrafen – den Jarl nur widerstrebend geheiratet hatte.

Vor einer solchen Herausforderung wollte sie nicht zurückschrecken. Inständig hoffte sie, ihrem Mann keine Schande zu bereiten, und umklammerte das Schwert. Es erschien ihr nicht so schwer wie die Waffen, die sie in Wolscroft heimlich ausprobiert hatte. Anmutig schwenkte sie es hin und her, in kleinen, kontrollierten Bögen. Thurlow hatte ihr beigebracht, wie man mit einem Schwert umging – nur in groben Zügen, aus Angst, sie könnte eines Tages vor lauter Verzweiflung die älteren Brüder oder sogar den Vater attackieren. Obwohl das ihren sicheren Tod bedeutet hätte, war sie manchmal nahe daran gewesen, einen solchen Angriff zu wagen.

Nun richtete sie die stählerne Spitze spielerisch auf Dragons muskulöse Brust. »Schade, dass du kein zweites maurisches Schwert besitzt …«

»Doch, ich habe auch für Wolf eins gekauft.« Nur sekundenlang erlaubte er ihr zu überlegen, ob er sich die andere Waffe tatsächlich bringen lassen würde. Dann bewies er, dass er nichts dergleichen brauchte, um seiner Gemahlin einen schmerzlichen Schlag zu versetzen. »Übrigens, er wird uns mit Cymbra besuchen.«

»W-w-was?« Kraftlos ließ sie die Klinge sinken.

»Noch heute werden mein Bruder und seine Frau in Landsende eintreffen. Ich dachte, das würdest du gern wissen.«

Zum Teufel mit seinem breiten Grinsen … »Natürlich! Allmächtiger, nur mehr wenige Stunden bis zu ihrer Ankunft! Warum hast du mir nicht früher Bescheid gegeben?«

Behutsam nahm er ihr das Schwert aus der Hand, das sie völlig vergessen hatte. »Welche Rolle spielt das schon? Um die Mahlzeit kümmert sich Magda, in dem Haus, das Wolf und Cymbra stets bewohnen, ist alles vorbereitet. Und du …« Ehe er weitersprach, musterte er sie so eingehend, dass seine Männer lachten. »Nach meiner Meinung siehst du gut genug aus.«

Am liebsten hätte sie ihm die Waffe wieder entrissen und an seine Kehle gehalten.

Offenbar erriet er ihre Gedanken, denn er steckte das Schwert hastig in die Scheide. Dann versicherte er leise, nur für Ryccas Ohren bestimmt: »Alles wird gut verlaufen, meine Süße.«

So gern hätte sie ihm geglaubt … Aber sie hegte ernsthafte Zweifel. Niemals würde Lady Cymbra ein Schwert auf ihren Mann richten, schon gar nicht vor den Augen seiner Krieger, oder ein Knie zwischen seine Schenkel rammen. Für ihre Schönheit und ihre Heilkunde war sie weithin berühmt. Als würde das nicht genügen, lobte man auch noch ihre überragende Kochkunst.

Und sie würde hierher kommen. Rycca unterdrückte ein Stöhnen. Welch ein missgünstiges Schicksal …

Ein paar Stunden später ankerte das Drachenschiff mit dem Wolfsemblem am Segel im Hafen von Landsende. Nur mühsam hatte Dragon seine Frau dazu überredet, ihn auf den Kai zu begleiten und die Gäste zu begrüßen. Nun hielt er ihre Hand eisern fest, falls sie einen Fluchtversuch erwägen sollte. Nicht, dass sie mit diesem Gedanken spielte. So feige war sie nicht. Außerdem – wohin könnte sie laufen?

Also stand sie möglichst würdevoll neben ihm und dachte dankbar an Lady Krysta, eine weitere mustergültige Ehefrau, die ihr eine luxuriöse Garderobe beschafft hatte. Trotzdem gab es sicher einiges an ihrer Erscheinung auszusetzen. Sie hatte ihr Bestes getan, um das Kleid nicht zu beschädigen.

Aber ihre Haare waren wahrscheinlich zerzaust, die Wangen zu stark gerötet, und ihrer Pose mangelte es gewiss an weiblicher Grazie. Jeder würde sie für eine unpassende Gemahlin eines Jarls halten.

Insbesondere der hoch gewachsene, dunkelhaarige, schwarz gekleidete Mann, der jetzt seine Hand einer Frau reichte und mit ihr von Bord ging... Er war so groß wie Dragon und offenkundig ein ebenso formidabler Krieger. Wie Rycca vermutete, hatte er auch gewinnende Züge. Doch sie betrachtete ihn nur flüchtig, denn ihre ganze Aufmerksamkeit galt seiner Gemahlin.

Was sie sah, krampfte ihr Herz schmerzhaft zusammen. Lady Cymbra war die personifizierte Schönheit. Kastanienrote, mit goldenen Strähnen durchzogene Locken fielen fast bis zu ihren Knien hinab. Strahlend blau wie das Meer unter der Sommersonne, beherrschten ihre Augen ein ovales, ebenmäßiges Gesicht mit schmaler Nase und vollen, rosigen, leicht geöffneten Lippen. Und ihr wohlgeformter Körper musste die Wunschträume aller Männer übertreffen.

Sie war perfekt, exquisit, eine zum Leben erwachte Statue, wohl kaum menschlich. Bis sie lächelte. Da wirkte sie plötzlich wie eine ganz normale, warmherzige Frau. »Dragon!«, jubelte sie, eilte ihrem Mann voraus und umarmte ihren Schwager liebevoll. »Wie gut du aussiehst! Macht dir dein Bein immer noch Schwierigkeiten?«

»Das würde es nicht wagen, nach dem Martyrium, dem du es ausgeliefert hast«, scherzte er. Über ihren Kopf hinweg nickte er seinem Bruder zu. »Willkommen, Wolf, du hast keine Zeit verloren, um meinem Ruf zu folgen.«

Der gefürchtete Lord of Sciringesheal, dessen Ruhm von den frostigen Ländern des Nordens bis zu den warmen südlichen Meeren gedrungen war, grinste belustigt. »Dachtest du, ich würde zaudern? Vor zwei Tagen wurden deine Schiffe nahe der Küste gesichtet, und so erfuhr ich von deiner Heim-

kehr.« Seine grauen Augen richteten sich auf Rycca. Sofort erlosch sein Lächeln. »Lady Rycca of Wolscroft, nehme ich an?«

Mit sanfter Gewalt schob Dragon die Schwägerin beiseite und ergriff wieder die Hand seiner Frau. »Nein – jetzt Lady Rycca Hakonson.«

Wolf starrte sie wortlos an, und seine eisigen Augen schienen sie zu durchbohren. Wie rasend hämmerte ihr Herz gegen die Rippen.

»Hör auf, Wolf!«, mahnte Cymbra, berührte seinen Arm und lächelte zauberhaft. »Du jagst der armen jungen Lady Angst ein. Und weiß der Himmel, sie hat schon genug erduldet.« Zu Rycca gewandt, fügte sie in beiläufigem Ton hinzu: »Am besten beachtest du ihn gar nicht, meine Liebe. Die beiden Brüder halten wie Pech und Schwefel zusammen – was keineswegs bedeutet, dass wir dich nicht freudig in der Familie begrüßen. Komm, du musst mir alle Neuigkeiten über Hawkforte berichten.« Energisch befreite sie Ryccas Hand von Dragons Griff, umfasste ihren Arm und führte sie zur Straße. Ohne den Männern einen Blick zu gönnen, schwatzte sie unentwegt. »Krysta und Hawk schreiben mir regelmäßig. Aber ich kann gar nicht genug über meine Heimat erfahren. Sicher hast du die beiden gesehen? Und den kleinen Falcon?«

Verblüfft über die Kühnheit dieser Frau, die dem Furcht erregenden Wolf so unbefangen begegnete, von Dragon ganz zu schweigen, konnte Rycca nur stammeln: »Ja – gewiss – alle drei …«

»Und wie fühlst du dich? Hoffentlich hat dich die Schiffsreise nicht allzu sehr ermüdet.«

»Nein, sie war wirklich angenehm.«

»Bring Lion mit, Wolf!«, rief Cymbra über die Schulter. »Rycca und ich gehen voraus!«

Als Wolf etwas Unverständliches murmelte, lachte Dragon schallend.

Auf dem Weg zur Festung wusste Rycca nicht, was sie denken sollte. Nur eins stand fest – sie genoss die Gesellschaft einer wahrhaft legendären Frau. Was für fantastische Geschichten man über Lady Cymbra erzählte! In ihrem eigenen Haus war sie gefangen gehalten worden. Sonst hätten zahllose Männer, in heißer Leidenschaft entbrannt, um sie gekämpft. Sie besaß übernatürliche Kräfte. Voller Rachsucht, über ein erlittenes Unrecht erbost, hatte Wolf sie entführt und dann aus Liebe geheiratet. Von einem Missverständnis veranlasst, hatte ihr Bruder Hawk sie mit List und Tücke nach England zurückgeholt. Deshalb wäre beinahe ein Krieg zwischen den Norwegern und Angelsachsen ausgebrochen.

Trotz ihrer abenteuerlichen Vergangenheit wirkte sie erstaunlich gelassen. »Bist du mit deinem neuen Haushalt zufrieden? Magda ist sehr tüchtig. Aber wenn du irgendetwas brauchst…«

»Danke, nein – alles in bester Ordnung.«

»Erst jetzt, nachdem Dragon endlich gefunden hat, was ihm bisher fehlte – eine Ehefrau, die ihm inneren Frieden schenkt und seinem Leben einen Sinn verleiht«, betonte Cymbra freimütig. »Ebenso wie Wolf musste er harte Zeiten überstehen. Hat er dir davon erzählt?«

»Ein wenig – er erwähnte, er sei schon in früher Jugend mit seinem Bruder zur See gefahren.«

»Jahrelang räumten die beiden alle möglichen Hindernisse aus dem Weg, die schwächere Männer vernichtet hätten. Und heutzutage sind sie angeblich, zusammen mit meinem Bruder Hawk, die meist gefürchteten Krieger auf dieser Welt. Ich glaube, das stimmt. Aber nun wollen sie den Frieden bewahren. Um dieses Ziel zu erreichen, schrecken sie vor nichts zurück.«

»In Dragons Fall nicht einmal vor einer unerwünschten Ehefrau«, platzte Rycca heraus. Hatte sie das tatsächlich ge-

sagt? Unfassbar... Dazu musste sie von Cymbras Offenherzigkeit ermutigt worden sein.

»Du bist die dritte Braut, die um des Friedens willen vor den Traualtar trat«, bemerkte Cymbra lächelnd. »Um ehrlich zu sein, Krysta und mir fiel es nicht leicht. Aber wenn wir – nach all unseren bisherigen Erfahrungen – die Zeit zurückdrehen könnten, würden wir keinen anderen Weg gehen.«

»Hattet ihr denn eine Wahl?«

Zu Ryccas Überraschung lachte Cymbra. »Was *mich* betrifft – nein.« Mit einem übertriebenen schmachtenden Seufzer fuhr sie fort: »Oh, wie gut erinnere ich mich an Wolfs romantischen Antrag... Er erklärte mir, wenn ich ihn nicht heirate, würde er meinen Bruder töten.«

»*Was?*«

»Reg dich nicht auf, inzwischen hat er sich gebessert.« Cymbra lächelte träumerisch. »Sogar *sehr*. Nun, Dragon verstand schon immer viel mehr von den Frauen als sein Bruder.«

Dem konnte Rycca nicht widersprechen, aber auch nicht ignorieren, was sie soeben gehört hatte. Entsetzt fragte sie: »Wie hast du Wolfs abscheulichen Heiratsantrag beantwortet?«

»Natürlich verpasste ich ihm eine saftige Ohrfeige. Auf dem Weg zum Traualtar fürchtete er, man würde den Bluterguss sehen.«

»Du hast ihn – geschlagen?«

Diese ätherische Schönheit war so kühn gewesen, den wilden Wolf anzugreifen?

»Eins musst du dir von Anfang an klarmachen, meine liebe Schwägerin. Wolf und Dragon sind wundervolle, aber schrecklich herrische, anmaßende Männer – das gehört zu ihrer Anziehungskraft. Trotzdem muss man streng mit ihnen sein. Was übrigens auch für meinen Bruder gilt. Das hat seine Gemahlin bald herausgefunden.«

»Aber Lady Krysta und Lord Hawk scheinen sich innig zu lieben.«

»So wie Wolf und ich. Was keineswegs bedeutet, dass wir fügsame kleine Frauen sind, die ihren Männern die Füße warm reiben.«

»Welch ein absurder Gedanke! Wie kommst du darauf?«

»Oh, wusstest du's nicht? So eine Frau hat sich Dragon immer gewünscht.«

Noch weitere erschütternde Neuigkeiten – und Rycca würde auf der Stelle versteinern. »Das hat er gesagt? Was dachte er sich bloß dabei? Eine solche Frau würde ihn doch zum Wahnsinn treiben.«

»Eine ähnliche Warnung sprach auch Wolf aus – er meinte, sein Bruder würde vor Langeweile sterben, noch ehe der Brautstrauß verwelkt wäre. Nein, Dragon braucht eine Frau, die es mit seinem Temperament aufnehmen kann. Und ich glaube, du bist genau die Richtige. Komm, gehen wir zu Magda. Sie wird uns kalte Milch und Kuchen servieren, und wir suchen uns ein gemütliches Plätzchen, während sich die Männer ohne uns amüsieren.«

»Gestern hat Dragon ein Schwert für Wolf gekauft.«

»Ah, das maurische Schwert? Großartig, dann sind sie stundenlang mit ihrem Fechtkampf beschäftigt. Bevor sie sich vergewissert haben, dass keiner von beiden stärker und leichtfüßiger ist als der andere, werden wir sie bestimmt nicht wieder sehen.«

»Wollte einer den anderen schon immer übertrumpfen?« Rycca versuchte möglichst viel über ihren Mann herauszufinden. Dass die legendäre Lady Cymbra so zugänglich war, konnte sie kaum glauben. Vielleicht war dieser Besuch in Landsende gar nicht so übel.

»Ja, schon seit der Kindheit. Aber täusch dich nicht, sie sind einander treu ergeben. Und was mich ganz besonders freut – jetzt gehört auch mein Bruder zu diesem Bund. Bis er

die beiden Hakonsons und Krysta kennen lernte, wusste er nicht viel über Loyalität.«

»Verzeih mir, daran zweifle ich. Ich dachte, ein so mächtiger Lord müsste die Loyalität aller Menschen in seiner Umgebung erzwingen.«

Inzwischen hatten sie das Küchenhaus erreicht. Magda und die anderen Frauen eilten heraus, um die Ladys zu begrüßen.

Als Cymbra sich wieder zu ihrer Schwägerin wandte, schienen die klaren blauen Augen in Ryccas Seele zu blicken. Was sie sah, gefiel ihr offensichtlich, denn sie lächelte voller Zuneigung. Aber dann verdüsterte sich ihre Miene. »Hast du von Daria gehört?«

»Nein, gar nichts.«

Cymbra seufzte. »Das hatte ich befürchtet. Dragon möchte dich nicht erschrecken. Trotzdem musst du's erfahren.«

Wenig später saßen sie in der Küche und tranken Milch aus dem tiefen Brunnen, in dem die Getränke gekühlt wurden.

»Daria ist meine und Hawks Halbschwester«, begann Cymbra, »die Tochter aus der ersten Ehe unseres Vaters. Bei meiner Geburt war sie schon erwachsen, und ich kannte sie kaum. Nur eins wusste ich – in ihrer Jugend war sie mit einem mercischen Lord verheiratet, der gegen Alfred of Wessex rebellierte. Während Alfred sein Volk zu einigen suchte, verriet ihn dieser Mann.«

»Anscheinend ist der Verrat in den Kreisen mercischer Lords ein beliebter Zeitvertreib«, meinte Rycca.

»War nicht dieser Udell, den Hawk letztes Jahr getötet hat, ebenfalls ein Mercier?«

»In der Tat – und ein niederträchtiger Verräter.«

»Das galt auch für Darias Ehemann. Glücklicherweise hat Alfred ihn rechtzeitig durchschaut. Er traf ihn auf dem

Schlachtfeld, tötete ihn und eignete sich die Ländereien des besiegten Gegners an, wie es dem Gesetz entspricht. Was Daria am meisten schätzte, verlor sie – das betrifft nicht ihren Ehemann, sondern die Macht und die Privilegien, die ihr nach ihrer Ansicht zustanden. Von diesem Schicksalsschlag erholte sie sich niemals. Obwohl Hawk sie in seiner Festung aufnahm und ihr sogar für einige Zeit die Haushaltsführung überließ, nährte sie in ihrem Herzen den Hass gegen Alfred.«

Nun unterbrach sich Cymbra, um den kleinen Lion bequemer auf ihrem Schoß zurechtzurücken. Vorhin hatte Wolf ihr das Kind gebracht und Rycca überrascht, weil er so gut mit seinem Sohn umgehen konnte. Sie entsann sich, wie Cymbra ihr empfohlen hatte, ihn nicht zu »beachten«. Nein, sie würde sich nicht von diesem formidablen Krieger überwältigen lassen. Stattdessen blickte sie hinter die Fassade und sah einen Mann, der seine Frau und sein Kind abgöttisch liebte. Dass er davongeeilt war, um gegen Dragon zu kämpfen, beunruhigte sie ein bisschen – insbesondere, weil der eine ebenso eifrig nach dem Sieg strebte wie der andere. Doch sie tröstete sich mit dem Gedanken, die beiden müssten schon oft die Klingen gekreuzt haben, ohne einander ernsthaft zu verletzen.

Außerdem war sie fasziniert von Cymbras Geschichte, und so verdrängte sie ihre Sorge.

»Vor etwa zwei Jahren«, fuhr Cymbra fort, »entschied Wolf, ein Bündnis zwischen den Norwegern und Angelsachsen würde die Dänen in Schach halten. Um diesem Zweck zu dienen, wollte er mich heiraten. In einem Brief an meinen Bruder hielt er um meine Hand an. Das gefiel Daria ganz und gar nicht. Mit der Hilfe Vater Elberts, eines verräterischen Hauspriesters, fing sie den schriftlichen Heiratsantrag ab und stahl Hawks Siegel. Dann schrieb sie Wolf in Hawks und meinem Namen, lehnte das Ansinnen ab und beleidigte ihn

zutiefst. Wie er sich daraufhin verhalten würde, war vorauszusehen. Aber Daria hegte keine Bedenken.«

»Und was hat er getan?« Vergeblich bemühte sich Rycca, den atemlosen Klang ihrer Stimme zu unterdrücken.

Mit einem träumerischen Lächeln erwiderte Cymbra: »Er kam nach Essex und entführte mich heimlich. Erst nach unserer Hochzeit teilte er meinem Bruder mit, wo ich zu finden sei. Natürlich war Hawk wütend und besorgt. Er segelte nach Sciringesheal, wo ich mein Bestes tat, um ihn von meinem Eheglück zu überzeugen. Bedauerlicherweise glaubte er mir nicht. So sind die Männer nun einmal – starrsinnig und anmaßend. Eins führte zum anderen, und Hawk holte mich nach Essex zurück. Um diese Zeit begann der Winter, und es dauerte Monate, bis Wolf mir folgen konnte. Mittlerweile hatte Hawk seinen Irrtum erkannt. Als Wolf in Hawkforte eintraf, versöhnten sich die beiden. Ein Glück, denn ich war gerade Mutter geworden.« Liebevoll streichelte sie ihren schläfrigen Sohn. »Und ich hatte wahrlich keine Lust, mich über die Dummheiten eigenwilliger Männer zu ärgern. Während wir in Hawkforte warteten, bis ich neue Kräfte sammelte und die Rückreise antreten konnte, schlug Wolf vor, auch Hawk und Dragon sollten Ehen schließen, die dem Bündnis nutzen würden.«

»Sicher gerieten die beiden in helle Begeisterung«, bemerkte Rycca ironisch, und Cymbra lachte.

»Genauso gut hätte er sie auffordern können, in heißem Öl zu sieden. Hawk sträubte sich besonders hartnäckig gegen Wolfs Wunsch. Ein paar Jahre zuvor war er schon einmal verheiratet gewesen. Damit verband er keine angenehmen Erinnerungen. Aber ich muss sagen, Krysta belehrte meinen Bruder viel schneller eines Besseren, als ich es für möglich gehalten hätte.«

»Weißt du, wie sie das anfing?« Rycca hoffte, sie würde nicht allzu neugierig wirken.

»O ja, sogar ganz genau.« Lächelnd musterte Cymbra ihre Schwägerin. »Sie liebte ihn.«

»War das alles? Sie *liebte* ihn einfach nur?«

»Offen gestanden, ich glaube, außerdem hatte sie ihn maßlos geärgert und verwirrt. Das alles trug sicher zu Krystas Erfolg bei. Aber sie soll dir die Geschichte selber erzählen, was sie sicher tun wird, sobald sich eine Gelegenheit ergibt. Befassen wir uns wieder mit Daria.«

Seufzend starrte Cymbra ins Leere.

»Bei unserer Rückkehr nach Sciringesheal wussten Wolf und ich noch immer nicht, wer jenen gefälschten Brief abgeschickt hatte. In der Zwischenzeit war Hawks Ehe arrangiert worden. Krysta reiste nach Hawkforte und heiratete meinen Bruder. Aber Daria bemühte sich immer noch, das Bündnis zwischen den Norwegern und den Angelsachsen zu zerstören, aus abgrundtiefem Hass gegen den König. Sie glaubte, dieses Abkommen würde ihn im Kampf gegen die Dänen stärken, was natürlich stimmt. Deshalb beschloss sie, Krysta zu töten und das Verbrechen Hawk anzulasten.«

»Tatsächlich? Sie wollte Krysta *umbringen*?«

»Allerdings. Daria dachte, wenn ein angelsächsischer Lord seine norwegische Gemahlin ermordet, wäre das Bündnis zum Scheitern verurteilt. Damit hätte sie wahrscheinlich Recht behalten. Glücklicherweise überlebte Krysta den Anschlag. Nachdem Darias und Vater Elberts Schuld erwiesen war, wurde der Priester den kirchlichen Behörden übergeben, und Hawk schickte unsere Halbschwester in ein Kloster. Dort lebt sie bis zum heutigen Tag.«

Vor Entsetzen über diese Frau, die in ihrem Hass so viel Unheil angerichtet hatte, hielt Rycca den Atem an. Jetzt holte sie tief Luft. »Wie schrecklich muss das für euch alle gewesen sein! Arme Lady Krysta! Unter solchen Umständen zu heiraten – und dann in tödlicher Gefahr zu schweben ... O Gott,

jetzt schäme ich mich meines Widerstrebens und der Schwierigkeiten, die ich heraufbeschwor …«

»Schwierigkeiten? Davon weiß ich nichts.«

Rycca schaute zu den Frauen hinüber, die in einem anderen Teil des Küchenraums arbeiteten, und senkte die Stimme. »Vielleicht will Dragon das alles geheim halten.«

»Dann solltest du schweigen.« In sanftem Ton fuhr Cymbra fort: »Aber wenn du mir dein Herz ausschütten möchtest, werde ich dein Vertrauen nicht missbrauchen.«

Die Wahrheit. Reine, lautere Wahrheit.

Während Rycca diese Erkenntnis gewann, runzelte Cymbra plötzlich die Stirn. »Was war das?«, fragte sie verwirrt und schien mit sich selbst zu besprechen.

»Was?«

Cymbra lehnte sich auf ihrem Stuhl zurück und umarmte ihren schlafenden Sohn etwas fester. Aber sie ließ Rycca nicht aus den Augen. »Eben fühlte ich etwas. Und ich glaube, es kam von dir.«

Unmöglich. Und doch … *Die Wahrheit.*

»Jetzt wieder …« Eindringlich schaute Cymbra in Ryccas Augen. »Ja, das bist *du*.«

»Nein.« Rycca sprang so hastig auf, dass sie beinahe ihren Stuhl umwarf. »Bitte, entschuldige mich – ich muss nach eurer Unterkunft sehen.«

Während sie aus der Küche floh, wünschte sie verzweifelt, sie könnte sich von ihrem seltsamen, beängstigenden Wesen befreien.

Allzu lange konnte sie sich nicht verstecken, und sie war auch nicht so dumm, das zu versuchen. Bald danach fasste sie sich und entschied, wie sie sich verhalten würde. Zuerst wollte sie sich bei Cymbra entschuldigen und erklären, die Ankunft der Gäste habe sie etwas durcheinander gebracht. Normalerweise würde sie sich nicht so albern benehmen. Und dann

würde sie der Schwägerin tunlichst aus dem Weg gehen – ganz egal, wie lange Wolf und seine Frau in Landsende zu bleiben gedachten. Dass die Freundschaft, so spontan entstanden, im Keim erstickt wurde, zählte nur zu den vielen Enttäuschungen in ihrem Leben, an die sie gewöhnt war.

Zufrieden mit ihrem Plan, dachte sie nur flüchtig über Cymbras Fähigkeit nach, die Gefühle anderer Menschen zu erkennen. Vielleicht gehörte so etwas einfach dazu, wenn man so bildschön und klug war.

Wolf, Dragon und die anderen Krieger hielten sich immer noch auf dem Turnierplatz auf, wo der Kampf mit den kostbaren maurischen Schwertern im Mittelpunkt der allgemeinen Aufmerksamkeit stand. Dafür war Rycca dankbar. Magda und ihre Gehilfinnen bereiteten das Festmahl zu Ehren Lord Wolfs und seiner Gemahlin vor.

Da Rycca nichts zur Küchenarbeit beitragen konnte, wollte sie sich zurückziehen, bis ihre Anwesenheit verlangt wurde.

Sie wählte das Ufer des Teichs, in dem sie mit Dragon geschwommen war – vor einer halben Ewigkeit, wie es ihr jetzt vorkam. Von ein paar Seevögeln abgesehen, war sie allein. Aber nicht lange. Nur wenige Minuten verstrichen, bis Cymbra den Hang herabstieg, ihren kleinen Sohn im Arm. Ohne Rücksicht auf ihr kostbares Kleid setzte sie sich neben Rycca ins feuchte Gras und hielt Lion auf ihrem Schoß fest. »Ich weiß, du willst allein sein. Verzeih mir, dass ich deinen Wunsch missachte. Aber ich muss dir etwas sagen.«

Unsicher umfing Rycca ihre angezogenen Knie und starrte ins Wasser. »Wieso wusstest du, wo ich bin?«

»Wann immer Wolf und ich Landsende besuchen, ist das unser Lieblingsplatz. Und ich dachte, er müsste auch dir und Dragon gefallen.«

»Gestern hat er mich in diesem Teich schwimmen gelehrt«,

erzählte Rycca wehmütig, als würde die schöne Erinnerung bereits verblassen.

»Weiß er es?«

»Was?«

»Dass du die Wahrheit spürst.«

Verblüfft wandte sich Rycca zu ihrer Schwägerin. »Wie hast du das herausgefunden?«

»Überleg doch. Welche Fähigkeit muss ich besitzen, um das festzustellen?«

» Spürst du die Gefühle anderer Menschen?«

Lächelnd nickte Cymbra. »Könnte sich eine heilkundige Frau ein hilfreicheres Talent wünschen?«

»Also bist du imstande ...«

»Schon in meiner frühen Kindheit erkannte ich, was in meinen Mitmenschen vorging. Ein Segen und ein Fluch zugleich. Anfangs vermochte ich diese Gabe nicht zu kontrollieren. Das ist der wahre Grund, warum Hawk mich in meinem Haus einsperrte – nicht jener Unsinn, den du vielleicht gehört hast – über die Männer, die sonst um mich gekämpft hätten. Über jeden, der das versuchen sollte, wäre mein Bruder voller Zorn hergefallen. Bis ich lernte, eine Barriere in meinem Inneren zu errichten und mich gegen die Gefühle anderer abzuschirmen, war ich völlig hilflos. Das lernte ich schließlich. Aber dafür bezahlte ich einen hohen Preis. Viel zu lange lebte ich hinter dieser Mauer. Erst nachdem Wolf mich entführt hatte, wurde mir bewusst, dass ich keinen Schutzwall brauche. Jetzt finde ich mich in dieser Welt zurecht und bin die Gleiche geblieben. Aber meine übernatürlichen Kräfte beunruhigen mich nicht mehr.«

Erstaunt versuchte Rycca zu fassen, was sie soeben erfahren hatte. Also beruhte der Ruhm der heilkundigen Lady Cymbra auf dieser besonderen Gabe. Welch eine Herausforderung, stets mit allen Menschen verbunden zu sein, ihre Ge-

fühle nachzuempfinden, ihren Ängsten, Sorgen und Schmerzen ausgeliefert…

»So schrecklich ist es nicht«, betonte Cymbra. »Mittlerweile weiß ich, wie ich gewissen Emotionen entrinnen kann, ohne mich völlig abzuschotten. Gelingt dir das auch?«

»Nein«, gab Rycca leise zu. Jetzt erschien es ihr sinnlos, ihr Inneres noch länger zu verbergen. Und die Versuchung, sich alles von der Seele zu reden, war viel zu groß. »Die Wahrheit ist die Wahrheit. Daran lässt sich nichts ändern, und das gilt auch für die Lüge.«

»Bei mir ist es wie ein schimmerndes Licht, das meinen Körper durchströmt. Geht es dir genauso?«

Langsam nickte Rycca. »Und die Lügen werden von dunklen, beklemmenden Wolken begleitet. Niemals gibt es irgendwelche Zweifel.«

»Weiß irgendjemand von deiner Fähigkeit?«

»Die hielt ich stets geheim. Aber ich glaube, mein Zwillingsbruder Thurlow hat irgendetwas geahnt. Wären mein Vater und meine älteren Brüder darauf gekommen, hätten sie mich für eine Hexe gehalten und ohne Zögern getötet.«

Voller Mitgefühl griff Cymbra nach Ryccas Hand. »Tut mir Leid. Jetzt bist du von deiner Familie befreit. Meinst du nicht, du solltest Dragon einweihen?«

»Dragon, der sich gegen diese Ehe sträubte – der nun an eine Frau gebunden ist, vor der er nichts verbergen kann? Ob er die Wahrheit sagt oder lügt, werde ich immer erkennen. Glaubst du, eine solche Gemahlin gefällt ihm?«

Eine Zeit lang dachte Cymbra schweigend nach. »Das weiß ich nicht. Vielleicht, wenn du ihm die Füße warm reibst…«

Entsetzt schnappte Rycca nach Luft. Dann sah sie die unverhohlene Bosheit in Cymbras Augen und brach in schallendes Gelächter aus, in das ihre neue Schwägerin – und Freundin – einstimmte. Sie lachten und lachten und be-

herrschten sich erst, als Lion empört die Augen aufriss, die beiden Frauen vorwurfsvoll anstarrte und mit seinem schrillen Gebrüll die Seevögel verscheuchte.

»O Gott…«, stöhnte Rycca, als sie wieder zu Atem gekommen war.

Seufzend erhob sich Cymbra, legte den Kopf ihres kleinen Jungen an ihre Schulter und versuchte, ihn zu besänftigen. »So gellend brüllt er schon seit seiner Geburt. Bei seiner Taufe wären die Deckenbalken in der Kapelle von Hawkforte beinahe geborsten.«

»Sehr eindrucksvoll.« Rycca stand ebenfalls auf. »Wahrscheinlich wurde er deshalb nach dem König aller Tiere getauft, dem Löwen.«

»Eigentlich heißt er Kerr, zu Ehren von Wolfs und Dragons Vater. Aber wir nennen ihn Lion. Und dabei wird es wohl bleiben.«

Ungeduldig zappelte er im Arm seiner Mutter, bis sie ihn auf die Beine stellte. Dann stapfte er entschlossen den Hang hinauf, von den beiden belustigten Frauen gefolgt.

13

Eine Woche lang blieben Wolf, Cymbra und Lion in Landsende. Für Rycca verging die Zeit viel zu schnell. Mit ihrer neuen Freundin suchte sie auf den Wiesen nach den Kräutern, die Cymbra stets brauchte. Dabei redeten sie über Gott und die Welt. Immer wieder brachen sie in übermütiges Gelächter aus, was ihre Ehemänner bewog, die Augen zu verdrehen.

Rycca entspannte sich sogar in der Gegenwart des formidablen Wolfs, der das Eheglück seines Bruders bemerkt und seine strenge Haltung aufgegeben hatte.

Am letzten gemeinsamen Abend wurden die angeregten Gespräche nur unterbrochen, wenn Dragon sich dazu überreden ließ, Geschichten zu erzählen. Offenbar war sein Vorrat unerschöpflich, und sein Vortrag beeindruckte seine Gemahlin so tief, dass sie gebannt an seinen Lippen hing. Das entging Cymbra nicht.

Nachdem er wieder einmal eine Geschichte beendet hatte, meinte sie: »Vielleicht möchte Rycca hören, wie der Krieger Hadding von Odin vor seinen Feinden gerettet wurde. Das würde auch mich interessieren, denn als ich dich zum letzten Mal danach fragte, hast du die Ereignisse in viel zu knappe Worte gefasst, ohne die Einzelheiten zu erwähnen.« In ihren Augen funkelte jenes besondere Licht, das Rycca bereits kannte, und sie wusste auch, was es bedeutete. Nun führte ihre Schwägerin irgendetwas im Schilde. Was hinter dem scheinbar unschuldigen Vorschlag stecken mochte, konnte sie sich allerdings nicht vorstellen.

Dragon grinste und schaute Wolf an, der sich lachend in seinem Sessel zurücklehnte.

Verwirrt runzelte Rycca die Stirn, und Cymbra erklärte: »Wie ich gestehen muss – deine sichtliche Begeisterung für Dragons Geschichten erinnerte mich an mein Hochzeitsfest. Damals drängte ich ihn, eine Geschichte nach der anderen zu erzählen, und er bewies eine geradezu übermenschliche Geduld.«

»*Er?*«, warf Wolf ein. »Welch ein Unsinn! *Ich* war die personifizierte Geduld. Natürlich wusste mein lieber Bruder, wie verzweifelt ich verschiedene Möglichkeiten erwog, ihn loszuwerden und mich endlich meiner Hochzeitsnacht zu widmen. Das genoss er in vollen Zügen.«

»Wie sollte ich das denn wissen?«, protestierte Dragon. »Weil der Weinkelch in deiner Hand eine seltsame Form annahm?«

»Statt dieses Kelchs hätte ich lieber deinen Hals umge-

dreht.« Zu Rycca gewandt, fügte Wolf beruhigend hinzu: »Keine Bange. Hätte ich ihm nicht schon längst verziehen, wäre ich von seinem fabelhaften Geschenk dazu gezwungen worden.«

»Ja, die Schwerter sind wundervoll«, stimmte Dragon zu. »In der ganzen christlichen Welt versuchen die Waffenschmiede das Geheimnis der Mauren zu ergründen, aber …«

»Irgendwie muss es mit der Temperatur des Stahls zusammenhängen«, meinte Wolf.

»Und mit dem Falzen. Das tun sie öfter als wir. Wahrscheinlich hundertmal.«

»Tatsächlich? Dann muss die Temperatur sehr hoch sein. Sonst könnten sie den Stahl nicht so dünn hämmern. Was glaubst du, wie viel Kohlenstaub sie beimengen?«

»Darüber werden sie noch stundenlang diskutieren, Rycca«, seufzte Cymbra. »Komm, ziehen wir uns zurück.«

Grinsend zog Wolf ihren Stuhl näher zu sich heran und flüsterte ihr etwas zu, das dunkle Röte in ihre Wangen trieb.

Dann räusperte sie sich. »Nun, in diesem Fall solltest du dich ebenfalls zurückziehen.« Hastig stand sie auf und umfasste die große Hand ihres Mannes mit zarten, schmalen Fingern. »Gute Nacht, Rycca, gute Nacht, Dragon. Schlaft gut!« Die letzten Worte rief sie über die Schulter, während sie Wolf aus der Halle zerrte.

Ihre offenkundige Absicht verwirrte Rycca. So kühn würde sie sich niemals benehmen.

Aber Dragon lachte genauso laut wie sein Bruder. Nachdem das Paar verschwunden war, bemerkte er: »Die beiden führen eine sehr glückliche Ehe, was du vermutlich schon erraten hast.«

»Wie Lord Hawk und Lady Krysta«, ergänzte sie leise.

Sie saßen allein an der herrschaftlichen Tafel, da Dragons und Wolfs Krieger die Halle schon früher verlassen hatten.

Zu dieser Mahlzeit war Magnus nicht erschienen. Wie

Rycca gehört hatte, besuchte er Verwandte im Landesinneren. Für seine Abwesenheit war sie dankbar, denn sie konnte das Unbehagen, das er ihr bereitete, nicht mehr verdrängen.

Um diese späte Stunde eilten immer noch ein paar Dienstboten geschäftig umher. Doch sie würden bald schlafen gehen. Die fast herabgebrannten Fackeln warfen lange Schatten auf den Herd in der Mitte des Raums, der an diesem milden Abend kalt geblieben war. Zwischen den geöffneten Fensterläden wehte eine sanfte Brise herein. Einer der zahlreichen Hunde, die in der Festung hausten, lag zusammengerollt vor Dragons Füßen. Wie oft musste sich Rycca zwingen, ihren Mann nicht anzustarren. Er sah einfach hinreißend aus mit seinen ebenmäßigen, markanten Gesichtszügen. Und erst sein Körper ... Sie schluckte krampfhaft. Sicher war es besser, nicht daran zu denken.

»Nachdem beide Ehepaare so viel erdulden mussten, dürfen sie sich jetzt doppelt glücklich schätzen«, meinte sie.

Dragon ergriff seinen Weinkelch. Langsam drehte er ihn hin und her. Aber er trank nicht daraus. Über den vergoldeten Rand hinweg musterte er seine schöne Frau. An diesem Abend wirkte sie besonders nachdenklich. Ihre Wangen schimmerten rosig. In ihren Augen tanzte der Flammenschein. Dragons Blick blieb an ihren Lippen hängen, und er schaute rasch weg.

»Hat Cymbra dir von Daria erzählt?«

»Ja.«

»Das dachte ich mir, und ich fand, du solltest es aus ihrem Mund erfahren. Jetzt kann Daria niemandem mehr schaden.«

»Cymbra erwähnte, die Frau würde in einem Kloster leben.«

»In diesem Konvent werden Kranke und Geistesgestörte betreut. Die Nonnen sind barmherzig, aber nicht dumm. Was Daria tat, wissen sie. Deshalb wird sie streng bewacht.«

»Und der Priester?«

»Vater Elbert sitzt im Domkapitel seines Ordens hinter Schloss und Riegel. Obwohl er steif und fest behauptete, er sei an jenen Missetaten fast gar nicht beteiligt gewesen und nur gelegentlich in Darias unheilvollen Bann geraten, glaubte ihm niemand. Offensichtlich muss ein *Mann* die tückischen Pläne geschmiedet haben.«

»Warum *offensichtlich?*«

Dragon lächelte. Welch ein aufsässiges kleines Ding ... Er freute sich darauf, Rycca zu besänftigen. Bald würde sie Wachs in seinen Händen sein. *Sehr* bald. »Nichts für ungut, Lady. Das sage ich nur, weil alles darauf hinwies. Ein Abgesandter meines Bruders übergab Hawk den Brief, in dem Wolf um Cymbras Hand anhielt, und kehrte nie nach Sciringesheal zurück. Wahrscheinlich wurde er für immer zum Schweigen gebracht. Wenn Daria auch versuchte, Krysta zu ermorden – sie hätte es niemals geschafft, einen bärenstarken Wikinger zu töten, der doppelt so groß war wie sie. Die Nachricht mit Hawks Siegel übergab uns ein kornischer Handelsreisender, der Sciringesheal und Hawkforte häufig besucht. Dieser ehrbare Mann erzählte uns, ein Unbekannter, in Hawks Farben gekleidet, habe ihm den Brief anvertraut und ihn für seinen Botendienst bezahlt. Das glaubten wir ihm. Aber Daria übte keinen Einfluss auf Hawks Krieger aus, und keiner hätte einen Auftrag von ihr erledigt.«

»Hat einer von Hawks Männern jemals gestanden, er sei an den kornischen Handelsreisenden herangetreten?«

»Nein, und das bewog uns zu der Vermutung, der Betreffende könnte geahnt haben, dass irgendetwas mit diesem Brief nicht stimmte, und längst geflohen sein.«

»Oder er zählte gar nicht zu Hawks Kriegern und hat sich nur verkleidet.«

»Genau. Jedenfalls – ob er nun zur Garnison gehörte oder nicht –, er hätte keinen Befehl von Daria entgegengenommen. Sie war sehr unbeliebt und das Gespött aller Bewohner von

Hawkforte. Also musste ein Mann dahinter stecken, nämlich Vater Elbert.« Dragon zog Ryccas Hand an seine Lippen. »Weder von diesem Priester noch von der grässlichen Frau hast du irgendetwas zu befürchten, da die leidige Angelegenheit endgültig abgeschlossen ist.«

Er sprach im Brustton der Überzeugung, und sie fand keinen Grund, an seinen Worten zu zweifeln. Trotzdem stieg eine vage Sorge in ihr auf. Diese innere Unrast verfolgte sie hartnäckig, während sie mit Dragon zu ihrem Haus ging und in seinen Armen die Freuden der Liebe genoss. Immer wieder musste sie an den Mann denken, der den Frieden zwischen zwei Völkern beinahe zerstört hätte. Im Priestergewand sah sie ihn nicht. Stattdessen erschien eine schattenhafte, gesichtslose Gestalt vor ihrem geistigen Auge.

Am nächsten Morgen segelte Wolfs Drachenschiff mit der Flut davon. Als es auslief, unterhielten sich Cymbra und Rycca immer noch, die eine an Deck, die andere auf dem Kai. Erst als sie einander nicht mehr hörten, verstummten sie, nach dem inbrünstigen Versprechen, sich bald wieder zu sehen.

»Sie wohnt nur eine Tagesreise entfernt«, tröstete Dragon seine Gemahlin. »Sobald die Ernte eingebracht ist, fahren wir nach Sciringesheal. Würde dir das gefallen?«

Von seinen Armen umfangen, nickte sie etwas schüchtern. »Nach Aelflynnes Tod hatte ich keine Freundin mehr – und keine Freunde außer Thurlow ...«

»Auch ich bin dein Freund«, beteuerte er leise und strich mit einer Fingerspitze über ihre vollen Lippen. »Wenn ich auch gestehen muss, dass ich mir die Rolle eines Ehemanns anders vorgestellt habe – allmählich erweitere ich meinen Horizont.«

Tief bewegt lächelte sie. Um die Intensität ihrer Gefühle zu verbergen, erwiderte sie leichthin: »Darüber freue ich

mich, denn ich hatte befürchtet, die Ehe würde dich enttäuschen.«

»Wieso, Lady? Gab ich dir jemals einen Grund für diese Annahme?«

»Nun, bisher habe ich's versäumt, dir die Füße warm zu reiben.«

Dragons schallendes Gelächter zog die Blicke einiger verblüffter Leute an, die auf dem Kai standen. »Das hast du also gehört, Rycca? Zu meiner Ehrenrettung muss ich betonen, dass ich verdammt jung und dumm war, als ich diesen Unsinn erzählte.«

»Und jetzt bist du älter und klüger.«

»Nicht viel, aber ein bisschen – jedenfalls genug, um zu wissen, was in meinem Leben gut und schön ist.«

Plötzlich blinzelte sie, denn die grelle Sonne trieb ihr Tränen in die Augen. Das redete sie sich ein, doch sie glaubte keine Sekunde lang daran.

Arm in Arm schlenderten sie zur Festung zurück. Schon nach wenigen Schritten fiel ein Schatten über ihren Weg, und Magnus lächelte entschuldigend. »Verzeih mir, Dragon. Soeben kehrte ich nach Landsende zurück – und sosehr ich es auch bedaure, diese Angelegenheit verlangt deine Aufmerksamkeit.«

»Sofort?«, fragte Dragon und schaute Rycca an.

»Ja, leider. Aus einem Handelsschiff, das vor wenigen Stunden anlegte, ist ein Teil der Fracht verschwunden. Sicher wirst du die Aufregung des Kapitäns verstehen.«

Erst jetzt wandte sich Dragon zu seinem Stellvertreter. »Behauptet er, die Ladung wurde gestohlen.«

»Zumindest hat er diesen Verdacht geäußert.«

»Kein Hafen wird besser bewacht als Landsende.«

»Das weiß ich, aber…« Seufzend breitete Magnus die Arme aus.

»Entschuldige mich«, bat Dragon seine Frau. »Wenn es

einen Dieb in unserer Mitte gibt, muss ich der Sache auf den Grund gehen.«

»Natürlich, das verstehe ich.«

»Magnus, bring meine Lady …«

»Nein!«, unterbrach sie ihn so hastig, dass beide Männer verwundert die Brauen hoben. Da mäßigte sie ihren Ton und zwang sich sogar zu einem Lächeln – fest entschlossen, die Gesellschaft des getreuen Stellvertreters unter allen Umständen zu meiden. »Ich würde gern in der Stadt bleiben. Bisher sah ich leider nicht allzu viel davon, und sie ist anscheinend sehr schön.«

»Freut mich, dass du dich umschauen willst. Allerdings brauchst du eine Eskorte.«

Obwohl sie sich keineswegs belustigt fühlte, lachte sie. »Noch nie hielt ich mich an einem Ort auf, wo es so gesittet und wohl geordnet zuging. Hier achten dich jeder Mann und jede Frau und jedes Kind. Wenn deine Gemahlin auf einer Wanderung durch diese Straßen bangen muss – dann ist nichts auf dieser Welt sicher, nicht einmal das Licht der Sonne.«

»Nun schmeichelst du mir«, entgegnete Dragon amüsiert. »Aber es stimmt, in ganz Landsende kann man sich sicher fühlen. Tu, was dein Herz begehrt. Ich bitte dich nur – nimm dir nicht zu viel Zeit. Bald werde ich das Problem gelöst haben.«

Davon war sie überzeugt, denn jetzt las sie in seinen Topasaugen nicht die Sanftmut des vertrauten Liebhabers, sondern die eiserne Entschlossenheit eines Anführers, der keinen Verstoß gegen seine Gesetze duldete. Flüchtig dachte sie an den tollkühnen Dieb und erschauerte.

Die beiden Männer eilten den Kai entlang, und Rycca blieb sich selbst überlassen. Sie wartete, bis Dragon aus ihrem Blickfeld verschwand. Hingerissen starrte sie ihm nach, schüttelte den Kopf über ihre hilflose Faszination und ging

in die Stadt. Bald musste sie ihre Schritte verlangsamen, denn zahlreiche Leute begrüßten sie. Alle kannten die neue Festungsherrin. Und alle schienen sich zu freuen, sie zu sehen.

Höflich, aber zurückhaltend verneigten sich die Männer – sichtlich bestrebt, jede Geste zu vermeiden, die den Jarl auch nur annähernd beleidigen könnte. Die freundlichen Frauen plauderten mit Rycca über das prächtige Wetter und boten ihr kleine Geschenke an – einen blank polierten Apfel, einen Becher kühles Brunnenwasser, vermischt mit Fruchtsaft oder zerdrückten Waldbeeren, einen kleinen Beutel voller duftender Kräuter, den sie in den Ausschnitt ihres Kleids stecken konnte. Dies alles nahm sie gerührt entgegen und bedankte sich schüchtern.

Am freimütigsten begegneten ihr die Kinder, fröhlich und neugierig. Als sie merkten, dass ihre Gesellschaft willkommen war, schlugen sie vor, was sie besichtigen und unternehmen sollte. Sie zeigten ihr Hündchen, erst vor wenigen Tagen geboren, einen lahmen Falken, der in der Hütte des Schmieds seinen gebrochenen Flügel auskurierte. Dann führten sie Rycca zu einer alten Frau, die großzügig Honigbonbons verteilte.

Solche Kinder hatte sie in Wolscroft nie gesehen – glückliche, kerngesunde kleine Geschöpfe, die lachend umhersprangen, die Augen strahlend, die runden Backen gerötet.

Zwischen dem Meer und hohen Bergen gelegen, mit Wohlstand und Frieden gesegnet, würde Landsende jeden Betrachter erfreuen. Aber in Ryccas Augen verwandelten die Kinder diese schöne Stadt in einen fast magischen Ort. Wieder einmal glaubte sie, inmitten einer fremden Welt zu stehen, in die sie der Sturz von den Klippen so unerwartet befördert hatte.

Am liebsten hätte sie noch viele Stunden bei ihren kleinen neuen Freunden verbracht. Und vielleicht hätte sie es auch getan, wäre nicht ganz plötzlich eine dunkle Wolke auf den

hellen Tag herabgesunken. Unsicher erstarrte Rycca und wusste nicht, wie sie sich verhalten sollte. Während sie mit den Kindern um eine Straßenecke bog, entdeckte sie ein Gesicht, das ihr bekannt vorkam. Der Mann, etwa fünfundzwanzig Jahre alt, mittelgroß und schlank, trug die schlichte Kleidung eines Bauern oder Seefahrers. Auf die schmalen Schultern hing offenes braunes Haar herab. Wo hatte sie ihn schon einmal gesehen? Und dann entsann sie sich. In der Halle von Wolscroft, wo er mit ihrem Vater gesprochen hatte.

Ein Mann aus Wolscroft *hier*? In Landsende? Wie war das möglich? Mit den Norwegern machten die Mercier keine Geschäfte, sondern mit den Walisern und den gälischen Stämmen auf der anderen Küste der Irischen See. Niemals mit den Engländern. Gewiss, die Hälfte von Mercia wurde von den Dänen regiert. Aber obwohl Ryccas Vater und viele mercische Lords in Alfreds Hoheitsgebiet lebten, mieden sie das angelsächsische Volk, das sie gleichermaßen fürchteten und hassten.

Wieso kam ein Bewohner von Wolscroft nach Landsende? Sie musste sich täuschen. Immerhin hatte sie ihn nur kurz erblickt, bevor er in die Richtung des Hafens verschwunden war. Nun drehte sie sich um und hoffte ihn noch einmal zu sehen. Doch er tauchte nirgends auf, und nach einer Weile fühlte sie sich ziemlich albern.

Die Kinder zerrten an ihren Händen, denn sie wollten ihr die besten Angelplätze an den Bächen hinter der Stadt zeigen. Da erregte eine große Menschenmenge, die sich am Kai vor einem Handelsschiff drängte, Ryccas Aufmerksamkeit. Von den Kindern gefolgt, ging sie darauf zu und versuchte zu verstehen, was besprochen wurde.

In der Mitte der Versammlung stand Dragon. Trotz seiner einfachen, bequemen Kleidung gab es keinen Zweifel an seinem Rang. Allein schon durch seine Größe und den kraft-

vollen Körperbau stellte er alle anwesenden Krieger in den Schatten. Aber es war seine Haltung, die seine Macht bekundete. Die markanten Züge unergründlich, hörte er einem Kaufmann mit hochrotem Gesicht zu. In seinem feinen Samt schien der Mann Blut und Wasser zu schwitzen.

»Üppig mit Juwelen besetzt, Mylord! Ein Kelch, der den vornehmsten König nicht beschämen würde! Das kostbarste Stück meiner Fracht! Wie soll ich einen solchen Schatz ersetzen? Und was erzähle ich meinen Geldgebern, die mit einem beträchtlichen Gewinn rechnen?«

Zunächst antwortete der Jarl nicht und schaute den Handelsreisenden von oben herab an – so frostig und gelassen, dass der Mann, der seine Klage in selbstgerechter Entrüstung begonnen hatte, vor lauter Verwirrung stotterte und schließlich verstummte.

»Wie – was …«

»Kommt mit mir« sagte Dragon in ruhigem Ton, aber mit sichtlich erzwungener Geduld. Ohne festzustellen, wer ihm folgen würde oder auch nicht, stieg er den Hang zur Festung hinauf.

Natürlich eilten alle hinterher, auch Rycca, die sich neugierig fragte, wie ihr Gemahl die Schwierigkeiten meistern würde. Nach der Erklärung des Kaufmanns zu urteilen, ging es um einen schwerwiegenden Diebstahl. Außerdem musste man befürchten, die anderen Händler würden den Hafen Landsende nicht mehr für einen sicheren Ankerplatz halten. Sie bezweifelte nicht, dass Dragon solche Bedenken schnell zerstreuen würde, und die Frage lautete nur – auf welche Weise?

Von einer großen Schar begleitet, erreichte sie den Eingang zur Halle und entdeckte einen schäbig gekleideten Jungen, den man offensichtlich unsanft behandelt hatte. Über seine linke Wange zog sich eine Schramme, seine Hände waren hinter seinem Rücken zusammengebunden. Der vermeintli-

che Dieb wirkte völlig verängstigt, unter diesen Umständen kein Wunder. Aber er hob herausfordernd den Kopf und versuchte sich trotz der Fesseln kerzengerade aufzurichten, als ihn ein Wachtposten über die Schwelle stieß.

In der Halle drängte sich Rycca an den Leuten vorbei und huschte hinter einen der hölzernen Pfeiler, die das Dach stützten. Da sie nicht wusste, was Dragon von ihrer Gegenwart halten würde, wollte sie möglichst wenig Aufmerksamkeit erregen. Doch sie war fest entschlossen, die Ereignisse zu beobachten.

Dragon setzte sich auf den Stuhl mit der hohen Lehne, den er bei den Mahlzeiten benutzte. Aus diesem Anlass war er vor die herrschaftliche Tafel gestellt worden, für alle Anwesenden sichtbar. Der aufgeregte Kaufmann bahnte sich gebieterisch einen Weg durch die Menge, von seiner eigenen Wichtigkeit überzeugt, und ergatterte einen Platz in der Nähe des Jarls. Empört starrte er den Jungen an, der zu seinem Richter geführt wurde.

Schweren Herzens bemerkte Rycca das unverhohlene Entsetzen des Jungen, denn es würde den Verdacht gegen ihn noch erhärten. Eine Zeit lang musterte Dragon ihn schweigend. Unter diesem forschenden Blick hätte sich so mancher erwachsene Mann zusammengekrümmt. Stattdessen hielt der Junge den Kopf hoch erhoben. Noch erstaunlicher – er schaute dem mächtigen Kriegsherrn, der über Leben oder Tod entscheiden würde, unverwandt in die Augen.

»Wie heißt du?«, fragte Dragon schließlich.

»Olav, Mylord«, antwortete der Junge mit bebender Stimme, aber klar und deutlich.

»Aus welcher Familie?«

»Ich gehöre zu den Ragnarsons, die in Hedeby leben.«

Langsam nickte Dragon. Der Junge entstammte dem größten Handelszentrum von Jütland – ein Däne, aus einer angesehenen Familie. Bei jedem Urteilsspruch musste der Jarl das

Für und Wider sorgfältig abwägen. Doch in diesem Fall war besondere Vorsicht geboten. »Warum hast du Master Trygyv auf seiner Reise begleitet?«

Als der Kaufmann antworten wollte, brachte Dragon ihn mit einer knappen Geste zum Schweigen. »Ihr werdet bald zu Wort kommen, Master Trygyv. Jetzt soll der Junge sprechen.«

Der Angeklagte zögerte, die Wangen feuerrot. Widerstrebend erklärte er: »Da ich Hedeby für eine Weile verlassen musste, fragte ich Master Trygyv, ob ich auf seinem Schiff arbeiten dürfe, und er stimmte zu.«

»Ich verstehe. Und wieso hast du deiner Heimat den Rücken gekehrt?«

Unsicher kaute der Junge an seiner Unterlippe, und der übereifrige Händler wollte sich wieder einmischen. Nur Dragons strenger Blick hielt ihn davon ab.

»Ich erregte den Unmut meines Vaters«, gestand Olav nach einer langen Pause. »Und da sagte er, ich soll ihm aus den Augen gehen.«

»Womit hast du diesen strengen Tadel verdient?«, fragte Dragon.

»Nun ja – ich wollte die Frau, die er für mich ausgesucht hat, nicht heiraten.«

Erst vor kurzer Zeit mit einem ähnlichen Problem konfrontiert, verbarg Dragon seine Überraschung. »Ein ehrenwerter Sohn gehorcht seinem Vater.«

»Oh, ich bin ehrenwert!«, stieß Olav hervor. »Aber es gibt gewisse Grenzen.« Er schaute sich um, in der Hoffnung, jemanden zu entdecken, der ihm zustimmen würde. Doch er sah nur abweisende Mienen. Verzweifelt fuhr er fort: »Die Lady ist zwanzig Jahre älter als ich, dreimal verwitwet. Außer ihrem Reichtum weist sie keinerlei Vorzüge auf. Darf man mich verdammen, wenn ich mir eine Braut wünsche, die nicht nur Geld und Gold in mein Haus bringt?«

»Und in dein Bett!«, rief jemand, und das Publikum lachte. Verwirrt runzelte Olav die Stirn, dann brachte er ein schwaches Lächeln zustande.

»Um deine persönlichen Probleme geht es hier nicht, meine Junge«, entschied Dragon, »sondern um den wertvollen Kelch. Master Trygyv glaubt, du hättest ihn entwendet.«

»Das *weiß* ich!«, schrie der Kaufmann. Jetzt konnte er sich nicht mehr zurückhalten. Mit einem dicken Finger zeigte er auf den unglücklichen Olav. »Wider mein besseres Wissen nahm ich ihn auf die Reise mit, aus reinem Mitleid. Ich bot ihm eine Gelegenheit, seine Ehre zu retten – vielleicht sogar, auf eigenen Füßen zu stehen und im Wohlstand zu leben. Und wie hat er mir die Güte gedankt? Er stahl mir ein Vermögen, mit dem ich ein Drachenschiff bezahlen könnte!«

»Dann muss es ein sehr großer Kelch sein«, bemerkte Dragon trocken. »Wo könnte Olav ihn versteckt haben?«

»Keine Ahnung, Lord Dragon. Erst vor wenigen Stunden ankerten wir im Hafen Landsende, und danach war ich beschäftigt. Also fand er genug Zeit, um den Kelch von Bord zu schmuggeln und ihn irgendwo an dieser Küste zu verstecken.«

»Master Trygyv, das ist eine schwere Beschuldigung. Damit deutet Ihr an, ein Bewohner meiner Stadt müsste sich mit einem Dieb verbündet haben.«

Etwas verspätet erkannte der Händler, wie unklug es war, einen so mächtigen Jarl zu verärgern. »Viele Leute kommen hierher, verehrter Lord Dragon«, betonte er hastig. »Seid versichert, ich verdächtige keine Einheimischen, sondern irgendeinen fremden Reisenden.«

»Wann habt Ihr den Kelch zuletzt gesehen?«

»Als er in ein Holzkästchen gepackt wurde, das ihn auf der Fahrt vor Schaden bewahren sollte.«

»Wo wurde dieses Kästchen aufgehoben?«

»In meinem kleinen privaten Laderaum. Den hätte jeder

betreten können – in der allgemeinen Hektik, während wir anlegten …«

»War dieses Kästchen nicht verschlossen?«, fragte Dragon erstaunt.

»Doch. Das Schloss wurde aufgebrochen.« Erbost starrte Trygyv zu dem Jungen hinüber. »Ich nehme an, er hat einen Hammer benutzt.«

»Also brach er das Schloss auf, entwendete den Kelch und verbarg ihn unter seiner Kleidung. Dann ging er von Bord und übergab die Beute einem Komplizen?«

»Genau!«, bestätigte Trygyv triumphierend. »Vielleicht ist der Kelch bereits aus Landsende verschwunden, und wir finden ihn nie wieder. Nehmt diesen Dieb ins Verhör, Lord Dragon. Lasst ihn foltern, bis er gesteht, was er mit meinem Eigentum gemacht hat!«

Obwohl Olav erbleichte, bewog ihn nicht einmal diese Drohung, den Kopf zu senken. Das beobachtete Rycca, die immer noch hinter dem Pfeiler stand, und es bestärkte sie in ihrer Vermutung. Um notfalls einzugreifen, wagte sie sich einen Schritt vor.

Aber Dragon erweckte nicht den Eindruck, er würde den Vorschlag des Kaufmanns ernst nehmen. »Wieso wusste der Junge von der Existenz des Kelchs? Habt Ihr davon gesprochen, Master Trygyv?«

»Nun – natürlich nicht. Trotzdem muss er irgendwie davon erfahren haben. Wahrscheinlich schon in Hedeby, vor unserer Abreise. Das könnte der Grund gewesen sein, warum er überhaupt an mich herantrat.«

»Vermisst Ihr einen Eurer Männer?«, fragte Dragon mit gerunzelter Stirn.

»Nein, alle sind zur Stelle, Lord Dragon. Darf ich hinzufügen – die guten, anständigen Leute kenne ich schon sehr lange. Keiner würde mich so niederträchtig hintergehen.«

Nachdenklich nickte Dragon und wandte sich wieder zu dem Jungen. »Olav Ragnarson, du hast gehört, was dir vorgeworfen wird. Was hast du zu sagen?«

»Mylord, ich bin unschuldig. Von diesem Kelch wusste ich nichts, und nachdem wir angelegt hatten, verließ ich das Schiff nur, um zusammen mit den anderen Männern die Fracht auszuladen. Dabei hielt ich mich die ganze Zeit am Kai auf.«

»Und dort hast du den Kelch irgendjemandem übergeben!«, fauchte Trygyv.

»Genug!« Dragon hob eine Hand und ließ seinen Blick über die Versammlung schweifen. »Kann irgendwer etwas zur Klärung des Falls beitragen?« Niemand antwortete, und Dragon fügte hinzu: »Offensichtlich hat man den Jungen nicht in der Nähe Eures Laderaums gesehen, Master Trygyv, geschweige denn, seine Begegnung mit einem Komplizen, dem er die Beute anvertraute. Nachdem es keine Zeugen gibt – wieso haltet Ihr Olav für schuldig?«

»Wegen seines Benehmens! Dieser arrogante junge Spund bildet sich ein, er wäre was Besseres als meine Besatzung, die mit harter, ehrlicher Arbeit ihr Brot verdient und …«

»Nein, das ist nicht wahr!«, fiel Olav dem Händler ins Wort. »Niemand darf behaupten, ich hätte an Bord meine Pflichten vernachlässigt oder würde mich für etwas Besseres halten! Jeden Befehl, der mir erteilt wurde, befolgte ich gewissenhaft. Und ich schreckte vor keiner Mühe zurück.« Trygyvs Anklage schien ihn tief zu kränken.

Diesmal nickten einige Leute. Das bemerkte der Kaufmann. Hastig betonte er: »Von seinem eigenen Vater wurde der Bursche verstoßen, Lord Dragon! Und ich war so dumm, dem kleinen Schurken zu trauen. Aber kann man mir verübeln, dass ich einem verzweifelten Jungen helfen wollte? Hätte ich geahnt, welche Natter ich an meiner Brust nährte …« Mit erhobener Stimme wandte er sich an die versam-

melte Menge. »Soll man einem Jungen glauben, der die Wünsche seines Vaters missachtet und seine Familie entehrt? Oder muss man einen Burschen verachten, der aus seinem Heim verbannt und wie ein Wolf auf die freie Wildbahn gejagt wurde?«

Wieder nickten einige Leute, und Dragon schenkte dem rundlichen Händler ein seltsames Lächeln. »Auch ich wurde von einem grausamen Schicksal aus meiner Heimat vertrieben, Master Trygyv, ebenso wie mein Bruder, der – wie Ihr Euch vielleicht entsinnt – den Namen Wolf trägt. So wurde er nach seiner Geburt nicht getauft – und ich nicht Dragon. Diese Namen erwarben wir erst später, in die weite Welt hinausgescheucht, ohne Freunde und Verwandte.«

»Nicht durch Eure Schuld, Lord Dragon! Deshalb dürft Ihr Euch nicht mit diesem Jungen vergleichen, der wegen seines ehrlosen Verhaltens davongejagt wurde. Und jetzt ist er auch noch ein Dieb.«

»Das steht noch nicht fest, Master Trygyv. Außer Eurem Verdacht habe ich nichts gehört, was ihn belasten würde.«

Im Schatten des Pfeilers atmete Rycca auf. Gespannt wartete sie ab, wie ihr Gemahl das Problem lösen würde.

»Lasst ihn foltern, Lord Dragon!«, forderte Trygyv. »Zwingt ihn, die Wahrheit zu gestehen!«

Ein Raunen ging durch die Menge. Mehrere Männer erörterten, ob diese Forderung recht und billig wäre. Immerhin entsprachen solche Maßnahmen der Tradition. In aller Welt folterte man Angeklagte, um ihnen die Wahrheit zu entlocken. Würde der Jarl von Landsende anders verfahren, wäre es höchst merkwürdig.

»Von Schmerzen gepeinigt, wird ein Mann *alles* gestehen«, entgegnete Dragon in ruhigem Ton.

»Ich nicht!«, rief Olav, wachsbleich und beklommen, aber in der Pose eines stolzen Kriegers. »Niemals würde ich klein beigeben! Mit diesem Diebstahl habe ich nichts zu tun. Und

was immer man mir antun mag, ich werde niemals etwas anderes sagen!«

»Seht Ihr, wie er sich aufspielt, Lord Dragon?«, kreischte Trygyv. »Dieser dreiste Kerl, der sich am Boden winden müsste, nachdem er seiner Familie Schande bereitet hat! Glaubt mir, Ragnar von Hedeby wird Euch danken, wenn Ihr ihn von einem so elenden Sohn befreit.«

»Ich kenne Ragnar von Hedeby.« Obwohl Dragon seine Stimme nicht erhob, drangen seine Worte bis ans andere Ende der großen Halle. »Oft genug habe ich Geschäfte mit ihm gemacht. Gewiss, er ist ein harter Mann, und er würde es nicht dulden, wenn ihm irgendjemand in die Quere käme – was auch für seinen Sohn gilt. Aber er ist kein Ungeheuer. Und der Tod des Jungen würde ihn mit tiefer Trauer erfüllen.«

Sichtlich erschüttert, zwischen Hoffnung und Angst hin und her gerissen, senkte Olav zum ersten Mal den Kopf. Nicht schnell genug – und so hatte Rycca die Tränen in seinen Augen gesehen.

Von diesem Anblick bewegt, trat sie entschlossen vor, und ihr plötzliches Erscheinen verblüffte die Menge. Hörbar schnappten die Leute nach Luft. Aber sie ignorierte das Aufsehen, dass sie erregte, ebenso wie die rasenden Schläge ihres eigenen Herzens. Hastig stellte sie sich neben ihren Gemahl. Ehe er zu Wort kam, neigte sie sich hinab und flüsterte ihm ins Ohr: »Ich weiß, ich mische mich in Dinge ein, die mich nichts angehen. Trotzdem muss ich mit dir reden.«

»Lady, ich bin beschäftigt«, erwiderte er und bezähmte seine Überraschung. »Hier steht ein Menschenleben auf dem Spiel.«

»Darüber will ich mit dir sprechen – allein. Bitte, hör mich an.«

Dem flehenden Klang ihrer Stimme konnte er nicht widerstehen. Immer noch verwundert, stand er auf. »In ein paar

Minuten komme ich zurück«, versprach er dem Publikum und führte seine Frau in den Hof hinaus.

Hinter der Küche blieb er stehen. Dieses Haus war leer, weil alle Frauen die Gerichtsverhandlung in der Halle verfolgten. »Allzu viel Zeit dürfen wir nicht verschwenden, Rycca. Weißt du irgendetwas über diese Angelegenheit?«

»O ja, Trygyv lügt.«

»Hast du etwas beobachtet?«

»Nein. Trotzdem durchschaue ich ihn.« Inständig hoffte sie, er würde sie verstehen. »Oft genug haben wir über das Vertrauen gesprochen, Dragon. Und jetzt muss ich dir das tiefste Geheimnis meiner Seele anvertrauen. Bisher habe ich nur einen einzigen Menschen eingeweiht – Cymbra.« Als er verwundert die Stirn runzelte, fügte sie hinzu: »Nur weil sie ohnehin schon Bescheid wusste.«

Sie nahm an, das würde ihn noch mehr verblüffen als ihre Bitte um ein Gespräch unter vier Augen. Stattdessen nickte er. »Was fühlte sie?«

Ehe sie überlegen konnte, ob ihr Geständnis ratsam war, erwiderte sie: »Die Wahrheit, die ich unweigerlich spüre. Das konnte Cymbra nachempfinden. So war es schon in meiner Kindheit. Wann immer jemand spricht, erkenne ich, ob er die Wahrheit sagt oder lügt.«

Eine Zeit lang schaute er sie wortlos an. »So etwas habe ich noch nie gehört.«

Und er kannte so viele Geschichten, aus allen Teilen der Welt. Ihr Mut sank. Trotzdem fuhr sie entschlossen fort: »Vielleicht gibt es keine anderen Menschen mit solchen Fähigkeiten. Das weiß ich nicht. Nur eins weiß ich, Dragon – ich bin, was ich bin. Wenn dir das missfällt, tut's mir Leid. Das lässt sich nicht ändern. Ich *spüre* die Wahrheit. Genauso selbstverständlich, wie ich atme.«

»Nehmen wir an, das stimmt. Du behauptest, Trygyv würde lügen. In welcher Hinsicht?«

»Um den Kelch geht es nicht. Er existiert tatsächlich, und er hat ihn hierher gebracht. In Wirklichkeit verdächtigt er Olav nicht, und er hat ihn auch nicht aus Mitleid auf sein Schiff geholt, sondern aus anderen Gründen, die ich nicht kenne.«

»Warum sollte er einen Jungen mit auf die Reise nehmen, der von seinem Vater verstoßen wurde?«

Schweigend zuckte Rycca die Achseln. Diese Frage konnte sie nicht beantworten.

Aber Dragon hegte einen Verdacht. »Es sei denn, er wusste, dass der Kelch verschwinden würde…«

Bestürzt runzelte sie die Stirn. »Und er brauchte jemanden, den er beschuldigen konnte.«

»Dafür haben wir keine Beweise, es ist nur eine Möglichkeit.«

»Nimm ihn ins Verhör, und ich bedeute dir, was ich von seinen Antworten halte.«

Mit schmalen Augen musterte er seine Gemahlin. »Du forderst mich auf, ein Urteil zu fällen aufgrund deiner seltsamen Gabe?«

»Keineswegs. Irgendwelche Beweise muss es geben. Und ich bitte dich nur, danach zu suchen.«

Noch länger durften sie ihre Rückkehr in die Halle nicht hinauszögern. Auf dem Schlachtfeld hatte Dragon schon oft schnelle Entscheidungen treffen müssen. Daran war er gewöhnt. Und so nickte er. »Also gut. Aber du darfst dich nicht ins Verhör einmischen. Sprich erst, wenn wir allein sind.«

»Darum wollte ich dich gerade bitten. Es wäre mir lieber, wenn niemand von meinen Fähigkeiten erfährt.«

»Das kann ich dir nicht versprechen. Aber vorerst bleibt dein Geheimnis unter uns.«

Wieder in der Halle, nahm er auf seinem Stuhl Platz, und Rycca blieb in einiger Entfernung stehen – nahe genug, so

dass er sie beobachten konnte. Alle Anwesenden musterten sie erstaunt und fragten sich vermutlich, warum der Jarl eine so wichtige Gerichtssitzung unterbrochen hatte, um mit seiner angelsächsischen Frau zu reden.

Aber niemand stellte Fragen, niemand schien zu glauben, hier würde es nicht mit rechten Dingen zugehen. Geduldig warteten die Leute, bis die Verhandlung fortgesetzt wurde.

14

»Fürchtet Ihr tatsächlich, der Kelch wäre Euch in Landsende gestohlen worden, Master Trygyv«, fragte Dragon, »und Ihr würdet ihn nie wieder sehen?«

Der Kaufmann straffte die Schultern und setzte eine ernste, wichtigtuerische Miene auf. »Genau das befürchte ich, Lord Dragon.«

Kaum merklich, nur für den Jarl sichtbar, schüttelte Rycca den Kopf.

»In diesem Fall«, entschied der Jarl, »müssen wir den Kelch sofort suchen. Alles andere kann warten.«

»Wenn Ihr den Jungen in ein strenges Verhör nehmt, wird er sicher die Wahrheit sagen«, beharrte Trygyv.

»Seid ihr so erpicht auf eine grausame Folter? Sollte Ragnars Sohn das Verbrechen begangen haben, wird ihn höchstens der drohende Tod zu einem Geständnis zwingen. Damit wäre Euch nicht geholfen, denn er würde das Geheimnis des Orts, wo sich die Beute befindet, ins Grab mitnehmen. Und wenn er unschuldig ist, weiß er nichts davon. Deshalb sehe ich keinen Grund, diese Verhandlung in die Länge zu ziehen. Die Stadt muss auf der Stelle durchsucht werden, ebenso Euer Schiff, vom Heck bis zum Bug – jeder Winkel. Meine Männer werden unverzüglich ans Werk gehen.«

Ehe der Händler erneut protestieren konnte, hob Dragon eine Hand und winkte Magnus zu sich.

Mit leiser Stimme befahl er: »Stell einen Suchtrupp zusammen. Konzentriert Euch auf das Schiff und die Stadtteile, die Trygyv aufzusuchen pflegt. Vielleicht bevorzugt er eine Taverne, oder es gibt eine Frau, mit der er sich gern vergnügt.«

Eifrig nickte Magnus und warf Rycca einen prüfenden Blick zu. Aber er eilte wortlos davon, um den Auftrag auszuführen. Die meisten Stadtbewohner und die Schiffsbesatzung kehrten zum Kai zurück, um die Krieger des Festungsherrn bei ihrer Suche zu beobachten. Nur die pflichtbewussten Hausfrauen gingen heim, weil sie verhindern wollten, dass dreiste Männer womöglich ihre schmutzigen Finger in die saubere Wäsche steckten.

Einige Stunden verstrichen. So wie es der Jarl angeordnet hatte, wurde eine gründliche Suche vorgenommen. An Bord von Trygyvs Schiff durchstöberten die Männer den ganzen Frachtraum und die angrenzenden Quartiere der Seefahrer. Sie spähten auch unter die Ruderbänke. Auf dem Kai inspizierten sie sämtliche Fässer und Bündel, und sie schauten sich in allen Häusern um, die der Kaufmann oder ein Komplize betreten haben mochten.

Währenddessen wurden Olav die Fesseln abgenommen, und Dragon ermahnte ihn, auf dem Kai in seiner Nähe zu bleiben. Das tat der Bursche nur zu gern. Sie unterhielten sich über Geschäfte und erörterten, wo ein junger Mann am besten sein Glück machen könnte.

Als Trygyv dieses freundschaftliche Gespräch beobachtete, röteten sich seine Wangen noch dunkler, und seine Aufregung wuchs. Schließlich ertrug er es nicht länger und ging zu Dragon. »Welch eine Zeitverschwendung! In dieser Stadt wird man den Kelch nicht finden. Der Schurke hat ihn längst weggebracht«, fügte er hinzu und zeigte auf Olav. »Mit Eurer

Weigerung, ein Geständnis zu erzwingen, verhelft Ihr ihm zu einem erfolgreichen Diebstahl, Mylord.«

In Ryccas Augen bekundete er seine extreme Nervosität, indem er dumm genug war, um anzudeuten, der Jarl von Landsende sei für das Verschwinden des Kelchs verantwortlich. Sie wartete ab, wie sich Dragon nun verhalten würde. Obwohl er nur die Achseln zuckte, bezweifelte sie nicht, dass Trygyvs Worte seine Aufmerksamkeit erregt hatten.

Er schaute zum Handelsschiff hinüber, das seine Männer immer noch durchsuchten. »Irgendwo muss der Kelch sein«, meinte er in ruhigem Ton. »Nur im Meer haben meine Leute noch nicht nachgesehen. Und ich glaube nicht, dass der Dieb seine Beute über Bord geworfen hat.«

Sekundenlang sah Rycca nackte Panik in Trygyvs Blick flackern, was auch ihrem Gemahl auffiel. Mit einem freudlosen Lächeln entblößte er seine Zähne und ging an Bord. Dann bedeutete er seiner Frau und Olav, ihm zu folgen.

»Mein Schiff wurde zur Genüge durchstöbert!«, rief Trygyv erbost und eilte hinterher. »Warum vergeudet Ihr noch mehr Zeit?«

Statt zu antworten, betrat Dragon die kleine Kabine des Kaufmanns an Deck. Wenig später tauchte er wieder auf, und diesmal wirkte sein Lächeln echt. »Komm her, Olav!« Ohne Zögern gehorchte der Junge, und der Jarl zeigte auf einen Strick, der aus Trygyvs Quartier über die Reling ins Wasser hing. »Zieh daran.«

Olav fand es seltsam, dass Seine Lordschaft eine so simple Aufgabe nicht selbst erledigte. Doch er tat, was von ihm verlangt wurde. An dem Strick hing Seegras – und … Entgeistert schnappte der Bursche nach Luft. »Bei Frigg und all ihren Dienerinnen, was ist das?«

Aus dem dunklen Wasser glitt ein Gegenstand, der farbenfroh im Sonnenlicht funkelte. Rycca runzelte verblüfft die Stirn. In letzter Zeit hatte sie viele schöne Dinge gesehen –

aber nichts, was sich mit diesem Kelch vergleichen ließe. Aus gehämmertem Gold mit kostbaren Steinen besetzt, war er so groß, dass sie ihn wohl kaum heben könnte.

In der Tat, dieser Schatz mochte eines Königs würdig sein, eines sehr mächtigen Herrschers. Dragon nahm den Kelch aus der Hand des Jungen, der immer noch verwirrt blinzelte, und schüttelte Wassertropfen ab. »Gewiss ein guter Plan, Master Trygyv. Allerdings nicht gut genug.«

Der Händler wich bereits zurück und versuchte, den Kai zu erreichen. Wohin er von dort aus fliehen wollte, konnte sich Rycca nicht vorstellen. Doch es spielte keine Rolle, denn einige Mitglieder seiner Besatzung packten ihn. »Lasst mich los!«, fauchte er. »Ich habe nichts verbrochen!«

Mit einem einzigen Blick brachte Dragon ihn zum Schweigen. »Ich glaube«, begann er, und seine durchdringende Stimme erreichte alle, die an Bord und auf dem Kai standen, »Ihr hattet von Anfang an vor, den Kelch verschwinden zu lassen, zu behaupten, er sei entwendet worden, und ihn zu verkaufen. Den zweifellos beträchtlichen Gewinn wolltet Ihr den Männern, die Eure Reise bezahlt hatten, vorenthalten. Und da Olav seiner Familie Schande gemacht hatte, dachtet Ihr, man würde nicht an seiner Schuld zweifeln.«

»Nein, das tat ich nicht! Ich schwöre …«

Gnadenlos fuhr der Jarl fort: »Als Olav den Kelch aus dem Wasser zog, beobachtete ich seine Miene, und ich bin mir sicher – er hat ihn nie zuvor erblickt. Niemand sah ihn Euer Quartier betreten oder den Kai verlassen, Trygyv. Für seinen Diebstahl gibt es keinen Beweis. Andererseits habt Ihr den Schatz in Eurer Reichweite verwahrt. Also nahmt Ihr an, Ihr müsstet einfach nur warten, bis Euer Schiff auslaufen würde, und ihn dann im Schutz der Dunkelheit an Bord holen. Dabei hätte Euch niemand ertappt.«

»Das könnt Ihr nicht beweisen«, erwiderte Trygyv. Aber seine Stimme zitterte, und er erweckte den Eindruck eines

Verzweifelten, der sich in seiner eigenen Schlinge gefangen hatte.

»Nein«, bestätigte Dragon freundlich. »Doch das ist auch gar nicht nötig.«

Nun trat Olav vor. Bewundernd und respektvoll schaute er zu seinem Retter auf. »Niemals hätte ich den Kelch im Meer gesucht.«

»Nachdem alle anderen Möglichkeiten wegfielen, war das die einzige. Hier …« Dragon drückte den Kelch in die Hand des verdutzten Burschen. »Bring diesen Schatz und Master Trygyv zu deinem Vater nach Hedeby. Erzähl Ragnar, was geschehen ist, und überlass es ihm, die Ereignisse zu beurteilen.« Dann wies er auf die Besatzung, die ausnahmslos zufrieden grinste. »Diese Männer werden deinen Bericht bestätigen. Und richte Ragnar von Hedeby aus, ich würde ihn zu seinem tapferen, stolzen Sohn beglückwünschen, der seinem Namen alle Ehre macht. Wenn er keine passende Braut für dich findet, werde ich mich darum kümmern.«

Diesen Worten folgte gellendes Freudengeschrei, und ein paar kühne Mädchen in der großen Menschenmenge am Kai unterbreiteten dem Jungen entsprechende Angebote. Da färbten sich seine Wangen feuerrot. Aber er war sichtlich geschmeichelt.

Dragons Rede war noch nicht beendet. »Ach ja, Olav – da du den Kelch aus dem Meer gezogen hast, gehört er von Rechts wegen dir. Ich vertraue dir und erwarte, du wirst den Verkaufserlös mit Master Trygyvs Geldgebern teilen.«

Offenbar vermochte Olav – kurz zuvor noch des Diebstahls angeklagt und mit dem Tod bedroht – nicht zu fassen, dass er sich plötzlich in einen ehrbaren, reichen Mann verwandelt hatte. Angesichts seiner Verwirrung musste Rycca lachen. Und sie platzte beinahe vor Stolz auf ihren Gemahl. Wie leicht hätte er den Kelch aus dem Wasser holen und für sich selbst beanspruchen können … Stattdessen schenkte er

ihn einem Jungen, der ihn viel dringender brauchte und dem der wertvolle Schatz zu einer gesicherten Zukunft verhelfen würde. Gab es einen besseren Beweis für seinen edlen Charorakter?

Genauso dachten auch Dragons Leute, denn sie jubelten ihm lauthals zu, während er das Schiff verließ. Lächelnd nahm er den Applaus entgegen. Doch sein Blick suchte Rycca, die ihm von Bord gefolgt war, und sie ergriff seine Hand. Seite an Seite kehrten sie in die Festung zurück.

Beim Abendessen hielten sie sich nicht lange auf. Dass sie sich schon bald zurückzogen, bewog die Krieger des Jarls zu Gelächter und ermutigenden Bemerkungen. Nur Magnus saß schweigend an der Tafel, scheinbar in Gedanken versunken. Als Rycca aufstand, warf er ihr einen kurzen Blick zu. Über ihren Rücken lief ein seltsamer Schauer, den sie aber sofort vergaß, vom warmherzigen Lächeln ihres Mannes beglückt.

Kaum hatten sie die Halle verlassen, nahm er sie auf die Arme. Mit großen Schritten trug er sie zu seinem Heim. Kichernd klammerte sie sich an seine breiten Schultern. »Falls du es noch nicht weißt – ich kann gehen.«

»Nicht so schnell wie ich«, erwiderte er ernsthaft. Offenbar kam es ihm auf die wenigen Sekunden an, die sie länger gebraucht hätte, um das Haus zu erreichen.

Bevor sie darüber nachdenken konnte, trat er gegen die Tür, die hinter ihm in Schloss fiel. Keine einzige Kerze brannte. Nur das Mondlicht erhellte den Raum. Dragon stellte seine Frau neben dem Bett auf die Füße. Hastig zog er sich aus. »Früher fiel es mir niemals schwer, mich zu beherrschen. Aber je öfter ich dich liebe, desto eher verliere ich die Selbstkontrolle. Keine Ahnung, was mit mir geschieht …«

Die Wahrheit. Er war tatsächlich verwirrt. Vielleicht erschrak er sogar ein bisschen.

Obwohl Rycca ein Lächeln unterdrückte, strahlte es in ihren Augen.

»Oh, das findest du komisch?«, fragte er. »Klar, du bist ja auch die Frau, die über den Rand einer Klippe lief und in die Tiefe stürzte. Die Vernunft zählt offenbar nicht zu deinen Stärken.«

»Vermutlich nicht.«

Dragon hob die dunklen Brauen. »So bereitwillig stimmst du zu?«

»Heute warst du wundervoll. Was du für den Jungen getan hast …«

»Ich tat einfach nur, was mir richtig erschien«, entgegnete er überrascht.

»So entschieden hast du dich geweigert, ihn foltern zu lassen oder an seinen Diebstahl zu glauben. Und sobald du seine Unschuld erkannt hattest, gabst du ihm sein verlorenes Leben zurück, im Kreis seiner Familie. Ohne deine Hilfe würde ihn eine ungewisse Zukunft erwarten.«

Seufzend zuckte er die Achseln. »So ungern ich deiner hohen Meinung von mir auch widerspreche, süße Rycca – um ehrlich zu sein, Ragnar von Hedebys Feindschaft will ich mir keinesfalls zuziehen. Nicht zuletzt deshalb lieferte ich ihm einen guten Grund, seinen Sohn wieder aufzunehmen, und ich schickte einen wohlhabenden Jungen zu ihm. Nun ist mir Ragnar für alle Zeiten zu Dank verpflichtet.«

»Und wenn du noch so zynischen Unsinn redest – du hast dich großartig verhalten. Das weißt du genauso gut wie ich.«

»Beenden wir das Gespräch über Olav. Zieh dich aus. Oder noch besser, ich werde dir die Mühe abnehmen.«

»O nein!«, rief sie, wich bestürzt zurück, und Dragon runzelte die Stirn. »Soeben sah ich, wie du mit deiner Tunika umgegangen bist. Mein Kleid darfst du nicht so rüde behandeln. Warte …«

Geschickt löste sie die Verschnürung an der Seite und streifte das Kleid schnell, aber trotzdem vorsichtig über ihren Kopf. Da sich ihr Gemahl in einer angespannten Stimmung befand, die sie nicht verstand, wollte sie ihn besänftigen – und zugleich dem Verlangen nachgeben, das er immer wieder so mühelos in ihr entfachte.

Nackt bis auf das durchsichtige Hemd, verbarg sie nichts vor seinen Augen. Um ihr inneres Zittern zu verhehlen, stand sie ihm stolz und hoch aufgerichtet gegenüber. In vollen Zügen genoss sie seinen glühenden Blick.

Als er eine Hand nach ihr ausstreckte, trat sie wieder zurück. »Würdest du mir einen Wunsch erfüllen, Dragon?«

Noch nie hatte sie ihn um etwas gebeten, außer um die Freiheit, die er ihr nicht schenken konnte. Also musste er ihr wohl oder übel einen Gefallen erweisen. »Was möchtest du?«, stieß er heiser hervor. So schroff wollte er nicht sprechen. Aber seine Stimme gehorchte ihm kaum. Er begehrte sie mit einer wilden Verzweiflung, die er nie zuvor empfunden hatte, abgesehen von den betörenden Stunden in ihren Armen. Selbst dann war es ihm gelungen, seine Selbstkontrolle einigermaßen zu wahren. Jetzt nicht. Sein Körper schien zu brennen, und wenn er nicht bald im warmen, seidigen Schoß seiner Frau versank …

Mit großen Augen schaute sie ihn an. »Den ganzen Tag habe ich mich danach gesehnt, dich zu berühren.«

Den ganzen Tag? Das klang erfreulich, half ihm jedoch nicht, seinen Zustand leichter zu ertragen. »Um diese Erlaubnis musst du nicht fragen.«

Rycca hob die schönen, fast nackten Schultern. »Das weiß ich. Aber unter diesen Umständen …« Ihr Blick wanderte an seinem Körper nach unten – ziemlich aufreizend, wie Dragon fand – und was ihm ebenfalls nicht half.

»Später darfst du mich berühren«, versprach er und griff wieder nach ihr.

Lachend legte sie eine Hand auf seine Brust und warf ihr glänzendes Haar in den Nacken. Versuchte sie ihn in den Wahnsinn zu treiben. »Nein, jetzt. Nur ganz kurz – bitte.«

Die Augen zusammengekniffen, suchte er in seinem Innern jene Selbstkontrolle, die für einen Krieger lebenswichtig war. Irgendwo musste er sie finden, jeden Moment würde er darüber stolpern.

Ryccas Fingernägel glitten über seine Brustwarzen. Stöhnend rang er nach Luft. »Dein Körper erstaunt mich«, gestand sie leise. »Bevor ich dir begegnet bin, hätte ich nie gedacht, dass ein Mann so schön sein könnte. Aber du bist – vollkommen, so stark – und ganz anders als ich.«

Das wusste er. Es gehörte zu den herrlichsten Wundern in der Schöpfung der mächtigen Götter. Oder des einen Gottes, den er nicht kannte und der ihn im Augenblick auch gar nicht interessierte. Nur eins zählte – die Berührung seiner Frau.

Sie trat näher, streichelte seine Brust, und ihr Duft betörte ihn. »Wie stark du bist …«, wisperte sie. »Trotzdem hast du mir noch nie wehgetan – bemerkenswert.«

»Natürlich passe ich auf, um dich nicht zu verletzen«, erklärte er mit gepresster Stimme.

»Das weiß ich zu schätzen.«

Nun berührte sie seine schmalen Hüften, die harten Muskeln seiner Hinterbacken. Die Zähne zusammengebissen, sagte er sich, das würde er nicht mehr länger ertragen. Ganz nah stand sie vor ihm, der dünne Stoff ihres Hemds streifte ihn.

Dieses Hindernis störte ihn. Ungeduldig zupfte er daran. »Zieh das aus.«

»Wenn ich's anbehalte, fühle ich mich sicherer«, wandte sie lächelnd ein, »und ein bisschen kühner.«

»Ein bisschen?« Er wollte hinzufügen, wenn sie noch küh-

ner wäre, würde er bersten. Doch er brachte die Worte nicht hervor. Wahrscheinlich, weil sein Atem stockte.

Nur sekundenlang zögerte Rycca, bevor sie mit ihrer angeborenen Grazie aus dem Hemd schlüpfte und es beiseite warf. Im silbernen Mondlicht schimmerte ihre Haut wie Alabaster. Rosig hoben sich die Knospen ihrer Brüste und die feuerroten Löckchen zwischen den Schenkeln von dem hellen Glanz ab. Von heißem Verlangen gedrängt, griff Dragon nach ihr. Doch sie wich ihm erneut aus.

»Bitte…«, flehte sie und umfasste seine Handgelenke, entfernte sie von ihrem Körper und schaute eindringlich in seine Augen. »Du ahnst nicht, wie inbrünstig ich mir wünsche…«

»Bei Thors Donnerschlägen, Lady – tu, was immer du willst, bevor mir die Sinne schwinden!«

Überrascht lachte sie, dann nahm ihr Gesicht einen wehmütigen Ausdruck an. »Denkst du jetzt schlecht von mir?«

Schlecht? Wie wäre das möglich? Sie musste ein Traum sein, zu wirklichem Leben erwacht. Noch nie hatte er eine so exquisite Verführerin gekannt. Und sie war seine Frau, vor Gott und der Welt. Konnte ein Mann noch mehr ersehnen?

Eine kleine Weile zauderte sie noch. Dann kniete die stolze, tapfere, geheimnisvolle, bezaubernde Kriegerin nieder. Ungläubig hielt Dragon die Luft an, sein Kopf sank in den Nacken, seine Halsmuskeln verkrampften sich. Er hatte die Dienste erfahrener Konkubinen genossen, die damit prahlten, sie könnten ihn zum Wahnsinn treiben. Doch das war keiner einzigen gelungen.

Diesmal war es anders. Bei der ersten warmen Berührung ihres Atems, beim ersten Flackern ihrer Zunge entschwand die Realität. Da gab es nichts mehr außer der Hitze in seinen Adern, der Anspannung seines Körpers, dem flüchtigen Ge-

danken, in diesem Moment könnte die Welt untergehen, und es würde ihn nicht bekümmern.

Die Hände geballt, bezwang er den Drang, sofort mit Rycca zu verschmelzen. Was sie jetzt tat, wollte *sie.* Also ertrug er diese süße Qual, obwohl sie ihn fast umbrachte. Ja, er würde es verkraften – denn er war ein Krieger, ein starker, widerstandsfähiger Mann. Von einer Frau würde er sich nicht bezwingen lassen und mochte sie ihm noch so überwältigende Freuden schenken. Letzten Endes würde sie sich *ihm* unterordnen, nicht umgekehrt.

Aber mit anderen Frauen konnte er sie nicht vergleichen. Irgendetwas Besonderes zeichnete sie aus, eine unerklärliche Gottesgabe. Jetzt nahm sie seine Männlichkeit in den Mund, und er stieß einen Schrei aus, zitterte hilflos auf der Schwelle seiner Erfüllung.

Seine Leidenschaft entzückte Rycca. Maßlos erregt von seinem Geruch, seinem Geschmack, von seiner ganzen Ausstrahlung, schwelgte sie in der Macht, die sie auf ihn ausübte. Ihr Blut schien sich in flüssiges Feuer zu verwandeln. Und sie vergaß alles, außer *ihm.*

Während sie einen winzigen salzigen Tropfen auf ihrer Zunge schmeckte, stöhnte Dragon atemlos. Seine kostbare Selbstkontrolle, jahrelang hart erkämpft, in seiner Seele fest verankert, löste sich in Nichts auf. Entschlossen hob er Rycca hoch und schlang ihre Beine um seine Hüften. Ohne Gnade, ohne Rücksicht, nur noch vom wilden Hunger seines Körpers beherrscht, trug er sie zur Wand und presste sie dagegen. Mit einem einzigen Stoß drang er in sie ein, so tief wie möglich.

Unfähig, sich zu bewegen, konnte sie sich nur an seine breiten Schultern klammern. Ihn zu liebkosen und zu kosten, hatte eine verzehrende Sehnsucht geweckt, die er jetzt stillte. Die Beine weit gespreizt, um ihn ganz und gar in sich aufzunehmen, genoss sie seinen immer schnelleren Rhythmus,

legte den Kopf an seine Brust und schluchzte seinen Namen. Es war ein zügelloser Liebesakt. Innerhalb weniger Herzschläge stürzte die Welt in sich zusammen.

Bevor Dragon wieder einigermaßen klar denken und sich rühren konnte, verstrichen mehrere Minuten. Eiserne Fesseln schienen seine Brust einzuengen. Mühsam schöpfte er Atem. Immer noch leicht benommen, kehrte er allmählich in die Wirklichkeit zurück. Was soeben geschehen war, hatte er sich sicher nur eingebildet. Doch die tiefe Zufriedenheit seines Körpers bezeugte das Gegenteil. Und nun hielt er die Frau fest, die er an die Wand gedrückt und hemmungslos genommen hatte.

Seine Frau.

Heftig schüttelte er den Kopf, versuchte zu bestreiten, was sich nicht leugnen ließ. Wie konnte *er*, der seine Liebhaberinnen stets behutsam und sanft behandelt hatte, sich so vergessen? Und wie musste sie sich fühlen? In seinen Ohren dröhnte der Widerhall ihres Schluchzens. Kaltes Entsetzen durchfuhr seinen Körper, so intensiv wie die Ekstase, die ihn zuvor erfüllt hatte.

Er trug sie zum Bett und legte sie vorsichtig darauf. »Tut mir so Leid, meine Süße … Niemals hätte ich …«

Langsam hob sie schwere, schläfrige Lider. In den Tiefen ihrer honigfarbenen Augen las er Emotionen, so alt wie die Erde. Verwirrt beobachtete er, wie sie ihren makellosen Körper wohlig auf der Pelzdecke streckte. Nein, das musste er falsch verstehen, und er durfte nicht hoffen …

»Was hast du gesagt?« Ihre Stimme klang wie Samt, ein bisschen heiser. Zärtlich berührte sie sein Gesicht.

»Dass es – mir Leid tut.«

»Warum denn, um Himmels willen?« Eben noch verschleiert, schauten ihre Augen kristallklar zu ihm auf. Dann lachte sie leise. »Ich glaube, alle meine Knochen sind geschmolzen.«

Erleichtert seufzte er auf, stimmte in ihr Gelächter ein und streckte sich neben ihr auf dem Bett aus. In jeder Hinsicht war ihm seine Kriegerin ebenbürtig. Das hätte er wissen müssen. Er zog sie an sich und streichelte ihren schmalen Rücken. Zufrieden schmiegte sie sich an ihn. Aber wenig später änderte sich ihre Stimmung. Auf einen Ellbogen gestützt, betrachtete sie ihn. »Vorhin warst du so – angespannt.«

Als ihre Worte in sein Bewusstsein drangen, war er schon halb eingeschlafen. Ohne die Augen zu öffnen, lächelte er. »Angespannt? Steinhart, meine Süße. Anders kann ich nicht beschreiben, was ich…«

Spielerisch schlug sie auf seine Brust, und er blinzelte müde. »Das meine ich nicht«, erwiderte Rycca. »Du hattest es furchtbar eilig, die Halle zu verlassen.«

»Weil ich dich lieben wollte.«

»Wie nett… Aber normalerweise bleibst du länger an der Tafel sitzen. Diesmal konntest du's kaum erwarten… Und irgendetwas schien dich zu bedrücken.«

Offenbar brauchte seine Frau keine besondere Gabe, um seine Gefühle zu verstehen. Doch sie besaß noch ein anderes Talent, das ihn beunruhigte. Er drehte sich zur Seite, umarmte sie und strich über ihre Wange. »Was du mir heute mitgeteilt hast – war das ernst gemeint?«

»Was denn?«

»Dass du stets die Wahrheit erkennst.«

»Ja, natürlich. Du musst es doch gemerkt haben, während du Trygyv ins Verhör nahmst…«

»Aber du hast Olav verteidigt, einen Dänen. Und das gab mir zu denken.«

Daran hatte sie nicht gedacht – in ihrem Eifer, einen unschuldigen Jungen zu retten. Gewiss, er gehörte dem Volk an, das ihr Angst und Schrecken einjagte. »Das wurde mir nicht bewusst.«

Wortlos drückte er sie noch fester an sich. Durfte er hoffen, sie würde die Vergangenheit begraben? War das möglich, wenn sie von jenen seltsamen Fähigkeiten beherrscht wurde? Was bedeutete es, in einer Welt zu leben, wo sich die Wahrheit stets allzu deutlich von der Lüge unterschied? So etwas konnte er sich nicht vorstellen. Und er wollte seine Frau auch nicht hintergehen. Trotzdem missfiel ihm der Gedanke, er würde mit jedem Wort, das er sagte, seine Seele entblößen. In gewissen Situationen musste ein Mann seine Geheimnisse hüten.

Natürlich wollte er nicht unaufrichtig sein. Aber in Zukunft würde er seine Worte sorgfältig wählen, bisweilen ihren Sinn verschleiern. Dazu müsste ein Mann imstande sein, ohne das Vertrauen seiner Frau zu missbrauchen, ohne befürchten zu müssen, sie würde ihn einen Lügner nennen. Von dieser Ungewissheit gequält, hatte er Rycca frühzeitig aus der Halle in sein Haus geführt, um sie zu besitzen und sicherzugehen, dass sie ihm gehörte. Was dann geschehen war, hatte er allerdings nicht erwartet. Und die Erkenntnis, wie leicht er die Kontrolle verlieren konnte, beunruhigte ihn immer noch.

»Seit wann glaubst du, den Menschen anzumerken, ob sie die Wahrheit sagen oder lügen?«, fragte er.

»An eine Zeit, wo es anders war, erinnere ich mich nicht mehr.«

»Hast du auf Wolscroft niemals versucht, dein eigenartiges Talent zu offenbaren?«

Schläfrig schüttelte Rycca den Kopf. »Für Wahrheit oder Lüge interessierte sich mein Vater nicht. Er verurteilte die Menschen, so wie es ihm gefiel – ganz egal, ob sie tatsächlich eines Vergehens schuldig waren. Genauso willkürlich ließ er Verbrecher laufen, wenn sie ihm Geld gaben oder andere Dienste erwiesen. Daran hätte ich mit dem Geständnis meiner Fähigkeiten nichts geändert. Stattdessen wäre ich wegen Hexerei verurteilt und ertränkt worden.«

Dragon verfluchte den brutalen Lord of Wolscroft und küsste Ryccas Stirn. Wie konnte man einer so schönen, bezaubernden Tochter die Hölle auf Erden bereiten? Das verstand er nicht. Und wenn ein Mann eine solche Ehefrau gewonnen hatte – musste er sie nicht beschützen und umsorgen? Dazu war er fest entschlossen. Trotzdem verflog sein Unbehagen nicht. Niemals würde er vergessen, dass sie sich gegen diese Ehe gesträubt hatte. Denn sie wollte frei sein. »Rycca?«

»Hm?«, murmelte sie im Halbschlaf.

»Schon gut.« Jetzt wollte er sie nicht länger stören, und er hoffte, auch er würde Ruhe finden.

Jenes verwirrende Rätsel würde er ein andermal lösen und herausfinden, ob sich ein gepeinigtes Kind eingeredet hatte, übernatürliche Kräfte zu besitzen – oder ob tatsächlich etwas dahinter steckte. Im Augenblick genügte es, dass Rycca in seinen Armen lag – wo sie hingehörte.

Und sie hatte sich auch in sein Herz geschlichen. Das war sein Problem, nicht wahr? *Er liebte sie.* Ausgerechnet er, Dragon Hakonson … Nachdem er so viele Frauen erobert hatte, *liebte* er diese rothaarige Kriegerin, die wie der Wind dahinstürmte und über Klippen stürzte, die seine Leidenschaft mit gleicher Glut erwiderte, die ihn verführte und verblüffte. Was er jetzt empfand, hätte er niemals für möglich gehalten.

Irgendwo brach Loki in boshaftes Gelächter aus.

15

»Mylady, Ihr solltet Euch etwas ansehen.«

Obwohl Magda mit ruhiger Stimme sprach, spürte Rycca die Sorge, die darin mitschwang. Sie hörte auf, Granis Mähne

zu striegeln, ignorierte das protestierende Wiehern und folgte der älteren Frau aus dem Stall. »Was gibt's denn?«

Hastig spähte Magda nach allen Seiten, um sich zu vergewissern, dass sie nicht belauscht wurden. »Ein Problem in der Weberei …«

An diesem späten Nachmittag war der Festungshof fast verlassen. Die meisten Leute hatten ihr Tagewerk beendet und die nahen Teiche oder Flüsse aufgesucht, entspannten sich und badeten, ehe die Vorbereitungen für das Abendessen begannen.

Auch in der Weberei trafen Rycca und Magda niemanden an. Morgens hatten die Frauen ihre hohen Webstühle hinausgetragen, um an der frischen Luft zu arbeiten. Jetzt standen die Geräte wieder im Schuppen, mit Stoffen beladen, dem Ergebnis tagelanger Mühe.

Aber aus diesen Stoffen würde man keine Kleider nähen. Ungläubig schaute sich Rycca um. Alle Webstühle waren durchsägt, die Stoffe hingen in Fetzen herab. »Heiliger Himmel …«, flüsterte sie.

»Erst vor ein paar Minuten entdeckte ich die Verwüstung«, erklärte Magda grimmig. »Ich konnte mich nicht erinnern, ob die Frauen genug Wolle und Fäden für morgen haben. Deshalb wollte ich nachsehen.«

»Wer würde so etwas tun?«

»Keine Ahnung – so etwas ist noch nie geschehen. Die Frauen baden im Fluss. Erst vor einer Stunde brachten sie die Webstühle in die Werkstatt zurück.«

»Danach muss jemand hier gewesen sein.« Mit bebenden Fingern berührte Rycca einen Stoff, den der Übeltäter offensichtlich mit einer scharfen Klinge durchschnitten hatte – vermutlich in aller Eile. Jeden Augenblick hätte jemand hereinkommen können. Trotzdem erweckten die ruinierten Stoffe und die zertrümmerten Webstühle den Eindruck, diese Person wäre sehr gründlich vorgegangen – in zielstrebiger

Zerstörungswut. »Heute Morgen ist Master Trygyvs Schiff ausgelaufen, nicht wahr?«

Wie Magdas Miene verriet, gingen ihr ähnliche Gedanken durch den Sinn. »Ja, ich war bereits am Kai – es ankerte nicht mehr im Hafen.« Beunruhigt seufzte sie. »Wer das getan haben mag, kann ich mir nicht vorstellen. In Landsende leben nur friedfertige Menschen. Bei uns gibt es keine Vandalen.«

Daran zweifelte Rycca nicht. Solche Gewalttaten würde ihr Mann niemals dulden. Aber irgendjemand hatte die Webstühle und Stoffe vernichtet. Wer wäre so leichtfertig, Dragons Zorn heraufzubeschwören?

»Wir müssen den Jarl verständigen«, meinte Magda leise.

»Natürlich. Jetzt beaufsichtigt er die Waffenübungen auf dem Turnierplatz. Sobald er zurückkehrt, werde ich ihm Bescheid geben – auch den Frauen, wenn sie wieder hier sind. Für heute haben sie genug gearbeitet. Sie sollen sich ausruhen und erst morgen in der Weberei aufräumen.« Nachdem Rycca kurz nachgedacht hatte, fügte sie hinzu: »Ich werde meinen Gemahl bitten, ein stabiles Schloss an dieser Tür anbringen zu lassen. Wer immer hier gewütet hat, wird nicht so dumm sein, das noch einmal zu versuchen. Trotzdem ist es besser, gewisse Vorsichtsmaßnahmen zu ergreifen.«

Magda nickte, sichtlich erleichtert, weil sie sich nicht mehr um die unangenehme Angelegenheit zu kümmern brauchte. Für Rycca war das selbstverständlich, wenn sie auch staunte, weil sie die Pflichten der Herrin von Landsende so schnell und mühelos übernahm. Aber was sich in der Weberei ereignet hatte, bedrückte sie zutiefst. Nicht nur die Arbeit der Frauen war vergeudet worden – die Missetat wies außerdem auf ein Temperament voller Hass und Rachsucht hin, das unerkannt in der Festung oder der Stadt existierte.

Darüber dachte sie immer noch nach, als Dragon einige Stunden später sein Haus betrat. Er hatte gebadet und sau-

bere Kleidung angezogen. Doch das spielte keine Rolle. Verschwitzt und schmutzig sah er genauso großartig aus. Rycca widerstand dem Impuls, an seine Brust zu sinken. Stattdessen füllte sie einen Kelch mit Wein, den sie ihm reichte. Er nahm ihn entgegen, nickte ihr dankbar zu und erwärmte ihr Herz mit einem anerkennenden Blick.

Nur mühsam lenkte sie ihre Gedanken in andere Bahnen. »So Leid es mir tut, ich muss dich mit einem – unerfreulichen Zwischenfall in der Weberei behelligen. Ich finde, du solltest davon erfahren. Und ich möchte dich um die Erlaubnis bitten, die Tür des Schuppens mit einem stabilen Schloss zu versehen.«

Dragon stellte den Kelch beiseite, an dem er genippt hatte, verdrängte die Frage, wann er seine Gemahlin ins Bett locken konnte, und runzelte die Stirn. »Was ist passiert?«

Das teilte sie ihm in knappen Worten mit. Noch bevor sie ihren Bericht beendete, vertieften sich seine Stirnfalten. Ruhig und gefasst stand er vor ihr, ganz der gebieterische Herr von Landsende. Trotzdem fühlte Rycca, wie nahe ihm die Besorgnis erregende Neuigkeit ging. »Und es gibt keine Anhaltspunkte, die auf den Schuldigen hinweisen würden?«

»Nein, keinen einzigen. Aber ich muss dir noch etwas erzählen. Gestern ist mir in der Stadt ein Mann aus Wolscroft begegnet. Ob er mit dieser Sache zu tun hat, weiß ich allerdings nicht.«

»Mit Mercia machen wir keine Geschäfte. Also hat kein Bewohner von Wolscroft einen Grund, hierher zu kommen. Es sei denn, er besucht unsere Küste deinetwegen. Bist du sicher, dass du ihn wieder erkannt hast?«

»Vielleicht irre ich mich«, gab Rycca zu. »Ich sah ihn nur ganz kurz. Jedenfalls glich er dem Mann, an den ich mich erinnere.«

»Dann müssen wir ihn aufspüren«, entschied Dragon. »Würdest du ihn beschreiben?«

Nachdem sie seinen Wunsch erfüllt hatte, seufzte er. »Also ähnelt er etwa jedem dritten Mann ins Landsende. Keine besonderen Merkmale?«

»Zumindest ist mir nichts aufgefallen. Aber wenn er mir noch einmal über den Weg läuft, würde ich ihn erkennen.«

»Bevor wir der Sache auf den Grund gegangen sind, darfst du dich nicht mehr in der Stadt blicken lassen.«

Sie wollte widersprechen, dann wurde sie von Dragons Miene eines Besseren belehrt. Weder seiner Frau noch sonst jemandem stand es zu, gegen seine Autorität aufzubegehren. Außerdem musste sie ihm zustimmen. Falls tatsächlich ein Mann aus Wolscroft nach Landsende gereist war, führte er sicher nichts Gutes im Schilde.

»Vielleicht ist die Zerstörung der Webstühle und Stoffe nur ein Einzelfall«, bemerkte sie.

»Hoffen wir's. Meine Krieger werden sich nach fremden Leuten in Landsende erkundigen. Wenn der Mann immer noch hier ist, finden wir ihn.«

Oder er hat bereits das Weite gesucht, dachte sie. Doch das sprach sie nicht aus. Vorerst schüttelte Dragon die Sorge ab wie einen nassen Mantel. Sein Lächeln beschleunigte Ryccas Puls, und er nahm sie in die Arme.

Später lag sie ermattet im Bett und spürte, dass er aufstand. Fast unmerklich bewegte er sich, schlüpfte in seine Kleider und verließ das Haus. Als sie kurz danach vor die Tür trat, sah sie einige Krieger zur Stadt hinabreiten. Falls sich der Mann aus Wolscroft immer noch in Landsende herumtrieb, würde er ihnen nicht entrinnen.

Aber er wurde nirgends entdeckt, weder an diesem Tag noch am nächsten. Inzwischen waren die Webstühle wieder instand gesetzt worden, und die Frauen ersetzten die zerfetzten Stoffe.

»Mylady!« Bekümmert eilte Magda zu Rycca in den Stall,

die zitternden Hände vor der Brust gefaltet. »Tut mir Leid – ein Problem in der Küche...«

Wieder einmal hörte Rycca auf, Grani zu striegeln, und folgte der Frau.

»Das verstehe ich nicht«, klagte Magda, während sie den Hof durchquerten. »Vielleicht ist's ein Zufall – wenn ich auch daran zweifle.«

Sie betraten das niedrige Gebäude. Neben der Tür stand ein großes Salzfass, erst an diesem Morgen auf Ryccas Wunsch aus einem Lagerraum hierher gebracht. Dieses Salz sollten die Frauen zu einer Lake verarbeiten, um das Gemüse nach der Ernte einzulegen, die bald beginnen würde.

»Das Fass habe ich selbst geöffnet«, erklärte Magda und entfernte den Deckel. »Zunächst dachte ich, alles wäre in Ordnung. Warum auch nicht? Bevor wir die Vorräte in den Speisekammern verstauen, werden sie sorgfältig überprüft. Und dann stieg mir ein eigenartiger Geruch in die Nase.« Sie nahm eine Hand voll Salz aus dem Behälter und hielt es Rycca hin. »Nicht nur Salz – noch etwas anderes.«

Rycca musterte das helle Pulver, befeuchtete einen Finger und tauchte ihn hinein. »Unglaublich – Sand! Jemand hat das Salz mit Sand vermischt.«

»Nicht nur obenauf – im ganzen Fass.«

»Begleitet mich – schnell!« Rycca eilte aus der Küche, und Magda blieb ihr auf den Fersen.

Im Lagerhaus öffneten sie alle Salzfässer und kosteten den Inhalt.

»Gott sei Dank!«, rief Rycca erleichtert, und Magda brachte ein schwaches Lächeln zustande. Beide Frauen wollten sich gar nicht ausmalen, was geschehen mochte, wäre der gesamte Salzvorrat so kurz vor der Ernte verdorben worden. Trotzdem gab der Vorfall Anlass zur Sorge.

»Den ganzen Tag gehen Leute in der Küche ein und aus«, bemerkte Rycca auf dem Rückweg.

»Ja, das stimmt«, bestätigte Magda. »Aber hätte jemand beobachtet, was mit dem Fass geschah, wäre er sofort zu mir gekommen. Und es muss eine Weile gedauert haben, die Hälfte des Salzes herauszuholen und durch Sand zu ersetzen.«

»Wer immer die Schuld daran trägt, hofft zweifellos, wir würden die Lake mit dem verschmutzten Salz zubereiten.«

»In vierzehn Tagen wird die Ernte eingebracht. Hätten wir den Plan des Missetäters nicht vereitelt, würden wir eine ganze Menge ungenießbares Gemüse ins Vorratslager bringen.«

»Selbst wenn er in aller Eile an sein übles Werk ging, dürfte er mindestens ein paar Minuten dafür gebraucht haben. Zudem ist das Fass sehr schwer. Nur ein sehr starker Mann konnte es kippen und die Hälfte des Inhalts herausschütten.«

»Vielleicht hat ihm jemand geholfen. Und es kommt immer wieder vor, dass sich keine meiner Gehilfinnen in der Küche aufhält.«

»Das muss der Schurke gewusst haben.«

Seufzend breitete Magda die Arme aus. »Tag für Tag erfüllen wir mehr oder weniger die gleichen Pflichten. Wenn uns irgendwer beobachtet hat, stellte er natürlich fest, um welche Zeit die Küche menschenleer ist.«

»Wahrscheinlich – aber er musste trotzdem möglichst schnell handeln, und es hat einen gewaltigen Aufwand an Kraft erfordert. Oder das Salz wurde schon in der Speisekammer mit Sand vermischt.«

Die beiden Frauen schauten sich an. »Werdet Ihr den Jarl informieren?«

»Gewiss – ich habe keine Wahl.« Schweren Herzens ging Rycca auf die Suche nach ihrem Mann.

Ohne eine Miene zu verziehen, hörte er ihr zu, begleitete sie in die Küche und inspizierte das verunreinigte Salz. Da-

nach überprüfte er das Schloss an der Tür des Vorratslagers und entdeckte keine Beschädigung.

Aber als Rycca vorschlug, die Küchentür ebenfalls mit einem Schloss zu versehen, schüttelte er den Kopf. »Noch mehr Schlüssel sind keine Lösung. Ich muss meinen Leuten vertrauen können. Und sie sollen auch keinen Argwohn gegeneinander hegen.«

»Dann müssen wir den Gauner entlarven. Glaubst du, dieselbe Person hat die Webstühle und Stoffe ruiniert?«

»Diese Vermutung liegt nahe, da wir nie zuvor solche Schwierigkeiten hatten. Und dass plötzlich *zwei* Schurken auftauchen, halte ich für unwahrscheinlich.«

Genauso dachte Rycca, doch sie wusste nicht, wo sie den Schuldigen suchen sollten.

Der Mann aus Wolscroft, den sie in der Stadt gesehen hatte, blieb spurlos verschwunden. Inzwischen hatte Dragon ihr allerdings erzählt, möglicherweise sei der Mercier beobachtet worden, als er einen Tag nach jener Begegnung an Bord eines Schiffs gegangen war. Ryccas Beschreibung habe auf einen Fremden zugetroffen. Wenn sie auch ungenau sei, müsse man annehmen, der Bursche trage keine Verantwortung für das verdorbene Salz.

Eine Frage, die sie ihrem Mann stellen wollte, lag ihr auf der Zunge. Aber sie sprach die heiklen Worte nicht aus. Stattdessen suchte sie Magda und fand sie in der Wäscherei.

Freundlich blickte die ältere Frau auf. »Kann ich Euch helfen, Mylady?«

»Ja …« Obwohl sie allein waren, senkte Rycca ihre Stimme. »Gerade habe ich mir überlegt … Gibt es hier irgendjemanden, der den Jarl vor seiner Heirat – besonders gern mochte und ihm zürnt, weil er mich zur Frau genommen hat?«

Magda hob verblüfft die ergrauten Brauen. »Oh, in Landsende leben viele Mädchen, die ein Auge auf Seine Lordschaft

geworfen haben. Dazu hatten einige vielleicht gewichtigere Gründe als andere. Wie auch immer, sie wussten, er würde nur vor den Traualtar treten, wenn…« Unbehaglich verstummte sie.

»Wenn es sein Pflichtgefühl verlangte.«

»Ja, Mylady. Doch das ändert nichts an unserer Freude über sein Eheglück – das offensichtlich ist, falls ich mir die Bemerkung erlauben darf, Mylady.«

Die Wahrheit.

Was Magda sagte, meinte sie ernst – und dies galt auch für die anderen Leute, in deren Namen sie sprach. Sogar die hübschen Mädchen, die Rycca gelegentlich traf und die schmachtende Blicke in Dragons Richtung warfen, freuten sich über seine Heirat.

Und wer wollte ihr schaden? Sicher sollten beide Anschläge diesen Zweck erfüllen, denn sie galten dem Haushalt der Festung, für den sie – wie der Schlüsselbund an ihrem Gürtel bekundete – verantwortlich war.

Auf diese Frage fand sie keine Antwort. Während eine Woche ohne weitere Zwischenfälle verstrich, verflog Ryccas Sorge. Aber dann kehrte sie plötzlich zurück, schmerzlicher denn je.

An einem warmen Morgen duftete die Luft nach dem reifen Getreide auf den Feldern. Insekten summten in den Büschen, am blauen Himmel kreisten Möwen. Erwartungsvoll bereiteten sich die Bewohner von Landsende auf die Ernte vor, und alle freuten sich auf den Lohn der monatelangen Arbeit.

Noch war es nicht so weit. Ein weiterer Tag, vielleicht zwei – dann würde der richtige Zeitpunkt kommen. Bis dahin suchten sich alle irgendwie zu beschäftigen, auch Dragon.

»Reiten wir aus«, schlug er seiner Frau vor, sobald er am Morgen die Augen öffnete. Tatendurstig sprang er aus dem

Bett und streckte sich. An seinem Rücken und in den Schultern vibrierten die kraftvollen Muskeln.

Rycca beobachtete ihn wehmütig. Am liebsten wäre sie geblieben, wo sie war – insbesondere, wenn er ins Bett zurückkehren würde. Doch der Gedanke an einen Galopp über die Hügel, in der frischen Meeresluft, erschien ihr fast genauso verlockend. Außerdem würden sie irgendwo ein abgeschiedenes Plätzchen finden.

Lächelnd stand Rycca auf und zog sich hastig an. In der Küche hielten sie sich nur lange genug auf, um von Magda ein paar frisch gebackene Brötchen entgegenzunehmen. Die ältere Frau lachte verständnisvoll und scheuchte das fröhliche Paar hinaus. Ungeduldig eilten sie in den Stall. Während Dragon die beiden Füchse aus den Boxen führte, nahm sie die Satteldecken von den Wandhaken und breitete sie über die Rücken der Pferde. Dann wurden sie von Dragon gesattelt, und Rycca zurrte die Gurte und das Zaumzeug fest.

Draußen im Sonnenschein mahnte er energisch: »Benimm dich, Sleipnir!« Der stolze Hengst warf seinen Kopf nach hinten. Aber er stand reglos da, um das Wohlwollen seines Herrn zu erringen. Dragon half seiner Frau aufsteigen, blieb neben ihr stehen, bis er sich vergewissert hatte, dass sie sicher im Sattel saß. Belustigt über seine übertriebene Fürsorge verdrehte sie die Augen.

Dragon warf ihr einen tadelnden Blick zu und ergriff Granis Zügel. Nachdem er sich in den Sattel geschwungen hatte, begann der Fuchs ohrenbetäubend zu wiehern, senkte den Kopf und schlug mit den Hinterbeinen aus, dann schleuderte er die Vorderbeine in die Luft. Schließlich landete er mit allen vier Hufen am Boden, sprengte über den Hof, durch eines der Tore hinaus und zum Turnierplatz. Trotz des wilden Galopps blieb Dragon im Sattel und versuchte das kräftige Pferd zu besänftigen. Entsetzt ritt Rycca hinterher, von allen Seiten kamen Leute angelaufen.

Obwohl Dragon mit aller Kraft an den Zügeln zerrte, raste Grani unaufhaltsam über den Platz. Immer wieder bäumte er sich auf, versuchte vergeblich, seinen Herrn abzuwerfen.

Nach einer Weile beschleunigte er sein ohnehin schon atemberaubendes Tempo und stürmte zur Baumreihe am Ende des Turnierplatzes. Kurz bevor er sie erreichte, grub er plötzlich seine Hufe ins Erdreich und hielt inne. Die Wirkung der Schwungkraft war zu stark, alle Reitkünste nutzten dem Jarl nichts mehr. Hilflos, in hohem Bogen, flog er über den Pferdekopf hinweg, überschlug sich und fiel zu Boden.

Sekunden später zügelte Rycca den schnaubenden Sleipnir an der Seite ihres Mannes. Schreiend sprang sie aus dem Sattel und kniete neben Dragon nieder. Ihre Angst wuchs, als sie feststellte, wie knapp sein Kopf einen scharfkantigen Stein verfehlt hatte.

»O Gott, Dragon! Bitte, komm zu dir – sprich mit mir! Wage es bloß nicht, einfach nur dazuliegen!« Tränen verschleierten ihren Blick und rannen unbeachtet über ihre aschfahlen Wangen. »Bitte, wach auf…« Verzweifelt umklammerte sie seine Schultern und versuchte, ihn aufzurichten. »Bitte…«

Doch er war zu schwer, und sie konnte ihn nicht bewegen. Die Augen geschlossen, lag er im Gras und rührte sich nicht. Wie leblos…

Schluchzend zerrte sie an seiner Tunika, die unter ihren Fingern zerriss. »Untersteh dich! Du bist nicht verletzt! Denk doch an all die Schlachten, die du überstanden hast, all die Abenteuer! Und jetzt lässt du dich von einem *Pferd* bezwingen, das du nicht einmal *magst*?«

Da flatterten Dragons Lider, und er öffnete ein Auge, das seine Frau erbost musterte. »Wäre es besser, wenn ich Grani *lieben* würde?«

Maßlos erleichtert, stieß sie einen Freudenschrei aus,

schlang beide Arme um seinen Hals und erdrosselte ihn beinahe.

Nachdem er sich von dem Würgegriff befreit hatte, blinzelte er. Nun konnte er etwas klarer sehen und beobachtete, dass seine Frau lachte und zugleich weinte. Das fand er sehr erfreulich.

»Beruhige dich, mir geht's gut«, murmelte er. »Lass mich aufstehen.«

»Vorsicht!«, warnte sie ihn und erhob sich. »Komm, stütz dich auf mich.«

Dragon begann zu lachen und besann sich sofort eines Besseren, weil es schmerzhaft in seinen Schläfen dröhnte. »Wenn ich deinen Rat befolge, werde ich dich erdrücken, Lady.« Stöhnend kam er auf die Beine. Erst jetzt bemerkte er die Menschenmenge, die sich ringsum versammelt hatte. Sobald die Leute feststellten, dass ihr Jarl sein Missgeschick überlebt hatte, jubelten sie aus voller Kehle.

Verlegen winkte er ihnen zu und grinste schwach, bevor er sich zu Grani wandte. Der Hengst stand in der Nähe, und Magnus umklammerte die Zügel.

»Ist er verletzt?«, fragte Dragon.

»Das glaube ich nicht«, erwiderte Magnus. »Jetzt ist er ganz ruhig.« In der Tat – der Fuchs begann sogar am Gras zu knabbern.

»Vielleicht wurde er von einer Biene gestochen«, meinte Rycca. »So etwas habe ich schon einmal erlebt, und das Pferd, auf dem ich saß, ging genauso temperamentvoll durch wie vorhin Grani.«

Lächelnd hob Dragon die Brauen. »Ich wette, du bist im Sattel geblieben.«

»Nein, ich wurde abgeworfen – und ich stand viel langsamer auf als du.«

Damit tröstete sie den verletzten Stolz ihres Gemahls ein wenig. Alle Knochen taten ihm weh. Doch das gab er nicht

zu. Auch er hatte den Stein gesehen, und er wusste, wie knapp er einer lebensgefährlichen Verletzung entronnen war.

Noch viel schlimmer fand er die Erinnerung an den Sturz aus beängstigender Höhe …

»Bringen wir Grani in seine Box zurück. Ich möchte ihn gründlich untersuchen.«

Im Sonnenlicht, das durch die geöffneten Fenster in den Stall fiel, fand er die Kletten. Sie steckten unter der Satteldecke, dicht an dicht, sechs Stück, mit jenen scharfen Spitzen, die an wilden Reben wachsen. Als er einen Stachel berührte, quoll ein Blutstropfen aus seinem Finger.

»Das verstehe ich nicht.« Rycca war auf das Geländer der Box gestiegen, um über Dragons Schulter zu spähen. »So viel ich weiß, werden die Decken regelmäßig ausgeschüttelt und gebürstet.«

»Du hast die Decke auf Granis Rücken gelegt. Sind dir die Kletten nicht aufgefallen?«

»Nein, natürlich nicht, sonst hätte ich eine andere Decke genommen.«

Schweigend nickte er und betrachtete wieder die Kletten. Sie steckten in der Mitte der Decke, an der Stelle, wo sich die Stacheln unter dem Gewicht des Reiters am tiefsten ins Pferdefleisch graben und qualvolle Schmerzen verursachen würden. Während ein Stallbursche die Decke ausgeschüttelt hatte, waren ein oder zwei Kletten vielleicht herabgefallen. Aber ein halbes Dutzend, eng beisammen, musste den angestrebten Zweck erfüllen.

Fast immer hielt sich jemand im Stall auf. Selbst wenn die Pferde geritten wurden oder auf den Wiesen weideten, hatten die Knechte genug zu tun, fegten den Boden, misteten die Boxen aus, reinigten die Sättel und das Zaumzeug. Bei dieser Arbeit würden sie nur von einem unbekannten Gesicht Notiz nehmen. Wenn jemand oft genug in den Stall kam, hätte er den Anschlag unbemerkt verüben können.

Und Rycca betrat ihn jeden Tag. Hastig suchte Dragon diesen Gedanken zu verdrängen. Einfach lächerlich… Aus welchem Grund sollte sie versuchen, ihm zu schaden? Außerdem – wenn sie die Schuld an dem Zwischenfall trug, hätte sie die Decke mit den Kletten gewiss nicht selbst auf Granis Rücken gelegt und sich dadurch verdächtig gemacht.

Es sei denn, sie hatte befürchtet, jemand anderer würde die Kletten entdecken und entfernen…

Ärgerlich schüttelte er den Kopf, der vermutlich zu hart auf dem Boden aufgeschlagen war, und ignorierte seine Schmerzen. Nun musste Granis wunde Haut behandelt werden.

Rycca liebt Pferde, sagte sich Dragon. Niemals würde sie einem dieser Tiere so schreckliche Qualen bereiten.

»Da!« Rycca hielt ihm einen Tiegel hin.

»Was ist das?«, fragte er schroffer als beabsichtigt.

Das schien sie nicht zu bemerken. »Eine Salbe für Grani.«

»Danke.« Dragon nahm das Gefäß entgegen und verteilte die Salbe auf den Wunden des Hengstes – froh über diese Tätigkeit, die ihn wenigstens zeitweise von seinem Argwohn ablenkte.

Danach untersuchte er das Pferd noch einmal. Grani hatte offenbar keinen weiteren Schaden erlitten. Aber er schien zu spüren, dass etwas ganz Ungewöhnliches geschehen war, denn er stieß seine Nüstern besonders liebevoll gegen die Schulter seines Herrn.

»Schon gut, alter Junge«, murmelte Dragon und striegelte die dichte Mähne. »Du kannst nichts dafür. Zum Glück sind wir beide halbwegs glimpflich davon gekommen.«

»Gott sei Dank!« Ryccas Stimme klang aufrichtig und unbefangen. Gerührt beobachtete sie, wie gewissenhaft Dragon das Pferd betreute. »Gehen wir. Grani ist gut versorgt. Jetzt will ich mich um *dich* kümmern.«

Überrascht drehte er sich zu ihr um. »Nicht nötig.«

»Aber – dein Sturz …«

»Ich bin nicht verletzt.«

Seufzend nahm sie ihm den Striegel aus der Hand und legte ihn in ein Regal. »Nun weiß ich, was Cymbra durchmachen musste … Sie hat mir erzählt, wie störrisch du warst, als sie dein Bein behandelt hat.«

»Das war etwas anderes.«

»Hoffentlich! Jene Verletzung hätte dich umbringen oder dich bis an dein Lebensende plagen können. Diesmal hast du wahrscheinlich nur ein paar Schrammen abbekommen. Wär's denn wirklich so schlimm, wenn ich danach sehen würde?« Lächelnd trat sie näher zu ihm, und ihr Körper berührte seinen. Im warmen Sonnenschein mischte sich der Duft ihrer parfümierten Seife verführerisch mit dem Geruch des frischen Heus. »Übrigens, du hast mir deine Sauna noch immer nicht gezeigt.«

Wie mühelos sie ihn von allen Gedanken ablenkte … Nun vergaß er, was er vor wenigen Minuten gedacht hatte, und er wusste nur mehr, dass es lächerlich gewesen war. »Da gibt's nicht viel zu sehen«, erwiderte er geistesabwesend und betrachtete die Sonnenstrahlen, die sich in ihrem glänzenden Haar spiegelten. »In der Sauna ist es dunkel.«

»Wirklich? Dann müssen wir uns durch die Finsternis tasten.«

Heiße Vorfreude erfasste ihn. Erwartungsvoll regte sich der mutwillige Kerl zwischen seinen Beinen, und Dragon stöhnte leise. Nachdem ihn zum ersten Mal in seinem Leben ein Pferd abgeworfen hatte, verdiente er eine erholsame Entspannung. Und so führte er seine Frau zu der unterirdischen Sauna, die in einem Berghang lag.

»Ist es sehr heiß da drin?«, fragte Rycca und zog den Kopf ein, um das niedrige Steingebäude zu betreten.

Inzwischen waren Dragons Schmerzen von ganz anderen Gefühlen vertrieben worden. »Furchtbar heiß.«

Rycca warf ihm einen kurzen Blick über die Schulter zu. »Werde ich verbrennen?«

»Wahrscheinlich«, entgegnete er, schob sie in die Kammer und schloss die schwere Tür hinter sich. Nur ein kleines Fenster über dem Eingang und die glühende Asche in einem steinernen Becken spendeten schwaches Licht.

Während sich Ryccas Augen langsam an das Halbdunkel gewöhnten, musterte sie ihre Umgebung. Die Saunakammer war erstaunlich geräumig, mit langen Bänken an drei Seiten. »Dass deine Sauna so groß ist, hätte ich nicht gedacht.«

»Manchmal kommen Freunde und Verwandte gemeinsam hierher, sogar ganze Familien.«

»Männer und Frauen – gleichzeitig?« Nachdem Rycca in Wolfscroft aufgewachsen war, kannte sie keine Prüderie. Dort hielt man nichts von Sitte und Anstand. Aber dass nackte Männer und Frauen in trauter Eintracht die Freuden der Sauna genossen – das fand sie etwas sonderbar. Obwohl sie immer noch angezogen war, ebenso wie Dragon, fühlte sie sich unbehaglich.

Im trüben Licht sah sie Dragon lächeln. »Das ist ein alter Brauch, und er wird überall gepflegt, wo Menschen auf engem Raum zusammenleben.«

Plötzlich ging ihr ein beängstigender Gedanke durch den Sinn, und sie starrte ihren Mann erschrocken an. »Jetzt wird sich doch niemand zu uns gesellen, oder?«

»Ganz bestimmt nicht.«

»Wie kannst du so sicher sein? Wenn es üblich ist, dass die Leute gemeinsam die Sauna aufsuchen...«

Sein Lächeln vertiefte sich. »Glaub mir, niemand wird uns stören.« Als er den Zweifel in ihren Augen las, fügte er hinzu: »Wäre ich allein, würden meine Männer ohne Zögern hereinkommen – es sei denn, ich hätte ihnen bedeutet, ich würde lieber allein bleiben. Aber da du mich begleitet hast...«

»Das wissen sie vielleicht nicht.«

»Doch, natürlich.« Dragon lachte herzhaft. »Bildest du dir ein, sie würden uns *nicht* dauernd beobachten?«

»Daran habe ich nicht gedacht.«

»Mach dir deshalb keine Sorgen. Du solltest verstehen, dass sie neugierig auf uns sind.«

»Nun ja ...« Da er näher zu ihr getreten war, hatte sie ihm nur mit halbem Ohr zugehört. Ihre leichte Benommenheit hing wahrscheinlich mit der Hitze in der Sauna zusammen. Oder mit ihrem Entsetzen bei seinem Sturz aus dem Sattel – jener grauenvollen Szene, die sie immer noch vor ihrem geistigen Auge sah. Der heiße Dampf würde seine Schmerzen lindern. Aber sie musste ihn trotzdem berühren, seine Kraft spüren und sich vergewissern, dass er nicht ernsthaft verletzt war. »Dragon ...«

»Hm?« Zärtlich streichelte er ihre weiche Wange.

»Glaubst du ...? Nein, unmöglich.« Entschieden beantwortete sie ihre eigene Frage. Welch ein absurder Gedanke!

»Was meinst du?«

»Nicht so wichtig. Lass dir helfen.« Behutsam drückte sie ihn auf eine der Bänke und kniete nieder, zog ihm die Sandalen aus und stellte sie beiseite. Dann bedeutete sie ihm, aufzustehen, und streifte vorsichtig die Tunika über seinen Kopf. Weil er so groß war, musste sie auf die Bank steigen.

Lachend umfing er ihre Taille, und sie glitt an seinem erregten Körper hinab. »Eine pflichtbewusste Ehefrau. So fürsorglich ...«

Rycca kicherte und biss in sein Ohrläppchen. Da protestierte er lauthals. Aber er umschlang sie noch fester.

Als sie mit ihrer Zunge die Stelle liebkoste, die sie soeben misshandelt hatte, stöhnte er und presste ihre Hüften an sich. »Trägst du schon wieder eins dieser verdammten, kostbaren, heiklen Kleider?«

»Wenn ich ausreite – niemals.«

»Sehr gut«, murmelte er und griff nach der Verschnürung an ihrem Rücken.

Diesmal ließ sie sich bereitwillig ausziehen. Trotz der Hitze erschauerte sie. An seinen nackten Körper geschmiegt, konnte sie nicht zu zittern aufhören. Immer wieder sah sie ihn in ihrer Fantasie durch die Luft fliegen, seinen Kopf dicht neben dem Stein am Boden aufschlagen.

Aus seiner Kehle rang sich ein heiserer Laut. »Woran denkst du? Vorhin wolltest du mich etwas fragen.«

»Es spielt keine Rolle.« Langsam glitten ihre Lippen über seine Haut und schmeckten Salz. Die Augen geschlossen, spürte sie, wie sich ihre Sinne verwirrten. Bei seinem Sturz hatte die Erde gebebt, das könnte sie schwören. Zumindest *ihre* Erde, der Mittelpunkt ihres Lebens. Wäre er verletzt worden – oder noch schlimmer… Sie grub ihre Finger in seine Schultern, in die stählernen Muskeln seiner Arme. Doch das nutzte ihr nichts, denn sie wusste – kein Mann, und mochte er noch so stark sein, war gegen tödliche Gefahren gefeit.

»Rycca?«, flüsterte er besorgt, bog ihren Kopf nach hinten und betrachtete sie im Widerschein der schwelenden Asche. Auf ihren Wangen glänzten silbrige Tropfen. Sie weinte. Mühsam unterdrückte er einen Fluch und hob sie hoch, setzte sich mit ihr auf die Bank und legte ihre Beine um seine Hüften. »Alles wird gut, meine Süße. Das verspreche ich dir. Vertraue mir, ich beschütze dich.«

In Hintergrund seines Bewusstseins schien jener absurde Gedanke, sie hätte die Kletten in seine Satteldecke gesteckt, boshaft zu grinsen. Sein Kopf musste härter gegen den Boden geprallt sein, als er es vermutet hatte. Sonst hätte er keine Sekunde lang an seiner Frau gezweifelt.

»Tut mir Leid«, entschuldigte sie sich. »Keine Ahnung, was über mich gekommen ist… Normalerweise weine ich nie.«

Nein, das stimmte nicht. Zumindest weinte sie manchmal, seit sie ihn kannte. Aber daran würde er sie nicht erinnern. Stattdessen wischte er ganz sanft die Tränen von ihren Wangen und küsste sie liebevoll. Eigentlich wollte er sie nur trösten. Oder die edlere Seite seines Wesens hegte diese Absicht. Doch dann meldeten sich andere, unwiderstehliche Bedürfnisse.

Er spürte, wie ihr weicher Körper dahinschmolz. Umso härter drängte sich seine Männlichkeit an ihr nachgiebiges Fleisch. Jetzt zögerte er nicht länger und legte Rycca auf die Bank. Die Hände unter ihren Hinterbacken, hob er sie hoch und spreizte ihre schlanken Schenkel. Als sein Mund den Mittelpunkt ihrer Lust fand, rang sie nach Atem. Die Finger in sein dichtes Haar geschlungen, genoss sie ein Entzücken, das ihre Adern durchströmte, strahlend hell wie die Sonne.

Schwerelos schwebte sie empor, in scheinbar grenzenlose Höhen, bis sie einen Gipfel erreichte, wo sie schluchzend den Namen ihres Mannes flüsterte. Und dann lag sie zitternd in seinen Armen, fühlte sich sicher und geborgen. Allmählich verebbten die Wellen der Ekstase, um erneut anzuschwellen, sobald er in sie eindrang. Diesmal nicht schnell und ungeduldig, sondern ganz langsam, denn er wollte ihr Zeit lassen, damit sie ihn aus eigenem Antrieb vollends in sich aufnahm.

Schreiend warf sie den Kopf in den Nacken, zog ihn zu sich hinab, liebte sein Gewicht, seine kraftvollen Bewegungen in ihrem Schoß, die alle bösen Erinnerungen verscheuchten. Die qualvollen Fantasiebilder von seinem Sturz lösten sich in nichts auf, während ihr Verlangen gestillt wurde – wieder und wieder. Flackernd beleuchtete die Ascheglut die uralte Poesie des Liebesakts. Rötlich schimmernde Glieder umfingen einander, atemlose Stimmen stöhnten, wilde Leidenschaft triumphierte im dunklen Herzen der Erde.

16

Am nächsten Tag begann die Ernte, und von Anfang an häuften sich unvorhergesehene Schwierigkeiten. Aus den Körben fielen die Böden heraus, Wasser tropfte aus den Schläuchen. Ein Wagenrad brach und erdrückte beinahe den Mann, der daneben stand. Noch schlimmer – die Schneide einer Sichel löste sich vom Griff, als sie geschwungen wurde.

Und am vierten Morgen erlitt ein junger Bauer eine gefährliche Schnittwunde an seinem Bein.

Dragon behauptete, solche Zwischenfälle seien üblich. Da war sich Rycca nicht so sicher. Viel zu oft spähte sie über ihre Schulter, schaute immer wieder nach, ob dies oder jenes auch wirklich in Ordnung war.

Am dritten Tag zuckte sie bei völlig harmlosen Geräuschen zusammen. Ihre Nervosität blieb nicht unbemerkt. Das bewiesen Magdas sorgenvolle Miene und das Getuschel der anderen Frauen.

Sie wollte ihnen versichern, sie würde sich gut fühlen. Doch Dragons Sturz aus Granis Sattel verfolgte sie immer noch in grausigen Träumen. Jede Nacht erwachte sie, denn sie musste sich vergewissern, dass ihr Mann unverletzt neben ihr lag. Wenn er ihren Kummer spürte, zog er sie beruhigend an sich und versuchte, sie zu trösten.

Aber er konnte sie nicht von ihren bösen Ahnungen befreien – die sich am vierten Tag nicht zum ersten Mal bestätigten.

Während sich die meisten Stadt- und Festungsbewohner an der Ernte beteiligten, ging sie allein in die Küche. Sie brauchte einige Gewürze für die Eintöpfe, die auf den Feldern über offenen Feuerstellen brodelten. Tagelang hatten die Leute unermüdlich gearbeitet, bis in die mondhellen Nächte hinein, gönnten sich nur wenige Stunden Schlaf und

aßen im Freien. Nur selten hielten sie inne, um ein paar Worte zu wechseln. Was ringsum geschah, nahmen sie kaum war. Nun wollte Rycca ihre fleißigen Untertanen mit einer nahrhaften Mahlzeit belohnen.

Den ganzen Vormittag hatte Magda am Feldrand verbracht und die Frauen beaufsichtigt. Abgesehen von den Kriegern auf den Wachttürmen war die Festung verlassen, ebenso wie die Stadt. Ein Hund döste im Sonnenschein, hob kurz den Kopf, um Rycca zu mustern, und schlummerte weiter

An diese Stille war sie nicht gewöhnt. Voller Unbehagen betrat sie das Küchengebäude, das wie immer vor Sauberkeit blitzte. Auf den langen Arbeitstischen, mit Sand und Wasser gescheuert, zeigte sich kein einziger Schmutzfleck. Schüsseln und Töpfe, Pfannen und Kochlöffel waren in den Schränken verstaut worden. An den Deckenbalken hingen duftende Kräuterbündel. Aber der Boden …

Mit winzigen, dunklen Kugeln übersät, so weit das Auge reichte … Beinahe sahen sie aus wie …

Pfefferkörner. Kostbare Pfefferkörner, aus dem normalerweise verschlossenen Gewürzschrank entfernt. Jetzt stand die Doppeltür offen, jede einzelne Schublade war herausgerissen, der Inhalt am Boden verstreut oder verschwunden.

Entsetzt rang Rycca nach Luft und traute ihren Augen nicht. Als sie vorsichtig weiterging, roch sie die Pfefferkörner, die ihre Sohlen zerquetschten. Sie berührte die Schranktüren und betrachtete das unversehrte Holz. Also waren sie nicht gewaltsam geöffnet worden – der Missetäter hatte einen Schlüssel benutzt.

Sie hatte geglaubt, außer dem Schlüssel, der an ihrem Gürtel hing, würde es keinen geben. Offenbar war das ein Irrtum gewesen.

Trotz des warmen Tags erschauerte sie. Erst die verwüsteten Webstühle und Stoffe, dann das verdorbene Salz und die

Kletten unter Granis Satteldecke – und jetzt dieser Angriff, der so wie die anderen auf Rycca abzielte ... Denn alle nahmen an, dass nur sie einen Schlüssel zum Gewürzschrank besaß. Irgendjemand wollte sie verunglimpfen und den Eindruck erwecken, sie würde Landsende mit voller Absicht schaden.

Schweren Herzens rannte sie zu den Feldern hinaus, um Dragon zu erzählen, was geschehen war. Sie fand ihn an der Seite des jungen Mannes, den die Sichel an diesem Morgen verletzt hatte.

Das Bein dick verbunden, war er vorerst arbeitsunfähig und immer noch blass. Trotzdem schaute er vertrauensvoll zu seinem Jarl auf.

»Damit du das Bein bald wieder ungehindert benutzen kannst, musst du dir einige Mühe geben«, erklärte Dragon. »Jedenfalls ist es möglich, das weiß ich aus eigener Erfahrung. Ich werde dir zeigen, was du tun musst. Den ganzen Winter hast du Zeit, um dich zu erholen. Wenn im Frühling die Saat beginnt, bist du wieder ganz gesund.«

Die junge Frau, die neben dem Verletzen stand, nickte und drückte seine Hand. »Sicher hat der Jarl Recht, Harald. Ein bedauerliches Missgeschick – aber nicht so schlimm, wie wir zunächst befürchten mussten.« Lächelnd legte sie seine Finger auf ihren Bauch. »Unser Kind wird seinen Vater kennen, alles andere ist unwichtig.«

Nun bemerkte Dragon die Anwesenheit seiner Frau, ließ das junge Paar allein und eilte zu ihr.

»Wie geht es Harald?«, fragte sie.

»Die Wunde ist ziemlich tief. Glücklicherweise reicht sie nicht bis zum Knochen. Letzten Endes müsste er genesen. Allerdings wird's Zeit und Mühe kosten.« Da sie bei dieser Neuigkeit keine Erleichterung zeigte, fragte er: »Stimmt was nicht?«

Widerstrebend berichtete sie, was sie in der Küche ent-

deckt hatte. »Einige Gewürze liegen am Boden, andere sind verschwunden.«

Erst nach einer halben Ewigkeit brach er sein Schweigen. »Wann hast du das festgestellt?«

»Vor ein paar Minuten. Ich wollte Gewürze für das Mittagessen holen, das Magda und die anderen Frauen zubereiten. In der Festung sah ich niemanden außer den Wachtposten auf den Türmen. Wahrscheinlich beachten sie das Küchengebäude nicht.«

»Wohl kaum...«, bestätigte Dragon langsam. »Und du sagst, das Schloss des Schranks wurde nicht aufgebrochen?«

»Ganz sicher nicht. Jemand hat es mit einem Schlüssel aufgesperrt. Bisher dachte ich, nur ich würde einen Schlüssel zum Gewürzschrank besitzen. Nachts liegt er zusammen mit den anderen, die Magda mir übergab, bei meinen Kleidern in unserem Haus. Und tagsüber hängen sie alle an meinem Gürtel...« Plötzlich ging ihr ein beklemmender Gedanke durch den Sinn. »Glaubst du, jemand ist in unser Haus gekommen, während wir geschlafen haben?«

Entschieden erwiderte er: »Nein.« Mehr sagte er nicht. Das war auch gar nicht nötig, und sie hätte es wissen müssen. Wäre jemand ins Haus geschlichen, hätten die Instinkte des erprobten Kriegers ihren Mann sofort geweckt. Neben dem Bett lag stets sein maurisches Schwert. Schon beim ersten Schritt wäre der Eindringling niedergestochen worden.

»Dann muss es einen zweiten Schlüssel geben«, meinte Rycca.

Statt zu antworten, zuckte er die Achseln, winkte Magnus zu sich und beauftragte ihn, den verletzten jungen Mann in die Stadt tragen zu lassen. Dann ging er zur Festung. Um mit ihm Schritt zu halten, musste Rycca laufen.

Bis sie die Küche erreichten, herrschte drückendes Schweigen.

»Gib mir den Schlüssel zum Gewürzschrank«, befahl Dragon, und sie gehorchte sofort.

Etwas ungeschickt löste sie den großen eisernen Schlüssel von dem Ring, an dem auch die anderen baumelten.

»Ist das der Richtige?«, fragte ihr Gemahl. »Bist du sicher?«

»Ja. Siehst du die kleine Kerbe am Griff?«

Dragon nickte, nahm ihr den Schlüssel aus der Hand und steckte ihn ins Schloss. Mühelos ließ er sich herumdrehen. »Tatsächlich, er passt.«

»Das weiß ich. Erst gestern habe ich den Schrank geöffnet.«

»Hast du ihn wieder verschlossen und den Schlüssel abgezogen?«

»Natürlich.« Da sie seine Skepsis spürte, fügte sie hinzu: »Dieser Schlüssel ist groß und schwer. Hätte ich ihn stecken lassen, wäre mir das wenig später aufgefallen. Und wenn nicht, hätten es Magda oder eine der anderen Frauen zweifellos bemerkt.«

»Haben sie dir keine Schwierigkeiten bereitet?«

»Niemals! Alle Leute sind sehr freundlich. Und sie tun ihr Bestes, um mir zu helfen.« Alle außer Magnus, ergänzte sie in Gedanken. Doch das wollte sie ihrem Mann nicht anvertrauen – schon gar nicht, als sich seine Miene verschloss. Mit unergründlichen Augen erwiderte er ihren Blick »O Gott, Dragon – bitte …«, stammelte sie erschrocken. »Ich schwöre dir, ich habe nicht …«

Gebieterisch hob er eine Hand und fiel ihr ins Wort. »Du bist meine Frau, die Herrin von Landsende – und für alle Belange des Haushalts verantwortlich.«

»Das weiß ich, aber …«

»Du musst den Schlüssel verlegt haben.«

»Nein, sicher gibt's einen zweiten.«

»Wenn es so wäre, hätte ich davon erfahren.«

»Dann hat jemand andere Mittel und Wege gefunden, um das Schloss zu öffnen.«

»Ja – manche Schlösser lassen sich mit einer sehr dünnen Nadel aufbrechen.« Hastig fügte Dragon hinzu: »Dafür braucht man allerdings ein besonderes Geschick.«

Rycca senkte mutlos den Kopf. Doch sie riss sich sofort wieder zusammen und straffte die Schultern. »Tut mir Leid, dass ich dir solche Schwierigkeiten bereite. Das wollte ich wirklich nicht.«

Seufzend strich er durch sein Haar, und sie merkte ihm an, wie müde er war – so wie alle Bewohner von Landsende nach der viertägigen Knochenarbeit.

»Wirklich, es tut mir Leid«, beteuerte sie in etwas sanfterem Ton. »Wenn ich auch nicht weiß, was hier geschieht – und es jagt mir Angst ein.«

»Das werden wir herausfinden, Rycca«, versprach er und berührte ihre Wange. »Von jetzt an musst du Augen und Ohren offen halten. Sobald dir irgendetwas Merkwürdiges Auffällt, gib mir sofort Bescheid.«

»Natürlich.« Sie blieb in der Küche, um aufzuräumen, während Dragon mit den Wachtposten sprach. Als er zurückkehrte, hatte sie Ordnung gemacht.

»Wie erwartet, haben die Männer nichts beobachtet«, berichtete er. »In Zukunft werden sie besser aufpassen.«

Mehr konnten Dragon und Rycca im Augenblick nicht tun. Während der Ernte fehlte ihm die Zeit, um gründliche Nachforschungen anzustellen. Danach würde der Jarl den Unruhestifter entlarven – das gelobte er sich mit grimmiger Miene. Er *musste* herausfinden, wer einen so schweren Verdacht auf seine Frau lenkte, und den Schuldigen bestrafen.

Drei weitere Tage lang arbeiteten die Leute unermüdlich, um die goldenen Felder abzuernten. Gebündelt trockneten Roggen und Weizen unter der Sonne in einer sanfte Brise. Bald würden die Mühlen zu mahlen beginnen. In einer großen Scheune würde man Futter für Schafe und Rinder lagern,

die man demnächst von den höher gelegenen Weiden herabführen wollte. Bier und Met würde man brauen, Matratzen mit frischem Stroh füllen und aus den restlichen Halmen Puppen für die Kinder basteln. Danach sollte ein großes Fest stattfinden.

Dieser Gedanke – und die Freude auf gut bestückte Speisekammern im Winter – ermutigte die Menschen, ihre wachsende Erschöpfung zu überwinden.

Als die letzten Ähren eingesammelt waren und die Sonne auf kahle Felder herabschien, stieg heller Jubel zum Himmel empor. Die Leute suchten ihre Decken und Töpfe zusammen, all die Utensilien, die sie auf die Äcker mitgenommen hatten, um sich den Weg nach Hause und wieder zurück zu ersparen. Mit schweren Schritten wanderten sie zur Stadt oder in die Festung.

Rycca stieg mit Magda und den anderen Frauen den Hang hinauf. Obwohl sie protestiert hatten, war die Herrin jeden Tag auf die Felder gegangen, um beim Kochen zu helfen und den durstigen Arbeitern gefüllte Wasserschläuche zu bringen. Gewiss, sie hatte einige Hühner auf den Bratspießen über dem Feuer verkohlen lassen und wahrscheinlich eine ganze Menge Wasser verschüttet, aber ihr Bestes getan. In einem Jahr, bei der nächsten Ernte, würde sie besser zurechtkommen – dazu war sie fest entschlossen.

In der Festung angekommen, fühlte sie sich ungewöhnlich erschöpft. Das lag nicht nur an der üblichen Müdigkeit nach stundenlanger Arbeit. Als sie ihr Haus betrat, schien Blei an ihren Füßen zu hängen. Dragon hielt sich immer noch bei seinen Männern auf. Nachdem sie ihr Gesicht und die Hände mit kühlem Wasser gewaschen hatte, sank sie ins Bett und schlief sofort ein.

Erst am späten Abend erwachte sie. Eine Zeit lang blieb sie noch liegen und starrte zur schrägen Zimmerdecke hinauf. Dies ist jetzt mein Heim, dachte sie. Nie zuvor kannte ich

ein solches Zuhause… Dass es ihr so leicht gefallen war, sich in der Gemeinde von Landsende einzuleben, überraschte sie immer noch. Wie ein Vogel, der nach einem beschwerlichen Flug durch Wind und Wetter sein Nest erreicht hatte…

Oder täuschte sie sich?

Bedrückt erinnerte sie sich an Dragons Frage, ob ihr die Kletten aufgefallen seien. Als hätte sie – wäre sie darauf gestoßen – jene Satteldecke über den Rücken des Pferds gelegt, das er reiten würde…

»Du musst den Schlüssel verlegt haben«, hatte er behauptet. Hielt er sie für eine achtlose Hausfrau? Immerhin noch besser, als wenn er glauben würde, sie hätte den Gewürzschrank geöffnet und die Pfefferkörner am Boden verstreut…

Nichts hatte er ihr vorgeworfen und sie nur ermahnt, sie müsse gut für ihren Haushalt sorgen. Das wusste sie. Aber was sollte sie tun, wenn ein niederträchtiger Schurke alle ihre Bemühungen zunichte machte?

Seufzend stieg sie aus dem Bett, obwohl sie lieber bis in die Nacht hinein geschlafen hätte. Stattdessen spritzte sie wieder Wasser in ihr Gesicht, was ihre Erschöpfung nicht linderte. Entmutigt schleppte sie sich in die große Halle, wo man bald das Abendessen auftischen würde.

Es war eine schlichte Mahlzeit, ohne Gewürze, deren Verschwinden sich bereits herumgesprochen hatte. Als Rycca die Halle betrat, warfen ihr die Leute neugierige Blicke zu. Sofort schauten sie wieder weg, und sie setzte sich neben Dragon. In ein Gespräch mit Magnus vertieft, richtete er während des Essens kaum ein Wort an seine Frau. Für sie konnte der Abend gar nicht schnell genug zu Ende gehen. Nachdem die Dienstboten die letzten Platten aufgetragen und die Bierkrüge bereitgestellt hatten, murmelte sie eine Entschuldigung und stand auf.

Auch Dragon erhob sich. »Fühlst du dich nicht gut?«, fragte er.

Etwas verspätet, wie sie fand. Doch sie verdrängte diesen Gedanken, der ihrer nicht würdig war. »Doch«, antwortete sie, zwang sich zu einem Lächeln und spürte, wie unecht es wirkte. »Ich bin nur müde.«

Während sie die Halle verließ, spürte sie Dragons Blick im Rücken.

Trotz ihres Kummers schlief sie ein, sobald ihr Kopf das Kissen berührte. In dieser Nacht erwachte sie nur ein einziges Mal, als ihr Mann sie in die Arme nahm. Erst am Morgen öffnete sie wieder die Augen.

Es war ein trüber Tag, der die Sicht verschleierte und die Geräusche dämpfte. In der Nacht war Nebel aufgekommen. Auch in Mercia lagen oft Nebelschwaden über dem Land, aber nicht dieses dichte Weiß, das die Welt zu verschlucken schien. Sogar die Möwen schwiegen. Weil ihr vertrautes Kreischen nicht erklang, wirkte die Stille doppelt beklemmend.

Langsam und leicht benommen bahnte sich Rycca einen Weg durch die milchigen Wolken zur Küche. Dort hatte sich Magda bereits mit ihren Gehilfinnen eingefunden. Freundlich begrüßten sie die Herrin.

»Der Haferbrei ist fertig«, verkündete Magda und bot ihr eine üppig gefüllte Schüssel an, in die sie noch einige Löffel dicke Sahne gegossen hatte. Heißhungrig begann Rycca zu essen. Sie hätte noch eine größere Portion vertragen. Doch das behielt sie für sich und fragte: »Wie findet man denn da draußen seinen Weg?«

»Nur sehr schwer, Mylady«, erwiderte Magda lächelnd. »Glücklicherweise gibt's heute nicht viel zu tun.«

Die Frauen nickten, froh über die Atempause nach der harten Arbeit in der letzten Woche. Eine Zeit lang blieb Rycca bei ihnen. Aber sie merkte, wie gehemmt sie sich in

ihrer Gegenwart immer noch fühlten, weil sie die Frau des Jarls – und zudem eine Ausländerin war. Und so verabschiedete sie sich schließlich und schlug die Richtung zum Stall ein.

Hätte sie die Pferde nicht schnauben hören, wäre sie vielleicht im Kreis herumgestolpert und niemals zu ihren Lieblingen gelangt. Beinahe rannte sie gegen die Holzwand, bevor sie erkannte, dass sie am Ziel war. Sie tastete sich bis zum Tor und trat ein. Im nebligen Halbdunkel brannten Fackeln. Alle Pferde standen in ihren Boxen. An diese Gefangenschaft nur im tiefsten Winter gewöhnt, schnaubten sie unbehaglich. Rycca striegelte Sleipnir und Grani, flocht ihre Mähnen, brachte ihnen frisches Wasser und Hafer, dann verwöhnte sie die beiden mit saftigen Äpfeln. Damit lenkte sie sich von ihren düsteren Gedanken ab. Die rastlosen Füchse wollten ins Freie geführt werden. Immer wieder stießen sie Rycca mit ihren warmen Nüstern an. Aber sie blieb standhaft. »Geduldet euch noch ein wenig. Wenn sich der Nebel ein bisschen auflöst, führe ich euch auf die Koppel. Jetzt noch nicht.«

Protestierend wieherten sie, doch sie beruhigten sich sofort, als sie ihnen noch mehr Äpfel gab. Danach ging sie zur gegenüberliegenden Seite des Stalls, wo die Wallache gehalten wurden. Die Stuten befanden sich in einem anderen Teil des Stallgebäudes. Während sie frisches Heu in die Box eines kräftigen Braunen häufte, warf er den Kopf zurück und nahm sichtlich erfreut einen Apfel entgegen.

Je länger sie im Stall arbeitete, desto besser fühlte sie sich. Gewiss, sie hatte ein Problem. Aber sie würde es lösen. Immerhin besaß sie die Gabe, stets die Wahrheit zu erkennen. Und deshalb würde sie bald herausfinden, wer die Schuld an den beängstigenden Zwischenfällen trug.

Nicht Magda, davon war Rycca fest überzeugt – nicht nur wegen des lauteren Charakters, den die Frau oft genug bewiesen hatte. Als der Gewürzschrank leer geräumt worden

war, hatte sie den ganzen Vormittag auf den Feldern verbracht. Außerdem wäre sie zu schwach gewesen, um das Salzfass umzukippen, die Hälfte des Inhalts auszuschütten und den Rest mit Sand zu vermischen.

Und Magnus? Diesen Verdacht fand Rycca begründet. Von Anfang an hatte sie seine Lügen durchschaut, und sie wusste, dass ihm die Heirat seines Herrn missfiel. Würde er deshalb wagen, den Jarl zu erzürnen – und zu welchem Zweck?

Ihr Kopf begann zu schmerzen, und sie hörte auf, die Boxen auszumisten. An den Pfosten des Stalltors gelehnt, starrte sie ins Nichts. Inzwischen war die Sonne unsichtbar am Himmel emporgestiegen, doch der Nebel verflüchtigte sich nicht.

Seufzend drehte sie sich um und wollte in den Stall zurückkehren. Da bemerkte sie eine Bewegung zu ihrer Linken, schräg hinter sich. Ein schattenhafter Schemen näherte sich. Bevor sie irgendetwas unternehmen konnte, presste sich eine Hand auf ihr Gesicht, ein harter Arm umfing ihre Taille.

Voller Entsetzen wehrte sie sich, zerkratzte die Hand, die ihr Mund und Nase zuhielt, und trat nach den Beinen des Angreifers. Als sie keine Luft mehr bekam, geriet sie in Panik. Ihre Lungen brannten, allmählich schwanden ihre Sinne, ihr Kopf sank in den Nacken. Kurz bevor ihr schwarz vor Augen wurde, sah sie zwei verschlungene Schlangen, die einander zu fressen schienen. Verzweifelt rang sie um ihr Bewusstsein – bis sie hilflos in einen dunklen Abgrund fiel.

Dragon half seinen Kriegern, ein Handelsschiff auf den steinigen Strand zu ziehen. Nachdem sich der verdammte Kahn mit Wasser gefüllt hatte, würde er versinken, wenn er nicht in Sicherheit gebracht wurde. Auch unter anderen Umständen war die Aufgabe mühsam genug. Doch der Nebel er-

schwerte sie noch zusätzlich, denn die Männer konnten ihre Gefährten oder das Schiff kaum sehen. Trotzdem hatten sie dicke Taue um den Rumpf gewunden, und ein paar tapfere Burschen waren unter den Kiel gekrochen, um sie zu verknoten. Wenn die Kräfte nicht nachließen, musste das Werk gelingen.

»Zieht!«, schrie Dragon in den Nebel. Mit seinen starken Händen zerrte er an zwei Stricken, und das Schiff schob sich etwas weiter aus dem Wasser. »Zieht!« Die Muskeln spannten sich an, und trotz des kühlen Morgens floss der Schweiß in Strömen. Noch ein paar Zoll …

»Zieht!« Aus einem Loch am Bug quoll Wasser, als er sich in die Luft hob. Einige Männer wateten zum Heck und stemmten sich dagegen, während die anderen an den Tauen zogen. Nach zwei Stunden wurde ihre Mühe belohnt, und Dragon ließ die Stricke los, die seine Schultern fast aufgeschürft hatten.

Noch nie war ein Schiff in Landsende gesunken, nicht einmal in wilden Stürmen, die manchmal ohne Vorwarnung aus dem Norden herabrasten. Deshalb kamen die Handelsreisenden bedenkenlos hierher – weil sie wussten, ihren Frachten, ihren Schiffen und ihnen selbst würde nichts zustoßen. Und dass sich nichts daran änderte, dafür wollte der Jarl sorgen.

Aber den leichtfertigen Gallier, der atemlose Dankesworte stammelte, verschonte Dragon nicht mit seinem Zorn. »Seht doch!«, rief er und zeigte auf das Loch am Bug. »Wie morsch das Holz ist! Wann wurde der Rumpf zum letzten Mal geteert?«

»Lord Dragon, ich bin ein armer Mann, und …«

»Wenn Ihr Euer Schiff verliert, seid Ihr noch viel ärmer. In der nächsten Woche bleibt Ihr hier, und meine Leute werden Euer Schiff instand setzen. Ist das klar?«

»Gewiss, Lord Dragon, ich kenne Eure tüchtigen Män-

ner, und ich weiß, sie werden mich nicht berauben. Ich bitte Euch, nur zu bedenken, ich bin …«

»Ja, schon gut, ein armer Mann. Trotzdem scheint es Euch nie an Frachten zu mangeln … Keine Bange, ich werde Euch einen günstigen Preis machen. Und jetzt geht an die Arbeit. Ich muss mich um andere Dinge kümmern. Vorausgesetzt, ich finde den richtigen Weg.«

Da er kein Pferd der Gefahr des dichten Nebels ausliefern wollte, war er zu Fuß in die Stadt gegangen. Nun trat er den Rückweg an. Als Rauchgeruch in seine Nase drang, blieb er an der Stelle stehen, wo die Straße zur Festung anstieg. Warum empfand er dieses plötzliche Unbehagen? Tag und Nacht brannten Feuer in den Häusern, also lag immer Rauch in der Luft. Doch die frischen Meeresbrisen pflegten ihn stets zu verscheuchen, und deshalb war es ungewöhnlich, den Rauch so deutlich wahrzunehmen.

Und jetzt verflog der Rauchgeruch nicht. Weil die Luft wegen des Nebels zu still war.

An anderen nebligen Tagen hatte Dragon niemals dergleichen gerochen.

Nein, das galt nur für Landsende. Diesen unverwechselbaren Gestank kannte er von Byzanz her, wo große Teile der Altstadt ein Raub der Flammen geworden waren. In Italien hatte er Bäume brennen sehen, vom Blitz getroffen. Und jetzt? Dieser Rauch stieg nicht von einem alltäglichen Herdfeuer auf. Dafür wirkte er zu dicht, zu bedrohlich.

Ohne den Nebel zu beachten, begann er zu laufen, folgte dem Geruch, der sich rings um die Festungsmauern verstärkte, und erreichte ein nahe gelegenes Feld. Dort sah er Flammen aus dem großen Schuppen lodern, in dem das Viehfutter gelagert werden sollte, und er spürte sengende Hitze auf seinen Wangen.

Dragon drehte sich um und wollte seine Männer zu Hilfe rufen. Doch sie waren ihm bereits nachgerannt. Auch sie hat-

ten das Feuer gerochen, ebenso wie die Männer und Frauen, die in aller Eile Wassereimer aus der Stadt schleppten. Vom Feld bis zum Strand – wo Meerwasser geschöpft wurde, bildeten sie eine lange Kette. Viele hundert Menschen, die Kinder eingeschlossen, reichten die vollen Eimer nach oben weiter, im verzweifelten Kampf gegen die verzehrende Feuersbrunst.

In der letzten Woche hatte trockenes Wetter geherrscht, und so brannte der Schuppen wie Zunder. Die Hitze versengte die Gesichter der Männer, die sich in der Nähe des Feuers befanden. Dazu gehörte auch Dragon. Die Scheune war rettungslos verloren, das hatte er sofort erkannt. Nun musste man nur noch verhindern, dass sich der Brand weiter ausbreitete. Aus dem Feld ragten genug verdorrte Stoppeln, die den Flammen neue Nahrung geben würden. Trotz der windstillen Luft konnten sie bis zur Stadt vordringen oder Funken sprühen, die in die Festung regnen würden.

»Holt Schaufeln!«, befahl er und wies seine Männer an, einen Graben rund um den Schuppen auszuheben. Darin sollten die wütenden Flammen verlöschen. Diese Taktik führte zum Erfolg. Doch es dauerte mehrere Stunden, bis die letzte Flamme zu Asche herabbrannte.

So lange wartete Dragon nicht. Während die Ruine der Scheune immer noch qualmte, suchte er die Umgebung nach Spuren ab, die ihm vielleicht verraten würden, wie das Feuer ausgebrochen war. In dem leeren Schuppen hatte man weder Fackeln noch Lampen entzündet, und an diesem nebligen Tag, wo man nicht einmal das Feld mühelos finden würde, war gewiss niemand hineingegangen. Kein Gewitter, kein Blitzschlag – keine natürliche Ursache hatte das Feuer entfacht.

Allzu lange dauerte es nicht, bis Dragon feststellte, wie es entstanden war. Ein breiter Streifen aus Pech, das man benutzte, um Schiffsrümpfe zu versiegeln, und das in Lands-

ende stets verfügbar war, tränkte das Erdreich nur wenige Schritte vom Schuppen entfernt und führte direkt darauf zu. Unter Wasser richtete das Pech keinen Schaden an, an Land gab es kaum etwas, das besser brannte.

Also war das Feuer mit Absicht gelegt worden.

Die Webstühle und Stoffe, das Salz, Grani, die Gewürze…

Langsam wanderte er umher, scheinbar bestrebt, die Ruine zu mustern. In Wirklichkeit beobachtete er die Menschen, die den Brand bekämpft hatten. Auch die Besatzungen der Schiffe im Hafen waren herbeigeeilt, um beim Löschen zu helfen. Niemand fehlte, abgesehen von den alten Leuten und kleinen Kindern – und…

»Wo ist meine Frau?«, fragte er Magda, die gerade mit ihren Gehilfinnen die leeren Eimer einsammelte.

Die Wangen voller Ruß, so wie alle anderen, die Augen vom Rauch gerötet, schaute sie sich unsicher um. »Keine Ahnung, Mylord… In letzter Zeit habe ich sie nicht gesehen.« Noch während sie sprach, las sie den Verdacht in seinen Augen. Tatsächlich, die Abwesenheit der Herrin in diesen gefahrvollen Stunden war sonderbar.

Dragon winkte Magnus zu sich, der wie üblich sofort an seiner Seite erschien. »Stell einen Suchtrupp zusammen. Meine Gemahlin muss gefunden werden.«

Grimmig dreinblickend wandte er sich wieder zu der qualmenden Ruine.

Feuchte Kälte streifte Ryccas Gesicht und weckte sie. Einige Minuten lang schwankte sie auf der Schwelle des Bewusstseins, bis die Erinnerung abrupt zurückkehrte. Sie lag auf nasser Erde, die sie an ihrer Wange gespürt hatte. Ringsum wallten Nebelschwaden. Wo sie sich befand und wie lange sie ohnmächtig gewesen war, wusste sie nicht.

Oder wer sie überfallen hatte.

Vorsichtig setzte sie sich auf und betastete ihren Körper.

Von ein paar Schürfwunden und blauen Flecken abgesehen, war sie anscheinend unverletzt.

Schlangen. In ihrer Fantasie tauchten plötzlich die ineinander geschlungenen Reptilien auf, die sie gesehen hatte, kurz bevor ihre Sinne geschwunden waren. Was mochte das bedeuten?

Um darüber nachzudenken, würde sie später noch genug Zeit finden – falls es das Schicksal gut mit ihr meinte. Jetzt musste sie erst einmal feststellen, ob sie allein war.

Die Augen zusammengekniffen, spähte sie in den Nebel und lauschte angespannt. Nichts regte sich, kein Laut drang heran.

Erleichtert seufzte sie und zwang sich zur Ruhe. Trotz des Spätsommers war die Luft kühl. Schaudernd verschränkte sie die Arme vor der Brust und versuchte, die Tageszeit festzustellen. Das gelang ihr nicht, weil der Nebel die Sonne verbarg.

Aber wie viele Stunden seit dem Angriff im Stall auch verstrichen sein mochten – der Tag neigte sich sicher dem Ende zu. Bald würde sie in der nächtlichen Kälte erbärmlich frieren, und deshalb musste sie möglichst schnell die Festung erreichen.

Wie sollte sie in diesem dichten Nebel den Weg finden? Ein falscher Schritt, und sie würde sich in noch größere Gefahr bringen. Andererseits war es unerträglich, nichts zu unternehmen. Hielt sich der Entführer in ihrer Nähe auf? Zögernd rief sie: »Hallo – ist da jemand?«

Ihrer Frage folgte tiefe Stille, so bedrückend wie der Nebel. War sie mutterseelenallein in einer Welt, aus der sich alle sichtbaren und hörbaren Dinge entfernt hatten?

Dieser Gedanke ließ sie noch heftiger frösteln. So oft hatte sie sich in Wolscroft gewünscht, sie wäre allein, und von einem einsamen Leben geträumt… Irgendwo in der freien Natur würde sie einem Falken gleichen, niemals von Men-

schenhand gezähmt. Außer ihrem Zwillingsbruder Thurlow hätte sie niemanden vermisst und sich von vielen Leuten nur zu gern für immer verabschiedet. Das hatte sich inzwischen geändert. Jetzt sehnte sie sich nach Dragon, nach dem Klang seiner Stimme, seiner Berührung, der Wärme seines Lächelns. Für ein paar Sekunden senkte sie die Lider und sah ihn vor ihrem geistigen Auge. Diese Vision gab ihr neue Kraft, und sie erhob sich. Langsam und vorsichtig würde sie einen Fuß vor den anderen setzen. Hier wollte sie nicht länger ausharren.

Nach einigen Schritten bemerkte sie, wie seltsam steif sich ihre Hände anfühlen. Verwirrt blieb sie stehen und hielt ihre Finger hoch. Durch wirbelnde Nebelschleier sah sie schwarze Streifen auf ihrer hellen Haut, roch daran, und der beißende Geruch von Pech füllte ihren Atem.

Pech? Eigenartig. Wie war es auf ihre Hände geraten? Im Stall wurde kein Pech aufbewahrt. Zumindest erinnerte sie sich nicht daran.

Sie lauschte wieder. Aus der Ferne, vom Nebel gedämpft, drang das Rauschen der Meereswellen zu ihr, die sich an der Küste brachen. Vielleicht erlag sie einer Sinnestäuschung. Aber es gab nichts anderes, woran sie sich orientieren konnte. Und so ging sie weiter, auf der Suche nach dem Heimweg.

17

Im Nebel schien die Zeit viel langsamer zu verstreichen als normalerweise. Alle paar Schritte blieb Rycca stehen und lauschte, versuchte festzustellen, ob sie sich das Rauschen der Brandung nicht eingebildet hatte und immer noch darauf zuging. Feuchte Kälte klebte das Kleid an ihre Haut, und sie

zitterte am ganzen Körper. Als sie ihre Schritte beschleunigte, stolperte sie prompt über einen Stein und stürzte.

Stöhnend kam sie wieder auf die Beine und setzte ihren Weg etwas besonnener fort. Ehe sie sich verletzte und hilflos am Boden lag, würde sie lieber frieren. Sie erinnerte sich wieder an jene unheimlichen Schlangen und überlegte, wer sie aus dem Stall entführt haben mochte.

Welcher Mann wäre so leichtsinnig, den Zorn des Jarls zu riskieren? Und warum hatte er sie unversehrt im Nebel liegen lassen?

Vielleicht hatte der Schurke einfach den Mut verloren und die Flucht ergriffen, statt seine gerechte Strafe zu erleiden. Je länger Rycca darüber nachdachte, desto fester glaubte sie an diese Möglichkeit. Sie fühlte sich sogar erleichtert, denn derselbe Übeltäter musste auch die anderen Zwischenfälle verursacht haben. Wenn er verschwunden war, durfte sie erwarten, das Leben in Landsende würde zur gewohnten friedlichen Heiterkeit zurückkehren.

Nun hielt sie wieder inne und lauschte. Das Meeresrauschen erschien ihr etwas lauter. Doch sie war sich nicht sicher. Und dann hörte sie etwas anderes – ein leises, rhythmisches Pochen. Trotz ihrer Müdigkeit, Schmerzen und Sorgen schöpfte sie neue Hoffnung und ging langsam weiter.

Die Welt glich einem fremdartigen Traum. Aller vertrauten Merkmale beraubt, hatte sie zwischen Rycca und ihren Gedanken nichts zu bieten. Wie würde das Leben verlaufen, wenn sich der Nebel niemals auflöste? Nein, das wollte sie sich nicht ausmalen, eine zu rege Fantasie würde der Seele schaden. Jedenfalls vermisste sie die Welt mit all ihren Farben und Geräuschen. Nicht einmal den Winter fand sie so trostlos wie diesen Nebel, der das Bedürfnis weckte, auf den Boden zu sinken, sich zusammenzukrümmen und alles zu vergessen.

Aber das würde sie nicht tun. Sie ging weiter, lauschte

der Brandung und dem seltsamen Pochen. Irgendwie klang es vertraut. Sie hatte es schon oft gehört... Wenige Minuten später erkannte sie, was sie hörte.

Hufschläge! Das Pferd galoppierte nicht, sondern bewegte sich in gleichmäßigem Trab. Auch das war gefährlich in diesem Nebel, der die Umgebung verhüllte. Wer würde ein solches Wagnis auf sich nehmen?

»Rycca!«

Klar und unverwechselbar ertönte die Stimme Dragons, der zweifellos nach ihr suchte.

»Hier!«, rief sie überglücklich. »Hier bin ich!«

Aus einer grauen Wolke ritt er auf sie zu, zunächst nur ein dunkler Schemen. Bald nahm er Gestalt an. Hoch aufgerichtet saß er im Sattel. Als er Sleipnir zügelte, scharrte das Pferd aufgeregt mit den Hufen, sichtlich entzückt, Rycca wieder zu sehen. Seltsam – sein Herr wirkte nicht so erfreut.

Ausdruckslos schaute er durch die Nebelschleier auf sie hinunter. »Was zum Teufel treibst du hier draußen?«

Das war nicht die erhoffte warmherzige, tröstliche Begrüßung. Aber sie nahm die unfreundlichen Worte klaglos hin. »Versuchen wir Landsende zu erreichen«, bat sie beklommen, hob eine Hand hoch, und er zog sie in den Sattel – so mühelos, als wäre sie federleicht.

Obwohl sie seinen Körper inzwischen so gut kannte, staunte sie immer noch über seine Kraft.

An seinen Rücken gelehnt, nahm sie einen beißenden Geruch wahr, der ihr Unbehagen verstärkte. »Was ist das?«

»Der Gestank? Rauch. Die große Scheune ist niedergebrannt.«

»Meinst du die Scheune, in der wir das Viehfutter lagern wollten?«

»Ja.«

Rycca drehte sich im Sattel um und starrte in sein grimmi-

ges, mit Ruß beschmiertes Gesicht. »Was werden wir jetzt tun?«

»Einen neuen Schuppen bauen. Möglichst schnell.«

Eine vernünftige Antwort – und bezeichnend für den tatkräftigen Jarl… Trotzdem war Rycca immer noch verwirrt. »Das verstehe ich nicht. Wie konnte der Brand ausbrechen?«

»Jemand verteilte Pech rings um den Schuppen, wahrscheinlich auch drinnen, und zündete es an.«

Stocksteif saß sie vor ihm im Sattel.

»Was hast du an den Händen?« Wie sein Tonfall verriet, wusste er das bereits.

»Pech«, antwortete sie und war stolz, weil ihre Stimme nicht bebte.

»Ich nehme an, du willst mir nicht erklären, warum Pech an deinen Händen klebt – und warum ich dich hier draußen fand, meilenweit von Landsende entfernt.«

Schmerzhaft verkrampfte sich ihr Hals. In diesem Augenblick – gerade *jetzt* – würde sie so dringend seine Zärtlichkeit brauchen, seine Beteuerung, alles sei in Ordnung. Welch ein törichter Wunsch… Wie kleinmütig und lächerlich, dergleichen zu erwarten…

»Ich war im Stall, bei Grani und Sleipnir. Da tauchte jemand aus dem Nebel auf und packte mich. Weil ich nicht atmen konnte, verlor ich die Besinnung. Vor etwa einer Stunde kam ich zu mir, und seitdem suche ich den Heimweg.«

In ihrer Stimme schwangen keine Gefühle mit, und sie schaute ihn auch nicht an. Damit würde sie sich nur selber quälen.

Aber ihre Angst konnte sie nicht verdrängen. Wenn er ihr nicht glaubte – welche Hoffnung würde ihr dann noch bleiben? Welches Schicksal drohte ihr, inmitten fremder Menschen, die sie nur allzu leicht als Feindin betrachten könnten?

Eine Zeit lang schwieg er. Aber sie spürte seinen starken

Arm, der sie etwas fester umschloss. Schließlich fragte er: »Hast du mir sonst noch etwas zu sagen?«

»Ich sah zwei Schlangen, die einander fraßen.«

»Was? Im Nebel?«

»Genau weiß ich nicht, wo ... Jedenfalls sah ich sie, bevor ich in Ohnmacht fiel.«

»Das hast du dir eingebildet.«

Rycca wollte den Kopf schütteln. Doch sie besann sich anders. Ihr Stolz verbot ihr den Versuch, Dragon von irgendetwas zu überzeugen. Außerdem wäre es ohnehin sinnlos gewesen. Sie spürte bereits, wie sie sich in ihr Inneres zurückzog. So wie in der Kindheit war dies auch jetzt ihr einziger Fluchtweg.

Den großen Hengst störte der Nebel nicht im Mindesten. Unbeirrt trabte er in die Richtung von Landsende, und Rycca nahm an, seine Witterung würde ihn leiten. Jeder Ort verströmte einen einzigartigen Geruch. In Wolscroft stank es nach feuchten Steinmauern und Angst. Landsende roch nach dem Meer, reifem Getreide und dem milden Rauch der Herdfeuer, nach Pferden und Leder, Schweiß und Dampf – nach all den üppigen vielfältigen Aromen eines Zuhauses.

Zuhause? Ihre Kehle verengte sich wieder, und sie schluckte. Energisch verdrängte sie den Gedanken.

Aber er kehrte zurück, als die Festungswälle im Nebel auftauchten. »Was hast du vor, Dragon?«, fragte sie und wartete vergeblich auf eine Antwort.

Inzwischen hatten sie den Hof erreicht. Vor dem Stall stieg er ab. Ihre Blicke trafen sich. Wie müde er aussah – nicht körperlich, sondern seelisch ... Heißes Mitleid erfasste ihr Herz, und sie sank in seine ausgestreckten Arme. Ohne sie loszulassen, stellte er sie auf die Füße. Seine Wärme und seine Kraft spendeten ihr keinen Trost.

»Von diesem Schicksalsschlag wurden meine Leute schmerzlich getroffen«, betonte er.

Kein Wunder… Von der Ernte erschöpft, würden sie erneut hart arbeiten müssen, um die Scheune wiederaufzubauen. Sonst wäre ein Teil ihrer Mühe umsonst gewesen. Wenn das Futter nicht sachgerecht gelagert wurde, konnte man die Tiere im Winter nicht ernähren. Einige würde man notgedrungen töten. Dann wären die Herden im nächsten Frühling beträchtlich dezimiert. Der Verlust eines einzigen Schuppens würde sich womöglich jahrelang auswirken.

Trotzdem wollte sie seine Wortwahl nicht hinnehmen. »*Uns* hat das Feuer schmerzlich getroffen.«

Schweigend ergriff er ihre Hand und führte sie zur Halle.

Zur Hölle mir ihr! Warum gab sie keine einleuchtende Erklärung für den Zwischenfall ab – irgendetwas, das er nutzen könnte, um ihr zu ersparen, was er ansonsten tun musste? Brachte sie kein Verständnis für seine Position auf? Als Jarl von Landsende trug er die Verantwortung für die Sicherheit seines Volks in einer unsicheren Welt. Über seinen persönlichen Gefühlen durfte er seine Pflichten nicht vergessen.

Dragon holte tief Atem und zwang sich zur inneren Ruhe. Seit Rycca verschwunden war, wuchs seine Sorge. Immer wieder hatte er über die Ereignisse nachgedacht – die zerstörten Webstühle und Stoffe, das verdorbene Salz, die Kletten unter Granis Satteldecke, die Gewürze. Und er hatte sich gesagt, daran könne sie unmöglich schuld sein, schon gar nicht an Granis Qualen, denn sie liebte Pferde.

Ihn liebte sie nicht. Bei Thors Hammerschlägen, warum ging ihm ausgerechnet jetzt dieser Gedanke durch den Sinn? Wen interessierte es schon, ob sie ihn liebte oder nicht? Ihn selbst ganz sicher nicht. Niemals hatte er erwartet, die große Liebe zu erleben. Für Wolf und Hawk war das gut und schön. Er freute sich für die beiden. Nur wenigen Menschen war ein solches Glück beschieden, und er gehörte gewiss nicht dazu. Zum Teufel mit den beharrlichen Wünschen, die

Rycca in ihm weckte, mit der wehmütigen Sehnsucht nach inniger Verbundenheit, die seine Einsamkeit besiegen und seinem Dasein einen Sinn verleihen würde... Nein, daran wollte er nicht denken. Es genügte, dass sie seine Frau war, und was das bedeutete, musste sie respektieren.

Dazu war sie nicht bereit. Denn sie hatte ihn nur geheiratet, weil ihr andernfalls nichts anderes übrig geblieben wäre, als zu ihrem Vater zurückzukehren. Und in Wolscroft hätte ihr die Todesstrafe gedroht.

Aber seit der Hochzeit – Erinnerungen stürmten auf Dragon ein. Rycca auf der Fahrt nach Landsende, an Bord seines Schiffs, wo sie sich so geduldig bemüht hatte, seine Muttersprache zu erlernen. Rycca in seinen Armen, süß und leidenschaftlich. Oder auf dem Kai, in Granis Sattel, ihr Stolz, ihr freudiges Staunen über jenen Gefallen, den er ihr erwiesen hatte. Ihr eifriges Bemühen um die Pflichten der Festungsherrin. Einen Haushalt zu führen fiel ihr schwer. Das war wohl kaum ein Geheimnis. Aber allem Anschein nach tat sie ihr Bestes. Und die gemeinsamen Nächte, die seltenen Stunden, die er ihr tagsüber widmen konnte, erregten Gefühle, die er nie zuvor gekannt hatte.

Hinterging sie ihn tatsächlich? War das die Frau, die sein Bett so hingebungsvoll teilte, die neben ihm an der herrschaftlichen Tafel saß und die Herzen seiner Leute gewonnen hatte? Hegte sie einen verborgenen Groll, der sie zu diesen bösartigen Anschlägen veranlasste? Und warum mochte sie das alles aushecken?

Der Lord of Wolscroft hasste den englischen König. Und Alfreds Friedenspolitik hing nicht zuletzt vom Erfolg der norwegisch-angelsächsischen Ehen ab. Rycca war Wolscrofts Tochter – und glich ihm so wenig wie der Tag einer dunklen Nacht. Zweifellos verabscheute sie ihren Vater. Um ihm zu entrinnen, hatte sie sogar eine unerwünschte Ehe akzeptiert.

Oder steckt etwas anderes dahinter, fragte sich Dragon.

Bin ich das Opfer eines niederträchtigen Täuschungsmanövers?

War sie nur zum Schein vor der Hochzeit geflohen? Hatte sie ihre Angst vor dem Vater und die Freude über ihre Befreiung von dem grausamen Mann gespielt? Hütete sie sein Erbe in einer schwarzen Seele?

Nein, es musste seine Bitterkeit sein, die ihn mit so unwillkommenen Gedanken peinigte. Selbst wenn sich seine Befürchtungen bewahrheiten, wenn sie ihm schaden wollte, würde das nicht erklären, warum sie sich mit ihrer Zerstörungswut in Gefahr brachte.

Oder glaubte sie ihn zu kennen? Dachte sie, er würde ihr nichts antun? Vermutete sie, ihr würde nichts Schlimmeres zustoßen als die Rückkehr zu ihrer Familie? Darin würde Wolscroft eine schwere Beleidigung sehen und von Alfred verlangen, das Bündnis zwischen den Norwegern und Sachsen zu lösen. Strebte Rycca dieses Ziel an?

Offenbar war er zu lange in Byzanz gewesen, und diese Hauptstadt der Intrige und des Betrugs hatte seine Denkweise verdorben.

Und doch – sein Verdacht könnte sich bestätigen. So schmerzlich es ihn auch treffen würde, mit dieser Möglichkeit musste er rechnen.

Sie würde sich vor ihm verantworten müssen – und vor seinen Leuten. Auch sie hatten ein Recht auf die Wahrheit.

Von solch düsteren Gedanken belastet, betrat der Jarl seine Halle. Dort versammelten sich die Leute, sobald sich herumgesprochen hatte, Rycca sei gefunden worden. Zuerst traten seine Krieger ein, darunter Magnus. Die anderen Festungsbewohner folgten ihnen auf den Fersen. Dann erschienen die Männer und Frauen aus der Stadt.

Dragon setzte sich auf seinen Stuhl. Seiner Gemahlin bot er keinen Platz an. Das hatte sie erwartet.

Nur zu gut wusste sie, was jetzt geschehen würde. Wenn

sie auch davor zurückschreckte … Der Held eines fremden Landes – ihr Ehemann, vor dem sie geflohen war, um ihn dann in ihrem Schoß und ihrem Herzen willkommen zu heißen – würde über sie Gericht halten.

Die Ängste in ihrer Seele nahm sie kaum wahr. Dafür war sie dankbar. Sie begrüßte die seltsame Benommenheit, die sie erfüllte wie der Nebel das schwindende Tageslicht im Hof. Und hinter den wirbelnden Schleiern in ihrem Innern würde sie einen wichtigen Teil ihres Ichs verstecken.

»Rycca …«

Aus diesen Tiefen tauchte sie nur weit genug auf, um zu merken, dass Dragon mit ihr sprach. Seine Worte verstand sie nicht.

»Ich habe dich gefragt, was geschehen ist.«

»Das sagte ich bereits«, erwiderte sie leise. Undeutlich hörte sie ihre eigene Stimme im Nebel.

»Du hast mir erzählt, jemand sei im Stall über dich hergefallen. Den Angreifer konntest du nicht sehen. Du bist ohnmächtig geworden. Dann kamst du zu dir, meilenweit von Landsende entfernt.«

Als sie nickte, gewann sie den Eindruck, unsichtbare Fäden würden ihren Kopf auf und ab bewegen.

»An deinen Händen klebt Pech.«

Langsam hob sie ihre Finger, die jemand anderem zu gehören schienen. Ringsum erklang gedämpftes Stimmengewirr.

»Wie ist das Pech auf deine Hände geraten?«

»Keine Ahnung.« Wer ihr Ehemann war, wusste sie auch nicht mehr. Vergeblich suchte sie sich an die spielerische Intimität der gemeinsamen Nächte zu erinnern, an die Liebeslust in seinen Armen, die ihr jene himmlische Freiheit geschenkt hatte. Das alles verschwand in Nebelwolken.

»Hast du keine Erklärung dafür?« Dragon runzelte die

Stirn und erregte wieder Ryccas Mitgefühl. Aber es verflog sofort, vom Grauen dieses Augenblicks verscheucht.

Nun steckte sie in einer grässlichen Klemme. Wie sollte sie ihre Unschuld beweisen, wenn alles gegen sie sprach? Der Nebel hatte die Ereignisse verhüllt, niemand konnte ihre Entführung aus dem Stall und den Brandstifter beobachtet haben. Offenbar hatte er seine Unsichtbarkeit genutzt.

Entschlossen hob sie den Kopf. Sie fror immer noch. Aber die innere Kälte war viel schlimmer. Dagegen musste sie kämpfen, damit ihr die Stimme gehorchte. »Ich habe es nicht getan. An keinem dieser schrecklichen Anschläge bin ich schuld.«

»Das würde ich dir gern glauben. Leider sind die Beweise eindeutig.«

»Keineswegs.« In ihrer Verzweiflung verriet sie, was sie lieber geheim gehalten hätte. »Da ich stets die Wahrheit erkenne, bin ich zur Lüge unfähig.«

Wieder erklang lebhaftes Gemurmel. So etwas hatten die Bewohner von Landsende noch nie gehört, und nun gaben sie verschiedene Kommentare ab.

»Seid still!«, befahl Dragon, stand auf und ging zu Rycca. »Davon hast du mir erzählt. Aber wie soll ich feststellen, ob es stimmt?«

»Von Anfang an wusste ich, dass Olav den Diebstahl nicht begangen hatte ...«

»In jenem Fall zog ich meine eigenen Schlüsse, unabhängig von deiner Aussage. Ich verdächtigte Trygyv sofort der Lüge und nahm an, er hätte den Kelch heimlich verschwinden lassen. Und dann fand ich die Beute im Meer, in seiner Reichweite. Mit deinem angeblichen Talent, stets die Wahrheit herauszufinden, hatte es nichts zu tun.«

Jetzt raubte er ihr die letzte, schwache Hoffnung. Wenn er an dieser Fähigkeit zweifelte, die untrennbar mit ihrem Wesen verbunden war – wie sollte er ihr jemals glauben? »Und

die Schlangen, die ich sah?«, würgte sie hervor. »Irgendetwas müssen sie bedeuten.«

»Schlangen, die einander fressen? Wen stellen sie dar, Lady? Ich weiß, du hasst die Wikinger. Daraus hast du keinen Hehl gemacht. Ist die eine Schlange ein Norweger – und die andere der englische König? Entsinnst du dich, wie freimütig du über Alfreds Tod gesprochen hast?«

»Warum drehst du mir das Wort im Mund herum? Wie kannst du mir das antun?«

»Erklär doch, was *du* mir antust.«

Angespannt wartete er auf Ryccas Antwort. Während sie beharrlich schwieg, suchte er erfolglos nach Mitteln und Wegen, um ihre Unschuld zu beweisen. Also musste er sie bestrafen… Nein, daran wollte er nicht denken. Jetzt noch nicht. Und wenn er keine Wahl hatte?

Wäre er doch ein Skalde, der ungehindert durch die Welt wandern und nach Belieben irgendwelche Geschichten erfinden konnte…

Aber er war ein Jarl, und seine Leute erwarteten, dass er seine Pflicht erfüllte. Er wollte ihnen mitteilen, vorerst würde er Rycca in seinem Haus einsperren, bis es an der Zeit wäre, ein Urteil zu fällen. Doch dann beobachtete er, wie sie einen Blick auf Magnus warf und hastig wegschaute, als würde sie vor ihm zurückschrecken. Magnus? Seit seiner Kindheit kannte er ihn. Der Mann hatte ihm stets treu gedient. Und Rycca war ihm offensichtlich aus dem Weg gegangen. Warum?

Wenn sie tatsächlich die Wahrheit erkannte – wenn sie glaubte, Magnus wäre nicht vertrauenswürdig…

Unsinn, er versuchte sich nur an rettende Strohhalme zu klammern, die es gar nicht gab. Wenn sie unschuldig war, musste jemand anderer die Missetaten begangen haben – jemand, der den Jarl und sein Volk gegen die Angelsächsin einnehmen, die Ehe zerstören und das mühsam errungene, für den Frieden so wichtige Bündnis untergraben wollte.

Sollte eine solche Person tatsächlich existieren, musste Dragon sie aufspüren. Sonst würde er zu viel aufs Spiel setzen.

Könnte er doch unter vier Augen mit seiner Frau reden, ihr erklären, was er dachte, was er plante… Aber seine Leute beobachteten ihn und warteten.

Schweren Herzens begann er zu sprechen. »Ich lasse dich an den Marterpfahl binden, Rycca. Daran bleibst du gefesselt, bis du bereit bist, aufrichtig und in allen Einzelheiten zu schildern, was du getan hast.«

Entsetzt rang sie nach Luft – unfähig, ihren Ohren zu trauen. Das schien auch den Zuhörern schwer zu fallen. Nur wenige nickten zustimmend. Die meisten starrten den Jarl bestürzt an.

Scheinbar angewidert, wandte sich Dragon von Rycca ab und gab Magnus einen Wink. »Kümmere dich darum. Bedenk bitte, sie ist meine Frau, und sie darf nicht verletzt werden. Aber es muss geschehen. Verstehst du?«

»Ja, natürlich«, beteuerte Magnus hastig. Seine Miene wirkte bedauernd, aber auch entschlossen, als er zu Rycca eilte. »Folgt mir, Mylady.«

Vor Angst halb benommen, konnte sie sich nicht zu einem Protest durchringen. Ein letztes Mal schaute sie Dragon an, der ihrem Blick auswich und Magnus beobachtete. Der getreue Stellvertreter ergriff ihren Arm und führte sie aus der Halle. Trotz der Nebelschleier im Hof fand er mühelos den Weg zum Marterpfahl. Schaudernd blieb Rycca davor stehen. Dieser Anblick weckte grausige Erinnerungen an einen ähnlichen Pfosten in Wolscroft, an die Qualen, die so mancher Verurteilte erlitten hatte, hilflos an das harte Holz gefesselt. In Landsende musste sie schon hundertmal an dem Pfahl vorbeigegangen sein – und sie hatte ihn gar nicht bemerkt, weil ihr hier alles ganz anders erschienen war.

Welch ein Irrtum… Sie hörte die Stimmen der Leute, die

aus der Halle in den Hof eilten. Im Nebel wirkten sie wie dunkle Geister vor dem Hintergrund einer leeren Welt. Ein Strick hing am Pfosten, und Magnus griff danach. »Reicht mir Eure Hände, Mylady.«

Da ihr nichts anderes übrig blieb, gehorchte sie. Ihr Stolz verbot ihr eine sinnlose Gegenwehr. Fester als nötig schlang Magnus den Strick um ihre Handgelenke. In seinen Augen las sie wilden Triumph. Diesen Ausdruck maskierte er sofort. Doch sie wusste, was sie gesehen hatte, und wich vor ihm zurück. Ihr Rücken drückte sich an den Pfosten. Nun war der Nebel ihr Freund. Mochte sie in seiner feuchten Kälte auch frieren – er schützte sie vor neugierigen Blicken. So viele Leute drängten sich im Hof, um die Demütigung der Angelsächsin zu beobachten. Doch sie ließ sich nicht erniedrigen. Hoch erhobenen Hauptes würde sie erdulden, was ihr zugemutet wurde. Sie hatte ohnehin keine Wahl. Und sie konnte sich nur noch an ihren Stolz klammern.

Nach einer Weile beschloss sie, sich zu setzen. Das war nicht ehrlos und einem Zusammenbruch vorzuziehen. Seit dem Haferbrei am Morgen hatte sie nichts gegessen. Trotzdem würde sie keinen Bissen hinunterbringen. Sie sank zu Boden. Zitternd zog sie ihren feuchten Rock enger um die Beine.

Der Jarl – in ihren Gedanken nannte sie ihn nicht mehr Dragon – hatte angekündigt, sie würde an diesem Pfahl ausharren müssen, bis sie bereit sei, ihre Taten aufrichtig zu schildern. Was geschehen war, hatte sie ihm bereits erzählt. Aber er glaubte ihr nicht.

Wie lange würde sie ihre Gefangenschaft ertragen? Der nächtlichen Kälte ausgeliefert, ohne jene Privatsphäre, die sie für die einfachsten menschlichen Bedürfnisse brauchte, öffentlich gedemütigt … Um sich zu wärmen, presste sie ihre gefesselten Arme an die Brust. Doch sie sehnte sich nach anderen Armen – nach starken Armen, die ihr nur ein flüch-

tiges Glück geschenkt hatten. In ihren Augen brannten Tränen, die sie ärgerlich wegwischte.

Etwas später tauchte Magda aus dem Nebel auf und brachte ihr mehrere Decken, eine Schüssel mit einem dampfenden Eintopf und einen Krug Wasser. Fürsorglich hüllte sie Rycca in warme Wolle und drückte ihr einen Löffel in die Hand. »Esst, Mylady. Bald komme ich wieder und binde Euch los, damit Ihr Eure Notdurft verrichten könnt.«

»Oh – vielen Dank, Magda«, stammelte Rycca verwirrt. »Das dürft Ihr nicht tun. Meinetwegen sollt Ihr nicht in Schwierigkeiten geraten.«

Langsam richtete sich die ältere Frau auf, die Stirn kummervoll gerunzelt. »Um mich müsst Ihr keine Angst haben, Mylady.« Und dann verschwand sie im grauen Nichts.

Rycca seufzte. Zumindest *eine* Freundin hatte sie hier gefunden. Aber diese Erkenntnis lockerte ihren verkrampften Magen nicht, und sie konnte nichts essen – so verlockend der Eintopf auch duftete. Sie stellte die Schüssel beiseite und versank noch tiefer in den Wolldecken. Wenigstens musste sie nicht mehr frieren.

Sie aß nichts. Verdammt, sie brauchte eine nahrhafte Mahlzeit, um ihren Körper zu erwärmen. Wie lange dieses Martyrium dauern würde, war nicht abzusehen…

Nahe daran, Magda noch einmal in den Hof zu schicken, besann sich Dragon anders. Die Dienerin hatte seine Anweisungen genau befolgt. Wenn seine Taktik ihren Zweck erfüllen sollte, durfte er nicht übermäßig besorgt erscheinen. Er riskierte ohnehin schon zu viel, weil er in Ryccas Nähe blieb. Hinter einer Ecke des Stallgebäudes verborgen, konnte er den Pfahl sehen, und er hoffte, seine Leute würden ihn im dichten Nebel nicht entdecken. Der Anblick seiner gepeinigten Frau brach ihm fast das Herz. Wenn er sich auch immer wieder sagte, das Pech auf ihren Händen würde

ihre Schuld eindeutig beweisen, wollte er nicht daran glauben.

Stöhnend lehnte er sich an die Stallwand. Drinnen schnaubten Grani und Sleipnir, als würden sie die Verzweiflung ihres Herrn spüren. Der Nebel löste sich allmählich auf, und Dragon trat etwas weiter zurück, um sich nicht ertappen zu lassen.

Wie vereinbart, kam Magda zurück und führte Rycca weg. Nach wenigen Minuten erschienen sie wieder, und die ältere Frau band ihre Herrin an den Pfosten, was ihr sichtlich schwer fiel. Dragon beobachtete, wie Rycca beruhigend auf sie einsprach. Die Stirn gefurcht, ergriff Magda die unberührte Schüssel und stellte einen Korb mit einer frischen Mahlzeit auf den Boden. Bevor sie davonging, vergewisserte sie sich, dass Rycca möglichst fest in die warmen Decken gewickelt war.

Inzwischen hatten sich seine Untertanen entfernt. Entweder waren sie vernünftig genug, um zu erkennen, der Jarl würde ihre Neugier nicht schätzen. Oder sie ertrugen es nicht, die Qualen einer Frau mit anzusehen, die sie lieb gewonnen hatten. An diesem Abend speiste niemand in der Halle. Die Krieger auf den Wachttürmen hatten sich vom Hof abgewandt.

Schließlich brach die Nacht herein, und Dragon streckte seine steifen Glieder. Die Leute nahmen sicher an, er würde in seinem Haus über die heimtückische Frau nachdenken, die er geheiratet hatte. Inständig hoffte er, wer immer ihr zu schaden suchte – falls eine solche Person überhaupt existierte –, würde sich möglichst bald verraten. Da saß sie, hilflos an den Pfosten gefesselt. Eine solche Gelegenheit würde der Schurke zweifellos nutzen.

Dragons Magen drehte sich um. Niemals hätte er sich träumen lassen, er würde zu solchen Mitteln greifen, um einen Verbrecher aus der Reserve zu locken. Aber er fand

keine andere Lösung seines Problems. Immer wieder redete er sich ein, seiner Gemahlin würde keine ernsthafte Gefahr drohen. Bevor sich ein Angreifer dem Pfahl nähern konnte, würde Dragon ihn entdecken und …

Was er dann tun würde, verschaffte ihm grimmige Genugtuung, lenkte ihn aber nicht von seiner Wachsamkeit ab. Unsichtbar, reglos an die Stallwand gepresst, behielt er seine sächsische Gemahlin im Auge.

Als Rycca aus dem Schlaf fuhr, stand der Mond hoch am Himmel. Unfassbar – sie war tatsächlich eingeschlummert. Das hätte sie nie für möglich gehalten. Offenbar war sie von ihrer Erschöpfung überwältigt worden. Sie bewegte sich in ihren Decken und stellte fest, dass weitere hinzugefügt worden waren. Magda musste zurückgekommen sein, ohne sie zu wecken.

Soeben hatte Rycca geträumt, Dragon würde sie in seinen starken Armen halten. Welch einen grausamen Streich ihr die Fantasie gespielt hatte … Lieber wollte sie wach bleiben, ehe sie noch einmal in so trügerischen Visionen schwelgte. Über dem Hof lag tiefe Stille. Inzwischen hatte sich der Nebel aufgelöst, und der Mond warf scharf gezeichnete Schatten auf den Boden. Plötzlich hörte sie ein leises Rauschen, hob den Kopf und sah eine Eule dahinfliegen.

Wie wundervoll die Festung aussah – eine trügerische Schönheit. Beschenkt mit einem friedlichen Heim, das ihr wenig später wieder entrissen worden war, wünschte Rycca, sie hätte es niemals kennen gelernt. Wäre das Schicksal barmherziger gewesen, hätte sie der Sturz von der Klippe ins Jenseits befördert.

Nein, sie durfte nicht im Selbstmitleid versinken. Das Leben war ein Gottesgeschenk, mochte es auch Kummer und Leid mit sich bringen – man durfte den Tod nicht herbeisehnen.

Geistesabwesend drehte sie am Strick, der ihre Handge-

lenke fesselte. Magda hatte einen ziemlich lockeren Knoten geschlungen. Mühelos könnte sich Rycca befreien.

Und was sollte sie dann tun? Wieder einmal die Flucht ergreifen? Sie unterdrückte ein bitteres Gelächter. Wohin würde sie denn laufen? Sie war an den Mann gebunden, der ihr die schlimmsten Missetaten zutraute. Trotzdem fürchtete sie sich nicht. Bei diesem Gedanken zuckte sie erstaunt zusammen.

Seltsam – sie fürchtete sich nicht.

Wie war das möglich? Jahrelang war sie in ihren Albträumen von den Gräueltaten der Wikinger verfolgt worden. Jetzt war sie in einer Wikingerstadt an einen Marterpfahl gefesselt. Und sie fürchtete sich nicht. Statt Angst und Grauen empfand sie eine sonderbare heitere Gelassenheit.

Alles würde sich zum Guten wenden. Weil sie unschuldig war. Das würde Dragon herausfinden. So wie er Olavs Unschuld erkannt hatte. Dann würde er eine andere Erklärung für die schrecklichen Zwischenfälle suchen. Im Gegensatz zu ihrem Vater war er kein brutaler, rachsüchtiger Mann. Niemals würde er ihr wehtun. Sie musste nur warten, bis ihm die Wahrheit bewusst wurde.

Wie töricht von ihr zu glauben, Magdas freundliche Gesten würden ihn erzürnen… Natürlich würde er der älteren Frau, die ihm schon seit vielen Jahren getreulich diente, keine Vorwürfe machen. Und die gute Magda würde gewiss nichts tun, was ihrem Herrn missfallen könnte. Das bedeutete… Plötzlich stockte Ryccas Atem.

Mit schmalen Augen schaute sie in die silbrige Nacht. Keine Menschenseele regte sich im Hof. Trotzdem gewann sie die Überzeugung, dass sie nicht allein war.

Obwohl sie sich albern fühlte, wurde sie von einer unwiderstehlichen Sehnsucht ermutigt. »Dragon?«, wisperte sie. »Bist du da? Hörst du mich?«

Hatte sie seine Nähe tatsächlich gespürt? Unglaublich…

Gib ihr keine Antwort, ermahnte sich Dragon. Vielleicht lauerte die Person, die er entlarven wollte, bereits in irgendeinem Winkel, um einen günstigen Augenblick abzuwarten. Wenn er jetzt sprach, würde er seinen eigenen Plan durchkreuzen. Und doch – dem flehenden Klang dieser Stimme konnte er nicht widerstehen.

»Sei still, Rycca!«, flüsterte er. »Wo ich bin, darf niemand wissen.«

Heiße Freude stieg in ihr auf. In maßloser Erleichterung hätte sie beinahe geschrien. Also war ihre heimliche Hoffnung berechtigt gewesen – er ließ sie nicht allein in dieser kalten Nacht. »Dragon, warum …«

»Still! Darüber reden wir später.«

Gehorsam wie eh und je – bei diesem Gedanken hätte sie beinahe laut gelacht – presste sie ihre Lippen zusammen und schwieg. Aber ihren Gedanken musste sie nicht Einhalt gebieten. Dragon war hier, und er bewachte sie. Offenbar erwartete er, irgendetwas würde geschehen. Und was? Dass sie dumm genug wäre, um einen Fluchtversuch zu wagen? Keine Sekunde lang glaubte sie, er würde ihr eine solche Falle stellen. Nein, er nahm an, der wahre Schuldige würde sich zeigen – der Schurke, der ihnen beiden zu schaden suchte.

Deshalb benutzte er sie als – Köder.

Wenn das alles vorbei war, würde sich ihr lieber Gemahl besonders wortreich entschuldigen müssen.

Weil sie fürchtete, ihr strahlendes Lächeln würde den Plan verraten, zog sie hastig den Zipfel einer Wolldecke über ihr Gesicht. Wenig später schlief sie wieder ein, sicher geborgen unter Dragons wachsamen Augen.

18

Im Gegensatz zu seiner Frau tat der Jarl von Landsende kein Auge zu. An beschwerliche Kriegszeiten gewöhnt, hielt er die ganze Nacht Wache. Im Hof rührte sich nichts. Kaum ein Laut erklang, bis am Morgen die Hähne krähten.

Kurz danach erschien Magda und entfernte sich mit Rycca. Als sie zurückkehrten, drängte die ältere Frau ihre Herrin, etwas zu essen. Rycca versprach, sie würde es versuchen. Das meinte sie ernst, nachdem sich ihre Stimmung inzwischen erheblich gebessert hatte. Aber allein schon der Geruch des Haferbreis krampfte ihren Magen zusammen, und sie stellte die Schüssel beiseite, ohne ihr Frühstück auch nur zu kosten.

Damit erzürnte sie Dragon, der immer noch hinter der Ecke des Stallgebäudes stand. Als wäre die Situation nicht schon schlimm genug! Nach der schlaflosen Nacht gingen ihm beinahe die Nerven durch. Am liebsten wäre er zu Rycca gerannt und hätte sie gezwungen, die Schüssel leer zu essen.

Und danach hätte er sie umarmt und geküsst und angefleht, ihm zu versichern, es sei kein Fehler, ihr zu vertrauen. Genauso wie diese albernen Füchse Grani und Sleipnir hätte er einen schmachtenden Narren aus sich gemacht.

Nein, das würde er nicht tun und stattdessen mit seinen Wachtposten auf den Türmen reden. Sie mussten auf seine Frau aufpassen, während er im belebenden kalten Wasser des Flusses untertauchte und die Schatten der langen, ermüdenden Nacht abschüttelte.

In frischer Kleidung kehrte er zurück. Für eine Rasur hatte er sich keine Zeit genommen. So normal wie jeden Morgen begann der Tag. Die Leute eilten umher und erfüllten ihre Pflichten, offensichtlich fest entschlossen, die Festungsherrin am Marterpfahl zu ignorieren. Von Magda abgesehen. Die treue Seele starrte ihn so vorwurfsvoll an, wie sie es wagte.

Mindestens zehnmal gesellte sie sich zu Rycca, um in dieser oder jener Angelegenheit einen Rat zu erbitten. Ihr absurdes Verhalten belustigte Dragon. Als sie wieder einmal an ihm vorbeirauschte, lachte er, womit er sich einen strengen Blick einhandelte.

Ereignislos verstrichen die Stunden. Magda kam und ging, beklagte Ryccas mangelnden Appetit und musterte Dragon immer zorniger. Diesem Beispiel folgten mittlerweile auch einige andere Frauen. Daraus schloss er, dass sie ihre Herrin für unschuldig hielten. Nun schämte er sich für den gedanklichen Ausflug in die byzantinische Intrigenwelt, den er am Vortag unternommen hatte, und er versuchte die unangenehme Erinnerung zu verdrängen.

Der Vormittag schleppte sich dahin. Da im Hof das übliche Leben und Treiben herrschte, sagte sich Dragon, niemand würde sich in böser Absicht an Rycca heranpirschen. Trotzdem fand er alle paar Minuten einen Vorwand, um sich in ihrer Nähe aufzuhalten. Gegen Mittag fragte ihn Magnus, ob er bei den Waffenübungen auf dem Turnierplatz die Aufsicht übernehmen sollte, und Dragon stimmte zu.

Scheinbar reglos hing die Sonne am Himmel. »Schlaft ein bisschen, Mylord«, empfahl ihm Magda, bevor sie Rycca eine weitere Mahlzeit brachte, die vermutlich ebenso wie alle anderen unberührt bleiben würde.

»Ärgere mich nicht!«, fauchte er. »Find lieber heraus, warum sie nichts isst. Und sag ihr, sie muss sich verdammt noch mal endlich stärken!«

Seufzend verdrehte Magda die Augen, verkniff sich aber eine passende Antwort.

Dragon zerrte den Wetzstein aus dem Stall, setzte sich vor das Tor und schärfte sein Schwert – eine unverfängliche Tätigkeit, die er oft ausübte. Darüber würde sich niemand wundern. Und die bemerkenswerte maurische Klinge lenkte ihn wenigstens kurzfristig von der Sorge um Rycca ab.

Allmählich erwärmte sich der Tag. Dragon bemerkte, dass Rycca ein frisches Kleid angezogen hatte und wieder einmal zu essen versuchte. Offenbar tat Magda ihr Bestes. Auf der nahen Koppel schnaubten Grani und Sleipnir.

Da die lästigen Biester nicht verstummen wollten, ging er zu ihnen und fütterte sie mit Äpfeln. »Glaubt mir, es geht ihr gut«, murmelte er. »Mir nicht. Aber deshalb müsst ihr euch keine Sorgen machen.«

Die Füchse wieherten und neigten die Köpfe. Anscheinend wollten sie ihm zustimmen.

Langsam wanderte die Sonne nach Westen. Dragon fragte sich gerade, wie er eine zweite schlaflose Nacht verkraften sollte, als ihn plötzlich der Ruf eines Wachtpostens alarmierte. Sofort kletterte er die Leiter zum nächstbesten Turm hinauf und spähte in die Richtung, in die seine Krieger zeigten.

»Seht doch, Mylord!«

Dragon schaute zur Straße hinab, die an der Stadt vorbei zu den Feldern führte. Dort schoben zwei Männer einen Handkarren, wie ihn die Bauern benutzten, um Geräte zwischen den Äckern und den Scheunen hin und her zu befördern. Jeder hielt mit einer Hand den Wagen fest. Mit der anderen gestikulierten sie heftig. Irgendetwas lag auf der Ladefläche. Was es war, konnte Dragon nicht erkennen. Aber die Aufregung der Männer war offenkundig.

In aller Eile trommelte er ein halbes Dutzend Krieger zusammen, sattelte Sleipnir und galoppierte den Hang hinab, um herauszufinden, was da nicht stimmte.

»Diesen Mann fanden wir in der Schlucht beim Fluss«, erklärte einer der Bauern und wies auf den Handkarren.

Dragon stieg ab, zog eine raue Wolldecke beiseite und entblößte einen verkrümmten Körper. Mittelgroß und schlank gebaut, etwa fünfundzwanzig Jahre alt, mit offenem braunem Haar, entsprach der Mann genau Ryccas Beschreibung des

Merciers, den sie in Landsende gesehen hatte. Seine Augen waren geschlossen, seine Haut zeigte die Blässe des Todes. An der rechten Seite des Kopfs klaffte eine tiefe Wunde, die ihn zweifellos ins Jenseits geschickt hatte.

»Schaut Euch sein Handgelenk an, Mylord«, bat der andere Bauer unterwürfig, doch er konnte seine Erregung nicht verhehlen. Der Tote trug ein schlichtes langärmeliges Hemd und eine Hose.

Als Dragon den Ärmel am linken Handgelenk hochkrempelte, entdeckte er eine Tätowierung – zwei umeinander gewundene Schlangen, und jede versuchte die andere zu fressen.

»Verzeiht mir, Mylord. Aber Lady Rycca sagte doch, jemand habe sie aus Eurem Stall entführt«, erinnerte ihn einer der Männer. »Dabei sah sie zwei Schlangen. Vielleicht waren es diese.«

Vor lauter Erleichterung wurde Dragon fast schwindlig. In seiner Seele hatte der Wunsch, seiner Frau zu glauben, gegen den bösen Verdacht gekämpft und gesiegt. Dafür war er jetzt dankbar, und die Bestätigung seines Vertrauens beglückte ihn.

Doch die Freude über ihre Unschuld wurde sofort von einem wilden Zorn verdrängt, der sein Blut in Wallung brachte. Zum ersten Mal in seinem Leben verstand er die Gefühle der legendären Berserker. Von unbändiger Mordlust getrieben, hatten sie auf den Schlachtfeldern übermenschliche Kräfte entwickelt.

Um diese helle Wut zu bezähmen, musste er seine ganze formidable Selbstkontrolle aufbieten, und ihr Erfolg stand keineswegs fest. Wäre der Mann aus Wolscroft noch am Leben gewesen – Dragon wusste nicht, ob er sich lange genug beherrscht hätte, um ihn zu verhören, statt ihn sofort zu töten. Jetzt spielte diese Überlegung keine Rolle mehr, denn der Mercier hatte seine Geheimnisse in eine andere Welt mitge-

nommen. Immerhin stand nun fest, warum er nach Landsende gekommen war.

»Bringt ihn in die Festung«, befahl Dragon den Bauern und ritt den Hang hinauf.

Im Hof, dicht vor dem Marterpfahl, zügelte er den Hengst so abrupt, dass Erdklumpen unter den Hufen hervorflogen. Dragon sprang aus dem Sattel und kniete neben Rycca nieder. Bevor er sie von den demütigenden Fesseln befreit hatte, würde ihm seine Stimme nicht gehorchen. Mit bebenden Händen löste er die Stricke.

»Was ist geschehen?«, fragte sie, während er sie auf die Beine zog. Mühsam widerstand er der drängenden Versuchung, sie zu umarmen, denn er wusste nicht, ob sie die Liebkosung dulden würde. Dass sie letzte Nacht seine Absicht erkannt hatte, milderte seine Gewissensqualen nicht. Er hatte sie als Lockvogel benutzt und – schlimmer noch – zu Unrecht verdächtigt.

»Vorhin wurde ein Toter gefunden.« Sofort bereute er seine Worte. Bei allen Göttern, besaß er denn nicht die Gabe eines Skalden? Natürlich hätte er seiner Frau, die so viel durchgemacht hatte, die Neuigkeit möglichst schonend beibringen müssen. Aber sie wirkte kein bisschen entsetzt, nur neugierig. »Tatsächlich? Wer ist es?«

»Ich nehme an, der Mann aus Wolscroft. Zumindest trifft deine Beschreibung auf ihn zu.«

Darüber dachte sie eine Zeit lang nach und wischte den Staub von ihrem Rock. »Und ich glaubte schon, ich hätte mir nur eingebildet, ihn wieder zu erkennen.«

»Offensichtlich nicht. Genauso wenig sind die Schlangen deiner Fantasie entsprungen – sie wurden auf sein Handgelenk tätowiert.«

»*Das* war's also … Er hielt mir Mund und Nase zu, und ich konnte nicht atmen. Kurz bevor mir die Sinne schwanden, fiel mein Blick auf seinen anderen Arm, der meine Taille um-

schlang. Dabei muss ich die Tätowierung gesehen haben.« Sie sprach in beiläufigem Ton – was Dragon nicht gelang.

»Wäre er bloß noch am Leben!«

»Gewiss, dann könntest du ihn ins Verhör nehmen und herausfinden, was ihn zu seinen Missetaten trieb.«

»Eigentlich meinte ich eher die Genugtuung, die es mir verschafft hätte, ihn zu töten.«

Rycca warf ihm einen kurzen Blick zu. »Darauf musst du wohl oder übel verzichten. Woran ist er gestorben?«

»Vermutlich an einem Schlag auf den Kopf.«

»Oder er ist in dichtem Nebel gestrauchelt und gestürzt.«

Auch das war möglich. Aber Dragon wollte sich etwas mehr Zeit für solche Überlegungen nehmen. Mittlerweile hatte er genug falsche Schlüsse gezogen. Die Bauern, von seinen Rittern begleitet, brachten den Toten in den Hof. Aus allen Richtungen eilten Schaulustige herbei.

Dragon ergriff die Hand seiner Frau, hielt sie hoch und rief: »Lady Rycca ist unschuldig! Heute wurde der wahre Täter gefunden!«

Erfreut nickten die Leute. Einige Frauen musterten ihn vorwurfsvoll, die meisten Männer voller Mitgefühl, und er unterdrückte ein Stöhnen. Nach Ryccas Ansicht besaß sie schon genug Kleider. Auf Juwelen schien sie keinen Wert zu legen. Zwei prächtige Pferde durfte sie jeder Zeit reiten. Wie sollte er wiedergutmachen, was er ihr zugemutet hatte?

»Du hast getan, was nötig war.«

Verwirrt drehte er sich zu ihr um und misstraute seinen Ohren.

»Oh, missversteh mich nicht, Dragon – ich fand es keineswegs angenehm, die Nacht hier draußen zu verbringen, wie eine Ziege an einen Pfahl gebunden. Trotzdem hast du einen vernünftigen Plan durchgeführt.«

Ihr Verständnis bewegte ihn zutiefst. »Leider ohne Erfolg. Ich dachte, der Schurke würde über dich herfallen.«

»Glücklicherweise war er um diese Zeit schon tot.« Davon hatte sie sich mit einem kurzen Blick auf die Leiche überzeugt. Der Mann musste vor mehreren Stunden gestorben sein, vermutlich schon am Vortag.

»Bist du erfahren genug, um so etwas zu beurteilen?«, fragte Dragon.

»In Wolscroft war der Tod sehr oft zu Gast.«

»Und das erinnert mich an deinen Vater …«

Bestürzt wandte sie sich zu ihm, die Augen übergroß in ihrem bleichen Gesicht, und er erkannte, dass sie genauso erschöpft war wie er, obwohl sie eine Zeit lang geschlafen hatte. »Weißt du, wie gedemütigt ich mich fühle, weil ich die Tochter eines solchen Mannes bin?«, flüsterte sie.

»Nimm's nicht so schwer. Vielleicht hat ihn deine Mutter betrogen.«

»Wie gern würde ich daran glauben! Jahrelang war das mein liebster Wunschtraum. Aber sie war zu schwach und zu feige, um ihn zu hintergehen, also muss ich von ihm abstammen.«

»Trotzdem gleichst du ihm kein bisschen. Darüber haben wir schon einmal gesprochen, und du weißt, wie ich darüber denke.«

Sie schaute ihn schweigend an, und ihre Augen verrieten alles, was sie empfand.

Zärtlich zog er ihre Hände an die Lippen. »Ich habe einen Fehler begangen.«

«Weil du deine Frau mit einer Ziege verwechselt hast?«

Wie schwierig es doch war, mit einer Frau verheiratet zu sein, die stets die Wahrheit erkannte … Er durfte sie nicht belügen. Er holte tief Atem und schickte ein stummes Gebet zu den Göttern. »Eine Zeit lang – nur ganz kurz – hielt ich dich für schuldig.«

Die Wahrheit.

Lächelnd entzog sie ihm ihre Hände und umfasste sein

Gesicht. Dann stellte sie sich auf die Zehenspitzen, und ihr Mund berührte seinen.

»Womit habe ich diesen Kuss verdient?«, fragte Dragon, erleichtert und verblüfft zugleich. Immer wieder würde sie ihn überraschen. Doch das störte ihn nicht, denn das Schicksal meinte es gut mit ihm. Eine schwere Last fiel von seiner Seele.

»Mit deinem Vertrauen an mich.«

»Gestern habe ich dir misstraut.«

»Nein, ich meine etwas anderes – du glaubst an meine Fähigkeit, immer die Wahrheit zu erkennen.«

»Und das weißt du, weil …«

Lachend griff sie wieder nach seiner Hand. »Weil du ein kluger Mann bist, Mylord. Wie leicht könntest du behaupten, du hättest niemals mit dem Gedanken gespielt, ich wäre schuldig… Damit würdest du dir ein paar eheliche Unannehmlichkeiten ersparen.«

Über diese Worte ärgerte er sich nur sekundenlang, denn er musste nicht an ihrer Bereitschaft zweifeln, ihm zu verzeihen. »Meistens sage ich ohnehin die Wahrheit, weil ich die Lüge verabscheue.«

»Etwas anderes hätte ich nie vermutet. Auch ich möchte ehrlich sein. Letzte Nacht merkte ich plötzlich, dass ich keine Angst hatte. Unter diesen Umständen war das grotesk, aber ich fürchtete mich kein bisschen.«

Befreit atmete er auf. Wenn eine Frau, die allen Grund hatte, die Wikinger zu fürchten, und von einem Wikinger an den Marterpfahl gefesselt wurde, keine Angst empfand – dann konnte das nur eins bedeuten. »Du vertraust mir.«

»Und du mir.«

In diesem Augenblick sah er nicht wie ein mächtiger Krieger und Jarl aus, sondern wie ein kleiner Junge, dem man die Welt geschenkt hatte. Und die wollte sie ihm immer wieder zu Füßen legen. »Nach unseren anfänglichen Schwierig-

keiten kommen wir ganz gut miteinander aus, nicht wahr?«, wisperte sie.

Nach diesem erfreulichen Gespräch mussten sie sich wohl oder übel mit dem Toten befassen, und Dragon war seinem Schicksal dankbar, das ihm eine zart besaitete Ehefrau erspart hatte. Mit schmalen Augen betrachtete er die Leiche. »Ist das der Mann, den du in der Stadt gesehen hast?«

»Eindeutig. In Wolscroft bin ich ihm mehrmals begegnet. Er hieß Fuller und entstammte einer alt eingesessenen Tuchwalkerfamilie. Aber er strebte nach Höherem und trat in die Dienste meines Vaters.«

»Der ihn hierher geschickt hat. Daran hätte ich früher denken sollen.« Dragon erinnerte sich an sein Hochzeitsfest, an den betrunkenen, kampflustigen Wolscroft, von seiner eigenen Tochter entwaffnet. Warum hatte er nicht mit der Rachsucht des Mannes gerechnet? »Darüber muss ich Wolf und Hawk verständigen.« Rycca nickte, und er bemerkte die Müdigkeit, die ihre Augen verschleierten. »Gehen wir in unser Haus. Dort werde ich die Briefe schreiben, während du dich ausruhst.«

»Lieber würde ich baden«, erwiderte sie und lächelte gequält.

Nicht zum ersten Mal verfluchte er ihren Vater.

Die Frauen trugen einen großen Zuber ins Haus, der normalerweise für die Wäsche benutzt wurde – nach der Ansicht Ryccas, die sich diesmal nicht mit einem Eimer begnügen wollte, ein unglaublicher Luxus.

Nachdem die Frauen den Bottich mit warmem Wasser gefüllt hatten, ließen sie das Ehepaar allein. Mit Pergament, Tinte und Federkielen gerüstet, setzte sich Dragon an den Tisch. Vor vielen Jahren hatte Wolf erklärt, sie müssten beide lesen und schreiben lernen, und sogar einen verängstigten Priester beauftragt, ihnen diese Fähigkeiten beizubringen. Dagegen hatte sich Dragon gesträubt und später erkannt, wie

vorteilhaft es war, wenn man sich ohne fremde Hilfe mit anderen Leuten verständigen konnte. Diese beiden wichtigen Briefe wollte er an Bord eines Schiffs bringen lassen, das am nächsten Morgen mit der Flut auslaufen würde. Aber irgendwie fand er nicht die richtigen Worte. Natürlich wusste er, was er seinem Bruder und dem Lord of Hawkforte mitteilen musste – er wurde einfach nur abgelenkt, weil seine Frau sich auszog und ihr schimmerndes Haar hochsteckte.

Fasziniert starrte er den schmalen Rücken an, die schlanke Taille, die sanft gerundeten Hüften. Dann riss er seinen Blick von ihr los. Verglichen mit ihrer Alabasterhaut wirkte das Pergament ziemlich vergilbt.

An meinen Bruder, Lord Wolf von Sciringesheal. Mit herzlichen Grüßen will ich dir berichten…

Was für wohlgeformte Beine… Er sah sie in die Wanne steigen und dachte an ihre wundervollen Schenkel, die sich so seidig anfühlten, wenn sie ihn in ihrem Schoß aufnahm.

In der Absicht, Rycca und mir zu schaden, kam ein Mercier nach Landsende. Jetzt ist er tot.

Seufzend versank sie im Wasser, und ihr wohliges Stöhnen hätte den mutwilligen kleinen Kerl zwischen seinen Beinen geweckt, wenn er sich nicht ohnehin schon regen würde.

Zum Glück stieß meiner Frau nichts zu.

Rycca legte den Kopf an den Rand des Zubers, und die rosigen Spitzen ihrer Brüste ragten aus dem Wasser.

Zum Glück…

Das hatte er bereits geschrieben. Die Stirn gerunzelt, strich er die Wörter durch und versuchte sich auf den Brief zu konzentrieren.

In Mercia haben sich schon immer Verräter herumgetrieben. Das werde ich auch Hawk schreiben.

Sie nahm die Seife vom Rand des Zubers, begann ihre Arme zu waschen, und Dragon spritzte Tinte aufs Pergament. Fluchend streute er Sand darauf.

Selbstverständlich muss Alfred benachrichtigt werden. Aber es ist wohl besser, wenn er die Neuigkeit von Hawk erfährt.

Nun glitt die Seife über ihre Brüste – und dann ins Wasser hinab.

Später werde ich dir etwas ausführlicher schreiben. Am besten wäre es, du kämst nach Landsende, und wir könnten die Angelegenheit besprechen.

Dragon faltete den Brief zusammen, beträufelte ihn mit Wachs von einer Kerze, in das er seinen Siegelring drückte. Dann trat er vor sein Haus, winkte den erstbesten Krieger zu sich und drückte ihm die Nachricht in die Hand. »Mit dem schnellsten Schiff nach Sciringesheal. Verstanden?«

»Gewiss, Mylord.«

Als Dragon ins Haus zurückkehrte, stieg Rycca gerade aus der Wanne. Nun musste er noch an Hawk schreiben. Doch das konnte bis zum nächsten Morgen warten. Der Brief musste nur an Bord des Schiffs gelangen, bevor die Flut einsetzte.

Ein großes Badetuch in den Händen, ging er zu Rycca, wickelte sie hinein und drückte ihren Rücken an seine Brust. Seine Hände glitten über ihren Körper. Gar nicht oft genug konnte er sie berühren.

»Was für eine verständnisvolle Gemahlin du bist…« Und eine großzügige Frau, der es nicht schwer fällt, ihrem Ehemann zu verzeihen, wollte er hinzufügen. Doch da drehte sie sich um, und das Badetuch glitt auseinander. Ihr nackter Busen schmiegte sich an seine Brust.

»Hast du letzte Nacht geschlafen?«, fragte sie.

»Nein, natürlich nicht.«

Ihre Mundwinkel zuckten. »Oh, dann musst du schrecklich müde sein.«

»Verfolgst du mit dieser Bemerkung einen bestimmten Zweck, meine Süße«, murmelte er grinsend.

Verführerisch lächelte sie. Ließ ihre Hand über seine Hose wandern und fand, was sie suchte. »Komm ins Bett, mein Gemahl«, wisperte sie und streichelte ihn aufreizend.

Noch keiner Frau hatte er einen so vernünftigen Wunsch abgeschlagen und ein solches Begehren stets bereitwillig erfüllt. Lachend wich er zurück, bis er die Bettkante in den Kniekehlen spürte, ließ sich einfach hinabsinken, und Rycca folgte seinem Beispiel. Sie liebkosten und küssten und erforschten einander, so lange, wie er die intimen Zärtlichkeiten ertrug. Nur ein paar Minuten.

»Genug«, stieß er hervor und stand auf, schlüpfte aus seinen Kleidern und warf sie zu Boden. Sobald er wieder neben Rycca lag, umarmte sie ihn ungeduldig. In sein Entzücken mischte sich ein sonderbares Unbehagen. Die Verzweiflung ihrer Leidenschaft überraschte ihn. Bisher hatte er nur ihre verzweifelte Sehnsucht nach Freiheit gekannt.

»Was ist denn los mit dir, meine Süße?«, fragte er. Die Finger in ihr Haar geschlungen, beschrieb er mit seinem Daumen Kreise auf ihrer Stirn, als versuchte er, düstere Gedanken zu verscheuchen.

»Tut mir Leid«, flüsterte sie, wandte den Kopf ab und senkte ihre dichten Wimpern. Aber zuvor hatte er den Kummer in ihren Augen gelesen.

»Verdammt!«, fauchte er, ehe er sich eines Besseren besinnen konnte. »Hol deinen elenden Vater nicht in unser Ehebett!«

Heißer Zorn vertrieb ihre Sorge. Auf einen Ellbogen gestützt, starrte sie ihn an. »Das hatte ich nicht vor!«, zischte sie und versuchte, ihn wegzuschieben.

Das ließ er nicht zu. Blitzschnell, bevor sie seine Absicht erriet, zwängte er einen eisenharten Schenkel zwischen ihre Beine, packte ihre Schultern, warf sie auf den Rücken und legte sich auf ihren Körper. »Du willst mich von den Missetaten seines Helfershelfers ablenken – und dich selber viel-

leicht auch. Zum Teufel, sein abscheulicher Charakter interessiert mich nicht! Wie oft soll ich dir das noch versichern?«

»So viele hundert Meilen ist er entfernt. Trotzdem greift er uns an. Ich dachte, jener Teil meines Lebens würde endgültig hinter mir liegen. Aber ich habe mich geirrt. Wie kann ich jemals ruhig atmen – jemals glauben, ich wäre ihm für immer entronnen?«

Das Ausmaß ihres Leids schmerzte ihn in tiefster Seele. Für ein paar qualvolle Sekunden trafen sich ihre Blicke. Die Trostworte, die ihm auf der Zunge brannten, die Versprechungen und Beteuerungen blieben unausgesprochen. Obwohl er das Talent eines Skalden besaß, versagte seine Stimme. Denn er müsste erklären, auf Wolscroft würde der Tod warten – die einzig mögliche Strafe für seinen Anschlag. Und den Tod wollte Dragon im Ehebett nicht erwähnen. Stattdessen küsste er Rycca voller Sehnsucht, bis sie ihre Arme um seinen Hals schlang.

Mit Händen und Lippen jagte Dragon seine Frau von einem Höhepunkt zum anderen. Erst als sie seinen Namen schrie, drang er in sie ein. Trotz seines heißen Verlangens hielt er sich zurück und regte sich kaum. Nur ganz sanft liebkoste seine Männlichkeit ihren Schoß, und so schenkte er ihr eine neue Erfüllung, fest entschlossen, alle ihre Ängste und Sorgen zu verbannen. Die Fingernägel in seine Schultern gekrallt, rang sie nach Luft. Aus seiner Haut quoll Blut, das er nur zu gern vergoss.

Plötzlich verlor er die Beherrschung und umfasste Ryccas Hüften, bewegte sich immer schneller, fand Erlösung in süßem Vergessen. Darin versank er zwischen zwei Herzschlägen noch tiefer. Nun forderten die beiden langen Tage und die schlaflose Nacht ihren Tribut. Einen Arm um seine Gemahlin geschlungen, streckte er sich neben ihr aus und wusste nichts mehr.

Rycca blieb etwas länger wach. Zur Seite gedreht, die Augen weit geöffnet, staunte sie über die unbeschreiblichen Freuden, die Dragon ihr geschenkt hatte. Würde das Leben mit diesem Mann niemals normal verlaufen? Würde sie nie das Glück eines beschaulichen Alltags kennen lernen? Ein Lächeln auf den Lippen, schlief sie ein.

In später Nacht, während sogar die Eulen rasteten, träumte Dragon, er würde in einer Höhle liegen, sicher und geborgen. Aber irgendetwas rief nach ihm, ein Laut oder ein Gefühl, und es bewog ihn, sich aufzurichten. Gegen diese seltsame Stimme wehrte er sich, denn er wollte bleiben, wo er war. Aber sie bedrängte ihn immer heftiger. Sein Geist schwankte an der Schwelle des Bewusstseins. Und dann kehrte er abrupt in die Wirklichkeit zurück.

Er öffnete die Augen. Ansonsten rührte er sich nicht. Neben dem Bett schien ein Schatten zu schweben, nahm die Gestalt eines Mannes an, der ein Schwert umklammerte.

Wie ein Hammerschlag auf eisernem Amboss dröhnte ein Gedanke in Dragons Kopf – Rycca, an seiner Seite – Rycca, die er schützen musste. Blitzschnell sprang er auf und tastete nach dem maurischen Schwert, das stets in seiner Reichweite lag. Aber er fand es nicht – weil der Eindringling die kostbare Waffe hob.

»Offensichtlich hast du zu tief und fest geschlafen, Jarl«, bemerkte Magnus und lächelte grimmig. »Nun, damit habe ich gerechnet.«

Dragon blinzelte. Vielleicht träumte er immer noch, denn das ergab keinen Sinn. Er starrte den Mann an, den er seit der Kindheit kannte, mit dem er zahlreiche Kämpfe bestanden, getrunken und so manche Frau geteilt hatte. Erfolglos versuchte er zu verstehen, was jetzt geschah. »Was machst du hier?«

Zwischen zusammengebissenen Zähnen stieß Magnus hervor: »Dachtest du, ich würde mich für alle Zeiten mit der Rolle des Stellvertreters begnügen?«

»Bist du verrückt?«

»Ich halte dein Schwert in der Hand. Und du bist unbewaffnet. Was meinst du, wer von uns in dieser Nacht sterben wird?«

Plötzlich ging Magnus zum Angriff über. Ein hervorragender Fechter, hatte er seine Fähigkeiten auf vielen Schlachtfeldern erprobt. Dragon war nackt und waffenlos.

Schon der erste Schwertstreich hätte den meisten Männern die Kehle durchschnitten, aber Dragon wich behände zur Seite. Trotzdem unterschätzte er die Gefahr nicht, die ihm drohte – und seiner Frau … In diesem Moment durfte er nicht an sie denken, seine ungeteilte Aufmerksamkeit musste dem Mann gelten, der ihn töten wollte – und zweifellos auch Rycca. Aus den Augenwinkeln sah er, dass sie erwacht war und die Situation sofort erfasst hatte. Reglos saß sie im Bett, die Decke an ihre Brust gepresst, und er dankte den Göttern für ihre Vernunft. Dann ergriff er den kleinen Nachttisch und rammte ihn gegen seinen Widersacher.

Nur sekundenlang taumelte Magnus unter der Wucht des Schlags, bevor er erneut die Klinge schwang. Den nächsten Schwerthieb wehrte Dragon mit einem Bein des zertrümmerten Tisches ab, das ihm aus der Hand glitt. Hastig sah er sich nach einer anderen Waffe um. Mit knapper Not entrann er mehreren Attacken – jede einzelne hätte ihn töten können – und stürmte zu einem der Fenster, vor dem eine Truhe stand. Sein Gegner folgte ihm. Aber der Jarl bot seine ganzen ungeheuren Kräfte auf, hob die schwere Truhe hoch über seinen Kopf und schleuderte sie dem Angreifer entgegen, die Muskeln bis zum Äußersten angespannt.

Das große Möbel traf Magnus' Brust, brachte ihn aus dem Gleichgewicht, und er taumelte rücklings zum Bett. Ein listenreicher, geistesgegenwärtiger Kämpfer, griff er nach Rycca – zweifellos, um sie als Schutzschild zu benutzen. Damit hatte sie bereits gerechnet.

Ohne Zögern erhob sie sich auf die Knie und ignorierte ihre Nacktheit, packte einen Wasserkrug und schwang ihn empor. Mit voller Wucht traf das Gefäß Magnus' Schädel und zerbrach in tausend Stücke. Hilflos schwankte er, dann brach er zusammen.

Dragon stürzte sich sofort auf ihn, entwand ihm das Schwert, trotz der heftigen Gegenwehr seines Widersachers, und warf es beiseite. Einen Arm auf die Brust, den anderen auf den Hals des Verräters gepresst, hielt er ihn am Boden fest. In ruhigem Ton, als hätte der Kampf um sein Leben gar nicht stattgefunden, fragte er: »Warum?«

Mühsam rang Magnus nach Atem, ein bitteres Lächeln verzog seine Lippen, und seine Augen starrten bereits in die Ewigkeit. »Wolscroft hat ein Kopfgeld auf dich ausgesetzt«, keuchte er, »und einen Mann hierher geschickt – mit dem Auftrag, jemanden zu suchen, der sich's verdienen will.«

»Diese Erklärung genügt mir nicht. Sicher trat der Mercier aus einem ganz bestimmen Grund an *dich* heran.«

»Eines Abends teilten wir uns einen Weinkrug. Deshalb kannte er meine Gefühle.«

»Du hast ihn getötet.«

»Natürlich. Weil dein Bruder Wolf nichts von alldem erfahren sollte. Sonst hätte er mich nach vollbrachter Tat verfolgt.«

»Das wird er nicht tun«, erwiderte Dragon und brach seinem ehemaligen Stellvertreter das Genick.

Langsam stand er auf. Wie aus weiter Ferne hörte er Ryccas Stimme. Nur mit ihren schönen langen Locken verhüllt, trat sie zu ihm. »Bist du verletzt?« Voller Sorge berührte sie seinen Arm.

»Nein ...« Warum sollte er verletzt sein? Weil er von einem Mann, dem er vertraut hatte, schmählich verraten worden war? So ging es nun einmal auf dieser Welt zu. Auf fast nichts durfte man sich verlassen. »Wie tapfer du gekämpft hast ...«,

murmelte er und streichelte ihr Haar. Dann nahm er sie in die Arme und genoss den Trost, ihren warmen Körper zu spüren und zu wissen, dass sie in Sicherheit war – und ihm Halt gab.

Mit einem gequälten Lächeln schaute sie zu ihm auf. »Nun, du weißt ja – ich schrecke vor keiner Gefahr zurück.« Immer wieder küsste sie seine Brust, musste ihn berühren, brauchte seinen Geschmack, seinen Geruch.

Beinahe wäre er gestorben. Jeden einzelnen Schwerthieb des Angreifers hatte sie in wachsendem Entsetzen beobachtet und befürchtet, Dragon würde jeden Augenblick den Tod finden. Wenn er auch unglaubliche Kräfte hatte – er war trotzdem nur ein Mensch. Schaudernd strich sie über die Narbe an seinem Oberschenkel.

»Denk nicht mehr daran«, bat er, hob sie hoch und legte sie aufs Bett. Jetzt zitterte sie unkontrollierbar, am ganzen Körper.

»Was ist los mit mir?« Ihre Zähne klapperten, und sie konnte kaum sprechen.

»Nur die Nachwirkung dieses grauenhaften Zwischenfalls. Bald wirst du dich erholen.« Er streckte sich neben ihr aus, hielt sie fest und flüsterte zärtliche Worte.

Nach einer Weile beruhigte sie sich. Aber sie war zu schwach, um auch nur den Kopf zu heben. »So etwas ist dir sicher noch nie passiert.«

»Doch, schon oft.« Dragon lächelte in der grauen Morgendämmerung. »Nach meiner ersten Schlacht zitterte ich an allen Gliedern, wie im tiefsten Winter – obwohl's ein warmer Hochsommertag war. Wenigstens ging's mir besser als vorher.«

»Hattest du Angst?«, wisperte sie.

»Grässliche Angst. So fühlen sich die mutigsten Krieger, ehe sie sich in einen Kampf stürzen. Manche leiden sogar noch nach dem Sieg.« Dragon warf einen kurzen Blick auf

den Toten, der am Boden lag. »Wenn's dir nichts ausmacht, lasse ich dich jetzt allein. Nur für ein paar Minuten.«

Sie nickte, denn sie verstand, was nun geschehen musste. Während er sich ankleidete, zog sie die Decke bis ans Kinn. Er hob die Leiche hoch, warf sie über seine Schulter und trug sie ins Morgengrauen hinaus.

Wie versprochen, kam er bald zurück. Rycca hörte Stimmen vor dem Haus. Bevor er die Tür hinter sich schloss, sah sie Fackeln lodern.

»Alles in Ordnung?«, fragte er.

»Ja«, antwortete sie.

Im selben Augenblick klopfte es. Dragon runzelte die Stirn und öffnete die Tür. Nachdem Magda ihm strenge Anweisungen erteilt hatte, ging er zum Bett, ein schwer beladenes Tablett in den Händen. »Zuerst sollst du die Suppe essen«, erklärte er leicht verwirrt, »nach einem Rezept von Cymbra zubereitet. Magda behauptet, diese Brühe würde deinen Magen besänftigen. Danach musst du die Milch trinken und das gekochte Huhn essen. Natürlich darfst du das Apfelmus nicht verschmähen.«

»Hat sie dir nichts gebracht?« Rycca setzte sich im Bett auf. Zu ihrer eigenen Verblüffung war sie plötzlich hungrig. Offenbar hatte der Kampf zwischen den beiden Männern ihren Appetit angeregt. Und das musste auch damit zusammenhängen, wer den Sieg errungen hatte.

»Ich fürchte, sie hat mich vergessen«, seufzte Dragon. Edelmütig fügte er hinzu: »Das stört mich nicht. Ich habe keinen Hunger. Außerdem muss ich den Brief an Hawk schreiben, bevor das Schiff in See sticht.«

»Wenn du willst, gebe ich dir was von meinem Huhn ab«, erbot sie sich.

Lachend beobachtete er, wie begierig sie das Tablett musterte. »Nicht nötig, meine Süße. Iss und lass es dir schmecken.«

Rycca zuckte die Achseln, wobei die Decke von ihrem Oberkörper hinabglitt, und ergriff die Suppenschüssel. Hastig ging Dragon zum Tisch am Fenster und stellte den Stuhl davor, so dass er seiner Frau den Rücken kehrte.

Dann setzte er sich und schrieb den Brief. Nachdem er ihn versiegelt und Rycca ihre Mahlzeit beendet hatte, schien die Morgenröte ins Zimmer.

»Jetzt kann ich nicht mehr schlafen«, verkündete Rycca trotz der dunklen Schatten unter ihren Augen.

»Wahrscheinlich würde ich auch kein Auge mehr zutun.« Dragon rückte die Truhe an ihren angestammten Platz und warf die einzelnen Teile des zertrümmerten Nachttischchens zur Tür hinaus. »Aber du solltest es versuchen«, meinte er, setzte sich aufs Bett und berührte Ryccas Wange.

»Nein, ich würde träumen. Und das will ich nicht. Noch nicht.«

Glücklicherweise verstand er ihre Gefühle, so wie immer. Zumindest hatte sie diesen Eindruck gewonnen. Er stand auf und umfasste ihre Hand. »Reiten wir aus.«

Wenig später galoppierten sie über die ausgedehnten Stoppelfelder, die zwischen den Bergen und dem Meer lagen.

Was in der Nacht geschehen war, besprachen sie nicht. Stattdessen genossen sie das Geschenk dieser Stunde, wiesen einander auf vorbeifliegende Vögel hin, den hellen Schaum der Brandung, den duftenden Wind. Gegen Mittag machten sie Rast und verspeisten die Mahlzeit, die Magda eingepackt hatte. Müde und gesättigt, schlummerte Rycca ein. Als sie aus einem traumlosen Schlaf erwachte, fand sie wilde Blumen in ihrem Schoß – blaue und gelbe Veilchen, weiße Sternblumen mit leuchtend gelben Staubgefäßen, wilde Geranien, violettes Heidekraut, lavendelfarbene Glockenblumen, weißes Fettkraut – Juwelen aus dem Schatzkästchen der Natur.

»Woher kommen diese wundervollen Blumen?«, fragte sie ihren Mann. Auf einen Ellbogen gestützt, betrachtete er das

Meer. »Vorhin kamen ein paar Trolle vorbei, um dich zu beschenken.«

»Pflücken die Trolle denn Blumen?«

»Vermutlich. Oder hast du's *mir* zugetraut?«

Lachend wand sie einen Kranz für ihr Haar, mit flinken Fingern, die ihn überraschten.

»Wieso kannst du das? Sonst bist du doch so ungeschickt, vor allem im Haushalt.«

In gespielter Empörung warf sie eine Sternblume auf seinen Kopf. »Oh, ich dachte, das würde man nicht merken.«

»Immerhin hast du in kurzer Zeit eine ganze Menge gelernt. Magda hält sehr viel von dir. Und sie würde dich gewiss nicht loben, wenn sie glaubte, du wärst ein hoffnungsloser Fall. Erzähl mir, wie du die Fähigkeit erworben hast, Kränze zu winden.«

Nach einem übertriebenen Seufzer gehorchte sie. »Eines Tages besuchte ich einen Jahrmarkt und beobachtete, wie ein Mädchen Girlanden flocht, die es verkaufte. Wie gern hätte ich ein solches Prachtstück mein eigen genannt… Aber ich wollte meinen Vater nicht darum bitten. Es war ohnehin ein Wunder, dass er mich auf den Marktplatz mitgenommen hatte. Und so beschloss ich, selber eine Girlande zu winden. Natürlich werde ich dir nicht verraten, wie lange ich gebraucht habe, um diese Kunst zu beherrschen.« Sie setzte den Kranz auf ihren Kopf, und Dragon versicherte ihr, sie würde zauberhaft aussehen.

Insgeheim gelobte er sich, Wolscroft würde nicht zuletzt für ihre freudlose Kindheit büßen.

Im goldenen Sonnenlicht des Nachmittags ritten sie nach Hause. Als sie den Hang oberhalb der Stadt erreichten, zügelte Dragon sein Pferd. Auf dem tiefblauen Wasser des Hafens schaukelte ein Drachenschiff, dessen Segel, mit dem Wolfsemblem geschmückt, gerade eingeholt wurde.

»Deinen Brief kann er unmöglich schon erhalten haben«,

meinte Rycca auf dem Weg zur Festung. »Wenn Cymbra auch mit besonderen Talenten gesegnet ist – deine Gedanken vermag sie sicher nicht zu erraten.«

»Also ist etwas anderes geschehen«, erwiderte Dragon und spornte Sleipnir an.

Cymbra hatte bereits die Küche aufgesucht. Während sich Rycca zu ihr gesellte, ritt Dragon zum Hafen hinab, um seinen Bruder zu begrüßen. Eine imposante Erscheinung wie eh und je, stand Wolf am Kai und beobachtete ein Feuer, das fast herabgebrannt war.

»Magnus?«, fragte er und zeigte auf die glühende Asche des Scheiterhaufens.

Dragon nickte. Dass sein Bruder schon Bescheid wusste, verblüffte ihn nicht. Sobald er an Land gegangen war, musste er vom Tod des ehemaligen Stellvertreters erfahren haben. »Zunächst wollte ich ihn begraben. Aber dann fand ich, er würde es nicht verdienen, in meiner Erde zu ruhen.«

»Geht es Rycca gut?«

»Ja. Bevor Magnus verbrannt wurde, ritt ich mit ihr aus.«

»Ich habe einen Brief von Hawk bekommen.«

»Und meinen verpasst. Komm, öffnen wir ein Bierfass, und unterhalten wir uns.«

Hawk hatte seinem Schwager mitgeteilt, Alfred sei über den wachsenden Widerstand gegen das norwegisch-angelsächsische Bündnis beunruhigt. In seinem eigenen Königreich würde sich eine Opposition bilden. Er verdächtigte Wolscroft, war sich aber nicht sicher. Und da Dragon durch seine Heirat mit dem elenden Schurken verwandt war, hatte Alfred beschlossen, Wolf müsste seinem Bruder die Nachricht überbringen.

»Für mich ist das nichts Neues«, erklärte Dragon, als sie mit ihren Bierkrügen in der Halle saßen. »Vor seinem Tod hat Magnus ein Geständnis abgelegt.« Er wiederholte die Aussage des Verräters, und Wolf hörte grimmig zu.

»Offenbar haben wir Wolscroft unterschätzt. Ich dachte, er wäre einfach nur ein Rüpel und Trunkenbold.«

»Genauso schätzte ich ihn auch ein. Ich fürchte, es wird uns nicht leicht fallen, ihn unschädlich zu machen.«

»Immerhin besetzt er einen Großteil des sächsischen Mercia, seit Udell letztes Jahr von Hawk getötet wurde. Wenn er sich mit den Dänen verbündet...« Diesen Satz musste Wolf nicht vollenden. Um sich gegen die dänischen Eindringlinge zu behaupten, hatte Alfred sein Volk geeinigt. Aber der Frieden war gefährdet.

»Das wird er nicht tun«, entgegnete Dragon. »Wolscroft hasst die Dänen.«

Erstaunt hob sein Bruder die Brauen. »Wieso weißt du das?«

In knappen Worten berichtete Dragon, was Rycca ihm erzählt hatte – vom Angriff der Dänen auf Wolscroft, als sie noch ein Kind gewesen war, von der Feigheit ihres Vaters. »Glaubst du, er stellt sich auf die Seite der Männer, die ihn zu diesem ehrlosen Verhalten bewogen haben?«

»Unwahrscheinlich«, stimmte Wolf zu. Sie schauten sich an und erkannten, worum es ging.

»Ohne jeden Zweifel zielen die Anschläge auf Alfred ab«, meinte Dragon, »und auf sein Bündnis mit uns.«

»Dieser falsche Priester Elbert behauptete, Daria sei mit den Dänen im Bunde.«

»Vielleicht hat er gelogen.«

Nun war es an der Zeit, die köstliche Mahlzeit einzunehmen, die Cymbra und Magda mit Ryccas Hilfe zubereitet hatten, und Dragons fesselnden Geschichten zu lauschen. Eng umschlungen verträumten die Liebenden die stille Nacht.

Aber während die morgendliche Flut begann und geisterhafter Nebel über dem Wasser schwebte, erklangen laute Stimmen am Kai. Ruder glitten in die Dollen, Segel blähten sich, und zwölf Kriegsschiffe nahmen Kurs auf England.

19

Hawk of Essex blickte aufs Meer. Sekundenlang glaubte er, die Vergangenheit wäre zurückgekehrt. So wie vor zwei Jahren näherte sich eine Wikingerflotte seiner Küste. Er rief nach seiner Gemahlin.

Immerhin war sie eine Norwegerin, und sie wusste die meisten Situationen richtig einzuschätzen. Das hatte sie oft genug bewiesen.

»Würdest du Wolf und Dragon vernünftig nennen?«, fragte er.

Krysta hob ihren Sohn aus der Waschschüssel, in der sie ihn gebadet hatte, und lachte über seine eifrig strampelnden Beinchen. Dann wickelte sie ihn in eine Decke und trat neben ihren Mann ans Fenster. »*Sehr* vernünftig.«

Die Stirn gerunzelt, schaute er wieder aufs Meer. »Irgendetwas muss sie beunruhigen«, bemerkte er, ergriff sein Schwert und verließ sie Festung, um herauszufinden, was die Brüder Hakonson hierher führte.

Etwas später eilte Krysta mit ihrem Baby in die Halle hinab, wo sie Cymbra und Rycca antraf. Die Frauen umarmten einander, bewunderten Falcon und Lion, und die Festungsherrin erkundigte sich nach der Reise, die glücklicherweise ereignislos verlaufen war.

»Sogar sehr angenehm«, betonte Cymbra.

Aber Krysta ließ sich nicht täuschen, denn sie sah die Schatten unter den Augen der beiden Frauen, die sie wie Schwestern liebte.

Entschlossen, den Kummer zu lindern, winkte sie einige Dienerinnen zu sich, die für die Kinder sorgen sollten – und sie maßlos verwöhnen würden. »Genießen wir die Sauna, bevor sich die Männer darin breit machen.«

Mit Cymbras und Ryccas Hilfe packte sie Badetücher, duftende Seifen und Öle zusammen. Hastig suchten sie die große, in den Hang eines Hügels eingelassene Kammer auf, während ihre Ehemänner eine Besprechung am Kai abhielten. Nachdem sie sich entkleidet hatten, warf Krysta ein paar Holzscheite in den Feuerkasten und goss Wasser auf die erhitzten Steine. Zischend stieg Dampf empor und verströmte Kieferngeruch im schwach beleuchteten Raum.

Wohlig seufzte Rycca und streckte sich auf einer der niedrigen Holzbänke aus. Die beiden anderen folgten ihrem Beispiel.

Ein paar Minuten lang plauderten sie über belanglose Dinge, bis Krysta bat: »Erzählt mir, was geschehen ist – alles. Ich weiß, Hawk hat Wolf geschrieben, welche Sorgen den König bedrücken. Aber warum ankern so viele Drachenschiffe in unserem Hafen?«

»Weil Alfred vielleicht Hilfe braucht«, antwortete Rycca und schilderte, was sie in Landsende erlebt hatte. »Wenn es mich auch beschämt, das einzugestehen – ich fürchte, mein Vater wollte erst mich und dann Dragon töten lassen. Dabei sollte der Eindruck entstehen, ich wäre von meinem Mann ermordet worden. Hätte er diesen tückischen Plan nicht vereitelt, würde das Bündnis in ernsthafte Gefahr geraten – und Alfred müsste um den Thron bangen.«

»Deshalb brauchst du dich nicht zu schämen«, versicherte Cymbra. »In allem, was wirklich zählt, bist du nicht Wolscrofts Tochter.«

»Natürlich nicht«, stimmte Krysta sofort zu. »An seinen Missetaten trägst du keine Schuld. Bedenk doch – mein schwachsinniger Halbbruder versuchte, mich als Hexe zu brandmarken und Hawk meine Mitgift vorzuenthalten. Soll ich mich etwa für seine Dummheit verantwortlich fühlen? Gewiss nicht!«

Cymbra schlang ihr glänzendes Haar um dem Kopf und

hielt es mit einem Band zusammen. »Genauso wenig darf man mir verübeln, was meine Halbschwester Daria verbrochen hat. Familienbande können wundervoll sein. Aber manchmal ist es besser, wenn man sich von seinen Verwandten lossagt.« Sie streckte eine Hand nach Rycca aus und lächelte ermutigend. »Außerdem gehörst du jetzt zu *unserer* Familie, und wir kennen deinen Wert.«

Zu Tränen gerührt, musste Rycca ein paar Mal blinzeln, bevor ihr die Stimme wieder gehorchte. Dank ihrer besonderen Gabe spürte sie die Aufrichtigkeit beider Frauen und liebte sie dafür umso inniger. Nach langen Jahren emotionaler Einsamkeit, nur von ihrem Zwillingsbruder Thurlow getröstet, konnte sie noch immer kaum fassen, dass sie nicht mehr allein war. Aber nun begannen die letzten Zweifel zu schwinden. »Ich sorge mich um Dragon, weil er sich weigert, über meinen Vater zu reden – und mir nicht verrät, was er geplant hat. Allmählich fürchte ich, er will irgendetwas auf eigene Faust unternehmen.«

Die zwei Schwägerinnen wechselten einen kurzen Blick. Dann entgegnete Cymbra in ruhigem Ton: »Dein Instinkt trügt dich nicht. Nach allem, was dir angetan wurde, kocht Dragon vor Wut. Als ich ihn in Landsende wieder sah, glaubte ich vor einem Feuer speienden Berg zu stehen.«

Trotz der Saunahitze fröstelte Rycca. »Meinetwegen hätte er fast sein Leben verloren. Wenn er noch einmal in tödliche Gefahr geriete – das würde ich nicht verkraften.«

Eine Zeit lang schwiegen sie. Nur das knisternde Feuer und der zischende Dampf durchbrachen die Stille. Schließlich meinte Cymbra: »Wir alle sind mit außergewöhnlichen Männern verheiratet. Irgendetwas haben sie an sich – was, kann ich nicht genau erklären … Krysta, hast du Rycca von Thorgold und Raven erzählt?«

Krysta schüttelte den Kopf. »Dafür hatte ich noch keine Zeit.« Zu Rycca gewandt, fuhr sie fort: »Thorgold und Raven

sind meine Freunde – und ein bisschen seltsam.« Darüber musste ihre Schwägerin lachen, womit sie sich einen tadelnden Blick einhandelte. »Wie es geschah, weiß ich nicht. Jedenfalls konnte ich sie in meiner Kindheit zu mir rufen – als ich sie dringend brauchte.«

Lächelnd ergänzte Cymbra: »Diese Fähigkeit wurde ihr in die Wiege gelegt – so wie mir die Fähigkeit, die Gefühle anderer zu empfinden, und dir die Erkenntnis der Wahrheit, Rycca. Findest du's nicht merkwürdig, dass drei ungewöhnliche Frauen mit drei einzigartigen Männern verheiratet sind, die ein gemeinsames Ziel anstreben, ihren Völkern Frieden zu schenken?«

Rycca starrte Krysta, von deren besonderer Gabe sie erst jetzt erfahren hatte, verwundert an. »In der Tat – das ist bemerkenswert.«

»Sicher ist es kein Zufall«, betonte Cymbra. »Dafür muss es einen Grund geben. Ich glaube, es ist unsere Bestimmung, unseren Männern beizustehen. Mit unserer Hilfe soll sich der Traum vom Frieden in Wirklichkeit verwandeln.«

»Welch ein interessanter Gedanke!«, rief Krysta voller Begeisterung.

Rycca nickte und sagte leise: »Gesegnet sind die Friedensstifter.«

»Und allem Anschein nach sind diese bedauernswerten drei Männer mit *uns* gesegnet«, scherzte Cymbra. »Also mach dir keine Sorgen um Dragon, Rycca, wir werden ihn beschützen.«

Nun brachen sie in Gelächter aus – drei Frauen, durch besondere Talente und innige Freundschaft miteinander verbunden. Ringsum stieg Dampf auf, der sie abwechselnd verbarg und enthüllte.

Als sie die Hitze nicht mehr ertrugen, standen sie auf, wickelten sich in große Badetücher und verließen die Sauna. Durch die Abenddämmerung rannten sie zum Fluss und toll-

ten im kühlen Wasser umher. Unter den Sternen lachten sie wieder.

Schließlich kehrten sie in die Festung zurück, wo bereits die Fackeln brannten. Sie zogen sich hastig an, eilten in die Halle und begrüßten ihre Ehemänner – Schönheit und Anmut begegneten Kraft und Macht. Nachdem sie an der Tafel Platz genommen hatten, wurde Wein eingeschenkt und eine köstliche Mahlzeit serviert. Fröhliche Musik erklang. Bis in die Nacht hinein dauerte das Wiedersehensfest.

Der Mond stand hoch am Himmel, als sie in ihre Betten sanken. Viel zu schnell brach der Tag an.

Zu Mittag wechselten die Gezeiten. Hawks Flotte schloss sich den Schiffen mit den Wolfs- und Drachenemblemen an. Gemeinsam segelten sie zur Stadt des Königs.

Rycca erinnerte sich nur vage an Winchester. In ihrer Kindheit hatte sie die Stadt ein einziges Mal besucht. Umso deutlicher entsann sie sich, wie sie verstohlen durch das Skriptorium gewandert war, das zum königlichen Palast gehörte. Fasziniert hatte sie die Mönche an ihren Schreibpulten beobachtet und beschlossen, lesen zu lernen. Jahrelang war diese Fähigkeit ihr einziger Stolz gewesen.

Jetzt nicht mehr. Beglückender Stolz auf die Ehe mit Dragon erfüllte ihr Herz. An seiner Seite ritt sie die breite, schnurgerade Straße entlang, die zum Palast führte. Zahlreiche Schaulustige eilten herbei und starrten die Krieger mit den grimmigen Mienen an. In wohlgeordneten Reihen folgten sie den mächtigen Lords, deren Namen sich sofort herumsprachen. Hawks Banner kannte man in Winchester. Mit lautem Jubel wurde er empfangen. Aber die legendären Wikinger sah man zum ersten Mal in der Stadt des Königs. Während die Jarls von Sciringesheal und Landsende an der Menschenmenge vorbeiritten, herrschte tiefes Schweigen.

Einige Reiter waren vorausgaloppiert, um Alfred zu verständigen. Nun stand er auf den Eingangsstufen seines Palas-

tes und erwartete die Besucher. Erstaunt stellte Rycca fest, wie unscheinbar er wirkte – mittelgroß, mit einer schlichten braunen Tunika und einem Umhang bekleidet, über die kraftvollen, trotz seines Alters immer noch breiten Schultern geworfen. Durch seinen sorgsam gestutzten Bart zogen sich silbergraue Streifen. Aber die klaren Augen schienen einem viel jüngeren Mann zu gehören.

»Schon lange hoffte ich, Euch beide kennen zu lernen«, versicherte er Wolf und Dragon, nachdem Hawk seine Freunde vorgestellt hatte. »Und es ist mir eine Ehre, Euch an meinem Hof willkommen zu heißen.«

Die Wahrheit, dachte Rycca. Aber der König war auch neugierig, sogar ein wenig besorgt, und es drängte ihn zu erfahren, was die Wikinger-Lords in seine Residenz geführt hatte. Erst einmal machte er sie mit Ealhswith bekannt, seiner hübschen, rundlichen Gemahlin. Krysta umfasste ihre Hände mit aufrichtiger Zuneigung, die unverhohlen erwidert wurde. Ebenso herzlich begrüßte die Königin auch Cymbra und Rycca. Dann führte sie die drei Frauen in die Gästezimmer, wo sie sich ausruhen und frisch machen sollten.

Als sie die große Halle betraten, war der König in ein lebhaftes Gespräch mit den Besuchern vertieft, das er sofort unterbrach, um den festlich gekleideten, parfümierten, mit Juwelen geschmückten Ladys entgegenzugehen. Dieser Zierden hätte ihre strahlende Schönheit gar nicht bedurft.

»Welch eine Augenweide!«, meinte Alfred. »Meine Freunde haben wundervolle Gemahlinnen gewonnen. Aber jede dieser Ehen war gefährdet.«

»Nur am Anfang, Sire«, erwiderte Krysta. »Jetzt dürfen wir uns nicht mehr beklagen.«

Genau die richtigen Worte, dachte Rycca, sanft und leichthin ausgesprochen. Sofort wirkten die Mienen der Höflinge an der königlichen Tafel viel freundlicher. Sie setzte sich neben Dragon, der ihre Hand drückte.

»Gerade hat mir Euer Mann die Ereignisse in Landsende geschildert«, wandte sich Alfred zu ihr. »Was Ihr erleiden musstet, bedaure ich zutiefst.«

»Daran trifft Euch keine Schuld, Sire«, sagte Rycca leise. Sicher wusste er inzwischen, wer für die Angriffe verantwortlich war.

»Was Euren Vater betrifft – seine Aktivitäten müssen gründlich überprüft werden.«

»Er schickte einen Mann nach Landsende, der sich mit meinem Stellvertreter verbündete – und ihn beauftragte, meine Frau und mich zu ermorden«, erklärte Dragon. »So viel steht bereits fest.«

»Trotzdem brauche ich Beweise.« Alfred schaute Wolf an. »Glaubt Ihr, Wolscroft will alle drei Ehen zerstören?«

»Möglicherweise. Vater Elbert behauptete, hinter Darias Anschlägen hätten die Dänen gesteckt. Aber er nannte keine Namen.«

»Er schwor, er würde nichts wissen«, ergänzte Hawk, »und er sei nur Darias Werkzeug gewesen.«

Nun wechselten die Männer bedeutsame Blicke. Offensichtlich fanden sie die Aussage des Priesters unglaubwürdig. Auch die Frauen tauschten schweigend ihre Gedanken aus, nicht ganz so überzeugt.

Auf den Tisch gestützt, beugte sich der König vor und schaute alle der Reihe nach an. »Welches Problem muss ich anpacken? Missfällt einem erzürnten Vater die Heirat seiner Tochter? Bildet er sich vielleicht sogar ein, ihr Mann würde ihr irgendetwas antun? Mit diesem Verdacht wird er sich sicher verteidigen und beteuern, er habe sie von einer Ehe befreien wollen, die sie nicht wünschte. Oder sucht ein Verräter, den Frieden zwischen unseren Völkern zu untergraben und mich vom Thron zu stürzen?« Er seufzte. In diesem Moment schien die Last seiner Jahre bleischwer auf seiner Seele zu liegen. »Einen verräterischen Schurken kann ich dem Gesetz

nach töten lassen, und mein Volk wird es gutheißen – genauso wie letztes Jahr Udells Tod. Aber die zweite Möglichkeit? Da dürfte es Schwierigkeiten geben.«

»Dieses Problem werde ich für Euch lösen, Sire«, versprach Dragon und stand auf.

Ohne ihr Entsetzen zu verhehlen, umklammerte Rycca sein Handgelenk. »Setz dich!«, stieß sie hervor. Etwas sanfter fügte sie hinzu: »Ich bitte dich …«

Nach seiner anfänglichen Verblüffung lachte Alfred. »Zweifellos wisst Ihr drei, wie viele Männer Euch beneiden. Weit und breit preist man die Schönheit Eurer Gemahlinnen. Und wie ich nun erfreut feststelle, mangelt es ihnen auch nicht an Temperament.«

»Wahrscheinlich haben sie etwas zu *viel* Temperament«, murrte Dragon, wirkte aber nicht ernsthaft verärgert.

»Wenn Ihr Wolscroft tötet, werdet Ihr die Situation noch verschlimmern«, mahnte der König. »Nein, wir wollen im Rahmen des Gesetzes handeln.«

Langsam nahm Dragon wieder Platz, sichtlich unzufrieden. Rycca legte ihre Hand in ihren Schoß zurück und bemühte sich um eine zerknirschte Miene. Damit täuschte sie ihn nicht. Trotzdem rückte er ihren Stuhl näher zu sich heran, damit er seinen Arm um ihre Schultern schlingen konnte – einen schweren Arm, der sie an seine Kraft und seinen eisernen Willen erinnerte.

Das störte sie nicht. Dass er in ihrer Nähe blieb, statt im Kampf gegen ihren Vater sein Leben zu wagen, war am allerwichtigsten.

»Eine Gerichtsverhandlung muss stattfinden«, fuhr der König fort. »Vorher brauchen wir Beweise. Ich möchte hören, was Vater Elbert und Lady Daria zu sagen haben.«

»Glaubt Ihr, sie werden Euch die Wahrheit erzählen, Sire?«, fragte Hawk.

Skeptisch runzelte Alfred die Stirn. »Zurzeit werden sie

streng bewacht. Das Versprechen, ihre Haftbedingungen zu mildern, könnte ihre Zungen vielleicht lockern. Aber auch dann ließe sich schwer erkennen, ob sie die Wahrheit verraten oder lügen.«

»Rycca…« Nur den Namen sprach Dragon aus – nicht die Bitte, die er damit verband. Ebenso wenig wie die anderen würde er ihr besonderes Talent erwähnen. Das wusste sie.

Also lag die Entscheidung, ob der König eingeweiht werden sollte, bei ihr. »Majestät…«, begann sie zögernd.

Geduldig, aber müde wandte er sich zu ihr, und sie dachte an alles, was er vollbracht hatte – in jahrelangen Kämpfen. Sein Leben war der goldenen Vision von einem vereinigten, friedlichen England geweiht. Hätte er dieses Ziel nicht so energisch angestrebt, wäre das blutige Chaos ihrer Kindheit niemals beendet worden.

Auf ihn stützten sich die Hoffnungen ihrer beiden Völker, der Angelsachsen und Norweger. Deshalb musste sie ihm ihre Hilfe anbieten.

»Majestät – ich erkenne stets die Wahrheit.«

Überrascht starrte er den Jarl von Landsende an, der ihm zunickte. »Ja, es stimmt – Rycca vermag Wahrheit und Lüge zu unterscheiden. Warum, kann ich Euch nicht erklären. Jedenfalls habe ich dieses Phänomen oft genug beobachtet.«

Alfred neigte sich wieder zu Rycca. Jetzt war die Müdigkeit aus seinem Blick verschwunden. Aufmerksam musterte er ihr Gesicht, mit den Augen eines Mannes, der zu viel von der Welt gesehen hatte, um an ihren unfassbaren Wundern zu zweifeln. »Weiß das Euer Vater?«

»Nein, Sire. In Wolscroft verbarg ich meine Gabe. Sonst wäre ich getötet worden.«

»Von Eurem Vater?«

Nur widerstrebend sprach sie die schmerzlichen Worte aus. »Ich habe ihm nie etwas bedeutet.«

»Nun, das ist *sein* Verlust.« Nachdenklich nickte Alfred. »Also gut, ich lasse Vater Elbert und Lady Daria hierher bringen, und wir werden sie ins Verhör nehmen.«

»Vielleicht solltet Ihr auch Wolscroft nach Winchester beordern, Sire«, schlug Dragon vor und tastete nach dem Griff seines Schwerts.

»Zu welchem Zweck? Ich glaube an Lady Ryccas Talent, und ich möchte sie nicht zwingen, den eigenen Vater zu beschuldigen. Außerdem – wenn sie ihn bei einer Lüge ertappt, würde ihre Aussage seine Hinrichtung in den Augen meiner Ritter noch nicht rechtfertigen. Denn dazu bedarf es einiger anderer Beweise.«

Erleichtert atmete Rycca auf. Sie hatte inständig gehofft, ihren Vater nie wieder zu sehen. Aber allmählich fürchtete sie, dieser Wunsch würde sich nicht erfüllen. »Also befragen wir nur den Priester und Lady Daria – dann wissen wir wenigstens, ob diese beiden die Wahrheit erzählen.«

Drei Tage lang fand sie Zeit, um zu überlegen, welche Tatsachen sie wohl herausfinden würden. In dieser Zeit ließ Dragon sie nur selten aus den Augen.

Er begleitete sie sogar ins Sonnenzimmer der Königin, nur um von Ealhswith hinausgeschickt zu werden. Doch sie versicherte ihm lächelnd: »Keine Bange, Lord Dragon, bei mir ist Eure Gemahlin in Sicherheit. Niemals würde ein Übeltäter in die Gemächer der Königin eindringen.«

»Schön und gut, Majestät, aber ...«

»Falls Ihr es nicht wisst – letztes Jahr wurde Lady Krysta aus Winchester entführt. Seit damals sorgt mein Gemahl dafür, dass so etwas nie wieder geschehen kann.« Sie wies auf die Wachtposten, die mit grimmigen Mienen im Flur standen. »Auch unterhalb meiner Fenster werdet Ihr bewaffnete Krieger sehen, Lord von Landsende. Sogar auf dem Dach. Nicht einmal ein verirrter Vogel wird hier hereinflattern.«

Noch während sie sprach, sah Dragon einen Raben auf einem Fenstersims des Sonnenzimmers landen. Seltsam, dachte er und beobachtete, wie Krysta zu dem Vogel ging und ihm etwas zuflüsterte.

»Im Skriptorium findet Ihr vier neue Bücher, Lord Dragon«, fügte die Königin hinzu, ohne zu merken, was hinter ihr geschah. »Und Ihr werdet auch einen jungen Priester antreffen, der mit Vater Desmond befreundet ist, dem Hausgeistlichen von Hawkforte. Eines dieser Bücher ist sein Werk. Außerdem hofft er inständig, eines Tages zu verreisen und eine neue Welt kennen zu lernen.«

Mit diesen Worten schloss sie die Tür vor seiner Nase, so nachdrücklich, wie es einer vornehmen Dame gerade noch erlaubt war. Er starrte die Wächter an, die seinen Blick ausdruckslos erwiderten. Immerhin befinde ich mich im Palast eines Königs, sagte er sich und beschloss, das Skriptorium aufzusuchen. Vielleicht würde ihn ein Gespräch mit dem Priester halbwegs interessieren.

Drei Tage später bereitete ein verblüffter, überglücklicher Vater Thomas seine Reise in den legendären Norden vor, wo er ein Skriptorium einrichten sollte. Bereitwillig hatte Lord Dragon seiner Bitte um Pergament, Federkiele und Tintenfässer zugestimmt. Und nun eilte der gute Priester durch ganz Winchester, um eine geradezu horrende Summe für diese Utensilien auszugeben. Und so war er der Erste, der die Gefangenen ankommen sah. Von seiner erfreulichen Aufgabe voll und ganz beansprucht, nahm er dieses Ereignis kaum zur Kenntnis.

Umso aufmerksamer verfolgte Rycca die Geschehnisse. Durch ein Fenster des Sonnenzimmers beobachtete sie einen bewaffneten Konvoi, der zwei Reiter auf dem Weg zum Palast umzingelte. Beklommen konzentrierte sie sich auf die unmittelbar bevorstehende Begegnung mit Lady Daria und Vater Elbert.

Eine Viertelstunde später wurde sie in die Haupthalle gerufen.

»Da sind sie«, verkündete Dragon, ergriff ihren Arm und zog sie zu sich heran.

Wortlos nickte sie und betrachtete die beiden Neuankömmlinge, die immer noch von Wachtposten umringt wurden. Der Mann trug das Gewand und die Tonsur eines Priesters. Doch das Licht des Glaubens strahlte er nicht aus. Das Gesicht aschfahl und verhärmt, mit hängenden Schultern, schaute er sich ängstlich um. Nach einem kurzen Blick in die Richtung seiner Mitgefangenen kehrte er ihr den Rücken. Falls Lady Daria Notiz von ihm nahm, ließ sie sich nichts anmerken. Groß und hager, in schlichter Kleidung, hielt sie den Kopf hoch erhoben und lächelte. In ihren Augen las Rycca kalte Bosheit.

Wolf und Cymbra betraten die Halle. Nach wenigen Schritten hielt er sie am Arm fest, blieb stehen und sagte etwas, das Rycca nicht verstand. Cymbra schüttelte den Kopf, holte tief Atem und ging weiter. Die Stirn gerunzelt, folgte ihr Wolf.

Wenig später erschienen Krysta und Hawk, der sich absichtlich zwischen seine Frau und seine Halbschwester stellte. Mit dieser Geste erinnerte er Rycca an Darias Mordanschlag auf Krysta.

»Fangen wir an!«, entschied Alfred und wandte sich an den Priester. »Vater Elbert, Ihr werdet meine Fragen ausführlich und wahrheitsgemäß beantworten. Wenn Ihr dazu bereit seid, will ich Euch bessere Haftbedingungen zusagen. Wenn nicht, müsst Ihr für Eure Lügen büßen. Versteht Ihr mich?«

Der Priester nickte, und Rycca beobachtete seine Hände, die er zitternd aneinander presste. Als sie etwas näher zu ihm gehen wollte, wurde sie von Dragon zurückgehalten, der sie erbost anstarrte. Seufzend begnügte sie sich damit, das Gespräch aus sicherer Entfernung mit anzuhören.

»Wie heißt der Däne, mit dem Ihr Euch verschworen habt, um das Bündnis zwischen den Angelsachsen und Norwegern zu verhindern?«

Im rechten Augenlid des Priesters zuckte ein krampfhafter Puls. »Das weiß ich nicht, Majestät. Und ich schwöre beim Allmächtigen – es war mein einziges Verbrechen, die Wünsche dieser Frau zu erfüllen, einer Dienerin des Bösen.« Mit einem bebenden Finger wies er auf Daria.

Diese Anklage quittierte sie mit schrillem Gelächter und zog alle Blicke auf sich. Nun hob sie den Kopf noch höher, und ihre Augen glitzerten eisig. »Obwohl Ihr der König aller Narren seid«, rief sie Alfred zu, »müsstet sogar Ihr erkennen, dass dieser elende Priester lügt!«

Alfreds Lippen verkniffen sich. Aber er bezähmte seinen Zorn, und Rycca bewunderte seine Selbstbeherrschung. »Tatsächlich, Lady? Und was wisst *Ihr* von jener hässlichen Intrige?«

Langsam blickte Daria in die Runde und schien es zu genießen, dass sie im Mittelpunkt allgemeiner Aufmerksamkeit stand. Sie öffnete den Mund, um zu sprechen, schloss ihn wieder, und es dauerte eine Weile, bis sie fragte: »Ich, Sire? Eine einfache Frau? Was kann ich denn wissen?«

Aus den Augenwinkeln sah Rycca, wie Cymbra plötzlich zitterte. Sofort nahm Wolf sie in seine Arme und versperrte ihr die Sicht auf ihre Halbschwester und den Priester. Als er leise und beschwörend auf sie einsprach, schüttelte sie wieder den Kopf.

Auch Krysta hatte die Szene bemerkt und zog die Brauen zusammen.

In diesem Moment kam ein kleiner Mann mit gewölbter Brust und langem, dunklem Bart in die Halle, eilte zu Krysta und tätschelte ihre Hand. Dann nickte er Hawk zu, der ihn zu kennen schien.

»Ich glaube, Ihr unterschätzt Euch selbst, Lady Daria«,

gab Alfred zu bedenken. »Ich erinnere mich sehr gut an Eure Jugend. Damals wart Ihr weder furchtsam noch dumm.«

Erneut schien Daria mit sich zu kämpfen. Und diesmal erlag sie der Versuchung, sich aufzuspielen. »Gewiss, Sire, das war ich nie. Hätten sich die Dinge bloß anders entwickelt! Mein törichter Ehemann …«, seufzte sie.

»… war Eurer nicht würdig«, vollendete Alfred den Satz. »Nachdem er gegen mich rebelliert hatte, war es meine traurige Pflicht, ihn ins Jenseits zu befördern. Sicher habt Ihr etwas Besseres verdient, Lady.«

»Allerdings! Wie erstaunlich, dass Ihr das erkennt. So harte Zeiten …«

»Ja, das kann ich mir vorstellen.« Der König beugte sich vor, als würde er an ihren Lippen hängen. »Erzählt mir doch von Euren Leiden. Vielleicht ist Eure Gefangenschaft nicht gerechtfertigt.«

»Natürlich nicht! Niemand erklärt mir, warum ich in diesem grauenhaften Gemäuer mit den grässlichen Nonnen ausharren muss, die mir nichts erlauben – nur zu essen und zu schlafen und zu beten.«

Hawk verdrehte die Augen. »Vielleicht hängt deine Gefangenschaft irgendwie mit deinem Mordversuch an meiner Gemahlin und unserem ungeborenen Kind zusammen.«

Wütend fuhr sie zu ihm herum. »Bastard!«, beschimpfte sie den Halbbruder, der sie nach dem Hochverrat ihres Mannes bei sich aufgenommen hatte. »O ja, das bist du – unser Vater war nur mit einer einzigen Frau verheiratet, meiner Mutter. *Meiner,* nicht mit deiner oder der Mutter dieser dummen Kuh Cymbra! Mir ganz allein gehörte sein Herz, einer anderen hat er es nie geschenkt!«

»Wäre es so gewesen, möge Gott ihm helfen«, entgegnete Hawk. »Glücklicherweise stimmt es nicht.«

Gewiss nicht, bestätigte Rycca in Gedanken, aber Daria glaubte, was sie behauptete.

»Außerdem tat ich deiner Frau nichts zu Leide«, fuhr Daria fort.

Lüge. Was sie verbrochen hatte, wusste sie sehr gut.

»Erinnert Ihr Euch nicht daran?«, fragte Alfred.

»Woran?« Daria zeigte auf den Priester, der erschrocken zurückwich. »Diesem Schurken gelang es, mein Gehirn zu umnebeln. Er nutzte meine Einsamkeit aus, meine fromme Gesinnung, verlockte mich mit falschen Versprechungen und raubte mir meinen Verstand.«

»Also war alles, was Euch vorgeworfen wird, Vater Elberts Werk?«

»Nein!«, schrie der Priester verzweifelt. »Sire, ich schwöre Euch beim Heil meiner unsterblichen Seele …«

Mit einer knappen Geste brachte ihn der König zum Schweigen. »Antwortet, Lady Daria. Wen trifft die Schuld an den beklagenswerten Ereignissen? Euch oder den Priester?«

»Habt Ihr mir denn nicht zugehört, Sire? Nein, offenbar nicht! Warum sollte der mächtige Alfred meine Worte ernst nehmen?« Verächtlich und arrogant wandte sie dem König den Rücken zu.

Von hellem Zorn erfasst, stand Alfred auf. »Antwortet! Wagt es nicht, Eurem König zu trotzen!«

Aber Daria hatte sich bereits in die Festung ihrer Eitelkeit zurückgezogen, aus der sie kühl und berechnend hervorspähte, hochzufrieden mit der Wirkung ihres Auftritts. Da sie beharrlich schwieg, wurde sie ebenso wie der Priester abgeführt.

Bleich und erschüttert, aber mit einem tapferen Lächeln eilte Cymbra zu Krysta und erklärte mitfühlend: »Diese Frau ist von einer schrecklichen Krankheit besessen. Und fast erscheint es mir wie ein großes Wunder, dass es ihr nicht gelungen ist, dich zu ermorden.«

»Das hätte sie beinahe geschafft«, erwiderte Krysta leise,

und Hawk zog sie noch fester an sich. Dann drehten sich alle zu Rycca um.

Mit einem tiefen Atemzug rang sie nach Fassung. Nicht einmal in Wolscroft hatte sie die Macht des Bösen so deutlich gespürt wie bei dieser Begegnung mit Lady Daria, und sie hoffte, so etwas würde sie nie wieder erleben. »Daria ist wahnsinnig«, begann sie. »Und ich habe nie zuvor versucht, in der Seele einer geistesgestörten Person Wahrheit von Lüge zu unterscheiden. Während sie von ihrem Vater sprach, der angeblich keine Frau außer ihrer Mutter liebte, glaubte sie daran – wenn es auch nicht zutrifft. Das half mir, die übrigen Aussagen einzuschätzen. Dass sie sich nicht entsinnt, was sie Krysta angetan hat, ist eine eindeutige Lüge. Bedauerlicherweise hat sie die Frage Eurer Majestät nach dem Schuldigen nicht beantwortet.«

»Nein, dazu war sie nicht bereit«, bestätigte Alfred enttäuscht. »Ich könnte sie erneut verhören, notfalls sogar foltern lassen. Würde das was nützen?«

»Wohl kaum«, meinte Cymbra schaudernd. »Von Hass und Zorn besessen, würde Daria keine anderen Gefühle wahrnehmen – nicht einmal körperliche Schmerzen.«

»Jedenfalls hat Vater Elbert die Wahrheit gesagt«, erklärte Rycca. »Er hält sich tatsächlich für Darias Werkzeug, und er glaubt felsenfest, sie wäre eine Dienerin des Bösen. Deshalb jagt sie ihm Angst und Schrecken ein.«

Skeptisch zuckte Alfred dic Achseln. »Oder er ist ein guter Lügner.«

»Nein«, widersprach Rycca leise.

Nach einer kurzen Pause fragte der König: »Würde Euer Vater eine solche Frau für seine Zwecke benutzen?«

»Das weiß ich nicht. Er verachtet alle Frauen. Normalerweise würde ich nicht vermuten, dass er eine Frau in seine Pläne mit einbezieht. Aber vielleicht irre ich mich. Daria wäre am richtigen Ort gewesen, um seine Wünsche zu erfül-

len. Aus diesem Grund hat er ihr Geschlecht möglicherweise ignoriert.«

»Dafür haben wir keine Beweise«, seufzte Alfred und schaute Dragon an. »Und deshalb kann ich nicht über Wolscroft Gericht halten.«

Wolf trat zu seinem Bruder und legte ihm eine Hand auf die Schulter. »Immer mit der Ruhe ...«

»Soll ich ruhig bleiben, wenn der Mann, der meine Frau töten lassen wollte, seiner Strafe entrinnt?« Wütend stürmte der Lord von Landsende zu König Alfred: »Majestät, Ihr dürft nicht erwarten, wegen unseres Bündnisses würden die Norweger den Sachsen alle Verbrechen gestatten, ohne Vergeltung zu üben. Bei Odin, das wird niemals geschehen!«

»Bei *Gott*, – das verlange ich keineswegs!«, stieß Alfred hervor. »Aber was nützt uns das Bündnis, wenn mich die Lords vom Thron stürzen – weil sie glauben, einer der ihren wäre der Laune eines Wikingers zum Opfer gefallen?«

Während sich die beiden Männer anstarrten, stockte Ryccas Atem. Nun musste sie ihr Bestes tun, um eine Katastrophe zu verhindern. »Dragon«, flehte sie verzweifelt, »ich liebe dich von ganzem Herzen. Für mich ist jeder Augenblick kostbar, den ich mit dir verbringen darf. Aber sogar darauf würde ich verzichten, um des Friedens willen, der so wichtig für unsere beiden Völker ist.«

Schweigend schaute er sie an, einen eigenartigen Ausdruck in den Augen. Die anderen nahm sie nicht wahr – nur ihn. Sie glaubte, unter ihren Füßen würde der Boden entschwinden. Aber diesmal stürzte sie nicht von einer Klippe hinab, sondern schwebte nach oben, ohne zu wissen, ob die Schwerkraft sie wieder hinabziehen würde.

»Was hast du gesagt?«, fragte er.

»Nichts ist so wichtig wie der Friede zwischen unseren Völkern! Gewiss, ich verstehe deinen Zorn. Immerhin wurdest du zutiefst beleidigt. Trotzdem bitte ich dich – bedenk,

was du tust. Wenn du meinen Vater angreifst, wird er den Sieg erringen, den er erhofft.«

Langsam schüttelte Dragon den Kopf, als wollte er Nebelwolken aus seinem Gehirn verscheuchen. Sein Blick hielt Rycca fest, wie die Hand eines Mannes ein Ruder auf stürmischer See.

In seine Wangen kroch dunkle Röte. »Meinst du, ich will deinen Vater töten, weil er mich *beleidigt* hat? Um Himmels willen, Rycca, beinahe hätte ich dich verloren! Weißt du, was das bedeutet?«

Verwirrt sah sie ihn über den steinernen Boden der königlichen Halle auf sich zukommen.

Mit beiden Händen packte er ihre Schultern und schrie beinahe: »Verdammt, ich liebe dich! Was kümmern mich *Beleidigungen*? Mir geht es einzig und allein um dich, um deine Sicherheit...«

»Du liebst mich?«, flüsterte sie leicht benommen und verwirrt.

»Möge Loki mir helfen – die Ehe mit dir ist nicht gerade einfach. Du bist stark und temperamentvoll und eigensinnig. In deinem Körper steckt kein einziger schwacher Knochen. Oh, dein Körper... Aber lassen wir das. Jedenfalls hast du dich in mein Herz gestohlen. Darin will ich dich festhalten. Also wage es bloß nicht, ans Sterben zu denken! Das verbiete ich dir. Übrigens – hast du vorhin gesagt, du würdest mich lieben?«

Ja, dachte sie, jetzt sind mir wirklich Flügel gewachsen. Kraftvolle Flügel, die sie emportragen würden, so hoch wie sie's wünschte... Und das war sehr hoch.

Lächelnd nahm sie das Gesicht ihres Gemahls in beide Hände und küsste ihn vor aller Augen. Das dauerte eine ganze Weile, und danach musste sie Atem schöpfen. Aber die Stimme gehorchte ihr: »Ja, ich liebe dich. Mehr als das Leben, mehr als die Freiheit.«

Und für ein paar Sekunden sah Rycca von Landsende Tränen in den Augen ihres Wikingers schimmern.

20

Wenn er auch ein unmöglicher Mann war – sie liebte ihn heiß und innig. Rycca nippte an dem Kräutertee, den Cymbra ihr gebracht hatte, um ihre Magenbeschwerden zu lindern. Seit der Rückkehr nach Hawkforte fragte sie sich zum hundertsten Mal, wie sie mit ihrem Mann das Problem erörtern sollte, das sie alle belastete.

Ihr Vater blieb auf freiem Fuß. Mochte es dem König gefallen oder nicht – dagegen konnte er nichts unternehmen. Solange die Beweise fehlten, durfte Wolscroft nicht vor Gericht gestellt werden. Und eine Strafe ohne gerechtes Urteil – die Dragon in seinem Zorn befürwortete – würde die Krise noch verschärfen.

Was sollte man tun?

Rycca wusste es. Unentwegt suchte sie Mittel und Wege, um Dragon von ihrem Plan zu überzeugen.

Jedes Mal, wenn sie das Thema anschnitt, fiel er ihr ins Wort. Deshalb glaubte sie, er hätte bereits erraten, was sie ihm vorschlagen wollte. Dass er sie meistens unterbrach, indem er sie umarmte und mit seiner Leidenschaft betörte, spielte keine Rolle. Zumindest, nachdem ihr klarer Verstand zurückgekehrt war.

»Irgendein Ort, wo es kein Bett gibt«, flüsterte sie vor sich hin, »keinen Heuhaufen, kein bemoostes Flussufer, keinen Sessel, keine Bank, keinen Tisch, kein Gebüsch ...«

Seufzend und erfolglos unterdrückte sie ein Lächeln. Dragon zu lieben und von ihm geliebt zu werden, rückte die ganze Welt – sogar Wolscroft – in eine andere Perspektive.

Was das Problem aber nicht löste.

Als sie an diesem Morgen aufstand, kündigte die frische, kalte Luft den Wechsel der Jahreszeiten an. In wenigen Wochen würde das Meer im Norden zufrieren und den Schiffsverkehr behindern. Also mussten sie bald die Rückreise antreten, ganz egal, ob sie eine Lösung für das Problem finden würden oder nicht.

Und wenn nicht?

Wenn es auch das nächste Jahr überschatten würde?

Dann hätte Dragon einen Grund mehr, Wolscroft von einem weiteren Anschlag abzuhalten – und ihn zu töten. Ihr Lächeln vertiefte sich, während sie ihren immer noch flachen Bauch berührte. Niemandem hatte sie auch nur ein Sterbenswörtchen verraten. Krysta und Cymbra wussten es trotzdem. Auch die lieben Schwestern im Geiste hüteten das süße Geheimnis, während Rycca den richtigen Augenblick abwartete, um ihren Ehemann einzuweihen.

Sobald Wolscroft gestorben ist, hatte sie beschlossen. Sie wunderte sich, weil sie so gleichgültig an den Tod ihres eigenen Vaters dachte. Doch er war nie ein richtiger Vater gewesen. So wie ein Feld, mit Salz bestreut, keine Ernte hervorbrachte, empfand sie keine Liebe zu dem Mann, der sie immer nur gehasst hatte.

Er musste sterben. Je früher, desto besser – und auf die richtige Weise, wie damals der Verräter Udell, nach dessen Tod die Lords ihrem König zugejubelt hatten.

In der angenehmen Atmosphäre von Krystas schönem, hellem Sonnenzimmer duftete es nach den Kräutern, die darin trockneten. Aber die Szene vor den Fenstern wirkte nicht so idyllisch. Seufzend beobachtete Rycca die Patrouillen auf den hohen Mauern rings um Hawkforte. Außer Hawks eigenen Rittern hielten auch Wolfs und Dragons Männer Wache. Tag und Nacht, Stunde um Stunde sorgten die drei Kriegsherren für die Sicherheit ihrer geliebten Ehefrauen. Jenseits des Ha-

fens kreuzten Schiffe. Auf den Hügeln hinter der Festung hielten zahlreiche Wachtposten ihre Stellung. Niemand durfte die Stadt besuchen, ohne seinen Namen zu nennen. Nur mit der ausdrücklichen Erlaubnis Hawks und der Brüder Hakonson durfte man die Festung betreten.

Auf diese Weise würden sie Wolscroft wohl niemals einfangen.

Das erkannten auch Cymbra und Krysta – Rycca las es in den Augen der Freundinnen. Doch darüber sprachen sie nicht mit ihr, denn sie allein musste entscheiden, wie sie versuchen würde, ihren Gemahl zu überreden…

Auf dem Fenstersims landete ein Rabe – derselbe Vogel, der sich jeden Tag einfand. Wenn Krysta in der Nähe war, blieb er etwas länger sitzen, sonst flog er sofort wieder davon. Jetzt nicht. Stattdessen legte er den glänzenden schwarzen Kopf schief und schaute Rycca an.

Da zerbröckelte sie das trockene Brot, das Cymbra ihr gebracht hatte, und streute die Krumen auf das Fenstersims – ganz vorsichtig, um den Raben nicht zu erschrecken. »Komm und friss«, flüsterte sie.

Nach kurzem Zögern nahm er die Einladung an, und Ryccas Gedanken kehrten zu ihrem Problem zurück. Nachdem der Vogel alle Krümel aufgepickt hatte, spreizte er sein Gefieder.

Geistesabwesend starrte sie ihn an. Wie sollte sie Dragon zur Vernunft bringen?

»Da bist du ja!« Als Krysta den Raum betrat, blickten Rycca und der Rabe auf. »Wie fühlst du dich?«

»Viel besser. Cymbras Kur wirkt wahre Wunder.«

»Das freut mich. Jetzt sitzt sie in der Halle. Sie würde gern mit dir reden.«

Dankbar für die Ablenkung, eilte Rycca zur Tür. Sie nahm an, Krysta würde ihr folgen. Aber die blonde Frau lächelte nur und lehnte sich an die Wand neben dem Fenster.

Draußen im Flur glaubte Rycca, die Freundin sprechen zu hören. Seltsam – außer Krysta hielt sich niemand im Sonnenzimmer auf. Aber vielleicht seufzte nur der Wind, der um die Ecke des hohen Turms wehte.

In der Halle blickte Cymbra ihrer Freundin erfreut, aber auch ein wenig überrascht entgegen. Lion spielte zu ihren Füßen, und Rycca nahm neben ihr Platz. Entzückt beobachtete sie den kleinen Jungen. Früher hatte sie kaum auf Kinder geachtet, jetzt schienen sie ihr überall zu begegnen und faszinierten sie. Impulsiv fragte sie: »Wie ist es, ein Baby zu bekommen?«

Cymbra lachte leise. »Ganz wundervoll, aufregend, unglaublich…«

»Nein, ich meine – danach. Wenn das Baby auf der Welt und von dir abhängig ist.«

»Genauso wundervoll.«

Rycca nickte. Träumerisch schaute sie Lion zu, der mit kleinen hölzernen Tieren spielte. Da waren ein Löwe, sein Namensvetter, und Pferde, Bären und Fische und Vögel…

Vögel.

Also wirklich, manchmal war man so tief in Gedanken versunken, dass man gar nicht merkte, was man mit eigenen Augen sah. »Weißt du…«, begann Rycca langsam. »Krysta hat mir nie erklärt, was so eigenartig an den Freunden ist, die sie zu sich ruft.«

Jetzt lachte Cymbra etwas lauter. Ihr Söhnchen schaute zu ihr auf – mit einem so strahlenden Grinsen, dass beide Frauen über dem kostbaren Moment alles andere vergaßen. Wenig später kam Krysta in die Halle und setzte sich zu ihnen. »Thorgold hat Raven erzählt, es sei bald so weit.«

»Sehr gut.« Cymbra berührte Ryccas Hand. »Wenn dein Vater demnächst hier eintrifft, wird er für sein Verbrechen büßen.«

Ihr Vater… Ein letztes Mal empfand Rycca jene Sehnsucht, die niemals gestillt worden war – dann nickte sie.

»Nein! Bei allen Göttern, du musst verrückt sein!«

Rycca erwiderte den Blick des wütenden Wikingers, der hoch aufgerichtet vor ihr stand, und zwang sich zur Ruhe – obwohl sie versucht war, genauso temperamentvoll zu antworten. Doch das würde ihr nicht zum Erfolg verhelfen. Außerdem schrie er sie nur an, weil er sich um sie sorgte, und das rührte ihr Herz. »Es ist die einzige Möglichkeit«, erwiderte sie sanft.

»Damit würdest du eine Katastrophe heraufbeschwören, Rycca. Du hast zu viel durchgemacht, und das muss deinen Geist verwirrt haben. Sonst würdest du niemals glauben, ich könnte zustimmen…«

»Vielleicht ist mein Vater fähig, einen vernünftigen Mann zu mimen. In Wirklichkeit lässt er sich nicht von seinem Verstand leiten, sondern von Gefühlen – insbesondere von seinem Zorn. Was er begonnen hat, will er vollenden. Und er wird jede Gelegenheit nutzen, die sich bietet.« Sie wandte sich zu Hawk und Krysta, die neben ihr standen. »In der Nähe deiner Festung besitzt ihr eine Jagdhütte, in der ich vor meiner Hochzeit ein paar Tage verbrachte.«

»Nein«, fauchte Dragon, bevor irgendjemand anderer das Wort ergreifen konnte.

Sie hatten sich alle in der Halle eingefunden, auch Wolf und Cymbra. Nach Ryccas Ansicht war dies der geeignete Ort für eine Diskussion mit ihrem Mann. Der Zeitpunkt erschien ihr ebenfalls richtig.

Aber ihr Herz schlug wie rasend, während sie ihn von ihrem Plan zu überzeugen suchte. »Eine andere Lösung gibt es nicht«, beharrte sie.

»Glaubst du, ich gestatte dir, den Köder zu spielen? Das wäre Wahnsinn!«

»Wenn du mir keine Wahl lässt, muss ich's aussprechen.«

»Was?«, fragte Wolf. An einen Pfeiler gelehnt, Cymbra im Arm, musterte er seinen Bruder halb mitleidig, halb belustigt.

Zwischen zusammengebissenen Zähnen stieß Dragon hervor: »Ich benutzte sie als Köder, um Magnus zu entlarven. Beinahe wurde sie getötet.«

»*Ich?* Und *du?*« Vorübergehend vergaß Rycca den Zweck des Gesprächs. An jene grauenhafte Nacht erinnerte sie sich immer noch viel zu lebhaft. »*Du* wärst fast ermordet worden. Nackt und unbewaffnet musstest du Magnus bekämpfen, der dein maurisches Schwert schwang.«

»Also ist er auf diese Weise gestorben?« Wolf wechselte grinsend einen Blick mit Hawk. »Das hast du verdammt gut gemacht, lieber Bruder.«

Seufzend blickten die Frauen zur Decke hinauf, und Hawk kehrte zum ursprünglichen Thema zurück. »So ungern ich auch darauf hinweise – ich finde Ryccas Plan wohl durchdacht. Wenn wir Wolscroft nicht aus der Reserve locken, werden wie ihn niemals unschädlich machen.«

»Würdest du meine Gemahlin tatsächlich benutzen…«, begann Dragon entrüstet, und Hawk fiel ihm hastig ins Wort.

»Wir würden sie natürlich schützen. Zu der Hütte führt nur eine einzige Straße, durch dichten Wald. Dort könnten sich hundert Krieger verbergen. Niemand würde sie entdecken.«

Eine Zeit lang schwieg Dragon und schien mit sich zu kämpfen, dann entgegnete er: »Hundert Männer würden nicht genügen.«

Rycca hielt den Atem an. Allmählich gab er sich geschlagen. Das spürte sie und hakte sofort nach: »Vergiss Krystas Freunde nicht. Auch sie werden uns beistehen.«

»Welche Freunde?«, fragte er und runzelte die Stirn.

»Nun, das ist ein bisschen kompliziert«, erklärte Hawk. »Sagen wir mal, meine Frau hat Freunde höheren – und nie-

drigeren Orts. Wolscroft könnte nicht einmal rülpsen, ohne dass wir's erfahren.«

»Trotzdem missfällt mir dieser Plan …«

Rycca umfasste die Hände ihres Mannes und schaute eindringlich in seine Augen. »Solange das Problem ungelöst bleibt, werden wir niemals frei sein.«

Im Schutz der Dunkelheit verließen nicht hundert, sondern dreihundert Männer die Festung. Von Wolf und Hawk kommandiert, gingen Norweger und Sachsen zu beiden Seiten der Straße, die zur Jagdhütte führte, in Stellung. Im Morgengrauen verschmolzen sie mit ihrer Umgebung, so vollkommen, dass die erwachenden Waldbewohner – Vögel und Rotwild, Füchse und Hasen – sich wie üblich verhielten, ohne die Anwesenheit der Menschen wahrzunehmen.

Etwas später ritten Dragon und Rycca aus dem Hof von Hawkforte. Aus ihrem Aufbruch und ihrem Ziel machten sie kein Geheimnis. Ein Spion hätte taub oder blind sein müssen, um nichts von ihren Absichten zu erfahren. Gegen Mittag erreichten sie ihr Ziel.

Nachdem sie Sleipnir und Grani abgesattelt hatten, schaute Dragon zur Straße hinüber. Zu seiner Erleichterung sah er nichts. Er ergriff den Arm seiner Frau und führte sie in die Jagdhütte. Drinnen sah es genauso aus wie in Ryccas Erinnerung – ein luxuriöser, beschaulicher Hafen. Zufrieden zog sie ihre Schuhe aus, setzte sich aufs Bett und klopfte neben sich auf die Matratze.

Ihr Mann runzelte die Stirn. Allmählich wurde das zur Gewohnheit. »Wir sind nicht hier, um uns zu vergnügen.«

»Vielleicht ist Wolscroft noch gar nicht in der Nähe. Es könnte tagelang dauern …«

»Nein, er ist hier«, unterbrach er sie. »Zweifellos weiß er, was in Winchester geschah, und er wird nach Mitteln und Wegen suchen, um uns einen Strich durch die Rech-

nung zu machen, ehe wir ihn weiterhin bedrohen können.«

Insgeheim teilte Rycca diese Ansicht. Aber sie sah keinen Grund, das zu verraten. Bis zum Einbruch der Dunkelheit würde sich nichts ereignen. Davon war sie fest überzeugt, und das bedeutete…

»Sicher haben wir noch einige Stunden Zeit. Wie sollen wir uns beschäftigen?«

Als er erkannte, was sie meinte, blinzelte er verwirrt. Lachend sprang sie auf und ging zu ihm.

»Großer Gott, Dragon, willst du wirklich den ganzen Tag Trübsal blasen? Mein Entsetzen über Magnus' Mordanschlag habe ich noch immer nicht verwunden. Ich will nicht an den Tod denken. Genießen wir lieber das Leben!«

»Da draußen stehen dreihundert Männer…«

»Zum Glück sind wir hier drinnen ungestört.« Sie stellte sich auf die Zehenspitzen, biss in sein Ohrläppchen und flüsterte: »Ich werde nicht allzu laut schreien. Das verspreche ich dir.«

Atemlos streichelte er ihren Rücken. »Ein Krieger bläst nicht Trübsal.«

»Nein, natürlich nicht, ich habe mich falsch ausgedrückt. Aber du wirst auf und ab wandern, durch die Fenster spähen, oder du holst dir diesen Wetzstein aus dem Stall, um dein Schwert endlos lange zu schärfen – oder du starrst ins Leere, mit jenem gefährlichen Blick, der jedes Mal in deinen Augen erscheint, wenn du an schreckliche Dinge denkst. *Mir* wirst du gar keine Aufmerksamkeit…«

»Sei still!« Unwillkürlich lachte er und zog sie an sich. »Möge der Himmel verhüten, dass ich mich so albern aufführe.«

»Da wir gerade vom Himmel reden…«

Mit den zurückgeschlagenen Decken sah das Bett glatt und einladend aus. Langsam schlüpften sie aus ihren Kleidern

und schwelgten im Wunder ihrer Nacktheit, das ihnen immer noch so neu erschien wie beim ersten Mal.

»Erinnerst du dich?«, flüsterte sie an seiner muskulösen Schulter. Dann glitten ihr warmer Mund über seine Brust. »So nervös war ich…«

»Tatsächlich? Das ist mir gar nicht aufgefallen… Oh…«

»Nie zuvor hatte ich einen so schönen Mann gesehen wie dich.«

»Nein… *Du* bist schön…«

»Und deine gewaltigen Körperkräfte… Warum fürchte ich mich niemals vor dir?«

»Lieber würde ich sterben, als dir wehzutun. Meine Süße…«

»Oh! Dragon – bitte…«

Mit Händen und Lippen beschwor er süße Qualen herauf. Sie klammerte sich an ihn, hob ihm die Hüften entgegen und hieß ihn in ihrem Schoß willkommen. Immer noch forderte er sie aufreizend heraus, so dass sie sich ungeduldig wand, und er lachte, bis sie ihn mit ihren starken inneren Muskeln anspornte. Da ging das Gelächter in heißes Entzücken über.

Rycca betrachtete sein ebenmäßiges Gesicht. Eigentlich hatte kein Mann ein Recht auf so unglaubliche Schönheit. Und seine goldenen Augen waren die Fenster einer noch schöneren Seele. Überwältigt dankte sie dem Allmächtigen für das Glück, einen solchen Mann zu lieben und von ihm geliebt zu werden. Ein glühender Kuss erstickte den Schrei ihrer Erfüllung, und sein eigener erlösender Höhepunkt schien kein Ende zu nehmen.

Doch dann kehrte die Wirklichkeit zurück, obwohl sie immer noch rosig schimmerte. Dragon lag auf dem Rücken, seine Frau im Arm, und wartete, bis sich seine rasenden Herzschläge beruhigten. So fest war er entschlossen gewesen, aufmerksam Wache zu halten.

Nun konnte er kaum fassen, wie schnell er alle Gedanken an die drohende Gefahr vergessen hatte. Vermutlich gab es keine Situationen, die ihn von seinen Gefühlen für Rycca ablenken würden.

Zu seiner Erleichterung schlief sie. Je länger sie schlummerte, desto eher würde sie die Lösung des Problems erleben. Und er *würde* es lösen – selbst wenn er Wolscroft gnadenlos jagen, die Wahrheit aus ihm herausprügeln und ihn an den königlichen Hof schleppen musste. Doch er hoffte, dazu würde es nicht kommen.

Langsam schleppte sich der Tag dahin. Während Rycca immer noch schlief, tat Dragon alles, was sie prophezeit hatte. Rastlos wanderte er herum, dachte an schreckliche Dinge und holte sogar den Wetzstein aus dem Stall, um sein maurisches Schwert zu schärfen. Nur eins misslang ihm – Rycca zu ignorieren. Das würde er niemals schaffen.

Als sie erwachte, setzte sie sich auf, die schweren Lider halb gesenkt. Ihr Mund schimmerte so voll und weich, dass er sich mühsam beherrschen musste, um nicht erneut neben ihr ins Bett zu sinken.

Voller Stolz auf seine Selbstkontrolle, holte er Vorräte aus der Speisekammer und begann, eine Mahlzeit vorzubereiten. Nach einer Weile berührte Rycca seinen Arm. »Wenn du noch mehr Salz in diesen Eintopf streust, müssen wir ein ganzes Fass Wasser dazu trinken.«

Leise fluchte er, schüttete den verdorbenen Eintopf vor die Tür und kochte einen neuen. Deshalb aßen sie mit einiger Verspätung, und Rycca entwickelte ausnahmsweise einen gesunden Appetit.

»Freut mich, dass es deinem Magen besser geht«, bemerkte er.

»Warum sagst du das?«, fragte sie erstaunt.

»In letzter Zeit hast du nur unregelmäßig gegessen.«

»Oh – nun ja – die vielen Aufregungen – die Reisen …«

Er nickte und griff nach seinem Weinkelch. Beinahe hätte er ihn umgestoßen, von einem plötzlichen Gedanken überrascht. »Rycca?«

Hastig stand sie auf, um den Tisch abzuräumen. Aber er umfasste ihr Handgelenk und schob sie mit sanfter Gewalt auf ihren Stuhl zurück.

»Hast du mir etwas zu sagen?«, fragte er, ohne sie aus den Augen zu lassen.

»Etwas …«

»Gerade habe ich überlegt, was den Magen einer Frau beunruhigen könnte. Und da merkte ich, dass ich ein verdammter Idiot war.«

»O nein, das bist du nicht …«

»Wirklich nicht? Und warum ist's mir entgangen, dass deine Monatsblutung ausgeblieben ist? Hängt das auch mit unseren *Reisen* zusammen, teure Gemahlin?«

»Bei manchen Frauen verzögert sich die Regel hin und wieder.«

»Für *manche* Frauen interessiere ich mich nicht, Rycca. Nur für dich. Und ich schwöre dir – wenn du ein Kind erwartest und mir nichts davon erzählt hast … Das werde ich …«

Die Schultern gestrafft, hielt sie seinem Blick stand. »Was wirst du dann tun?«

»Also bedeutet das …«

»Tut mir Leid, Dragon«, seufzte sie zerknirscht. »Das wollte ich dir nicht verheimlichen – und nur auf ruhigere Zeiten warten. Damit du dir nicht noch größere Sorgen machst.«

Mit schmalen Augen starrte er sie an. »Weil ich mich geweigert hätte, meine Frau *und* mein ungeborenes Kind als Köder für einen mörderischen Verräter zu benutzen?«

»Jetzt bist du böse, das ist dein gutes Recht. Aber wenn ich's dir verraten hätte, wären wir jetzt nicht hier.«

»Allerdings nicht!« Abrupt erhob er sich und warf seinen

Stuhl um, der krachend am Boden landete. Aber darauf achtete Dragon nicht. Wütend stapfte er zum Ende des Raums und wieder zurück.

Rycca wartete geduldig, bis sein Zorn verflog und zählte stumm. Wie lange würde es dauern, bis ihr Gemahl verstand, was er soeben erfahren hatte?

Neun… Zehn…

»Also bekommen wir ein Baby.«

Nicht allzu lange. Glücklich nickte sie. »O ja, Dragon. Sicher wirst du ein wundervoller Vater sein.«

Da kehrte er zum Tisch zurück, zog sie auf die Beine und schaute völlig entgeistert in ihre Augen. »Ach, du meine Güte…«

»Warum bist du so überrascht?«, fragte sie belustigt. »Immerhin taten wir wirklich unser Bestes, um ein Kind zu zeugen.«

»Gewiss… Trotzdem finde ich's unglaublich.«

Rycca lachte und strich zärtlich über seine Wange. »Vielleicht haben wir eine falsche Vorstellung von Wundern. Wir meinen, sie wären außergewöhnlich. Aber in Wirklichkeit sind sie so normal wie ein Krieger, der wilde Blumen pflückt – oder wie eine schwangere Frau.«

Wortlos setzte er sich und hielt Rycca auf seinem Schoß fest. Ein paar Mal schluckte er krampfhaft und sagte noch immer nichts.

Eng umschlungen genossen sie den Moment und wünschten, er würde noch lange dauern. Doch sie wurden schon nach wenigen Minuten gestört. Der Rabe landete auf einem Fenstersims und blieb nur so lange sitzen, bis er Ryccas und Dragons Aufmerksamkeit erregte. Dann verschwand er im blutroten Glanz des sterbenden Tages.

Eine Stunde nach Einbruch der Dunkelheit näherten sich ein Dutzend Reiter. Kurz vor der Jagdhütte zügelten sie die

Pferde, alle außer Ogden, der zur Tür ritt und sie mit dem Griff seines Schwerts aufstieß.

»Kommt heraus, norwegischer Abschaum! Euer kostbares Walhall erwartet Euch!« Diesen Ruf schien er für maßlos witzig und geistreich zu halten, denn er brach in schallendes Gelächter aus.

»Halt den Mund!«, befahl Wolscroft. »Tretet mir gegenüber, Hakonson, und Ihr dürft mit dem Schwert in Eurer Hand sterben. Ansonsten werdet Ihr einen ehrlosen Tod finden, das schwöre ich Euch.«

In der Hütte warf Dragon Rycca einen strengen Blick zu und bedeutete ihr zu schweigen. Mehrere Sekunden ließ er verstreichen, gerade genug, um seine Feinde da draußen unbehaglich zu stimmen. Schließlich erwiderte er: »Wenn ich sterben soll, möchte ich wissen, warum, Wolscroft!«

»Wagt Euch endlich heraus, dann sprechen wir miteinander.«

»Geh nicht!«, wisperte Rycca. »Das ist eine Falle!«

Amüsiert hob er die Brauen. »Natürlich, meine Süße. Draußen warten ein Dutzend Männer. Wahrscheinlich bilden sie sich ein, sie hätten uns bereits überwältigt.«

»Bevor du eine Gelegenheit findest, auch nur einen Einzigen anzugreifen, könnten sie dich töten.«

Entschieden schüttelte er den Kopf. »Niemand wird mich töten. Aber ich muss Wolscroft zum Reden bringen.« Er schaute kurz zur Tür hinüber. »Wage es bloß nicht, auch nur einen Finger hinauszustrecken. Verstanden?«

Gehorsam wie eh und je, nickte Rycca.

Dragon ging zur Tür, wo er sich noch einmal zu ihr umdrehte. »Um es anders auszudrücken – versprichst du mir, die Hütte erst zu verlassen, wenn ich nach dir rufe?«

Die Antwort war ein herausfordernder Blick. Aber sie nickte wieder. Immerhin lernte ihr Mann, Vorsichtsmaßnahmen zu ergreifen. Sehr gut. Die würde er nämlich brauchen.

Das maurische Schwert gezückt, öffnete Dragon die Tür, sprang hinaus und warf sie blitzschnell hinter sich zu. Fackeln in den Händen der Reiter beleuchteten die Szene. Beim Anblick des gefürchteten Kriegers und der funkelnden Klinge wich Ogden hastig zu seinem Vater zurück.

Mit wild wucherndem Bart, nach der tagelangen Reise von Mercia nach Essex voller Staub, stand Wolscroft inmitten seiner Männer. »Also will der mächtige Wikinger wissen, warum er sterben muss?«, spottete er.

»Nun, Ihr nehmt einige Mühen und Plagen auf Euch, nur weil Euch Euer Schwiegersohn missfällt.«

»Tod und Teufel, es überrascht mich, dass Ihr, elender Norweger, die Situation völlig richtig einschätzt.«

»Oder gibt's noch andere Gründe?«

»Andere Gründe?«, wiederholte Wolscroft, beugte sich im Sattel vor und starrte Dragon an. In seinen Mundwinkeln bildete sich Schaum. »Nur meine Rachsucht führt mich hierher, verdammter Narr! Vor vielen Jahren wurde ich von Wikingern angegriffen, und ich gelobte mir, Vergeltung zu üben. Aber Alfred will mit aller Macht den Frieden sichern. Gott bewahre uns vor den Launen dieses Schwächlings!«

»Glaubt Ihr, der König wird sich anders besinnen, wenn Ihr mich ermordet?«

»Zumindest wird das Bündnis scheitern, auf das er so großen Wert legt. Alle Lords werden erkennen, wie töricht das Gefasel vom immer währenden Frieden war, sich gegen ihn stellen und seine Herrschaft beenden.«

»Wie ich eingestehen muss, ergibt das einen gewissen Sinn. Zu schade, dass Ihr das Bündnis nicht schon früher vereitelt habt, Wolscroft…«

»Nicht, dass ich keinen Versuch unternommen hätte! Diese verflixte Frau…« Plötzlich erschauerte Wolscroft. Sogar er, der skrupellos die Ermordung seiner Tochter und sei-

nes Schwiegersohns anstrebte, war nicht gegen alle Emotionen gefeit.

»Meint Ihr Lady Daria?« Dragon schnitt eine Grimasse. »Auch sie tat ihr Bestes. Sie fing Wolfs Brief ab, in dem er Hawk um Lady Cymbras Hand gebeten hatte. Nahm sie Verbindung mit Euch auf, um Euch vor dieser Hochzeit zu warnen?«

»Ihr Ehemann und ich kannten einander gut genug und teilten viele Ansichten. Das wusste sie.«

»Also habt Ihr sie aufgefordert, meinem Bruder jenen gefälschten Brief zu schicken, der beinahe einen Krieg heraufbeschworen hätte. Und später habt Ihr sie gedrängt, Krysta zu töten und den Eindruck zu erwecken, Hawk hätte das Verbrechen begangen. Wer kam auf den Gedanken, die Dänen dafür verantwortlich zu machen?«

»Daria«, gab Wolscroft widerstrebend zu. »Manchmal haben sogar dumme Frauen brauchbare Ideen. Aber alles andere war *mein* Plan.«

Ungeduldig richtete er sich im Sattel auf und bedeutete seinen Männern näher heranzureiten.

Offensichtlich soll kein fairer Kampf stattfinden, dachte Dragon. Allein gegen zwölf berittene Krieger – nein, nur gegen elf, denn Ogden war inzwischen verschwunden. Vielleicht erinnerte er sich, was vor nicht allzu langer Zeit auf der Straße nach Essex geschehen war.

Die gefährlichste Situation seines Lebens war es vermutlich nicht – aber beinahe. Trotzdem spürte er die wachsende Angst seiner Feinde und rechnete sich gute Chancen aus.

Aber darauf brauchte er gar nicht zu hoffen. In diesem Augenblick zerrissen mächtige Flügelschläge die Stille des Waldes – Geräusche, die heulenden Stürmen und dröhnenden Trommeln glichen. Immer lauter füllten sie die Luft, und die Männer begannen zu schreien.

Zahllose Raben flatterten aus den Bäumen ringsum und

füllten den Abendhimmel. Mit spitzen Schnäbeln attackierten sie die Augen der Reiter. Unterdessen rannten stämmige kleine Männer auf die Lichtung vor der Hütte, seltsam gekleidet, mit langen Bärten. Und alle sahen so schäbig aus, als wären sie soeben unter einer Brücke hervorgekrochen. Sie packten die Pferde am Zaumzeug, flüsterten ihnen etwas zu, und die Tiere bäumten sich so kraftvoll auf, dass die Krieger aus den Sätteln stürzten. Immer noch von den Vögeln angegriffen, krümmten sie sich zusammen, hielten schützend die Arme über den Köpfen oder schlugen wild um sich. Vor den Augen des verwirrten Lords von Landsende ließen die kleinen Männer die Pferde los und wandten sich zum Gehen. Und einer, der ihm irgendwie bekannt vorkam, winkte ihm grinsend zu.

Freunde – höheren und niedrigeren Orts…

Danach fanden die Ereignisse ein schnelles Ende. Wolf, Hawk und ihre Ritter tauchten aus ihrem Versteck auf und umzingelten Wolscrofts Truppe. Bevor die Mercier wussten, wie ihnen geschah, wurden sie entwaffnet. Wolscroft versuchte immer noch, sich zu behaupten. »Tötet mich – und Euer kostbares Bündnis ist null und nichtig!«, schrie er.

»Euch töten?« Dragon steckte sein Schwert in die Scheide, das er nicht gebraucht hatte – tatsächlich, der Frieden war ein Segen – und trat vor. »O nein, das werden wir nicht tun. Während Eurer Reise zum Königshof, wo Alfred Gericht über Euch halten will, wird man Euch mit Samthandschuhen anfassen.«

Sogar Wolscroft war klug genug, um bei dieser Ankündigung zu erbleichen. Doch er versuchte sich nach wie vor herauszureden. »Ihr habt keine Beweise! Nur Euer Wort steht gegen meines!«

»Und unseres«, ergänzte Vater Thomas und trat auf die Lichtung, gefolgt von dem Mann, den Dragon sofort wiedererkannte – Hawks Hauspriester, Vater Desmond. »Wir beide

werden beschwören, was wir an diesem Abend hörten. Mit Eurer Aussage habt Ihr Euch verdammt, Wolscroft, und das wird ganz England erfahren.«

Eine Zeit lang wurde noch lebhaft diskutiert. Als Wolscroft gefesselt wurde, stieß er wilde Drohungen aus. Unbeirrt verfrachteten ihn Norweger und Sachsen in den Wagen, der ihn nach Winchester bringen sollte, zum Schauplatz seiner gerechten Strafe.

Für Rycca spielte das alles keine Rolle. Wie sie inständig gehofft hatte – es war vorbei.

Fast …

21

»Mylord?«

Dragon wandte sich zu dem Krieger, der ihn auf dem Kai von Hawkforte angesprochen hatte. Durch die Takelage der Drachenschiffe, die gerade für die Heimfahrt gerüstet wurden, wehte ein frischer Wind. »Was gibt's?«

»Da ist ein Mann, Mylord – soeben ging er von Bord eines Schiffes aus der Normandie. Jetzt sitzt er da drüben in der Taverne und fragt nach Lady Rycca.«

»Was für ein Mann?«

»Groß und schlank. Und er gleich Ihrer Ladyschaft. Er behauptet, sie sei seine Schwester, und er möchte mit ihr reden.«

»Hat Rycca denn noch einen Bruder?«, fragte Wolf, der neben Dragon stand und das Gespräch belauscht hatte. Die Neuigkeit bewog ihn, nach seinem Schwert zu greifen.

»Ja, aber von ganz anderer Sorte als Ogden. Kannst du die Reisevorbereitungen allein beaufsichtigen?«

»Natürlich. Geh nur.«

Nach ein paar Minuten stellte Dragon ein Ale-Horn vor den Besucher aus der Normandie auf den Tisch. Verwirrt hob der junge Bursche den Kopf. Blass, mit honigfarbenen Augen und rötlichem Haar... So würde Rycca aussehen, wäre sie ein Mann.

Glücklicherweise war sie eine Frau.

»Was führt Euch nach Hawkforte, mein Freund?«, fragte Dragon und nahm seinem neuen Bekannten gegenüber Platz.

»Ich muss mit meiner Schwester sprechen, Lady Rycca of Wolscroft. In der Normandie kam mir ein beunruhigendes Gerücht zu Ohren, das sie betraf, und nun will ich mich vergewissern, dass sie in Sicherheit ist.«

Beunruhigende Gerüchte, die sich um Rycca drehten? Erstaunlich... Dragon unterdrückte ein Grinsen. »Ihr heißt...«

»Thurlow. Und Ihr?«

Jetzt konnte Dragon sein Lächeln nicht länger verhehlen. »Ah, das ist eine lange Geschichte...«

Etwa eine Stunde später blickte Rycca in der großen Halle von der letzten Truhe auf, die sie soeben gepackt hatte. Ihr geliebter Ehemann ging auf sie zu – an der Seite ihres geliebten Bruders. Langsam erhob sie sich. »Th – Th – Thurlow...?«

Sein Gesicht, ihrem eigenen so ähnlich, strahlte vor Freude. »O Rycca, liebste Schwester! Welch ein Segen, dich unversehrt anzutreffen!«

Stürmisch umarmten sie sich, und Dragon, der die Wiedervereinigung der Zwillinge arrangiert hatte, schaute so zufrieden zu, wie es ihm angesichts der heftigen Zärtlichkeiten gelang.

»Das – das verstehe ich nicht«, würgte Rycca hervor. Die Stimme gehorchte ihr kaum. Tränen verengten ihre Kehle und brannten in ihren Augen. Trotzdem lächelte sie überglücklich. »Warum bist du hier?«

»In der Normandie hörte ich, du seist vor der Hochzeit geflohen, zu der dich König Alfred verpflichtet hat.« Vorwurfsvoll schüttelte Thurlow den Kopf. »Was hast du dir bloß dabei gedacht? Dragon ist ein wundervoller Mann. Wieso wolltest du ihn nicht heiraten?«

Über der Schulter ihres Bruders warf sie dem »wundervollen Mann« einen Blick zu, der jeden anderen vernichtet hätte. Dragon hob nur seine Brauen und spielte die gekränkte Unschuld.

»Nun, es war etwas komplizierter, als er dir's vermutlich erklärt hat«, erwiderte sie.

»Unsinn!«, protestierte Thurlow mit dem arroganten Selbstbewusstsein eines jungen Grünschnabels, der aber sein Herz auf dem rechten Fleck hatte. »So innig ich dich auch liebe – wie wir beide wissen, bist du manchmal ein bisschen impulsiv. Zu meiner maßlosen Erleichterung wird dir das dein Gemahl gewiss austreiben – und gut für dich sorgen.«

Lachend streckte Rycca eine Hand nach Dragon aus, die er sofort ergriff. »So wie ich für ihn sorge, mein Bruder.« Nachdem sie den Mann, den sie über alles liebte, einige Sekunden lang träumerisch betrachtet hatte, wandte sie sich wieder zu Thurlow. »Hat er dir erzählt …?«

»Von unserem Vater? O ja«, bestätigte er seufzend. »Ich werde für seine Seele beten. Zweifellos war sein Tod auf der Reise nach Winchester ein Unfall.«

Obwohl sie sich nicht sicher war und die Wahrheit wohl niemals erfahren würde, nickte sie. Nun, vielleicht hatte Wolscroft in seiner Panik tatsächlich einen Fluchtversuch gewagt. Aber sein tödlicher Sturz von derselben Klippe, die ihr den Weg in die Freiheit geebnet hatte, deutete auf die dunkelsten Seiten seiner Seele hin. War er freiwillig aus dem Leben geschieden?

Wie auch immer – sie hoffte, sein Schöpfer würde ihm Gnade erweisen.

»Und unsere Brüder wurden ins Exil geschickt«, fuhr Thurlow fort, immer noch verblüfft, weil die Familie, die Rycca und ihn selbst jahrelang gepeinigt hatte, einfach verschwunden war.

»Jetzt bist *du* der Herr von Wolscroft«, betonte sie. »In deiner Obhut werden die Mercier einer glücklichen Zukunft entgegengehen.«

Er nickte, überwältigt von der schweren Verantwortung, die er so plötzlich und unerwartet übernehmen musste, aber fest entschlossen, das Beste daraus zu machen.

Nun wandte sich Rycca von ihrem Bruder ab und eilte zu ihrem Mann. In der Geborgenheit seiner Arme sah sie Wolf und Cymbra die Halle betreten. Der Lord von Sciringesheal trug den kleinen Lion, und alle drei lachten über irgendetwas. Kurz danach gesellten sich auch Krysta und Hawk hinzu, der seinen Sohn Falcon an seine Brust drückte.

Die Sonne glitt hinter einer Wolke hervor, schien durch die hohen Fenster in die Halle und erfüllte sie mit goldenem Glanz. Da gewann Rycca den Eindruck, die Welt würde beinahe stillstehen. Vor ihren Augen schwebte ein Staubkorn, wirbelte und tanzte und enthüllte in seiner Schlichtheit das Wunder eines zeitlosen Moments, von Liebe und Frieden erfüllt.

Dann zog Dragon ihre Hand an die Lippen, und sie spürte den Kuss in der Tiefe ihrer unsterblichen Seele. Die Zeit setzte ihren üblichen Lauf fort und nahm sie beide mit. Doch sie wusste, jener Moment würde für immer in ihrer Erinnerung haften bleiben – unvergänglich.

O ja, die Friedensstifter waren wirklich und wahrhaftig gesegnet.

Dunkelheit sinkt herab, aber heller Fackelschein erleuchtet die Nacht so wie die Liebe, wie der Traum vom Frieden, der die künftigen Jahre überstrahlen wird. In ferner Zukunft

werden die Erben der drei Paare ihren eigenen Herausforderungen begegnen, ihre eigenen Abenteuer bestehen, in immer währender Liebe ihr eigenes Glück finden.